U0728844

大美中文课之

唐诗千八百首

（上）

奥森书友会▼编

诸家选本 无出其右

好诗名作 一网打尽

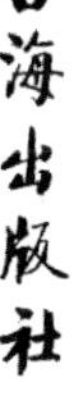

图书在版编目（CIP）数据

大美中文课之唐诗千八百首 / 奥森书友会编 . -- 北京 : 台海出版社 , 2018.1
ISBN 978-7-5168-1697-4

Ⅰ . ①大… Ⅱ . ①奥… Ⅲ . ①唐诗－诗集 Ⅳ .
① I222.742

中国版本图书馆 CIP 数据核字 (2017) 第 302902 号

大美中文课之唐诗千八百首

编　　者：奥森书友会
责任编辑：王　艳　　　　装帧设计：张合涛
版式设计：石凯辉　　　　责任印制：李广顺
出版发行：台海出版社
地　　址：北京市东城区景山东街 20 号，邮政编码：100009
电　　话：010 － 84827588（发行，邮购）
传　　真：010 － 84045799（总编室）
网　　址：www.taimeng.org.cn/thcbs/default.htm
E-mail：thcbs@126.com
经　　销：全国各地新华书店
印　　刷：北京天宇万达印刷有限公司
本书如有破损、缺页、装订错误，请与本社联系调换
开　　本：880mm × 1230mm　1/32
字　　数：1153 千字　　　　印　　张：31.5
版　　次：2018 年 1 月第 1 版　　印　　次：2018 年 1 月第 1 次印刷
书　　号：ISBN 978-7-5168-1697-4
定　　价：149.00 元

版权所有　翻印必究

前　言

唐诗宋词历来被视为中国文化的巅峰，孩子从小诵读古诗文，日积月累，潜移默化，感受汉语的音韵之美，对其一生影响巨大。这是生为中国人的特别福利，唐诗选本自然也就代代更新。历代唐诗选本不说多如牛毛，说车载斗量也不过分。《大美中文课之唐诗千八百首》选取唐诗1800多首，加上评注引用，合计2000首左右，囊括历代脍炙人口的唐诗佳作。此选本与众多唐诗选本有何不同之处?

一、名篇佳作一网打尽

清代康熙年间编订的《全唐诗》，卷轶浩繁，收录唐诗49403首，正如“乱花渐欲迷人眼”，如果不是专门学者教授或研究人员，在碎片化阅读时代，普通人一般无法消受。

清人沈德潜以《全唐诗》为蓝本，编选《唐诗别裁》，收录诗1928首，占比3.9%，基本反映了唐诗面貌，但沈老夫子身为儒家门徒，与儒家不大相合的作品基本落选，是一大缺憾。

乾隆年间蘅塘退士以《唐诗别裁》为蓝本，编选《唐诗三百首》，收录唐诗 311 首，“为家塾课本，俾童而习之，白首亦莫能废”，成为流传最广、影响最大的唐诗普及读本，但基数较小，占比 0.6%，脱漏的名篇佳作数不胜数。所选 311 首，现在看来也就 200 多首可称为唐诗代表，其余皆在二三流之间。尤其是遗漏大量名作，是可忍孰不可忍！比如，张若虚《春江花月夜》、郭震《古剑篇》、李白“日照香炉生紫烟”“天门中断楚江开”“桃花潭水深千尺”“黄鹤楼中吹玉笛”“峨眉山月半轮秋”诗、高适“天下谁人不识君”诗、杜甫“三吏”“三别”、颜真卿《劝学》、李华“春山一路鸟空啼”诗、崔护“人面桃花相映红”诗、刘禹锡“杨柳青青江水平”诗、李绅《悯农》二首、卢仝《七碗茶》、李贺《雁门太守行》、杜牧《清明》、李商隐“留得枯荷听雨声”诗、陆龟蒙《和袭美春夕酒醒》《白莲》、郑谷《淮上与友人别》，诸如此类，不胜枚举。鲸鱼、鲨鱼都能漏掉，不只是沧海遗珠之憾。

民国以来选本少则 200 首，多则 1000 首左右，也基本是相互传抄，面目模糊，不再细述。

二、编辑思路简洁清晰

1. 唐诗“超市”，各取所需

《大美中文课之唐诗千八百首》所选唐诗各种题材、风格齐备。既注重名家作品，也收录小家代表作品。尤其是无名氏、女诗人的作品也着意收录，无名氏诗（如“君生我未生，我生君已老”）、四言诗、六言诗及残句（如崔信明“枫落吴江冷”、孟浩然“微云淡河汉，疏雨滴梧桐”）。体量大的好处就是网罗宏富，读者各取所需。几百首的选本挂一漏万，一般成人能记住的就是少年时读过的唐诗。如果少年时代没有遇到合适的唐诗选本，估计一辈子也很难与这些唐诗中的精品邂逅了。

2. 对比阅读，印象深刻

没有对比，就没有高下之分。相同主题的作品多多选录，“PK”方能见真章。譬如，畅当、李益都写过《登鹳雀楼》，与流传甚广的“白日依山尽，黄河入海流”相辉映；张九龄《湖口望庐山瀑布泉》、孟浩然《望洞庭湖赠张丞相》，媲美“谪仙人”李白《望庐山瀑布》；白居易《观刈麦》，相比英国桂冠诗人华兹华斯《孤独的刈麦女》，白诗胜在社会关怀，艺术境界明显不足。

3. 博采众长，强力纠错

编者多方考证，注释简当，要言不繁，力求为读者奉上一部既赏心悦目又准确实用的唐诗宝典。有的讹传导致诗歌意境差别很大，如王之涣《凉州词》采用“黄沙直上白云间”，白居易《长恨歌》里采用“夜雨闻猿肠断声”，而非《唐诗三百首》选本里的“黄河远上白云间”“夜雨闻铃断肠声”。高适《燕歌行》“校尉羽书飞瀚海”，“校”依据古音为“jiào”，而非“xiào”。李白《将进酒》中“天生我材必有用”，敦煌卷为“天生吾徒有俊才”，意境差别不大，一并列出，任读者采纳选用。

4. 以诗会友，传递文化

以诗会友，在《春秋》里多用于外交、宴会，所以孔子说“不学诗，无以言”。除了家国情怀、人文关怀的篇章之外，大量增加现代人看重的个体生命体验作品。对于申舒性灵、亲近自然、节日兴会、悲天悯人的优秀作品，多多予以收录。日月精华、四季美景、山川湖泊、花鸟虫鱼……靡遗巨细，尽入囊中，可谓洋洋大观。读者不愁从中找不到合适的诗句，来即兴表达自己的悲欢离合之情。

三、选编宗旨务实全面

1. 合并分类

《大美中文课之唐诗千八百首》设五言绝句、七言绝句、五言律诗、七言律诗、五言古诗、七言古诗等板块，不再单列乐府。因为我们深信大众读者要好诗，对专业分类并不“感冒”。全书的最后附有三百多位诗人的生平简介，方便读者查阅。

2. 多选好诗，尊重原文

《大美中文课之唐诗千八百首》分为上、中、下三册，不做白话翻译，不做作品赏析，一是因为诗歌并非文言文，一般读者都能领会。二是白话翻译，化神奇为腐朽的例子太多。本书注释、点评简明扼要，点到为止。因为对读者来说，多选好诗才是最重要的。

3. 适合修身与馈赠

在高速运转的信息时代，人们多为碎片化阅读，希望利用零散的时间获取更多的知识。《大美中文课之唐诗千八百首》无论是数量上，还是选取角度上，都更符合现代人的阅读习惯和审美需求。此选本 32 开，轻巧美观，便于携带。1800 多首，一般读者一年读完，历经春夏秋冬，相信唐诗会融入读者的生活乃至生命。

4. 适合亲子阅读，和孩子一起成长

2017年秋季，全国中小学开始使用统编教材，此次教材改版，小学六个年级，古诗文总数增幅高达80%。初中三个年级，古诗文总篇数也相应提升，占全部课文的51.7%。此次选编，悉数收录我国大中小学语文教材里的唐诗篇目。教育学专家指出，古诗词教学主要是让学生感受诗词音韵之美、汉语之美。文言文和古诗词是中国传统文化的精髓，意境之美和境界之深不是白话文能取代的。

四、互动连接万千读者

这些从5万多首唐诗里精挑细选出来的佳作，闲暇时读上几首，如品佳茗，无论是青少年还是中老年读者，抑或是为膝下娇儿伴读的家长，俯仰吟诵之间，均能获得美的享受。亲朋好友之间以诗传情，也是中国人独有的文化感情纽带。

我们同时推出《大美中文课之古文观止新编》，后续还将推出《大美中文课之千家诗新编》《大美中文课之绝妙好词新编》《大美中文课之传世家训》等系列图书，敬请期待。扫描封底的二维码即可成为奥森书友会会员，每个会员的阅读疑问和阅读心得都可以在这里分享交流，共同感受大美中文课。

奥森书友会

二〇一七年九月

目录

五言绝句

七言绝句

五言律诗

七言律诗

五言古诗

七言古诗

高适

张谓

杜甫

岑参

六言古诗

联句

断句

附录

五言绝句

※ 虞世南

蝉

垂緌饮清露，流响出疏桐。
居高声自远，非是藉秋风。

【注释】①垂緌（ruí）：古代帽带打结下垂的部分，蝉的头部有伸出的触须，形状好像下垂的冠缨。也指蝉的下巴上与帽带相似的细嘴。古人认为蝉生性高洁，栖高饮露。②流响：指蝉长鸣不已，声音传得很远。③疏桐：高大的梧桐。④居高：指栖息在高处，语意双关。⑤藉（jiè）：凭借，依赖。

春夜

春苑月裴回，竹堂侵夜开。
惊鸟排林度，风花隔水来。

【注释】①苑：畜养禽兽、种植林木的地方，多为帝王和贵族打猎游玩的风景园林。②裴回：即徘徊。流连不去，依恋不舍。③侵夜：傍晚，天渐昏黑。④“惊鸟”二句：体物精微，以自然之语，状寻常之景。隔，一作“入”。清曹雪芹《红楼梦》第四十一回有“那乐声穿林渡水而来”句。

※ 王绩

过酒家

其一
洛阳无大宅，长安乏主人。
黄金销未尽，只为酒家贫。

其二

此日长昏饮，非关养性灵。

眼看人尽醉，何忍独为醒。

其三

竹叶连糟翠，蒲萄带曲红。

相逢不令尽，别后为谁空。

【注释】①题注：一作“题酒店壁”，共五首，此选其三。王绩嗜酒，能饮五斗，自作《五斗先生传》，时人称之为“斗酒学士”。②“眼看”二句：化用屈原“众人皆醉我独醒”句。③竹叶：酒名，泛指美酒。蒲萄：即葡萄。此二句指酒的颜色。

秋夜喜遇王处士

北场芸藿罢，东皋刈黍归。

相逢秋月满，更值夜萤飞。

【注释】①处士：对有德才而不愿做官、隐居民间的人的敬称。②北场：房舍北边的场圃。③芸藿（huò）：锄豆。芸，通“耘”，耕耘。藿，豆叶。④东皋（gāo）：房舍东边的田地。皋，水边高地。⑤刈（yì）：割。⑥黍（shǔ）：即黍子。单子叶禾本科植物，生长在北方，耐干旱。籽实淡黄色，常用来做黄糕和酿酒。

※ 孔绍安

落叶

早秋惊落叶，飘零似客心。

翻飞未肯下，犹言惜故林。

【注释】①客心：漂泊他乡的游子心情。

※ 王梵志

无题

我有一方便，价值百匹练。
相打长伏弱，至死不入县。

梵志翻着袜，人皆道是错。
乍可刺你眼，不可隐我脚。

他人骑大马，我独跨驴子。
回顾担柴汉，心下较些子。

城外土馒头，馅草在城里。
一人吃一个，莫嫌没滋味。

世无百年人，强作千年调。
打铁作门限，鬼见拍手笑。

【注释】①王梵志：唐初白话诗僧，诗多无题，《全唐诗》不载。唐代诗人寒山、拾得、丰干一路秉承王梵志衣钵，王维、顾况、白居易、皎然等人或多或少受到他的影响。胡适《每天一首诗》将“梵志翻着袜”诗放在卷首。②方便：此处意为处世法宝。③练：白色的熟绢。④相打：相互殴打，打架之意。⑤伏：即“服”，服气，甘愿。⑥县：县衙。⑦翻着袜：反穿袜，即将里反于外。⑧乍可：宁可。⑨隐：犹言“硌”，指受到硌刺而招致的痛苦。⑩较些子：差不多，过得去。些子，一点儿，少许。⑪百年人：指长生不老的人。⑫门限：门槛。宋范成大曾把后面两首诗的诗意铸为一联：“纵有千年铁门槛，终须一个土馒头。”（《重九日行营寿藏之地》）后被《红楼梦》引用，“铁槛寺”“馒头庵”的来历也在于此。

【点评】王梵志的诗明白如话，为文人所轻，却大受老百姓欢迎。今天读来颇有现代感，不隔。

※ 李世民

赐萧瑀

疾风知劲草，板荡识诚臣。
勇夫安识义，智者必怀仁。

【注释】①萧瑀（yǔ）：字时文，隋朝将领，被李世民俘后归唐，封宋国公。②疾风：大而急的风。③劲草：强劲有力的草。④板荡：《板》《荡》是《诗经·大雅》中的两篇，皆讽刺周厉王无道。《毛诗·大雅·板序》："《板》，凡伯刺厉王也。"《毛诗·大雅·荡序》，"《荡》，召穆公伤周室大坏也。厉王无道，天下荡荡，无纲纪文章，故作是诗也。"后以"板荡"借代政局混乱，社会动荡。⑤勇夫：有胆量的人。⑥智者：有见识的人。

※ 长孙无忌

灞桥待李将军

飒飒风叶下，遥遥烟景曛。
霸陵无醉尉，谁滞李将军。

【注释】①灞桥：在西安城东，跨水作桥。汉人送客至此桥，折柳赠别。②李将军：名不详，可能是初唐名将李靖或李勣。此处用李广典。③霸陵：即灞陵。汉文帝陵名。④醉尉：《史记·李将军列传》载："尝夜从一骑出，从人田间饮。还至霸陵亭。霸陵尉醉，呵止广。广骑曰：'故李将军。'尉曰：'今将军尚不得夜行，何乃故也！'止广宿亭下。"后常用"醉尉"作势利小人的代名词。

※ 卢僎

南望楼

去国三巴远，登楼万里春。
伤心江上客，不是故乡人。

【注释】①僎(zhuàn):具备。②去国:远离故乡。③三巴:古地名,泛指四川。

※ 梁锽

赠李中华

莫向嵩山去，神仙多误人。
不如朝魏阙，天子重贤臣。

【注释】①锽（huáng）：古代的一种兵器，形似剑。②嵩山：山名，在河南省登封市北，为五岳之中岳。古称外方、太室，又名崇高、嵩高。其峰有三，东为太室山，中为峻极山，西为少室山。③魏阙：古代宫门外两边高耸的楼观，楼观下常为悬挂法令之所，亦借指朝廷。《庄子·让王》：“身在江海之上，心居乎魏阙之下。”

※ 上官仪

入朝洛堤步月

脉脉广川流，驱马历长洲。
鹊飞山月曙，蝉噪野风秋。

【注释】①洛堤：唐时东都洛阳皇城外百官候朝处，因临洛水而名。②脉脉：原意指凝视的样子，此处用以形容水流的悠远绵长状。③广川：洛水。④历：经过。⑤长洲：指洛堤。洛堤是官道，路面铺沙，以便车马通行，故喻称“长洲”。⑥曙：明亮。

※ 陆畅

惊雪

怪得北风急，前庭如月辉。
天人宁许巧，剪水作花飞。

【注释】①惊雪：一作“对雪”。②宁许：如此，这样。许，一作“底”。

【点评】“剪水作花飞”，有想象力。

※ 李福业

岭外守岁

冬去更筹尽，春随斗柄回。
寒暄一夜隔，客鬓两年催。

【注释】①题注：一作李德裕诗。②岭外：指五岭以南地区。③更筹：古代夜间报更用的计时竹签。④斗柄：北斗柄。指北斗的第五至第七星，即衡、开阳、摇光。北斗，第一至第四星像斗，第五至第七星像柄。《国语·周语下》：“日在析木之津，辰在斗柄。”⑤寒暄：冷暖。⑥客鬓：旅人的鬓发。

※ 韦承庆

南中咏雁诗

万里人南去，三春雁北飞。
未知何岁月，得与尔同归？

【注释】①南中：指岭南地区。②三春：春季三个月，农历正月称孟春，二月称仲春，三月称季春。汉班固《终南山赋》：“三春之季，孟夏之初，天气肃清，周览八隅。”③岁月：年月，泛指时间。④尔：你。一作“汝”。

※ 骆宾王

于易水送人

此地别燕丹，壮士发冲冠。
昔时人已没，今日水犹寒。

【注释】①易水：也称易河，河流名，位于河北省西部的易县境内，分南易水、中易水、北易水，为战国时燕国的南界，燕太子丹送别荆轲的地点。荆轲，战国时卫人，秦国灭赵后，兵锋直指燕国南界，太子丹震惧，派荆轲前往秦国刺杀秦王。《史记》载："太子及宾客知其事者，皆白衣冠以送之。至易水之上，既祖，取道，高渐离击筑，荆轲和而歌，为变征之声，士皆垂泪涕泣。又前而为歌曰：'风萧萧兮易水寒，壮士一去兮不复还！'复为羽声慷慨，士皆瞋目，发尽上指冠。"②发冲冠：形容人极端愤怒，头发直立，把帽子冲起来了。③没（mò）：通"殁"，死亡。

【点评】僧齐己有一首唱反调的诗《剑客》："拔剑绕残樽，歌终便出门。西风满天雪，何处报人恩。勇死寻常事，轻雠不足论。翻嫌易水上，细碎动离魂。"想来齐己是个半路出家的和尚。

※ 武则天

腊日宣诏幸上苑

明朝游上苑，火急报春知。
花须连夜发，莫待晓风吹。

【注释】①题注：天授二年腊，卿相欲诈称花发，请幸上苑，有所谋也。许之，寻疑有异图，乃遣使宣诏云云。于是凌晨名花布苑，群臣咸服其异，后托术以移唐祚。此皆妖妄，不足信也。大凡后之诗文，皆元万顷、崔融等为之。②腊日：古时腊祭之日，农历十二月初八。③幸：皇上驾临。④上苑：皇家园林，即上林苑，唐时在洛阳府城东，以花著称。唐诗中有"春游上林苑，花满洛阳城""辇路生秋草，上林花满枝"句。⑤春：春神。

※ 卢照邻

曲池荷

浮香绕曲岸，圆影覆华池。
常恐秋风早，飘零君不知。

【注释】①华池：美丽的池子。

※ 惠能

菩提偈

菩提本无树，明镜亦非台。
本来无一物，何处惹尘埃。

【注释】①菩提：梵文的音译。相传佛教始祖释迦牟尼在树下证得菩提，觉悟成道，故称此树为菩提树。《坛经》载，五祖弘忍唤门人尽来，命各作一偈，并说若悟大意者，即付汝衣法，禀为六代。弟子神秀作一偈："身是菩提树，心如明镜台。时时勤拂拭，勿使惹尘埃。"惠能不识字，请人读神秀的偈语，然后作此歌偈。弘忍遂与惠能"三日三夜共语"，付法传衣。

【点评】禅宗惠能开宗立派的诗作。比神秀高明多少？那就得看各位读者的慧根了。

※ 刘蕃

季秋

江南季秋天，栗熟大如拳。
枫叶红霞举，苍芦白浪川。

【注释】①季秋：秋季的最后一个月，农历九月。

【点评】鲜明如画。

※ 李峤

风

解落三秋叶，能开二月花。
过江千尺浪，入竹万竿斜。

【注释】①峤（qiáo）：高而陡峭的山峰。②解落：吹落，散落。③三秋：农历九月，指秋天。④二月：农历二月，指春天。

中秋月

其一
盈缺青冥外，东风万古吹。
何人种丹桂，不长出轮枝。

其二
圆魄上寒空，皆言四海同。
安知千里外，不有雨兼风？

【注释】①题注：一作“对月”。一作张乔诗。②青冥：形容青苍幽远。指青天。③丹桂：传说月中有桂树，因以“丹桂”为月亮的代称。④圆魄：指月亮。南朝梁武帝《拟明月照高楼》，“圆魄当虚闼，清光流思延。”⑤四海：古以中国四境有海环绕，各按方位为东海、南海、西海、北海。亦因时而异，说法不一。犹言天下，全国各处。

※ 王勃

普安剑阴题壁

江汉深无极，梁岷不可攀。
山川云雾里，游子几时还。

【注释】①普安：指普安县，今四川剑阁县普安镇。②剑阴：指剑门山以南。③江汉：长江和汉水。④梁岷（mín）：蜀地二山，梁山与岷山，代指蜀地。

山扉夜坐

抱琴开野室，携酒对情人。
林塘花月下，别似一家春。

【注释】①山扉：山野人家的柴门。南朝陈叔宝《晚宴文思殿》："荷影侵池浪，云色入山扉。"②情人：感情深厚的友人。③一家春：形容美好独特的境界。

山中

长江悲已滞，万里念将归。
况属高风晚，山山黄叶飞。

【注释】①滞（zhì）：淹留。一说停滞，不流通。②万里：形容归程之长。③念将归：有归乡之愿，但不能成行。

江亭夜月送别

乱烟笼碧砌，飞月向南端。
寂寂离亭掩，江山此夜寒。

【注释】①碧砌：青石台阶。②飞月：悬在高空的月亮。

【点评】近代李叔同《送别》："长亭外，古道边，芳草碧连天。晚风拂柳笛声残，夕阳山外山。天之涯，地之角，知交半零落。一壶浊酒尽余欢，今宵别梦寒。”意境相当，可见好的东西一定后继有人。

※ 杨炯

夜送赵纵

赵氏连城璧，由来天下传。
送君还旧府，明月满前川。

【注释】①赵纵：杨炯友人。②连城璧：战国时，赵国得到一块和氏璧，秦王知道后，用十五座城池交换，故称连城璧。此处用赵氏喻指赵纵，以连城璧喻其才华。③旧府：赵国的故地，指赵纵的家乡山西。

※ 宋之问

渡汉江

岭外音书断，经冬复历春。
近乡情更怯，不敢问来人。

【注释】①汉江：汉水。长江最大支流，源出陕西，经湖北流入长江。②岭外：五岭以南。作者当时被贬为泷州参军。泷州在岭南，唐时属于极为边远的地区，贬往那里的官员因不适应当地的自然地理条件和生活习俗，往往不能生还。706年春，宋之问冒险逃回洛阳，途经汉江时写下此诗。一说此诗作者是李频。③“近乡”二句：清朱之荆《增订唐诗摘钞》：“‘怯’字写得真情出。”清沈德潜《唐诗别裁》：“即老杜‘反畏消息来，寸心亦何有’意。”清施补华《岘佣说诗》：“五绝中能言情，与嘉州‘马上相逢无纸笔’同妙。”

【点评】诗歌名作！

※ 陈子昂

题祀山烽树赠乔十二侍御

汉庭荣巧宦，云阁薄边功。
可怜骢马使，白首为谁雄。

【注释】①乔侍御：生平不详，当为作者之朋友。侍御，官名。②汉庭：代指朝廷。③巧宦：善于钻营谄媚的官吏。④云阁：即云台和麒麟阁，是汉代表彰功臣名将的地方。⑤薄：轻看。⑥骢（cōng）马使：指东汉时的桓典，任仕御史，为官正直，出外常骑骢马，所以人们称他为骢马使。此处代指乔侍御。骢马，青白色的马。

※ 张说

蜀道后期

客心争日月，来往预期程。
秋风不相待，先至洛阳城。

【注释】①蜀道后期：指作者出使蜀地，未能如期归家。后期，是落后于所预定的归期的意思。蜀，今四川一带。②客心：客居外地者的心情。③争日月：同时间竞争。④预期程：事先安排好日期和行程。⑤不相待：不肯等待。⑥洛阳：当时的首都。武则天称帝后定都洛阳。

※ 苏颋

汾上惊秋

北风吹白云，万里渡河汾。
心绪逢摇落，秋声不可闻。

【注释】①颋（tǐng）：正直。②汾（fén）上：汾阳县，今山西万荣南。汾水为黄河第二大支流。③河汾：黄河与汾水的并称。④摇落：树叶凋零。

将赴益州题小园壁

岁穷惟益老，春至却辞家。
可惜东园树，无人也作花。

【注释】①益州：今四川省一带。这里指蜀汉。②东园：泛指园圃。晋陶潜《停云》诗之三："东园之树，枝条载荣。竞用新好，以怡余情。"

※ 张九龄

照镜见白发

宿昔青云志，蹉跎白发年。
谁知明镜里，形影自相怜。

【注释】①宿昔：从前，往日。②青云志：喻指远大的志向。③蹉跎：开元二十四年(736)，作者被罢相贬出京城，做了荆州长史，感叹时光流逝，无所作为。

【点评】贤相累了。

登荆州城望江

其一

滔滔大江水，天地相终始。
经阅几世人，复叹谁家子。

其二

东望何悠悠，西来昼夜流。
岁月既如此，为心那不愁。

【**注释**】①题注：有的选本此二首作一首。②谁家子：谁，何人。三国魏曹植《白马篇》："借问谁家子，幽并游侠儿。"

【**点评**】子在川上曰："逝者如斯夫，不舍昼夜。"南朝谢朓"大江流日夜，客心悲未央"和本诗"滔滔大江水，天地相始终"算是对孔子之叹的诗意解读。后代追随者也不乏其人，如苏轼"大江东去，浪淘尽，千古风流人物"，明代杨慎"滚滚长江东逝水"。今人叶丽仪演唱的《上海滩》主题曲也有类似味道，查了一下，原来是黄沾作词，难怪！相同的意象，在各代都不乏回响，这就是文化吧。

※ 贺知章

题袁氏别业

主人不相识，偶坐为林泉。
莫谩愁沽酒，囊中自有钱。

【**注释**】①题注：一作"偶游主人园"。别业，别墅，别馆。②主人：指袁氏。意为我和主人不相识，但这里林泉景色太美，不请自来。③沽：买。

※ 刘允济

见道边死人

凄凉徒见日，冥寞讵知年。
魂兮不可问，应为直如弦。

【**注释**】①题注：一作刘元济诗，《统签》并入允济诗内。②冥寞：谓死亡。③讵（jù）：岂，怎。④直如弦：像弓弦一样直。比喻为人正直。出自《后汉书·五行志》："顺帝之末，京都童谣曰：'直如弦，死道边。曲如钩，反封侯。'"

※ 东方虬

春雪

春雪满空来，触处似花开。
不知园里树，若个是真梅。

【注释】①触处：到处，随处。极言其多。②若个：哪个。可指人，亦可指物。

【点评】宋王安石《梅花》与此诗相似："墙角数枝梅，凌寒独自开。遥知不是雪，为有暗香来。"

※ 李适之

罢相作

避贤初罢相，乐圣且衔杯。
为问门前客，今朝几个来？

【注释】①罢相：罢免宰相官职。②避贤：避位让贤，辞去相位给贤者担任。李适之天宝元年任左相，后遭李林甫算计，失去相位。③乐圣：《魏略》载，太祖（曹操）禁酒，而人窃饮之，故难言酒，以白酒（浊酒）为贤者，清酒为圣人。后因以"乐圣"谓嗜酒。④衔杯：口含酒杯，指饮酒。⑤为（wèi）问：请问，试问。为，此处表假设。一作"借"。

※ 沈如筠

闺怨

雁尽书难寄，愁多梦不成。
愿随孤月影，流照伏波营。

【**注释**】①筠（yún）：竹子的别称。《广韵》载，筠，竹皮之美质也。②闺怨：少妇的幽怨。闺，女子卧室，借指女子。一般指少女或少妇。古人“闺怨”之作，一般是写少女的青春寂寞，或少妇的离别相思之情。以此题材写的诗称“闺怨诗”。③伏波营：指后汉伏波将军马援，他南征交趾（今越南），有功，封侯。唐诗中多用“伏波营”指代征人所在军营。

【**点评**】与金昌绪《春怨》“打起黄莺儿，莫教枝上啼。啼时惊妾梦，不得到辽西”并为珍品。

※ 武平一

奉和正旦赐宰臣柏叶应制

绿叶迎春绿，寒枝历岁寒。
愿持柏叶寿，长奉万年欢。

【**注释**】①正旦：正月初一。②宰臣：重臣。③柏叶：指柏叶酒。仇兆鳌注：“崔寔《四民月令》，元旦进椒、柏酒。椒是玉树星精，服之令人却老。柏是仙药，能驻年却病。”

※ 崔国辅

采莲曲

玉溆花争发，金塘水乱流。
相逢畏相失，并着木兰舟。

【**注释**】①溆（xù）：指水塘边。玉溆，玉光闪闪的水塘边。②金塘：形容阳光照在池塘的水面上。③木兰舟：《太平广记》载：“七里洲中，有鲁班刻木兰为舟，舟至今在洲中，诗家所云木兰舟，出于此也。木兰洲在浔阳江中，多木兰树，吴王阖闾，植木兰于此，用构宫殿也。”

中流曲

归时日尚早，更欲向芳洲。
渡口水流急，回船不自由。

【注释】①题注：一作“古意”。②归时：一作“归来”。③芳洲：芳草丛生的小洲。《楚辞·九歌·湘君》：“采芳洲兮杜若，将以遗兮下女。”王逸注：“芳洲，香草丛生水中之处。”

小长干曲

月暗送湖风，相寻路不通。
菱歌唱不彻，知在此塘中。

【注释】①小长干：属长干里，遗址在今南京市南。长干曲，乐府杂曲歌辞名，内容多写长干里一带江边女子的生活和情趣。②湖：一作“潮”。③菱歌：采菱之歌。南朝宋鲍照《采菱歌》之一：“箫弄澄湘北，菱歌清汉南。”④不彻：本为不尽之意，此指歌声时断时续，经久不息。

怨词

妾有罗衣裳，秦王在时作。
为舞春风多，秋来不堪着。

【注释】①罗衣裳：轻软丝织品制成的衣服。②秦王：唐太宗李世民在唐初封秦王。这里泛指古代君王，非确指。③着（zhuó）：穿。

【点评】英雄末路，美人迟暮。

※ 朱斌

登鹳雀楼

白日依山尽，黄河入海流。
欲穷千里目，更上一层楼。

【注释】①鹳雀楼：古名鹳鹊楼，因时有鹳鹊栖其上而得名，其故址在山西省永济市境内古蒲州城外西南的黄河岸边。《蒲州府志》载：“（鹳雀楼）旧在郡城西南黄河中高阜处，时有鹳雀栖其上，遂名。”②编者注：此诗作者存疑，或为盛唐的朱斌，诗名《登楼》，依据为现存最早的唐诗选本、盛唐太学生芮挺章编选的《国秀集》。《国秀集》选录王之涣的诗三篇，唯独没有《登鹳雀楼》。清康熙年间修纂的《全唐诗》收王之涣《登鹳雀楼》，注“一作朱斌诗”，也收入朱斌《登楼》，诗下加注“一作王之涣诗”。

※ 祖咏

终南望余雪

终南阴岭秀，积雪浮云端。
林表明霁色，城中增暮寒。

【注释】①《全唐诗》此诗题下注：“有司试此题，咏赋四句即纳，或诘之，曰‘意尽’。”②终南：山名，在唐京城长安（今陕西西安）南面六十里处。③余雪：未融化之雪。④阴岭：北面的山岭，背向太阳，故曰阴。⑤林表：林外，林梢。⑥霁（jì）：雨雪后天气转晴。

※ 于鹄

古词

东家新长儿，与妾同时生。
并长两心熟，到大相呼名。

【注释】①编者注：于鹄《古词》共三首，此为其中一首。鹄（hú），天鹅。②《唐诗归》载：三诗皆以极近情事发出古调，乃是真古。（末二句）与“两小无嫌猜”语异，而情想则同。

※ 孟浩然

宿建德江

移舟泊烟渚，日暮客愁新。
野旷天低树，江清月近人。

【注释】①建德江：指新安江流经建德（今属浙江）西部的一段江水。②烟渚（zhǔ）：指江中雾气笼罩的小沙洲。烟，一作“幽”。渚，水中小块陆地。《尔雅·释水》载：“水中可居者曰洲，小洲曰渚。”③客：作者自指。④野：原野。⑤天低树：天幕低垂，好像和树木相连。

春晓

春眠不觉晓，处处闻啼鸟。
夜来风雨声，花落知多少。

【注释】①晓：早晨，天明，天刚亮的时候。②啼鸟：鸟啼，鸟的啼叫声。③“夜来”句：一作“欲知昨夜风”。④“花落”句：一作“花落无多少”。

【点评】三毛《梦里花落知多少》有诗“记得当时年纪小，你爱谈天我爱笑。有一回并肩坐在桃树下，风在林梢鸟儿在叫。我们不知怎么睡着了，梦里花落知多少”，可以对照。

送朱大入秦

游人五陵去，宝剑值千金。
分手脱相赠，平生一片心。

【**注释**】①朱大：作者友人，生平不详，姓朱，兄弟中排行第一，故称。②秦：指长安（今陕西省西安市）。③游人：游子，旅客，此指朱大。④五陵：长安和咸阳之间有五个汉代帝王陵墓，长陵、安陵、阳陵、茂陵、平陵，故称。多富户名家迁居，豪侠之风颇盛。⑤值千金：形容剑之名贵。值，价值。

※ 王昌龄

送郭司仓

映门淮水绿，留骑主人心。
明月随良掾，春潮夜夜深。

【**注释**】①郭司仓：作者的朋友。司仓，管理仓库的小官。②淮（huái）水：淮河，发源于河南桐柏山，流经安徽、江苏，注入长江。③留骑（jì）：留客的意思。骑，坐骑。④良掾（yuàn）：好官吏，此指郭司仓。掾，古代府、州、县属官的通称。

※ 王维

红牡丹

绿艳闲且静，红衣浅复深。
花心愁欲断，春色岂知心。

【**注释**】①绿艳：指碧绿鲜艳的叶子。②闲：通“娴”，文雅的样子。③红衣：指红色的牡丹花瓣。④浅复深：由浅到深。《牡丹史》载，牡丹有“娇容三变”之说，“初绽紫色，及开桃红，经日渐至梅红，至落乃更深红。”⑤愁欲断：形容伤心到极点。⑥心：牡丹花内心所想。

阙题

荆溪白石出，天寒红叶稀。
山路元无雨，空翠湿人衣。

【注释】①阙题：即缺题。②荆溪：本名长水，又称浐水、荆谷水，源出陕西蓝田县西南秦岭山中，北流至长安东北入灞水。一作“溪清”。王维好友裴迪有《华子冈》：“日落松风起，还家草露晞。云光侵履迹，山翠拂人衣。”

【点评】诗中有画，画中有诗。比他自己的口水诗“远看山有色，近听水无声。春去花还在，人来鸟不惊”强多了。

欹湖

吹箫凌极浦，日暮送夫君。
湖上一回首，青山卷白云。

【注释】①欹（qī）：倾斜。②凌：这里指箫声远扬。③极浦：远处的水边。④夫君：指作者的朋友。⑤卷：（白云）弥漫的样子。

莲花坞

日日采莲去，洲长多暮归。
弄篙莫溅水，畏湿红莲衣。

【注释】①坞（wù）：地势周围高而中间低洼的地方，这里指停船的船坞。②洲：水中陆地。③多：经常。④弄：戏弄，这里指撑。⑤篙：撑船的器具，多用竹、木。⑥畏湿：害怕打湿。⑦红莲衣：红莲花颜色的衣服，指采莲女的衣服。

鹿柴

空山不见人，但闻人语响。
返景入深林，复照青苔上。

【注释】①鹿柴（zhài）：王维辋川别墅之一（在今陕西省蓝田县西南）。柴，通“寨”“砦”，用树木围成的栅栏。②返景（yǐng）：同“返影”，太阳将落时通过云彩反射的阳光。返，折回。

竹里馆

独坐幽篁里，弹琴复长啸。
深林人不知，明月来相照。

【注释】①竹里馆：辋（wǎng）川别墅胜景之一，房屋周围有竹林，故名。②幽篁（huáng）：幽深的竹林。③长啸：撮口而呼，这里指吟咏、歌唱。古代一些超逸之士常以此来抒发感情。魏晋名士称吹口哨为啸。④相照：与“独坐”相应，意思是说，左右无人相伴，唯有明月似解人意，偏来相照。

相思

红豆生南国，春来发几枝。
愿君多采撷，此物最相思。

【注释】①题注：一作“相思子”，又作“江上赠李龟年”。②红豆：又名相思子，一种生在江南地区的植物，结出的籽像豌豆而稍扁，呈鲜红色。③“春来”句：一作“秋来发故枝”。④“愿君”句：一作“劝君休采撷”。采撷（xié），采摘。

孟城坳

新家孟城口，古木余衰柳。
来者复为谁？空悲昔人有。

【注释】①题注：此篇为《辋川集》第一首。孟城坳（ào），即孟城口，本为宋之问的别墅。宋之问显赫一时，后两度贬谪，客死异乡，这所别墅随之荒芜。王维搬入此处，触景伤情。

木兰柴

秋山敛余照，飞鸟逐前侣。
彩翠时分明，夕岚无处所。

【注释】①木兰柴（zhài）：即木兰寨，辋川里的一个风景点。②彩翠：鲜艳翠绿的山色。③夕岚：傍晚山林的雾气。④无处所：飘忽不定。

栾家濑

飒飒秋雨中，浅浅石溜泻。
跳波自相溅，白鹭惊复下。

【注释】①濑（lài）：从沙石上流过的水。东汉许慎《说文》载："濑，水流沙上也。"②飒飒：风雨的声音。③石溜：亦作"石霤"，岩石间的水流。

白石滩

清浅白石滩，绿蒲向堪把。
家住水东西，浣纱明月下。

【注释】①白石滩：辋川别墅二十景之一。此诗列《辋川集》第十五首。②蒲：一种水生草本植物，叶长而尖，可以编席、作蒲包等。③向堪把：差不多可以用手握住，可以采摘了。向，临近，将近。④"家住"二句：月夜，家住水东水西的女子三三两两地出来，在白石滩前洗纱。用西施浣纱的典故，暗示浣纱女的明丽。

辛夷坞

木末芙蓉花，山中发红萼。
涧户寂无人，纷纷开且落。

【注释】①辛夷坞（wù）：辋川山庄胜景之一，坞上植有辛夷，故名。《新唐书·文艺传中·王维》载："别墅在辋川，地奇胜，有华子冈、欹湖、竹里馆、柳浪、茱萸沜、辛夷坞。"②木末芙蓉花：指辛夷。辛夷，又名木笔，落叶乔木。花初出时尖如笔椎。花有紫白二色，大如莲花。白色者名玉兰。其色与形皆似莲花，莲花亦称芙蓉。辛夷花开在枝头，故指。木末，树梢，枝头。③涧户：一说指涧边人家，一说山涧两崖相向，状如门户。

漆园

古人非傲吏，自阙经世务。
偶寄一微官，婆娑数株树。

【注释】①漆园：本为辋川一景，此处用“漆园吏”典。《史记·老庄申韩列传》载：“庄子者，蒙人也，名周。周尝为蒙漆园吏。……楚威王闻周贤，遣使厚币迎之，许以为相。”周坚执不从。郭璞《游仙诗七首》：“漆园有傲吏，莱氏有逸妻。”②阙：欠缺。③经世务：经国济世的本领。④偶寄：偶然寄身于。⑤微官：低微的官职。⑥婆娑（suō）：树木枝叶扶疏、纷披盘旋的样子。《世说新语·黜免》：“大司马府厅前，有一老槐，甚扶疏。殷（仲文）因月朔，与众在厅，视槐良久，叹曰：‘槐树婆娑，无复生意。’”意思是，树枝婆娑，已没有生机了，其形徒存，其神已去。

鸟鸣涧

人闲桂花落，夜静春山空。
月出惊山鸟，时鸣春涧中。

【注释】①“人闲”句：桂树枝叶繁茂，而花瓣细小。花落，尤其是在夜间，不易觉察。诗人内心宁静，方能觉察桂花从枝上落下。此处桂花或指四季桂，春季和秋季为盛花期。②《唐绝诗钞注略》载：徐文弼云，有此一“惊”字，愈觉寂然。

萍池

春池深且广，会待轻舟回。
靡靡绿萍合，垂杨扫复开。

【注释】①《诗境浅说续编》载：“池水不波，轻舟未动，水面绿萍，平铺密合，偶为风中杨柳低拂而开，开而复合，深得临水静观之趣。此恒有之景，惟右丞能道出。”

书事

轻阴阁小雨，深院昼慵开。
坐看苍苔色，欲上人衣来。

【注释】①书事：书写眼前所见的事物。②轻阴：微阴。③阁：同“搁”，阻止，延滞。④慵（yōng）：懒。尽管在白昼，还是懒得开院门。⑤苍苔：青苔。⑥欲上人衣来：喻青苔侵染人衣，谓静极。神来之笔。

杂诗

君自故乡来，应知故乡事。
来日绮窗前，寒梅著花未？

【注释】①君：对对方的尊称，您。②故乡：家乡，这里指作者的故乡。③来日：来的时候。④绮窗：雕画花纹的窗户。绮，有花纹的丝织品。⑤寒梅：冬天绽放的梅花。⑥著花未：开花没有？著（zhuó）花，开花。未，用于句末，相当于“否”，表疑问。

山中送别

山中相送罢，日暮掩柴扉。
春草明年绿，王孙归不归？

【注释】①掩：关闭。②柴扉：柴门，用荆条或树枝编扎的简陋的门。③明年：一作“年年”。④王孙：贵族的子孙，这里指送别的友人。此二句从《楚辞·招隐士》“王孙游兮不归，春草生兮萋萋”句化来。

息夫人

莫以今时宠，难忘旧日恩。
看花满眼泪，不共楚王言。

【注释】①息夫人：春秋时息国君主的妻子。公元前680年，楚王灭了息国，将她据为己有。她虽在楚宫里生了两个孩子，熊艰与熊恽，但她始终不和楚王说一句话。楚王问她为什么不说话。她答："吾一妇人而事二夫，纵不能死，其又奚言！"②今时宠：一作"今朝宠"。③难忘：怎能忘，哪能忘。④旧日恩：一作"昔日恩"。⑤满眼泪：一作"满目泪"。

【点评】清邓汉仪《题息夫人庙》："楚宫慵扫黛眉新，只自无言对暮春。千古艰难唯一死，伤心岂独息夫人！"又写出新意。

※ 李白

静夜思

床前明月光，疑是地上霜。
举头望明月，低头思故乡。

【注释】①床：今传多种说法。一说井上围栏。中国最早的水井是木结构，井栏有数米高，呈方框形围住井口，防止人跌入，像古代的床，因此叫银床；一说"窗"的通假字；一说坐卧的器具。引申为安放器物的座架，徐陵《玉台新咏序》"翡翠笔床，无时离手"，岑参诗"一片山花落笔床"；一说胡床，亦称交床、交椅、绳床，古时一种可以折叠的轻便坐具，即马扎。②《唐人绝句精华》载："李白此诗绝去雕采，纯出天真，犹是《子夜》民歌本色，故虽非用乐府古题，而古意盎然。"③《唐诗广选》载："举头""低头"，写出踌躇踯躅之态。④《李太白诗醇》载：直书衷曲，不着色相。……因"疑"则"望"，因"望"则"思"，并无他念，真"静夜思"也。

怨情

美人卷珠帘，深坐颦蛾眉。
但见泪痕湿，不知心恨谁。

【注释】①卷珠帘：意指其卷帘相望。②深坐：长久地坐。③颦（pín）：皱眉。

④蛾眉：蚕蛾触须弯而细长，故以称女子之眉。《诗经·卫风·硕人》有“螓首蛾眉”句。

玉阶怨

玉阶生白露，夜久侵罗袜。
却下水晶帘，玲珑望秋月。

【注释】①玉阶怨：乐府古题，是专写“宫怨”的曲题。郭茂倩《乐府诗集》卷四十三列于《相和歌辞·楚调曲》。②罗袜：丝织的袜子。③却下：放下。④水晶帘：用水晶石穿制成的帘子。⑤“玲珑”句：虽下帘仍望月而待。玲珑，一作“聆胧”，即月光。

估客行

海客乘天风，将船远行役。
譬如云中鸟，一去无踪迹。

【注释】①估客：贩运货物的行商。估客行，一作“估客乐”，乐府清商曲旧题。《估客乐》者，齐武帝之所制也。武帝布衣时，常游樊、邓，登祚以后，追忆往事而作歌曰：“昔经樊、邓役，阻潮梅根渚。感忆追往事，意满辞不叙。”梁改其名为《商旅行》。②海客：海上旅客。此指估客。③将船：驾船。④行役：旧指因服兵役、劳役或公务而出外跋涉，后泛称行旅，出行。此指行贩经商，外出做生意。

越女词

其一

长干吴儿女，眉目艳新月。
屐上足如霜，不著鸦头袜。

其二

吴儿多白皙，好为荡舟剧。
卖眼掷春心，折花调行客。

其三

耶溪采莲女，见客棹歌回。
笑入荷花去，佯羞不出来。

其四

东阳素足女，会稽素舸郎。
相看月未堕，白地断肝肠。

其五

镜湖水如月，耶溪女如雪。
新妆荡新波，光景两奇绝。

【注释】①长干：地名，浙江北部一带。②吴：吴地，今长江下游江苏南部。③儿女：此指女儿。④鸦头袜：也作“叉头袜”，着屐时穿的袜子，拇趾与其他四趾分开。⑤吴儿：此指吴地女子。⑥剧：游戏。⑦卖眼：即“目成”之意。梁武帝《子夜歌》：“卖眼擦长袖，含笑留上客。”⑧耶溪：若耶溪，在越州会稽（今浙江绍兴）南。⑨棹（zhào）歌：划船时所唱之歌。⑩东阳：县名，唐时属婺州（今浙江省金华市）。⑪会（kuài）稽：县名，唐时属越州（今浙江省绍兴市）。⑫素舸（gě）：木船。⑬白地：当时俚语，今天依然沿用于民间，即“平白地”，无缘无故的意思。⑭镜湖：一名鉴湖、庆湖，在今浙江省绍兴市会稽山北麓，周围三百里若耶溪北流入于镜湖。

哭宣城善酿纪叟

纪叟黄泉里，还应酿老春。
夜台无晓日，沽酒与何人？

【注释】①宣城：郡名，今属安徽省。②善酿：擅长酿酒。③黄泉：地下。④老春：纪叟所酿酒名。唐人称酒多有“春”字。⑤夜台：墓穴。墓闭后不见光明，故称。亦借指阴间。《文选》陆机：“送子长夜台。”李周翰注：“坟墓一闭，无复见明，故云长夜台，后人称夜台本此。”

秋浦歌

其三

秋浦锦驼鸟，人间天上稀。
山鸡羞渌水，不敢照毛衣。

其十四

炉火照天地，红星乱紫烟。
赧郎明月夜，歌曲动寒川。

其十五

白发三千丈，缘愁似个长。
不知明镜里，何处得秋霜。

【注释】①秋浦（pǔ）：唐时属池州郡，故址在今安徽省池州市贵池区西。李白《秋浦歌》共十七首，此选其中三首。②锦驼：传说中的一种鸟，其形似凤。③渌水：清澈的水。④毛衣：禽鸟的羽毛。⑤赧（nǎn）：原指因害羞而脸红。这里是指炉火映红人脸。⑥白发三千丈：极言其长，愁多故易白。⑦个：如此，这般。⑧明镜：秋浦之水。⑨秋霜：形容头发白如秋霜。《唐诗选脉会通评林》载："六朝五言绝意致既深，风华复绚，唐人即古其貌而不古其意，占其意而不古其韵，如《秋浦歌》《劳劳亭》古意荡然矣。盖以诗之所以贵古者，以情深也，格老也，色丽也，句响也。"

陪侍郎叔游洞庭醉后

刬却君山好，平铺湘水流。
巴陵无限酒，醉杀洞庭秋。

【注释】①题注：此篇为《陪侍郎叔游洞庭醉后三首》其三，作于唐肃宗乾元二年（759）秋。这一年春，李白在流放夜郎途中，行至巫山，遇大赦，返江夏，后又至湖南，在岳州遇到族叔李晔（当时由刑部侍郎贬官岭南）。他们同游洞庭湖，心有感慨，因有此作。②刬（chǎn）却：削去，铲掉。③君山：在洞庭湖中，又名洞庭山、湘山。④湘水：洞庭湖主要由湘江潴成，此处即指洞庭湖水。⑤巴陵：岳州唐时曾改为巴陵郡，治所即今湖南岳阳。

自遣

对酒不觉暝，落花盈我衣。
醉起步溪月，鸟还人亦稀。

【注释】①自遣：发抒排遣自己的感情。

赠内

三百六十日，日日醉如泥。
虽为李白妇，何异太常妻。

【注释】①太常妻：《后汉书·周泽传》载，周泽身为太常卿，清洁循行，尽敬宗庙，常卧斋宫。其妻因怜其老病，到斋宫去看望他。周泽大怒，以干犯斋禁为由，把妻子押送诏狱。时人说：“生世不谐作太常妻，一岁三百六十日，三百五十九日斋，一日不斋醉如泥。”后用作冷淡妻子的典故。常用作夫妻调侃之语。

【点评】宋孔平仲《寄内》：“试说途中景，方知别后心。行人日暮少，风雪乱山深。”较之太白诗，孔平仲夫妻情分似乎更重?

浣纱石上女

玉面耶溪女，青娥红粉妆。
一双金齿屐，两足白如霜。

【注释】①耶溪：即若耶溪，传说是西施浣纱处。②金齿屐：当是屐下有铁齿。金，饰词。《南越志》载：“军安县女子赵妪着金箱齿屐。”（《李白全集编年笺注》）

夜下征虏亭

船下广陵去，月明征虏亭。
山花如绣颊，江火似流萤。

【注释】①征虏亭：东晋时征虏将军谢石所建，故址在今江苏省南京市南郊。《丹阳记》载："亭是晋太安中征虏将军谢安所立，因以为名。"据《晋书·谢安传》等史料，谢安从未有过征虏将军的封号，这里"谢安"应是"谢石"之误。②广陵：郡名，在今江苏省扬州市一带。③绣颊（jiá）：涂过胭脂的女子面颊，色如锦绣，因称绣颊。亦称"绣面"或"花面"。一说绣颊疑为批颊，即戴胜鸟。这里借喻岸上山花的娇艳。④江火：江上的渔火。⑤流萤：飞动的萤火虫。

独坐敬亭山

众鸟高飞尽，孤云独去闲。
相看两不厌，只有敬亭山。

【注释】①敬亭山：在今安徽宣城市北。《元和郡县志》载："在宣城县北十里。山有万松亭、虎窥泉。"《江南通志》卷一六宁国府："敬亭山在府城北十里。府志云：古名昭亭，东临宛、句二水，南俯城闉，烟市风帆，极目如画。"②孤云：晋陶潜《咏贫士》诗有"孤云独无依"句。朱谏注："言我独坐之时，鸟飞云散，有若无情而不相亲者。独有敬亭之山，长相看而不相厌也。"

九日龙山饮

九日龙山饮，黄花笑逐臣。
醉看风落帽，舞爱月留人。

【注释】①九日：农历九月初九重阳节。②龙山：在当涂县南十里，蜿蜒如龙，蟠溪而卧，故名。③黄花：菊花。菊花有多种颜色，古人以黄菊为正色，故常以黄花代称。④逐臣：被贬斥、被驱逐的臣子，诗人自称。⑤风落帽：《晋书·孟嘉传》载："有风至，吹嘉帽堕落，嘉不之觉。温使左右勿言，欲观其举止。嘉良久如厕，温令取还之，命孙盛作文嘲嘉，着嘉坐处。嘉还见，即答之，其文甚美，四坐嗟叹。"

后因以“落帽”作为重阳节登高的典故。

忆东山

不向东山久，蔷薇几度花。
白云还自散，明月落谁家。

【注释】①东山：东晋著名政治家谢安隐居之处。《会稽志》载，东山位于浙江上虞县西南，山旁有蔷薇洞，相传是谢安游宴的地方。山上有谢安所建的白云、明月二堂。

劳劳亭

天下伤心处，劳劳送客亭。
春风知别苦，不遣柳条青。

【注释】①劳劳亭：三国吴时建，故址在今江苏省南京市西南，为古时送别之所。《景定建康志》载，劳劳亭，在城南十五里，古送别之所。吴置亭在劳劳山上，今顾家寨大路东即其所。《江南通志》载，劳劳亭，在江宁府治西南。②劳劳：忧愁伤感貌。此指劳劳亭。

夜宿山寺

危楼高百尺，手可摘星辰。
不敢高声语，恐惊天上人。

【注释】①编者注：此本从我国小学语文教科书。有人认为是李白14岁时所作《上楼诗》，诗中的楼指绵州越王楼，为唐太宗八子越王李贞任绵州刺史时所建。越王李贞父子曾起兵反武则天被诛。李白中年在湖北蕲州黄梅县所作《题峰顶寺》，载于宋邵博《邵氏见闻录》、赵德麟《侯鲭录》、胡仔《苕溪渔隐丛话》等书，前二句为“夜宿峰顶寺，举手扪星辰”。②宿：住，过夜。③危楼：高楼，这里指山顶的寺庙。危，高。④百尺：虚指，不是实数，这里形容楼很高。

渌水曲

渌水明秋月，南湖采白蘋。
荷花娇欲语，愁杀荡舟人。

【注释】①渌（lù）水曲：古乐府曲名。渌水即绿水，清澈的水。②明秋月：在秋夜的月亮下发光。“明”字是形容词用作动词。月，一作“日”。③南湖：洞庭湖。④白蘋：一种水生植物，又称四叶菜、田字草，多年生浅水草本，根茎在泥中，叶子浮在水面之上。⑤愁杀：即“愁煞”，愁得不堪忍受。

赋得白鹭鸶送宋少府入三峡

白鹭拳一足，月明秋水寒。
人惊远飞去，直向使君滩。

【注释】①使君滩：滩名，在今四川省万县东二里。《水经注》载：“江水东经羊肠虎臂滩。杨亮为益州刺史，至此舟覆。惩其波澜，蜀人至今犹名之为使君滩。”

对雪献从兄虞城宰

昨夜梁园里，弟寒兄不知。
庭前看玉树，肠断忆连枝。

【注释】①从兄：同祖伯叔之子年长于己者。即堂兄。②虞城：唐时宋州睢阳郡有虞城县。今河南省虞城县。③梁园：在唐时宋州（今河南商丘），一名梁苑，汉代梁孝王的游赏之地。④玉树：雪中树。⑤连枝：两树的枝条连生一起。喻同胞兄弟姐妹。

襄阳曲

襄阳行乐处，歌舞白铜鞮。
江城回绿水，花月使人迷。

【注释】①襄阳曲：乐府旧题。李白《襄阳曲四首》，此为其一。②白铜鞮：歌名。相传为梁武帝所制。一说为南朝童谣名，流行于襄阳一带。

相逢行

相逢红尘内，高揖黄金鞭。
万户垂杨里，君家阿那边。

【注释】①相逢行：乐府旧题。李白《相逢行二首》，此为其二。②黄金鞭：饰有黄金的马鞭，极言华贵也。③阿那边：犹言在哪里。

巴女词

巴水急如箭，巴船去若飞。
十月三千里，郎行几岁归。

【注释】①巴水：今四川省东部一带古时为巴国，三峡中的长江水因处在三巴之地，故名。

※ 崔颢

长干行

其一
君家何处住？妾住在横塘。
停船暂借问，或恐是同乡。

其二
家临九江水，来去九江侧。
同是长干人，自小不相识。

【注释】①长干行：一作“江南曲”，属乐府《杂曲歌辞》。崔颢《长干曲四首》，此为前二首。②何处住：一作“定何处”。③横塘：在今南京市西南，即莫愁湖。④借问：请问，向人询问。⑤或恐：也许。一作“或可”。⑥九江：原指长江浔阳一段，此泛指长江。

※ 储光羲

洛阳道

大道直如发，春日佳气多。
五陵贵公子，双双鸣玉珂。

【注释】①佳气：指阳气，春天气温回升，生气蓬勃。②玉珂（kē）：用玉石装饰的马勒，两勒相击而发声，故又叫鸣珂。

江南曲

其一
绿江深见底，高浪直翻空。
惯是湖边住，舟轻不畏风。

其二
逐流牵荇叶，缘岸摘芦苗。
为惜鸳鸯鸟，轻轻动画桡。

其三
日暮长江里，相邀归渡头。
落花如有意，来去逐船流。

其四
隔江看树色，沿月听歌声。
不是长干住，那从此路行。

【注释】①江南曲：乐府旧题。②荇（xìng）叶：荇菜，多年生草本植物，叶略呈圆形，浮在水面，根生水底，夏天开黄花。《诗经·周南·关雎》："参差荇菜，左右流之。"③画桡（ráo）：有画饰的船桨。

※ 钱起

逢侠者

燕赵悲歌士，相逢剧孟家。
寸心言不尽，前路日将斜。

【注释】①侠者：豪侠仗义之士。②燕赵：古时燕赵多勇士，后以燕赵人士指代侠士。③剧孟：汉代著名的侠士，洛阳人，素有豪侠的名声。此处指洛阳的侠者。

【点评】有人将这首诗版权归高适，细玩之，有点像。

※ 李康成

自君之出矣

自君之出矣，弦吹绝无声。
思君如百草，撩乱逐春生。

【注释】①百草：各种草类，亦指各种花木。《庄子·庚桑楚》载："夫春气发而百草生，正得秋而万宝成。"

※ 杜甫

绝句二首

其一

迟日江山丽，春风花草香。
泥融飞燕子，沙暖睡鸳鸯。

其二

江碧鸟逾白，山青花欲燃。
今春看又过，何日是归年？

【注释】①迟日：春日。语出《诗经·豳风·七月》“春日迟迟”。②泥融：春日来临，冻泥融化，又湿又软。③鸳鸯：一种漂亮的水鸟，雄鸟与雌鸟时常双双出没。④花欲燃：花红似火。

因崔五侍御寄高彭州

百年已过半，秋至转饥寒。
为问彭州牧，何时救急难。

【注释】①题注：高彭州即高适，时任彭州刺史。崔五，生平不详。侍御，官名。②“百年”句：杜甫当时年近五十，故云。③州牧：古代指一州之长，对州最高长官的尊称。

【点评】好直白。

武侯庙

遗庙丹青落，空山草木长。
犹闻辞后主，不复卧南阳。

【注释】①武侯：指诸葛亮。诸葛亮于后主建兴元年（223），封为武乡侯，省称武侯。武侯庙，指祭祀诸葛亮的庙。其庙有多处，如襄阳、成都、南阳、夔州等地都有武侯庙。这里指夔州武侯庙，在今重庆市奉节县白帝城西。张震《武侯祠堂记》载："唐夔州治白帝，武侯祠在西郊。"②丹青落：庙中壁画已脱落。③草木长：草木茂长。此二句写庙景，言武侯去世时间之久远。④辞后主：蜀后主刘禅建兴五年（317），诸葛亮上《出师表》，辞别后主，率兵伐魏。⑤南阳：诸葛亮昔居南阳，刘备三顾草庐请他出山，后诸葛亮辅佐刘备建立蜀汉，与魏、吴成鼎足之势。

八阵图

功盖三分国，名成八阵图。
江流石不转，遗恨失吞吴。

【注释】①八阵图：诸葛亮创造的一种用兵阵法，由天、地、风、云、龙、虎、鸟、蛇八种阵势组成。《三国志·蜀志·诸葛亮传》载："推演兵法，作八阵图。"《晋书·桓温传》载："初，诸葛亮造八阵图于鱼腹平沙之下，累石为八行，行相去二丈。温见之，谓'此常山蛇势也'。文武皆莫能识之。"后比喻巧妙难测的谋略。②盖：超过。③三分：指三国时魏、蜀、吴。《三国志·蜀志·诸葛亮传》："今天下三分，益州疲弊，此诚危急存亡之秋也。"④石不转：指涨水时，八阵图的石块仍然不动。《荆州图副》和刘禹锡《嘉话录》载，八阵图聚细石成堆，高五尺，六十围，纵横棋布，排列为六十四堆，始终保持原来的样子不变，即使被夏天大水冲击淹没，等到冬季水落平川，八阵图的石堆依然如旧，岿然不动。亦化用《诗经·邶风·柏舟》"我心匪石，不可转也"句。⑤"遗恨"句：《杜诗详注》载，"遗恨失吞吴"有四说。以不能灭吴为恨，此旧说也；以先主之征吴为恨，此东坡说也；不能制主东行，而自以为恨，此《杜臆》、朱注说也；以不能用阵法而致吞吴失师，此刘逵之说也。

※ 岑参

行军九日思长安故园

强欲登高去，无人送酒来。
遥怜故园菊，应傍战场开。

【注释】①岑参：一说人名中“参”音 cān，一说音 shēn，星名，二十八宿之一，作岑参出生的月份解。②强：勉强。③登高：重阳节有登高赏菊饮酒以避灾祸的风俗。④无人送酒：南朝宋檀道鸾《续晋阳秋》载：“陶潜九月九日无酒，于宅边菊丛中摘盈把，坐其侧，人望见白衣人，乃王弘送酒，即便就酌而后归。”后因以为典。

※ 裴迪

崔九欲往南山马上口号与别

归山深浅去，须尽丘壑美。
莫学武陵人，暂游桃源里。

【注释】①题注：一作“留别王维”。②崔九：即崔兴宗，尝与王维、裴迪同居辋川。③南山：辋川南边的终南山，故诗中说他“归山”。④马上口号：在马背上顺口吟成诗句。⑤丘壑：丘陵川壑，暗用典故，含劝友人隐逸山林、莫改初衷之意。《世说新语·品藻》载：“明帝问谢鲲：‘君自谓何如庾亮？’答曰：‘端委庙堂，使百僚准则，臣不如亮；一丘一壑，自谓过之。’”⑥武陵人、桃源：用晋陶潜《桃花源记》典。

【点评】很喜欢的一首诗。

华子冈

日落松风起，还家草露晞。
云光侵履迹，山翠拂人衣。

【注释】①题注：王维隐居于蓝田（今属陕西）辋川，与裴迪“浮舟往来，弹琴赋诗，啸咏终日”。辋川别墅有华子冈、竹里馆、鹿柴等名胜多处。王维《山中与裴秀才迪书》：“夜登华子冈，辋水沦涟，与月上下。寒山远火，明灭林外。深巷寒犬，吠声如豹。村墟夜舂，复与疏钟相间。此时独坐，僮仆静默。多思曩昔，携手赋诗，步仄径，临清流也。”②晞：干，晒干。③侵：有逐渐浸染之意。

【点评】与王维诗“山路元无雨，空翠湿人衣”相仿佛，谁抄谁？

※ 王韫秀

同夫游秦

路扫饥寒迹，天哀志气人。
休零离别泪，携手入西秦。

【注释】①题注：王韫秀，河西节度使王忠嗣之女，宰相元载之妻。元载出身寒微，借住在岳父家里，受到妻族的歧视嘲笑，作《别妻王韫秀》：“年来谁不厌龙钟，虽在侯门似不容。看取海山寒翠树，苦遭霜霰到秦封。”王韫秀以此诗作答。②同：一作“偕”。③秦：指古秦国地带，今陕西一带。④哀：怜悯。⑤志气人：有志气的人。⑥零：下雨，《诗经·定之方中》有“灵雨既零”句，这里指泪如雨下。⑦西秦：指长安。后晚唐诗人韦庄《浣溪沙》有“几时携手入长安”句。

※ 戴叔伦

过三闾庙

沅湘流不尽，屈子怨何深。
日暮秋风起，萧萧枫树林。

【注释】①三闾（lǘ）庙：即屈原庙，因屈原曾任三闾大夫而得名，在今湖南汨罗境。《后汉书·孔融传》载：“忠非三闾，智非晁错，窃位为过，免罪为幸。”李贤注：“（三闾）即屈原也，掌王族三姓，曰昭、屈、景，故曰‘三闾’。”诗题一作“三闾庙”。②沅（yuán）湘：指沅江和湘江，沅江、湘江是湖南的两条主要河流。③屈子：屈原。一作“屈宋”，即屈原和宋玉。④“日暮”二句：此处化用屈原的《九歌》《招魂》中的诗句：“袅袅兮秋风，洞庭波兮木叶下”“湛湛江水兮上有枫，目极千里兮伤春心。魂兮归来哀江南！”秋风，一作“秋烟”。⑤萧萧：风吹树木发出的响声。

※ 刘长卿

逢雪宿芙蓉山主人

日暮苍山远，天寒白屋贫。
柴门闻犬吠，风雪夜归人。

【注释】①逢：遇上。②宿：投宿，借宿。③芙蓉山：各地以芙蓉命山名者甚多，这里大约是指湖南桂阳或宁乡的芙蓉山。④苍山：青山。⑤白屋：未加修饰的简陋茅草房。一般指贫苦人家。⑥夜归人：夜间回来的人。

【点评】白描神作。林冲雪夜归来？

送灵澈上人

苍苍竹林寺，杳杳钟声晚。
荷笠带斜阳，青山独归远。

【注释】①灵澈（chè）上人：唐代著名僧人，本姓杨，字源澄，会稽（今浙江绍兴）人，后为云门寺僧。上人，对僧人的敬称。②苍苍：深青色。③竹林寺：在今江苏丹徒南。④杳杳：深远的样子。⑤荷（hè）笠：背着斗笠。荷，背着。

听弹琴

泠泠七弦上，静听松风寒。
古调虽自爱，今人多不弹。

【注释】①泠（líng）泠：形容清凉、清淡，也形容声音清越。②七弦：古琴的一种，有七根弦。《宋史·乐志四》："丝部有五，曰一弦琴，曰三弦琴，曰五弦琴，曰七弦琴，曰九弦琴。"③松风：以风入松林暗示琴声凄凉。琴曲中有《风入松》的调名。④古调：古时的曲调。

【点评】有王维诗味。

送方外上人

孤云将野鹤，岂向人间住。
莫买沃洲山，时人已知处。

【注释】①“孤云”句：张祜在《寄灵澈诗》中有“独树月中鹤，孤舟云外人”句，与此用意正相同。将：和，共。②沃洲山：在浙江省新昌县东。相传为晋代高僧支遁放鹤养马处，有放鹤峰、养马坡，道家列为第十二洞天福地。

※ 韦应物

闻雁

故园眇何处？归思方悠哉。
淮南秋雨夜，高斋闻雁来。

【注释】①故园：指作者在长安的家。②眇：古通“渺”，辽远。③淮南：今安徽省滁州市，位于淮河南岸。④高斋：楼阁上的书房。

秋夜寄丘二十二员外

怀君属秋夜，散步咏凉天。
山空松子落，幽人应未眠。

【注释】①丘二十二员外：名丹，苏州人，曾拜尚书郎，后隐居平山上。丘，一作“邱”。②属：正值，适逢，恰好。③幽人：幽居隐逸的人，悠闲的人。此处指丘员外。

西塞山

势从千里奔，直入江中断。
岚横秋塞雄，地束惊流满。

【注释】①西塞山：山名。在今湖北大冶东。《水经注·江水》载：“（西陵）县北则三洲也。山连迳江，则东山偏高，谓之西塞，东对黄公九矶。”②“势从”二句：西塞等山连延直达江边，故称其势千里奔腾，直入大江而中断。③岚：山间雾气。④秋塞：指秋天的西塞山。⑤地束：西塞等山直入长江，江面变窄，故云“地束”。

【点评】张志和《渔歌子》：“西塞山前白鹭飞，桃花流水鳜鱼肥。青箬笠，绿蓑衣，斜风细雨不须归。”风景差别如此之大。（此处西塞山在今浙江湖州西）

※ 李端

拜新月

开帘见新月，便即下阶拜。
细语人不闻，北风吹裙带。

【注释】①拜新月：唐教坊曲名。拜新月源于远古对月亮的崇拜，唐代形成风俗，农历七月初七或中秋节之夜，古代妇女拜新月祈求夫妻团圆、幸福长寿。

【点评】唐代林杰有七夕诗《乞巧》：“七夕今宵看碧霄，牵牛织女渡河桥。家家乞巧望秋月，穿尽红丝几万条。”写的就不是个人，而是大众的民俗。

听筝

鸣筝金粟柱，素手玉房前。
欲得周郎顾，时时误拂弦。

【注释】①金粟：古也称桂为金粟，这里当是指弦轴之细而精美。②柱：定弦调音的短轴。③素手：指弹筝女子纤细洁白的手。④玉房：指玉制的筝枕。房，筝上架弦的枕。⑤周郎：三国时吴将周瑜，精通音乐，有“曲有误，周郎顾”语。此处化用典故，周郎相貌英俊，酒后别有一番风姿。弹奏者多为女子，为博他一顾。故意将曲谱弹错。

【**点评**】从简洁的角度来说“曲有误，周郎顾”更好，但诗歌便于传唱。

※ 卢纶

和张仆射塞下曲

其一

鹫翎金仆姑，燕尾绣蝥弧。
独立扬新令，千营共一呼。

其二

林暗草惊风，将军夜引弓。
平明寻白羽，没在石棱中。

其三

月黑雁飞高，单于夜遁逃。
欲将轻骑逐，大雪满弓刀。

其四

野幕敞琼筵，羌戎贺劳旋。
醉和金甲舞，雷鼓动山川。

【**注释**】①和（hè）：以诗歌酬答。②张仆射：一说为张延赏，一说为张建封。③塞下曲：古时的一种军歌。④鹫（jiù）翎：箭尾羽毛。⑤金仆姑：神箭名。⑥燕尾：旗的两角叉开，若燕尾状。⑦蝥（máo）弧：旗名。蝥，一说音 wù。⑧独立：犹言屹立。⑨扬新令：扬旗下达新指令。⑩惊风：突然被风吹动。⑪引弓：拉弓，开弓，这里包含下一步的射箭。⑫平明：天刚亮的时候。⑬白羽：箭杆后部的白色羽毛，这里指箭。⑭没：陷入，这里是钻进的意思。⑮石棱：石头的棱角。也指多棱的山石。⑯月黑：没有月光。⑰单（chán）于：匈奴的首领。这里指入侵者的最高统帅。⑱遁：逃走。⑲“欲将”句：将：率领。轻骑：轻装快速的骑兵，一人一马为一骑。

逐：追赶。⑳弓刀：像弓一样弯曲的军刀。㉑野幕：野外帐篷。㉒敞：开。㉓琼筵：美宴。㉔羌戎：此泛指少数民族。㉕雷鼓：大鼓，声大如雷，故称。

【点评】四首俱佳，五言珍品。

※ 卢殷

遇边使

累年无的信，每夜梦边城。
袖掩千行泪，书封一尺情。

【注释】①题注：一作罗隐诗。②的信：确实的消息。

※ 柳中庸

扬子途中

楚塞望苍然，寒林古戍边。
秋风人渡水，落日雁飞天。

【注释】①扬子：古地名，今江苏省仪征市。隋炀帝在此建立行宫，扬子宫因此得名。②寒林：秋冬的林木。

※ 李益

立秋前一日览镜

万事销身外，生涯在镜中。
唯将两鬓雪，明日对秋风。

【注释】①生涯：语本《庄子·养生主》："吾生也有涯，而知也无涯。"原谓生命有边际、限度。后指生命、人生。南朝陈沉炯《独酌谣》："生涯本漫漫，神理暂超超。"

江南曲

嫁得瞿塘贾，朝朝误妾期。
早知潮有信，嫁与弄潮儿。

【注释】①瞿（qú）塘：瞿塘峡，长江三峡之一。②贾（gǔ）：商人。瞿塘贾指在长江上游一带做买卖的商人。③朝朝（zhāo）：天天。④妾：古代女子自称的谦辞。⑤潮有信：潮水涨落有一定的时间，叫"潮信"。⑥弄潮儿：潮水涨时戏水的人，或指潮水来时乘船入江的人。

鹧鸪词

湘江斑竹枝，锦翅鹧鸪飞。
处处湘云合，郎从何处归。

【注释】①斑竹：一种茎上有紫褐色斑点的竹子，也叫湘妃竹。晋张华《博物志》卷八："尧之二女，舜之二妃，曰湘夫人，帝崩，二妃啼，以涕挥竹，竹尽斑。"②鹧鸪：鸟名。形似雌雉，头如鹑，胸前有白圆点，如珍珠。背毛有紫赤浪纹。足黄褐色。中国南方留鸟。古人谐其鸣声为"行不得也哥哥"，诗文中常用以表示思念故乡。

※ 孟郊

怨诗

试妾与君泪，两处滴池水。
看取芙蓉花，今年为谁死。

【注释】①试：尝试。②妾：古代女子对自己的谦称。③两处滴：分两处滴入。④芙蓉花：即荷花、莲花，也称芙蕖。《楚辞·离骚》：“制芰荷以为衣兮，集芙蓉以为裳。”洪兴祖补注：“《本草》云，其叶名荷，其华未发为菡萏，已发为芙蓉。”⑤为谁死：因为谁而死，意思是谁使得荷花败死了。

※ 权德舆

玉台体

昨夜裙带解，今朝蟢子飞。
铅华不可弃，莫是藁砧归。

【注释】①玉台体：南朝徐陵编诗选《玉台新咏》，多为艳诗或言情诗，以此得名。②裙带解：古代女子裙举忽然松开为喜兆。③蟢子：小蜘蛛脚长者，俗称蟢子。④铅华：指脂粉。⑤藁（gǎo）砧：民间妇女称丈夫的隐语。

岭上逢久别者又别

十年曾一别，征路此相逢。
马首向何处，夕阳千万峰。

【注释】①征路：远行的路途。南朝宋鲍照《还都道中》诗之一：“鸣鸡戒征路，暮息落日分。”路，一作“旆”。②马首：马头的方向，即驱马而去的方向。《仪礼·士丧礼》，“君至，主人出迎于外，门外见马首，不哭。”

※ 王涯

春游曲

万树江边杏，新开一夜风。
满园深浅色，照在绿波中。

【注释】①题注：一作“游春曲”。

【点评】水映万物，别开生面。

※ 王建

江馆

水面细风生，菱歌慢慢声。
客亭临小市，灯火夜妆明。

【注释】①江馆：江边客舍。②客亭：旅馆中的水亭。③小市：小集市。

新嫁娘词

三日入厨下，洗手作羹汤。
未谙姑食性，先遣小姑尝。

【注释】①三日入厨下：古代习俗，新娘婚后三日，要下厨亲手做饭。②羹汤：泛指饭菜。③未谙姑食性：意思是还不熟悉婆婆的口味。谙，熟悉。姑食性，婆婆的口味。④遣：让。小姑：丈夫的妹妹，也称小姑子。《唐诗笺注》载：“新妇与姑未习，小姑易亲，转圜机绪慧转甚。入情入理，语亦天然。”

【点评】全是套路。

※ 金昌绪

春怨

打起黄莺儿，莫教枝上啼。
啼时惊妾梦，不得到辽西。

【注释】①题注：一作“伊州歌”。②打：一作“却”。③啼时：一作“几回”。④辽西：古郡名，在今辽宁省辽河以西地方，是当时少妇的丈夫所去的征戍之地。《唐诗笺注》载：“忆辽西而怨思无那，闻莺语而迁怒相惊，天然白描文笔，无可移易一字。此诗前辈以为一气团结，增减不得一字，与‘三日入厨下’诗，俱为五绝之最。”

【点评】多少精雕细琢的宋词加在一起，也不及这首丽质天成的小诗。

※ 薛涛

春望词

其一

花开不同赏，花落不同悲。
欲问相思处，花开花落时。

其二

揽草结同心，将以遗知音。
春愁正断绝，春鸟复哀吟。

其三

风花日将老，佳期犹渺渺。
不结同心人，空结同心草。

其四

那堪花满枝，翻作两相思。
玉箸垂朝镜，春风知不知。

【注释】①题注：一作“望春词”。②同心：指同心结，旧时用锦带编成的连环回文样式的结子，用以象征坚贞的爱情。南朝梁武帝《有所思》：“腰中双绮带，梦为同心结。”③玉箸：玉制的筷子，筷子的美称。

【点评】《春望词》与《啰唝曲》并传不朽。

罚赴边有怀上韦令公

闻道边城苦，今来到始知。
羞将门下曲，唱与陇头儿。

【注释】①题注：一作“陈情上韦令公”，又作“上元相公”。共二首，此为其一。《升庵诗话》载：“此薛涛在高骈宴上闻边报乐府也，有讽喻而不露，得诗人之妙。”②陇头：陇山。借指边塞。

【点评】门下曲是啥格调？

井梧吟

庭除一古桐，耸干入云中。
枝迎南北鸟，叶送往来风。

【注释】①“枝迎”二句：涛八九岁，知声律。一日，其父郧指井梧曰：“庭除一古桐，耸干入云中。”涛应声云云，父愀然久之，后果入乐籍。

※ 包何

同诸公寻李方直不遇

闻说到扬州，吹箫忆旧游。
人来多不见，莫是上迷楼。

【注释】①题注：一作“寻人不遇”，一作贾岛诗。②迷楼：隋炀帝所建楼名。故址在今江苏省扬州市西北郊。

【**点评**】好朋友才能如此调侃。

※ 刘商

行营即事

万姓厌干戈，三边尚未和。
将军夸宝剑，功在杀人多。

【**注释**】①行营：出征时的军营，亦指军事长官的驻地办事处。②干戈：干和戈是古代常用武器，因以“干戈”用作兵器的通称。③三边：泛指边境。④《唐人绝句精华》载，末句讽意甚切而用字不多，所谓一针见血也。

※ 李绅

悯农

其一
春种一粒粟，秋收万颗子。
四海无闲田，农夫犹饿死。

其二
锄禾日当午，汗滴禾下土。
谁知盘中餐，粒粒皆辛苦。

【**注释**】①题注：一作“古风”。②悯：怜悯。这里有同情的意思。③粟：泛指谷类。④秋收：一作“秋成”。⑤子：指粮食颗粒。⑥四海：指全国。⑦闲田：没有耕种的田。⑧禾：谷类植物的统称。⑨“锄禾”四句：一作聂夷中诗。⑩餐：一作“飧”。熟食的通称。

【**点评**】据说这厮发达后骄奢淫逸。

※ 白居易

夜雪

已讶衾枕冷，复见窗户明。
夜深知雪重，时闻折竹声。

【注释】①讶：惊讶。②衾枕：被子和枕头。③折竹声：雪压折竹子的声响。

池上二绝

其一
山僧对棋坐，局上竹阴清。
映竹无人见，时闻下子声。

其二
小娃撑小艇，偷采白莲回。
不解藏踪迹，浮萍一道开。

【注释】①山僧：住在山寺的僧人。②对棋：相对下棋。③下子：放下棋子。④小娃：男孩儿或女孩儿。⑤艇：船。⑥白莲：白色的莲花。⑦踪迹：指被小艇划开的浮萍。⑧浮萍：水生植物，椭圆形叶子浮在水面，叶下面有须根，夏季开白花。

遗爱寺

弄石临溪坐，寻花绕寺行。
时时闻鸟语，处处是泉声。

【注释】①遗爱寺：寺名，位于庐山香炉峰下。②弄：在手里玩。③鸟语：鸟鸣声。

问刘十九

绿蚁新醅酒，红泥小火炉。
晚来天欲雪，能饮一杯无？

【注释】①刘十九：白居易留下的诗作中，提到刘十九的不多，仅两首。但提到刘二十八、二十八使君的，就很多了。刘二十八就是刘禹锡。刘十九乃其堂兄刘禹铜，系洛阳一富商，与白居易常有应酬。②绿蚁：新酿酒未滤清时，酒面浮起酒渣，色微绿，细如蚁，故称“绿蚁”。③醅（pēi）：酿造。④雪：下雪，这里作动词用。⑤无：表示疑问的语气词，相当于“么”或“吗”。

※ 刘禹锡

淮阴行

何物令侬羡，羡郎船尾燕。
衔泥趁樯竿，宿食长相见。

【注释】①题注：《淮阴行》为刘禹锡自创新乐府题名，共五首，此为其四。淮阴，今属江苏省淮安市。②侬：我，女性自称。③趁：趋，赴，往。④樯竿：船桅杆。

【点评】类似南朝乐府民歌《三洲歌》：“风流不暂停，三山隐行舟。愿作比目鱼，随欢千里游。”

秋风引

何处秋风至？萧萧送雁群。
朝来入庭树，孤客最先闻。

【注释】①引：一种文学或乐曲体裁，有序奏之意，即引子，开头。②萧萧：形容风吹树木的声音。晋陶潜《咏荆轲》：“萧萧哀风逝，淡淡寒波生。”③孤客：单身旅居外地的人。这里指诗人自己。

※ 柳宗元

江雪

千山鸟飞绝，万径人踪灭。
孤舟蓑笠翁，独钓寒江雪。

【注释】①万径：虚指，指千万条路。②蓑：古代用来防雨的衣服。笠：古代用来防雨的帽子，用竹篾编成。

【点评】小时候课文里有这首诗，搞不懂他大冷天钓啥鱼，躲在家里吃火锅多好。现在懂了，晚了。

零陵早春

问春从此去，几日到秦原？
凭寄还乡梦，殷勤入故园。

【注释】①零陵：此指永州。隋文帝开皇九年（589）废零陵郡和永阳郡，置永州总管府，府治泉陵县，同年更名零陵县（治今永州市零陵区），隶湘州。从此，永州、零陵一地两名。此处零陵指永州府治零陵县。②秦原：秦地原野，这里是指长安城周围，即长安。春秋战国时属秦国领地。③凭寄：托寄，托付。

※ 刘方平

采莲曲

落日清江里，荆歌艳楚腰。
采莲从小惯，十五即乘潮。

【注释】①采莲曲：乐府诗旧题，又称《采莲女》《湖边采莲妇》等，为《江南弄》七曲之一，内容多描写江南采莲妇女的生活。②荆歌：古代荆楚地区的女孩子能歌善舞。荆，即今湖北、湖南一带地区，春秋时属楚。楚国又称“荆”，有时合称“荆楚”。《韩非子·二柄》：“楚灵王好细腰，而国中多饿人。”后因以“楚腰”泛称女子的细腰。③十五：十五岁。④乘潮：乘着潮水的涨落，驾舟采莲。

京兆眉

新作蛾眉样，谁将月里同？
有来凡几日，相效满城中。

【注释】①题注：汉张敞曾任京兆尹，敢直言，严赏罚。尝为其妻画眉，当时长安盛传“张京兆眉妩”之说。②蛾眉：亦作“娥眉”，指女子长而美的眉毛。

※ 元稹

答张生

待月西厢下，迎风户半开。
拂墙花影动，疑是玉人来。

【注释】①题注：一作“明月三五夜”。元稹《莺莺传》为后代西厢故事之祖。张生既慕莺莺姿色，红娘劝其求婚，张情不自持，红娘劝张以情诗乱之，张立作《春词》二首授之。是夕，红娘持彩笺授张，乃崔所作《明月三五夜》，张因逾墙而达西厢。金代董解元在《莺莺传》基础上作《西厢记诸宫调》，元代王实甫又在《西厢记诸宫调》的基础上作杂剧《西厢记》，广为流传。②玉人：原指容貌美丽的人，后世多称美丽的女子。

【点评】活色生香、风流潇洒的一首小诗。北宋张先有一句让人称道不已的名句“云破月来花弄影”，对比阅读，个人以为五绝小诗胜出。本诗出自元稹《莺莺传》，作者究竟是崔莺莺还是元稹，搞不清。暂挂元稹名下，真相待考。

告绝诗

弃置今何道，当时且自亲。
还将旧来意，怜取眼前人。

【注释】①题注：出自元稹《莺莺传》：“后岁余，崔已委身于人，张亦有所娶。适经所居，乃因其夫言于崔，求以外兄见。夫语之，而崔终不为出。……后数日，张生将行，又赋一章以谢绝云，弃置今何道，当时且自亲。还将旧时意，怜取眼前人。”②眼前人：指新欢。宋晏殊《浣溪沙》：“一向年光有限身。等闲离别易销魂。酒筵歌席莫辞频。满目山河空念远，落花风雨更伤春。不如怜取眼前人。”

行宫

寥落古行宫，宫花寂寞红。
白头宫女在，闲坐说玄宗。

【注释】①寥（liáo）落：寂寞冷落。②行宫：皇帝在京城之外的宫殿。这里指当时东都洛阳的皇帝行宫上阳宫。③白头宫女：据白居易《上阳白发人》，天宝末年一些宫女被“潜配”到上阳宫，在这冷宫里一闭四十多年，成了白发宫人。

【点评】简洁有神。

※ 贾岛

题诗后

两句三年得，一吟双泪流。
知音如不赏，归卧故山秋。

【注释】①题注：岛吟成“独行潭底影，数息树边身”二句下，注此一绝。②故山：旧山，喻家乡。

剑客

十年磨一剑，霜刃未曾试。
今日把示君，谁有不平事？

【注释】①题注：一作“述剑”。②剑客：行侠仗义的人。③霜刃：形容剑锋寒光闪闪，十分锋利。④把示君：拿给您看。

寻隐者不遇

松下问童子，言师采药去。
只在此山中，云深不知处。

【注释】①隐者：隐士，隐居在山林中的人。古代指不肯做官而隐居在山野之间的人。一般指的是贤士。②不遇：没有遇到，没有见到。③童子：没有成年的人，小孩。在这里是指“隐者”的弟子、学生。

※ 朱放

题竹林寺

岁月人间促，烟霞此地多。
殷勤竹林寺，更得几回过！

【注释】①竹林寺：在庐山仙人洞旁。②殷勤：亲切的情意。③过：访问。

※ 殷尧藩

关中伤乱后

去岁干戈险，今年蝗旱忧。
关西归战马，海内卖耕牛。

【注释】①伤乱：战乱所受的伤害。②蝗旱：蝗灾和旱灾。

※ 施肩吾

瀑布

豁开青冥颠，写出万丈泉。
如裁一条素，白日悬秋天。

【注释】①青冥：青天。②颠：顶部。③素：未染色的丝绸。

幼女词

幼女才六岁，未知巧与拙。
向夜在堂前，学人拜新月。

【注释】①向夜：指日暮时分。向：接近，将近。②拜新月：古代习俗。

※ 李贺

马诗

其四
此马非凡马，房星本是星。
向前敲瘦骨，犹自带铜声。

其五
大漠沙如雪，燕山月似钩。
何当金络脑，快走踏清秋。

其十

催榜渡乌江，神骓泣向风。

君王今解剑，何处逐英雄？

其二十三

武帝爱神仙，烧金得紫烟。

厩中皆肉马，不解上青天。

【注释】①编者注：李贺《马诗》二十三首，此处录四首。另“宝玦谁家子，长闻侠骨香。堆金买骏骨，将送楚襄王”等，篇幅所限未收录。②大漠：原指沙漠，这里指北方的原野。③燕山：此指燕然山，是西北产良马之地，指河北省的北部。大漠、燕山，皆马之故乡。④钩：弯刀，是古代的一种兵器，形似月牙。⑤何当：何时才能够。⑥金络脑：用黄金装饰的马笼头，说明马具的华贵。汉乐府《陌上桑》：“黄金络马头。”⑦清秋：明净爽朗的秋天。⑧武帝：《李长吉歌诗汇解》载，汉武帝好神仙之事，使方士炼丹砂为黄金，不就。又好西域汗血马，使贰师将军伐大宛，取其善马数十匹，中马以下牝牡三千余匹。长吉谓其烧炼则黄金化为紫烟，终不成就；所获之马又皆凡马，不可乘之以上青天，所求皆是无益之事。此首似为宪宗好神仙、信方士之说而作。⑨肉马：平凡的马。

※ 张祜

宫词

故国三千里，深宫二十年。

一声何满子，双泪落君前。

【注释】①祜（hù）：福，大福。②故国：故乡。此为代宫女而言。③深宫：指皇宫。④何满子：唐教坊曲名。《乐府诗集》载白居易语：“何满子，开元中沧州歌者，临刑进此曲以赎死，竟不得免。”《何满子》曲调悲绝，白居易《何满子》诗中说它“一曲四词歌八叠，从头便是断肠声”。何，一作“河”。⑤君：指唐武宗。

※ 卢仝

村醉

昨夜村饮归，健倒三四五。
摩挲青莓苔，莫嗔惊著汝。

【注释】①仝（tóng）："同"的古字。是相同、一样的意思。②昨夜村饮归：一作"村醉黄昏归"。③健：一作"连"。④莫嗔：一作"嗔我"。

※ 刘采春

啰唝曲

其一
不喜秦淮水，生憎江上船。
载儿夫婿去，经岁又经年。

其二
借问东园柳，枯来得几年。
自无枝叶分，莫恐太阳偏。

其三
莫作商人妇，金钗当卜钱。
朝朝江口望，错认几人船。

其四
那年离别日，只道住桐庐。
桐庐人不见，今得广州书。

其五

昨日胜今日，今年老去年。
黄河清有日，白发黑无缘。

其六

昨日北风寒，牵船浦里安。
潮来打缆断，摇橹始知难。

【注释】①题注：《唐音癸签》载："《罗唝曲》一名《望夫歌》。罗唝，古楼名，陈后主所建。元稹廉问浙东、有妓女刘采春自淮甸而来，能唱此曲，闺妇、行人闻者莫不涟泣。"②秦淮：秦淮河，流经江苏南京。③卜钱：占卜的金钱。金钱两面的图案不同，古人以为投掷金钱，观察它落地后的状况即可预测吉凶或归期。④桐庐：县名，今属浙江省杭州市。

【点评】六首白描，一派天然。

※ 宣宗宫人韩氏

题红叶

流水何太急，深宫尽日闲。
殷勤谢红叶，好去到人间。

【注释】①题注：卢偓应举，偶临御沟，得一红叶，上有绝句，置于巾箱。及出宫人，偓得韩氏，睹红叶，吁嗟久之，曰："当时偶题，不谓郎君得之。"②深宫：宫禁之中，帝王居住处。③尽日：整天，天天如此。④谢：告，嘱咐。一说意为辞别。⑤好去：送别之词，犹言好走。⑥编者注：红叶题诗最早见于唐代孟棨《本事诗》，顾况在洛阳与三诗友游于苑中，在流水上得大梧叶题诗："一入深宫里，年年不见春。聊题一片叶，寄与有情人。"次日顾况题诗叶上，放入上游波中，诗曰："花落深宫莺亦悲，上阳宫女断肠时。君恩不闭东流水，叶上题诗寄与谁？"后十余日，有人于苑中寻春，又于叶上得诗以示况。诗曰："一叶题诗出禁城，谁人酬和独含情？自嗟不及波中叶，荡漾乘春取次行。”《云溪友议》载，《题红叶》据《本事诗》增饰而成。

※ 湘驿女子

题玉泉溪

红叶醉秋色，碧溪弹夜弦。
佳期不可再，风雨杳如年。

【注释】①叶：一作“树”。②碧溪：绿色的溪流。③佳期：美好的时光。④杳：昏暗、遥远，没有尽头。

【点评】唐诗经典。

※ 安邑坊女

幽恨诗

卜得上峡日，秋江风浪多。
巴陵一夜雨，肠断木兰歌。

【注释】①卜：占卜，古人通过摇铜钱、掷骨牌或计算天干地支等方式来预测吉凶的一种活动。②江：一作“天”。③巴陵：古郡名，治所在今湖南岳阳。④肠断：形容极度悲痛。晋干宝《搜神记》卷二十：“临川东兴，有人入山，得猿子，便将归。猿母自后逐至家。此人缚猿子于庭中树上，以示之。其母便搏颊向人，欲乞哀状，直谓口不能言耳。此人既不能放，竟击杀之，猿母悲唤，自掷而死。此人破肠视之，寸寸断裂。”⑤木兰歌：南朝乐府歌，本写女子替父从军，此处活用其意。一说指唐教坊曲《木兰花》。

※ 雍裕之

芦花

夹岸复连沙，枝枝摇浪花。
月明浑似雪，无处认渔家。

【注释】①夹岸：水流的两岸，堤岸的两边。

三月晦日郊外送客

野酌乱无巡，送君兼送春。
明年春色至，莫作未归人。

【注释】①题注：一作“春晦送客”，一作崔橹诗。古人把每月最后一天叫晦日。②野酌：饮酒于郊野。③巡：酒席上给全座依次斟酒一遍，有“酒过三巡”的说法。乱无巡：指与一般饮宴不同，主客都很随意。

※ 畅当

登鹳雀楼

迥临飞鸟上，高出世尘间。
天势围平野，河流入断山。

【注释】①迥（jiǒng）临：远道而来。②飞鸟：指鹳雀。③围：这里有“笼盖”的意思。④断山：指西山之间。

【点评】与朱斌“白日依山尽”同为双璧。

※ 于濆

对花

花开蝶满枝，花落蝶还稀。
惟有旧巢燕，主人贫亦归。

【注释】①题注：一作“感事”。一作武瓘诗。

※ 裴夷直

席上夜别张主簿

红烛剪还明，绿尊添又满。
不愁前路长，只畏今宵短。

【注释】①绿尊：绿樽，酒杯。南朝梁沉约《酬谢宣城朓诗》：“宾至下尘榻，忧来命绿尊。”

※ 刘叉

爱碣山石

碣石何青青，挽我双眼睛。
爱尔多古峭，不到人间行。

【注释】①青青：草木茂盛的样子。②挽：挽留，吸引。③古峭：古老险峻。

姚秀才爱予小剑因赠

一条古时水，向我手心流。
临行泻赠君，勿薄细碎仇。

【注释】①姚秀才：刘叉的朋友，名不详。秀才，唐初，设秀才科，后废去。秀才遂成为对儒士的尊称。②古时水：指小剑。③泻赠：奉赠。④薄（bó）：迫近。⑤细碎仇：指私人的小仇小怨。

【点评】同类题材，比孟浩然、贾岛为高。

※ 杜牧

盆池

凿破苍苔地，偷他一片天。
白云生镜里，明月落阶前。

【注释】①盆池：埋盆于地，或引水灌注而成的小池，用来种植供观赏的水生花草。②凿：挖掘。③苍苔：青苔。④镜：指池水明亮如镜。

长安秋望

楼倚霜树外，镜天无一毫。
南山与秋色，气势两相高。

【注释】①倚：靠着，倚立。②霜树：深秋时节的树。③镜天：像镜子一样明亮、洁净的天空。④无一毫：没有一丝云彩。⑤南山：终南山，在今陕西西安南。⑥气势：气概。喻终南山有与天宇比高低的气概。

江楼

独酌芳春酒，登楼已半醺。
谁惊一行雁，冲断过江云。

【注释】①题注：一作韦承庆诗。②芳春：春天。

※ 赵嘏

寒塘

晓发梳临水，寒塘坐见秋。
乡心正无限，一雁度南楼。

【注释】①嘏（gǔ）：福。②寒塘：秋天的池塘。一作司空曙诗。③晓发（fà）：早起弄发。④坐：因。⑤乡心：思乡之心。⑥度：一解为“飞越”，一解为“飞入”。

※ 李群玉

火炉前坐

孤灯照不寐，风雨满西林。
多少关心事，书灰到夜深。

【注释】①不寐：指夜不成寐的诗人。②西林：诗人居所西边的树林。③书灰：在灰上写字。

放鱼

早觅为龙去，江湖莫漫游。
须知香饵下，触口是铦钩。

【注释】①觅：寻求。②漫：随意，随便。③香饵：诱饵。④铦（xiān）钩：锋利的钓钩。

※ 李商隐

乐游原

向晚意不适，驱车登古原。
夕阳无限好，只是近黄昏。

【注释】①乐游原：即乐游苑，古苑名。故址在今陕西省西安市南郊。本为秦时的宜春苑，汉宣帝时改建乐游苑。唐时为长安士女游赏的胜地。《西京杂记》载："乐游苑自生玫瑰树，树下多苜蓿。"李白《忆秦娥》："乐游原上清秋节，咸阳古道音尘绝。"②向晚：傍晚。③不适：不悦，不快。④古原：指乐游原。⑤只是：原写作"衹是"，意即"止是""仅是"，为"就是""正是"之意。《锦瑟》："此情可待成追忆，只是当时已惘然。"末句收足"向晚"意，有身世迟暮之感。

忆梅

定定住天涯，依依向物华。
寒梅最堪恨，长作去年花。

【注释】①定定：滞留不动。唐时俗语，类今之"牢牢"。②住：一作"任"。③天涯：此指远离家乡的地方，即梓州。④物华：春天的景物。⑤寒梅：早梅，多于严冬开放。⑥去年花：梅花在严冬开放，春天时梅花已经凋谢，故称。

天涯

春日在天涯，天涯日又斜。
莺啼如有泪，为湿最高花。

【注释】①天涯：泛指家乡以外的极远之地。"天涯日又斜"用顶针格。②最高花：树梢顶上的花，也是盛开在最后的花。③清冯浩《玉溪生诗笺注》载：田兰芳曰："一气浑成，如是即佳。"杨守智曰："意极悲，语极艳，不可多得。"

※ 罗隐

雪

尽道丰年瑞，丰年事若何。
长安有贫者，为瑞不宜多。

【注释】①丰年瑞：南朝宋谢惠连《雪赋》："盈尺则呈瑞于丰年，袤丈则表沴于阴德。"后以"丰年瑞"谓冬月所降之雪。

※ 薛莹

秋日湖上

落日五湖游，烟波处处愁。
沈浮千古事，谁与问东流。

【注释】①五湖：指江苏的太湖。②沈浮：沉浮，指国家的兴亡治乱。

※ 唐备

道傍木

狂风拔倒树，树倒根已露。
上有数枝藤，青青犹未悟。

【注释】①道傍木：道旁的树木。

※ 太上隐者

答人

偶来松树下，高枕石头眠。
山中无历日，寒尽不知年。

【注释】①题注：《古今诗话》载："太上隐者，人莫知其本末，好事者从问其姓名，不答，留诗一绝云。"有本作宋诗《山居书事》。②高枕：两种解释，一作枕着高的枕头，一作比喻安卧无事。③历日：指日历，记载岁时节令的书。一作"甲子"。④寒：指寒冷的冬天。

【点评】唐诗经典。

※ 张打油

咏雪

江山一笼统，井上黑窟窿。
黄狗身上白，白狗身上肿。

【注释】①题注：宋钱易《南部新书》载："有胡钉饺、张打油二人皆能为诗。张有一首雪诗：'江山一笼统，井上黑窟窿。黄狗身上白，白狗身上肿。'"后世遂称出语俚俗、诙谐幽默、小巧有趣的诗为"打油诗"。

※ 崔道融

牧竖

牧竖持蓑笠，逢人气傲然。
卧牛吹短笛，耕却傍溪田。

【注释】①牧竖：牧童。②持：穿戴。③傲然：神气的样子。

寒食夜

满地梨花白，风吹碎月明。
大家寒食夜，独贮望乡情。

【注释】①寒食：节令名，在清明前一两天。②碎月：月光穿过树枝映在地上，细碎凌乱。③大家：豪富之家。④贮：装，容，怀。一说同“伫”，久立。

春闺

寒食月明雨，落花香满泥。
佳人持锦字，无雁寄辽西。

【注释】①锦字：指锦字书。喻华美的文辞。②辽西：指辽河以西的地区，今辽宁省的西部。战国、秦、汉至南北朝设郡。

田上

雨足高田白，披蓑半夜耕。
人牛力俱尽，东方殊未明。

【注释】①雨足：雨十分大。②高田：山上的旱田。③白：白茫茫。④殊：尤，还。⑤未明：天不亮。

※ 郑遨

富贵曲

美人梳洗时，满头间珠翠。
岂知两片云，戴却数乡税。

【注释】①间：间隔，错杂地缀着。②珠翠：指珍珠和翡翠。③两片云：古时用来形容女人的秀发，这里代指女人头上的两个发髻。

※ 王轩

题西施石

岭上千峰秀，江边细草春。
今逢浣纱石，不见浣纱人。

【注释】①西施石：又名浣纱石，相传是春秋美女西施浣纱洗衣的石头。

※ 陆龟蒙

离骚

天问复招魂，无因彻帝阍。
岂知千丽句，不敌一谗言。

【注释】①天问、招魂：《楚辞》篇名，诗文中亦作为“问天”的双关语。②阍（hūn）：古人想象中掌管天门的人。《楚辞·离骚》：“吾令帝阍开关兮，倚阊阖而望予。”王逸注：“帝，谓天帝也；阍，主门者。”③丽句：妍丽华美的句子。

※ 于武陵

劝酒

劝君金屈卮，满酌不须辞。
花发多风雨，人生足别离。

【**注释**】①金屈卮（zhī）：古代一种名贵酒器，饰金而有弯柄。用它敬酒，以示尊重。李贺《浩歌》：“筝人劝我金屈卮，神血未凝身问谁？”王琦汇解：“金屈卮，酒器也。据《东京梦华录》云：‘御筵酒盏，皆屈卮如菜碗样而有把手。’此宋时之式，唐代式样，当亦如此。”②满酌：斟满酒。③发：（花）开放。

※ 聂夷中

田家

父耕原上田，子劚山下荒。
六月禾未秀，官家已修仓。

【**注释**】①劚（zhú）：一作“锄”，大锄，名词用作动词，挖掘。②禾：禾苗，特指稻苗。③秀：谷物吐穗扬花。④官家：旧时对官吏、尊贵者及有权势者的尊称，又指对皇帝的称呼。

公子家

种花满西园，花发青楼道。
花下一禾生，去之为恶草。

【**注释**】①公子：封建贵族家的子弟。②西园：指公子家的花园。③青楼：在唐代多指显贵之家豪华的楼房，与人们常说的青楼酒馆不同。④恶草：杂草。

※ 钱珝

江行无题

翳日多乔木，维舟取束薪。
静听江叟语，尽是厌兵人。

兵火有余烬，贫村才数家。
无人争晓渡，残月下寒沙。

咫尺愁风雨，匡庐不可登。
只疑云雾窟，犹有六朝僧。

万木已清霜，江边村事忙。
故溪黄稻熟，一夜梦中香。

【注释】①编者注：《江行无题一百首》是钱珝（xǔ，钱起之孙）的组诗作品，是作者被贬为抚州司马赴任途中所作的一组写景诗，主要描写长江两岸的秀丽风光，同时也对中晚唐时期军阀混战给人民造成的损害表示深切的同情。这里选其中四首。②翳：遮盖。③维：系。④束薪：捆柴。⑤江叟：江边的老头儿。⑥语：谈论。⑦厌兵：厌恨战乱。宋姜夔《扬州慢》："自胡马窥江去后，废池乔木，犹厌言兵。"⑧余烬：指兵灾之后残存的东西。烬，火灰。这句意为战争初息。⑨"无人争晓渡"句：早晨无人争渡，唯有残月的寒光投入渡口沙滩。写战后农村凋敝，人烟稀少的破落景象。⑩咫尺：比喻距离极近。⑪匡庐：庐山的别称。原名南障山，相传殷、周时匡俗兄弟七人结庐于此，故称。这两句说：匡庐近在咫尺，可是因为风雨阻隔，无法攀登，叫人生愁。⑫六朝僧：六朝时佛教盛行，庐山多有高僧居住。指庐山云雾萦绕，呈现出缥缈虚幻、莫测高深的景象。

※ 无名陶工

君生我未生

君生我未生，我生君已老。
君恨我生迟，我恨君生早。

【注释】①此诗为唐代铜官窑瓷器题诗，1974 ~ 1978 年间出土于湖南长沙铜官窑窑址，可能是陶工自己的创作或当时流行的里巷歌谣。见《全唐诗补编》下册、《全唐诗续拾》卷五十六，无名氏五言诗。

【**点评**】唐朝出土的瓷器上的情诗，作者不可考，说不定就是陶工本人的即兴之作。

※ 颜令宾

临终召客

气余三五喘，花剩两三枝。
话别一尊酒，相邀无后期。

【**注释**】①题注：一作“病中见落花”。颜令宾，唐代名妓，举止风流，事笔砚，有词句。见举人尽礼祗奉，乞歌诗，常满箱箧。及病甚，值春暮，扶坐砌前，顾落花长叹数四。因为诗教小童持出，邀新第郎君及举人数辈，张乐欢饮至暮，涕泗请曰：“我不久矣，幸各制哀挽送我。”得诗数首。及死，有刘驼驼者，能为曲子词，因取其词，教挽柩前唱之，声甚悲怆，瘗青门外。自是盛传于长安，挽者多唱焉。

※ 薛琼

赋荆门

黄鸟翻红树，青牛卧绿苔。
渚宫歌舞地，轻雾锁楼台。

【**注释**】①渚宫：春秋楚国的宫名，故址在今湖北省江陵县。《左传·文公十年》载：“（子西）沿汉溯江，将入郢。王在渚宫，下，见之。”

※ 七岁女

送兄

别路云初起，离亭叶正稀。
所嗟人异雁，不作一行归。

【注释】①题注：武后召见，令赋送兄诗，应声而就。②别路：送别的道路。③离亭：驿亭。古时人们常在驿亭举行告别宴会，于此送别。④嗟（jiē）：感叹。⑤归：一作“飞”。

※ 孙处玄

失题

汉家轻壮士，无状杀彭王。
一遇风尘起，令谁守四方。

【注释】①汉家：汉室，汉朝。②无状：无理。③彭王：梁王彭越，楚汉战争时汉军著名将领，西汉开国功臣，封梁王，后被吕雉撺掇刘邦以莫须有的罪名杀害。④风尘：比喻战乱，戎事。⑤令谁守四方：出自汉刘邦《大风歌》“安得猛士兮守四方”。

【点评】朱元璋读书少，估计没读过这首诗。

※ 西鄙人

哥舒歌

北斗七星高，哥舒夜带刀。
至今窥牧马，不敢过临洮。

【注释】①哥舒：指哥舒翰，是唐玄宗的大将，突厥族哥舒部的后裔。哥舒是以部落名称作为姓氏。《全唐诗》题下注："天宝中，哥舒翰为安西节度使，控地数千里，甚著威令，故西鄙人歌此。"②北斗七星：大熊座的一部分。③窥：窃伺。牧马：指吐蕃越境放牧，指侵扰活动。④临洮（táo）：今甘肃省洮河边的岷县。一说今甘肃省临潭县。秦筑长城西起于此。

【点评】同《敕勒歌》一样大气磅礴，浑然天成，妙手偶得之。李益《拂云堆》："汉将新从虏地来，旌旗半上拂云堆。单于每近沙场猎，南望阴山哭始回。"

※ 捧剑仆

诗

青鸟衔葡萄，飞上金井栏。
美人恐惊去，不敢卷帘看。

【注释】①青鸟：神话传说中为西王母取食传信的神鸟。②金井：井栏上有雕饰的井。一般用以指宫廷园林里的井。③卷帘：卷起窗帘。

【点评】全民皆诗。

七言绝句

※ 武则天

如意娘

看朱成碧思纷纷，憔悴支离为忆君。
不信比来长下泪，开箱验取石榴裙。

【注释】①题注：武则天居感业寺时所作。唐高宗李治在寺中看见她，复召入宫，拜昭仪。②看朱成碧：朱，红色。碧，青绿色。意即把红色看成绿色。③思纷纷：思绪纷乱。④憔悴：瘦弱，面色不好看。⑤比来：近来。⑥石榴裙：出自梁元帝《乌栖曲》“芙蓉为带石榴裙”。本意指红色裙子，转意指女性美妙的风情，因此才有“拜倒在石榴裙下”一说。

【点评】李白老婆曾指出李白《长相思》“昔日横波目，今作流泪泉”有借鉴嫌疑。抄得好就是借鉴，点铁成金，青出于蓝。抄得不好就是剽窃，下三流，只配吃土。

※ 杜审言

渡湘江

迟日园林悲昔游，今春花鸟作边愁。
独怜京国人南窜，不似湘江水北流。

【注释】①迟日：春日。语出《诗经·国风·豳风·七月》：“春日迟迟，采蘩祁祁。”②京国人：京城长安的人。③南窜：指流放峰州。

赠苏绾书记

知君书记本翩翩，为许从戎赴朔边。
红粉楼中应计日，燕支山下莫经年。

【注释】①苏绾（wǎn）：作者的友人，曾任职秘书省和荆州、朔方军幕，官至郎中。书记，官职名称，指官府或军幕中主管文书工作的人员。唐时元帅府及节度使府僚属中均有掌书记一职，掌管书牍奏记。②书记本翩翩：形容风格隽雅，文辞优美。此处书记指文章。翩翩：文采优美。出自三国魏曹丕《与吴质书》："元渝书记翩翩，致足乐也。"③为许：为什么。④从戎：从军。⑤朔边：北方边地。⑥红粉：代指女性，此指苏绾的妻子。⑦燕（yān）支山：又叫胭脂山、焉支山，在今甘肃省山丹东南。以其多产燕支（红兰花）而得名。

※ 张敬忠

边词

五原春色旧来迟，二月垂杨未挂丝。
即今河畔冰开日，正是长安花落时。

【注释】①五原：今内蒙古自治区五原县，张仁愿所筑西受降城即在其西北。②旧来：自古以来。③未挂丝：指柳树还未吐绿挂丝。④即今：如今，现今。⑤冰开日：解冻的时候。

【点评】时空观念比白居易《大林寺桃花》还大。

※ 贺知章

回乡偶书

其一

少小离家老大回，乡音无改鬓毛衰。
儿童相见不相识，笑问客从何处来。

其二

离别家乡岁月多，近来人事半消磨。
唯有门前镜湖水，春风不改旧时波。

【注释】①偶书：有所感，随意而作的诗。②“少小”句：作者三十七岁中进士，在此以前就离开家乡，回乡时年逾八十。③无改：一作“难改”。④鬓毛：一作“面毛”。⑤衰（cuī）：减少。⑥笑问：一作“却问”，一作“借问”。⑦消磨：逐渐消失，消除。⑧镜湖：一作“鉴湖”，在今浙江绍兴会稽山的北麓。作者的故乡在镜湖之滨。

咏柳

碧玉妆成一树高，万条垂下绿丝绦。
不知细叶谁裁出，二月春风似剪刀。

【注释】①碧玉：碧绿色的玉。这里用以比喻春天嫩绿的柳叶。②妆：装饰，打扮。③一树：满树。一：满，全。在中国古典诗词和文章中，数量词在使用中并不一定表示确切的数量。下一句的“万”，就是表示很多的意思。④绦（tāo）：用丝编成的绳带。这里指像丝带一样的柳条。

※ 张说

送梁六自洞庭山作

巴陵一望洞庭秋，日见孤峰水上浮。
闻道神仙不可接，心随湖水共悠悠。

【注释】①梁六：即梁知微，时为潭州（今湖南长沙）刺史，途径岳阳入朝。②洞庭山：即君山，位于岳阳市西南的洞庭湖中，风景秀丽。③巴陵：郡名，即岳州，今湖南岳阳。

【点评】诗艺纯熟，张说和张九龄为一代文宗，接力开辟盛唐诗歌繁荣，功莫大焉！

※ 张旭

桃花溪

隐隐飞桥隔野烟，石矶西畔问渔船。
桃花尽日随流水，洞在清溪何处边。

【注释】①桃花溪：水名，在湖南省桃源县桃源山下。②飞桥：高桥。③石矶：水中积石或水边突出的岩石、石堆。④渔船：用晋陶潜《桃花源记》典。⑤洞：指《桃花源记》中武陵渔人找到的洞口。

山行留客

山光物态弄春晖，莫为轻阴便拟归。
纵使晴明无雨色，入云深处亦沾衣。

【注释】①山行：一作“山中”。②春晖：春光。③莫：不要。④轻阴：阴云。⑤便拟归：就打算回去。⑥纵使：纵然，即使。⑦云：指雾气、烟霭。

※ 王翰

凉州词

葡萄美酒夜光杯，欲饮琵琶马上催。
醉卧沙场君莫笑，古来征战几人回。

【注释】①凉州词：乐府名，盛唐时流行的曲调。郭茂倩《乐府诗集》载："《凉州》，宫调曲，开元中西凉府都督郭知运进。"②夜光杯：用白玉制成的酒杯，光可照明，这里指华贵而精美的酒杯。《海内十洲记》载，为周穆王时西胡所献之宝。

【点评】唐诗中边塞诗的先锋官。

※ 王之涣

凉州词

黄沙直上白云间，一片孤城万仞山。
羌笛何须怨杨柳，春风不度玉门关。

【注释】①凉州词：又名《出塞》。②黄沙直上白云间：一作"黄河远上白云间"。高适有《和王七度玉门关上吹笛》，王之涣凉州体的标题应为《玉门关上吹笛》。黄河距玉门关千里之遥，如何望见？繁体"沙"与"河"、"直"与"远"，草书，系传抄误。③仞：古代的长度单位，一仞相当于七尺或八尺。④羌笛：古羌族主要分布在甘、青、川一带。羌笛是羌族乐器，属横吹式管乐。⑤杨柳：《折杨柳》曲。古诗文中常以杨柳喻送别情事。《诗经·小雅·采薇》："昔我往矣，杨柳依依。"北朝乐府《鼓角横吹曲》有《折杨柳枝》："上马不捉鞭，反拗杨柳枝。下马吹横笛，愁杀行客儿。"⑥玉门关：汉武帝置，因西域输入玉石取道于此而得名。故址在今甘肃敦煌西北小方盘城，是古代通往西域的要道。六朝时关址东移至今安西双塔堡附近。

※ 孟浩然

送杜十四之江南

荆吴相接水为乡，君去春江正淼茫。
日暮征帆何处泊，天涯一望断人肠。

【注释】①杜十四：杜晃，排行十四。②荆吴：荆是古代楚国的别名，在今湖北、湖南一带。吴也是古代国名，在今江苏、安徽、浙江一带。荆吴在这里泛指江南。③为：一作“连”。④春江：一作“江村”。⑤淼茫：渺茫。⑥何处泊：一作“泊何处”。

渡浙江问舟中人

潮落江平未有风，扁舟共济与君同。
时时引领望天末，何处青山是越中。

【注释】①浙江：即钱塘江。《庄子》作制河，《山海经》《史记》《越绝书》《吴越春秋》作浙江，《汉书·地理志》《水经》作渐江水。古人所谓浙渐，实指一水。②扁舟：小船。舟，一作“舠（dāo）”。③引领：伸长脖子远望，多以形容期望殷切。④天末：天的尽头，指极远的地方。⑤越中：今浙江绍兴。

※ 李颀

野老曝背

百岁老翁不种田，惟知曝背乐残年。
有时扪虱独搔首，目送归鸿篱下眠。

【注释】①野老：村野老人。南朝梁丘迟《旦发渔浦潭》：“村童忽相聚，野老时一望。”②曝（pù）背：以背向日取暖。③扪虱：泛指任情自适。④归鸿：归雁。诗文中多用以寄托归思。三国魏嵇康《赠秀才入军》诗之四：“目送归鸿，手挥五弦。”

【点评】有意思的诗。

※ 王昌龄

芙蓉楼送辛渐

寒雨连江夜入吴，平明送客楚山孤。
洛阳亲友如相问，一片冰心在玉壶。

【注释】①芙蓉楼：原名西北楼，在润州（今江苏省镇江市）西北。登临可以俯瞰长江，遥望江北。《元和郡县志》卷二十六《江南道·润州》丹阳，“晋王恭为刺史，改创西南楼名万岁楼，西北楼名芙蓉楼。”丹阳在今江苏省西南部，东北滨长江，大运河斜贯，属镇江市。辛渐：诗人的一位朋友。②寒雨：秋冬时节的冷雨。③连江：雨水与江面连成一片，形容雨很大。④吴：古国名，这里泛指江苏南部、浙江北部一带。江苏镇江一带为三国时吴国所属。⑤平明：天亮的时候。⑥客：指作者的好友辛渐。⑦楚山：楚地的山。这里的楚也指南京一带，因为古代吴、楚先后统治过这里，所以吴、楚可以通称。⑧一片冰心在玉壶：冰心，见《宋书》卷九十二：“冰心与贪流争激，霜情与晚节弥茂。”玉壶，出自南朝宋鲍照《代白头吟》：“直如朱丝绳，清如玉壶冰。”喻高洁。唐姚崇《冰壶诫并序》：“冰壶者，清洁之至也。君子对之，示不忘乎清也。夫洞澈无瑕，澄空见底。当官明白者，有类是乎。故内怀冰清，外涵玉润。此君子冰壶之德也。”

闺怨

闺中少妇不知愁，春日凝妆上翠楼。
忽见陌头杨柳色，悔教夫婿觅封侯。

【注释】①不知：一作“不曾”。②凝妆：盛妆，严妆。③翠楼：即青楼，古代显贵之家楼房多饰青色，这里因平仄要求用“翠”，且与女主人公的身份、与时令季节相应。④陌头：路边。⑤柳：谐“留”音，古俗折柳送别。⑥觅封侯：从军建功封爵。觅：寻求。

送魏二

醉别江楼橘柚香，江风引雨入舟凉。
忆君遥在潇湘月，愁听清猿梦里长。

【注释】①魏二：作者友人。排行第二，名字及生平均不详。②潇湘月：一作“湘江上”。潇水在零陵县与湘水会合，称潇湘，泛指今湖南一带。③清猿：即猿，因其啼声凄清，故称。《水经注·三峡》：“时有高猿长啸，属引凄异，空谷传响，哀转久绝。”

长信秋词

奉帚平明金殿开，暂将团扇共徘徊。
玉颜不及寒鸦色，犹带昭阳日影来。

【注释】①奉帚：持帚洒扫。多指嫔妃失宠而被冷落。②金殿：指宫殿。一作“秋殿”。③暂：一作“且”。④团扇：即圆形的扇子。汉班婕妤曾作《团扇诗》。⑤共：一作“暂”。⑥玉颜：指姣美如玉的容颜，这里暗指班婕妤自己。⑦寒鸦：寒天的乌鸦，受冻的乌鸦。暗指掩袖工谄、心狠手辣的赵飞燕姐妹。⑧昭（zhāo）阳：汉代宫殿名，代指赵飞燕姐妹与汉成帝居住之处。

采莲曲

荷叶罗裙一色裁，芙蓉向脸两边开。
乱入池中看不见，闻歌始觉有人来。

【注释】①罗裙：用细软而有疏孔的丝织品制成的裙子。②一色裁：像是用同一颜色的衣料剪裁的。③芙蓉：指荷花。

出塞

其一

秦时明月汉时关，万里长征人未还。

但使卢城飞将在，不教胡马度阴山。

其二

骝马新跨白玉鞍，战罢沙场月色寒。

城头铁鼓声犹振，匣里金刀血未干。

【注释】①卢城飞将：一作“龙城飞将”。龙城是唐代的卢龙城（卢龙城就是汉代的李广练兵之地，在今河北省喜峰口一带，为汉代右北平郡所在地）。据《史记》《汉书》等记载，龙城是匈奴祭祀龙神、祖先之地，地方并不固定，但在匈奴境内统称为“龙城”。汉代史籍往往采用音译，分别写成“龙城”“笼城”“龙庭”。可能是音近而写为“卢城”，两词实为同义。《全唐诗》作“龙城飞将”。②胡马：指侵扰内地的外族骑兵。③阴山：昆仑山的北支，起自河套西北，是中国北方的屏障。④骝马：黑鬣黑尾巴的红马，骏马的一种。

【点评】诗家天子的称号绝非浪得虚名，“秦时明月汉时关”被很多人推举为古代诗歌七绝之冠。同类题材诗歌有唐时无名氏《胡笳曲》可对照阅读：“月明星稀霜满野，毡车夜宿阴山下。汉家自失李将军，单于公然来牧马。”《李太白集》中也有“骝马新跨”这首，太白为诗重气不重实、重大不重细，断为王昌龄比较合适。

从军行

其一

烽火城西百尺楼，黄昏独上海风秋。

更吹羌笛关山月，无那金闺万里愁。

其二

琵琶起舞换新声，总是关山旧别情。
撩乱边愁听不尽，高高秋月照长城。

其三

关城榆叶早疏黄，日暮云沙古战场。
表请回军掩尘骨，莫教兵士哭龙荒。

其四

青海长云暗雪山，孤城遥望玉门关。
黄沙百战穿金甲，不破楼兰终不还。

其五

大漠风尘日色昏，红旗半卷出辕门。
前军夜战洮河北，已报生擒吐谷浑。

其六

胡瓶落膊紫薄汗，碎叶城西秋月团。
明敕星驰封宝剑，辞君一夜取楼兰。

其七

玉门山嶂几千重，山北山南总是烽。
人依远戍须看火，马踏深山不见踪。

【注释】①从军行：乐府旧题，属相和歌辞平调曲，多反映军旅辛苦生活。②关山月：乐府曲名，属横吹曲。多为伤离别之辞。③独上：一作“独坐”。④无那：无奈，指无法消除思亲之愁。一作“谁解”。⑤新声：新的歌曲。⑥关山：边塞。⑦旧别：一作“离别”。⑧撩乱：心里烦乱。⑨边愁：久住边疆的愁苦。⑩听不尽：一作“弹不尽”。⑪关城：指边关的守城。⑫云沙：像云一样的风沙。⑬表：上表，上书。⑭掩尘骨：指尸骨安葬。掩，埋。⑮龙荒：荒原。⑯青海：指青海湖，在今青海省。唐朝大将哥舒翰筑城于此，置神威军戍守。⑰长云：层层浓云。⑱雪山：即祁连山，山巅终年积雪，故云。⑲孤城：即玉门关。⑳玉门关：汉置边关名，在今甘肃敦煌西。一作“雁门关”。㉑破：一作“斩”。㉒楼兰：汉时西域国名，即鄯善国，在今新疆维吾尔自治区鄯善县东南一带。西汉时楼兰国王与匈奴勾通，屡次杀害汉朝通西域的使臣。此处泛指唐西北地区常常侵扰边境的少数民族政权。㉓终不还：一作“竟不还”。㉔前军：指唐军的先头部队。㉕洮河：河名，源出甘肃临洮西北的西倾山，最后流入黄河。㉖吐谷浑：中国古代少数民族名称，晋时鲜卑慕容氏的后裔。《新唐书·西域传》载：“吐谷浑居甘松山之阳，洮水之西，南抵白兰，地数千里。”唐高宗时吐谷浑曾经被唐朝与吐蕃的联军所击败。㉗胡瓶：唐代西域地区制作的一种工艺品，可用来储水。㉘敕：专指皇帝的诏书。㉙星驰：像流星一样迅疾奔驰，也可解释为星夜奔驰。㉚嶂：指直立像屏障一样的山峰。㉛烽：指烽火台。

※ 常建

三日寻李九庄

雨歇杨林东渡头，永和三日荡轻舟。
故人家在桃花岸，直到门前溪水流。

【注释】①三日：古代以农历三月上旬巳日为上巳节，魏晋以后，通常以三月三日度此节。②永和：东晋穆帝年号。晋王羲之《兰亭集序》记，永和九年（353）三月上巳日，会集名士于会稽山阴兰亭。作者恰于三日乘舟访友，故用此典。③故人：好友，指李九。④桃花岸：暗用晋陶潜《桃花源记》事，喻李九是隐士。

※ 张潮

江南行

茨菰叶烂别西湾，莲子花开不见还。
妾梦不离江水上，人传郎在凤凰山。

【注释】①茨菰（cí gū）：植物名，即慈姑，生在水田里，地下有球茎，可以吃。茨，一作“茈”。②西湾：地名，在今江苏省扬州市瓜洲镇附近。一说泛指江边的某个地方。③莲子花开：荷花开放。开，一作“新”。④还（huán）：回来。⑤妾：旧时女子自称。⑥水上：一作“上水”。

【点评】很喜欢这种民歌调调，怨而不悲。

采莲词

朝出沙头日正红，晚来云起半江中。
赖逢邻女曾相识，并著莲舟不畏风。

【注释】①采莲词：六朝乐府已有《采莲曲》《江南可采莲》等。唐代《采莲子》七言四句带和声，从内容到形式都可以看出受民歌的影响。②沙头：即江岸，因为江岸常有河沙淤积，故称。③赖：亏得，幸好。④莲舟：采莲的船。

※ 王维

九月九日忆山东兄弟

独在异乡为异客，每逢佳节倍思亲。
遥知兄弟登高处，遍插茱萸少一人。

【注释】①九月九日：重阳节。古以九为阳数，故曰重阳。②忆：想念。③山东：王维迁居于蒲县（今山西永济），在函谷关与华山以东，所以称山东。④异乡：他乡，外乡。⑤异客：作客他乡的旅人。⑥茱萸（zhū yú）：一种香草，即草决明。古时人们认为重阳节插戴茱萸可以避灾克邪。

渭城曲

渭城朝雨浥轻尘，客舍青青柳色新。
劝君更尽一杯酒，西出阳关无故人。

【注释】①题注：一作“送元二使安西”“阳关曲”“阳关三叠”。②渭城：在今陕西省西安市西北，即秦代咸阳古城。③浥（yì）：润湿。④客舍：旅馆。⑤柳色：柳树象征离别。⑥阳关：在今甘肃省敦煌西南，为自古赴西北边疆的要道。

【点评】电视剧《白鹿原》中朱先生用陕西话唱过一回，确又有几分深情厚谊在其中。晚唐诗人施肩吾写过一首送别诗《折柳枝》：“伤见路旁杨柳春，一重折尽一重新。今年还折去年处，不送去年离别人。”写得不错，但味道就薄了许多。

送沈子归江东

杨柳渡头行客稀，罟师荡桨向临圻。
唯有相思似春色，江南江北送君归。

【注释】①沈子：一作“沈子福”，作者的友人。②归：一作“之”。③江东：指长江下游以东地区。长江自九江以下向东北方向流去，故称长江中下游地区为江东。④渡头：犹渡口。过河的地方。⑤行客：过客，旅客。《淮南子·精神训》：“是故视珍宝珠玉犹砾石也，视至尊穷宠犹行客也。”⑥罟（gǔ）师：渔人，这里借指船夫。⑦临圻（qí）：临近曲岸的地方。当指友人所去之地。圻：曲岸。明嘉靖本洪迈《万首唐人绝句》作“临沂”，为东晋侨置的县名，在今江苏省南京市东北，与题中“归江东”吻合。⑧相思：此处指友人间的彼此想念。⑨江：大江，今指长江。

少年行

其一

新丰美酒斗十千，咸阳游侠多少年。
相逢意气为君饮，系马高楼垂柳边。

其三

出身仕汉羽林郎，初随骠骑战渔阳。
孰知不向边庭苦，纵死犹闻侠骨香。

其四

一身能擘两雕弧，虏骑千重只似无。
偏坐金鞍调白羽，纷纷射杀五单于。

【注释】①新丰：在今陕西省西安市临潼区东北，盛产美酒。②斗十千：指美酒名贵，价值万贯。③咸阳：本指战国时秦国的都城咸阳，著名勇士荆轲、秦舞阳都到过此地。汉时曾徙豪侠于咸阳。这里用来代指唐朝都城长安。④羽林郎：汉代禁卫军官名，无定员，掌宿卫侍从，常以六郡世家大族子弟充任。后来一直沿用到隋唐时期。⑤骠骑：指霍去病，曾任骠骑将军。⑥渔阳：古幽州，今河北蓟县一带，汉时与匈奴经常交战的地方。⑦苦：一作“死”。⑧擘：张，分开。一作“臂”。⑨雕弧：饰有雕画的良弓。⑩重：一作“群”。⑪五单于：原指汉宣帝时匈奴内乱争立的五个首领。这里比喻骚扰边境的少数民族诸王。

叹白发

宿昔朱颜成暮齿，须臾白发变垂髫。
一生几许伤心事，不向空门何处销。

【注释】①宿昔：从前，往日。②朱颜：红润美好的容颜。③暮齿：晚年。④垂髫（tiáo）：指儿童或童年。髫：儿童垂下的头发。⑤空门：泛指佛法。大乘以观空为入门，故称。

【点评】少年学儒，成年行法，当年得道，晚年事佛?

※ 李白

从军行

百战沙场碎铁衣，城南已合数重围。
突营射杀呼延将，独领残兵千骑归。

【注释】①沙场：胡三省《通鉴注》："唐人谓沙漠之地为沙场。"②碎铁衣：指身穿的盔甲都支离破碎。③呼延：是匈奴四姓贵族之一，这里指敌军的一员悍将。

【点评】仔细玩味，这首诗可能不是太白作品，倒像是王昌龄的。

结袜子

燕南壮士吴门豪，筑中置铅鱼隐刀。
感君恩重许君命，太山一掷轻鸿毛。

【注释】①结袜子：乐府旧题。郭茂倩《乐府诗集》卷七十四列于《杂曲歌辞》。②燕南壮士：指战国时燕国侠士高渐离。③吴门豪：指春秋时吴国侠士专诸。④筑：古代的一种打击乐器。筑中置铅：指高渐离在筑中暗藏铅块伏击秦始皇。《史记·刺客列传》载："秦皇帝惜其（高渐离）善击筑，重赦之，乃矐其目。使击筑，未尝不称善。稍益近之，高渐离乃以铅置筑中，复进得近，举筑扑秦皇帝，不中。于是，遂诛高渐离，终身不复近诸侯之人。"⑤鱼隐刀：指专诸将匕首暗藏在鱼腹中刺杀吴王僚。《史记·刺客列传》载："伍子胥知公子光之欲杀吴王僚，乃曰：'彼光将有内志，未可说以外事。'乃进专诸于公子光。……四月丙子，光伏甲士于窟室中，而具酒请王僚。王僚使兵陈自宫至光之家，门户阶陛左右，皆王僚之亲戚也。夹立侍，皆持长铍。酒既酣，公子光详为足疾，入窟室中，使专诸置匕首鱼炙之腹中而进之。既至王前，专诸擘鱼，因以匕首刺王僚，王僚立死。左右亦杀专诸，王人扰乱。"隐，一作"藏"。⑥太山一掷轻鸿毛：此句谓为知己不惜舍命相报也。太山，即泰山，喻性命也。司马迁《报任安书》："人固有一死，死或重于泰山，或轻于鸿毛，用之所趋异也。"此用其意。

春怨

白马金羁辽海东，罗帷绣被卧春风。
落月低轩窥烛尽，飞花入户笑床空。

【注释】①金羁：金饰的马络头。三国魏曹植《白马篇》："白马饰金羁，连翩西北驰。"五代牛峤《柳枝》："金羁白马临风望，认得羊家静婉腰。"②罗帷：丝制帷幔。

陌上赠美人

骏马骄行踏落花，垂鞭直拂五云车。
美人一笑褰珠箔，遥指红楼是妾家。

【注释】①骄：指马高大健壮。②直：特地，故意。③拂：掠过。④五云车：传说中神仙的座驾。这里指代华美的车驾。⑤褰（qiān）：提起，撩起。⑥遥指：有邀至其家之意。⑦红楼：一作“青楼”。

送孟浩然之广陵

故人西辞黄鹤楼，烟花三月下扬州。
孤帆远影碧空尽，唯见长江天际流。

【注释】①之：到达。②广陵：扬州。③故人：指孟浩然。④黄鹤楼：故址在今湖北武汉市武昌蛇山的黄鹄矶上，传说有神仙在此乘黄鹤而去。

【点评】江淹曰：“黯然销魂者，唯别而已矣。”而李白除外，大多数时候，他的离别诗都活色生香，潇洒愉快。

横江词

其一

人道横江好，侬道横江恶。
一风三日吹倒山，白浪高于瓦官阁。

其二

海潮南去过浔阳，牛渚由来险马当。
横江欲渡风波恶，一水牵愁万里长。

其三

横江西望阻西秦，汉水东连扬子津。
白浪如山那可渡，狂风愁杀峭帆人。

其四

海神来过恶风回，浪打天门石壁开。
浙江八月何如此，涛似连山喷雪来。

其五

横江馆前津吏迎，向余东指海云生。
郎今欲渡缘何事，如此风波不可行。

其六

月晕天风雾不开，海鲸东蹙百川回。
惊波一起三山动，公无渡河归去来。

【注释】①横江：横江浦，古长江渡口，在今安徽和县东南。②“人道”二句：道，一作“言”。③一风三日吹倒山：一作“猛风吹倒天门山”。三日，一作“一月”。④马当：马当山，在今江西彭泽东北。《舆地纪胜·江州景物》：“马当山在古彭泽县北一百二十里。其山横枕大江，山像马形。舟船险阻，乃立庙。陆笠泽记曰：‘言天下之险者，在山曰太行，在水曰吕梁。合二险而为一，吾又闻乎马当。’”⑤汉水东连扬子津：汉，一作“楚”。连，一作“流”。⑥峭帆：很高的船帆。⑦浙江：钱塘江。⑧涛似连山喷雪来：来，一作“东”。⑨海云生：海上升起浓云。⑩月晕天风雾不开：月，一作“日”。⑪海鲸东蹙百川回：蹙：驱迫。回：倒流。⑫公无渡河：古乐府有《公无渡河》曲，相传朝鲜有个“白首狂夫”渡河淹死，其妻追赶不及，也投河自尽。自尽前唱哀歌：“公无渡河，公竟渡河！渡河而死，当奈公何！”⑬归去来：回去。

【点评】组诗的一大优点就是全面，少遗漏。

戏赠杜甫

饭颗山头逢杜甫，顶戴笠子日卓午。
借问别来太瘦生，总为从前作诗苦。

【注释】①戏赠：意思是开玩笑的话。②饭颗山：山名，相传在长安一带。“饭颗山头”一作“长乐坡前”。长乐坡也在长安附近。③笠子：用竹箬或棕皮等编成的笠帽，用来御雨遮阳。④日卓午：指正午太阳当顶。⑤借问：请问的意思。⑥太瘦生：消瘦、瘦弱。生为语助词，唐时习语。⑦总为：怕是为了。⑧作诗苦：杜甫《江上值水如海势聊短述》：“为人性僻耽佳句，语不惊人死不休。”这里指杜甫一丝不苟的创作精神。

早发白帝城

朝辞白帝彩云间，千里江陵一日还。
两岸猿声啼不住，轻舟已过万重山。

【注释】①题注：一作“白帝下江陵”。②白帝城：故址在今重庆市奉节县白帝山上。杨齐贤注：“白帝城，公孙述所筑。初，公孙述至鱼复，有白龙出井中，自以承汉土运，故称白帝，改鱼复为白帝城。”王琦注：“白帝城，在夔州奉节县，与巫山相近。所谓彩云，正指巫山之云也。”③江陵：今湖北省荆州市。从白帝城到江陵约一千二百里，其间包括七百里三峡。郦道元《三峡》：“自三峡七百里中，两岸连山，略无阙处。重岩叠障，隐天蔽日，自非亭午时分，不见曦月。至于夏水襄陵，沿溯（或沂）阻绝。或王命急宣，有时朝发白帝，暮到江陵，其间千二百时里，虽乘奔御风，不以疾也。春冬之时，则素湍绿潭，回清倒影。绝巘（或巘）多生怪柏，悬泉瀑布，飞漱其间。清荣峻茂，良多趣味。每至晴初霜旦，林寒涧肃，常有高猿长啸，属引凄异。空谷传响，哀啭久绝。故渔者歌曰：‘巴东三峡巫峡长，猿鸣三声泪沾裳。’”

【点评】同样是劫后余生，比起老杜的“剑外忽传收蓟北”，不知轻快飘逸多少倍。

峨眉山月歌

峨眉山月半轮秋，影入平羌江水流。
夜发清溪向三峡，思君不见下渝州。

【注释】①峨眉山：在今四川省峨眉山市西南，有两山峰相对，望之如蛾眉，故名。②半轮秋：谓秋夜的上弦月，形似半个车轮。③影：月光的影子。④平羌：即青衣江，大渡河的支流，在今四川中部峨眉山东北。源出宝兴县北，东南流经雅安、洪雅、夹江等地，到乐山汇大渡河，入岷江。⑤发：出发。⑥清溪：指清溪驿，属四川省犍为县，在峨眉山附近。⑦三峡：《乐山县志》谓当指四川省乐山县之嘉州小三峡：犁头峡、背峨峡、平羌峡，清溪在黎头峡之上游。一说指长江三峡为瞿塘峡、巫峡、西陵峡。⑧君：指峨眉山月。一说指作者的友人。⑨下：顺流而下。⑩渝州：唐代州名，属剑南道，治所在巴县，即今重庆市。

【点评】李白初次出川时的神作，当时24岁左右。

赠汪伦

李白乘舟将欲行，忽闻岸上踏歌声。
桃花潭水深千尺，不及汪伦送我情。

【注释】①汪伦：李白的朋友。②将欲行：敦煌写本《唐人选唐诗》作“欲远行”。③踏歌：唐代民间流行的一种手拉手、两足踏地为节拍的歌舞形式，可以边走边唱。④桃花潭：在今安徽泾县西南一百里。《一统志》谓其深不可测。诗人用潭水深千尺比喻汪伦与他的友情，运用了夸张的手法。

【点评】都说这首诗好，好在哪里？真情一片吧。

山中问答

问余何意栖碧山，笑而不答心自闲。
桃花流水窅然去，别有天地非人间。

【注释】①题注：一作“山中答俗人”，一作“答俗人问”。②余：我，诗人自指。③何意：一作“何事”。④栖：居住，隐居。⑤碧山：山名，又名“白兆山”，在湖北省安陆市内，山下桃花洞是李白读书处。一说碧山指山色的青翠苍绿。⑥不答：一作“不语”。⑦自闲：悠闲自得。闲，安然，泰然。⑧“桃花”句：晋陶潜《桃花源记》载：东晋时，武陵有一渔人在溪中捕鱼。忽进桃花林，林尽处有山。山有小口。从山口进去，遇一与外界隔绝的桃花源，里边的人过着安居乐业的生活。此句暗用其事。⑨窅（yǎo）然：指幽深遥远的样子。一作“宛然”。⑩别有天地：另有一种境界。别：另外。⑪非人间：不是人间，这里指诗人的隐居生活。

东鲁门泛舟

日落沙明天倒开，波摇石动水萦回。
轻舟泛月寻溪转，疑是山阴雪后来。

【注释】①东鲁门：《一统志》载，东鲁门在兖州（今山东曲阜、兖州一带）城东。②泛月：月下泛舟。③寻：这里是沿、随的意思。④山阴：今浙江绍兴。《世说新语·任诞》载，王子猷居山阴，夜大雪，眠觉，开室，命酌酒。四望皎然，忽忆戴安道，时戴在剡，即便夜乘小船就之。经宿方至，造门不前而返。人问其故，王曰：“吾本乘兴而行，兴尽而返，何必见戴？”阴，一作“隐”。

望庐山瀑布

日照香炉生紫烟，遥看瀑布挂前川。
飞流直下三千尺，疑是银河落九天。

【注释】①庐山：又名匡山、匡庐，中国名山之一，在今江西省九江市北部，鄱阳湖、长江之滨。②香炉：指香炉峰，庐山北部名峰，水气郁结峰顶，云雾弥漫如香烟缭绕，故名。③三千尺：形容山高，这里是夸张的说法，不是实指。④九天：古人认为天有九重，九天是天的最高层。

【点评】这是小时候必须背诵的诗歌之一。小孩初次领教诗仙的想象力，想落天外。

越中览古

越王勾践破吴归，义士还家尽锦衣。
宫女如花满春殿，只今惟有鹧鸪飞。

【注释】①勾践破吴：春秋时期吴、越两国争霸。公元前494年，越王勾践被吴王夫差打败，卧薪尝胆，誓报此仇。公元前473年，勾践灭吴。②还家：一作"还乡"。③锦衣：华丽的衣服。《史记·项羽本纪》载："富贵不归故乡，如衣绣夜行，谁知之者？"后来演化成"衣锦还乡"一语。④春殿：宫殿。

客中作

兰陵美酒郁金香，玉椀盛来琥珀光。
但使主人能醉客，不知何处是他乡。

【注释】①客中：指旅居他乡。孟浩然《早寒江上有怀》："我家襄水上，遥隔楚云端。乡泪客中尽，孤帆天际看。"②兰陵：今山东省临沂市苍山县兰陵镇，一说位于今四川省境内。③郁金香：散发郁金的香气。郁金，一种香草，用以浸酒，浸酒后呈金黄色。卢照邻《长安古意》："双燕双飞绕画梁，罗纬翠被郁金香。"④玉椀（wǎn）：玉制的食具，亦泛指精美的碗。三国魏嵇康《答难养生论》："李少君识桓公玉椀。"椀：同"碗"。⑤琥珀：一种树脂化石，呈黄色或赤褐色，色泽晶莹。这里形容美酒色泽如琥珀。⑥但使：只要。⑦醉客：让客人喝醉酒。醉：使动用法。⑧他乡：异乡，家乡以外的地方。《乐府诗集·相和歌辞十三·饮马长城窟行》："梦见在我傍，忽觉在他乡。"

秋下荆门

霜落荆门江树空，布帆无恙挂秋风。
此行不为鲈鱼鲙，自爱名山入剡中。

【注释】①荆门：山名，位于今湖北省宜都县西北的长江南岸，与北岸虎牙山隔江对峙，地势险要，自古即有楚蜀咽喉之称。②空：指树枝叶落已尽。③布帆无恙：《晋书·顾恺之传》载，顾恺之从他上司荆州刺史殷仲堪那里借到布帆，驶船回家，行至破冢，遭大风，他写信给殷仲堪，说“行人安稳，布帆无恙”。此处表示旅途平安。④鲈鱼鲙：《世说新语·识鉴》载，西晋吴人张翰在洛阳做官时，见秋风起，想到家乡菰菜、鲈鱼鲙的美味，遂辞官回乡。⑤剡（shàn）中：指今浙江省嵊（shèng）州市一带。《广博物志》载：“剡中多名山，可以避灾。”

望天门山

天门中断楚江开，碧水东流至此回。
两岸青山相对出，孤帆一片日边来。

【注释】①天门山：位于今安徽省当涂县西南长江两岸，东为东梁山（又称博望山），西为西梁山（又称梁山）。两山隔江对峙，形同天设的门户，天门由此得名。《江南通志》载：“两山石状晓岩，东西相向，横夹大江，对峙如门。俗呼梁山曰西梁山，呼博望山曰东梁山，总谓之天门山。”②中断：江水从中间隔断两山。③楚江：长江流经旧楚地的一段，当涂在战国时期属楚国，故流经此地的长江称楚江。④开：劈开，断开。⑤至此：意为东流的江水在这转向北流。一作“直北”，一作“至北”。⑥回：回转。指这一段江水由于地势险峻方向有所改变，并更加汹涌。⑦两岸青山：分别指东梁山和西梁山。⑧出：突出，出现。⑨日边来：指孤舟从天水相接处的远方驶来，远远望去，仿佛来自日边。

【点评】同徐凝《庐山瀑布》手法一致，视听效果俱佳。

哭晁卿衡

日本晁卿辞帝都，征帆一片绕蓬壶。
明月不归沉碧海，白云愁色满苍梧。

【注释】①晁（cháo）卿衡：即晁衡，日本人，原名阿倍仲麻吕（又作安倍仲麻吕），《旧唐书·东夷·日本国传》音译作仲满。开元五年（717）来中国求学，改名朝衡。朝，通“晁”。卿，尊称。公元753年晁衡归国途中遇暴风失事的消息传来，李白作诗哀悼。其实晁衡漂流到安南驩州（今越南荣市），两年后辗转回到长安。②帝都：指唐朝京城长安。③蓬壶：指蓬莱、方壶，都是神话传说中东方大海上的仙山。此指晁衡在东海中航行。④明月：喻品德高洁才华出众之士，一说是月明珠，此喻晁衡。⑤沉碧海：指溺死海中。⑥白云：据说有白云出自苍梧入大梁。

【点评】唐代人管现今的富士山叫苍梧山。王维也有一首送晁衡的诗《送秘书晁衡还日本国》，个人感觉和李白写得都一般。奇怪的是，王维和李白没有诗歌往来，他们相互不认识？不可能。李白和王维同年出生，相隔一年去世，李白两次入长安时，王维也在长安或终南。李白游过终南还写过诗。他们有共同的好友孟浩然，当然还有这个日本人晁衡。他们同王昌龄、杜甫都有过交往，两人都托关系走过玉真公主的后门。那是什么原因呢？聪明的好事者不妨探求一番，说不定有惊天的秘密哦！

与史郎中钦听黄鹤楼上吹笛

一为迁客去长沙，西望长安不见家。
黄鹤楼中吹玉笛，江城五月落梅花。

【注释】①郎中：官名，为朝廷各部所属的高级部员。钦，当是史郎中名。一作“饮”。王琦《李太白全集》注本谓史钦，其生平不详。②黄鹤楼：古迹在今湖北武汉，今已在其址重建。③迁客：被贬谪之人。作者自比，一说指史郎中。④去长沙：用汉代贾谊事。《史记·屈原贾生列传》载，贾谊因受权臣谗毁，被贬为长沙王太傅，曾写《吊屈原赋》以自伤。⑤江城：指江夏（今湖北武汉武昌），因在长江、汉水滨，故称江城。⑥落梅花：即古代笛曲名《梅花落》，此因押韵倒置，亦含有笛声因风散落之意。

春夜洛城闻笛

谁家玉笛暗飞声，散入春风满洛城。
此夜曲中闻折柳，何人不起故园情。

【注释】①洛城：洛阳城，今河南省洛阳市。②玉笛：华美的笛，玉制或镀玉的笛子。③暗飞声：因笛声在夜间传来，故云。④满：此处作动词用，传遍。⑤折柳：即《折杨柳》。胡仔《苕溪渔隐丛话》载：“笛者，羌乐也。古曲有《折杨柳》《落梅花》。”人们临别时折柳相赠。柳，暗指“留”。

山中与幽人对酌

两人对酌山花开，一杯一杯复一杯。
我醉欲眠卿且去，明朝有意抱琴来。

【**注释**】①幽人：幽隐之人，隐士。此指隐逸的高人。《易·履》载："履道坦坦，幽人贞吉。"②对酌：相对饮酒。③"我醉"句：《宋书·隐逸传》，"（陶）潜不解音声，而畜素琴一张，无弦，每有酒适，辄抚弄以寄其意。贵贱造之者，有酒辄设，潜若先醉，便语客：'我醉欲眠，卿可去。'其真率如此。"

【**点评**】非常喜欢这种很随性的诗歌。

清平调

其一

云想衣裳花想容，春风拂槛露华浓。
若非群玉山头见，会向瑶台月下逢。

其二

一枝红艳露凝香，云雨巫山枉断肠。
借问汉宫谁得似，可怜飞燕倚新妆。

其三

名花倾国两相欢，长得君王带笑看。
解释春风无限恨，沉香亭北倚阑干。

【**注释**】①题注：唐《礼乐志》曰："清调、平调，房中乐遗声。开元中，禁中初种木芍药，会花方繁开，帝乘照夜白，太真妃以步辇从，李龟年以歌擅一时之名。帝曰：'赏名花，对妃子，焉用旧乐辞为？'遂命白作《清平调》词三章，令梨园弟子略抚丝竹以促歌，帝自调玉笛以倚曲。"②露华：露水。③群玉山：传说为西王母所居处。《穆天子传》卷二："天子北征，东还，乃循黑水。癸巳，至于群玉之山。"《山海经·西山经》载："玉山，是西王母所居也。"晋郭璞注："此山多玉石，因以名云。《穆天子传》谓之‘群玉之山’。”④瑶台：美玉砌的楼台。亦泛指雕饰华丽的楼台。《楚辞·离骚》：“望瑶台之偃蹇兮，见有娀之佚女。”⑤云雨巫山：传说中三峡巫山神女与楚王欢会的神话故事。⑥汉宫：汉朝宫殿，亦借指其他王朝的宫殿。南朝陈后主《昭君怨》：“图形汉宫里，遥聘单于庭。”⑦飞燕：汉成帝赵皇后，能为掌上舞，以其体轻故。每轻风时至，飞燕殆欲随风入水。帝以翠缨结飞燕之裙。今太液池尚有避风台，即飞燕结裙之处。环肥燕瘦，即指杨玉环、赵飞燕。《唐才子传》载：“（白）尝大醉上前，草诏，使高力士脱靴，力士耻之，摘其《清平调》中飞燕事，以激怒贵妃，帝每欲与官，妃辄沮之。……恳求还山，赐黄金，诏放归。”⑧倾国：喻美色惊人，此指杨贵妃。典出汉李延年《佳人歌》：“一顾倾人城，再顾倾人国。”⑨沉香亭：唐时宫中亭名。⑩阑干：栏杆。用竹、木、砖石或金属等构制而成，设于亭台楼阁或路边、水边等处作遮拦用。

【点评】《清平调》三章，艳而不俗，肥而不腻。李供奉这一时期还有一组《宫中行乐词》七首，其中第一首也还不错：“小小生金屋，盈盈在紫微。山花插宝髻，石竹绣罗衣。每出深宫里，常随步辇归。只愁歌舞散，化作彩云飞。”

陪族叔刑部侍郎晔及中书贾舍人至游洞庭

其一

洞庭西望楚江分，水尽南天不见云。
日落长沙秋色远，不知何处吊湘君。

其二

南湖秋水夜无烟，耐可乘流直上天。
且就洞庭赊月色，将船买酒白云边。

其五

帝子潇湘去不还，空余秋草洞庭间。
淡扫明湖开玉镜，丹青画出是君山。

【注释】①刑部侍郎：刑部的次官，掌管法律、刑狱等事务。晔，李晔，曾任刑部侍郎，乾元二年（759）四月，因被人诬陷，贬为岭南道境内的一名县尉。中书舍人，官名，唐代撰拟诰敕的官员。中书贾舍人至，即中书舍人贾至，与李白同时的诗人，乾元年间被贬为岳州（今湖南洞庭湖一带）司马。②楚江：指流经楚地的长江。③长沙：指长沙郡，治所在今湖南长沙市，距洞庭约三百里。④湘君：湘水之神。⑤南湖：指洞庭湖。在长江之南，故称。⑥帝子：指尧的两个女儿娥皇、女英。⑦丹青：古代绘画常用的颜色，即指图画。⑧君山：山名，又名洞庭山，位于洞庭湖中。相传娥皇、女英曾游此处，故名君山。此句指洞庭湖像一面玉镜，君山立在湖中宛如图画。

闻王昌龄左迁龙标遥有此寄

杨花落尽子规啼，闻道龙标过五溪。
我寄愁心与明月，随风直到夜郎西。

【注释】①王昌龄：唐代诗人，天宝年间被贬为龙标县尉。②左迁：贬官，降职。古人尊右卑左，因此把降职称为左迁。③龙标：古地名，唐朝置县，治所在今湖南省怀化市洪江区。④杨花落尽：一作“扬州花落”。杨花：柳絮。⑤子规：杜鹃鸟，又称布谷鸟，相传其啼声哀婉凄切，甚至啼血。⑥闻道龙标过五溪：此处“龙标”指王昌龄，古人常用官职或任官之地的州县名来称呼一个人。五溪：一说是雄溪、满溪、潕溪、酉溪、辰溪的总称，在今贵州东部湖南西部。⑦随风：一作“随君”。⑧夜郎：汉代中国西南地区少数民族曾在今贵州西部、北部和云南东北部及四川南部部分地区建立过政权，称为夜郎。唐代在今贵州桐梓和湖南沅陵等地设过夜郎县。这里指湖南的夜郎，李白当时在东南，所以说“随风直到夜郎西”。

永王东巡歌

三川北虏乱如麻，四海南奔似永嘉。
但用东山谢安石，为君谈笑静胡沙。

【注释】①永王：李璘（唐玄宗的第十六子）。此诗是李白晚年在永王幕府中的作品，赞颂永王率兵东征。②三川：黄河、洛水、伊水，比喻洛阳一带。③北虏：指“安史之乱”叛军。④永嘉：西晋怀帝的年号。永嘉五年（311），匈奴攻破西晋都城洛阳，大肆杀伤抢掠，中原人纷纷向南逃避。⑤谢安石：东晋时代的谢安，字安石。东晋孝武帝太元八年（383），前秦君主率领百万大军从北方大举南侵。当时隐居在东山的谢安被任命为大都督，打败了敌人。⑥静胡沙：彻底打败敌人。

【点评】谢安是李白一生的偶像。

宣城见杜鹃花

蜀国曾闻子规鸟，宣城还见杜鹃花。
一叫一回肠一断，三春三月忆三巴。

【注释】①宣城：郡名，今属安徽省。②杜鹃花：即映山红，每年三月杜鹃鸟啼之时盛开，颜色鲜红，故名。《全唐诗》于此篇题下校："一作杜牧诗，题云'子规'。"王琦注："或以此诗为杜牧所作《子规》诗，非也。"③蜀国：指四川。④子规鸟：杜鹃鸟的别称，因鸣声凄厉，动人乡思，故俗称断肠鸟，蜀地最多，传说是古蜀王杜宇死后所化。⑤三春：指春季。⑥三巴：东汉末，益州牧刘璋置巴郡、巴东、巴西三郡，合称三巴。在今四川省东部和重庆市地区。

【点评】李白出川就未回老家，这"忆三巴"唱得是哪一出？

酬崔侍御

严陵不从万乘游，归卧空山钓碧流。
自是客星辞帝座，元非太白醉扬州。

【注释】①崔侍御：即崔成甫，李白的好友。曾任校书郎、摄监察御史，后因事被贬职到湘阴（今属湖南）。曾作有《赠李十二》诗赠李白。②严陵：即严子陵，名光，东汉人。少曾与刘秀同游学。刘秀即帝位后，严光变更姓名隐遁。刘秀遣人觅访，征授谏议大夫，不受，退隐于富春山。③万乘（shèng）：指帝王。按周制，天子地方千里，能出兵车万乘，因以"万乘"指天子。④碧流：指富春江。⑤客星：指严子陵。严子陵与光武帝共卧，足加于帝腹。太史奏：客星犯御座甚急。⑥元非：原非。⑦扬：扬州与金陵相近，三国孙吴置扬州于建业，及隋平陈，始移扬州于江北之江都。此以扬州代指金陵。

【点评】李白到处吹嘘自己是主动辞职。

登庐山五老峰

庐山东南五老峰，青天削出金芙蓉。
九江秀色可揽结，吾将此地巢云松。

【注释】①登：一作“望”。②庐山：位于江西省北部，北临长江，东濒鄱阳湖，绵亘二十五公里，景色秀丽，气候宜人，在古代就是著名的游览胜地，也是理想的隐居之处。③五老峰：庐山东南部由五座雄奇的峰岭相连组成的山峰，形状如五位老人并肩而立，山势险峻，是庐山胜景之一。李白曾在此地筑舍读书。④金芙蓉：莲花，指五老峰。⑤九江：长江自江西九江而分九派，故称。⑥秀色：优美的景色。南朝宋王僧达《答颜延年》：“麦垄多秀色，杨园流好音。”⑦揽结：采集、收取。⑧巢云松：隐居。《方舆胜览》卷十七引《图经》：“李白性喜名山，飘然有物外志。以庐阜水石佳处，遂往游焉。卜筑五老峰下。”

【点评】“青天削出金芙蓉”，印象深刻。

口号吴王美人半醉

风动荷花水殿香，姑苏台上宴吴王。
西施醉舞娇无力，笑倚东窗白玉床。

【注释】①口号：古诗标题用语。表示随口吟成，和“口占”相似。②吴王：李蒨，时任庐江太守。以其所宴之地，比之姑苏；以其美人，比之西施。寓笑谑之意。③“风动”句：用南朝徐陵“竹密山斋冷，荷开水殿香”句意。④姑苏台：吴王起姑苏台，五年乃成，其下有斗鸡坡、定狗塘、百花洲、采香径诺胜迹。《太平御览》卷二百三十六引《述异记》：“吴王夫差筑姑苏台，三年乃成，周环诘屈，横亘五里，崇饰土木，殚耗人力。宫妓千人，又别立春宵宫，为长夜饮。造千石酒钟，又作大池，池中造青龙舟，陈妓乐，日与西施为水戏。”⑤宴：一作“见”。

赠段七娘

罗袜凌波生网尘，那能得计访情亲。
千杯绿酒何辞醉，一面红妆恼杀人。

【注释】①罗袜凌波：三国魏曹植《洛神赋》："凌波微步，罗袜生尘。"②恼：引逗，撩拨。

巴陵赠贾舍人

贾生西望忆京华，湘浦南迁莫怨嗟。
圣主恩深汉文帝，怜君不遣到长沙。

【注释】①巴陵：即岳州，在今岳阳市。②贾舍人：贾至，天宝末为中书舍人，乾元元年（758）出为汝州刺史，二年贬岳州司马，在巴陵与李白相遇。③贾生：西汉贾谊。汉桓宽《盐铁论·箴石》："贾生有言曰：'恳言则辞浅而不入，深言则逆耳而失指。'"这里以贾谊比贾至。④京华：京城之美称。因京城是文物、人才汇集之地，故称。⑤湘浦：湘江边。⑥南迁：被贬谪、流放到南方。⑦怨嗟：怨恨叹息。⑧圣主：泛称英明的天子。此处有讽刺意味。⑨汉文帝：贾谊通诸子百家之书。文帝召为博士，迁至太中大夫后受排挤，为长沙王太傅。⑩长沙：在巴陵南，离京师更远。汉文帝时贾谊被谪往长沙。

※ 储光羲

寄孙山人

新林二月孤舟还，水满清江花满山。
借问故园隐君子，时时来往住人间。

【注释】①新林：开春后刚抽芽长叶的树林。②隐君子：隐士。《史记·老子韩非列传》："老子，隐君子也。"

※ 高适

别董大

千里黄云白日曛，北风吹雁雪纷纷。
莫愁前路无知己，天下谁人不识君。

【注释】①董大：指董庭兰，当时有名的音乐家，在其兄弟中排名第一，故称“董大”。②黄云：天上的乌云，在阳光下，乌云是暗黄色，所以叫黄云。③白日曛（xūn）：太阳黯淡无光。曛，即曛黄，指夕阳西沉时的昏黄景色。

营州歌

营州少年厌原野，狐裘蒙茸猎城下。
虏酒千钟不醉人，胡儿十岁能骑马。

【注释】①营州：唐代东北边塞，治所在今辽宁朝阳。②厌：同“饜”，饱。这里作饱经、习惯于之意。③狐裘：用狐狸皮毛做的比较珍贵的大衣，毛向外。④蒙茸：裘毛纷乱的样子。语出《诗经·邶风·旄丘》：“狐裘蒙戎。”茸，通“戎”。⑤城下：郊野。⑥虏酒：指营州当地出产的酒。⑦千钟：极言其多。钟，酒器。⑧胡儿：指居住在营州一带的奚、契丹少年。

【点评】身处草原，才能十岁骑马；身处水乡，才能从小会水；身处岛国，才能驾驭海洋。

塞上听吹笛

雪净胡天牧马还，月明羌笛戍楼间。
借问梅花何处落，风吹一夜满关山。

【注释】①塞上：指凉州（今甘肃武威）一带边塞。②雪净：冰雪消融。③胡天：指西北边塞地区。胡是古代对西北部民族的称呼。④牧马还：放马归来。一说指敌人被击退。⑤戍楼：报警的烽火楼。⑥梅花何处落：双关，既指想象中的梅花，又指《梅花落》，汉乐府横吹曲，善述离情。⑦关山：这里泛指关隘山岭。

【点评】有本题为《和王七度玉门关上吹笛》："胡人吹笛戍楼间，楼上萧条海月闲。借问落梅凡几曲，从风一夜满关山。"变动较大，疑似初稿、成稿的关系。

除夜作

旅馆寒灯独不眠，客心何事转凄然。
故乡今夜思千里，霜鬓明朝又一年。

【注释】①除夜：除夕之夜。②客心：自己的心事。③转：变得。④凄然：凄凉悲伤。⑤霜鬓：白色的鬓发。⑥明朝（zhāo）：明天。

听张立本女吟

危冠广袖楚宫妆，独步闲庭逐夜凉。
自把玉钗敲砌竹，清歌一曲月如霜。

【注释】①张立本女：《全唐诗》载："草场官张立本女，少未读书，忽自吟诗，立本随口录之。"②危冠：高冠。③楚宫妆：即南方贵族妇女式样的打扮。④闲庭：空旷的庭院。⑤玉钗：一种妇女头饰。⑥砌竹：庭院中临阶而生的竹子。⑦月如霜：月光皎洁。

送桂阳孝廉

桂阳年少西入秦，数经甲科犹白身。
即今江海一归客，他日云霄万里人。

【注释】①甲科：科举考试。②白身：白身人，旧指平民。亦指无功名无官职的士人或已仕而未通朝籍的官员。③云霄：一作"云山"。

※ 孟云卿

寒食

二月江南花满枝，他乡寒食远堪悲。
贫居往往无烟火，不独明朝为子推。

【注释】①寒食：《荆楚岁时记》载："去冬（至）节一百五日，即有疾风甚雨，谓之寒食，禁火三日。"后来即于清明前一日为寒食。②二月：寒食在冬至后一百〇五天，若冬至在十一月上旬，或是冬至到来年二月间有闰月，则寒食就在二月。③无烟火：寒食节禁火，但穷人常常断炊，不禁也无火。④子推：介子推，又名介之推。相传春秋时晋文公负其功臣介之推，介愤而隐于绵山。文公悔悟，烧山逼令出仕，之推抱树焚死。人民同情介之推的遭遇，相约于其忌日禁火冷食，以为悼念。以后相沿成俗，谓之寒食。

※ 常建

塞下曲

玉帛朝回望帝乡，乌孙归去不称王。
天涯静处无征战，兵气销为日月光。

【注释】①玉帛：借指执献玉帛的诸侯或外国使者。执玉帛上朝，是宾服和归顺的表示。②乌孙：活动在伊犁河谷一带的游牧民族，为西域诸国中的大邦。乌孙使臣朝罢西归，频频回望帝京长安，不忍离去。③不称王：指乌孙归顺，边境安定。《汉书》载，武帝以来朝廷待乌孙甚厚，双方聘问不绝。武帝为了抚定西域，遏制匈奴，曾两次以宗女下嫁，订立和亲之盟。太初间（前 104 —前 101），武帝立楚王刘戊的孙女刘解忧为公主，下嫁乌孙，生了四男二女，儿孙们相继立为国君，长女也嫁为龟兹王后。从此，乌孙与汉朝长期保持着和平友好的关系，成为千古佳话。

※ 颜真卿

劝学

三更灯火五更鸡，正是男儿读书时。
黑发不知勤学早，白首方悔读书迟。

【注释】①更：古时夜间计算时间的单位，一夜分五更，每更为两小时。午夜 11 时到 1 时为三更。五更鸡：天快亮时，鸡啼叫。②黑发：年少时期，指少年。③白首：头发白了，这里指老年。

※ 钱起

暮春归故山草堂

谷口春残黄鸟稀，辛夷花尽杏花飞。
始怜幽竹山窗下，不改清阴待我归。

【注释】①题注：一作“晚春归山居题窗前竹”。②故山：诗人久居蓝田谷口，一直将此地视为故乡。③谷口春残黄鸟稀：一作“溪上残春黄鸟稀”。④黄鸟：即黄鹂、黄莺（一说黄雀），叫声婉转悦耳。⑤辛夷：木兰树的花，一称木笔花，又称迎春花，比杏花开得早。⑥清阴：形容苍劲葱茏的样子。

归雁

潇湘何事等闲回，水碧沙明两岸苔。
二十五弦弹夜月，不胜清怨却飞来。

【注释】①潇湘：二水名，在今湖南境内。泛指湖南地区。②等闲：随随便便，轻易。③苔：一种植物，鸟类的食物，雁尤喜食。④二十五弦：指瑟这种乐器。《楚辞·远游》：“使湘灵鼓瑟兮。”⑤胜（shēng）：承受。⑥清怨：此处指曲调凄清哀怨。

与赵莒茶宴

竹下忘言对紫茶，全胜羽客醉流霞。
尘心洗尽兴难尽，一树蝉声片影斜。

【注释】①莒(jǔ)：古代对“芋”的别称。②竹下忘言：《晋书·山涛传》载：“(山涛)与嵇康、吕安善，后与阮籍，便为竹林之交，著忘言之契。”忘言，彼此心领神会，无须言语就已默契。③紫茶：紫笋茶，唐代著名的贡茶，产于浙江长兴顾渚山和江苏宜兴的接壤处。④全胜：远远胜过。⑤羽客：道士。⑥醉：一作“对”。⑦流霞：传说中天上神仙的饮料。⑧尘心：心为世俗事务所牵累，谓之尘心。佛教以色、声、香、味、触、法为六尘。⑨片影：一片树影。

※ 张谓

题长安壁主人

世人结交须黄金，黄金不多交不深。
纵令然诺暂相许，终是悠悠行路心。

【注释】①世人：指世俗之人。②纵令：纵然，即使。③然诺：然、诺皆应对之词，表示应允。引申为言而有信。④悠悠：平淡隔膜、庸俗不堪的样子。⑤行路心：路上行人的心理。

早梅

一树寒梅白玉条，迥临村路傍谿桥。
不知近水花先发，疑是经冬雪未销。

【注释】①寒梅：梅花，因其凌寒开放，故称。②迥：远。③村路：乡间小路。④不知：一作“应缘”。犹言大概是。⑤经冬：经过冬天。一作“经春”。⑥销：通“消”，融化。这里指冰雪融化。

※ 岑参

虢州后亭送李判官使赴晋绛

西原驿路挂城头，客散红亭雨未收。
君去试看汾水上，白云犹似汉时秋。

【**注释**】①岑参：参，一说音shēn，一说音cān。②虢（guó）州：唐属河南道，故城在今河南灵宝南。③李判官：岑参的友人。④晋绛：指晋州、绛州。⑤西原驿路：虢州城外一个地方，北出黄河的驿路是由城外绕山而去。⑥汾水：发源于山西宁武，向西南流入黄河。⑦汉时秋：汉朝的鼎盛时期。

山房春事

梁园日暮乱飞鸦，极目萧条三两家。
庭树不知人去尽，春来还发旧时花。

【**注释**】①题注：此题二首，另一首为："风恬日暖荡春光，戏蝶游蜂乱入房。数枝门柳低衣桁，一片山花落笔床。"衣桁（héng）：衣架，挂衣服的横木。笔床：卧置毛笔的器具。②山房：造于山野的房舍，别墅。③春事：春色，春光。④梁园：西汉梁孝王刘武所建。借指皇室的宅第园林。

逢入京使

故园东望路漫漫，双袖龙钟泪不干。
马上相逢无纸笔，凭君传语报平安。

【**注释**】①入京使：进京的使者。②故园：指长安和自己在长安的家。③漫漫：形容路途十分遥远。④龙钟：涕泪淋漓的样子。卞和《退怨之歌》："空山歔欷泪龙钟。"这里是沾湿的意思。⑤凭：托，烦，请。⑥传语：捎口信。

碛中作

走马西来欲到天，辞家见月两回圆。
今夜不知何处宿，平沙莽莽绝人烟。

【注释】①碛（qì）：沙石地，沙漠。这里指银山碛，又名银山，在今新疆托克逊库米什附近。②走马：骑马疾走，驰逐。《诗经·大雅·緜》：“古公亶父，来朝走马。”③西来：指离开长安赴安西。④见月两回圆：两个月。月亮每月圆一次。

过碛

黄沙碛里客行迷，四望云天直下低。
为言地尽天还尽，行到安西更向西。

【注释】①黄沙：指沙漠地区。②云天：高空。③直下低：往下低落。④“行到”句：此沙漠当在安西节度使治所龟兹（今新疆库车）以东，故有此说。

【点评】边塞诗人中，岑参可能是走得最远的。

赵将军歌

九月天山风似刀，城南猎马缩寒毛。
将军纵博场场胜，赌得单于貂鼠袍。

【注释】①赵将军：未详。闻一多考证认为是疏勒守捉使赵宗玭，后继封常宿任北庭节度使。②城南：庭州城南郊野。③猎马：出猎的马。④纵：放任自己。⑤博：这里指古代军中较量骑射和勇力的一种游戏。⑥貂（diāo）鼠袍：用貂鼠皮做成的暖裘。貂鼠：即貂，体细长，色黄或紫黑，皮毛极轻暖珍贵。

戏问花门酒家翁

老人七十仍沽酒，千壶百瓮花门口。
道旁榆荚仍似钱，摘来沽酒君肯否。

【**注释**】①沽：买或卖。首句的“沽”是卖的意思，末句的“沽”是买的意思。②花门：即花门楼，凉州（今甘肃武威）馆舍名。③榆荚：榆树的果实。春天榆树枝条间生榆荚，形状似钱而小，色白成串，俗称榆钱。

【**点评**】很轻快的口语诗。

春梦

洞房昨夜春风起，故人尚隔湘江水。
枕上片时春梦中，行尽江南数千里。

【**注释**】①洞房：幽深的内室，不是指“洞房花烛夜”（与新婚有关）。一作“洞庭”。②故人尚隔：一作“遥忆美人”。

※ 杜甫

绝句

两个黄鹂鸣翠柳，一行白鹭上青天。
窗含西岭千秋雪，门泊东吴万里船。

【**注释**】①黄鹂：黄莺。②白鹭：鹭鸶，羽毛纯白，能高飞。③窗含：往外望西岭，似嵌在窗中。④西岭：成都西南的岷山，其雪常年不化，故云“千秋雪”，想象之词。⑤东吴：指长江下游的江苏一带。成都水路通长江，故云长江万里船。

【**点评**】不会吹牛，哪会作诗?

江畔独步寻花

其五

黄师塔前江水东，春光懒困倚微风。
桃花一簇开无主，可爱深红爱浅红。

其六

黄四娘家花满蹊，千朵万朵压枝低。
留连戏蝶时时舞，自在娇莺恰恰啼。

其七

不是爱花即肯死，只恐花尽老相催。
繁枝容易纷纷落，嫩蕊商量细细开。

【注释】①编者注：杜甫《江畔独步寻花》共七首，作于定居成都草堂之后，此选三首。②黄师塔：和尚所葬之塔。③懒困：疲倦困怠。④无主：自生自灭，无人照管和玩赏。⑤爱：一作“映”，一作“与”。⑥黄四娘：杜甫住成都草堂时的邻居。⑦蹊：小路。⑧留连：即留恋，舍不得离去。⑨娇：可爱的样子。⑩恰恰：象声词，形容鸟叫声音和谐动听。一说“恰恰”为唐时方言，恰好之意。⑪爱：一作“看”。⑫肯：犹“拼”。一作“欲”，一作“索”。⑬嫩蕊：指含苞待放的花。

漫兴

其五

肠断春江欲尽头，杖藜徐步立芳洲。
颠狂柳絮随风舞，轻薄桃花逐水流。

其七

糁径杨花铺白毡，点溪荷叶叠青钱。
笋根雉子无人见，沙上凫雏傍母眠。

【注释】①编者注：《漫兴》共九首，作于杜甫寓居成都草堂的第二年。此选其中两首。②漫兴：随性而至，信笔写来。③杖藜：谓拄着手杖行走。藜：野生植物，茎坚韧，可为杖。《庄子·让王》载："原宪华冠縰履，杖藜而应门。"④芳洲：长满花草的水中陆地。⑤颠狂：放荡不羁。⑥糁（sǎn）径：散乱地落满杨花的小路。糁：散开，散落。⑦青钱：喻色绿而形圆之物，如榆叶、萍叶、苔点等。⑧凫（fú）雏：幼小的野鸭。

少年行

马上谁家薄媚郎，临阶下马坐人床。
不通姓字粗豪甚，指点银瓶索酒尝。

【注释】①马上：一作"骑马"。②薄媚：一作"白面"。童谣云：不见马上郎，但见黄尘起。《楚辞》载："厌白玉之面兮，怀琬琰以为心。"③阶：一作"轩"。④坐：一作"踏"。⑤床：胡床。⑥豪：一作"疏"。⑦索酒尝：一作"酒未尝"。《杜诗详注》载："此摹少年意气，色色逼真。下马坐床，指瓶索酒，有旁若无人之状。其写生之妙，尤在'不通姓氏'一句。胡夏客云，此盖贵介子弟，恃其家世，而恣情放荡者。既非才流，又非侠士，徒供少陵诗料，留千古一噱耳。"

戏为六绝句

其一

庾信文章老更成，凌云健笔意纵横。
今人嗤点流传赋，不觉前贤畏后生。

其二

王杨卢骆当时体，轻薄为文哂未休。
尔曹身与名俱灭，不废江河万古流。

其三

纵使卢王操翰墨，劣于汉魏近风骚。
龙文虎脊皆君驭，历块过都见尔曹。

其四

才力应难夸数公，凡今谁是出群雄。
或看翡翠兰苕上，未掣鲸鱼碧海中。

其五

不薄今人爱古人，清词丽句必为邻。
窃攀屈宋宜方驾，恐与齐梁作后尘。

其六

未及前贤更勿疑，递相祖述复先谁。
别裁伪体亲风雅，转益多师是汝师。

【注释】①庾信：南北朝时期的著名诗人。②文章：泛言文学。③老更成：到了老年就更加成熟了。④凌云健笔：高超雄健的笔力。⑤意纵横：文思如潮，文笔挥洒自如。⑥嗤点：讥笑、指责。⑦前贤：指庾信。⑧畏后生：即孔子说的“后生可畏”。后生：指“嗤点”庾信的人。但这里是讽刺话，意思是如果庾信还活着，恐怕真会觉得“后生可畏”了。⑨王杨卢骆：王勃、杨炯、卢照邻、骆宾王。初唐时期著名诗人，时称“初唐四杰”。诗风清新、刚健，一扫齐、梁颓靡遗风。⑩当时体：指四杰诗文的体裁和风格在当时自成一体。⑪轻薄：言行轻佻，有玩弄意味。指当时守旧文人对“四杰”的攻击态度。⑫哂（shěn）：讥笑。⑬尔曹：你们这些人。⑭不废：不影响。谓包括四杰在内的优秀作家的名字和作品，将像长江黄河那样万古流传。⑮翰墨：笔墨。⑯风骚：“风”指《诗经》里的《国风》，“骚”指《楚辞》中的《离骚》，后代用来泛称文学。⑰龙文虎脊：喻瑰丽的文辞。⑱翡翠：鸟名。⑲兰苕（tiáo）：兰花。晋郭璞《游仙诗》：“翡翠戏兰苕，容色更相鲜。”李善注：“兰苕，兰秀也。”⑳掣（chè）：拉，拽。㉑薄：小看，看不起，轻视。㉒必为邻：一定要做邻居，即不排斥的意思。㉓“窃攀”二句：想与屈原、宋玉齐名，应有和他们并驾齐驱的精神和才力。如若不然，恐怕你们连齐梁文人还不如呢。齐、梁文风浮艳，重形式轻内容。窃攀：内心攀比。屈宋：屈原和宋玉。方驾：并车而行。㉔未及前贤更勿疑：这句是说那些轻薄之辈不及前贤是毋庸置疑的。㉕递相祖述：互相学习，继承前人的优秀传统。㉖复先谁：不用分先后。㉗别裁伪体：区别和裁减、淘汰那些形式内容都不好的诗。㉘亲风雅：

学习《诗经》风、雅的传统。㉙转益多师：多方面寻找老师。㉚汝师：你的老师。

解闷

草阁柴扉星散居，浪翻江黑雨飞初。
山禽引子哺红果，溪友得钱留白鱼。

【注释】①《杜诗详注》载：“山禽引子，山间之景；溪友留鱼，江边之事。”②溪友：一作“溪女”。

夔州歌

中巴之东巴东山，江水开辟流其间。
白帝高为三峡镇，瞿塘险过百牢关。

【注释】①中巴之东：东汉末刘璋据蜀，分其地为三巴，有中巴、西巴、东巴。夔州为巴东郡，即中巴之东。巴东山，即大巴山，在川、陕、鄂三省边境，诗中特指三峡两岸连山。②江水开辟流其间：从天地开辟以来，江水即流于巴东群山之间。③白帝：白帝城。④三峡：瞿塘峡、巫峡、西陵峡，两岸连山，七百余里。城扼瞿塘峡口，足资镇压，故曰高为三峡镇。⑤百牢关：在汉中，两壁山相对，六十里不断，汉水流其间，因与夔州的瞿塘相似，故以作比。

漫成一绝

江月去人只数尺，风灯照夜欲三更。
沙头宿鹭联拳静，船尾跳鱼拨剌鸣。

【注释】①风灯：有罩能防风的灯。②联拳：屈曲貌。③拨剌（là）：鱼尾拨水声。喻鱼疾游。

赠花卿

锦城丝管日纷纷，半入江风半入云。
此曲只应天上有，人间能得几回闻。

【注释】①花卿：成都尹崔光远的部将花敬定，曾平定段子璋之乱。卿：当时对地位、年辈较低的人一种客气的称呼。②锦城：即锦官城，此指成都。③丝管：弦乐器和管乐器，这里泛指音乐。④纷纷：繁多而杂乱，形容乐曲的轻柔悠扬。⑤天上：双关语，虚指天宫，实指皇宫。⑥几回闻：本意是听到几回。文中的意思是说人间很少听到。

【点评】要有一打这样的作品，才不负大诗人之名。

江南逢李龟年

岐王宅里寻常见，崔九堂前几度闻。
正是江南好风景，落花时节又逢君。

【注释】①李龟年：唐朝开元、天宝年间著名乐师，擅长唱歌，因受到唐玄宗的宠幸，红极一时。安史之乱后流落江南，卖艺为生。②岐王：唐玄宗李隆基的弟弟李范，以好学爱才著称，善音律。③崔九：崔涤，在兄弟中排行第九，中书令崔湜的弟弟。玄宗时，曾任殿中监，出入禁中，得玄宗宠幸。崔姓是当时大姓。④落花时节：暮春，通常指阴历三月。落花的寓意很多，人衰老飘零，社会的凋敝丧乱都在其中。⑤君：指李龟年。

【点评】此诗选入中学课文，中学生能懂吗？

赠李白

秋来相顾尚飘蓬，未就丹砂愧葛洪。
痛饮狂歌空度日，飞扬跋扈为谁雄。

【注释】①飘蓬：草本植物，叶如柳叶，开白色小花，秋枯根拔，随风飘荡。

故常用来比喻人的行踪飘忽不定。时李白、杜甫二人在仕途上都失意，相偕漫游，无所归宿，故以飘蓬为喻。②未就：没有成功。③丹砂：即朱砂。道教认为炼砂成药，服之可以延年益寿。④葛洪：东晋道士，自号抱朴子，入罗浮山炼丹。李白好神仙，曾自炼丹药，并在齐州从道士高如贵受"道箓"（一种入教仪式）。杜甫也渡黄河登王屋山访道士华盖君，因华盖君已死，惆怅而归。两人在学道方面都无所成就，所以说"愧葛洪"。⑤飞扬跋扈（bá hù）：不守常规，狂放不羁。此处作褒义。出自《北史·齐纪上·高祖神武帝》："（侯）景专制河南十四年矣，常有飞扬跋扈志。"

【**点评**】相爱相杀！

※ 缪氏子

赋新月

初月如弓未上弦，分明挂在碧霄边。
时人莫道蛾眉小，三五团圆照满天。

【**注释**】①未上弦：农历初八左右，月亮西半明，东半暗，恰似半圆的弓弦。指新月还没有到半圆。②碧霄：蓝天。③蛾眉：原形容美人的眉毛细长而弯曲，这里指新月如蛾眉。④三五团圆：农历十五的月亮。

※ 李华

春行寄兴

宜阳城下草萋萋，涧水东流复向西。
芳树无人花自落，春山一路鸟空啼。

【**注释**】①宜阳：古县名，在今河南省福昌县附近，在唐代是重要的游览去处。②萋萋：草繁茂的样子。③芳树：泛指佳木，花木。三国魏阮籍《咏怀》之十三："芳树垂绿叶，清云自逶迤。”

【点评】绝妙好辞！不施粉黛，丽质天成。相比之下，一些现代诗人、后现代诗人都是伪诗人。

※ 刘方平

春怨

纱窗日落渐黄昏，金屋无人见泪痕。
寂寞空庭春欲晚，梨花满地不开门。

【注释】①金屋：汉武帝幼时对姑母说：“若得阿娇为妇，当以金屋贮之。”阿娇后来成为汉武帝第一任皇后，后被废，退居长门宫。这里指妃嫔所住的华丽宫室。②空庭：幽寂的庭院。③欲：一作“又”。

月夜

更深月色半人家，北斗阑干南斗斜。
今夜偏知春气暖，虫声新透绿窗纱。

【注释】①更深：指夜深。②北斗：在北方天空排列成斗形的七颗亮星。③阑干：指横斜的样子。④南斗：有星六颗。在北斗星以南，形似斗，故称“南斗”。⑤偏知：才知。

※ 包佶

再过金陵

玉树歌终王气收，雁行高送石城秋。
江山不管兴亡事，一任斜阳伴客愁。

【注释】①佶（jí）：正。②玉树：《玉树后庭花》为宫体诗，也是宫中流行的歌词。③石城：特指南京，因为南京又称为石头城，所以石城又是南京的别称。④江山：犹言山川、江河。⑤一任：任凭。

※ 贾至

春思

草色青青柳色黄，桃花历乱李花香。
东风不为吹愁去，春日偏能惹恨长。

【注释】①历乱：烂漫。

初至巴陵与李十二白裴九同泛洞庭湖

江上相逢皆旧游，湘山永望不堪愁。
明月秋风洞庭水，孤鸿落叶一扁舟。

【注释】①巴陵：今湖南省岳阳市。②李十二白：李白。③裴九：裴隐。数字是李白和裴隐在家族兄弟中的排行，当时流行这样的称谓。④洞庭湖：今湖南省北部、长江南岸。⑤旧游：昔日交游的友人。宋苏辙《送柳子玉》："旧游日零落，新辈谁与伍？"⑥湘山：山名，即君山，在洞庭湖中。⑦永望：远望。《汉书·礼乐志二》载："饰玉梢以舞歌，体招摇若永望。"

巴陵夜别王八员外

柳絮飞时别洛阳，梅花发后到三湘。
世情已逐浮云散，离恨空随江水长。

【注释】①三湘：一说潇湘、资湘、沅湘。这里泛指湘江流域，洞庭湖南北一带。《全唐诗》校："到，一作'在'。"

【点评】有崔颢“昔人已乘白云去”的意境。

※ 冷朝阳

送红线

采菱歌怨木兰舟，送客魂销百尺楼。
还似洛妃乘雾去，碧天无际水空流。

【注释】①红线：相传为唐时侠女。唐袁郊《甘泽谣》载，嵩以歌送红线，请座客吟朝阳为词曰：“采菱歌怨木兰舟，送别魂消百尺楼。还似洛妃乘雾去，碧天无际水长流。”歌毕，嵩不胜悲。红线拜且泣，因伪醉离席，遂亡其所在。②采菱歌：梁武帝所制乐府《江南弄》七曲之一，多写采菱女恋爱相思之情。③木兰舟：用木兰树造的船。④送客：一作“送别”。⑤魂销：形容悲伤愁苦时的情状。⑥洛妃：又称洛神、洛嫔，即洛水之神。相传是伏羲氏之女，溺死于洛水而为洛水之神。

【点评】武侠迷注意了，这首是写红线侠女的诗。

※ 杨玉环

赠张云容舞

罗袖动香香不已，红蕖袅袅秋烟里。
轻云岭上乍摇风，嫩柳池边初拂水。

【注释】①题注：云容：妃侍儿，善为霓裳舞，妃从幸绣岭宫时，赠此诗。

※ 韩翃

寒食

春城无处不飞花，寒食东风御柳斜。
日暮汉宫传蜡烛，轻烟散入五侯家。

【注释】①翃(hóng)：飞，虫飞。②春城：暮春时的长安城。③御柳：御苑之柳，皇城中的柳树。④汉宫：这里指唐朝皇宫。⑤传蜡烛：寒食节普天下禁火，但权贵宠臣可得到皇帝恩赐而燃烛。《唐辇下岁时记》"清明日取榆柳之火以赐近臣。"⑥五侯：汉成帝时封王皇后的五个兄弟王谭、王商、王立、王根、王逢时皆为侯，受到特别的恩宠。这里泛指天子近幸之臣。

赠李翼

王孙别舍拥朱轮，不羡空名乐此身。
户外碧潭春洗马，楼前红烛夜迎人。

【注释】①别舍：别墅。②朱轮：古代王侯显贵所乘的车子。因用朱红漆轮，故称。《文选·杨恽〈报孙会宗书〉》载："恽家方隆盛时，乘朱轮者十人。位在列卿，爵为通侯。"李善注："二千石皆得乘朱轮。"③"户外"二句：宋晏几道《浣溪沙》化用："户外绿杨春系马，床前红烛夜呼卢。"

【点评】有人说这是隋炀帝的诗，细玩之，富二代气息较浓，可能真是。

宿石邑山中

浮云不共此山齐，山霭苍苍望转迷。
晓月暂飞高树里，秋河隔在数峰西。

【注释】①石邑：古县名，故城在今河北获鹿东南。②山霭(ǎi)：山中的云气。③秋河：秋夜的银河。

※ 秦系

题僧明惠房

檐前朝暮雨添花，八十真僧饭一麻。
入定几时将出定，不知巢燕污袈裟。

【注释】①一麻：一麻一米之略称。世尊苦行时，每日只食一麻一米。②入定：指僧人坐禅。

※ 冷朝光

越豁怨

越王宫里如花人，越水豁头采白蘋。
白蘋未尽人先尽，谁见江南春复春。

【注释】①越豁：传说为越国美女西施浣纱之处。②《升庵诗话》载：朝光诗仅此一首，亦奇作也。

※ 司空曙

江村即事

钓罢归来不系船，江村月落正堪眠。
纵然一夜风吹去，只在芦花浅水边。

【注释】①即事：以当前的事物为题材所做的诗。②不系船：出自《庄子》，“巧者劳而智者忧，无能者无所求，饱食而遨游，泛若不系之舟。”不系之舟，无为思想的象征。

※ 柳中庸

凉州曲

关山万里远征人，一望关山泪满巾。
青海戍头空有月，黄沙碛里本无春。

【注释】①《唐诗绝句类选》载：“谢叠山曰：言北边戍役凄凉，此诗极矣。”

征怨

岁岁金河复玉关，朝朝马策与刀环。
三春白雪归青冢，万里黄河绕黑山。

【注释】①题注：一作“征人怨”。②金河：黑河，在今内蒙古自治区呼和浩特市城南。③玉关：甘肃玉门关。④朝朝：每天，日日夜夜。⑤马策：马鞭。⑥刀环：刀柄上的铜环，用以喻征战之事。⑦三春：春季的三个月或暮春，此处为暮春。⑧青冢：西汉时王昭君的坟墓，在今呼和浩特市之南，当时被认为是远离中原的一处极僻远荒凉的地方。传说塞外草白，唯独昭君墓上草色发青，故称青冢。⑨黑山：一名杀虎山，在今呼和浩特市东南。

【点评】“三春白雪归青冢，万里黄河绕黑山”，可与尉迟匡“夜夜月为青冢镜，年年雪作黑山花”对照阅读。唐时杂曲歌辞《凉州歌》其二也有类似壮阔场景：“朔风吹叶雁门秋，万里烟尘昏戍楼。征马长思青海北，胡笳夜听陇山头。”

※ 朱放

送张山人

知君住处足风烟，古寺荒村在眼前。
便欲移家逐君去，唯愁未有买山钱。

【注释】①买山钱：为隐居而购买山林所需的钱。

※ 刘长卿

重送裴郎中贬吉州

猿啼客散暮江头，人自伤心水自流。
同作逐臣君更远，青山万里一孤舟。

【注释】①重送：此前诗人已写过一首同题的五言律诗。刘、裴曾一起被召回长安又同遭贬谪，同病相怜。②裴郎中：诗人的朋友，生平事迹不详。③吉州：今江西吉安。④暮江：日落时的江边。⑤逐臣：被贬官而同时离开京城的人。指作者与裴郎中同时被贬。

东湖送朱逸人归

山色湖光并在东，扁舟归去有樵风。
莫道野人无外事，开田凿井白云中。

【注释】①逸人：犹逸民。《后汉书·赵岐传》载："汉有逸人，姓赵名嘉。有志无时，命也奈何！"②樵风：《会稽记》载："汉太尉郑弘尝采薪，得一遗箭，顷有人觅，弘还之，问何所欲，弘识其神人也，曰：'常患若邪溪载薪为难，愿旦南风，暮北风。'后果然。"后以"樵风"指顺风、好风。③野人：泛指村野之人，农夫。

酬李穆见寄

孤舟相访至天涯，万转云山路更赊。
欲扫柴门迎远客，青苔黄叶满贫家。

【注释】①酬：写诗文来答别人。李穆：刘长卿的女婿。见寄：即写给我（刘长卿）的一首诗。②天涯：犹天边，指极远的地方。语出《古诗十九首·行行重行行》："相去万余里，各在天一涯。"③云山：高耸入云之山。④赊：遥远。⑤柴门：原指用荆条编织的门，代指贫寒之家，陋室。这里借指作者所住的茅屋。⑥贫家：穷人家。谦称自己的家。

七里滩重送

秋江渺渺水空波，越客孤舟欲榜歌。
手折衰杨悲老大，故人零落已无多。

【注释】①题注：一作“重送新安刘员外”。一作严维诗。②渺渺：水广阔无际的样子。③越客：作客他乡的越人。泛指异乡客居者。南朝宋颜延之《寒蝉赋》：“越客发度漳之歌，代马怀首燕之信。”④榜歌：船夫所唱的歌。⑤老大：年纪大。汉乐府《长歌行》：“少壮不努力，老大徒伤悲。”

昭阳曲

昨夜承恩宿未央，罗衣犹带御衣香。
芙蓉帐小云屏暗，杨柳风多水殿凉。

【注释】①御衣：帝王所着的衣服。一作“御炉”。②云屏：有云形彩绘的屏风，或用云母作装饰的屏风。

【点评】顾左右而言他，诗家一贯手法。

※ 张继

枫桥夜泊

月落乌啼霜满天，江枫渔火对愁眠。
姑苏城外寒山寺，夜半钟声到客船。

【注释】①枫桥：在今苏州市阊门外。②姑苏：苏州的别称，因城西南有姑苏山而得名。③寒山寺：在枫桥附近，始建于南朝梁代。相传因唐代僧人寒山、拾得曾住此而得名。在今苏州市西枫桥镇。本名“妙利普明塔院”，又名枫桥寺，数次重建，现在的寺宇为太平天国以后新建。寺钟在第二次世界大战时被日本人运走，下落不明。另一种说法，“寒山”乃泛指肃寒之山，非寺名。④夜半钟声：

当时苏州和邻近地区的佛寺有半夜敲钟的习惯，也叫“无常钟”“分夜钟”。

【点评】这首诗名气很大，誉满亚洲。关于“夜半钟声”的纠纷闹到了宋代才搞定。

※ 严武

军城早秋

昨夜秋风入汉关，朔云边月满西山。
更催飞将追骄虏，莫遣沙场匹马还。

【注释】①汉关：汉朝的关塞，这里指唐朝军队驻守的关塞。《旧唐书·薛仁贵列传》：“将军三箭定天山，壮士长歌入汉关。”②朔云边月：指边境上的云和月。月，一作“雪”。朔：北方。边：边境。③西山：指今四川省西部的岷山，是当时控制吐蕃内侵的要地。④飞将：西汉名将李广被匈奴称为“飞将军”，这里泛指严武部下作战勇猛的将领。⑤骄虏：指唐朝时入侵的吐蕃军队。沈佺期有“薄命由骄虏”句。

【点评】杜甫的金主，据说是个狠角色。

※ 顾况

酬柳相公

天下如今已太平，相公何事唤狂生。
个身恰似笼中鹤，东望沧溟叫数声。

【注释】①题注：《纪事》载：有时宰曾招致，将以好官命之，况以诗答之。柳相公：宰相柳浑。②天下：一作“四海”。③何事：一作“何用”。④个身恰似笼中鹤：一作“此主还似笼中鹤”。⑤沧溟：苍天，高远幽深的天空。一作“瀛洲”。⑥数声：一作“一声”。

【**点评**】答得好。

宫词

玉楼天半起笙歌，风送宫嫔笑语和。
月殿影开闻夜漏，水精帘卷近秋河。

【**注释**】①玉楼：华丽的高楼，指宫嫔的居所。②天半：形容楼高。③宫嫔：指嫔妃。④和：伴随。⑤漏：古代滴水计时的工具，这里指夜深。⑥水精：即水晶。⑦秋河：秋天星夜的银河。

※ 郎士元

听邻家吹笙

凤吹声如隔彩霞，不知墙外是谁家。
重门深锁无寻处，疑有碧桃千树花。

【**注释**】①笙：世界上最早使用自由簧的乐器。②重门：一道道门。

【**点评**】汉朝桓谭《新论》：“人闻长安乐，则出门而西向笑；知肉味美，则对屠门而大嚼。”

柏林寺南望

溪上遥闻精舍钟，泊舟微径度深松。
青山霁后云犹在，画出东南四五峰。

【**注释**】①精舍：佛寺，此处指柏林寺。②度：穿过。③霁（jì）：雨止。④东南：一作“西南”。

【**点评**】淡雅。

※ 戴叔伦

兰溪棹歌

凉月如眉挂柳湾，越中山色镜中看。
兰溪三日桃花雨，半夜鲤鱼来上滩。

【注释】①兰溪：即婺州（今浙江金华）境内的兰溪江，也称兰江，浙江富春江上游一支流，在今浙江省兰溪市西南。②棹（zhào）歌：船家摇橹时唱的歌。③凉月：新月。④越：古代东南沿海一带称为越，今浙江省中部。⑤桃花雨：江南春天桃花盛开时下的雨。

【点评】同《苏溪亭》开启婉约词风。

苏溪亭

苏溪亭上草漫漫，谁倚东风十二阑。
燕子不归春事晚，一汀烟雨杏花寒。

【注释】①苏溪：在浙江义乌附近。②十二阑：曲曲折折的栏杆。十二：言其曲折之多。③春事：花事。④一汀烟雨：宋贺铸《青玉案》“试问闲愁都几许？一川烟草，满城风絮，梅子黄时雨”，可能受此启发。

送人游岭南

少别华阳万里游，近南风景不曾秋。
红芳绿笋是行路，纵有啼猿听却幽。

【注释】①华阳：地名，因在华山之阳得名。今陕西勉县西北。②南：指岭南。③红芳：红花，芳是花的代称。④绿笋：绿竹。⑤啼猿：猿的啼声。一般用以形容悲切。

【点评】“近南风景不曾秋。”印象深刻。

塞上曲

汉家旌帜满阴山，不遣胡儿匹马还。
愿得此身长报国，何须生入玉门关。

【注释】①何须生入玉门关：东汉班超投笔从戎，在西域几十年，立下丰功伟绩。晚年思乡，曾上书朝廷，希望“生入玉门关”。此诗反其意用之，表达了终身报国的豪情。

【点评】与李益“伏波惟愿裹尸还”同调。

※ 崔峒

清江曲内一绝

八月长江去浪平，片帆一道带风轻。
极目不分天水色，南山南是岳阳城。

【注释】①题下注：“折腰体”。

※ 李端

闺情

月落星稀天欲明，孤灯未灭梦难成。
披衣更向门前望，不忿朝来鹊喜声。

【注释】①梦难成：指辗转反侧，不能成眠。②不忿（fèn）：不满、恼恨。一作“不问”。③鹊喜声：古人认为鹊声能预报喜事。

【点评】这首写的是村妇，王昌龄写的是贵妇（“悔教夫婿觅封侯”），有差别。

※ 韦应物

登楼寄王卿

踏阁攀林恨不同，楚云沧海思无穷。
数家砧杵秋山下，一郡荆榛寒雨中。

【注释】①荆榛：亦作“荆蓁”。泛指丛生灌木，多用以形容荒芜情景。三国魏曹植《归思赋》：“城邑寂以空虚，草木秽而荆榛。”

寒食寄京师诸弟

雨中禁火空斋冷，江上流莺独坐听。
把酒看花想诸弟，杜陵寒食草青青。

【注释】①空斋：空荡的书斋。②流莺：鸣声婉转的黄莺。③把酒：手执酒杯，谓饮酒。④杜陵：位于西安南郊杜陵原上，内有帝陵、王皇后陵及其他陪葬陵墓。

滁州西涧

独怜幽草涧边生，上有黄鹂深树鸣。
春潮带雨晚来急，野渡无人舟自横。

【注释】①滁（chú）州：在今安徽滁州以西。②西涧：在滁州城西，俗名上马河。③幽：一作“芳”。④生：一作“行”。⑤深树：枝叶茂密的树。深：一作“远”。树：一作“处”。⑥野渡：郊野的渡口。⑦横：随意飘浮。

【点评】绝妙好辞！

※ 宋雍

春日

轻花细叶满林端，昨夜春风晓色寒。
黄鸟不堪愁里听，绿杨宜向雨中看。

【注释】①晓色：拂晓时的天色，晨曦。

※ 李涉

润州听暮角

江城吹角水茫茫，曲引边声怨思长。
惊起暮天沙上雁，海门斜去两三行。

【注释】①润州：今江苏镇江。②角：古代军中乐器，所吹多为边塞曲，有铜角、画角等。③江城：临江之城，即润州。一作“孤城”。④曲引边声：一作“风引胡笳”。⑤海门：地名，在润州城外。《镇江府志》载：“焦山东北有二岛对峙，谓之海门。”

井栏砂宿遇夜客

暮雨潇潇江上村，绿林豪客夜知闻。
他时不用逃名姓，世上如今半是君。

【注释】①井栏砂：村庄名，在皖口（今安徽省安庆市皖水入长江的渡口）。②暮：一作“春”。③江上村：即井栏砂。④绿林豪客：指旧社会无法生活、聚集在一起劫富济贫的人。⑤知闻：即久闻诗名，一作“敲门”。《唐诗纪事》载：“涉尝过九江，至皖口，遇盗，问：‘何人？’从者曰：‘李博士（涉曾任太学博士）也。’其豪酋曰：‘若是李涉博士，不用剽夺，久闻诗名，愿题一篇足矣。’涉赠一绝云。”⑥“他时”句：一作“他时不用相回避”，又作“相逢不必论相识”。

【点评】赠送强盗的诗歌于此仅见。

题鹤林寺僧舍

终日昏昏醉梦间，忽闻春尽强登山。
因过竹院逢僧话，偷得浮生半日闲。

【注释】①鹤林寺：在今江苏省镇江市南郊。②过：游览，拜访。③偷：一作“又”。④浮生：语出《庄子》“其生若浮”。意为人生漂浮无定，如无根之浮萍，不受自身之力所控，故谓之“浮生”。

【点评】有好事者将此诗变动顺序，“忽闻春尽强登山，又得浮生半日闲。因过竹院逢僧话，终日昏昏醉梦间。”境界为之一变。

※ 刘言史

夜入简子古城

远火荧荧聚寒鬼，绿焰欲销还复起。
夜深风雪古城空，行客衣襟汗如水。

【注释】①题注：《诗药传》代序云：李公匡复与刘公言史为诗酒友。元和二年十一月，大风雪夜相约探赵简子墓，世人皆传或亲见鬼影婆娑，言之凿凿，人皆惊恐。是夜二公擎微火以入，毛骨悚然，出而作诗。邯郸王孙李常偶染风寒，闻得二公探陵事以询之，因临榻各诵其诗，常大惊惧，以被覆面，大汗，翌日痊愈。时人谓之“诗药”云尔，张氏打油因作《诗药传》传世。诗曰：“夜探简陵背脊麻，嘿嘿嗻嗻怪声发，蓝绿游火忽不定，鸱鸟尖笑鬼磨牙。”

【点评】与贾岛“怪禽啼旷野，落日恐行人”同调。

※ 戎昱

移家别湖上亭

好是春风湖上亭，柳条藤蔓系离情。
黄莺久住浑相识，欲别频啼四五声。

【注释】①移家：搬家。②好是：一作“好去”。③浑：简直，几乎。④频啼：连续鸣叫。⑤四五声：一作“三五声”。

塞上曲

胡风略地烧连山，碎叶孤城未下关。
山头烽子声声叫，知是将军夜猎还。

【注释】①胡风：北风。②略地：掠地，扫地而过。③烧连山：打猎时烧山，以驱赶禽兽。④碎叶：碎叶城是唐朝在西域设的重镇。⑤下关：下闩，闭门。⑥烽子：守卫烽火台的士兵。⑦声声：一作“齐声”。

霁雪

风卷寒云暮雪晴，江烟洗尽柳条轻。
檐前数片无人扫，又得书窗一夜明。

【注释】①题注：一作“韩舍人书窗残雪”。霁雪：雪止放晴。②寒云：一作“黄云”。一作“长空”。③柳条：一作“柳枝”。

塞下曲

汉将归来虏塞空，旌旗初下玉关东。
高蹄战马三千匹，落日平原秋草中。

【注释】①玉关：玉门关。北周庾信《竹杖赋》：“玉关寄书，章台留钏。”

【点评】音节嘹亮。

采莲曲

涔阳女儿花满头，毵毵同泛木兰舟。
秋风日暮南湖里，争唱菱歌不肯休。

【注释】①涔阳：澧州（今湖南澧县）境内的“涔阳古道”，古属楚荆州之域，屈原《离骚》有“望涔阳兮极浦”。②毵毵（sān）：垂拂纷披貌，指头发长。③木兰舟：用木兰树造的船。后用作舟的美称，非实指木兰木。

【点评】与白居易“逢郎欲语低头笑”差别很大。

感春

看花泪尽知春尽，魂断看花只恨春。
名位未沾身欲老，诗书宁救眼前贫。

【注释】①名位：官职与品位，名誉与地位。②诗书：《诗经》和《尚书》。泛指书籍。

【点评】“诗书宁救眼前贫”，代代有知音。

收襄阳城

其一

悲风惨惨雨修修，岘北山低草木愁。
暗发前军连夜战，平明旌旆入襄州。

其二

五营飞将拥霜戈，百里僵尸满淴河。
日暮归来看剑血，将军却恨杀人多。

【**注释**】①修修：象声词，风雨声。②旌旆：旗帜。③五营：指屯骑、越骑、步兵、长水、射声五校尉所领部队。《后汉书·顺帝纪》载："调五营弩师，郡举五人，令教习战射。"李贤注："五营，五校也。谓长水、步兵、射声、屯骑、越骑等五校尉也。"④霜戈：明亮锋利的戈戟。⑤涢河：湖北枣阳境内，至襄阳汇入汉水。

【**点评**】收襄阳是胜仗，写得如此凄惨，因为是内战吗?

※ 灵澈

东林寺酬韦丹刺史

年老心闲无外事，麻衣草座亦容身。
相逢尽道休官好，林下何曾见一人。

【**注释**】①外事：身外之事，世事。②麻衣：麻织的衣，指粗布衣。③草座：用蒲草编织的圆垫，俗称蒲团，供僧人跪拜和打坐时使用。④休官：辞官，退职。⑤林下：幽静偏僻处所，指退隐之地。欧阳修《集古录》载："相逢尽道休官去，林下何曾见一人。"世俗相传，以为俚谚。庆历中，天章阁待制许元为江淮发运使，因修江岸得斯石于池阳江水中，始知为灵澈诗也。

【**点评**】人曰"小隐隐于市，中隐隐于世，大隐隐于朝"，掩耳盗铃之言。

※ 卢纶

古艳诗

自拈裙带结同心，暖处偏知香气深。
爱捉狂夫问闲事，不知歌舞用黄金。

【**注释**】①同心：指同心结。②狂父：古代妇人自称其夫的谦辞。

赠别李纷

头白乘驴悬布囊，一回言别泪千行。
儿孙满眼无归处，唯到尊前似故乡。

【注释】①尊前：在酒樽之前，指酒筵上。

【点评】老无所依。

逢病军人

行多有病住无粮，万里还乡未到乡。
蓬鬓哀吟长城下，不堪秋气入金疮。

【注释】①蓬鬓：散乱的头发。鬓，头发。②秋气：秋天的寒风。③金疮：中医指刀箭等金属器械造成的伤口。

【点评】吟诵伤兵的诗歌比较罕见。

※ 李益

从军北征

天山雪后海风寒，横笛偏吹行路难。
碛里征人三十万，一时回首月中看。

【注释】①偏：一作“遍”。②行路难：乐府曲调名，多描写旅途的辛苦和离别的悲伤。③碛：沙漠。这里指边关。④回首：一作“回向”。⑤月中：一作“月明”。

夜上受降城闻笛

回乐峰前沙似雪，受降城外月如霜。
不知何处吹芦管，一夜征人尽望乡。

【注释】①受降城：唐初名将张仁愿为了防御突厥，在黄河以北筑受降城，分东、中、西三城，都在今内蒙古自治区境内。另一种说法，公元646年，唐太宗亲临灵州接受突厥一部的投降，“受降城”之名由此而来。②回乐峰：唐代有回乐县，灵州治所，在今宁夏回族自治区灵武县西南。回乐峰即当地山峰。一作“回乐烽”，指回乐县附近的烽火台。③城外：一作“城上”，一作“城下”。④芦管：笛子。一作“芦笛”。⑤征人：戍边的将士。⑥尽：全。

边思

腰垂锦带佩吴钩，走马曾防玉塞秋。
莫笑关西将家子，只将诗思入凉州。

【注释】①吴钩：春秋吴人善铸钩，故称。后也泛指利剑。钩：兵器，形似剑而曲。晋左思《吴都赋》：“军容蓄用，器械兼储；吴钩越棘，纯钧湛卢。”②玉塞：玉门关的别称。

暖川

胡风冻合鸊鹈泉，牧马千群逐暖川。
塞外征行无尽日，年年移帐雪中天。

【注释】①题注：一作“征人歌”。②冻合：犹言冰封。③鸊鹈（bì tí）泉：泉名。唐时在丰州西受降城北（今内蒙古河套西北部）。④移帐：迁徙篷帐。多代指军队转移。

【点评】有实地生活经验。

临滹沱见蕃使列名

漠南春色到滹沱，杨柳青青塞马多。
万里关山今不闭，汉家频许郅支和。

【注释】①滹沱（hū tuó）：水名，源出今山西五台山东北泰戏山，东流入河北平原，经正定、任丘，在献县与滏阳河汇合为子牙河。②蕃（fán）使：这里指回纥使者。③列名：指被列为正式参与会见的成员。④漠南：亦作“幕南”，大漠之南，指蒙古大沙漠以南地区，汉代用以称匈奴，唐代为回纥居地，这里指回纥。⑤塞马：谓塞外蕃使之马。⑥闭：设防。⑦汉家：指唐朝，唐代诗人例皆以汉指唐。⑧郅（zhì）支：匈奴单于名，本名呼屠吾斯，为呼韩邪单于之兄，任左贤王，汉宣帝甘露元年（前53）自立为单于，并归顺汉朝，以后几年都来汉朝献。元帝初元元年（前48）杀汉使而叛，后来被汉派兵讨杀。《汉书·匈奴传》载，郅支单于被杀后，呼韩邪单于入汉朝见，请求和亲，元帝以宫女王嫱赐单于。呼韩邪单于十分高兴，上书愿为汉守护西北边疆，请汉罢除边防，以休养天子人民。元帝令臣下集议。郎中侯应列举十条理由，以为“夷狄之情，困则卑顺，强则骄逆”，不可许。

上汝州郡楼

黄昏鼓角似边州，三十年前上此楼。
今日山川对垂泪，伤心不独为悲秋。

【**注释**】①汝州：河南临汝县。②边州：靠近边境的州邑，泛指边境地区。

塞下曲

伏波惟愿裹尸还，定远何须生入关。
莫遣只轮归海窟，仍留一箭定天山。

【**注释**】①伏波：汉将军名号。西汉路博德、东汉马援都受封为伏波将军。见《汉书·武帝纪》《后汉书·马援传》。南朝宋鲍照《代苦热行》：“戈船荣既薄，伏波赏亦微。”②裹尸：战死沙场。③定远：东汉班超立功西域，封定远侯，后人称为班定远。定远为其省称。北周庾信《拟咏怀》之三：“不言班定远，应为万里侯。”④只轮：《春秋公羊传·僖公三十三年》载：“晋人及姜戎败秦师于殽。……然而晋人与姜戎要之殽而击之，匹马只轮无反者。”东汉何休注：“匹马，一匹马也；只，踦也。皆喻尽。”⑤一箭定天山：《旧唐书》载，薛仁贵发三矢，辄杀三人，于是虏气慑，皆降。军中歌云：“将军三箭定天山，壮士长歌入汉关。”

【**点评**】盛唐音节。

汴河曲

汴水东流无限春，隋家宫阙已成尘。
行人莫上长堤望，风起杨花愁杀人。

【注释】①汴水：汴河。唐人习惯指隋炀帝所开的通济渠的东段，即运河从板渚（今河南荥阳北）到盱眙入淮的一段。②宫阙：宫殿。这里指汴水边的隋炀帝行宫。③已成尘：已经成为断壁残垣。④长堤：绵长的河堤。

隋宫燕

燕语如伤旧国春，宫花旋落已成尘。
自从一闭风光后，几度飞来不见人。

【注释】①隋宫：指汴水边隋炀帝的行宫，当时已荒废。②旧国：指隋朝。③旋落：很快飘落。一作“一落”。④一闭风光：指隋亡后，行宫关闭。

行舟

柳花飞入正行舟，卧引菱花信碧流。
闻道风光满扬子，天晴共上望乡楼。

【注释】①扬子：今江苏省仪征市，位于扬州西南。

春夜闻笛

寒山吹笛唤春归，迁客相看泪满衣。
洞庭一夜无穷雁，不待天明尽北飞。

【注释】①寒山：地名，在今江苏徐州市东南，是东晋以来淮泗流域的战略要地，屡为战场。②迁客：指遭贬斥放逐之人。作者此刻被贬谪，也属“迁客”之列。③相看：一作“相逢”。

听晓角

边霜昨夜堕关榆，吹角当城汉月孤。
无限塞鸿飞不度，秋风卷入小单于。

【注释】①晓角：一作“鸣角”。角，古代军中的一种乐器。②关榆：古代北方边关城塞常种榆树，关榆就是指关旁的榆树。此句一作“繁霜一夜落平芜”。③汉月：一作“片月”。④无限：一作“无数”。⑤卷入：一作“吹入”。⑥小单于：乐曲名。

写情

水纹珍簟思悠悠，千里佳期一夕休。
从此无心爱良夜，任他明月下西楼。

【注释】①水纹珍簟（diàn）：编织着水纹花样的珍贵竹席。②佳期：指男女约会。

※ 孟郊

登科后

昔日龌龊不足夸，今朝放荡思无涯。
春风得意马蹄疾，一日看尽长安花。

【注释】①登科：唐朝实行科举考试制度，考中进士称及弟，经吏部复试取中后授予官职称登科。②龌龊（wò chuò）：原意是肮脏，这里指不如意的处境。③不足夸：不值得提起。④放荡：自由自在，不受约束。⑤思无涯：兴致高涨。⑥得意：指考取功名，称心如意。

【点评】唐朝科举中举比率远低于宋朝，一旦中举如范进变态，可以理解。

洛桥晚望

天津桥下冰初结，洛阳陌上人行绝。
榆柳萧疏楼阁闲，月明直见嵩山雪。

【**注释**】①天津桥：即洛桥，在今河南省洛阳西郊洛水之上。②萧疏：形容树木叶落。③嵩山：位于河南省西部，地处河南省登封市西北面，是五岳中的中岳。

※ 杨巨源

城东早春

诗家清景在新春，绿柳才黄半未匀。
若待上林花似锦，出门俱是看花人。

【**注释**】①城：指唐代京城长安。②诗家：诗人的统称，并不仅指作者自己。③清景：清秀美丽的景色。清，一作“新”。④新春：即早春。⑤才黄：刚刚露出嫩黄的柳眼。⑥匀：均匀，匀称。⑦上林：上林苑，故址在今陕西西安市西，建于秦代，汉武帝时加以扩充，为汉宫苑。诗中用来代指唐朝京城长安。⑧锦：五色织成的绸绫。⑨俱：全，都。⑩看花人：此处双关进士及第者。唐时举进士及第者有在长安城中看花的风俗。

【**点评**】人多时则看人，古今大都如此。

和练秀才杨柳

水边杨柳麹尘丝，立马烦君折一枝。
惟有春风最相惜，殷勤更向手中吹。

【**注释**】①题注：一作“折杨柳”，乐府歌曲，属横吹曲。②麹尘丝：指色如酒曲般细嫩的柳叶。尘，一作“烟”。③向：一作“肯”。

※ 武元衡

春兴

杨柳阴阴细雨晴，残花落尽见流莺。
春风一夜吹香梦，梦逐春风到洛城。

【注释】①春兴：春游的兴致。皇甫冉《奉和对山僧》："远心驰北阙，春兴寄东山。"②阴阴：形容杨柳幽暗茂盛。③流莺：即莺。流：谓其鸣声婉转。南朝梁沈约《八咏诗·会圃临东风》："舞春雪，杂流莺。"④香梦：美梦，甜蜜的梦境。香，一作"乡"。⑤梦：一作"又"。⑥洛城：洛阳，诗人家乡缑氏在洛阳附近。

赠道者

麻衣如雪一枝梅，笑掩微妆入梦来。
若到越溪逢越女，红莲池里白莲开。

【注释】①题注：一作"赠送"。道者：道士。②麻衣如雪：语出《诗经·曹风·蜉蝣》，此处用来描绘女子一身如雪的白衣。③越溪：春秋末年越国美女西施浣纱的地方。末两句是诗人的想象。

【点评】通俗易懂。

※ 窦巩

襄阳寒食寄宇文籍

烟水初销见万家，东风吹柳万条斜。
大堤欲上谁相伴，马踏春泥半是花。

【注释】①宇文籍：从诗的内容看应是作者的一位友人。②见：现，显露。

【**点评**】“马踏春泥半是花”，印象深刻。

※ 陈羽

从军行

海畔风吹冻泥裂，枯桐叶落枝梢折。
横笛闻声不见人，红旗直上天山雪。

【**注释**】①从军行：乐府《相和歌辞·平调曲》名。歌词内容多写边塞情况和将士生活。②海：古代西域的沙漠、大湖泊都叫“海”。这里指天山脚下的湖泊。③折：断。④横笛：横吹的一种笛子。⑤直上：一直向上、向前。

【**点评**】壮美不减王昌龄。

※ 崔橹

残莲花

不耐高风怕冷烟，瘦红欹委倒青莲。
无人解把无尘袖，盛取残香尽日怜。

【**注释**】①题注：一作张林诗。②无尘：不着尘埃。常表示超尘脱俗。

※ 于鹄

江南曲

偶向江边采白蘋，还随女伴赛江神。
众中不敢分明语，暗掷金钱卜远人。

【注释】①偶：偶尔。一作“闲”。②白蘋：一种水中浮草，夏季开小白花。③赛：祭祀，古代祭神称为赛。④不敢：一作“不得”。⑤分明语：公开表示。⑥金钱卜：古占卜方式之一，相传是汉代易学家京房所创。最初，卜者在卜卦过程中仅用金钱记爻，后来把这一占卜过程简单化，并逐渐推向民间。卜者把金钱掷在地上，看它在地上翻覆的次数和向背，以决定吉凶、成败、归期、远近等。⑦远人：指远方的丈夫。

巴女谣

巴女骑牛唱竹枝，藕丝菱叶傍江时。
不愁日暮还家错，记得芭蕉出槿篱。

【注释】①巴：地名，今四川巴江一带。②竹枝：竹枝词，指巴渝（今重庆）一带的民歌。③藕丝：这里指荷叶、荷花。④傍：靠近，邻近。⑤槿篱：用木槿做的篱笆。木槿是一种落叶灌木。

※ 王涯

秋夜曲

桂魄初生秋露微，轻罗已薄未更衣。
银筝夜久殷勤弄，心怯空房不忍归。

【注释】①秋夜曲：属乐府《杂曲歌辞》，是一首婉转含蓄的闺怨诗。②桂魄：即月亮。相传月中有桂树，又月初生时的微光曰魄，故称初生之月为桂魄。③轻罗：轻盈的丝织品，宜做夏装，在此代指夏装。④筝：拨弦乐器，十三弦。⑤殷勤弄：频频弹拨。

塞下曲

年少辞家从冠军，金妆宝剑去邀勋。
不知马骨伤寒水，唯见龙城起暮云。

【注释】①冠军：古代将军的名号。②金妆宝剑：用黄金装饰剑柄或剑鞘的宝剑。③龙城：泛指边境地区。

※ 法振

送友人之上都

玉帛征贤楚客稀，猿啼相送武陵归。
湖头望入桃花去，一片春帆带雨飞。

【注释】①上都：京师，首都，这里指唐首都长安。②武陵：县名，今属湖南省，用晋陶潜《桃花源记》典，泛指避世隐居之地。

※ 王建

夜看扬州市

夜市千灯照碧云，高楼红袖客纷纷。
如今不似时平日，犹自笙歌彻晓闻。

【注释】①扬州市：指扬州的指定商业区。②夜市：夜间的集市。《唐六典》卷二十载：“凡市，以日午击鼓三百声，而众会；日入前七刻，击钲三百声，而众以散。”夜市显然突破了这个规定，反映唐时城市商业的繁荣。③红袖：原指女子的艳色衣衫，这里借代女子。④时平日：承平之日。

寄蜀中薛涛校书

万里桥边女校书，枇杷花里闭门居。
扫眉才子于今少，管领春风总不如。

【注释】①薛涛：唐代女诗人，字洪度。长安人，随父官于蜀，父死不得归，遂居于成都，为有名的乐妓。②校（jiào）书：即校书郎，古代掌校理典籍的官员。

据说武元衡曾有奏请授涛为校书郎之议，一说系韦皋镇蜀时辟为此职。薛涛当时就以“女校书”广为人知。《唐才子传》载：“蜀人呼妓为校书，自涛始。”③万里桥：在成都南。古时蜀人入吴，皆取道于此。三国时费祎奉使往吴，诸葛亮相送于此，费曰：“万里之路，始于此桥。”因此得名。④枇杷：乔木名，果实亦曰枇杷。《柳亭诗话》载，这是与杜鹃花相似的一种花，产于骆谷，本名琵琶，后人不知，改为“枇杷”。⑤扫眉才子：泛指女才子。扫眉：画眉。《汉书·张敞传》载，张敞为京兆尹，为妇画眉，长安中传张京兆眉妩。有司以奏敞，上问之，对曰：“臣闻闺房之内，夫妇之私，有过于画眉者。”上爱其能，弗备责也。⑥管领春风：犹言独领风骚。春风：指春风词笔，风流文采。

雨过山村

雨里鸡鸣一两家，竹溪村路板桥斜。
妇姑相唤浴蚕去，闲看中庭栀子花。

【注释】①竹溪：小溪旁长着翠竹。②妇姑：嫂嫂和小姑。③浴蚕：古时候将蚕种浸在盐水中，用来选出优良的蚕种，成为浴蚕。④闲看：农人忙着干活，没有人欣赏盛开的栀子花。⑤中庭：庭院中间。

【点评】有关栀子花的诗不多见，这首最好。西南乡村妇女多喜桂花和栀子花，可穿戴，不招摇。

十五夜望月寄杜郎中

中庭地白树栖鸦，冷露无声湿桂花。
今夜月明人尽望，不知秋思在谁家。

【注释】①地白：指月光照在庭院的地上。②秋思：秋天的情思，这里指怀念人的思绪。

赠李愬仆射

和雪翻营一夜行，神旗冻定马无声。
遥看火号连营赤，知是先锋已上城。

【注释】①李愬（sù）：唐代中期名将，西平郡王李晟第八子。唐宪宗元和九年（814），彰义节度使吴少阳死，其子吴元济割据淮西（今河南汝南一带），与朝廷对抗。元和十二年十月一个风雪之夜，李愬率兵九千，以降将李祐、李忠义率三千精兵为前驱，行军六十里，袭击军事要地张柴村，攻下蔡州城，生擒吴元济。《新唐书》称其“功名之奇，近世所未有”。②和（huò）雪：大雪纷飞，人与雪混在一起。③火号：举火为信号。

江陵使至汝州

回看巴路在云间，寒食离家麦熟还。
日暮数峰青似染，商人说是汝州山。

【注释】①江陵：今湖北省江陵县。②汝州：河南省临汝县。③巴路：巴山小路。巴，古国名，在今川东、鄂西一带。④麦熟：小麦成熟，指五月。⑤染：点染，书画着色用墨。

宫词

树头树底觅残红，一片西飞一片东。
自是桃花贪结子，错教人恨五更风。

鸳鸯瓦上瞥然声，昼寝宫娥梦里惊。
元是我王金弹子，海棠花下打流莺。

【注释】①桃花贪结子：《诗经·周南·桃夭》有“桃之夭夭，有蕡其实。之子于归，宜其家室”句，暗示女子出嫁。②鸳鸯瓦：指成对的瓦。③瞥然：一作“忽然”。④金弹：金制的弹子。《西京杂记》载：“韩嫣好弹，常以金为丸，所失者日有十余。长安为之语曰：‘苦饥寒，逐金丸。’京师儿童，每闻嫣出弹，辄随之，望丸之所落，辄拾焉。”

江陵道中

菱叶参差萍叶重，新蒲半折夜来风。
江村水落平地出，溪畔渔船青草中。

【注释】①江陵：县名，在今湖北省中部偏南、长江沿岸，向为我国南北陆路交通要冲。

※ 令狐楚

少年行

弓背霞明剑照霜，秋风走马出咸阳。
未收天子河湟地，不拟回头望故乡。

【注释】①咸阳：秦的都城，这里指唐代京城长安。②河湟（huáng）地：指河西、陇右之地。河：湟水。河湟：指湟水流域及湟水注入黄河一带地方，这里指河西、陇右一带。这一带，当时被吐蕃侵占。③编者注：令狐楚《少年行》共四首，另几首也不错，“少小边州惯放狂，骣骑蕃马射黄羊。如今年事无筋力，犹倚营门数雁行。”“家本清河住五城，须凭弓箭得功名。等闲飞鞚秋原上，独向寒云试射声。”

※ 韩愈

遣兴

断送一生唯有酒，寻思百计不如闲。
莫忧世事兼身事，须著人间比梦间。

【注释】①题注：《游城南十六首》其十六，一作“远兴”。

【点评】这就是韩愈比柳宗元活得久的原因，想得开。

题张十一旅舍三咏榴花

五月榴花照眼明，枝间时见子初成。
可怜此地无车马，颠倒青苔落绛英。

【注释】①可怜：可惜。②颠倒：错乱，多指心神纷乱。③绛：大红色。

早春呈水部张十八员外

天街小雨润如酥，草色遥看近却无。
最是一年春好处，绝胜烟柳满皇都。

【注释】①水部张十八员外：张籍，在同族兄弟中排行第十八，曾任水部员外郎。②天街：京城街道。③润如酥：形容春雨的细腻。④最是：正是。⑤绝胜：远远胜过。⑥皇都：帝都，这里指长安。

【点评】“草色遥看近却无。”寻春较早的人都有体会。

春雪

新年都未有芳华，二月初惊见草芽。
白雪却嫌春色晚，故穿庭树作飞花。

【注释】①新年：指农历正月初一。②芳华：泛指芬芳的花朵。

同水部张员外籍曲江春游寄白二十二舍人

漠漠轻阴晚自开，青天白日映楼台。
曲江水满花千树，有底忙时不肯来。

【注释】①张员外籍：张籍，曾任水部员外郎，故称“张员外”。②曲江：水名，即曲江池。在今陕西省西安市东南，是隋炀帝开掘的一个人工湖，唐代为著名游览胜地。③白二十二舍人：即白居易。白居易排行二十二，又曾任中书舍人，故称“白二十二舍人”。④漠漠：迷蒙一片。⑤开：消散。⑥青天白日：天气晴好。⑦有底：有何事？白居易以《酬韩侍郎张博士雨后游曲江见寄》作答：“小园新种红樱树，闲绕花行便当游。何必更随鞍马队，冲泥蹋雨曲江头。”

题木居士

火透波穿不计春，根如头面干如身。
偶然题作木居士，便有无穷求福人。

【注释】①题注：耒阳县北沿流二三十里鳌口寺，退之所题木居士在焉。元丰初，以祷旱不应，为邑令析而薪之。②木居士：对木雕神像的戏称。③火透：雷击。④波穿：雨淋水淹。

晚春

草树知春不久归，百般红紫斗芳菲。
杨花榆荚无才思，唯解漫天作雪飞。

【注释】①题注：《游城南十六首》其三。②榆荚：亦称榆钱。榆未生叶时，先在枝间生荚，荚小，形如钱，荚花呈白色，随风飘落。

【点评】成人不失赤子之心。

※ 张籍

酬朱庆馀

越女新妆出镜心，自知明艳更沉吟。
齐纨未足时人贵，一曲菱歌敌万金。

【注释】①编者注：唐代士子在参加进士考试前时兴“行卷”，即把自己的诗篇呈给名人，以希求其称扬，介绍给主持考试的礼部侍郎。朱庆馀作《近试上张籍水部》：“洞房昨夜停红烛，待晓堂前拜舅姑。妆罢低声问夫婿，画眉深浅入时无？”张籍时任水部郎中，作此诗答朱庆馀。②越女：越国美女，西施。③齐纨（wán）：齐地出产的细绢。④菱歌：采菱所唱的歌。⑤敌：通“抵”，比得上。

【点评】师生合伙“作弊”，不过唐朝不算犯法。

凉州词

其一

边城暮雨雁飞低，芦笋初生渐欲齐。
无数铃声遥过碛，应驮白练到安西。

其三

风林关里水东流，白草黄榆六十秋。
边将皆承主恩泽，无人解道取凉州。

【注释】①编者注：同题三首，此选其中两首。②白练：泛指丝绸。③安西：地名。唐方镇有安西都护，其治所在今新疆库车，兼辖龟兹、焉耆、于阗、疏勒四镇。贞元六年（790），为吐蕃所陷。④风林关：在唐代陇右道的河州（治所在今甘肃临夏）境内。位于黄河南岸。⑤白草：北地所生之草，似莠而细，干熟时呈白色，为牛羊所喜食。⑥黄榆：乔木名，树皮黄褐色。叶、果均可食。⑦六十秋：从吐蕃全部占领陇右之地至作者写诗之时，已过去六十年。⑧恩泽：恩惠赏赐。⑨凉州：唐陇右道属州，治所在今甘肃武威。代宗宝应、广德年间沦于吐蕃之手。此地以凉州泛指陇右失地。

【点评】一带一路。

成都曲

锦江近西烟水绿，新雨山头荔枝熟。
万里桥边多酒家，游人爱向谁家宿？

【注释】①锦江：在四川省，流经成都。②烟水：雾霭迷蒙的水面。③万里桥：桥名，在成都城南。

【点评】与小杜的“青山隐隐水迢迢”有一拼。

秋思

洛阳城里见秋风，欲作家书意万重。
复恐匆匆说不尽，行人临发又开封。

【注释】①意万重：极言心思之多。②临发：将出发。③开封：拆开已经封好的家书。

【点评】唐诗经典。

蛮州

瘴水蛮中入洞流，人家多住竹棚头。
一山海上无城郭，唯见松牌记象州。

【注释】①题注：一作杜牧诗《蛮中醉》。②一山海上无城郭：一作“青山海上无城郭”。③张籍另有一首《蛮中》：“铜柱南边毒草春，行人几日到金麟。玉镮穿耳谁家女，自抱琵琶迎海神。”《唐人绝句精华》载，此二诗所指之蛮，虽不知其何种，但观其曰“铜柱南边”“象州”，则应是今两广土著民族。

【点评】办公环境因陋就简。

与贾岛闲游

水北原南草色新，雪消风暖不生尘。
城中车马应无数，能解闲行有几人。

【注释】①闲行：漫步。

※ 张仲素

燕子楼诗三首

其一

楼上残灯伴晓霜，独眠人起合欢床。
相思一夜情多少，地角天涯不是长。

其二

北邙松柏锁愁烟，燕子楼人思悄然。
自埋剑履歌尘散，红袖香消已十年。

其三

适看鸿雁岳阳回，又睹玄禽逼社来。
瑶瑟玉箫无意绪，任从蛛网任从灰。

【注释】①题注：一作关盼盼诗。②燕子楼：唐贞元年间武宁节度使张建封为爱妾关盼盼建的一座小楼。张死后，关矢志不嫁。张仲素和白居易为之题咏，使此楼名垂千古。宋苏轼《永遇乐》：（彭城夜宿燕子楼，梦盼盼，因作此词）"明月如霜，好风如水，清景无限。曲港跳鱼，圆荷泻露，寂寞无人见。紞如三鼓，铿然一叶，黯黯梦云惊断。夜茫茫，重寻无处，觉来小园行遍。天涯倦客，山中归路，望断故园心眼。燕子楼空，佳人何在，空锁楼中燕。古今如梦，何曾梦觉，但有旧欢新怨。异时对，黄楼夜景，为余浩叹。"《红楼梦》第七十回："粉堕百花洲，香残燕子楼。"

塞下曲

三戍渔阳再渡辽，骍弓在臂剑横腰。
匈奴似若知名姓，休傍阴山更射雕。

【注释】①渔阳：地名。战国燕置渔阳郡，秦汉治所在渔阳（今北京市密云县西南）。《史记·陈涉世家》载：“二世元年七月，发闾左适戍渔阳，九百人屯大泽乡。”唐玄宗天宝元年改蓟州为渔阳郡，治所在渔阳（今天津市蓟县）②骍(xīng)弓：调和后呈弯状的弓。《诗·小雅·角弓》：“骍骍角弓，翩其反矣。”③射雕：喻善射。《史记·李将军列传》载：“中贵人将骑数十纵，见匈奴三人，与战，三人还射，伤中贵人，杀其骑且尽。中贵人走广，广曰：‘是必射雕者也。’”裴骃集解引文颖曰：“雕，鸟也，故使善射者射也。”

秋夜曲

丁丁漏水夜何长，漫漫轻云露月光。
秋逼暗虫通夕响，征衣未寄莫飞霜。

【注释】①丁丁：象声词，指漏水声。②暗虫：蟋蟀。③飞霜：降霜。

※ 沈传师

寄大府兄侍史

积雪山阴马过难，残更深夜铁衣寒。
将军破了单于阵，更把兵书仔细看。

【注释】①题注：见《云烟过眼录》。②铁衣：古代战士用铁片制成的战衣。古乐府《木兰诗》：“朔气传金柝，寒光照铁衣。”

【点评】知行合一成就真材实料。

※ 薛涛

送友人

水国蒹葭夜有霜，月寒山色共苍苍。
谁言千里自今夕，离梦杳如关塞长。

【注释】①水国：犹水乡。②蒹葭（jiān jiā）：水草名。《诗经·秦风·蒹葭》："蒹葭苍苍，白露为霜。所谓伊人，在水一方。"本指在水边怀念故人，后以"蒹葭"泛指思念异地友人。③苍苍：深青色。④关塞：一作"关路"。

筹边楼

平临云鸟八窗秋，壮压西川四十州。
诸将莫贪羌族马，最高层处见边头。

【注释】①筹边楼：唐代名楼，位于成都西郊。唐文宗大和四年（830）十月李德裕出镇西川节度使，次年秋为筹划边事所建，故名。②"平临"句：谓楼之高度与空中的彩云飞鸟相平。八窗秋：凭窗远眺，可见八方秋色。③壮压：谓高楼可震慑川西四十州之广阔土地。④西川：四川西部，为唐边境。⑤四十州：一说"十四州"。据唐代卢求《成都记》："蜀为奥壤，领州十四，县七十一。"⑥羌族：古代羌族主要分布在甘肃、青海、四川西部，总称西羌，以游牧为主。⑦边头：边塞前沿。

【点评】薛涛这两首绝类杜甫，薛涛故里与草堂相距不远，有感染？

※ 吕温

戏赠灵澈上人

僧家亦有芳春兴，自是禅心无滞境。
君看池水湛然时，何曾不受花枝影。

【注释】①灵澈：中唐时期著名诗僧，字源澄，常与僧皎然游。②禅心：寂定之心。

【点评】与苏轼《南歌子》“师唱谁家曲，宗风嗣阿谁。借君拍板与门槌。我也逢场作戏、莫相疑。溪女方偷眼，山僧莫眨眉。却愁弥勒下生迟。不见老婆三五、少年时”意近。

刘郎浦口号

吴蜀成婚此水浔，明珠步障幄黄金。
谁将一女轻天下，欲换刘郎鼎峙心。

【注释】①刘郎浦：又叫刘郎洑，在今湖北石首市境长江边。②吴蜀成婚：吴蜀联姻事见于正史。《三国志·蜀书·先主传》：“（刘）琦病死，群下推先主为荆州牧，治公安。（孙）权稍畏之，进妹固好。”③浔：水边。④步障：古代贵族出行时用来遮蔽风尘的幕布。⑤幄（wò）：室内的帐幔。⑥天下：古时多指中国范围内的全部土地。⑦刘郎：指刘备。⑧鼎峙（zhì）：像鼎的三足峙立，指魏、蜀、吴三国鼎立的政治局面。

【点评】相互利用，谈不上“轻”与“不轻”，只是可怜了筹码。

※ 李绅

红蕉花

红蕉花样炎方识，瘴水溪边色最深。
叶满丛深殷似火，不唯烧眼更烧心。

【注释】①红蕉：指红色美人蕉。②烧眼：耀眼。③烧心：谓强烈地刺激人的精神。

※ 崔护

题都城南庄

去年今日此门中，人面桃花相映红。
人面不知何处去，桃花依旧笑春风。

【注释】①都：国都，指唐朝京城长安。②人面：指姑娘的脸。第三句中“人面”指代姑娘。③不知：一作“祇（zhǐ）今”。④去：一作“在”。⑤笑：形容桃花盛开的样子。

【点评】一招鲜，吃遍天。靠这一首诗，不知崔护的桃花运还将流传多少年。

※ 白居易

暮江吟

一道残阳铺水中，半江瑟瑟半江红。
可怜九月初三夜，露似真珠月似弓。

【注释】①暮江吟：黄昏时分在江边所作的诗。吟，古代诗歌的一种形式。②可怜：可爱。③九月初三：农历九月初三。④真珠：即珍珠。⑤月似弓：上弦月，其弯如弓。

【点评】江边有山？过秦岭见到过这样的景色。

白云泉

天平山上白云泉，云自无心水自闲。
何必奔冲山下去，更添波浪向人间。

【注释】①白云泉：天平山山腰的清泉。②天平山：在今江苏省苏州市西。

③无心：舒卷自如。④闲：从容自得。⑤波浪：水中浪花，这里喻指令人困扰的事情。

【**点评**】为了作诗，连常识都不顾。

邯郸冬至夜思家

邯郸驿里逢冬至，抱膝灯前影伴身。
想得家中夜深坐，还应说著远行人。

【**注释**】①邯郸：今河北省邯郸市。②冬至：农历二十四节气之一。在十二月下旬，这天白天最短、夜晚最长。古代冬至有全家团聚的习俗。③驿：驿站，古代的传递公文、转运官物或出差官员途中歇息的地方。④远行人：离家在外的人，这里指作者自己。

永丰坊园中垂柳

一树春风千万枝，嫩于金色软于丝。
永丰西角荒园里，尽日无人属阿谁？

【**注释**】①永丰：唐时洛阳永丰坊西南角园中，有垂柳一株，柔条极茂。后传入乐府，遍流京师。唐宣宗闻之，下诏取其两枝植于禁苑中。后以“永丰柳”泛指园柳。宋张先《千秋岁》：“数声鶗鴂，又报芳菲歇。惜春更把残红折。雨轻风色暴，梅子青时节。永丰柳，无人尽日花飞雪。”②阿谁：疑问代词。犹言谁，何人。

思妇眉

春风摇荡自东来，折尽樱桃绽尽梅。
唯余思妇愁眉结，无限春风吹不开。

【**注释**】①思妇：怀念远行丈夫的妇人。

惜牡丹花

惆怅阶前红牡丹，晚来唯有两枝残。
明朝风起应吹尽，夜惜衰红把火看。

【注释】①题注：翰林院北厅花下作。②衰：枯萎，凋谢。③红：指牡丹花。④把火：手持火把。钱锺书《谈艺录》载，东坡《海棠》诗曰："只恐夜深花睡去，故烧高烛照红妆。"冯星实《苏诗合集》以为本义山之"客散酒醒深夜后，更持红烛赏残花"，不知香山《惜牡丹》早云："明朝风起应吹尽，夜惜衰红把火看。"

【点评】李商隐有《花下醉》，爱花程度还是有区别。

后宫词

泪湿罗巾梦不成，夜深前殿按歌声。
红颜未老恩先断，斜倚熏笼坐到明。

【注释】①泪湿：犹湿透。湿，一作"尽"。②罗巾：丝制手巾。③前殿：正殿。④按歌声：依照歌声的韵律打拍子。⑤红颜：此指妃子。⑥恩：指皇帝对她的恩宠。⑦倚：靠。⑧熏笼：覆罩香炉的竹笼。香炉用来熏衣被，为宫中用物。

燕子楼

满窗明月满帘霜，被冷灯残拂卧床。
燕子楼中霜月夜，秋来只为一人长。

【注释】①原序：徐州故张尚书有爱妓曰盼盼，善歌舞，雅多风态。予为校书郎时，游徐泗间，张尚书宴予。酒酣，出盼盼以佐欢。欢甚，予因赠诗云："醉娇胜不得，风袅牡丹花。"一欢而去，尔后绝不相闻，迨兹仅一纪矣。昨日司勋员外郎张仲素缋之访予，因吟新诗，有《燕子楼》三首。词甚婉丽，诘其由，为盼盼作也。缋之从事武宁军累年，颇知盼盼始末。云尚书既殁，归葬东洛，而彭城有张氏旧第，第中有小楼名燕子。盼盼念旧爱而不嫁，居是楼十余年，幽独块然，于今尚在。予爱缋之新咏，感彭城旧游，因同其题，作三绝句。此为其中一首。

苦热题恒寂师禅室

人人避暑走如狂，独有禅师不出房。
可是禅房无热到，但能心静即身凉。

【注释】①苦热：苦于炎热，酷热。

内乡村路作

日下风高野路凉，缓驱疲马暗思乡。
渭村秋物应如此，枣赤梨红稻穗黄。

【注释】①野路：村野间道路。②秋物：秋季的景物。

采莲曲

菱叶萦波荷飐风，荷花深处小船通。
逢郎欲语低头笑，碧玉搔头落水中。

【注释】①萦（yíng）：萦回，旋转，缭绕。②飐（zhǎn）：摇曳。③小船通：两只小船相遇。④搔头：簪之别名。碧玉搔头即碧玉簪，简称玉搔头。

登观音台望城

百千家似围棋局，十二街如种菜畦。
遥认微微入朝火，一条星宿五门西。

【注释】①题注：城指长安城。②十二街：虚指。长安城内有笔直的南北向大街十一条，东西向大街十四条。③朝火：官员上朝打的火把。

【点评】穿越爱好者的知识装备。

村夜

霜草苍苍虫切切，村南村北行人绝。
独出前门望野田，月明荞麦花如雪。

【注释】①霜草：被秋霜打过的草。②苍苍：灰白色。③切切：虫叫声。④荞麦：一年生草本植物，子实黑色有棱，磨成面粉可食用。《带经堂诗话》载，稻花、豆花、安秀、黍离，皆以入诗。荞麦为五谷最下之品，而其花殊娇艳。唐人诗云："日落鸦飞散，满庭荞麦花。"荞麦自田野间物，讵可植之庭中？……白乐天诗"自起开门望野田，月明荞麦花如雪"，差不谬耳。

何满子

世传满子是人名，临就刑时曲始成。
一曲四调歌八叠，从头便是断肠声。

【注释】①题注：开元中，沧州有歌者何满子，临刑，进此曲以赎死，上竟不免。②断肠：形容极度思念或悲痛。

夜筝

紫袖红弦明月中，自弹自感闇低容。
弦凝指咽声停处，别有深情一万重。

【注释】①红弦：乐器上的红色丝弦。②闇（àn）：黯淡。

【点评】《琵琶行》Q 版。

大林寺桃花

人间四月芳菲尽，山寺桃花始盛开。
长恨春归无觅处，不知转入此中来。

【注释】①大林寺：在庐山大林峰，相传为晋代僧人昙诜所建，为中国佛教圣地之一。②人间：指庐山下的平地村落。③芳菲：盛开的花，亦可泛指花，花草艳盛的阳春景色。④尽：指花凋谢了。⑤山寺：指大林寺。⑥春归：春去，春尽。

【点评】十里不同天。

同李十一醉忆元九

花时同醉破春愁，醉折花枝作酒筹。
忽忆故人天际去，计程今日到梁州。

【注释】①李十一：即李健，字杓直。②元九：即元稹。③破：破除，解除。④酒筹：饮酒时用以计数或行令的筹子。⑤天际：肉眼能看到的天地交接的地方。⑥计程：计算路程。⑦梁州：地名，在今陕西汉中一带。

望驿台

靖安宅里当窗柳，望驿台前扑地花。
两处春光同日尽，居人思客客思家。

【注释】①望驿台：在今四川广元。驿：旧时供传递公文的人中途休息、换马的地方。②当窗柳：意即怀人。唐人风俗，爱折柳以赠行人，因柳而思游子。③扑地：遍地。④春光：一作“春风”。⑤居人：家中的人。诗中指元稹的妻子。⑥客：出门在外的人。指元稹。

春词

低花树映小妆楼，春入眉心两点愁。
斜倚栏杆背鹦鹉，思量何事不回头？

【注释】①春词：有关男女恋情的书信或文辞。

【点评】背影销魂，有想象空间，正面一览无余，往往失望。

※ 刘禹锡

和乐天春词

新妆宜面下朱楼，深锁春光一院愁。
行到中庭数花朵，蜻蜓飞上玉搔头。

【注释】①宜面：脂粉涂抹得与容颜相宜，给人一种匀称和谐的美感。一作“粉面”。②朱楼：髹以红漆的楼房，多指富贵女子的居所。③春光：春天的风光、景致。南朝宋吴孜《春闺怨》：“春光太无意，窥窗来见参。”④中庭：庭院，庭院之中。汉司马相如《上林赋》：“醴泉涌于清室，通川过于中庭。”⑤蜻蜓：暗指头上之香。⑥玉搔头：玉簪，可用来搔头，故称。

石头城

山围故国周遭在，潮打空城寂寞回。
淮水东边旧时月，夜深还过女墙来。

【注释】①石头城：故址在今南京西清凉山一带，三国时期孙吴曾依石壁筑城。刘禹锡《金陵五题》为《石头城》《乌衣巷》《台城》《生公讲堂》《江令宅》。②山围：四周环山。③故国：故都，这里指石头城。④周遭：周匝，这里指石头城四周残破的遗址。⑤潮：指长江江潮。⑥空城：指荒凉空寂的残破城垣。⑦淮水：流经金陵城内的秦淮河，为六朝时期游乐的繁华场所。⑧旧时：昔日，指六朝时。⑨女墙：城上的矮墙，即城垛。

乌衣巷

朱雀桥边野草花，乌衣巷口夕阳斜。
旧时王谢堂前燕，飞入寻常百姓家。

【注释】①乌衣巷：喻王公贵族的居处，或咏王公贵族之往事。《景定建康志》卷十六：“《旧志》云，乌衣巷在秦淮南。晋南渡，王、谢诸名族居此，时谓子弟为乌衣诸郎。”②朱雀桥：即朱雀桁。东晋时王导、谢安等豪门巨宅多在其附近。③王谢：王导、谢安，晋相，世家大族，贤才众多，皆居巷中，冠盖簪缨，为六朝巨室。旧时王谢之家庭多燕子。至唐时，则皆衰落不知其处。

台城

台城六代竞豪华，结绮临春事最奢。
万户千门成野草，只缘一曲后庭花。

【注释】①台城：六朝时的禁城。宋洪迈《容斋续笔·台城少城》："晋宋间谓朝廷禁省为台，故称禁城为台城。"在今南京市鸡鸣山南乾河沿北，其地本三国吴后苑城，东晋成帝时改建作新宫，遂为宫城。历宋、齐、梁、陈，皆为台省（中央政府）和宫殿所在地，因专名台城。②六代：指三国吴、东晋和南朝之宋、齐、梁、陈。③结绮临春：结绮阁和临春阁，陈后主（陈叔宝）建造的两座穷极奢华的楼阁。④后庭花：乐府清商曲吴声歌曲名。本名《玉树后庭花》，南朝陈后主制。其辞轻荡，而其音甚哀，故后多用以称亡国之音。

阿娇怨

望见葳蕤举翠华，试开金屋扫庭花。
须臾宫女传来信，言幸平阳公主家。

【注释】①阿娇：汉武帝陈皇后。②金屋：《汉武故事》载："帝以乙酉年七月七日生于猗兰殿。年四岁，立为胶东王。数岁，长公主嫖抱置膝上，问曰：'儿欲得妇不？'胶东王曰：'欲得妇。'长主指左右长御百余人，皆云不用。指其女曰：'阿娇好不？'笑对曰：'好！若得阿娇作妇，当作金屋贮之也。'"③言幸平阳公主家：阿娇当了武帝的皇后以后，擅宠骄贵，十余年无子。平阳公主进歌伎卫子夫得幸生子。平阳公主与武帝是姊弟关系，宫女这样说，不致过分刺痛阿娇。

秋词

其一

自古逢秋悲寂寥，我言秋日胜春朝。
晴空一鹤排云上，便引诗情到碧霄。

其二

山明水净夜来霜，数树深红出浅黄。
试上高楼清入骨，岂如春色嗾人狂。

【注释】①悲寂寥：悲叹萧条空寂。宋玉《九辩》有“悲哉，秋之为气也”“寂寥兮，收潦而水清”等句。②春朝：春初朝。朝：有早晨的意思，这里指的是刚开始。③晴：一作“横”。④排云：推开白云。排：推开，有冲破的意思。⑤诗情：作诗的情绪、兴致。⑥碧霄：青天。⑦深红：指红叶。⑧浅黄：指枯叶。⑨入骨：犹刺骨。⑩嗾（sǒu）：教唆、指使别人做坏事。这里是“使”的意思。

赠李司空妓

高髻云鬟宫样妆，春风一曲杜韦娘。
司空见惯浑闲事，断尽苏州刺史肠。

【注释】①题注：一作“禹锡赴吴台”。扬州大司马杜鸿渐开宴，命妓侍酒，《本事诗》云：“李绅罢镇在京，慕刘名，尝邀至第中，厚设饮馔，酒酣，命妙妓（妓妙）歌以送之。刘于席上赋诗，李因以妓赠之。”崔令钦《教坊记》云：“杜章娘，歌曲名，非妓姓名也。”②司空：中国古代官名。西周始置，位次三公，与六卿相当，与司马、司寇、司士、司徒并称五官，掌水利、营建之事，金文皆作司工。春秋、战国时沿置。汉朝本无此官，成帝时改御史大夫为大司空，但职掌与周代的司空不同。成语“司空见惯”出自此诗，当时官场上已经养成奢华的风气，对当时宴会的排场见惯不怪了，不理会普通百姓的艰难生活，含贬义。

【点评】刘禹锡有《陋室铭》传世，对照来读，此诗充满羡慕嫉妒恨，不像杜牧表里一致哦！

堤上行

江南江北望烟波，入夜行人相应歌。
桃叶传情竹枝怨，水流无限月明多。

【注释】①桃叶：乐府歌曲名。《乐府诗集》引《古今乐录》："桃叶歌者，晋王子敬之所作也。桃叶，子敬妾名，缘于笃爱，所以歌之。"《乐府诗集》载《桃叶歌辞》四首，没有作者姓名，属吴声歌曲，应是江南民歌。这里借指民间流行的表达爱情的歌。②竹枝怨：竹枝词，由古代巴蜀间的民歌演变而来，有一些情歌，多表达怨苦之情。夔州一带，是竹枝词的故乡。刘禹锡把民歌变成了文人的诗体。

元和十一年自朗州至京戏赠看花诸君子

紫陌红尘拂面来，无人不道看花回。
玄都观里桃千树，尽是刘郎去后栽。

【注释】①紫陌：京城长安的道路。陌：本是田间小路，这里为道路之意。②红尘：尘埃，人马往来扬起的尘土。③拂面：迎面、扑面。④玄都观：道教庙宇名，在长安城南崇业坊（今西安市南门外）。⑤桃千树：极言桃树之多。⑥刘郎：作者自指。⑦去：一作"别"。

再游玄都观

余贞元二十一年为屯田员外郎，时此观未有花木。是岁，出牧连州，寻贬朗州司马。居十年，召至京师。人人皆言，有道士手植仙桃，满观如红霞，遂有前篇，以志一时之事。旋又出牧。今十有四年，复为主客郎中。重游玄都观，荡然无复一树，唯兔葵燕麦动摇于春风耳。因再题二十八字，以俟后游。时大和二年三月。

百亩中庭半是苔，桃花净尽菜花开。
种桃道士归何处？前度刘郎今又来。

【注释】①屯田员外郎：官名。掌管国家屯田及官员职田配给等事。②出牧连州：出任连州刺史。汉代称州的最高行政长官为牧，唐代称为刺史。③寻：不久。④旋：立刻，很快。⑤有：通"又"。有、又放在两位数字之间，表示整数之外又零多少，是古代的习惯用法。⑥主客郎中：官名。负责接待宾客等事务。⑦荡然：空空荡荡的样子。⑧兔葵：毛茛科多年生草本植物，生林中或林边草地阴凉处。⑨俟：等待。⑩后游：后游者，后来的游人。⑪大和二年：公元 828 年。⑫百亩：表示面积大，并非实指。⑬中庭：一作“庭中”。庭：指玄都观。⑭净尽：净，空无所有。尽，完。⑮菜花：野菜花。⑯种桃道士：暗指当初打击王叔文、贬斥刘禹锡的权贵们。⑰刘郎：指作者自己。

杨柳枝

清江一曲柳千条，二十年前旧板桥。
曾与美人桥上别，恨无消息到今朝。

【注释】①题注：一作“柳枝词”。②清江：一作“春江”。白居易《板桥路》：“梁苑城西二十里，一渠春水柳千条。若为此路今重过，十五年前旧板桥。曾共玉颜桥上别，不知消息到今朝。”此诗就《板桥路》删削二句，便觉精彩动人，颇见剪裁之妙。

【点评】很上口，想来应是中唐流行金曲。

与歌者米嘉荣

唱得凉州意外声，旧人唯数米嘉荣。
近来时世轻先辈，好染髭须事后生。

【注释】①米嘉荣：中唐著名的歌唱家。②凉州：乐曲名，即《凉州曲》。③意外：料想不到，意料之外。④唯数：一作“唯有”，一作“难数”。⑤时世：一作“年少”。⑥先：一作“前”。⑦髭（zī）须：嘴上边的胡子。⑧后生：少年，小伙子。

【点评】以前染发是糊口，现在染发是时尚。

浪淘沙

其一

九曲黄河万里沙，浪淘风簸自天涯。
如今直上银河去，同到牵牛织女家。

其六

日照澄洲江雾开，淘金女伴满江隈。
美人首饰侯王印，尽是沙中浪底来。

其七

八月涛声吼地来，头高数丈触山回。
须臾却入海门去，卷起沙堆似雪堆。

其八

莫道谗言如浪深，莫言迁客似沙沉。
千淘万漉虽辛苦，吹尽狂沙始到金。

【注释】①编者注：刘禹锡《浪淘沙》共九首，此选四首。②直上银河：古代传说黄河与天上的银河相通。《荆楚岁时记》载：汉武帝派张骞出使大夏，寻找黄河源头。张骞走了一个多月，见到了织女。织女把支机石送给张骞。骞还。同书又载：织女是天帝的孙女，长年织造云锦。自从嫁了牛郎，就中断了织锦。天帝大怒，责令她与牛郎分居银河两岸，隔河相望，每年七月初七之夜相会一次。③澄洲：江中清新秀丽的小洲。④江隈：江湾。⑤八月涛声吼地来：浙江省钱塘江潮，每年农历八月十八潮水最大，潮头壁立，汹涌澎湃，犹如万马奔腾，蔚为壮观。⑥谗言：毁谤的话。⑦迁客：被贬职调往边远地方的官。⑧漉：水慢慢地渗下。

【点评】有时长寿是战胜对手的战略决策之一。诸葛亮、司马懿一个比一个活得久。

望洞庭

湖光秋月两相和，潭面无风镜未磨。
遥望洞庭山水翠，白银盘里一青螺。

【注释】①洞庭：湖名，在今湖南省北部。②湖光：湖面的波光。水色与月光互相辉映。③潭面：指湖面。④镜未磨：古人的镜子用铜制作、磨成。这里一说是湖面无风，水平如镜；一说远望湖中的景物，隐约不清，如同镜面没打磨时照物模糊。⑤山水翠：一作“山水色”。山：指洞庭湖中的君山。⑥白银盘：形容平静而又清的洞庭湖面。白银：一作“白云”。⑦青螺：这里用来形容洞庭湖中的君山。

【点评】诗风淡雅，切题。

杨柳枝词

塞北梅花羌笛吹，淮南桂树小山词。
请君莫奏前朝曲，听唱新翻杨柳枝。

【注释】①梅花：汉乐府《梅花落》。刘禹锡晚年与白居易唱和酬答，白居易《杨柳枝》八首，第一首为：“六么水调家家唱，白雪梅花处处吹。古歌旧曲君休听，听取新翻杨柳枝。”刘禹锡《杨柳枝》九首是与白居易唱和之作，首篇“塞北梅花”，构思、造语非常接近。②小山词：文体名。汉王逸《〈楚辞·招隐士〉解题》：“昔淮南王安博雅好古，招怀天下俊伟之士，自八公之徒，咸慕其德而归其仁。各竭才智。著作篇章，分造辞赋，以类相从，故或称小山，或称大山，其义犹《诗》有小雅、大雅也。”

竹枝词

杨柳青青江水平，闻郎江上唱歌声。
东边日出西边雨，道是无晴却有晴。

【注释】①竹枝词：乐府近代曲名，又名《竹枝》，原为四川东部一带民歌，刘禹锡据民歌创作新词，多写男女爱情和三峡的风情，流传甚广。后代诗人多以《竹枝词》为题写爱情和乡土风俗，形式为七言绝句。②唱歌声：一作“踏歌声”。③晴：与“情”谐音。《全唐诗》里也作“情”。

【点评】春天是恋爱的季节。

竹枝词

其二

山桃红花满上头，蜀江春水拍山流。
花红易衰似郎意，水流无限似侬愁。

其七

瞿塘嘈嘈十二滩，此中道路古来难。
长恨人心不如水，等闲平地起波澜。

【**注释**】①编者注：刘禹锡《竹枝词》九首，此选其中二首。②山桃：野桃。③上头：山头，山顶上。④瞿塘：瞿塘峡，在今重庆市奉节县。⑤嘈嘈：水的急流声。⑥等闲：无端。

踏歌词

其一

春江月出大堤平，堤上女郎连袂行。
唱尽新词欢不见，红霞映树鹧鸪鸣。

其二

桃蹊柳陌好经过，灯下妆成月下歌。
为是襄王故宫地，至今犹自细腰多。

其三

新词宛转递相传，振袖倾鬟风露前。
月落乌啼云雨散，游童陌上拾花钿。

【**注释**】①踏歌词：一作“踏歌行”。踏歌：古代长江流域民间的一种歌调，边走边唱，以脚步踏地为节拍。②连袂（mèi）：联袂。晋葛洪《抱朴子·疾谬》：“携手连袂，以遨以集。”袂：衣袖。③欢：古时女子对所爱男子的爱称。古乐府《常林欢》解题云："江南人谓情人为欢。"欢：一作"看"，一作"观"。④映：一作"影"。⑤鹧鸪：鸟名，为中国南方留鸟。古人谐其鸣声为"行不得也哥哥"，诗文中常用以表示思念故乡。⑥桃蹊柳陌：栽植桃树、柳树之路。蹊、陌：都是路的意思。⑦襄王故宫：本在今河南信阳西北，隋唐时故城久已荒废。这里当是用宋玉《神女赋》之意，以夔州一带泛称楚襄王所历之故地。⑧细腰：指苗条细腰的美女。⑨递相：轮流更换。《庄子·齐物论》："其递相为君臣乎。"⑩鬟（huán）：环形发髻。⑪花钿（diàn）：女性的一种首饰。

赏牡丹

庭前芍药妖无格，池上芙蕖净少情。
唯有牡丹真国色，花开时节动京城。

【注释】①庭前芍药：喻指宦官、权贵。芍药：多年生草本植物，属毛茛科，初夏开花，形状与牡丹相似。②无格：指格调不高。郑虔《胡本草》："芍药，一名没骨花。"牡丹别名"木芍药"，芍药为草本，又称"没骨牡丹"，故称"无格"。③芙蕖（qú）：荷花的别名。④国色：倾国倾城之美色。原意为一国中姿容最美的女子，此指牡丹富贵美艳、仪态万千。⑤"花开"句：唐代观赏牡丹风气极盛。⑥京城：一般认为是指长安，但有人认为此处指洛阳。

【点评】举国欲狂。

※ 皇甫松

采莲子

其一

菡萏香连十顷陂，小姑贪戏采莲迟。
晚来弄水船头湿，更脱红裙裹鸭儿。

其二

船动湖光滟滟秋，贪看年少信船流。
无端隔水抛莲子，遥被人知半日羞。

【注释】①菡萏（hàn dàn）：荷花别名。古人称未开的荷花为菡萏，即花苞。《诗·陈风·泽陂》："彼泽之陂，有蒲菡萏。"②滟滟：水光摇曳晃动。③信船流：任船随波逐流。④莲子：双关，谐"怜子"。

【点评】微电影。

浪淘沙

滩头细草接疏林，浪恶罾舡半欲沉。
宿鹭眠洲非旧浦，去年沙觜是江心。

【注释】①浪恶：形容浪翻腾很猛。②罾舡（zēng chuán）：渔船。罾，鱼网。③宿鹭眠洲：这里指欲睡的水鸟。洲，一作"鸥"。④非：一作"飞"。⑤沙觜（zuǐ）：谓岸沙与水相接处。觜，嘴。

【点评】"去年沙觜是江心"，观察很细哦。

※ 李翱

赠药山高僧惟俨

练得身形似鹤形，千株松下两函经。
我来问道无余说，云在青霄水在瓶。

【注释】①题注：惟俨俗姓寒，年十七出家，初事惠照禅师，后谒石头希迁，密证心法，得其衣钵，住澧州药山，大畅禅风。当时李翱任朗州刺史，仰慕其名，乃入山谒之。《宋高僧传》卷十七载："（翱）初见俨，执经卷不顾，侍者白曰：'太守在此。'翱性褊急，乃倡言曰：'见面不似闻名。'俨乃呼，翱应喏。曰：

‘太守何贵耳贱目。’翱拱手谢之，问曰：‘何谓道邪？’俨指天指净瓶曰：‘云在青天水在瓶。’翱于时暗室已明，疑冰顿泮。”

※ 柳宗元

酬曹侍御过象县见寄

破额山前碧玉流，骚人遥驻木兰舟。
春风无限潇湘意，欲采蘋花不自由。

【注释】①侍御：侍御史。②象县：唐代属岭南道，即今广西象州。③见寄：接受别人寄赠作品后，以作品答谢之。④碧玉流：形容江水澄明深湛，如碧玉之色。⑤骚人：文人墨客，此指曹侍御。⑥木兰：属落叶乔木，古人以之为美木，文人常在文学作品中以之比喻美好的人或事物。这里称朋友所乘之船为木兰舟，是赞美之意。⑦潇湘：湖南境内二水名。⑧采蘋花：南朝柳恽《江南曲》：“汀洲采白蘋，日落江南春。洞庭有归客，潇湘逢故人。”

【点评】身心疲惫，作品却很潇洒流畅。

与浩初上人同看山寄京华亲故

海畔尖山似剑铓，秋来处处割愁肠。
若为化得身千亿，散上峰头望故乡。

【注释】①浩初：作者的朋友，潭州（今湖南长沙）人，龙安海禅师的弟子。时从临贺到柳州会见柳宗元。②上人：对和尚的尊称。③京华：京城长安。④亲故：亲戚、故人。⑤剑铓（máng）：剑锋，剑的顶部尖锐部分。⑥千亿：极言其多。⑦散上：一作“散作”。

【点评】子厚代表作，唐诗经典。宋陆游《梅花绝句》：“闻道梅花坼晓风，雪堆遍满四山中。何方可化身千亿，一树梅花一放翁。”随意盗版，也不说声谢谢。

柳州二月榕叶落尽偶题

宦情羁思共凄凄，春半如秋意转迷。
山城过雨百花尽，榕叶满庭莺乱啼。

【注释】①榕：常绿乔木，有气根，树茎粗大，枝叶繁盛。产于广东、广西壮族自治区等。②宦（huàn）情：做官的情怀。③羁思（sì）：客居他乡的思绪。④春半：春季二月。⑤山城：这里指柳州。

【点评】春半如秋，好句！

夏昼偶作

南州溽暑醉如酒，隐几熟眠开北牖。
日午独觉无余声，山童隔竹敲茶臼。

【注释】①南州：指永州。②溽（rù）暑：又湿又热，指盛夏的气候。《礼记·月令》载："土润溽暑，大雨时行。"③醉如酒：像喝醉了酒那样要打盹。④隐几：凭倚着几案。《庄子·徐无鬼》载："南伯子綦隐几而坐。"隐几，亦作"隐机"。《秋水》载："公子牟隐机太息。"⑤北牖（yǒu）：北窗。⑥敲茶臼（jiù）：制作新茶。茶臼：指捣茶用的石臼。

【点评】"南州溽暑醉如酒"，印象深刻。

※ 贾岛

赠梁浦秀才斑竹拄杖

拣得林中最细枝，结根石上长身迟。
莫嫌滴沥红斑少，恰是湘妃泪尽时。

【注释】①斑竹：一种茎上有紫褐色斑点的竹子，也叫湘妃竹。

【**点评**】虚实相生，诗家惯用手法。

题兴化寺园亭

破却千家作一池，不栽桃李种蔷薇。
蔷薇花落秋风起，荆棘满亭君自知。

【**注释**】①题注：孟棨《本事诗·怨愤》载：“岛《题兴化寺园亭》以刺裴度。”文宗时裴度进位中书令，大肆修造兴化寺亭园。此诗反映了中唐“富者兼地万亩，贫者无容足之居”的社会现实。

客思

促织声尖尖似针，更深刺着旅人心。
独言独语月明里，惊觉眠童与宿禽。

【**注释**】①促织：蟋蟀的别名。《古诗十九首》：“明月皎夜光，促织鸣东壁。”

※ 李廓

赠商山东于岭僧

商岭东西路欲分，两间茅屋一溪云。
师言耳重知师意，人是人非不欲闻。

【**注释**】①题注：一作“赠商山僧”。一作韦蟾诗。②商岭：即商山。③耳重：重听，听觉迟钝。

※ 无则

百舌鸟

千愁万恨过花时，似向春风怨别离。
若使众禽俱解语，一生怀抱有谁知。

【注释】①百舌鸟：鸟名。又名乌鸫。益鸟。喙尖，毛色黑黄相杂，鸣声圆滑。《礼记·月令》载："（仲夏之月）反舌无声。"汉郑玄注："反舌，百舌鸟。"②花时：百花盛开的时节。常指春日。③解语：会说话。④怀抱：胸怀，抱负。

※ 元稹

菊花

秋丛绕舍似陶家，遍绕篱边日渐斜。
不是花中偏爱菊，此花开尽更无花。

【注释】①稹（zhěn）：古通"缜"，细密。②秋丛：指丛丛秋菊。③陶家：陶渊明的家。④日渐斜（xiá）：太阳渐渐落山。

赠李十二牡丹花片，因以饯行

莺涩余声絮堕风，牡丹花尽叶成丛。
可怜颜色经年别，收取朱阑一片红。

【注释】①李十二：李白的别称。②朱阑：同"朱栏"。《宋史·舆服志一》载："四面拱斗，外施方镜，九柱围以朱阑，中设御坐。"

【点评】"收取朱阑一片红"，有点情调。

春晓

半欲天明半未明，醉闻花气睡闻莺。
猧儿撼起钟声动，二十年前晓寺情。

【注释】①猧（wō）：犬。

寄诗

自从销瘦减容光，万转千回懒下床。
不为傍人羞不起，为郎憔悴却羞郎。

【注释】①题注：一作“绝微之”。出自元稹《莺莺传》。

离思

其二

山泉散漫绕阶流，万树桃花映小楼。
闲读道书慵未起，水晶帘下看梳头。

其四

曾经沧海难为水，除却巫山不是云。
取次花丛懒回顾，半缘修道半缘君。

【注释】①编者注：元稹《离思》五首，此选二首。②散漫：慢慢的。③慵：懒惰，懒散。④水晶帘：石英做的帘子。一指透明的帘子。⑤“曾经”句：由《孟子·尽心》“观于海者难为水”脱化而来，意即看过茫茫大海，江河之水就算不上是水了。⑥“除却”句：化用宋玉《高唐赋》“巫山云雨”典，意即除了巫山上的彩云，其他所有的云彩都称不上彩云。《云溪友议》载，元稹初娶京兆韦氏，字蕙丛，官未达而苦贫……韦蕙从逝，不胜其悲，为诗悼之曰：“谢家最小偏怜女……”又云：“曾经沧海难为水，除却巫山不是云。”⑦“取次”句：走在花丛中也懒得欣赏，暗喻不喜女色。

【点评】场景难得！

智度师

其一

四十年前马上飞，功名藏尽拥禅衣。
石榴园下擒生处，独自闲行独自归。

其二

三陷思明三突围，铁衣抛尽衲禅衣。
天津桥上无人识，闲凭栏干望落晖。

【注释】①智度：佛教语。梵语的意译，意为“大智慧到彼岸”。《唐诗快》载，此本微之诗也。何后人相传为黄巢题桥之作。然因诗而想其人，当亦非善菩萨也。②禅衣：僧衣。③擒生：活捉敌人。④思明：史思明，安禄山手下的大将。⑤铁衣：指铠甲。⑥衲：缝补。⑦天津桥：古浮桥名。故址在今河南洛阳市西南。隋炀帝大业元年迁都，以洛水贯都，有天汉津梁的气象，因建此桥，名曰天津。隋末为李密烧毁，唐宋屡次改建加固，金以后废圮。

【点评】所谓黄巢《自题像》：“记得当年草上飞，铁衣着尽着僧衣。天津桥上无人识，独倚栏杆看落晖”，好事者拼凑为之，读元稹诗自明。

西归绝句

寒窗风雪拥深炉，彼此相伤指白须。
一夜思量十年事，几人强健几人无。

【注释】①题注：元和五年（810）元稹被贬为江陵士曹参军，八年（813）徙唐州从事，十年（815）春自唐州还长安。《西归绝句》即返京途中所作，共十二首，此选一首。原诗有注，宿窦十二蓝田宅。②白须：白色的胡须。形容年老。

闻乐天授江州司马

残灯无焰影幢幢，此夕闻君谪九江。
垂死病中惊坐起，暗风吹雨入寒窗。

【注释】①授：授职，任命。②江州：即九江郡，治所在今江西省九江市。③司马：官名。唐代以司马为州刺史的辅佐之官，协助处理州务。④幢（chuáng）幢：灯影昏暗摇曳之状。⑤谪：古代官吏因罪被降职或流放。

酬乐天频梦微之

山水万重书断绝，念君怜我梦相闻。
我今因病魂颠倒，唯梦闲人不梦君。

【注释】①题注：乐天：白居易。微之：元稹。唐宪宗元和十二年（817），白居易和元稹同时遭贬。白居易写诗给元稹："晨起临风一惆怅，通川湓水断相闻。不知忆我因何事，昨夜三更梦见君。"元稹以此诗相和。

※ 姚合

酬令狐郎中见寄

昨是儿童今是翁，人间日月急如风。
常闻欲向沧江去，除我无人与子同。

【注释】①沧江：江流，江水。以江水呈苍色，故称。

※ 刘叉

偶书

日出扶桑一丈高，人间万事细如毛。
野夫怒见不平处，磨损胸中万古刀。

【注释】①扶桑：神话传说中的大树，生长在日出的东方。《山海经·海外东经》："（黑齿国）下有汤谷，汤谷上有扶桑。"②野夫：草野之人，指诗人自己。③处：一作"事"。④磨损：一作"磨尽"。

【点评】唐诗七绝翘楚。

※ 汪遵

昭君

汉家天子镇寰瀛，塞北羌胡未罢兵。
猛将谋臣徒自贵，蛾眉一笑塞尘清。

【注释】①汉家天子：指汉元帝。②寰瀛：上天和大海，泛指天下。③羌胡：指北方的少数民族，主要指匈奴。④蛾眉：指王嫱，即王昭君。⑤塞尘：塞外的风尘。代指对外族的战事。

【点评】女子自应报家国，不知何处用将军。

南阳

陆困泥蟠未适从，岂妨耕稼隐高踪。
若非先主垂三顾，谁识茅庐一卧龙。

【注释】①陆困泥蟠：蛟龙困在泥土之中。②适从：即没有机会施展抱负。③耕稼：指《出师表》中诸葛亮躬耕隐居于南阳卧龙岗。④先主：指蜀汉昭烈皇帝刘备，三顾茅庐请诸葛亮出山。⑤卧龙：指诸葛亮。

【点评】草木有本心，何求美人折。

※ 施肩吾

望夫词

手爇寒灯向影频，回文机上暗生尘。
自家夫婿无消息，却恨桥头卖卜人。

【注释】①爇（ruò）：烧，点燃。②频：频繁，多次连续，此处指不停地回头。③回文：《晋书·列女传》载，窦滔妻苏氏，始平人也，名蕙，字若兰。善属文。滔，苻坚时为秦州刺史，被徙流沙，苏氏思之，织锦为回文旋图诗以赠滔。宛转循环以读之，词甚凄婉，凡八百四十字，文多不录。④卖卜：占卜、算卦。

秋夜山居

去雁声遥人语绝，谁家素机织新雪。
秋山野客醉醒时，百尺老松衔半月。

【注释】①素机：织布机。②野客：离乡在外的游客。

仙翁词

世间无远可为游，六合朝行夕已周。
坛上夜深风雨静，小仙乘月击苍虬。

【注释】①六合：天地四方，整个宇宙的巨大空间。《庄子·齐物论》载："六合之外，圣人存而不论；六合之内，圣人论而不议。"成玄英疏："六合者，谓天地四方也。"

效古词

姊妹无多兄弟少，举家钟爱年最小。
有时绕树山鹊飞，贪看不待画眉了。

【注释】①举家：全家。

题澎湖屿

腥臊海边多鬼市，岛夷居处无乡里。
黑皮年少学采珠，手把生犀照咸水。

【注释】①鬼市：指夜市。郑熊《番禺杂记》：“海边时有鬼市。半夜而合，鸡鸣而散，人从之多得异物。”②岛夷：古指我国东部近海一带及海岛上的居民。《书·禹贡》：“大陆既作，岛夷皮服。”

※ 邢凤

梦中美人歌

长安少女踏春阳，何处春阳不断肠。
舞袖弓弯浑忘却，罗衣空换九秋霜。

【注释】①题注：泾原节度李汇说，贞元中，有帅家子邢凤，居长安平康里南，质一大第，即其寝，而昼偃，梦一美人，古装，高鬟长眉，执卷而吟。凤发其卷，美人曰：“君必欲传之，无过一篇，取彩笺传其《春阳曲》。”问曲中弓弯何谓，美人云：“父母教妾为此舞。”乃起，整衣张袖舞数拍，为弓弯状，以示凤。既罢，辞去，凤觉，仍于襟袖得其词。②少女：一作“儿女”。③踏：一作“玩”。④春阳：即阳春，春天的阳光。首句“春阳”一作“春忙”。次句“春阳”一作“春归”。⑤弓弯：向后弯腰及地如弓形。一作“弓腰”。⑥罗衣空换：一作“罗帷空度”，一作“蛾眉空带”。⑦九秋：秋天。一说九年。

※ 胡令能

小儿垂钓

蓬头稚子学垂纶，侧坐莓苔草映身。
路人借问遥招手，怕得鱼惊不应人。

【注释】①蓬头：形容小孩可爱。②稚子：年龄小的、懵懂的孩子。③垂纶：钓鱼。纶，钓鱼用的丝线。④莓苔：一种野草。

【点评】刚巧碰到吧？钓鱼要等得，小孩耐心不足。

喜韩少府见访

忽闻梅福来相访，笑著荷衣出草堂。
儿童不惯见车马，走入芦花深处藏。

【注释】①梅福：汉九江郡寿春人，字子真。官南昌尉。及王莽当政，乃弃家隐居。后世关于其成仙的传说甚多。此处指韩少府。②荷衣：传说中用荷叶制成的衣裳。亦指高人、隐士之服。

观郑州崔郎中诸妓绣样

日暮堂前花蕊娇，争拈小笔上床描。
绣成安向春园里，引得黄莺下柳条。

【注释】①题注：一作“咏绣障”。绣障：刺绣屏风。绣样：描画刺绣图样，用针刺绣前的一道工序。②花蕊（ruǐ）娇：双关语，一指刺绣图样，一喻刺绣少女。花蕊：花心。娇：美丽鲜艳。③拈（niān）：用两三个指头捏住。④床：指绣花时绷绣布的绣架。⑤安：安置，摆放。⑥下柳条：从柳树枝条上飞下来。

※ 李德裕

登崖州城作

独上高楼望帝京，鸟飞犹是半年程。
青山似欲留人住，百匝千遭绕郡城。

【注释】①崖州：今海南省琼山区大林乡一带。②帝京：都城长安。③百匝（zā）千遭：形容山重叠绵密。匝：环绕一周叫一匝。遭：四周。④郡城：指崖州治所。

※ 吉师老

放猿

放尔千山万水身，野泉晴树好为邻。
啼时莫近潇湘岸，明月孤舟有旅人。

【注释】①潇湘：指湘江，因湘江水清深故名。

【点评】放鱼放鸟常见，放猿稀罕。《世说新语》桓温入蜀途经三峡有类似故事。

※ 杨凌

北行留别

日日山川烽火频，山河重起旧烟尘。
一生孤负龙泉剑，羞把诗书问故人。

【注释】①孤负：违背，对不住。汉李陵《答苏武书》：“功大罪小，不蒙明察，孤负陵心。”韩愈《感春》：“孤负平生志，已矣知何奈。”②龙泉：宝剑名，泛指剑。

※ 雍裕之

农家望晴

尝闻秦地西风雨，为问西风早晚回。
白发老农如鹤立，麦场高处望云开。

【注释】①秦地：今陕西一带。

※ 李贺

南园十三首

其一

花枝草蔓眼中开，小白长红越女腮。
可怜日暮嫣香落，嫁与春风不用媒。

其二

宫北田塍晓气酣，黄桑饮露窣宫帘。
长腰健妇偷攀折，将餧吴王八茧蚕。

其五

男儿何不带吴钩，收取关山五十州。
请君暂上凌烟阁，若个书生万户侯。

其六

寻章摘句老雕虫，晓月当帘挂玉弓。
不见年年辽海上，文章何处哭秋风。

其八

春水初生乳燕飞，黄蜂小尾扑花归。
窗含远色通书幌，鱼拥香钩近石矶。

【注释】①南园：园名，在福昌昌谷（今河南省宜阳县三乡）。②小白长红：指花有小有大，颜色各种各样。③越女：习称春秋时越国美女西施，这里泛指美女。④嫣香：娇艳芳香，指花。⑤宫：昌谷东有福昌宫，隋时所建。⑥窣：黄桑触帘，窣窣有声也。⑦偷：抽空。⑧餧：同“喂”。⑨八茧蚕：《六月记》：“一岁凡八蚕，出日南国。”《海物异名记》：“八蚕绵，乃八蚕共作一茧。”⑩吴钩：吴地出产的弯形的刀，此处指宝刀。一作“横刀”。⑪凌烟阁：唐太宗为表彰功臣而建的殿阁，上有秦琼等二十四人的像。⑫寻章摘句：指创作时谋篇琢句。⑬老雕虫：老死于雕虫的生活之中。⑭哭秋风：即悲秋的意思。⑮书幌：书斋之幔帏也。

【点评】远去的乡村生活！

昌谷北园新笋四首

其二

斫取青光写楚辞，腻香春粉黑离离。
无情有恨何人见，露压烟啼千万枝。

其四

古竹老梢惹碧云，茂陵归卧叹清贫。
风吹千亩迎雨啸，鸟重一枝入酒尊。

【注释】①昌谷：李贺别号。李贺居昌谷（今河南省宜阳县西），故称。同题四首，此选二首。②青光：指光滑的青竹皮。③黑离离：含斑意。咏竹而言啼，正用湘妃染泪之事，而隐约见之。不写他书，而写《楚辞》，其意益显。《汇编唐诗十集》载：“通篇化用泣竹事，却不说出。”④茂陵：汉司马相如病免后家居茂陵，后因用以指代相如。

※ 杨敬之

赠项斯

几度见诗诗总好，及观标格过于诗。
平生不解藏人善，到处逢人说项斯。

【注释】①项斯：《唐诗纪事》载："斯，字子迁，江东人。始，未为闻人。……谒杨敬之，杨苦爱之，赠诗云云。未几，诗达长安，明年擢上第。"《全唐诗》收项斯诗一卷。成语"逢人说项"出自此诗。②标格：风采，指一个人的言语、行动和气度等几方面的综合表现。犹规范，楷模。晋葛洪《抱朴子·重言》："吾特收远名于万代，求知己于将来，岂能竞见知于今日，标格于一时乎？"③不解：不会。④善：优点，这里指品质、言行、文学方面。

【点评】"平生不解藏人善。"大大的好人。

※ 许浑

谢亭送别

劳歌一曲解行舟，红叶青山水急流。
日暮酒醒人已远，满天风雨下西楼。

【注释】①谢亭：又叫谢公亭，在宣城北面，南齐诗人谢朓任宣城太守时所建。他曾在这里送别朋友范云，后来谢亭就成为宣城著名的送别之地。李白《谢公亭》："谢亭离别处，风景每生愁。客散青天月，山空碧水流。"②劳歌：原本指在劳劳亭（旧址在今南京市南面，也是著名的送别之地）送客时唱的歌，后来遂成为送别歌的代称。李白有"天下伤心处，劳劳送客亭"句。③叶：一作"树"。④水急流：暗指行舟远去。⑤西楼：送别的谢亭。古诗中"南浦""西楼"常指送别之处。

【点评】盛唐风味。

学仙

心期仙诀意无穷，采画云车起寿宫。
闻有三山未知处，茂陵松柏满西风。

【注释】①心期：期望。②仙诀：修道成仙的秘诀。③云车：传说中仙人的车乘。仙人以云为车，故称。④寿宫：奉神之宫。⑤三山：传说中的海上三神山。晋王嘉《拾遗记·高辛》："三壶，则海中三山也。一曰方壶，则方丈也；二曰蓬壶，则蓬莱也；三曰瀛壶，则瀛洲也。"⑥茂陵：汉武帝刘彻的陵墓。

途经秦始皇墓

龙盘虎踞树层层，势入浮云亦是崩。
一种青山秋草里，路人唯拜汉文陵。

【注释】①秦始皇墓：在陕西临潼下河村附近，南依骊山，北临渭水，坟茔巨大，草木森然。②龙盘虎踞：形容地势雄峻险要。③崩：败坏。《诗经·鲁颂·閟宫》："不亏不崩。"汉郑玄注："亏、崩，皆谓毁坏也。"④汉文陵：即霸陵，汉文帝刘恒的陵墓，在今陕西西安东郊的霸陵原上，距秦始皇陵不远。汉文帝生时以节俭出名，死后薄葬，霸陵极其朴素，受到后人称赞。

【点评】原因是秦皇焚书坑儒？

※ 无名氏

金缕衣

劝君莫惜金缕衣，劝君须惜少年时。
有花堪折直须折，莫待无花空折枝。

【注释】①金缕衣：缀有金线的衣服，比喻荣华富贵。此为中唐时的一首流行歌词。据说元和时镇海节度使李锜酷爱此词，常命侍妾杜秋娘在酒宴上演唱。

歌词作者不可考。有的唐诗选本径题为杜秋娘作或李锜作，误。②堪：可以，能够。③直须：不必犹豫。直：直接，爽快。④莫待：不要等到。

【点评】此女子（杜秋娘）颇具传奇色彩，一部长篇都写不完。

※ 章孝标

小松

爪叶鳞条龙不盘，梳风幕翠一庭寒。
莫言只是人长短，须作浮云向上看。

【注释】①长短：长处和短处。汉荀悦《汉纪·宣帝纪二》："人各有长短，子欲学我亦不能，吾欲效子亦败矣。"

八月

徙倚仙居绕翠楼，分明宫漏静兼秋。
长安夜夜家家月，几处笙歌几处愁。

【注释】①徙倚：犹徘徊，逡巡。《楚辞·远游》："步徙倚而遥思兮，怊惝怳而乖怀。"王逸注："彷徨东西，意愁愤也。"②仙居：借指歌妓居处。③宫漏：古代宫中计时器。用铜壶滴漏，故称宫漏。白居易《同钱员外禁中夜直》："宫漏三声知半夜，好风凉月满松筠。"④笙歌：合笙之歌。亦谓吹笙唱歌。《礼记·檀弓上》："孔子既祥，五日弹琴而不成声，十日而成笙歌。"王维《奉和圣制十五夜然灯继以酺宴应制》："上路笙歌满，春城漏刻长。"

【点评】民歌："月子弯弯照九州，几家欢乐几家愁。几家夫妇同罗帐，几个飘零在外头"，此诗或为源头。

※ 陈标

蜀葵

眼前无奈蜀葵何，浅紫深红数百窠。
能共牡丹争几许，得人嫌处只缘多。

【注释】①蜀葵：植物名。花有红、紫、黄、白等色，供观赏。《太平御览》卷九九四引晋傅玄《蜀葵赋》序："蜀葵，其苗如瓜瓠，尝种之，一名引苗而生华，经二年春乃发。"

※ 张祜

赠内人

禁门宫树月痕过，媚眼惟看宿鹭窠。
斜拔玉钗灯影畔，剔开红焰救飞蛾。

【注释】①祜（hù）：福。②内人：指宫女。因皇宫又称大内，故宫女称内人。③禁门：宫门。④宿鹭：指双栖之鸳鸯。⑤红焰：指灯芯。

纵游淮南

十里长街市井连，月明桥上看神仙。
人生只合扬州死，禅智山光好墓田。

【注释】①淮南：即扬州。②十里长街：指当时扬州城内最繁华的一条大街。《唐阙史》载："扬州胜地也，每重城向夕，倡楼之上，常有绛纱灯万数，辉罗耀烈空中。九里三十步街中，珠翠填咽，邈若仙境。"十里取其约数，所指即九里三十步街。③市井：市场。④桥：指二十四桥，唐时扬州风景繁华，共有二十四个桥。⑤神仙：唐人惯以"神仙"代指妓女指歌儿舞女。⑥合：应。⑦禅智：即禅智寺，又名上方寺、竹西寺，在扬州东北五里，本隋炀帝故宫，后改建为寺。⑧山光：即山光寺，原称果胜寺，原为隋炀帝行宫，今不存。

题金陵渡

金陵津渡小山楼，一宿行人自可愁。
潮落夜江斜月里，两三星火是瓜州。

【注释】①金陵渡：渡口名，在今江苏省镇江市附近，非指南京。②行人：旅客，指作者自己。③星火：形容远处三三两两像星星一样闪烁的火光。④瓜州：长江北岸，今江苏省境内，与镇江市隔江相对，向来是长江南北水运的交通要冲。

枫桥

长洲苑外草萧萧，却算游城岁月遥。
唯有别时今不忘，暮烟疏雨过枫桥。

【注释】①题注：一作杜牧《怀吴中冯秀才》。②长洲苑：古苑名。故址在今江苏省苏州市西南、太湖北。春秋时为吴王阖闾游猎处。③枫桥：在苏州城西，寒山寺前，本称封桥，因张继《枫桥夜泊》沿作枫桥。

集灵台

其一

日光斜照集灵台，红树花迎晓露开。
昨夜上皇新授箓，太真含笑入帘来。

其二

虢国夫人承主恩，平明骑马入宫门。
却嫌脂粉污颜色，淡扫蛾眉朝至尊。

【注释】①集灵台：即长生殿，在华清宫，是祭祀求仙之所。灵，一作“虚”。②上皇：指唐玄宗。③箓：道教的灵文秘言。④太真：杨贵妃为女道士时号太真，住内太真宫。⑤虢（guó）国夫人：杨贵妃三姊的封号。⑥平明：天刚亮时。⑦至尊：最尊贵的位置，特指皇位。

【点评】“却嫌脂粉污颜色”，今天的女生大多表示不敢苟同。

※ 徐凝

忆扬州

萧娘脸薄难胜泪，桃叶眉头易觉愁。
天下三分明月夜，二分无赖是扬州。

【注释】①扬州：地名，今属江苏。②萧娘：南朝以来，诗词中的男子所恋的女子常被称为萧娘，女子所恋的男子常被称为萧郎。后以“萧娘”为女子的泛称。③脸薄：容易害羞，这里形容女子娇美。④胜：能承受。⑤桃叶：晋代王献之爱妾。《古今乐录》载：献之有妾名桃叶，笃爱之。后常用作歌妓的典故。此指少女或自己思念的佳人。⑥眉头：一作“眉尖”。⑦觉：察觉。⑧天下三分：《论语》：“三分天下有其二以服事殷。”⑨无赖：表达可爱、亲昵之意。本意是可爱，反说它无赖，是爱惜的反话。杜甫有“韦曲花无赖，家家恼杀人”句，陆游有“江水不胜绿，梅花无赖香”句。

庐山瀑布

虚空落泉千仞直，雷奔入江不暂息。
今古长如白练飞，一条界破青山色。

【注释】①千仞：形容极高或极深。古以八尺为仞。②《东目馆诗见》载：徐凝新隽，多摆脱处。自东坡憎其《庐山瀑布》“一条界破青山色”，谓是恶诗，人遂劣之。此诗只平直，何便至恶？乐天置张承吉取为解首，固独有心赏。

【点评】苏东坡把此诗骂得灰头土脸。仔细读来，东坡谬矣。

※ 朱庆馀

宫中词

寂寂花时闭院门，美人相并立琼轩。
含情欲说宫中事，鹦鹉前头不敢言。

【注释】①寂寂：寂静无声貌。②花时：百花盛开的时节，常指春日。③琼轩：对廊台的美称。轩：长廊。

过耶溪

春溪缭绕出无穷，两岸桃花正好风。
恰是扁舟堪入处，鸳鸯飞起碧流中。

【注释】①耶溪：《寰宇记》载，若耶溪在会稽东二十八里。

【点评】宋徐俯《春游湖》："双飞燕子几时回，夹岸桃花蘸水开。春雨断桥人不度，小舟撑出柳阴来"，异曲同工。

近试上张籍水部

洞房昨夜停红烛，待晓堂前拜舅姑。
妆罢低声问夫婿，画眉深浅入时无？

【注释】①洞房：新婚卧室。②停红烛：让红烛通宵点着。停：留置。③舅姑：公婆。④深浅：浓淡。⑤入时无：是否时髦。这里借喻文章是否合适。

※ 马戴

出塞词

金带连环束战袍，马头冲雪度临洮。
卷旗夜劫单于帐，乱斫胡儿缺宝刀。

【注释】①金带：金饰的腰带。②单于：古代匈奴首领的称号。③斫：本义为大锄，引申为砍、斩。④缺：把刀砍缺了刃。

※ 温庭筠

南歌子词

其一
一尺深红蒙曲尘，天生旧物不如新。
合欢桃核终堪恨，里许元来别有人。

其二
井底点灯深烛伊，共郎长行莫围棋。
玲珑骰子安红豆，入骨相思知不知？

【注释】①一尺深红：深红色绸布。古代妇人之饰，即女子结婚时盖头的红巾。②曲尘：酒曲上所生菌，色微黄如尘。红绸蒙尘，呈暗黄色。③合欢桃核：夫妇恩爱的象征。桃为心形，核同合音，桃核喻两心相合。④里许：里面，里头。《鹤林玉露》载："诗固有以俗为雅，然而须经前辈镕化，乃可因承。……唐人'里许''若个'之类是也。"⑤元来：原来。⑥人：音谐"仁"。⑦深烛：音谐深嘱，双关，女子"深嘱"情郎。⑧伊：你。⑨长行：长行局，古代的一种博戏，盛行于唐。此处双关，指长途旅行。⑩围棋：用"违期"的谐音，劝郎莫误了归期。⑪玲珑：精巧貌。⑫骰（tóu）子：博具，相传为三国曹植创制，初为玉制，后演变为骨制，因其点着色，又称色子。骰子上的红点，被喻为相思的红豆。⑬"入骨"句：骨制的骰子上，红点深入骨内，隐喻入骨的相思。"入骨"是双关语。

【点评】人言：爱在心坎里，恨到骨头里。此诗一锅烩。

赠少年

江海相逢客恨多，秋风叶下洞庭波。
酒酣夜别淮阴市，月照高楼一曲歌。

【注释】①江海：泛指外乡。②叶下：秋风吹得树叶纷纷落下，借以渲染客恨。③市：商业交换场所。

过分水岭

溪水无情似有情，入山三日得同行。
岭头便是分头处，惜别潺湲一夜声。

【注释】①分水岭：一般指两个流域分界的山。这里指今陕西省略阳县东南的嶓冢山，是汉水和嘉陵江的分水岭。②分头：分别，分手。一作“分流”。③潺湲（chán yuán）：河水缓缓流动的样子。这里指溪水流动的声音。

咸阳值雨

咸阳桥上雨如悬，万点空濛隔钓船。
还似洞庭春水色，晓云将入岳阳天。

【注释】①咸阳：唐京兆府属县，治所在今陕西省咸阳市东北。②值：遇到，逢着。③咸阳桥：即西渭桥。汉建元三年（前138）始建，因与长安城便门相对，也称便桥或便门桥，当时送人西行多于此相别。④空濛：一作“空蒙”，指细雨迷茫的样子。⑤还：一作“绝”。

蔡中郎坟

古坟零落野花春，闻说中郎有后身。
今日爱才非昔日，莫抛心力作词人。

【注释】①蔡中郎坟：东汉蔡邕曾任左中郎将，人称“蔡中郎”。②后身：佛教有“三世”之说，人死后转世之身为“后身”。《太平御览》载，张衡死的那一天，蔡邕的母亲刚好怀孕。张蔡二人才貌相似，人们说蔡邕是张衡的后身。作者推想，蔡邕是张衡的后身，蔡邕死后也应有后身。③“今日”二句：蔡邕曾赏识王粲，欲以藏书赠之。作者感叹今日无爱才如蔡邕者。心力：精神与体力。词人：擅长文辞的人。

瑶瑟怨

冰簟银床梦不成，碧天如水夜云轻。
雁声远过潇湘去，十二楼中月自明。

【注释】①瑶瑟：玉镶的华美的瑟。②冰簟（diàn）：清凉的竹席。③银床：指洒满月光的床。④远：一作“还”。⑤过：一作“向”。⑥潇湘：二水名，今湖南境内，代指楚地。⑦十二楼：原指神仙的居所，此指女子的住所。

【点评】人言温八叉貌丑，所以作词极尽温丽。

※ 袁郊

竹枝词

其一

三生石上旧精魂，赏风吟月不要论。
惭愧情人远相访，此身虽异性长存。

其二

身前身后事茫茫，欲话因缘恐断肠。
吴越山川游已遍，却回烟棹上瞿塘。

【注释】①袁郊《甘泽谣》载，圆观与李源相友善，曾与源相约，卒后十二年，在杭州天竺寺相见。十二年后，李源如约来到寺前，牧童歌竹枝词：“三生石上旧精魂，赏月吟风不要论。惭愧情人远相访，此身虽异性长存。”李公就谒曰：“观公健否？”牧童（即圆观）却问李公，曰：“真信士。与公殊途，慎勿相近，俗缘未尽，但愿勤修不堕，即遂相见。”李公以无由叙话，望之潸然。圆观又唱竹枝：“身前身后事茫茫，欲话因缘恐断肠。吴越山川游已遍，却回烟棹上瞿塘。”步步前去，山长水远，尚闻歌声。词切韵高，莫知所诣。

※ 杜牧

清明

清明时节雨纷纷，路上行人欲断魂。
借问酒家何处有？牧童遥指杏花村。

【注释】①清明：节气名。公历四月四、五或六日。我国有清明节踏青、扫墓的习俗。《千家诗》载，此清明遇雨而作也。游人遇雨，巾履沾湿，行倦而兴败矣。神魂散乱，思入酒家暂息而未能也。故见牧童而问酒家，遥望杏花深处而指示之也。②杏花村：地名，在今安徽省贵池县城西，村多杏花，故名。一说杏花深处的村庄。《江南通志》载，杜牧任池州（别名秋浦）刺史时，曾到杏花村饮酒。后“杏花村”常用作酒家名。《红楼梦》大观园中有一处景题作“杏帘在望”，即由此句脱化而来。

赤壁

折戟沉沙铁未销，自将磨洗认前朝。
东风不与周郎便，铜雀春深锁二乔。

【注释】①折戟：折断的戟。戟：古代兵器。②销：销蚀。③将：拿起。④磨洗：磨光洗净。⑤认前朝：认出戟是东吴破曹时的遗物。⑥东风：指火烧赤壁事。⑦周郎：指周瑜，字公瑾，年轻时即有才名，人称周郎。后任吴军大都督。⑧铜雀：铜雀台，曹操在今河北省临漳县建造的一座楼台，楼顶里有大铜雀，台上住姬妾歌妓，是曹操暮年行乐处。⑨二乔：东吴乔公的两个女儿，一嫁前国主孙策（孙权兄），称大乔，一嫁军事统帅周瑜，称小乔，合称“二乔”。

【**点评**】年轻人心气高，爱唱反调。

泊秦淮

烟笼寒水月笼沙，夜泊秦淮近酒家。
商女不知亡国恨，隔江犹唱后庭花。

【**注释**】①秦淮：即秦淮河，发源于江苏句容大茅山与溧水东庐山两山间，经南京流入长江。相传为秦始皇南巡会稽时开凿的，用来疏通淮水，故称秦淮河。历代均为繁华的游赏之地。②烟：烟雾。③泊：停泊。④商女：以卖唱为生的歌女。⑤后庭花：《玉树后庭花》的简称。南朝陈皇帝陈叔宝（即陈后主）溺于声色，作此曲与后宫美女寻欢作乐，终致亡国，后世把此曲作为亡国之音的代表。

赠猎骑

已落双雕血尚新，鸣鞭走马又翻身。
凭君莫射南来雁，恐有家书寄远人。

【**注释**】①凭：请求。

【**点评**】白居易《鸟》："谁道群生性命微？一般骨肉一般皮。劝君莫打枝头鸟，子在巢中望母归。"白诗意境似乎更开阔一些。

郑瓘协律

广文遗韵留樗散，鸡犬图书共一船。
自说江湖不归事，阻风中酒过年年。

【**注释**】①协律：协律都尉、协律校尉、协律郎等乐官的省称。②广文：指郑虔。郑虔弱冠时，举进士不第，困居长安慈恩寺，日取红叶肄书，天长日久，竟将数屋柿叶练完。后自作山水画一幅，并自题诗献上。玄宗大加赞赏，御署"郑虔三绝"，并特置广文馆于最高学府国子监，诏授首任博士，时号郑广文。郑虔与杜甫交厚。虔公嫡孙为郑瓘，《临海县志·荐辟》载："郑瓘，虔之孙，文雅有祖风，仕协律郎。"③

樗（chū）散：樗木材劣，多被闲置。比喻不为世用，投闲置散。④不归事：犹言不致仕，不辞官。⑤阻风：被风所阻。⑥中酒：酒半酣，借酒浇愁。

赠渔父

芦花深泽静垂纶，月夕烟朝几十春。
自说孤舟寒水畔，不曾逢著独醒人。

【注释】①纶：钓丝。②不曾逢著独醒人：《楚辞·渔父》载，战国时屈原被放逐，遇见渔父，渔父问他何以至此。屈原曰："举世皆浊我独清，众人皆醉我独醒，是以见放。"

寄扬州韩绰判官

青山隐隐水迢迢，秋尽江南草未凋。
二十四桥明月夜，玉人何处教吹箫。

【注释】①韩绰：事不详，杜牧另有《哭韩绰》诗。②判官：观察使、节度使的属官。时韩绰似任淮南节度使判官。③迢迢：指江水悠长遥远。一作"遥遥"。④草未凋（diāo）：一作"草木凋"。凋，凋谢。⑤二十四桥：一说为二十四座桥。北宋沈括《梦溪笔谈·补笔谈》卷三中对每座桥的方位和名称一一做了记载。一说有一座桥名叫二十四桥，清李斗《扬州画舫录》卷十五："廿四桥即吴家砖桥，一名红药桥，在熙春台后，……扬州鼓吹词序云，是桥因古二十四美人吹箫于此，故名。"⑥玉人：貌美之人。这里是杜牧对韩绰的戏称。一说指扬州歌妓。⑦教：使，令。

【点评】宋贺铸《晚云高》生吞活剥杜牧诗，"秋尽江南叶未凋，晚云高。青山隐隐水迢迢，接亭皋。二十四桥明月夜，弭兰桡。玉人何处教吹箫，可怜宵。"

秋夕

银烛秋光冷画屏，轻罗小扇扑流萤。
天阶夜色凉如水，坐看牵牛织女星。

【注释】①秋夕：秋天的夜晚。②银烛：银色而精美的蜡烛。银，一作“红”。③画屏：画有图案的屏风。④轻罗小扇：轻巧的丝质团扇。⑤流萤：飞动的萤火虫。⑥天阶：露天的石阶。天，一作“瑶”。⑦坐：一作“卧”。⑧牵牛织女星：指牵牛星、织女星。亦指古代神话中的人物牛郎和织女。

山行

远上寒山石径斜，白云生处有人家。
停车坐爱枫林晚，霜叶红于二月花。

【注释】①山行：在山中行走。②寒山：深秋季节的山。③斜（xiá）：倾斜。④白云生处：白云形成的地方。生，一作“深”。白云升腾、云雾缭绕的深处。⑤车：轿子。⑥坐：因为。⑦二月：农历二月。

江南春

千里莺啼绿映红，水村山郭酒旗风。
南朝四百八十寺，多少楼台烟雨中。

【注释】①郭：外城。此处指城镇。②酒旗：一种挂在门前以作为酒店标记的小旗。③南朝：指先后与北朝对峙的宋、齐、梁、陈政权。④四百八十寺：南朝皇帝和大官僚好佛，在京城（今南京市）大建佛寺。《南史·循吏·郭祖深传》载：“都下佛寺五百余所。”这里说四百八十寺，是虚数。⑤楼台：亭台楼阁。此处指寺院建筑。⑥烟雨：细雨蒙蒙，如烟如雾。

赠别

其一

娉娉袅袅十三余，豆蔻梢头二月初。
春风十里扬州路，卷上珠帘总不如。

其二

多情却似总无情，唯觉樽前笑不成。
蜡烛有心还惜别，替人垂泪到天明。

【注释】①娉娉袅袅：形容女子体态轻盈美好。②十三余：言其年龄。③豆蔻：《本草》载，豆蔻花生于叶间，南人取其未大开者，谓之含胎花，常以比喻处女。④“春风”二句：说繁华的扬州城中，十里长街上有多少歌楼舞榭，珠帘翠幕中有多少佳人姝丽，但都不如这位少女美丽动人。⑤“多情”句：意谓多情者满腔情绪，一时无法表达，只能无言相对，倒像彼此无情。⑥樽：古代盛酒的器具。

金谷园

繁华事散逐香尘，流水无情草自春。
日暮东风怨啼鸟，落花犹似坠楼人。

【注释】①金谷园：金谷本地名，在河南洛阳市西北。西晋卫尉石崇筑园于此，园极奢丽。②香尘：沉香之末。石崇为教练家中舞妓步法，以沉香屑铺象牙床上，使她们践踏，无迹者赐以珍珠。③流水无情：流水一去不回，毫无情意。多用以比喻事物的发展不依人的意志为转移。流水：指金谷水。《水经注·谷水注》：“谷水又东，左会金谷水，水出自太白原，东南流历金谷，谓之金水。东南流，经晋卫尉卿石崇之故居也。”④坠楼人：指晋石崇的爱妾绿珠，坠楼而死。

齐安郡后池绝句

菱透浮萍绿锦池，夏莺千啭弄蔷薇。
尽日无人看微雨，鸳鸯相对浴红衣。

【注释】①齐安郡：即黄州。唐代在天宝年间曾改州为郡。②菱：一年生水生草本植物，叶子略呈三角形，叶柄有气囊，夏天开花，白色。③浮萍：浮生在水面上的一种草本植物。④啭（zhuàn）：指鸟婉转地鸣叫。⑤尽日：犹终日，整天。《淮南子·氾论训》：“尽日极虑而无益于治，劳形竭智而无补于主。”⑥鸳鸯：鸟名。似野鸭，体形较小，为中国特产珍禽之一。旧传雌雄偶居不离，古称“匹鸟”。

⑦红衣：指鸳鸯的彩色羽毛。宋祖可《菩萨蛮》："鸳鸯如解语，对浴红衣去。"宋无名氏《四张机》："鸳鸯织就欲双飞。可怜未老头先白，春波碧草，晓寒深处，相对浴红衣。"

齐安郡中偶题

两竿落日溪桥上，半缕轻烟柳影中。
多少绿荷相倚恨，一时回首背西风。

【注释】①两竿：这里形容落日有两竹竿高。②相倚：形容荷叶密密层层地依偎在一起。

【点评】很像李商隐的一首诗。

过华清宫

其一

长安回望绣成堆，山顶千门次第开。
一骑红尘妃子笑，无人知是荔枝来。

其二

新丰绿树起黄埃，数骑渔阳探使回。
霓裳一曲千峰上，舞破中原始下来。

【注释】①华清宫：《元和郡县志》载："华清宫在骊山上，开元十一年初置温泉宫。天宝六年改为华清宫。又造长生殿，名为集灵台，以祀神也。"②绣成堆：骊山右侧有东绣岭，左侧有西绣岭。唐玄宗在岭上广种林木花卉，郁郁葱葱。③千门：形容山顶宫殿壮丽，门户众多。④次第：依次。⑤红尘：这里指飞扬的尘土。⑥妃子：指杨贵妃。《新唐书·杨贵妃传》："妃嗜荔枝，必欲生致之，乃置骑传送，走数千里，味未变已至京师。"《唐国史补》："杨贵妃生于蜀，好食荔枝，南海所生，尤胜蜀者，故每岁飞驰以进。然方暑而熟，经宿则败，后人皆不知之。"此诗或为写意之作，意在讽刺玄宗宠妃之事，不可一一求诸史实。

在唐代，岭南荔枝无法运到长安一带，苏轼说“此时荔枝自涪州致之，非岭南也”。荔枝成熟的季节，玄宗和贵妃必不在骊山。玄宗每年冬十月进驻华清宫，次年春即回长安。《程氏考古编》辨其谬，陈寅恪亦考证之。⑦知是：一作“知道”。

题乌江亭

胜败兵家事不期，包羞忍耻是男儿。
江东子弟多才俊，卷土重来未可知。

【注释】①乌江亭：在今安徽和县东北的乌江浦，相传为西楚霸王项羽自刎之处。《史记·项羽本纪》：“于是项王乃欲东渡乌江。乌江亭长檥船待，谓项王曰：‘江东虽小，地方千里，众数十万人，亦足王也。原大王急渡。今独臣有船，汉军至，无以渡。’项王笑曰：‘天之亡我，我何渡为！且籍与江东子弟八千人渡江而西，今无一人还，纵江东父兄怜而王我，我何面目见之？纵彼不言，籍独不愧于心乎？’……乃自刎而死。”②兵家：一作“由来”。③事不期：一作“不可期”。不期：难以预料。④包羞忍耻：意谓大丈夫能屈能伸，应有忍受屈耻的胸襟气度。⑤江东：自汉至隋唐称自安徽芜湖以下的长江南岸地区为江东。⑥才俊：才能出众的人。才，一作“豪”。⑦卷土重来：指失败以后，整顿以求再起。

【点评】拗相王安石《乌江亭》“百战疲劳壮士哀，中原一败势难回。江东子弟今虽在，肯与君王卷土来”，跟小杜唱反调，写得也不赖。

题村舍

三树稚桑春未到，扶床乳女午啼饥。
潜销暗铄归何处？万指侯家自不知。

【注释】①三树：一作“数树”。②稚桑：幼小的桑树。③春未到：春天还没有来。④扶床乳女：刚能扶床走路尚在吃奶的小女孩。乳女，一作“儿女”。⑤潜销暗铄：忍受折磨和煎熬（生活下去）。潜、暗：不显露。销、铄：熔化金属。⑥万指侯家：指拥有众多奴婢的官僚家，古代用手指的多少来计算奴隶，十指为一人，万指为千人。万指，一作“万户”。

怅诗

自是寻春去校迟，不须惆怅怨芳时。
狂风落尽深红色，绿叶成阴子满枝。

【注释】①题注：牧佐宣城幕，游湖州，刺史崔君张水戏，使州人毕观，令牧闲行阅奇丽，得垂髫者十余岁。后十四年，牧刺湖州，其人已嫁，生子矣，乃怅而为诗。②校：即“较”，比较。③芳时：良辰，花开时节。④狂风：指代无情的岁月，人事的变迁。⑤深红色：借指鲜花。⑥绿叶成阴：比喻女子出嫁后已生儿育女。⑦子满枝：双关语。是说花落结子，也暗指当年的妙龄少女如今已结婚生子。

【点评】本诗有另一个版本：“自恨寻芳到已迟，往年曾见未开时。如今风摆花狼藉，绿叶成阴子满枝。”

遣怀

落魄江南载酒行，楚腰肠断掌中轻。
十年一觉扬州梦，赢得青楼薄幸名。

【注释】①遣怀：排遣情怀。犹遣兴。②落魄：困顿失意、放浪不羁的样子。作者早年在洪州、宣州、扬州等地做幕僚，一直不甚得意，故云“落魄”。一作“落拓”。③江南：一作“江湖”。④载酒行：意谓沉浸在酒宴之中。⑤楚腰：指美人的细腰。史载楚灵王喜欢细腰，宫中女子就束腰，忍饥以求腰细，“楚腰”就成了细腰的代称。《后汉书·马廖传》：“吴王好剑客，百姓多创瘢。楚王好细腰，宫中多饿死。”⑥掌中轻：据说汉成帝的皇后赵飞燕身体轻盈，能在掌上翩翩起舞。这是一种夸张的形容。《飞燕外传》：“赵飞燕体轻，能为掌上舞。”⑦肠断：形容极度悲痛。一作“纤细”。⑧扬州梦：作者曾随牛僧孺出镇扬州，尝出入倡楼，后分务洛阳，追思感旧，谓繁华如梦，故云。⑨赢：一作“占”。⑩青楼：唐以前的青楼指青漆涂饰的豪华精致的楼房，这里指歌馆妓院。⑪薄幸：相当于说薄情。

初冬夜饮

淮阳多病偶求欢，客袖侵霜与烛盘。
砌下梨花一堆雪，明年谁此凭阑干？

【注释】①淮阳多病：用汉代汲黯自喻。《汉书·汲黯传》，汲黯因屡谏而出为东海太守，“多病，卧阁内不出”。后徙为淮阳太守，“黯付谢不受印绶，诏数强予，然后奉诏。召上殿，黯泣曰：‘……臣常有狗马之心，今病，力不能任郡事。’”②求欢：指饮酒。

【点评】宋苏轼《东栏梨花》：“梨花淡白柳深青，柳絮飞时花满城。惆怅东栏一株雪，人生看得几清明”，青出于蓝。

念昔游三首

其一

十载飘然绳检外，樽前自献自为酬。
秋山春雨闲吟处，倚遍江南寺寺楼。

其三

李白题诗水西寺，古木回岩楼阁风。
半醒半醉游三日，红白花开山雨中。

【注释】①绳检：约束，规矩，法度。②水西寺：在宣州泾县（今属安徽）。③山雨：一作“烟雨”。

边上闻笳

何处吹笳薄暮天，塞垣高鸟没狼烟。
游人一听头堪白，苏武争禁十九年。

【注释】①笳：古代西北少数民族的乐器，后传入中原，也用作军乐。②塞垣：

边塞的城墙。③狼烟：古代边塞上报警的烟火，用狼粪燃烧，其烟直上。④争禁：怎么经受得起。

※ 李敬方

汴河直进船

汴水通淮利最多，生人为害亦相和。
东南四十三州地，取尽脂膏是此河。

【注释】①汴河：在今河南省开封附近。②生人：生民，老百姓。③为害：受害。④相和：相等。⑤东南：唐时指江苏、浙江、安徽等省份。⑥脂膏：人民辛勤劳动所创造的财富。

【点评】和皮日休《汴河怀古》观点对立，事物都有两面性。

※ 张为

渔阳将军

霜髭拥颔对穷秋，著白貂裘独上楼。
向北望星提剑立，一生长为国家忧。

【注释】①髭（zī）：嘴唇上的胡须。②颔：下巴。③穷秋：深秋。

※ 陈陶

陇西行

其一

汉主东封报太平，无人金阙议边兵。
纵饶夺得林胡塞，碛地桑麻种不生。

其二

誓扫匈奴不顾身，五千貂锦丧胡尘。
可怜无定河边骨，犹是春闺梦里人。

其三

陇戍三看塞草青，楼烦新替护羌兵。
同来死者伤离别，一夜孤魂哭旧营。

其四

黠虏生擒未有涯，黑山营阵识龙蛇。
自从贵主和亲后，一半胡风似汉家。

【**注释**】①东封：汉司马相如临终前作《封禅文》，盛颂汉德宏大，请武帝东幸封泰山，禅梁父，以彰功业。相如卒后八年，武帝从其言，东至泰山行封禅事。事见《史记·司马相如列传》。后因以“东封”谓帝王行封禅事，昭告天下太平。②金阙：指天子所居的宫阙。③林胡：古族名。战国时分布在今山西朔县北至内蒙古自治区内。从事畜牧，精骑射。战国末为赵将李牧击败，遂归附于赵。《史记·匈奴列传》：“晋北有林胡、楼烦之戎。”司马贞索隐引如淳曰：“林胡即儋林，为李牧所灭也。”④貂锦：这里指战士，指装备精良的精锐之师。⑤无定河：黄河中游支流，在陕西北部。⑥春闺：这里指战死者的妻子。⑦黠虏：狡猾的敌人。⑧龙蛇：成功者与失败者。⑨贵主：尊贵的公主。⑩汉家：汉室，汉朝。

【**点评**】“纵饶夺得林胡塞，碛地桑麻种不生。”书生之见。“可怜无定河边骨，犹是春闺梦里人”，同曹松《己亥岁》“一将功成万骨枯”并为不朽。

泉州刺桐花咏兼呈赵使君

不胜攀折怅年华，红树南看见海涯。
故国春风归去尽，何人堪寄一枝花。

【注释】①刺桐：树名。亦称海桐、山芙蓉。落叶乔木。花、叶可供观赏，枝干间有圆锥形棘刺，故名。原产印度、马来西亚等地，我国广东一带亦多栽培。旧时多入诗。亦以指刺桐之花。

※ 武昌妓

续韦蟾句

悲莫悲兮生别离，登山临水送将归。
武昌无限新栽柳，不见杨花扑面飞。

【注释】①韦蟾：晚唐诗人，大中年间登进士第，官至尚书左丞。②“悲莫”句：语出《楚辞·九歌·少司命》：“悲莫悲兮生别离，乐莫乐兮新相知。”生别离：难以再见的离别。③“登山”句：《楚辞·九辩》：“憭栗兮若远行，登山临水兮送将归。”登山临水，登上高山，面临流水。谓在山水间盘桓。④武昌：唐时武昌建置屡有因革，此当指武昌军节度使（方镇名），治所在鄂州（今武汉市武昌区）。⑤杨花：指柳絮。李白《闻王昌龄左迁龙标遥有此寄》，“杨花落尽子规啼，闻道龙标过五溪。”

【点评】韦蟾前两句集得好，歌女后两句续得好。

※ 赵嘏

江楼感旧

独上江楼思渺然，月光如水水如天。
同来望月人何处？风景依稀似去年。

【注释】①江楼：江边的小楼。②思渺（miǎo）然：思绪怅惘。渺然，悠远的样子。③依稀：仿佛，好像。

※ 程贺

君山

曾游方外见麻姑，说道君山此本无。
原是昆仑山顶石，海风飘落洞庭湖。

【注释】①题注：一作“题君山”。一作方干诗。②君山：山名。在湖南洞庭湖口，又名湘山。北魏郦道元《水经注·湘水》：“湖（洞庭湖）中有君山……湘君之所游处，故曰君山矣。”③麻姑：神话中仙女名。传说东汉桓帝时曾应仙人王远（字方平）召，降于蔡经家，为一美丽女子，年十八九岁，手纤长似鸟爪。蔡经见之，心中念曰：“背大痒时，得此爪以爬背，当佳。”方平知经心中所念，使人鞭之，且曰：“麻姑，神人也，汝何思谓爪可以爬背耶？”麻姑自云：“接待以来，已见东海三为桑田。”又能掷米成珠，为种种变化之术。事见晋葛洪《神仙传》。

※ 雍陶

状春

含春笑日花心艳，带雨牵风柳态妖。
珍重两般堪比处，醉时红脸舞时腰。

【注释】①状春：摹写春之景物。

题君山

烟波不动影沉沉，碧色全无翠色深。
疑是水仙梳洗处，一螺青黛镜中心。

【注释】①题注：一作“洞庭诗”，“风波不动影沈沈，翠色全微碧色深。应是水仙梳洗处，一螺青黛镜中心。”②水仙：水中女神，即湘君姐妹。③《鉴诫录》载：刘（禹锡）尚书有《望洞庭》之句，雍使君陶有咏《君山》之诗，其如作者之才，往往暗合。刘《望洞庭》诗曰：“湖光秋月两相和，潭面无风镜未磨。遥望洞庭山水翠，白银盘里一青螺。”

【点评】《唐才子传》载，雍陶有断句“闭门客到常如病，满院花开未是贫”及“江声秋入峡，雨色夜侵楼”，写得不赖。

城西访友人别墅

澧水桥西小路斜，日高犹未到君家。
村园门巷多相似，处处春风枳壳花。

【注释】①澧（lǐ）水：指唐代澧州城，又叫兰江、佩浦，湖南的四大河流之一，流经澧县、安乡后注入洞庭湖。②枳（zhǐ）壳花：枳树的花。

※ 李群玉

醴陵道中

别酒离亭十里强，半醒半醉引愁长。
无端寂寂春山路，雪打溪梅狼藉香。

【注释】①狼藉：纵横纷乱貌。

引水行

一条寒玉走秋泉，引出深萝洞口烟。
十里暗流声不断，行人头上过潺湲。

【注释】①寒玉：清冷的玉石。古代诗人常用来形容月亮、清泉、翠竹等东西，这里指用竹筒做的渡槽。②深萝：指藤萝深掩。③烟：指洞口蒙蒙如烟的水雾。④暗流：指泉水在竹筒里流动，行人只听到它的响声却看不见它的流淌。⑤潺湲：一作“潺潺”，形容水流动的声音。

【点评】唐代自来水工程，苏轼多有吟咏。

书院二小松

一双幽色出凡尘，数粒秋烟二尺鳞。
从此静窗闻细韵，琴声长伴读书人。

【注释】①秋烟：比喻小松初生的稚嫩而翠绿的针叶。以“数粒”状写秋烟，和李贺的“远望齐州九点烟”的“点”字有同一机杼之妙。②二尺鳞：点明是小松。张揖《广雅》载：“松多节皮，极粗厚，远望如龙鳞。”

※ 李商隐

夜雨寄北

君问归期未有期，巴山夜雨涨秋池。
何当共剪西窗烛，却话巴山夜雨时。

【注释】①寄北：写诗寄给北方的人。当时作者在巴蜀（今四川省）。②巴山：指大巴山，在陕西南部和四川东北交界处。这里泛指巴蜀一带。③秋池：秋天的池塘。④共剪西窗烛：剪去燃焦的烛芯，使灯光明亮。这里形容深夜秉烛长谈。“西窗话雨”“西窗剪烛”用作成语，所指不限于夫妇，也用于朋友间的思念之情。

咏史

北湖南埭水漫漫，一片降旗百尺竿。
三百年间同晓梦，钟山何处有龙盘？

【注释】①北湖：即金陵（今南京）玄武湖。晋元帝时修建北湖，宋文帝元嘉年间改名玄武湖。②南埭：即鸡鸣埭，在玄武湖边。埭（dài）：水闸，上坝。“北湖南埭”统指玄武湖。③“一片”句：刘禹锡《西塞山怀古》：“一片降幡出石头”，指吴主孙皓投降晋龙骧将军王浚，也指陈后主投降隋庐州总管韩擒虎。百尺竿，高的旗杆。④三百年：指东吴、东晋、宋、齐、梁、陈六朝建国年代的约数。⑤钟山：金陵紫金山。⑥龙盘：形容山势如盘龙，雄峻绵亘。张勃《吴录》载：“刘备曾使诸葛亮至京，因睹秣陵山阜，乃叹曰，钟山龙盘，石头虎踞，帝王之宅也。”

日日

日日春光斗日光，山城斜路杏花香。
几时心绪浑无事，得及游丝百尺长？

【注释】①题注：一作“春日”，一作“春光”。②日日：一天天。③春光：泛指春天明媚妍丽、富于生命力的景象。④日光：既指艳阳春日，又兼有时光之意。⑤山城：依山而筑的城市。⑥心绪：心思，心情。⑦浑无事：即全无事。⑧游丝：指春天时虫类吐在空中而四处飞扬的细丝。南朝梁沈约《三月三日率尔成章诗》：“游丝映空转，高杨拂地垂。”丝：即“思”。

板桥晓别

回望高城落晓河，长亭窗户压微波。
水仙欲上鲤鱼去，一夜芙蓉红泪多。

【注释】①板桥：指开封城西的板桥。②晓河：指银河。③微波：指银河之波，也指长亭下水渠之波。④鲤鱼：典故出自《列仙传》，一名赵国人琴高，会神仙术，曾乘赤鲤来，留月余复入水去。⑤芙蓉：形容女子容貌。⑥红泪：典故出自《拾遗记》，魏文帝（曹丕）所爱的美人薛灵芸离别父母登车上路之时，用玉唾壶承泪，壶呈红色。及至京师，壶中泪凝如血。后世因而称女子的眼泪为“红泪”。

【点评】唐诗中神人之别不多见。

为有

为有云屏无限娇，凤城寒尽怕春宵。
无端嫁得金龟婿，辜负香衾事早朝。

【注释】①云屏：云母屏风。指雕饰着云母图案的屏风，古代皇家或富贵人家所用。②无限娇：称代娇媚无比的少妇。③凤城：此指京城。④无端：没来由。⑤金龟婿：佩带金龟（即做官）的丈夫。《新唐书·车服志》："天授二年，改佩鱼皆为龟，其后三品以上龟袋饰以金。"

【点评】现在没有早朝啦，官人们有福啦。

花下醉

寻芳不觉醉流霞，倚树沉眠日已斜。
客散酒醒深夜后，更持红烛赏残花。

【注释】①流霞：神话传说中一种仙酒。《论衡·道虚》载，项曼卿好道学仙，离家三年而返，自言："欲饮食，仙人辄饮我以流霞。每饮一杯，数日不饥"。②沉眠：醉酒之后的深睡。③日已斜：指夕阳西下。斜：古音读 xiá，今音读 xié。可以读古音，也可以按现行中小学语文教学通例上读今音。④更持红烛赏残花：仿白居易《惜牡丹花》中"夜惜衰红把火看"。

【点评】宋苏轼《海棠》："东风袅袅泛崇光，香雾空蒙月转廊。只恐夜深花睡去，故烧高烛照红妆"，青出于蓝。

隋宫

乘兴南游不戒严，九重谁省谏书函。
春风举国裁宫锦，半作障泥半作帆。

【注释】①隋宫：隋炀帝杨广建造的行宫。②南游：隋炀帝为满足其荒淫享乐的欲望，曾多次巡游江都。③不戒严：古代皇帝外出，要实行戒严。隋炀帝南游，为显示天下太平了自己的华贵气派，不加戒严。《晋书·舆服志》载："凡车驾亲戎，中外戒严。"此言不戒严，意谓炀帝骄横无忌，毫无戒备。④九重：指皇帝居住的深宫。⑤省（xǐng）：明察，懂得。⑥谏书函：给皇帝的谏书。《隋书·炀帝纪》载，隋炀帝巡游，大臣上表劝谏被杀数人，遂无人敢谏，公元618年在行宫被宇文化及所弑。⑦举国：全国。⑧宫锦：按照宫廷规定的格式织成的供皇家使用的高级锦缎。⑨障泥：马鞯，垫在马鞍的下面，两边下垂至马蹬，用来挡泥土。《隋书·食货志》："大业元年，造龙舟凤榻、黄龙赤舰、楼船篾舫……幸江都……舳舻相接，二百余里。"

【点评】此诗及《贾生》，李白作不出。

齐宫词

永寿兵来夜不扃，金莲无复印中庭。
梁台歌管三更罢，犹自风摇九子铃。

【注释】①永寿：殿名。南齐废帝萧宝卷宠爱潘妃，修建永寿、玉寿、神仙等宫殿，四壁都用黄金涂饰。②扃（jiōng）：关宫门。中兴元年（501），雍州刺史萧衍（即后来的梁武帝）率兵攻入南齐京城建康（今江苏南京），齐的叛臣王珍国等做内应，夜开宫门入殿。时齐废帝正在含德殿吹笙歌作乐，兵入斩之。③金莲：《南史》载："（齐废帝）凿金为莲花贴地，令潘妃行其上，曰，此步步生莲花也。"④梁台：晋、宋间称朝廷禁省为台。梁台即萧梁宫禁之地，故址在今南京玄武湖畔。⑤九子铃：挂在宫殿寺庙檐前作装饰用的铃，用金、玉等材料制成。《南史·齐废帝东昏侯纪》载："庄严寺有玉九子铃，外国寺佛面有光相，禅灵寺塔诸宝珥，皆剥取以施潘妃殿饰。"

瑶池

瑶池阿母绮窗开，黄竹歌声动地哀。
八骏日行三万里，穆王何事不重来？

【注释】①瑶池阿母：西王母。传说周穆王曾乘八匹骏马拉的车西游至昆仑山，西王母宴之于瑶池，临别对歌，相约三年后再来，但不久他便死了。②绮窗：绘饰如绮之窗户。③黄竹歌：逸诗，也作《黄竹诗》。《穆天子传》卷五载，周穆王往苹泽打猎，“日中大寒，北风雨雪，有冻人。天子作诗三章以哀民”，首句为“我徂黄竹”。黄竹，传说中的地名。④八骏：传说周穆王有八匹骏马，可日行三万里。

嫦娥

云母屏风烛影深，长河渐落晓星沉。
嫦娥应悔偷灵药，碧海青天夜夜心。

【注释】①嫦娥：原作“姮娥”，神话中的月亮女神，传说是夏代东夷首领后羿的妻子。②云母屏风：以云母石制作的屏风。云母：一种矿物，板状，晶体透明有光泽，古代常用来装饰窗户、屏风等物。③长河：银河。④晓星：晨星。或指启明星，清晨时出现在东方。⑤灵药：指长生不死药。《淮南子·览冥训》载，后羿在西王母处求得不死的灵药，姮娥偷服后奔入月宫中。⑥碧海青天夜夜心：指嫦娥的枯燥生活，只能见到碧色的海、深蓝色的天，每晚都会感到孤单。

【点评】是说嫦娥还是说自己呢？

贾生

宣室求贤访逐臣，贾生才调更无伦。
可怜夜半虚前席，不问苍生问鬼神。

【注释】①贾生：贾谊，西汉著名政论家、文学家，力主改革弊政，提出许多重要政治主张，却遭谗被贬，一生抑郁不得志。②宣室：汉代长安城中未央宫前殿的正室。③逐臣：被放逐之臣，指贾谊曾被贬谪。④才调：才华气质。⑤无伦：无与伦比。⑥可怜：可惜，可叹。⑦虚：徒然，空自。⑧前席：在座席上移膝靠近对方。⑨苍生：百姓。《史记·屈原贾生列传》载：“贾生征见，孝文帝方受釐，坐宣室。上因感鬼神事，而问鬼神之本。贾生因具道所以然之状。至夜半，文帝前席。既罢，曰：‘吾久不见贾生，自以为过之，今不及也。’”

霜月

初闻征雁已无蝉，百尺楼南水接天。
青女素娥俱耐冷，月中霜里斗婵娟。

【注释】①征雁：大雁春到北方，秋到南方，不惧远行，故称征雁。此处指南飞的雁。②无蝉：雁南飞时已听不见蝉鸣。③楼南：一作“楼台”。④水接天：水天一色，不是实写水，是形容月、霜和夜空如水一样明亮。⑤青女：主管霜雪的女神。《淮南子·天文训》：“青女乃出，以降霜雪。”⑥素娥：嫦娥。⑦斗：比赛的意思。⑧婵娟：美好，古代多用来形容女子，也指月亮。

代赠

楼上黄昏欲望休，玉梯横绝月如钩。
芭蕉不展丁香结，同向春风各自愁。

【注释】①望欲休：远望黄昏景色，可是很快天黑了。②玉梯横绝：华美的楼梯横断，无由得上。③芭蕉不展：蕉心紧裹未展。④丁香结：丁香开花后，其籽缄结于厚壳之中。

【点评】戴望舒估计熟背此诗。

初起

想象咸池日欲光，五更钟后更回肠。
三年苦雾巴江水，不为离人照屋梁。

【注释】①咸池：神话中谓日浴之处。《楚辞·离骚》：“饮余马于咸池兮，揔余辔乎扶桑。”王逸注：“咸池，日浴处也。”《淮南子·天文》：“日出于旸谷，浴于咸池，拂于扶桑，是谓晨明。”②不为离人照屋梁：宋玉《神女赋》：“耀乎如白日初出照屋梁。”

梦泽

梦泽悲风动白茅，楚王葬尽满城娇。
未知歌舞能多少？虚减宫厨为细腰。

【注释】①梦泽：楚地有云、梦二泽，云泽在江北，梦泽在江南，现今为洞庭湖一带。②悲风：一说为秋季。宋玉《九辩》：“悲哉秋之为气也，萧瑟兮草木摇落而变衰。”一说为春夏之交，白茅花开之季。③白茅：生于湖畔的白色茅草。周时楚国每年向周天子进贡白茅，以供祭祀时滤酒用。李商隐过楚地，故言楚物，另有一说是白茅象征着女性。《诗经·召南·野有死麕》，“白茅纯束，有女如玉。”④楚王：楚灵王，是春秋时代著名的荒淫无道之君。《墨子》：“楚灵王好细腰，其臣皆三饭为节。”⑤娇：对美女的称谓，这里指楚国宫女。⑥虚：白白地。⑦宫厨：宫中的膳食。

端居

远书归梦两悠悠，只有空床敌素秋。
阶下青苔与红树，雨中寥落月中愁。

【注释】①端居：闲居。②素秋：秋季。古代五行之说，秋属金，其色白，故称素秋。

日射

日射纱窗风撼扉，香罗拭手春事违。
回廊四合掩寂寞，碧鹦鹉对红蔷薇。

【注释】①香罗：绫罗的美称。②春事违：言袖手空过一春。

【点评】物是人非好可怜。

石榴

榴枝婀娜榴实繁，榴膜轻明榴子鲜。
可羡瑶池碧桃树，碧桃红颊一千年。

【注释】①可羡瑶池碧桃树：《汉武内传》载，西王母命侍女索桃，须臾，以玉盘盛仙桃七颗，以五颗与武帝，帝辄收其核，欲种之。西王母曰："此桃三千年一实，中夏地薄，种之不生。"瑶池碧桃指此。可羡：何羡，岂羡。以"瑶池碧桃"喻女冠，以石榴喻妇人多子而容采鲜丽者。

闺情

红露花房白蜜脾，黄蜂紫蝶两参差。
春窗一觉风流梦，却是同衾不得知。

【注释】①蜜脾：蜜蜂营造的酿蜜的房。其形如脾，故称。

有感

非关宋玉有微词，却是襄王梦觉迟。
一自高唐赋成后，楚天云雨尽堪疑。

【注释】①微词：委婉而隐含讽喻的言辞，隐晦的批评。宋玉《登徒子好色赋序》："登徒子短宋玉曰：'玉为人体貌闲丽，口多微词。又性好色，愿王勿与出入后宫。'玉曰：'体貌闲丽，所受于天也。口多微词，所学于师也。至于好色，臣无有也。'"② 襄王梦：宋玉《高唐赋》："楚襄王尝游高唐，怠而昼寝，梦见一妇人曰：'妾，巫山之女也。为高唐之客。闻君游高唐，愿荐枕席。'王因幸之。"神女化云化雨于阳台。后遂以"襄王梦"为男女欢合之典。高唐，战国时楚国台观名。

过楚宫

巫峡迢迢旧楚宫，至今云雨暗丹枫。
微生尽恋人间乐，只有襄王忆梦中。

【注释】①楚宫：《寰宇记》载："楚宫在巫山县北二百步，在阳台古城内，即襄王所游之地。"杜甫《咏怀古迹》"最是楚宫俱泯灭，舟人指点到今疑"之楚宫亦指此。②巫峡：长江三峡之一。一称大峡。西至四川省巫山县大溪，东至湖北省巴东县官渡口。因巫山得名。两岸绝壁，船行极险。③丹枫：经霜泛红的枫叶。李商隐《访秋》："殷勤报秋意，只是有丹枫。"④微生：细小的生命，卑微的人生。骆宾王《萤火赋》："彼翾飞之弱质，尚矫翼而凌空；何微生之多踬，独宛颈以触笼。"

初食笋呈座中

嫩箨香苞初出林，於陵论价贵如金。
皇都陆海应无数，忍剪凌云一寸心。

【注释】①嫩箨（tuò）：鲜嫩的笋壳。箨，竹皮，笋壳。②香苞：藏于苞中之嫩笋。③於陵：汉县名，唐时为长山县，今山东省邹平县东南。《元和郡县志》卷十一《淄州》载："淄州长山县，本汉於陵地"。於：一作"五"。④皇都：指京城长安。⑤陆海：大片竹林。《汉书·地理志》："秦地有鄠杜竹林，南山檀柘，号称陆海，为九州膏腴。"钟嵘《诗品》卷上："余常言，'陆才如海，潘才如江'。""陆海"代指人有才。这句里的"陆海"本义当为竹林，暗喻人才众多。⑥凌云一寸心：谓嫩笋一寸，而有凌云之志。凌云：直上云霄，也形容志向崇高或意气高超。此双关语，以嫩笋喻少年。寸：一作"片"。

暮秋独游曲江

荷叶生时春恨生，荷叶枯时秋恨成。
深知身在情长在，怅望江头江水声。

【注释】①曲江：即曲江池。在今陕西省西安市东南。高适《同薛司直诸公秋霁曲江俯见南山作》："南山郁初霁，曲江湛不流。"②春恨：犹春愁，春怨。杨炯《梅花落》："行人断消息，春恨几徘徊。"③生：一作"起"。④深知：十分了解。汉扬雄《法言·问道》："深知器械舟车宫室之为，则礼由己。"⑤怅望：惆怅地看望或想望。杜甫《咏怀古迹》之二："怅望千秋一洒泪，萧条异代不同时。"

【点评】情深不寿。

韩冬郎即席为诗相送，一座尽惊。他日余方追吟“连宵侍坐裴回久”之句，有老成之风，因成二绝寄酬，兼呈畏之员外

其一

十岁裁诗走马成，冷灰残烛动离情。
桐花万里丹山路，雏凤清于老凤声。

【注释】①韩冬郎：韩偓，浮名冬郎，是李商隐的连襟韩瞻的儿子，是晚唐小有名气的诗人，有《翰林集》一卷、《香奁集》三卷。“连宵侍坐裴回久”是残句，原诗已佚。②老成：指冬郎虽年少，但诗风老练成熟。大中五年（851）李商隐将赴梓州柳幕，离长安时，韩偓父子为之饯行，韩偓作诗相送，有“连宵”句。大中十年（856），李商隐回长安，作二首绝句追答，此选其一。③畏之：韩瞻的字。④十岁：大中五年，韩偓十岁。⑤裁诗：作诗。⑥走马成：言其作诗文思敏捷，走马之间即可成章。⑦冷灰：应当是当时饯别宴席上的情景。⑧桐花：《诗·大雅·卷阿》：“凤皇鸣矣，于彼高岗。梧桐生矣，于彼朝阳。”⑨丹山：《山海经·南山经》：“丹穴之山……丹水出焉……有鸟焉，其状如鸡，五采而文，名曰凤凰。”⑩雏凤：此戏谑韩瞻，并赞其子韩偓的诗才。《晋书·陆云传》载，陆云幼时，吴尚书广陵闵鸿见而奇之，曰：“此儿若非龙驹，当是凤雏。”在商隐赴梓幕后不久，韩瞻亦出任果州刺史，韩偓必随行，所以这里说丹山路上，有雏凤、老凤之声。

寄恼韩同年

龙山晴雪凤楼霞，洞里迷人有几家。
我为伤春心自醉，不劳君劝石榴花。

【注释】①题注：时韩住萧洞。②洞里迷人：用刘晨、阮肇入天台逢二仙女事。③有几家：谓女仙不止一人。盖以二仙女暗喻王氏姊妹。而以韩瞻与己为刘、阮。④石榴花：指石榴酒。

【点评】宋欧阳修《别滁》：“花光浓烂柳轻明，酌酒花前送我行。我亦且如常日醉，莫教弦管作离声”，有借鉴痕迹哦。

北齐

其一

一笑相倾国便亡，何劳荆棘始堪伤。
小怜玉体横陈夜，已报周师入晋阳。

其二

巧笑知堪敌万几，倾城最在著戎衣。
晋阳已陷休回顾，更请君王猎一围。

【注释】①“一笑”句：《汉书·外戚传》李延年：“北方有佳人，绝世而独立。一顾倾人城，再顾倾人国。”此处“一笑相倾”之“倾”为倾倒、倾心之意，谓君主一旦为美色所迷，便种下亡国祸根。②“何劳”句：晋时索靖有先识远量，预见天下将乱，曾指着洛阳宫门的铜驼叹道：“会见汝在荆棘中耳！”③小怜：即冯淑妃，北齐后主高纬宠妃。④玉体横陈：指小怜进御。⑤“已报”句：《北齐书》载，武平七年，北周在晋州大败齐师，次年周师攻入晋阳（今山西太原）。此事与小怜进御时间相距甚远，此剪缀一处为极言色荒之祸。⑥巧笑：《诗·卫风·硕人》：“巧笑倩兮，美目盼兮。”⑦万几：即万机，君王纷杂政务。⑧“晋阳”二句：《北史·后妃传》载：“周师取平阳，帝猎于三堆。晋州告急，帝将还。淑妃请更杀一围，从之。”所陷者系晋州平阳，非晋阳，作者一时误记。更杀一围：再围猎一次。

柳

曾逐东风拂舞筵，乐游春苑断肠天。
如何肯到清秋日，已带斜阳又带蝉。

【注释】①东风：春风。②舞筵：又叫锦筵，唐代出现的用来表演歌舞的台子，筑于水池之中，四周有矮栏杆，没有顶盖，中间铺有华美的地毯。③乐游：乐游原的省称，也叫乐游苑，在唐代长安东南，今陕西西安市郊。④断肠天：指繁花似锦的春日。⑤肯到：会到。⑥清秋：明净爽朗的秋天。⑦斜阳：傍晚西斜的太阳。

宿骆氏亭寄怀崔雍崔衮

竹坞无尘水槛清，相思迢递隔重城。
秋阴不散霜飞晚，留得枯荷听雨声。

【注释】①崔雍、崔衮：崔戎的儿子，李商隐的从表兄弟。②竹坞（wù）：从竹掩映的池边高地。③水槛(jiàn)：指临水有栏杆的亭榭。此指骆氏亭。④迢递：遥远的样子。⑤重城：一道道城关。⑥秋阴不散霜飞晚：秋日阴云连日不散，霜期来得晚。⑦留得枯荷听雨声：雨滴枯荷，大约只有彻夜辗转难眠的人才能听到。

【点评】同巴山夜雨篇俱为神作。

寄令狐郎中

嵩云秦树久离居，双鲤迢迢一纸书。
休问梁园旧宾客，茂陵秋雨病相如。

【注释】①令狐郎中：即令狐绹，其时在朝中任考功郎中。②嵩：嵩山，在今河南省。③秦：指今陕西。意即一在洛阳（作者），一在长安（令狐绹）。④双鲤：指书信。古乐府《饮马长城窟行》："客从远方来，遗我双鲤鱼。呼童烹鲤鱼，中有尺素书。"⑤迢迢：遥远的样子。⑥休问：别问。⑦梁园：汉梁孝王刘武的园林，此喻指楚幕，司马相如等文士都曾客游梁园。此处比喻自己昔年游于令狐门下。⑧茂陵：在今陕西省兴平市东北，以汉武帝陵墓而得名。司马相如因患病，家居茂陵，作者此时也卧病洛阳。

漫成

生儿古有孙征虏，嫁女今无王右军。
借问琴书终一世，何如旗盖仰三分。

【注释】①孙征虏：指孙权，被东汉朝廷册拜为讨虏将军。②王右军：王羲之，领右将军，史称王右军，16 岁时被郗鉴选为东床快婿。③琴书终一世：指王羲之不爱做官，以擅长书法著称。④旗盖仰三分：旗盖：黄旗紫盖，指帝王。这里是说孙权建立了鼎足三分的帝业，令人仰慕。

浑河中

九庙无尘八马回，奉天城垒长春苔。
咸阳原上英雄骨，半向君家养马来。

【注释】①浑河中：指浑瑊(jiān)，唐代中期的著名将领，因浑瑊在收复长安后，治河中（今山西永济西蒲州镇）十六年，故称浑河中。②九庙无尘：指唐朝祖庙完好，乱事平定。九庙指帝王的宗庙。古时帝王立庙祭祀祖先，有太祖庙及三昭庙、三穆庙，共七庙。王莽增为祖庙五、亲庙四，共九庙。后历朝皆沿此制。《汉书·王莽传下》："取其材瓦，以起九庙。"《旧唐书·玄宗纪》载："开元十年（722）六月，增置京师太庙为九室。"③八马：亦称"八骏"。这里指皇帝的车驾。④奉天：今陕西乾县。⑤城垒：城池营垒。⑥咸阳原：指京畿一带，包括从奉天到长安郊区，即浑瑊当年转战的地区。⑦君家：敬辞。犹贵府，您家。⑧养马：用金日磾(mì dī)典。金日磾是西汉时期著名匈奴族政治家，匈奴休屠王太子。《汉书·金日磾传》载，其父被杀，金日磾和母亲阏氏、弟弟伦随浑邪王降汉，被安置在黄门署养马，年仅十四，后被汉武帝发现并启用。汉武帝死前托霍光与金日磾辅佐太子，并遗诏封秺（dú）侯。昭帝即位后，他辅佐少主，鞠躬尽瘁，死后被封为敬侯，陪葬茂陵。

※ 曹邺

官仓鼠

官仓老鼠大如斗，见人开仓亦不走。
健儿无粮百姓饥，谁遣朝朝入君口？

【注释】①邺（yè）：古地名。②官仓：官府的粮仓。③斗：古代容量单位，十升为一斗。一作"牛"。④健儿：前方守卫边疆的将士。⑤谁遣：谁让。⑥朝朝：天天。⑦君：指老鼠。

【点评】李斯也曾见到厕所和仓库中的老鼠，想法却很特别。

※ 黄巢

题菊花

飒飒西风满院栽，蕊寒香冷蝶难来。
他年我若为青帝，报与桃花一处开。

【注释】①飒飒：形容风声。②蕊：花心儿。③青帝：司春之神。古代传说中的五天帝之一，住在东方，主行春天时令。④报：告诉，告知，这里有命令的意思。

不第后赋菊

待到秋来九月八，我花开后百花杀。
冲天香阵透长安，满城尽带黄金甲。

【注释】①不第：科举落第。②九月八：九月九日为重阳节，有登高赏菊的风俗，说“九月八”是为了押韵。③杀：草木枯萎。《吕氏春秋·应同》：“及禹之时，天先见草木秋冬不杀。”④黄金甲：指金黄色铠甲般的菊花。

【点评】“满城尽带黄金甲。”很有豪气很有诗意，可惜张艺谋的同名电影不咋地。

※ 高骈

山亭夏日

绿树阴浓夏日长，楼台倒影入池塘。
水精帘动微风起，满架蔷薇一院香。

【注释】①浓：指树丛的阴影很浓稠（深）。②水精帘：又名水晶帘，是一种质地精细而色泽莹澈的帘。比喻晶莹华美的帘子。李白《玉阶怨》：“却下水精帘，玲珑望秋月。”③蔷薇：植物名。落叶灌木，茎细长，蔓生，枝上密生小刺，羽状复叶，小叶倒卵形或长圆形，花白色或淡红色，有芳香。花可供观赏，果实可以入药。亦指这种植物的花。

※ 曹松

己亥岁

泽国江山入战图，生民何计乐樵苏。
凭君莫话封侯事，一将功成万骨枯。

【注释】①己亥：为唐僖宗乾符六年（879）的干支。②泽国：泛指江南各地，因湖泽星罗棋布，故称。③樵苏：一作“樵渔”。

【点评】一将功成万骨枯！

※ 崔郊

赠去婢

公子王孙逐后尘，绿珠垂泪滴罗巾。
侯门一入深似海，从此萧郎是路人。

【注释】①题注:《云溪友议》云:“郊寓居汉上,其姑有婢端丽。郊有阮咸之惑,姑鬻之连帅于公頔,郊思慕无已。其婢因寒食偶出值郊,有郊赠诗云云。或写之于座,公睹诗，令召崔生。及见郊，握手曰：‘萧郎是路人，是公作耶？何不早相示也？’遂命婢同归。”②去：已经离开的。③婢（bì）：婢女。④公子王孙：旧时贵族、官僚，王公贵族的子弟。⑤后尘：后面扬起来的尘土。指公子王孙争相追求的情景。⑥绿珠：西晋富豪石崇的宠妾，相传为白州（今广西壮族自治区博白县）梁氏女，“美而艳，善吹笛”。赵王伦专权时，他手下的孙秀倚仗权势指名向石崇索取，遭到石崇拒绝。石崇因此下狱，绿珠坠楼身死。这里喻指被人夺走的婢女。⑦罗巾：丝制手巾。⑧侯门：指王公贵族、权豪势要之家。⑨萧郎：原指梁武帝萧衍，南朝梁的建立者，风流多才，在历史上很有名气。后成为诗词中习用语，泛指美好的男子或女子爱恋的男子。这里是作者自谓。

※ 陈去疾

西上辞母坟

高盖山头日影微，黄昏独立宿禽稀。
林间滴酒空垂泪，不见丁宁嘱早归。

【注释】①丁宁：叮咛。

【点评】唐诗珍品。

※ 来鹄

云

千形万象竟还空，映水藏山片复重。
无限旱苗枯欲尽，悠悠闲处作奇峰。

【注释】①奇峰：出自晋顾恺之《神情诗》："春水满四泽，夏云多奇峰。秋月扬明晖，冬岭秀寒松。"

【点评】典型夏日景象。

※ 观梅女仙

题壁

南枝向暖北枝寒，一种春花有两般。
凭仗高楼莫吹笛，大家留取倚阑看。

【注释】①题注：蜀州郡阁有红梅数株，方盛开，有二妇人，高髻大袖，倚阑而观，题诗于壁。一作刘元载妻诗。

※ 葛鸦儿

怀良人

蓬鬓荆钗世所稀，布裙犹是嫁时衣。
胡麻好种无人种，正是归时不见归？

【注释】①良人：古代妇女对自己丈夫的称呼。《全唐诗》此诗题下注：“一云朱滔时河北士人作。”②蓬鬓：如蓬草一样散乱的头发，形容相思之苦。语出《诗经·卫风·伯兮》：“自伯之东，首如飞蓬。岂无膏沐，谁适为容？”③荆钗：用荆条做的饰品。④世所稀：贫寒的家境世上少有。⑤胡麻：芝麻，据说只有夫妇同种，才能得到好的收成。⑥好种：正是播种的好时候。⑦不见归：一作“底不归”。

【点评】胡麻须得两人种。

※ 颜仁郁

农家

夜半呼儿趁晓耕，羸牛无力渐艰行。
时人不识农家苦，将谓田中谷自生。

【注释】①羸牛：瘦弱的牛。②渐：正。③将谓：以为。

【点评】小时候辨别城里人有无农村生活常识的办法之一：辨别麦苗和韭菜。

※ 贯休

少年行

锦衣鲜华手擎鹘，闲行气貌多轻忽。
稼穑艰难总不知，五帝三皇是何物。

【注释】①题注：休入蜀，王建遇之甚厚，日召令诵近诗。一时贵戚皆坐，休欲讽之，乃称《少年行》，建善之，贵幸皆怨之。②轻忽：潇洒飘逸。③五帝三皇：晋皇甫谧《帝王世纪》载："伏羲、神农、黄帝为三皇，少昊、高阳、高辛、唐、虞为五帝。"

秋末寄武昌一公

见说武昌江上住，柏枯槐朽战时风。
知师诗癖难医也，霜洒芦花明月中。

【注释】①诗癖：对诗的癖好。《梁书·简文帝纪》载："雅好题诗，其序云：'余七岁有诗癖，长而不倦。'"

※ 罗隐

鹦鹉

莫恨雕笼翠羽残，江南地暖陇西寒。
劝君不用分明语，语得分明出转难。

【注释】①雕笼：雕花的鸟笼。②翠羽残：笼中鹦鹉被剪去了翅膀。③陇西：陇山（六盘山南段别称）以西，古传说为鹦鹉产地，俗称其为"陇客"。④君：指笼中鹦鹉。⑤分明语：学人说话说得很清楚。⑥出转：指从笼子里出来获得自由。

西施

家国兴亡自有时，吴人何苦怨西施。
西施若解倾吴国，越国亡来又是谁？

【注释】①家国：家与国。亦指国家。②西施：春秋越美女。或称先施，别名夷光，亦称西子。春秋末年越国苎罗（今浙江诸暨南）人。越王勾践败于会稽，范蠡取西施献吴王夫差，使其迷惑忘政。越遂亡吴。后西施归范蠡，同泛五湖。事见《吴越春秋·勾践阴谋外传》。一说，吴亡后，越沉西施于江。

【点评】“家国兴亡自有时。”犀利。

蜂

不论平地与山尖，无限风光尽被占。
采得百花成蜜后，为谁辛苦为谁甜。

【注释】①山尖：山峰。②尽：全，都。③占：占其所有。④甜：醇香的蜂蜜。

感弄猴人赐朱绂

十二三年就试期，五湖烟月奈相违。
何如买取胡孙弄，一笑君王便著绯。

【注释】①弄猴人：驯养猴子的杂技艺人。②朱绂(fú)：古代礼服上的红色蔽膝，后常作为官服的代称。《全唐诗》此诗题下有注：《幕府燕闲录》云：“唐昭宗播迁，随驾伎艺人止有弄猴者，猴颇驯，能随班起居，昭宗赐以绯袍，号孙供奉，故罗隐有诗云云。朱梁篡位，取此猴，令殿下起居，猴望殿陛，见全忠，径趣其所，跳跃奋击，遂令杀之。”③就试：应考，参加考试。④五湖：其说不一，《史记索隐》认为指太湖、洮湖、鄱阳湖、青草湖和洞庭湖。此处泛指一切佳山胜水之地。烟月：烟花风月，代指各种享受和嗜好。五湖烟月指诗人的家乡风光，他是余杭（今属浙江）人，所以举“五湖”概称。⑤奈：奈何。⑥相违：指无缘欣赏。⑦买取胡孙弄：一作“学取孙供奉”。胡孙：猴的别名。⑧著绯：穿红色的官服。绯：红色。深红色。《说文新附》载：“绯，帛赤色也。”唐制，四品、五品官服绯。

赠妓云英

钟陵醉别十余春，重见云英掌上身。
我未成名卿未嫁，可能俱是不如人。

【注释】①钟陵：县名，即今江西进贤。②掌上身：形容云英体态窈窕美妙。

用赵飞燕典。《飞燕外传》载，汉成帝之后赵飞燕体态轻盈，能为掌上舞。后人多用“掌上身”来形容女子体态轻盈美妙。③成名：指科举中式。张籍《送李余及第后归蜀》：“十年人咏好诗章，今日成名出举场。”④卿：古代用为第二人称，表尊敬或爱意。此指云英。⑤俱：都。

自遣

得即高歌失即休，多愁多恨亦悠悠。
今朝有酒今朝醉，明日愁来明日愁。

【点评】这首诗历朝历代不缺知音。

※ 韦庄

古离别

晴烟漠漠柳毵毵，不那离情酒半酣。
更把玉鞭云外指，断肠春色在江南。

【注释】①毵毵（sān）：柳枝浓密下垂的样子。一作“鬖鬖（sān）”。②不那离情酒半酣：为了排遣离情而饮酒到了半醉。不那：无可奈何。那：同“奈”。③玉鞭：精美的马鞭。④云外：天外。⑤断肠：指因离愁而断肠。

金陵图

谁谓伤心画不成？画人心逐世人情。
君看六幅南朝事，老木寒云满故城。

【注释】①金陵：古地名，即今江苏南京及江宁等地，为六朝故都。②逐：随，跟随。《玉篇》：“逐，从也。”这里可作迎合解。③南朝：此处实指六朝，不仅指宋、齐、梁、陈，还包括东吴和东晋。这六朝均建都于金陵。④老木：枯老的树木。⑤寒云：晋陶潜《岁暮和张常侍》：“向夕长风起，寒云没西山。”

台城

江雨霏霏江草齐，六朝如梦鸟空啼。
无情最是台城柳，依旧烟笼十里堤。

【**注释**】①台城：也称苑城，在今南京市鸡鸣山南，原是三国时代吴国的后苑城，东晋成帝时改建。从东晋到南朝结束，这里一直是朝廷台省（中央政府）和皇宫所在地，既是政治中枢，又是帝王荒淫享乐的场所。②六朝：指吴、东晋、宋、齐、梁、陈。

【**点评**】江山不管兴亡事。

白牡丹

闺中莫妒新妆妇，陌上须惭傅粉郎。
昨夜月明浑似水，入门唯觉一庭香。

【**注释**】①傅粉郎：南朝宋刘义庆《世说新语·容止》：“何平叔（何晏）美姿仪，面至白。魏明帝疑其傅粉，正夏月，与热汤饼。既啖，大汗出，以朱衣自拭，色转皎然。”后以“傅粉何郎”称美男子。

※ 裴潾

裴给事宅白牡丹

长安豪贵惜春残，争赏街西紫牡丹。
别有玉盘承露冷，无人起就月中看。

【**注释**】①题注：一作卢纶诗。②裴给事：姓裴的给事中，名不详。给事：官名，给事中的省称。③豪贵：指地位极其显贵的人。南朝陈徐陵《长干寺众食碑》，“须提请饭，致遗豪贵。”④街西：指朱雀门大街以西，地属长安，多私家名园。一作“新开”。⑤玉盘：形容白牡丹开得大而美洁。⑥承露：承接甘露。汉班固《西都赋》：

“抗仙掌以承露，擢双立之金茎。”⑦看（kān）：观看。

【点评】这才是真正的“花粉”。

※ 章碣

焚书坑

竹帛烟销帝业虚，关河空锁祖龙居。
坑灰未冷山东乱，刘项原来不读书。

【注释】①焚书坑：秦始皇焚烧诗书之地，故址在今陕西省临潼东南的骊山上。②竹帛：代指书籍。③烟销：指把书籍烧光。④帝业：皇帝的事业。这里指秦始皇统治天下、巩固统治地位的事业。⑤虚：空虚。⑥关河：代指险固的地理形势。关：函谷关。河：黄河。⑦空锁：白白地扼守着。⑧祖龙居：秦始皇的故居，指咸阳。祖龙：代指秦始皇。⑨山东：崤函之东。一说指太行山之东，即为秦始皇所灭的六国旧有之地。⑩刘项：刘邦和项羽，秦末两支主要农民起义军的领袖。⑪不读书：刘邦年轻时是市井无赖，项羽年轻时习武，两人都没读多少书。

【点评】“书”在唐朝有别的读法?

※ 司空图

狂题

草堂旧隐犹招我，烟阁英才不见君。
惆怅故山归未得，酒狂叫断暮天云。

【注释】①故山：旧山，喻家乡。

【点评】“酒狂叫断暮天云。”好孤独!

※ 崔道融

溪居即事

篱外谁家不系船，春风吹入钓鱼湾。
小童疑是有村客，急向柴门去却关。

【注释】①溪居：溪边村舍。②即事：对眼前的事物、情景有所感触而创作。③去却：去掉。④关：门闩。

※ 胡曾

长城

祖舜宗尧自太平，秦皇何事苦苍生。
不知祸起萧墙内，虚筑防胡万里城。

【注释】①祸起萧墙：谓祸患起于内部。萧墙：古代宫室内当门的小墙，比喻内部。

【点评】从兼听则明的角度看，还是有一点道理。

※ 鱼玄机

江陵愁望有寄

枫叶千枝复万枝，江桥掩映暮帆迟。
忆君心似西江水，日夜东流无歇时。

【注释】①江陵：唐朝时江陵府东境达今湖北潜江汉水南岸。诗中“江陵”指长江南岸之潜江，而非北岸之江陵。②掩映：时隐时现，半明半暗。③暮帆：晚归的船。④“忆君”二句：同南唐李煜《虞美人·春花秋月何时了》“问君能有几多愁，恰似一江春水向东流”与宋欧阳修《踏莎行·候馆梅残》“离愁渐远渐无穷，迢迢不断如春水”表现手法相似。

※ 皮日休

牡丹

落尽残红始吐芳，佳名唤作百花王。
竞夸天下无双艳，独立人间第一香。

【注释】①牡丹：四月中旬开花，大部分花都是三月开，故有“花中之王”的美誉。

【点评】有没有想起蒋大为的《牡丹之歌》？

咏螃蟹呈浙西从事

未游沧海早知名，有骨还从肉上生。
莫道无心畏雷电，海龙王处也横行。

【注释】①浙西从事：未详何人。从事：古代官名。汉代以后三公及州郡长官皆自辟僚属，多以从事为称。②沧海：指大海。③骨：螃蟹身上坚硬的外壳是一种特殊的骨头，叫外骨骼。④莫道：休说，不要说。⑤海龙王：传说海中的龙神。⑥横行：横着行走。喻肆行无忌。

汴河怀古

尽道隋亡为此河，至今千里赖通波。
若无水殿龙舟事，共禹论功不较多。

【注释】①此河：即汴河。②赖：依赖。③龙舟事：隋炀帝下扬州乘龙舟看风景的事。④共禹论功：作者在这里肯定了隋朝大运河的积极意义，是可以和大禹治水的功绩相比的。

【点评】晚唐人思想杰出。

馆娃宫怀古

绮阁飘香下太湖，乱兵侵晓上姑苏。
越王大有堪羞处，只把西施赚得吴。

【注释】①馆娃宫：古代吴宫名，春秋吴王夫差为西施所造。在今江苏省苏州市西南灵岩山上，灵岩寺即其旧址。②侵晓：拂晓。

春夕酒醒

四弦才罢醉蛮奴，醽醁余香在翠炉。
夜半醒来红蜡短，一枝寒泪作珊瑚。

【注释】①四弦：指琵琶，因有四根弦，故称。这里代指音乐。②罢：停止。③蛮奴：诗人自称。宋以前男女皆可称“奴”。皮日休是复州竟陵人，竟陵春秋时是楚地，中原地区称楚为“荆蛮”，故诗人自称“蛮奴”。④醽醁（líng lù）：又作“醽渌”，古代的一种美酒，也称“醽酒”。醽：地名，在今湖南省。醁：美酒。⑤翠炉：翡翠色的水炉。⑥寒泪：春寒中熔化的蜡脂。⑦珊瑚：一种海生圆筒状腔肠动物，颜色鲜艳美丽。

※ 陆龟蒙

和袭美春夕酒醒

几年无事傍江湖，醉倒黄公旧酒垆。
觉后不知明月上，满身花影倩人扶。

【注释】①袭美：皮日休，字袭美，一字逸少，晚唐诗人，今湖北天门人。②傍江湖：江湖漂泊，此处指隐居。③黄公酒垆（lú）：原指竹林七贤饮酒之处，此指自己的饮酒场所。刘义庆《世说新语·伤逝》：“王濬冲乘轺车经黄公酒垆，顾谓后车客曰：‘吾昔与稽叔夜、阮嗣宗共酣饮此坊。’”④倩：请。

【**点评**】有李白风味。

吴宫怀古

香径长洲尽棘丛，奢云艳雨只悲风。
吴王事事堪亡国，未必西施胜六宫。

【**注释**】①香径：指春秋时吴国馆娃宫美人采香处。故址在今苏州西南香山旁。②长洲：即长洲苑，吴王游猎之处。在今苏州西南、太湖北。③奢云艳雨：指当年吴王奢华绮丽迷恋女色的生活。④吴王：指吴王夫差。⑤六宫：古代帝王后妃居住的地方，共六宫。这里指后妃。

怀宛陵旧游

陵阳佳地昔年游，谢朓青山李白楼。
唯有日斜溪上思，酒旗风影落春流。

【**注释**】①宛陵：古县名，汉初置，不久改为丹阳郡治所，西晋时改为宣城郡治所，南朝梁、陈时为南豫州治所，隋时又改为县，其地在今安徽省宣城。②旧游：此处指旧日游览之地。③陵阳：山名，旧传因陵阳子明于此山成仙而得名，在今安徽省宣城北，这里用作宛陵的代称。④佳地：胜地。⑤谢朓（tiǎo）：字玄晖，南齐诗人。⑥青山：泛指此处群山，此处的“青山”与“楼”为互文，不是分属于谢朓和李白。

【**点评**】挂上两个牛人，果然捞得一首好诗。

邺宫词

花飞蝶骇不愁人，水殿云廊别置春。
晓日靓妆千骑女，白樱桃下紫纶巾。

【注释】①纶（guān）巾：冠名。古代用青色丝带做的头巾。一说配有青色丝带的头巾。

【点评】倾城最在着戎装！小时候看过的电影里女特务的着装就是好看。

自遣诗

五年重别旧山村，树有交柯犊有孙。
更感卞峰颜色好，晓云才散便当门。

【注释】①交柯：交错的树枝。

白莲

素蘤多蒙别艳欺，此花端合在瑶池。
无情有恨何人觉？月晓风清欲堕时。

【注释】①蘤（huā）：“花”的古体字。②此花：指白莲。③端合：真应该。端，一作“真”。④瑶池：传说中的仙境，相传为西王母所居，《穆天子传》有“天子觞西王母于瑶池之上”句。⑤欲堕时：指白莲将要凋谢的时候。

【点评】清王士祯《再过露筋祠》：“翠羽明珰尚俨然，湖云祠树碧如烟。行人系揽月初堕，门外野风开白莲”，异曲同工。

新沙

渤澥声中涨小堤，官家知后海鸥知。
蓬莱有路教人到，应亦年年税紫芝。

【注释】①新沙：指海边新涨成的沙洲。②渤澥（xiè）：渤海的别称，一本直作“渤海”。另说渤澥为象声词，海潮声。第三解为海的别支。③官家：旧指官府、朝廷。④蓬莱：传说中的海上三座神山之一。⑤紫芝：神话中的仙草，紫色灵芝。

※ 钱珝

未展芭蕉

冷烛无烟绿蜡干，芳心犹卷怯春寒。
一缄书札藏何事，会被东风暗拆看。

【注释】①珝（xǔ）：《说文》载，玉名也。又人名。②冷烛无烟绿蜡干：绿蜡：形容芭蕉的心，叶子卷卷的，未曾展开，像绿色蜡烛，但是不能点燃，故曰无烟。清曹雪芹《红楼梦》元春省亲时，宝钗劝宝玉将诗中“绿玉”改为“绿蜡”，宝玉问其典故，宝钗以此句答之。③缄（jiān）：量词。用于信件等装封套之物。④书札：即书信。

【点评】这个比喻前无古人。

※ 薛能

影灯夜二首

偃王灯塔古徐州，二十年来乐事休。
此日将军心似海，四更身领万人游。

十万军城百万灯，酥油香暖夜如烝，
红妆满地烟光好，只恐笙歌引上升。

【注释】①题注：一作“上元诗”。影灯：彩灯的一种。上绘人物、花卉、四时景致等，如后来的走马灯之类。唐冯贽《云仙杂记》卷四载：“洛阳人家，上元以影灯多者为上，其相胜之辞曰‘千影万影’。”②偃王塔：位于江苏徐州。为九层塔形彩灯，得名于东夷盟主徐偃王。③徐州：古九州之一。约在今江苏、山东、安徽的部分地区。汉以后各代皆置徐州，辖地常有变更，大致都在今淮北一带。

※ 韩偓

偶见

秋千打困解罗裙，指点醍醐索一尊。
见客入来和笑走，手搓梅子映中门。

【注释】①醍醐：比喻美酒。

【点评】宋李清照（一说无名氏）《点绛唇》："蹴罢秋千，起来慵整纤纤手。露浓花瘦，薄汗轻衣透。见有人来，袜划金钗溜。和羞走，倚门回首，却把青梅嗅"，境界大变。

深院

鹅儿唼喋栀黄嘴，凤子轻盈腻粉腰。
深院下帘人昼寝，红蔷薇架碧芭蕉。

【注释】①鹅儿：指鹅雏。②唼喋（shà zhá）：形容鱼或水鸟吃食的声，也指鱼或水鸟吃食。③栀黄：栀子一般的黄色。④凤子：粉蝶的爱称。⑤轻盈：这里指粉蝶轻盈飞舞。⑥下帘：放下遮日的软帘。⑦昼寝：白天睡觉，这里指午睡。

【点评】设色鲜艳。

自沙县抵龙溪县值泉州军过后村落皆空因有一绝

水自潺湲日自斜，尽无鸡犬有鸣鸦。
千村万落如寒食，不见人烟空见花。

【注释】①潺湲：形容河水慢慢流淌的样子。

哭花

曾愁香结破颜迟，今见妖红委地时。
若是有情争不哭，夜来风雨葬西施。

【注释】①破颜：比喻花朵开放。

想得

两重门里玉堂前，寒食花枝月午天。
想得那人垂手立，娇羞不肯上秋千。

【注释】①题注：一作“再青春”。②月午：月至午夜，即半夜。

夜深

恻恻轻寒翦翦风，小梅飘雪杏花红。
夜深斜搭秋千索，楼阁朦胧烟雨中。

【注释】①恻（cè）：凄恻。这里作者含主观感情色彩来写对天气冷暖的感受。②翦（jiǎn）翦：指春风尖利，砭人肌肤，正是乍暖还寒的时节。③“小梅”句：仲春之际，梅花已谢，纷纷飘落，而桃杏花刚刚盛开。一作“杏花飘雪小桃红”。④斜搭秋千索：据《古今艺术图》等资料，当时北方寒食节，有女子荡秋千为戏的习俗。斜搭：指秋千索斜挂在木架上。

已凉

碧阑干外绣帘垂，猩血屏风画折枝。
八尺龙须方锦褥，已凉天气未寒时。

【注释】①绣帘：一作“翠帘”。②猩血：一作“猩色”，猩红色。③屏风：一种用来遮挡和做隔断的东西。④画折枝：一作“画柘枝”，指图绘花卉草木。⑤龙须：属灯芯草科，茎可织席。这里指草席。

※ 张泌

寄人

别梦依依到谢家，小廊回合曲阑斜。
多情只有春庭月，犹为离人照落花。

【注释】①泌(bì)：泉水涓涓而流。②谢家：泛指闺中女子。晋谢奕之女谢道韫、唐李德裕之妾谢秋娘等皆有盛名，故后人多以“谢家”代闺中女子。③“小廊”句：指梦中所见景物。回合：回环、回绕。阑：栏杆。④“多情”句：指梦后所见。⑤离人：这里指寻梦人。

【点评】宋词风味。

※ 卢汝弼

和李秀才边庭四时怨

朔风吹雪透刀瘢，饮马长城窟更寒。
半夜火来知有敌，一时齐保贺兰山。

【注释】①边庭：犹边地。②朔风：北风。③刀瘢：刀痕。④贺兰山：山名。一称阿拉善山。在宁夏回族自治区西北边境和内蒙古自治区接界处。

【点评】“朔风吹雪透刀瘢”，最冷的一句唐诗。虞世南《从军行》和明余庆的《从军行》都有“剑花寒不落，弓月晓逾明”之句，也是冷得要命。

※ 杜荀鹤

闽中秋思

雨匀紫菊丛丛色，风弄红蕉叶叶声。
北畔是山南畔海，只堪图画不堪行。

【注释】①北畔是山：指闽中地势，北边是连绵的山脉。②南畔海：指闽中南边是波涛汹涌的大海。③只堪：只能。④图画：指画画。⑤不堪行：指行走起来十分困难。

【点评】现今的福州城也是这个样子，山海相拥。

小松

自小刺头深草里，而今渐觉出蓬蒿。
时人不识凌云木，直待凌云始道高。

【注释】①刺头：指长满松针的小松树。②蓬蒿：蓬草和蒿草。亦泛指草丛。

赠质上人

枿坐云游出世尘，兼无瓶钵可随身。
逢人不说人间事，便是人间无事人。

【注释】①质：和尚的称号。②上人：对高僧的敬称。③枿（niè）坐：枯坐。枿：树木砍去后留下的树桩子。④瓶钵：僧人出行所带的食具。

旅舍遇雨

月华星彩坐来收，岳色江声暗结愁。
半夜灯前十年事，一时和雨到心头。

【注释】①月华：月光。②星彩：星光。③岳色：山色。

再经胡城县

去岁曾经此县城，县民无口不冤声。
今来县宰加朱绂，便是生灵血染成。

【注释】①胡城县：唐时县名，故城在今安徽省阜阳县西北。②县宰：县令。③朱绂（fú）：系官印的红色丝带，唐诗中多用以指绯衣。唐制，五品官服浅绯，四品官服深绯，一般县令只有六、七品。胡城县令以“县民无口不冤声”的政绩身加朱绂，这红袍实际是百姓鲜血染成。④生灵：人民，百姓。《晋书·慕容盛载记》：“生灵仰其德，四海归其仁。”

※ 盛小丛

突厥三台

雁门山上雁初飞，马邑阑中马正肥。
日旰山西逢驿使，殷勤南北送征衣。

【注释】①题注：一作韦应物诗。②日旰（gàn）：日暮。

【点评】起句甚好。

※ 吴融

情

依依脉脉两如何，细似轻丝渺似波。
月不长圆花易落，一生惆怅为伊多。

【注释】①依依：难分难舍的意态。②脉脉：含情不语的眼神。

※ 李洞

送僧清演归山

毛褐斜肩背负经，晓思吟入窦山青。
峰前野水横官道，踏着秋天三四星。

【注释】①毛褐：兽毛或粗麻制成的短衣。②官道：大道。

宿鄠郊赠罗处士

川静星高栎已枯，南山落石水声粗。
白云钓客窗中宿，卧数嵩峰听五湖。

【注释】①鄠（hù）：中国秦代邑名，在今陕西省户县北。

※ 郑谷

淮上与友人别

扬子江头杨柳春，杨花愁杀渡江人。
数声风笛离亭晚，君向潇湘我向秦。

【注释】①淮上：扬州。淮：淮水。②扬子江：长江在江苏镇江、扬州一带的干流，古称扬子江。③杨柳："柳"与"留"谐音，表示挽留之意。④杨花：柳絮。⑤愁杀：愁绪满怀。杀：形容愁的程度之深。⑥风笛：风中传来的笛声。⑦离亭：驿亭。亭是古代路旁供人休息的地方，人们常在此送别，所以称为"离亭"。⑧潇湘：指今湖南一带。⑨秦：指当时的都城长安，在今陕西境内。

【点评】正宗唐音。

莲叶

移舟水溅差差绿，倚槛风摇柄柄香。
多谢浣纱人不折，雨中留得盖鸳鸯。

【注释】①差差（cī）：犹参差不齐貌。《荀子·正名》："君子之言，涉然而精，俛然而类，差差然而齐。"杨倞注："差差，不齐貌。谓论列是非似若不齐，然终归于齐一也。"

静吟

骚雅荒凉我未安，月和余雪夜吟寒。
相门相客应相笑，得句胜于得好官。

【注释】①骚雅：诗文之才。

【点评】"得句胜于得好官。"苦吟派！

※ 王驾

雨晴

雨前初见花间蕊，雨后全无叶底花。
蜂蝶纷纷过墙去，却疑春色在邻家。

【注释】①蕊：花朵开放后中间露出的柱头花丝等，分雌蕊、雄蕊。②叶底：绿叶中间。底：底部。③蜂蝶：蜜蜂和蝴蝶。

社日

鹅湖山下稻粱肥，豚栅鸡栖半掩扉。
桑柘影斜春社散，家家扶得醉人归。

【注释】①社日：古代祭祀土神的日子，分为春社和秋社。社日来临时，人们进行集会，竞技、表演、欢宴，表达减少自然灾害、获得丰收的良好愿望。②鹅湖：在江西省铅山县，一年两稻，故方仲春社日，稻粱已肥。③稻粱肥：田里庄稼长得很好，丰收在望。粱：古代对粟的优良品种的通称。④“豚栅”句：猪归圈，鸡归巢，家家户户的门还关着，村民们祭社聚宴还没回来。豚栅：小猪猪圈。鸡栖：鸡舍。⑤桑柘：桑树和柘树，叶子可用来养蚕。⑥影斜：太阳偏西，指下午。

【点评】春社遗风延及鲁迅《社戏》。

※ 陈玉兰

寄夫

夫戍边关妾在吴，西风吹妾妾忧夫。
一行书信千行泪，寒到君边衣到无？

【注释】①陈玉兰：唐代女诗人，吴人，王驾妻。②妾：旧时女子自称。③吴：指江苏一带。

※ 李节度姬

书红绡帕

囊裹真香谁见窃，鲛绡滴泪染成红。
殷勤遗下轻绡意，好与情郎怀袖中。

【注释】①题注：李节度有宠姬，元夕，以红绡帕裹诗掷于路，约得之者来年此夕会于相蓝后门。宦子张生得之，如期而往，姬与生偕逃于吴。同题其二：“金珠富贵吾家事，常渴佳期乃寂寥。偶用志诚求雅合，良媒未必胜红绡。”张生和姬诗云：“自睹佳人遗赠物，书窗终日独无聊。未能得会真仙面，时看香囊与绛绡。”红绡，红色薄绸。②鲛绡（jiāo xiāo）：亦作“鲛鮹”。传说中鲛人所织的绡。亦借指薄绢、轻纱。南朝梁任昉《述异记》载：“南海出鲛绡纱，泉室潜织，一名龙纱。其价百余金，以为服，入水不濡。”一作“丝纹”。③与：一作“付”。④怀袖：怀抱。汉班婕妤《怨歌行》：“出入君怀袖，动摇微风发。”

【点评】良媒未必胜红绡。

※ 高蟾

下第后上永崇高侍郎

天上碧桃和露种，日边红杏倚云栽。
芙蓉生在秋江上，不向东风怨未开。

【注释】①永崇：指长安永崇坊。②高侍郎：指当时的礼部侍郎高湜。③天上：指皇帝、朝廷。④碧桃：传说中仙界有碧桃。⑤和：带着，沾染着。⑥倚云：靠着云。形容极高。宋之问《奉和幸三会寺应制》：“梵音迎漏彻，空乐倚云悬。”⑦芙蓉：荷花的别名。《楚辞·离骚》：“制芰荷以为衣兮，集芙蓉以为裳。”

金陵晚望

曾伴浮云归晚翠，犹陪落日泛秋声。
世间无限丹青手，一片伤心画不成。

【注释】①晚翠：日暮时苍翠的景色。②丹青手：画工。

※ 刘皂

渡桑干

客舍并州数十霜，归心日夜忆咸阳。
无端更渡桑干水，却望并州似故乡。

【注释】①题注：一作贾岛诗。②桑干（gān）：河名。今永定河之上游，源出西北部管涔山，向东北流入河北官厅水库。相传每年桑葚成熟时河水干涸，故名。③舍：用作动词，居住。④并（bīng）州：古州名。相传禹治洪水，划分域内为九州。据《周礼》《汉书·地理志上》载，并州为九州之一。其地约当今河北保定和山西太原、大同一带地区。此处指今太原西南晋阳城。⑤十霜：一年一霜，故称十年为“十霜”。⑥咸阳：地名，在今陕西省。咸阳是刘皂的故乡。⑦无端：原意为没有起点或没有终点，引申指无因由，无缘无故。《楚辞·九辩》：“蹇充倔而无端兮，泊莽莽而无垠。”王逸注：“媒理断绝，无因缘也。”⑧更渡：再渡。⑨却望：回头远看。

※ 韩琮

暮春浐水送别

绿暗红稀出凤城，暮云楼阁古今情。
行人莫听宫前水，流尽年光是此声。

【注释】①浐水：亦称为产水，发源于蓝田县西南的秦岭，号为关中八川之一，西北流入灞水，二水汇合后流经当时的大明宫前，再北流入渭水。②绿暗红稀：绿叶茂密，红花减少，是暮春初夏的自然景象。③凤城：指京城长安。西汉时长安所建的凤阙，阙楼高二十丈（一说十七丈五尺），是当时长安城最高的建筑，长安因此又称凤城。

※ 李约

观祈雨

桑条无叶土生烟，箫管迎龙水庙前。
朱门几处看歌舞，犹恐春阴咽管弦。

【注释】①祈雨：祈求龙王降雨。古时干旱时节，从朝廷、官府到民间，都筑台或到龙王庙祈求龙王降雨。②“桑条”句：写旱情严重，桑叶枯落，只剩光秃秃的枝条；土地久旱，尘土飞扬，仿佛燃烧冒烟。③箫管：乐器名，此处指吹奏各种乐器。④水庙：龙王庙，是古时祈雨的场所。⑤朱门：富豪权贵之家。古代王侯贵族的住宅大门漆成红色，后用“朱门”代称富贵之家。杜甫有“朱门酒肉臭”句。

※ 王贞白

白鹿洞

读书不觉已春深，一寸光阴一寸金。
不是道人来引笑，周情孔思正追寻。

【注释】①白鹿洞：指白鹿洞书院，位于九江庐山五老峰下，是中国古代最早建立的书院之一。诗人曾在此读书求学。②周情孔思：指周公礼法、孔子儒学，诗中乃泛指经史之学。

【点评】一寸光阴一寸金，寸金难买寸光阴。

※ 程杰

芙蓉峰

谁把芙蓉云外栽，亭亭秀立四时开。
清霄皓月峰头挂，宛似佳人对镜台。

【注释】①芙蓉峰：位于黄山北端，山势挺拔秀逸，形若芙蓉出水。

※ 张乔

河湟旧卒

少年随将讨河湟，头白时清返故乡。
十万汉军零落尽，独吹边曲向残阳。

【注释】①河湟：黄河与湟水的并称。亦指河湟两水之间的地区。《后汉书·西羌传》："乃度河湟，筑令居塞。"

※ 张窈窕

寄故人

淡淡春风花落时，不堪愁望更相思。
无金可买长门赋，有恨空吟团扇诗。

【注释】①题注：一作杜羔妻诗。②长门：汉宫名。汉司马相如《长门赋》序："孝武皇帝陈皇后，时得幸，颇妒。别在长门宫，愁闷悲思。闻蜀郡成都司马相如天下工为文，奉黄金百斤，为相如、文君取酒，因于解悲愁之辞。而相如为文以悟主上，陈皇后复得亲幸。"后以"长门"借指失宠女子居住的寂寥凄清的宫院。③团扇诗：《昭明文选》卷二十七《诗戊·乐府上·怨歌行》序："昔汉成帝班婕妤失宠，供养于长信宫，乃作赋自伤，并为《怨诗》一首：'新裂齐纨素，鲜洁如霜雪。裁为合欢扇，团团似明月。出入君怀袖，动摇微风发。常恐秋节至，凉飚夺炎热。弃捐箧笥中，恩情中道绝。'"

※ 王福娘

题孙棨诗后

苦把文章邀劝人，吟看好个语言新。
虽然不及相如赋，也直黄金一二斤。

【注释】①题注：棨（qǐ）赠福娘诗，俱题窗左红墙，后有数行未满，福娘因自题一绝。②“虽然”二句：用陈皇后“奉黄金百斤”请司马相如写《长门赋》的典故。

【点评】懂幽默的女人不多。

※ 赵虚舟

戏赠

砌下梧桐叶正齐，花繁雨后压枝低。
报道不须鸦鸟乱，他家自有凤凰栖。

【注释】①报道：报告，告知。

※ 京兆女子

题兴元明珠亭

寂寥满地落花红，独有离人万恨中。
回首池塘更无语，手弹珠泪与春风。

【注释】①与春风：一作“背东风”。

【点评】有杜牧风味。

※ 谁氏女

题沙鹿门

昔逐良人去上京，良人身殁妾东征。
同来不得同归去，永负朝云暮雨情。

【注释】①沙鹿：亦作"沙麓"。古山名。一说古地名，故址在今河北省大名县东。

【点评】若耶溪女子《题三乡诗》："昔逐良人西入关，良人身殁妾空还。谢娘卫女不相待，为雨为云归此山。"言事仿佛一致，不会是同一个人吧？

※ 裴羽仙

哭夫二首

其一

风卷平沙日欲曛，狼烟遥认犬羊群。
李陵一战无归日，望断胡天哭塞云。

其二

良人平昔逐蕃浑，力战轻行出塞门。
从此不归成万古，空留贱妾怨黄昏。

【注释】①题注：时以夫征戎，轻入被擒，音信断绝，作诗哭之。

※ 周濆

逢邻女

日高邻女笑相逢，慢束罗裙半露胸。
莫向秋池照绿水，参差羞杀白芙蓉。

【注释】①濆（fén）：水边，岸边。

【点评】这种自然开放现象，宋以后彻底没有了。

※ 林宽

歌风台

蒿棘空存百尺基，酒酣曾唱大风词。
莫言马上得天下，自古英雄尽解诗。

【注释】①歌风台：故址在今江苏沛县东南泗水西岸，相传为纪念刘邦回乡唱《大风歌》而筑。②蒿棘：杂草与蒿棘。③大风词：《史记·高祖本纪》载："高祖还归，过沛，留。置酒沛宫，悉召故人父老子弟纵酒，发沛中儿得百二十人，教之歌。酒酣，高祖击筑，自为歌诗曰：'大风起兮云飞扬，威加海内兮归故乡，安得猛士兮守四方！'"后称此歌为《大风歌》。④"莫言"句：刘邦曾说自己马上得天下，用不着再读诗书。⑤尽解诗：都会作诗。

【点评】不解诗的都是狗熊？

※ 李郢

偶作

一杯正发吟哦兴，两盏还生去住愁。
何似全家上船去，酒旗多处即淹留。

【注释】①郢（yǐng）：古地名。②吟哦：写作诗词，推敲诗句。③去住：犹去留。④淹留：羁留，逗留。

南池

小男供饵妇搓丝，溢榼香醪倒接䍦。
日出两竿鱼正食，一家欢笑在南池。

【注释】①醪（láo）：浊酒。②榼（kē）：古代盛酒的器具。③接䍦（lí）：古代的一种头巾。

【点评】生活气息很浓。

※ 张蠙

别郑仁表

春雷醉别镜湖边，官显才狂正少年。
红烛满汀歌舞散，美人迎上木兰船。

【注释】①蠙（pín）：古书上说的一种产珍珠的蚌。②镜湖：古代长江以南的大型农田水利工程之一。在今浙江绍兴会稽山北麓。东汉永和五年（140）在会稽太守马臻主持下修建。水平如镜，故名。

※ 周昙

孙武

理国无难似理兵，兵家法令贵遵行。
行刑不避君王宠，一笑随刀八阵成。

【注释】①八阵：古代作战的阵法。

【点评】“理国无难似理兵。”呵呵，诗人的一种观点。

※ 李九龄

读三国志

有国由来在得贤，莫言兴废是循环。
武侯星落周瑜死，平蜀降吴似等闲。

【注释】①三国：指东汉后出现的魏、蜀、吴鼎立的历史时期。南朝宋裴松之《上三国志表》：“臣前被诏，使采三国异同，以注陈寿《三国志》。”②武侯：三国蜀诸葛亮死后谥为忠武侯，后世称之为武侯。晋袁宏《三国名臣序赞》：“刘后授之无疑心，武侯处之无惧色。”

【点评】读书有心得，难得。

山中寄友人

乱云堆里结茅庐，已共红尘迹渐疏。
莫问野人生计事，窗前流水枕前书。

【注释】①野人：指隐逸之人。

※ 朱绛

春女怨

独坐纱窗刺绣迟，紫荆花下啭黄鹂。
欲知无限伤春意，尽在停针不语时。

【注释】①《唐诗选脉会通评林》载：徐充曰，情而不说破，为有含蓄。甚妙。

【点评】开启宋词《九张机》。

※ 孟宾于

公子行

锦衣红夺彩霞明，侵晓春游向野庭。
不识农夫辛苦力，骄骢踏烂麦青青。

【注释】①锦衣：精美华丽的衣服。泛指显贵者的服装。②夺：赛过。③侵晓：天刚亮，拂晓。④野庭：田野。⑤骄骢（cōng）：健壮的毛色青白相间的马。泛指骏马。

※ 花蕊夫人

宫词

三月樱桃乍熟时，内人相引看红枝。
回头索取黄金弹，绕树藏身打雀儿。

【注释】①内人：宫中女官。亦指宫女。

【点评】白描得力。

述国亡诗

君王城上竖降旗，妾在深宫那得知。
十四万人齐解甲，宁无一个是男儿。

【注释】①题注：一作“蜀臣王承旨诗”，前二句云：“蜀朝昏主出降时，衔璧牵羊倒系旗。”②宁：一作“更”。

※ 子兰

河梁晚望

雨添一夜秋涛阔，极目茫茫似接天。
不知龙物潜何处，鱼跃蛙鸣满槛前。

【注释】①龙物：指龙。

※ 齐己

片云

水底分明天上云，可怜形影似吾身。
何妨舒作从龙势，一雨吹销万里尘。

【注释】①从龙：《易·乾》载：“云从龙，风从虎，圣人作，而万物睹。”旧以龙为君象，因以称随从帝王或领袖创业。

杨柳枝

凤楼高映绿阴阴，凝碧多含雨露深。
莫谓一枝柔软力，几曾牵破别离心。

【注释】①凤楼：妇女的住所。

【点评】出家前的作品？

※ 乾康

赋残雪

六出奇花已住开，郡城相次见楼台。
时人莫把和泥看，一片飞从天上来。

【注释】①六出奇花：花分瓣叫出，六出就是六个花瓣，雪花六角，因此用作雪花的别名。②相次：依次，先后，一个一个地。③时人：当代人，一般人。和：同，跟，与。这句的意思是，一般的人（指称永州刺史王伸）不要把雪和泥等同起来。

【点评】有外星人消息？

※ 吕岩

牧童

草铺横野六七里，笛弄晚风三四声。
归来饱饭黄昏后，不脱蓑衣卧月明。

【注释】①吕岩：即吕洞宾，俗名吕岩，据说本姓李，山西省浦州永乐县人，唐德宗贞元十四年（798）四月十四生。传说他出生时异香满室，有白鹤飞入帐中。自幼聪颖，十岁便能文，十五岁就能武，精通百家经籍。唐文宗开成二年举进士第，任江州德化县令一职，不久因宰相李德裕结党营私，弃官隐居。《宋史·陈抟传》载："吕洞宾有剑术，百余岁而童颜，步履轻疾，顷刻数百里，以为神仙，皆数来抟斋中，人咸异之。"②横野：辽阔的原野。③蓑衣：用草或棕毛编织成的，披在身上的防雨用具，用来遮风挡雨。④卧月明：躺着观看明亮的月亮。

绝句

朝游北越暮苍梧，袖里青蛇胆气粗。
三入岳阳人不识，朗吟飞过洞庭湖。

【注释】①青蛇：古宝剑名。亦泛指剑。

※ 徐安期

催妆

传闻烛下调红粉，明镜台前别作春。
不须面上浑妆却，留著双眉待画人。

【注释】①红粉：妇女化妆用的胭脂和铅粉。

【点评】夜上妆，做啥?

※ 滕传胤

郑锋宅神诗

忽然湖上片云飞，不觉舟中雨湿衣。
折得莲花浑忘却，空将荷叶盖头归。

【注释】①题注：戴孚《广异记》载，桐庐女子王法智，供奉郎子神。一天忽闻神像说话，自称“滕传胤”，在世时是京兆万年人，与法智姑娘有缘。桐庐县令郑锋听说此事，把法智姑娘请到府宅，让她请出这位神仙，与当地名流唱和。此为“滕传胤”所诵诗作之一。此本从《全唐诗》。

【点评】梦中人的行为都有不可理喻处。

※ 王涣

惆怅诗

梦里分明入汉宫，觉来灯背锦屏空。
紫台月落关山晓，肠断君恩信画工。

【**注释**】①题注：《惆怅诗》十二首，此为其十二。一作朱庆馀诗。②紫台：道家称神仙所居。《汉武帝内传》载："上元夫人语帝曰：'阿母今以琼笈妙蕴，发紫台之文，赐汝八会之书。五岳真形，可谓至珍且贵。'"③《唐诗选脉会通评林》载：杨慎列为能品。周珽曰，此篇全用明妃事。谓君心一惑于奸险，即美能倾国，便教远置，纵梦不忘君，而身处异域，徒自断肠，无补也。

【**点评**】明李攀龙《和聂仪部明妃曲》："天山雪后北风寒，抱得琵琶马上弹。曲罢不知青海月，徘徊犹作汉宫看。"李诗感觉更好一些。

※ 崔萱

豪家子

年少家藏累代金，红楼尽日醉沈沈。
马非躞蹀宁酬价，人不婵娟肯动心。

【**注释**】①躞蹀（xiè dié）：小步行走貌。②婵娟：姿态美好貌。

【**点评**】崔萱《豪家妓》有断句："岂知一只凤钗价，沽得数村蜗舍人"，不让须眉。

※ 葛氏女

和潘雍

九天天远瑞烟浓，驾鹤骖鸾意已同。
从此三山山上月，琼花开处照春风。

【注释】①题注：潘雍《赠葛氏小娘子》："曾闻仙子住天台，欲结灵姻愧短才。若许随君洞中住，不同刘阮却归来。"

【点评】抱得潘郎归，心情自是大好。

※ 刘氏媛

长门怨

雨滴梧桐秋夜长，愁心和雨到昭阳。
泪痕不学君恩断，拭却千行更万行。

【注释】①长门：汉宫名。汉武帝的陈皇后失宠后居于此。相传司马相如为陈皇后作《长门赋》，实为后人假托之作。自汉以来古典诗歌中，常以"长门怨"为题发抒失宠宫妃的哀怨之情。一作刘皂诗。②昭阳：汉宫殿名，后泛指后妃居住的宫殿。

【点评】相似的有白居易《后宫词》："泪湿罗巾梦不成，夜深前殿按歌声。红颜未老恩先断，斜倚熏笼坐到明。"

※ 程长文

春闺怨

绮陌香飘柳如线，时光瞬息如流电。
良人何处事功名，十载相思不相见。

【注释】①如：一作“惊”。

※ 李舜弦

钓鱼不得

尽日池边钓锦鳞，芰荷香里暗消魂。
依稀纵有寻香饵，知是金钩不肯吞。

【注释】①锦鳞：鱼的美称。②芰（jì）：古书上指菱。

※ 无名氏

杂诗

近寒食雨草萋萋，著麦苗风柳映堤。
等是有家归未得，杜鹃休向耳边啼。

【注释】①萋萋：草木茂盛貌。

【点评】本诗平仄在所有唐诗中别具一格。

水调歌

平沙落日大荒西，陇上明星高复低。
孤山几处看烽火，壮士连营候鼓鼙。

【注释】①鼙（pí）：古代军中的一种小鼓。

初过汉江

襄阳好向岘亭看，人物萧条值岁阑。
为报习家多置酒，夜来风雪过江寒。

【注释】①题注：一作崔涂诗。②汉江：一称汉水，为长江最大支流，源出于陕西宁强县北蟠冢山。作者所游汉江是指流入湖北西北部和中部这段水域。③襄阳：古郡名，建安十三年（208）分南郡、南阳西郡置，隋唐时或称襄州，或称襄阳郡，治所在襄阳（今湖北襄樊市）。④岘（xiàn）亭：指岘山之亭，岘山又名岘首山，在湖北襄阳南，东临汉水，为襄阳南面要塞，东晋桓宣曾于山上筑戍守。晋羊祜镇守此地时，尝登此山置酒言泳，在任时务德政，身后民众为他在山上置碑，即"堕泪碑"，有亭必有碑，此碑乃羊公碑也。⑤值岁阑：时值岁末。阑：晚。⑥习家：习姓之人，指姓习的望族，最著名的代表人物习凿齿。《晋书》卷八十二《习凿齿传》载："习凿齿，字彦威，襄阳人也。宗族富盛，世为乡豪。凿齿少有志气，博学闻，以文笔著称。荆州刺史桓温辟为从事。""累迁别驾……所在任职，每处机要，莅事有绩，善尺牍论识，温甚器遇之。"后常喻指才俊之士。晋代十分重视名士，故习家为名士之家，受人尊重。

杂诗

无定河边暮角声，赫连台畔旅人情。
函关归路千余里，一夕秋风白发生。

【注释】①赫连：匈奴姓氏之一。

【点评】刘氏妇《明月堂》"玉钩风急响丁东，回首西山似梦中。明月堂前人不到，庭梧一夜老秋风"，场景和构思类似。

大美中文课之

唐诗千八百首

（中）

奥森书友会▼编

诸家选本　无出其右
好诗名作　一网打尽

台海出版社

五言律诗

※ 王绩

野望

东皋薄暮望，徙倚欲何依。
树树皆秋色，山山唯落晖。
牧人驱犊返，猎马带禽归。
相顾无相识，长歌怀采薇。

【注释】①东皋：山西省河津东皋村，诗人隐居的地方。②薄暮：傍晚，太阳快落山的时候。薄：迫近。③徙倚：徘徊，彷徨。《楚辞·远游》："步徙倚而遥思兮，怊惝怳而乖怀。"④依：归依。⑤秋色：一作"春色"。⑥采薇：薇，是一种植物。相传周武王灭商后，伯夷、叔齐不愿做周的臣子，在首阳山上采薇而食，最后饿死。古时"采薇"代指隐居生活。《诗经·召南·草虫》："陟彼南山，言采其薇。未见君子，我心伤悲。"《诗经·小雅·采薇》："采薇采薇，薇亦作止。曰归曰归，岁亦莫止。靡市靡家，猃狁之故。不遑启居，猃狁之故。"此处暗用二诗的句意，借以抒发自己的苦闷。

赠程处士

百年长扰扰，万事悉悠悠。
日光随意落，河水任情流。
礼乐囚姬旦，诗书缚孔丘。
不如高枕枕，时取醉消愁。

【注释】①程处士：作者朋友，生平未详。处士：未做官或不去做官的读书人。②扰扰：混乱、纷乱的样子。③悠悠：众多的样子。④随意：相当于任意，任凭己意。⑤礼乐：礼和乐的总称。⑥囚：拘禁。此指约束。⑦姬旦：历史上称为周公，周文王之子，辅佐武王灭纣。武王死，成王年幼，周公摄政。成王长大后，周公归政于成王，成王赐天子礼乐。⑧诗：指《诗经》。⑨书：指《尚书》。⑩孔丘：字仲尼，后世称他孔子，儒家学派的创始人。他曾周游列国，但不为当时的国君所用。他曾删《诗》《书》，定《礼》《乐》，赞《周易》，修《春秋》，用尽心力。⑪高枕枕：安卧。比喻安闲无忧。

※ 庾抱

别蔡参军

人世多飘忽，沟水易东西。
今日欢娱尽，何年风月同。
悲生万里外，恨起一杯中。
性灵如未失，南北有征鸿。

【注释】①征鸿：即征雁。

※ 李世民

过旧宅

新丰停翠辇，谯邑驻鸣笳。
园荒一径新，苔古半阶斜。
前池消旧水，昔树发今花。
一朝辞此地，四海遂为家。

【注释】①新丰：唐初新丰县，即今天西安市新丰镇。汉时建县，刘邦称帝后，刘太公思归故里，刘邦仿老家丰地街巷另筑一城于关中，并迁故旧居之，以娱太公，后更名为新丰。②翠辇：装饰有翠羽的车辇，这里指帝王所乘车辆。③谯（qiáo）邑：秦置县，魏武帝曹操故里，在今安徽亳县。李渊早年仕隋时曾任谯州刺史，其地在今安徽亳州。④鸣笳：古代贵官出行，前导鸣笳以启路，这里指代皇帝出巡到此。⑤荒：荒无人烟。⑥新：干净。⑦苔古：一作“台平”。指路边阶下铺满绿茸茸的苍苔。⑧消：替换。⑨辞：离开。⑩此：一作“北”。⑪四海：出自《荀子·荣辱》：“夫贵为天子，富有天下，身不免于戮杀者，正倾非也。是二世之过也。”《汉书·高祖纪》：“且夫天子以四海为家，非令壮丽，亡以重威。”这里借此点明了自己的身份。⑫为：一作“成”。

【**点评**】态度比刘邦《大风歌》谦虚了不少。年轻的皇帝一谦虚想不成大业都难。

帝京篇

秦川雄帝宅，函谷壮皇居。
绮殿千寻起，离宫百雉余。
连甍遥接汉，飞观迥凌虚。
云日隐层阙，风烟出绮疏。

【**注释**】①百雉（zhì）：宫墙的长度达三百丈，是春秋时国君的特权。雉：古代计算城墙面积的单位。长三丈高一丈为一雉。《礼记·坊记》：“都城不过百雉。”郑玄注：“雉，度名也，高一丈，长三丈。”②连甍（méng）：形容房屋连延成片。甍：屋脊。③凌虚：升于空际。④绮疏：雕刻成空心花纹的窗户。

※ 马周

凌朝浮江旅思

太清上初日，春水送孤舟。
山远疑无树，潮平似不流。
岸花开且落，江鸟没还浮。
羁望伤千里，长歌遣四愁。

【**注释**】①凌朝：早晨。②太清：一作“天晴”，天空。③没还浮：时而钻入水中，时而浮出水面。④羁：停留。

【**点评**】清新淡雅的一首诗，有六朝神韵。

※ 骆宾王

在狱咏蝉

西陆蝉声唱，南冠客思深。
不堪玄鬓影，来对白头吟。
露重飞难进，风多响易沉。
无人信高洁，谁为表予心。

【注释】①西陆：指秋天。《隋书·天文志》载："日循黄道东行一日一夜行一度，三百六十五日有奇而周天。行东陆谓之春，行南陆谓之夏，行西陆谓之秋，行北陆谓之冬。"②南冠：楚冠，这里是囚徒的意思。用《左传·成公九年》楚钟仪戴着南冠被囚于晋国军府事。深：一作"侵"。③玄鬓：指蝉的黑色翅膀，这里比喻自己正当盛年。④不堪：一作"那堪"。⑤白头吟：乐府曲名。《乐府诗集》解题说是鲍照、张正见、虞世南诸作，皆自伤清直却遭诬谤。两句意谓，自己正当玄鬓之年，却来默诵《白头吟》那样哀怨的诗句。⑥高洁：清高洁白。古人认为蝉栖高饮露，是高洁之物。作者因以自喻。

※ 李峤

和杜学士江南初霁羁怀

大江开宿雨，征棹下春流。
雾卷晴山出，风恬晚浪收。
岸花明水树，川鸟乱沙洲。
羁眺伤千里，劳歌动四愁。

【注释】①编者注：此篇与马周《凌朝浮江旅思》诗后四句同而少异。②霁：雨过天晴。③羁怀：旅途感怀。羁：马笼头。④劳歌：劳作者之歌。骆宾王《送吴七游蜀》："劳歌徒欲奏，赠别竟无言。"张旭《清溪泛舟》："旅人倚征棹，薄暮起劳歌。"许浑《谢亭送别》："劳歌一曲解行舟，红叶青山水急流。"⑤四愁：汉张衡所作《四愁诗》。

※ 杜审言

和晋陵陆丞早春游望

独有宦游人，偏惊物候新。
云霞出海曙，梅柳渡江春。
淑气催黄鸟，晴光转绿蘋。
忽闻歌古调，归思欲沾巾。

【注释】①和：指用诗应答。②晋陵：现江苏省常州市。③宦游人：离家作官的人。④物候：指自然界的气象和季节变化。⑤淑气：和暖的天气。⑥绿蘋（pín）：浮萍。⑦古调：指陆丞写的诗，即题目中的《早春游望》。⑧巾：一作“襟”。

【点评】杜甫对爷爷的点赞真如滔滔江水绵绵不绝，有这几首五律在，也不算太过分，比苏味道强。偶然读到一首武后宫人诗：“此别难重陈，花飞复恋人。来时梅覆雪，去日柳含春。物候催行客，归途淑气新。剡川今已远，魂梦暗相亲。”谁先谁后？

夏日过郑七山斋

共有樽中好，言寻谷口来。
薜萝山径入，荷芰水亭开。
日气含残雨，云阴送晚雷。
洛阳钟鼓至，车马系迟回。

【注释】①过：访，探望。②郑七：杜审言的好友。③山斋：山中别墅。④樽（zūn）中好（hào）：喜爱杯中之物。樽：古代的盛酒器具。⑤谷口：汉代县名，在今陕西礼泉县东。皇甫谧《高士传》载，汉代有一个叫郑璞的人，家住谷口，躬耕垄亩，避世隐居，恬淡静默。成帝之舅大将军王凤以礼聘他出山，他也不屈就。当时人们佩服他的清高，名震京师。杜审言因友人姓郑，就以谷口借指友人的山斋，用郑璞的清高，比喻友人的高洁。⑥薜（bì）：薜荔，木本植物，又名木莲、木馒头，茎蔓生，花小，果实形似莲房。萝：女萝，地衣类植物，即松萝，常寄生松树上，丝状，蔓延下垂。晋后多以薜萝指隐士的服装。此用以赞美郑七归隐之志。⑦芰（jì）：菱角，两角者为菱，四角者为芰。屈原《离骚》有“制芰荷以为衣兮，集芙蓉以为裳”句，后用芰荷指隐者的服装，比喻生活高洁。此用其意，赞赏友人。⑧洛阳：唐代东都。⑨钟鼓：古代有黄昏时击鼓、撞钟以报时的风尚。此指时近傍晚。

旅寓安南

交趾殊风候，寒迟暖复催。
仲冬山果熟，正月野花开。
积雨生昏雾，轻霜下震雷。
故乡逾万里，客思倍从来。

【注释】①安南：唐代六都护之一，本交州都督府，属岭南道。今越南河内。②交趾：汉武帝所置十三刺史部之一，辖境相当今广东、广西的大部和越南的北部、中部。后来泛指五岭以南。该诗中指越南北部。③风候：风物气候。

登襄阳城

旅客三秋至，层城四望开。
楚山横地出，汉水接天回。
冠盖非新里，章华即旧台。
习池风景异，归路满尘埃。

【注释】①三秋：指九月，即秋天的第三个月。王勃《滕王阁序》：“时维九月，序属三秋。”②层城：重城，高城。③楚山：山名。在襄阳西南，即马鞍山，一名望楚山。④汉水：水名。长江支流。襄阳城正当汉水之曲，故云“接天回”。⑤冠盖：里名。据《襄阳耆旧传》载，冠盖里得名于汉宣帝时。因为当时襄阳的卿士、刺史等多至数十人。冠和盖都是官宦的标志。⑥章华：台名。春秋时期楚灵王所筑。⑦习池：池名。汉侍中习郁曾在岘山南做养鱼池，池中栽满荷花，池边长堤种竹和长楸，是襄阳名胜，后人称为习池。

※ 苏味道

正月十五夜

火树银花合，星桥铁锁开。
暗尘随马去，明月逐人来。
游伎皆秾李，行歌尽落梅。
金吾不禁夜，玉漏莫相催。

【注释】①火树银花：比喻灿烂绚丽的灯光和焰火。特指上元节的灯景。此句对后世影响甚大，如宋辛弃疾《青玉案·元夕》："东风夜放花千树……蓦然回首，那人却在灯火阑珊处。"②星桥：星津桥，天津三桥之一，"洛水贯都，以像星汉"，此处或以星津桥指代天津三桥。③铁锁开：比喻京城开禁。唐朝都城都有宵禁，但在正月十五这天取消宵禁，连接洛水南岸的里坊区与洛北禁苑的天津桥、星津桥、黄道桥上的铁锁打开，任平民百姓通行。④暗尘：暗中飞扬的尘土。宋周邦彦《解语花·上元》："相逢处，自有暗尘随马。"⑤逐人来：追随人流而来。⑥游伎：歌女、舞女。一作"游骑（jì）"。⑦秾李：此处指观灯歌伎打扮得艳若桃李。《诗经·召南·何彼秾矣》："何彼秾矣，华如桃李。"⑧落梅：曲调名。⑨金吾：原指仪仗队或武器，此处指金吾卫，掌管京城戒备，禁人夜行的官名，汉代置。《唐两京新记》载："正月十五日夜，敕金吾弛禁，前后各一日以看灯，光若昼日。"⑩不禁夜：指取消宵禁。唐时，京城每天晚上都要戒严，对私自夜行者处以重罚。一年只有三天例外，即正月十四、十五、十六。⑪玉漏：古代用玉做的计时器皿，即滴漏。

※ 郭利贞

上元

九陌连灯影，千门度月华。
倾城出宝骑，匝路转香车。
烂熳惟愁晓，周游不问家。
更逢清管发，处处落梅花。

【注释】①上元：农历正月十五日为上元节，也叫元宵节。②九陌：汉长安城中的九条大道。③烂熳（màn）：古同“烂漫”，形容光彩四射。④清管：声音清越的管乐器。

※ 杨炯

从军行

烽火照西京，心中自不平。
牙璋辞凤阙，铁骑绕龙城。
雪暗凋旗画，风多杂鼓声。
宁为百夫长，胜作一书生。

【注释】①烽火：古代边防告急的烟火。②西京：长安。③牙璋：古代发兵所用之兵符，分为两块，相合处呈牙状，朝廷和主帅各执其半。指代奉命出征的将帅。④凤阙：阙名。汉建章宫的圆阙上有金凤，故以凤阙指皇宫。⑤龙城：又称龙庭，在今蒙古国鄂尔浑河的东岸。汉时匈奴的要地。汉武帝派卫青出击匈奴，曾在此获胜。这里指塞外敌方据点。⑥凋：原意指草木枯败凋零，此指失去了鲜艳的色彩。⑦百夫长：一百个士兵的头目，泛指下级军官。

※ 王勃

送杜少府之任蜀州

城阙辅三秦，风烟望五津。
与君离别意，同是宦游人。
海内存知己，天涯若比邻。
无为在歧路，儿女共沾巾。

【注释】①少府：官名。②之：到、往。③蜀州：今四川崇州。④城阙辅三秦：城阙：城楼，指唐代京师长安城。辅：护卫。三秦：指长安城附近的关中之地，即今陕西省潼关以西一带。秦朝末年，项羽破秦，把关中分为三区，分别封给三个秦国的降将，故称。辅三秦：一作“俯西秦”。⑤五津：指岷江的五个渡口白华津、万里津、江首津、涉头津、江南津。这里泛指蜀川。⑥君：对人的尊称，相当于“您”。⑦同：一作“俱”。⑧宦（huàn）游：出外做官。⑨海内：四海之内，即全国各地。古代人认为我国疆土四周环海，所以称天下为四海之内。⑩天涯：天边，这里比喻极远的地方。⑪比邻：并邻，近邻。⑫无为：无须、不必。⑬歧路：岔路。古人送行常在大路分岔处告别。⑭沾巾：泪水沾湿衣服和腰带，意思是挥泪告别。

仲春郊外

东园垂柳径，西堰落花津。

物色连三月，风光绝四邻。

鸟飞村觉曙，鱼戏水知春。

初晴山院里，何处染嚣尘。

【注释】①仲春：春季的第二个月，即农历二月。②东园：泛指园圃。③径：小路。④堰：水坝。⑤津：渡口。⑥物色：景色、景物。⑦连三月：即连月。三：表示多数。⑧绝四邻：指这里的幽雅景致是周围四邻所没有的。绝，一作“绕”。⑨曙：破晓、天刚亮。⑩鱼戏：乐府古辞《江南曲》：“鱼戏莲叶间。”⑪山院：山间庭院。⑫嚣尘：喧闹的俗尘。

别薛华

送送多穷路，遑遑独问津。

悲凉千里道，凄断百年身。

心事同漂泊，生涯共苦辛。

无论去与住，俱是梦中人。

【注释】①薛华：即薛曜，字曜华，父薛元超，祖父薛收。薛收是王勃祖父王通的弟子。薛王为累世通家。薛华以诗文知名当世，是王勃最亲密的朋友。②穷路：即穷途末路之意，喻世途艰难。③遑遑：惊恐不安貌，匆忙貌。④问津：

问路。津：渡口。⑤去与住：即去者与住者，指要走的薛华与留下的自己。⑥梦中人：睡梦中的人，意即梦中相见，或前途未卜。

※ 宋之问

题大庾岭北驿

阳月南飞雁，传闻至此回。
我行殊未已，何日复归来。
江静潮初落，林昏瘴不开。
明朝望乡处，应见陇头梅。

【注释】①大庾（yǔ）岭：在江西、广东交界处，为五岭之一。②北驿：大庾岭北面的驿站。③阳月：阴历十月。④传闻：传说，听说。⑤“我行”句：意谓自己要去的贬谪之地还远，所以自己还不能停下。殊未已：远远没有停止。殊：还。⑥瘴（zhàng）：旧指南方湿热气候下山林间对人有害的毒气。⑦望乡处：远望故乡的地方，指站在大庾岭处。⑧陇头梅：大庾岭地处南方，其地气候和暖，故十月即可见梅，旧时红白梅夹道，故有梅岭之称。陇头即为“岭头”。陇：山陇。

度大庾岭

度岭方辞国，停轺一望家。
魂随南翥鸟，泪尽北枝花。
山雨初含霁，江云欲变霞。
但令归有日，不敢恨长沙。

【注释】①辞国：离开京城。国：国都，指长安。②轺（yáo）：只用一马驾辕的轻便马车。③翥（zhù）：鸟向上飞举。南翥鸟：前人有过三种解释，一说泛指南飞的鸟；一说指鹧鸪，《禽经》上有“鹧鸪南翥”的说法，而古人又认为鹧鸪的叫声是“行不得也哥哥”，自然引起行人的惆怅；一说是大雁，《题大庾岭北驿》有“阳月南飞雁，传闻至此回。我行殊未已，何日复归来？”又《唐会要》卷二八有“阳为君德，雁随阳者，臣归君之象也”的说法。④北枝花：大庾岭北的梅花。《白氏六帖·梅部》："大庾岭上梅，南枝落，北枝开。"⑤霁：雨（或雪）止天晴。⑥长沙：用西汉贾谊故事。谊年少多才，文帝欲擢拔为公卿。因老臣谗害，谊被授长沙王太傅（汉代长沙国，今湖南长沙市一带）。《史记·屈原贾生列传》，贾谊："闻长沙卑湿，自以寿不得长，又以谪去。意不自得。"诗意本此。

※ 崔融

关山月

月生西海上，气逐边风壮。
万里度关山，苍茫非一状。
汉兵开郡国，胡马窥亭障。
夜夜闻悲笳，征人起南望。

【注释】①关山月：《乐府解题》载："《关山月》，伤离别也，古《木兰诗》曰：万里赴戎机，关山度若飞。朔气传金柝，寒光照铁衣。按相和曲有《度关山》，亦类此也。"②胡马：胡人的军队。③亭障：古代边塞要地设置的堡垒。

【点评】与李白《关山月》不相上下。

※ 郭震

塞上

塞外虏尘飞，频年出武威。
死生随玉剑，辛苦向金微。
久戍人将老，长征马不肥。
仍闻酒泉郡，已合数重围。

【注释】①塞外：古代指长城以北的地区。也称塞北。②金微：即今阿尔泰山。③酒泉郡：郡名，公元前121年置酒泉郡，辖黄河以西的匈奴休屠王、浑邪王故地，是河西四郡中最早设立的一郡。

※ 沈佺期

夜宿七盘岭

独游千里外，高卧七盘西。
晓月临窗近，天河入户低。
芳春平仲绿，清夜子规啼。
浮客空留听，褒城闻曙鸡。

【注释】①七盘岭：在今四川广元东北，唐时属巴州，又名五盘岭、七盘山，有石磴七盘而上，岭上有七盘关。②游：诗人对流放的婉转说法。③高卧：此处用以形容旅途的寂寞无聊。④晓月临窗近：晓：一作“山”。窗：一作“床”。⑤天河：银河。⑥平仲：银杏的别称，俗称白果。左思《吴都赋》写江南四种特产树木，“平仲君迁，松梓古度。”旧注：“平仲之实，其白如银。”这里即用以写南方异乡树木，兼有寄托自己清白之意。⑦子规：杜鹃鸟。相传是古蜀王望帝杜宇之魂化成，暮春鸣声悲哀如唤“不如归去”，古以为蜀鸟的代表，多用作离愁的寄托。⑧浮客：无所归宿的远行之游子。⑨褒城：地名，在今陕西汉中北。

杂诗

闻道黄龙戍，频年不解兵。
可怜闺里月，长在汉家营。
少妇今春意，良人昨夜情。
谁能将旗鼓，一为取龙城。

【注释】①闻道：听说。不解：不停止。这两句意思是，听说黄龙戍一带，常年战事不断。②龙城：汉时匈奴地名，为匈奴祭天之处。

※ 陈子昂

送魏大从军

匈奴犹未灭，魏绛复从戎。
怅别三河道，言追六郡雄。
雁山横代北，狐塞接云中。
勿使燕然上，惟留汉将功。

【注释】①魏大：陈子昂的友人。姓魏，在兄弟中排行第一，故称。②“匈奴”句：用汉代骠骑将军霍去病“匈奴未灭，无以家为也”典故。犹：还。③“魏绛”句：魏绛：春秋晋国大夫，他主张晋国与邻近少数民族联合，曾言“和戎有五利”，后来戎狄亲附，魏绛也因消除边患而受金石之赏。复：又。从戎：投军。戎：兵器，武器。④怅别：充满惆怅地离别。⑤三河道：古称河东、河内、河南为三河，大致指黄河流域中段平原地区。⑥六郡雄：原指金城、陇西、天水、安定、北地、上郡的豪杰，这里专指西汉时在边地立过功的赵充国，《汉书》称其为“六郡良家子”。⑦雁山：即雁门山。在今山西代县。⑧横代北：横亘在代州之北。⑨狐塞：飞狐塞的省称。在今河北省涞源县，北跨蔚县界。塞：边界上的险要之处。⑩云中：云中郡，治所在今山西大同。⑪燕（yān）然：古山名，今蒙古人民共和国境内的杭爱山。东汉永元元年，车骑将军窦宪领兵出塞，大破北匈奴，登燕然山，刻石勒功，记汉威德。（《后汉书·窦宪传》）

【点评】子昂有诗在此横刀立马，王绩《野望》和杜审言《和晋陵陆丞早春游望》想要问鼎初唐五律冠军，很难。

晚次乐乡县

故乡杳无际，日暮且孤征。
川原迷旧国，道路入边城。
野戍荒烟断，深山古木平。
如何此时恨，噭噭夜猿鸣。

【注释】①次：停留。②乐乡县：地名，唐时属山南道襄州，故城在今湖北荆门北九十里。③孤征：独自在旅途。④川原：山川原野。⑤迷旧国：迷失了故乡。旧国：故乡。⑥野戍：野外驻防之处。⑦嗷（jiào）嗷：号叫声，这里指猿啼声。

【点评】走的是陆路？李白出川走的是水路，动感十足，“山随平野尽，江入大荒流。”

春夜别友人

银烛吐青烟，金樽对绮筵。
离堂思琴瑟，别路绕山川。
明月隐高树，长河没晓天。
悠悠洛阳道，此会在何年。

【注释】①银烛：明亮的蜡烛。②绮筵：华丽的酒席。③离堂：饯别的处所。④琴瑟：指朋友宴会之乐。语出《诗经·小雅·鹿鸣》“我有嘉宾，鼓琴鼓瑟。”⑤“明月”二句：说明这场春宴从头一天晚上一直持续到第二天清晨。长河指银河。⑥悠悠：遥远。⑦洛阳道：通往洛阳的路。

【点评】侠客也能作婉约诗。

送客

故人洞庭去，杨柳春风生。
相送河洲晚，苍茫别思盈。
白蘋已堪把，绿芷复含荣。
江南多桂树，归客赠生平。

【点评】这是一首律诗，关键在发音一般人不知道有变化。其中颈联“绿芷复含荣（yíng）”，因为陈子昂为四川人，作为诗人老乡的编辑一读就懂。同理，好多老陕的唐诗看似平仄不齐，但只要了解到关中的发音（唐朝的普通话），就能豁然开朗，这个得益于编辑以前有机会在外派西安一年，行万里路的一点意外收获。

※ 张说

入海

乘桴入南海，海旷不可临。
茫茫失方面，混混如凝阴。
云山相出没，天地互浮沉。
万里无涯际，云何测广深。
潮波自盈缩，安得会虚心。

【注释】①乘桴（fú）：乘坐竹木小筏。《论语·公冶长》：“道不行，乘桴浮于海。”②方面：方向。③混混：同“滚滚”。

※ 上官婉儿

彩书怨

叶下洞庭初，思君万里余。
露浓香被冷，月落锦屏虚。
欲奏江南曲，贪封蓟北书。
书中无别意，惟怅久离居。

【注释】①彩书怨：一名《彩毫怨》。彩书即帛书，指书信。②叶下洞庭初：化用屈原《九歌·湘夫人》“袅袅兮秋风，洞庭波兮木叶下”之意。叶下：秋至之征。初：一作“秋”。③思君万里余：隔万里而相思，化用《古诗十九首·行行重行行》“相去万余里”“思君令人老”。④锦屏：锦绣屏风，这里指天空。⑤江南曲：乐府曲调名。《乐府古题要解》载：“《江南曲》古词云‘江南可采莲，莲叶何田田’，盖美其芳晨丽景，嬉游得时。”这里代指歌咏游乐之曲。⑥贪：急切。⑦封：这里有“写”的意思。⑧蓟（jì）北：蓟州（今河北蓟县）以北一带地方，此泛指东北边地。

【点评】六朝余韵向唐近体诗过渡的作品。

※ 寒山

杳杳寒山道

杳杳寒山道，落落冷涧滨。
啾啾常有鸟，寂寂更无人。
淅淅风吹面，纷纷雪积身。
朝朝不见日，岁岁不知春。

【注释】①杳杳：幽暗状。②寒山：始丰县（今浙江天台县西），天台山有寒暗二岩，寒山即寒岩，乃诗人所居。③落落：寂静冷落的样子。④淅淅：象声词，形容风声。一作“碛碛”。

【点评】破格又合格，我们管它叫创格。《诗经》中已有双声叠韵，如《关雎》：“关关雎鸠，在河之洲。窈窕淑女，君子好逑。参差荇菜，左右流之。窈窕淑女，寤寐求之。求之不得，寤寐思服。悠哉悠哉，辗转反侧。”汉诗《迢迢牵牛星》：“迢迢牵牛星，皎皎河汉女。纤纤擢素手，札札弄机杼。终日不成章，泣涕零如雨。河汉清且浅，相去复几许。盈盈一水间，脉脉不得语。”惜不多见。后人词中欧阳修有“庭院深深深几许”、李清照“寻寻觅觅凄凄惨惨戚戚”多有借鉴。至于王实甫元曲《别情》又不免渲染太过，“自别后遥山隐隐，更那堪远水粼粼。见杨柳飞绵滚滚，对桃花醉脸醺醺。透内阁香风阵阵，掩重门暮雨纷纷。怕黄昏忽地又黄昏，不销魂怎地不销魂。新啼痕压旧啼痕，断肠人忆断肠人。今春香肌瘦几分？缕带宽三寸。”

城中蛾眉女

城中蛾眉女，珠佩何珊珊。
鹦鹉花前弄，琵琶月下弹。
长歌三月响，短舞万人看。
未必长如此，芙蓉不耐寒！

【注释】①蛾眉：以蚕蛾的触须比喻女子的眉毛细长，形容其容貌美好。②佩：佩饰，系在衣带上作装饰用的玉。③珊珊（shān）：形容玉佩之声。④花前：一作“花间”。⑤“长歌”句：《列子·汤问》：“昔韩娥东之齐，匮粮，过雍门，鬻歌假食，既去而余音绕梁，三日不绝。”说的是当时著名歌唱家韩娥的歌声余音绕梁，三日不绝。《论语·述而》载：“子在齐闻韶，三月不知肉味。”孔子三十五岁时，因为鲁国内乱出奔齐国，听到王宫的韶乐演奏，十分欣赏，赞美韶乐“尽美矣，又尽善也”。“三月响”合两则典故，极力形容歌声的美妙。⑥短舞：节奏很快的舞蹈。⑦芙蓉：荷花。

【点评】既然如此，何必传颂昙花一现呢。

自乐平生道

自乐平生道，烟萝石洞间。
野情多放旷，长伴白云闲。
有路不通世，无心孰可攀。
石床孤夜坐，圆月上寒山。

【注释】①烟萝：草树茂密，烟聚萝缠。②放旷：旷达，放达。

吾家好隐沦

吾家好隐沦，居处绝嚣尘。
践草成三径，瞻云作四邻。
助歌声有鸟，问法语无人。
今日娑婆树，几年为一春。

【注释】①隐沦：隐居。②三径：指归隐者的家园。晋赵岐《三辅决录·逃名》：“蒋诩归乡里，荆棘塞门，舍中有三径，不出，唯求仲、羊仲从之游。”晋陶潜《归去来辞》：“三径就荒，松菊犹存。”

※ 张九龄

湖口望庐山瀑布泉

万丈洪泉落，迢迢半紫氛。
奔流下杂树，洒落出重云。
日照虹霓似，天清风雨闻。
灵山多秀色，空水共氤氲。

【注释】①湖口：即鄱阳湖口，当时归洪州大都督府管辖。湖口遥对庐山，能见山头云雾变幻及瀑布在日光映照下闪耀的色彩。庐山：在今江西省九江市。②洪泉：指水丰势强的瀑布。③迢迢：形容瀑布之长。④紫氛：紫色的水气。⑤杂树：瀑布岩壁边杂乱的树木。⑥重云：层云。⑦虹霓：阳光射入窜的水珠，经过折射、反射形成的自然现象。⑧天清：天气清朗。⑨灵山：指庐山。⑩氤氲（yīn yūn）：形容水气弥漫流动。

【点评】瀑布诗，李白、张九龄、徐凝、施肩吾、白朴都写过，张诗名气不大，但着实不赖。

折杨柳

纤纤折杨柳，持此寄情人。
一枝何足贵，怜是故园春。
迟景那能久，芳菲不及新。
更愁征戍客，客鬓老边尘。

【注释】①折杨柳：乐府曲名。②一枝：指杨柳枝。古人有临别折柳相赠的风俗。③怜：爱怜。

望月怀远

海上生明月，天涯共此时。
情人怨遥夜，竟夕起相思。

灭烛怜光满，披衣觉露滋。
不堪盈手赠，还寝梦佳期。

【注释】①怀远：怀念远方的亲人。②“海上”二句：海上升起明月，想起远在天涯的亲友，此刻也该望着同一轮明月。谢庄《月赋》有“隔千里兮共明月”句。③情人：多情的人，指作者自己。一说指亲人。④遥夜：长夜。⑤竟夕：终夜，通宵，即一整夜。《后汉书·第五伦传》：“吾子有疾，虽不省视而竟夕不眠。若是者，岂可谓无私乎？”⑥“不堪”二句：月华虽好但是不能相赠，不如回入梦乡觅取佳期。陆机《拟明月何皎皎》：“照之有余辉，揽之不盈手。”盈手：双手捧满之意。盈：满（指充盈的状态）。

【点评】好诗憎富贵，张九龄是个例外，晏殊也算一个。

※ 王湾

次北固山下

客路青山外，行舟绿水前。
潮平两岸阔，风正一帆悬。
海日生残夜，江春入旧年。
乡书何处达？归雁洛阳边。

【注释】①次：旅途中暂时停宿，这里是停泊的意思。②北固山：在今江苏镇江北，三面临水，倚长江而立。③客路：行客前进的路。④青山：指北固山。⑤“潮平”句：潮水涨满时，两岸之间水面宽阔。⑥“风正”句：顺风行船，风帆垂直悬挂。风正：风顺。⑦海日：海上的旭日。⑧残夜：夜将尽之时。⑨乡书：家信。⑩归雁：北归的大雁。大雁每年秋天飞往南方，春天飞往北方。古代有用大雁传递书信的传说。

※ 李颀

望秦川

秦川朝望迥，日出正东峰。
远近山河净，逶迤城阙重。
秋声万户竹，寒色五陵松。
客有归欤叹，凄其霜露浓。

【注释】①秦川：泛指今秦岭以北平原地带。按此诗中意思指长安一带。②迥（jiǒng）：遥远。③五陵：指长安城北、东北、西北汉代五个皇帝的陵墓，长陵（高祖刘邦）、安陵（惠帝刘盈）、阳陵（景帝刘启）、茂陵（武帝刘彻）、平陵（昭帝刘弗陵）。

※ 祖咏

赠苗发员外

宿雨朝来歇，空山天气清。
盘云双鹤下，隔水一蝉鸣。
古道黄花落，平芜赤烧生。
茂陵虽有病，犹得伴君行。

【注释】①平芜：草木丛生的平旷原野。②茂陵：司马相如病免后家居茂陵，后因用以指代相如。

江南旅情

楚山不可极，归路但萧条。
海色晴看雨，江声夜听潮。
剑留南斗近，书寄北风遥。
为报空潭橘，无媒寄洛桥。

【注释】①楚山：楚地之山。②南斗：星名，南斗六星，即斗宿。古人有“南斗在吴”的说法。③潭橘：吴潭的橘子。④洛桥：洛阳天津桥，此代指洛阳。

※ 孟浩然

春中喜王九相寻

二月湖水清，家家春鸟鸣。
林花扫更落，径草踏还生。
酒伴来相命，开尊共解酲。
当杯已入手，歌妓莫停声。

【注释】①解酲（chéng）：醒酒，消除酒病。

望洞庭湖赠张丞相

八月湖水平，涵虚混太清。
气蒸云梦泽，波撼岳阳城。
欲济无舟楫，端居耻圣明。
坐观垂钓者，徒有羡鱼情。

【注释】①洞庭湖：中国第二大淡水湖，在今湖南省北部。②张丞相：指张九龄，唐玄宗时宰相。③涵虚：指天空倒映在水中。涵：包容。虚：虚空，空间。④混太清：与天混为一体。清：指天空。⑤云梦泽：古代云梦泽分为云泽和梦泽，指湖北南部、湖南北部一带低洼地区。洞庭湖是它南部的一角。⑥撼：一作“动”。⑦岳阳城：在洞庭湖东岸。⑧“欲济”句：想渡湖而没有船只，比喻想做官而无人引荐。济：渡。楫（jí）：划船用具，船桨。⑨端居：闲居。⑩圣明：指太平盛世，古时认为皇帝圣明，社会就会安定。⑪坐观：一作“徒怜”。⑫徒：只能。一作“空”。⑬羡鱼：《淮南子·说林训》：“临河而羡鱼，不如归家织网。”

与诸子登岘山

人事有代谢，往来成古今。
江山留胜迹，我辈复登临。
水落鱼梁浅，天寒梦泽深。
羊公碑尚在，读罢泪沾襟。

【注释】①岘（xiàn）山：一名岘首山，在今湖北襄阳以南。②诸子：指诗人的几个朋友。③代谢：交替变化。④往来：旧的去，新的来。⑤复登临：对羊祜曾登岘山而言。羊祜镇守襄阳时，常与友人到岘山饮酒诗赋，有过江山依旧人事短暂的感伤。登临：登山观看。⑥鱼梁：沙洲名，在襄阳鹿门山的沔水中。⑦梦泽：云梦泽，古大泽，即今江汉平原。⑧羊公碑：后人为纪念西晋名将羊祜而建。⑨尚：一作“字”。

【点评】纯天然宝石，无须雕琢。

岁暮归南山

北阙休上书，南山归敝庐。
不才明主弃，多病故人疏。
白发催年老，青阳逼岁除。
永怀愁不寐，松月夜窗虚。

【注释】①题注：一作“归故园作”，一作“归终南山”。②南山：唐人诗歌中常以南山代指隐居题。这里指作者家乡的岘山。一说指终南山。③北阙：皇宫北面的门楼，汉代尚书奏事和群臣谒见都在北阙，后因用作朝廷的别称。《汉书·高帝纪》有注：“尚书奏事，谒见之徒，皆诣北阙。”④休上书：停止进奏章。⑤敝庐：称自己破落的家园。⑥不才：不成材，没有才能，作者自谦之词。⑦明主：圣明的国君。《唐才子传》载，（王）维待诏金銮，一旦私邀入，商较风雅，俄报玄宗临幸，浩然错愕，伏匿床下，维不敢隐，因奏闻。帝喜曰：“朕素闻其人，而未见也。”诏出，再拜。帝问曰：“卿将诗来耶？”对曰：“偶不赍。”即命吟近作，诵至“不才明主弃，多病故人疏”之句，帝慨然曰：“卿不求仕，朕何尝弃卿，奈何诬我！”因命放还南山。⑧多病：一作“卧病”。⑨老：一作“去”。⑩青阳：指春天。《尔雅注疏》载，春为青阳，夏为朱明，秋为白藏，冬为玄英，四气和谓之玉烛。晋郭璞注：“气清而温阳。”宋邢炳疏：“言春之气和则青而温阳也。”⑪逼：催迫。⑫岁除：年终。⑬永怀：悠悠的思怀。⑭愁不寐：因忧愁而睡不着觉。寐：一作“寝”。⑮窗：一作“堂”。⑯虚：空寂。

过故人庄

故人具鸡黍，邀我至田家。
绿树村边合，青山郭外斜。
开轩面场圃，把酒话桑麻。
待到重阳日，还来就菊花。

【注释】①过：拜访。②故人庄：老朋友的田庄。庄：田庄。③具：准备，置办。④鸡黍：指农家待客的丰盛饭食（字面指鸡和黄米饭）。黍（shǔ）：黄米，古代认为是上等的粮食。⑤郭：古代城墙有内外两重，内为城，外为郭。这里指村庄的外墙。⑥斜（xiá）：倾斜。⑦轩：窗户。⑧面：面对。⑨场圃：场，打谷场、稻场。圃：菜园。⑩把酒：端着酒具，指饮酒。把：拿起，端起。⑪话桑麻：闲谈农事。桑麻：桑树和麻。这里泛指庄稼。⑫重阳日：指夏历的九月初九。古人在这一天有登高、饮菊花酒的习俗。⑬还（huán）：返，来。⑭就菊花：饮菊花酒，也是赏菊的意思。就：靠近，指去做某事。

宿桐庐江寄广陵旧游

山暝闻猿愁，沧江急夜流。
风鸣两岸叶，月照一孤舟。
建德非吾土，维扬忆旧游。
还将两行泪，遥寄海西头。

【注释】①桐庐江：即桐江，在今浙江省桐庐县境。②广陵：今江苏省扬州市。③旧游：指故交。④暝：指黄昏。⑤沧江：指桐庐江。沧同“苍”，因江色苍青，故称。⑥建德：唐时郡名，今浙江省建德一带。汉代，建德桐庐同属富春县。此外以建德代指桐庐。⑦非吾土：不是我的故乡。王粲《登楼赋》："虽信美而非吾土兮，曾何足以少留。"⑧维扬：扬州的别称。《尚书·禹贡》："淮海维扬州。"⑨遥寄：远寄。⑩海西头：指扬州。隋炀帝《泛龙舟歌》："借问扬州在何处，淮南江北海西头。"古扬州幅员广阔，东临大海，在海之西，故云。

留别王维

寂寂竟何待，朝朝空自归。
欲寻芳草去，惜与故人违。
当路谁相假，知音世所稀。
只应守索寞，还掩故园扉。

【注释】①寂寂：落寞。汉秦嘉《赠妇诗》："寂寂独居，寥寥空室。"②竟何待：要等什么。③芳草：本义为香草，古诗中常比喻为美好的品德。此处指美好的处所，暗喻隐逸生活。《楚辞·离骚》："何昔日之芳草兮，今直为此萧艾也。"④当路：身居要职的当权者。⑤假：帮助，支持。⑥知音：知己。《列子·汤问》载，伯牙善鼓琴，钟子期善听琴。伯牙琴音志在高山，子期说"峨峨兮若泰山"；琴音意在流水，子期说"洋洋兮若江河"。伯牙所念，钟子期必得之。后世遂以"知音"喻知己。

早寒有怀

木落雁南度，北风江上寒。
我家襄水曲，遥隔楚云端。
乡泪客中尽，孤帆天际看。
迷津欲有问，平海夕漫漫。

【注释】①木落：树木的叶子落下来。雁南度：大雁南飞。南：一作"初"。首二句从鲍照《登黄鹤矶》"木落江渡寒，雁还风送秋"句脱化而来。②襄（xiāng）水曲（qū）：在汉水的转弯处。襄水：汉水流经襄阳（今属湖北）境内的一段。曲：江水曲折转弯处，即河湾。襄：一作"湘"，又作"江"。曲：一作"上"。③楚云端：长江中游一带云的尽头。云：一作"山"。④乡泪客中尽：思乡眼泪已流尽，客旅生活无比辛酸。⑤孤：一作“归”。⑥天际：天边。一作“天外”。⑦迷津：迷失道路。津：渡口。⑧平海：长江下游入海口附近江面宽阔，水势浩大，称为“平海”。《论语·微子》载，孔子曾经在旅途中迷失方向，让子路向正在耕种的隐士长沮、桀溺询问渡口。这两句化用这个典故，表示自己落拓失意，前途渺茫之叹。

晚泊浔阳望庐山

挂席几千里，名山都未逢。
泊舟浔阳郭，始见香炉峰。
尝读远公传，永怀尘外踪。
东林精舍近，日暮空闻钟。

【注释】①浔阳：江州治所，今江西省九江市。②挂席：扬帆。③香炉峰：庐山著名的山峰。④远公：东晋高僧慧远。⑤东林精舍：即庐山东林寺。

题大禹寺义公禅房

义公习禅寂，结宇依空林。
户外一峰秀，阶前众壑深。
夕阳连雨足，空翠落庭阴。
看取莲花净，应知不染心。

【注释】①义公：指名字中有一“义”字的僧人。②禅房：僧人居住的房屋。③禅寂：即梵文禅那的音义合译，亦简称“禅”。为佛教基本修证之法，即寂静思虑之意。寂：一作“处”。④结宇：建舍。宇：屋檐，代指房屋，这里指禅房。一作“构”。⑤空林：空寂的山林。⑥众：一作“群”。⑦壑：沟壑。⑧雨足：雨脚，指像线一样一串串密密连接的雨点。⑨空翠：明净的翠绿色。⑩莲花：为佛家语，佛教以莲花为最洁，其梵语音译为“优钵罗”。亦指《莲花经》。⑪不染心：心地不为尘念所染。

与颜钱塘登障楼望潮作

百里闻雷震，鸣弦暂辍弹。
府中连骑出，江上待潮观。
照日秋云迥，浮天渤澥宽。
惊涛来似雪，一座凛生寒。

【注释】①渤澥（xiè）：即渤海。

舟中晓望

挂席东南望，青山水国遥。
舳舻争利涉，来往接风潮。
问我今何适？天台访石桥。
坐看霞色晓，疑是赤城标。

【注释】①挂席：挂帆，扬帆。②水国：犹水乡。③舳舻（zhú lú）：指首尾衔接的船只。舳：指船尾；舻：指船头。④利涉：出自《易经》“利涉大川”，意思是，卦象显吉，宜于远航。⑤接：靠近，挨上。⑥风潮：狂风怒潮。⑦“天台”句：天台山是东南名山，石桥尤为胜迹。访：造访，参观。⑧赤城：赤城山，在天台县北，属于天台山的一部分，山中石色皆赤，状如云霞。标：山顶。

※ 刘昚虚

阙题

道由白云尽，春与青溪长。
时有落花至，远闻流水香。
闲门向山路，深柳读书堂。
幽映每白日，清辉照衣裳。

【注释】①昚（shèn）：古同“慎”，谨慎。②阙题：即缺题。阙：通“缺”。

因此诗原题在流传过程中遗失，后人在编诗时以“阙题”为名。③道由白云尽：山路在白云尽处，即在尘境之外。④春：春意，即诗中所说的花柳。⑤闲门：指门前清净，环境清幽，俗客不至。⑥深柳：即茂密的柳树。

【**点评**】跟张继《枫桥夜泊》一样，一首永垂不朽。

※ 孙逖

宿云门寺阁

香阁东山下，烟花象外幽。
悬灯千嶂夕，卷幔五湖秋。
画壁余鸿雁，纱窗宿斗牛。
更疑天路近，梦与白云游。

【**注释**】①逖（tì）：远。②云门寺：在会稽（今浙江省绍兴县）境内的云门山（又名东山）上，始建于晋安帝时。云门寺阁：指云门寺内的阁楼。③香阁：指香烟缭绕的寺中阁楼，即云门寺阁，诗人夜宿之处。④东山：云门山的别名。⑤象外：犹物外，物象之外。晋孙绰《游天台山赋》载：“散以象外之说，畅以无生之篇。”⑥千嶂（zhàng）：千山、群山。嶂：像屏障一样陡峭的山峰。⑦卷幔（màn）：卷起帐幕或帘子。五湖：太湖的别名。《文选·郭璞〈江赋〉》：“注五湖以漫漭，灌三江而漰沛。”李善注引张勃《吴录》：“五湖者，太湖之别名也。”⑧画壁：绘有图画的墙壁。北周庾信《登州中新阁》：“龙来随画壁，凤起逐吹箫。”⑨余：留存。一作“飞”。⑩纱窗：糊有细密纱网的窗子。⑪斗（dǒu）牛：指斗星宿和牛星宿，泛指天空中的星群。北周庾信《哀江南赋》：“路已分于湘汉，星犹看于斗牛。”此处形容云门寺之高。⑫天路：天上的路，通天的路。汉张衡《西京赋》：“美往昔之松乔，要羡门乎天路。”

※ 储光羲

咏山泉

山中有流水，借问不知名。
映地为天色，飞空作雨声。
转来深涧满，分出小池平。
恬澹无人见，年年长自清。

【注释】①借问：犹询问。古诗中常见的假设性问语。②飞空：飞入空中。③深涧：两山中间很深的水。④恬澹：同“恬淡”，清静淡泊。汉王符《潜夫论·劝将》：“太古之民，淳厚敦朴，上圣抚之，恬澹无为。”

张谷田舍

县官清且俭，深谷有人家。
一径入寒竹，小桥穿野花。
碓喧春涧满，梯倚绿桑斜。
自说年来稔，前村酒可赊。

【注释】①碓（duì）：用来舂米谷的器具。②稔（rěn）：庄稼成熟。

题陆山人楼

暮声杂初雁，夜色涵早秋。
独见海中月，照君池上楼。
山云拂高栋，天汉入云流。
不惜朝光满，其如千里游。

【注释】①天汉：天河。②其如：怎奈，无奈。

【点评】有李白风味。

※ 王维

观猎

风劲角弓鸣，将军猎渭城。
草枯鹰眼疾，雪尽马蹄轻。
忽过新丰市，还归细柳营。
回看射雕处，千里暮云平。

【注释】①题注：一作“猎骑”。宋人郭茂倩摘前四句编入《乐府诗集·近代曲辞》，题作《戎浑》。唐人姚合《玄极集》及韦庄《又玄集》均以此诗为王维作。猎：狩猎。②角弓：用兽角装饰的硬弓，使用动物的角、筋等材料制作的传统复合弓。③渭（wèi）城：秦时咸阳城，汉改称渭城，在今西安市西北，渭水北岸。④新丰市：故址在今陕西省临潼东北，是古代盛产美酒的地方。⑤细柳营：在今陕西省长安，是汉代名将周亚夫屯军之地。《史记·绛侯周勃世家》载：“亚夫为将军，军细柳以备胡。”借此指打猎将军所居军营。⑥射雕处：借射雕处表达对将军的赞美。雕：猛禽，飞得快，难以射中。射雕：北齐斛律光精通武艺，曾射中一雕，人称“射雕都督”，此引用其事以赞美将军。《北史·斛律光传》载，北齐斛律光校猎时，于云表见一大鸟，射中其颈，形如车轮，旋转而下，乃是一雕，因被人称为“射雕手”。

使至塞上

单车欲问边，属国过居延。
征蓬出汉塞，归雁入胡天。
大漠孤烟直，长河落日圆。
萧关逢候骑，都护在燕然。

【注释】①使至塞上：奉命出使边塞。使：出使。②单车：一辆车，车辆少，这里形容轻车简从。③问边：到边塞去看望，指慰问守卫边疆的官兵。④属国：有几种解释，一指少数民族附属于汉族朝廷而存其国号者。汉、唐两朝均有一些属国。二指官名，秦汉时有一种官职名为典属国，苏武归汉后即授典属国官职。属国，即典属国的简称，汉代称负责外交事务的官员为典属国，唐人有时以“属国”代称出使边陲的使臣，这里诗人用来指自己使者的身份。⑤居延：地名，汉代称居延泽，唐代称居延海，在今内蒙古额济纳旗北境。西汉张掖郡有居延县（见《汉书·地理志》），故城在今额济纳旗东南。东汉凉州刺史部有张掖居延属国，辖境在居延泽一带。此句一般注本均言王维路过居延。然而王维此次出使，实际上无须经过居延。因而林庚、冯沅君主编的《中国历代诗歌选》认为此句是写唐王朝“边塞的辽阔，附属国直到居延以外”。⑥征蓬：随风远飞的枯蓬，此处为诗人自喻。⑦归雁：雁是候鸟，春天北飞，秋天南行，这里是指大雁北飞。⑧胡天：胡人的领地。这里是指唐军占领的北方。⑨大漠：大沙漠，此处大约是指凉州之北的沙漠。⑩孤烟：赵殿成注有二解：一云古代边防报警时燃狼粪，“其烟直而聚，虽风吹之不散”；二云塞外多旋风，“袅烟沙而直上”。据后人有到甘肃、新疆实地考察者证实，确有旋风如“孤烟直上”。也可能是唐代边防使用的平安火。《通典》卷二一八载：“及暮，平安火不至。”胡三省注：“《六典》，唐镇戍烽候所至，大率相去三十里，每日初夜，放烟一炬，谓之平安火。”⑪长河：黄河。一说指流经凉州（今甘肃武威）以北沙漠的一条内陆河，这条河在唐代叫马成河，疑即今石羊河。⑫萧关：古关名，又名陇山关，故址在今宁夏固原东南。⑬候骑：负责侦察、通讯的骑兵。王维出使河西并不经过萧关，此处大概是用何逊诗“候骑出萧关，追兵赴马邑”之意，非实写。候骑，一作“候吏”。⑭都护：唐朝在西北边疆置安西、安北等六大都护府，其长官称都护，每府派大都护一人、副都护二人，负责辖区一切事务。这里指前敌统帅。⑮燕然：古山名，即今蒙古国杭爱山。这里代指前线。末两句意谓在途中遇到候骑，得知主帅破敌后尚在前线未归。

辋川闲居赠裴秀才迪

寒山转苍翠，秋水日潺湲。
倚杖柴门外，临风听暮蝉。
渡头余落日，墟里上孤烟。
复值接舆醉，狂歌五柳前。

【注释】①辋川：水名，在今陕西省蓝田县南终南山下。山麓有宋之问的别墅，后归王维。王维在那里住了三十多年，直至晚年。②裴迪：诗人，王维的好友，与王维唱和较多。③转苍翠：一作“积苍翠”。转：转为，变为。苍翠：青绿色，苍为灰白色，翠为墨绿色。④潺湲（chán yuán）：水流声，水缓慢地流淌。⑤听暮蝉：聆听秋后的蝉儿的鸣叫。暮蝉：秋后的蝉，这里是指蝉的叫声。⑥渡头：渡口。

⑦墟里：村落。⑧孤烟：直升的炊烟，可以是倚门看到的第一缕村烟。⑨值：遇到。⑩接舆：陆通先生的字。接舆是春秋时楚国人，好养性，假装疯狂，不出去做官。在这里以接舆比裴迪。⑪五柳：陶渊明。作者以“五柳先生”自比。意思是，又碰到狂放的裴迪喝醉了酒，在我面前唱歌。

山居秋暝

空山新雨后，天气晚来秋。
明月松间照，清泉石上流。
竹喧归浣女，莲动下渔舟。
随意春芳歇，王孙自可留。

【注释】①春芳：春天的花草。②歇：消散，消失。③王孙：原指贵族子弟，后来也泛指隐居的人。此句反用淮南小山《招隐士》“王孙兮归来，山中兮不可久留”的意思，王孙实亦自指。反映无可无不可的襟怀。

归嵩山作

清川带长薄，车马去闲闲。
流水如有意，暮禽相与还。
荒城临古渡，落日满秋山。
迢递嵩高下，归来且闭关。

【注释】①嵩山：五岳之一，称中岳，地处河南省登封市西北面。②清川：清清的流水，当指伊水及其支流。清：一作“晴”。川：河川。③带：围绕，映带。④薄：草木丛生之地，草木交错曰薄。⑤去：行走。⑥闲闲：从容自得的样子。⑦暮禽：傍晚的鸟儿。禽，一作“云”。⑧相与：相互做伴。⑨荒城：按嵩山附近如登封等县，屡有兴废，荒城当为废县。⑩临：当着，靠着。⑪古渡：指古时的渡口遗址。⑫迢递：遥远的样子。递：形容遥远。⑬嵩高：嵩山别称嵩高山。⑭且：将要。⑮闭关：佛家闭门静修。这里有闭户不与人来往之意。闭，一作“掩”。

终南山

太乙近天都，连山接海隅。
白云回望合，青霭入看无。
分野中峰变，阴晴众壑殊。
欲投人处宿，隔水问樵夫。

【注释】①终南山：在长安南五十里，秦岭主峰之一。古人又称秦岭山脉为终南山。秦岭绵延八百余里，是渭水和汉水的分水岭。②太乙：终南山别名。又名太一，秦岭之一峰。唐人每称终南山一名太一，《元和郡县志》载："终南山在县（京兆万年县）南五十里。按经传所说，终南山一名太一，亦名中南。"天都：传说天帝居所。这里指帝都长安。③海隅（yú）：海边。终南山并不到海，此为夸张之词。④青霭（ǎi）：山中的岚气。霭：云气。⑤分野：以天上星宿配地上州国称分野。古人以天上的二十八个星宿的位置来区分中国境内的地域，被称为分野。地上的每一个区域都对应星空的某一处分野。

酬张少府

晚年唯好静，万事不关心。
自顾无长策，空知返旧林。
松风吹解带，山月照弹琴。
君问穷通理，渔歌入浦深。

【注释】①酬：以诗词酬答。②张少府：不详何人。少府：唐人称县尉为少府。③长策：犹良计。《史记·平津侯主父列传》："靡毙中国，快心匈奴，非长策也。"④空知：徒然知道。⑤旧林：指禽鸟往日栖息之所。这里比喻旧日曾经隐居的园林。晋陶潜《归园田居》："羁鸟恋旧林，池鱼思故渊。"⑥吹解带：（风）吹开诗人的衣带。⑦"君问"二句：这是劝张少府达观，也即要他像渔樵那样，不因穷通而有得失之患。君，一作"若"。穷：不能当官。通：当官。理：道理。渔歌：隐士的歌。暗用《楚辞·渔父》典："渔父莞尔而笑，鼓枻而去。歌曰：'沧浪之水清兮，可以濯吾缨；沧浪之水浊兮，可以濯吾足。'遂去，不复而言。"浦深：河岸的深处。

过香积寺

不知香积寺，数里入云峰。
古木无人径，深山何处钟。
泉声咽危石，日色冷青松。
薄暮空潭曲，安禅制毒龙。

【注释】①过：过访，探望。②香积寺：在长安县（今陕西省西安市）南神禾原上。③入云峰：登上入云的高峰。④钟：寺庙的钟鸣声。⑤咽：呜咽。⑥危：高的，陡的。“危石”意为高耸的崖石。⑦冷青松：为青松所冷。⑧薄暮：黄昏。⑨曲：水边。⑩安禅：佛家术语，指身心安然进入清寂宁静的境界，在这里指佛家思想。⑪毒龙：佛家比喻俗人的邪念妄想。

送梓州李使君

万壑树参天，千山响杜鹃。
山中一夜雨，树杪百重泉。
汉女输橦布，巴人讼芋田。
文翁翻教授，不敢倚先贤。

【注释】①梓州：《唐诗正音》作“东川”。梓州是隋唐州名，治所在今四川三台。②李使君：李叔明，先任东川节度使、遂州刺史，后移镇梓州。③一夜雨：一作“一半雨”。④树杪（miǎo）：树梢。⑤汉女：汉水的妇女。⑥橦（tóng）布：橦木花织成的布，为梓州特产。⑦巴：古国名，故都在今四川重庆。⑧芋田：蜀中产芋，当时为主粮之一。这句指巴人常为农田事发生讼案。⑨文翁：汉景时为郡太守，政尚宽宏，见蜀地僻陋，乃建造学宫，诱育人才，使巴蜀日渐开化。⑩翻：翻然改变，通“反”。⑪先贤：已经去世的有才德的人。这里指汉景帝时蜀郡守。最后两句，纪昀说“不可解”。赵殿成说是“不敢，当是敢不之误”。高眇瀛云：“末二句言文翁教化至今已衰，当吏翻新以振起之，不敢倚先贤成绩而泰然无为也。此相勉之意，而昔人以为此二句不可解，何邪？”赵、高二说中，赵说似可采。

汉江临泛

楚塞三湘接，荆门九派通。
江流天地外，山色有无中。
郡邑浮前浦，波澜动远空。
襄阳好风日，留醉与山翁。

【注释】①汉江：汉水，经陕西、湖北多地，流入长江。②楚塞：汉水流域古为楚国辖区。③三湘：泛指洞庭湖南北、湘江一带。④荆门：山名，荆门山，在今湖北宜都西北的长江南岸，战国时为楚之西塞。⑤九派：长江的九条支流，长江至浔阳分为九支。相传大禹治水，开凿江流，使九派相通。这里指江西九江。⑥郡邑：指汉水两岸的城镇。⑦浦：水边。⑧动：震动。⑨好风日：一作“风日好”，风景天气好。⑩山翁：一作“山公”，指山简，晋代竹林七贤之一山涛的幼子，西晋将领，镇守襄阳，有政绩，好酒，每饮必醉。《晋书·山简传》说他曾任征南将军，镇守襄阳。当地习氏的园林，风景很好，山简常到习家池上大醉而归。这里借指襄阳地方官。一说是作者以山简自喻。

终南别业

中岁颇好道，晚家南山陲。
兴来每独往，胜事空自知。
行到水穷处，坐看云起时。
偶然值林叟，谈笑无还期。

【注释】①中岁：中年。②道：这里指佛教。③家：安家。④南山：即终南山。⑤陲（chuí）：边缘，旁边，边境。南山陲：指辋川别墅所在地，意思是终南山脚下。⑥胜事：美好的事。⑦值：遇到。⑧无还期：没有回还的准确时间。

送邢桂州

铙吹喧京口，风波下洞庭。
赭圻将赤岸，击汰复扬舲。

日落江湖白，潮来天地青。

明珠归合浦，应逐使臣星。

【注释】①邢桂州：指邢济，作者友人。桂州：唐州名，属岭南道，治所在今广西桂林。②铙吹：即铙歌。军中乐歌。为鼓吹乐的一部。所用乐器有笛、觱篥、箫、笳、铙、鼓等。南朝梁简文帝《旦出兴业寺讲诗》："羽旗承去影，铙吹杂还风。"③京口：唐润州治所，即今江苏镇江市，位于长江边。公元209年，孙权把首府自吴（苏州）迁此，称为京城。公元211年迁至建业后，改称京口镇。东晋、南朝时称京口城。为古代长江下游的军事重镇。《宋书·武帝纪上》："公大喜，径至京口，众乃大安。"④风波：风浪。《楚辞·九章·哀郢》："顺风波以从流兮，焉洋洋而为客。"⑤洞庭：洞庭湖，位于今湖南省，古由京口沿江而上，过洞庭，经湘水，可抵桂州。《韩非子·初见秦》载："秦与荆人战，大破荆，袭郢，取洞庭、五渚、江南。"⑥赭圻：山岭名。在今安徽繁昌县西北。晋桓温曾于其麓筑赭圻城。《晋书·桓温传》："隆和初，诏征温，温至赭圻，诏又使尚书车灌止之，温遂城赭圻居之。"⑦赤岸：山名。在江苏六合东南。《南齐书·高帝纪上》："治新亭城垒未毕，贼前军已至……自新林至赤岸，大破之。"⑧击汰：拍击水波。亦指以桨击水，划船。《楚辞·九章·涉江》："乘舲船余上沅兮，齐吴榜以击汰。"⑨扬舲：犹扬帆。舲是有窗的船，扬舲谓划船快速前进。南朝梁刘孝威《蜀道难》："戏马登珠界，扬舲濯锦流。"⑩合浦：古郡名。汉置，郡治在今广西壮族自治区合浦县东北，县东南有珍珠城，又名白龙城，以产珍珠著名。晋葛洪《抱朴子·祛惑》："凡探明珠，不于合浦之渊，不得骊龙之夜光也；采美玉，不于荆山之岫，不得连城之尺璧也。"《后汉书》载："孟尝迁合浦太守，郡不产谷实，而海出珠宝，与交趾比境，尝通商贩，贸籴粮食。先时宰守并多贪秽，诡人采求，不知纪极，珠遂渐徙于交趾郡界，于是行旅不至，人物无食，贫者饿死于道。尝到官，革易前弊，求民利病，曾未逾岁，去珠复还。百姓皆反其业，商贾流通。"⑪使臣星：即使星。典出《后汉书》："和帝即位，分遣使者，皆微服且单行，各至州县，观采风谣。使者二人当到益都。投李郃候舍。时夏夕露坐，郃因仰视，问曰：'二使君发京师时，宁知朝廷遣二使耶？'二人默然，惊相视曰：'不闻也！'问何以知之。郃指星示云：'有二使星向益州分野，故知之耳。'"

送丘为落第归江东

怜君不得意，况复柳条春。
为客黄金尽，还家白发新。
五湖三亩宅，万里一归人。
知祢不能荐，羞为献纳臣。

【注释】①祢（mí）：祢衡，东汉人，有才辩，与孔融友善，孔融曾上表推荐他。此处借指丘为。一作“尔”。②为：一作“称”。③献纳臣：进献忠言之臣，是诗人的自指，王维当时任右拾遗。献纳：把意见或人才献给皇帝以备采纳。

新晴野望

新晴原野旷，极目无氛垢。
郭门临渡头，村树连溪口。
白水明田外，碧峰出山后。
农月无闲人，倾家事南亩。

【注释】①新晴：初晴。②野望：放眼向田野眺望。③极目：穷尽目力向远处看。④氛垢：雾气和尘埃。氛：雾气，云气。垢：污秽，肮脏。⑤郭门：外城之门。郭：外城。⑥白水明田外：田埂外流水在阳光下闪闪发光。⑦农月：农忙季节。⑧倾家：全家出动。⑨事南亩：在田野干活。事：从事。《诗经》有“今适南亩，或耘或耔”句，指到南边的田地里耕耘播种，后来南亩便成为农田的代称。

秋夜独坐

独坐悲双鬓，空堂欲二更。
雨中山果落，灯下草虫鸣。
白发终难变，黄金不可成。
欲知除老病，唯有学无生。

【注释】①题注：一作“冬夜书怀”。②堂：泛指房屋的正厅。③欲二更：

将近二更。二更：指晚上九时至十一时。④草虫鸣：点出秋。⑤“黄金”句：《史记·封禅书》载，汉武帝时，有方士栾大诡称“黄金可成，河决可塞，不死之药可得，仙人可致”，因此武帝封他为五利将军。后均无效验，被杀。黄金可成：亦指炼丹术。黄金：道教炼丹术中一种仙药的名字。⑥老病：衰老和疾病。⑦无生：佛家语，谓世本虚幻，万物实体无生无灭。禅宗认为这一点人们是难以领悟到的。

送秘书晁监还日本国

积水不可极，安知沧海东。
九州何处远，万里若乘空。
向国唯看日，归帆但信风。
鳌身映天黑，鱼眼射波红。
乡树扶桑外，主人孤岛中。
别离方异域，音信若为通。

【注释】①秘书晁监：即晁衡，原名仲满、阿倍仲麻吕，日本人。公元717年（唐玄宗开元五年）随日本遣唐使来中国留学，改名为晁衡。历仕三朝（玄宗、肃宗、代宗），任秘书监、兼卫尉卿等职。大历五年（770）卒于长安。天宝十二载（753），晁衡乘船回国探亲。②极：尽头。引申为达到极点、最大限度。③安知：怎么知道。④沧海东：东游以东的地方，这里指日本。⑤鳌（áo）：传说中的海中大龟，一说大鳖。李白《猛虎行》有“巨鳌未斩海水动”的诗句。⑥乡树：乡野间的树木。⑦扶桑：地名。《南史·夷貊列传》载：“扶桑在大汉国东二万余里。……其上多扶桑木，故以为名。”“扶桑”一词，时而指地名，时而指神话中树木，有时也作为日本国的代称。这首诗中的“乡树扶桑外”，意思是说日本国比扶桑更远。⑧孤岛：指日本国。⑨若：如何。

※ 綦毋潜

题灵隐寺山顶禅院

招提此山顶，下界不相闻。
塔影挂清汉，钟声和白云。

观空静室掩，行道众香焚。
且驻西来驾，人天日未曛。

【注释】①招提：梵语。音译为“拓斗提奢”，省作“拓提”，后误为“招提”。其义为“四方”。四方之僧称招提僧，四方僧之住处称为招提僧坊。北魏太武帝造伽蓝，创招提之名，后遂为寺院的别称。②下界：指人间，对天上而言。③清汉：天河。晋陆机《拟迢迢牵牛星》：“昭昭清汉晖，粲粲光天步。”④人天：佛教语。六道轮回中的人道和天道。亦泛指诸世间、众生。

※ 殷遥

春晚山行

寂历青山晚，山行趣不稀。
野花成子落，江燕引雏飞。
暗草薰苔径，晴杨扫石矶。
俗人犹语此，余亦转忘归。

【注释】①寂历：凋零疏落。②石矶：水边突出的巨大岩石。

※ 李白

赠孟浩然

吾爱孟夫子，风流天下闻。
红颜弃轩冕，白首卧松云。
醉月频中圣，迷花不事君。
高山安可仰，徒此揖清芬。

【注释】①孟夫子：指孟浩然。夫子：古时对男子的尊称。②风流：古人以风流赞美文人，主要是指有文采，善辞章，风度潇洒，不钻营苟且等。王士源《孟浩然集序》说孟"骨貌淑清，风神散朗，救患释纷，以立义表。灌蔬艺竹，以全高尚"。③"醉月"句：月下醉饮。中圣："中圣人"的简称，意谓饮清酒而醉。曹魏时徐邈喜欢喝酒，称酒清者为"圣人"，酒浊者为"贤人"。④高山：言孟品格高尚，令人敬仰。《诗经·小雅·车舝》有"高山仰止，景行行止"句。⑤"徒此"句：只有在此向您清高的人品致敬。李白出蜀后，游江陵、潇湘、庐山、金陵、扬州、姑苏等地，又到江夏。他专程去襄阳拜访孟浩然，不巧孟已外游。李白不无遗憾地写了这首诗，表达敬仰和遗憾之情。

渡荆门送别

渡远荆门外，来从楚国游。
山随平野尽，江入大荒流。
月下飞天镜，云生结海楼。
仍怜故乡水，万里送行舟。

【注释】①荆门：山名，位于今湖北省宜都西北长江南岸，与北岸虎牙山对峙，地势险要，自古即有楚蜀咽喉之称。②楚国：楚地，指湖北一带，春秋时期属楚国。③平野：平坦广阔的原野。④江：长江。⑤大荒：广阔无际的田野。杜甫《旅夜书怀》有"星垂平野阔，月涌大江流"句。⑥月下飞天镜：明月映入江水，如同飞下的天镜。⑦海楼：海市蜃楼，这里形容江上云霞的美丽景象。⑧仍：依然。⑨怜：怜爱。一作"连"。⑩故乡水：指从四川流来的长江水。因诗人从小生活在四川，把四川称作故乡。

送友人

青山横北郭，白水绕东城。
此地一为别，孤蓬万里征。
浮云游子意，落日故人情。
挥手自兹去，萧萧班马鸣。

【注释】①白水：清澈的水。②蓬：古书上说的一种植物，干枯后根株断开，遇风飞旋，也称"飞蓬"。诗人用"孤蓬"喻指远行的朋友。③浮云：曹丕《杂诗》："西北有浮云，亭亭如车盖。惜哉时不遇，适与飘风会。吹我东南行，行行至吴会。"后世用为典实，以浮云飘飞无定喻游子四方漂游。浮云：飘动的云。游子：离家远游的人。④兹：此。⑤萧萧：马的呻吟嘶叫声。⑥班马：离群的马，这里指载人远离的马。班：分别，离别。一作"斑"。

【点评】"浮云游子意，落日故人情。"送别句至此，可以观止矣。

听蜀僧濬弹琴

蜀僧抱绿绮，西下峨眉峰。
为我一挥手，如听万壑松。
客心洗流水，余响入霜钟。
不觉碧山暮，秋云暗几重。

【注释】①蜀僧濬：即蜀地的僧人名濬。有人认为"蜀僧濬"即李白《赠宣州灵源寺仲濬公》的仲濬公。②绿绮（qǐ）：琴名。晋傅玄《琴赋序》："楚王有琴曰绕梁，司马相如有绿绮，蔡邕有焦尾，皆名器也。"以绿绮形容蜀僧濬的琴很名贵。③挥手：这里指弹琴。④万壑松：万壑松声。喻琴声。琴曲有《风入松》。壑：山谷。⑤"客心"句：客：诗人自称。流水：双关，既是对僧濬琴声的实指，又暗用伯牙善弹的典故。

夜泊牛渚怀古

牛渚西江夜，青天无片云。
登舟望秋月，空忆谢将军。
余亦能高咏，斯人不可闻。
明朝挂帆席，枫叶落纷纷。

【注释】①牛渚：山名，在今安徽省当涂县西北。诗题下有注，此地即谢尚闻袁宏咏史处。②西江：从南京以西到江西境内的一段长江，古代称西江。牛渚也在西江这一段中。③谢将军：东晋谢尚，今河南太康县人，官镇西将军，镇守牛渚时，秋夜泛舟赏月，适袁宏在运租船中诵已作《咏史》诗，音辞都很好，遂大加赞赏，邀其前来，谈到天明。袁从此名声大振，后官至东阳太守。④斯人：此人，指谢尚。⑤挂帆席：扬帆驶船。一作“洞庭去”。⑥落：一作“正”。

【点评】潇洒之至。

宿五松山下荀媪家

我宿五松下，寂寥无所欢。
田家秋作苦，邻女夜舂寒。
跪进雕胡饭，月光明素盘。
令人惭漂母，三谢不能餐。

【注释】①五松山：在今安徽省铜陵市南。媪（ǎo）：妇人。②寂寥：（内心）冷落孤寂。③田家：农家。④秋作：秋收劳动。⑤苦：劳动的辛苦，心中的悲苦。⑥夜舂寒：夜间舂米寒冷。舂：将谷物或药倒进器具进行捣碎破壳。此句中“寒”与上句“苦”，既指农家劳动辛苦，亦指家境贫寒。⑦跪进：古人席地而坐，上半身挺直，坐在足跟上。⑧雕胡：浅水植物“菰”的别名，俗称茭白。秋天结小圆柱形的果实，叫作菰米。用菰米做饭，香美可口，称“雕胡饭”，古人认为是美餐。⑨素盘：白色的盘子。一说是素菜盘。⑩惭：惭愧。⑪漂母：在水边漂洗丝絮的妇人。《史记·淮阴侯列传》载，韩信少时穷困，在淮阴城下钓鱼，一洗衣老妇见他饥饿，便给他饭吃。后来韩信助刘邦平定天下，功高封楚王，以千金报答漂母。此诗以漂母比荀媪。⑫三谢：多次推托。⑬不能餐：惭愧得吃不下。

秋登宣城谢朓北楼

江城如画里，山晓望晴空。
两水夹明镜，双桥落彩虹。
人烟寒橘柚，秋色老梧桐。
谁念北楼上，临风怀谢公。

【注释】①谢朓（tiǎo）北楼：谢朓楼，又名谢公楼，唐代改名叠嶂楼，为南朝齐诗人谢朓任宣城太守时所建，故址在陵阳山顶，是宣城的登览胜地。谢朓是李白很佩服的诗人。②江城：泛指水边的城，这里指宣城。唐代江南地区的方言，无论大水小水都称之为“江”。③两水：指宛溪、句溪。宛溪上有凤凰桥，句溪上有济川桥。④明镜：指拱桥桥洞和它在水中的倒影合成的圆形，像明亮的镜子一样。⑤双桥：指横跨溪水的上、下两桥。上桥即凤凰桥，在城的东南泰和门外。下桥即济川桥，在城东阳德门外，都是隋文帝开皇年间的建筑。⑥彩虹：指水中的桥影。

金乡送韦八之西京

客自长安来，还归长安去。
狂风吹我心，西挂咸阳树。
此情不可道，此别何时遇？
望望不见君，连山起烟雾。

【注释】①金乡：今山东省金乡县。②韦八：生平不详，李白的友人。③西京：即长安，天宝元年（742）改称西京。④客：指韦八。⑤咸阳：指长安。⑥不可道：无法用语言表达。

送杨山人归嵩山

我有万古宅，嵩阳玉女峰。
长留一片月，挂在东溪松。
尔去掇仙草，菖蒲花紫茸。
岁晚或相访，青天骑白龙。

【注释】①玉女峰：嵩山东峰太室山二十四峰之一。峰北有石如女子，故名。②“尔去”二句：一作“君行到此峰，餐霞驻衰容”。菖蒲：相传菖蒲生石上，一寸九节以上，服之长生。紫花者尤善。紫茸：紫色小花。③白龙：《广博物志》载，东汉人瞿武，服用黄精、紫芝，得天竺真人秘诀，乘白龙而去。

送友人入蜀

见说蚕丛路，崎岖不易行。
山从人面起，云傍马头生。
芳树笼秦栈，春流绕蜀城。
升沉应已定，不必问君平。

【注释】①见说：唐代俗语，即“听说”。②蚕丛：蜀国的开国君王。蚕丛路：代称入蜀的道路。③山从人面起：人在栈道上走时，紧靠峭壁，山崖好像从人的脸侧突兀而起。④云傍马头生：云气依傍着马头而上升翻腾。⑤芳树：开着香花的树木。⑥秦栈：由秦（今陕西省）入蜀的栈道。⑦春流：春江水涨，江水奔流。或指流经成都的郫江、流江。⑧蜀城：指成都，也可泛指蜀中城市。⑨升沉：进退升沉，即人在世间的遭遇和命运。⑩君平：西汉严遵，字君平，隐居不仕，曾在成都以卖卜为生。

【点评】马戴《送人游蜀》：“别离杨柳陌，迢递蜀门行。若听清猿后，应多白发生。虹霓侵栈道，风雨杂江声。过尽愁人处，烟花是锦城。”对比阅读，“虹霓侵栈道，风雨杂江声”意象更鲜明。

清溪行

清溪清我心，水色异诸水。
借问新安江，见底何如此？
人行明镜中，鸟度屏风里。
向晚猩猩啼，空悲远游子。

【注释】①清溪：河流名。在安徽境内，流经安徽贵池城，与秋浦河汇合，出池口入长江。②诸：众多，许多。③新安江：河流名。发源于安徽，在浙江境内流入钱塘江。④度：这里是飞过的意思。⑤屏风：室内陈设，用以挡风或遮蔽的器具，上面常有字画。⑥向晚：临近晚上的时候。⑦游子：久居他乡的人。作者自指。

与夏十二登岳阳楼

楼观岳阳尽，川迥洞庭开。
雁引愁心去，山衔好月来。
云间连下榻，天上接行杯。
醉后凉风起，吹人舞袖回。

【注释】①夏十二：李白的朋友，排行十二。②岳阳楼：坐落在今湖南岳阳市西北高丘上，西面洞庭，左顾君山，与黄鹤楼、滕王阁同为南方三大名楼，公元716年扩建，楼高三层，建筑精美。③岳阳：即岳州，以在天岳山之南，故名。治所在巴陵，即今湖南岳阳市。④下榻：《后汉书》载："陈蕃为乐安太守。郡入周璆，高洁之士，前后郡守招命，莫肯至。唯蕃能致焉，特为置一榻，去则悬之。"⑤行杯：谓传杯饮酒。⑥回：回荡，摆动。

谢公亭

谢公离别处，风景每生愁。
客散青天月，山空碧水流。
池花春映日，窗竹夜鸣秋。
今古一相接，长歌怀旧游。

【注释】①谢公亭：又称谢亭，为纪念曾任宣城太守的谢朓而建。故址在今安徽宣城城北敬亭山。

寻雍尊师隐居

群峭碧摩天，逍遥不记年。
拨云寻古道，倚石听流泉。
花暖青牛卧，松高白鹤眠。
语来江色暮，独自下寒烟。

【注释】①雍尊师：姓雍的道师，名字、生平不详。尊师是对道士的尊称。②群峭：

连绵陡峭的山峰。③摩天：迫近天。形容很高。摩：迫近。④“花暖”二句：都是指道行高深之意。《列仙传》载：老子乘青牛车去，入大秦。《玉策记》载：千岁之鹤，随时而鸣，能登于木。其未千岁者，终不集于树上也。色纯白，而脑尽成丹。杨齐贤曰：青牛，花叶上青虫也。有两角，如蜗牛，故云。“青牛”“白鹤”用道家事。

访戴天山道士不遇

犬吠水声中，桃花带露浓。
树深时见鹿，溪午不闻钟。
野竹分青霭，飞泉挂碧峰。
无人知所去，愁倚两三松。

【注释】①戴天山：在四川昌隆县北五十里，青年时期的李白曾经在此山中的大明寺读书。②不遇：没有遇到。③青霭：青色的云气。

嘲王历阳不肯饮酒

地白风色寒，雪花大如手。
笑杀陶渊明，不饮杯中酒。
浪抚一张琴，虚栽五株柳。
空负头上巾，吾于尔何有？

【注释】①王历阳：指历阳姓王的县丞。历阳县，秦置。隋唐时，为历阳郡治。②五株柳：陶渊明有无弦琴一张，每逢饮酒聚会，便抚弄一番来表达其中情趣。后用以为典，有闲适归隐之意。陶渊明宅前有五株柳树，自号五柳先生。③空负头上巾：语出陶渊明诗“若复不快饮，空负头上巾”。陶渊明好酒，用头巾滤酒后又戴上，后用滤酒葛巾、葛巾漉酒等形容爱酒成癖，嗜酒为荣，赞美真率超脱。

赠崔秋浦

吾爱崔秋浦，宛然陶令风。
门前五杨柳，井上二梧桐。

山鸟下厅事，檐花落酒中。
怀君未忍去，惆怅意无穷。

【注释】①崔秋浦：当时秋浦县的县令崔钦。隋开皇十九年（589），置秋浦县，属宣州，即今安徽省池州市。②陶令：晋陶渊明曾任彭泽县令，后人称其为陶令。③二梧桐：喻为官清廉。元行恭诗："惟余一废井，尚夹二梧桐。"④厅事：即厅事堂，官府治事之所。山鸟飞到厅堂来，是说县境没有狱讼。

望九华赠青阳韦仲堪

昔在九江上，遥望九华峰。
天河挂绿水，秀出九芙蓉。
我欲一挥手，谁人可相从。
君为东道主，于此卧云松。

【注释】①韦仲堪：李白好友，时任青阳县令。②九江：指长江。③卧云：指隐居。

广陵赠别

玉瓶沽美酒，数里送君还。
系马垂杨下，衔杯大道间。
天边看渌水，海上见青山。
兴罢各分袂，何须醉别颜。

【注释】①广陵：今江苏扬州。②渌水：清澈的绿水。③袂：衣袖。分袂：指离别。

江夏别宋之悌

楚水清若空，遥将碧海通。
人分千里外，兴在一杯中。

谷鸟吟晴日，江猿啸晚风。
平生不下泪，于此泣无穷。

【注释】①江夏：唐县名，治所在今湖北武汉武昌。②宋之悌：为初唐时著名诗人宋之问之弟，李白友人。③楚水：指汉水汇入之后的一段长江水。④将：与。⑤碧海：指朱鸢（今属越南），宋之悌贬所。朱鸢在唐代属安南都护府交趾郡，当时有朱鸢江经此入海。⑥千里：《旧唐书·地理志四》载，交趾“至京师七千二百五十三里”，则朱鸢至江夏亦相距数千里。⑦兴：兴会，兴致。⑧谷鸟：山间或水间的鸟。

与贾至舍人于龙兴寺剪落梧桐枝望灉湖

剪落青梧枝，灉湖坐可窥。
雨洗秋山净，林光澹碧滋。
水闲明镜转，云绕画屏移。
千古风流事，名贤共此时。

【注释】①贾至：唐代文学家，字幼邻（或麟、隣）。天宝初以校书郎为单父尉，与高适、独孤及等交游。天宝末任中书舍人。安史乱起，随玄宗奔四川。乾元元年（758）春，出为汝州刺史，后贬岳州司马，与李白相遇，有诗酬唱。代宗宝应元年（762），复为中书舍人，官终散骑常侍。②灉（yōng）：古水名。③碧滋：形容草木翠绿而润泽。

塞下曲

塞虏乘秋下，天兵出汉家。
将军分虎竹，战士卧龙沙。
边月随弓影，胡霜拂剑花。
玉关殊未入，少妇莫长嗟。

【注释】①虎竹：兵符。②龙沙：即白龙堆，指塞外沙漠地带。③剑花：剑刃表面的冰裂纹。④殊：远。⑤嗟：感叹。

※ 高适

送李侍御赴安西

行子对飞蓬，金鞭指铁骢。
功名万里外，心事一杯中。
虏障燕支北，秦城太白东。
离魂莫惆怅，看取宝刀雄。

【注释】①李侍御：生平不详。②安西：安西都护府，治所在今新疆维吾尔自治区库车县。③铁骢：毛色青白相杂的马。泛指骏马。④虏障：指防御工事。⑤燕支：山名，这里代指安西。⑥太白东：具体指秦岭太白峰以东的长安。

醉后赠张九旭

世上谩相识，此翁殊不然。
兴来书自圣，醉后语尤颠。
白发老闲事，青云在目前。
床头一壶酒，能更几回眠？

【注释】①张九旭：即张旭。字伯高，吴县（今属江苏）人，排行第九。以草书著称，人称“草圣”。又喜饮酒，与李白等合称“饮中八仙”。玄宗时召为书学博士。②谩相识：轻易随便地认识、结交。③殊不然：根本不是这样。④书自圣：书法上自然而然地超凡入圣。⑤颠：癫狂。⑥老：在这里是久经其事的意思。⑦青云：这里是青云直上之意。指玄宗召张旭为书学博士一事。

※ 崔颢

王家少妇

十五嫁王昌，盈盈入画堂。
自矜年最少，复倚婿为郎。

舞爱前溪绿，歌怜子夜长。
闲来斗百草，度日不成妆。

【注释】①题注：一作“古意”。②王昌：指梁武帝萧衍《河中之水歌》“人生富贵何所望，恨不嫁与东家王”中的东家王，魏晋南北朝时人，诗中洛阳女儿莫愁倾慕王昌。诗词中常与宋玉并列。《唐国史补》载，崔颢有美名，李邕欲一见，开馆待之。及颢至，献文，首章曰：“十五嫁王昌。”邕叱起曰：“小子无礼！”乃不接之。③画堂：泛指华丽的堂舍。④斗百草：一种古代游戏。竞采花草，比赛多寡优劣，常于端午行之。南朝梁宗懔《荆楚岁时记》：“五月五日，四民并蹋百草，又有斗百草之戏。”

※ 丁仙芝

渡扬子江

桂楫中流望，空波两岸明。
林开扬子驿，山出润州城。
海尽边阴静，江寒朔吹生。
更闻枫叶下，淅沥度秋声。

【注释】①扬子江：因有扬子津渡口，所以从隋炀帝时起，南京以下长江水域，即称为扬子江。近代则通称长江为扬子江。②桂楫：用桂木做成的船桨，指船只。③中流：渡水过半。指江心。④空波：广大宽阔的水面。⑤明：清晰。⑥扬子驿：即扬子津渡口边上的驿站，在长江北岸。属江苏省江都。⑦润州城：在长江南岸，与扬子津渡口隔江相望。属江苏省镇江。⑧边阴静：指海边阴暗幽静。⑨朔吹：指北风。吹读第四声，原作合奏的声音解，此处指北风的呼呼声。⑩淅沥：指落叶的声音。⑪度：传过来。

※ 常建

题破山寺后禅院

清晨入古寺，初日照高林。
竹径通幽处，禅房花木深。
山光悦鸟性，潭影空人心。
万籁此都寂，但余钟磬音。

【注释】①破山寺：即兴福寺，在今江苏常熟市西北虞山上。南朝齐邑人郴州刺史倪德光舍宅所建。②竹径：一作“曲径”，又作“一径”。③通：一作“遇”。④禅房：僧人居住修行的地方。⑤万籁：各种声音。籁：从孔穴里发出的声音，泛指声音。⑥都：一作“俱”。⑦但余：只留下。一作“惟余”，又作“唯闻”。⑧钟磬：佛寺中召集众僧的打击乐器。磬：古代用玉或金属制成的曲尺形的打击乐器。

宿王昌龄隐居

清溪深不测，隐处唯孤云。
松际露微月，清光犹为君。
茅亭宿花影，药院滋苔纹。
余亦谢时去，西山鸾鹤群。

【注释】①测：一作“极”。②宿：比喻夜静花影如眠。③药院：种芍药的庭院。④谢时：辞去世俗之累。⑤鸾鹤：古常指仙人的禽鸟。⑥群：与……为伍。

江上琴兴

江上调玉琴，一弦清一心。
泠泠七弦遍，万木澄幽阴。
能使江月白，又令江水深。
始知梧桐枝，可以徽黄金。

【注释】①玉琴：玉饰的琴。亦为琴的美称。②泠泠：形容声音清越、悠扬。

※ 钱起

省试湘灵鼓瑟

善鼓云和瑟，常闻帝子灵。
冯夷空自舞，楚客不堪听。
苦调凄金石，清音入杳冥。
苍梧来怨慕，白芷动芳馨。
流水传潇浦，悲风过洞庭。
曲终人不见，江上数峰青。

【注释】①省试：唐时各州县贡士到京师由尚书省的礼部主试，通称省试。②鼓：一作“拊”。③云和瑟：云和，古山名。《周礼·春官大司乐》：“云和之琴瑟。”④帝子：屈原《九歌》：“帝子降兮北渚。”注者多认为帝子是尧女，即舜妻。⑤冯（píng）夷：传说中的河神名。⑥空：一作“徒”。⑦楚客：指屈原，一说指远游的旅人。⑧金：指钟类乐器。⑨石：指磬类乐器。⑩杳冥：遥远的地方。⑪苍梧：山名，今湖南宁远县境，又称九嶷，传说舜帝南巡，崩于苍梧，此代指舜帝之灵。⑫来：一作“成”。⑬白芷：伞形科草本植物，高四尺余，夏日开小白花。⑭潇浦：一作“湘浦”，一作“潇湘”。⑮人不见：点灵字。⑯江上数峰青：点湘字。

送僧归日本

上国随缘住，来途若梦行。
浮天沧海远，去世法舟轻。
水月通禅寂，鱼龙听梵声。
惟怜一灯影，万里眼中明。

【注释】①上国：春秋时称中原为上国，这里指中国（唐朝）。②随缘：佛家语，随其机缘。③住：一作“至”，一作“去”。④来途：指从日本来中国。一作“东途”。⑤浮天：舟船浮于天际。形容海面宽广，天好像浮在海上。一作“浮云”。

⑥沧海：即大海，因水深而呈青绿色，故名。⑦去世：离开尘世，这里指离开中国。⑧法舟：指受佛法庇佑的船。一作“法船”。法舟轻：意为因佛法高明，乘船归国，将会一路顺利。⑨水月：佛教用语，比喻僧品格清美，一切像水中月那样虚幻。⑩禅寂：佛教悟道时清寂凝定的心境。⑪梵声：念佛经的声音。⑫惟怜：最爱，最怜。一作“惟慧”。⑬一灯：佛家用语，比喻智慧。一作“一塔”。灯：双关，以舟灯喻禅灯。

谷口书斋寄杨补阙

泉壑带茅茨，云霞生薜帷。
竹怜新雨后，山爱夕阳时。
闲鹭栖常早，秋花落更迟。
家童扫萝径，昨与故人期。

【注释】①谷口：古地名，指陕西蓝田辋川谷口，钱起在蓝田的别业所在。②补阙：官名，职责是向皇帝进行规谏，有左右之分。③泉壑：这里指山水。④茅茨（cí）：原指用茅草盖的屋顶，此指茅屋。⑤怜：可爱。⑥新雨：刚下过的雨。⑦山：即谷口。⑧迟：晚。⑨家童：家里的小孩。⑩昨：先前。

※ 张谓

同王征君湘中有怀

八月洞庭秋，潇湘水北流。
还家万里梦，为客五更愁。
不用开书帙，偏宜上酒楼。
故人京洛满，何日复同游。

【注释】①同：即“和”。这是一首唱和之作。②王征君：姓王的征君，名不详。征君：对不接受朝廷征聘做官的隐士的尊称。《后汉书·黄宪传》：“友人劝其仕，宪亦不拒之，暂到京师而还，竟无所就。年四十八终，天下号曰征君。”③洞庭：今湖南省北部，素有“八百里洞庭”之称。湘、资、沅、澧四水汇流于此，在岳阳县城陵矶入长江。④潇湘：湘江与潇水的并称。⑤书帙（zhì）：书卷的外套。晋王嘉《拾遗记·秦始皇》："二人每假食于路，剥树皮编以为书帙，以盛天下良书。"《说文》：帙，书衣也。一作"书箧"。⑥京洛：西京长安和东都洛阳。泛指国都。⑦同游：一同游览。

送裴侍御归上都

楚地劳行役，秦城罢鼓鼙。
舟移洞庭岸，路出武陵谿。
江月随人影，山花趁马蹄。
离魂将别梦，先已到关西。

【注释】①楚地：古楚国所辖之地。《战国策·楚策一》载："楚地西有黔中巫郡，东有夏州海阳，南有洞庭苍梧，北有汾陉之塞郇阳，地方五千里。"②行役：泛称行旅，出行。③关西：指函谷关或潼关以西的地区。

※ 杜甫

春望

国破山河在，城春草木深。
感时花溅泪，恨别鸟惊心。
烽火连三月，家书抵万金。
白头搔更短，浑欲不胜簪。

【注释】①国：国都，指长安（今陕西西安）。②破：陷落。③山河在：旧日的山河仍然存在。④城：长安城。⑤草木深：指人烟稀少。⑥感时：为国家的时局而感伤。⑦溅泪：流泪。⑧恨别：怅恨离别。⑨烽火：古时边防报警的烟火，这里指安史之乱的战火。⑩三月：正月、二月、三月。⑪抵：值，相当。⑫浑：简直。⑬欲：想，要，就要。⑭胜：受不住，不能。⑮簪：一种束发的首饰。古代男子蓄长发，成年后束发于头顶，用簪子横插住，以免散开。

月夜

今夜鄜州月，闺中只独看。
遥怜小儿女，未解忆长安。
香雾云鬟湿，清辉玉臂寒。
何时倚虚幌，双照泪痕干。

【注释】①鄜（fū）州：今陕西省富县。天宝十五载（756）六月，安史叛军攻进潼关，杜甫带着妻小逃到鄜州，寄居羌村。七月，肃宗即位于灵武（今属宁夏）。杜甫便于八月间离家北上延州（今延安），企图赶到灵武，为平叛效力。但当时叛军势力已膨胀到鄜州以北，他启程不久，就被叛军捉住，送到沦陷后的长安，望月思家，写下此诗。②闺中：内室。③看：读kān。④云鬟：古代妇女的环形发饰。⑤虚幌：指透光的窗帘或帷幔。

夜宴左氏庄

林风纤月落，衣露净琴张。
暗水流花径，春星带草堂。
检书烧烛短，看剑引杯长。
诗罢闻吴咏，扁舟意不忘。

【注释】①夜宴：夜间饮宴。②纤月：未弦之月，月牙。③净：一作“静”。④张：鼓弹。⑤暗水：伏流。潜藏不显露的水流。⑥草堂：旧时文人常以“草堂”名其所居，以标风操之高雅。⑦检书：翻阅书籍。⑧看剑：一作“煎茗”。⑨引杯：举杯。指喝酒。⑩吴咏：犹吴歌。谓诗客作吴音。⑪扁舟意：晋张方《楚国先贤传》：“勾践灭吴，谓范蠡曰：‘吾将与子分国有之。’蠡曰：‘君行令，臣行意。’乃乘扁舟泛五湖，终不返。”因以“扁舟意”为隐遁的决心。

秦州杂诗

莽莽万重山，孤城山谷间。
无风云出塞，不夜月临关。

属国归何晚？楼兰斩未还。
烟尘独长望，衰飒正摧颜。

【注释】①秦州：今甘肃天水。同题二十首，此为其七。②衰飒：衰落萧索。

春宿左省

花隐掖垣暮，啾啾栖鸟过。
星临万户动，月傍九霄多。
不寝听金钥，因风想玉珂。
明朝有封事，数问夜如何。

【注释】①宿：指值夜。②左省：即左拾遗所属的门下省，和中书省同为掌机要的中央政府机构，因在殿庑之东，故称“左省”。③掖垣：门下省和中书省位于宫墙的两边，像人的两腋，故名。④临：居高临下。⑤九霄：在此指高耸入云的宫殿。⑥金钥：即金锁。指开宫门的锁钥声。⑦珂：马铃。⑧封事：臣下上书奏事，为防泄漏，用黑色袋子密封，因此得名。⑨夜如何：出自《诗经·小雅·庭燎》：“夜如何其？夜未央，庭燎之光。君子至止，鸾声将将。”孔颖达疏：“宣王以诸侯将朝，遂夜起问左右曰：‘夜如何其？’其语辞言夜今早晚如何乎，王问之时，夜犹未渠央矣，而已见庭燎之光，言于时即是庭设大烛，以待诸侯，其君子诸侯以庭燎已设，皆来至止，人闻其鸾声将将然，王勤政事诚可美矣。”

禹庙

禹庙空山里，秋风落日斜。
荒庭垂橘柚，古屋画龙蛇。
云气生虚壁，江声走白沙。
早知乘四载，疏凿控三巴。

【注释】①禹庙：指建在忠州临江县（今重庆市忠县）临江山崖上的大禹庙。②空山：幽深少人的山林。③落日斜：形容落日斜照的样子。斜：如按古音为了押韵可念 xiá。④荒庭：荒芜的庭院。⑤橘柚：典出《尚书·禹贡》，禹治洪水后，人民安居乐业，东南岛夷之民也将丰收的橘柚包好进贡。⑥龙蛇：指壁上所画大禹驱赶龙蛇治水的故事。⑦云气：云雾，雾气。⑧生虚壁：一作“嘘青壁”。虚壁：空旷的墙壁。⑨江：指禹庙所在山崖下的长江。⑩四载（zài）：传说中大禹治水时用的四种交通工具，水行乘舟，陆行乘车，山行乘樏（登山的用具），泥行乘橇（形如船而短小，两头微翘，人可踏其上而行泥上）。《尚书·益稷》：“予乘四载，随山刊木。”孔传：“所载者四，水乘舟，陆乘车，泥乘輴，山乘樏。”⑪疏凿：开凿。一作“流落”。⑫三巴：巴郡、巴东、巴西的合称。相当今四川嘉陵江和綦江流域以东的大部地区。东汉末年刘璋分蜀地为巴东郡、巴郡、巴西郡。传说此地原为大泽，禹疏凿三峡，排尽大水，始成陆地。

月夜忆舍弟

戍鼓断人行，边秋一雁声。
露从今夜白，月是故乡明。
有弟皆分散，无家问死生。
寄书长不达，况乃未休兵。

【注释】①舍弟：家弟。杜甫有四弟，杜颖、杜观、杜丰、杜占。②戍鼓：戍楼上用以报时或告警的鼓声。③断人行：指鼓声响起后，就开始宵禁。④边秋：一作“秋边”，秋天边远的地方，此指秦州。⑤一雁：孤雁。古人以雁行比喻兄弟，一雁，比喻兄弟分散。⑥露从今夜白：指在节气“白露”的夜晚。⑦分散：一作“羁旅”。⑧无家：杜甫在洛阳附近的老宅已毁于安史之乱。⑨长：一直，老是。⑩不达：收不到。达：一作“避”。⑪况乃：何况是。⑫未休兵：此时叛将史思明正与唐将李光弼激战。

天末怀李白

凉风起天末，君子意如何？
鸿雁几时到？江湖秋水多。
文章憎命达，魑魅喜人过。
应共冤魂语，投诗赠汨罗。

【注释】①天末：天的尽头。秦州地处边塞，如在天之尽头。当时李白因永王李璘案被流放夜郎，途中遇赦还至湖南。②君子：指李白。③鸿雁：喻指书信。古代有鸿雁传书的说法。④江湖：喻指充满风波的路途。这是为李白的行程担忧之语。⑤命：命运，时运。文章：这里泛指文学。这句意思是有文才的人总是薄命遭忌。⑥魑（chī）魅：鬼怪，这里指坏人或邪恶势力。过：过错，过失。这句指魑魅喜欢幸灾乐祸，说明李白被贬是被诬陷的。⑦冤魂：指屈原。屈原被放逐，投汨罗江而死。杜甫深知李白从永王李璘实出于爱国，却蒙冤放逐，正和屈原一样。所以说，应和屈原一起诉说冤屈。⑧汨（mì）罗：汨罗江，在湖南湘阴县东北。

旅夜书怀

细草微风岸，危樯独夜舟。
星垂平野阔，月涌大江流。
名岂文章著，官应老病休。
飘飘何所似，天地一沙鸥。

【注释】①危樯（qiáng）：高高的船桅杆。②独夜舟：是说自己孤零零的一个人夜泊江边。③《诗薮》载："山随平野尽，江入大荒流"，太白壮语也；杜"星垂平野阔，月涌大江流"，骨力过之。④《瀛奎律髓汇评》纪昀语：通首神完气足，气象万千，可当雄浑之品。

房兵曹胡马

胡马大宛名，锋棱瘦骨成。
竹批双耳峻，风入四蹄轻。
所向无空阔，真堪托死生。
骁腾有如此，万里可横行。

【注释】①兵曹：即兵曹参军，唐代官名，辅佐府的长官管理军事。②胡马：古代泛称北方边地与西域的民族为胡，胡马即产自该地区的马。③大宛（yuān）：西域国名，产良马著称。④锋棱（léng）：骨头棱起，好似刀锋。形容骏马骨骼劲挺。⑤批：割，削。竹批：马的双耳像斜削的竹筒一样竖立着。古人认为这是千里马的标志。⑥无空阔：意指任何地方都能奔腾而过。⑦真堪：可以。⑧托死生：把生命都交付给它。⑨骁（xiāo）腾：勇猛快捷。

【点评】有棱有角，不类杜甫诗。

陪郑广文游何将军山林

剩水沧江破，残山碣石开。
绿垂风折笋，红绽雨肥梅。
银甲弹筝用，金鱼换酒来。
兴移无洒扫，随意坐莓苔。

【注释】①题注：山林在韦曲西塔陂。郑广文即郑虔，杜甫倾倒其三绝才华，又哀其不遇，二人交情极笃。何将军：名无考。赵汸曰："何于郑为旧交，因而并招及已。"②银甲：银制的假指甲，套于指上，用以弹筝或琵琶等弦乐器。③洒扫：先洒水在地上浥湿灰尘，然后清扫。《韩诗外传》卷六："夙兴夜寐，洒扫庭内。"④莓苔：青苔。晋孙绰《游天台山赋》："践莓苔之滑石，搏壁立之翠屏。"

严郑公宅同咏竹

绿竹半含箨，新梢才出墙。
色侵书帙晚，阴过酒樽凉。
雨洗娟娟净，风吹细细香。
但令无剪伐，会见拂云长。

【注释】①严郑公：即严武，受封郑公。②箨（tuò）：笋壳。

【点评】工笔细描得不错，但杜甫另有一首诗说："新松恨不高千尺，恶竹应须斩万竿"，何出此言？我更喜欢苏轼诗《於潜僧绿筠轩》："宁可食无肉，不可使居无竹。无肉令人瘦，无竹令人俗。人瘦尚可肥，士俗不可医。旁人笑此言，似高还似痴。若对此君仍大嚼，世间那有扬州鹤？"

空囊

翠柏苦犹食，晨霞高可餐。
世人共卤莽，吾道属艰难。
不爨井晨冻，无衣床夜寒。
囊空恐羞涩，留得一钱看。

【注释】①翠柏：原产中国的一种松科乔木。②晨：一作“明”。③高：一作“朝”。④卤（lǔ）莽：通“鲁莽”，苟且偷安。⑤吾道：我的忠君报国之道。⑥爨（cuàn）：烧火做饭。⑦囊空：谓袋中无钱。⑧一钱：一文钱，指极少的钱。

画鹰

素练风霜起，苍鹰画作殊。
㩳身思狡兔，侧目似愁胡。
绦镟光堪擿，轩楹势可呼。
何当击凡鸟，毛血洒平芜。

【注释】①素练：作画用的白绢。②风霜：指秋冬肃杀之气。这里形容画中之鹰凶猛如挟风霜之杀气。风，一作“如”。③画作：作画，写生。④殊：特异，不同凡俗。⑤㩳（sǒng）身：即竦身，收敛躯体准备搏击的样子。⑥思狡兔：想捕获狡兔。⑦侧目：斜视。《汉书·李广传》：“侧目而视，号曰苍鹰。”⑧似愁胡：形容鹰的眼睛色碧而锐利。因胡人（指西域人）碧眼，故以此为喻。愁胡：指发愁神态的胡人。孙楚《鹰赋》：“深目峨眉，状如愁胡。”傅玄《猿猴赋》：“扬眉蹙额，若愁若嗔。”⑨绦：丝绳，指系鹰用的丝绳。⑩镟（xuàn）：金属转轴，指鹰绳另一端所系的金属环。⑪堪擿（zhāi）：可以解除。擿，同“摘”。⑫轩楹：堂前廊柱，指悬挂画鹰的地方。⑬势可呼：画中的鹰势态逼真，呼之欲飞。⑭何当：安得，哪得。这里有假如的意思。⑮击凡鸟：捕捉凡庸的鸟。⑯平芜：草原。

春日忆李白

白也诗无敌，飘然思不群。
清新庾开府，俊逸鲍参军。
渭北春天树，江东日暮云。
何时一樽酒，重与细论文。

【注释】①不群：不平凡，高出于同辈。这句说明上句，思不群故诗无敌。②庾开府：指庾信。北周官至骠骑大将军、开府仪同三司（司马、司徒、司空），世称庾开府。③俊逸：一作“豪迈”。④鲍参军：指鲍照。南朝宋时任荆州前军参军，世称鲍参军。⑤渭北：渭水北岸，借指长安（今陕西西安）一带，当时杜甫在此地。⑥江东：指今江苏省南部和浙江省北部一带，当时李白在此地。⑦论文：即论诗。六朝以来，通称诗为文。细论文，一作“话斯文”。

春夜喜雨

好雨知时节，当春乃发生。
随风潜入夜，润物细无声。
野径云俱黑，江船火独明。
晓看红湿处，花重锦官城。

【注释】①野径：田野间的小路。②花重（zhòng）：花因为饱含雨水而显得沉重。③锦官城：故址在今成都市南，亦称锦城。三国蜀汉时管理织锦之官驻此，故名。后用作成都的别称。此句是说露水盈花的美景。

江亭

坦腹江亭暖，长吟野望时。
水流心不竞，云在意俱迟。
寂寂春将晚，欣欣物自私。
江东犹苦战，回首一颦眉。

【注释】①坦腹：舒身仰卧，坦露胸腹。②野望：指作者上元二年（761）写的一首七言律诗《野望》："西山白雪三城戍，南浦清江万里桥。海内风尘诸弟隔，天涯涕泪一身遥。惟将迟暮供多病，未有涓埃答圣朝。跨马出郊时极目，不堪人事日萧条。"③寂寂：犹悄悄，谓春将悄然归去。④欣欣：繁盛貌。⑤"江东"二句：一作"故林归未得，排闷强裁诗"。

寒食

寒食江村路，风花高下飞。
汀烟轻冉冉，竹日静晖晖。
田父要皆去，邻家闹不违。
地偏相识尽，鸡犬亦忘归。

【注释】①晖晖：日光灼热。②田父：老农。③要：邀。④违：远。⑤"地偏"二句：《汉书》载："高帝作新丰，一如丰沛道路人家，鸡犬放之，皆识其家。"江村止八九家，故尽相识。

田舍

田舍清江曲，柴门古道旁。
草深迷市井，地僻懒衣裳。
榉柳枝枝弱，枇杷树树香。
鸬鹚西日照，晒翅满鱼梁。

【注释】①清江曲：曲（qū），水流弯曲处，一作"上"。②市井：《风俗通》载："古音二十五亩为一井，因为市交易，故称市井。"③榉：一作"杨"。④鸬鹚：水鸟，蜀人以之捕鱼。⑤鱼梁：拦截水流以捕鱼的设施。以土石筑堤横截水中，如桥，留水门，置竹架于水门处，拦捕游鱼。

岁暮

岁暮远为客，边隅还用兵。
烟尘犯雪岭，鼓角动江城。

天地日流血，朝廷谁请缨。
济时敢爱死，寂寞壮心惊。

【注释】①岁暮：指唐代宗广德元年（763）年底。②远为客：指杜甫自己远为客。③边隅：边疆地区，指被吐蕃扰袭或攻陷的陇蜀一带。④雪岭：松潘县南雪栏山。⑤江城：作者所在的梓州。⑥日：日日，天天。⑦请缨：用西汉终军请缨的典故，借指将士自动请求出兵击敌。⑧敢：岂敢，何敢。⑨爱：吝惜。

寓目

一县蒲萄熟，秋山苜蓿多。
关云常带雨，塞水不成河。
羌女轻烽燧，胡儿制骆驼。
自伤迟暮眼，丧乱饱经过。

【注释】①蒲萄：《史记·大宛列传》载："（大宛）俗嗜酒，马嗜苜蓿。汉使取其实来。于是天子始种苜蓿、蒲陶肥饶地。及天马多，外国使来众，则离宫别观旁尽种蒲萄、苜蓿极望。"②烽燧：古代边防报警的信号，白天放烟叫烽，夜间举火叫燧。《墨子·号令》有"与城上烽燧相望"句。③制：一作"掣"。

孤雁

孤雁不饮啄，飞鸣声念群。
谁怜一片影，相失万重云？
望尽似犹见，哀多如更闻。
野鸦无意绪，鸣噪自纷纷。

【注释】①饮啄：鸟类饮水啄食。②万重云：指天高路远，云海弥漫。③望尽：望尽天际。④意绪：心绪，念头。⑤鸣噪：野鸦啼叫。⑥自：自己。一作"亦"。

【点评】唐太宗有《赋得早雁出云鸣》："初秋玉露清，早雁出空鸣。隔云时乱影，因风乍含声。"对比阅读，杜甫写得好，但有悲声；唐太宗写得相对一般，但有从容之气。

送远

带甲满天地，胡为君远行！
亲朋尽一哭，鞍马去孤城。
草木岁月晚，关河霜雪清。
别离已昨日，因见古人情。

【注释】①带甲：全副武装的战士。《国语·越语上》："有带甲五千人将以致死。"②胡为：何为，为什么。《诗经·邶风·式微》："微君之故，胡为乎中露？"③亲朋：亲戚朋友。杜甫《登岳阳楼》："亲朋无一字，老病有孤舟。"④孤城：边远的孤立城寨或城镇。此指秦州（今属甘肃天水）。⑤关河：关山河川。《后汉书·荀彧传》："此实天下之要地，而将军之关河也。"⑥"别离"二句：因为想到古人离别时的伤感，还是会不断想起昨日离别的情景。

水槛遣心

去郭轩楹敞，无村眺望赊。
澄江平少岸，幽树晚多花。
细雨鱼儿出，微风燕子斜。
城中十万户，此地两三家。

【注释】①水槛（jiàn）：指水亭之槛，可以凭槛眺望，舒畅身心。②去郭轩楹敞：去郭：远离城郭。轩楹：指草堂的建筑物。轩：长廊。楹（yíng）：柱子。敞：开朗。③无村眺望赊：因附近无村庄遮蔽，故可远望。赊：长，远。④澄江平少岸：澄清的江水高与岸平，因而很少能看到江岸。⑤城中十万户，此地两三家：将"城中十万户"与"此地两三家"对照，见得此地非常清幽。城中：指成都。

不见

不见李生久，佯狂真可哀。
世人皆欲杀，吾意独怜才。

敏捷诗千首，飘零酒一杯。
匡山读书处，头白好归来。

【注释】①“李生”句：李生，指李白。杜甫与李白天宝四载（745）在山东兖州分手后，一直未能见面，至此已有十六年。②佯（yáng）狂：故作癫狂。李白常佯狂纵酒，来表示对污浊世俗的不满。③“世人”句：指李白因入永王李璘幕府而获罪，系狱浔阳，不久又流放夜郎。④怜才：爱才。⑤匡山：指四川彰明县(今江油)境内的大匡山，李白早年曾读书于此。⑥“头白”句：李白此时已经六十一岁。杜甫这时在成都，李白如返回匡山，久别的老友就可以相见了，故云归来。

八月十五夜月

满目飞明镜，归心折大刀。
转蓬行地远，攀桂仰天高。
水路疑霜雪，林栖见羽毛。
此时瞻白兔，直欲数秋毫。

【注释】①转蓬：随风飘转的蓬草。《后汉书·舆服志》：“上古圣人，见转蓬始知为轮。”②攀桂：攀援或攀折桂枝。语本汉淮南小山《招隐士》：“攀援桂枝兮聊淹留。”③秋毫：亦作“秋豪”。鸟兽在秋天新长出来的细毛。喻细微之物。

【点评】“满月飞明镜，归心折大刀。”杜甫用力过猛的一句，难得。

一百五日夜对月

无家对寒食，有泪如金波。
斫却月中桂，清光应更多。
仳离放红蕊，想像嚬青蛾。
牛女漫愁思，秋期犹渡河。

【注释】①一百五日：即寒食日。南朝梁宗懔《荆楚岁时记》：“去冬至节一百五日，即有疾风甚雨，谓之寒食。”②无家：没有房舍，没有家庭。此处说的是没有家人和自己在一起。汉班彪《北征赋》：“野萧条以莽荡，迥千里而无家。”③金波：形容月光浮动，因亦即指月光。《汉书·礼乐志》：“月穆穆以金波，日华耀以宣明。”颜师古注：“言月光穆穆，若金之波流也。”④斫（zhuó）却：砍掉。一作“折尽”。⑤月中桂：指的是传说中月宫所植的桂树，此处暗用了吴刚伐桂的神话故事。⑥清光：清亮的光辉。此指月光。⑦仳（pǐ）离：别离。旧指妇女被遗弃而离去。仇兆鳌《杜诗详注》：“《诗》，有女仳离，啜其泣矣。仳离，别离也。”⑧红蕊：红花。⑨嚬（pín）：同“颦”，皱眉，蹙眉，使动用法，使……蹙眉的意思。⑩青蛾：旧时女子用青黛画眉。⑪牛女：即牛郎与织女。这里写关于牛郎织女的故事。《世说新语》有“牛、女二星，隔河而居，每七夕则渡河而会”句。⑫秋期：指七夕。牛郎织女约会之期。沈佺期《牛女》：“粉席秋期缓，针楼别怨多。”

有感

洛下舟车入，天中贡赋均。
日闻红粟腐，寒待翠华春。
莫取金汤固，长令宇宙新。
不过行俭德，盗贼本王臣。

【注释】①洛下：指洛阳城。南朝梁刘令娴《祭夫徐悱文》：“调逸许中，声高洛下。”②红粟：储藏过久而变为红色的陈米。亦指丰足的粮食。③金汤：形容城池险固。《汉书·蒯通传》：“必将婴城固守，皆为金城汤池，不可攻也。”颜师古注：“金以喻坚，汤喻沸热不可近。”

宿江边阁

暝色延山径，高斋次水门。
薄云岩际宿，孤月浪中翻。
鹳鹤追飞静，豺狼得食喧。
不眠忧战伐，无力正乾坤。

【注释】①暝色：即暮色，夜色。②延：展开，延伸。③高斋：即江边阁。④次水门：临近水边闸门。⑤薄云岩际宿，孤月浪中翻：化用何逊《入西塞示南府同僚》“薄云岩际出，初月波中上”。际：之间。宿：栖宿。⑥追飞静：静静地追逐飞翔。⑦得食喧：喧闹地争抢食物。⑧“豺狼”句：暗喻当时军阀混战之意。⑨正乾坤：意谓拨乱反正，改天换地。

江上

江上日多雨，萧萧荆楚秋。
高风下木叶，永夜揽貂裘。
勋业频看镜，行藏独倚楼。
时危思报主，衰谢不能休。

【注释】①木叶：树叶。《楚辞·九歌·湘夫人》：“袅袅兮秋风，洞庭波兮木叶下。”②永夜：长夜。③勋业：功业。行藏：出仕和退隐。此二句意即年纪大了却功业未成，常照镜子看到白发，孤独站在楼上。《杜臆》载：“逢时之危，思报主恩，故身虽老而志不能休耳。结乃说破一篇之意。”

江汉

江汉思归客，乾坤一腐儒。
片云天共远，永夜月同孤。
落日心犹壮，秋风病欲苏。
古来存老马，不必取长途。

【注释】①江汉：该诗在湖北江陵公安一带所写，因这里处在长江和汉水之间，所以诗称“江汉”。②腐儒：本指迂腐而不知变通的读书人，这里是诗人的自称，含有自嘲之意。是说自己虽是满腹经纶的饱学之士，却仍然没有摆脱贫穷的下场；也有自负的意味，指乾坤中，如同自己一样心忧黎民之人已经不多了。③“片云”二句：这句为倒装句，应是“共片云在远天，与孤月同长夜”。④落日：比喻自己已是垂暮之年。⑤病欲苏：病都要好了。苏：康复。⑥存：留养。⑦老马：诗人自比。典出《韩非子·说林上》“老马识途”的故事，齐桓公讨伐孤竹后，返回时迷路了，他接受管仲的“老马之智可用”的建议，放老马而随之，果然找到了正确的路。

发潭州

夜醉长沙酒，晓行湘水春。
岸花飞送客，樯燕语留人。
贾傅才未有，褚公书绝伦。
名高前后事，回首一伤神。

【注释】①潭州：今湖南长沙一带。②湘水：即湘江。③樯燕：船桅上的燕子。④贾傅：即汉代贾谊，曾任长沙王太傅，故称。⑤褚公：指唐代书法家褚遂良。⑥绝伦：无与伦比。⑦名高：盛名，名声大。

后游

寺忆曾游处，桥怜再渡时。
江山如有待，花柳自无私。
野润烟光薄，沙暄日色迟。
客愁全为减，舍此复何之？

【注释】①后游：即重游（修觉寺）。②曾：一作“新”，一作“重”。③有待：有所期待。《礼记·儒行》：“爱其死，以有待也；养其身，以有为也。”④烟光：云霭雾气。元稹《饮致用神曲酒三十韵》：“雪映烟光薄，霜涵霁色冷。”⑤暄：暖。

登岳阳楼

昔闻洞庭水，今上岳阳楼。
吴楚东南坼，乾坤日夜浮。
亲朋无一字，老病有孤舟。
戎马关山北，凭轩涕泗流。

【注释】①洞庭水：即洞庭湖，在今湖南北部，长江南岸，是中国第二淡水湖。②岳阳楼：即岳阳城西门楼，在湖南省岳阳市，下临洞庭湖，为游览胜地。③“吴楚”句：吴楚两地在我国东南。坼（chè）：分裂。④乾坤：指日、月。⑤浮：日月星辰和大地昼夜都飘浮在洞庭湖上。⑥无一字：音讯全无。字：这里指书信。⑦老病：杜甫时年五十七岁，身患肺病，风痹，右耳已聋。⑧有孤舟：唯有孤舟一叶飘零无定。⑨戎马：指战争。⑩关山北：北方边境。⑪凭轩：靠着窗户。⑫涕泗（sì）流：眼泪禁不住地流淌。

王阆州筵奉酬十一舅惜别之作

万壑树声满，千崖秋气高。
浮舟出郡郭，别酒寄江涛。
良会不复久，此生何太劳。
穷愁但有骨，群盗尚如毛。
吾舅惜分手，使君寒赠袍。
沙头暮黄鹄，失侣自哀号。

【注释】①浮舟：一作“浮云”。②郡郭：郡城。③沙头：沙滩边，沙洲边。

※ 郑锡

送客之江西

乘轺奉紫泥，泽国渺天涯。
九派春潮满，孤帆暮雨低。
草深莺断续，花落水东西。
更有高堂处，知君路不迷。

【注释】①轺（yáo）：古代轻便的小马车。②紫泥：古人以泥封书信，泥上盖印。皇帝诏书则用紫泥。③泽国：水乡。④九派：长江在湖北、江西一带，分为很多支流，因以九派称这一带的长江。

※ 开元宫人

袍中诗

沙场征戍客，寒苦若为眠。
战袍经手作，知落阿谁边？
蓄意多添线，含情更著绵。
今生已过也，结取后生缘。

【**注释**】①题注：开元中，赐边军纩衣，制自宫人。有兵士于袍中得诗，白于帅。帅上之朝，明皇以诗遍示六宫。一宫人自称万死，明皇悯之，以妻得诗者，曰：“朕与尔结今生缘也。”②后生缘：下一辈子的姻缘。

【**点评**】开启不少后辈宫人红叶题诗、桐叶题诗。

※ 岑参

送张都尉东归

白羽绿弓弦，年年只在边。
还家剑锋尽，出塞马蹄穿。
逐虏西逾海，平胡北到天。
封侯应不远，燕颔岂徒然。

【**注释**】①东归：指回故乡。因汉唐皆都长安，中原、江南人士辞京返里多言东归。三国魏曹操《苦寒行》：“我心何怫郁，思欲一东归。”②燕颔：东汉名将班超，相士说他“燕颔虎颈”，有封“万里侯”之相。后奉命出使西域三十一年，陆续平定各地贵族的变乱，官至西域都护，封定远侯。后以“燕颔”为封侯之相。

登总持阁

高阁逼诸天，登临近日边。
晴开万井树，愁看五陵烟。
槛外低秦岭，窗中小渭川。
早知清净理，常愿奉金仙。

【注释】①总持阁：在长安城永阳坊、和平坊西半部大总持寺。②诸天：天空。③井树：井边之树。④渭川：渭水。⑤金仙：用金色涂抹的佛像。

碛西头送李判官入京

一身从远使，万里向安西。
汉月垂乡泪，胡沙费马蹄。
寻河愁地尽，过碛觉天低。
送子军中饮，家书醉里题。

【注释】①碛（qì）：沙石地，沙漠。这里指银山碛，又名银山，在今新疆库米什附近。②李判官：不详其名。③从远使：指在安西都护府任职。④汉月：汉家的明月。借指故乡。⑤乡泪：思乡的眼泪。⑥费：一作“损”。⑦寻河：借汉代通西域穷河源的故事表明自己到极边远的地区。

※ 皇甫冉

巫山峡

巫峡见巴东，迢迢出半空。
云藏神女馆，雨到楚王宫。
朝暮泉声落，寒暄树色同。
清猿不可听，偏在九秋中。

【注释】①清猿：猿。因其啼声凄清，故称。南朝梁任昉《齐竟陵文宣王行状》：

“清猿与壶人争旦，缇幙与素濑交辉。”②九秋：指秋天。晋张协《七命》：“晞三春之溢露，溯九秋之鸣飙。”南朝宋谢灵运《善哉行》：“三春燠敷，九秋萧索。”

※ 韩翃

酬程延秋夜即事见赠

长簟迎风早，空城澹月华。
星河秋一雁，砧杵夜千家。
节候看应晚，心期卧已赊。
向来吟秀句，不觉已鸣鸦。

【注释】①程延：一作“程近”，事迹不祥，诗人的诗友。②簟：竹席。③空城：指城市秋夜清静如虚空。④澹月华：月光淡荡。澹：漂动。⑤星河：即银河。⑥砧杵：捣衣用具，古代捣衣多在秋夜。砧：捣衣石。杵：捣衣棒。⑦节候：节令气候。⑧心期：心所向往。⑨卧：指闲居。⑩向来：刚才。⑪秀句：诗的美称。⑫鸣鸦：天晓鸦鸣。

※ 皎然

寻陆鸿渐不遇

移家虽带郭，野径入桑麻。
近种篱边菊，秋来未著花。
扣门无犬吠，欲去问西家。
报道山中去，归时每日斜。

【注释】①陆鸿渐：名羽，终生不仕，隐居在苕溪（今浙江湖州境内），以擅长品茶著名，著有《茶经》一书，被后人奉为“茶圣”“茶神”。②虽：一作“唯”。③带：近。④郭：外城，泛指城墙。⑤篱边菊：语出陶渊明《饮酒》：“采菊东篱下，悠然见南山。”⑥著花：开花。⑦报道：回答道。⑧去：一作“出”。⑨归时每日斜：一作“归来日每斜”。

※ 刘长卿

穆陵关北逢人归渔阳

逢君穆陵路，匹马向桑干。
楚国苍山古，幽州白日寒。
城池百战后，耆旧几家残。
处处蓬蒿遍，归人掩泪看。

【注释】①穆陵关：古关隘名，又名木陵关，在今湖北麻城北。②渔阳：唐代郡名，郡治在今天津市蓟县，当时属范阳节度使管辖。③穆陵：指穆陵关。④楚国：指穆陵关所在地区，并用以概指江南。穆陵关本是吴地，春秋后属楚。⑤苍山：青山。杜甫《九成宫》：“苍山入百里，崖断如杵臼。”⑥幽州：即渔阳，也用以概指北方。幽州原是汉武帝所置十三部刺史之一。今北京一带。唐时渔阳、桑干都属幽州。⑦百战：多次作战。这里指安史之乱。⑧耆（qí）旧：年高望重者。此指经历兵乱的老人。杜甫《忆昔》：“伤心不忍问耆旧，复恐初从乱离说。”⑨蓬蒿（hāo）：蓬草和蒿草。亦泛指草丛，草莽。晋葛洪《抱朴子·安贫》：“是以俟扶摇而登苍霄者，不充诎于蓬蒿之杪。”⑩归人：归来的人。晋陶潜《和刘柴桑》：“荒涂无归人，时时见废墟。”此指北返渔阳的行客。

馀干旅舍

摇落暮天迥，青枫霜叶稀。
孤城向水闭，独鸟背人飞。
渡口月初上，邻家渔未归。
乡心正欲绝，何处捣寒衣？

【注释】①馀干：今江西省余干县。②迥：高远的样子。③青枫：苍翠的枫树。一作“丹枫”。

秋日登吴公台上寺远眺

古台摇落后，秋入望乡心。
野寺来人少，云峰隔水深。
夕阳依旧垒，寒磬满空林。
惆怅南朝事，长江独自今。

【注释】①吴公台：在今江苏省江都，原为南朝沈庆之所筑，后陈将吴明彻重修。②摇落：零落，凋残。这里指台已倾废。语出宋玉《九辩》：“悲哉秋之为气也，萧瑟兮摇落而变衰。”③野寺：位于偏地的寺庙。这里指吴公台上寺。④依：靠，这里含有“依恋”之意。⑤旧垒：指吴公台。垒：军事工事。按吴公台本为陈将吴明彻重筑的弩台。⑥寒磬：清冷的磬声。磬：寺院中敲击以召集众僧的鸣器，这里指寺中报时拜神的一种器具。因是秋天，故云“寒磬”。⑦空林：因秋天树叶脱落，更觉林空。⑧惆怅：失意，用来表达人们心里的情绪。⑨南朝事：因吴公台关乎南朝的宋和陈两代事，故称。

送李中丞归汉阳别业

流落征南将，曾驱十万师。
罢归无旧业，老去恋明时。
独立三边静，轻生一剑知。
茫茫江汉上，日暮欲何之。

【注释】①李中丞：生平不详。中丞：官职名，御史中丞的简称，唐时为宰相以下的要职。②征南将：指李中丞。③明时：对当时朝代的美称。④三边：指汉代幽、并、凉三州，其地皆在边疆。此处泛指边疆。⑤轻生：不畏死亡。⑥江汉：指汉阳，汉水注入长江之处。⑦日暮：天晚，语意双关，暗指朝廷不公。⑧何之：何往，何处去。

饯别王十一南游

望君烟水阔，挥手泪沾巾。
飞鸟没何处，青山空向人。

长江一帆远，落日五湖春。
谁见汀洲上，相思愁白蘋。

【注释】①饯别：设酒食送行。②王十一：名不详，排行十一。③没：消失。④五湖：这里指太湖。此句与“谁见”两句均出自梁朝柳恽《江南曲》：“汀洲采白蘋，落日江南春。洞庭有归客，潇湘逢故人。故人何不返，春花复应晚。不道新知乐，只言行路远。”⑤汀（tīng）洲：水边或水中平地。

寻南溪常道士

一路经行处，莓苔见履痕。
白云依静渚，春草闭闲门。
过雨看松色，随山到水源。
溪花与禅意，相对亦忘言。

【注释】①莓苔：一作“苍苔”，即青苔。②履痕：一作“屐痕”，木屐的印迹，此处指足迹。③渚：水中的小洲。一作“者”。④春草：一作“芳草”。⑤“溪花”两句：因悟禅意，故也相对忘言。禅：佛教指清寂凝定的心境。

新年作

乡心新岁切，天畔独潸然。
老至居人下，春归在客先。
岭猿同旦暮，江柳共风烟。
已似长沙傅，从今又几年。

【注释】①天畔：天边，指潘州南巴，即今广东茂名。②潸（shān）然：流泪的样子。③居人下：指官人，处于人家下面。④“春归”句：春已归而自己尚未回去。客：诗人自指。⑤岭：指五岭。作者时贬潘州南巴，过此岭。⑥长沙傅：指贾谊，曾受谗被贬为长沙王太傅，这里借以自喻。

※ 郎士元

长安逢故人

数年音信断，不意在长安。
马上相逢久，人中欲认难。
一官今懒道，双鬓竟羞看。
莫问生涯事，只应持钓竿。

【**注释**】①不意：不料。

盩厔县郑礒宅送钱大

暮蝉不可听，落叶岂堪闻。
共是悲秋客，那知此路分。
荒城背流水，远雁入寒云。
陶令门前菊，余花可赠君。

【**注释**】①题注：一作“送别钱起”，又作“送友人别”。②盩厔（zhōu zhì）：山水盘曲的样子，县名，在中国陕西省，今作周至。礒：音 yǐ。③陶令：指晋陶潜。陶潜曾任彭泽令，故称。

送李将军赴定州

双旌汉飞将，万里授横戈。
春色临关尽，黄云出塞多。
鼓鼙悲绝漠，烽戍隔长河。
莫断阴山路，天骄已请和。

【**注释**】①定州：州治在今河北定县。②双旌：仪仗用的旌旗。③汉飞将：指李广。④鼙：军中所用小鼓。⑤悲：形容鼓声紧急，有酣畅之意。⑥绝漠：遥远的沙漠之地。⑦长河：黄河。⑧天骄：原意指匈奴，此处泛指强敌。

※ 戴叔伦

除夜宿石头驿

旅馆谁相问，寒灯独可亲。
一年将尽夜，万里未归人。
寥落悲前事，支离笑此身。
愁颜与衰鬓，明日又逢春。

【注释】①除夜：除夕之夜。②石头驿：在今江西省新建赣江西岸。《全唐诗》题下注，一作“石桥馆”。③“一年”二句：脱胎于梁武帝萧衍《冬歌》：“一年漏将尽，万里人未归。君志固有在，妾躯乃无依。”王维《送丘为落第归江东》也有相似诗句：“五湖三亩宅，万里一归人。”④寥落：稀少，冷落。此处有孤独、寂寞之意。⑤支离：即分散。一作“羁离”。⑥愁颜与衰鬓：一作“衰颜与愁鬓”。⑦又：一作“去”。

江乡故人偶集客舍

天秋月又满，城阙夜千重。
还作江南会，翻疑梦里逢。
风枝惊暗鹊，露草泣寒蛩。
羁旅长堪醉，相留畏晓钟。

【注释】①偶集：偶然与同乡聚会。②天秋：谓天行秋肃之气，时令已值清秋。李白《秋思》：“天秋木叶下，月冷莎鸡悲。”③城阙：宫城前两边的楼观，泛指城池。《诗经·郑风·子衿》：“挑兮达兮，在城阙兮。”孔颖达疏：“谓城上之别有高阙，非宫阙也。”④千重：千层，形容夜色浓重。《后汉书·马融传》：“群师叠伍，伯校千重。”⑤翻疑：反而怀疑。翻，义同“反”。⑥风枝：风吹拂下的树枝。⑦惊暗鹊：一作“鸣散鹊”。⑧露草：沾露的草。李华《木兰赋》：“露草白兮山凄凄，鹤既唳兮猿复啼。”⑨泣寒蛩（qióng）：指秋虫在草中啼叫如同哭泣。寒蛩：深秋的蟋蟀。⑩羁（jī）旅：指客居异乡的人。《周礼·地官·遗人》：“野鄙之委积，以待羁旅。”郑玄注：“羁旅，过行寄止者。”⑪长：一作“常”。

客中言怀

白发照乌纱，逢人只自嗟。
官闲如致仕，客久似无家。
夜雨孤灯梦，春风几度花。
故园归有日，诗酒老生涯。

【注释】①乌纱：指古代官员所戴的乌纱帽。②致仕：辞去官职。《公羊传·宣公元年》："退而致仕。"何休注："致仕，还禄位于君。"

春江独钓

独钓春江上，春江引趣长。
断烟栖草碧，流水带花香。
心事同沙鸟，浮生寄野航。
荷衣尘不染，何用濯沧浪。

【注释】①荷衣：传说中用荷叶制成的衣裳。亦指高人、隐士之服。《楚辞·九歌·少司命》："荷衣兮蕙带，倏而来兮忽而逝。"②沧浪：《孟子·离娄上》："有孺子歌曰：'沧浪之水清兮，可以濯我缨；沧浪之水浊兮，可以濯我足。'"

别友人

扰扰倦行役，相逢陈蔡间。
如何百年内，不见一人闲。
对酒惜馀景，问程愁乱山。
秋风万里道，又出穆陵关。

【注释】①题注：一作"汝南逢董校书"，又作"别董校书"。②扰扰：纷乱貌，烦乱貌。③行役：旧指因服兵役、劳役或公务而出外跋涉。④如何：一作"何为"。⑤道：一作"至"。⑥出：一作"度"。

※ 韦应物

淮上即事，寄广陵亲故

前舟已眇眇，欲渡谁相待？
秋山起暮钟，楚雨连沧海。
风波离思满，宿昔容鬓改。
独鸟下东南，广陵何处在？

【注释】①广陵：今扬州。②眇眇：微末。

淮上喜会梁州故人

江汉曾为客，相逢每醉还。
浮云一别后，流水十年间。
欢笑情如旧，萧疏鬓已斑。
何因北归去，淮上对秋山。

【注释】①淮上：淮水边，即今江苏淮阴一带。②梁州：唐州名，在今陕西南郑县东。③江汉：指长江与汉水之间及其附近的一些地区。古巴蜀之地。④“浮云”两句：意思是说人生聚散无常而时光逝如流水。⑤萧疏：稀疏。⑥斑：头发花白。

赋得暮雨送李胄

楚江微雨里，建业暮钟时。
漠漠帆来重，冥冥鸟去迟。
海门深不见，浦树远含滋。
相送情无限，沾襟比散丝。

【注释】①赋得：分题赋诗，分到的什么题目，称为“赋得”。这里分得的题目是“暮雨”，故称“赋得暮雨”。②李胄（zhòu）：一作李曹，又作李渭，生平无考。从此诗看，两人的交谊颇深。③楚江：指长江，因长江自三峡以下至濡须口，皆为古代楚国境。④建业：今江苏南京。战国时亦楚地，与楚江为互文。⑤暮钟时：敲暮钟的时候。⑥漠漠：水气迷茫的样子。⑦冥冥：天色昏暗的样子。⑧海门：长江入海处，在今江苏省海门市。⑨浦：近岸的水面。⑩含滋：湿润，带着水汽。滋：润泽。⑪沾襟：打湿衣襟。此处为双关语，兼指雨、泪。⑫散丝：指细雨，这里喻流泪。晋张协《杂诗》："密雨如散丝。"

夕次盱眙县

落帆逗淮镇，停舫临孤驿。
浩浩风起波，冥冥日沉夕。
人归山郭暗，雁下芦洲白。
独夜忆秦关，听钟未眠客。

【注释】①次：停泊。②盱眙（xū yí）：今属江苏，地处淮水南岸。③逗：停留。④淮镇：淮水旁的市镇，指盱眙。⑤舫：船。⑥临：靠近。⑦驿：供邮差和官员旅宿的水陆交通站。⑧"人归"句：意为日落城暗，人也回去休息了。⑨芦洲：芦苇丛生的水泽。⑩秦关：指长安。秦：今陕西的别称，因战国时为秦地而得名。

寄全椒山中道士

今朝郡斋冷，忽念山中客。
涧底束荆薪，归来煮白石。
欲持一瓢酒，远慰风雨夕。
落叶满空山，何处寻行迹？

【注释】①寄：寄赠。②全椒：今安徽省全椒县，唐属滁州。③郡斋：滁州刺史衙署的斋舍。④山中客：指全椒县西三十里神山上的道士。⑤白石：《神仙传》载："白石先生者，中黄丈人弟子也，常煮白石为粮，因就白石山居，时人故号曰白石先生。"指山中道士艰苦的修炼生活。

【点评】这首诗从默默无闻到如日中天，行情一路飙升。有望成为中唐五律代表。

※ 戎昱

咏史

汉家青史上，计拙是和亲。
社稷依明主，安危托妇人。
岂能将玉貌，便拟静胡尘。
地下千年骨，谁为辅佐臣？

【注释】①咏史：一作“和蕃”，最早见于晚唐范摅的笔记《云溪友议》。②汉家：汉朝。③青史：即史册。古人在青竹简上纪事，后世就称史册为青史。④计拙：计谋拙劣。⑤和亲：指中国历史上古代皇帝用皇族女子与其他民族统治者结亲的办法来谋求两族和好亲善、避免遭受侵扰的政策。⑥社稷：本指古代天子诸侯祭祀土神、谷神的庙宇，后来用作国家政权的象征。⑦安危：偏义复词，指安全稳定。⑧玉貌：美好的容貌，这里代指和亲的女子。⑨拟：意欲，打算。⑩静胡尘：指消除边境少数民族的侵扰。胡：汉唐时期，汉族称西、北方的少数民族为胡人。尘：指烟尘，代战争。⑪千年骨：指汉朝臣子的枯骨。西汉至作者所生活的唐德宗时代约千年，故称。⑫辅佐：辅助。

桂州腊夜

坐到三更尽，归仍万里赊。
雪声偏傍竹，寒梦不离家。
晓角分残漏，孤灯落碎花。
二年随骠骑，辛苦向天涯。

【注释】①桂州：唐代州名，治今广西桂林。②腊夜：除夕之夜。③赊：遥远。④傍：靠。这里指雪花飘落。⑤角：号角。⑥分：区分。⑦漏：漏壶。古代计时器，铜制有孔，可以滴水或漏沙，有刻度标志以计时间。⑧碎花：喻指灯花。庾信《灯赋》：“蛾飘则碎花乱下，风起则流星细落。”⑨骠（piào）骑：飞骑，也用作古代将军的名号。这里指作者的主帅桂管防御观察使李昌巙。

※ 梁锽

美人春卧

妾家巫峡阳，罗幌寝兰堂。
晓日临窗久，春风引梦长。
落钗仍挂鬓，微汗欲消黄。
纵使朦胧觉，魂犹逐楚王。

【注释】①兰堂：芳洁的厅堂，厅堂的美称。

※ 柳中庸

夜渡江

夜渚带浮烟，苍茫晦远天。
舟轻不觉动，缆急始知牵。
听笛遥寻岸，闻香暗识莲。
唯看去帆影，常恐客心悬。

【注释】①题注：一作姚崇诗。②渚：水中的小块陆地。③晦：光线不明，昏暗。④恐：一作“似”。

※ 李益

喜见外弟又言别

十年离乱后，长大一相逢。
问姓惊初见，称名忆旧容。
别来沧海事，语罢暮天钟。
明日巴陵道，秋山又几重。

【注释】①外弟：表弟。②离乱：一作“乱离”。③一：副词。可作“竟然”或“忽而”解。④“问姓”两句：“问姓”与“称名”互文见义。⑤沧海事：比喻世事的巨大变化，有如沧海变桑田，桑田变沧海那样。⑥巴陵：即岳州（治今湖南省岳阳市），即诗中外弟将去的地方。

竹窗闻风寄苗发司空曙

微风惊暮坐，临牖思悠哉。
开门复动竹，疑是故人来。
时滴枝上露，稍沾阶下苔。
何当一入幌，为拂绿琴埃。

【注释】①苗发、司空曙：唐代诗人，李益的诗友，都名列“大历十才子”。②临牖（yǒu）：靠近窗户。牖：窗户。③故人：旧交，老友。《庄子·山木》：“夫子出于山，舍于故人之家。”元稹《莺莺传》有“拂墙花影动，疑是玉人来”句。④沾：一作“沿”。⑤苔：苔藓。⑥何当：犹何日，何时。《玉台新咏·古绝句一》：“何当大刀头，破镜飞上天。”⑦幌（huǎng）：幔帐，窗帘。⑧“为拂”句：暗用俞伯牙、钟子期有关知音的典故。绿琴：绿绮琴之省称，泛指琴。南朝齐谢朓《曲池之水》：“鸟去能传响，见我绿琴中。”

※ 李端

芜城

昔人登此地，丘垄已前悲。
今日又非昔，春风能几时？
风吹城上树，草没城边路。
城里月明时，精灵自来去。

【注释】①芜城：古城名。《全唐诗》注：“洪迈取后四句为绝句。”《唐人绝句精华》载，南朝宋鲍照有《芜城赋》，写广陵乱后景象以警临海王子顼。诗题用其赋名，非指广陵也。二十字（指后四句）读之阴森逼人。唐自天宝乱后，藩镇弄兵，天下郡县，荒芜者多，故诗人作诗哀之。

※ 孟郊

古怨别

飒飒秋风生，愁人怨离别。
含情两相向，欲语气先咽。
心曲千万端，悲来却难说。
别后惟所思，天涯共明月。

【注释】①心曲：心事。

【点评】有人说这是描写年轻情侣愁怨的诗，怎么觉得更像老夫老妻呢？

※ 杨巨源

同薛侍御登黎阳县楼眺黄河

倚槛恣流目，高城临大川。
九回纡白浪，一半在青天。
气肃晴空外，光翻晓日边。
开襟值佳景，怀抱更悠然。

【注释】①流目：放眼随意观看。

※ 司空曙

云阳馆与韩绅宿别

故人江海别，几度隔山川。
乍见翻疑梦，相悲各问年。
孤灯寒照雨，深竹暗浮烟。
更有明朝恨，离杯惜共传。

【注释】①云阳：县名，县治在今陕西泾阳县西北。②韩绅：一作韩升卿。韩愈的四叔名绅卿，与司空曙同时，曾在泾阳任县令，可能即为此人。③宿别：同宿后又分别。④乍：骤，突然。⑤翻：反而。多年不见，乍一相逢，反而怀疑这是梦境。

题鲜于秋林园

雨后园林好，幽行迥野通。
远山芳草外，流水落花中。
客醉悠悠惯，莺啼处处同。
夕阳自一望，日暮杜陵东。

【注释】①杜陵：地名，今陕西省西安市东南。古为杜伯国。秦置杜县，汉宣帝筑陵于东原上，因名杜陵。

喜外弟卢纶见宿

静夜四无邻，荒居旧业贫。
雨中黄叶树，灯下白头人。
以我独沈久，愧君相见频。
平生自有分，况是蔡家亲。

【注释】①卢纶：作者表弟，与作者同属“大历十才子”。②见宿：留下住宿。见，一作“访”。③旧业：指家中的产业。④自有分（fèn）：一作“有深分”。分：

情谊。⑤蔡家亲：也作“霍家亲”。晋羊祜为蔡邕外孙，这里借指两家是表亲。

贼平后送人北归

世乱同南去，时清独北还。
他乡生白发，旧国见青山。
晓月过残垒，繁星宿故关。
寒禽与衰草，处处伴愁颜。

【注释】①贼平：指唐代宗广德元年（763）正月，叛军首领史朝义率残部逃到范阳，走投无路，自缢身亡，“安史之乱”最终被朝廷平定。②北归：指由南方回到故乡。③时清：指时局已安定。④“旧国”句：意谓你到故乡，所见者也唯有青山如故。旧国指故乡。⑤残垒：即残破的壁垒，泛指战争遗留下来的痕迹。

※ 卢纶

李端公

故关衰草遍，离别自堪悲。
路出寒云外，人归暮雪时。
少孤为客早，多难识君迟。
掩泪空相向，风尘何处期？

【注释】①《全唐诗》此诗题下有注：一作严维诗，题作“送李端”。李端：作者友人，与作者同属“大历十才子”。②故关：故乡。③衰草：冬草枯黄，故曰衰草。南朝梁沈约《岁暮悯衰草》：“悯衰草，衰草无容色。憔悴荒径中，寒荄不可识。”④自：一作“正”。⑤“路出”句：意为李端欲去的路伸向云天外，写其道路遥远漫长。⑥少孤：少年丧父、丧母或父母双亡。⑦早：一作“惯”。⑧多难：多患难。《诗经·周颂·小毖》：“未堪家多难。”郑玄笺：“我又会于辛苦，遇三监及淮夷之难也。”⑨“风尘”句：意为在动乱年代，不知后会何期。风尘：指社会动乱。《后汉书·班彪传下》：“设后北虏稍强，能为风尘，方复求为交通，将何所及？”

※ 刘方平

秋夜泛舟

林塘夜发舟，虫响荻飕飕。
万影皆因月，千声各为秋。
岁华空复晚，乡思不堪愁。
西北浮云外，伊川何处流。

【注释】①岁华：时光，年华。②伊川：古地名。指伊水所流经的伊河流域，今河南省嵩县及伊川县境。

梅花落

新岁芳梅树，繁花四面同。
春风吹渐落，一夜几枝空。
少妇今如此，长城恨不穷。
莫将辽海雪，来比后庭中。

【注释】①梅花落：汉乐府横吹曲名。《乐府诗集·横吹曲辞四·梅花落》郭茂倩题解："《梅花落》本笛中曲也。按唐大角曲，亦有《大单于》《小单于》《大梅花》《小梅花》等曲，今其声犹有存者。"

※ 于良史

春山夜月

春山多胜事，赏玩夜忘归。
掬水月在手，弄花香满衣。
兴来无远近，欲去惜芳菲。
南望鸣钟处，楼台深翠微。

【注释】①春山：一作“春来”。②掬：双手捧起。《礼记·曲礼上》：“受珠玉者以掬。”③鸣钟：一作“钟鸣”。④翠微：指山腰青翠幽深处，泛指青山。庾信《和宇文内史春日游山》：“游客值春晖，金鞍上翠微。”

【点评】“掬水月在手，弄花香满衣。”吟诵佳句三遍，可除口臭。

冬日野望寄李赞府

地际朝阳满，天边宿雾收。
风兼残雪起，河带断冰流。
北阙驰心极，南图尚旅游。
登临思不已，何处得销愁。

【注释】①题注：一作“冬日寄李赞府”。一作刘方平诗。②赞府：古代对县丞的别称。③北阙：用为宫禁或朝廷的别称。④南图：谓南飞，南征，比喻抱负远大，语出《庄子·逍遥游》：“（鹏）背负青天……而后乃今将图南。”⑤登临：登山临水，也指游览。语本《楚辞·九辩》：“憭栗兮若在远行，登山临水兮送将归。”《史记·卫将军骠骑列传》：“禅于姑衍，登临翰海。”

※ 冷朝阳

登灵善寺塔

飞阁青霞里，先秋独早凉。
天花映窗近，月桂拂檐香。
华岳三峰小，黄河一带长。
空闻指归路，烟处有垂杨。

【注释】①天花：亦作“天华”。佛教语。天界仙花。《维摩经·观众生品》：“时维摩诘室有一天女……见诸大人闻所说法，便现其身，即以天华散诸菩萨大弟子上。”南朝陈徐陵《麈尾铭》：“既落天花，亦通神路。”

※ 严维

酬刘员外见寄

苏耽佐郡时，近出白云司。
药补清羸疾，窗吟绝妙词。
柳塘春水慢，花坞夕阳迟。
欲识怀君意，明朝访楫师。

【注释】①苏耽：传说中的仙人，又称“苏仙公”。相传他飞升前留给母亲一个柜子，扣之可得日常所需，后其母开柜视之，从中飞出两只白鹤，柜就不再灵验了。三百年后，有一只白鹤停在郡城东北楼上，它就是苏耽。事见晋葛洪《神仙传·苏仙公》。②佐郡：协理州郡政务。指任州郡的司马、通判等职。③白云司：刑部别称。相传黄帝以云命官，秋官为白云。刑部属秋官，故称。亦指刑官。④清羸：清瘦羸弱。⑤楫师：船工。

※ 李嘉佑

送王牧往吉州谒使君叔

细草绿汀洲，王孙耐薄游。
年华初冠带，文体旧弓裘。
野渡花争发，春塘水乱流。
使君怜小阮，应念倚门愁。

【注释】①薄游：为薄禄而宦游于外。有时用为谦辞。②弓裘：谓父子世代相传的事业。③小阮：晋阮咸。咸与叔父籍都是“竹林七贤”，世因称咸为小阮。后借以称侄儿。

※ 李冶

寄校书七兄

无事乌程县，蹉跎岁月余。
不知芸阁吏，寂寞竟何如。
远水浮仙棹，寒星伴使车。
因过大雷岸，莫忘八行书。

【注释】①题注：一作“送韩校书”。②校书：即校书郎，官名，掌管整理图书工作的。③七兄：名不详，当时任校书郎。④乌程县：在今浙江湖州吴兴南。作者家乡。⑤岁月余：岁晚、年终。⑥芸阁吏：即校书郎，此处代指七兄。“芸阁”即秘书省，系朝廷藏书馆。因为芸香可辟纸蠹，故藏书馆称“芸台”或“芸阁”。⑦何如：是“如何”的倒置。⑧仙棹（zhào）：仙人所乘之船。这里指七兄所乘之船。棹：本摇船工具，船桨，常用来代指船。⑨寒星伴使车：旧说天上有使星。《后汉书·李郃传》载，和帝分遣使者微服至各州县。郃以“有二使星向益州分野”而预知。因为七兄出使是在年终，所以称天上的使星为寒星。⑩大雷岸：即《水经》中所说的大雷口，也叫雷池，在今安徽望江县。南朝宋诗人鲍照受临川王征召，由建业赴江州途经此地，写下了著名的《登大雷岸与妹书》。

※ 张籍

没蕃故人

前年戍月支，城下没全师。
蕃汉断消息，死生长别离。
无人收废帐，归马识残旗。
欲祭疑君在，天涯哭此时。

【注释】①没蕃：是陷入蕃人之手，古代称异族为“蕃”，此处当指大食，即阿拉伯帝国。蕃：吐蕃，我国古代藏族建立的地方政权，在今青海、西藏一带。当时唐、蕃之间经常发生战争。②戍：征伐。③月支：一作“月氏”。唐羁縻都督府名。龙朔元年（661）在吐火罗境内阿缓城置。故地在今阿富汗东北部孔杜兹城附近。约公元8世纪中叶因大食国势力东进而废弃。④没全师：全军覆没。⑤蕃汉：吐蕃和唐朝。⑥废帐：战后废弃的营帐。⑦残旗：残留的军旗。

夜到渔家

渔家在江口，潮水入柴扉。
行客欲投宿，主人犹未归。
竹深村路远，月出钓船稀。
遥见寻沙岸，春风动草衣。

【**注释**】①柴扉：柴门。②竹深：竹林幽深。③寻沙岸：是说有人在寻找沙岸泊船。④动草衣：春风吹动着他身上的蓑衣。草衣：即蓑衣。

※ 薛涛

酬人雨后玩竹

南天春雨时，那鉴雪霜姿。
众类亦云茂，虚心宁自持。
多留晋贤醉，早伴舜妃悲。
晚岁君能赏，苍苍劲节奇。

【**注释**】①雪霜姿：花木不畏严寒的姿态。②晚岁：一作“岁晚”。

※ 于鹄

题邻居

僻巷邻家少，茅檐喜并居。
蒸梨常共灶，浇薤亦同渠。

传屐朝寻药，分灯夜读书。
虽然在城市，还得似樵渔。

【注释】①蒸梨：蒸藜（lí），煮野菜。②薤（xiè）：多年生草本植物，可作蔬菜食用。③屐（jī）：木底鞋。④分灯：典故出自《西京杂记》卷二："匡衡字稚圭，勤学而无烛，邻舍有烛而不逮，衡乃穿壁引其光，以书映光而读之。"

春山居

独来多任性，唯与白云期。
深处花开尽，迟眠人不知。
水流山暗处，风起月明时。
望见南峰近，年年懒更移。

【注释】①唯与白云期：用陶弘景"山中何所有？岭上多白云"诗意。

※ 王建

送流人

见说长沙去，无亲亦共愁。
阴云鬼门夜，寒雨瘴江秋。
水国山魈引，蛮乡洞主留。
渐看归处远，垂白住炎州。

【注释】①见说：告知，说明。晋张华《博物志》卷三："牵牛人乃惊问曰：'何由至此？'此人见说来意，并问此是何处。"②无亲：没有亲近、贴心的人。《左传·僖公二十四年》："惠怀无亲，外内弃之。"③山魈：传说中山里的怪物。④炎州：《楚辞·远游》："嘉南州之炎德兮，丽桂树之冬荣。"后因以"炎州"泛指南方广大地区。南朝梁江淹《空青赋》："西海之草，炎州之烟。"杜甫《得广州张判官书》："忽得炎州信，遥从月峡传。"

汴路即事

千里河烟直，青槐夹岸长。
天涯同此路，人语各殊方。
草市迎江货，津桥税海商。
回看故宫柳，憔悴不成行。

【注释】①青槐：常青的槐树，常作庭荫树和行道树。②殊方：远方，异域。汉班固《西都赋》："逾昆仑，越巨海，殊方异类，至于三万里。"王维《晓行巴峡》："人作殊方语，莺为故国声。"③憔悴：形容没有精神。

南中

天南多鸟声，州县半无城。
野市依蛮姓，山村逐水名。
瘴烟沙上起，阴火雨中生。
独有求珠客，年年入海行。

【注释】①天南：指岭南。亦泛指南方。②野市：乡村集市。③阴火：即磷火，是野地里骨殖分解出来的磷化氢，能自然发光，火焰呈淡绿色，古人误以为它是鬼火。

※ 韩愈

宿龙宫滩

浩浩复汤汤，滩声抑更扬。
奔流疑激电，惊浪似浮霜。
梦觉灯生晕，宵残雨送凉。
如何连晓语，只是说家乡？

【注释】①龙宫滩：在广东省阳山县阳溪上。②汤(shāng)汤：大水急流的样子。

③抑：低。④扬：高。⑤激电：电闪雷鸣。⑥惊浪：大浪。⑦浮霜：浪头的泡沫白如浮霜。⑧晕：灯照水气而生的晕圈。⑨宵残：天亮之前。⑩连晓语：夜间说话到天亮。

送桂州严大夫

苍苍森八桂，兹地在湘南。
江作青罗带，山如碧玉篸。
户多输翠羽，家自种黄甘。
远胜登仙去，飞鸾不假骖。

【注释】①严大夫：即严谟。②森：茂盛。③八桂：神话传说，月宫中有八株桂树。桂州因产桂而得名，所以"八桂"就成了它的别称。④兹：此，这。⑤湘南：今湖南以南，指桂州。湘：今湖南。⑥篸（zān）：同"簪"。古人用以插定发髻或连冠于发的一种长针，后专指妇女插髻的首饰。⑦输：缴纳。⑧翠羽：指翡翠（水鸟）的羽毛。唐以来，翠羽是最珍贵的饰品。⑨黄甘：桂林人叫作"黄皮果"，与《汉书·司马相如传》所称"黄甘橙榛"、颜师古注引郭璞曰"黄甘，橘属"者不是一物。⑩飞鸾：仙人所乘的神鸟。⑪不假骖（cān）：不需要坐骑。

※ 白居易

赋得古原草送别

离离原上草，一岁一枯荣。
野火烧不尽，春风吹又生。
远芳侵古道，晴翠接荒城。
又送王孙去，萋萋满别情。

【注释】①唐张固《幽闲鼓吹》载：白尚书应举，初至京，以诗谒著作顾况。况睹姓名，熟视白公，曰："米价方贵，居亦弗易。"乃披卷。首篇曰："离离原上草，一岁一枯荣。野火烧不尽，春风吹又生。"即嗟赏曰："得道个语，居即易矣。"因为之延誉，声名大振。②赋得：借古人诗句或成语命题作诗。诗题前一般都冠以“赋得”二字。这是古代人学习作诗或文人聚会分题作诗或科举考试时命题作诗的一种方式，称为“赋得体”。③离离：青草茂盛的样子。④一岁一枯荣：野草每年都会茂盛一次，枯萎一次。枯：枯萎。荣：茂盛。⑤远芳侵古道：远处芬芳的野草一直长到古老的驿道上。芳：野草浓郁的香气。远芳：草香远播。侵：侵占，长满。⑥晴翠：草原明丽翠绿。⑦王孙：本指贵族后代，此指远方的友人。萋萋：形容草木茂盛的样子。用《楚辞·招隐士》“王孙游兮不归，春草生兮萋萋”意。

宴散

小宴追凉散，平桥步月回。
笙歌归院落，灯火下楼台。
残暑蝉催尽，新秋雁戴来。
将何还睡兴，临卧举残杯。

【注释】①题注：本诗作于大和五年（831），时在洛阳，任河南尹。②追凉：乘凉。③平桥：没有弧度的桥。④戴：一作“带”。

秋雨夜眠

凉冷三秋夜，安闲一老翁。
卧迟灯灭后，睡美雨声中。
灰宿温瓶火，香添暖被笼。
晓晴寒未起，霜叶满阶红。

【注释】①三秋：指秋季。七月称孟秋，八月称仲秋，九月称季秋，合称三秋。

【点评】宋陆游有“美睡宜人胜按摩”句。

※ 刘禹锡

蜀先主庙

天下英雄气，千秋尚凛然。
势分三足鼎，业复五铢钱。
得相能开国，生儿不象贤。
凄凉蜀故妓，来舞魏宫前。

【注释】①蜀先主：即汉昭烈帝刘备。诗题下原有注："汉末谣，黄牛白腹，五铢当复。"②天下英雄：一作"天地英雄"。《三国志·蜀志·先主传》，曹操曾对刘备说："天下英雄，唯使君与操耳"。③"势分"句：指刘备创立蜀汉，与魏、吴三分天下。④五铢钱：汉武帝元狩五年（前118）铸行的一种钱币。此代指刘汉帝业。⑤"业复"句：王莽代汉时，曾废五铢钱，至东汉初年，光武帝又依照马援的奏议重铸，天下称便。这里以光武帝恢复五铢钱，比喻刘备想复兴汉室。⑥相：此指诸葛亮。⑦不象贤：此言刘备之子刘禅不肖，不能守业。⑧"凄凉"二句：刘禅降魏后，被东迁到洛阳，封为安乐县公。魏太尉司马昭在宴会中使蜀国的女乐表演歌舞，旁人见了都为刘禅感慨，独刘禅"喜笑自若"，乐不思蜀（《三国志·蜀志·后主传》裴注引《汉晋春秋》）。妓：女乐，实际也是俘虏。

金陵怀古

潮满冶城渚，日斜征虏亭。
蔡洲新草绿，幕府旧烟青。
兴废由人事，山川空地形。
后庭花一曲，幽怨不堪听。

【注释】①冶城：东吴著名的制造兵器之地。冶，一作"台"。②征虏亭：亭名，在金陵。③蔡洲：江中洲名。蔡，一作"芳"。④幕府：山名。⑤兴废：指国家兴亡。⑥人事：指人的作为。⑦山川空地形：徒然具有险要的山川形势。⑧后庭花：即《玉树后庭花》，陈后主所作歌曲名。

※ 刘叉

自问

自问彭城子，何人授汝颠。
酒肠宽似海，诗胆大于天。
断剑徒劳匣，枯琴无复弦。
相逢不多合，赖是向林泉。

【注释】①彭城子：作者自号。彭城：今江苏徐州市。②授：赋予。③颠：旧同“癫”，癫狂，放达。④林泉：山林与泉石，指隐居之地。

塞上逢卢仝

直到桑干北，逢君夜不眠。
上楼腰脚健，怀土眼睛穿。
斗柄寒垂地，河流冻彻天。
羁魂泣相向，何事有诗篇。

【注释】①怀土：怀恋故土。②斗柄：北斗柄。指北斗的第五至第七星，即衡、开泰、摇光。北斗，第一至第四星象斗，第五至第七星象柄。《国语·周语下》：“日在析木之津，辰在斗柄。”韦应物《拟古》诗之六：“天河横未落，斗柄当西南。”

※ 柳宗元

溪居

久为簪组累，幸此南夷谪。
闲依农圃邻，偶似山林客。
晓耕翻露草，夜榜响溪石。
来往不逢人，长歌楚天碧。

【注释】①溪居：指在冉溪居住的生活。诗人贬谪永州司马后，曾于此筑室而居，后改冉溪为“愚溪”，在今湖南省永州市东南。②簪组：古代官吏的饰物。簪：冠上的装饰。组：系印的绶带。此以簪组指做官。③累：束缚，牵累。④南夷：南方少数民族或其居住的地区，这里指永州。⑤农圃：田园，此借指老农。⑥偶似：有时好像。⑦山林客：指隐士。⑧露草：带有露水的杂草。⑨榜（bàng）：船桨。这里用如动词，划船。⑩响溪石：触着溪石而发出响声。⑪人：此指故人、知交。⑫长歌：放歌。⑬楚天：这里指永州的天空。春秋战国时期，永州属楚国。

零陵春望

平野春草绿，晓莺啼远林。
日晴潇湘渚，云断岣嵝岑。
仙驾不可望，世途非所任。
凝情空景慕，万里苍梧阴。

【注释】①零陵：《史记·五帝本纪》载，舜南巡，崩于苍梧之野，葬于江南九嶷，是为零陵。汉建零陵郡。隋文帝灭陈，统一南北，废零陵郡，置永州总管府。零陵即永州。②潇湘：湖南潇水和湘江的合称。潇水出自湖南永州市蓝山县紫良乡野狗山南麓，湘水出自广西兴安越城岭海洋山，二水自永州芝山苹岛汇合，自湘江发源地至衡阳，谓之潇湘，而大部分在永州境内，因而永州也有潇湘之称。③渚：水中间的小块陆地。④岣嵝：衡山的主峰。⑤岑：岑崟（yín），山高峻貌。司马相如《子虚赋》：“岑崟参差，日月蔽兮。”此为岣嵝山之高峻。⑥仙驾：驾，特指大禹的车。《辞源》载：“古代神话传说，禹在此（岣嵝峰）得到金简玉书。”⑦凝情：凝：凝聚，集中，这里指怀着深情。⑧景慕：崇敬景仰。⑨苍梧：山名，即九嶷山，在今湖南永州。⑩阴：通“荫”。

秋晓行南谷经荒村

杪秋霜露重，晨起行幽谷。
黄叶覆溪桥，荒村唯古木。
寒花疏寂历，幽泉微断续。
机心久已忘，何事惊麋鹿？

【注释】①南谷：在永州郊外。②杪（miǎo）秋：晚秋。杪：树梢。引申为尽头，多指年、月或季节的末尾。③寂历：孤寂，这里指花不繁茂。历：单个。④机心：机巧之心，奸诈之心。《列子·黄帝》载："海上之人有好沤鸟者，每旦之海上，从沤鸟游。沤鸟之至者，百住而不止。其父曰：'吾闻沤鸟，皆从汝游，汝取来吾玩之。'明旦之海上，沤鸟舞而不下也。"沤鸟之所以不下，是因为其父有机心。⑤麋鹿：又名四不像，一种珍奇动物。

种柳戏题

柳州柳刺史，种柳柳江边。
谈笑为故事，推移成昔年。
垂阴当覆地，耸干会参天。
好作思人树，惭无惠化传。

【注释】①柳江：西江支流，流经今柳州市。当时亦称浔水。②故事：过去的事情。③推移：指时光的流逝。④昔年：往年，历史。这两句的意思是，今天的种柳会成为将来人们谈笑的故事，随着时间的推移将成为一种史迹。⑤思人树：《史记·燕召公世家》载："召公巡行乡邑，有棠树，决狱政事其下，自侯伯至庶人各得其所，无失职者。召公卒。而民思召公之政，怀棠树不敢伐，歌咏之，作甘棠之诗。"大意即召公有惠于民，他死后，人们自觉地爱护他生前亲手所种的甘棠树，还作了诗篇歌咏他，以表示对他的怀念。后世诗词中，遂用"思人树"作为赞美官员有惠政的典故。柳宗元在此借用这个典故，是为了表达努力造福于民的愿望。⑥惠化：有益于民的德政与教化。

※ 吕温

送文畅上人东游

随缘聊振锡，高步出东城。
水止无恒地，云行不计程。
到时为彼岸，过处即前生。
今日临岐别，吾徒自有情。

【注释】①振锡：谓僧人持锡出行。锡：锡杖。杖头饰环，拄杖行则振动有声。南朝宋谢灵运《山居赋》："建招提于幽峰，冀振锡之息肩。"司空图《次韵和秀上人游南五台》："振锡传深谷，翻经想旧台。"②云行：云游。③临岐：本为面临岐路，后亦用为赠别之辞。《文选·鲍照〈舞鹤赋〉》载："指会规翔，临岐矩步。"李善注："岐，岐路也。"

※ 段文昌

题武担寺西台

秋天如镜空，楼阁尽玲珑。
水暗余霞外，山明落照中。
鸟行看渐远，松韵听难穷。
今日登临意，多欢语笑同。

【注释】①武担：山名，在四川省成都市城内西北隅。

※ 元稹

会真诗三十韵

微月透帘栊，萤光度碧空。
遥天初缥缈，低树渐葱茏。
龙吹过庭竹，鸾歌拂井桐。
罗绡垂薄雾，环佩响轻风。
绛节随金母，云心捧玉童。
更深人悄悄，晨会雨濛濛。
珠莹光文履，花明隐绣栊。
瑶钗行彩凤，罗帔掩丹虹。
言自瑶华浦，将朝碧玉宫。

因游洛城北，偶向宋家东。
戏调初微拒，柔情已暗通。
低鬟蝉影动，回步玉尘蒙。
转面流花雪，登床抱绮丛。
鸳鸯交颈舞，翡翠合欢笼。
眉黛羞频聚，朱唇暖更融。
气清兰蕊馥，肤润玉肌丰。
无力慵移腕，多娇爱敛躬。
汗光珠点点，发乱绿松松。
方喜千年会，俄闻五夜穷。
留连时有恨，缱绻意难终。
慢脸含愁态，芳词誓素衷。
赠环明运合，留结表心同。
啼粉流宵镜，残灯远暗虫。
华光犹冉冉，旭日渐曈曈。
乘鹜还归洛，吹箫亦上嵩。
衣香犹染麝，枕腻尚残红。
幂幂临塘草，飘飘思渚蓬。
素琴鸣怨鹤，清汉望归鸿。
海阔诚难度，天高不易冲。
行云无处所，萧史在楼中。

【注释】①会真：意为遇仙。②绛节：古代使者持作凭证的红色符节。③金母：古神话传说中的女神，俗称西王母。④云心：云端，高空。有时用指神话中的仙境。⑤文履：饰以文彩的鞋子。⑥宋家东：宋玉在《登徒子好色赋》中说，他家东邻有美女，常登墙头看他。这里暗指崔莺莺和他相见。⑦五夜：即五更。⑧鹜：通“凫”。《洛神赋》中形容洛神“体迅飞凫，飘忽若神”。这里把莺莺的回房比做洛神离去。⑨归洛：回到洛水去。⑩吹箫：传说周灵王的太子王子乔好吹笙，曾在嵩山修炼，后在缑（gōu）氏山乘白鹤仙去。这里暗指张生去长安。⑪怨鹤：《古今注》载，高陵牧子娶妻五年没有孩子，父兄要他另娶，妻子听说后夜里倚门悲啸，牧子很伤感，作《别鹤操》。⑫萧史：相传为春秋秦穆公时人，善吹箫，能致孔雀白鹤于庭。穆公以女弄玉妻之。萧史日教弄玉吹箫作凤鸣，后凤凰来集其屋。穆公筑凤台，使萧史夫妇居其上，数年后，皆随凤凰飞去。

※ 裴淑

答微之

侯门初拥节，御苑柳丝新。
不是悲殊命，唯愁别近亲。
黄莺迁古木，朱履从清尘。
想到千山外，沧江正暮春。

【注释】①题注：稹自会稽到京，未踰月，出镇武昌，裴难之，稹赋诗相慰，裴亦以诗答。②拥节：执持符节，亦指出任一方。

※ 姚合

寄贾岛

漫向城中住，儿童不识钱。
瓮头寒绝酒，灶额晓无烟。
狂发吟如哭，愁来坐似禅。
新诗有几首，旋被世人传。

【注释】①瓮头：酒瓮的口。②灶额：即灶突，灶上烟囱。

山中述怀

为客久未归，寒山独掩扉。
晓来山鸟散，雨过杏花稀。

天远云空积，溪深水自微。
此情对春色，尽醉欲忘机。

【注释】①忘机：消除机巧之心。常用以指甘于淡泊，与世无争。

寄安陆友人

别路在春色，故人云梦中。
鸟啼三月雨，蝶舞百花风。
烟束远山碧，霞欹落照红。
想君登此兴，回首念飘蓬。

【注释】①云梦：古薮泽名，借指楚地。②落照：夕阳的余晖。③飘蓬：飘飞的蓬草，比喻漂泊无定。

闲居

不自识疏鄙，终年住在城。
过门无马迹，满宅是蝉声。
带病吟虽苦，休官梦已清。
何当学禅观，依止古先生？

【注释】①疏鄙：粗野，俗陋。这里指诗人自己疏懒的性格。②过门：登门，上门。高适《赠杜二拾遗》："佛香时入院，僧饭屡过门。"③休官：辞去官职。李商隐《天平公座中呈令狐令公》："白足禅僧思败道，青袍御史拟休官。"④禅（chán）观：即禅理、禅道，学佛参禅。禅：梵语"禅那"的省略，意为心注一境、正深思虑的意思。观：即观照。⑤古先生：道家对佛的称呼。白居易《酬梦得以予五月长斋延僧徒绝宾友见戏》："交游诸长老，师事古先生。"

【点评】"过门无马迹，满宅是蝉声。"彻底放下了。

※ 崔道融

梅花

数萼初含雪，孤标画本难。
香中别有韵，清极不知寒。
横笛和愁听，斜枝倚病看。
朔风如解意，容易莫摧残。

【注释】①孤标：山、树等特出的顶端，指高洁。②朔风：北风，寒风。③容易：轻易。

※ 李宣远

并州路

秋日并州路，黄榆落故关。
孤城吹角罢，数骑射雕还。
帐幕遥临水，牛羊自下山。
征人正垂泪，烽火起云间。

【注释】①并州：古州名。相传禹治洪水，划分域内为九州。《周礼》《汉书·地理志上》载，并州为九州之一。其地约当今河北保定和山西太原、大同一带。

※ 李敬方

劝酒

不向花前醉，花应解笑人。
只忧连夜雨，又过一年春。
日日无穷事，区区有限身。
若非杯酒里，何以寄天真。

【注释】①区区：小，少。形容微不足道。②天真：《庄子·渔父》："礼者，世俗之所为也；真者，所以受于天也，自然不可易也。故圣人法天贵真，不拘于俗。"后因以"天真"指不受礼俗拘束的品性。

※ 贾岛

寄朱锡珪

远泊与谁同，来从古木中。
长江人钓月，旷野火烧风。
梦泽吞楚大，闽山厄海丛。
此时樯底水，涛起屈原通。

【注释】①古木：古树。②旷野：空旷的原野。③樯：帆船上挂风帆的桅杆，引申为帆船或帆。

题李凝幽居

闲居少邻并，草径入荒园。
鸟宿池边树，僧敲月下门。
过桥分野色，移石动云根。
暂去还来此，幽期不负言。

【注释】①李凝：诗人的友人，也是一个隐者，其生平事迹不详。②"鸟宿"二句：岛初赴举京师。一日于驴上得句云："鸟宿池边树，僧敲月下门。"始欲著"推"字，又欲作"敲"字，练之未定，遂于驴上吟哦，时时引手作推敲之势。时韩愈吏部权京兆，岛不觉冲至第三节，左右拥至尹前。岛具对所得诗句云云。"推"字与"敲"字未定，神游象外，不知回避。退之立马久之，谓岛曰："敲字佳。"遂并辔而归，共论诗道，流连累日，因与岛为布衣之交。（《鉴诫录》）③分野色：山野景色被桥分开。④云根：古人认为"云触石而生"，故称石为云根。这里指石根云气。⑤幽期：隐居的约定。幽：隐居。期：约定。⑥负言：指食言，不履行诺言，失信的意思。

忆江上吴处士

闽国扬帆去，蟾蜍亏复团。
秋风生渭水，落叶满长安。
此地聚会夕，当时雷雨寒。
兰桡殊未返，消息海云端。

【注释】①处士：指隐居林泉不入仕的人。②闽国：指今福建省一带地方。③蟾蜍（chán chú）：即癞蛤蟆。神话传说中月里有蟾蜍，所以这里用它指代月亮。④亏复团：指月亮缺了又圆。一作“亏复圆”。⑤渭水：渭河，发源甘肃渭耗县，横贯陕西，东至潼关入黄河。⑥生：一作“吹”。⑦此地：指渭水边分别之地。⑧兰桡（ráo）：以木兰树做的船桨，这里代指船。⑨殊：犹。⑩海云端：海云边。因闽地临海，故言。

雪晴晚望

倚杖望晴雪，溪云几万重。
樵人归白屋，寒日下危峰。
野火烧冈草，断烟生石松。
却回山寺路，闻打暮天钟。

【注释】①白屋：以白茅覆盖的屋，贫者所居。②危峰：高耸的山峰。③石松：石崖上的松树。④却回：返回。⑤暮天钟：寺庙里用以报时的钟鼓。

暮过山村

数里闻寒水，山家少四邻。
怪禽啼旷野，落日恐行人。
初月未终夕，边烽不过秦。
萧条桑柘外，烟火渐相亲。

【注释】①寒水：此指清冷的流水。②山家：山野人家。③四邻：周围邻居。

④怪禽：此指鸱鸮（chī xiāo）一类的鸟。⑤啼：后省略“于”字。⑥旷野：空阔的原野。⑦恐：此处为使动用法，使……惊恐。⑧行人：出行的人。⑨初月：新月。⑩终夕：通宵，彻夜。⑪边烽：边境上报告战事的烽火。⑫秦：今陕西南部一带。⑬萧条：稀疏之意。⑭桑柘（zhè）：此处用本意，桑木与柘木。⑮烟火：指炊烟，泛指人烟。

宿山寺

众岫耸寒色，精庐向此分。
流星透疏木，走月逆行云。
绝顶人来少，高松鹤不群。
一僧年八十，世事未曾闻。

【注释】①众岫：群山。岫：峰峦。②精庐：佛寺。③流星：星星在流动，对应后句的“走月”（月亮在行走）。④走月逆行云：云在移动，看起来却是月亮在走。

戏赠友人

一日不作诗，心源如废井。
笔砚为辘轳，吟咏作縻绠。
朝来重汲引，依旧得清冷。
书赠同怀人，词中多苦辛。

【注释】①辘轳：用手动绞车牵引水桶自井中汲水的提水工具。②縻绠：绳索。③同怀人：志同道合之人。

※ 无可

秋寄从兄贾岛

暝虫喧暮色，默思坐西林。
听雨寒更彻，开门落叶深。

昔因京邑病，并起洞庭心。
亦是吾兄事，迟回共至今。

【注释】①从兄：堂兄。②暝（míng）虫：泛指各种秋虫。③西林：指西林寺。④彻：通夜。谓一直到天明。一作“尽”。⑤京邑病：无可与贾岛同在京城长安时，贾岛屡试不第，积忧成疾。京邑指京城长安。⑥洞庭心：指泛舟洞庭湖上的归隐之心。⑦吾兄：指贾岛。⑧迟回：游移，徘徊。

※ 顾非熊

秋日陕州道中作

孤客秋风里，驱车入陕西。
关河午时路，村落一声鸡。
树势标秦远，天形到岳低。
谁知我名姓，来往自栖栖。

【注释】①栖栖：忙碌不安貌。

※ 薛媛

写真寄夫

欲下丹青笔，先拈宝镜寒。
已经颜索寞，渐觉鬓凋残。
泪眼描将易，愁肠写出难。
恐君浑忘却，时展画图看。

【注释】①题注：南楚材旅游陈，受颍牧之眷，欲以女妻之，楚材许诺。因托言有访道行，不复返旧。薛媛善画，妙属文，微知其意，对镜图形，为诗寄之。楚材大惭，遂归偕老，里人为语称之。②丹青：丹砂和青雘，可作颜料，借指绘画。

③宝镜：镜子的美称。④索寞：形容衰老，毫无生气。

※ 李德裕

泰山石

鸡鸣日观望，远与扶桑对。
沧海似熔金，众山如点黛。
遥知碧峰首，独立烟岚内。
此石依五松，苍苍几千载。

【注释】①扶桑：东方古国名。后亦代称日本。《南齐书·东南夷传》载："东夷海外，碣石、扶桑。"《梁书·诸夷传·扶桑国》载："扶桑在大汉国东二万余里，地在中国之东，其土多扶桑木，故以为名。"②烟岚：山林间蒸腾的雾气。③五松：秦始皇登泰山，避雨松树下，因封为五大夫松。后人误以为是五株松树，故称五松。

※ 李贺

咏怀

长卿怀茂陵，绿草垂石井。
弹琴看文君，春风吹鬓影。
梁王与武帝，弃之如断梗。
惟留一简书，金泥泰山顶。

【注释】①长卿：汉代文学家司马相如的字。他曾经事汉景帝刘启，为武骑常侍。因病罢免。后因《子虚赋》为汉武帝赏识，用为孝文园令，后因病居茂陵。②怀：怀居，留恋安逸。③茂陵：在今陕西兴平东南，汉武帝刘彻墓葬在此。④文君：卓文君。司马相如的妻子。⑤梁王：梁孝王刘武，为汉景帝同母弟弟。⑥断梗：折断的苇梗。⑦一简书：一卷书。⑧金泥：水银和金子搅拌用于涂封封口。此处指的是涂封封禅时用的封禅书。

南园

小树开朝径，长茸湿夜烟。
柳花惊雪浦，麦雨涨溪田。
古刹疏钟度，遥岚破月悬。
沙头敲石火，烧竹照渔船。

【**注释**】①雪浦：积雪的水边。②岚：山头云气。③破月：农历月半以后的月亮。

示弟

别弟三年后，还家一日余。
醁醽今夕酒，缃帙去时书。
病骨犹能在，人间底事无？
何须问牛马，抛掷任枭卢！

【**注释**】①示弟：明弘治本《锦囊集》、徐渭批本《昌谷诗注》题下有“犹”字，因知其弟名犹。②一日：一作“十日”。③醁醽（lù líng）：酒名。《文选》左思《吴都赋》：“飞轻轩而酌醁醽。”李善注：“《湘州记》曰：湘州临水县有酃湖，取水为酒，名曰酃酒。盛弘之《荆州记》曰：渌水出豫章郡康乐县，其间乌程乡有井，官取水为酒，酒极甘美，与湘东酃湖酒年常献之，世称醁醽酒。”④缃帙（xiāng zhì）：浅黄色的包书布。⑤病骨：病身。⑥犹：一作“独”。⑦牛马、枭卢：古代有掷五木的博戏，五木其形两头尖，中间平广，一面涂黑色，画牛犊以为花样，一面涂白，画雉以为花样。凡投掷五子皆黑者，名“卢”。白二黑三者曰“枭”。

※ 许浑

秋日赴阙题潼关驿楼

红叶晚萧萧，长亭酒一瓢。
残云归太华，疏雨过中条。

树色随山迥，河声入海遥。
帝乡明日到，犹自梦渔樵。

【注释】①阙：指唐都城长安。②潼关：关名，在今陕西省潼关县境内。③红叶晚萧萧：一作“南北断蓬飘”。④长亭：古时道路每十里设长亭，供行旅停息。⑤太华：即西岳华山，在今陕西省华阴境内。⑥过：一作“落”。⑦中条：山名，一名雷首山，在今山西永济东南。⑧山：一作“关”。⑨迥：远。⑩海：一作“塞”。⑪帝乡：京都，指长安。⑫梦：向往。末两句一作“劳歌此分手，风急马萧萧”。

早秋

遥夜泛清瑟，西风生翠萝。
残萤栖玉露，早雁拂金河。
高树晓还密，远山晴更多。
淮南一叶下，自觉洞庭波。

【注释】①遥夜：长夜。②泛：弹，犹流荡。③清瑟：清细的瑟声。瑟：拨弦乐器，形似琴，二十五弦。④残萤：残余的萤火虫。据《礼记·月令》“（夏季之月）腐草为萤”的说法，萤火虫兴盛于夏季，秋天一到则所剩无几。⑤栖玉露：萤火虫栖息于沾着露珠的草叶上。⑥拂：掠过。⑦金河：银河。五行学说称秋天为金，故称秋天的银河为金河。⑧还密：尚未凋零。⑨一叶下：《淮南子·说山训》：“以小明大，见一叶落，而知岁之将暮。”⑩洞庭波：用屈原《楚辞·九歌·湘夫人》“袅袅兮秋风，洞庭波兮木叶下”语意。“见一叶落，而知岁之将暮”的时候，想到《湘夫人》里的洞庭波。

送南陵李少府

高人亦未闲，来往楚云间。
剑在心应壮，书穷鬓已斑。
落帆秋水寺，驱马夕阳山。
明日南昌尉，空斋又掩关。

【注释】①题注：一作“送李公自淮楚之南昌”。②掩关：关闭，关门。

下第归蒲城墅居

失意归三径，伤春别九门。
薄烟杨柳路，微雨杏花村。
牧竖还呼犊，邻翁亦抱孙。
不知余正苦，迎马问寒温。

【注释】①下第：落第。②三径：晋赵岐《三辅决录·逃名》载：“蒋诩归乡里，荆棘塞门，舍中有三径，不出，唯求仲、羊仲从之游。”后因以“三径”指归隐者的家园。晋陶潜《归去来辞》：“三径就荒，松菊犹存。”③九门：禁城中的九种门。古宫室制度，天子设九门。④牧竖：牧奴，牧童。《楚辞·天问》：“有扈牧竖，云何而逢？”《汉书·刘向传》：“自古至今，葬未有盛如始皇者也，数年之间，外被项籍之灾，内离牧竖之祸，岂不哀哉！”

※ 张祜

塞下曲

二十逐嫖姚，分兵远戍辽。
雪迷经塞夜，冰壮渡河朝。
促放雕难下，生骑马未调。
小儒何足问，看取剑横腰。

【注释】①逐：跟随。②嫖姚：指霍去病，他曾六次出击匈奴，立下了很多战功，拜骠骑将军，封冠军侯。后人称他为“霍骠姚”，这里代指武将。③戍：防守。④辽：指今辽宁省辽河流域。⑤壮：这里指坚硬。⑥促放：急促地放出。⑦雕：一种凶猛的鸟，经过驯养可以用来帮助打猎，打猎的人出猎时把雕架在肩上，发现猎物就纵雕去猎取。⑧难下：是难以驯服、收放的意思。⑨马未调：马没有调理驯服。

观徐州李司空猎

晓出郡城东，分围浅草中。
红旗开向日，白马骤迎风。
背手抽金镞，翻身控角弓。
万人齐指处，一雁落寒空。

【注释】①李司空：未详何人，疑指李愿或李愬。②猎：打猎。③郡城：郡治所在地。此指徐州城。④红旗：古代用作军旗或用于仪仗队的红色旗。⑤金镞：金属制成的箭头。这里指箭。皮日休《馆娃宫怀古》："弩台雨坏逢金镞，香径泥销露玉钗。"⑥角弓：以兽角为饰的良弓。

【点评】有点摆拍的架势。

题松汀驿

山色远含空，苍茫泽国东。
海明先见日，江白迥闻风。
鸟道高原去，人烟小径通。
那知旧遗逸，不在五湖中。

【注释】①松汀驿：驿站名。在江苏境内太湖的边上。②空：天空。③苍茫：形容无边无际的样子。④泽国：形容水多的地方。李嘉祐《留别毗陵诸公》："凄凉辞泽国，离乱到乡山。"此指太湖及吴中一带。⑤海：地面潴水区域大而近陆地者称海。内陆之水域大者亦称海，此处指太湖。太湖又称五湖。⑥先见日：因东南近海故。⑦江白：江水泛白波。⑧鸟道：指仅容飞鸟通过的道路，比喻险峻狭窄的山路。南朝梁沈约《悯涂赋》："依云边以知国，极鸟道以瞻家。"⑨人烟：住户的炊烟，泛指人家。古人烹饪时都以柴草为燃料，燃烧时会产生浓烟，所以见到炊烟就表示有人居住。三国魏曹植《送应氏二首》诗之一："中野何萧条，千里无人烟。"⑩旧遗逸：旧日的隐逸之士。此指遗世独立的老朋友。遗逸：隐士，遗才。方干《题悬溜岩隐者居》："见说公卿访遗逸，逢迎亦是戴乌纱。"⑪五湖：此指太湖。《国语·越语下》："果兴师而伐吴，战于五湖。"韦昭注："五湖，今太湖。"

※ 章孝标

长安秋夜

田家无五行，水旱卜蛙声。
牛犊乘春放，儿童候暖耕。
池塘烟未起，桑柘雨初晴。
步晚香醪熟，村村自送迎。

【注释】①田家：农家。②五行：水、火、木、金、土。我国古代称构成各种物质的五种元素，古人常以此说明宇宙万物的起源和变化。③牛犊：小牛，又称牛犊子。④桑柘：指农桑之事。⑤香醪：美酒。

【点评】王维写不出。

※ 马戴

过野叟居

野人闲种树，树老野人前。
居止白云内，渔樵沧海边。
呼儿采山药，放犊饮溪泉。
自著养生论，无烦忧暮年。

【注释】①野叟：居住在郊外或山林中的老人。②居止：居住。③白云内：山上幽静之地。④渔樵：捕鱼打柴，这里偏指捕鱼。

灞上秋居

灞原风雨定，晚见雁行频。
落叶他乡树，寒灯独夜人。
空园白露滴，孤壁野僧邻。
寄卧郊扉久，何门致此身。

【注释】①灞上：古代地名，也称“霸上”，在今陕西省西安市东，因地处灞陵高原而得名，唐代求功名的人多寄居此处。②灞原：即灞上。③雁行：鸿雁飞时的整齐行列。南朝梁简文帝《杂句从军行》：“逦迤观鹅翼，参差睹雁行。”④他乡：异乡，家乡以外的地方。《乐府诗集·相和歌辞十三·饮马长城窟行》：“梦见在我傍，忽觉在他乡。”⑤寒灯：寒夜里的孤灯。多以形容孤寂、凄凉的环境。南朝齐谢朓《冬绪羁怀示萧咨议虞田曹刘江二常侍》“寒灯耿宵梦，清镜悲晓发。”⑥独夜：一人独处之夜。汉王粲《七哀诗》之二：“独夜不能寐，摄衣起抚琴。”⑦白露：秋天的露水。《诗经·秦风·蒹葭》：“蒹葭苍苍，白露为霜。”⑧野僧：山野僧人。⑨寄卧：寄居。⑩郊扉：郊居。指长安的郊外。扉：门。这里指屋舍。南朝齐谢朓《休沐重还道中》：“岁华春有酒，初服偃郊扉。”⑪何门：一作“何年”。⑫致此身：意即以此身为国君报效尽力。致：达到，实现。

楚江怀古

露气寒光集，微阳下楚丘。
猿啼洞庭树，人在木兰舟。
广泽生明月，苍山夹乱流。
云中君不见，竟夕自悲秋。

【注释】①微阳：落日的残照。②楚丘：泛指湖南的山岭。③木兰舟：船的美称。《述异记》载：“木兰洲在浔阳江中，多木兰树，七里洲中有鲁班刻木兰为舟。”④广泽：指青草湖，周长二百六十五里，与洞庭湖相连，是古代云梦泽的遗迹。⑤云中君：云神。屈原《九歌》有《云中君》，此处亦兼指屈原。⑥竟夕：整个晚上。

【点评】犹是盛唐诗风。

落日怅望

孤云与归鸟，千里片时间。
念我何留滞，辞家久未还。
微阳下乔木，远烧入秋山。
临水不敢照，恐惊平昔颜。

【注释】①片时：片刻。②乔木：树干高大、主干与分枝有明显区别的木本植物，如松、柏、杨、白桦等树皆是。③平昔：平素，往昔。

※ 温庭筠

商山早行

晨起动征铎，客行悲故乡。
鸡声茅店月，人迹板桥霜。
槲叶落山路，枳花明驿墙。
因思杜陵梦，凫雁满回塘。

【注释】①商山：山名，又名尚阪、楚山，在今陕西商洛市东南山阳县与丹凤县辖区交汇处。作者曾于大中末年离开长安，经过这里。②动征铎：震动出行的铃铛。征铎：车行时悬挂在马颈上的铃铛。铎：大铃。③“鸡声”二句：《六一诗话》载，温庭筠“鸡声茅店月，人迹板桥霜”，贾岛“怪禽啼旷野，落日恐行人”，则道路辛苦，羁愁旅思，岂不见于言外乎。④槲（hú）：陕西山阳县生长的一种落叶乔木。叶子在冬天虽枯而不落，春天树枝发芽时才落。每逢端午用这种树叶包出的槲叶粽成为当地特色。⑤枳（zhǐ）：也叫“臭橘”，一种落叶灌木或小乔木。春天开白花，果实似橘而略小，酸不可吃，可用作中药。⑥驿墙：驿站的墙壁。驿：古时候递送公文的人或来往官员暂住、换马的处所。这句意思是枳花鲜艳地开放在驿站墙边。⑦杜陵：地名，在长安城南（今陕西西安东南），古为杜伯国，秦置杜县，汉宣帝筑陵于东原上，因名杜陵，这里指长安。作者此时从长安赴襄阳投友，途经商山。这句意思是想起在长安时的梦境。⑧凫：野鸭。⑨回塘：岸边弯曲的湖塘。

处士卢岵山居

西溪问樵客，遥识楚人家。
古树老连石，急泉清露沙。
千峰随雨暗，一径入云斜。
日暮飞鸦集，满山荞麦花。

【注释】①题注：处士本指有才德而隐居不仕的人，后亦泛指未做过官的士人。②岵：音hù。③山居：山中的住所。④樵客：出门采薪的人。南朝梁王僧孺《答江琰书》："或蹲林卧石，籍卉班荆，不过田畯野老，渔父樵客。"⑤遥识：一作"遥指"。⑥楚人家：一作"主人家"。⑦急：湍急。⑧露沙：露出沙石。⑨径：小路。⑩飞鸦集：一作"鸟飞散"。⑪满山：一作"满庭"。⑫荞麦：一年生草本植物。茎赤质柔。叶互生，呈心形，有长柄。花色白或淡红。果实三角形，有棱。子实磨成粉可制面食。通常亦称其子实为荞麦。

送人东游

荒戍落黄叶，浩然离故关。
高风汉阳渡，初日郢门山。
江上几人在，天涯孤棹还。
何当重相见？樽酒慰离颜。

【注释】①荒戍：荒废的边塞营垒。②浩然：意气充沛、豪迈坚定的样子，指远游之志甚坚。《孟子·公孙丑下》："予然后浩然有归志。"③汉阳渡：湖北汉阳的长江渡口。④郢门山：位于今湖北宜都西北长江南岸，即荆门山。⑤江：指长江。⑥几人：犹言谁人。⑦孤棹：孤舟。棹：原指划船的一种工具，后引申为船。⑧樽酒：犹杯酒。樽：古代盛酒的器具。⑨离颜：离别的愁颜。

送渤海王子归本国

疆理虽重海，车书本一家。
盛勋归旧国，佳句在中华。
定界分秋涨，开帆到曙霞。
九门风月好，回首是天涯。

【注释】①渤海：即渤海王国，公元698年，大祚荣建立的以粟末靺鞨族为主体，结合部分高句丽人的一个地方性政权，地域在今黑龙江、吉林部分地区。②疆理：此处指疆域。③"车书"句：南朝庾信《哀江南赋》："混一车书，无救平阳之祸。"秦始皇统一全国，"书同文，车同轨"。后代史家多以"车书一家"表示统一。这里指唐与渤海本就是一国家人。④中华：指中原地区。⑤"定界"句：《新唐书·吐蕃传》载："宰相裴光庭听以赤岭为界，表以大碑，刻约其上。"定界在今天青海湖东日月山，是我国季风与非季风气候区的重要地理分界线。⑥秋涨：泛指因秋雨而高涨的江河。渤海国在今天的黑龙江、吉林一代，季风性气候显著，意指进入到与故国同一气候之地，渤海国近在眼前，故有下句"开帆到曙霞"。⑦九门：典故名，含义比较多，主要指禁城中的九种门，借指宫禁、天子。亦指天门，借指九天等。⑧风月：意即清风明月，也指声色场所，风骚、风情。李白《赠王判官，时余归隐，居庐山屏风叠》："会稽风月好，却绕剡溪回。云山海上出，人物镜中来。"

※ 杜牧

题扬州禅智寺

雨过一蝉噪，飘萧松桂秋。
青苔满阶砌，白鸟故迟留。
暮霭生深树，斜阳下小楼。
谁知竹西路，歌吹是扬州。

【注释】①禅智寺：也叫上方寺、竹西寺，在扬州使节衙门东三里。史载其位于蜀冈之尾，原是隋炀帝故宫，后建为寺，居高临下，风景绝佳，是扬州胜景之一。②蝉噪：指秋蝉鸣叫。南朝梁王籍《入若耶溪》："蝉噪林逾静，鸟鸣山更幽。"③飘萧：飘摇萧瑟。④阶砌：台阶。⑤白鸟：指通常为白色羽毛的鸟，如鹤、鹭一类的鸟。⑥故：故意。⑦迟留：徘徊不愿离去。⑧暮霭：黄昏的云气。⑨竹西路：指禅智寺前官河北岸的道路。竹西：在扬州甘泉之北。后人在此筑亭，名曰竹西亭，或称歌吹亭。⑩歌吹是扬州：典出鲍照《芜城赋》："车挂轊，人驾肩。廛闬扑地，歌吹沸天。"芜城即扬州，由此化出"歌吹是扬州"。歌吹：歌声和音乐声。吹：指吹奏乐器。

睦州四韵

州在钓台边，溪山实可怜。
有家皆掩映，无处不潺湲。

好树鸣幽鸟，晴楼入野烟。
残春杜陵客，中酒落花前。

【注释】①睦（mù）州：州治在今浙江建德。杜牧会昌六年（846）至大中二年（848）任睦州刺史。②钓台：东汉严子陵钓鱼处，在睦州桐庐县西三十里富春江七里濑。③可怜：可爱。④掩映：遮映衬托。⑤潺湲（chán yuán）：指流水。⑥楼：一作“峦”。⑦杜陵客：诗人自指。⑧中酒：醉酒。

扬州

炀帝雷塘土，迷藏有旧楼。
谁家唱水调，明月满扬州。
骏马宜闲出，千金好暗游。
喧阗醉年少，半脱紫茸裘。

【注释】①雷塘：位于扬州城北十里。原有湖泊，汉代称雷陂，唐称雷塘。隋炀帝陵墓在此，今犹存，现经整修，为扬州北郊名胜。②迷藏有旧楼：指隋炀帝所建迷楼，故址在今江苏省扬州市西北郊。唐冯贽《南部烟花记·迷楼》：“迷楼凡役夫数万，经岁而成。楼阁高下，轩窗掩映，幽房曲室，玉栏朱楯，互相连属。帝大喜，顾左右曰：‘使真仙游其中，亦当自迷也。’故云。”③水调：曲调名。自注：“炀帝凿汴渠成，自造《水调》。”④暗游：夜游。⑤喧阗（tián）：吵闹声。⑥紫茸裘：细软的毛皮衣。

旅宿

旅馆无良伴，凝情自悄然。
寒灯思旧事，断雁警愁眠。
远梦归侵晓，家书到隔年。
沧江好烟月，门系钓鱼船。

【注释】①断雁：失群之雁，这里指失群孤雁的鸣叫声。②侵晓：破晓。③沧江：泛指江，一作“湘江”。

※ 常非月

咏谈容娘

举手整花钿，翻身舞锦筵。
马围行处匝，人压看场圆。
歌要齐声和，情教细语传。
不知心大小，容得许多怜？

【注释】①谈容娘：曲名，即《踏谣娘》。《新唐书·郭山恽传》载：“工部尚书张锡为《谈容娘舞》。”亦省作“谈娘”。

※ 李商隐

蝉

本以高难饱，徒劳恨费声。
五更疏欲断，一树碧无情。
薄宦梗犹泛，故园芜已平。
烦君最相警，我亦举家清。

【注释】①高难饱：古人认为蝉栖于高处，餐风饮露，故说“高难饱”。②恨费声：因恨而连声悲鸣。费：徒然。③五更：中国古代把夜晚分成五个时段，用鼓打更报时。④薄宦：官职卑微。⑤梗犹泛：典出《战国策·齐策》，土偶人对桃梗说：“今子东国之桃梗也，刻削子以为人，降雨下，淄水至，流子而去，则子漂漂者将何如耳。”后以梗泛比喻漂泊不定，孤苦无依。梗：指树木的枝条。⑥芜已平：荒草已经平齐没胫，覆盖田地。⑦君：指蝉。⑧警：提醒。⑨举家清：全家清贫，清高。

风雨

凄凉宝剑篇，羁泊欲穷年。
黄叶仍风雨，青楼自管弦。

新知遭薄俗，旧好隔良缘。
心断新丰酒，消愁斗几千？

【注释】①题注：这首诗取第三句诗中“风雨”二字为题，实为无题。②宝剑篇：唐初郭震（字元振）所作诗篇名，即《古剑篇》。《新唐书·郭震传》载，武则天召他谈话，索其诗文，郭即呈上《宝剑篇》。武则天看后大加称赏，立即加以重用。③羁泊：即羁旅漂泊。④穷年：终生。⑤黄叶：用以自喻。⑥青楼：青色的高楼。此泛指精美的楼房，即富贵人家。⑦新知：新的知交。⑧遭薄俗：遇到轻薄的世俗。⑨旧好：旧日的好友。⑩隔：阻隔，断绝。⑪心断：意绝。⑫新丰：地名，在今陕西省临潼东，古时以产美酒闻名。《新唐书·马周传》载，马周不得意时，宿新丰旅店，店主人对他很冷淡，马周便要了一斗八升酒独酌。后得常何推荐，受到唐太宗的赏识，授监察御史。⑬几千：指酒价，美酒价格昂贵。

落花

高阁客竟去，小园花乱飞。
参差连曲陌，迢递送斜晖。
肠断未忍扫，眼穿仍欲归。
芳心向春尽，所得是沾衣。

【注释】①参差：错落不齐的样子。②曲陌：曲折的小径。③迢递（tiáo dì）：高远貌。此处指落花飞舞之高远者。④仍欲归：仍然希望其能归还枝头。⑤芳心：这里既指花的精神灵魂，又指怜爱花人的心境。⑥沾衣：这里既指落花依依沾在人的衣服之上，又指怜爱花的人伤心而抛洒的泪滴。

凉思

客去波平槛，蝉休露满枝。
永怀当此节，倚立自移时。
北斗兼春远，南陵寓使迟。
天涯占梦数，疑误有新知。

【注释】①题注：凄凉的思绪。李贺《昌谷诗》："鸿珑数铃响，羁臣发凉思。"②槛(jiàn)：栏杆。③蝉休：蝉声停止，指夜深。④永怀：即长想，长久思念。《诗经·周南·卷耳》："我姑酌彼金罍，维以不永怀。"⑤此节：此刻。⑥倚立：意谓今日重立槛前，时节已由春而秋。⑦移时：历时、经时。即时间流过，经历一段时间。《后汉书·吴祐传》载："祐越坛共小史雍丘、黄真欢语移时，与结友而别。"⑧北斗：即北斗星，因为它被众星围绕转动，古人常用来比喻君主，这里指皇帝驻居的京城长安。⑨兼春：即兼年，两年。⑩南陵：今安徽南陵县，唐时属宣州。此指作者怀客之地。⑪寓使：指传书的使者。寓：寄，托。⑫占梦：占卜梦境，卜度梦的吉凶。《诗经·小雅·正月》："召彼故老，讯之占梦。"郑玄笺："召之不问政事，但问占梦，不尚道德而信征祥之甚。"⑬数：屡次。新知：新结交的知己。语本《楚辞·九歌·少司命》："悲莫悲兮生别离，乐莫乐兮新相知。"

北青萝

残阳西入崦，茅屋访孤僧。
落叶人何在，寒云路几层。
独敲初夜磬，闲倚一枝藤。
世界微尘里，吾宁爱与憎。

【注释】①青萝：一种攀生在石崖上的植物，此处代指山。南朝江淹《江上之山赋》载："挂青萝兮万仞，竖丹石兮百重。"②崦（yān）：即"崦嵫（zī）"，山名，在甘肃。古时常用来指太阳落山的地方。《山海经》载，鸟鼠同穴山西南有山名崦嵫，日所入处。③初夜：黄昏。④磬（qìng）：古代打击乐器，形状像曲尺，用玉、石制成，可悬挂。佛寺中使用的一种钵状物，用铜铁铸成，既可作念经时的打击乐器，亦可敲响集合寺众。⑤"世界"句：语本《法华经》："书写三千大千世界事，全在微生中。"意思是大千世界俱是微生，我还谈什么爱和恨呢？《楞严经》载："人在世间，直微尘耳。何必拘于憎爱而苦此心也！"⑥宁：为什么。

晚晴

深居俯夹城，春去夏犹清。
天意怜幽草，人间重晚晴。

并添高阁迥，微注小窗明。
越鸟巢干后，归飞体更轻。

【注释】①夹城：城门外的曲城。②幽草：幽暗地方的小草。③并：更。④高阁：指诗人居处的楼阁。⑤迥：高远。⑥微注：因是晚景斜晖，光线显得微弱和柔和，故说“微注”。⑦越鸟：南方的鸟。

无题

照梁初有情，出水旧知名。
裙衩芙蓉小，钗茸翡翠轻。
锦长书郑重，眉细恨分明。
莫近弹棋局，中心最不平。

【注释】①照梁：宋玉《神女赋》：“其始来也，耀乎如白日初出照屋梁。”②钗茸：有茸茸花饰的钗。③翡翠：指钗上的翡翠玉饰。④“锦长”句：晋窦滔妻苏蕙字若兰，善属文。滔符坚时为秦州刺史，被徙流沙。苏氏织锦为回文旋图诗以赠滔。“锦书”用此。事见《晋书·窦滔传》。郑重：频繁、反复切至。⑤“莫近”二句：《后汉书·梁冀传》注引《艺缈》：“弹棋，两人对局，白黑棋各六枚。先列棋相当，更相弹也。其局以石为之。”宋沈括《梦溪笔谈》载：“弹棋今人罕为之，有谱一卷，盖唐人所为。棋局方二尺，中心高如覆盂，其巅为小壶，四角隆起。……李商隐诗曰‘中心最不平’，谓其中高也。”

赠柳

章台从掩映，郢路更参差。
见说风流极，来当婀娜时。
桥回行欲断，堤远意相随。
忍放花如雪，青楼扑酒旗。

【注释】①编者注：此题为“赠柳”，实为咏柳。有人认为所咏的“柳”可能是个歌妓，因为诗中表现的是依依不舍的缱绻之情。②章台：汉代京城长安的街名。街旁多柳，唐时称为“章台柳”。③从：任从。④郢：战国时楚国的国都，即今湖北江陵。⑤参差：柳条垂拂繁茂的样子。⑥见说：听说。意谓听到别人对柳的赞赏。⑦来当：今天自己见到的时候。⑧婀娜：与“风流”都是写柳丝的风流极致，妩媚多姿。⑨桥回：桥向旁弯曲。⑩堤远：长堤向远延伸。⑪意相随：柳枝傍堤而去，遂意相随。这句既写柳丝，也写出诗人对柳的眷恋不舍。⑫忍：岂忍。⑬花如雪：柳花似雪。⑭青楼：古代歌舞宴饮的馆楼。

十一月中旬至扶风界见梅花

匝路亭亭艳，非时裛裛香。
素娥惟与月，青女不饶霜。
赠远虚盈手，伤离适断肠。
为谁成早秀？不待作年芳。

【注释】①扶风：即今陕西扶风县。②匝（zā）路：围绕着路。③亭亭：昂然挺立的样子。④非时：不合时宜，农历十一月不是开花的时节，梅花却开了，所以说“非时”。⑤裛裛（yì）：气味郁盛的样子。⑥素娥：嫦娥。⑦惟与：只给。⑧青女：霜神。⑨赠远：折梅寄赠远方的亲朋。⑩虚：空。⑪盈手：满手。⑫伤离，因为离别而感伤。⑬适：正。⑭早秀：早开花。十一月中旬开的梅花，是早开的梅花。⑮待：等待。⑯作年芳：为迎接新年而开花芬芳。

夜饮

卜夜容衰鬓，开筵属异方。
烛分歌扇泪，雨送酒船香。
江海三年客，乾坤百战场。
谁能辞酩酊，淹卧剧清漳。

【注释】①卜夜：春秋时齐陈敬仲为工正，请桓公饮酒，桓公高兴，命举火继饮，敬仲辞谢说：“臣卜其昼，未卜其夜，不敢。”见《左传·庄公二十二年》。《晏子春秋·杂上》、汉刘向《说苑·反质》以为齐景公与晏子事。后称尽情欢乐昼夜不止为“卜昼卜夜”。②衰鬓：年老而疏白的鬓发。多指暮年。卢纶《长安春望》：“谁念为儒逢世难，独将衰鬓客秦关。”③开筵：设宴，摆设酒席。《晋书·车胤传》载：“谢安游集之日，辄开筵待之。”④异方：他乡，外地。杜甫《陪郑公秋晚北池临眺》：“异方初艳菊，故里亦高桐。”⑤歌扇：古时歌舞者演出时用的扇子，用以掩口而歌。戴叔伦《暮春感怀》：“歌扇多情明月在，舞衣无意彩云收。”⑥酒船：一指供客人饮酒游乐的船，二指酒杯。此用晋代毕卓典故。《晋书·毕卓传》载：“卓尝谓人曰：‘得酒满数百斛船，四时甘味置两头，右手持酒杯，左手持蟹螯，拍浮酒船中，便足了一生矣。’”⑦江海：泛指四方各地。杜甫《草堂》：“弧矢暗江海，难为游五湖。”⑧三年客：指作者在蜀地已经三年。⑨乾坤：天地。《易·说卦》载：“乾为天……坤为地。”汉班固《典引》载：“经纬乾坤，出入三光。”⑩酩酊：大醉貌。元稹《酬乐天劝醉》：“半酣得自恣，酩酊归太和。”⑪淹：久留，久滞。⑫清漳：漳河上游的一大支流，在山西省东部。此句用汉末刘桢典故。刘桢《赠五官中郎将》诗之二：“余婴沉痼疾，窜身清漳滨。”

月

池上与桥边，难忘复可怜。
帘开最明夜，簟卷已凉天。
流处水花急，吐时云叶鲜。
姮娥无粉黛，只是逞婵娟。

【注释】①流处：指月光流照时。②吐时：指云开月出时。③云叶：云朵。④姮：一作“嫦”。

和张秀才落花有感

晴暖感馀芳，红苞杂绛房。
落时犹自舞，扫后更闻香。
梦罢收罗荐，仙归敕玉箱。
回肠九回后，犹有剩回肠。

【注释】①绛房：指已开的深红色花房。②罗荐：罗缎的垫褥。③玉箱：指华美的车厢。《晋书·左贵嫔传》载：“其舆伊何？金根玉箱。”

河清与赵氏昆季宴集得拟杜工部

胜概殊江右，佳名逼渭川。
虹收青嶂雨，鸟没夕阳天。
客鬓行如此，沧波坐渺然。
此中真得地，漂荡钓鱼船。

【注释】①河清：唐县名，今河南孟津县。②昆季：兄弟。长为昆，幼为季。③杜工部：杜甫。④胜概：美景，美好的境界。

哭刘司户蕡

路有论冤谪，言皆在中兴。
空闻迁贾谊，不待相孙弘。
江阔惟回首，天高但抚膺。
去年相送地，春雪满黄陵。

【注释】①刘司户蕡（fén）：刘蕡，唐代宝历二年（826）进士，善作文，耿介嫉恶，祖籍幽州昌平（今北京昌平）。大和元年（827）参加“贤良方正”科举考试时，秉笔直书，主张除掉宦官，考官赞善他的策论，但不敢授以官职。后令狐楚、牛僧孺等镇守地方时，征召为幕僚从事，授秘书郎。终因宦官诬害，贬为柳州司户参军，客死异乡。②言：指刘蕡应贤良方正试所作的策文。③中兴：中途振兴，转衰为盛。④迁：在这里是迁升之意。⑤贾谊：西汉政论家、文学家，力主改革弊政，提出许多重要政治主张，却遭谗毁，被贬为长沙王太傅，后来汉文帝把他召回京城，任梁怀王太傅。⑥不待：用不着，不用。⑦孙弘：即公孙弘，汉武帝时初为博士，一度免归，后又举为贤良文学，受到重用，官至丞相，封平津侯。⑧抚膺（yīng）：抚摩或捶拍胸口，表示惋惜、哀叹、悲愤等。⑨黄陵：地名。在湖南省湘阴县北，滨洞庭湖。传说舜二妃墓在其上，有黄陵亭、黄陵庙。

※ 韩偓

懒起

百舌唤朝眠，春心动几般。
枕痕霞黯澹，泪粉玉阑珊。
笼绣香烟歇，屏山烛焰残。
暖嫌罗袜窄，瘦觉锦衣宽。
昨夜三更雨，今朝一阵寒。
海棠花在否，侧卧卷帘看。

【注释】①题注：一作“闺意”。②百舌：鸟名。善鸣，其声多变化。《淮南子·说山训》：“人有多言者，犹百舌之声。”高诱注：“百舌，鸟名，能易其舌效百鸟之声，故曰百舌也。以喻人虽多言无益于事也。”③阑珊：零乱，歪斜。④屏山：屏风。⑤“海棠”二句：宋李清照《如梦令》化用此二句：“昨夜雨疏风骤，浓睡不消残酒。试问卷帘人，却道海棠依旧。知否？知否？应是绿肥红瘦。”

【点评】裁成绝句也不赖，“昨夜三更雨，今朝一阵寒。海棠花在否，侧卧卷帘看。”

※ 刘得仁

题王处士山居

茅堂入谷远，林暗绝其邻。
终日有流水，经年无到人。
溪云常欲雨，山洞别开春。
自得仙家术，栽松独养真。

【注释】①养真：修养，保持本性。

※ 李频

东渭桥晚眺

秦地有吴洲，千檣渭曲头。
人当返照立，水彻故乡流。
落第春难过，穷途日易愁。
谁知桥上思，万里在江楼。

【注释】①渭桥：汉唐时代长安附近渭水上的桥梁，东、中、西，共三座，中为渭桥。②渭曲：地名。在陕西省大荔县东南。

※ 贯休

遇五天僧入五台

雪岭顶危坐，乾坤四顾低。
河横于阗北，日落月支西。
水石香多白，猿猱老不啼。
空余忍辱草，相对色萋萋。

【注释】①于阗：古西域国名，在今新疆和田一带。②月支：国名，在印度之西。又作月氏。《史记·大宛列传》："月氏在大宛西可二三千里，其南则大夏，西则安息，北则康居也（大宛去长安万二千五百五十里。月氏在天竺北可七千里）。"《汉书·西域传》："大月氏国，治监氏城，去长安万一千六里。"《玄应音义》："月支国，薄祛罗国应是也，在雪山之西北也，或云月氏。"③忍辱草：佛经中说雪山有草，名为忍辱，牛羊食之，则成醍醐。

古塞上曲

幽并儿百万，百战未曾输。
蕃界已深入，将军仍远图。

月明风拔帐，碛暗鬼骑狐。
但有东归口，甘从筋力枯。

【注释】①幽并儿：古代幽并二州多豪侠之士，故用以喻侠客。语出三国魏曹植《白马篇》：“借问谁家子？幽并游侠儿。”②东归：指回故乡。因汉唐皆都长安，中原、江南人士辞京返里多言东归。

※ 方干

贻钱塘县路明府

志业不得力，到今犹苦吟。
吟成五字句，用破一生心。
世路屈声远，寒溪怨气深。
前贤多晚达，莫怕鬓霜侵。

【注释】①志业：志向与事业。南朝梁沉约《临川王子晋南康侯子恪迁授诏》：“门下侍中临川王子晋，志业清敏，器尚夷通。”②五字句：指五言诗。③晚达：晚年得官，迟显达。《文选·颜延之〈拜陵庙作〉诗》：“早服身义重，晚达生戒轻。”李善注：“达，官达也。晚达恩厚，故以养生之戒为轻也。”

※ 韦庄

章台夜思

清瑟怨遥夜，绕弦风雨哀。
孤灯闻楚角，残月下章台。
芳草已云暮，故人殊未来。
乡书不可寄，秋雁又南回。

【注释】①章台：即章华台，宫名，故址在今陕西长安。在今湖北省监利县西北。《左传·昭公七年》载："楚子城（筑）章华之台。"②瑟：古代弦乐器。多为二十五弦。弦乐器，这里指乐声。清瑟即凄清的瑟声。③遥夜：长夜。④楚角：楚地吹的号角，其声悲凉。⑤芳草：这里指春光。⑥雁又南回：因雁是候鸟，秋天从此南来，春天又飞往北方。古时有雁足寄书的传说，事见《汉书·苏武传》。

※ 章碣

旅舍早起

迹暗心多感，神疲梦不游。
惊舟同厌夜，独树对悲秋。
晚角和人战，残星入汉流。
门前早行子，敲镫唱离忧。

【注释】①离忧：忧伤，就是忧愁的意思，楚地方言。

※ 鱼玄机

赠邻女

羞日遮罗袖，愁春懒起妆。
易求无价宝，难得有情郎。
枕上潜垂泪，花间暗断肠。
自能窥宋玉，何必恨王昌？

【注释】①题注：一作"寄李员外"，一作"寄李亿员外"。②遮罗袖：一作"障罗袖"。③宋玉：战国楚辞赋家，屈原弟子，著录赋十六篇，颇多亡佚。今传《九辩》《风赋》《高唐赋》《神女赋》《登徒子好色赋》等篇。④王昌：唐人习用。冯浩《玉溪生诗笺注》引《襄阳耆旧传》："王昌，字公伯，为东平相散骑常侍，早卒。"又引《钱希言桐薪》："意其人，身为贵戚，则姿仪儁（同"俊"）美，为世所共赏共知。”崔颢曰：“十五嫁王昌。”上官仪曰：“东家复是忆王昌。”李商隐《代应》：“谁与王昌报消息。”又《水天阁话旧事》：“王昌且在东墙住。”此以王昌喻李亿。

※ 周繇

望海

苍茫空泛日，四顾绝人烟。
半浸中华岸，旁通异域船。
岛间应有国，波外恐无天。
欲作乘槎客，翻愁去隔年。

【注释】①繇（yáo）：草茂盛。②乘槎（chá）：乘坐竹、木筏。传说天河与海通，有人居海渚者，年年八月见有浮槎去来，不失期，遂立飞阁于查上，乘槎浮海而至天河，遇织女、牵牛。此人问此是何处，答曰：“君还至蜀郡访严君平则知之。”后至蜀，君平曰：“某年月日有客星犯牵牛宿。”正是此人到天河时。见晋张华《博物志》卷十。

※ 张乔

书边事

调角断清秋，征人倚戍楼。
春风对青冢，白日落梁州。
大漠无兵阻，穷边有客游。
蕃情似此水，长愿向南流。

【注释】①调角：犹吹角。角是古代军中乐器，相当于军号。②断：尽或占尽的意思。③戍楼：防守的城楼。④春风：指和煦凉爽的秋风。⑤青冢：指西汉王昭君的坟墓。⑥白日：灿烂的阳光。⑦梁州：当时指凉州。唐梁州为今陕西南郑一带，非边地，而乐曲《凉州》也有作《梁州》的。⑧大漠：一作“大汉”。⑨穷边：绝远的边地。⑩蕃：指吐蕃。⑪情：心情。⑫似：一作“如”。⑬此水：不确指，可能指黄河。

试月中桂

与月转洪蒙，扶疏万古同。
根非生下土，叶不坠秋风。
每以圆时足，还随缺处空。
影高群木外，香满一轮中。
未种丹霄日，应虚玉兔宫。
何当因羽化，细得问玄功。

【注释】①题注：一作“月桂”。一作李正封诗。《唐摭言》载，咸通末，京兆府解，李建州时为京兆参军主试，同时有许棠与乔，及俞坦之、剧燕、任涛、吴罕、张蠙、周繇、郑谷、李栖远、温宪、李昌符，谓这“十哲”。其年府试《月中桂》诗，乔擅场。诗曰：“与月转洪蒙……”其年，频以许棠在场席多年，以为首荐，乔与俞坦之复受许下。薛能尚书深知，因以时嗐二子曰：“何事尽参差，惜哉吾子诗。日令销此道，天亦负明时。有路当重振，无门即不知。何曾见尧日，相与啜浇漓。”②洪蒙：指太空，宇宙。③扶疏：枝叶繁茂分披貌。④丹霄：谓绚丽的天空。

※ 熊皎

早梅

江南近腊时，已亚雪中枝。
一夜欲开尽，百花犹未知。
人情皆共惜，天意欲教迟。
莫讶无浓艳，芳筵正好吹。

【注释】①腊：腊月，农历十二月。②亚：通“压”。

※ 陆龟蒙

别离

丈夫非无泪，不洒离别间。
杖剑对尊酒，耻为游子颜。
蝮蛇一螫手，壮士即解腕。
所志在功名，离别何足叹。

【注释】①杖剑：同“仗剑”，持剑。②尊：酒器。③游子颜：游子往往因去国怀乡而心情欠佳，面带愁容。④蝮蛇：一种奇毒的蛇。⑤螫（shì）：毒虫刺人。⑥解腕：斩断手腕。⑦志：立志，志向。

村中晚望

抱杖柴门立，江村日易斜。
雁寒犹忆侣，人病更离家。
短鬓看成雪，双眸旧有花。
何须万里外，即此是天涯。

【注释】①天涯：犹天边。指极远的地方。

※ 杜荀鹤

送人游吴

君到姑苏见，人家尽枕河。
古宫闲地少，水港小桥多。

夜市卖菱藕，春船载绮罗。
遥知未眠月，乡思在渔歌。

【注释】①姑苏：苏州的别称。②枕河：临河。枕：临近。③闲地少：指人烟稠密，屋宇相连。④古宫：即古都，此处指代姑苏。⑤水港：指流经城市的小河。一作“水巷”。⑥绮罗：指华贵的丝织品或丝绸衣服。一说此处是贵妇、美女的代称。⑦未眠月：月下未眠。

春宫怨

早被婵娟误，欲妆临镜慵。
承恩不在貌，教妾若为容。
风暖鸟声碎，日高花影重。
年年越溪女，相忆采芙蓉。

【注释】①题注：一作周朴诗。②婵娟：形容姿容、形态美好。③慵：懒。④若为容：如何去妆饰自己。《诗经·国风·卫风·伯兮》：“岂无膏沐，谁适为容？”⑤碎：形容鸟鸣声纷纭杂沓，非一鸟独鸣，而是数鸟共语。⑥越溪女：指西施浣纱时的女伴。⑦芙蓉：莲花。

送友游吴越

去越从吴过，吴疆与越连。
有园多种橘，无水不生莲。
夜市桥边火，春风寺外船。
此中偏重客，君去必经年。

【注释】①吴越：指今苏浙一带。②吴：指现在浙江一带。③火：繁荣、热闹的景象。④必经年：泛指要待很长时间，客人乐而忘返。

送人宰吴县

海涨兵荒后，为官合动情。
字人无异术，至论不如清。
草履随船卖，绫梭隔水鸣。
惟持古人意，千里赠君行。

【注释】①宰吴县：出任吴县县令。②字人：抚治百姓。③至论：指高超的或正确精辟的理论。

※ 李远

送人入蜀

蜀客本多愁，君今是胜游。
碧藏云外树，红露驿边楼。
杜魄呼名语，巴江作字流。
不知烟雨夜，何处梦刀州。

【注释】①杜魄：即杜鹃鸟。旧传古蜀王杜宇的魂魄化为杜鹃，故称。②刀州：《晋书·王浚传》载："浚夜梦悬三刀于卧屋梁上，须臾又益一刀，浚惊觉，意甚恶之。主簿李毅再拜贺曰：'三刀为州字，又益一者，明府其临益州乎？'及贼张弘杀益州刺史皇甫晏，果迁浚为益州刺史。"后因以刀州为益州的别称。

题僧院

不用问汤休，何人免白头。
百年如过鸟，万事尽浮沤。
别绪长牵梦，情由乱种愁。
却嫌风景丽，窗外碧云秋。

【注释】①汤休：南朝宋释惠休，本姓汤，善属文，辞采绮艳，世祖命使还俗，官至扬州从事史。梁钟嵘《诗品》称："惠休淫靡，情过其才"。②浮沤：水面上的泡沫。因其易生易灭，常比喻变化无常的世事和短暂的生命。

※ 崔涂

除夜有怀

迢递三巴路，羁危万里身。
乱山残雪夜，孤烛异乡人。
渐与骨肉远，转于僮仆亲。
那堪正漂泊，明日岁华新。

【注释】①除夜：除夕。②迢递：遥远。③三巴：巴郡、巴东、巴西的合称。相当今四川嘉陵江和綦江流域以东的大部分地区。后亦多泛指四川。④羁危：指漂泊于三巴的艰险之地。羁：寄寓异乡。⑤僮（tóng）：未成年的仆人。

孤雁

几行归塞尽，念尔独何之。
暮雨相呼失，寒塘欲下迟。
渚云低暗度，关月冷相随。
未必逢矰缴，孤飞自可疑。

【注释】①渚（zhǔ）：水中的小洲。②关月：指关塞上的月亮。③矰（zēng）缴：系有丝绳、弋射飞鸟的短箭。缴：即在短箭上的丝绳。

南山旅舍与故人别

一日又将暮，一年看即残。
病知新事少，老别旧交难。

山尽路犹险，雨余春却寒。
那堪试回首，烽火是长安。

【注释】①旧交：老朋友。

※ 郑谷

旅寓洛南村舍

村落清明近，秋千稚女夸。
春阴妨柳絮，月黑见梨花。
白鸟窥鱼网，青帘认酒家。
幽栖虽自适，交友在京华。

【注释】①洛南：指河南省洛阳以南的地方。②秋千：唐代时俗，女孩子在清明节时做打秋千游戏。杜甫《清明》中有“万里秋千习俗同”的诗句。③“春阴”句：柳絮在晴天有风时到处飘飞，天气阴时难以飞扬。④见梨花：由于梨花是白色，所以黑夜里也能看见。⑤白鸟：指鹭鸳之类的鸟，白色，喜吃鱼，因此窥视渔网。⑥青帘：青布幌子，是酒家的市招。⑦幽栖：幽静闲居。⑧自适：自得舒适。⑨京华：指京城。

※ 项斯

途中逢友人

长大有南北，山川各所之。
相逢孤馆夜，共忆少年时。
烂醉百花酒，狂题几首诗。
来朝又分袂，后会鬓应丝。

【注释】①分袂：离别。晋干宝《秦女卖枕记》：“（秦女）取金枕一枚，与度（孙道度）为信，乃分袂泣别。”

※ 于武陵

赠卖松人

入市虽求利，怜君意独真。
欲将寒涧树，卖与翠楼人。
瘦叶几经雪，淡花应少春。
长安重桃李，徒染六街尘。

【注释】①寒涧树：指松树。②翠楼：华丽的楼阁，又指旗亭酒楼类场所。③应少春：大略也见不到几许春意。④六街：指长安城中左右的六条大街。这里泛指闹市街区。

夜与故人别

白日去难驻，故人非旧容。
今宵一别后，何处更相逢。
过楚水千里，到秦山几重。
语来天又晓，月落满城钟。

【注释】①旧容：昔日的容貌。

※ 周朴

秋夜不寐寄崔温进士

愁多难得寐，展转读书床。
不是旅人病，岂知秋夜长。

归乡凭远梦，无梦更思乡。
枕上移窗月，分明是泪光。

【注释】①展转：翻身貌。多形容忧思不寐、卧不安席。《楚辞·刘向〈九叹·惜贤〉》载："忧心展转，愁怫郁兮。"王逸注："展转，不寤貌。"

董岭水

湖州安吉县，门与白云齐。
禹力不到处，河声流向西。
去衙山色远，近水月光低。
中有高人在，沙中曳杖藜。

【注释】①杖藜：谓拄着手杖行走。藜：野生植物，茎坚韧，可为杖。《庄子·让王》载："原宪华冠縰履，杖藜而应门。"

※ 卢延让

苦吟

莫话诗中事，诗中难更无。
吟安一个字，拈断数茎须。
险觅天应闷，狂搜海亦枯。
不同文赋易，为著者之乎。

【注释】①"吟安"二句：与方干"才吟五字句，又白几茎髭""吟成五字句，用破一生心"，均从贾岛"二句三年得，一吟双泪流"化出。

※ 李中

春日野望怀故人

野外登临望，苍苍烟景昏。
暖风医病草，甘雨洗荒村。
云散天边野，潮回岛上痕。
故人不可见，倚杖役吟魂。

【注释】①病草：萎黄了的草。

书王秀才壁

茅舍何寥落，门庭长绿芜。
贫来卖书剑，病起忆江湖。
对枕暮山碧，伴吟凉月孤。
前贤多晚达，莫叹有霜须。

【注释】①绿芜：丛生的绿草。②晚达：晚年得官，迟显达。

春日作

和气来无象，物情还暗新。
乾坤一夕雨，草木万方春。
染水烟光媚，催花鸟语频。
高台旷望处，歌咏属诗人。

【注释】①和气：古人认为天地间阴气与阳气交合而成之气。万物由此“和气”而生。《老子》载：“万物负阴而抱阳，冲气以为和。”②无象：没有形迹。《管子·幼官》：“备具胜之原，无象胜之本。”三国魏曹植《七启》：“譬若画形于无象，造响于无声。”张九龄《请东北将吏刊石纪功德状》：“观变早于未萌，必取预于无象。”

※ 李洞

赠唐山人

垂须长似发，七十色如鬣。
醉眼青天小，吟情太华低。
千年松绕屋，半夜雨连溪。
邛蜀路无限，往来琴独携。

【注释】①太华：山名。即西岳华山，在陕西省华阴南，因其西有少华山，故称太华。《书·禹贡》载："西倾、朱圉、鸟鼠，至于太华。"《山海经·西山经》载："又西六十里，曰太华之山，削成而四方，其高五千仞，其广十里，鸟兽莫居。"

郑补阙山居

高节谏垣客，白云居静坊。
马饥餐落叶，鹤病晒残阳。
野雾昏朝烛，溪笺惹御香。
相招倚蒲壁，论句夜何长。

【注释】①补阙：官名。唐武后垂拱元年（685）始置，有左右之分。左补阙属门下省，右补阙属中书省，掌供奉讽谏。②谏垣：指谏官官署。③静坊：清静的别屋。④鹤病：指妻子卧病。古诗："飞来双白鹤，乃从西北方。十十五五，罗列成行。妻卒被病，不能相随。五里一反顾，六里一徘徊。吾欲衔汝去，口噤不能开；吾欲负汝去，毛羽自摧颓。"

送云卿上人游安南

春往海南边，秋闻半夜蝉。
鲸吞洗钵水，犀触点灯船。
岛屿分诸国，星河共一天。
长安却回日，松偃旧房前。

【注释】①题注：一作“送僧游南海”。安南：唐安南都护府，驻交州（今越南河内市）。②夜：一作“路”。③吞：一作“吹”。④长安：一作“长空”。⑤回：一作“归”。⑥偃：指树枝屈伸的样子。

※ 李昌符

远归别墅

马省曾行处，连嘶渡晚河。
忽惊乡树出，渐识路人多。
细径穿禾黍，颓垣压薜萝。
乍归犹似客，邻叟亦相过。

【注释】①题注：一作“秋晚归故居”。②禾黍：《诗·王风·黍离序》载：“《黍离》，闵宗周也。周大夫行役至于宗周，过故宗庙宫室，尽为禾黍。闵宗周之颠覆，彷徨不忍去而作是诗也。”后以“禾黍”为悲悯故国破败或胜地废圮之典。

塞上行

朔野烟尘起，天军又举戈。
阴风向晚急，杀气入秋多。
树尽禽栖草，冰坚路在河。
汾阳无继者，羌虏肯先和。

【注释】①题注：一作“书边事”，又作“边行书事”。唐末吐蕃大乱，从大中三年（849）起，秦州、原州、安乐州人民起义归唐，到咸通二年（861）张义潮收复凉州为止，长期为吐蕃占据的河、湟之地，才算大致收复。又，大中年间，党项侵扰西北，宣宗曾发诸道兵进击，连年无功。后虽一度为白敏中所平定，但不久又为边患。迄至唐末，战争一直不断地在进行着。这首诗描写西北边地战时的荒凉景象，是作者亲眼看到的情形。②朔野：北方荒野之地。③天军：帝王的军队。前四句一作“莽苍芦关北，孤城帐幕多。客军甘入阵，老将望回戈”。④汾阳：指郭子仪。郭子仪的封爵为汾阳王。安史乱后，他领朔方军镇守西北，威望甚高。永泰初，回纥和吐蕃联兵入寇，他说和了回纥，大破吐蕃。⑤无继者：一作“寻下世”。

旅游伤春

酒醒乡关远，迢迢听漏终。
曙分林影外，春尽雨声中。
鸟思江村路，花残野岸风。
十年成底事，羸马倦西东。

【注释】①西东：泛指四方，无定向。

※ 齐己

早梅

万木冻欲折，孤根暖独回。
前村深雪里，昨夜一枝开。
风递幽香去，禽窥素艳来。
明年如应律，先发望春台。

【注释】①孤根：单独的根，指梅树之根。孤：突出其独特个性。②暖独回：指阳气开始萌生。③递：传递。④幽香：幽细的香气。⑤窥：偷看。⑥素艳：洁白妍丽，这里指白梅。⑦应律：古代律制分十二律，有“六律”“六吕”，即黄钟、大吕之类。古时人以十二律推测气候，此处应律是按季节的意思。⑧春台：幽美的游览之地。

※ 处默

圣果寺

路自中峰上，盘回出薜萝。
到江吴地尽，隔岸越山多。
古木丛青霭，遥天浸白波。
下方城郭近，钟磬杂笙歌。

【注释】①圣果寺：佛寺名。位于杭州城南凤凰山笤帚湾内山坞，建于隋文帝开皇二年（582），因唐代番僧文喜于此静坐得道而名为“胜果”，又名“圣果”。②中峰：山的主峰。③盘回：盘旋回绕。④薜萝：野生植物，常攀缘于山野林木或屋壁之上。《楚辞·九歌·山鬼》：“若有人兮山之阿，被薜荔兮带女萝。”王逸注：“女萝，兔丝也。言山鬼仿佛若人，见于山之阿，被薜荔之衣，以兔丝为带也。”⑤江：指钱塘江。⑥吴地：春秋时吴国所辖之地域，包括今之江苏、上海大部和安徽、浙江、江西的一部分。⑦青霭：指云气。因其色紫，故称。⑧遥天：犹长空。⑨城郭：城墙。城指内城的墙，郭指外城的墙。⑩钟磬：古代礼乐器。《周礼·春官·小胥》：“凡县钟磬，半为堵，全为肆。”郑玄注：“钟磬者，编县之二八十六枚而在一虡，谓之堵。钟一堵，磬一堵，谓之肆。”⑪笙歌：合笙之歌。亦谓吹笙唱歌。《礼记·檀弓上》：“孔子既祥，五日弹琴而不成声，十日而成笙歌。”

※ 李建勋

金谷园落花

愁见清明后，纷纷盖地红。
惜看难过日，自落不因风。
蝶散余香在，莺啼半树空。
堪悲一尊酒，从此似西东。

【注释】①金谷园：指晋石崇于金谷涧中所筑的园馆。石崇曾写《金谷诗序》记其事。韦应物《金谷园歌》：“石氏灭，金谷园中流水绝。”诗题一作“金谷落花”。

※ 翁宏

春残

又是春残也，如何出翠帏？
落花人独立，微雨燕双飞。
寓目魂将断，经年梦亦非。
那堪向愁夕，萧飒暮蝉辉。

【注释】①春残：春将尽。②翠帏（wéi）：绿色的帷帐。帷：四周相围而无顶的篷帐。③“落花”二句：宋晏几道《临江仙·梦后楼台高锁》挪用这两句：“梦后楼台高锁，酒醒帘幕低垂。去年春恨却来时。落花人独立，微雨燕双飞。记得小苹初见，两重心字罗衣。琵琶弦上说相思。当时明月在，曾照彩云归。”④寓目：观看，过目。语出《左传·僖公二十八年》：“请与君之士戏，君凭轼而观之，得臣与寓目焉。”

※ 张蠙

登单于台

边兵春尽回，独上单于台。
白日地中出，黄河天外来。
沙翻痕似浪，风急响疑雷。
欲向阴关度，阴关晓不开。

【注释】①蠙（pín）：古书上说的一种产珍珠的蚌。②单（chán）于台：在今内蒙古自治区呼和浩特市西，相传汉武帝曾率兵登临此台。③边兵：守卫边疆的士兵。④地中出：从平地升起。⑤沙翻：沙随风翻滚。⑥响疑雷：响声如同雷鸣。⑦阴关：阴山山脉中的关隘。阴山是汉代防御匈奴的屏障，在今内蒙古自治区。

※ 于濆

山村叟

古凿岩居人，一廛称有产。
虽沾巾覆形，不及贵门犬。
驱牛耕白石，课女经黄茧。
岁暮霜霰浓，画楼人饱暖。

【注释】①濆（fén）：水边，岸边。②凿岩居：开凿山洞居住。③一廛（chán）：古代指一户人家所住的房屋。④沾：受惠，得益。⑤巾覆形：有点布遮住身体。巾：包头或包东西的布。形：身体。⑥白石：指多石的山地。⑦课：教，督促，催促。⑧经：织。⑨黄茧：野蚕的丝。⑩霜霰（xiàn）：霜雪。霰：小冰粒。⑪画楼：富贵人家雕梁画栋的楼舍，与“凿岩居”相对。

苦辛吟

垅上扶犁儿，手种腹长饥。
窗下抛梭女，手织身无衣。
我愿燕赵姝，化为嫫母姿。
一笑不值钱，自然家国肥。

【注释】①垅：田地分界的埂子，这里泛指田地。②下：一作“前”。③抛：一作“掷”。④燕赵姝（shū）：燕赵的美女，泛指天下美女。燕赵多美女，故称。⑤嫫（mó）母：相传为黄帝的妃子，很有贤德，但相貌很丑。⑥一笑：封建统治者为博取美女的欢心，不惜一掷千金，故有“一笑千金”之语。钱：一作“金”。⑦肥：富裕，富有。

※ 栖蟾

宿巴江

江声五十里，泻碧急于弦。
不觉日又夜，争教人少年。
一汀巫峡月，两岸子规天。
山影似相伴，浓遮到晓船。

【注释】①巴江：巴东以上长江段。②泻碧：奔涌直下的江水。③争：同“怎”。④子规天：到处能听到杜鹃啼叫。

※ 崔仲容

赠所思

所居幸接邻，相见不相亲。
一似云间月，何殊镜里人。
丹诚空有梦，肠断不禁春。
愿作梁间燕，无由变此身。

【注释】①丹诚：赤诚的心。

※ 张窈窕

上成都在事

昨日卖衣裳，今日卖衣裳。
衣裳浑卖尽，羞见嫁时箱。
有卖愁仍缓，无时心转伤。
故园有虏隔，何处事蚕桑。

【注释】①题注：一作“成都即事”。

※ 常浩

赠卢夫人

佳人惜颜色，恐逐芳菲歇。
日暮出画堂，下阶拜新月。
拜月如有词，傍人那得知。
归来投玉枕，始觉泪痕垂。

【注释】①玉枕：玉制或玉饰的枕头。亦用作瓷枕、石枕的美称。

※ 吕温

吐蕃别馆和周十一郎中杨七录事望白水山作

纯精结奇状，皎皎天一涯。
玉嶂拥清气，莲峰开白花。
半岩晦云雪，高顶澄烟霞。
朝昏对宾馆，隐映如仙家。
夙闻蕴孤尚，终欲穷幽遐。
暂因行役暇，偶得志所嘉。
明时无外户，胜境即中华。
况今舅甥国，谁道隔流沙。

【注释】①吐蕃（bo）：公元7至9世纪，我国古代藏族所建政权。据有今西藏地区全部，盛时辖有青藏高原诸部，势力达到西域、河陇地区。其赞普松赞干布、弃隶缩赞先后与唐文成公主、金成公主联姻，与唐经济文化联系至为密切。②白水山：白水城边的雪山。白水城：今青海西宁市西郊。③玉嶂：形容积雪的山峦。④胜境：佳境。风景优美的地方。⑤舅甥国：指唐王朝与吐蕃的关系如舅甥。

※ 任蕃

洛阳道

憧憧洛阳道，尘下生春草。
行者岂无家，无人在家老。
鸡鸣前结束，争去恐不早。
百年路傍尽，白日车中晓。
求富江海狭，取贵山岳小。
二端立在途，奔走无由了。

【注释】①憧憧：往来不绝貌。②二端：两种主意。

※ 任氏

书桐叶

拭翠敛蛾眉，郁郁心中事。
搦管下庭除，书成相思字。
此字不书石，此字不书纸。
书在桐叶上，愿逐秋风起。
天下有心人，尽解相思死。
天下负心人，不识相思字。
有心与负心，不知落何地。

【注释】①题注：继图读书大慈寺，忽桐叶飘坠，上有诗句。后数年，卜婚任氏，方知桐叶句乃任氏在左绵书也。②蛾眉：一作“双眉”。③郁郁心中事，一作“为郁心中事”。④搦管：一作“桐叶”。⑤书成相思字：一作“书我相思字”。⑥书在桐叶上：一作“书向秋叶上”。

【点评】前蜀尚书侯继图还是穷书生的时候，拾得题字桐叶一枚，心赏而收之。后娶任氏女，偶咏前半截，任氏大惊，脱口接续下半截，夫妻愕然。姻缘前定，一时传为美谈。美则美矣，不知有多少桐叶题诗者含恨九泉，浪漫情缘千不一得。

※ 焦郁

白云向空尽

白云升远岫，摇曳入晴空。
乘化随舒卷，无心任始终。
欲销仍带日，将断更因风。
势薄飞难定，天高色易穷。
影收元气表，光灭太虚中。
傥若从龙去，还施济物功。

【注释】①题注：一作周成诗。②升：一作“生”。③远岫（xiù）：远处的峰峦。④乘化：顺随自然。化：造化。⑤从龙：《易·乾》载：“云从龙，风从虎，圣人作而万物睹。”旧以龙为君象，因以称随从帝王或领袖创业。

※ 海印

舟夜一章

水色连天色，风声益浪声。
旅人归思苦，渔叟梦魂惊。
举棹云先到，移舟月逐行。
旋吟诗句罢，犹见远山横。

【注释】①益：增长，加多。②渔叟：老渔夫。③棹：摇船的工具如桨、橹等。④逐：追赶，追随。⑤旋：随后，不久。⑥横：东西方向排列。

【点评】窦叔向有《过担石湖》诗一首可对比阅读："晓发渔门戍，晴看担石湖。日衔高浪出，天入四空无。尺寸分洲岛，纤毫指舳舻。渺然从此去，谁念客帆孤。"

※ 无名氏

青海望敦煌之作

西北指流沙，东南路转遐。
独悲留海畔，归望阻天涯。
九夏呈芳草，三时有雪花。
未能振羽去，空此羡寒鸦。

【注释】①九夏：夏季，夏天。②三时：指春、夏、秋三季农作之时。《左传·桓公六年》："洁粢丰盛，谓其三时不害而民和年丰也。"杜预注："三时，春、夏、秋。"

七言律诗

※ 沈佺期

独不见

卢家少妇郁金堂，海燕双栖玳瑁梁。
九月寒砧催木叶，十年征戍忆辽阳。
白狼河北音书断，丹凤城南秋夜长。
谁为含愁独不见，更教明月照流黄。

【注释】①题注：一作“古意呈补阙乔知之”，一作“古意”。②独不见：乐府旧题，属《杂曲歌辞》。《乐府解题》载：“独不见，伤思而不见也。”③卢家少妇：泛指少妇。④郁金堂：以郁金香料涂抹的堂屋。堂：一作“香”。梁朝萧衍《河中之水歌》：“河中之水向东流，洛阳女儿名莫愁。……十五嫁为卢家妇，十六生儿字阿侯。卢家兰室桂为梁，中有郁金苏合香。”⑤海燕：又名越燕，燕的一种。因产于南方滨海地区（古百越之地），故名。⑥玳瑁（dài mào）：海生龟类，甲呈黄褐色相间花纹，古人用为装饰品。⑦寒砧（zhēn）：指捣衣声。砧：捣衣用的垫石。古代妇女缝制衣服前，先要将衣料捣过。为赶制寒衣妇女每于秋夜捣衣，故古诗常以捣衣声寄思妇念远之情。⑧木叶：树叶。⑨辽阳：辽河以北，泛指辽东地区。⑩白狼河：今辽宁省境内之大凌河。⑪音：一作“军”。⑫丹凤城：此指长安。相传秦穆公女儿弄玉吹箫，引来凤凰，故称咸阳为丹凤城。后以凤城称京城。唐时长安宫廷在城北，住宅在城南。长安大明宫正南门为丹凤门。⑬谁为：即“为谁”。为：一作“谓”。⑭更教：一作“使妾”。教：使。⑮照：一作“对”。⑯流黄：黄紫色相间的丝织品，此指帷帐，一说指衣裳。

※ 苏颋

奉和春日幸望春宫应制

东望望春春可怜，更逢晴日柳含烟。
宫中下见南山尽，城上平临北斗悬。
细草偏承回辇处，轻花微落奉觞前。
宸游对此欢无极，鸟哢声声入管弦。

【注释】①幸：皇帝驾临其处叫作“幸”。②望春宫：唐代京城长安郊外的行宫，分南、北两处，此指南望春宫，在东郊万年县（今陕西西安东），南对终南山。③望春：即指观赏春色，又切宫名，一语双关。④可怜：可爱。⑤南山：终南山，兼含“如南山之寿”意，表示祝贺。⑥北斗：星宿名。⑦辇（niǎn）：车子，秦汉后特指帝王乘坐的车。⑧轻花微落奉觞（shāng）前：一作“飞花故落舞筵前”。觞：古代酒器。⑨宸（chén）游：帝王之巡游。宸：北极星所居，因此借指帝王的宫殿，又引申为帝位、帝王的代称。⑩鸟哢（lòng）声声入管弦：一作“鸟哢歌声杂管弦”。哢：鸣叫。

※ 李颀

送魏万之京

朝闻游子唱离歌，昨夜微霜初渡河。
鸿雁不堪愁里听，云山况是客中过。
关城树色催寒近，御苑砧声向晚多。
莫见长安行乐处，空令岁月易蹉跎。

【注释】①魏万：又名颢，上元初进士。曾隐居王屋山，自号王屋山人。②游子：指魏万。③离歌：离别的歌。④初渡河：刚刚渡过黄河。魏万家住王屋山，在黄河北岸，去长安必须渡河。⑤“鸿雁”二句：设想魏万在途中的寂寞心情。客中：即作客途中。⑥关城：指潼关。⑦树色：一作“曙色”，黎明前的天色。⑧催寒近：寒气越来越重，一路上天气愈来愈冷。⑨御苑：皇宫的庭苑。这里借指京城。⑩砧声：

捣衣声。⑪向晚多：愈接近傍晚愈多。⑫“莫见”句：勉励魏万及时努力，不要虚度年华。⑬蹉跎：虚度年华。

※ 万楚

骢马

金络青骢白玉鞍，长鞭紫陌野游盘。
朝驱东道尘恒灭，暮到沙源日未阑。
汗血每随边地苦，蹄伤不惮陇阴寒。
君能一饮长城窟，为尽天山行路难。

【注释】①骢马：青白色相杂的马。南朝宋鲍照《结客少年场行》：“骢马金络头，锦带佩吴钩。”南朝梁《骢马》：“骢马镂金鞍，柘弹落金光。”②陇阴：即陇西。今甘肃一带。《文选·江淹〈恨赋〉》：“迁客海上，流戍陇阴。”

五日观妓

西施谩道浣春纱，碧玉今时斗丽华。
眉黛夺将萱草色，红裙妒杀石榴花。
新歌一曲令人艳，醉舞双眸敛鬓斜。
谁道五丝能续命，却知今日死君家。

【注释】①五日：即农历五月初五端午节。②妓：乐伎。③西施：春秋时越国绝色美女。④谩（màn）道：空说或莫说的意思。⑤浣：洗。⑥春纱：生丝织成的薄纱。⑦碧玉：南朝宋汝南王宠爱的美妾，出身微贱，南朝民歌《碧玉歌》中有“碧玉小家女”之说。这里用以借指乐伎。⑧丽华：美人名。古代名叫“丽华”的美人有两个，一个是东汉光武帝刘秀的皇后阴丽华，另一个是张丽华，南朝陈后主的妃子。一说丽华即“华丽”之意。⑨黛：青黑色的颜料，古代女子用以画眉。⑩夺将（jiāng）：从……夺得。⑪萱草：俗称金针菜、黄花菜，多年生宿根草本。古人以为种植此草，可以使人忘忧，因亦称“忘忧草”。⑫红裙：红色裙子，亦指美女。⑬妒杀：让……嫉妒而死。⑭艳：即艳美。⑮双眸：两颗眼珠。⑯敛：

收束，这里指拢发的动作。⑰五丝：即五色丝，又叫“五色缕”“长命缕”“续命缕”。端午时人们以彩色丝线缠在手臂上，用以辟病、辟鬼，延年益寿。⑱君家：设宴的主人家。

※ 崔曙

九日登望仙台呈刘明府容

汉文皇帝有高台，此日登临曙色开。
三晋云山皆北向，二陵风雨自东来。
关门令尹谁能识，河上仙翁去不回。
且欲近寻彭泽宰，陶然共醉菊花杯。

【**注释**】①九日：指农历九月九日重阳节。②望仙台：据说汉河上公授汉文帝《老子章句》四篇而去，后来文帝筑台以望河上公，台即望仙台，在今河南陕县西南。③刘明府容：名容，生平不详。明府：唐代对县令的尊称。④高台：指望仙台。⑤曙色开：朝日初出、阳光四照的样子。⑥三晋：指古晋国，春秋末韩、魏、赵三家分晋，故有此称。在今山西、河南一带。⑦北向：形容山势向北偏去。⑧二陵：指崤山南北的二陵，在今河南洛宁、陕县附近。据《左传》载，崤山南陵是夏帝皋的陵墓，北陵是周文王避风雨的地方。⑨东：一作“西”。⑩关：函谷关。⑪令尹：守函谷关的官员尹喜，相传他忽见紫气东来，知有圣人至。不一会儿果然老子骑青牛过关。尹喜留下老子，于是老子写《道德经》一书。尹喜后随老子而去。⑫谁能识：谁还能遇到关门令尹呢？⑬河上仙翁：即河上公，汉文帝时人，传说其后羽化成仙。⑭彭泽宰：晋陶渊明曾为彭泽令。渊明嗜酒而爱菊。有一次重阳节无酒喝，久坐于菊丛中，刚好王弘送酒至，即便就酌，醉后而归。这里暗用其“九日”事。彭泽宰借指刘明府。⑮陶然：欢乐酣畅的样子。⑯共醉：一作“一醉”。⑰菊花杯：意谓对菊举杯饮酒。

※ 徐安贞

闻邻家理筝

北斗横天夜欲阑，愁人倚月思无端。
忽闻画阁秦筝逸，知是邻家赵女弹。
曲成虚忆青蛾敛，调急遥怜玉指寒。
银锁重关听未辟，不如眠去梦中看。

【注释】①秦筝：古秦地（今陕西一带）的一种弦乐器，似瑟，传为秦蒙恬所造，故名。三国魏曹丕《善哉行》："齐侣发东舞，秦筝奏西音。"晋潘岳《笙赋》："晋野悚而投琴，况齐瑟与秦筝。"岑参《秦筝歌送外甥萧正归京》："汝不闻秦筝声最苦，五色缠弦十三柱。"②赵女：赵地的美女。亦泛指美女。③青蛾：青黛画的眉毛，美人的眉毛。南朝宋刘铄《白纻曲》："佳人举袖辉青蛾，掺掺擢手映鲜罗。"

※ 祖咏

望蓟门

燕台一望客心惊，笳鼓喧喧汉将营。
万里寒光生积雪，三边曙色动危旌。
沙场烽火侵胡月，海畔云山拥蓟城。
少小虽非投笔吏，论功还欲请长缨。

【注释】①蓟门：在今北京西南，唐时属范阳道所辖，是唐朝屯驻重兵之地。②燕台：原为战国时燕昭王所筑的黄金台，这里代称燕地，用以泛指平卢、范阳这一带。③一望：一作"一去"。④客：诗人自称。⑤笳：汉代流行于塞北和西域的一种类似于笛子的管乐器，此处代指号角。⑥三边：古称幽、并、凉为三边。这里泛指当时东北、北方、西北边防地带。⑦危旌：高扬的旗帜。一作"行旌"。⑧烽火：古代用于军事通信的设施，遇敌情时点燃狼粪，以传警报。⑨投笔吏：汉人班超家贫，常为官府抄书以谋生，曾投笔叹曰："大丈夫当立功异域以取封侯，安能久事笔砚间。”后终以功封定远侯。⑩论功：指论功行封。⑪请长缨：指立志报国，降服强敌。汉班固《汉书·终军传》载：“愿受长缨，必羁南越王而致之阙下。”后终军被南越相所杀，年仅二十余。缨：绳。

※ 王维

积雨辋川庄作

积雨空林烟火迟，蒸藜炊黍饷东菑。
漠漠水田飞白鹭，阴阴夏木啭黄鹂。
山中习静观朝槿，松下清斋折露葵。
野老与人争席罢，海鸥何事更相疑。

【注释】①积雨：久雨。②辋（wǎng）川庄：即王维在辋川的宅第，在今陕西蓝田终南山中，是王维隐居之地。③空林：疏林。④烟火迟：因久雨林野润湿，故烟火缓升。⑤藜：一年生草本植物，嫩叶可食。⑥黍：谷物名，古时为主食。⑦饷东菑（zī）：给在东边田里干活的人送饭。饷：送饭食到田头。菑：已经开垦了一年的田地，此泛指农田。⑧漠漠：形容广阔无际。⑨阴阴：幽暗的样子。⑩夏木：高大的树木，犹乔木。夏：大。⑪啭（zhuàn）：小鸟婉转地鸣叫。⑫“山中”句：意谓深居山中，望着槿花的开落以修养宁静之性。习静：谓习养静寂的心性，亦指过幽静生活。南朝梁何逊《苦热》：“习静閟衣巾，读书烦几案。”槿（jǐn）：植物名。落叶灌木，其花朝开夕谢。古人常以此物悟人生枯荣无常之理。⑬清斋：谓素食，长斋。晋支遁《五月长斋》：“令月肇清斋，德泽润无疆。”⑭露葵：经霜的葵菜。葵为古代重要蔬菜，有“百菜之主”之称。⑮野老：村野老人，此指作者自己。⑯争席罢：指自己要隐退山林，与世无争。典出《庄子·杂篇·寓言》，杨朱去从老子学道，路上旅舍主人欢迎他，客人都给他让座；学成归来，旅客们却不再让座，而与他“争席”，说明杨朱已得自然之道，与人们没有隔膜了。⑰“海鸥”句：典出《列子·黄帝篇》，海上有人与鸥鸟相亲近，互不猜疑。一天，父亲要他把海鸥捉回家来，他又到海滨时，海鸥便飞得远远的，心术不正破坏了他和海鸥的亲密关系。这里借海鸥喻人事。何事：一作“何处”。

辋川别业

不到东山向一年，归来才及种春田。
雨中草色绿堪染，水上桃花红欲然。
优娄比丘经论学，伛偻丈人乡里贤。
披衣倒屣且相见，相欢语笑衡门前。

【注释】①别业：别墅。②东山：指辋川别业所在的蓝田山。③欲：一作“亦”。④然：同“燃”。⑤优娄：释迦牟尼的弟子。⑥比丘：亦作“比邱”，佛教语，梵语的译音。意译“乞士”，以上从诸佛乞法，下就俗人乞食得名，为佛教出家“五众”之一。指已受具足戒的男性，俗称和尚。⑦经论：佛教指三藏中的经藏与论藏。《梁书·谢举传》载：“为晋陵郡时，常与义僧递讲经论。”⑧伛偻（yǔ lǚ）：脊梁弯曲，驼背。丈人：古时对老人的尊称。伛偻丈人：典出《庄子·外篇·达生》：“仲尼适楚，出于林中，见痀偻者承蜩，犹掇之也。仲尼曰：子巧乎？有道邪？曰：我有道也。五六月累丸二而不坠，则失者锱铢；累三而不坠，则失者十一；累五而不坠，犹掇之也。吾处身也若厥株拘，吾执臂也若槁木之枝；虽天地之大，万物之多，而唯蜩翼之知。吾不反不侧，不以万物易蜩之翼，何为而不得。孔子顾谓弟子曰：用志不分，乃凝于神，其痀偻丈人之谓乎。”⑨倒屣（xǐ）：急于出迎，把鞋倒穿。《三国志·魏志·王粲传》：“献帝西迁，粲徙长安，左中郎将蔡邕见而奇之。时邕才学显著，贵重朝廷，常车骑填巷，宾客盈坐。闻粲在门，倒屣迎之。粲至，年既幼弱，容状短小，一坐尽惊。邕曰：‘此王公孙也，有异才，吾不如也。’”后因以形容热情迎客。⑩衡门：横木为门。指简陋的房屋。《诗经·陈风·衡门》：“衡门之下，可以栖迟。”汉毛氏传：“衡门，横木为门，言浅陋也。栖迟，游息也。”

和贾至舍人早朝大明宫之作

绛帻鸡人送晓筹，尚衣方进翠云裘。
九天阊阖开宫殿，万国衣冠拜冕旒。
日色才临仙掌动，香烟欲傍衮龙浮。
朝罢须裁五色诏，佩声归向凤池头。

【注释】①和：即和诗，是用来和答他人诗作的诗，依照别人诗词的格律或内容作诗词。可和韵，可不和韵。②舍人：即中书舍人，时贾至任此职。③大明宫：宫殿名，在长安禁苑南。④绛帻（zé）：用红布包头似鸡冠状。⑤鸡人：古代宫中，于天将亮时，有头戴红巾的卫士，于朱雀门外高声喊叫，好像鸡鸣，以警百官，故名鸡人。⑥晓筹：即更筹，夜间计时的竹签。⑦尚衣：官名。隋唐有尚衣局，掌管皇帝的衣服。⑧翠云裘：饰有绿色云纹的皮衣。⑨九天：极言天之崇高广阔。古人认为天有九野、九重。此处借指帝宫。⑩阊阖（chāng hé）：天门，此处指皇宫正门。⑪衣冠：指文武百官。⑫冕旒（miǎn liú）：古代帝王、诸侯及卿大夫的礼冠。旒：冠前后悬垂的玉串，天子之冕十二旒。这里指皇帝。⑬仙掌：掌为掌扇之掌，也即障扇，宫中的一种仪仗，用以蔽日障风。⑭衮（gǔn）龙：犹卷龙，指皇帝的龙袍。⑮浮：指袍上锦绣光泽的闪动。⑯裁：拟写。⑰五色诏：用五色纸所写的诏书。⑱凤池：指凤凰池，禁苑中池沼，魏晋南北朝时设中书省于禁苑，掌管机要，接近皇帝，故称中书省为“凤凰池”。唐宰相称同中书门下平章事，故多以“凤凰池”指宰相职位。

酌酒与裴迪

酌酒与君君自宽，人情翻覆似波澜。
白首相知犹按剑，朱门先达笑弹冠。
草色全经细雨湿，花枝欲动春风寒。
世事浮云何足问，不如高卧且加餐。

【注释】①裴迪：唐代诗人。关中（今属陕西）人，官蜀州刺史及尚书省郎。王维好友。②相知：知心的朋友。③按剑：以手抚剑，预示击剑之势，表示提防。《史记·鲁仲连邹阳列传》载：“臣闻明月之珠，夜光之璧，以闇投人于道路，人无不按剑相眄者，何则？无因而至前也。”④朱门：红漆大门，指贵族豪富之家。⑤先达：有德行学问的前辈。⑥弹冠：弹去帽子上的灰尘，准备做官。出自《汉书·王吉传》：“王阳在位，贡公弹冠”。汉代王子阳做了高官，贡禹掸去帽上尘土，等着好友提拔，是“弹冠相庆”的意思。⑦经：一作“轻”。⑧高卧：安卧，悠闲地躺着。指隐居不仕。《晋书·隐逸传·陶潜》：“尝言夏月虚闲，高卧北窗之下，清风飒至，自谓羲皇上人。”⑨加餐：慰劝之辞。谓多进饮食，保重身体。《后汉书·桓荣传》载：“愿君慎疾加餐，重爱玉体。”《古诗十九首·行行重行行》：“弃捐勿复道，努力加餐饭。”

出塞作

居延城外猎天骄，白草连天野火烧。
暮云空碛时驱马，秋日平原好射雕。
护羌校尉朝乘障，破虏将军夜渡辽。
玉靶角弓珠勒马，汉家将赐霍嫖姚。

【注释】①天骄：汉代时匈奴恃强，自称“天之骄子”，即老天爷的爱子。这里借称唐朝的吐蕃。②白草：北方草原上的一种野草，枯后呈白色，称白草。③连天野火烧：烧起围猎的野火，与天连在一起，形容打猎的野火声势之大。④护羌校尉：《汉官仪》载：“护羌校尉，武帝置，秩比二千石，持节以护西羌。”汉代拿着符节保护西羌的武官叫“护羌校尉”，这里指唐廷守边的将领。⑤乘障：登上遮虏障。西汉时为了防止匈奴内侵，在居延一带修筑了一道遮虏障，是一种防御工事。⑥破虏将军：指汉昭帝时中郎将范明友。当时辽东乌桓反。他带领兵马，渡过辽河，平定了这次叛乱。此指唐朝守边的将领。⑦玉靶角弓：用美玉镶把柄的剑，用兽角装饰的弓。玉靶：镶玉的剑柄，借指宝剑。⑧珠勒马：马勒口上用宝珠装饰，指骏马。珠勒：珠饰的马络头。⑨汉家：指朝廷。⑩霍嫖姚：即霍去病，西汉抗击匈奴的名将，官至骠骑将军。前后六次出击匈奴，皆获胜而归，得到朝廷封赏。此处借指崔希逸。

※ 李白

登金陵凤凰台

凤凰台上凤凰游，凤去台空江自流。
吴宫花草埋幽径，晋代衣冠成古丘。
三山半落青天外，二水中分白鹭洲。
总为浮云能蔽日，长安不见使人愁。

【注释】①凤凰台：在金陵凤凰山上。《江南通志》载：“凤凰台在江宁府城内之西南隅，犹有陂陀，尚可登览。宋元嘉十六年，有三鸟翔集山间，文彩五色，状如孔雀，音声谐和，众鸟群附，时人谓之凤凰。起台于山，谓之凤凰山，里曰凤凰里。”②江：长江。③吴宫：三国时孙吴曾于金陵建都筑宫。④晋代：指东晋，南渡后也建都于金陵。⑤衣冠：指的是东晋文学家郭璞的衣冠冢。现今仍在南京玄武湖公园内。一说指当时豪门世族。衣冠即士大夫的穿戴，借指士大夫、官绅。⑥成古丘：晋明帝当年为郭璞修建的衣冠冢豪华一时，然而到了唐朝诗人来看的时候，已经成为一个丘壑了。现今这里被称为郭璞墩，位于南京玄武湖公园内。⑦三山：山名。《景定建康志》：“其山积石森郁，滨于大江，三峰并列，南北相连，故号三山。”今三山街为其旧址，明初朱元璋筑城时，将城南的三座无名小山也围在了城中。这三座山正好挡住了从城北通向南门——聚宝门的去路。恰逢当时正在城东燕雀湖修筑宫城，于是将这三座山填进了燕雀湖。三山挖平后，在山基修了一条街道，取名为三山街。⑧半落青天外：形容极远，看不大清楚。⑨二水：一作“一水”。指秦淮河流经南京后，西入长江，被横截其间的白鹭洲分为二支。⑩白鹭洲：古代长江中的沙洲，洲上多集白鹭，故名。今已与陆地相连，位于今南京市江东门外。⑪浮云蔽日：比喻谗臣当道障蔽贤良。浮云：比喻奸邪小人。陆贾《新语·慎微篇》：“邪臣之蔽贤，犹浮云之障日月也。”日：一语双关，因为古代把太阳看作是帝王的象征。⑫长安：这里用京城指代朝廷和皇帝。

※ 崔颢

黄鹤楼

昔人已乘白云去，此地空余黄鹤楼。
黄鹤一去不复返，白云千载空悠悠。
晴川历历汉阳树，芳草萋萋鹦鹉洲。
日暮乡关何处是？烟波江上使人愁。

【注释】①题注：严羽《沧浪诗话》载：“唐人七言律诗，当以崔颢《黄鹤楼》为第一。”相传李白登黄鹤楼见崔颢此诗，说：“眼前有景道不得，崔颢题诗在上头。”或为后人附会，然李白《鹦鹉洲》前四句“鹦鹉东过吴江水，江上洲传鹦鹉名。鹦鹉西飞陇山去，芳洲之树何青青”与此诗如出一辙，《登金陵凤凰台》明显摹学此诗。②黄鹤楼：三国吴黄武二年（223）修建，为古代名楼，旧址在湖北武昌黄鹤矶上，俯见大江，面对大江彼岸的龟山。《南齐书州郡志》载：“古代传说有仙人子安尝乘黄鹤过此，故名。”《图经》载：“昔费祎登仙，尝驾黄鹤还憩于此，遂以名楼。”《报应录》载：“辛氏昔沽酒为业，一先生来，魁伟褴褛，从容谓辛氏曰：许饮酒否？辛氏不敢辞，饮以巨杯。如此半岁，辛氏少无倦色，一日先生谓辛曰：多负酒债，无可酬汝。遂取小篮橘皮，画鹤于壁，乃为黄色，而坐者拍手吹之，黄鹤蹁跹而舞，合律应节，故众人费钱观之。十年许，而辛氏累巨万，后先生飘然至，辛氏谢曰：愿为先生供给如意。先生笑曰：吾岂为此。忽取笛吹数弄，须臾白云自空下，画鹤飞来，先生前遂跨鹤乘云而去，于此辛氏建楼，名曰黄鹤。”③昔人已乘白云去：一作“昔人已乘黄鹤去”。④晴川：阳光照耀下的晴明江面。川：平原。⑤历历：清楚可数。⑥萋萋：形容草木茂盛。《楚辞·招隐士》：“王孙游兮不归，春草生兮萋萋。”⑦鹦鹉洲：原在湖北武昌城外江中，明末逐渐沉没。清乾隆年间，新淤鹦鹉洲，已和汉阳连成一片。东汉祢衡在黄祖的长子黄射大会宾客时，即席作“锵锵戛金玉，句句欲飞鸣”的《鹦鹉赋》，因此得名。后祢衡被黄祖杀害，葬于洲上。历代不少名人“藏船鹦鹉之洲”纵观大江景色，留下了很多诗篇。⑧乡关：故乡家园。⑨烟波：暮霭沉沉的江面。

雁门胡人歌

高山代郡东接燕，雁门胡人家近边。
解放胡鹰逐塞鸟，能将代马猎秋田。
山头野火寒多烧，雨里孤峰湿作烟。
闻道辽西无斗战，时时醉向酒家眠。

【注释】①雁门：雁门郡。汉朝时期代州为雁门郡。②胡人：古代对北方与西域少数民族的泛称。③燕：古代燕国，在今河北东北部和辽宁西部，地处东方。④将：驾驭。⑤代马：指古代漠北产的骏马。⑥猎秋田：狩猎于秋天的田野。⑦雨：一作“雾”。⑧辽西：州郡名。今河北东北、辽宁西部一带。辽：一作“关”。

行经华阴

岧峣太华俯咸京，天外三峰削不成。
武帝祠前云欲散，仙人掌上雨初晴。
河山北枕秦关险，驿路西连汉畤平。
借问路旁名利客，何如此处学长生？

【注释】①华阴：今陕西省华阴市，位于华山北面。一作“华山”。②岧峣（yáo）：山势高峻的样子。③太华：即华山。④咸京：即咸阳，今陕西西安。《旧唐书·地理志》载：“京师，秦之咸阳，汉之长安也。”所以此诗把唐都长安称为咸京。⑤三峰：指华山的芙蓉、玉女、明星三峰。一说莲花、玉女、松桧三峰。⑥武帝祠：即巨灵祠。汉武帝登华山顶后所建。⑦仙人掌：峰名，为华山最峭的一峰。相传华山为巨灵神所开，华山东峰尚存其手迹。⑧秦关：指秦代的潼关。一说是华阴东灵宝的函谷关，故址在今河南省灵宝。⑨驿路：指交通要道。⑩汉畤（zhì）：汉帝王祭天地、五帝之祠。畤：古代祭祀天地五帝的固定处所。⑪名利客：指追名逐利的人。⑫长生：指隐居山林，求仙学道，寻求长生不老。

※ 钱起

赠阙下裴舍人

二月黄莺飞上林，春城紫禁晓阴阴。
长乐钟声花外尽，龙池柳色雨中深。
阳和不散穷途恨，霄汉长怀捧日心。
献赋十年犹未遇，羞将白发对华簪。

【注释】①阙下：宫阙之下，指帝王所居之地。阙是宫门前的望楼。②裴舍人：生平不详。《新唐书·百官志二》载：“（中书）舍人六人，正五品上。掌侍进奏，参议表章。武则天时称凤阁舍人，简称舍人。凡诏旨制敕、玺书册命，皆起草进画。”③黄莺：一作“黄鹂”。④上林：指上林苑，汉武帝时据旧苑扩充修建的御苑。此处泛指宫苑。⑤紫禁：皇宫。一作“紫陌”。⑥阴阴：一作“沈沈”。⑦长乐：即长乐宫。西汉主要宫殿之一，在长安城内。这里借指唐代长安宫殿。⑧龙池：唐玄宗登位前王邸中的一个小湖，后王邸改为兴庆宫，玄宗常在此听政，日常起居也多在此。⑨阳和：指二月仲春，与开头二月相应。⑩霄汉：指高空。⑪长怀：一作“长悬”。⑫献赋：西汉时司马相如向汉武帝献赋而被进用，后为许多文人效仿。此指参加科举考试。⑬遇：遇时，指被重用。⑭华簪：古人戴帽，为使帽子固定，便用簪子连帽穿结于发髻上。有装饰的簪，就是华簪，是达官贵人的冠饰。

※ 杜甫

蜀相

丞相祠堂何处寻，锦官城外柏森森。
映阶碧草自春色，隔叶黄鹂空好音。
三顾频烦天下计，两朝开济老臣心。
出师未捷身先死，长使英雄泪满襟。

【注释】①蜀相：三国蜀汉丞相，指诸葛亮。诗题下注："诸葛亮祠在昭烈庙西。"②丞相祠堂：即诸葛武侯祠，在今成都市武侯区，晋李雄初建。③锦官城：成都的别名。④柏森森：柏树茂盛繁密的样子。⑤"三顾"句：刘备为统一天下而三顾茅庐，问计于诸葛亮。频烦犹"频繁"，多次。⑥"两朝"句：指诸葛亮辅助刘备开创帝业，后又辅佐刘禅。⑦"出师"二句：诸葛亮多次出师伐魏，未能取胜，蜀建兴十二年（234）卒于五丈原（今陕西岐山东南）军中。

即事

暮春三月巫峡长，皛皛行云浮日光。
雷声忽送千峰雨，花气浑如百和香。
黄莺过水翻回去，燕子衔泥湿不妨。
飞阁卷帘图画里，虚无只少对潇湘。

【注释】①皛（xiǎo）皛：洁白明亮。②百和香：由各种香料合成的香。《太平御览》卷八一六引《汉武帝内传》载："燔百和香，燃九微灯，以待西王母。"南朝梁吴均《行路难》诗之四："博山炉中百和香，郁金苏合及都梁。"权德舆《古乐府》："绿窗珠箔绣鸳鸯，侍婢先焚百和香。"亦省作"百和"。

客至

舍南舍北皆春水，但见群鸥日日来。
花径不曾缘客扫，蓬门今始为君开。
盘飧市远无兼味，樽酒家贫只旧醅。
肯与邻翁相对饮，隔篱呼取尽余杯。

【注释】①客至：客指崔明府，杜甫在题后自注“喜崔明府相过”。明府：唐人对县令的称呼。相过：即探望、相访。②蓬门：用蓬草编成的门户，以示房子的简陋。③兼味：多种美味佳肴。无兼味：谦言菜少。④旧醅：隔年的陈酒。古人好饮新酒，杜甫以家贫无新酒感到歉意。⑤肯：能否允许，这是向客人征询。⑥余杯：余下来的酒。

闻官军收河南河北

剑外忽传收蓟北，初闻涕泪满衣裳。
却看妻子愁何在，漫卷诗书喜欲狂。
白日放歌须纵酒，青春作伴好还乡。
即从巴峡穿巫峡，便下襄阳向洛阳。

【注释】①剑外：剑门关以南，这里指四川。②蓟北：泛指唐代幽州、蓟州一带，今河北北部地区，是安史叛军的根据地。③却看：回头看。④妻子：妻子和孩子。⑤愁何在：哪还有一点的忧伤？愁已无影无踪。⑥漫卷诗书喜欲狂：胡乱地卷起，迫不及待地整理行装准备回家乡。⑦青春：指明丽的春天的景色。⑧作伴：与妻儿一同。⑨巫峡：长江三峡之一，因穿过巫山得名。⑩襄阳：今属湖北。

登高

风急天高猿啸哀，渚清沙白鸟飞回。
无边落木萧萧下，不尽长江滚滚来。
万里悲秋常作客，百年多病独登台。
艰难苦恨繁霜鬓，潦倒新停浊酒杯。

【注释】①登高：农历九月九日为重阳节，历来有登高的习俗。②猿啸哀：指长江三峡中猿猴凄厉的叫声。《水经注·江水》引民谣："巴东三峡巫峡长，猿鸣三声泪沾裳。"③渚（zhǔ）：水中的小洲，小块陆地。④落木：指秋天飘落的树叶。⑤萧萧：风吹落叶的声音。⑥万里：指远离故乡。⑦常作客：长期漂泊他乡。⑧百年：犹言一生，这里借指晚年。⑨艰难：兼指国运和自身命运。⑩苦恨：极恨，极其遗憾。⑪繁霜鬓：增多了白发，如鬓边堆着霜雪。⑫潦倒：衰老多病，志不得伸。⑬新停：重阳登高，例应喝酒。杜甫晚年因肺病戒酒，所以说"新停"。

登楼

花近高楼伤客心，万方多难此登临。
锦江春色来天地，玉垒浮云变古今。
北极朝廷终不改，西山寇盗莫相侵。
可怜后主还祠庙，日暮聊为梁甫吟。

【注释】①客心：客居者之心。②登临：登高观览。临：从高处往下看。③锦江：即濯锦江，流经成都的岷江支流。成都出锦，锦在江中漂洗，色泽更加鲜明，因此命名濯锦江。④来天地：与天地俱来。⑤"玉垒"句：多变的政局和多难的人生，捉摸不定，如山上浮云，古今如此。玉垒：山名，在四川灌县西、成都西北。⑥"北极"二句：这两句是说唐代政权是稳固的，不容篡改，吐蕃还是不要枉费心机，前来侵略。唐代宗广德年间九月，吐蕃军队东侵，泾州刺史高晖投降吐蕃，引导吐蕃人攻占唐都长安，唐代宗东逃陕州。十月下旬，郭子仪收复长安。十二月，唐代宗返回京城。同年十二月，吐蕃人又向四川进攻，占领松州、维州等地。古人常用北极星指代朝廷。西山：指今四川省西部当时和吐蕃交界地区的雪山。寇盗：指入侵的吐蕃集团。⑦后主：刘备的儿子刘禅，三国时蜀国之后主。曹魏灭蜀，他成亡国之君。诗人感叹连刘禅这样的人竟然还有祠庙。借眼前古迹慨叹刘禅幸佞臣而亡国，暗讽唐代宗信用宦官招致祸患。成都锦官门外有蜀先主（刘备）庙，西边为武侯（诸葛亮）祀，东边为后主祀。⑧聊为：不甘心这样做而姑且这样做。⑨梁甫吟：乐府旧题，亦作《梁父吟》。梁甫：山名，在泰山下，《梁甫吟》盖言人死葬此山，亦葬歌也。《三国志》载："亮躬耕陇亩，好为梁父吟。"

九日蓝田崔氏庄

老去悲秋强自宽，兴来今日尽君欢。
羞将短发还吹帽，笑倩旁人为正冠。
蓝水远从千涧落，玉山高并两峰寒。
明年此会知谁健？醉把茱萸仔细看。

【注释】①蓝田：即今陕西省蓝田县。②强：勉强。③今：一作“终”。④倩：请。⑤蓝水：即蓝溪，在蓝田山下。⑥玉山：即蓝田山。⑦健：一作“在”。⑧醉：一作“再”。⑨茱萸：草名。古时重阳节，都要饮茱萸酒。

江上值水如海势聊短述

为人性僻耽佳句，语不惊人死不休。
老去诗篇浑漫与，春来花鸟莫深愁。
新添水槛供垂钓，故着浮槎替入舟。
焉得思如陶谢手，令渠述作与同游。

【注释】①耽：爱好，沉迷。②语不惊人死不休：极言求工。惊人：打动读者。死不休：死也不罢手。《童蒙诗训》载，陆士衡《文赋》云：“立片言以居要，乃一篇之警策”，此要论也。文章无警策则不足以传世，盖不能竦动世人。如老杜及唐人诸诗，无不如此。似晋宋间人，专致力于此……老杜诗云：“语不惊人死不休。”所谓惊人语，即警策也。③浑：完全，简直。④漫与：随意付与。⑤槎（chá）：木筏。⑥陶谢：陶渊明、谢灵运，皆工于描写景物。⑦“令渠”句：让他们来作诗，自己陪同游览。令渠：让他们。述作：作诗述怀。

小寒食舟中作

佳辰强饮食犹寒，隐几萧条戴鹖冠。
春水船如天上坐，老年花似雾中看。
娟娟戏蝶过闲幔，片片轻鸥下急湍。
云白山青万余里，愁看直北是长安。

【注释】①小寒食：寒食节的次日，清明节的前一天。②佳辰：指小寒食节。③强饭：勉强吃一点饭。④隐几：席地而坐，靠着小桌几。《庄子·齐物论》："南郭子綦隐几而坐。"隐：倚、靠。几：指乌皮几（以乌羔皮蒙几上），是杜甫心爱的一张小桌几，一直带在身边，在一首诗中还写着"乌几重重缚"（《风疾舟中伏枕书怀三十六韵奉呈湖南亲友》），意即乌几已经破旧，缝了很多遍。⑤鹖（hé）冠：传为楚隐者鹖冠子所戴的鹖羽所制之冠，隐者之冠。鹖：雉类，一种好斗的鸟（《山海经》）。⑥"春水"句：春来水涨，江流浩漫，所以在舟中漂荡起伏犹如坐在天上云间。诗人身体衰迈，老眼昏蒙，看岸边的花草犹如隔着一层薄雾。⑦"娟娟"二句：语含比兴。见蝶鸥往来自由，各得其所。益觉自己的不得自由。娟娟：状蝶之戏。片片：状鸥之轻。闲幔（màn）：一作"开幔"。急湍：江水中的急流。⑧"云白"句：极写潭州距长安之远。这是诗人的夸张，实际上长沙距长安也就一千多公里。⑨直北：正北。蝶鸥自在，而云山空望，所以对景生愁。船如天上，花似雾中，娟娟戏蝶，片片轻鸥，极其闲适。忽望及长安，蓦然生愁，故结云"愁看直北是长安"，此纪事生感也（《西河诗话》）。

卜居

浣花溪水水西头，主人为卜林塘幽。
已知出郭少尘事，更有澄江销客愁。
无数蜻蜓齐上下，一双鸂鶒对沉浮。
东行万里堪乘兴，须向山阴上小舟。

【注释】①浣花溪：在四川成都市西郊，为锦江支流，杜甫结草堂于溪傍。②主人：指当地的亲友，有人认为指剑南节度使裴冕。③卜：卜居，择地居住。④林塘幽：指草堂周围的环境幽雅。⑤"已知"二句：承上申说草堂周围环境之幽静。出郭：在郊外。少尘事：没有俗世打扰。澄江指浣花溪。⑥鸂鶒（xī chì）：水鸟名，像鸳鸯，又称紫鸳鸯。⑦山阴、小舟：用王子猷典。《世说新语·任诞》载："王子猷居山阴，夜大雪，眠觉，开室命酌酒，四望皎然。因起彷徨，咏左思《招隐》诗。忽忆戴安道。时戴在剡，即便夜乘小舟就之。经宿方至，造门不前而返。人问其故，王曰：'吾本乘兴而行，兴尽而返，何必见戴？'"

宿府

清秋幕府井梧寒，独宿江城蜡炬残。
永夜角声悲自语，中天月色好谁看？
风尘荏苒音书绝，关塞萧条行路难。
已忍伶俜十年事，强移栖息一枝安。

【注释】①府：幕府，古代将军的府署，杜甫当时在严武幕府中。②井梧：梧桐。叶有黄纹如井，又称金井梧桐。梧：一作“桐”。③炬：一作“烛”。④“永夜”句：意谓长夜中唯闻号角声像在自作悲语。永夜：整夜。⑤中天：半空之中。⑥风尘荏苒：指战乱已久。荏苒：犹辗转，指时间推移。⑦关塞：边关，边塞。⑧萧条：寂寞冷落，凋零。⑨伶俜（pīng）：流离失所。⑩十年事：杜甫饱经丧乱，从天宝十四年（755）安史之乱爆发至作者写诗之时，正是十年。⑪“强移”句：用《庄子·逍遥游》“鹪鹩巢于深林，不过一枝”意，喻自己之入严幕，原是出于为一家生活而勉强以求暂时的安居。强移：勉强移就。一枝安：指他在幕府中任参谋一职。

遣闷戏呈路十九曹长

江浦雷声喧昨夜，春城雨色动微寒。
黄鹂并坐交愁湿，白鹭群飞大剧干。
晚节渐于诗律细，谁家数去酒杯宽。
惟吾最爱清狂客，百遍相看意未阑。

【注释】①江浦：江滨，泛指江河。②诗律：诗的格律。

野老

野老篱前江岸回，柴门不正逐江开。
渔人网集澄潭下，贾客船随返照来。
长路关心悲剑阁，片云何意傍琴台。
王师未报收东郡，城阙秋生画角哀。

【注释】①野老：杜甫自称。②篱前：竹篱前边，有的版本作“篱边”。③逐江开：浣花溪自西而东流。④澄潭：指百花潭。⑤贾（gǔ）客：商人。⑥剑阁：剑门关，今四川省剑阁县境内。⑦琴台：司马相如弹琴的地方，在成都浣花溪北。

恨别

洛城一别四千里，胡骑长驱五六年。
草木变衰行剑外，兵戈阻绝老江边。
思家步月清宵立，忆弟看云白日眠。
闻道河阳近乘胜，司徒急为破幽燕。

【注释】①洛城：洛阳。②胡骑：指安史之乱的叛军。③剑外：剑阁以南，这里指蜀地。④司徒：指李光弼，时任检校司徒。上元元年（760）李光弼急于直捣叛军老巢幽燕，以打破相持局面，三月破安太清于怀州城下，四月又破史思明于河阳西渚。

和裴迪登蜀州东亭送客逢早梅相忆见寄

东阁官梅动诗兴，还如何逊在扬州。
此时对雪遥相忆，送客逢春可自由？
幸不折来伤岁暮，若为看去乱乡愁。
江边一树垂垂发，朝夕催人自白头。

【注释】①裴迪：关中（今陕西省）人，早年隐居终南山，与王维交谊很深，晚年入蜀做幕僚，与杜甫频有唱和。②蜀州：唐朝州名，治所在今四川省崇庆市。③东阁：阁名，指东亭，故址在今四川省崇庆市东。一说谓款待宾客之所。④官梅：官府所种的梅。南朝梁何逊为官在扬州时，官府中有梅，常吟咏其下，故云。

送韩十四江东觐省

兵戈不见老莱衣，叹息人间万事非。
我已无家寻弟妹，君今何处访庭闱？
黄牛峡静滩声转，白马江寒树影稀。
此别应须各努力，故乡犹恐未同归。

【注释】①韩十四：作者友人，名不详。②觐省：谓探望双亲。③老莱衣：此用老莱子彩衣娱亲典故。老莱子相传为春秋时隐士，七十岁还常常穿上彩衣，模仿儿童，使双亲欢娱。④庭闱（wéi）：内舍，多指父母居住处。因用以称父母。⑤黄牛峡：位于宜昌之西。⑥转：一作“急”。⑦白马江：成都附近的一条河流。⑧应：一作“还”。⑨同：一作“堪”。

送路六侍御入朝

童稚情亲四十年，中间消息两茫然。
更为后会知何地？忽漫相逢是别筵！
不分桃花红似锦，生憎柳絮白于棉。
剑南春色还无赖，触忤愁人到酒边。

【注释】①路六侍御：杜甫友人，生平不可考。②童稚：儿童，小孩。③四十：一作“三十”。④忽漫：忽而，偶然。⑤别筵：饯别的筵席。⑥不分：犹言不满、嫌恶的意思。一作“不忿”。⑦生憎：犹言偏憎、最憎的意思。⑧于：一作“如”。⑨剑南：剑南道，唐朝置，以地区在剑阁之南得名。⑩无赖：无聊。谓情绪因无依托而烦闷。⑪触忤（wǔ）：冒犯。

江村

清江一曲抱村流，长夏江村事事幽。
自去自来梁上燕，相亲相近水中鸥。
老妻画纸为棋局，稚子敲针作钓钩。
但有故人供禄米，微躯此外更何求？

【注释】①江村：江畔的村庄。②清江：清澈的江水。江：指锦江，岷江的支流，在成都西郊的一段称浣花溪。③曲：（江水）曲折处。④抱：怀拥，环绕。⑤画纸为棋局：在纸上画棋盘。⑥稚子：年幼的儿子。⑦禄米：古代官吏的俸给，这里指钱米。此句一作“多病所须唯药物”。⑧微躯：微贱的身躯，是作者自谦之词。

昼梦

二月饶睡昏昏然，不独夜短昼分眠。
桃花气暖眼自醉，春渚日落梦相牵。
故乡门巷荆棘底，中原君臣豺虎边。
安得务农息战斗，普天无吏横索钱。

【注释】①饶睡：贪睡。②不独：不仅。③昼分：正午。④春渚：春日的水边，亦指春水。⑤梦相牵：犹言尚未睡醒。⑥豺虎：指入侵的外族、割据的藩镇、擅权的宦官等。⑦横索钱：勒索钱物。

南邻

锦里先生乌角巾，园收芋栗未全贫。
惯看宾客儿童喜，得食阶除鸟雀驯。
秋水才深四五尺，野航恰受两三人。
白沙翠竹江村暮，相对柴门月色新。

【注释】①南邻：指杜甫草堂南邻朱山人。②锦里：指锦江附近的地方。③角巾：四方有角的头巾。④芋栗：芋头，板栗。⑤宾客：一作“门户”。⑥阶除：指台阶和门前庭院。⑦深：一作“添”。⑧航：小船。一作“艇”。⑨村：一作“山”。⑩暮：一作“路”。⑪对：一作“送”。⑫柴门：一作“篱南”。

狂夫

万里桥西一草堂，白花潭水即沧浪。
风含翠筱娟娟净，雨裛红蕖冉冉香。
厚禄故人书断绝，恒饥稚子色凄凉。
欲填沟壑唯疏放，自笑狂夫老更狂。

【注释】①万里桥：在成都南门外，是当年诸葛亮送费祎出使东吴的地方。杜甫的草堂就在万里桥的西面。②百花潭：即浣花溪，杜甫草堂在其北。③沧浪：指汉水支流沧浪江，古代以水清澈闻名。《孟子·离娄上》载：“沧浪之水清兮，可以濯我缨。”有随遇而安之意。④筱（xiǎo）：细小的竹子。⑤娟娟净：秀美光洁之态。⑥裛（yì）：滋润。⑦红蕖：粉红色的荷花。⑧冉冉香：阵阵清香。⑨厚禄故人：指做大官的朋友。⑩书断绝：断了书信来往。⑪恒饥：长时间挨饿。⑫填沟壑：把尸体扔到山沟里去。这里指穷困潦倒而死。⑬疏放：疏远仕途，狂放不羁。

曲江二首

其一

一片花飞减却春，风飘万点正愁人。
且看欲尽花经眼，莫厌伤多酒入唇。
江上小堂巢翡翠，苑边高冢卧麒麟。
细推物理须行乐，何用浮名绊此身。

其二

朝回日日典春衣，每日江头尽醉归。
酒债寻常行处有，人生七十古来稀。
穿花蛱蝶深深见，点水蜻蜓款款飞。
传语风光共流转，暂时相赏莫相违。

【注释】①曲江：曲江池，在今陕西西安市东南，因池水曲折而得名。唐时是京都长安第一胜地，游赏的好地方。②减却春：减掉春色。③万点：形容落花之多。④巢翡翠：翡翠鸟筑巢。⑤苑：指曲江胜境之一芙蓉苑。⑥冢：坟墓。⑦推：推究。⑧物理：事物的道理。⑨浮：虚名。⑩朝回：上朝回来。⑪行处：到处。⑫见：同“现”。⑬款款：徐缓的样子。

曲江对酒

苑外江头坐不归，水精春殿转霏微。
桃花细逐杨花落，黄鸟时兼白鸟飞。
纵饮久判人共弃，懒朝真与世相违。
吏情更觉沧洲远，老大悲伤未拂衣。

【注释】①水精春殿：即水晶宫殿，指芙蓉苑中宫殿。春：一作“宫”。②霏微：迷蒙的样子。③细逐杨花落：一作“欲共杨花语”。④判（pān）：甘愿的意思。⑤吏：一作“含”。⑥沧洲：水边绿洲，古时常用来指隐士的居处。⑦拂衣：振衣而去，指辞官归隐。《新五代史·一行·郑遨传》载：“见天下已乱，有拂衣远去之意。”

曲江对雨

城上春云覆苑墙，江亭晚色静年芳。
林花著雨胭脂湿，水荇牵风翠带长。
龙武新军深驻辇，芙蓉别殿谩焚香。
何时诏此金钱会，暂醉佳人锦瑟旁。

【注释】①水荇(xìng)：荇菜。多年生水草，浮在水面，嫩时可食。②龙武新军：唐代禁军名。五代梁称“龙武兵”。③驻辇：谓帝王出行，途中停车。④金钱会：唐代宫中撒钱之游戏。

阁夜

岁暮阴阳催短景，天涯霜雪霁寒宵。
五更鼓角声悲壮，三峡星河影动摇。
野哭千家闻战伐，夷歌数处起渔樵。
卧龙跃马终黄土，人事音书漫寂寥。

【注释】①阴阳：指日月。②短景：指冬季日短。景：通“影”，日光。③霁（jì）：雪停。④三峡：指瞿塘峡、巫峡、西陵峡。瞿塘峡在夔州东。⑤野哭：战乱的消息传来，千家万户的哭声响彻四野。⑥战伐：崔旰（gàn）之乱。⑦夷歌：指四川境内少数民族的歌谣。夷：指当地少数民族。⑧人事：指交游。⑨音书：指亲朋间的慰藉。⑩漫：徒然，白白的。

白帝

白帝城中云出门，白帝城下雨翻盆。
高江急峡雷霆斗，古木苍藤日月昏。
戎马不如归马逸，千家今有百家存。
哀哀寡妇诛求尽，恸哭秋原何处村？

【注释】①白帝：白帝城，指夔州东五里白帝山上的白帝城，不是指夔州府城。②翻盆：倾盆。形容雨极大。③戎马：战马，喻战争。④归马：从事耕种的马。出自《尚书·武成》“归马放牛”，比喻战争结束。⑤诛求：强制征收，剥夺。

又呈吴郎

堂前扑枣任西邻，无食无儿一妇人。
不为困穷宁有此？只缘恐惧转须亲。
即防远客虽多事，使插疏篱却甚真。
已诉征求贫到骨，正思戎马泪盈巾。

【注释】①呈：呈送，尊敬的说法。作者以前已写过一首《简吴郎司法》，所以说“又呈”。吴郎：杜甫吴姓亲戚，杜甫将草堂让给他住。这位亲戚住下后，有筑篱护枣之举。杜甫写诗劝阻。②扑枣：击落枣子。汉王吉妇以扑东家枣实被遣。③防远客：指贫妇人对新来的主人存有戒心。防：一作“知”。远客：吴郎。④使：一作“便”。⑤插疏篱：吴郎修了一些稀疏的篱笆。⑥征求：指赋税征敛。《谷梁传·桓公十五年》载：“古者诸侯时献于天子，以其国之所有，故有辞让而无征求。”⑦戎马：兵马，指战争。杜甫《登岳阳楼》：“戎马关山北，凭轩涕泗流。”

咏怀古迹

其一

支离东北风尘际，飘泊西南天地间。
三峡楼台淹日月，五溪衣服共云山。
羯胡事主终无赖，词客哀时且未还。
庾信平生最萧瑟，暮年诗赋动江关。

其二

摇落深知宋玉悲，风流儒雅亦吾师。
怅望千秋一洒泪，萧条异代不同时。
江山故宅空文藻，云雨荒台岂梦思。
最是楚宫俱泯灭，舟人指点到今疑。

其三

群山万壑赴荆门，生长明妃尚有村。
一去紫台连朔漠，独留青冢向黄昏。
画图省识春风面，环佩空归月夜魂。
千载琵琶作胡语，分明怨恨曲中论。

其四

蜀主窥吴幸三峡，崩年亦在永安宫。
翠华想像空山里，玉殿虚无野寺中。
古庙杉松巢水鹤，岁时伏腊走村翁。
武侯祠堂常邻近，一体君臣祭祀同。

其五

诸葛大名垂宇宙，宗臣遗像肃清高。
三分割据纡筹策，万古云霄一羽毛。

伯仲之间见伊吕，指挥若定失萧曹。
运移汉祚终难复，志决身歼军务劳。

【注释】①支离：流离。②风尘：指安史之乱以来的兵荒马乱。③楼台：指夔州地区的房屋依山而建，层叠而上，状如楼台。④淹：滞留。⑤日月：岁月，时光。⑥五溪：指雄溪、樠溪、酉溪、潕溪、辰溪，在今湘、黔、川边境。⑦共云山：共居处。⑧羯（jié）胡：古代北方少数民族，指安禄山。⑨词客：诗人自谓。⑩未还：未能还朝回乡。⑪庾（yǔ）信：南北朝诗人。⑫动江关：指庾信晚年诗作影响大。江关：指荆州江陵，梁元帝都江陵。⑬摇落：凋残，零落。⑭风流儒雅：指宋玉文采华丽潇洒，学养深厚渊博。⑮"萧条"句：意谓自己虽与宋玉隔开几代，萧条之感却是相同。⑯故宅：江陵和归州（秭归）均有宋玉宅，此指秭归之宅。⑰空文藻：斯人已去，只有诗赋留传下来。⑱云雨荒台：宋玉《高唐赋》："昔者先王尝游高唐，怠而昼寝，梦见一妇人曰：'妾，巫山之女也。为高唐之客。闻君游高唐，愿荐枕席。'王因幸之。去而辞曰：'妾在巫山之阳，高丘之阻，旦为朝云，暮为行雨。朝朝暮暮，阳台之下。'"阳台：山名，在今重庆市巫山县。⑲"最是"两句：意谓最感慨的是，楚宫今已泯灭，因后世一直流传这个故事，至今船只经过时，舟人还带疑似的口吻指点着这些古迹。楚宫：楚王宫。⑳荆门：山名，在今湖北宜都西北。㉑明妃：指王昭君。㉒去：离开。㉓紫台：汉宫，紫宫，宫廷。㉔朔漠：北方大沙漠。㉕省识：略识。一说"省"意为曾经。㉖春风面：形容王昭君的美貌。㉗环佩：妇女戴的装饰物。㉘胡语：胡音。㉙怨恨曲中论（lún）：乐曲中诉说着昭君的怨恨。㉚蜀主：指刘备。㉛永安宫：在今重庆市奉节县。㉜野寺：原注今为卧龙寺，庙在宫东。㉝伏腊：伏天腊月。指每逢节气村民皆前往祭祀。㉞垂：流传。㉟宇宙：兼指天下古今。㊱宗臣：为后世所敬仰的大臣。㊲肃清高：为诸葛亮的高风亮节而肃然起敬。㊳三分割据：指魏、蜀、吴三国鼎足而立。㊴纡（yū）：屈，指不得施展。㊵筹策：谋略。㊶云霄一羽毛：凌霄的飞鸟，比喻诸葛亮绝世独立的智慧和品德。㊷伊吕：指伊尹、吕尚。㊸萧曹：指萧何、曹参。㊹运：运数。㊺祚（zuò）：帝位。㊻志决：志向坚定，指诸葛亮《出师表》所云"鞠躬尽瘁，死而后已"。㊼身歼：身死。

秋兴

其一

玉露凋伤枫树林，巫山巫峡气萧森。
江间波浪兼天涌，塞上风云接地阴。
丛菊两开他日泪，孤舟一系故园心。
寒衣处处催刀尺，白帝城高急暮砧。

其二

夔府孤城落日斜，每依北斗望京华。
听猿实下三声泪，奉使虚随八月槎。
画省香炉违伏枕，山楼粉堞隐悲笳。
请看石上藤萝月，已映洲前芦荻花。

其三

千家山郭静朝晖，日日江楼坐翠微。
信宿渔人还泛泛，清秋燕子故飞飞。
匡衡抗疏功名薄，刘向传经心事违。
同学少年多不贱，五陵衣马自轻肥。

其四

闻道长安似弈棋，百年世事不胜悲。
王侯第宅皆新主，文武衣冠异昔时。
直北关山金鼓振，征西车马羽书驰。
鱼龙寂寞秋江冷，故国平居有所思。

其五

蓬莱宫阙对南山，承露金茎霄汉间。
西望瑶池降王母，东来紫气满函关。

云移雉尾开宫扇，日绕龙鳞识圣颜。
一卧沧江惊岁晚，几回青琐点朝班。

其六

瞿塘峡口曲江头，万里风烟接素秋。
花萼夹城通御气，芙蓉小苑入边愁。
珠帘绣柱围黄鹄，锦缆牙墙起白鸥。
回首可怜歌舞地，秦中自古帝王州。

其七

昆明池水汉时功，武帝旌旗在眼中。
织女机丝虚夜月，石鲸鳞甲动秋风。
波漂菰米沉云黑，露冷莲房坠粉红。
关塞极天唯鸟道，江湖满地一渔翁。

其八

昆吾御宿自逶迤，紫阁峰阴入渼陂。
香稻啄余鹦鹉粒，碧梧栖老凤凰枝。
佳人拾翠春相问，仙侣同舟晚更移。
彩笔昔曾干气象，白头吟望苦低垂。

【注释】①玉露：秋天的霜露，因其白，故以玉喻之。②凋伤：使草木凋落衰败。③巫山巫峡：即指夔州（今奉节）一带的长江和峡谷。④萧森：萧瑟阴森。⑤兼天涌：波浪滔天。⑥塞上：指巫山。⑦接地阴：风云盖地。“接地”又作“匝地”。⑧丛菊两开：杜甫前一年秋天在云安，此年秋天在夔州，从离开成都算起，已历两秋，故云“两开”。“开”字双关，一谓菊花开，又言泪眼开。⑨他日：往日，指多年来的艰难岁月。⑩故园：此处当指长安。⑪处处：家家如此。⑫催刀尺：指赶裁冬衣。⑬白帝城：即今奉节城，在瞿塘峡上口北岸的山上，与夔门隔岸相对。⑭急暮砧：黄昏时急促的捣衣声。砧：捣衣石。⑮夔（kuí）府：唐置夔州，州治在奉节，为府署所在，故称。⑯京华：指长安。⑰槎：木筏。⑱画省：指尚书省。⑲山楼：白帝城楼。⑳翠微：青山。㉑信宿：再宿。㉒匡衡：字稚圭，汉朝人。㉓抗疏：指臣子对于君命或廷议有所抵制，上疏极谏。㉔刘向：字子政，汉朝经学家。㉕轻肥：即轻裘肥马。《论语·雍也》："赤之造齐也，乘肥马，衣轻裘。"㉖闻道：听说。杜甫因离开京城日久，于朝廷政局的变化，不便直言，故云"闻道"。㉗似弈棋：是说长安政局像下棋一样反复变化，局势不明。㉘百年：指代一生。此二句是杜甫感叹自身所经历的时局变化，像下棋一样反复无定，令人伤悲。㉙第宅：府第、住宅。㉚新主：新的主人。㉛异昔时：指与旧日不同。此二句感慨今昔盛衰之种种变化，悲叹自己去京之后，朝官又换一拨。㉜北：正北，指与北边回纥之间的战事。㉝金鼓振：指有战事，金鼓为军中以明号令之物。㉞征西：指与西边吐蕃之间的战事。㉟羽书：即羽檄，插着羽毛的军用紧急公文。㊱驰：形容紧急。此二句谓西北吐蕃、回纥侵扰，边患不止，战乱频繁。㊲鱼龙：泛指水族。㊳寂寞：是指入秋之后，水族潜伏，不在波面活动。《水经注》载："鱼龙以秋冬为夜。"相传龙以秋为夜，秋分之后，潜于深渊。㊴故国：指长安。㊵平居：指平素之所居。末二句是说在夔州秋日思念旧日长安平居生活。㊶蓬莱宫阙：指大明宫。蓬莱：汉宫名。唐高宗龙朔二年（662），重修大明宫，改名蓬莱宫。㊷南山：即终南山。㊸承露金茎：指仙人承露盘下的铜柱。汉武帝在建章宫之西神明台上建仙人承露盘。唐代无承露盘，此乃以汉喻唐。㊹霄汉间：高入云霄，形容承露金茎极高。㊺瑶池：神话传说中女神西王母的住地，在昆仑山。㊻降王母：《穆天子传》等书记载有周穆王登昆仑山会西王母的传说。《汉武内传》则说西王母曾于某年七月七日飞降汉宫。㊼东来紫气：用老子自洛阳入函谷关事。《列仙传》载，老子西游至函谷关，关尹喜登楼而望，见东极有紫气西迈，知有圣人过函谷关，后来果然见老子乘青牛车经过。㊽函关：即函谷关。此二句借用典故写都城长安城宫殿的宏伟气象。㊾云移：指宫扇云彩般地分开。㊿雉尾：指雉尾扇，用雉尾编成，是帝王仪仗的一种。唐玄宗开元年间，萧嵩上疏建议，皇帝每月朔、望日受朝于宣政殿，上座前，用羽扇障合，俯仰升降，不令众人看见，等到坐定之后，方令人撤去羽扇。后来定为朝仪。51日绕龙鳞：形容皇帝衮袍上所绣的龙纹光彩夺目，如日光缭绕。52圣颜：天子的容貌。这二句意谓宫扇云彩般地分开，在威严的朝见仪式中，自己曾亲见过皇帝的容颜。53一：一自，自从。54卧沧江：指卧病夔州。55岁晚：岁末，切诗题之"秋"字，兼伤年华老大。56几回：言立朝时间之短，只不过几回而已。57青琐：汉未央宫门名，门饰以青色，镂以连环花纹。后亦借指宫门。58点朝班：指上朝时，殿上依班次点名传呼百官朝见天子。此二句慨叹自己晚年远离朝廷，卧病夔州，虚有朝官（检校工部员外郎）之名，却久未参加朝列。59瞿塘峡：峡名，三峡之一，在夔州东。60曲江：在长安之南，名胜之地。61万里风烟：

指夔州与长安相隔万里之遥。㉒素秋：秋尚白，故称素秋。㉓花萼：即花萼相辉楼，在长安南内兴庆宫西南隅。㉔夹城：《长安志》载，唐玄宗开元二十年（732），从大明宫依城修筑复道，经通化门，达南内兴庆宫，直至曲江芙蓉园。㉕通御气：此复道因系方便天子游赏而修，故曰“通御气”。㉖芙蓉小苑：即芙蓉园，也称南苑，在曲江西南。㉗入边愁：传来边地战乱的消息。唐玄宗常住兴庆宫，常和妃子们一起游览芙蓉园。史载，安禄山叛乱的消息传到长安，唐玄宗在逃往四川之前，曾登兴庆宫花萼楼饮酒，四顾凄怆。㉘珠帘绣柱：形容曲江行宫别院的楼亭建筑极其富丽华美。㉙黄鹄：鸟名，即天鹅。《汉书·昭帝纪》载：“始元元年春，黄鹄下建章宫太液池中。”此句是说因曲江宫殿林立，池苑有黄鹄之类的珍禽。㉚锦缆牙樯：指曲江中装饰华美的游船。锦缆：彩丝做的船索。牙樯：用象牙装饰的桅杆。此句说曲江上舟楫往来不息，水鸟时被惊飞。㉛歌舞地：指曲江池苑。此句是说昔日繁华的歌舞之地曲江，如今屡遭兵灾，荒凉寂寞，令人不堪回首。㉜秦中：此处借指长安。㉝帝王州：帝王建都之地。㉞昆明池：遗址在今西安市西南斗门镇一带，汉武帝所建。《汉书·武帝纪》载：元狩三年（前120）在长安仿昆明滇池而凿昆明池，以习水战。㉟武帝：汉武帝，亦代指唐玄宗。唐玄宗为攻打南诏，曾在昆明池演习水兵。㊱旌旗：指楼船上的军旗。《汉书·食货志（下）》载：“乃大修昆明池，列馆环之，治楼船，高十余丈，旗帜加其上，甚壮。”㊲织女：指汉代昆明池西岸的织女石像，俗称石婆。《三辅黄图》卷四引《关辅古语》：“昆明池中有二石人，立牵牛、织女于池之东西，以象天河。”在今斗门镇东南的北常家庄附近有一小庙，俗称石婆庙。中有石雕像一尊，高约190厘米，即汉代的昆明池的织女像。㊳机丝：织机及机上之丝。㊴虚夜月：空对着一天明月。㊵石鲸：指昆明池中的石刻鲸鱼。《三辅黄图》卷四引《三辅故事》：“池中有豫章台及石鲸，刻石为鲸鱼，长三丈。每至雷雨，常鸣吼。鬣尾皆动。”汉代石鲸今尚在，现藏陕西历史博物馆。㊶菰（gū）：即茭白，一种草本植物，生浅水中，叶似芦苇，根茎可食。秋天结实，皮黑褐色，状如米，故称菰米，又名雕胡米。此句是说菰米漂浮在昆明池面，菰影倒映在水中，望过去黑压压一片，像乌云一样浓密。㊷莲房：莲蓬。㊸坠粉红：指秋季莲蓬成熟，花瓣片片坠落。中二联刻画昆明池晚秋荒凉萧瑟之景。㊹关塞：此指夔州山川。㊺极天：指极高。㊻唯鸟道：形容道路高峻险要，只有飞鸟可通。此句指从夔州北望长安，所见唯有崇山峻岭，恨身无双翼，不能飞越。㊼江湖满地：指漂泊江湖，苦无归宿。㊽渔翁：杜甫自比。㊾昆吾：汉武帝上林苑地名，在今陕西蓝田县西。《汉书·扬雄传》载：“武帝广开上林，东南至宜春、鼎湖、昆吾。”㊿御宿：即御宿川，又称樊川，在今陕西西安市长安区杜曲至韦曲一带。《三辅黄图》卷四载：“御宿苑，在长安城南御宿川中。汉武帝为离宫别院，禁御人不得入。往来游观，止宿其中，故曰御宿。”91逶迤：道路曲折的样子。92紫阁峰：终南山峰名，在今陕西户县东南。93阴：山之北、水之南，称阴。94渼陂（měi bēi）：水名，在今陕西户县西，唐时风景名胜之地。陂：池塘湖泊。紫阁峰在渼陂之南，陂中可以看到紫阁峰秀美的倒影。95香稻啄余鹦鹉粒：即使是剩下的香稻粒，也是鹦鹉吃剩下的。此句为倒装语序。96碧梧：即使碧梧枝老，也是凤凰所栖。同上句一样，是倒装语序。此二句写渼陂物产之美，其中满是珍禽异树。97拾翠：拾取翠鸟的羽毛。98相问：赠送礼物，以示情意。《诗经·郑风·女曰鸡鸣》：“知子之顺之，杂佩以问之。”99仙侣：指春游之伴侣，“仙”字形容其美好。100晚更移：指天色已晚，尚要移船他处，以尽游赏之兴。101彩笔：五彩之笔，喻指华美艳丽的文笔。《南史·江淹传》：“又尝宿于冶亭，梦一丈夫自称郭璞，谓淹曰：‘吾有笔在卿处多年，可以见还。’淹乃探怀中，得五色笔一，以授之。尔后为诗绝无美句，时人谓之才尽。”102干气象：喻指自己曾于天宝十载上《三大礼》赋，得唐玄宗赞赏。103白头：指年老。104望：望京华。

城西陂泛舟

青蛾皓齿在楼船，横笛短箫悲远天。
春风自信牙樯动，迟日徐看锦缆牵。
鱼吹细浪摇歌扇，燕蹴飞花落舞筵。
不有小舟能荡桨，百壶那送酒如泉。

【注释】①陂（bēi）：池塘。城西陂，即杜诗中常提到的渼陂，由终南山谷中的水和胡公泉之水汇集而成的湖泊，陂鱼甚美，因误名之。②青蛾：青黛画的眉毛。青蛾皓齿指青春貌美的女子。③楼船：远在汉代以前就已出现，外观高大巍峨，一般甲板上有三层建筑，甲板建筑的四周还有较大的空间，便于士兵往来，甚至可以行车、骑马。④远天：高远的天空。这里指音乐声传得又高又远。⑤信：任其自动。⑥牙樯：桅杆。⑦迟日：春天日渐长，所以说迟日，语出《诗经·豳风·七月》“春日迟迟”。⑧歌扇：歌者以扇遮面，唐朝舞乐中的常用之物。⑨蹴：踩，踏。⑩不有：没有。

※ 皇甫冉

送李录事赴饶州

北人南去雪纷纷，雁叫沙汀不可闻。
积水长天随远客，荒城极浦足寒云。
山从建业千峰出，江到浔阳九派分。
借问督邮才弱冠，府中年少不如君。

【注释】①录事：低级官吏，相当于今天的秘书，低于掌书记。②饶州：在今江西，治所在今鄱阳。③雁叫沙汀不可闻：一作“雁叫沙洲不可闻”。④积水长天随远客：一作“积水天长随远色”。⑤荒城极浦足寒云：一作“荒林极浦足寒云”，又作“孤舟极浦足寒云”。⑥山从建业千峰出：一作“山从建业千峰起”，又作“山从建业千峰断”。建业：今南京，三国时称建业。⑦江到浔阳九派分：一作“江至浔阳九派分”，又作“江自浔阳九派分”。浔阳：长江下游一段的名称，在江州，今九江市。⑧督邮：汉代官名，职责是督察县乡、宣达教令，兼司狱讼。归太守管辖。唐官制无此官名，这里当是借代地方官。⑨弱冠：二十岁。《礼记·曲礼上》载：“二十曰弱，冠。”古代男子到了二十岁属于成年人了，实行冠礼，即戴帽子的仪式，是成人仪式。

春思

莺啼燕语报新年，马邑龙堆路几千。
家住层城临汉苑，心随明月到胡天。
机中锦字论长恨，楼上花枝笑独眠。
为问元戎窦车骑，何时返旆勒燕然。

【注释】①马邑：秦所筑城名。②龙堆：白龙堆的简称，指沙漠。③层城：传说中神仙居住的地方。借指京城。一说京城有内外两层，故称层城。④汉苑：指唐苑。⑤胡天：指马邑、龙堆。⑥机中锦字：指苏蕙给丈夫的织锦回文诗。《晋书》载：“窦滔为秦州刺史，被徙流沙。妻苏氏思之，织锦为回文璇玑图诗以赠滔。”⑦论：表露，倾吐。⑧元戎：犹言将军。⑨窦车骑：指窦宪。汉窦宪为车骑将军，大破匈奴，于是温犊等八十一部来降。窦宪登燕然山，刻石勒功，记汉威德，班师而还。⑩返旆：回师。旆：旗帜。⑪勒：刻。⑫燕然：山名，在今蒙古国。

※ 张继

重经巴丘

昔年高接李膺欢，日泛仙舟醉碧澜。
诗句乱随青草落，酒肠俱逐洞庭宽。
浮生聚散云相似，往事冥微梦一般。
今日片帆城下去，秋风回首泪阑干。

【注释】①题注：开成初，陪故员外从翁诗酒游泛。一作李群玉诗。②高接：谓与地位、声望高的人交往。③片帆：孤舟，一只船。

※ 岑参

送李副使赴碛西官军

火山六月应更热，赤亭道口行人绝。
知君惯度祁连城，岂能愁见轮台月。
脱鞍暂入酒家垆，送君万里西击胡。
功名祗向马上取，真是英雄一丈夫。

【注释】①碛（qì）西：即安西都护府（治所在今新疆库车附近）。②火山：又名火焰山，在今新疆吐鲁番。③赤亭：地名。在今新疆哈密西南。赤亭道口即今火焰山的胜金口，为鄯善到吐鲁番的交通要道。④祁连城：十六国时前凉置祁连郡，郡城在祁连山旁，称祁连城，在今甘肃省张掖县西南。⑤轮台：唐代庭州有轮台县，这里指汉置古轮台（今新疆轮台县东南），李副使赴碛西经过此地。⑥脱鞍：一作“脱衣”。⑦酒家垆：此代指酒店。⑧祗：同“只”。

奉和中书舍人贾至早朝大明宫

鸡鸣紫陌曙光寒，莺啭皇州春色阑。
金阙晓钟开万户，玉阶仙仗拥千官。
花迎剑佩星初落，柳拂旌旗露未干。
独有凤凰池上客，阳春一曲和皆难。

【注释】①紫陌：指京师的街道。②曙光：破晓时的阳光。③啭：婉转的叫声。④皇州：京都。⑤阑：尽。⑥金阙：皇宫金殿。⑦万户：指皇宫中宫门。⑧玉阶：指皇宫中大明宫的台阶。⑨仙仗：天子的仪仗。⑩剑佩：带剑、垂佩绶，都为高官之饰物，此指禁卫军的武装。⑪旌旗：旗帜的总称。⑫凤凰池上客：指贾至。凤凰池：也称凤池，这里指中书省。⑬阳春：古曲名，即宋玉《对楚王问》中提到的《阳春》《白雪》，“国中属而和者不过数十人”，后以之比喻作品高妙而懂得的人很少。

※ 贾至

早朝大明宫呈两省僚友

银烛朝天紫陌长，禁城春色晓苍苍。
千条弱柳垂青琐，百啭流莺绕建章。
剑佩声随玉墀步，衣冠身惹御炉香。
共沐恩波凤池上，朝朝染翰侍君王。

【注释】①早朝：臣子早上朝见皇上。②大明宫：皇宫殿名。国家大典，皇帝朝见百官多在此举行。③两省：指分居大明宫宣政殿左右的门下省和中书省。④僚（liáo）友：同僚，如唱和此诗的王维、岑参和杜甫等。⑤银烛：蜡烛，有银饰的烛台。此指百官早朝时擎的灯火。⑥朝天：一作“熏天”。天：代表皇帝。朝见皇帝称为“朝天”。⑦禁城：宫城。⑧晓苍苍：拂晓时暗青色的天空。⑨弱柳：嫩柳。⑩青琐（suǒ）：皇宫门窗上的装饰，代指宫门。⑪建章：汉代宫名，代指大明宫。⑫剑佩：百官在朝见时必须佩带的宝剑和玉佩。⑬玉墀（chí）：宫殿前的石阶。亦借指朝廷。⑭惹：沾染。⑮御炉：御用的香炉。⑯上：一作“里”。⑰染翰（hàn）：写文章。翰：笔。

※ 韩翃

同题仙游观

仙台初见五城楼，风物凄凄宿雨收。
山色遥连秦树晚，砧声近报汉宫秋。
疏松影落空坛静，细草香闲小洞幽。
何用别寻方外去，人间亦自有丹丘。

【注释】①题注：一作“题仙游观”。②仙游观：在今河南嵩山逍遥谷内。初唐时道士潘师正居住在当地的逍遥谷，唐高宗李治对他十分敬重，下令在逍遥谷口修筑仙游门，在谷中修筑道观。③仙台：高处的观景台。④初：一作“下”。⑤五城楼：道观的房舍。《史记·封禅书》记方士曾言：“黄帝时为五层十二楼，以候神人于执期，命曰迎年。”这里借指仙游观。⑥宿雨：隔宿的雨。⑦砧声：在捣衣石上捣衣的声音。⑧空坛：与下“小洞”皆指道观景物。⑨闲：一作“开”。⑩方外：尘世以外。《庄子·大宗师》：“孔子曰，彼游方外者也，用丘游方之内者。”后引申为神仙居住的地方。⑪丹丘：指神仙居处，昼夜长明。

送王少府归杭州

归舟一路转青蘋，更欲随潮向富春。
吴郡陆机称地主，钱塘苏小是乡亲。
葛花满把能消酒，栀子同心好赠人。
早晚重过鱼浦宿，遥怜佳句箧中新。

【注释】①富春：指富春山或富春江。泛指古富春地区。金圣叹评：“乃转青蘋，则是已到杭州，而舟行还不停也。何故舟还不停，则为‘更欲随潮向富春’也。何故欲向富春，则以欲从严先生者游也。”严子陵名光，少有高名，与汉光武帝刘秀一同游学。秀即帝位后，屡征不起，耕于富春山，年八十余卒。后人名其钓处为严陵濑。②“吴郡”二句：西晋著名文人陆机为吴郡（今苏州姑苏一带）人，文采倾动一时。钱塘：即杭州，“苏小小，钱塘名倡也，盖南齐时人。”③葛花：可用来解酒毒，一向为好饮的文人所喜爱，常常见诸题咏，孟郊《过分水岭》：“客衣飘飘秋，葛花零落风。”栀子：一名同心花，常用来赠人，有吉祥之意。“葛花”二句体现了文人才士超尘绝俗、诗酒自适的高雅情趣。④鱼浦：水边捕鱼之地，渔场。

※ 秦系

鲍防员外见寻因书情呈赠

少小为儒不自强，如今懒复见侯王。
览镜已知身渐老，买山将作计偏长。
荒凉鸟兽同三径，撩乱琴书共一床。
犹有郎官来问疾，时人莫道我佯狂。

【注释】①题注：曾与系同举场。②三径：晋赵岐《三辅决录·逃名》：“蒋诩归乡里，荆棘塞门，舍中有三径，不出，唯求仲、羊仲从之游。”后因以“三径”指归隐者的家园。

※ 刘长卿

登馀干古县城

孤城上与白云齐，万古荒凉楚水西。
官舍已空秋草没，女墙犹在夜乌啼。
平沙渺渺迷人远，落日亭亭向客低。
飞鸟不知陵谷变，朝来暮去弋阳溪。

【注释】①馀干：唐代饶州馀干，即今江西省余干县。②孤城：馀干古城原在一座小山上，故称“孤城”。③楚水：淮水，这里指信江。馀干古城原在余江、汉江西北。④女墙：城墙上的城垛。⑤亭亭：高耸的样子。⑥陵谷变：山陵变成深谷，深谷变成高山。因馀干县城后从山上搬到山下，所以说“陵谷变”。⑦弋(yì)阳溪：弋阳与馀干相连的一条小溪，在信江中游。

自夏口至鹦鹉洲夕望岳阳寄源中丞

汀洲无浪复无烟，楚客相思益渺然。
汉口夕阳斜渡鸟，洞庭秋水远连天。
孤城背岭寒吹角，独树临江夜泊船。
贾谊上书忧汉室，长沙谪去古今怜。

【注释】①夏口：唐鄂州治，今属湖北武汉，在汉水入江处。汉水自沔阳以下称夏水，故汉水长江汇合处称夏口。②鹦鹉洲：在长江中，正对黄鹤矶。唐以后渐渐西移，今与汉阳陆地相接。③岳阳：今属湖南，临洞庭湖。④中丞：御史中丞的简称，唐常代行御史大夫职务。⑤汀洲：水中沙洲。指鹦鹉洲。⑥楚客：客居楚地之人。此为诗人自指，也暗指屈原。⑦渺然：遥远的样子。⑧汉口：即夏口。这里指汉水入口处。⑨鸟：暗合鹦鹉。⑩洞庭：洞庭湖，在湖南北部，长江以南。⑪孤城：指汉阳城。⑫角：古代军队中的一种吹乐器。⑬树：一作“戍”。⑭贾谊上书：贾谊曾向汉文帝上《治安策》。⑮长沙谪去：指贾谊被贬为长沙王太傅。谪去：一作“迁谪”。

送严士元

春风倚棹阖闾城，水国春寒阴复晴。
细雨湿衣看不见，闲花落地听无声。
日斜江上孤帆影，草绿湖南万里情。
君去若逢相识问，青袍今已误儒生。

【注释】①严士元：吴人，曾任员外郎。②倚棹(zhào)：泊舟待发。③阖闾(hé lú)城：即今江苏苏州市。④水国：水乡。⑤春寒：早春。⑥阴复晴：忽阴忽晴。⑦闲花：树上留着的残花。⑧青袍：指唐朝九品官服。⑨儒生：诗人的自称。

长沙过贾谊宅

三年谪宦此栖迟，万古惟留楚客悲。
秋草独寻人去后，寒林空见日斜时。
汉文有道恩犹薄，湘水无情吊岂知？
寂寂江山摇落处，怜君何事到天涯。

【注释】①谪宦：贬官。②栖迟：淹留。像鸟儿那样敛翅歇息，飞不起来。③楚客：流落在楚地的客居，指贾谊。长沙旧属楚地，故有此称。一作“楚国”。④独：一作“渐”。⑤汉文：指汉文帝。⑥摇落处：一作“正摇落”。

江州重别薛六柳八二员外

生涯岂料承优诏，世事空知学醉歌。
江上月明胡雁过，淮南木落楚山多。
寄身且喜沧洲近，顾影无如白发何。
今日龙钟人共老，愧君犹遣慎风波。

【注释】①江州：今江西九江市。②薛六、柳八：名未详。六、八，是他们的排行。③员外：员外郎的简称。原指正额的成员以外郎官，为中央各司次官。④生涯：犹生计。⑤优诏：优厚待遇的诏书。根据上下文，此当为反语。⑥醉歌：醉饮歌唱。⑦胡雁：指从北方来的雁。⑧“淮南”句：江州在淮南，其地又在古代楚国境。楚山多：木叶零落，所见之山也多了。⑨沧洲：滨海的地方，也用以指隐士居处。⑩无如：无奈。⑪龙钟：指老态迟钝貌。⑫老：一作“弃”。⑬遣：使，这里是叮咛之意。⑭慎风波：慎于宦海风波。

狱中闻收东京有赦

传闻阙下降丝纶，为报关东灭虏尘。
壮志已怜成白首，余生犹待发青春。
风霜何事偏伤物，天地无情亦爱人。
持法不须张密网，恩波自解惜枯鳞。

【注释】①东京：古都名。指洛阳。今河南省洛阳市。东汉都洛阳，因在西汉故都长安之东，故称“东京”。隋炀帝即位后，自长安迁都洛阳，亦称洛阳为“东京”。②丝纶（lún）：《礼记·缁衣》载：“王言如丝，其出如纶。”孔颖达疏：“王言初出，微细如丝，及其出行于外，言更渐大，如似纶也。”后因称帝王诏书为“丝纶”。③枯鳞：枯鱼。亦喻处于困境者。

※ 郎士元

题精舍寺

石林精舍武溪东，夜扣禅关谒远公。
月在上方诸品静，僧持半偈万缘空。
秋山竟日闻猿啸，落木寒泉听不穷。
惟有双峰最高顶，此心期与故人同。

【注释】①题注：一作“酬王季友秋夜宿露台寺见寄”。②武溪：水名，在湖南庐溪县。③远公：即庐山慧远，此处将精舍寺中高僧比作慧远。④诸品：诸多种类的事物。⑤半偈：释迦牟尼在雪山修菩萨道时，帝释曾为之诵半偈：“诸行无常，是生灭法。”释迦牟尼愿舍身而闻后半偈。帝释为之宣说：“生灭灭已，寂灭为乐。”⑥双峰：本为山名，因禅宗四祖、五祖居之而成为禅家胜地之代称。

【点评】“月在上方诸品静，僧持半偈万缘空。”好诗。

※ 司空曙

题凌云寺

春山古寺绕沧波，石磴盘空鸟道过。
百丈金身开翠壁，万龛灯焰隔烟萝。
云生客到侵衣湿，花落僧禅覆地多。
不与方袍同结社，下归尘世竟如何。

【**注释**】①金身：佛身。《法华经·安乐品》载："诸佛身金色，百福相庄严。"②方袍：比丘所着之三种袈裟，皆为方形，谓之方袍。

【**点评**】"百丈金身开翠壁，万龛灯焰隔烟萝。"乐山大佛前的万龛灯焰早已荡然无存。

长安晓望寄程补阙

迢递山河拥帝京，参差宫殿接云平。
风吹晓漏经长乐，柳带晴烟出禁城。
天净笙歌临路发，日高车马隔尘行。
独有浅才甘未达，多惭名在鲁诸生。

【**注释**】①题注：一作包何诗。补阙：官名，唐武后垂拱元年始置，有左右之分。左补阙属门下省，右补阙属中书省，掌供奉讽谏。②长乐：泛指宫殿。③鲁诸生：有知识学问之士，众儒生。

※ 戎昱

上湖南崔中丞

山上青松陌上尘，云泥岂合得相亲。
世路尽嫌良马瘦，唯君不弃卧龙贫。
千金未必能移性，一诺从来许杀身。
莫道书生无感激，寸心还是报恩人。

【**注释**】①云泥：语出《后汉书·逸民传·矫慎》："（吴苍）遗书以观其志曰：'仲彦足下，勤处隐约，虽乘云行泥，栖宿不同，每有西风，何尝不叹！'"云在天，泥在地。后因用"云泥"比喻两物相去甚远，差异很大。②卧龙：喻隐居或尚未崭露头角的杰出人才。

【**点评**】写给未来老丈人的信不卑不亢，当然抱得美人归。

※ 李嘉佑

自苏州至望亭驿有作

南浦菰蒲绕白蘋，东吴黎庶逐黄巾。
野棠自发空流水，江燕初归不见人。
远岫依依如送客，平田渺渺独伤春。
那堪回首长洲苑，烽火年年报虏尘。

【注释】①菰蒲：多年生草本植物，生长在水中，俗称“茭白”。②远岫：远处的峰峦。③长洲苑：古苏州的一大胜境，始建于吴，可与西汉的上林苑并论，屡遭战火劫难。

※ 戴叔伦

暮春感怀

其一

杜宇声声唤客愁，故园何处此登楼。
落花飞絮成春梦，剩水残山异昔游。
歌扇多情明月在，舞衣无意彩云收。
东皇去后韶华尽，老圃寒香别有秋。

其二

四十无闻懒慢身，放情丘壑任天真。
悠悠往事杯中物，赫赫时名扇外尘。
短策看云松寺晚，疏帘听雨草堂春。
山花水鸟皆知己，百遍相过不厌贫。

【注释】①题注：一作元末明初丁鹤年诗。②东皇：司春之神。③杯中物：指酒。晋陶潜《责子》：“天运苟如此，且进杯中物。”

※ 李冶

蔷薇花

翠融红绽浑无力，斜倚栏干似诧人。
深处最宜香惹蝶，摘时兼恐焰烧春。
当空巧结玲珑帐，著地能铺锦绣裀。
最好凌晨和露看，碧纱窗外一枝新。

【注释】①烧春：形容春意浓重。②碧纱窗：装有绿色薄纱的窗。前蜀李珣《酒泉子》词之四："秋月婵娟，皎洁碧纱窗外照。"

※ 窦叔向

夏夜宿表兄话旧

夜合花开香满庭，夜深微雨醉初醒。
远书珍重何曾达，旧事凄凉不可听。
去日儿童皆长大，昔年亲友半凋零。
明朝又是孤舟别，愁见河桥酒幔青。

【注释】①夜合花：植物名。落叶灌木，叶椭圆形至长圆形，先端尾状渐尖。花顶生，色白，极香。②远书：远方来的书信。③珍重：珍贵。④去日：已过去的岁月。⑤酒幔（màn）：酒店门前所悬的布招子。

※ 皇甫曾

秋夕寄怀契上人

已见槿花朝委露，独悲孤鹤在人群。
真僧出世心无事，静夜名香手自焚。

窗临绝涧闻流水，客至孤峰扫白云。
更想清晨诵经处，独看松上雪纷纷。

【注释】①孤鹤：比喻孤特高洁之人。②真僧：戒律精严的和尚。③绝涧：高山陡壁之下的溪涧。

※ 陶岘

西塞山下回舟作

匡庐旧业是谁主，吴越新居安此生。
白发数茎归未得，青山一望计还成。
鸦翻枫叶夕阳动，鹭立芦花秋水明。
从此舍舟何所诣，酒旗歌扇正相迎。

【注释】①岘（xiàn）：小而高的山岭。陶岘：晋陶渊明第九代裔孙。②匡庐：指江西的庐山。相传殷周之际有匡俗兄弟七人结庐于此，故称。《后汉书·郡国志四·庐江郡》："寻阳南有九江，东合为大江。"刘昭注引南朝宋慧远《庐山记略》："有匡俗先生者，出殷周之际，隐遁潜居其下，受道于仙人而共岭，时谓所止为仙人之庐而命焉。"

※ 朱湾

寻隐者韦九山人于东溪草堂

寻得仙源访隐沦，渐来深处渐无尘。
初行竹里唯通马，直到花间始见人。
四面云山谁作主，数家烟火自为邻。
路傍樵客何须问，朝市如今不是秦。

【注释】①仙源：用晋陶潜《桃花源记》典。②如今不是秦：末句与前文对应，意即如今不是秦，山人可以出而仕。

※ 李端

送濮阳录事赴忠州

成名不遂双旌远，主印还为一郡雄。
赤叶黄花随野岸，青山白水映江枫。
巴人夜语孤舟里，越鸟春啼万壑中。
闻说古书多未校，肯令才子久西东。

【注释】①录事：职官名。晋公府置录事参军，掌总录众官署文簿，举弹善恶。后代刺史领军而开府者亦置之。②双旌：唐代节度领刺史者出行时的仪仗。③巴人：古巴州人。④越鸟：南方的鸟。

※ 韦应物

寄李儋元锡

去年花里逢君别，今日花开又一年。
世事茫茫难自料，春愁黯黯独成眠。
身多疾病思田里，邑有流亡愧俸钱。
闻道欲来相问讯，西楼望月几回圆。

【注释】①李儋（dān）：曾任殿中侍御史，为作者密友。元锡：字君贶，为作者在长安时旧友。②春愁：因春季来临而引起的愁绪。③黯黯：低沉暗淡。一作“忽忽”。④思田里：想念田园乡里，即想到归隐。⑤邑有流亡：指在自己管辖的地区内还有百姓流亡。⑥愧俸钱：感到惭愧的是自己食国家的俸禄，而没有把百姓安定下来。

【点评】又一首流转自如、丽质天成的好诗。

自巩洛舟行入黄河即事寄府县僚友

夹水苍山路向东，东南山豁大河通。
寒树依微远天外，夕阳明灭乱流中。
孤村几岁临伊岸，一雁初晴下朔风。
为报洛桥游宦侣，扁舟不系与心同。

【注释】①巩洛：古地名的并称，在今河南洛阳一带。②伊岸：伊水畔。《水经注·伊水》："伊水出南阳县西蔓渠山，又东北至洛阳县南，北入于洛。"③洛桥：洛阳市天津桥。桥在洛水上，故亦称"洛桥"。④扁舟：小船。《庄子·列御寇》："巧者劳而智者忧，无能者无所求，饱食而遨游。泛若不系舟，虚而遨游者也。"

赠王侍御

心同野鹤与尘远，诗似冰壶见底清。
府县同趋昨日事，升沉不改故人情。
上阳秋晚萧萧雨，洛水寒来夜夜声。
自叹犹为折腰吏，可怜骢马路傍行。

【注释】①题注：一作张籍诗。②冰壶：盛冰的玉壶。常用以比喻品德清白廉洁。语本《文选·鲍照〈白头吟〉》："直如朱丝绳，清如玉壶冰。"李周翰注："玉壶冰，取其絜净也。"③上阳：唐宫名。④折腰吏：晋陶潜为彭泽县令，自叹"不能为五斗米折腰"（《晋书》）。后因以"折腰吏"泛称地方低级官吏。

※ 卢纶

晚次鄂州

云开远见汉阳城，犹是孤帆一日程。
估客昼眠知浪静，舟人夜语觉潮生。

三湘衰鬓逢秋色，万里归心对月明。
旧业已随征战尽，更堪江上鼓鼙声。

【注释】①晚次：指晚上到达。②鄂州：唐时属江南道，在今湖北武昌。③汉阳城：今湖北汉阳，在汉水北岸，鄂州之西。④一日程：指一天的水路。⑤估客：同行的贩货的行商。⑥舟人：船夫。因为潮生，故而船家相呼，众声杂作。⑦三湘：湘江的三条支流漓湘、潇湘、蒸湘的总称。在今湖南境内。由鄂州上去即三湘地。这里泛指汉阳、鄂州一带。⑧衰鬓逢秋色：是说衰鬓承受着秋色。这里的鬓发已衰白，故也与秋意相应。一作“愁鬓”。⑨征战：指安史之乱。⑩更堪：更难堪，犹岂能再听。⑪江：指长江。⑫鼓鼙（pí）：军用大鼓和小鼓，后也指战事。

长安春望

东风吹雨过青山，却望千门草色闲。
家在梦中何日到，春来江上几人还？
川原缭绕浮云外，宫阙参差落照间。
谁念为儒逢世难，独将衰鬓客秦关。

【注释】①“东风”句：语从陶渊明《读山海经》“微雨从东来，好风与之俱”化出。②却望：回头望。③千门：泛指京城。④草色：一作“柳色”。⑤春生：一作“春归”，一作“春来”。⑥川原：即郊外的河流原野，这里指家乡。⑦逢世难：一作“多失意”，意即遭逢乱世。⑧秦关：秦地关中，即长安所在地。

※ 柳中庸

听筝

抽弦促柱听秦筝，无限秦人悲怨声。
似逐春风知柳态，如随啼鸟识花情。
谁家独夜愁灯影？何处空楼思月明？
更入几重离别恨，江南歧路洛阳城。

【注释】①筝：一种拨弦乐器，相传为秦人蒙恬所制，故又名“秦筝”。它发音凄苦，令人“感悲音而增叹，怆憔悴而怀愁”（汉侯瑾《筝赋》）。②抽弦促柱：筝的长方形音箱面上，张弦十三根，每弦用一柱支撑，柱可左右移动以调节音量。弹奏时，以手指或鹿骨爪拨弄筝弦，缓拨叫“抽弦”，急拨叫“促柱”。③“江南”句：指南北远离，两地相思。

※ 李益

过五原胡儿饮马泉

绿杨著水草如烟，旧是胡儿饮马泉。
几处吹笳明月夜，何人倚剑白云天。
从来冻合关山路，今日分流汉使前。
莫遣行人照容鬓，恐惊憔悴入新年。

【注释】①题注：一作“盐州过胡儿饮马泉”。②饮马泉：鹏鹈泉在丰州城北，胡人饮马于此。③著水：拂水，形容垂杨丝长，可以拂到水面。④倚剑：《古文苑》卷二载：“宋玉曰，方地为车，圜天为盖，长剑耿耿倚天外。”⑤冻合：冰封。⑥分流：春天泉流解冻，绿水分流。⑦汉使：诗人自指。

【点评】“几处吹笳明月夜，何人倚剑白云天。”盛唐之音！

同崔邠登鹳雀楼

鹳雀楼西百尺樯，汀洲云树共茫茫，
汉家箫鼓空流水，魏国山河半夕阳。
事去千年犹恨速，愁来一日即为长。
风烟并起思归望，远目非春亦自伤。

【注释】①同：犹“和”，酬和。②崔邠（bīn）：唐代诗人。字处仁，清河武城人。③鹳（guàn）雀楼：唐代河中府的名胜。北周宇文护所建，楼高三层，原在山西蒲州府西南（今永济市），前瞻中条山，下瞰大河。因鹳雀常栖息其上而得名。后为河水冲没。④西：一作“南”，一作“前”。⑤汀洲：水中小洲。《楚辞·九歌·湘夫人》：“搴汀洲兮杜若，将以遗兮远者。”⑥箫鼓：箫与鼓。泛指乐奏。南朝梁江淹《别赋》：“琴羽张兮箫鼓陈，燕赵歌兮伤美人。”⑦魏国山河：指大好河山。语本《史记·孙子吴起列传》：“（魏）武侯浮西河而下，中流，顾而谓吴起曰：‘美哉乎山河之固，此魏国之宝也！’”⑧千年：极言时间久远。晋陶渊明《挽歌诗》：“幽室一已闭，千年不复朝。”⑨为：一作“知”。⑩风烟：一作“风尘”。⑪起：一作“是”。⑫思归：一作“思乡”。⑬远目：远望。唐羊士谔《书楼怀古》：“远目穷巴汉，闲情阅古今。”

【点评】又见诗人 PK，相较朱斌、畅当五绝，本诗稍落下风。不过亮剑精神值得赞赏。

※ 杨巨源

送人过卫州

忆昔征南府内游，君家东阁最淹留。
纵横联句长侵晓，次第看花直到秋。
论旧举杯先下泪，伤离临水更登楼。
相思前路几回首，满眼青山过卫州。

【注释】①征南：指征淮西吴元济。②东阁：东向的小门。《汉书·公孙弘传》载：“弘自见为举首，起徒步，数年至宰相封侯，于是起客馆，开东阁以延贤人。”王先谦补注引姚鼐：“此阁是小门，不以贤者为吏属，别开门延之。”《后汉书·周黄徐等传序》：“东平王苍为骠骑将军，开东阁延贤俊。”后因以称宰相招致款待宾客之所。③淹留：羁留，逗留。④侵晓：拂晓。

【点评】“纵横联句长侵晓，次第看花直到秋。”这句很潇洒，无奈下句就鼻涕眼泪一大把了。

※ 权德舆

自桐庐如兰溪有寄

东南江路旧知名，惆怅春深又独行。
新妇山头云半敛，女儿滩上月初明。
风前荡飏双飞蝶，花里间关百啭莺。
满目归心何处说，欹眠搔首不胜情。

【注释】①荡飏（yáng）：飘扬，飘荡。②间关：形容婉转的鸟鸣声。

※ 王建

江陵即事

瘴云梅雨不成泥，十里津楼压大堤。
蜀女下沙迎水客，巴童傍驿卖山鸡。
寺多红药烧人眼，地足青苔染马蹄。
夜半独眠愁在远，北看归路隔蛮溪。

【注释】①即事：以当前事物为题材的诗。②瘴云：犹瘴气。③梅雨：指初夏产生在江淮流域持续较长的阴雨天气。因时值梅子黄熟，故亦称黄梅天。此季节空气长期潮湿，器物易霉，故又称霉雨。④津楼：渡口修筑的瞭望楼台。陈子昂《岘山怀古》："野树苍烟断，津楼晚气孤。"⑤水客：船夫，渔夫。《文选·左思》载："试水客，舣轻舟，娉江斐，与神游。"吕向注："水客，舟子也。"李白《送崔氏昆季之金陵》："水客弄归棹，云帆卷轻霜。"⑥红药：芍药花。⑦蛮溪：指南方的溪流。

※ 薛涛

牡丹

去春零落暮春时，泪湿红笺怨别离。
常恐便同巫峡散，因何重有武陵期。
传情每向馨香得，不语还应彼此知。
只欲栏边安枕席，夜深闲共说相思。

【注释】①去春：去年春天。②红笺（jiān）：指薛涛纸，是诗人创制的深红小笺。③巫峡散：典出战国楚宋玉《高唐赋》中楚襄王和巫山神女梦中幽会的故事。④武陵期：唐人多把武陵渔人和刘晨、阮肇遇仙女的故事联系在一起。王涣《惆怅诗》之十：“晨肇重来路已迷，碧桃花谢武陵溪。仙山目断无寻处，流水潺湲日渐西。”

※ 韩愈

酒中留上襄阳李相公

浊水污泥清路尘，还曾同制掌丝纶。
眼穿长讶双鱼断，耳热何辞数爵频。
银烛未销窗送曙，金钗半醉座添春。
知公不久归钧轴，应许闲官寄病身。

【注释】①题注：李逢吉也。愈元和十一年（816）正月为中书舍人，而逢吉以其年二月自舍人拜相。②清路：清洁的道路。三国魏曹植《七哀》：“君若清路尘，妾若浊水泥。”③丝纶：帝王诏书。④双鱼：书信。⑤钧轴：钧以制陶，轴以转车。比喻国家政务重任。

左迁至蓝关示侄孙湘

一封朝奏九重天，夕贬潮州路八千。
欲为圣朝除弊事，肯将衰朽惜残年！

云横秦岭家何在？雪拥蓝关马不前。
知汝远来应有意，好收吾骨瘴江边。

【注释】①左迁：降职，贬官，指作者被贬到潮州。②蓝关：在蓝田县南。《地理志》载："京兆府蓝田县有蓝田关。"③湘：韩愈的侄孙韩湘，字北渚，长庆三年（823）进士，任大理丞。当时韩湘尚未登科，远道赶来从韩愈南迁。④一封：指一封奏章，即《论佛骨表》。⑤朝（zhāo）奏：早晨送呈奏章。⑥九重天：古称天有九层，第九层最高，此指朝廷、皇帝。⑦路八千：泛指路途遥远。八千不是确数。⑧"欲为"二句：想替皇帝除去有害的事，哪能因衰老就吝惜残余的生命。弊事：政治上的弊端，指迎佛骨事。肯：岂肯。衰朽：衰弱多病。惜残年：顾惜晚年的生命。⑨秦岭：在蓝田县内东南。⑩"雪拥"句：立马蓝关，大雪阻拦，前路艰危，心中感慨万分。拥：阻塞。⑪汝：你，指韩湘。⑫应有意：应知道我此去凶多吉少。⑬"好收"句：意思是自己必死于潮州，向韩湘交代后事。瘴（zhàng）江指岭南瘴气弥漫的江流。瘴江边指贬所潮州。

※ 白居易

送萧处士游黔南

能文好饮老萧郎，身似浮云鬓似霜。
生计抛来诗是业，家园忘却酒为乡。
江从巴峡初成字，猿过巫阳始断肠。
不醉黔中争去得？磨围山月正苍苍。

【注释】①巴峡：指巴县以东江面的石洞峡、铜锣峡、明月峡，即《华阳国志·巴志》所称的巴郡三峡。②巫阳：巫山的南面，指巫峡。

寄韬光禅师

一山门作两山门，两寺原从一寺分。
东涧水流西涧水，南山云起北山云。

前台花发后台见，上界钟声下界闻。
遥想吾师行道处，天香桂子落纷纷。

【注释】①两寺：指下天竺寺与中天竺寺，位于浙江杭州，建于五代时期，现已不存。②桂子：即桂花，是对桂花拟人化的爱称。宋之问《灵隐寺》："桂子月中落，天香云外飘。"

寄殷协律

五岁优游同过日，一朝消散似浮云。
琴诗酒伴皆抛我，雪月花时最忆君。
几度听鸡歌白日，亦曾骑马咏红裙。
吴娘暮雨萧萧曲，自别江南更不闻。

【注释】①题注：多叙江南旧游。②亦曾骑马咏红裙：作者自注，予在杭州日，有歌云："听唱黄鸡与白日。"又有诗云："着红骑马是何人？"③吴娘暮雨萧萧曲：吴娘指古代歌妓吴二娘。作者自注，《江南吴二娘曲》词云："暮雨萧萧郎不归。"

编集拙诗成一十五卷因题卷末戏赠元九李二十

一篇长恨有风情，十首秦吟近正声。
每被老元偷格律，苦教短李伏歌行。
世间富贵应无分，身后文章合有名。
莫怪气粗言语大，新排十五卷诗成。

【注释】①元九：指元稹。李二十指李绅。这二人都是诗人白居易的好友。②长恨：指诗人于元和元年（806）创作的著名长诗《长恨歌》。此诗叙述唐玄宗与杨贵妃的爱情悲剧，其中对唐玄宗的重色误国进行了某些讽刺，所以他自认其诗有风人之情，美刺之旨。③秦吟：指诗人于贞元、元和之际创作的一组反映民间疾苦的著名讽喻诗《秦中吟》。④正声：指《诗经》中的"雅诗"。《诗·大序》载："雅者，正也，言王政之所由废兴也。"雅诗中有许多政治讽刺诗。《秦中吟》正是劝谏皇帝改革弊政的政治讽喻诗。⑤老元：指元稹。⑥偷：朋友间的戏词，实际上是学习、效仿的意思。⑦格律：作诗在字数、句数、平仄、押韵等方面的格式。⑧短李：指李绅。《新唐书·李绅传》载："（绅）为人短小精悍，于诗最有名，时号短李。"⑨伏：通"服"，佩服，服气。

【点评】敝帚自珍。

余杭形胜

余杭形胜四方无，州傍青山县枕湖。
绕郭荷花三十里，拂城松树一千株。
梦儿亭古传名谢，教妓楼新道姓苏。
独有使君年太老，风光不称白髭须。

【注释】①余杭：在杭州市北部。唐代设杭州余杭郡，辖钱塘、余杭等八县。这首律诗也写在作者杭州任上。②形胜：地势优越。③"州傍"句：州指杭州，靠近青山，县指原余杭县，今为杭州市的北部市区，头枕西湖。④郭：外城。三十里荷塘绕城。⑤千株：指万松岭。《咸淳临安志》卷二十八记，在和宁门外西岭上，夹道栽松。《西湖游览志》卷十，从行春桥至灵隐下竺种植松树，称"九里松径"。⑥梦儿亭：即梦谢亭，在灵隐山畔，传说天竺寺杜明禅师夜梦有贤者来访，次日诗人谢灵运把儿子送来寄养，杜明禅师因此建梦谢亭，别称客儿亭。⑦教妓、姓苏：即南齐钱塘名妓苏小小，墓在西湖桥边。⑧使君：汉时对一州长官刺史的称谓，此处是诗人自称。⑨称：相称、合适。

自河南经乱，关内阻饥，兄弟离散，各在一处。因望月有感，聊书所怀，寄上浮梁大兄、於潜七兄、乌江十五兄，兼示符离及下邽弟妹

时难年荒世业空，弟兄羁旅各西东。
田园寥落干戈后，骨肉流离道路中。
吊影分为千里雁，辞根散作九秋蓬。
共看明月应垂泪，一夜乡心五处同。

【注释】①河南：唐时河南道，辖今河南省大部和山东、江苏、安徽三省的部分地区。②关内：关内道，辖今陕西大部及甘肃、宁夏、内蒙古的部分地区。③阻饥：遭受饥荒等困难。④浮梁大兄：白居易的长兄白幼文，贞元十四、十五年间任饶州浮梁（今属江西景德镇）主簿。⑤於潜七兄：白居易叔父白季康的长子，时为於潜（今浙江临安）县尉。⑥乌江十五兄：白居易的从兄白逸，时任乌江（今安徽和县）主簿。⑦符离：在今安徽宿县内。白居易的父亲在彭城（今江苏徐州）做官多年，就把家安置在符离。⑧下邽：县名，治所在今陕西省渭南县。白氏祖居曾在此。⑨时难年荒：指遭受战乱和灾荒。荒：一作"饥"。⑩世业：祖传的产业。唐代初年推行授田制度，所授之田分"口分田"和"世业田"，人死后，子孙可以继承"世业田"。⑪羁旅：漂泊流浪。⑫寥落：荒芜零落。⑬干戈：古代两种兵器，此代指战争。⑭吊影：一个人孤身独处，没有伴侣。⑮千里雁：比喻兄弟们相隔千里，皆如孤雁离群。⑯辞根：草木离开根部，比喻兄弟们各自背井离乡。⑰九秋蓬：深秋时节随风飘转的蓬草，古人用来比喻游子在异乡漂泊。九秋：秋天。⑱乡心：思亲恋乡之心。⑲五处：即诗题所言五处。

欲与元八卜邻先有是赠

平生心迹最相亲，欲隐墙东不为身。
明月好同三径夜，绿杨宜作两家春。
每因暂出犹思伴，岂得安居不择邻。
可独终身数相见，子孙长作隔墙人。

【注释】①元八：名宗简，字居敬，排行第八，河南人，举进士，官至京兆少尹。他是白居易的诗友，两人结交二十余年。卜邻：即选择作邻居。②心迹：心里的真实想法。③墙东：指隐居之地。《后汉书·逸民传》："君公遭乱独不去，侩牛自隐。时人谓之论曰：'避世墙东王君公。'"④身：自己。⑤三径：指隐居的地方。⑥"绿杨"句：借南朝陆慧晓与张融比邻旧事，表示诗人想与元八作邻居。⑦犹：尚且，还。⑧伴：陪伴的人。⑨岂得：怎么能。⑩可独：哪里止。⑪长：通"常"，往往，经常。

放言

赠君一法决狐疑，不用钻龟与祝蓍。
试玉要烧三日满，辨材须待七年期。
周公恐惧流言日，王莽谦恭未篡时。
向使当初身便死，一生真伪复谁知。

【注释】①君：指元稹。②狐疑：狐性多疑，故称遇事犹豫不定为狐疑。元稹在政治上遭到打击后，情绪一度不稳，白居易劝他要经得起考验，等到时机好转，是非真伪自会分明。③“不用”句：吉凶祸福，在所不计。问卜求签，更无必要。钻龟、祝蓍（shī）：古代迷信活动，钻龟壳后，看其裂纹以卜吉凶，或拿蓍草的茎占卜。④“试玉”二句：坚贞之士必能经受长期磨炼，栋梁之材也不是短时间就能认出来的。前句下作者自注：“真玉烧三日不热。”《淮南子·俶真训》：“钟山之玉，炊以炉炭，三日三夜而色泽不变。”后句作者亦自注：“豫章木，生七年而后知。”豫章：枕木和樟木，生至七年，乃可分别。”⑤日：一作“后”。⑥“王莽”句：王莽篡汉前曾伪装谦恭下士。《汉书·王莽传》载：“（莽）爵位益尊，节操愈谦。散舆马衣裘，赈施宾客，家无所余。收赡名士，交结将相卿大夫甚众。……欲令名誉过前人，遂克己不倦。”后竟独揽朝政，杀平帝，篡位自立。此二句是用周公、王莽故事，说明真伪邪正，日久当验。未篡：一作“下士”。⑦向使：假如。⑧复：又（有）。

钱塘湖春行

孤山寺北贾亭西，水面初平云脚低。
几处早莺争暖树，谁家新燕啄春泥。
乱花渐欲迷人眼，浅草才能没马蹄。
最爱湖东行不足，绿杨阴里白沙堤。

【注释】①钱塘湖：杭州西湖的别称。②孤山寺：在西湖白堤孤山上。③贾亭：唐代杭州刺史贾全所建的贾公亭，今已不存。④初平：远远望去，西湖水面仿佛刚和湖岸及湖岸上的景物齐平。⑤云脚：古汉语称下垂的物象为“脚”，如下落雨丝的下部叫“雨脚”。这里指下垂的云彩。（接近地面的云气，多见于将雨或雨初停时）⑥暖树：向阳的树。⑦新燕：春时初来的燕子。⑧乱花：指纷繁开放的春花。⑨没（mò）：隐没。⑩湖东：以孤山为参照物，白沙堤（即白堤）在孤山的东北面。⑪足：满足。⑫白沙堤：指西湖东面的白堤，上有断桥等名胜。

鸜鹆

陇西鸜鹆到江东，养得经年觜渐红。
常恐思归先剪翅，每因喂食暂开笼。
人怜巧语情虽重，鸟忆高飞意不同。
应似朱门歌舞妓，深藏牢闭后房中。

【注释】①鸜鹆：也叫“鸜哥”，羽毛颜色美丽，嘴弯似鹰，舌圆而柔软，能模仿人说话的声音。古时官宦权贵之家多有饲养。②陇西：泛指甘肃一带。陇西盛产鸜鹆，皮日休《哀陇民》：“陇山千万仞，鸜鹆巢其巅。”陇：即陇山，横亘于陕西甘肃交界处。③江东：江南。④经年：一年以后，或多年以后。⑤觜渐红：鸜鹆小的时候嘴不红，长大后，逐渐变成红色。⑥怜：爱惜。⑦巧语：指学会人说话。⑧鸟：指鸜鹆。⑨意：心思，志向。⑩朱门：指富贵人家。因这些人家的大门都是用朱漆涂饰的，故称朱门。⑪歌舞妓：指富贵人家蓄养的歌伎舞女。⑫牢：束缚。

天津桥

津桥东北斗亭西，到此令人诗思迷。
眉月晚生神女浦，脸波春傍窈娘堤。
柳丝袅袅风缫出，草缕茸茸雨剪齐。
报道前驱少呼喝，恐惊黄鸟不成啼。

【注释】①天津桥：古浮桥名。故址在今河南洛阳市西南。隋炀帝大业元年（605）迁都，以洛水贯都，有天汉津梁的气象，因建此桥，名曰天津。隋末为李密烧毁，唐宋屡次改建加固，金以后废圮。②报道：报告，告知。③呼喝：指古代官员外出时，前导吏役喝令行人让路。

九年十一月二十一日感事而作

祸福茫茫不可期，大都早退似先知。
当君白首同归日，是我青山独往时。
顾索素琴应不暇，忆牵黄犬定难追。
麒麟作脯龙为醢，何似泥中曳尾龟？

【注释】①白首同归：典出晋潘岳《金谷集作诗》："投分寄石友，白首同所归。"本意为白头时仍然志趣相投，形容友谊长久。潘岳后来被害，与好友共赴刑场再提此诗。此处指李训、王涯等重要官员被害，一说为白居易幸灾乐祸。②顾索素琴应不暇：典出《晋书·嵇康传》："康将刑东市，太学生三千人请以为师，弗许。康顾视日影，索琴弹之，曰：'昔袁孝尼尝从吾学《广陵散》，吾每靳固之，《广陵散》于今绝矣！'"此处是说朝中官员们被害仓促，都来不及像嵇康那样弹一曲《广陵散》。③忆牵黄犬定难追：典出《史记·李斯列传》："二世二年七月，具斯五刑，论腰斩咸阳市。斯出狱，与其中子俱执，顾谓其中子曰：'吾欲与若复牵黄犬俱出上蔡东门逐狡兔，岂可得乎。'遂父子相哭，而夷三族。"此处说朝中官员为求取功名利禄在京为官，招致杀身之祸而追悔莫及。④脯：干肉片。⑤醢（hǎi）：鱼肉等所制的酱。⑥何似泥中曳尾龟：典出《庄子·秋水》："庄子持竿不顾，曰：'吾闻楚有神龟，死已三千岁矣。王以巾笥而藏之庙堂之上。此龟者，宁其死为留骨而贵乎？宁其生而曳尾于涂中乎？'二大夫曰：'宁生而曳尾涂中。'庄子曰：'往矣！吾将曳尾于涂中。'"

杭州春望

望海楼明照曙霞，护江堤白踏晴沙。
涛声夜入伍员庙，柳色春藏苏小家。
红袖织绫夸柿蒂，青旗沽酒趁梨花。
谁开湖寺西南路，草绿裙腰一道斜。

【注释】①望海楼：作者原注："城东楼名望海楼。"②堤：即白沙堤。③伍员：即伍子胥，春秋时楚国人。其父兄皆被楚平王杀害。伍员逃到吴国，佐吴王阖闾打败楚国，又佐吴王夫差打败越国，后因受谗毁，为夫差所杀。民间传说伍员死后封为涛神，钱塘江潮为其怨怒所兴，因称“子胥涛”。历代立祠纪念，叫伍公庙。连立庙的胥山也称为“伍公山”。④苏小：即苏小小，为南朝钱塘名妓。西湖西泠桥畔旧有苏小小墓。⑤红袖：指织绫女。“杭州出柿蒂，花者尤佳也。”南宋吴自牧《梦粱录》卷一八：“杭土产绫曰柿蒂、狗脚，……皆花纹特起，色样织造不一。”⑥青旗：指酒铺门前的酒旗。⑦沽酒：买酒。⑧梨花：酒名。作者原注：“其俗，酿酒趁梨花时熟，号为‘梨花春’。”此二句写杭州的风俗特产，夸耀杭州产土绫“柿蒂”花色好，市民赶在梨花开时饮梨花春酒。⑨裙腰：比喻狭长的小路。

西湖留别

征途行色惨风烟，祖帐离声咽管弦。
翠黛不须留五马，皇恩只许住三年。
绿藤阴下铺歌席，红藕花中泊妓船。
处处回头尽堪恋，就中难别是湖边。

【注释】①祖帐：古代送人远行，在郊外路旁为饯别而设的帷帐。亦指送行的酒筵。②五马：太守的代称。

送王十八归山寄题仙游寺

曾于太白峰前住，数到仙游寺里来。
黑水澄时潭底出，白云破处洞门开。
林间暖酒烧红叶，石上题诗扫绿苔。
惆怅旧游无复到，菊花时节羡君回。

【注释】①归山：谓退隐。②仙游寺：寺名。在今陕西省周至县南。隋代称仙游宫，为隋文帝避暑行宫。唐宣宗时改建为寺。以黑河为界，分为南北两寺。南寺称仙游寺，北寺称中兴寺。两寺之间有仙游潭，也叫五龙潭，为唐代诗人聚游之所。

与梦得沽酒闲饮且约后期

少时犹不忧生计，老后谁能惜酒钱？
共把十千沽一斗，相看七十欠三年。
闲征雅令穷经史，醉听清吟胜管弦。
更待菊黄家酿熟，共君一醉一陶然。

【注释】①梦得：诗人刘禹锡，字梦得。②后期：后会之期。③犹：还，尚且。④十千：十千钱，言酒价之高以示尽情豪饮。⑤七十欠三年：诗人白居易、刘禹锡都生于772年，写此诗时两人都是六十七岁。⑥征：征引，指行酒令的动作。⑦雅令：高雅的酒令，自唐以来盛行于士大夫间的一种饮酒游戏。⑧穷：寻根究源。⑨经史：满腹的经论才学。⑩清吟：清雅地吟唱诗句。⑪菊黄：指菊花盛开的时候，通常指重阳节。⑫家酿：家中自己酿的酒。⑬陶然：形容闲适欢乐的样子。

※ 刘禹锡

乐天见示伤微之敦诗晦叔三君子皆有深分因成是诗以寄

吟君叹逝双绝句，使我伤怀奏短歌。
世上空惊故人少，集中惟觉祭文多。
芳林新叶催陈叶，流水前波让后波。
万古到今同此恨，闻琴泪尽欲如何。

【注释】①微之：元稹，字微之，少有才名，与白居易同科及第，并结为终生诗友，二人共同倡导新乐府运动，世称“元白”。②敦诗：贾耽，字敦诗，沧州南皮（今河北南皮）人。唐代著名地理学家、宰相。③晦叔：白居易有多首诗赠崔常侍晦叔，《感旧》序：“崔侍郎晦叔，太和七年夏薨。”

赠同年陈长史员外

明州长史外台郎，忆昔同年翰墨场。
一自分襟多岁月，相逢满眼是凄凉。

推贤有愧韩安国，论旧唯存盛孝章。
所叹谬游东阁下，看君无计出恓惶。

【注释】①长史：官名，秦置。汉相国、丞相，后汉太尉、司徒、司空、将军府各有长史。②外台：官名。后汉刺史，为州郡的长官，置别驾、治中，诸曹掾属，号为外台。③翰墨场：犹翰墨林。南朝宋谢瞻《张子房诗》：“济济属车士，粲粲翰墨场。”④分襟：犹离别，分袂。⑤韩安国：西汉时期的名臣、将领。盛孝章：名宪，会稽人，是汉末名士。⑥恓惶：忙碌不安貌。

西塞山怀古

王濬楼船下益州，金陵王气黯然收。
千寻铁锁沉江底，一片降幡出石头。
人世几回伤往事，山形依旧枕寒流。
今逢四海为家日，故垒萧萧芦荻秋。

【注释】①西塞山：位于今湖北省黄石市，又名道士洑，山体突出到长江中，因而形成长江弯道，站在山顶犹如身临江中。②王濬：晋益州刺史。一作“西晋”。③益州：晋时郡治在今成都。晋武帝谋伐吴，派王濬造大船，出巴蜀，船上以木为城，起楼，每船可容二千余人。④金陵：今南京，当时是吴国的都城。⑤王气：帝王之气。⑥黯然：一作“漠然”。⑦千寻铁锁沉江底：东吴末帝孙皓命人在江中轧铁锥，又用大铁索横于江面，拦截晋船，终失败。寻：长度单位。⑧一片降幡（fān）出石头：王濬率船队从武昌顺流而下，直到金陵，攻破石头城，吴主孙皓到营门投降。⑨人世几回伤往事：一作“荒苑至今生茂草”。⑩枕寒流：一作“枕江流”。⑪今逢：一作“从今”。⑫四海为家：即四海归于一家，指全国统一。⑬故垒：旧时的壁垒。⑭萧萧：秋风的声音。

始闻秋风

昔看黄菊与君别，今听玄蝉我却回。
五夜飕飗枕前觉，一年颜状镜中来。

马思边草拳毛动，雕眄青云睡眼开。
天地肃清堪四望，为君扶病上高台。

【注释】①君：即秋风对作者的称谓。②玄蝉：即秋蝉，黑褐色。③我：秋风自称。④五夜：一夜分为五个更次，此指五更。⑤飕飗（sōu liú）：风声。⑥颜状：容貌。⑦拳毛：卷曲的马毛。⑧雕：猛禽。⑨眄（miàn）：斜视，一作“盼”。⑩肃清：形容秋气清爽明净。⑪扶病：带病。

酬乐天扬州初逢席上见赠

巴山楚水凄凉地，二十三年弃置身。
怀旧空吟闻笛赋，到乡翻似烂柯人。
沉舟侧畔千帆过，病树前头万木春。
今日听君歌一曲，暂凭杯酒长精神。

【注释】①题注：唐敬宗宝历二年（826），刘禹锡罢和州刺史任返洛阳，白居易从苏州归洛，二人在扬州相逢。白居易写了一首诗相赠：“为我引杯添酒饮，与君把箸击盘歌。诗称国手徒为尔，命压人头不奈何。举眼风光长寂寞，满朝官职独蹉跎。亦知合被才名折，二十三年折太多。”刘禹锡作此诗酬谢。②巴山楚水：指四川、湖南、湖北一带。古时四川东部属于巴国，湖南北部和湖北等地属于楚国。刘禹锡被贬后，迁徙于朗州、连州、夔州、和州等边远地区，这里用“巴山楚水”泛指这些地方。③二十三年：从唐顺宗永贞元年（805）刘禹锡被贬为连州刺史，至宝历二年（826）冬应召，约22年。因贬地离京遥远，实际上到第二年才能回到京城，所以说23年。④弃置身：指遭受贬谪的诗人自己。弃置：贬谪。⑤闻笛赋：指西晋向秀的《思旧赋》。三国曹魏末年，向秀的朋友嵇康、吕安因不满司马氏篡权而被杀害。后来，向秀经过嵇康、吕安的旧居，听到邻人吹笛，不禁悲从中来，于是作《思旧赋》。刘禹锡借用这个典故怀念已死去的王叔文、柳宗元等人。⑥翻似：倒好像。翻：反而。⑦烂柯人：指晋人王质。相传晋人王质上山砍柴，看见两个童子下棋，就停下观看。等棋局终了，手中的斧柄（柯）已经朽烂。回到村里，才知道已过了一百年，同代人都已经亡故。作者以此典故表达自己遭贬23年的感慨。刘禹锡也借这个故事表达世事沧桑，人事全非，暮年返乡恍如隔世的心情。

⑧侧畔：旁边。⑨沉舟、病树：这是诗人以沉舟、病树自比。⑩歌一曲：指白居易的《醉赠刘二十八使君》。⑪长（zhǎng）精神：振作精神。长：增长，振作。

【点评】“沉舟侧畔千帆过。”耐人寻味！

※ 李忱

吊白居易

缀玉联珠六十年，谁教冥路作诗仙。
浮云不系名居易，造化无为字乐天。
童子解吟长恨曲，胡儿能唱琵琶篇。
文章已满行人耳，一度思卿一怆然。

【注释】①吊：哀悼。②“童子”二句：突出白居易的两篇代表作《长恨歌》《琵琶行》。

※ 柳宗元

别舍弟宗一

零落残魂倍黯然，双垂别泪越江边。
一身去国六千里，万死投荒十二年。
桂岭瘴来云似墨，洞庭春尽水如天。
欲知此后相思梦，长在荆门郢树烟。

【注释】①宗一：柳宗元从弟，生平事迹不详。②零落：本指花、叶凋零飘落，此处用以自比遭贬漂泊。③黯然：形容别时心绪伤感。④双：指宗元和宗一。⑤越江：唐汝询《唐诗解》卷四十四：“越江，未详所指，疑即柳州诸江也。按柳州乃百越地。”即粤江，这里指柳江。⑥去国：离开国都长安。⑦六千里：《通典·州郡十四》载：“（柳州）去西京五千二百七十里。”极言贬所离京城之远。⑧万死：指历经无数次艰难险阻。⑨投荒：贬逐到偏僻边远的地区。⑩桂岭：五岭之一，在今广西，山多桂树，故名。柳州在桂岭南。这里泛指柳州附近的山岭。《元和郡县志》卷三十七《岭南道贺州》载："桂岭在县东十五里。"⑪瘴（zhàng）：旧指热带山林中的湿热蒸郁致人疾病的气。这里指分别时柳州的景色。⑫荆、郢（yǐng）：古楚都，今湖北江陵西北。《百家注柳集》引孙汝听曰："荆、郢，宗一将游之处。"何焯《义门读书记》载："《韩非子》载，张敏与高惠二人为友，每相思不得相见，敏便于梦中往寻。但行至半路即迷。落句正用其意。"

柳州城西北隅种柑树

手种黄柑二百株，春来新叶遍城隅。
方同楚客怜皇树，不学荆州利木奴。
几岁开花闻喷雪，何人摘实见垂珠？
若教坐待成林日，滋味还堪养老夫。

【注释】①柳州：今属广西。柳宗元曾任柳州刺史。②城隅：城角。多指城根偏僻空旷处。《诗经·邶风·静女》："静女其姝，俟我于城隅。"隅（yú）：角落。③楚客：指战国时楚国大诗人屈原。屈原爱橘，曾作《橘颂》，对橘树的美质作了热情的赞颂。④皇树：即橘树。⑤"不学"句：说的是李衡种柑谋利的事。木奴指柑橘的果实。《水经注·沅水》载，三国时荆州人李衡为吴丹阳太守，曾遣人于武陵（今湖南常德）龙阳洲种柑千株，临死时对他的儿子说：我在州里有千头木奴，可以足用。他把柑树当作奴仆一样，可以谋利，所以称为"木奴"。这句话是从反面说。⑥喷雪：形容白花怒绽。⑦垂珠：悬挂的珠串。这里比喻柑果。

登柳州城楼寄漳汀封连四州

城上高楼接大荒，海天愁思正茫茫。
惊风乱飐芙蓉水，密雨斜侵薜荔墙。
岭树重遮千里目，江流曲似九回肠。
共来百越文身地，犹自音书滞一乡。

【注释】①漳：漳州。汀：汀洲。今属福建。封：封州。连：连州，今属广东。《旧唐书·宪宗纪》载："乙酉（元和十年）三月，以虔州司马韩泰为漳州刺史，永州司马柳宗元为柳州刺史，饶州司马韩晔为汀州刺史，朗州司马刘禹锡为播州刺史，台州司马陈谏为封州刺史。御史中丞裴度以禹锡母老，请移近处，乃改授连州刺史。"②接：连接。一说，目接，看到。③大荒：泛指荒僻的边远地区。④海天愁思：如海如天的愁思。⑤惊风：急风，狂风。沈德潜曰："惊风、密雨，言在此而意不在此。"⑥乱飐（zhǎn）：吹动。《说文》载："风吹浪动也。"⑦芙蓉：荷花。崔豹《古今注》卷下："芙蓉，一名荷华，生池泽中，实曰莲，花之最秀异者。"⑧薜荔：一种蔓生植物，也称木莲。⑨重遮：层层遮住。⑩千里目：这里指远眺的视线。⑪江：指柳江。⑫九回肠：愁肠九转，形容愁绪缠结难解。司马迁《报任少卿书》："肠一日而九回。"梁简文帝《应全诗》："望邦畿兮千里旷，悲遥夜兮九回肠。"⑬共来：指和韩泰、韩华、陈谏、刘禹锡四人同时被贬远方。⑭百越：即百粤，泛指五岭以南的少数民族。贾谊《过秦论》："南取百越之地，以为桂林、象郡。"⑮文身：身上文刺花绣，古代有些民族有此习俗。文：通"纹"，用作动词。《庄子·逍遥游》："越人断发文身。"《淮南子·原道训》："九嶷之南，陆事寡而水事众，于是民人披发文身，以象鳞虫。"⑯犹自：仍然是。⑰音书：音信。⑱滞：阻隔。

柳州峒氓

郡城南下接通津，异服殊音不可亲。
青箬裹盐归峒客，绿荷包饭趁虚人。
鹅毛御腊缝山罽，鸡骨占年拜水神。
愁向公庭问重译，欲投章甫作文身。

【注释】①峒（dòng）：古代对广西、湖南、贵州一带的少数民族的泛称。②氓（méng）：民，百姓。③郡城：郡治所在地。这里指柳州。李德裕《登崖州城作》："青山似欲留人住，百匝千遭绕郡城。"④异服：不合礼制的服饰，奇异的服装。《礼记·王制》载："作淫声、异服、奇技、奇器以疑众，杀。"郑玄注："异服，若聚鹬冠、琼弁也。"⑤殊音：异音。特殊的乐音或声音。《后汉书·西南夷传论》："夷歌巴舞殊音异节之技，列倡于外门。"⑥青箬：箬竹的叶子。箬竹叶大质薄，常用以裹物。⑦趁虚：即"趁墟"，赶集。宋钱易《南部新书》："端州已南，三日一市，谓之趁虚。"⑧御腊：就是御寒的意思。腊：腊月，即阴历十二月，是天气很冷的时候。⑨山罽（jì）：山民用毛制作的毡毯一类的织物。这里指用鹅毛缝制的被子。⑩鸡骨占年：鸡的骨头。古时或用以占卜。⑪水神：水域之神，司水之神。《史记·秦始皇本纪》载："始皇梦与海神战，如人状。问占梦，博士曰：'水神不可见，以大鱼蛟龙为候。'"⑫公庭：公堂，法庭。王勃《梓州元武县福会寺碑》："怀道术于百龄，接风期于四海，依然梵宇，欣象教之将行；莞尔公庭，惜牛刀之遂屈。"⑬章甫：古代的一种礼帽。这里指代士大夫的服装。《礼记·儒行》载："丘少居鲁，衣逢掖之衣；长居宋，冠章甫之冠。"

岭南江行

瘴江南去入云烟，望尽黄茆是海边。
山腹雨晴添象迹，潭心日暖长蛟涎。
射工巧伺游人影，飓母偏惊旅客船。
从此忧来非一事，岂容华发待流年。

【注释】①岭南：指五岭以南的地区，即今广东、广西一带。《晋书·良吏传·吴隐之》："朝廷欲革岭南之弊，隆安中，以隐之为龙骧将军、广州刺史、假节，领平越中郎将。"②瘴江：古时认为岭南地区多有瘴疠之气，因而称这里的江河为瘴江。③云烟：云雾，烟雾。汉蔡琰《胡笳十八拍》："举头仰望兮空云烟，九拍怀情兮谁与传。"④黄茆（máo）：即黄茅，一年生或多年生草本植物。⑤山腹：山腰。皇甫曾《遇风雨作》："阴云拥岩端，沾雨当山腹。"⑥象迹：大象的踪迹。⑦潭心：水潭中心。⑧蛟涎：蛟龙的口液。李贺《昌谷》："潭镜滑蛟涎，浮珠噞鱼戏。"这里指水蛭。⑨射工：即蜮，古代相传有一种能含沙射影的动物。晋张华《博物志》卷三："江南山溪中有射工虫，甲虫之类也。长一、二寸，口中有弩形，以气射人影，随所着处发疮，不治则杀人。"⑩伺：窥伺。⑪飓母：飓风来临前天空出现的一种云气，形似虹霓。亦用以指飓风。李肇《唐国史补》卷下："飓风将至，则多虹蜺，名曰飓母。"⑫华（huā）发：花白的头发。⑬流年：如水般流逝的光阴、年华。南朝宋鲍照《登云阳九里埭》："宿心不复归，流年抱衰疾。"

※ 元稹

遣悲怀

其一

谢公最小偏怜女，自嫁黔娄百事乖。
顾我无衣搜荩箧，泥他沽酒拔金钗。
野蔬充膳甘长藿，落叶添薪仰古槐。
今日俸钱过十万，与君营奠复营斋。

其二

昔日戏言身后意，今朝都到眼前来。
衣裳已施行看尽，针线犹存未忍开。
尚想旧情怜婢仆，也曾因梦送钱财。
诚知此恨人人有，贫贱夫妻百事哀。

其三

闲坐悲君亦自悲，百年都是几多时。
邓攸无子寻知命，潘岳悼亡犹费词。
同穴窅冥何所望，他生缘会更难期。
惟将终夜长开眼，报答平生未展眉。

【注释】①谢公：东晋宰相谢安，他最偏爱侄女谢道韫。②黔娄：战国时齐国的贫士。此自喻。言韦丛以名门闺秀屈身下嫁。③百事乖：什么事都不顺遂。④荩箧（jìn qiè）：竹或草编的箱子。⑤泥：软缠，央求。⑥藿：豆叶，嫩时可食。⑦奠：祭奠，设酒食而祭。⑧戏言：开玩笑的话。⑨身后意：关于死后的设想。⑩行看尽：眼看快要完了。⑪怜：怜爱，痛惜。⑫诚知：确实知道。⑬贫贱：甘守贫贱。⑭邓攸：西晋人，字伯道，官河西太守。《晋书·邓攸传》载，永嘉末年战乱中，他舍子保侄，后终无子。⑮潘岳：西晋人，字安仁，妻死，作《悼亡诗》三首。这两句写人生的一切自有命定，暗伤自己无妻无子的命运。⑯窅（yǎo）冥：深暗的样子。

【点评】古诗中的爱情极品。

使东川·江楼月

嘉陵江岸驿楼中，江在楼前月在空。
月色满床兼满地，江声如鼓复如风。
诚知远近皆三五，但恐阴晴有异同。
万一帝乡还洁白，几人潜傍杏园东。

【注释】①题注：并序，此后并御史时作。嘉川驿望月，忆杓直、乐天、知退、拒非、顺之数贤，居近曲江，闲夜多同步月。②三五：农历十五。③洁白：一作“皎洁”。④杏园：园名。故址在今陕西省西安市郊大雁塔南。唐代新科进士赐宴之地。

※ 郭郧

寒食寄李补阙

兰陵士女满晴川，郊外纷纷拜古埏。
万井闾阎皆禁火，九原松柏自生烟。
人间后事悲前事，镜里今年老去年。
介子终知禄不及，王孙谁肯一相怜。

【注释】①万井：古代以地方一里为一井，万井即一万平方里。《汉书·刑法志》载：“地方一里为井……一同百里，提封万井。”泛指千家万户。②闾阎：里巷内外的门，后多借指里巷。③介子：春秋晋介子推。《淮南子·说山训》：“介子歌龙蛇，而文君垂泣。”

※ 李昌符

秋夜作

数亩池塘近杜陵，秋天寂寞夜云凝。
芙蓉叶上三更雨，蟋蟀声中一点灯。
迹避险巇翻失路，心归闲淡不因僧。
既逢上国陈诗日，长守林泉亦未能。

【注释】①杜陵：地名。在今陕西省西安市东南。古为杜伯国。秦置杜县，汉宣帝筑陵于东原上，因名杜陵，并改杜县为杜陵县。晋曰杜城县，北魏曰杜县，北周废。②芙蓉：荷花的别名。《楚辞·离骚》：“制芰荷以为衣兮，集芙蓉以为裳。”洪兴祖补注：“《本草》云，其叶名荷，其华未发为菡萏，已发为芙蓉。”③险巇：崎岖险恶。④上国：京师。⑤陈诗：采集并进献民间诗歌。《礼记·王制》载：“命大师陈诗，以观民风。”郑玄注：“陈诗，谓采其诗而视之。”孔颖达疏：“此谓王巡守见诸侯毕，乃命其方诸侯大师是掌乐之官，各陈其国风之诗，以观其政令之善恶。”

※ 牛僧孺

席上赠刘梦得

粉署为郎四十春，今来名辈更无人。
休论世上升沉事，且斗樽前见在身。
珠玉会应成咳唾，山川犹觉露精神。
莫嫌恃酒轻言语，曾把文章谒后尘。

【注释】①刘梦得：刘禹锡，字梦得。②粉署：即粉省。尚书省的别称。③名辈：犹名流。④升沉：泛指世事之盛衰得失。⑤咳唾：《庄子·渔父》：“窃待于下风，幸闻咳唾之音以卒相丘也。”后以“咳唾”称美他人的言语、诗文等。⑥谒后尘：谓投见与追随。

※ 项斯

山行

青枥林深亦有人，一渠流水数家分。
山当日午回峰影，草带泥痕过鹿群。
蒸茗气从茅舍出，缲丝声隔竹篱闻。
行逢卖药归来客，不惜相随入岛云。

【注释】①青枥（lì）：一种落叶乔木，亦称枥树。②深：一作“疏”。③分：分配，分享。④日午：中午。⑤回：一作“移”。⑥从：一作“冲”。⑦茅舍：茅屋。⑧缲（sāo）丝：煮茧抽丝。缲：同“缫”。⑨不惜：不顾惜，不吝惜。⑩岛云：白云飘浮山间，有如水中岛屿。

※ 李廓

忆钱塘

往岁东游鬓未凋，渡江曾驻木兰桡。
一千里色中秋月，十万军声半夜潮。
桂倚玉儿吟处雪，蓬遗苏丞舞时腰。
仍闻江上春来柳，依旧参差拂寺桥。

【注释】①“一千”二句：一作赵嘏《钱塘》残句。（《全唐诗》）

【点评】“一千里色中秋月，十万军声半夜潮。”壮观！

※ 施肩吾

夜宴曲

兰缸如昼晓不眠，玉堂夜起沈香烟。
青娥一行十二仙，欲笑不笑桃花然。
碧窗弄娇梳洗晚，户外不知银汉转。
被郎嗔罚琉璃盏，酒入四肢红玉软。

【注释】①兰缸：燃兰膏的灯，亦指精致的灯具。

※ 殷尧藩

旅行

烟树寒林半有无，野人行李更萧疏。
堠长堠短逢官马，山北山南闻鹧鸪。
万里关河成传舍，五更风雨忆呼卢。
寂寥一点寒灯在，酒熟邻家许夜沽。

【注释】①野人：在野之人，作者自指。②堠（hòu）长堠短：指行程或长或短。堠：古代驿路旁边记里程的土堆。③传舍：古时供来往行人居住的旅舍。④呼卢：古代博戏的一种，又名“樗蒲”，博具为五木，类似后世的掷色子，用五个木制杏仁形之子，一面涂黑，一面涂白，掷出后，五子皆现黑，即为“卢”，是最高之采。掷子时，往往呼叫，希望得到全黑，所以名叫“呼卢”。

【点评】“万里关河成传舍”，印象深刻。

潭州独步

鹤发垂肩懒著巾，晚凉独步楚江滨。
一帆暝色鸥边雨，数尺筇枝物外身。

习巧未逢医拙手，闻歌先识采莲人。
笑看斥鷃飞翔去，乐处蓬莱便有春。

【注释】①斥鷃（yàn）：即鷃雀。《庄子·逍遥游》：“斥鷃笑之曰：‘彼且奚适也？’”陆德明释文引司马彪曰：“斥，小泽也。本亦作‘尺’。鷃，鷃雀也。”成玄英疏：“鷃雀，小鸟。”

※ 李德裕

谪岭南道中作

岭水争分路转迷，桄榔椰叶暗蛮溪。
愁冲毒雾逢蛇草，畏落沙虫避燕泥。
五月畬田收火米，三更津吏报潮鸡。
不堪肠断思乡处，红槿花中越鸟啼。

【注释】①岭水争分：指五岭一带山势高峻，水流湍急，支流岔路很多。②桄榔：一种常绿乔木，叶为羽状复叶。③蛮溪：泛指岭南的溪流。④毒雾：古人常称南方有毒雾，人中了毒气会死去，大概是瘴气。⑤沙虫：古人传说南方有一种叫沙虱的虫，色赤，进入人的皮肤能使人中毒死亡。⑥畬（shē）田：用火烧掉田地里的草木，然后耕田种植。⑦火米：指赤谷米。⑧津吏：管理摆渡的人。⑨潮鸡：《舆地志》说：“移风县有鸡……每潮至则鸣，故称之‘潮鸡’。”⑩红槿：落叶小灌木，花有红、白、紫等颜色。

【点评】同子厚的柳州诗一样，地方特色浓郁。

※ 吉师老

看蜀女转昭君变

妖姬未著石榴裙，自道家连锦水濆。
檀口解知千载事，清词堪叹九秋文。
翠眉颦处楚边月，画卷开时塞外云。
说尽绮罗当日恨，昭君传意向文君。

【**注释**】①濆（fén）：水边，岸边。②檀口：红艳的嘴唇。多形容女性嘴唇之美。③文君：卓文君，蜀人，卓王孙女，故以指蜀女。

※ 许浑

金陵怀古

玉树歌残王气终，景阳兵合戍楼空。
松楸远近千官冢，禾黍高低六代宫。
石燕拂云晴亦雨，江豚吹浪夜还风。
英雄一去豪华尽，惟有青山似洛中。

【**注释**】①金陵：古邑名。战国楚威王七年（前333）灭越后设置。在今南京市清凉山。②玉树：指陈后主所制的乐曲《玉树后庭花》。③歌残：歌声将尽。残：一作“愁”，又作“翻”。④王气：指王朝的气运。⑤“景阳”句：一作“景阳钟动曙楼空”。景阳：南朝宫名。齐武帝置钟于楼上，宫人闻钟早起妆饰。兵合：兵马会集。戍楼：边防驻军的瞭望楼。戍：一作为“画”。⑥松楸：指在墓地上栽种的树木。一作“楸梧”。⑦冢（zhǒng）：坟墓。⑧禾黍：禾与黍。泛指粮食作物。语本《诗经·王风·黍离》小序，周大夫行役过故宗庙宫室之地，看见到处长着禾黍，感伤王都颠覆，因而作了《黍离》一诗。⑨石燕：《浙中记》载：“零陵有石燕，得风雨则飞翔，风雨止还为石。”⑩江豚：即江猪。水中哺乳动物，体形像鱼，生活在长江之中。⑪吹浪：推动波浪。⑫英雄：这里指占据金陵的历代帝王。⑬洛中：即洛阳，洛阳多山。李白《金陵三首》：“山似洛阳多。”

咸阳城东楼

一上高城万里愁，蒹葭杨柳似汀洲。
溪云初起日沉阁，山雨欲来风满楼。
鸟下绿芜秦苑夕，蝉鸣黄叶汉宫秋。
行人莫问当年事，故国东来渭水流。

【注释】①咸阳：今属陕西。咸阳旧城在西安市西北，汉时称长安，秦汉两朝在此建都。隋朝时向东南移二十城建新城，即唐京师长安。唐代咸阳城隔渭水与新都长安相望。②蒹葭：芦苇一类的水草。蒹：荻。葭：芦。③汀洲：水边之地为汀，水中之地为洲，这里指代诗人在江南的故乡。④“溪云”句：溪：指磻溪。阁：指慈福寺。此句下作者自注：“南近磻溪，西对慈福寺阁。”⑤“鸟下”二句：夕照下，飞鸟下落至长着绿草的秦苑中，秋蝉也在挂着黄叶的汉宫中鸣叫着。⑥行人：过客。泛指古往今来征人游子，也包括作者在内。⑦当年：一作“前朝”。⑧故国东来渭水流：一作“渭水寒声昼夜流”。声：一作“光”。故国：指秦汉故都咸阳。东来：指诗人（不是渭水）自东边而来。

汉水伤稼（并序）

此郡虽自夏无雨，江边多穑，油然可观。秋八月，天清日朗，汉水泛滥，人实为灾。轸念疲羸，因赋四韵。

西北楼开四望通，残霞成绮月悬弓。
江村夜涨浮天水，泽国秋生动地风。
高下绿苗千顷尽，新陈红粟万廒空。
才微分薄忧何益，却欲回心学钓翁。

【注释】①四望：向四方眺望。王粲《登楼赋》有“登兹楼以四望兮，聊暇日以销忧”句。②残霞：晚霞。③绮：一种有花纹或图案的丝织品。谢朓《晚登三山还望京邑》有“余霞散成绮，澄江静如练”句。④弓：形容弯月似弓。⑤浮天水：形容洪水一片汪洋，连天无际，天像浮在水上一样。西晋木华《海赋》有“浮天无岸”句。⑥泽国：河流湖泊众多的地方。此指郢州变成一片泽国。⑦动地风：

形容风大浪大，惊天动地。⑧顷：每顷合一百亩。⑨廒（áo）：收藏粮食的仓房。一作“箱”。⑩才微分（fèn）薄：才能低微，官位不高。⑪学钓翁：指弃官归隐。一作“学塞翁”。

沧浪峡

缨带流尘发半霜，独寻残月下沧浪。
一声溪鸟暗云散，万片野花流水香。
昔日未知方外乐，暮年初信梦中忙。
红虾青鲫紫芹脆，归去不辞来路长。

【注释】①方外：世外，指仙境或僧道的生活环境。

晚登龙门驿楼

鱼龙多处凿门开，万古人知夏禹材。
青嶂远分从地断，洪流高泻自天来。
风云有路皆烧尾，波浪无程尽曝腮。
心感膺门身过此，晚山秋树独徘徊。

【注释】①龙门：即禹门口。在山西省河津西北和陕西省韩城市东北。黄河至此，两岸峭壁对峙，形如门阙，故名。《书·禹贡》载：“导河积石，至于龙门。”《艺文类聚》卷九六引辛氏《三秦记》：“河津一名龙门，大鱼集龙门下数千，不得上，上者为龙，不上者□，故云曝鳃龙门。”②夏禹：夏代开国之主。颛顼孙，姓姒人氏，其号曰禹，亦曰文命。初封夏伯，故亦称“伯禹”。为有天下之号，史称夏禹，又称“夏后氏”。在位八年，后南巡，崩于会稽（今浙江绍兴市）。据传禹治水历十年之久，“三过其门而不入”。③烧尾：喻显达。④曝腮：《后汉书·郡国志五》载：“（交趾郡）封溪建武十九年置。”刘昭注引晋刘欣期《交州记》：“有堤防龙门，水深百寻，大鱼登此门化成龙，不得过，曝鳃点额，血流此水，恒如丹池。”后以喻挫折、困顿。⑤膺（yīng）门：《后汉书·党锢传·李膺》载：“是时朝廷日乱，纲纪颓弛，膺独持风裁，以声名自高。士有被其容接者，名为登龙门。”后以“膺门”借指名高望重者的门下。

京口闲居寄京洛友人

吴门烟月昔同游，枫叶芦花并客舟。
聚散有期云北去，浮沈无计水东流。
一尊酒尽青山暮，千里书回碧树秋。
何处相思不相见，凤城龙阙楚江头。

【注释】①京口：唐时润州治所在京口，即今镇江市。②京洛：洛阳。③吴门：苏州的别称。④烟月：烟花三月，泛指春景。⑤并：依，傍。⑥云北去：友人远去。⑦浮沈：亦作“浮沉”，喻升降、盛衰、得失。⑧青山暮：山间迟暮，天色已晚。⑨碧树秋：树逢秋时，叶落枝疏。⑩凤城：指西京长安和东都洛阳。⑪龙阙：宫廷。⑫楚江头：指诗人所居的长江下游镇江。

村舍

尚平多累自归难，一日身闲一日安。
山径晓云收猎网，水门凉月挂鱼竿。
花间酒气春风暖，竹里棋声暮雨寒。
三顷水田秋更熟，北窗谁拂旧尘冠。

【注释】①尚平：指东汉尚长。尚长字子平。为子嫁娶毕，即不复理家事。见三国魏嵇康《高士传》。后用为不以家事自累的典实。

※ 崔涯

咏春风

动地经天物不伤，高情逸韵住何方。
扶持燕雀连天去，断送杨花尽日狂。
绕桂月明过万户，弄帆晴晚渡三湘。
孤云虽是无心物，借便吹教到帝乡。

【注释】①高情：高隐超然物外之情。晋孙绰《游天台山赋》："释域中之常恋，畅超然之高情。"②三湘：湖南湘乡、湘潭、湘阴（或湘源），合称三湘。

※ 张祜

到广陵

一年江海恣狂游，夜宿倡家晓上楼。
嗜酒几曾群众小，为文多是讽诸侯。
逢人说剑三攘臂，对镜吟诗一掉头。
今日更来憔悴意，不堪风月满扬州。

【注释】①群众小：与许多小人合群。此句说他虽然饮酒，却不与小人为伍，"群"是动词。②更来：再来，重到扬州。

湘中行

南去长沙又几程，二妃来死我来行。
人归五岭暮天碧，日下三湘寒水清。
远地毒蛇冬不蛰，深山古木夜为精。
伤心灵迹在何处？斑竹庙前风雨声。

【注释】①二妃：指传说中舜之妻娥皇、女英。死后成为湘水之神。汉刘向《列女传·有虞二妃》载："有虞二妃者，帝尧之二女也。长娥皇，次女英……舜既嗣位升为天子，娥皇为后，女英为妃，封象于有庳，事瞽叟犹若初焉，天下称二妃。"②三湘：泛指湘江流域及洞庭湖地区。

※ 李贺

湘妃

筠竹千年老不死，长伴秦娥盖江水。
蛮娘吟弄满寒空，九山静绿泪花红。
离鸾别凤烟梧中，巫云蜀雨遥相通。
幽愁秋气上青枫，凉夜波间吟古龙。

【注释】①筠（yún）竹：斑竹。②蛮娘：指南方青年妇女。③离鸾别凤：比喻分离的配偶。

帝子歌

洞庭明月一千里，凉风雁啼天在水。
九节菖蒲石上死，湘神弹琴迎帝子。
山头老桂吹古香，雌龙怨吟寒水光。
沙浦走鱼白石郎，闲取真珠掷龙堂。

【注释】①帝子：尧女娥皇、女英也。②洞庭：在长沙巴陵，广圆五百里。③菖蒲：香草名。④“山头”二句：老桂，故其香为古香。《史记夏纪》载：“天降龙二，有雌雄。”帝子：为女神，故曰雌龙。⑤白石郎：水神。古乐府《白石郎曲》：“白石郎，临江居。前导江伯后从鱼。”⑥龙堂：河伯之所居。《楚辞》载：“鱼鳞屋兮龙堂。”此句犹《楚辞》“捐余玦兮江中，遗余佩兮澧浦”之意。

【点评】色有年龄，有古老嫩浅之别，还有寒凉温热之别。

※ 曹唐

仙子洞中有怀刘阮

不将清瑟理霓裳，尘梦那知鹤梦长。
洞里有天春寂寂，人间无路月茫茫。

玉沙瑶草连溪碧，流水桃花满涧香。
晓露风灯零落尽，此生无处访刘郎。

【注释】①题注：《太平广记》引《灵怪录》，（曹唐）久举不第，尝寓居江陵佛寺中，亭沼境甚幽胜，每自临玩赋诗，得两句曰："水底有天春漠漠，人间无路月茫茫。"吟之未久，自以为常制皆不及此作。一日，还坐亭沼上，方用怡咏，忽见二妇人，衣素衣，貌甚闲冶，徐步而吟，则唐前所作之二句也。唐自以制未翌日，人固未有知者，何遽而得之？因迫而讯之，不应而去，未十余步间，不见矣……数日后，唐卒于佛舍中。②刘阮：东汉刘晨和阮肇的并称。相传永平年间，刘阮至天台山采药迷路，遇二仙女，蹉跎半年始归。时已入晋，子孙已过七代。后复入天台山寻访，旧踪渺然。见南朝宋刘义庆《幽明录》。③鹤梦：谓超凡脱俗的向往。④月茫茫：《唐诗鼓吹评注》载："用奔月事。"⑤瑶草：传说中的香草。汉东方朔《与友人书》："相期拾瑶草，吞日月之光华，共轻举耳。"⑥刘郎：指东汉刘晨。

※ 温庭筠

春日偶作

西园一曲艳阳歌，扰扰车尘负薜萝。
自欲放怀犹未得，不知经世竟如何？
夜闻猛雨判花尽，寒恋重衾觉梦多。
钓渚别来应更好，春风还为起微波。

【注释】①西园：园林名。汉上林苑的别名。②薜萝：喻指隐士之服。负薜萝：即怀有隐逸之志。③经世：治国。④判：断定。⑤衾（qīn）：被子。一作"裘"。⑥钓渚：东汉隐士严子陵，东汉开国皇帝光武帝刘秀的同学，曾隐居浙江省富春山垂钓。

赠蜀府将

十年分散剑关秋，万事皆随锦水流。
志气已曾明汉节，功名犹自滞吴钩。
雕边认箭寒云重，马上听笳塞草愁。
今日逢君倍惆怅，灌婴韩信尽封侯。

【注释】①原题下小注：蛮入成都，频著功劳。蛮：南诏国（大理国）。“蛮入成都”指公元829年南诏入侵成都之事。蜀将抗击南诏有功。②剑关：剑门关，为蜀地著名关隘。③随：一作“从”。④锦水：即锦江，在蜀地。⑤志：一作“心”。⑥汉节：指蜀将效忠国家的气节。⑦自：一作“尚”。⑧吴钩：泛指利剑，喻指从军立功之志。滞吴钩：指未能封侯显贵。滞：一作“带”。⑨雕边：即边雕，边关之雕。⑩认箭：指雕被射下，蜀将在雕身上辨认出自己的箭。⑪灌婴韩信：灌婴、韩信皆为西汉开国功臣，但二人出身贫贱。此句似谓昔日出身、功业不如蜀将者如今居然都已封侯显贵，而唯独蜀将一直得不到封赏。

利州南渡

澹然空水对斜晖，曲岛苍茫接翠微。
波上马嘶看棹去，柳边人歇待船归。
数丛沙草群鸥散，万顷江田一鹭飞。
谁解乘舟寻范蠡，五湖烟水独忘机。

【注释】①利州：今四川广元，在嘉陵江北岸，故称南渡。②澹（dàn）然：水波闪动的样子。③对：一作“带”。④翠微：指青翠的山气。⑤“波上”句：指未渡的人，眼看着马鸣舟中，随波而去。波上：一作“坡上”。棹（zhào）：船桨，代指船。⑥“数丛”句：指船过草丛，惊散群鸥。⑦范蠡（lǐ）：字少伯，春秋时楚国人，为越大夫，从越王勾践二十余年，助勾践灭吴国后，辞官乘舟而去，泛于五湖，不知所终。⑧五湖：太湖及附近的几个湖，这里泛指江湖。⑨忘机：旧谓鸥鹭忘机，这里有双关意，指心境淡泊，与人无争。

苏武庙

苏武魂销汉使前，古祠高树两茫然。
云边雁断胡天月，陇上羊归塞草烟。
回日楼台非甲帐，去时冠剑是丁年。
茂陵不见封侯印，空向秋波哭逝川。

【注释】①苏武：汉武帝时出使匈奴被扣多年，坚贞不屈，汉昭帝时始被迎归。②使：一作“史”。③古祠：指苏武庙。④茫然：茫然不解。⑤雁断：指苏武被羁留匈奴后与汉廷音讯隔绝。断：一作“落”。⑥胡：指匈奴。⑦陇：通“垄”，陇关。这里以陇关之外喻匈奴地。⑧甲帐：《汉武故事》载：“（武帝）以琉璃、珠玉、明月、夜光错杂天下珍宝为甲帐，其次为乙帐。甲以居神，乙以自居。”“非甲帐”意指汉武帝已死。⑨冠剑：指出使时的装束。剑：一作“盖”。⑩丁年：壮年。唐朝规定二十一至五十九岁为丁。⑪茂陵：汉武帝陵。苏武归汉时武帝已死，此借指汉武帝。⑫逝川：喻逝去的时间。语出《论语·子罕》：“子在川上曰，逝者如斯夫。”这里指往事。

过陈琳墓

曾于青史见遗文，今日飘蓬过此坟。
词客有灵应识我，霸才无主始怜君。
石麟埋没藏春草，铜雀荒凉对暮云。
莫怪临风倍惆怅，欲将书剑学从军。

【注释】①陈琳：汉末著名的建安七子之一，擅长章表书记。初为大将军何进主簿，曾向何进献计诛灭宦官，不被采纳；后避难冀州，袁绍让他典文章，曾为绍起草讨伐曹操的檄文；袁绍败灭后，归附曹操，操不计前嫌，予以重用，军国书檄，多出其手。陈琳墓在今江苏扬州。②青史：古代以竹简记事，故称史籍为“青史”。③飘蓬：一作“飘零”。诗人用以比自己迁徙不定。④此：一作“古”。⑤霸才：犹盖世超群之才。⑥始：一作“亦”。⑦石麟：石麒麟，陵墓前石雕的麒麟。⑧春草：一作“秋草”。⑨铜雀：铜雀台。曹操所建，故址在邺城（今河北临漳）西。⑩“欲将”句：意谓弃文从武，持剑从军。

题李处士幽居

水玉簪头白角巾，瑶琴寂历拂轻尘。
浓阴似帐红薇晚，细雨如烟碧草春。
隔竹见笼疑有鹤，卷帘看画静无人。
南山自是忘年友，谷口徒称郑子真。

【注释】①李处士：即李羽，与温庭筠情谊颇深。处士：本指有才德而隐居不仕的人，后亦泛指未做过官的士人。②水玉：即水晶。③白：一作“戴”。④角巾：古代隐士所戴的一种头巾。⑤寂历：清冷寂静。⑥拂轻尘：琴音惊动梁尘。⑦烟：一作“珠”。⑧春：一作“新”。⑨鹤：古代隐士和道家之流常喜养鹤。⑩静：一作“更”。⑪南山：成语有“寿比南山”，此处拟人化，取高寿之意。山：一作“窗”。⑫是：一本作“有”。⑬年：一作“机”。⑭谷口：古地名，在今陕西淳化西北。⑮徒：一作“空”。⑯郑子真：西汉著名隐士，隐居于谷口。

过五丈原

铁马云雕久绝尘，柳阴高压汉营春。
天晴杀气屯关右，夜半妖星照渭滨。
下国卧龙空误主，中原逐鹿不因人。
象床锦帐无言语，从此谯周是老臣。

【注释】①过：一作“经”。②五丈原：三国时期诸葛亮屯兵用武、劳竭命殒的古战场，遗址在今陕西省岐山县南斜谷口西侧。③铁马：铁骑，指强大的军队。④云雕：指画有虎熊与鹰隼的旗帜。雕：一作“骓”。⑤久：一本作“共”。⑥绝尘：指行军速度极快。⑦柳阴：一作“柳营”，即细柳营，西汉周亚夫屯兵之地，这里比喻诸葛亮的军营。⑧汉营：一作“汉宫”。⑨晴：一作“清”。⑩杀气：战争氛围。⑪关右：函谷关以西的地方，在今陕西省中部地区。⑫妖星：古人认为天上若有彗星或流星出现，就预示着灾难的降临。⑬下国：指偏处西南的蜀国。⑭卧龙：指诸葛亮。⑮误：一作“寤”。⑯中原逐鹿：争夺政权，典出《史记·淮阴侯列传》。逐：一作“得”，得鹿比喻在夺取政权的斗争中获得胜利。⑰因：一本作“由”。⑱象床锦帐：五丈原诸葛亮祠庙中神龛里的摆设。锦：一作“宝”。

⑲谯周：字允南，巴西西充（今四川阆中）人，曾任蜀汉光禄大夫，在诸葛亮死后深得后主刘禅宠信。蜀汉炎兴元年（263）魏入蜀，劝刘禅降魏，遂被封为阳城亭侯。在晋官至散骑常侍。⑳老：一作“旧”。

※ 杜牧

九日齐山登高

江涵秋影雁初飞，与客携壶上翠微。
尘世难逢开口笑，菊花须插满头归。
但将酩酊酬佳节，不用登临恨落晖。
古往今来只如此，牛山何必独沾衣？

【注释】①九日：农历九月九日重阳节，沐浴登高，饮菊花酒。②齐山：今安徽省池州一带。③翠微：这里代指山。④酩酊（mǐng dǐng）：醉得稀里糊涂。这句暗用晋陶渊明典故。⑤登临：登山临水或登高临下，泛指游览山水。⑥牛山：山名。在今山东省淄博市。春秋时齐景公泣牛山，即其地。

【点评】小杜的七律不错，但相比他的七绝，还是差了一截。

早雁

金河秋半虏弦开，云外惊飞四散哀。
仙掌月明孤影过，长门灯暗数声来。
须知胡骑纷纷在，岂逐春风一一回？
莫厌潇湘少人处，水多菰米岸莓苔。

【注释】①金河：在今内蒙古自治区呼和浩特市南，这里泛指北方边地。②秋半：八月。③虏弦开：一语双关，既指挽弓射猎，又指回纥发动军事骚扰活动。④云外：一作“云际”。⑤仙掌：指长安建章宫内铜铸仙人举掌托起承露盘。⑥长门：汉宫名，汉武帝时陈皇后失宠时幽居长门宫。⑦须知胡骑纷纷在：一作“虽随胡马翩翩去”。胡：指回纥。⑧莫厌：一作“好是”。⑨潇湘：指今湖南中部、南部一带。⑩菰米：

一种生长在浅水中的多年生草本植物的果实（嫩茎叫茭白）。⑪莓苔：一种蔷薇科植物，子红色。这两种东西都是雁的食物。

题宣州开元寺水阁阁下宛溪夹溪居人

六朝文物草连空，天淡云闲今古同。
鸟去鸟来山色里，人歌人哭水声中。
深秋帘幕千家雨，落日楼台一笛风。
惆怅无日见范蠡，参差烟树五湖东。

【注释】①宣州：唐代州名，在今安徽省宣城一带。②开元寺：建于东晋，初名永安寺，唐开元二十六年（738）改名开元寺。③水阁：开元寺中临宛溪而建的楼阁。④宛溪：又叫东溪，在宣州城东。⑤夹溪居人：夹宛溪两岸居住着许多人家。⑥六朝：指吴、东晋、宋、齐、梁、陈六个朝代。⑦文物：指礼乐典章。⑧淡：恬静。⑨闲：悠闲。⑩人歌人哭：语出《礼记·檀弓下》："歌于斯，哭于斯，聚国族于斯"，意思是祭祀时可以在室内奏乐，居丧时可以在这里痛哭，也可以在这里宴聚国宾及会聚宗族。诗中借指宛溪两岸的人世世代代居住在这里。⑪笛风：笛声随风飘动。⑫范蠡：春秋末政治家，越国大夫，辅佐越王勾践灭吴，事成后游于齐国，改名鸱夷子皮。到陶（今山东定陶西北），又改名陶朱公，以经商致富。《吴越春秋》载："乃乘扁舟，出三江，入五湖，人莫知其所适。"⑬参差：高低不齐的样子。⑭五湖：指太湖及其相属的漏湖、洮湖、射湖、贵湖等四个小湖的合称，因而它可以用作太湖的别称。其他在宣州城之东，属江苏省。这里指太湖。

酬张祜处士见寄长句四韵

七子论诗谁似公，曹刘须在指挥中。
荐衡昔日知文举，乞火无人作蒯通。
北极楼台长挂梦，西江波浪远吞空。
可怜故国三千里，虚唱歌词满六宫。

【注释】①七子：建安七子，汉末建安年间七位文学家的合称，大体上代表了建安时期除曹氏父子以外的优秀作者，他们是孔融、陈琳、王粲、徐干、阮瑀、应玚、刘桢。②曹刘：曹植和刘桢，是三曹父子和建安七子中最有才华的诗人。曹植字子建，曹丕同母弟，曾封陈王，死后谥“思”，故世称“陈思王”。少聪敏，有才华，很受曹操宠爱，一度想立其为太子。曹丕即位后，对他多方猜忌迫害。他名为王侯，却不得参与政事，如同囚徒。曹叡继位后，曹植的处境有所改善，但仍然得不到信任，空怀壮志，无从施展，郁郁而死。年仅四十一岁。刘桢：汉魏年间文学家。字公，东平（今属山东）人。父刘梁，以文学见贵。建安中，刘桢被曹操召为丞相掾属。与曹丕兄弟颇相亲爱。后因在曹丕席上平视丕妻甄氏，以不敬之罪服劳役，后又免罪署为小吏。建安二十二年（217），染疾疫而亡。③衡：祢（mí）衡，汉末辞赋家，字正平。少有辩才，性格刚毅傲慢，好侮谩权贵，后因冒犯黄祖而为其所杀。④文举：孔融，东汉文学家，鲁国（今山东曲阜）人，声望甚高，曾向曹操推荐过祢衡。⑤乞火无人作蒯（kuǎi）通：此句下诗人自注：“令狐相公曾表荐处士。”穆宗召来宰相元稹商议。元稹十分孤傲也盛享诗名，认为张祜的诗没什么出色的地方。穆宗便打消了重用张祜的念头。乞火：借火，这里用蒯通向丞相曹参推荐人才的典故。后人用乞火代指向人说情、推荐之事。⑥西江：长江。⑦故国三千里：张祜《何满子》：“故国三千里，深宫二十年。一声何满子，双泪落君前。”

登池州九峰楼寄张祜

百感中来不自由，角声孤起夕阳楼。
碧山终日思无尽，芳草何年恨即休。
睫在眼前长不见，道非身外更何求。
谁人得似张公子，千首诗轻万户侯。

【注释】①九峰楼：在今安徽贵池东南的九华门上。一作“九华楼”。②百感：指内心种种复杂的情感。③中：一作“衷”，指内心。④芳草：象征贤者。⑤即：一作“始”。⑥“睫在”句：用比喻批评白居易评价不公，发现不了近在眼前的人才。长庆年间，白居易为杭州刺史，张祜请他贡举自己去长安应进士试。白居易出题面试，把张祜置于徐凝之下，使颇有盛名的张祜大为难堪。长：一作“犹”。⑦得似：能像，能比得上。⑧张公子：张祜。⑨轻：动词，轻视、蔑视。

润州二首·其一

句吴亭东千里秋，放歌曾作昔年游。
青苔寺里无马迹，绿水桥边多酒楼。
大抵南朝皆旷达，可怜东晋最风流。
月明更想桓伊在，一笛闻吹出塞愁。

【注释】①润州：治所在今江苏镇江。②句吴：即吴国。《史记·吴太伯世家》："太伯之奔荆蛮，自号句吴。"句：一作"向"。向吴亭在丹阳南面。③放歌：放声歌唱。杜甫《闻官军收河南河北》："白日放歌须纵酒，青春作伴好还乡。"④马：一作"鸟"。⑤旷达：开朗，豁达。多形容人的心胸、性格。《晋书·裴頠传》载："处官不亲所司，谓之雅远；奉身散其廉操，谓之旷达。"⑥可怜：可爱，可羡慕。⑦风流：洒脱放逸，风雅潇洒。《后汉书·方术传论》载："汉世之所谓名士者，其风流可知矣。"⑧桓伊：东晋将领、名士，早年月下遇王懿之为他吹笛。⑨一笛：指一支笛的声音。唐沈彬《金陵》："一笛月明何处酒？满城秋色几家砧。"⑩出塞：曲名，曲调哀愁。

河湟

元载相公曾借箸，宪宗皇帝亦留神。
旋见衣冠就东市，忽遗弓剑不西巡。
牧羊驱马虽戎服，白发丹心尽汉臣。
唯有凉州歌舞曲，流传天下乐闲人。

【注释】①河湟：指今青海省和甘肃省境内的黄河和湟水流域，唐时是唐与吐蕃的边境地带。湟水是黄河上游支流，源出青海东部，流经西宁，至甘肃兰州西汇入黄河。《唐书·吐蕃传》载："世举谓西戎地曰河湟。"②元载：字公辅，唐代宗时为宰相，曾任西州刺史。大历八年（773）曾上书代宗，对西北边防提出一些建议。③借箸：为君王筹划国事。《史记·留侯世家》载，张良在刘邦吃饭时进策说："臣请借前箸为大王筹之。"④留神：指关注河湟地区局势。⑤"旋见"句：指大历十二年（777）元载因事下狱，代宗下诏令其自杀。东市：指朝廷处决罪犯之地。《汉书·晁错传》载，晁错在汉景帝时任御史大夫，对削藩定边提出不少建议，但景帝听信谗言，仓促下令杀了他。行刑时，“错衣朝衣，斩东市。”⑥遗弓剑：指唐宪宗死。古代传说黄帝仙去，只留下弓剑。⑦不西巡：是指唐宪宗没有来得及实现收复西北疆土的愿望。《水经注·河水》载：“阳周县桥山上有黄帝冢。帝崩，唯弓剑存焉。”《唐会要》载：“宪宗于元和十五年正月驾崩，年四十三。”⑧“牧羊”二句：《汉书·苏武传》载：“武留匈奴凡十九岁，始以强壮出，及还，须发尽白。”以及“杖汉节牧羊，卧起操持，节旄尽落。”这里是借苏武来比喻河湟百姓身陷异族而忠心不移。⑨凉州：原本是唐王朝西北属地，安史之乱中，吐蕃乘乱夺取。李唐王室出自陇西，所以偏好西北音乐。唐玄宗时凉州曾有《凉州新曲》献于朝廷。⑩闲人：闲散之人。

寄题甘露寺北轩

曾向蓬莱宫里行，北轩阑槛最留情。
孤高堪弄桓伊笛，缥缈宜闻子晋笙。
天接海门秋水色，烟笼隋苑暮钟声。
他年会著荷衣去，不向山僧说姓名。

【注释】①甘露寺：寺名。在江苏省镇江市北固山上。相传三国吴甘露年间建。唐李德裕加以增辟。②蓬莱宫：唐宫名。在陕西省长安东。原名大明宫，高宗时改为蓬莱宫。③桓伊笛：《晋书·桓伊传》载，桓伊为江州刺史，善吹笛，独擅江左。谢安位显功盛，为人所谗，孝武帝疑之。会帝召伊饮宴，安侍坐。帝命伊吹笛，吹一弄后，伊请弹筝，而歌《怨诗》曰：“为君既不易，为臣良独难，忠信事不显，乃有见疑患。”声节慷慨。安泣下沾衿，乃越席捋其须曰：“使君于此不凡！”帝甚有愧色。后因以“桓郎笛”为巧用乐曲传达心曲的典故。④子晋：王子乔的字。神话人物。相传为周灵王太子，喜吹笙作凤凰鸣，被浮丘公引往嵩山修炼，后升仙。⑤荷衣：传说中用荷叶制成的衣裳。亦指高人、隐士之服。

齐安郡晚秋

柳岸风来影渐疏，使君家似野人居。
云容水态还堪赏，啸志歌怀亦自如。
雨暗残灯棋散后，酒醒孤枕雁来初。
可怜赤壁争雄渡，唯有蓑翁坐钓鱼。

【注释】①齐安郡：即黄州。此诗为杜牧受权贵排挤，谪任黄州刺史时作。②散后：一作“欲散”。

※ 薛逢

宫词

十二楼中尽晓妆，望仙楼上望君王。
锁衔金兽连环冷，水滴铜龙昼漏长。
云髻罢梳还对镜，罗衣欲换更添香。
遥窥正殿帘开处，袍袴宫人扫御床。

【注释】①十二楼：本指神仙所居之处，此指宫女居住的楼台。②水滴铜龙：龙首滴水的铜壶滴漏。③袴：同“裤”。

※ 赵嘏

长安晚秋

云雾凄清拂曙流，汉家宫阙动高秋。
残星几点雁横塞，长笛一声人倚楼。
紫艳半开篱菊静，红衣落尽渚莲愁。
鲈鱼正美不归去，空戴南冠学楚囚。

【注释】①凄清：指秋天到来后的那种乍冷未冷的微寒，也有萧索之意。清：一作“凉”。②拂曙：拂晓，天要亮还未亮的时候。③流：指移动。④汉家宫阙：指唐朝的宫殿。⑤动高秋：形容宫殿高耸，好像触动高高的秋空。⑥残星：天将亮时的星星。⑦雁横塞：因为是深秋，所以长空有飞越关塞的北雁经过。横：渡、越过。塞：关塞。⑧长笛：古管乐器名，长一尺四寸。⑨紫艳：艳丽的紫色，比喻菊花的色泽。⑩篱：篱笆。⑪红衣：指红色莲花的花瓣。⑫渚：水中小块陆地。⑬鲈鱼正美：西晋张翰，吴（今江苏苏州）人。齐王司马冏执政时，任为大司马东曹掾。预知司马冏将败，又因秋风起，思吴中菰菜、莼羹、鲈鱼脍，弃官回家。不久，司马冏果然被杀。⑭南冠：楚冠。因为楚国在南方，所以称楚冠为南冠。《左传·成公九年》载：“晋侯观于军府，见钟仪，间之曰：‘南冠而絷者谁也？’有司对曰：‘郑人所献楚囚也。使悦之，召而吊之。’”后用以“南冠”指囚徒或战俘。

※ 杨乘

吴中书事

十万人家天堑东，管弦台榭满春风。
名归范蠡五湖上，国破西施一笑中。
香径自生兰叶小，响廊深映月华空。
尊前多暇但怀古，尽日愁吟谁与同。

【**注释**】①吴中：今江苏苏州一带。亦泛指吴地。②天堑：天然的壕沟。言其险要可以隔断交通。多指长江。《隋书·五行志下》：“长江天堑，古以为限隔南北，今日北军，岂能飞渡耶？”③响廊：即响屧廊。宋范成大《吴郡志·古迹》：“响屧廊，在灵巖山寺。相传吴王令西施辈步屧，廊虚而响，故名。今寺中以圆照塔前小斜廊为之，白乐天亦名‘鸣屧廊’。”

※ 李群玉

黄陵庙

小姑洲北浦云边，二女容华自俨然。
野庙向江春寂寂，古碑无字草芊芊。
风回日暮吹芳芷，月落山深哭杜鹃。
犹似含颦望巡狩，九疑愁断隔湘川。

【**注释**】①黄陵庙：在今湖南湘阴县北洞庭湖畔。古代当地人民由于同情舜帝的两个妃子娥皇和女英的不幸遭遇，给她们修了这座祠庙。《史记·五帝本纪》载，舜南巡狩，死于苍梧，葬在江南的九嶷山。《水经注·湘水》等又先后将故事发展成为娥皇、女英，因为追踪舜帝溺于湘水，遂“神游洞庭之渊，出入潇湘之浦”。②小姑：小孤山的别称。在今江西彭泽北。③容华：容貌，美丽的容颜。④芊芊：草木茂盛貌。《列子·力命》载：“美哉国乎，郁郁芊芊。”

同郑相并歌姬小饮戏赠

裙拖六幅湘江水，鬓耸巫山一段云。
风格只应天上有，歌声岂合世间闻。
胸前瑞雪灯斜照，眼底桃花酒半醺。
不是相如怜赋客，争教容易见文君。

【注释】①题注：一作“杜丞相悰筵中赠美人”。②“风格”二句：杜甫《赠花卿》有“此曲只应天上有，人间能得几回闻”句。

※ 李商隐

马嵬

海外徒闻更九州，他生未卜此生休。
空闻虎旅传宵柝，无复鸡人报晓筹。
此日六军同驻马，当时七夕笑牵牛。
如何四纪为天子，不及卢家有莫愁。

【注释】①马嵬（wéi）：地名。《通志》载：“马嵬坡，在西安府兴平县二十五里。”《旧唐书·杨贵妃传》：“安禄山叛，潼关失守，从幸至马嵬。禁军大将陈玄礼密启太子，诛国忠父子，既而四军不散，曰‘贼本尚在’。指贵妃也。帝不获已，与妃诀，遂缢死于佛室，时年三十八。”②海外徒闻更九州：用白居易《长恨歌》“忽闻海外有仙山”，意指杨贵妃死后居住在海外仙山上，虽然听到了唐王朝恢复九州的消息，但人神相隔，已经不能再与玄宗团聚了。战国时齐人邹衍创“九大州”之说，说中国名赤县神州，中国之外如赤县神州这样大的地方还有九个。③未卜：一作“未决”。④虎旅：指跟随玄宗入蜀的禁军。⑤传：一作“鸣”。

⑥宵柝（tuò）：又名金柝，夜间报更的刁斗。⑦鸡人：皇宫中报时的卫士。汉代制度，宫中不得畜鸡，卫士候于朱雀门外，传鸡唱。⑧筹：计时的用具。⑨“此日”句：叙述马嵬坡事变。白居易《长恨歌》：“六军不发无奈何，宛转蛾眉马前死。”⑩牵牛：牵牛星，即牛郎星。此指牛郎织女故事。⑪四纪：四十八年。古人以十二年为一纪，玄宗在位四十五年，约为四纪。⑫莫愁：古洛阳女子，嫁为卢家妇，婚后生活幸福。南朝梁武帝萧衍《河中之水歌》：“河中之水向东流，洛阳女儿名莫愁。莫愁十三能织绮，十四采桑南陌头。十五嫁作卢家妇，十六生儿字阿侯。卢家兰室桂为梁，中有郁金苏合香。头上金钗十二行，足下丝履五文章。珊瑚挂镜烂生光，平头奴子擎履箱。人生富贵何所望，恨不嫁与东家王。”

安定城楼

迢递高城百尺楼，绿杨枝外尽汀洲。
贾生年少虚垂涕，王粲春来更远游。
永忆江湖归白发，欲回天地入扁舟。
不知腐鼠成滋味，猜意鹓雏竟未休。

【注释】①安定：郡名，即泾州（今甘肃省泾川北），唐代泾原节度使的治所。②迢递：形容楼高而且连续绵延。南朝谢朓《随王鼓吹曲》：“逶迤带绿水，迢递起朱楼。”③枝外：一作“枝上”。④汀洲：汀指水边之地，洲是水中之洲渚。此句写登楼所见。⑤贾生：指西汉贾谊。《汉书·贾谊传》载，贾谊认为时事可为痛哭者一，可为流涕者二，可为太息者六。因此数上书陈政事，多所欲匡建。文帝并未采纳他的建议。后来他呕血而亡，年仅三十三岁。李商隐此时二十七岁，以贾生自比。⑥王粲：东汉末年人，建安七子之一。《三国志·魏书·王粲传》载，王粲年轻时曾流寓荆州，依附刘表，但并不得志。他曾于春日作《登楼赋》，中有“虽信美而非吾土兮，曾何足以少留？”李商隐以寄人篱下的王粲自比。⑦永忆：时常向往。⑧江湖归白发：年老时归隐。⑨欲回天地入扁舟：《史记·货殖列传》，春秋时范蠡辅佐越王勾践灭吴后，乘扁舟归隐五湖。李商隐用此事，说自己总想着年老时归隐江湖，但必须等到把治理国家的事业完成，功成名就之后才行。⑩“不知”二句：鹓（yuān）雏是古代传说中一种像凤凰的鸟。《庄子·秋水》：“夫鹓雏发于南海而飞于北海，非梧桐不止，非练实不食，非醴泉不饮。”李商隐以庄子和鹓雏自比，说自己有高远的心志，并非汲汲于官位利禄之辈，但谗佞之徒却以小人之心度之。

锦瑟

锦瑟无端五十弦，一弦一柱思华年。
庄生晓梦迷蝴蝶，望帝春心托杜鹃。
沧海月明珠有泪，蓝田日暖玉生烟。
此情可待成追忆，只是当时已惘然。

【注释】①锦瑟：装饰华美的瑟。瑟：拨弦乐器，通常二十五弦。②无端：犹何故。怨怪之词。③五十弦：这里是托古之词。作者的原意，当也是说锦瑟本应是二十五弦。④“庄生”句：《庄子·齐物论》载：“庄周梦为蝴蝶，栩栩然蝴蝶也；自喻适志与，不知周也。俄然觉，则蘧蘧然周也。不知周之梦为蝴蝶与？蝴蝶之梦为周与。”言人生如梦、往事如烟。⑤“望帝”句：《华阳国志·蜀志》载：“杜宇称帝，号曰望帝。……其相开明，决玉垒山以除水害，帝遂委以政事，法尧舜禅授之义，遂禅位于开明。帝升西山隐焉。时适二月，子鹃鸟鸣，故蜀人悲子鹃鸟鸣也。”子鹃即杜鹃，又名子规。⑥珠有泪：《博物志》载：“南海外有鲛人，水居如鱼，不废绩织，其眼泣则能出珠。”⑦蓝田：《元和郡县志》载：“（京兆府蓝田县）蓝田山，一名玉山，在县东二十八里。”⑧只是：犹“止是”“仅是”，有“就是”“正是”之意。

【点评】同样是“码”字，李白、李商隐就能变出花儿来，人和人比就是有差距。

无题

飒飒东风细雨来，芙蓉塘外有轻雷。
金蟾啮锁烧香入，玉虎牵丝汲井回。
贾氏窥帘韩掾少，宓妃留枕魏王才。
春心莫共花争发，一寸相思一寸灰。

【注释】①芙蓉塘：荷塘。②轻雷：司马相如《长门赋》：“雷殷殷而响起兮，声像君之车音。”起二句以风、雨、雷等景物起兴，烘托女子怀人之情。③金蟾：金蛤蟆。古时锁头上的装饰。④啮：咬。⑤玉虎：用玉石作装饰的井上辘轳，形如虎状。⑥丝：指井索。⑦贾氏：西晋贾充的次女。她在门帘后窥见韩寿，爱悦他年少俊美，两人私通。贾氏以皇帝赐贾充的异香赠寿，被贾充发觉，遂以女嫁给韩寿。⑧韩掾：指韩寿。韩曾为贾充的掾属。⑨宓（fú）妃：古代传说，伏羲氏之女名宓妃，溺死于洛水上，成为洛神。这里借指三国时曹丕的皇后甄氏。相传甄氏曾为曹丕之弟曹植所爱，后来曹操把她嫁给曹丕。甄氏死后，曹丕把她的遗物玉带金缕枕送给曹植。曹植离京途经洛水，梦见甄氏来相会，表示把玉枕留给他作纪念。醒后遂作《感甄赋》，后明帝改为《洛神赋》。⑩魏王：指魏东阿王曹植。⑪春心：指相思之情。

无题

来是空言去绝踪，月斜楼上五更钟。
梦为远别啼难唤，书被催成墨未浓。
蜡照半笼金翡翠，麝熏微度绣芙蓉。
刘郎已恨蓬山远，更隔蓬山一万重。

【注释】①空言：空话，是说女方失约。②蜡照：烛光。③半笼：半映。指烛光隐约，不能全照床上被褥。④金翡翠：指饰以金翠的被子。《长恨歌》："翡翠衾寒谁与共。"⑤麝熏：麝香的气味。麝本动物名，即香獐，其体内的分泌物可作香料。这里即指香气。⑥度：透过。⑦绣芙蓉：指绣花的帐子。⑧刘郎：相传东汉时刘晨、阮肇一同入山采药，遇二女子，邀至家，留半年乃还乡。后也以此典喻"艳遇"。⑨蓬山：蓬莱山，指仙境。

筹笔驿

猿鸟犹疑畏简书，风云常为护储胥。
徒令上将挥神笔，终见降王走传车。
管乐有才原不忝，关张无命欲何如？
他年锦里经祠庙，梁父吟成恨有余。

【注释】①筹笔驿：旧址在今四川省广元北。《方舆胜览》载："筹笔驿在绵州绵谷县北九十九里，蜀诸葛武侯出师，尝驻军筹划于此。"②"猿鸟"句：诸葛亮治军以严明称，这里意谓至今连鱼鸟还在惊畏他的简书。猿：一作"鱼"。疑：惊。简书：指军令。古人将文字写在竹简上。③储胥：指军用的篱栅。④上将：

犹主帅，指诸葛亮。⑤终：一作“真”。⑥降王：指后主刘禅。⑦走传车：魏元帝景元四年（263），邓艾伐蜀，后主出降，全家东迁洛阳，出降时也经过筹笔驿。传车：古代驿站的专用车辆。后主是皇帝，这时却坐的是传车，也隐含讽喻义。⑧管：管仲。春秋时齐相，曾佐齐桓公成就霸业。⑨乐：乐毅。战国时人，燕国名将，曾大败强齐。⑩原不忝（tiǎn）：真不愧。诸葛亮隐居南阳时，每自比管仲、乐毅。⑪欲：一作“复”。⑫他年：作往年解。⑬锦里：在成都城南，有武侯祠。⑭“他年”二句：意谓往年曾谒锦里的武侯祠，想起他隐居时吟咏《梁父吟》的抱负，不曾得到舒展，实在令人遗憾。

无题

相见时难别亦难，东风无力百花残。
春蚕到死丝方尽，蜡炬成灰泪始干。
晓镜但愁云鬓改，夜吟应觉月光寒。
蓬山此去无多路，青鸟殷勤为探看。

【注释】①无题：唐代以来，有的诗人不愿意标出能够表示主题的题目时，常用“无题”做诗的标题。②东风无力百花残：这里指百花凋谢的暮春时节。东风：春风。残：凋零。③丝：与“思”谐音，以“丝”喻“思”，含相思之意。④蜡炬：蜡烛。⑤泪：指燃烧时的蜡烛油，这里取双关义，指相思的眼泪。⑥晓镜：早晨梳妆照镜子。镜：用作动词，照镜子的意思。⑦云鬓：女子多而美的头发，这里比喻青春年华。⑧应觉：设想之词。⑨月光寒：指夜渐深。⑩青鸟：神话中为西王母传递音讯的信使。⑪殷勤：情谊恳切深厚。⑫探看（kān）：探望。

春雨

怅卧新春白袷衣，白门寥落意多违。
红楼隔雨相望冷，珠箔飘灯独自归。
远路应悲春晼晚，残宵犹得梦依稀。
玉珰缄札何由达，万里云罗一雁飞。

【注释】①白袷（jiá）衣：即白夹衣，唐人以白衫为闲居便服。②白门：金陵的别称，即现南京。南朝乐府民歌《杨叛儿》“暂出白门前，杨柳可藏乌。欢作沉水香，侬作博山炉”，讲的是男女欢会。后人常用“白门”指代男女幽会之地。③红楼：华美的楼房，多指女子的住处。④珠箔：珠帘，此处比喻春雨细密。⑤畹晚：夕阳西下的光景，此处还蕴含年复一年、人老珠黄之意。⑥依稀：形容梦境的忧伤迷离。⑦玉珰：是用玉做的耳坠，古代常用环佩、玉珰一类的饰物作为男女定情的信物。⑧缄札：指书信。⑨云罗：像螺纹般的云片，阴云密布如罗网，比喻路途艰难。

无题

凤尾香罗薄几重，碧文圆顶夜深缝。
扇裁月魄羞难掩，车走雷声语未通。
曾是寂寥金烬暗，断无消息石榴红。
斑骓只系垂杨岸，何处西南任好风。

【注释】①凤尾：凤凰的尾羽。引申为秀美的细纹。②香罗：绫罗的美称。③月魄：亦泛指月亮，月光。④金烬：指灯烛的灰烬。⑤斑骓：毛色青白相杂的骏马。

无题

重帏深下莫愁堂，卧后清宵细细长。
神女生涯原是梦，小姑居处本无郎。
风波不信菱枝弱，月露谁教桂叶香。
直道相思了无益，未妨惆怅是清狂。

【注释】①原注：古诗有小姑无郎之句。《李义山诗偶评》载，义山诸无题，以此二首为最得风人之旨。察其饷，纯托之于守礼而不佻之处子，与杜陵所谓空谷佳人，殆均不愧幽贞。时解者多以为有思而不得之词，失之甚矣。

二月二日

二月二日江上行，东风日暖闻吹笙。
花须柳眼各无赖，紫蝶黄蜂俱有情。

万里忆归元亮井，三年从事亚夫营。
新滩莫悟游人意，更作风檐夜雨声。

【注释】①元亮井：晋陶潜字元亮，辞职归隐后赋诗云："井灶有遗处，桑竹残朽株。"见《归园田居》诗之四。后以"元亮井"为忆归之典实。②亚夫营：汉将周亚夫驻军细柳（今陕西省咸阳市西南渭河北），防御匈奴，营中戒备森严。文帝亲来劳军亦不得入，及至以天子名义下诏令，始开营门。见《史记·绛侯周勃世家》。后因以"亚夫营"称戒备森严的军营。

碧城

碧城十二曲阑干，犀辟尘埃玉辟寒。
阆苑有书多附鹤，女床无树不栖鸾。
星沉海底当窗见，雨过河源隔座看。
若是晓珠明又定，一生长对水晶盘。

【注释】①碧城：道教传为元始天尊之所居，后引申指仙人、道隐、女冠居处。《太平御览》卷六七四引《上清经》载："元始天尊居紫云之阙，碧霞为城。"②十二：极写多。③阑干：栏杆。江淹《西洲曲》："阑干十二曲，垂手明如玉。"极写阑干曲折。④犀辟尘埃：指女冠华贵高雅，头上插着犀角簪，一尘不染。犀：指犀角。辟：辟除。《述异记》载："却尘犀，海兽也。然其角辟尘。致之于座，尘埃不入。"⑤玉辟寒：传说玉性温润，可以辟寒。⑥阆苑：神仙居处。此借指道观。《续仙传·殷七七传》载："此花在人间已逾百年，非久即归阆苑去。"⑦附鹤：道教传仙道以鹤传书，称鹤信。李洞《赠王凤二山人》："山兄望鹤信。"褚载《赠通士》："惟教鹤探丹丘信。"⑧女床：山名。《山海经·西山经》载："西南三百里，曰女床之山。""有鸟焉，其状如翟而五彩文，名曰鸾鸟。"⑨星沉海底：即星没，谓天将晓。当窗见：与下"隔座看"均形容碧城之高峻。⑩雨：兼取"云雨"之意。雨过河源，隐喻欢会既毕。⑪晓珠：晨露。⑫水晶盘：水晶制成之圆盘，此喻指圆月。

银河吹笙

帐望银河吹玉笙，楼寒院冷接平明。
重衾幽梦他年断，别树羁雌昨夜惊。
月榭故香因雨发，风帘残烛隔霜清。
不须浪作缑山意，湘瑟秦箫自有情。

【注释】①玉笙：笙之美称，或笙之以玉为饰者。玉箫、玉琴、玉笛之称同此。南朝梁刘孝威《奉和简文帝太子应令》："园绮随金辂，浮丘待玉笙。"②平明：拂晓。③重衾：两层衾被，借喻男女欢会。④幽梦：隐约不明之梦境。杜牧《即事》："春愁兀兀成幽梦，又被流莺唤醒来。"⑤别树：树的斜枝。⑥羁雌：失偶之雌鸟。枚乘《七发》："暮则羁雌迷鸟宿焉。"谢灵运《晚出西射堂》："羁雌恋旧侣，迷鸟怀故林。"刘良注："羁雌，无偶也。"⑦月榭：观月之台榭。沈约《郊居赋》："风台累翼，月榭重檽。"榭：台上的屋子。⑧浪：犹随意，轻率、草率。张籍《赠王秘书》："不曾浪出谒公侯，唯向花间水畔游。"⑨缑（gōu）山意：指入道修仙。缑山：即缑氏山，在今河南偃师东南。刘向《列仙传·王子乔》，王子乔者，周灵王太子晋，好吹笙，道士浮丘公接以上嵩山成仙。三十余年后，乘白鹤于山头，举手谢时人，数日乃去。李白《凤笙篇》："绿云紫气向函关，访道应寻缑氏山。"⑩湘瑟：典出屈原《楚辞·远游》："使湘灵鼓瑟兮，令海若舞冯夷。"湘灵：指尧二女娥皇、女英，舜既嗣位，升为天子，娥皇为后，女英为妃。舜陟方，死于苍梧，号曰重华。二妃死于江湘之间，俗谓之湘君。⑪秦箫：典出刘向《列仙传》："萧史善吹箫，作凤鸣。秦穆公以女弄玉妻之，作凤楼，教弄玉吹箫，感凤来集，弄玉乘凤、萧史乘龙，夫妇同仙去。"

【点评】"月榭故香因雨发，风帘残烛隔霜清。"此一联魔障了，似有鬼神相助，命不长矣。

重有感

玉帐牙旗得上游，安危须共主君忧。
窦融表已来关右，陶侃军宜次石头。
岂有蛟龙愁失水，更无鹰隼与高秋！
昼号夜哭兼幽显，早晚星关雪涕收。

【注释】①玉帐牙旗：指出征时主帅的营帐大旗。②得上游：居于有利的军事地理形势。③安危：偏义复词，这里偏用“危”义。④须：应当。⑤主君：指皇上。⑥窦融：东汉初人，任梁州牧。此处指代刘从谏上疏声讨宦官。⑦陶侃：东晋时荆州刺史，时苏峻叛乱，陶侃被推为讨伐苏峻的盟主，后杀了苏峻。⑧石头：石头城，即东晋都城建康（今南京）。⑨蛟龙：比喻掌握天下大权的天子。⑩愁：一作“曾”，一作“长”。⑪鹰隼：比喻猛将名臣。⑫与：通“举”。⑬幽显：指阴间的鬼神和阳间的人。⑭早晚：即“什么时候”。⑮星关：天门，指宫廷，即皇帝住处。⑯雪涕：指落泪。

楚宫

湘波如泪色漻漻，楚厉迷魂逐恨遥。
枫树夜猿愁自断，女萝山鬼语相邀。
空归腐败犹难复，更困腥臊岂易招？
但使故乡三户在，彩丝谁惜惧长蛟。

【注释】①漻漻（liáo）：水清澈貌。②楚厉：指屈原，投汨罗死，无后人、无归处，古称“鬼无所归则为厉”（《左传》昭公七），亦可称“迷魂”，即冤魂。③“枫树”二句：化用屈原、宋玉诗句，宋玉《招魂》：“湛湛江水兮上有枫，目极千里兮伤春心。”屈原《九歌·山鬼》：“雷填填兮雨冥冥，猿啾啾兮狖夜鸣。”女萝：菟丝，一种缘物而生之藤蔓。山鬼：山中之神，或言以其非正神，故称“鬼”。《九歌·山鬼》：“若有人兮山之阿，被薜荔兮带女萝。”④犹难复：与“岂易招”均指难以为楚厉招魂，原因是屈子沉江后，身体腐烂，葬身鱼腹了。⑤困腥臊：屈原自沉，葬身鱼腹，故曰“困腥臊”。⑥三户：指楚人。《史记·项羽本纪》载：“楚虽三户，亡秦必楚。”⑦彩丝：指五彩丝线扎成的粽子。南朝梁吴均《续齐谐记》载：“屈原五月五日投汨罗死，楚人哀之，每至此日，辄以竹筒贮米，投水祭之。……世人作粽，并带五色丝及楝叶，皆汨罗遗风也。”

即日

一岁林花即日休，江间亭下怅淹留。
重吟细把真无奈，已落犹开未放愁。

山色正来衔小苑，春阴只欲傍高楼。
金鞍忽散银壶漏，更醉谁家白玉钩。

【注释】①淹留：羁留，逗留。②壶漏：古代计时器的一种。③白玉钩：喻弯月。

富平少侯

七国三边未到忧，十三身袭富平侯。
不收金弹抛林外，却惜银床在井头。
彩树转灯珠错落，绣檀回枕玉雕锼。
当关不报侵晨客，新得佳人字莫愁。

【注释】①富平少侯：西汉景帝时张安世被封为富平侯，他的孙子张放年少时即继承爵位，史称“富平少侯”。②七国：汉景帝时的七个同姓诸侯国：吴、楚、赵、胶东、胶西、济南、淄川。他们曾联合发动叛乱。此处用以喻指藩镇割据叛乱。③三边：战国时期燕赵秦与匈奴接壤，后来便以燕赵秦所在地为三边，即幽州、并州、凉州。此处指边患。④未到忧：即未知忧，不知道忧虑。⑤十三身袭富平侯：指张放十三岁就继承富平侯爵位。而清冯浩提出异议：“放之嗣爵，《汉书》不书其年，此云十三何据?《孔子家语》里说周成王十三岁就被立为嗣，这里可能是借指。”⑥不收金弹抛林外：用韩嫣事。典出《西京杂记》：“韩嫣（韩信曾孙）好弹，常以金为丸，所失者日有十余。长安为之语曰：‘苦饥寒，逐金丸。’京师儿童每闻嫣出弹，辄随之，望丸之所落，辄拾焉。”⑦银床：井上的辘轳架，不一定用银做成。⑧彩树：华丽的灯柱。⑨珠错落：环绕在华丽灯柱上的灯烛像明珠一样交相辉映。⑩绣檀：指精美的檀枕。⑪玉雕锼（sōu）：形容檀木枕刻镂精巧，像玉一样莹润精美。锼：是刻镂的意思。⑫当关：守门人。⑬侵晨客：清早来访的客人。⑭莫愁：古乐府所传女子名。《旧唐书·音乐志》说她是洛阳石城人，嫁卢家为妇，善歌谣。

题小松

怜君孤秀植庭中，细叶轻阴满座风。
桃李盛时虽寂寞，雪霜多后始青葱。

一年几变枯荣事，百尺方资柱石功。
为谢西园车马客，定悲摇落尽成空。

【注释】①柱石功：比喻担当重任。②西园：园林名。汉上林苑的别名。《文选·张衡〈东京赋〉》：“岁维仲冬，大阅西园，虞人掌焉，先期戒事。”薛综注：“西园，上林苑也。”

咏史

历览前贤国与家，成由勤俭破由奢。
何须琥珀方为枕，岂得真珠始是车。
运去不逢青海马，力穷难拔蜀山蛇。
几人曾预南薰曲，终古苍梧哭翠华。

【注释】①“历览”二句：《韩非子》：“昔者戎王使由余聘于秦，穆公问之曰：‘愿闻古之明主得国失国何常以？’由余对曰：‘臣尝得闻之矣，常以俭得之，以奢失之。”历览：遍览，逐一地看。奢：享受。②“何须”句：以琥珀作枕称琥珀枕。与下句“真珠车”皆借以喻唐文宗父兄穆宗、敬宗之奢侈。何须：与下文“岂得”言文宗勤俭不奢。琥珀：松柏树脂之化石，有淡黄、褐、红褐诸种颜色，透明，质优者可作饰物。③真珠车：以真珠照乘之车。真珠：即珍珠。《史记·田敬仲完世家》载：“梁王自夸有十枚径寸之珠，可照车前后各十二乘。”④运去：指唐朝国运衰微。⑤青海马：喻贤臣。《隋书·吐谷浑传》：“青海中有小山，其俗至冬辄放牝马于其上，言得龙种。吐谷浑尝得波斯草马，放入海，因生骢驹，能日行千里，故时称青海骢马。”⑥蜀山蛇：喻宦官佞臣。《蜀王本纪》载，秦献美女于蜀王，蜀王遣五丁力士迎之。还至梓潼，见一大蛇入山穴中，五丁共引之，山崩，五丁皆化为石。刘向《灾异封事》：“去佞则如拔山。”⑦预：与，意指听到。⑧南薰曲：即《南风》。相传舜曾弹五弦琴，歌《南风》之诗而天下大治。其词曰：“南风之燕兮，可以解吾民之愠兮。”⑨苍梧：即湖南省宁远县九嶷山，传为舜埋葬之地。舜逝于苍梧之野，以舜比文宗。指唐文宗所葬的章陵。⑩翠华：天子仪仗，代指文宗。司马相如《上林赋》：“建翠华之旗，树灵鼍之鼓。”

泪

永巷长年怨绮罗，离情终日思风波。
湘江竹上痕无限，岘首碑前洒几多。
人去紫台秋入塞，兵残楚帐夜闻歌。
朝来灞水桥边问，未抵青袍送玉珂。

【注释】①永巷：《三辅黄图》载："永巷，宫中长巷，幽闭宫女之有罪者。汉武帝时改为掖庭，置狱焉。"《史记·吕后本纪》载："乃令永巷囚戚夫人。"②终日：整天。《易·乾》载："君子终日乾乾。"③风波：风浪。《楚辞·九章·哀郢》载："顺风波以从流兮，焉洋洋而为客。"④湘江竹痕：指斑竹故事。李衎《竹谱详录》卷六载："泪竹生全湘九嶷山中……《述异记》云：'舜南巡，葬于苍梧，尧二女娥皇、女英泪下沾竹，文悉为之斑。'一名湘妃竹。"⑤岘首碑：《晋书》载："羊祜卒，百姓于岘山建碑。望其碑者莫不流涕。"⑥紫台：即紫宫、宫阙。此用王昭君故事。杜甫《咏怀古迹五首》之三："一去紫台连朔漠，独留青冢向黄昏。"⑦"兵残"句：《史记·项羽本纪》载："项王军壁垓下，兵少食尽。汉军及诸侯兵围之数重。夜闻汉军四面皆楚歌，项王乃大惊曰：'是何楚人之多也！'项王则夜起，饮帐中。有美人名虞，常幸从……于是项王乃悲歌慷慨，自为诗曰：'力拔山兮气盖世，时不利兮骓不逝。骓不逝兮可奈何？虞兮虞兮奈若何？'歌数阕，美人和之。项王泣数行下，左右皆泣，莫能仰视。"⑧灞水桥：灞水是渭河支流，源出蓝田县东秦岭北麓，流经长安东，入渭河。灞桥在长安东灞水上，是出入长安的要路之一，唐人常以此为饯行之地。⑨青袍：青袍寒士。⑩玉珂：珂是马鞍上的玉石类饰物，此代指达官贵人。《西京杂记》载："长安盛饰鞍马，皆白蜃为珂。"《玉篇》载："珂，石次玉也，亦玛瑙洁白如玉者。"此言寒士送贵胄，寒士自然很难堪。

春日寄怀

世间荣落重逡巡，我独丘园坐四春。
纵使有花兼有月，可堪无酒又无人。
青袍似草年年定，白发如丝日日新。
欲逐风波千万里，未知何路到龙津。

【注释】①荣落：荣显和衰落。②重（zhòng）：甚，很。③逡（qūn）巡：顷刻、急速。张祜《偶作》："遍识青霄路上人，相逢只是语逡巡。"④丘园：家园，乡里。《易·贲》载："贲于丘园，束帛戋戋。"王肃注："失位无应，隐处丘园。"孔颖达疏："丘谓丘墟，园谓园圃。唯草木所生，是质素之所。"后亦以丘园指隐居之处，蔡邕《处士图叔则铭》："洁耿介于丘园，慕七人之遗风。"《旧唐书·刘黑闼传》载："天下已平，乐在丘园为农夫耳。"⑤坐：渐、行将。张相《诗词曲语辞汇释》卷四载："坐，将然辞，犹寝也；施也；行也。"⑥四春：四年。诗人会昌二年（842）母亲去世，服丧闲居，到五年春已第四年。⑦又无人：李商隐《小园独酌》："空余双蝶舞，竟绝一人来。"与"无人"同慨。又：冯引一本作"更"。袁彪说："无酒无人，反不如并花月而去之。二语沉痛。"⑧青袍：唐八、九品官穿青袍。作者居丧前任秘书省正字，系正九品下阶，故着青袍。青袍颜色似春天的青草，《古诗》有"青袍似春草"之句，故云。⑨龙津：即龙门，又名禹门口，在今山西省河津西北。《三秦记》载："河津，一名龙门，水险不通，龟鱼之属莫能上。江海大鱼薄集门下数千，不得上，上则为龙。"

重过圣女祠

白石岩扉碧藓滋，上清沦谪得归迟。
一春梦雨常飘瓦，尽日灵风不满旗。
萼绿华来无定所，杜兰香去未移时。
玉郎会此通仙籍，忆向天阶问紫芝。

【注释】①圣女祠：《水经·漾水注》："武都秦冈山，悬崖之侧，列壁之上，有神像，若图指状妇人之容，其形上赤下白，世名之曰'圣女神'。"武都：在今甘肃省，是唐代由陕西到西川的要道。②白石岩扉：指圣女祠的门。岩扉即岩洞的门。碧藓即青苔。③上清：道教传说中神仙家的最高天界。《灵宝本元经》："四人天外曰三清境，玉清、太清、上清，亦名三天。"④沦谪得归迟：谓神仙被贬谪到人间，迟迟未归。此喻自己多年蹉跎于下僚。沦：一作"论"。⑤梦雨：迷蒙细雨。屈原《九歌》："东风飘兮神灵雨。"王若虚《滹南诗话》引萧闲语："盖雨之至细若有若无者谓之梦。"⑥尽日：犹终日，整天。⑦灵风：神灵之风。⑧不满旗：谓灵风轻微，不能把旗全部吹展。⑨萼绿华：传说中女仙名。言是九嶷山中得道女子罗郁。晋穆帝时，夜降羊权家，赠权诗一篇，火浣手巾一方，金玉条脱各一枚。从此常与往来，后授羊权以仙药引其登仙。⑩杜兰香：神话传说中的仙女。典出晋人曹毗所作《杜兰香传》。据传她是后汉时人，三岁时为渔父收养于湘江边，长至十余岁，有青童灵人自空而降，携之而去。临升天时谓其父曰："我仙女杜兰香也，有过谪人间，今去矣。"⑪玉郎：道家所称天上掌管神仙名册的仙官。《金根经》载："青宫之内北殿上有仙格，格有学仙簿录，及玄名年月深浅，金简玉札，有十万篇，领仙玉郎所掌也。"冯注引《登真隐诀》："三清九宫并有僚属，其高总称曰道君，次真人、真公、真卿，其中有御史、玉郎，诸小辈官位甚多。"此引玉郎，或云自喻；或云喻柳仲郢，时柳奉调将为吏部侍郎，执掌官吏铨选。⑫通仙籍：即取得登仙界的资格（古称登第入仕为通籍）。仙籍：仙人的名籍。⑬忆：此言向往、期望。⑭天阶：天宫的殿阶。韩愈《月蚀诗效玉川子作》："无梯可上天，天阶无由有臣踪。"⑮问：求取。⑯紫芝：一种真菌。古人以为瑞草。道教以为仙草。王充《论衡·验符》："建初三年，零陵泉陵女子傅宁宅，土中忽生芝草五本，长者尺四五寸，短者七八寸，茎叶紫色，盖紫芝也。"《茅君内传》："句曲山有神芝五种，其三色紫，形如葵叶，光明洞彻，服之拜为龙虎仙君。"此喻指朝中之官职。

流莺

流莺飘荡复参差，度陌临流不自持。
巧啭岂能无本意？良辰未必有佳期。
风朝露夜阴晴里，万户千门开闭时。
曾苦伤春不忍听，凤城何处有花枝。

【**注释**】①流莺：即莺。流：谓其鸣声婉转。②飘荡：漂泊无定，流浪。杜甫《羌村》："世乱遭飘荡，生还偶然遂。"③参差：本是形容鸟儿飞翔时翅膀张敛振落的样子，这里用作动词，犹张翅飞翔。④不自持：不能自主，无法控制自己。自持：谓自己掌握或处理。《新五代史·吴世家·杨隆演传》载："宋氏之专政也，隆演幼懦，不能自持，而知训尤凌侮之。"⑤啭：鸟婉转地鸣叫。⑥佳期：美好的时光。南朝齐谢朓《晚登三山还望京邑》："佳期怅何许，泪下如流霰。"⑦"风朝"二句：《汉书·郊祀志》："作建章宫，度为千门万户。"《汉书·东方朔传》载："起建章宫，左凤阙，右神明，号千门万户。"此联写京华莺声，无论风露阴晴、门户开闭，皆飘荡啼啭不已。⑧伤春：因春天到来而引起忧伤、苦闷。⑨不忍：一作"不思"。⑩凤城：此借指京城长安。冯注引赵次公注杜诗"弄玉吹箫，凤降其城，因号丹凤城。其后曰京师之盛曰凤城"。⑪花枝：

指流莺栖息之所。此句言凤城虽有花枝，而流莺难以借寓，故有伤春之苦吟，而令人不忍卒听。

正月崇让宅

密锁重关掩绿苔，廊深阁迥此徘徊。
先知风起月含晕，尚自露寒花未开。
蝙拂帘旌终展转，鼠翻窗网小惊猜。
背灯独共余香语，不觉犹歌起夜来。

【注释】①崇让宅：指王茂元住宅。②掩绿苔：指庭中小径久无人行，长满苔藓。③月含晕：《广韵》："月晕则多风。"王褒《关山月》："风多晕更生。"④帘旌：即帘箔，布门帘，像旌旗，故称。⑤窗网：即纱。朱注引程大昌曰："网户刻为连文，递相属，其形如网。后世有遂直织丝网张之檐窗以网鸟雀者。"⑥背灯：用后背对着灯光。白居易《村雪夜坐》："南窗背灯坐，风霰暗纷纷。"⑦起夜来：古曲名。柳浑《起夜来》："飒飒秋桂响，悲君起夜来。"施肩吾《起夜来》："香销连理带，尘覆合欢杯。懒卧相思枕，愁吟《起夜来》。"

曲江

望断平时翠辇过，空闻子夜鬼悲歌。
金舆不返倾城色，玉殿犹分下苑波。
死忆华亭闻唳鹤，老忧王室泣铜驼。
天荒地变心虽折，若比伤春意未多。

【注释】①曲江：即曲江池。在今陕西省西安市东南。秦为宜春苑，汉为乐游原，有河水水流曲折，故称。隋文帝以曲名不正，更名芙蓉园。唐复名曲江。开元中更加疏凿，为都人中和、上巳等盛节游赏胜地。《史记·司马相如列传》载："临曲江之隑州兮，望南山之参差。"②望断：向远处望直至看不见。《南齐书·苏侃传》："青关望断，白日西斜。"③翠辇：饰有翠羽的帝王车驾。李贺《追赋画江潭苑》："行云沾翠辇，今日似襄王。"④子夜：夜半子时，半夜。又是乐府《吴声歌曲》名。《宋书·乐志一》载："晋孝武太元中，琅邪王轲之家有鬼哥《子夜》。殷允为豫章时，豫章侨人庾僧度家亦有鬼哥《子夜》。”此处合用两意。⑤金舆：帝王乘坐的车轿。黄滔《明皇回驾经马嵬赋》：“初其汉殿如子，燕城若雠，驱铁马以飞至，触金舆而出游。”⑥倾城色：旧以形容女子极其美丽。此指嫔妃们。⑦玉殿：宫殿的美称。三国魏曹植《当车以驾行》：“欢坐玉殿，会诸贵客。”⑧下苑：本指汉代的宜春下苑。唐时称曲江池。韦应物《叹杨花》：“空蒙不自定，况值暄风度。旧赏逐流年，新愁忽盈素。才萦下苑曲，稍满东城路。”⑨华亭闻唳鹤：西晋陆机因被宦官孟玖所谗而受诛，临死前悲叹道：“华亭（陆机故宅旁谷名）鹤唳，岂可复闻乎？”后以“华亭鹤唳”为感慨生平、悔入仕途之典。⑩铜驼：铜铸的骆驼。多置于宫门寝殿之前。西晋灭亡前，索靖预见到天下将乱，指着洛阳宫门前的铜驼叹息道：“会见汝在荆棘中耳！”⑪天荒地变：影响巨大而深远的巨变。指国家的沦亡。⑫折：摧折。⑬伤春：为春天的逝去而悲伤。一作“阳春”。“伤春”一词，在李商隐的诗歌语汇中占有特别重要的地位，曾被他用来概括自己诗歌创作的基本主题，这里特指伤时感乱，为国家的衰颓命运而忧伤。

七月二十九日崇让宅宴作

露如微霰下前池，月过回塘万竹悲。
浮世本来多聚散，红蕖何事亦离披？
悠扬归梦惟灯见，濩落生涯独酒知。
岂到白头长只尔，嵩阳松雪有心期。

【注释】①崇让宅：李商隐岳父王茂元在东都洛阳崇让坊的邸宅。②微霰（xiàn）：微细的雪粒。③月：一作“风”。④回塘：回曲的水池。温庭筠《商山早行》：“因思杜陵梦，凫雁满回塘。”⑤万竹：据《韦氏述征记》载，崇让坊多大竹。⑥浮世：即浮生，指人间，人世。旧时认为人世间是浮沉聚散不定的，故称。许浑《将赴京留赠僧院》：“空悲浮世云无定，多感流年水不还。”⑦红蕖：红荷花。蕖：芙蕖。李白《越中秋怀》：“一为沧波客，十见红蕖秋。”⑧离披：零落分散的样子。《楚辞·九辩》：“白露既下百草兮，奄离披此梧楸。”朱熹集注：“离披，分散貌。”⑨悠扬：起伏不定，飘忽。《隶释·汉冀州从事张表碑》：“世虽短兮名悠长，位虽少兮功悠扬。”⑩归梦：归乡之梦。南朝齐谢朓《和沈右率诸君饯谢文学》：“望望荆台下，归梦相思夕。”⑪濩（huò）落：原谓廓落。引申谓沦落失意。韩愈《赠族侄》：“萧条资用尽，濩落门巷空。”⑫白头：犹白发。形容年老。⑬只尔：只是这样。⑭嵩阳：嵩山之南。嵩山在河南登封，距离洛阳才百里。李白《送杨山人归嵩山》："我有万古宅，嵩阳玉女峰。"⑮松雪：象征隐士的气节和品格。⑯心期：心神交往，两相期许。

杜工部蜀中离席

人生何处不离群，世路干戈惜暂分。
雪岭未归天外使，松州犹驻殿前军。
座中醉客延醒客，江上晴云杂雨云。
美酒成都堪送老，当垆仍是卓文君。

【注释】①杜工部：杜甫。杜甫被授有检校工部员外郎官衔，人称杜工部。这里表明是模仿杜诗风格，因而以"蜀中离席"为题。②离群：分别。《礼记·檀弓》："吾离群而索居，亦已久矣。"③雪岭：即大雪山，一名蓬婆山，主峰名贡嘎山，在今四川西部康定县境内，其支脉绵延于四川西部，被称为大雪山脉。唐时为唐与吐蕃边境。④天外使：唐朝往来吐蕃的使者。⑤松州：唐设松州都督府，属剑南道，治下所辖地面颇广，治所在今四川省阿坝藏族自治州内。因西邻吐蕃国，是唐朝西南边塞，故常有军队驻守。⑥殿前军：本指禁卫军，此借指戍守西南边陲的唐朝军队。⑦延：请，劝。⑧醒客：指作者自己。⑨晴云杂雨云：明亮的晴云夹杂着雨云，喻边境军事的形势变幻不定。⑩送老：度过晚年。⑪当垆：面对酒垆，指卖酒者。⑫卓文君：汉代女子，因与司马相如相爱而被逐出家门，而后卓文君在临邛（qióng）亲自当垆卖酒。此处用卓文君喻指卖酒的女子。

无题

万里风波一叶舟，忆归初罢更夷犹。
碧江地没元相引，黄鹤沙边亦少留。
益德冤魂终报主，阿童高义镇横秋。
人生岂得长无谓，怀古思乡共白头。

【注释】①夷犹：犹豫，迟疑不前。②益德：《三国志·蜀书·张飞传》载："张飞字益德，涿郡人，少与关羽俱事先主。""飞爱敬君子而不恤小人，先主常戒之曰：'卿刑杀既过差，又日鞭挞健儿，而令在左右，此取祸之道也。'飞犹不悛。

先主伐吴，飞当率兵万人，自阆中会江州。临发，其帐下将张达、范强杀飞，持其首，顺流而奔孙权。”③阿童：晋王濬小字。《晋书·羊祜传》载：“初，祜以伐吴必藉上流之势。又时吴有童谣曰：‘阿童复阿童，衔刀浮渡江。不畏岸上兽，但畏水中龙。’祜闻之曰：‘此必水军有功，但当思应其名者耳。’会益州刺史王濬征为大司农，祜知其可任，濬又小字阿童，因表留监益州诸军事，加龙骧将军，密令修舟楫，为顺流之计。”④无谓：没有意义，失于事宜，此言无所事事。

※ 薛能

春日使府寓怀

一想流年百事惊，已抛渔父戴尘缨。
青春背我堂堂去，白发欺人故故生。
道困古来应有分，诗传身后亦何荣。
谁怜合负清朝力，独把风骚破郑声。

【注释】①尘缨：比喻尘俗之事。《文选·孔稚圭〈北山移文〉》载：“昔闻投簪逸海岸，今见解兰缚尘缨。”李周翰注：“尘缨，世事也。”②堂堂：犹公然。③故故：屡屡，常常。④郑声：原指春秋战国时郑国的音乐。因与孔子等提倡的雅乐不同，故受儒家排斥。此后，凡与雅乐相背的音乐，甚至一般的民间音乐，均为“郑声”。《论语·卫灵公》载：“放郑声，远佞人。郑声淫，佞人殆。”刘宝楠正义：“《五经异义·鲁论》说郑国之俗，有溱、洧之水，男女聚会，讴歌相感，故云郑声淫。”南朝梁刘协《文心雕龙·乐府》载：“《韶》响难追，郑声易启。”

汉庙祈雨回阳春亭有怀

南荣轩槛接城闉，适罢祈农此访春。
九九已从南至尽，芊芊初傍北篱新。
池中水是前秋雨，陌上风惊自古尘。
欲召罗敷倾一盏，乘闲言语不容人。

【注释】①南荣：房屋的南檐。荣：屋檐两头翘起的部分。②轩槛（kǎn，一说jiàn）：栏板。③城闉（yīn）：城内重门。亦泛指城郭。④九九：由冬至日起，历八十一日，每九天为“一九”，按次序定名为“一九”“二九”至“九九”。亦指“九九”中最末一个九天。⑤芊芊（qiān）：草木茂盛貌。⑥前秋：去年秋天。⑦罗敷：古代美女名。女子常用之名。

题彭祖楼

新晴天状湿融融，徐国滩声上下洪。
极目澄鲜无限景，入怀轻好可怜风。
身防潦倒师彭祖，妓拥登临愧谢公。
谁致此楼潜惠我，万家残照在河东。

【注释】①彭祖：传说中的人物。因封于彭（徐州古称），故称。传说他善养生，有导引之术，活到八百高龄。②澄鲜：清新。

清河泛舟

都人层立似山丘，坐啸将军拥棹游。
绕郭烟波浮泗水，一船丝竹载凉州。
城中睹望皆丹雘，旗里惊飞尽白鸥。
儒将不须夸郄縠，未闻诗句解风流。

【注释】①都人：唐五代军队的一种称号。新唐书《田令考传》：“别募神策新君，以千人为都，凡五十四都，分左右为十军统之。”②坐啸将军：闲坐吟啸。后汉成缙任南阳太守，用岑晊（公孝）为功曹，公事都交给岑办理，民间传言：“南阳太守岑公孝，弘农成缙但坐啸。”后因用以指挥官而不亲自办事。③凉州：唐代软舞曲名。唐苏鹗《杜阳杂编》：“志和遂于怀中出一桐木合子，方数寸，中有物，名蝇虎子，数不啻一二百焉。其形皆赤，云以丹砂啖之故也。乃分为五队，令舞《凉州》。”唐段安节《乐府杂录·舞工》：“软舞曲有《凉州》《绿腰》《苏合香》《屈柘》《团圆旋》《甘州》等。”④丹雘（wò）：可供涂饰的红色颜料。⑤儒将：有学者风度的将帅。⑥郄縠（xì hú）：郄：姓。《左传·僖公二十七年》载：

“（晋文公）作三军，谋元帅。赵衰曰，郄縠可。臣亟闻其言矣，说《礼》《乐》而敦《诗》《书》……君其试之。乃使郄縠将中军，郄溱佐之。”后世诗文常用“郄縠”喻儒将。

【点评】“绕郭烟波浮泗水，一船丝竹载凉州。”苏轼初到黄州诗云：“长江绕郭知鱼美，好竹连山觉笋香”，似有借鉴痕迹。苏轼到黄州之前曾在徐州为官，对薛能在徐州的诗文应该比较熟。

※ 许棠

成纪书事

蹉跎远入犬羊中，荏苒将成白首翁。
三楚田园归未得，五原岐路去无穷。
天垂大野雕盘草，月落孤城角啸风。
难问开元向前事，依稀犹认隗嚣宫。

【注释】①成纪：今甘肃秦安。②三楚：战国楚地疆域广阔，秦汉时分为西楚、东楚、南楚，合称三楚。③隗嚣：字季夏，天水成纪人，西汉末年起兵反莽，因能礼贤下士，众人皆归，遂广纳豪杰，声势日大，割据陇右，成为能左右光武霸业的一方军阀。后光武数次招降，隗嚣鼠首两端终不肯从，与蜀中割据势力公孙述联合抗汉。后光武御驾亲征，隗嚣被困冀城（今甘谷县城），病饿相加，忧愤而死。隗嚣死后，其部将立隗嚣小儿子隗纯为王，被东汉大将来歙、耿弇、盖延等攻败于洛门镇，后降东汉。今秦州、甘谷、洛门及天水西南都有隗嚣故迹，相传麦积山也有隗嚣避暑行宫。

※ 曹松

南海旅次

忆归休上越王台，归思临高不易裁。
为客正当无雁处，故园谁道有书来。

城头早角吹霜尽，郭里残潮荡月回。
心似百花开未得，年年争发被春催。

【注释】①南海：今广东省广州市。旅次：旅途中暂作停留。②越王台：汉代南越王尉佗所建，遗址在今广州越秀山。③裁：剪，断。④当：一作“逢”。⑤无雁处：大雁在秋天由北方飞向南方过冬，据说飞至湖南衡山则不再南飞了。南海在衡山以南，故曰“无雁处”。⑥霜尽：此处指天亮了。广州天气暖和，天一亮霜便不见了。⑦郭：古代在城的外围加筑的一道围墙。⑧荡：一作“带”。⑨发：一作“向”。

※ 罗邺

春望梁石头城

柳碧桑黄破国春，残阳微雨望归人。
江山不改兴亡地，冠盖自为前后尘。
帆势挂风轻若翅，浪声吹岸叠如鳞。
六朝无限悲愁事，欲下荒城回首频。

【注释】①石头城：古城名。又名石首城。故址在今江苏省南京市清凉山。本楚金陵城，汉建安十七年（212）孙权重筑改名。城负山面江，南临秦淮河口，当交通要冲，六朝时为建康军事重镇。唐以后，城废。《文选·谢灵运〈初发石首城〉诗》李善注引伏韬《北征记》：“石头城，建康西界临江城也，是曰京师。”②冠盖：泛指官员的冠服和车乘。冠：礼帽。盖：车盖。

春晚渡河有怀

烟收绿野远连空，戍垒依稀入望中。
万里山河星拱北，百年人事水归东。
扁舟晚济桃花浪，走马晴嘶柳絮风。
乡思正多羁思苦，不须回首问渔翁。

【注释】①桃花浪：犹桃花汛。杜甫《春水》："三月桃花浪，江流复旧痕。"②柳絮风：柳絮飘飞时节的风。指春风。

※ 贯休

陈情献蜀皇帝

河北河南处处灾，唯闻全蜀少尘埃。
一瓶一钵垂垂老，千水万山得得来。
秦苑幽栖多胜景，巴歈陈贡愧非才。
自惭林薮龙钟者，亦得亲登郭隗台。

【注释】①蜀皇帝：指五代十国前蜀的建立者王建，许州舞阳（今河南省舞阳县西北）人，或作陈州项城（今河南省沈丘县）人。少无赖，以屠牛盗驴贩盐为业，乡人称为"贼王八"。后从军，升至裨将。黄巢起义后，随唐僖宗奔蜀，为"随驾五都"之一。入蜀后，又被专权的宦官田令孜收为养子。逐步据有四川、东川、汉中，成割据之势。唐亡称帝，史称前蜀。公元 903 ~ 918 年在位，在位时优礼唐末名士大族，吸引人才。晚年宠信内官，渐荒政务。贯休由鄂入蜀，甚得王建礼遇，言听计从，奉为国师，尊崇无比。这是贯休入蜀后献给蜀主王建的一首诗。②河北河南：黄河南北，泛指全国各地。③灾：这里指以战祸为主的各种灾难。④尘埃：战尘、战事。⑤瓶、钵：云游僧人日常用品。⑥垂垂：渐渐。⑦得得：象声字，马蹄声。⑧秦苑：代指前蜀王国的苑囿和宫廷。⑨陈贡：奉献、贡献。⑩非才：自谦没有才能。⑪林薮：泛指僧道隐士隐居的山林。⑫龙钟：老态。⑬郭隗（wěi）台：郭隗为战国燕人。燕昭王欲得贤士。以报齐仇。郭隗曰："王必欲致士，先从隗始。况贤于隗者，岂远千里哉？"于是昭王为隗改筑宫而师事之。乐毅自魏往，邹衍自齐往，剧辛自赵往，士争趋燕，燕国大强。后以郭隗宫、郭隗台为招贤、聚贤之所。

【点评】很得体，老和尚诗技纯熟。

春晚书山家屋壁

水香塘黑蒲森森，鸳鸯鸂鶒如家禽。
前村后垄桑柘深，东邻西舍无相侵。
蚕娘洗茧前溪渌，牧童吹笛和衣浴。
山翁留我宿又宿，笑指西坡瓜豆熟。

【**注释**】①山家：山野人家。②蒲：多年生草本植物，生池沼中，高近两米。根茎长在泥里，可食。叶长而尖，可编席、制扇。③鸂鶒（xī chì）：水鸟名。形大于鸳鸯，而多紫色，好并游。俗称紫鸳鸯。

献钱尚父

贵逼人来不自由，龙骧凤翥势难收。
满堂花醉三千客，一剑霜寒十四州。
鼓角揭天嘉气冷，风涛动地海山秋。
东南永作金天柱，谁羡当时万户侯。

【**注释**】①题注：钱镠自称吴越国王，休以诗投之。镠谕改为四十州，乃可相见，休曰："州亦难改，诗亦难改，闲云孤鹤，何天不可飞？"遂入蜀。②贵逼人来不自由：一作"贵逼身来不自由"。③龙骧（xiāng）：亦作"龙襄"。昂举腾跃貌。《汉书·叙传下》载："云起龙襄，化为侯王，割有齐楚，跨制淮梁。"颜师古注："襄，举也。"此句一作"几年勤苦踏林丘"。④三千客：形容门客众多。战国齐孟尝君、魏信陵君、赵平原君、楚春申君四公子皆喜养士，门下号称有食客三千人。见《史记》四公子本传。⑤"鼓角……天柱"三句：一作"莱子衣裳宫锦窄，谢公篇咏绮霞羞。他年名上凌烟阁"。⑥谁：一作"岂"。⑦万户侯：《史记·李将军列传》载："惜乎，子不遇时！如令子当高帝时，万户侯岂足道哉！"

【**点评**】钱尚父即钱镠，因给在娘家贪玩的老婆写信"陌上花开，可缓缓归矣"而闻名。

经弟妹坟

泪不曾垂此日垂，山前弟妹冢离离。
年长于吾未得力，家贫抛尔去多时。
鸿冲□□霜中断，蕙杂黄蒿冢上衰。
恩爱苦情抛未得，不堪回首步迟迟。

【注释】①题注：第五句缺二字。②黄蒿：枯黄了的蒿草。亦泛指枯草。

【点评】高僧不忘情。

※ 周朴

春日秦国怀古

荒郊一望欲消魂，泾水萦纡傍远村。
牛马放多春草尽，原田耕破古碑存。
云和积雪苍山晚，烟伴残阳绿树昏。
数里黄沙行客路，不堪回首思秦原。

【注释】①消魂：这里形容极其哀愁。②泾水：渭水支流，在今陕西省中部，古属秦国。③萦纡：旋绕曲折。④原：黄土高原地区因冲刷形成的高地，四边陡，顶上平。⑤残阳：夕阳。

※ 罗隐

曲江春感

江头日暖花又开，江东行客心悠哉。
高阳酒徒半凋落，终南山色空崔嵬。
圣代也知无弃物，侯门未必用非才。
一船明月一竿竹，家住五湖归去来。

【注释】①题注：一作“归五湖”。②高阳酒徒：《史记·郦生陆贾列传》载：“初，沛公引兵过陈留，郦生踵军门上谒……使者出谢曰：‘沛公敬谢先生，方以天下为事，未暇见儒人也。’郦生瞋目案剑叱使者曰：‘走！复入言沛公，吾高阳酒徒也，非儒人也。’”后用以指嗜酒而放荡不羁的人。③归去来：辞赋篇名。晋陶潜所作。《晋书·隐逸传·陶潜》：“执事者闻之，以为彭泽令……郡遣督邮至县，吏白应束带见之，潜叹曰：‘吾不能为五斗米折腰，拳拳事乡里小人邪！’义熙二年解印去县，乃赋《归去来》。”后用以归隐之典。

牡丹花

似共东风别有因，绛罗高卷不胜春。
若教解语应倾国，任是无情亦动人。
芍药与君为近侍，芙蓉何处避芳尘。
可怜韩令功成后，辜负秾华过此身。

【注释】①东风：一作“东君”。②绛罗：红色纱罗。《隋书·礼仪志七》载：“鹿皮弁，九琪，服绛罗襦，白罗裙。”③任是无情亦动人：此句后来在宋代秦观《南乡子》中出现。④芳尘：花朵，落花。《乐府群玉·赵文宝》载：“堤上芳尘，桥边飞絮，树头红一片无。”⑤韩令：韩弘。唐朝藩镇割据时期任宣武军节度使，早年忠于朝廷，后期阴谋割据。韩弘初到长安，命除掉宅中牡丹。《唐国史补》卷中载：“京城贵游，尚牡丹三十余年矣。每春暮，车马若狂，以不耽玩为耻。执金吾铺官围外寺观种以求利。一本有直数万者。元和末，韩令始至长安，居第有之，遽令斸去，曰，吾岂效儿女子耶？”⑥秾华：繁盛的花朵。

登夏州城楼

寒城猎猎戍旗风，独倚危楼怅望中。
万里山河唐土地，千年魂魄晋英雄。
离心不忍听边马，往事应须问塞鸿。
好脱儒冠从校尉，一枝长戟六钧弓。

【注释】①夏州：即赫连勃勃修建的统万城，北魏置夏州，唐为朔方节度使所辖。又名榆林，城在无定河支流清水东岸，紧倚长城，向来以险隘著称。故址在今陕西省靖边县境内。②寒城猎猎戍旗风：《乾隆宁夏府志》和《朔方道志》均作“寒声猎猎戍旗风”，此从《全唐诗》本。猎猎：风声。戍旗：要塞戍军之旗。③危楼：高楼。④河：一作“川”。⑤唐土地：指包括夏州在内的唐朝广阔国土。⑥千古魂魄晋英雄：是指在晋朝时期，北方大乱，五胡乱华，先后建有十六国，其中匈奴人、大夏世祖赫连勃勃，就是夏州城建城之人（当时叫作统万城）。大夏建国后，晋朝和大夏国的赫连勃勃作战于统万城，边塞战士死伤阵亡极多。晋英雄即指此。晋：一作“汉”。⑦离心：别离之情。⑧边马：边塞地区的马。⑨塞鸿：边塞的大雁。塞鸿秋季南来，春季北去，故古人常以之作比，表示对远离家乡的亲人的怀念。边塞鸿雁可以寄书，古人有“雁足传书”的故事。⑩儒冠：古代把读书人叫作儒或儒生。“儒冠”就是儒生戴的帽子，表明他们的身份，但不一定有特定社会地位。⑪校尉：武职名。隋唐为武教官，位次将军。这句说要投笔从戎，弃文就武。⑫六钧弓：钧是古代重量计量单位之一，一钧相当于三十斤，六钧即拉力一百八十斤，用来比喻强弓。《左传·定公八年》载：“颜高之弓六钧。”这句说能用长戟和强弓去作战。

夏州胡常侍

百尺高台勃勃州，大刀长戟汉诸侯。
征鸿过尽边云阔，战马闲来塞草秋。
国计已推肝胆许，家财不为子孙谋。
仍闻陇蜀由多事，深喜将军未白头。

【注释】①陇蜀：《后汉书·岑彭传》载：“人苦不知足，既平陇，复望蜀。”陇：指陇右。蜀：指西蜀。后用“陇蜀”比喻人心不足，所求无厌。

筹笔驿

抛掷南阳为主忧，北征东讨尽良筹。
时来天地皆同力，运去英雄不自由。
千里山河轻孺子，两朝冠剑恨谯周。
唯余岩下多情水，犹解年年傍驿流。

【注释】①抛掷：投，扔，指别离。②南阳：诸葛亮隐居的地方隆中（今湖北襄阳）属南阳郡。③北征：指攻打曹操。④东讨：指攻打孙权。⑤运去：时运过去。⑥自由：自己能够做主。⑦孺子：指蜀后主刘禅。⑧两朝：指刘备、刘禅两朝。⑨冠剑：指文臣、武将。⑩谯周：蜀臣，因力劝刘禅降魏令人痛恨。

【点评】李商隐、温庭筠都有同题诗，以罗隐为最佳。“时来天地皆同力，运去英雄不自由。”道破历史规律，深得毛主席赞赏。丘吉尔同样深谙此理。他说成熟政客的一个基本功就是合理解释现实。走上坡路的时候，要让民众知道，正是在我们的带领下，才取得如此成绩；走下坡路的时候，也要让民众知道，正是在我们的带领下，才避免更大的损失。

金陵夜泊

冷烟轻澹傍衰丛，此夕秦淮驻断蓬。
栖雁远惊沽酒火，乱鸦高避落帆风。
地销王气波声急，山带秋阴树影空。
六代精灵人不见，思量应在月明中。

【注释】①金陵：古邑名。今江苏省南京市的别称。战国楚威王七年（前333）灭越后在今南京市清凉山（石城山）设金陵邑。李白《金陵歌送别范宣》：“金陵昔时何壮哉，席卷英豪天下来。”②轻澹：即轻淡。澹：一作“霭”，一作“雨”。③衰丛：衰败的树丛。④秦淮：河名。流经南京，是南京市名胜之一。相传秦始皇南巡至龙藏浦，发现有王气，于是凿方山，断长垄为渎入于江，以泄王气，故名秦淮。杜牧《泊秦淮》：“烟笼寒水月笼沙，夜泊秦淮近酒家。”⑤断蓬：犹飞蓬，比喻漂泊无定。此指船。王之涣《九日送别》：“今日暂同芳菊酒，明朝应作断蓬飞。”⑥雁：一作“鸟”。⑦沽酒：卖酒。汉桓宽《盐铁论·散不足》：“古者不粥饪，不市食。及其后，则有屠沽，沽酒市脯鱼盐而已。”⑧王气：旧指象征帝王运数的祥瑞之气。《东观汉记·光武帝纪》：“望气者言，舂陵城中有喜气，曰：‘美哉王气，郁郁葱葱。’”⑨六代：指东吴、东晋以及南朝的宋、齐、梁、陈六个朝代，都在建康（即金陵）建都，因唐朝人许嵩在《建康实录》一书记载了这六个朝代而得名。六：一作“数”。⑩精灵：精灵之气。指显贵人物。高适《同观陈十六史兴碑》：“荆衡气偏秀，江汉流不歇。此地多精灵，有时生才杰。”⑪思量：考虑，忖度。《晋书·王豹传》载：“得前后白事，具意，辄别思量也。”

广陵开元寺阁上作

满槛山川漾落晖，槛前前事去如飞。
云中鸡犬刘安过，月里笙歌炀帝归。
江蹙海门帆散去，地吞淮口树相依。
红楼翠幕知多少，长向东风有是非。

【注释】①云中鸡犬：喻仙家生活。《论衡校释》卷七："淮南王（刘安）学道，招会天下有道之人。倾一国之尊，下道术之士，是以道术之士，并会淮南，奇方异术，莫不争出。王遂得道，举家升天。畜产皆仙，犬吠于天上，鸡鸣于云中。此言仙药有余，犬鸡食之，并随王而升天也。"

黄河

莫把阿胶向此倾，此中天意固难明。
解通银汉应须曲，才出昆仑便不清。
高祖誓功衣带小，仙人占斗客槎轻。
三千年后知谁在，何必劳君报太平。

【注释】①莫把阿胶向此倾：语出庾信《哀江南赋》。阿胶：药名，据说将其投入浊水，可使浊水变清。②解（jiě）：能。③通银汉：古人说黄河的上游叫通天河，与天上的银河相通连。银汉：银河。④应须曲：双关语，既是说黄河曲曲弯弯上通天河，也是说人们只有逢迎拍马不走正道，才能混进朝廷，谋取高位。汉代民谣有"直如弦，死道边；曲如钩，反封侯"，即是此意。⑤出昆仑：先秦人以为黄河发源于昆仑山，至张骞上考河源才知不是。这里仍是姑妄言之。⑥高祖誓功衣带小：典出《史记·高祖功臣侯者年表序》，汉高祖平定天下，分封群臣时誓曰："使河如带，泰山若厉。国以永宁，爰及苗裔。"意思是无论今后出现什么事情，你们的领地也将世世代代传下去。⑦仙人占斗：意指权贵把持朝政。占斗：指严君平观测星象。⑧客槎（chá）：指升天所乘之槎。用晋张华《博物志》有人乘筏游天河遇牛女事。⑨三千年：旧说黄河五百年清一次，河清是圣人出现、天下太平的征兆。

绵谷回寄蔡氏昆仲

一年两度锦城游，前值东风后值秋。
芳草有情皆碍马，好云无处不遮楼。
山将别恨和心断，水带离声入梦流。
今日因君试回首，淡烟乔木隔绵州。

【注释】①绵谷：地名，今四川广元。②蔡氏昆仲：罗隐游锦江时认识的两兄弟。昆仲：称呼别人兄弟的敬辞。③两度：两次。④锦城：又称锦里、锦官城，故址在今四川省成都市南。城：一作“江”。⑤值：适逢，这里作“在”字解。⑥东风：这里指刮东风的时候，指代春天。⑦芳草：香草。⑧碍马：碍住马蹄。⑨别恨：离别之愁。⑩离声：别离的声音。⑪因君试回首：一作“不堪回首望”。君：指作者遇见的故人。⑫淡烟：淡淡的烟雾。淡：一作“古”。⑬乔木：主干明显而直立，分枝繁盛的木本植物。乔：一作“高”。⑭绵州：州名，隋始置，治所在巴西县（今绵阳东），其辖地相当于今天四川省罗江上游以东，潼河以西江油、绵阳间的涪江流域。

※ 韦庄

忆昔

昔年曾向五陵游，子夜歌清月满楼。
银烛树前长似昼，露桃花里不知秋。
西园公子名无忌，南国佳人号莫愁。
今日乱离俱是梦，夕阳唯见水东流。

【注释】①五陵：汉代五座皇帝的陵墓，因当时每立一陵都把四方富豪和外戚迁至陵墓附近居住，故又指代豪贵所居之处。②子夜：半夜。南朝乐府民歌有《子夜歌》数十首，皆吟咏男女爱情，歌极清丽。此处双关。③银烛：明烛。④露桃：《宋书·乐志》载：“桃生露井上。”杜牧《题桃花夫人庙》：“细腰宫里露桃新，脉脉无言度几春。”此处用露桃比喻艳若桃花的美女。⑤西园公子：指曹丕。西园：在今河南临漳县西，为曹操所筑。⑥无忌：本为信陵君之名，此处指代曹丕。韦縠《才调集》补注卷三载：“公子当是曹丕。今日无忌，盖以当时公予纵心于游乐，可直名之为无忌耳，非误认曹丕为信陵君也。”⑦莫愁：女子名。《旧唐书·音乐志》载：“《莫愁乐》，出于《石城乐》。石城有女子名莫愁，善歌谣，《石城乐》和中复有‘莫愁’声，故歌云：‘莫愁在何处？莫愁石城西。艇子打两桨，催送莫愁来。’”

关河道中

槐陌蝉声柳市风，驿楼高倚夕阳东。
往来千里路长在，聚散十年人不同。
但见时光流似箭，岂知天道曲如弓。
平生志业匡尧舜，又拟沧浪学钓翁。

【注释】①柳市：泛指柳树成荫的街市。②匡：辅助。

过扬州

当年人未识兵戈，处处青楼夜夜歌。
花发洞中春日永，月明衣上好风多。
淮王去后无鸡犬，炀帝归来葬绮罗。
二十四桥空寂寂，绿杨摧折旧官河。

【注释】①淮王：指汉淮南王刘安。前四句言其盛，后四句言其衰。《五七言今体诗钞》载，高骈、吕用之妄事神仙，故借称淮南，而实叹兵火之后鸡犬皆尽。②二十四桥：故址在江苏省扬州市江都西郊。③官河：运河。

江皋赠别

金管多情恨解携，一声歌罢客如泥。
江亭系马绿杨短，野岸维舟春草齐。
帝子梦魂烟水阔，谢公诗思碧云低。
风前不用频挥手，我有家山白日西。

【注释】①江皋：江岸，江边地。②金管：亦作“金琯”。指金属制的吹奏乐器。③维舟：系船停泊。④家山：谓故乡。

陪金陵府相中堂夜宴

满耳笙歌满眼花，满楼珠翠胜吴娃。
因知海上神仙窟，只似人间富贵家。
绣户夜攒红烛市，舞衣晴曳碧天霞。
却愁宴罢青娥散，扬子江头月半斜。

【注释】①金陵：指润州，即今江苏省镇江市，非指南京。唐人喜称镇江为丹徒或金陵。②府相：对东道主周宝的敬称。③中堂：大厅。④笙（shēng）歌：乐声和歌声，泛指音乐。⑤珠翠：妇女的饰物，这里代指美女。⑥吴娃：吴地的美女。⑦神仙窟：神仙居处。⑧绣户：指华丽的居室。⑨攒（cuán）：聚集。⑩青娥：指年轻貌美的女子。⑪扬子江：这里指润州附近的长江水域。

与东吴生相遇

十年身事各如萍，白首相逢泪满缨。
老去不知花有态，乱来唯觉酒多情。
贫疑陋巷春偏少，贵想豪家月最明。
且对一尊开口笑，未衰应见泰阶平。

【注释】①东吴生：姓名及生平事迹均不详，当是诗人初到润州或建康时结识的朋友。②十年：诗人从唐僖宗中和三年（883）流落江南起，直到唐昭宗乾宁元年（894）擢第，历十二年。此举成数。③身事：指人的经历和遭遇。一作“身世”。④白首：犹白发。表示年老。《史记·范雎蔡泽列传论》载：“范雎、蔡泽世所谓一切辩士，然游说诸侯至白首无所遇者，非计策之拙，所为说力少也。”⑤老去：谓人渐趋衰老。⑥乱：指唐末战乱。⑦陋巷：简陋的巷子。《论语·雍也》载：“贤哉，回也！一箪食，一瓢饮，在陋巷，人不堪其忧，回也不改其乐。”⑧豪家：指有钱有势的人家。《管子·轻重甲》载：“吾国之豪家迁封食邑而居者，君章之以物，则物重；不章以物，则物轻。”⑨且对：一作“独对”。⑩开口笑：

欢乐貌。语出《庄子·盗跖》："人上寿百岁，中寿八十，下寿六十，除病瘦（瘐）死丧忧患，其中开口而笑者，一月之中，不过四五日而已矣！"⑪泰阶：古星座名。即三台。上台、中台、下台共六星，两两并排而斜上，如阶梯，故名。古人认为泰阶星现，预兆风调雨顺，民康国泰。

上元县

南朝三十六英雄，角逐兴亡尽此中。
有国有家皆是梦，为龙为虎亦成空。
残花旧宅悲江令，落日青山吊谢公。
止竟霸图何物在，石麟无主卧秋风。

【注释】①南朝：南北朝时期，据有江南地区的宋、齐、梁、陈四朝的总称。因四朝都建都于建康，即今南京市，故后人或借指南京。②止竟：毕竟，究竟。

※ 方干

题报恩寺上方

来来先上上方看，眼界无穷世界宽。
岩溜喷空晴似雨，林萝碍日夏多寒。
众山迢递皆相叠，一路高低不记盘。
清峭关心惜归去，他时梦到亦难判。

【注释】①清峭：清丽挺拔。

旅次洋州寓居郝氏林亭

举目纵然非我有，思量似在故山时。
鹤盘远势投孤屿，蝉曳残声过别枝。
凉月照窗欹枕倦，澄泉绕石泛觞迟。
青云未得平行去，梦到江南身旅羁。

【注释】①旅次：旅途中暂作停留。②洋州：今陕西洋县，在汉水北岸。③举目：抬眼望。《晋书·王导传》载："周顗中坐而叹曰：'风景不殊，举目有江河之异。'"④似：一作"如"。⑤故山：旧山。喻家乡。⑥远势：谓远物的气势、姿态。⑦孤屿：孤岛。⑧曳：拖着。⑨别枝：另一枝，斜枝。⑩凉月：秋月。⑪窗：一作"床"。⑫攲（qī）：斜倚。⑬澄泉：清泉。⑭泛觞：谓饮酒。古园林中常引水流入石砌的曲沟中，宴时以酒杯浮在水面，漂到谁的面前，就谁饮。储光羲《京口送别王四谊》："明年菊花熟，洛东泛觞游。"⑮迟：慢。⑯青云：高位，喻高官显爵。⑰平行：平步。⑱"梦到"句：一作"梦到江头身在兹"。旅羁：久居他乡。

【点评】开句怪异的一首唐诗。

赠美人

直缘多艺用心劳，心路玲珑格调高。
舞袖低徊真蛱蝶，朱唇深浅假樱桃。
粉胸半掩疑晴雪，醉眼斜回小样刀。
才会雨云须别去，语惭不及琵琶槽。

【注释】①琵琶槽：琵琶上架弦的格子。亦指琵琶。

※ 司空图

退栖

宦游萧索为无能，移住中条最上层。
得剑乍如添健仆，亡书久似失良朋。
燕昭不是空怜马，支遁何妨亦爱鹰。
自此致身绳检外，肯教世路日兢兢。

【注释】①中条：谓排列次序居中的一项。②亡书：指书籍散失。③燕昭：即战国时燕昭王。后代称其为渴于求贤之君。④绳检：规矩，法度，约束。⑤兢兢：小心谨慎貌。

【点评】“得剑乍如添健仆，亡书久似失良朋。”说得太好了，古人好诗，安心享用。

归王官次年作

乱后烧残数架书，峰前犹自恋吾庐。
忘机渐喜逢人少，览镜空怜待鹤疏。
孤屿池痕春涨满，小栏花韵午晴初。
酣歌自适逃名久，不必门多长者车。

【注释】①逃名：逃避声名而不居。②长者车：长者辙。显贵者所乘车辆之行迹。语本《史记·陈丞相世家》：“（陈平）家乃负郭穷巷，以弊席为门，然门外多有长者车辙。”后常用为称颂来访者之典实。

※ 李远

失鹤

秋风吹却九皋禽，一片闲云万里心。
碧落有情应怅望，青天无路可追寻。
来时白云翎犹短，去日丹砂顶渐深。
华表柱头留语后，更无消息到如今。

【注释】①九皋禽：鹤。《诗经·小雅·鹤鸣》：“鹤鸣于九皋，声闻于野。”②碧落：道家称东方第一层天，碧霞满空，叫作“碧落”。这里泛指天上。白居易《长恨歌》：“上穷碧落下黄泉，两处茫茫皆不见。”③华表：古代用以表示王者纳谏或指示道路的木柱。

【点评】不经意想起小区的小狗招贴启事，狗离人则死，鹤离人则生，惆怅个啥呢。

※ 鱼玄机

寄子安

醉别千卮不浣愁，离肠百结解无由。
蕙兰销歇归春圃，杨柳东西绊客舟。
聚散已悲云不定，恩情须学水长流。
有花时节知难遇，未肯厌厌醉玉楼。

【注释】①卮（zhī）：酒杯。②蕙兰：香草。③春圃：苗圃。④聚散：团聚和离散，离合悲欢。⑤厌厌：无精打采。

【点评】七律适合这类儿女情长的表达。

※ 韩偓

安贫

手风慵展八行书，眼暗休寻九局图。
窗里日光飞野马，案头筠管长蒲卢。
谋身拙为安蛇足，报国危曾捋虎须。
举世可能无默识，未知谁拟试齐竽？

【注释】①筠管：竹管。亦用以指笔管、毛笔。②蒲卢：又名螺蠃，一种细腰蜂，每产卵于小孔穴中。③捋虎须：《三国志·吴志·朱桓传》“臣疾当自愈”。裴松之注引晋张勃《吴录》：“桓奉觞曰：‘臣当远去，愿一捋陛下须，无所复恨。’权冯几前席，桓进前捋须曰：‘臣今日真可谓捋虎须也。’权大笑。”后因以“捋虎须”喻撩拨强有力者，谓冒风险。④齐竽：犹滥竽。指不学无术的人。

咏浴

再整鱼犀拢翠簪，解衣先觉冷森森。
教移兰烛频羞影，自试香汤更怕深。

初似洗花难抑按，终忧沃雪不胜任。
岂知侍女帘帷外，剩取君王几饼金。

【注释】①香汤：调有香料的热水。②沃雪：谓以热水浇雪。比喻事情极易解决。③“岂知”二句：《赵后外传》载：“昭仪浴，帝窃观之，令侍儿勿言，投赠以金，一浴赐百饼。”

残春旅舍

旅舍残春宿雨晴，恍然心地忆咸京。
树头蜂抱花须落，池面鱼吹柳絮行。
禅伏诗魔归净域，酒冲愁阵出奇兵。
两梁免被尘埃污，拂拭朝簪待眼明。

【注释】①残春：春天将去，百花凋残。②宿雨晴：指一夜宿雨，清晨放晴。③恍然：忽然。④咸京：指唐都城长安。⑤柳絮行：指柳絮随风飘飞。⑥诗魔：佛家禅理认为作诗是文字“魔障”。⑦归净域：指归到那洁净的地方。净域：亦称“净土”，佛语，指无浊无垢之地。⑧酒冲：用酒来冲击。⑨愁阵：愁苦如重重敌阵。⑩出奇兵：借酒浇愁，如同出奇兵破阵一样。⑪两梁：冠名。《唐诗鼓吹》的注释中说汉代“秩千石，冠两梁”。⑫尘埃污：指沾上尘埃，暗指投敌变节。⑬拂拭：掸灰擦尘。⑭朝簪：指戴朝帽时所用的冠饰。⑮待眼明：等待大唐复兴。

春尽

惜春连日醉昏昏，醒后衣裳见酒痕。
细水浮花归别涧，断云含雨入孤村。
人闲易有芳时恨，地迥难招自古魂。
惭愧流莺相厚意，清晨犹为到西园。

【注释】①惜春：爱怜春色。②酒痕：酒污的痕迹。③浮：一作“漾”。④别涧：另外一条河流。涧：一作“浦”。⑤断云：片片云朵。⑥人闲：作者在朱全忠当权时，被贬到濮州，后来依附他人，终日无所事事。⑦有：一作“得”。⑧芳时恨：

就是春归引起的怅恨。终日闲待，不能有所作为，辜负了大好时光，故有“芳时恨”之感。芳时：指春天。⑨地迥：地居偏远。迥：一作“胜”。⑩古魂：故人的精魂，指老友已故化为精魂。⑪流莺：叫声悦耳的莺。流：谓其鸣声婉转悦耳。⑫厚意：深情厚谊。

三月

辛夷才谢小桃发，蹋青过后寒食前，
四时最好是三月，一去不回唯少年。
吴国地遥江接海，汉陵魂断草连天。
新愁旧恨真无奈，须就邻家瓮底眠。

【注释】①辛夷：木兰，也叫玉兰。②寒食：清明的前一天（一说前两天）。③汉陵：西汉历朝帝王的陵墓，在陕西成阳北原（亦称五陵原）。④“须就”句：《晋中兴书》载：“（毕卓）常饮酒废职，比舍郎酿酒熟，卓因醉，夜至其瓮间取酒饮之。掌酒者不察，谓是盗执而缚之，郎往视，乃毕，吏部也，遽释其缚。卓遂引主人燕于瓮侧，致醉而去。卓常谓人曰：‘右手持酒杯，左手持蟹螯。拍浮酒池中，便足了一生。’”

五更

往年曾约郁金床，半夜潜身入洞房。
怀里不知金钿落，暗中唯觉绣鞋香。
此时欲别魂俱断，自后相逢眼更狂。
光景旋消惆怅在，一生赢得是凄凉。

【注释】①金钿：指嵌有金花的妇人首饰。

※ 张泌

洞庭阻风

空江浩荡景萧然，尽日菰蒲泊钓船。
青草浪高三月渡，绿杨花扑一溪烟。
情多莫举伤春目，愁极兼无买酒钱。
犹有渔人数家住，不成村落夕阳边。

【注释】①菰（gū）：即艾白。②蒲（pú）：水草。菰与蒲，皆生长在浅水处。③青草：湖名，今在湖南省岳阳县西南，接湘阴县界，因湖南省有青草山，而且湖中多青草，故名。青草湖向来就和洞庭湖并称。一湖之内，有沙洲间隔，一名青草，一名洞庭。

边上

戍楼吹角起征鸿，猎猎寒旌背晚风。
千里暮烟愁不尽，一川秋草恨无穷。
山河惨澹关城闭，人物萧条市井空。
只此旅魂招未得，更堪回首夕阳中。

【注释】①边上：边境，边疆。

※ 杜荀鹤

自叙

酒瓮琴书伴病身，熟谙时事乐于贫。
宁为宇宙闲吟客，怕作乾坤窃禄人。
诗旨未能忘救物，世情奈值不容真。
平生肺腑无言处，白发吾唐一逸人。

【注释】①乾坤：天地间。②窃禄：盗窃官俸，犹言尸位素餐。③诗旨：作诗的意旨。④救物：拯救百姓。⑤值：遇。⑥吾唐：唐人称本朝。⑦逸人：避世隐居者。

山中寡妇

夫因兵死守蓬茅，麻苎衣衫鬓发焦。
桑柘废来犹纳税，田园荒后尚征苗。
时挑野菜和根煮，旋斫生柴带叶烧。
任是深山更深处，也应无计避征徭。

【注释】①题注：一作“时世行”。②蓬茅：茅草盖的房子。③麻苎（zhù）：即苎麻。④鬓发焦：因吃不饱、身体缺乏营养而头发变成枯黄色。⑤后：一作“尽”。⑥征苗：征收农业税。⑦和：带着，连。⑧旋：同“现”。⑨斫：砍。⑩生柴：刚从树上砍下来的湿柴。⑪征徭：赋税和徭役。

乱后逢村叟

经乱衰翁居破村，村中何事不伤魂。
因供寨木无桑柘，为著乡兵绝子孙。
还似平宁征赋税，未尝州县略安存。
至今鸡犬皆星散，日落前山独倚门。

【注释】①题注：一作“时世行”。②乱后：指唐末黄巢起义后。③经乱：经过战乱。此句一作“八十老翁住坡村”。④伤魂：伤心。此句一作“村中牢落不堪论”。⑤寨木：修建军队营寨用的木头。⑥著：一作“点”，点派，征集。⑦乡兵：地方武装。⑧平宁：太平安宁的年头。⑨未尝：不曾。⑩略：稍微。⑪安存：安抚体恤。⑫星散：像星星一样分散消失，不知去向。⑬独：一作“哭”。

旅泊遇郡中叛乱示同志

握手相看谁敢言，军家刀剑在腰边。
遍搜宝货无藏处，乱杀平人不怕天。

古寺拆为修寨木，荒坟开作甃城砖。
郡侯遂出浑闲事，正是銮舆幸蜀年。

【注释】①甃（zhòu）城：筑城，修城。②浑闲事：犹言寻常事。③銮舆：即銮驾，天子车驾。

秋宿临江驿

南来北去二三年，年去年来两鬓斑。
举世尽从愁里老，谁人肯向死前闲。
渔舟火影寒归浦，驿路铃声夜过山。
身事未成归未得，听猿鞭马入长关。

【注释】①长关：一作“长安”。

※ 崔涂

春夕

水流花谢两无情，送尽东风过楚城。
胡蝶梦中家万里，子规枝上月三更。
故园书动经年绝，华发春唯满镜生。
自是不归归便得，五湖烟景有谁争。

【注释】①题注：一作“春夕旅怀”。②楚城：指湖北、湖南一带的城市，泛指旅途经过的楚地，作者另有《湘中秋怀迁客》《夷陵夜泊》等诗。首二句感时，慨叹春光易逝。③胡蝶：即蝴蝶。胡蝶梦，意即往事如梦。语出《庄子·内篇·齐物论》：“昔者庄周梦为胡蝶，栩栩然胡蝶也。”④子规：一作“杜鹃”，其鸣声凄切。上句写思家，下句写春夕。子规（即杜鹃）夜啼切“春夕”，与“家万里”联系。⑤动：动辄、每每之意。⑥经：一作“多”。⑦绝：一作“别”。⑧华发：白发。⑨唯：一作“移”。⑩满镜：一作“两鬓”。⑪五湖：春秋时，范蠡佐越王勾践成就霸业之后，辞官，乘扁舟泛五湖而去。这两句说，我现在还没有归去，我要归去就可以归去，故乡的五湖风景是没有人来和我争夺的。言外之意，既然如此为什么还留滞他乡呢？有自嘲意。

【点评】用典轻巧。

※ 李洞

赠曹郎中崇贤所居

闲坊宅枕穿宫水，听水分衾盖蜀缯。
药杵声中捣残梦，茶铛影里煮孤灯。
刑曹树荫千年井，华岳楼开万仞冰。
诗句变风官渐紧，夜涛春断海边藤。

【注释】①题注：一作“上崇贤曹郎中”。②蜀缯：一作“蜀僧”。③茶铛（chēng）：煎茶用的釜。④刑曹：分管刑事的官署或属官。

※ 吴融

金桥感事

太行和雪叠晴空，二月郊原尚朔风。
饮马早闻临渭北，射雕今欲过山东。
百年徒有伊川叹，五利宁无魏绛功？
日暮长亭正愁绝，哀笳一曲戍烟中。

【注释】①伊川：古地名。指伊水所流经的伊河流域。周平王迁都洛阳时，大夫辛有在伊水附近看到一个披发的人在野外祭祀。披发是戎族的风俗习惯，辛有据此预言这地方必将沦为戎人居所。辛有死后，戎人果然迁居于伊水之滨。②魏绛：春秋时晋悼公的大夫。晋国所在地，汉戎杂居，民族间经常发生战争。魏绛曾建议用“和戎”方式解决矛盾，他认为和戎有五利。晋悼公采用了魏绛的主张，收到“修民事，田以时”的政治效果。

【点评】有小杜风味。

子规

举国繁华委逝川，羽毛飘荡一年年。
他山叫处花成血，旧苑春来草似烟。
雨暗不离浓绿树，月斜长吊欲明天。
湘江日暮声凄切，愁杀行人归去船。

【注释】①子规：杜鹃鸟。古代传说它的前身是蜀国国王，名杜宇，号望帝，后来失国身死，魂魄化为杜鹃，悲啼不已。②国：故国。③委：舍弃，丢弃。④他山：别处的山，这里指异乡。⑤苑：古代养禽兽植林木的地方，花园。⑥草似烟：形容草木依然茂盛。⑦长：通“常”，持续，经常。⑧吊：悬挂。⑨湘江：长江支流，在今湖南省。⑩愁杀：亦作“愁煞”，谓使人极为忧愁。杀：表示程度深。

彭门用兵后经汴路

铁马云旗梦渺茫，东来无处不堪伤。
风吹白草人行少，月落空城鬼啸长。
一自纷争惊宇宙，可怜萧索绝烟光。
曾为塞北闲游客，辽水天山未断肠。

【注释】①铁马：配有铁甲的战马。有时亦指雄师劲旅。《文选·陆倕〈石阙铭〉》载：“铁马千群，朱旗万里。”李善注：“铁马，铁甲之马。”②一自：犹言自从。③塞北：指长城以北。亦泛指我国北边地区。《后汉书·袁安传》载：“北单于为耿夔所破，遁走乌孙，塞北地空，余部不知所属。”南朝梁江淹《侍始安王石头》：“何如塞北阴，云鸿尽来翔。”隋江总《赠贺左丞萧舍人》：“江南有桂枝，塞北无萱草。”《敦煌变文集·王昭君变文》载：“居塞北者，不知江海有万斛之船。”

途中见杏花

一枝红艳出墙头，墙外行人正独愁。
长得看来犹有恨，可堪逢处更难留。
林空色暝莺先到，春浅香寒蝶未游。
更忆帝乡千万树，澹烟笼日暗神州。

【注释】①红艳：一作“红杏”。宋叶绍翁《游园不值》挪用此句，“春色满园关不住，一枝红杏出墙来”。

【点评】红杏出墙的最早版本。吴融另有一首《渡淮作》：“红杏花时辞汉苑，黄梅雨里上淮船。雨迎花送长如此，辜负东风十四年。”有故事的过来人！

※ 郑谷

海棠

春风用意匀颜色，销得携觞与赋诗。
秾丽最宜新著雨，娇饶全在欲开时。
莫愁粉黛临窗懒，梁广丹青点笔迟。
朝醉暮吟看不足，羡他蝴蝶宿深枝。

【注释】①娇饶：娇纵，娇宠。晋葛洪《抱朴子·自叙》：“洪者，君之第三子也。生晚，为二亲所娇饶，不早见督以书史。”

【点评】末代开始咏物，宋词也不例外。丧志就开始玩物。

辇下冬暮咏怀

永巷闲吟一径蒿，轻肥大笑事风骚。
烟含紫禁花期近，雪满长安酒价高。

失路渐惊前计错，逢僧更念此生劳。
十年春泪催衰飒，羞向清流照鬓毛。

【注释】①辇下：犹辇毂（gǔ）下，犹言在皇帝车舆之下。代指京城。《唐音戊签》载，初稿附记：“觅句干名只自劳，苦吟殊未补《风》《骚》。烟开水国花期近，雪满长安酒价高。旧业已荒青霭远，寒江空忆白云涛。不知春到情何限？惟恐流年损鬓毛。”②轻肥：“轻裘肥马”的略语。

舟行

九派迢迢九月残，舟人相语且相宽。
村逢好处嫌风便，酒到醒来觉夜寒。
蓼渚白波喧夏口，柿园红叶忆长安。
季鹰可是思鲈脍，引退知时自古难。

【注释】①九派：长江在湖北、江西一带，分为很多支流，因以九派称这一带的长江。汉刘向《说苑·君道》载：“禹凿江以通于九派，洒五湖而定东海。”晋郭璞《江赋》：“源二分于崌崃，流九派乎浔阳。”孟浩然《自浔阳泛舟经明海》：“大江分九派，淼漫成水乡。”②夏口：古地名，位于汉水下游入长江处，由于汉水自沔阳以下古称夏水，故名。夏口在江北，三国吴置夏口督屯于江南，北筑城于武汉市黄鹄山上，与夏口隔江相对。③季鹰：《世说新语笺疏》载：“张季鹰辟齐王东曹掾，在洛见秋风起，因思吴中菰菜羹、鲈鱼脍，曰：‘人生贵得适意尔，何能羁宦数千里以要名爵！’遂命驾便归。俄而齐王败，时人皆谓为见机。”

鹧鸪

暖戏烟芜锦翼齐，品流应得近山鸡。
雨昏青草湖边过，花落黄陵庙里啼。
游子乍闻征袖湿，佳人才唱翠眉低。
相呼相应湘江阔，苦竹丛深日向西。

【注释】①题注：谷以此诗得名，时号"郑鹧鸪"。②戏：嬉戏。③烟芜：烟雾弥漫的荒地。④锦翼：彩色的羽毛。⑤品流：等级，类别。⑥雨昏：下雨天空阴沉。⑦青草湖：又名巴丘湖，在洞庭湖东南。⑧黄陵庙：祭祀娥皇、女英的庙。传说帝舜南巡，死于苍梧。二妃从征，溺于湘江，后人遂立祠于水侧，是为黄陵庙。⑨游子：离家在外或久居外乡的人。⑩乍（zhà）闻：刚听到。⑪征袖：指游子的衣袖。征：远行。⑫翠眉：古时女子用螺黛（一种青黑色矿物颜料）画的眉。⑬湘江阔：宽阔的湘江。湘江：长江支流，在今湖南省。⑭苦竹：竹的一种，笋味苦。⑮日向：一作"春日"。

【点评】李商隐遗绪。

中年

漠漠秦云澹澹天，新年景象入中年。
情多最恨花无语，愁破方知酒有权。
苔色满墙寻故第，雨声一夜忆春田。
衰迟自喜添诗学，更把前题改数联。

【注释】①故第：故宅，旧居。②诗学：作诗论诗的学问。

※ 秦韬玉

贫女

蓬门未识绮罗香，拟托良媒益自伤。
谁爱风流高格调，共怜时世俭梳妆。
敢将十指夸针巧，不把双眉斗画长。
苦恨年年压金线，为他人作嫁衣裳。

【注释】①蓬门：用蓬茅编扎的门，指穷人家。②绮罗：华贵的丝织品或丝绸制品。这里指富贵妇女的华丽衣裳。③拟：打算。④托良媒：拜托好的媒人。⑤益：更加。⑥风流高格调：指格调高雅的装扮。风流：指意态娴雅。高格调：

很高的品格和情调。⑦怜：喜欢，欣赏。⑧时世俭梳妆：当时妇女的一种装扮。称“时世妆”，又称“俭妆”。时世：当世，当今。一说此处“俭”作“险”解，俭梳妆意为奇形怪状的打扮。⑨针：《全唐诗》作“偏”，一作“纤”。⑩斗：比较，竞赛。⑪苦恨：非常懊恼。⑫压金线：用金线绣花。“压”是刺绣的一种手法，这里作动词用，是刺绣的意思。

【点评】“为他人作嫁衣裳。”古今中外有几人不是这样呢？

※ 崔珏

哭李商隐

虚负凌云万丈才，一生襟抱未曾开。
鸟啼花落人何在，竹死桐枯凤不来。
良马足因无主踠，旧交心为绝弦哀。
九泉莫叹三光隔，又送文星入夜台。

【注释】①凌云：多形容志向崇高或意气高超。②襟抱：怀抱之意。这里指远大的理想。③竹死桐枯：传说中的凤凰非甘泉不饮，非竹不食，非梧桐不栖。这里是说社会残酷地剥夺了李商隐生存下去的条件。④踠（wǎn）：屈曲、弯曲的意思。⑤绝弦：断绝琴弦，喻失去知音。《吕氏春秋·本味》：“伯牙鼓琴，钟子期听之。方鼓琴而志在太山，钟子期曰：‘善哉乎鼓琴，巍巍乎若太山。’少选之间，而志在流水，钟子期又曰：‘善哉乎鼓琴，汤汤乎若流水。’钟子期死，伯牙破琴绝弦，终身不复鼓琴，以为世无足复为鼓琴者。”⑥九泉：犹黄泉。指人死后的葬处。⑦三光：古人以日月星为三光。⑧文星：文曲星，传说中天上掌管人间文事的星宿，通常指富有文才的人，此处指李商隐。

和友人鸳鸯之什

翠鬣红毛舞夕晖，水禽情似此禽稀。
暂分烟岛犹回首，只渡寒塘亦共飞。

映雾尽迷珠殿瓦，逐梭齐上玉人机。
采莲无限兰桡女，笑指中流羡尔归。

【注释】①题注：作者因此有“崔鸳鸯”的美誉。②翠鬣（liè）：鸟头上的绿毛。

【点评】“暂分烟岛犹回首，只渡寒塘亦共飞。”开启史达祖咏燕词。

※ 姚岩杰

报颜标

为报颜公识我么，我心唯只与天和。
眼前俗物关情少，醉后青山入意多。
田子莫嫌弹铗恨，宁生休唱饭牛歌。
圣朝若为苍生计，也合公车到薜萝。

【注释】①弹铗：弹击剑把。铗：剑把。《战国策·齐策四》：“齐人有冯谖者，贫乏不能自存，使人属孟尝君，愿寄食门下。……居有顷，倚柱弹其剑，歌曰：‘长铗归来乎！食无鱼。’”后因以“弹铗”谓处境窘困而又欲有所干求。谓寄食权门。②饭牛歌：又名《扣角歌》《牛角歌》《商歌》。古歌名。相传春秋时卫人宁戚喂牛于齐国东门外，待桓公出，扣牛角而唱此歌。见《楚辞·离骚》“宁戚之讴歌兮，齐桓闻以该辅”，王逸注引《三齐记》所载歌辞：“南山矸，白石烂，生不遭尧与舜禅，短布单衣适至骭，从昏饭牛薄夜半，长夜漫漫何时旦。”后遂用作寒士自求用世的典故。③公车：汉代以公家车马递送应征的人，后因以“公车”为举人应试的代称。④薜萝：借指隐者或高士的住所。

※ 李山甫

寓怀

万古交驰一片尘，思量名利孰如身。
长疑好事皆虚事，却恐闲人是贵人。
老逐少来终不放，辱随荣后直须匀。
劝君不用夸头角，梦里输赢总未真。

【注释】①交驰：交相奔走，往来不断。

南山

钝碧顽青几万秋，直无天地始应休。
莫嫌尘土佯遮面，能向楼台强出头。
霁色陡添千尺翠，夕阳闲放一堆愁。
假饶不是神仙骨，终抱琴书向此游。

【注释】①霁色：晴朗的天色。

寒食

柳带东风一向斜，春阴澹澹蔽人家。
有时三点两点雨，到处十枝五枝花。
万井楼台疑绣画，九原珠翠似烟霞。
年年今日谁相问，独卧长安泣岁华。

【注释】①柳带：柳条。因其细长如带，故称。

【点评】“有时三点两点雨，到处十枝五枝花。”作诗到这分上，不是一般的轻松。

上元怀古

南朝天子爱风流，尽守江山不到头。
总是战争收拾得，却因歌舞破除休。
尧行道德终无敌，秦把金汤可自由。
试问繁华何处有，雨苔烟草古城秋。

【注释】①金汤：金属造的城，沸水流淌的护城河。形容城池险固。《汉书·蒯通传》载："必将婴城固守，皆为金城汤池，不可攻也。"颜师古注："金以喻坚，汤喻沸热不可近。"

【点评】"总是战争收拾得，却因歌舞破除休"与王安石"霸祖孤身取二江，子孙多以百城降"意思相同。

贫女

平生不识绣衣裳，闲把荆钗亦自伤。
镜里只应谙素貌，人间多自信红妆。
当年未嫁还忧老，终日求媒即道狂。
两意定知无说处，暗垂珠泪湿蚕筐。

【注释】①荆钗：荆枝制作的髻钗。古代贫家妇女常用之。

送李秀才入军

弱柳贞松一地栽，不因霜霰自难媒。
书生只是平时物，男子争无乱世才。
铁马已随红旆去，同人犹著白衣来。
到头功业须如此，莫为初心首重回。

【注释】①红旆（pèi）：红旗。

【点评】“书生只是平时物，男子争无乱世才。”实话。

阴地关崇徽公主手迹

一拓纤痕更不收，翠微苍藓几经秋。
谁陈帝子和蕃策，我是男儿为国羞。
寒雨洗来香已尽，淡烟笼著恨长留。
可怜汾水知人意，旁与吞声未忍休。

【注释】①阴地关：在山西省灵山县境内汾河河畔。②崇徽公主：唐代宗时将领仆固怀恩之女。769年代宗封她为崇徽公主，和亲回纥，途经山西阴地关，传说在那里的石头上留下指痕。诗人另有一首诗《代崇徽公主意》：“金钗坠地鬓堆云，自别朝阳帝岂闻，遣妾一身安社稷，不知何处用将军！”③拓：按。④不收：不掉。⑤翠微：指青山。⑥苍藓：长在阴湿地方的一种茎叶根细小而不分明的低级植物。⑦陈：说。⑧帝子：指崇徽公主。⑨香：这里指的是指痕的余香。⑩汾水：在山西省。发源于宁武县管涔山，从省中部经太原向东南，于河津注入黄河。⑪吞声：喻水声呜咽如泣。

【点评】“谁陈帝子和蕃策，我是男儿为国羞。”精警！

隋堤柳

曾傍龙舟拂翠华，至今凝恨倚天涯。
但经春色还秋色，不觉杨家是李家。
背日古阴从北朽，逐波疏影向南斜。
年年只有晴风便，遥为雷塘送雪花。

【注释】①隋堤柳：隋炀帝时沿通济渠、邗沟河岸所植的柳树。②翠华：天子仪仗中以翠羽为饰的旗帜或车盖。③李家：特指唐皇室。④雷塘：地名。在江苏扬州城北。隋唐时为风景胜地。隋炀帝葬此。

※ 刘威

游东湖黄处士园林

偶向东湖更向东，数声鸡犬翠微中。
遥知杨柳是门处，似隔芙蓉无路通。
樵客出来山带雨，渔舟过去水生风。
物情多与闲相称，所恨求安计不同。

【注释】①处士：本指有才德而隐居不仕的人，后亦泛指未做过官的士人。②翠微：指青翠掩映的山腰幽深处。③相称：相符，相配。

※ 张蠙

夏日题老将林亭

百战功成翻爱静，侯门渐欲似仙家。
墙头雨细垂纤草，水面风回聚落花。
井放辘轳闲浸酒，笼开鹦鹉报煎茶。
几人图在凌烟阁，曾不交锋向塞沙？

【注释】①林亭：老将军的住所。②翻：副词，反而。③侯门：君主时代五等爵位第二等为侯，这里指老将军的府第。④仙家：仙人所住之处。⑤纤（xiān）草：细草，小草。⑥辘轳（lù lú）：利用轮轴制成的一种起重工具，用在井上汲水。⑦煎茶：烹煮茶水。⑧凌烟阁：贞观十七年（643），唐太宗将开国功臣长孙无忌等二十四人的画像刻在凌烟阁内。唐太宗亲自作赞，褚遂良书，阎立本画。这二十四人都曾是带兵打仗的武将。⑨向塞沙：在塞外沙场作战。这里泛指带兵作战。

※ 唐彦谦

道中逢故人

兰陵市上忽相逢，叙别殷勤兴倍浓。
良会若同鸡黍约，暂时不放酒杯空。
愁牵白发三千丈，路入青山几万重。
行色一鞭催去马，画桥嘶断落花风。

【注释】①鸡黍约：东汉范式在他乡与其挚友张劭约定，两年后当赴劭家相会。劭归告其母，请届时设酒食候之。母曰："二年之别，千里结言，尔何相信之审邪？"劭谓式信士，必不乖违。至其日，式果至。二人对饮，尽欢而别。事见《后汉书·独行传·范式》。后以"鸡黍约"为友谊深长、聚会守信之典。

长陵

长安高阙此安刘，祔葬累累尽列侯。
丰上旧居无故里，沛中原庙对荒丘。
耳闻明主提三尺，眼见愚民盗一抔。
千载腐儒骑瘦马，渭城斜月重回头。

【注释】①安刘：指汉初商山四皓辅助太子，安定刘氏江山之事。②祔葬：合葬。亦谓葬于先茔之旁。③原庙：在正庙以外另立的宗庙。《史记·高祖本纪》载："及孝惠五年，思高祖之悲乐沛，以沛宫为高祖原庙。"裴骃集解："谓'原'者，再也。先既已立庙，今又再立，故谓之原庙。"④三尺：指法律。《史记·酷吏列传》载："周曰：'三尺安出哉？'"裴骃集解引《汉书音义》："以三尺竹简书法律也。"⑤渭城：地名。本秦都咸阳，汉高祖元年改名新城，后废。武帝元鼎三年（前114）复置，改名渭城。东汉并入长安县。治所在今陕西咸阳东北二十里。

【点评】唐彦谦还有一首同类七绝《仲山》："千载遗踪寄薜萝，沛中乡里旧山河。长陵亦是闲丘陇，异日谁知与仲多？"和杜甫的《重经昭陵》对比，简直是黑色幽默。

采桑女

春风吹蚕细如蚁，桑芽才努青鸦嘴。
侵晨采桑谁家女，手挽长条泪如雨。
去岁初眠当此时，今岁春寒叶放迟。
愁听门外催里胥，官家二月收新丝。

【注释】①青鸦：乌鸦。②侵晨：天快亮时，拂晓。③里胥：指里长。④新丝：当年的蚕丝。

※ 谭用之

秋宿湘江遇雨

湘上阴云锁梦魂，江边深夜舞刘琨。
秋风万里芙蓉国，暮雨千家薜荔村。
乡思不堪悲橘柚，旅游谁背重王孙。
渔人相见不相问，长笛一声归岛门。

【注释】①湘江：即湘水，发源于广西兴安县海阳山，北流至湖南，注入洞庭湖，是湖南省最大的河流。②锁：束缚，封住。③梦魂：梦乡之魂，指思乡之情。④刘琨：晋朝人，少怀壮志，与祖逖相互激励，常闻鸡鸣而起来舞剑，准备为国家贡献力量。后来常用这个故事以表示胸怀壮志。⑤芙蓉国：湖南省内因广种荷花，故有芙蓉国之称。⑥薜荔：又名木莲，一种常绿蔓生植物，多生于田野间。古人把它看成香草。屈原《九歌·山鬼》："若有人兮山之阿，被薜荔兮带女萝。"⑦橘柚：这两种水果都盛产于南方，在秋冬成熟。橘一向被称为"嘉树"。⑧旅游：离家旅行在外。⑨王孙：本意是贵族子弟，有时也指隐士，这里是作者自指。《楚辞·招隐士》："王孙游兮不归，春草生兮萋萋。"⑩岛门：岛上。

※ 沈彬

塞下

塞叶声悲秋欲霜，寒山数点下牛羊。
映霞旅雁随疏雨，向碛行人带夕阳。
边骑不来沙路失，国恩深后海城荒。
胡儿向化新成长，犹自千回问汉王。

【注释】①向化：归服。②汉王：秦末项羽入关后给刘邦的封号。

入塞曲

欲为皇王服远戎，万人金甲鼓鼙中。
阵云黯塞三边黑，兵血愁天一片红。
半夜翻营旗搅月，深秋防戍剑磨风。
谤书未及明君爇，卧骨将军已殁功。

【注释】①鼓鼙（pí）：亦作“鼓鞞”，古代军中常用的乐器。借指征战。②谤书：诽谤和攻讦他人的书函。③爇（ruò）：烧。

※ 李中

登毗陵青山楼

高楼闲上对晴空，豁目开襟半日中。
千里吴山清不断，一边辽海浸无穷。
人生歌笑开花雾，世界兴亡落叶风。
吟罢倚栏何限意，回头城郭暮烟笼。

【注释】①毗（pí）陵：古地名。本春秋时吴季札封地延陵邑。西汉置县，治所在今江苏省常州市。三国吴时，为毗陵典农校尉治所。晋太康二年（281）始置郡，治所移丹徒。历代废置无常，后世多称今江苏常州一带为毗陵。

暮春有感寄宋维员外

杜宇声中老病心，此心无计驻光阴。
西园雨过好花尽，南陌人稀芳草深。
喧梦却嫌莺语老，伴吟惟怕月轮沈。
明年才候东风至，结驷期君预去寻。

【注释】①结驷：一车并驾四马。《楚辞·招魂》：“青骊结驷兮齐千乘，悬火延起兮玄颜烝。”王逸注：“结，连也。四马为驷。”《文选·张衡〈西京赋〉》：“旗不脱扃，结驷方蕲。”薛综注：“结驾驷马，方行而入也。”

※ 刘兼

蜀都道中

剑关云栈乱峥嵘，得丧何由险与平。
千载龟城终失守，一堆鬼录漫留名。
季年必不延昏主，薄赏那堪激懦兵。
李特后来多二世，纳降归拟尽公卿。

【注释】①龟城：四川成都的别称。

※ 若虚

怀庐山旧隐

九叠嵯峨倚着天，悔随寒瀑下岩烟。
深秋猿鸟来心上，夜静松杉到眼前。
书架想遭苔藓裹，石窗应被薜萝缠。
一枝筇竹游江北，不见炉峰二十年。

【注释】①九叠：无数山峰重重叠叠。九极言其多，并非确数。②嵯峨（cuó é）：山峰高峻貌。③“悔随”句：意即后悔跟随着山中瀑布泉水的奔流而离开了庐山。岩烟：山岩与烟雾，指被烟雾缠绕着的庐山。④“深秋”句：回忆隐居庐山时，每当深秋，猿鸟的啼鸣在心中引起共鸣和感慨。⑤“夜静”句：回忆隐居庐山时，一到夜晚，眼前只有松杉树木，显得何等安谧宁静。⑥“书架”句：旧居书房的书架四周料想被苔藓包裹着，无人过问。⑦“石窗”句：旧居卧室的小石窗也被薜荔女萝等藤草缠盖，几乎荒废。⑧筇（qióng）竹：筇竹可制手杖，故手杖可称为“筇节”或“筇竹”。⑨炉峰：香炉峰，是庐山名峰。因水汽郁结峰顶，云雾弥漫如香烟缭绕，故名。共有四座，此处当指最著名的南香炉峰。

※ 昙域

怀齐己

鬓髯秋景两苍苍，静对茅斋一炷香。
病后身心俱澹泊，老来朋友半凋伤。
峨眉山色侵云直，巫峡滩声入夜长。
犹喜深交有支遁，时时音信到松房。

【注释】①支遁：《世说新语笺疏》载：“支道林常养数匹马。或言道人畜马不韵，支曰：贫道重其神骏。”南朝梁刘孝标注引《高逸沙门传》曰：“支遁字道林，河内林虑人，或曰陈留人，本姓关氏。少而任心独往，风期高亮，家世奉法。尝于余杭山沈思道行，泠然独畅。年二十五始释形入道。年五十三终于洛阳。”②松房：周围植松的房舍。多指僧人居地。

※ 道南

玉案山

松鸣天籁玉珊珊，万象常应护此山。
一局仙棋苍石烂，数声常啸白云间。
乾坤不蔽西南境，金碧平分左右斑。
万古难磨真迹在，峰头鸾鹤几时还。

【注释】①题注：一作道安诗。玉案山：在云南昆明市西北郊。②烂：一作“灿”。南朝梁任昉《述异记》载，晋时王质伐木至，见童子数人棋而歌，质因听之。童子以一物与质，如枣核，质含之而不觉饥。俄顷，童子谓曰：“何不去？”质起视，斧柯尽烂。③鸾鹤：仙人的坐骑，指代仙人。

※ 楚儿

贻郑昌图

应是前生有宿冤，不期今世恶因缘。
蛾眉欲碎巨灵掌，鸡肋难胜子路拳。
只拟吓人传铁券，未应教我踏青莲。
曲江昨日君相遇，当下遭他数十鞭。

【注释】①题注：楚儿后为捕贼官郭鍜所纳，一日游曲江，遇郑，出帘招之。鍜觉之，曳于中衢，击以马棰，郑惊去。明日，过其居侦之，已在临街窗下弄琵琶矣。楚儿贻郑诗，郑即于马上和之。郑昌图答楚儿诗：“大开眼界莫言冤，毕世甘他也是缘。无计不烦干偃蹇，有门须是疾连拳。据论当道加严棰，便合披缁念法莲。如此兴情殊不减，始知昨日是蒲鞭。”②巨灵：神话传说中劈开华山的河神。③子路：

仲由的字。春秋时鲁国卞人，孔子弟子。性情直爽，勇敢，事亲孝，闻过则喜，长于政治。曾为季孙氏家臣，后任卫大夫孔悝邑宰，在贵族内讧中被杀害。

※ 程长文

铜雀台怨

君王去后行人绝，箫筝不响歌喉咽。
雄剑无威光彩沈，宝琴零落金星灭。
玉阶寂寞坠秋露，月照当时歌舞处。
当时歌舞人不回，化为今日西陵灰。

【点评】《金瓶梅》作者直接拿来作为开篇第一首诗。

※ 黄崇嘏

辞蜀相妻女诗

一辞拾翠碧江湄，贫守蓬茅但赋诗。
自服蓝衫居郡掾，永抛鸾镜画蛾眉。
立身卓尔青松操，挺志铿然白璧姿。
幕府若容为坦腹，愿天速变作男儿。

【注释】①拾翠：拾取翠鸟羽毛以为首饰。后多指妇女游春。②蓝衫：旧时八品、九品小官所穿的服装。

※ 韩溉

松

倚空高槛冷无尘，往事闲征梦欲分。
翠色本宜霜后见，寒声偏向月中闻。
啼猿想带苍山雨，归鹤应和紫府云。
莫向东园竞桃李，春光还是不容君。

【注释】①紫府：道教称仙人所居。

※ 无名氏

瑞鹧鸪

昔时曾从汉梁王，濯锦江边醉几场。
拂石坐来衫袖冷，踏花归去马蹄香。
当初酒贱宁辞醉，今日愁来不易当。
暗想旧游浑似梦，芙蓉城下水茫茫。

【注释】①《古今词话》载：蜀人《将进酒》，尝以为少陵诗，作《瑞鹧鸪》唱之："昔时曾从汉梁王，……芙蓉城下水茫茫。"此诗或谓杜甫，或谓鬼仙，或谓曲词，未知孰是。然详味其言，唐人语也。首先有曾从汉梁王之句，决非子美作也。况集中不载，灼可见矣。

【点评】诗与词之间的过渡产品。

关雎（节选）

《诗经》

关关雎鸠，在河之洲。
窈窕淑女，君子好逑。
参差荇菜，左右流之。
窈窕淑女，寤寐求之。

蒹葭（节选）

《诗经》

蒹葭苍苍，白露为霜。
所谓伊人，在水一方。
溯洄从之，道阻且长。
溯游从之，宛在水中央。

桃夭

《诗经》

桃之夭夭，灼灼其华。之子于归，宜其室家。
桃之夭夭，有蕡其实。之子于归，宜其家室。
桃之夭夭，其叶蓁蓁。之子于归，宜其家人。

江南

汉乐府

江南可采莲，莲叶何田田。
鱼戏莲叶间。
鱼戏莲叶东，鱼戏莲叶西，
鱼戏莲叶南，鱼戏莲叶北。

长歌行

汉乐府

青青园中葵，朝露待日晞。
阳春布德泽，万物生光辉。
常恐秋节至，焜黄华叶衰。
百川东到海，何时复西归。
少壮不努力，老大徒伤悲。

敕勒歌

北朝民歌

敕勒川，阴山下。
天似穹庐，笼盖四野。
天苍苍，野茫茫，
风吹草低见牛羊。

迢迢牵牛星

《古诗十九首》

迢迢牵牛星，皎皎河汉女。
纤纤擢素手，札札弄机杼。
终日不成章，泣涕零如雨。
河汉清且浅，相去复几许？
盈盈一水间，脉脉不得语。

木兰辞（节选）

北朝民歌

开我东阁门，坐我西阁床，脱我战时袍，著我旧时裳。
当窗理云鬓，对镜贴花黄。出门看火伴，火伴皆惊忙：
同行十二年，不知木兰是女郎。
雄兔脚扑朔，雌兔眼迷离；双兔傍地走，安能辨我是雄雌？

西洲曲（节选）

采莲南塘秋，莲花过人头。
低头弄莲子，莲子清如水。
置莲怀袖中，莲心彻底红。

观沧海

三国·魏·曹操

东临碣石，以观沧海。
水何澹澹，山岛竦峙。
树木丛生，百草丰茂。
秋风萧瑟，洪波涌起。
日月之行，若出其中；
星汉灿烂，若出其里。
幸甚至哉，歌以咏志。

七步诗

三国·魏·曹植

煮豆持作羹，漉菽以为汁。
萁在釜下燃，豆在釜中泣。
本自同根生，相煎何太急？

饮酒

东晋·陶渊明

结庐在人境，而无车马喧。
问君何能尔？心远地自偏。
采菊东篱下，悠然见南山。
山气日夕佳，飞鸟相与还。
此中有真意，欲辨已忘言。

咏鹅

唐·骆宾王

鹅，鹅，鹅，曲项向天歌。
白毛浮绿水，红掌拨清波。

春夜

唐·虞世南

春苑月裴回，竹堂侵夜开。
惊鸟排林度，风花隔水来。

登幽州台歌

唐·陈子昂

前不见古人，后不见来者。
念天地之悠悠，独怆然而涕下。

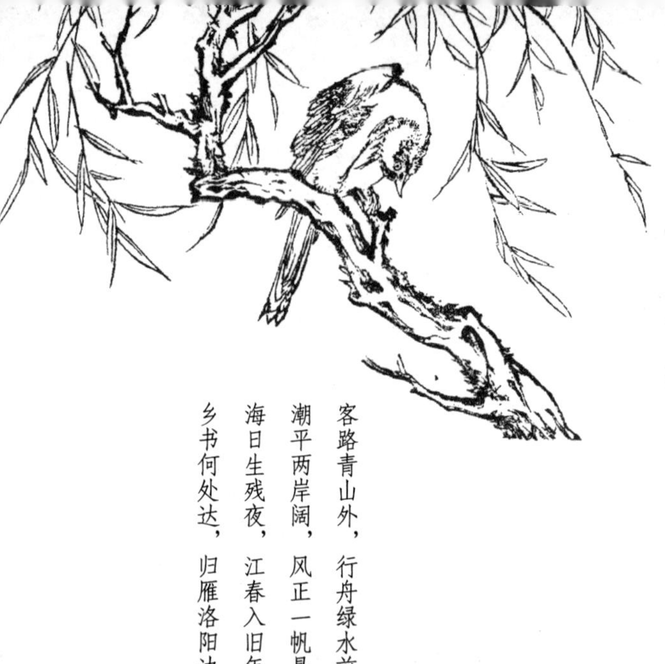

次北固山下

唐·王湾

客路青山外，行舟绿水前。
潮平两岸阔，风正一帆悬。
海日生残夜，江春入旧年。
乡书何处达，归雁洛阳边。

送杜少府之任蜀州

唐·王勃

城阙辅三秦，风烟望五津。
与君离别意，同是宦游人。
海内存知己，天涯若比邻。
无为在歧路，儿女共沾巾。

凉州词

唐·王之涣

黄沙直上白云间，
一片孤城万仞山。
羌笛何须怨杨柳，
春风不度玉门关。

登鹳雀楼

唐·王之涣（一说朱斌）

白日依山尽，黄河入海流。
欲穷千里目，更上一层楼。

凉州词

唐·王翰

葡萄美酒夜光杯，
欲饮琵琶马上催。
醉卧沙场君莫笑，
古来征战几人回？

出塞

唐・王昌龄

秦时明月汉时关，
万里长征人未还。
但使龙城飞将在，
不教胡马度阴山。

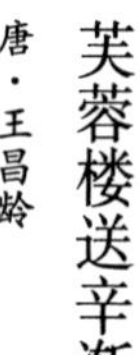

芙蓉楼送辛渐

唐·王昌龄

寒雨连江夜入吴，
平明送客楚山孤。
洛阳亲友如相问，
一片冰心在玉壶。

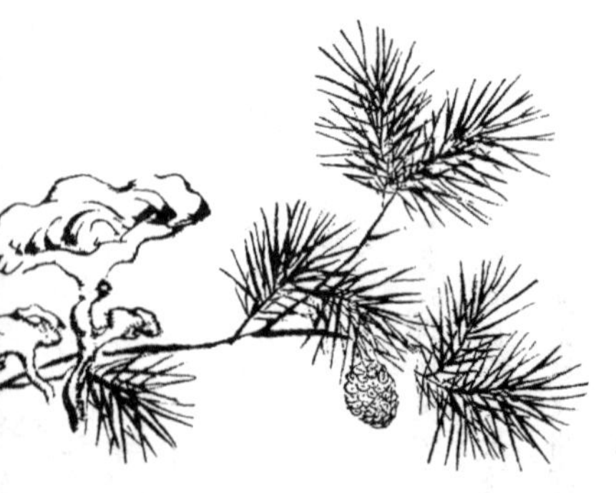

望月怀远

唐・张九龄

海上生明月，天涯共此时。
情人怨遥夜，竟夕起相思。
灭烛怜光满，披衣觉露滋。
不堪盈手赠，还寝梦佳期。

咏柳

唐·贺知章

碧玉妆成一树高，
万条垂下绿丝绦。
不知细叶谁裁出，
二月春风似剪刀。

渡汉江

唐·宋之问

岭外音书断，经冬复历春。
近乡情更怯，不敢问来人。

春行即兴

唐·李华

宜阳城下草萋萋，涧水东流复向西。

芳树无人花自落，春山一路鸟空啼。

悯农

唐·李绅

锄禾日当午，汗滴禾下土。
谁知盘中餐，粒粒皆辛苦。

春晓

唐·孟浩然

春眠不觉晓，处处闻啼鸟。
夜来风雨声，花落知多少。

鹿柴

唐·王维

空山不见人，但闻人语响。
返景入深林，复照青苔上。

使至塞上

唐·王维

单车欲问边，属国过居延。
征蓬出汉塞，归雁入胡天。
大漠孤烟直，长河落日圆。
萧关逢候骑，都护在燕然。

送元二使安西

唐·王维

渭城朝雨浥轻尘，
客舍青青柳色新。
劝君更尽一杯酒，
西出阳关无故人。

古朗月行（节选）

唐·李白

小时不识月，呼作白玉盘。
又疑瑶台镜，飞在青云端。
仙人垂两足，桂树何团团。
白兔捣药成，问言与谁餐。

望庐山瀑布

唐·李白

日照香炉生紫烟，
遥看瀑布挂前川。
飞流直下三千尺，
疑是银河落九天。

静夜思

唐·李白

床前明月光，疑是地上霜。

举头望明月，低头思故乡。

赠汪伦

唐·李白

李白乘舟将欲行，
忽闻岸上踏歌声。
桃花潭水深千尺，
不及汪伦送我情。

行路难

唐·李白

金樽清酒斗十千，玉盘珍羞直万钱。
停杯投箸不能食，拔剑四顾心茫然。
欲渡黄河冰塞川，将登太行雪满山。
闲来垂钓碧溪上，忽复乘舟梦日边。
行路难！行路难！多岐路，今安在？
长风破浪会有时，直挂云帆济沧海。

黄鹤楼送孟浩然之广陵

唐·李白

故人西辞黄鹤楼，
烟花三月下扬州。
孤帆远影碧空尽，
唯见长江天际流。

早发白帝城

唐·李白

朝辞白帝彩云间，
千里江陵一日还。
两岸猿声啼不住，
轻舟已过万重山。

黄鹤楼

唐·崔颢

昔人已乘黄鹤去，此地空余黄鹤楼。
黄鹤一去不复返，白云千载空悠悠。
晴川历历汉阳树，芳草萋萋鹦鹉洲。
日暮乡关何处是？烟波江上使人愁。

别董大

唐·高适

千里黄云白日曛，
北风吹雁雪纷纷。
莫愁前路无知己，
天下谁人不识君？

白雪歌送武判官归京（节选）

唐·岑参

北风卷地白草折，胡天八月即飞雪。
忽如一夜春风来，千树万树梨花开。
散入珠帘湿罗幕，狐裘不暖锦衾薄。
将军角弓不得控，都护铁衣冷难着。

绝句

唐·杜甫

迟日江山丽，春风花草香。
泥融飞燕子，沙暖睡鸳鸯。

春夜喜雨

唐·杜甫

好雨知时节，当春乃发生。
随风潜入夜，润物细无声。
野径云俱黑，江船火独明。
晓看红湿处，花重锦官城。

江南逢李龟年

唐·杜甫

岐王宅里寻常见，崔九堂前几度闻。
正是江南好风景，落花时节又逢君。

江畔独步寻花（其六）

唐·杜甫

黄四娘家花满蹊，千朵万朵压枝低。

留连戏蝶时时舞，自在娇莺恰恰啼。

绝句

唐·杜甫

两个黄鹂鸣翠柳，
一行白鹭上青天。
窗含西岭千秋雪，
门泊东吴万里船。

江畔独步寻花（其五）

唐·杜甫

黄师塔前江水东，
春光懒困倚微风。
桃花一簇开无主，
可爱深红爱浅红？

望岳

唐·杜甫

岱宗夫如何？齐鲁青未了。
造化钟神秀，阴阳割昏晓。
荡胸生层云，决眦入归鸟。
会当凌绝顶，一览众山小。

登高

唐·杜甫

风急天高猿啸哀，渚清沙白鸟飞回。
无边落木萧萧下，不尽长江滚滚来。
万里悲秋常作客，百年多病独登台。
艰难苦恨繁霜鬓，潦倒新停浊酒杯。

春望

唐·杜甫

国破山河在，城春草木深。
感时花溅泪，恨别鸟惊心。
烽火连三月，家书抵万金。
白头搔更短，浑欲不胜簪。

茅屋为秋风所破歌（节选）

唐·杜甫

安得广厦千万间，
大庇天下寒士俱欢颜，
风雨不动安如山！
呜呼！
何时眼前突兀见此屋，
吾庐独破受冻死亦足。

枫桥夜泊

唐·张继

月落乌啼霜满天，
江枫渔火对愁眠。
姑苏城外寒山寺，
夜半钟声到客船。

渔歌子

唐·张志和

西塞山前白鹭飞，
桃花流水鳜鱼肥。
青箬笠，绿蓑衣，
斜风细雨不须归。

早春呈水部张十八员外

唐·韩愈

天街小雨润如酥，
草色遥看近却无。
最是一年春好处，
绝胜烟柳满皇都。

竹枝词

唐·刘禹锡

杨柳青青江水平，闻郎江上踏歌声。
东边日出西边雨，道是无晴却有晴。

望洞庭

唐·刘禹锡

湖光秋月两相和，
潭面无风镜未磨。
遥望洞庭山水色，
白银盘里一青螺。

长恨歌（节选）

唐·白居易

七月七日长生殿，夜半无人私语时。
在天愿作比翼鸟，在地愿为连理枝。
天长地久有时尽，此恨绵绵无绝期。

钱塘湖春行

唐·白居易

孤山寺北贾亭西，水面初平云脚低。
几处早莺争暖树，谁家新燕啄春泥。
乱花渐欲迷人眼，浅草才能没马蹄。
最爱湖东行不足，绿杨阴里白沙堤。

忆江南

唐·白居易

江南好，风景旧曾谙。
日出江花红胜火，
春来江水绿如蓝，能不忆江南？

池上

唐·白居易

小娃撑小艇，偷采白莲回。

不解藏踪迹，浮萍一道开。

赋得古原草送别

唐·白居易

离离原上草，一岁一枯荣。
野火烧不尽，春风吹又生。
远芳侵古道，晴翠接荒城。
又送王孙去，萋萋满别情。

君生我未生（网络流传版）

（前四句）唐·无名氏

君生我未生，我生君已老。
君恨我生迟，我恨君生早。
君生我未生，我生君已老。
恨不生同时，日日与君好。
我生君未生，君生我已老。
我离君天涯，君隔我海角。
我生君未生，君生我已老。
化蝶去寻花，夜夜栖芳草。

江雪

唐·柳宗元

千山鸟飞绝，万径人踪灭。
孤舟蓑笠翁，独钓寒江雪。

塞下曲

唐·卢纶

月黑雁飞高，
单于夜遁逃。
欲将轻骑逐，
大雪满弓刀。

雁门太守行

唐·李贺

黑云压城城欲摧，甲光向日金鳞开。
角声满天秋色里，塞上燕脂凝夜紫。
半卷红旗临易水，霜重鼓寒声不起。
报君黄金台上意，提携玉龙为君死！

小儿垂钓

唐·胡令能

蓬头稚子学垂纶，
侧坐莓苔草映身。
路人借问遥招手，
怕得鱼惊不应人。

游子吟

唐・孟郊

慈母手中线，游子身上衣。
临行密密缝，意恐迟迟归。
谁言寸草心，报得三春晖。

寻隐者不遇

唐·贾岛

松下问童子，言师采药去。
只在此山中，云深不知处。

清明

唐·杜牧

清明时节雨纷纷，
路上行人欲断魂。
借问酒家何处有，
牧童遥指杏花村。

山行

唐·杜牧

远上寒山石径斜，
白云生处有人家。
停车坐爱枫林晚，
霜叶红于二月花。

江南春

唐·杜牧

千里莺啼绿映红，
水村山郭酒旗风。
南朝四百八十寺，
多少楼台烟雨中。

寄扬州韩绰判官

唐·杜牧

青山隐隐水迢迢，秋尽江南草木凋。
二十四桥明月夜，玉人何处教吹箫。

泊秦淮

唐·杜牧

烟笼寒水月笼沙，
夜泊秦淮近酒家。
商女不知亡国恨，
隔江犹唱后庭花。

过华清宫

唐·杜牧

长安回望绣成堆，山顶千门次第开。

一骑红尘妃子笑，无人知是荔枝来。

无题

唐·李商隐

相见时难别亦难，东风无力百花残。
春蚕到死丝方尽，蜡炬成灰泪始干。
晓镜但愁云鬓改，夜吟应觉月光寒。
蓬山此去无多路，青鸟殷勤为探看。

夜雨寄北

唐·李商隐

君问归期未有期，
巴山夜雨涨秋池。
何当共剪西窗烛，
却话巴山夜雨时。

征人怨

唐·柳中庸

岁岁金河复玉关，
朝朝马策与刀环。
三春白雪归青冢，
万里黄河绕黑山。

滁州西涧

唐·韦应物

独怜幽草涧边生，
上有黄鹂深树鸣。
春潮带雨晚来急，
野渡无人舟自横。

蜂

唐·罗隐

不论平地与山尖，
无限风光尽被占。
采得百花成蜜后，
为谁辛苦为谁甜。

相见欢

南唐·李煜

无言独上西楼，
月如钩。
寂寞梧桐深院锁清秋。
剪不断，理还乱，
是离愁。
别是一般滋味在心头。

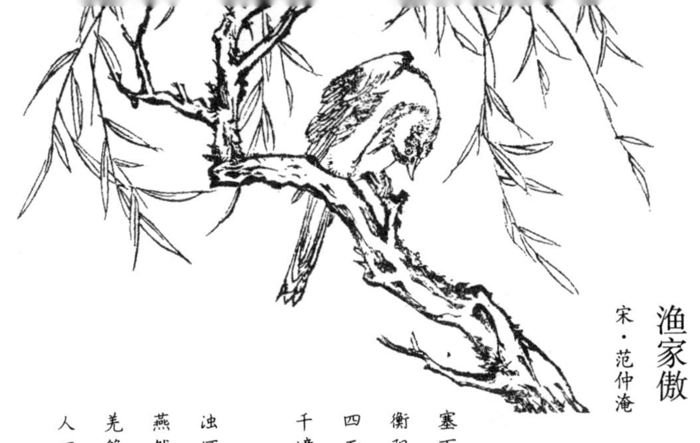

渔家傲

宋·范仲淹

塞下秋来风景异，
衡阳雁去无留意。
四面边声连角起。
千嶂里，长烟落日孤城闭。

浊酒一杯家万里，
燕然未勒归无计。
羌管悠悠霜满地。
人不寐，将军白发征夫泪。

江上渔者

宋·范仲淹

江上往来人，但爱鲈鱼美。
君看一叶舟，出没风波里。

浣溪沙

宋·晏殊

一曲新词酒一杯，
去年天气旧亭台。
夕阳西下几时回。
无可奈何花落去，
似曾相识燕归来。
小园香径独徘徊。

梅花

宋·王安石

墙角数枝梅，凌寒独自开。
遥知不是雪，为有暗香来。

泊船瓜洲

宋·王安石

京口瓜洲一水间，
钟山只隔数重山。
春风又绿江南岸，
明月何时照我还。

悟真院

宋·王安石

野水从横漱屋除，
午窗残梦鸟相呼。
春风日日吹香草，
山北山南路欲无。

六月二十七日望湖楼醉书

宋·苏轼

黑云翻墨未遮山，
白雨跳珠乱入船。
卷地风来忽吹散，
望湖楼下水如天。

江神子·恨别

宋·苏轼

天涯流落思无穷。既相逢，却匆匆。
携手佳人，和泪折残红。
为问东风余几许，春纵在，与谁同。
隋堤三月水溶溶。背归鸿，去吴中。
回首彭城，清泗与淮通。
寄我相思千点泪，流不到，楚江东。

题西林壁

宋·苏轼

横看成岭侧成峰，
远近高低各不同。
不识庐山真面目，
只缘身在此山中。

惠崇春江晓景

宋·苏轼

竹外桃花三两枝，
春江水暖鸭先知。
蒌蒿满地芦芽短，
正是河豚欲上时。

饮湖上初晴后雨

宋·苏轼

水光潋滟晴方好，
山色空蒙雨亦奇。
欲把西湖比西子，
淡妆浓抹总相宜。

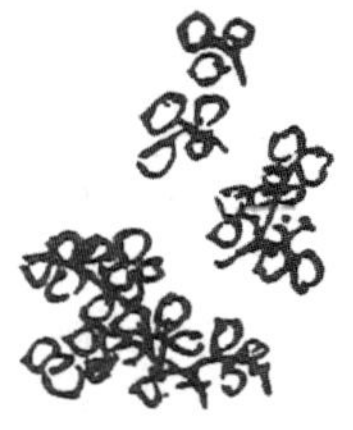

念奴娇·赤壁怀古

宋·苏轼

大江东去，浪淘尽，千古风流人物。
故垒西边，人道是，三国周郎赤壁。
乱石穿空，惊涛拍岸，卷起千堆雪。
江山如画，一时多少豪杰。

遥想公瑾当年，小乔初嫁了，雄姿英发。
羽扇纶巾，谈笑间，樯橹灰飞烟灭。
故国神游，多情应笑我，早生华发。
人生如梦，一尊还酹江月。

江城子·密州出猎

宋·苏轼

老夫聊发少年狂，
左牵黄，右擎苍，
锦帽貂裘，千骑卷平冈。
为报倾城随太守，
亲射虎，看孙郎。

酒酣胸胆尚开张，
鬓微霜，又何妨？
持节云中，何日遣冯唐？
会挽雕弓如满月，
西北望，射天狼。

水调歌头

宋·苏轼

明月几时有？把酒问青天。
不知天上宫阙，今夕是何年。
我欲乘风归去，又恐琼楼玉宇，高处不胜寒。
起舞弄清影，何似在人间。

转朱阁，低绮户，照无眠。
不应有恨，何事长向别时圆？
人有悲欢离合，月有阴晴圆缺，此事古难全。
但愿人长久，千里共婵娟。

临江仙

宋·晏几道

梦后楼台高锁，酒醒帘幕低垂。
去年春恨却来时。落花人独立，微雨燕双飞。
记得小苹初见，两重心字罗衣。
琵琶弦上说相思。当时明月在，曾照彩云归。

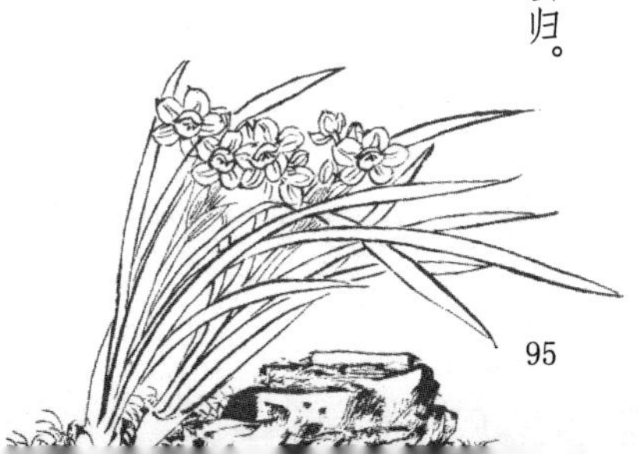

三衢道中

宋·曾几

梅子黄时日日晴，
小溪泛尽却山行。
绿阴不减来时路，
添得黄鹂四五声。

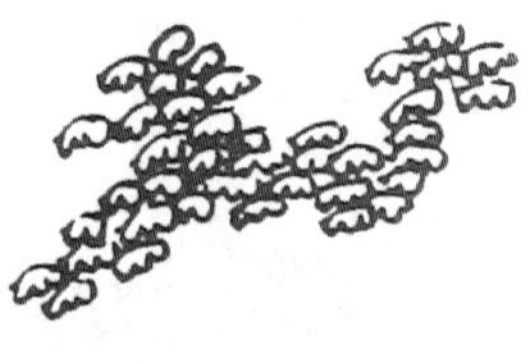

夏日绝句

宋·李清照

生当作人杰，死亦为鬼雄。
至今思项羽，不肯过江东。

怨王孙

宋·李清照

湖上风来波浩渺，秋已暮、红稀香少。
水光山色与人亲，说不尽、无穷好。
莲子已成荷叶老，清露洗、苹花汀草。
眠沙鸥鹭不回头，似也恨、人归早。

四时田园杂兴（其一）

宋·范成大

昼出耘田夜绩麻，
村庄儿女各当家。
童孙未解供耕织，
也傍桑阴学种瓜。

四时田园杂兴（其二）

宋·范成大

梅子金黄杏子肥，
麦花雪白菜花稀。
日长篱落无人过，
唯有蜻蜓蛱蝶飞。

小池

宋·杨万里

泉眼无声惜细流，
树阴照水爱晴柔。
小荷才露尖尖角，
早有蜻蜓立上头。

晓出净慈寺送林子方

宋·杨万里

毕竟西湖六月中，
风光不与四时同。
接天莲叶无穷碧，
映日荷花别样红。

登快阁

宋·黄庭坚

痴儿了却公家事，快阁东西倚晚晴。
落木千山天远大，澄江一道月分明。
朱弦已为佳人绝，青眼聊因美酒横。
万里归船弄长笛，此心吾与白鸥盟。

满江红

宋·岳飞

怒发冲冠，凭栏处、潇潇雨歇。抬望眼，仰天长啸，壮怀激烈。

三十功名尘与土，八千里路云和月。莫等闲、白了少年头，空悲切！

靖康耻，犹未雪。臣子恨，何时灭！驾长车，踏破贺兰山缺。

壮志饥餐胡虏肉，笑谈渴饮匈奴血。待从头、收拾旧山河，朝天阙。

西江月·夜行黄沙道中

宋·辛弃疾

明月别枝惊鹊，清风半夜鸣蝉。
稻花香里说丰年，听取蛙声一片。
七八个星天外，两三点雨山前。
旧时茅店社林边。路转溪桥忽见。

南乡子・登京口北固亭有怀

宋・辛弃疾

何处望神州？
满眼风光北固楼。
千古兴亡多少事？悠悠。
不尽长江滚滚流。
年少万兜鍪，坐断东南战未休。
天下英雄谁敌手？曹刘。
生子当如孙仲谋。

卜算子·咏梅

宋·陆游

驿外断桥边，寂寞开无主。
已是黄昏独自愁，更著风和雨。
无意苦争春，一任群芳妒。
零落成泥碾作尘，只有香如故。

示儿

宋·陆游

死去元知万事空，
但悲不见九州同。
王师北定中原日，
家祭无忘告乃翁。

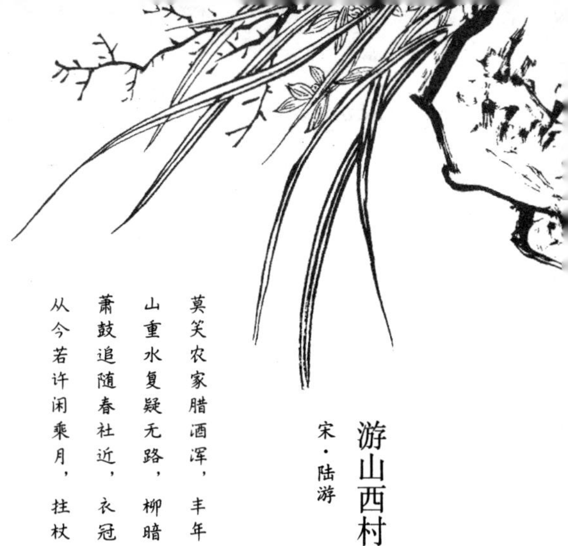

游山西村

宋·陆游

莫笑农家腊酒浑，丰年留客足鸡豚。
山重水复疑无路，柳暗花明又一村。
箫鼓追随春社近，衣冠简朴古风存。
从今若许闲乘月，拄杖无时夜叩门。

鹊桥仙

宋·秦观

纤云弄巧，飞星传恨，银汉迢迢暗度。
金风玉露一相逢，便胜却、人间无数。
柔情似水，佳期如梦，忍顾鹊桥归路。
两情若是久长时，又岂在、朝朝暮暮。

过零丁洋

宋·文天祥

辛苦遭逢起一经，干戈寥落四周星。
山河破碎风飘絮，身世浮沉雨打萍。
惶恐滩头说惶恐，零丁洋里叹零丁。
人生自古谁无死，留取丹心照汗青。

题临安邸

宋·林升

山外青山楼外楼，
西湖歌舞几时休？
暖风熏得游人醉，
直把杭州作汴州。

游园不值

宋·叶绍翁

应怜屐齿印苍苔，
小扣柴扉久不开。
春色满园关不住，
一枝红杏出墙来。

观书有感

宋·朱熹

半亩方塘一鉴开，
天光云影共徘徊。
问渠那得清如许？
为有源头活水来。

乡村四月

宋·翁卷

绿遍山原白满川，
子规声里雨如烟。
乡村四月闲人少，
才了蚕桑又插田。

山坡羊·潼关怀古

元·张养浩

峰峦如聚，波涛如怒，

山河表里潼关路。

望西都，意踌躇。

伤心秦汉经行处，

宫阙万间都做了土。

兴，百姓苦；亡，百姓苦。

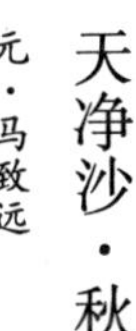

天净沙·秋思

元·马致远

枯藤老树昏鸦，小桥流水人家，
古道西风瘦马。
夕阳西下，断肠人在天涯。

墨梅

元·王冕

我家洗砚池头树，
朵朵花开淡墨痕。
不要人夸好颜色，
只留清气满乾坤。

石灰吟

明・于谦

千锤万凿出深山，
烈火焚烧若等闲。
粉身碎骨全不怕，
要留清白在人间。

临江仙

明·杨慎

滚滚长江东逝水，浪花淘尽英雄。
是非成败转头空。
青山依旧在，几度夕阳红。
白发渔樵江渚上，惯看秋月春风。
一壶浊酒喜相逢。
古今多少事，都付笑谈中。

己亥杂诗（其五）

清·龚自珍

浩荡离愁白日斜，
吟鞭东指即天涯。
落红不是无情物，
化作春泥更护花。

己亥杂诗（其一百二十五）

清·龚自珍

九州生气恃风雷，

万马齐喑究可哀。

我劝天公重抖擞，

不拘一格降人才。

村居

清·高鼎

草长莺飞二月天，
拂堤杨柳醉春烟。
儿童散学归来早，
忙趁东风放纸鸢。

卖花声·雨花台

清·朱彝尊

衰柳白门湾，潮打城还。小长干接大长干。
歌板酒旗零落尽，剩有渔竿。
秋草六朝寒，花雨空坛。更无人处一凭阑。
燕子斜阳来又去，如此江山。

竹石

清·郑燮

咬定青山不放松，
立根原在破岩中。
千磨万击还坚劲，
任尔东西南北风。

真州绝句

清·王士祯

江干多是钓人居，柳陌菱塘一带疏。
好是日斜风定后，半江红树卖鲈鱼。

情歌

清·仓央嘉措

曾虑多情损梵行，入山又恐别倾城。
世间安得双全法，不负如来不负卿。

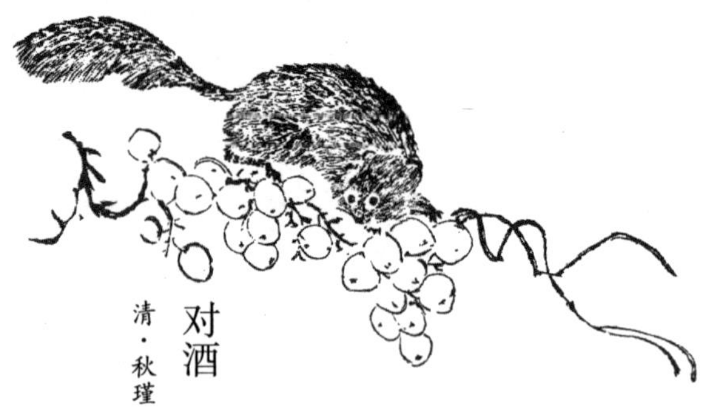

对酒

清·秋瑾

不惜千金买宝刀，貂裘换酒也堪豪。
一腔热血勤珍重，洒去犹能化碧涛。

大美中文课之

唐诗千八百首

（下）

奥森书友会▼编

诸家选本　无出其右

好诗名作　一网打尽

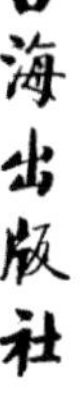

五言古诗

※ 魏徵

述怀

中原初逐鹿，投笔事戎轩。
纵横计不就，慷慨志犹存。
杖策谒天子，驱马出关门。
请缨系南越，凭轼下东藩。
郁纡陟高岫，出没望平原。
古木鸣寒鸟，空山啼夜猿。
既伤千里目，还惊九折魂。
岂不惮艰险，深怀国士恩。
季布无二诺，侯嬴重一言。
人生感意气，功名谁复论。

【注释】①中原：原指黄河南北一带，这里代指中国。②逐鹿：比喻争夺政权。《史记·淮阴侯列传》载："秦失其鹿，天下共逐之，于是高材疾足者先得焉。"③投笔：出自《后汉书·班超传》："大丈夫无他志略，犹当效傅介子、张骞立功异域，以取封侯，安能久事笔砚间乎？"④事戎轩：即从军，戎轩指兵车，亦借指军队、军事。⑤纵横计：进献谋取天下的谋略。⑥不就：不被采纳。⑦慷慨志：奋发有为的雄心壮志。⑧杖：拿。⑨策：谋略。⑩谒：面见。⑪关：潼关。⑫请缨：比喻主动请求担当重任。出自《汉书·终军传》："南越与汉和亲，乃遣终军使南越说其王，欲令入朝，比内诸侯。军自请，愿受长缨，必羁南越而致之阙下。"⑬凭轼：乘车。轼：古代车厢前面用作扶手的横木。⑭下：使敌人降服。⑮东藩：东边的属国。⑯郁纡（yū）：山路盘曲迂回，崎岖难行。⑰陟（zhì）：登。⑱岫（xiù）：山。⑲九折魂：旅途遥远而艰险。九：表示多次。折：一作"逝"。⑳国士：一国之中的杰出人才，《左传·成公十六年》载："皆曰，国士在，且厚，不可当也。"㉑恩：待遇。㉒季布：楚汉时人，以重然诺而著名，楚国人中广泛流传着"得黄金百斤，不如得季布一诺”。㉓侯嬴：年老时始为大梁监门小吏。信陵君慕名往访，亲自执辔御车，迎为上客。魏王命将军晋鄙领兵十万救赵，中途停兵不进。侯嬴献计窃得兵符，夺权代将，救赵却秦。

【点评】“岂不惮艰险，深怀国士恩。”太宗以国士待之，魏徵以国士报之。

※ 王绩

在京思故园见乡人问

旅泊多年岁，老去不知回。
忽逢门前客，道发故乡来。
敛眉俱握手，破涕共衔杯。
殷勤访朋旧，屈曲问童孩。
衰宗多弟侄，若个赏池台。
旧园今在否，新树也应栽。
柳行疏密布，茅斋宽窄裁。
经移何处竹，别种几株梅。
渠当无绝水，石计总生苔。
院果谁先熟，林花那后开。
羁心只欲问，为报不须猜。
行当驱下泽，去剪故园莱。

【注释】①衔杯：喝酒。②屈曲：详细周到。③衰宗：衰微的宗族，是一种自谦的说法，犹言“寒家”。④羁心：羁旅的情怀。⑤下泽：车名，是一种适于沼田行驶的短毂车。⑥莱：草名，又名藜。一种一年生草本植物。嫩苗可食，生田间、路边、荒地、宅旁等地，为古代贫者常食的野菜。

【点评】杜甫在战乱思家时有《述怀（去年潼关破）》，轻快不如本诗，但哀婉过之。喜欢悲伤调调的可自行搜求。

※ 李世民

经破薛举战地

昔年怀壮气，提戈初仗节。
心随朗日高，志与秋霜洁。
移锋惊电起，转战长河决。
营碎落星沉，阵卷横云裂。
一挥氛沴静，再举鲸鲵灭。
于兹俯旧原，属目驻华轩。
沉沙无故迹，减灶有残痕。
浪霞穿水净，峰雾抱莲昏。
世途亟流易，人事殊今昔。
长想眺前踪，抚躬聊自适。

【注释】①氛沴：凶气。②鲸鲵（ní）：即鲸。雄曰鲸，雌曰鲵。比喻凶恶不义之人。③减灶：军中并灶而炊，表示军力虚弱。

【点评】“移锋惊电起，转战长河决。营碎落星沉，阵卷横云裂。”很有画面感，大片《天国王朝》国王与萨拉丁对阵场面差可比拟。深玩此诗，有隋炀帝《饮马长城窟行》《纪辽东》的味道，太宗与炀帝是皇亲，潜移默化属正常。

※ 乔知之

苦寒行

胡天夜清迥，孤云独飘飏。
遥裔出雁关，逶迤含晶光。
阴陵久裴回，幽都无多阳。
初寒冻巨海，杀气流大荒。
朔马饮寒冰，行子履胡霜。

路有从役倦，卧死黄沙场。
羁旅因相依，恸之泪沾裳。
由来从军行，赏存不赏亡。
亡者诚已矣，徒令存者伤。

【注释】①飘飏：飘扬。②裴回：彷徨，徘徊不进貌。③幽都：北方之地。《汉书·扬雄传下》载：“夫天兵四临，幽都先加，回戈邪指，南越相夷。”颜师古注：“幽都，北方，谓匈奴。”

【点评】“由来从军行，赏存不赏亡。”剩者为王！

※ 王梵志

道情诗

我昔未生时，冥冥无所知。
天公强生我，生我复何为？
无衣使我寒，无食使我饥。
还你天公我，还我未生时。

【注释】①冥冥：没有知觉的样子。②天公：犹言老天爷。③何为：为什么。④“无衣”二句：省主语，极言生存之艰难。⑤“还你”句：倒装，意为把我还给你天公。

吾富有钱时

吾富有钱时，妇儿看我好。
吾若脱衣裳，与吾叠袍袄。
吾出经求去，送吾即上道。
将钱入舍来，见吾满面笑。
绕吾白鸽旋，恰似鹦鹉鸟。

邂逅暂时贫，看吾即貌哨。
人有七贫时，七富还相报。
图财不顾人，且看来时道。

【注释】①妇儿：妻子、儿女。②经求：经营求财。③将：携。④邂逅：不期而至，此处为一旦、偶然的意思。⑤貌哨：脸色难看。⑥七：虚指多次。

大皮裹大树

大皮裹大树，小皮裹小木。
生儿不用多，了事一箇足。
省得分田宅，无人横煎蹙。
但行平等心，天亦念孤独。
我身虽孤独，未死先怀虑。
家有五男儿，哭我无所据。
哭我我不闻，不哭我亦去。
无常忽到来，知身在何处？

【注释】①箇：同“个”。②煎蹙：逼迫。③无常：佛教用语，一切事物是因缘所生，渐而败坏，故曰无常。

※ 骆宾王

咏鹅

鹅，鹅，鹅，曲项向天歌。
白毛浮绿水，红掌拨清波。

【注释】①《补唐书骆侍御传》载：宾王生七岁，能诗。尝嬉戏池上，客指鹅群令赋焉，应声曰：“白毛浮绿水，红掌拨清波。”客叹诧，呼神童。

【点评】儿歌之首！外国诗歌多有天鹅名篇，此篇足以当之。

※ 杨炯

广溪峡

广溪三峡首，旷望兼川陆。
山路绕羊肠，江城镇鱼腹。
乔林百丈偃，飞水千寻瀑。
惊浪回高天，盘涡转深谷。
汉氏昔云季，中原争逐鹿。
天下有英雄，襄阳有龙伏。
常山集军旅，永安兴版筑。
池台忽已倾，邦家遽沦覆。
庸才若刘禅，忠佐为心腹。
设险犹可存，当无贾生哭。

【注释】①广溪峡：即现在的瞿塘峡，气势雄伟，居三峡首位。②“庸才”二句：昏庸的君主，即使有贤明的忠臣辅佐也是扶不起来的。刘备在白帝城托孤后，诸葛亮忠心辅佐，但昏庸的阿斗是扶不起来的。③贾生：贾谊，西汉初年著名政论家、文学家，世称贾生。少有才名，十八岁时以善文为郡人所称。文帝时任博士，迁太中大夫，受大臣周勃、灌婴排挤，谪为长沙王太傅，故后世亦称贾长沙、贾太傅。三年后被召回长安，为梁怀王太傅。梁怀王坠马而死，贾谊深自歉疚，抑郁而亡，时仅三十三岁。

【点评】江山有佳句，妙手偶得之。关键是要行到此处。

※ 宋之问

灵隐寺

鹫岭郁岧峣，龙宫锁寂寥。
楼观沧海日，门对浙江潮。
桂子月中落，天香云外飘。
扪萝登塔远，刳木取泉遥。
霜薄花更发，冰轻叶未凋。
夙龄尚遐异，搜对涤烦嚣。
待入天台路，看余度石桥。

【注释】①鹫（jiù）岭：本是印度灵鹫山，这儿借指灵隐寺前的飞来峰。②岧峣（tiáo yáo）：山高而陡峻的样子。③龙宫：泛指灵隐寺中的殿宇。④浙江潮：杭州的钱塘江又称浙江，故而浙江潮就是指钱塘江潮。⑤扪萝：攀缘藤萝。扪：持、执。⑥登塔远：攀登远处的古塔。⑦刳（kū）：剖开。⑧取泉遥：到远处去取水。⑨夙龄：年轻的时候。⑩尚：喜欢。⑪遐：远。⑫异：奇异的美景、胜地。⑬搜：寻求。⑭涤：洗涤。⑮烦嚣：尘世间的烦恼和喧嚣。⑯石桥：指天台著名的风景石梁飞瀑。

【点评】宋之问游灵隐，吟“鹫岭郁岧峣，龙宫锁寂寥”，未得下联，骆宾王接对“楼观沧海日，门对浙江潮”，得以终篇。另有夺杀侄子刘希夷名句“年年岁岁花相似，岁岁年年人不同”，此皆谣传不足信，盖因宋之问人品猥琐，污之耳。

※ 李贤

黄台瓜辞

种瓜黄台下，瓜熟子离离。
一摘使瓜好，再摘使瓜稀。
三摘犹自可，摘绝抱蔓归。

【注释】①黄台：台名，非实指。②离离：形容草木繁茂。③蔓：蔓生植物的枝茎，木本曰藤，草本曰蔓。

【点评】温柔敦厚之至，与曹植《七步诗》并列。

※ 陈子昂

感遇诗之二

兰若生春夏，芊蔚何青青。
幽独空林色，朱蕤冒紫茎。
迟迟白日晚，袅袅秋风生。
岁华尽摇落，芳意竟何成。

【注释】①兰：兰草。②若：杜若，杜衡，生于水边的香草。③芊蔚：指草木茂盛状。④朱：红花。⑤蕤：花下垂状。⑥迟迟：徐行貌。⑦岁华：草木一年一度开花，故云。⑧摇落：凋零。

【点评】多少诗意深情尽在“摇落”二字。

感遇诗之十九

圣人不利己，忧济在元元。
黄屋非尧意，瑶台安可论。
吾闻西方化，清净道弥敦。
奈何穷金玉，雕刻以为尊。
云构山林尽，瑶图珠翠烦。
鬼工尚未可，人力安能存。
夸愚适增累，矜智道逾昏。

【注释】①元元：百姓，庶民。②黄屋：古代帝王专用的黄缯车盖。指帝王权位。③鬼工：谓事物精妙高超，非人工所能为者。

【点评】“夸愚适增累，矜智道逾昏。”古今适用。

感遇诗之卅五

本为贵公子，平生实爱才。
感时思报国，拔剑起蒿莱。
西驰丁零塞，北上单于台。
登山见千里，怀古心悠哉。
谁言未忘祸，磨灭成尘埃。

【注释】①贵公：王公贵人。《唐才子传》载：“（子昂）年十八时，未知书，以富家子，任侠尚气弋博。”②蒿莱：野草，杂草。③丁零：古民族名，又称“丁令”“丁灵”，汉时为匈奴属国，游牧于我国北部和西北部广大地区。

感遇诗之卅七

朝入云中郡，北望单于台。
胡秦何密迩，沙朔气雄哉。
藉藉天骄子，猖狂已复来。
塞垣无名将，亭堠空崔嵬。
咄嗟吾何叹，边人涂草莱。

【注释】①云中郡：古郡名。原为战国赵地，秦时置郡，治所在云中县（今内蒙古托克托东北）。汉代辖境较小。有时泛指边关。②胡秦：胡与秦，犹中外。比喻相距很远。③密迩：贴近，靠近。④沙朔：北方沙漠之地，指塞北。⑤藉藉：众多而杂乱貌。⑥天骄：汉时匈奴用以自称。后亦泛称强盛的边地少数民族或其首领。《汉书·匈奴传上》载：“单于遣使遗汉书云：‘南有大汉，北有强胡。胡者，天之骄子也。’”⑦塞垣：本指汉代为抵御鲜卑所设的边塞。后亦指长城，边关城墙。⑧亭堠（hòu）：古代边境上用以瞭望和监视敌情的岗亭、土堡。⑨崔嵬：本指有石的土山，后泛指高山。⑩边人涂草莱：指边疆的百姓和士兵横尸遍野。草莱：荒芜之野。

燕昭王

南登碣石馆，遥望黄金台。
丘陵尽乔木，昭王安在哉？
霸图今已矣，驱马复归来。

【注释】①燕昭王：战国时期燕国有名的贤明君主，善于纳士，使原来国势衰败的燕国逐渐强大起来，并且打败了当时的强国——齐国。②碣石馆：即碣石宫。燕昭王时，梁人邹衍入燕，昭王筑碣石亲师事之。③黄金台：古台名。又称金台、燕台。故址在今河北省定兴县。相传战国燕昭王筑，置千金于台上，延请天下贤士，故名。

【点评】短小精悍，神完气足，与李白长篇古风《秦皇扫六合》比肩。

※ 张说

代书寄吉十一

一雁雪上飞，值我衡阳道。
口衔离别字，远寄当归草。
目想春来迟，心惊寒去早。
忆乡乘羽翮，慕侣盈怀抱。
零落答故人，将随江树老。

【注释】①目想：闭目凝思。②羽翮（hé）：指鸟羽。翮：羽轴下段不生羽瓣而中空的部分。

【点评】风味去《古诗十九首》不远。

※ 张九龄

感遇

其一

兰叶春葳蕤，桂华秋皎洁。
欣欣此生意，自尔为佳节。
谁知林栖者，闻风坐相悦。
草木有本心，何求美人折？

其七

江南有丹橘，经冬犹绿林。
岂伊地气暖，自有岁寒心。
可以荐嘉客，奈何阻重深。
运命唯所遇，循环不可寻。
徒言树桃李，此木岂无阴。

【注释】①葳蕤：枝叶茂盛而纷披。②林栖者：指隐士。③坐：因而。④伊：语助词。⑤岁寒心：意即耐寒的特性。⑥荐：进奉。⑦树：种植。

【点评】人生一世，草木一秋。折与不折，顺其自然吧。

※ 綦毋潜

春泛若耶溪

幽意无断绝，此去随所偶。
晚风吹行舟，花路入溪口。
际夜转西壑，隔山望南斗。
潭烟飞溶溶，林月低向后。
生事且弥漫，愿为持竿叟。

【注释】①若耶溪：在今浙江省绍兴市东南，相传为西施浣纱处。《寰宇记》载："若耶溪在会稽县东二十八里。"《水经注》载："若耶溪水，上承嶕岘麻溪，溪之下孤潭周数亩，麻潭下注若耶溪。水至清，照众山倒影，窥之如画。"②幽意：寻幽的心意。③偶：遇。④晚：一作"好"。⑤花路：一路鲜花。⑥际夜：至夜。⑦壑：山谷。⑧南斗：星宿名称，夏季位于南方上空。古以二十八宿与地理相应来划分区域，称分野，南斗与吴越相应。⑨潭烟：潭上如烟的雾气。⑩溶溶：形容气雾柔和迷离。⑪生事：世事。⑫弥漫：渺茫无尽。

※ 孟浩然

彭蠡湖中望庐山

太虚生月晕，舟子知天风。
挂席候明发，渺漫平湖中。
中流见匡阜，势压九江雄。
黤黮容霁色，峥嵘当曙空。
香炉初上日，瀑水喷成虹。
久欲追尚子，况兹怀远公。
我来限于役，未暇息微躬。
淮海途将半，星霜岁欲穷。
寄言岩栖者，毕趣当来同。

【注释】①彭蠡湖：即今鄱阳湖。②庐山：今江西省九江市西南。③太虚：古人称天为太虚。④挂席：悬挂起船帆，谓开船。⑤明发：天亮，拂晓。⑥匡阜：庐山别名。庐山古名南障山，又名匡山，总名匡庐。⑦九江：即指浔阳江。⑧黤黮（yǎn dǎn）：深黑不明。⑨容霁：一作"凝黛"。黛：青黑色颜料，古代妇女用来画眉。⑩当：耸立。⑪曙空：明朗的天空。⑫香炉：香炉峰。庐山的北峰状如香炉，故名。⑬尚子：即尚长，东汉时的隐士。《高士传》载："尚长字子平，隐居不仕。建武中，男女婚嫁既毕，断决家事不相关，当如他死。遂肆意与同好北海禽庆俱游五岳名山，不知所终。"⑭远公：即慧远，晋代著名僧人，隐居于庐山。⑮限：束缚。⑯于役：有事远行。《诗经》载："君子于役，不知其期。"⑰微躬：身体，自谦之辞。⑱星霜：星宿，一年循环周转一次。霜：每年因时而降。所以古人常用“星霜”代表一年。⑲岩栖者：指那些隐士高僧。⑳毕趣：“毕”应作“尽”讲，“趣”指隐逸之趣。

【点评】“我来限于役，未暇息微躬。”说得很明白，这是一首“望”庐山的诗。工作态度还算严谨，不像苏东坡赴任如小儿上学到处迁延。

宿业师山房待丁大不至

夕阳度西岭，群壑倏已暝。
松月生夜凉，风泉满清听。
樵人归欲尽，烟鸟栖初定。
之子期宿来，孤琴候萝径。

【注释】①业师：业禅师的简称，法名业的僧人。一作“来公”。②山房：山中房舍，指佛寺。③待：一作“期”。④丁大：作者友人。名凤，排行老大，故称丁大，有才华而不得志。⑤满清听：满耳都是清脆的响声。⑥烟鸟：雾霭中的归鸟。⑦之子：这个人。之：此。子：古代对男子的美称。⑧宿来：一作“未来”。⑨孤琴：一作“孤宿”，或作“携琴”。

秋登兰山寄张五

北山白云里，隐者自怡悦。
相望试登高，心随雁飞灭。
愁因薄暮起，兴是清秋发。
时见归村人，沙行渡头歇。
天边树若荠，江畔洲如月。
何当载酒来，共醉重阳节。

【注释】①兰山：一作“万山”。万山：一名汉皋山，又称方山、蔓山，在湖北襄阳西北十里。②张五：一作“张子容”，兄弟排行不对，张子容排行第八。有人怀疑张五为张八之误。③“北山”二句：晋陶弘景《诏问山中何所有赋诗以答》:

"山中何所有？岭上多白云。只可自怡悦，不堪持赠君。"此二句隐括此诗。北山：指张五隐居的山。北：一作"此"。隐者：指张五。④试：一作"始"。⑤"心随"句：又作"心飞逐鸟灭""心随飞雁灭""心随鸟飞灭"等。⑥薄暮：傍晚。⑦清秋：明净爽朗的秋天。晋殷仲文《南州桓公九井作》："独有清秋日，能使高兴尽。"一作"清境"。⑧归村人：一作"村人归"。⑨沙行：一作"沙平"，又作"平沙"。⑩渡头：渡口。⑪"天边"二句：隋薛道衡《敬酬杨仆射山斋独坐》有"遥原树若荠，远水舟如叶"，似据此变化而成。荠：荠菜。洲：又作"舟"。

【点评】小地主怡然自得的乡居图，陶潜诗的最高境界不过如此。

夏日南亭怀辛大

山光忽西落，池月渐东上。
散发乘夕凉，开轩卧闲敞。
荷风送香气，竹露滴清响。
欲取鸣琴弹，恨无知音赏。
感此怀故人，中宵劳梦想。

【注释】①辛大：孟浩然的朋友，排行老大，名不详，疑即辛谔。②落：一作"发"。③东上：从东面升起。④清响：极细微的声响。⑤鸣琴：用阮籍《咏怀》"夜中不能寐，起坐弹鸣琴"诗意。⑥中宵：半夜。⑦劳：苦于。

【点评】"荷风送香气，竹露滴清响。"盛唐神句第一声。孟浩然四十游京师，诸名士间尝集秘省联句，浩然曰："微云淡河汉，疏雨滴梧桐。"众钦服。张九龄、王维极称道之。

※ 王昌龄

塞下曲

其一

蝉鸣空桑林，八月萧关道。

出塞复入塞，处处黄芦草。
从来幽并客，皆向沙场老。
莫学游侠儿，矜夸紫骝好。

其二

饮马渡秋水，水寒风似刀。
平沙日未没，黯黯见临洮。
昔日长城战，咸言意气高。
黄尘足今古，白骨乱蓬蒿。

【注释】①空桑林：指桑叶枯落的桑树林。②萧关：宁夏古关塞名。③幽并：幽州和并州。今河北、山西和陕西一部分。④游侠儿：指好交游、逞意气而轻生死的人。⑤矜：自尊自大。⑥紫骝：泛指骏马。⑦黯黯：同“暗暗”。⑧临洮：今甘肃岷县一带，是长城起点。⑨咸：都。

同从弟南斋玩月忆山阴崔少府

高卧南斋时，开帷月初吐。
清辉澹水木，演漾在窗户。
冉冉几盈虚，澄澄变今古。
美人清江畔，是夜越吟苦。
千里共如何，微风吹兰杜。

【注释】①从弟：堂弟。②山阴：今浙江绍兴。③崔少府：即崔国辅，开元十四年（726）进士及第，授职山阴县尉。少府：官名，秦置，为九卿之一，次于县令。唐代科第出身的士子也任其职。④帷：帘幕，一作“帐”。⑤澹：水缓缓地流。⑥演漾：水流摇荡。⑦冉冉：渐渐。一作“荏苒”，指时间的推移。⑧盈虚：指月亮圆缺。⑨澄澄：清亮透明，指月色。⑩美人：旧时也指自己思暮的人，这里指崔少府。⑪越吟：楚国庄舄（xì）唱越歌以寄托乡思。这是以越切山阴，意谓想必在越中苦吟诗篇。⑫共：一作“其”。⑬如何：一作“何如”。⑭吹：一作“出”。⑮兰杜：兰花和杜若，都是香草。兰：一作“芳”。

※ 王维

送綦毋潜落第还乡

圣代无隐者，英灵尽来归。
遂令东山客，不得顾采薇。
既至金门远，孰云吾道非。
江淮度寒食，京洛缝春衣。
置酒临长道，同心与我违。
行当浮桂棹，未几拂荆扉。
远树带行客，孤城当落晖。
吾谋适不用，勿谓知音稀。

【注释】①綦（qí）毋潜：綦毋为复姓，潜为名，字孝通（一作季通），荆南人（今湖北江陵），王维好友。②圣代：政治开明、社会安定的时代。③英灵：英华灵秀的贤才。④东山客：东晋谢安曾隐居会稽东山，此处泛指隐居的贤才。⑤采薇：商末周初，伯夷、叔齐兄弟隐于首阳山，采薇而食，后世遂以采薇指隐居生活。⑥金门远：指难以见到皇帝。一作“君门远”。金门：金马门，汉代宫门名。汉代贤士等待皇帝召见的地方。⑦吾道非：《孔子家语·在厄》载：“楚昭王聘孔子，孔子往，陈蔡发兵围孔子，孔子曰：‘匪兕匪虎，率彼旷野，吾道非耶？吾何为于此？’”孔子叹自己治国平天下的主张不被采纳。⑧江淮：指长江、淮水，綦毋潜必经的水道。⑨京洛：指洛阳。一作“京兆”。⑩临长道：一作“长安道”。⑪行当：将要。⑫棹：划船的用具，此处用以指代船。⑬孤城：一作“孤村”。⑭“吾谋”句：说綦毋潜此次落第是偶然失败。《左传》载：“士曾行，绕朝赠之以策（马鞭）曰：‘子无谓秦无人，吾谋适不用也。’”适：偶然的意思。⑮知音稀：出自《古诗十九首》：“不惜歌者苦，但伤知音稀。”

齐州送祖三

相逢方一笑，相送还成泣。
祖帐已伤离，荒城复愁入。
天寒远山净，日暮长河急。
解缆君已遥，望君犹伫立。

【注释】①齐州：唐代州名，故治在今山东历城县，离济州不远。②祖三：即祖咏，唐代诗人。洛阳人，与王维友善。诗题一作“河上送赵仙舟”，又作“淇上别赵仙舟”。③祖帐：为出行者饯行所设的帐幕。古人出行，上路前要祭路神，称“祖”，后来引申为饯行。④荒城：即边城的意思。指齐州。一说指济州。⑤长河：指济水，齐州在济水南。⑥缆：系船的绳索。⑦伫立：久立。此句一作“望君空伫立”。

送别

下马饮君酒，问君何所之。
君言不得意，归卧南山陲。
但去莫复问，白云无尽时。

【注释】①饮君酒：劝君饮酒。②何所之：去哪里。之：往。③归卧：隐居。④南山：终南山，即秦岭，在今陕西省西安市西南。⑤陲：边缘。

【点评】南北朝诗人陶弘景雅号“山中宰相”，有诗“山中何所有，岭上多白云。只可自怡悦，不堪持赠君”，陶诗意境似乎更潇洒一些。

青溪

言入黄花川，每逐青溪水。
随山将万转，趣途无百里。
声喧乱石中，色静深松里。
漾漾泛菱荇，澄澄映葭苇。
我心素已闲，清川澹如此。
请留磐石上，垂钓将已矣。

【注释】①青溪：在今陕西勉县之东。②言：发语词，无义。③黄花川：在今陕西凤县东北黄花镇附近。④趣途：走过的路途。趣：同“趋”。⑤菱荇（xìng）：水草。⑥葭苇：芦苇。

渭川田家

斜阳照墟落，穷巷牛羊归。
野老念牧童，倚杖候荆扉。
雉雊麦苗秀，蚕眠桑叶稀。
田夫荷锄至，相见语依依。
即此羡闲逸，怅然吟式微。

【注释】①渭川：一作“渭水”。渭水源于甘肃鸟鼠山，经陕西，流入黄河。②斜阳：一作“斜光”。③墟落：村庄。④穷巷：深巷。⑤野老：村野老人。⑥牧童：一作“僮仆”。⑦荆扉：柴门。⑧雉雊（gòu）：野鸡鸣叫。《诗经·小雅·小弁》：“雉之朝雊，尚求其雌。”⑨荷（hè）：肩负的意思。⑩至：一作“立”。⑪式微：《诗经》有“式微，式微，胡不归”句，表归隐之意。

赠裴十迪

风景日夕佳，与君赋新诗。
澹然望远空，如意方支颐。
春风动百草，兰蕙生我篱。
暧暧日暖闺，田家来致词。
欣欣春还皋，淡淡水生陂。
桃李虽未开，荑萼满芳枝。
请君理还策，敢告将农时。

【注释】①裴十迪：裴迪排行第十，故称，与王维同隐辋川。后任蜀州刺史、尚书省郎。②如意：古之爪杖也。或骨、角、竹、木，刻作手指爪，柄长可三尺许。或脊有痒，手所不到，用以搔爪，如人之意，故曰如意。③支颐：用手抵着腮帮。④兰蕙：香草名。⑤暧暧（ài）：迷蒙隐约貌。晋陶潜《归园田居》：“暧暧远人村，依依墟里烟。”⑥皋：水边向阳高地。泛指田园、原野。⑦陂（bēi）：池塘。⑧荑（tí）：本义为茅草的嫩芽，引申为草木嫩芽。⑨芳：一作“其”。⑩还策：指还归时需带的手杖等行装。

崔濮阳兄季重前山兴

秋色有佳兴，况君池上闲。
悠悠西林下，自识门前山。
千里横黛色，数峰出云间。
嵯峨对秦国，合沓藏荆关。
残雨斜日照，夕岚飞鸟还。
故人今尚尔，叹息此颓颜。

【注释】①题注：天宝年间崔季重任濮阳太守。濮阳：今山东鄄城北。②池上：用谢灵运《登池上楼》典。③嵯峨：山峰高峻貌。④合沓：重叠。⑤荆关：柴扉。⑥“故人”句：语出《古诗十九首·客从远方来》：“相去万余里，故人心尚尔。”

西施咏

艳色天下重，西施宁久微。
朝为越溪女，暮作吴宫妃。
贱日岂殊众，贵来方悟稀。
邀人傅脂粉，不自著罗衣。
君宠益娇态，君怜无是非。
当时浣纱伴，莫得同车归。
持谢邻家子，效颦安可希。

【注释】①西施：春秋时代越国的美女。《吴越春秋》载：“苎萝山鬻薪之女，曰西施。郑旦，饰以罗谷，教以容步，三年学成而献于吴。”②傅脂粉：《史记》载：“孝惠时，郎侍中皆傅脂粉。”③浣纱：《寰宇记》载：“会稽县东有西施浣纱石。”《水经注》载：“浣纱溪在荆州，为夷陵州西北，秋冬之月，水色净丽。”④持谢：奉告。⑤效颦：西施有心痛病，经常捧心而颦（皱着眉头）。邻居有丑女认为西施这个姿态很美，也学着捧心皱眉，反而显得更丑，大家见了都避开。指不善模仿，弄巧成拙。⑥安可希：怎能希望别人的赏识。

【点评】“艳色天下重，西施宁久微。”说得好。后人有“宫中自有如花女，不嫁单于君不知"，也有道理。命运这东西，谁也把持不定。

※ 李白

古风·其一

大雅久不作，吾衰竟谁陈。
王风委蔓草，战国多荆榛。
龙虎相啖食，兵戈逮狂秦。
正声何微茫，哀怨起骚人。
扬马激颓波，开流荡无垠。
废兴虽万变，宪章亦已沦。
自从建安来，绮丽不足珍。
圣代复元古，垂衣贵清真。
群才属休明，乘运共跃鳞。
文质相炳焕，众星罗秋旻。
我志在删述，垂辉映千春。
希圣如有立，绝笔于获麟。

【注释】①大雅:《诗经》之一部分。此代指《诗经》。②作: 兴。③陈:《礼记·王制》载："命太史陈诗以观民风。"④王风:《诗经·王风》，代指《诗经》。⑤委蔓草:埋没无闻。与上句"久不作"意同。⑥多荆榛: 形容形势混乱。⑦龙虎: 指战国群雄。⑧啖食：吞食，此指吞并。⑨兵戈：战争。⑩逮：直到。⑪正声：雅正的诗风。⑫骚人：指屈原。⑬扬马：指汉代文学家扬雄、司马相如。⑭宪章：本指典章制度，此指诗歌创作的法度、规范。⑮沦：消亡。⑯建安：东汉末献帝的年号，当时文坛作家有三曹、七子等。⑰绮丽：词采华美。⑱圣代：此指唐代。⑲元古：上古，远古。⑳垂衣：《易·系辞下》载："黄帝、尧、舜垂衣裳而天下治。"意谓无为而治。㉑清真：朴素自然，与绮丽相对。㉒"群才"二句：文人们正逢休明盛世。属：适逢。跃鳞：比喻施展才能。㉓"文质"二句：意谓词采与内容相得益彰。秋旻：秋天的天空。㉔删述：《尚书序》载："先君孔子……删《诗》为三百篇，约史记而修《春秋》，赞《易》道以黜《八索》，述职方以除《九丘》。"㉕希圣：

希望达到圣人的境界。㉖获麟：《春秋·哀公十四年》载："西狩获麟，孔子曰'吾道穷矣'。"传说孔子修订《春秋》，至此搁笔不复述作。因为他认为麒麟出非其时而被猎获，不是好兆。作者希望像圣人那样有所述作，名垂青史。

【点评】金庸笔下的大侠出场了，就是拉风。

古风·其四

秦皇扫六合，虎视何雄哉。
挥剑决浮云，诸侯尽西来。
明断自天启，大略驾群才。
收兵铸金人，函谷正东开。
铭功会稽岭，骋望琅琊台。
刑徒七十万，起土骊山隈。
尚采不死药，茫然使心哀。
连弩射海鱼，长鲸正崔嵬。
额鼻象五岳，扬波喷云雷。
鬐鬣蔽青天，何由睹蓬莱。
徐福载秦女，楼船几时回。
但见三泉下，金棺葬寒灰。

【注释】①秦皇：指秦始皇。②铭功会稽岭：《史记·秦始皇本纪》载："三十七年十月癸丑，始皇出游。……上会稽，祭大禹，望于南海，而立石刻颂秦德。"③琅琊台：台名。越王勾践观台，在琅琊故城东南十里。④射海鱼：《史记·秦始皇本纪》载："徐福等入海求神药，数岁不得，费多，恐谴，乃诈曰，蓬莱药可得，然常为大鲛鱼所苦，故不得至，愿请善射与俱，见则以连弩射之。"⑤崔嵬：高大貌。⑥鬐鬣（qí liè）：鱼、龙的脊鳍。⑦徐福：秦方士，齐人。《史记·秦始皇本纪》载："齐人徐福等上书，言海中有三神山，名曰蓬莱、方丈、瀛洲，仙人居之。请得斋戒，与童男女求之。于是遣徐福发童男女数千人，入海求仙人。"⑧三泉：三重泉，即地下深处。多指人死后的葬处。

【点评】诗人眼中的历史，与史学家眼中的历史差别大。

古风·其六

代马不思越，越禽不恋燕。
情性有所习，土风固其然。
昔别雁门关，今戍龙庭前。
惊沙乱海日，飞雪迷胡天。
虮虱生虎鹖，心魂逐旌旃。
苦战功不赏，忠诚难可宣。
谁怜李飞将，白首没三边。

【注释】①代马：北地所产良马。代：古代郡地，后泛指北方边塞地区。②雁门关：雁门山，在山西省代县。其山双关陡绝，雁欲过，必经此地，故名。一名雁门塞，倚山立关，谓之雁门关。③龙庭：匈奴单于祭天地鬼神之所。泛指匈奴之地。④虎鹖（hé）：虎：指虎衣。鹖：指鹖冠。皆古代武将衣冠。⑤旌旃（zhān）：泛指旗帜。⑥李飞将：指汉名将李广。因其作战勇猛，匈奴称其“汉飞将军”。⑦三边：汉时指匈奴、南越、朝鲜。指东、西、北边陲。

古风·其九

庄周梦胡蝶，胡蝶为庄周。
一体更变易，万事良悠悠。
乃知蓬莱水，复作清浅流。
青门种瓜人，旧日东陵侯。
富贵故如此，营营何所求。

【注释】①胡蝶：同“蝴蝶”。《庄子·齐物论》载：“昔者庄周梦为胡蝶，栩栩然胡蝶也。”②青门：汉长安城东南门。本名霸城门，因其门色青，故俗呼为“青门”或“青城门”。泛指退隐之处。《三辅黄图·都城十二门》载：“长安城东，出南头第一门曰霸城门。民见门色青，名曰青城门，或曰青门。门外旧出佳瓜，广陵人邵平为秦东陵侯，秦破，为布衣，种瓜青门外。”③营营：劳而不知休息，忙碌。

古风·其十

齐有倜傥生，鲁连特高妙。
明月出海底，一朝开光曜。
却秦振英声，后世仰末照。
意轻千金赠，顾向平原笑。
吾亦澹荡人，拂衣可同调。

【注释】①倜傥：气宇轩昂，不受拘束的样子。②鲁连：战国时期齐人鲁仲连。③高妙：杰出，出众。④明月：指夜明珠。⑤光曜（yào）：光辉。⑥却秦振英声：指鲁仲连义不帝秦，却秦救赵一事。⑦末照：犹余光也。⑧“意轻”二句：《史记·鲁仲连邹阳列传》载，鲁仲连，战国齐人，好奇伟倜傥之画策，而不肯仕宦任职，好持高尚气节。游赵之时，恰遇秦军围赵都邯郸（今河北邯郸），赵国求援于魏国，魏安釐王使客将军新垣衍令赵尊秦为帝。鲁仲连往见赵相平原君，陈以利害，义不帝秦，坚定赵王抗秦之决心。鲁仲连帮助赵国坚定信念击退秦军后，平原君赵胜以千金相赠，鲁仲连笑道：“所贵于天下之士者，为人排患释难解纷乱而无取也。即有取者，是商贾之事也，而连不忍为也。”遂辞别平原君而去，终生不复见。⑨澹荡：淡薄，不慕名利。⑩拂衣：超然高举的意思，表示语气坚决。⑪同调：谓志趣相合。

【点评】偶像的偶像原来是他！

古风·其十一

黄河走东溟，白日落西海。
逝川与流光，飘忽不相待。
春容舍我去，秋发已衰改。
人生非寒松，年貌岂长在。
吾当乘云螭，吸景驻光彩。

【注释】①东溟：东海。②西海：西方日落处。③“逝川”句：《论语注疏·子罕》载：“子在川上曰，逝者如斯夫，不舍昼夜。”④春容：青春的容颜。⑤云螭（chī）：传说中龙的别称。

古风·其十二

松柏本孤直，难为桃李颜。
昭昭严子陵，垂钓沧波间。
身将客星隐，心与浮云闲。
长揖万乘君，还归富春山。
清风洒六合，邈然不可攀。
使我长叹息，冥栖岩石间。

【注释】①昭昭：高风亮节貌。②严子陵：严光，字子陵，东汉人，少时是汉光武帝同学，汉光武帝即位后，他变名易姓，隐于山中。光武请他出山，优礼待之。二人并宿一榻，严光以足加帝腹上，次日太史奏客星犯帝座甚急。后汉光武帝欲留严光为官，严坚辞，请归，隐于富春山。范仲淹《严先生祠堂记》有“云山苍苍，江水泱泱。先生之风，山高水长”语。③客星：即流星。此指严子陵。④万乘：指帝王，帝位。⑤六合：天地四方，整个宇宙的巨大空间。

古风·其十四

胡关饶风沙，萧索竟终古。
木落秋草黄，登高望戎虏。
荒城空大漠，边邑无遗堵。
白骨横千霜，嵯峨蔽榛莽。
借问谁凌虐，天骄毒威武。
赫怒我圣皇，劳师事鼙鼓。
阳和变杀气，发卒骚中土。
三十六万人，哀哀泪如雨。
且悲就行役，安得营农圃。
不见征戍儿，岂知关山苦。
李牧今不在，边人饲豺虎。

【注释】①胡关：近胡地之关，如雁门、玉门、阳关。泛指北方少数民族地区。

②饶：多。③终古：久远。④戎虏：敌方军队。⑤遗堵：经过战争遗留下来的残垣断壁。⑥千霜：千年。⑦嵯（cuó）峨：本指山峰高峻，这里形容白骨堆积如山。⑧榛莽：草木荆棘丛生。⑨赫怒：激怒。⑩圣皇：唐玄宗。⑪劳师：动用军队。⑫鼙（pí）鼓：古代军中所用的军鼓，此借指战争。⑬阳和：阴阳中和。此指太平景象。⑭行役：行军打仗。⑮“安得”句：怎么能够从事农业生产呢？农：农事。圃：瓜果菜地。⑯李牧：战国时赵国名将，长期驻守代郡、雁门。《史记·廉颇蔺相如列传》载，匈奴小入，佯败不胜。单于得知，率大兵来攻，李牧为奇阵，张左右军包抄，大破匈奴十多万骑兵，单于逃走，后十多年不敢侵扰赵边城。后秦用反间计，言李牧欲反，赵王迁使赵葱、颜聚代李牧。牧不受命，被秘密逮捕杀害。后三月，王翦因急击赵，虏赵王迁，遂灭赵。⑰边人：边地的人民和驻守的战士。⑱豺虎：指胡兵。

古风·其十五

燕昭延郭隗，遂筑黄金台。
剧辛方赵至，邹衍复齐来。
奈何青云士，弃我如尘埃。
珠玉买歌笑，糟糠养贤才。
方知黄鹤举，千里独徘徊。

【注释】①燕昭：燕昭王。②延：聘请。③郭隗：战国时燕国人。《史记·燕昭公世家》载，战国时，燕昭王欲报齐国侵占国土之耻，厚币招纳天下贤士。郭隗说：“要想招致四方贤士，不如先从我开始，这样贤于我的人就会不远千里前来归附。”于是昭王修筑宫室给郭隗居住，像对待老师一样尊重他。后来乐毅、邹衍、剧辛来到燕国。邹衍到燕国时，昭王亲拿扫帚，屈身扫除路上灰尘恭迎。后任乐毅为上将军。乐毅为燕国攻下齐国七十余城。④黄金台：在易水东南十八里，燕昭王置千金于台上，以延天下之士。今河北易县东南。⑤剧辛：战国时燕将，原为赵国人，燕昭王招揽天下贤士时，由赵入燕。⑥邹衍：亦作驺衍，战国时著名的哲学家，齐国人。⑦青云士：身居高位的人，当权者。《史记·伯夷列传》载：“闾巷之人，欲砥行立名者，非附青云之士，恶能施于后世哉？”⑧黄鹤：古书中“鹄”“鹤”往往通用。春秋时鲁国人田饶因鲁哀公昏庸不明，自比黄鹄，用“黄鹄举矣”表示要离开鲁国。举：高飞。

【点评】左思咏史诗、鲍照拟古诗、陈子昂感遇诗、李白古风篇，可谓古诗四珍。

古风·其十八

天津三月时，千门桃与李。
朝为断肠花，暮逐东流水。
前水复后水，古今相续流。
新人非旧人，年年桥上游。
鸡鸣海色动，谒帝罗公侯。
月落西上阳，余辉半城楼。
衣冠照云日，朝下散皇州。
鞍马如飞龙，黄金络马头。
行人皆辟易，志气横嵩丘。
入门上高堂，列鼎错珍羞。
香风引赵舞，清管随齐讴。
七十紫鸳鸯，双双戏庭幽。
行乐争昼夜，自言度千秋。
功成身不退，自古多愆尤。
黄犬空叹息，绿珠成衅雠。
何如鸱夷子，散发棹扁舟。

【注释】①天津：桥名。在洛阳洛水之上。②海色：晓色。③“谒帝”句：言公侯罗列成行，去朝谒皇帝。④上阳：唐东都洛阳宫名。⑤皇州：帝都。此处指唐东都洛阳。⑥辟易：惊退。语出《史记·项羽本纪》。⑦“志气”句：志向和气量充塞天地，高如嵩山。⑧“列鼎”句：钟鸣鼎食。“列”“错”同义，摆设的意思。珍羞：珍美的肴馔。⑨“功成”句：谓功成身不退，可遭杀身之祸。《老子》载：“功成名遂身退，天之道也。”愆尤：过失。⑩“黄犬”句：《史记·李斯列传》载：“二世二年七月，具斯五刑，论腰斩咸阳市。斯出狱，与其中子俱执，顾谓其中子曰：‘吾欲与若复牵黄犬俱出上蔡东门逐狡兔，岂可得乎？’遂父子相哭，而夷三族。”⑪“绿珠”句：谓美人变仇人。《晋书·石崇传》载，石崇有妓曰绿珠，美而艳，善吹笛。孙秀使人求之，崇时在别馆，方登凉台，临清流，妇人侍侧。使者以告，崇尽出其婢妾数十人以示之，曰："在所择。"使者曰："君侯博古通今，察远照迩，愿加三思。"使者出而又返，崇竟不许。秀怒，乃劝赵王伦诛崇。崇正宴于楼上，介士到门。崇谓绿珠曰："我今为尔得罪。"绿珠泣曰："当效死于官前。"因自投于楼下而死。崇母兄妻子，无少长皆被害。衅雠：仇隙。⑫"何如"二句：指范蠡。范蠡佐越王勾践灭吴后，乃乘扁舟，改变姓名游齐国，自谓鸱夷子皮，义若盛酒之鸱夷，多所容受，与时弛张。

【点评】骆宾王《帝京篇》简化版。

古风·其十九

西上莲花山，迢迢见明星。
素手把芙蓉，虚步蹑太清。
霓裳曳广带，飘拂升天行。
邀我登云台，高揖卫叔卿。
恍恍与之去，驾鸿凌紫冥。
俯视洛阳川，茫茫走胡兵。
流血涂野草，豺狼尽冠缨。

【注释】①莲花山：华山因山形似莲花，故名华山，其西峰名莲花峰。在今陕西省华阴市。《华山记》载："山顶有池，生千叶莲花，服之羽化，因曰华山。"②迢迢：远貌。③明星：传说中的华山仙女。《太平广记》卷五九《集仙录》载："明星玉女者，居华山，服玉浆，白日升天。"④素手：女子洁白的手。⑤芙蓉：莲花。⑥虚步：凌空而行。⑦蹑：行走，这里是登的意思。⑧太清：天空。⑨霓裳：虹霓制成的衣裳。⑩广带：宽大、长长的飘带。⑪云台：云台峰，华山东北部高峰，四面陡绝，景色秀丽。⑫卫叔卿：传说中的仙人。《神仙传》载，仙人卫叔卿曾乘云车，驾百鹿去见汉武帝，武帝只以臣下相待，大失所望，飘然离去。⑬紫冥：紫色的天空。⑭洛阳川：洛阳伊洛河一带的平原。⑮茫茫：极言安史叛军之多，遍布洛阳城及其原野。⑯胡兵：指安史叛军，安禄山为胡人，故称其叛军为"胡兵"。⑰豺狼：喻指安史叛军。⑱冠缨：官帽和系官帽的带子，此借指做官者。

古风·其二十三

秋露白如玉，团团下庭绿。
我行忽见之，寒早悲岁促。
人生鸟过目，胡乃自结束。
景公一何愚，牛山泪相续。
物苦不知足，得陇又望蜀。
人心若波澜，世路有屈曲。
三万六千日，夜夜当秉烛。

【注释】①庭绿：庭中之草木。②结束：拘束、约束。③“景公”二句：《晏子春秋》载，景公游于牛山，北临其国城而流涕曰：“若何滂滂去此而死乎？”艾孔、梁丘举皆从而泣。晏子独笑于旁。公刷涕而顾晏子曰：“寡人今日游，悲。孔与举皆从寡人而涕泣，子之独笑何也？”晏子对曰：“使贤者常守之，则太公、桓公将常守之矣；使勇者常守之，则庄公、灵公将常守之矣。数君将常守之，则吾君安得此位而立焉？以其迭处之，迭去之，至于君也。而独为之流涕是不仁也。不仁之君见一，谄谀之臣见二，此臣所以独窃笑也。”④得陇望蜀：语出《后汉书·岑彭列传》：“（光武帝）敕彭曰：两城若下，便可将兵击蜀虏。人心若不足，既得陇，复望蜀。”

【点评】古风味十足，可见当年在匡山读书处没少用功。

古风·其三十四

羽檄如流星，虎符合专城。
喧呼救边急，群鸟皆夜鸣。
白日曜紫微，三公运权衡。
天地皆得一，澹然四海清。
借问此何为，答言楚征兵。
渡泸及五月，将赴云南征。
怯卒非战士，炎方难远行。
长号别严亲，日月惨光晶。

泣尽继以血，心摧两无声。
困兽当猛虎，穷鱼饵奔鲸。
千去不一回，投躯岂全生。
如何舞干戚，一使有苗平。

【注释】①羽檄：古代军中的紧急文书用鸟羽插之，以示紧急，故称“羽檄”。②虎符：古代调兵之符信。多为虎形，一剖为二，一半留京师，一半给地方将帅，必须二者相合方能发兵。③专城：古代州牧、太守称专城。④白日：谓帝王。⑤紫微：星名，象征朝廷。⑥三公：唐时太尉、司徒、司空为三公。⑦权衡：权柄。⑧“天地”句：语出《老子》：“天得一以清，地得一以宁。”⑨楚征兵：泛言南方征集士卒。⑩“渡泸”句：古以泸水多瘴气，五月才能过渡。泸：泸水，今云南金沙江。⑪严亲：古称父为“严父”，这里指父母双亲。⑫惨光晶：日月惨淡，失去光辉。⑬“困兽”二句：喻南诏军似猛虎、奔鲸，而唐军似困兽与穷鱼。⑭“如何”二句：《艺文类聚》卷十一引《帝王世纪》载：“有苗氏负固不服，禹请征之，舜曰：‘我德不厚而行武，非道也。吾前教由未也。’乃修教三年，执干戚而舞之，有苗请服。”干：盾牌。戚：大斧。

古风·其三十五

丑女来效颦，还家惊四邻。
寿陵失本步，笑杀邯郸人。
一曲斐然子，雕虫丧天真。
棘刺造沐猴，三年费精神。
功成无所用，楚楚且华身。
大雅思文王，颂声久崩沦。
安得郢中质，一挥成斧斤。

【注释】①“丑女”二句：《庄子·天运》：“西施病心而颦，其里之丑人见而美之，归亦捧心而颦。其里之富人见之，坚闭门而不出，贫人见之，携妻子而去之走。”意从表面学习模仿，弄巧成拙。②“寿陵”二句：《庄子·秋水》：“子独不闻夫寿陵余子之学行于邯郸与？未得国能，又失其故行矣，直匍匐而归耳。”邯郸学步，一味模仿，不仅无成还会失掉本色。③斐然：有文采的样子。④子：小貌。

⑤雕虫：雕虫小技，喻微小的技能。⑥“棘刺”二句：《韩非子·外储说左上》载：“燕王好微巧，卫人曰：‘能以棘刺之端为母猴。’燕王悦之，养以五乘之奉。王曰：‘吾试观客为棘刺之母猴。’客曰：‘人主欲观之，必半岁不入宫，不饮酒食肉。雨霁日出，视之晏阴之间，而棘刺之母猴乃可见也。’燕王因养卫人，不能观其母猴。郑有台下之冶者，谓燕王曰：‘臣，削者也。诸微物必以削削之，而所削必大于削，今棘刺之端不能容削锋，难以制棘刺之端。王试观客之削，能与不能可知也。’王曰：‘善。’谓卫人曰：‘客为棘刺之端以削，吾欲观见之。’客曰：‘臣请之舍取之。’因逃。”棘刺沐猴，意谓虚妄欺骗或艰辛而又难成的事业。⑦“功成”句：暗用《庄子·列御寇》“屠龙之技”典，朱泙漫向支离益学习杀龙，耗尽了千金家产，用了三年时间，学成了屠龙的本领却没有用武之处。意谓高超而没有实用价值的技艺。⑧楚楚：鲜明貌。⑨“大雅”二句：痛惜雅颂风骨沦丧，亟望诗风能复古道。此二句为错综倒装句，语义为赞美周文王的雅颂之诗风，早已沦丧，令人思念。⑩“安得”二句：《庄子·徐无鬼》载：“庄子送葬，过惠子之墓，顾谓其从者曰：郢人垩漫其鼻端，若蝇翼。使匠石斫之，匠石运斤成风，听而斫之，尽垩而鼻不伤，郢人立不失容。宋元君闻之，招匠石曰：‘尝试为寡人为之。’匠石曰，‘臣则尝能斫之，虽然，臣之质死久矣。’自夫子之死也，吾无以为质矣，吾无与言之矣。”运斤成风：谓精湛的技艺，高明的手段。郢中质：谓施展技艺一手段的必要合作者。

古风·其三十九

登高望四海，天地何漫漫。
霜被群物秋，风飘大荒寒。
荣华东流水，万事皆波澜。
白日掩徂辉，浮云无定端。
梧桐巢燕雀，枳棘栖鸳鸾。
且复归去来，剑歌行路难。

【注释】①此诗一作“登高望四海，天地何漫漫。霜被群物秋，风飘大荒寒。杀气落乔木，浮云蔽层峦。孤凤鸣天倪，遗声何辛酸。游人悲旧国，抚心亦盘桓。倚剑歌所思，曲终涕泗澜”。②四海：天下。③漫漫：无涯无际。④“霜被”句：谓各种花草树木因受霜寒而呈现出一派秋色。被：披，覆盖。⑤徂辉：太阳落山时的余晖。⑥枳棘：有棘刺的灌木。鸳鸾本栖宿于梧桐，燕雀只配作巢于枳棘，现在情况相反。谓黑白颠倒，是非错位。喻小人居高位，君子不得其位。⑦归去来：晋陶潜不愿逢迎权势，弃官归乡，作《归去来辞》。⑧剑歌：弹剑而歌。战国时齐人冯谖为孟尝君门客，最初不如意，曾三次弹剑而歌。⑨行路难：《乐府解题》载："《行路难》，备言世路艰难及离别悲伤之意。"行：一作"悲"。

古风·其四十六

一百四十年，国容何赫然。
隐隐五凤楼，峨峨横三川。
王侯象星月，宾客如云烟。
斗鸡金宫里，蹴鞠瑶台边。
举动摇白日，指挥回青天。
当涂何翕忽，失路长弃捐。
独有扬执戟，闭关草太玄。

【注释】①前六句一作"帝京信佳丽，国容何赫然。剑戟拥九关，歌钟沸三川。蓬莱象天构，珠翠夸云仙"。②"一百"句：自唐代开国到李白写此诗时，约有一百四十年。"四"字疑误，或举其成数。③五凤楼：古楼名，在洛阳宫中。泛指宫殿。④峨峨：高峻貌。⑤三川：洛阳附近的黄河、洛水、伊水。一说指流经长安的泾水、洛水和渭水。⑥蹴鞠：古代类似于今日踢足球的游戏。⑦瑶台：本指神仙居处，此指皇帝宫殿。⑧当涂：当权者。⑨翕忽：迅疾之意，一说为志得意满状。⑩失路：此指不得意者。⑪弃捐：弃置不用。⑫扬执戟：汉代文学家扬雄，曾为宫中执戟之臣。⑬闭关：闭门。⑭太玄：扬雄所著《太玄经》。

古风·其五十九

恻恻泣路岐，哀哀悲素丝。
路岐有南北，素丝易变移。
万事固如此，人生无定期。
田窦相倾夺，宾客互盈亏。
世途多翻覆，交道方险□。
斗酒强然诺，寸心终自疑。

张陈竟火灭，萧朱亦星离。
众鸟集荣柯，穷鱼守枯池。
嗟嗟失权客，勤问何所规。

【注释】①“恻恻”句：《淮南子·说林训》载：“杨子见逵路而哭之，为其可以南可以北。墨子见练丝而泣之，为其可以黄可以黑。”②“田窦”句：《史记·魏其武安侯列传》载：“魏其侯窦婴，喜宾客，诸游士宾客争归魏其侯。武安侯田蚡，新欲用事为相。武安侯以王太后亲幸，数言事多效，天下士趋势利者，皆去魏其，归武安。”③“张陈”句：《史记·张耳陈余列传》载：“余年少，父事张耳，两人相与为刎颈交。后两人有隙。汉三年，韩信已定魏地，遣张耳与韩信击破赵井陉，斩陈余泜水上。”④“萧朱”句：汉萧育与朱博初为知交，后因隙成仇。《后汉书·王丹传》载：“交道之难未易言也，世称管、鲍，次则王（阳）、贡（禹）。张（耳）、陈（余）凶其终，萧、朱隙其末。星离，如星之分散。”⑤荣柯：树木茂盛的枝茎。⑥嗟嗟：表示叮嘱的叹词。

侠客行

赵客缦胡缨，吴钩霜雪明。
银鞍照白马，飒沓如流星。
十步杀一人，千里不留行。
事了拂衣去，深藏身与名。
闲过信陵饮，脱剑膝前横。
将炙啖朱亥，持觞劝侯嬴。
三杯吐然诺，五岳倒为轻。
眼花耳热后，意气素霓生。
救赵挥金锤，邯郸先震惊。
千秋二壮士，烜赫大梁城。
纵死侠骨香，不惭世上英。
谁能书阁下，白首太玄经。

【注释】①赵客：燕赵之地的侠客。自古燕赵多慷慨悲歌之士。《庄子·说剑》载：

“昔赵文王好剑，剑士夹门而客三千余人。”②缦胡缨：即少数民族做工粗糙的没有花纹的带子。这句写侠客的冠带。缦：没有花纹。古时将北方少数民族通称为胡。缨：系冠帽的带子。③吴钩：宝刀名。④霜雪明：谓宝刀的锋刃像霜雪一样明亮。⑤飒沓：群飞的样子，形容马跑得快。⑥“十步”二句：《庄子·说剑》：“臣之剑十步一人，千里不留行。”言侠客剑术高强且勇敢。⑦信陵；信陵君，战国四公子之一，为人礼贤下士，门下食客三千余人。⑧“将炙”二句：朱亥、侯嬴：信陵君的门客。朱本是一屠夫，侯原是魏国都城大梁东门的门官，两人都受到信陵君的礼遇，都为信陵君所用。炙：烤肉。啖：吃。啖朱亥：让朱亥来吃。⑨“三杯”二句：说几杯酒下肚（古诗文中，三、九常是虚指）就做出了承诺，并且把承诺看得比五岳还重。⑩素霓：白虹。古人认为，凡要出现不寻常的大事，就会有不寻常的天象出现，如“白虹贯日”。意思是侠客重然诺、轻死生的精神感动了上天。也可以理解为，侠客这一承诺，天下就要发生大事了。⑪“救赵”二句：朱亥锤击晋鄙的故事。信陵君是魏国大臣，魏、赵结成联盟共同对付秦国，这就是合纵以抗秦。信陵君是积极主张合纵的。邯郸：赵国国都。秦军围邯郸，赵向魏求救。魏王派晋鄙率军救赵，后因秦王恐吓，又令晋鄙按兵不动。这样，魏赵联盟势必瓦解。信陵君准备亲率家丁与秦军一拼，向侯嬴辞行，侯不语。信陵君行至半路又回来见侯嬴。侯笑着说：“我知道你会回来的。”于是为信陵君设计，串通魏王宠姬，盗得虎符，去到晋鄙军中，假托魏王令代晋鄙领军。晋鄙生疑，朱亥掏出四十斤重的铁锤，击毙晋鄙。信陵君遂率魏军进击秦军，解了邯郸的围。⑫太玄经：扬雄曾在皇帝藏书的天禄阁任校刊工作，《太玄经》是扬雄写的一部哲学著作。

【**点评**】要了解李白核心价值观，此首为最。

登太白峰

西上太白峰，夕阳穷登攀。
太白与我语，为我开天关。
愿乘泠风去，直出浮云间。
举手可近月，前行若无山。
一别武功去，何时复更还？

【注释】①太白峰：即太白山，又名太乙山、太一山，秦岭主峰，在今陕西眉县、太白县、周至县交界处。山峰极高，常有积雪，故名太白。②夕阳：傍晚的太阳。一说指山的西部。《尔雅·释山》："山西曰夕阳。"③穷：尽。这里是到顶的意思。④太白：指太白星，即金星。这里喻指仙人。⑤天关：古星名，又名天门。《晋书·天文志》："东方，角宿二星为天关，其间天门也，其内天庭也。故黄道经其中，七曜之所行也。"这里指想象中的天界门户。⑥泠（líng）风：轻妙的和风，轻微之风。⑦武功：这里指武功山，在今陕西省武功县南约一百里，北连太白山。⑧更还：一作"见还"。

君马黄

君马黄，我马白。
马色虽不同，人心本无隔。
共作游冶盘，双行洛阳陌。
长剑既照曜，高冠何赩赫。
各有千金裘，俱为五侯客。
猛虎落陷阱，壮士时屈厄。
相知在急难，独好亦何益。

【注释】①君马黄：乐府古题。《乐府诗集》卷十七列入《鼓吹曲辞·汉铙歌》中。王琦注：《宋书》载，汉鼓吹铙歌十八曲有《君马黄歌》。②"共作"句：谓一起游乐。游冶：游荡娱乐。盘：也游乐义。游冶盘：盘游娱乐。《尚书·五子之歌》："（太康）乃盘游无度。"③洛阳陌：洛阳大道。陌：道路，南北为阡，东西为陌。④"长剑"句：谓长剑明光闪闪。曜：照耀，炫耀。⑤赩（xì）赫：赤色光耀貌。⑥五侯客：即五侯之门客。汉代五侯颇多，这里当指东汉梁冀之亲族五人同时封侯，称为梁氏五侯。泛指公侯权贵。⑦屈厄：困窘。汉陆贾《新语·本行》："夫子陈蔡之厄，豆饭菜羹不足以接馁，二三子布弊缊袍不足以避寒，倥偬屈厄，自处甚矣。"⑧急难：急人之难，即在患难时及时救助。⑨亦：一作"知"。

【点评】"君马黄，我马白。马色虽不同，人心本无隔。"太白作诗很随意，张口即来。

游敬亭寄崔侍御

我家敬亭下，辄继谢公作。
相去数百年，风期宛如昨。
登高素秋月，下望青山郭。
俯视鸳鹭群，饮啄自鸣跃。
夫子虽蹭蹬，瑶台雪中鹤。
独立窥浮云，其心在寥廓。
时来一顾我，笑饭葵与藿。
世路如秋风，相逢尽萧索。
腰间玉具剑，意许无遗诺。
壮士不可轻，相期在云阁。

【注释】①敬亭：山名，又名昭亭山、查山，在今安徽宣城北。②崔侍御：即崔成甫，李白的好友，曾任校书郎、摄监察御史，后因事被贬职到湘阴（今湖南湘阴县）。③谢公：谢朓。谢朓任宣城太守时，曾在敬亭山上游览赋诗。④风期：风度。⑤素秋：即清秋。⑥鸳鹭：即鵷鹭。因鵷与鹭飞行有序，喻百官朝见时秩序井然，也指朝官。⑦蹭蹬：路途艰阻难行的样子，喻失意、潦倒。⑧葵：冬葵，中国古代一种蔬菜。⑨藿：豆叶。这里指较粗糙的食物。⑩玉具剑：一种在剑柄顶端装有辘轳形玉饰的剑。指名贵的宝剑。⑪意许：心中默许。⑫无遗诺：不遗忘已许的诺言。相传春秋时吴公子季札奉命出访晋国，途经徐国，徐君喜欢季札的宝剑，想要而不敢明言。季札从晋国回来再经徐国时，徐君已死。季札解剑送给徐国的嗣君，他的随从说："这剑是吴国之宝，不能随便送人。"季札对他们说："当初徐君想要此剑而未明言，我因使命在身没有奉献，但已心许了。今徐君已死，我如果爱剑而不献，那就是欺心。"徐国的嗣君也不肯接受。季札就把剑挂在徐君墓地的树上。见刘向《新序》。⑬云阁：云台，东汉时陈列功臣画像的地方。这里指朝廷。

【点评】杜甫称赞李白诗歌"飘逸不思群"，此首及下一首就是这种典型风格吧。

秋日鲁郡尧祠亭上宴别杜补阙范侍御

我觉秋兴逸，谁云秋兴悲？
山将落日去，水与晴空宜。
鲁酒白玉壶，送行驻金羁。
歇鞍憩古木，解带挂横枝。
歌鼓川上亭，曲度神飙吹。
云归碧海夕，雁没青天时。
相失各万里，茫然空尔思。

【注释】①题注：鲁郡：即兖州，在今山东曲阜、兖州一带。尧祠：约在今山东兖州东北。《元和郡县志》载："尧祠，在县东南七里，洙水之右。"杜补阙、范侍御：均李白友人，名字、生平不详。补阙：是门下省属官，掌管供奉、讽谏。侍御：御史台属殿中侍御史、监察御史之简称。②金羁：用金镶制的马络头。这里指马。③相失：离散。④尔：指杜、范二人。

望庐山瀑布

西登香炉峰，南见瀑布水。
挂流三百丈，喷壑数十里。
欻如飞电来，隐若白虹起。
初惊河汉落，半洒云天里。
仰观势转雄，壮哉造化功。
海风吹不断，江月照还空。
空中乱潨射，左右洗青壁。
飞珠散轻霞，流沫沸穹石。
而我乐名山，对之心益闲。
无论漱琼液，还得洗尘颜。
且谐宿所好，永愿辞人间。

【注释】①庐山：在江西省九江市。②香炉峰：庐山北部名峰。③欻（xū）：欻忽，火光一闪的样子。④潀（zōng）：众水汇在一起。这两句指瀑布在奔流过程中所激起的水花，四处飞溅，冲刷着左右青色的山壁。⑤穹石：高大的石头。⑥琼液：传说中仙人的饮料。这里指瀑布水。⑦尘颜：沾满风尘的脸。

【点评】《望庐山瀑布》诗二首，此为其一，另一首就是声名赫赫的七绝“日照香炉生紫烟”。二诗相抵，声名相差很大，何耶？盖绝句短小，易吟诵流传吧。

上三峡

巫山夹青天，巴水流若兹。
巴水忽可尽，青天无到时。
三朝上黄牛，三暮行太迟。
三朝又三暮，不觉鬓成丝。

【注释】①三峡：指长江之瞿塘峡、巫峡和西陵峡。②巫山：在今重庆巫山县南，山势高峻，景色秀美。③巴水：指长江三峡的流水。重庆东面长江水曲折三回如巴字，故曰“巴江”。传说巴子国由此得名。古渝、涪、忠、万等州均属巴国地，故此段长江常称巴水。④黄牛：指黄牛山，又称黄牛峡，在今湖北宜昌西北。《水经注·江水》载：“江水又东，径黄牛山，下有滩，名曰‘黄牛滩’。南岸重岭叠起，最外高崖间有石，色如人负刀牵牛，人黑牛黄，成就分明；既人迹所绝，莫得究焉。此岩既高，加以江湍迂回，虽途径信宿，犹望见此物。故行者谣曰：‘朝发黄牛，暮宿黄牛。三朝三暮，黄牛如故。’言水路纡深，回望如一矣。”

【点评】可与《下江陵》（即《早发白帝城》）对照阅读。

拟古·其三

长绳难系日，自古共悲辛。
黄金高北斗，不惜买阳春。
石火无留光，还如世中人。
即事已如梦，后来我谁身。
提壶莫辞贫，取酒会四邻。
仙人殊恍惚，未若醉中真。

【注释】①长绳：典出晋傅玄《九曲歌》："岁暮景迈时光绝，安得长绳系白日。"②"黄金"句：《唐书·尉迟敬德传》载："上曰：'公之心如山岳然，虽积金至斗，岂能移之。'"③"石火"句：刘昼《新论·惜时》载："人之短生，犹如石火，炯然以过，唯立德贻爱为不朽也。"

拟古·其八

月色不可扫，客愁不可道。
玉露生秋衣，流萤飞百草。
日月终销毁，天地同枯槁。
蟪蛄啼青松，安见此树老。
金丹宁误俗，昧者难精讨。
尔非千岁翁，多恨去世早。
饮酒入玉壶，藏身以为宝。

【注释】①蟪蛄：蝉的一种。体短，吻长，黄绿色，有黑色条纹，翅膀有黑斑，雄的腹部有发音器，夏末自早至暮鸣声不息。《庄子·逍遥游》载："朝菌不知晦朔，蟪蛄不知春秋，此小年也。"②玉壶：东汉费长房欲求仙，见市中有老翁悬一壶卖药，市毕即跳入壶中。费便拜叩，随老翁入壶。但见玉堂富丽，酒食俱备。后知老翁乃神仙。见《后汉书·方术传下·费长房》。后用以指仙境。

【点评】"月色不可扫，客愁不可道。"盛唐名句。

拟古·其九

生者为过客，死者为归人。
天地一逆旅，同悲万古尘。
月兔空捣药，扶桑已成薪。
白骨寂无言，青松岂知春。
前后更叹息，浮荣安足珍。

【注释】①归人：《列子·天瑞》载：古者谓死人为归人，夫言死人为归人。

则生人为行人矣。②逆旅：寄宿处。《庄子·知北游》载："悲夫，世人直为物逆旅耳。"

【点评】"过客"一词，经太白捻出，影响遂及苏轼、鲁迅、郑愁予。

丁督护歌

云阳上征去，两岸饶商贾。
吴牛喘月时，拖船一何苦。
水浊不可饮，壶浆半成土。
一唱督护歌，心摧泪如雨。
万人凿磐石，无由达江浒。
君看石芒砀，掩泪悲千古。

【注释】①丁督护歌：一名"阿督护"。南朝宋吴声歌曲名。《宋书·乐志》载："《督护歌》者，彭城内史徐逵之为鲁轨所杀，宋高祖使府内直督护丁旿收殓殡埋之。逵之妻，高祖长女也，呼旿至阁下，自问殓送之事，每问辄叹息，曰：'丁督护！'其声哀切，后人因其声，广其曲焉。"②云阳：今江苏丹阳。③上征：指往北行舟。④饶：多。⑤吴牛：江淮间水牛。刘义庆《世说新语》："臣犹吴牛，见月而喘。"刘孝标注："今之水牛，唯生江淮间，故谓之吴牛也。南土多暑，而牛畏热，见月疑是日，所以见月则喘。"⑥江浒：江边。⑦石芒砀（dàng）：形容又多又大的石头。芒砀：大而多貌。

赠何七判官昌浩

有时忽惆怅，匡坐至夜分。
平明空啸咤，思欲解世纷。
心随长风去，吹散万里云。
羞作济南生，九十诵古文。
不然拂剑起，沙漠收奇勋。
老死阡陌间，何因扬清芬。

夫子今管乐，英才冠三军。
终与同出处，岂将沮溺群？

【注释】①何七：何昌浩，排行第七，故称何七。②判官：节度使属官。③匡坐：正坐。④夜分：夜半。⑤济南生：即西汉伏生，名胜，济南人。曾为秦博士，秦时焚书，伏生壁藏之。传九篇，即今文《尚书》。汉文帝时召伏生，是时伏生年九十余，老不能行，于是乃诏太常使掌故晁错往受之。见《汉书·伏生传》。⑥夫子：指何昌浩。⑦管乐：指春秋时齐相管仲、战国时燕国名将乐毅。⑧沮溺：指春秋时两位著名隐士长沮、桀溺。

下终南山过斛斯山人宿置酒

暮从碧山下，山月随人归。
却顾所来径，苍苍横翠微。
相携及田家，童稚开荆扉。
绿竹入幽径，青萝拂行衣。
欢言得所憩，美酒聊共挥。
长歌吟松风，曲尽河星稀。
我醉君复乐，陶然共忘机。

【注释】①终南山：又称南山，秦岭山峰之一，在今陕西省西安市南，唐时士子多隐居于此山。②过：拜访。③斛（hú）斯：复姓。④山人：隐士。⑤却顾：回头望。⑥苍苍：苍茫貌。⑦翠微：青翠掩映的山峦深处。⑧荆扉：柴门，以荆棘编制。⑨青萝：即女萝，攀缠在树枝上下垂的藤蔓。⑩行衣：行人的衣服。⑪挥：举杯。⑫松风：古乐府琴曲名，即《风入松曲》，此处也有歌声随风而入松林的意思。⑬河星稀：银河中的星光稀微，谓夜已深。一作“星河稀”。

【点评】陶潜面目，李白精神。

月下独酌·其一

花间一壶酒，独酌无相亲。
举杯邀明月，对影成三人。
月既不解饮，影徒随我身。
暂伴月将影，行乐须及春。
我歌月徘徊，我舞影零乱。
醒时同交欢，醉后各分散。
永结无情游，相期邈云汉。

【注释】①无相亲：没有亲近的人。②及春：趁着春光明媚之时。③同交欢：一起分享快乐。一作“相交欢”。④无情游：月、影没有知觉，不懂感情，李白与之结交，故称“无情游”。⑤相期邈（miǎo）云汉：约定在天上相见。期：约会。邈：遥远。云汉：银河。这里指遥天仙境。“邈云汉”一作“碧岩畔”。

【点评】诗酒不分家。外国诗人以缪斯为宗，谬矣。应以酒神为宗更妥一些。

月下独酌·其二

天若不爱酒，酒星不在天。
地若不爱酒，地应无酒泉。
天地既爱酒，爱酒不愧天。
已闻清比圣，复道浊如贤。
贤圣既已饮，何必求神仙。
三杯通大道，一斗合自然。
但得酒中趣，勿为醒者传。

【注释】①酒星：古星名，也称酒旗星。②酒泉：酒泉郡，汉置，在今甘肃省酒泉市。传说郡中有泉，其味如酒，故名酒泉。③大道：指自然法则。《庄子·天下》载：“天能覆之而不能载之，地能载之而不能覆之，大道能包之而不能辩之。知万物皆有所可，有所不可。”

【点评】若李白在当今，凭此诗足以成为五粮液、茅台酒的广告终身代言人。

月下独酌·其三

三月咸阳城，千花昼如锦。
谁能春独愁，对此径须饮。
穷通与修短，造化夙所禀。
一樽齐死生，万事固难审。
醉后失天地，兀然就孤枕。
不知有吾身，此乐最为甚。

【注释】①“三月”二句：一作“好鸟吟清风，落花散如锦”，一作“园鸟语成歌，庭花笑如锦”。咸阳借指长安。城：一作“时”。②穷通：困厄与显达。③修短：长短。指人的寿命。④兀然：昏然无知的样子。

月下独酌·其四

穷愁千万端，美酒三百杯。
愁多酒虽少，酒倾愁不来。
所以知酒圣，酒酣心自开。
辞粟卧首阳，屡空饥颜回。
当代不乐饮，虚名安用哉。
蟹螯即金液，糟丘是蓬莱。
且须饮美酒，乘月醉高台。

【注释】①穷愁：穷困愁苦。《史记·平原君虞卿列传》载：“然虞卿非穷愁，亦不能著书以自见于后世云。”②千万端：一作“有千端”。③三百杯：一作“唯数杯”。④酒圣：豪饮的人。⑤卧首阳：一作“饿伯夷”。首阳：山名。一称雷首山，相传为伯夷、叔齐采薇隐居处。⑥屡空：经常贫困。谓贫穷无财。《论语·先进》：“回也其庶乎！屡空。”何晏集解：“言回庶几圣道，虽数空匮而乐在其中。”⑦颜回：春秋末期鲁国人，孔子的得意门生。⑧乐饮：畅饮。《史记·高祖本纪》：“沛父兄诸母故人日乐饮极驩，道旧故为笑乐。”⑨安用：有什么作用。安：什么。

⑩蟹螯（áo）：螃蟹变形的第一对脚。状似钳，用以取食或自卫。《晋书·毕卓传》载："右手持酒杯，左手持蟹螯，拍浮酒船中，便足了一生矣。"⑪金液：喻美酒。⑫糟丘：积糟成丘。极言酿酒之多，沉湎之甚。⑬蓬莱：古代传说中的神山名。此处泛指仙境。

关山月

明月出天山，苍茫云海间。
长风几万里，吹度玉门关。
汉下白登道，胡窥青海湾。
由来征战地，不见有人还。
戍客望边邑，思归多苦颜。
高楼当此夜，叹息未应闲。

【注释】①关山月：乐府旧题，属横吹曲辞，多抒离别哀伤之情。②天山：即祁连山。在今甘肃、新疆之间，连绵数千里。因汉时匈奴称"天"为"祁连"，所以祁连山也叫作天山。③玉门关：故址在今甘肃敦煌西北，古代通向西域的交通要道。④下：指出兵。⑤白登：今山西大同东有白登山。汉高祖刘邦领兵征匈奴，曾被匈奴在白登山围困了七天。《汉书·匈奴传》载："（匈奴）围高帝于白登七日。"颜师古注："白登山在平城东南，去平城十余里。"⑥胡：此指吐蕃。⑦窥：有所企图，窥伺，侵扰。⑧青海湾：即今青海省青海湖，湖因青色而得名。⑨戍客：征人也。驻守边疆的战士。⑩边邑：一作"边色"。⑪高楼：古诗中多以高楼指闺阁，这里指戍边兵士的妻子。曹植《七哀诗》："明月照高楼，流光正徘徊。思妇高楼上，悲叹有余哀。"

【点评】英风浩气盖山河！

望鹦鹉洲怀祢衡

魏帝营八极，蚁观一祢衡。
黄祖斗筲人，杀之受恶名。
吴江赋鹦鹉，落笔超群英。
锵锵振金玉，句句欲飞鸣。

鸷鹗啄孤凤，千春伤我情。
五岳起方寸，隐然讵可平。
才高竟何施，寡识冒天刑。
至今芳洲上，兰蕙不忍生。

【注释】①鹦鹉洲：在今湖北省武汉市西南长江中。相传东汉末江夏太守黄祖长子射在此大会宾客，有人献鹦鹉，祢衡作《鹦鹉赋》，故名。后衡为黄祖所杀，葬此。自汉以后，由于江水冲刷，屡被浸没，今鹦鹉洲已非宋以前故地。②祢（mí）衡：东汉末名士，字正平。③魏帝：魏武帝曹操。④黄祖：刘表部将，任江夏（今武汉武昌）太守。⑤斗筲人：谓小人。⑥“吴江”句：指祢衡在黄射大会宾客宴席上作《鹦鹉赋》。⑦鸷鹗：一种猛禽。喻黄祖。⑧孤凤：喻祢衡。⑨千春：语出梁简文帝诗：“千春谁与乐。”⑩天刑：语出《国语·鲁语》：“纠虔天刑。”⑪芳洲：语出《楚辞·九歌·湘君》：“采芳洲兮杜若。”

郢门秋怀

郢门一为客，巴月三成弦。
朔风正摇落，行子愁归旋。
杳杳山外日，茫茫江上天。
人迷洞庭水，雁度潇湘烟。
清旷谐宿好，缁磷及此年。
百龄何荡漾，万化相推迁。
空谒苍梧帝，徒寻溟海仙。
已闻蓬海浅，岂见三桃圆。
倚剑增浩叹，扪襟还自怜。
终当游五湖，濯足沧浪泉。

【注释】①郢（yǐng）门：即荆门。唐时为峡州夷陵郡，其地临江，有山曰荆门，上合下开，有若门象。故当时文士概称其地曰荆门，或又谓之郢门。西通巫、巴，东接云梦，历代常为重镇。②缁磷：《论语·阳货》载：“不曰坚乎？磨而不磷；不曰白乎？涅而不缁。”何晏集解：“孔曰，磷，薄也；涅，可以染皂。言至坚者，磨之而不薄；至白者，染之于涅而不黑。喻君子虽在浊乱，浊乱不能污。”后亦以“缁磷”喻操守不坚贞。③濯足：《孟子·离娄上》：“沧浪之水清兮，可以濯我缨；沧浪之水浊兮，可以濯我足。”喻清除世尘，保持高洁。

【点评】飘逸！

荆门浮舟望蜀江

春水月峡来，浮舟望安极。
正是桃花流，依然锦江色。
江色绿且明，茫茫与天平。
逶迤巴山尽，摇曳楚云行。
雪照聚沙雁，花飞出谷莺。
芳洲却已转，碧树森森迎。
流目浦烟夕，扬帆海月生。
江陵识遥火，应到渚宫城。

【注释】①题记：荆门：即荆门山，在今湖北宜都西北长江南岸。蜀江：指今四川省境内的长江。②月峡：即四川巴县的明月峡。峡上石壁有孔，形如满月，故称。③桃花流：即桃花汛，指桃花盛开时候上涨的江水。④锦江：岷江流经成都的一段河流，也称“府内河”。⑤楚云：荆门古时属楚国，故称荆门一带的云为楚云。⑥渚宫：春秋时楚成王所建别宫，故址在今湖北江陵县。

【点评】还是飘逸！古今诗人诗作不少，能流传下来的概率相当于中彩票，君不见乾隆爷诗歌数量古今第一，能流传的一首没有。独有李白口吐珠玉，挥毫立成，疑非人类呀！

寄东鲁二稚子

吴地桑叶绿，吴蚕已三眠。
我家寄东鲁，谁种龟阴田？
春事已不及，江行复茫然。

南风吹归心，飞堕酒楼前。
楼东一株桃，枝叶拂青烟。
此树我所种，别来向三年。
桃今与楼齐，我行尚未旋。
娇女字平阳，折花倚桃边。
折花不见我，泪下如流泉。
小儿名伯禽，与姊亦齐肩。
双行桃树下，抚背复谁怜？
念此失次第，肝肠日忧煎。
裂素写远意，因之汶阳川。

【注释】①东鲁：今山东一带，春秋时此地属鲁国。②吴地：今江苏一带，春秋时此地属吴国。③三眠：蚕蜕皮时，不食不动，其状如眠。蚕历经三眠，方能吐丝结茧。④龟阴田：《左传·哀公十年》："齐国归还鲁国龟阴田。"杜预注："泰山博县北有龟山，阴田在其北也。"借此指李白在山东的田地。⑤春事：春日耕种之事。⑥酒楼：《太平广记》载，李白在山东寓所曾修建酒楼。⑦向三年：快到三年了。向：近。⑧旋：还，归。⑨娇女字平阳：此句下一作"娇女字平阳，有弟与齐肩。双行桃树下，折花倚桃边。⑩失次第：失去了常态，指心绪不定，七上八下。次第：常态，次序。⑪裂素：指准备书写工具之意。素：绢素，古代作书画的白绢。⑫之：到。⑬汶阳川：指汶水，因汶阳靠近汶水故称。

长干行

妾发初覆额，折花门前剧。
郎骑竹马来，绕床弄青梅。
同居长干里，两小无嫌猜。
十四为君妇，羞颜未尝开。
低头向暗壁，千唤不一回。
十五始展眉，愿同尘与灰。
常存抱柱信，岂上望夫台。
十六君远行，瞿塘滟滪堆。

五月不可触，猿声天上哀。
门前迟行迹，一一生绿苔。
苔深不能扫，落叶秋风早。
八月胡蝶来，双飞西园草。
感此伤妾心，坐愁红颜老。
早晚下三巴，预将书报家。
相迎不道远，直至长风沙。

【注释】①长干行：乐府《杂曲歌辞》调名。②床：井栏，后院水井的围栏。③长干里：在今南京市，当年系船民集居之地，故《长干曲》多抒发船家女子的感情。④抱柱信：典出《庄子·盗跖篇》，写尾生与一女子相约于桥下，女子未到而突然涨水，尾生守信而不肯离去，抱着柱子被水淹死。⑤滟滪（yàn yù）堆：三峡之一瞿塘峡峡口的一块大礁石，农历五月涨水没礁，船只易触礁翻沉。⑥哀：一作“鸣”。⑦迟：一作“旧”。⑧绿：一作“苍”。⑨胡蝶来：一作“胡蝶黄”。胡蝶：即蝴蝶。⑩早晚：何时。⑪三巴：地名。即巴郡、巴东、巴西。在今四川东部地区。⑫长风沙：地名，在今安徽省安庆市的长江边上，距南京约七百里。

【点评】同南朝名篇《西洲曲》一样珍贵，一首诗贡献了两个成语：青梅竹马、两小无猜，罕有其匹。

春日醉起言志

处世若大梦，胡为劳其生？
所以终日醉，颓然卧前楹。
觉来眄庭前，一鸟花间鸣。
借问此何时？春风语流莺。
感之欲叹息，对酒还自倾。
浩歌待明月，曲尽已忘情。

【注释】①前楹：厅前的柱子。②眄（miǎn）：斜视。

子夜吴歌·秋歌

长安一片月，万户捣衣声。
秋风吹不尽，总是玉关情。
何日平胡虏，良人罢远征。

【注释】①子夜吴歌：一作子夜四时歌。《子夜歌》属乐府的吴声曲辞，分为“春歌”“夏歌”“秋歌”“冬歌”。《唐书·乐志》载：“《子夜歌》者，晋曲也。晋有女子名子夜，造此声，声过哀苦。”因起于吴地，故名《子夜吴歌》。②玉关：玉门关，故址在今甘肃省敦煌西北，此处代指良人戍边之地。③良人：古时妇女对丈夫的称呼。

子夜吴歌·冬歌

明朝驿使发，一夜絮征袍。
素手抽针冷，那堪把剪刀。
裁缝寄远道，几日到临洮。

【注释】①驿使：古时官府传送书信和物件的使者。驿：驿馆。②絮：在衣服里铺棉花。③征袍：战士的衣裳。④裁缝：指裁缝好的征衣。⑤临洮（táo）：在今甘肃省临潭县西南，此泛指边地。

塞下曲

五月天山雪，无花只有寒。
笛中闻折柳，春色未曾看。
晓战随金鼓，宵眠抱玉鞍。
愿将腰下剑，直为斩楼兰。

【注释】①天山：指祁连山。②折柳：即《折杨柳》，古乐曲名。③金鼓：指锣，进军时击鼓，退军时鸣金。

古朗月行

小时不识月，呼作白玉盘。
又疑瑶台镜，飞在青云端。
仙人垂两足，桂树何团团。
白兔捣药成，问言与谁餐。
蟾蜍蚀圆影，大明夜已残。
羿昔落九乌，天人清且安。
阴精此沦惑，去去不足观。
忧来其如何，凄怆摧心肝。

【注释】①瑶台：传说中神仙居住的地方。②仙人：传说驾月的车夫，叫舒望，又名纤阿。③羿：后羿，中国古代神话中射落九个太阳的英雄。《淮南子·本经训》载："尧时十日并出，草木皆枯。尧命羿仰射十日，中其九。"④乌：即日。《五经通义》载："日中有三足乌。"所以日又叫阳乌。⑤阴精：《史记·天官书》载："月者，天地之阴，金之精也。"阴精也指月。

【点评】小学课文截取的是前八句，编者以为后八句小学生看不懂。是耶？非耶？

秋思

燕支黄叶落，妾望自登台。
海上碧云断，单于秋色来。
胡兵沙塞合，汉使玉关回。
征客无归日，空悲蕙草摧。

【注释】①燕支：山名，在今甘肃山丹东南。②自：一作"白"。白登台：在今山西大同市东白登山上。匈奴冒顿单于尝围汉高祖于此。③海上：一作"月出"。④单于：一作"蝉声"。指唐单于都护府，治所在今内蒙古和林格尔西北。⑤沙塞：北方边塞多沙漠，故称。⑥蕙草：香草名。

春思

燕草如碧丝，秦桑低绿枝。
当君怀归日，是妾断肠时。
春风不相识，何事入罗帏。

【注释】①燕草：指燕地的草。燕：河北省北部一带，此泛指北部边地，征夫所在之处。②秦桑：秦地的桑树。秦：指陕西省一带，此指思妇所在之地。燕地寒冷，草木迟生于较暖的秦地。

【点评】“当君怀归日，是妾断肠时。”情感不对称。

寄远・其六

阳台隔楚水，春草生黄河。
相思无日夜，浩荡若流波。
流波向海去，欲见终无因。
遥将一点泪，远寄如花人。

【注释】①“阳台”二句：一作“阴云隔楚水，转蓬落渭河”。阳台：指男女欢会之所。②“欲见终无因”：一作“定绕珠江滨”。

寄远・其七

妾在舂陵东，君居汉江岛。
一日望花光，往来成白道。
一为云雨别，此地生秋草。
秋草秋蛾飞，相思愁落晖。
何由一相见，灭烛解罗衣。

【注释】①“一日”二句：一作“日日采蘼芜，上山成白道”。②“何由”二句：一作“昔时携手去，今日流泪归。遥知不得意，玉箸点罗衣”。

【点评】“何由一相见，灭烛解罗衣。”唐时家居生活用语，唐后居然成禁语，世风日下，人心不古。

妾薄命

汉帝宠阿娇，贮之黄金屋。
咳唾落九天，随风生珠玉。
宠极爱还歇，妒深情却疏。
长门一步地，不肯暂回车。
雨落不上天，水覆难再收。
君情与妾意，各自东西流。
昔日芙蓉花，今成断根草。
以色事他人，能得几时好。

【注释】①妾薄命：乐府旧题。郭茂倩《乐府诗集》卷六十二列于《杂曲歌辞》。②宠：一作“重”。③阿娇：汉武帝陈皇后名。汉武帝刘彻数岁时，他的姑母长公主问他：“儿欲得妇否？”指左右长御百余人，皆曰：“不用。”最后指其女阿娇问：“阿娇好否？”刘彻笑曰：“好！若得阿娇作妇，当作金屋贮之。”刘彻即位后，阿娇做了皇后，也曾宠极一时。④“咳唾”二句：得势者一切皆贵。赵壹《刺世疾邪赋》载：“势家多所宜，咳唾自成珠。”⑤“妒深”句：《汉书·陈皇后传》载：“初，武帝得立为太子，长主有力。取主女为妃。及帝即位，立为皇后，擅宠骄贵，十余年而无子。闻卫子夫得幸，几死者数焉，上愈怒。后又挟妇人媚道，颇觉。元光五年，上遂穷治之。……使有司赐皇后策曰：‘皇后失序，惑于巫祝，不可以承天命。其上玺绶，罢退居长门宫。’”

【点评】“以色事他人，能得几时好。”千古名句。

幽州胡马客歌

幽州胡马客，绿眼虎皮冠。
笑拂两只箭，万人不可干。
弯弓若转月，白雁落云端。

双双掉鞭行，游猎向楼兰。
出门不顾后，报国死何难？
天骄五单于，狼戾好凶残。
牛马散北海，割鲜若虎餐。
虽居燕支山，不道朔雪寒。
妇女马上笑，颜如赪玉盘。
翻飞射野兽，花月醉雕鞍。
旄头四光芒，争战若蜂攒。
白刃洒赤血，流沙为之丹。
名将古是谁，疲兵良可叹。
何时天狼灭？父子得安闲。

【注释】①题注：《乐府诗集》载，梁鼓角横吹曲有《幽州胡马客吟》，即此也。幽州：州名，汉武帝所置，辖境相当今之河北北部及辽宁等地。②干：冒犯。③掉：摇动。④楼兰：西域古国名。《汉书·西域传上》载，鄯善国，本名楼兰，王治扜（yū）泥城，去阳关千六百里，去长安六千一百里。遗址在今新疆罗布泊西。⑤"天骄"句：《汉书·宣帝纪》载，匈奴虚闾权渠单于死，右贤王屠耆堂代立，骨肉大臣立虚闾权渠单于子为呼韩邪单于，击杀屠耆堂。诸王并自立，分为五单于，更相攻击，死者以万数。⑥北海：《汉书·苏武传》载："徙武北海上无人处。"指今贝加尔湖。泛指匈奴之地。⑦赪（chēng）：红色。⑧"旄头"句：谓胡兵入侵。旄头：即髦头。星宿名，昴星。《史记·天官书》载，昴曰髦头，胡星。动摇若跳跃者，胡兵大起。⑨"何时"句：谓何时平息贼寇。天狼：星名，主侵掠，此指安禄山。

短歌行

白日何短短，百年苦易满。
苍穹浩茫茫，万劫太极长。
麻姑垂两鬓，一半已成霜。
天公见玉女，大笑亿千场。
吾欲揽六龙，回车挂扶桑。

北斗酌美酒，劝龙各一觞。
富贵非所愿，与人驻颜光。

【注释】①短歌行：乐府旧题。《乐府诗集》卷三十列入《相和歌辞》，属《平调曲》。因其声调短促，故名。多为宴会上唱的乐曲。②“白日”二句：用曹操《短歌行》“对酒当歌，人生几何？譬如朝露，去日苦多”句意。③万劫：万世，形容时间极长。佛经称世界从生成到毁灭的过程为一劫。④太极：天地未分以前的元气。⑤麻姑：神话中仙女名。⑥“天公”二句：传说天公与玉女在一起玩投壶之戏，投中者则天公大笑。玉女：仙女。⑦“吾欲”二句：化用《楚辞·远游》“维六龙于扶桑”句意。六龙：指太阳。神话传说日神乘车，驾以六龙。扶桑：神话中的树，在东海中，日出于其上。⑧“北斗”句：化用《楚辞·九歌·东君》“援北斗兮酌酒浆”句意。⑨与：一作“为”。⑩驻：留住。⑪颜光：一作“颓光”。逝去的光阴。

※ 高适

塞下曲

结束浮云骏，翩翩出从戎。
且凭天子怒，复倚将军雄。
万鼓雷殷地，千旗火生风。
日轮驻霜戈，月魄悬雕弓。
青海阵云匝，黑山兵气冲。
战酣太白高，战罢旄头空。
万里不惜死，一朝得成功。
画图麒麟阁，入朝明光宫。
大笑向文士，一经何足穷！
古人昧此道，往往成老翁。

【注释】①结束：装束，指备马。②浮云：良马名。③天子怒：皇帝威怒的军令。《诗·大雅·常武》：“王奋厥武，如震如怒。”④殷：雷声，语出《诗·召南·殷其雷》。雷殷地：形容鼓声震地。⑤青海：湖名，在今青海省东北部。唐时临吐蕃东北边境。⑥黑山：即杀武山，在今内蒙古自治区呼和浩特市东南百里。为唐代北方边塞。⑦太白：即金星。⑧明光宫：汉宫名。据《三辅黄图》，甘泉宫、北宫中皆有明光宫。此泛指朝廷宫殿。⑨一经：《易》《诗》《书》《春秋》《礼》五经中的一种。汉代五经各立博士，其解释烦琐，耗尽毕生精力，只能读通一经，故有“皓首穷经”之说。唐代取士有“明经”一科，此处穷经泛指读书进仕。

登百丈峰

朝登百丈峰，遥望燕支道。
汉垒青冥间，胡天白如扫。
忆昔霍将军，连年此征讨。
匈奴终不灭，寒山徒草草。
唯见鸿雁飞，令人伤怀抱。

【注释】①百丈峰：山名，在今甘肃武威。②燕支：山名，亦名焉支山，古时在匈奴境内，位于今甘肃山丹东。李白《王昭君》诗之一：“燕支长寒雪作花，蛾眉憔悴没胡沙。”王琦注引《元和郡县志》：“燕支山，一名删丹山，在丹州删丹县南五十里。东西百余里，南北二十里，水草茂美，与祁连同。”③汉垒：汉军营垒。④青冥：青天。⑤胡天：指胡人地域的天空，亦泛指胡人居住的地方。⑥霍将军：指西汉抗击匈奴的名将霍去病。⑦此：一作“北”。⑧草草：骚扰不安的样子。《魏书·外戚传上·贺泥》：“太祖崩，京师草草。”

【点评】在众多边塞诗中，此诗籍籍无名，但思想杰出，颇有良史眼光，就战争与和亲两策提出第三个问题：匈奴终不灭，春风吹又生。

塞上

东出卢龙塞，浩然客思孤。
亭堠列万里，汉兵犹备胡。
边尘涨北溟，虏骑正南驱。
转斗岂长策，和亲非远图。

惟昔李将军，按节出皇都。
总戎扫大漠，一战擒单于。
常怀感激心，愿效纵横谟。
倚剑欲谁语，关河空郁纡。

【注释】①卢龙塞：古代东北边防要塞，在今河北省迁安西北。塞道自蓟县起，东经喜峰口直至冷口。②亭堠（hòu）：驻兵瞭望敌人的土堡。③李将军：指李广。④按节：从容按辔徐行。⑤出皇：一作“临此”。⑥总戎：统帅军队。⑦谟：谋略。⑧郁纡：幽深曲折。此语双关，既写关河，又形容愁思。

【点评】高适认为内线作战的胜算大些。

※ 丘为

寻西山隐者不遇

绝顶一茅茨，直上三十里。
扣关无僮仆，窥室唯案几。
若非巾柴车，应是钓秋水。
差池不相见，黾勉空仰止。
草色新雨中，松声晚窗里。
及兹契幽绝，自足荡心耳。
虽无宾主意，颇得清净理。
兴尽方下山，何必待之子。

【注释】①茅茨：茅屋。②扣关：敲门。③巾柴车：指乘小车出游。④黾（mǐn）勉：勉力，尽力。⑤仰止：仰望，仰慕。⑥兴尽：典出《世说新语》晋王子猷雪夜访戴的故事。⑦之子：这个人，这里指隐者。一作“夫子”。

【点评】相比贾岛《寻隐者不遇》，本篇像是一首散文。

题农父庐舍

东风何时至？已绿湖上山。
湖上春既早，田家日不闲。
沟塍流水处，耒耜平芜间。
薄暮饭牛罢，归来还闭关。

【注释】①沟塍（chéng）：田埂和田间的水沟。塍：田埂。②耒耜（lěi sì）：古代一种像犁的翻土农具。木把叫“耒”，犁头叫“耜”。③平芜：杂草繁茂的原野。④饭牛：喂牛。《九章·惜往日》：“宁戚歌而饭牛。”⑤闭关：闭门谢客，也指不为尘事所扰。颜延之《五君咏》：“刘伶善闭关，怀情灭闻见。”

【点评】宋代王安石有诗：“京口瓜洲一水间，钟山只隔数重山。春风又绿江南岸，明月何时照我还？”据说诗眼“绿”经过N次推敲而得。读了丘为这首诗，你会相信王安石不是妙手偶得，而是妙手神偷。宋人写诗，流行“夺胎之术”，其尤者为黄庭坚。

泛若耶谿

结庐若耶里，左右若耶水。
无日不钓鱼，有时向城市。
溪中水流急，渡口水流宽。
每得樵风便，往来殊不难。
一川草长绿，四时那得辨。
短褐衣妻儿，余粮及鸡犬。
日暮鸟雀稀，稚子呼牛归。
住处无邻里，柴门独掩扉。

【注释】①若耶谿：谿：即“溪”。若耶溪又名五云溪，在今浙江省绍兴市东南之若耶山下。相传西施曾浣纱于此，故又名浣纱溪。②樵风：顺风、好风。

【点评】类渊明诗。

※ 崔颢

古游侠呈军中诸将

少年负胆气，好勇复知机。
仗剑出门去，孤城逢合围。
杀人辽水上，走马渔阳归。
错落金锁甲，蒙茸貂鼠衣。
还家且行猎，弓矢速如飞。
地迥鹰犬疾，草深狐兔肥。
腰间带两绶，转眄生光辉。
顾谓今日战，何如随建威？

【注释】①题注：一作“游侠篇”。游侠：指好交游，轻生重信，能救人危难的人。②负：凭借。一作“有”。③知机：指认识时势，趋向得宜，如下文所叙及时从军就是知机。④金锁甲：黄金锁子甲（用黄金作环，连锁成网状）。⑤蒙茸：乱貌，貂裘已敝，苦战日久。⑥且行猎：《乐府诗集》作“行且猎”。猎：一作“射”。⑦腰间带两绶：一作“腰带垂两鞬”。绶：丝带，古人用来系印纽，佩在腰上。⑧建威：东汉耿弇曾拜建威将军。借指此侠士往年在辽水作战时的主将。

【点评】好勇复知机之人，多乎哉，不多矣！

※ 常理

古别离

君御狐白裘，妾居缃绮帱。
粟钿金夹膝，花错玉搔头。
离别生庭草，征衣断戍楼。
蟏蛸网清曙，菡萏落红秋。
小胆空房怯，长眉满镜愁。
为传儿女意，不用远封侯。

【注释】①狐白裘：用狐腋的白毛皮做成的衣服。②缃绮：浅黄色的丝绸。③夹膝：暑时置床席间，以憩手足的消暑器。呈笼状，用竹或金属制成。④玉搔头：即玉簪。古代女子的一种首饰。《西京杂记》卷二："武帝过李夫人，就取玉簪搔头。自此后宫人搔头皆用玉，玉价倍贵焉。"⑤蟏蛸：蜘蛛的一种，脚很长。通称蟢子。⑥清曙：清晨。

※ 储光羲

田家杂兴

其一

春至鸧鹒鸣，薄言向田墅。
不能自力作，黾勉娶邻女。
既念生子孙，方思广田圃。
闲时相顾笑，喜悦好禾黍。
夜夜登啸台，南望洞庭渚。
百草被霜露，秋山响砧杵。
却羡故年时，中情无所取。

其二

众人耻贫贱，相与尚膏腴。
我情既浩荡，所乐在畋渔。
山泽时晦暝，归家暂闲居。
满园植葵藿，绕屋树桑榆。
禽雀知我闲，翔集依我庐。
所愿在优游，州县莫相呼。
日与南山老，兀然倾一壶。

其三

逍遥阡陌上，远近无相识。

落日照秋山，千岩同一色。
网罟绕深莽，鹰鹯始轻翼。
猎马既如风，奔兽莫敢息。
驻旗沧海上，犒士吴宫侧。
楚国有夫人，性情本贞直。
鲜禽徒自致，终岁竟不食。

其四

田家趋垄亩，当昼掩虚关。
邻里无烟火，儿童共幽闲。
桔槔悬空圃，鸡犬满桑间。
时来农事隙，采药游名山。
但言所采多，不念路险艰。
人生如蜉蝣，一往不可攀。
君看西王母，千载美容颜。

其五

平生养情性，不复计忧乐。
去家行卖畚，留滞南阳郭。
秋至黍苗黄，无人可刈获。
稚子朝未饭，把竿逐鸟雀。
忽见梁将军，乘车出宛洛。
意气轶道路，光辉满墟落。
安知负薪者，咥咥笑轻薄。

其六

楚山有高士，梁国有遗老。
筑室既相邻，向田复同道。
糗糒常共饭，儿孙每更抱。

忘此耕耨劳，愧彼风雨好。
蟪蛄鸣空泽，鶗鴂伤秋草。
日夕寒风来，衣裳苦不早。

其七

梧桐荫我门，薜荔网我屋。
迢迢两夫妇，朝出暮还宿。
稼穑既自种，牛羊还自牧。
日旰懒耕锄，登高望川陆。
空山足禽兽，墟落多乔木。
白马谁家儿，联翩相驰逐。

其八

种桑百余树，种黍三十亩。
衣食既有余，时时会亲友。
夏来菰米饭，秋至菊花酒。
孺人喜逢迎，稚子解趋走。
日暮闲园里，团团荫榆柳。
酩酊乘夜归，凉风吹户牖。
清浅望河汉，低昂看北斗。
数瓮犹未开，明朝能饮否。

【注释】①鸧鹒（cāng gēng）：黄鹂。《文选·宋玉〈登徒子好色赋〉》："鸧鹒喈喈，群女出桑。"李善注："《毛诗》曰：'仓庚喈喈。'"②薄言：急急忙忙。《诗·周南·芣苢》："采采芣苢，薄言采之。"高亨注："薄，急急忙忙。言，读为焉或然。"③黾（mǐn）勉：亦作"黾俛"，勉强。④膏腴：肥美的食物。⑤畋（tián）：耕种，打猎。⑥葵藿：葵与藿，菜名。⑦翔集：众鸟飞翔而后群集于一处。语出《论语·乡党》："色斯举矣，翔而后集。"⑧网罟（gǔ）：捕鱼及捕鸟兽的工具。⑨鹰鹯（zhān）：鹰与鹯。比喻忠勇的人。语出《左传·文公十八年》："见无礼于其君者，诛之，如鹰鹯之逐鸟雀也。"⑩桔槔（jié gāo）：亦作"桔皋"。

井上汲水的工具。在井旁架上设一杠杆，一端系汲器，一端悬绑石块等重物，用不大的力量即可将灌满水的汲器提起。⑪蜉蝣（fú yóu）：亦作“蜉蝤”。虫名。幼虫生活在水中，成虫褐绿色，有四翅，生存期极短。⑫西王母：中国古代神话中的女仙人。旧时以为长生不老的象征。⑬卖畚（běn）：《晋书·王猛传》载：“（王猛）少贫贱，以鬻畚为业，尝货畚于洛阳，乃有一人贵买其畚，而云无直，自言家去此无远，可随我取直。猛利其贵而从之，行不觉远，忽至深山，见一父老……有一人引猛进拜之，父老曰：‘王公何缘拜也！’乃十倍偿畚直，遣人送之。猛既出，顾视，乃嵩高山也。”后因以“卖畚”为典实。⑭咥（xì）咥：讥笑貌。⑮楚山：商山。有四隐士。⑯遗老：枚乘。《汉书·枚乘传》：“（梁）孝王薨，乘归淮阴。”⑰糗糒（qiǔ bèi）：干粮。⑱耕耨（nòu）：耕田除草。亦泛指耕种。⑲风雨：《诗经·郑风·风雨》：“风雨如晦，鸡鸣不已。既见君子，云胡不喜。”表示对来客感激。⑳蟪蛄：寒蝉，秋鸣，天寒则不鸣。㉑鶗鴂（tí jué）：即杜鹃鸟。㉒日旰（gàn）：天色晚，日暮。㉓联翩：鸟飞貌。㉔菰米：古六谷之一。《周礼·天官·膳夫》载：“凡王之馈，食用六谷。”郑玄注：“六谷，稌、黍、稷、粱、麦、苽。苽，彫胡也。”㉕孺人：对妇人的尊称。

【点评】“日与南山老，兀然倾一壶”不次于渊明“采菊东篱下，悠然见南山”。“落日照秋山，千岩同一色”可与王绩“树树皆秋色，山山唯落晖”媲美。“既念生子孙，方思广田圃”“糗糒常共饭，儿孙每更抱”比之王维更见田家真朴本色。在众多田园诗选本中居然籍籍无名，诚可怪哉！

田家即事

蒲叶日已长，杏花日已滋。
老农要看此，贵不违天时。
迎晨起饭牛，双驾耕东菑。
蚯蚓土中出，田乌随我飞。
群合乱啄噪，嗷嗷如道饥。
我心多恻隐，顾此两伤悲。
拨食与田乌，日暮空筐归。
亲戚更相诮，我心终不移。

【注释】①蒲叶：水生植物，可以制席，嫩蒲可吃。②东菑（zī）：泛指田园。③啄噪：啄食鸣叫。

钓鱼湾

垂钓绿湾春，春深杏花乱。
潭清疑水浅，荷动知鱼散。
日暮待情人，维舟绿杨岸。

【注释】①情人：志同道合的人。②维舟：系船停泊。

【点评】裁成五绝也是不错的。

牧童词

不言牧田远，不道牧陂深。
所念牛驯扰，不乱牧童心。
圆笠覆我首，长蓑披我襟。
方将忧暑雨，亦以惧寒阴。
大牛隐层坂，小牛穿近林。
同类相鼓舞，触物成讴吟。
取乐须臾间，宁问声与音。

【注释】①牧田：古代称授予民众为公家放牧的场地。后泛指牧场。②驯扰：顺服，驯伏。③方将：将要，正要。

【点评】天然本色，牧童词第一。

同王十三维偶然作

野老本贫贱，冒暑锄瓜田。
一畦未及终，树下高枕眠。

荷蓧者谁子，皤皤来息肩。
不复问乡墟，相见但依然。
腹中无一物，高话羲皇年。
落日临层隅，逍遥望晴川。
使妇提蚕筐，呼儿榜渔船。
悠悠泛绿水，去摘浦中莲。
莲花艳且美，使我不能还。

【注释】①野老：村野的老百姓，农夫。此处为作者自称。②蓧（diào）：除草用的竹编农具。③羲皇：即伏羲氏，华夏民族人文先始、三皇之一，亦是与女娲同为福佑社稷之正神。楚帛书记载其为创世神，是目前中国最早的有文献记载的创世神。

【点评】田家一日实录，内容充实，补王维之空虚寂寞。

※ 张巡

守睢阳作

接战春来苦，孤城日渐危。
合围侔月晕，分守若鱼丽。
屡厌黄尘起，时将白羽挥。
裹疮犹出阵，饮血更登陴。
忠信应难敌，坚贞谅不移。
无人报天子，心计欲何施。

【注释】①睢（suī）阳：唐郡名，在今河南省商丘南。②接战：指交战。③侔（móu）：等同。④月晕：指月亮周围的晕圈。⑤若：一作“效”。⑥鱼丽：一作“鱼鳞”，是古代的一种阵法。⑦厌：压住。⑧黄尘：指叛军进攻时所扬起的尘土。⑨裹疮：指包扎伤口。⑩饮血：指浴血奋战。⑪陴（pī）：指城上有射孔的矮墙。⑫移：改变。⑬心计：指破敌的谋略。

【点评】“裹疮犹出阵，饮血更登陴。”印象深刻。《四大名捕》中就有“流血对冷血来说，战斗才刚开始”句。

※ 钱起

题玉山村叟屋壁

谷口好泉石，居人能陆沈。
牛羊下山小，烟火隔云深。
一径入溪色，数家连竹阴。
藏虹辞晚雨，惊隼落残禽。
涉趣皆流目，将归羡在林。
却思黄绶事，辜负紫芝心。

【注释】①隼（sǔn）：鸟类的一科，翅膀窄而尖，上嘴呈钩曲状，背青黑色，尾尖白色，腹部黄色。饲养驯熟后，可以帮助打猎。亦称“鹘”。②黄绶：古代官员系官印的黄色丝带。③紫芝：比喻贤人。

蓝田溪与渔者宿

独游屡忘归，况此隐沦处。
濯发清泠泉，月明不能去。
更怜垂纶叟，静若沙上鹭。
一论白云心，千里沧洲趣。
芦中野火尽，浦口秋山曙。
叹息分枝禽，何时更相遇。

【注释】①隐沦：隐居。②垂纶：垂钓。传说姜太公未出仕时曾隐居渭滨垂钓，后常以“垂纶”指隐居或退隐。③沧洲：滨水的地方。古时常用以称隐士的居处。④浦口：小河入江之处。

※ 杜甫

望岳

岱宗夫如何？齐鲁青未了。
造化钟神秀，阴阳割昏晓。
荡胸生层云，决眦入归鸟。
会当凌绝顶，一览众山小。

【注释】①岱宗：泰山亦名岱山或岱岳，在今山东省泰安市城北。古代以泰山为五岳之首，诸山所宗，故又称“岱宗”。历代帝王凡举行封禅大典，皆在此山。②齐鲁：古代齐鲁两国以泰山为界，齐国在泰山北，鲁国在泰山南。原是春秋战国时代的两个国名，在今山东境内，后用齐鲁代指山东地区。③钟：聚集。④神秀：天地灵气。⑤阴阳：阴指山的北面，阳指山的南面。这里指泰山的南北。⑥割：分。夸张的说法。此句是说泰山很高，在同一时间，山南山北判若早晨和晚上。⑦昏晓：黄昏和早晨。极言泰山之高。⑧荡胸：心胸摇荡。⑨决眦（zì）：眼角（几乎）要裂开。眦：眼角。⑩凌：登上。

【点评】“会当凌绝顶，一览众山小。”山小又如何？大外有大，小中有小，心胸狭隘！不如“欲穷千里目”“看取日升东”。估计老杜少不读《庄子》。

同诸公登慈恩寺塔

高标跨苍天，烈风无时休。
自非旷士怀，登兹翻百忧。
方知象教力，足可追冥搜。
仰穿龙蛇窟，始出枝撑幽。
七星在北户，河汉声西流。
羲和鞭白日，少昊行清秋。
秦山忽破碎，泾渭不可求。
俯视但一气，焉能辨皇州。
回首叫虞舜，苍梧云正愁。

惜哉瑶池饮，日晏昆仑丘。
黄鹄去不息，哀鸣何所投。
君看随阳雁，各有稻粱谋。

【注释】①题注：时高适、薛据先有此作。同：即“和”。诸公：指高适、薛据、岑参、储光羲。慈恩寺塔：即大雁塔。为新进士题名之处。唐高宗永徽三年（652）玄奘法师所建，在今陕西西安市和平门外八里处，现有七层，高六十四米。②标：高耸之物。高标：指慈恩寺塔。③苍天：青天。天：一作“穹”。④旷士：旷达出世的人。旷：一作“壮”。⑤象教：佛祖释迪牟尼说法时常借形象以教人，故佛教又有象教之称。佛塔即是佛教的象征。⑥足：一作“立”。⑦冥搜：即探幽。⑧龙蛇窟：形容塔内磴道的弯曲和狭窄。⑨出：一作“惊”。⑩枝撑：指塔中交错的支柱。⑪七星：北斗七星，属大熊星座。⑫北户：一作“户北”。⑬羲和：古代神话中为太阳驾车的神。⑭少昊：古代神话中司秋之神。⑮秦山：指长安以南的终南山，山为秦岭山脉一部分，故云秦山。⑯泾渭：泾水和渭水。⑰皇州：京城长安。⑱虞舜：虞是传说中远古部落名，即有虞氏，舜为其领袖，故称虞舜。⑲苍梧：相传舜征有苗，崩于苍梧之野，葬于九嶷山（在今湖南宁远县南）。见《礼记·檀弓上》《史记·五帝本纪》。这里用以比拟葬唐太宗的昭陵。唐太宗受内禅于高祖李渊，高祖号神尧皇帝。尧禅位于舜，故以舜喻唐太宗。⑳“惜哉”二句：《列子·周穆王》载：“（穆王）升昆仑之丘，以观黄帝之宫。……遂宾于西王母，觞于瑶池之上。”《穆天子传》卷四，记周穆王“觞西王母于瑶池之上”。此喻指唐玄宗与杨贵妃游宴骊山，荒淫无度。饮：一作“燕”。晏：晚。㉑随阳雁：雁为候鸟，秋由北而南，春由南而北，故称。此喻趋炎附势者。㉒稻粱谋：本指禽鸟觅取食物的方法，此喻小人谋取利禄的打算。

【点评】一改《望岳》的浮躁气息。

奉赠韦左丞丈二十二韵

纨绔不饿死，儒冠多误身。
丈人试静听，贱子请具陈。
甫昔少年日，早充观国宾。
读书破万卷，下笔如有神。

赋料扬雄敌，诗看子建亲。
李邕求识面，王翰愿卜邻。
自谓颇挺出，立登要路津。
致君尧舜上，再使风俗淳。
此意竟萧条，行歌非隐沦。
骑驴十三载，旅食京华春。
朝扣富儿门，暮随肥马尘。
残杯与冷炙，到处潜悲辛。
主上顷见征，欻然欲求伸。
青冥却垂翅，蹭蹬无纵鳞。
甚愧丈人厚，甚知丈人真。
每于百僚上，猥诵佳句新。
窃效贡公喜，难甘原宪贫。
焉能心怏怏，只是走踆踆。
今欲东入海，即将西去秦。
尚怜终南山，回首清渭滨。
常拟报一饭，况怀辞大臣。
白鸥没浩荡，万里谁能驯？

【注释】①纨绔：指富贵子弟。②不饿死：不学无术却无饥饿之忧。③儒冠多误身：满腹经纶的儒生却穷困潦倒。④丈人：对长辈的尊称。这里指韦济。⑤贱子：年少位卑者自谓。这里是杜甫自称。⑥请：请允许我。⑦具陈：细说。⑧"甫昔"二句：开元二十三年（735）杜甫以乡贡（由州县选出）的资格在洛阳参加进士考试，当时他才二十四岁，就已是"观国之光"（参观王都）的国宾了，故云"早充"。"观国宾"语出《周易·观卦·象辞》："观国之光尚宾也"。⑨扬雄：字子云，西汉辞赋家。⑩子建：曹植的字，曹操之子，建安时期著名文学家。⑪李邕：唐代文豪、书法家，曾任北海郡太守。杜甫少年在洛阳时，李邕奇其才，曾主动去结识他。⑫王翰：当时著名诗人，《凉州词》的作者。⑬挺出：杰出。⑭立登要路津：很快就要得到重要的职位。⑮尧舜：传说中上古的圣君。⑯"此意"二句：想不到我的政治抱负竟然落空。我虽然也写些诗歌，但却不是逃避现实的隐士。⑰骑驴：与乘马的达官贵人对比。⑱十三载：从开元二十三年（735）杜甫参加进士考试，到天宝六载（747），恰好十三载。⑲旅食：寄食。⑳京华：京师，指长安。㉑主上：指唐玄宗。㉒顷：不久前。㉓见征：被征召。㉔欻然：忽然。㉕欲求伸：希望表现自己的才能，实现致君尧舜的志愿。㉖青冥却垂翅：飞鸟折翅从天空坠落。㉗蹭蹬：行进困难的样子。㉘无纵鳞：本指鱼不能纵身远游。这里是说理想不得实现。以上四句指，天宝六载（747），唐玄宗下诏征求有一技之长的人赴京应试，杜甫也参加了。宰相李林甫嫉贤妒能，让全部应试的人都落选，还上表称贺"野无遗贤"。这对当时急欲施展抱负的杜甫是一个沉重的打击。㉙"每于"二句：承蒙您经常在百官面前吟诵我新诗中的佳句，极力加以奖掖推荐。㉚贡公：西汉人贡禹。他与王吉为友，闻吉显贵，高兴得弹冠相庆，因为知道自己也将出头。杜甫说自己也曾自比贡禹，并期待韦济能荐拔自己。㉛难甘：难以甘心忍受。㉜原宪：孔子的学生，以贫穷出名。㉝怏怏：气愤不平。㉞踆踆：且进且退的样子。㉟东入海：指避世隐居。孔子语"道不行，乘桴浮于海"。㊱去秦：离开长安。㊲报一饭：报答一饭之恩。春秋时灵辄报答赵宣子（《左传·宣公二年》）、汉代韩信报答漂母（《史记·淮阴侯列传》），都是历史上有名的报恩故事。㊳辞大臣：指辞别韦济。这两句说明赠诗之故。㊴白鸥：诗人自比。㊵没浩荡：投身于浩荡的烟波之间。㊶谁能驯：谁还能拘束我呢？

寄李十二白二十韵

昔年有狂客，号尔谪仙人。
笔落惊风雨，诗成泣鬼神。
声名从此大，汩没一朝伸。
文采承殊渥，流传必绝伦。
龙舟移棹晚，兽锦夺袍新。
白日来深殿，青云满后尘。
乞归优诏许，遇我宿心亲。
未负幽栖志，兼全宠辱身。
剧谈怜野逸，嗜酒见天真。
醉舞梁园夜，行歌泗水春。
才高心不展，道屈善无邻。
处士祢衡俊，诸生原宪贫。

稻粱求未足，薏苡谤何频。
五岭炎蒸地，三危放逐臣。
几年遭鹏鸟，独泣向麒麟。
苏武先还汉，黄公岂事秦。
楚筵辞醴日，梁狱上书辰。
已用当时法，谁将此义陈。
老吟秋月下，病起暮江滨。
莫怪恩波隔，乘槎与问津。

【注释】①狂客：指贺知章。贺知章是唐越州永兴人，晚年自号四明狂客。②谪仙：被贬谪的神仙。贺知章第一次读李白诗时，如是赞道。③“诗成”句：《本事诗》载，贺知章见了李白的《乌栖曲》，叹赏苦吟曰：“此诗可以泣鬼神矣。”说明李白才华超绝，满朝为之倾倒。④汩没：埋没。⑤承殊渥：受到特别的恩惠。这里指唐玄宗召李白为供奉翰林。⑥“龙舟”句：指唐玄宗泛白莲池，在饮宴高兴的时候召李白作序。⑦“兽锦”句：《唐诗纪事》载：“武后游龙门，命群官赋诗，先成者赐以锦袍。左史东方虬诗成，拜赐。坐未安，（宋）之问诗后成，文理兼美，左右莫不称善，乃就夺锦袍衣之。”这里是说李白在皇家赛诗会上夺魁。⑧“处士”句：才能像祢衡一样好。祢衡：东汉时人，少有才辩。孔融称赞他“淑质贞亮，英才卓跞”。⑨“诸生”句：家境像原宪一样贫困。原宪：春秋时人，孔子弟子，家里十分贫穷。⑩“薏苡”句：马援征交趾载薏苡种还，人谤之，以为明珠大贝。这里指当时一些人诬陷李白参与永王李璘谋反。⑪三危：山名，在今甘肃敦煌南，乃帝舜窜三苗之处。⑫“几年”句：担心李白处境危险。鹏（fú）鸟，古代认为是不祥之鸟。⑬“独泣”句：叹道穷。⑭楚筵辞醴：汉代穆生仕楚元王刘交为中大夫。穆生不喜欢饮酒，元王置酒，常为穆生设醴。元王死，子戊嗣位，初常设醴以待。后忘设醴。穆生说：“醴酒不设，王之意怠。”遂称病谢去。这里是指李白在永王璘邀请他参加幕府时辞官不受赏之事。⑮“梁狱”句：汉代邹阳事梁孝王，被谗毁下狱。邹阳在狱中上书梁孝王，力辩自己遭受冤屈。后获释，并成为梁孝王的上客。这里是指李白因永王璘事坐系浔阳后力辩己冤。⑯“老吟”二句：老病秋江，说明李白已遇赦还浔阳。⑰槎（chá）：木筏。传说天河与海通，有人居海渚者，年年八月见有浮槎去来，不失期，遂立飞阁于槎上，乘槎浮海而至天河，遇织女、牵牛。此人问此是何处，答曰：“君还至蜀郡访严君平则知之。”后至蜀，君平曰：“某年月日有客星犯牵牛宿。”正是此人到天河时。

【点评】杜甫所有怀念李白的诗都不赖。

赠卫八处士

人生不相见，动如参与商。
今夕复何夕，共此灯烛光。
少壮能几时，鬓发各已苍。
访旧半为鬼，惊呼热中肠。
焉知二十载，重上君子堂。
昔别君未婚，儿女忽成行。
怡然敬父执，问我来何方。
问答未及已，儿女罗酒浆。
夜雨剪春韭，新炊间黄粱。
主称会面难，一举累十觞。
十觞亦不醉，感子故意长。
明日隔山岳，世事两茫茫。

【注释】①卫八处士：名字和生平事迹已不可考。处士：指隐居不仕的人。②动如：动不动就像。③参、商：二星名。商星居于东方卯位（上午五点到七点），参星居于西方酉位（下午五点到七点），一出一没，永不相见，故以为比。④父执：《礼记·曲礼》："见父之执。"即父亲的执友。执是接的借字，接友，即常相接近之友。⑤"夜雨"二句：郭林宗自种畦圃，友人范逵夜至，自冒雨剪韭，作汤饼以供之。新炊：刚煮的新鲜饭。间：去声，掺杂。黄粱：黄米。

【点评】杜诗经典。

佳人

绝代有佳人，幽居在空谷。
自云良家女，零落依草木。
关中昔丧乱，兄弟遭杀戮。
官高何足论，不得收骨肉。

世情恶衰歇，万事随转烛。
夫婿轻薄儿，新人美如玉。
合昏尚知时，鸳鸯不独宿。
但见新人笑，那闻旧人哭。
在山泉水清，出山泉水浊。
侍婢卖珠回，牵萝补茅屋。
摘花不插发，采柏动盈掬。
天寒翠袖薄，日暮倚修竹。

【注释】①关中：指函谷关以西的地区，这里指长安。②丧乱：死亡和祸乱，指遭逢安史之乱。③转烛：烛火随风转动，喻世事变化无常。④新人：指丈夫新娶的妻子。⑤合昏：夜合花，叶子朝开夜合。⑥旧人：佳人自称。⑦牵萝：拾取树藤类枝条。

【点评】空谷幽兰的意象直接启迪了苏轼，"江城地瘴蕃草木，只有名花苦幽独。嫣然一笑竹篱间，桃李满山总粗俗。也知造物有深意，故遣佳人在空谷。"

梦李白·其一

死别已吞声，生别常恻恻。
江南瘴疠地，逐客无消息。
故人入我梦，明我长相忆。
恐非平生魂，路远不可测。
魂来枫林青，魂返关塞黑。
君今在罗网，何以有羽翼？
落月满屋梁，犹疑照颜色。
水深波浪阔，无使蛟龙得。

【注释】①吞声：极端悲恸，哭不出声来。②恻恻：悲痛。开头两句互文。③瘴疠：疾疫。古代称江南为瘴疫之地。④逐客：被放逐的人，此指李白。⑤枫林：李白被放逐的西南之地多枫林。⑥关塞：杜甫流寓的秦州之地多关塞。

梦李白·其二

浮云终日行，游子久不至。
三夜频梦君，情亲见君意。
告归常局促，苦道来不易。
江湖多风波，舟楫恐失坠。
出门搔白首，若负平生志。
冠盖满京华，斯人独憔悴。
孰云网恢恢，将老身反累。
千秋万岁名，寂寞身后事。

【注释】①浮云：喻游子飘游不定。②游子：指李白。③冠盖：指达官贵人。冠：官帽。盖：车上的篷盖。④斯人：此人，指李白。⑤“孰云”句：老子《道德经》有“天网恢恢，疏而不漏”句。孰云：谁说。

羌村·其一

峥嵘赤云西，日脚下平地。
柴门鸟雀噪，归客千里至。
妻孥怪我在，惊定还拭泪。
世乱遭飘荡，生还偶然遂！
邻人满墙头，感叹亦歔欷。
夜阑更秉烛，相对如梦寐。

【注释】①妻孥（nú）：妻子和儿女。杜甫的妻子这以前虽已接到杜甫的信，明知未死，但对于他的突然出现，仍不免惊疑，只是发愣。②歔欷（xū xī）：悲泣之声。

【点评】大难不死，感慨万千。以前看过冯至的《伍子胥》复活了逃难英雄的形象。有谁把杜甫的逃难经历复原出来，应该是一篇很精彩的小说。

羌村·其二

晚岁迫偷生，还家少欢趣。
娇儿不离膝，畏我复却去。
忆昔好追凉，故绕池边树。
萧萧北风劲，抚事煎百虑。
赖知禾黍收，已觉糟床注。
如今足斟酌，且用慰迟暮。

【注释】①晚岁：即老年。②迫偷生：指这次奉诏回家。杜甫心在国家，故直以诏许回家为偷生苟活。③少欢趣：杜甫认为当此万方多难的时候自己却待在家里，是一种可耻的偷生，所以感到“少欢趣”。④“娇儿”句：金圣叹曰：“娇儿心孔千灵，眼光百利，早见此归，不是本意，于是绕膝慰留，畏爷复去。”⑤糟床：造酒的器具。⑥注：流，指酒。

羌村·其三

群鸡正乱叫，客至鸡斗争。
驱鸡上树木，始闻叩柴荆。
父老四五人，问我久远行。
手中各有携，倾榼浊复清。
苦辞酒味薄，黍地无人耕。
兵革既未息，儿童尽东征。
请为父老歌，艰难愧深情。
歌罢仰天叹，四座泪纵横。

【注释】①正：一作“忽”。②斗争：争斗，搏斗，一作“正生”。③柴荆：犹柴门，也有用荆柴、荆扉的。最初的叩门声为鸡声所掩，这时才听见，所以说“始闻”。按养鸡之法，今古不同，南北亦异。见《诗经》“鸡栖于埘”，汉乐府“鸡鸣高树颠”，又似栖于树。石声汉《齐民要术今释》谓“黄河流域养鸡，到唐代还一直有让它们栖息在树上的，所以杜甫诗中还有‘驱鸡上树木’的句子”。按杜甫《湖城东遇孟云卿复归刘颢宅宿宴饮散因为醉歌》末云“庭树鸡鸣泪如线”。

湖城在潼关附近，属黄河流域，诗作于将晓时，而云“庭树鸡鸣”，尤足为证。驱鸡上树，等于赶鸡回窝，自然就安静下来。④问：问遗，即带着礼物去慰问人，以物遥赠也叫做“问”。父老们带着酒来看杜甫，所以说“问我”。⑤榼（kē）：酒器。⑥苦辞酒味薄：是说苦苦地以酒味劣薄为辞。苦辞：就是再三地说，觉得很抱歉似的，写出父老们的淳厚。下面并说出酒味薄的缘故。苦辞、苦忆、苦爱等也都是唐人习惯语，刘叉《答孟东野》：“酸寒孟夫子，苦爱老叉诗。”都不含痛苦或伤心的意思。苦：一作“莫”。⑦黍：今北方谓之黄米。⑧兵革：一作“兵戈”，指战争。⑨童：一作“郎”。⑩请为父老歌：一来表示感谢，二来宽解父老。但因为是强为欢笑，所以“歌”也就变成了“哭”。⑪“艰难”句就是歌词。“艰难”二字紧对父老所说的苦况。来处不易，故曰艰难。唯其出于艰难，故见得情深，不独令人感，而且令人愧。从这里可以看到人民的品质对诗人的感化力量。⑫“歌罢”二句：杜甫是一个“自比稷与契”“穷年忧黎元”的诗人，这时又正作左拾遗，面对着这灾难深重的“黎元”，而且自己还喝着他们的酒，不得不仰天而叹以至泪流满面。

石壕吏

暮投石壕村，有吏夜捉人。
老翁逾墙走，老妇出门看。
吏呼一何怒，妇啼一何苦。
听妇前致词，三男邺城戍。
一男附书至，二男新战死。
存者且偷生，死者长已矣。
室中更无人，惟有乳下孙。
有孙母未去，出入无完裙。
老妪力虽衰，请从吏夜归。
急应河阳役，犹得备晨炊。
夜久语声绝，如闻泣幽咽。
天明登前途，独与老翁别。

【注释】①石壕村：现名干壕村，在今河南陕县东七十里。②邺城：即相州，在今河南安阳。③戍：防守，这里指服役。④请从吏夜归：请让我和你晚上一起回去。

请：请求。从：跟从，跟随。⑤急应河阳役：赶快到河阳去服役。应：响应。河阳：今河南孟州，当时唐王朝官兵与叛军在此对峙。

北征

皇帝二载秋，闰八月初吉。
杜子将北征，苍茫问家室。
维时遭艰虞，朝野无暇日。
顾惭恩私被，诏许归蓬筚。
拜辞诣阙下，怵惕久未出。
虽乏谏诤姿，恐君有遗失。
君诚中兴主，经纬固密勿。
东胡反未已，臣甫愤所切。
挥涕恋行在，道途犹恍惚。
乾坤含疮痍，忧虞何时毕？
靡靡逾阡陌，人烟眇萧瑟。
所遇多被伤，呻吟更流血。
回首凤翔县，旌旗晚明灭。
前登寒山重，屡得饮马窟。
邠郊入地底，泾水中荡潏。
猛虎立我前，苍崖吼时裂。
菊垂今秋花，石戴古车辙。
青云动高兴，幽事亦可悦。
山果多琐细，罗生杂橡栗。
或红如丹砂，或黑如点漆。
雨露之所濡，甘苦齐结实。
缅思桃源内，益叹身世拙。
坡陀望鄜畤，岩谷互出没。
我行已水滨，我仆犹木末。
鸱鸮鸣黄桑，野鼠拱乱穴。

夜深经战场，寒月照白骨。
潼关百万师，往者散何卒？
遂令半秦民，残害为异物。
况我堕胡尘，及归尽华发。
经年至茅屋，妻子衣百结。
恸哭松声回，悲泉共幽咽。
平生所娇儿，颜色白胜雪。
见耶背面啼，垢腻脚不袜。
床前两小女，补缀才过膝。
海图坼波涛，旧绣移曲折。
天吴及紫凤，颠倒在裋褐。
老夫情怀恶，呕泄卧数日。
那无囊中帛，救汝寒凛栗。
粉黛亦解包，衾裯稍罗列。
瘦妻面复光，痴女头自栉。
学母无不为，晓妆随手抹。
移时施朱铅，狼藉画眉阔。
生还对童稚，似欲忘饥渴。
问事竞挽须，谁能即嗔喝？
翻思在贼愁，甘受杂乱聒。
新归且慰意，生理焉得说？
至尊尚蒙尘，几日休练卒？
仰观天色改，坐觉妖氛豁。
阴风西北来，惨淡随回纥。
其王愿助顺，其俗善驰突。
送兵五千人，驱马一万匹。
此辈少为贵，四方服勇决。
所用皆鹰腾，破敌过箭疾。
圣心颇虚伫，时议气欲夺。

伊洛指掌收，西京不足拔。
官军请深入，蓄锐可俱发。
此举开青徐，旋瞻略恒碣。
昊天积霜露，正气有肃杀。
祸转亡胡岁，势成擒胡月。
胡命其能久？皇纲未宜绝。
忆昨狼狈初，事与古先别。
奸臣竟菹醢，同恶随荡析。
不闻夏殷衰，中自诛褒妲。
周汉获再兴，宣光果明哲。
桓桓陈将军，仗钺奋忠烈。
微尔人尽非，于今国犹活。
凄凉大同殿，寂寞白兽闼。
都人望翠华，佳气向金阙。
园陵固有神，洒扫数不缺。
煌煌太宗业，树立甚宏达！

【注释】①题注：归至凤翔，墨制放往鄜州作。鄜在凤翔东北，故曰北征。墨制：是用墨笔书写的诏敕，亦称墨敕。这里指唐肃宗命杜甫探家的敕命。②皇帝二载：唐肃宗至德二年（757）。③初吉：朔日，即初一。④维：发语词。维时：这个时候。⑤艰虞：艰难和忧患。⑥恩私被：指诗人自己独受皇恩允许探家。⑦诣：赴、到。⑧阙下：朝廷。⑨怵惕：惶恐不安。⑩谏诤：臣下对君上直言规劝。杜甫时任左拾遗，职属谏官，谏诤是他的职守。⑪东胡：指安史叛军。安禄山是突厥族和东北少数民族的混血儿，其部下又有大量奚族和契丹族人，故称东胡。⑫愤所切：深切的愤怒。⑬行在：皇帝在外临时居住的处所。⑭靡靡：行步迟缓。⑮阡陌：田间小路。⑯眇：稀少，少见。⑰邠郊：邠州（今陕西省彬县）。郊：郊原，即平原。⑱荡潏：水流动的样子。⑲石戴古车辙：石上印着古代的车辙。⑳坡陀：山岗起伏不平。㉑鄜畤：即鄜州。春秋时，秦文公在鄜地设祭坛祀神。畤：即祭坛。㉒鸱鸮：猫头鹰。㉓为异物：指死亡。㉔堕胡尘：756年八月，杜甫被叛军所俘。㉕衣百结：衣服打满了补丁。㉖耶：爷。㉗垢腻脚不袜：身上污脏，没穿袜子。㉘补缀才过膝：女儿们的衣服既破又短，补了又补，刚刚盖过膝盖。唐代时妇女的衣服一般要垂到地面，才过膝是很不得体的。缀：有多个版本作“绽”。清代仇兆鳌的注本作“缀”。㉙天吴：神话传说中虎身人面的水神。此与“紫凤”都是指官服上刺绣的花纹图案。㉚裋：袄。㉛情怀恶：心情不好。㉜凛栗：冻得发抖。㉝“粉黛”二句：意思是，解开包有粉黛的包裹，其中也多少有一点衾、裯之类。㉞移时：费了很长的时间。㉟施：涂抹。㊱朱铅：红粉。㊲画眉阔：唐代女子画眉，以阔为美。㊳生理：生计，生活。㊴休练卒：停止练兵。意思是结束战争。㊵妖氛豁：指时局有所好转。㊶回纥：唐代西北部族名。当时唐肃宗向回纥借兵平息安史叛乱，杜甫用“阴风”“惨淡”来形容回纥军，暗指其好战嗜杀，须多加提防。㊷其王：指回纥王怀仁可汗。㊸助顺：指帮助唐王朝。当时怀仁可汗派遣其太子叶护率骑兵四千助讨叛乱。㊹善驰突：长于骑射突击。㊺此辈少为贵：这种兵还是少借为好。一说是回纥人以年少为贵。㊻四方服勇决：四方的民族都佩服其骁勇果决。㊼鹰腾：形容军士如鹰之飞腾，勇猛迅捷，奔跑起来比飞箭还快。㊽圣心颇虚伫：指唐肃宗一心期待回纥兵能为他解忧。㊾时议气欲夺：当时朝臣对借兵之事感到担心，但又不敢反对。㊿伊洛：两条河流的名称，都流经洛阳。51指掌收：轻而易举地收复。52西京：长安。53不足拔：不费力就能攻克。54俱发：和回纥兵一起出击。55青徐：青州、徐州，在今山东、苏北一带。56旋瞻：不久即可看到。57略：攻取。58桓碣：即恒山、碣石山，在今山西、河北一带，这里指安禄山、史思明的老巢。59昊天：古时称秋天为昊天。60肃杀：严正之气。这里指唐朝的兵威。61“祸转”二句：亡命的胡人已临灭顶之灾，消灭叛军的大势已成。62皇纲：指唐王朝的帝业。63“忆昨”句：意思是追忆至德元年（756）六月唐玄宗奔蜀，跑得很慌张。又发生马嵬兵谏之事。64奸臣：指杨国忠等人。65菹醢：剁成肉酱。66同恶：指杨氏家族及其同党。67荡析：清除干净。68“不闻”二句：史载夏桀宠妹喜，殷纣王宠爱妲己，周幽王宠爱褒姒，皆导致亡国。这里的意思是，唐玄宗虽也为杨贵妃兄妹所惑，但还没有像夏、商、周三朝的末代君主那样弄得不可收拾。69宣：周宣王。70光：汉光武帝。71明哲：英明圣哲。72桓桓：威严勇武。73陈将军：陈玄礼，时任左龙武大将军，率禁卫军护卫玄宗逃离长安，走至马嵬驿，他支持兵谏，当场格杀杨国忠等，并迫使玄宗缢杀杨贵妃。74钺：大斧，古代天子或大臣所用的一种象征性的武器。75微：若不是，若没有。76尔：你，指陈玄礼。77人尽非：人民都会被胡人统治，化为夷狄。78大同殿：玄宗经常朝会群臣的地方。79白兽闼：未央宫白虎殿的殿门，唐代因避太祖李虎的讳，改虎为兽。80翠华：皇帝仪仗中饰有翠羽的旌旗。这里代指皇帝。81金阙：金饰的宫门，指长安的宫殿。82园陵：指唐朝先皇帝的陵墓。83固有神：本来就有神灵护卫。84太宗：指李世民。85宏达：宏伟昌盛，这是杜甫对唐初开国之君的赞美和对唐肃宗的期望。

新安吏

客行新安道，喧呼闻点兵。
借问新安吏："县小更无丁？"
"府帖昨夜下，次选中男行。"
"中男绝短小，何以守王城？"
肥男有母送，瘦男独伶俜。
白水暮东流，青山犹哭声。
"莫自使眼枯，收汝泪纵横。
眼枯即见骨，天地终无情！
我军取相州，日夕望其平。
岂意贼难料，归军星散营。
就粮近故垒，练卒依旧京。
掘壕不到水，牧马役亦轻。
况乃王师顺，抚养甚分明。
送行勿泣血，仆射如父兄。"

【注释】①客：杜甫自称。②新安：地名，今河南省新安县。③点兵：征兵，抓丁。④府帖：指征兵的文书，即"军帖"。⑤中男：指十八岁以上、二十三岁以下成丁。这是唐天宝初年兵役制度规定的。⑥绝短小：极矮小。⑦王城：指东都洛阳。⑧伶俜（pīng）：形容孤独伶仃的样子。⑨白水：河水。⑩相州：即邺城，今河南安阳。⑪归军：指唐朝的败兵。⑫星散营：像星星一样散乱地扎营。⑬就粮：到有粮食的地方就食。⑭旧京：这里指东都洛阳。⑮壕：城下之池。⑯不到水：指掘壕很浅。⑰王师顺：意即朝廷的军队是堂堂正正的正义之师。⑱仆射：指郭子仪。⑲如父兄：指极爱士卒。

潼关吏

士卒何草草，筑城潼关道。
大城铁不如，小城万丈余。
借问潼关吏："修关还备胡？"

要我下马行，为我指山隅：
“连云列战格，飞鸟不能逾。
胡来但自守，岂复忧西都。
丈人视要处，窄狭容单车。
艰难奋长戟，万古用一夫。”
“哀哉桃林战，百万化为鱼。
请嘱防关将，慎勿学哥舒！”

【注释】①潼关：在华州华阴县东北，因关西一里有潼水而得名。②草草：疲劳不堪之貌。③“大城”二句：上句言坚，下句言高。城在山上，故曰万丈余。④备胡：指防备安史叛军。⑤要：同“邀”，邀请。⑥连云列战格：自此句以下八句是关吏的答话。连云：言其高。战格：即战栅，栅栏形的防御工事。⑦西都：与东都对称，指长安。⑧丈人：关吏对杜甫的尊称。⑨桃林：即桃林塞，指河南灵宝县以西至潼关一带的地方。⑩哥舒：即哥舒翰。

新婚别

兔丝附蓬麻，引蔓故不长。
嫁女与征夫，不如弃路旁。
结发为君妻，席不暖君床。
暮婚晨告别，无乃太匆忙。
君行虽不远，守边赴河阳。
妾身未分明，何以拜姑嫜？
父母养我时，日夜令我藏。
生女有所归，鸡狗亦得将。
君今往死地，沈痛迫中肠。
誓欲随君去，形势反苍黄。
勿为新婚念，努力事戎行。
妇人在军中，兵气恐不扬。
自嗟贫家女，久致罗襦裳。
罗襦不复施，对君洗红妆。

仰视百鸟飞，大小必双翔。
人事多错迕，与君永相望。

【注释】①兔丝：即菟丝子，一种蔓生的草，依附在其他植物枝干上生长。比喻女子嫁给征夫，相处难久。②结发：这里作结婚解。③君妻：一作“妻子”。④无乃：岂不是。⑤河阳：今河南孟县，当时唐军与叛军在此对峙。⑥身：身份，指在新家中的名分地位。唐代习俗，嫁后三日，始上坟告庙，才算成婚。仅宿一夜，婚礼尚未完成，故身份不明。⑦姑嫜（zhānɡ）：婆婆、公公。⑧归：古代女子出嫁称“归”。⑨将：带领，相随。这两句即俗语所说的“嫁鸡随鸡，嫁狗随狗”。⑩往死地：指“守边赴河阳”。死地：冒死之地。⑪迫：煎熬、压抑。⑫中肠：内心。⑬苍黄：同“仓皇”，匆促、慌张。这里意思是多所不便，更麻烦。⑭事戎行：从军打仗。戎行：军队。⑮“妇人”两句：意谓妇女随军，会影响士气。扬：高昂。⑯久致：许久才制成。⑰襦（rú）：短衣。⑱裳：下衣。⑲不复施：不再穿。⑳双翔：成双成对地一起飞翔。写女子的寂寞和对成双成对的鸟儿的羡慕。㉑错迕（wǔ）：错杂交迕，就是不如意的意思。

无家别

寂寞天宝后，园庐但蒿藜。
我里百余家，世乱各东西。
存者无消息，死者为尘泥。
贱子因阵败，归来寻旧蹊。
久行见空巷，日瘦气惨凄，
但对狐与狸，竖毛怒我啼。
四邻何所有，一二老寡妻。
宿鸟恋本枝，安辞且穷栖。
方春独荷锄，日暮还灌畦。
县吏知我至，召令习鼓鞞。
虽从本州役，内顾无所携。
近行止一身，远去终转迷。
家乡既荡尽，远近理亦齐。

永痛长病母，五年委沟溪。
生我不得力，终身两酸嘶。
人生无家别，何以为蒸黎。

【注释】①天宝后：指安史之乱以后。开篇是以追叙写起，追溯无家的原因，引出下文。②庐：即居住的房屋。③但：只有。④蒿藜：野草。此句极为概括也极为沉痛地写出安禄山叛乱后的悲惨景象。⑤贱子：这位无家者的自谓。⑥阵败：指邺城之败。⑦日瘦：日光淡薄。杜甫的自创语。⑧怒我啼：对我发怒且啼叫。写乡村的久已荒芜，野兽猬獗出没。⑨“宿鸟”句：以“宿鸟”自比，言人皆恋故土，所以即便是困守穷栖，依旧在所不辞。⑩鞞（pí）：古同“鼙”，鼓名。⑪携：即“离”。无所携：是说家里没有可以告别的人。⑫终转迷：终究是前途迷茫，生死凶吉难料。⑬齐：同。这两句更进一层，是自伤语。家乡已经一无所有，在本州当兵和在外县当兵都是一样。⑭委沟溪：指母亲葬在山谷里。从天宝十四年（755）安禄山作乱到这一年正是五年。⑮两酸嘶：母子两个人都饮恨。酸嘶：失声痛哭。⑯蒸黎：百姓，黎民。

垂老别

四郊未宁静，垂老不得安。
子孙阵亡尽，焉用身独完！
投杖出门去，同行为辛酸。
幸有牙齿存，所悲骨髓干。
男儿既介胄，长揖别上官。
老妻卧路啼，岁暮衣裳单。
孰知是死别，且复伤其寒。
此去必不归，还闻劝加餐。
土门壁甚坚，杏园度亦难。
势异邺城下，纵死时犹宽。
人生有离合，岂择衰盛端！
忆昔少壮日，迟回竟长叹。
万国尽征戍，烽火被冈峦。

积尸草木腥，流血川原丹。
何乡为乐土？安敢尚盘桓！
弃绝蓬室居，塌然摧肺肝。

【注释】①四郊：指京城四周之地。②焉用：犹哪用。③身独完：独自活下去。完：全，即活。④投杖：扔掉拐杖。⑤骨髓干：形容筋骨衰老。⑥介胄：犹甲胄，铠甲和头盔。⑦土门：即土门口，在今河阳孟县附近，是当时唐军防守的重要据点。⑧壁：壁垒。⑨杏园：在今河南汲县东南，为当时唐军防守的重要据点。⑩势异：形势不同。⑪岂择：岂能选择。⑫端：思绪。⑬迟回：徘徊。⑭竟：终。⑮被冈峦：布满山冈。⑯丹：红。流血多，故川原染红。⑰蓬室：茅屋。

自京赴奉先县咏怀五百字

杜陵有布衣，老大意转拙。
许身一何愚，窃比稷与契。
居然成濩落，白首甘契阔。
盖棺事则已，此志常觊豁。
穷年忧黎元，叹息肠内热。
取笑同学翁，浩歌弥激烈。
非无江海志，潇洒送日月。
生逢尧舜君，不忍便永诀。
当今廊庙具，构厦岂云缺。
葵藿倾太阳，物性固莫夺。
顾惟蝼蚁辈，但自求其穴。
胡为慕大鲸，辄拟偃溟渤。
以兹误生理，独耻事干谒。
兀兀遂至今，忍为尘埃没。
终愧巢与由，未能易其节。
沉饮聊自遣，放歌破愁绝。
岁暮百草零，疾风高冈裂。

天衢阴峥嵘，客子中夜发。
霜严衣带断，指直不得结。
凌晨过骊山，御榻在嵽嵲。
蚩尤塞寒空，蹴蹋崖谷滑。
瑶池气郁律，羽林相摩戛。
君臣留欢娱，乐动殷樛嶱。
赐浴皆长缨，与宴非短褐。
彤庭所分帛，本自寒女出。
鞭挞其夫家，聚敛贡城阙。
圣人筐篚恩，实欲邦国活。
臣如忽至理，君岂弃此物。
多士盈朝廷，仁者宜战栗。
况闻内金盘，尽在卫霍室。
中堂舞神仙，烟雾散玉质。
暖客貂鼠裘，悲管逐清瑟。
劝客驼蹄羹，霜橙压香橘。
朱门酒肉臭，路有冻死骨。
荣枯咫尺异，惆怅难再述。
北辕就泾渭，官渡又改辙。
群冰从西下，极目高崒兀。
疑是崆峒来，恐触天柱折。
河梁幸未坼，枝撑声窸窣。
行旅相攀援，川广不可越。
老妻寄异县，十口隔风雪。
谁能久不顾，庶往共饥渴。
入门闻号咷，幼子饥已卒。
吾宁舍一哀，里巷亦呜咽。
所愧为人父，无食致夭折。
岂知秋禾登，贫窭有仓卒。

生常免租税，名不隶征伐。
抚迹犹酸辛，平人固骚屑。
默思失业徒，因念远戍卒。
忧端齐终南，澒洞不可掇。

【注释】①杜陵：地名，在长安城东南，杜甫祖籍杜陵。因此杜甫常自称少陵野老或杜陵布衣。②布衣：平民。此时杜甫虽任右卫率府胄曹参军这一八品小官，但仍自称布农。③老大：杜甫此时已四十四岁。④拙：笨拙。这句说年龄越大，越不能屈志随俗，亦有自嘲老大无成之意。⑤许身：自期、自许。⑥一何愚：多么愚腐。⑦稷与契：传说中舜帝的两个大臣，稷是周代祖先，教百姓种植五谷；契是殷代祖先，掌管文化教育。⑧濩（hù）落：即廓落，大而无用的意思。⑨契阔：辛勤劳苦。⑩盖棺：指死亡。⑪觊豁：希望达到。这两句说，死了就算了，只要活着就希望实现理想。⑫穷年：终年。⑬黎元：老百姓。⑭肠内热：内心焦急，忧心如焚。⑮江海志：隐居之志。⑯潇洒送日月：自由自在地生活。⑰尧舜君：此以尧舜比唐玄宗。⑱廊庙具：治国之人才。⑲葵藿：葵是向日葵，藿是豆叶。⑳顾：想一想。㉑蝼蚁辈：比喻那些钻营利禄的人。㉒胡为：为何。㉓大鲸：比喻有远大理想者。㉔辄：就，常常。㉕拟：想要。㉖偃溟渤：到大海中去。㉗以兹误生理：因为这份理想而误了生计。误：一作“悟”。㉘干谒：求见权贵。㉙兀兀：穷困劳碌的样子。㉚巢与由：巢父、许由都是尧时的隐士。㉛沉饮聊自遣：姑且痛饮，自我排遣。㉜天衢：天空。㉝峥嵘：原是形容山势，这里用来形容阴云密布。㉞客子：此为杜甫自称。㉟发：出发。㊱骊山：在今陕西临潼县南。㊲嵽嵲（dì niè）：形容山高，此指骊山。㊳蚩尤：传说中黄帝时的诸侯。黄帝与蚩尤作战，蚩尤作大雾以迷惑对方。这里以蚩尤代指大雾。㊴瑶池：传说中西王母与周穆王宴会的地方。此指骊山温泉。㊵气郁律：温泉热气蒸腾。㊶羽林：皇帝的禁卫军。㊷摩戛：武器相撞击。㊸殷：充满。㊹樛嶱（jiū kě）：即“胶葛”，山石高峻貌。这句指乐声震动山冈。㊺长缨：指权贵。缨：帽带。㊻短褐：粗布短袄，此指平民。㊼彤庭：朝廷。㊽圣人：指皇帝。㊾筐篚：两种盛物的竹器。古代皇帝以筐、篚盛布帛赏赐群臣。㊿“臣如”二句：臣子如果忽视此理，那皇帝的赏赐不是白费了吗？51“多士”二句：朝臣众多，其中的仁者应当惶恐不安地尽心为国。52内金盘：宫中皇帝御用的金盘。53卫霍：指汉代大将卫青、霍去病，都是汉武帝的亲戚。这里喻指杨贵妃的从兄、权臣杨国忠。54中堂：指杨氏家族的庭堂。55舞神仙：像神仙一样的美女在翩翩起舞。56烟雾：形容美女所穿的如烟如雾的薄薄的纱衣。57玉质：指美人的肌肤。58“暖客”以下四句：极写贵族生活豪华奢侈。59“朱门”二句：为全诗诗眼。臭（xiù），古意为气味。60荣枯：繁荣、枯萎。此喻朱门的豪华生活和路边冻死的尸骨。61惆怅：此言感慨、难过。62北辕：车向北行。杜甫自长安至蒲城，沿渭水东走，再折向北行。63泾渭：二水名，在陕西临潼境内汇合。64官渡：官设的渡口。65高崒（zú）兀：河中的浮冰突兀成群。66崆峒：山名，在今甘肃省岷县。67恐触天柱折：形容冰水汹涌，仿佛共工头触不周山，使人有天崩地塌之感。表示诗人对国家命运的担心。天柱：古代神话说，天的四角都有柱子支撑，叫天柱。68河梁：桥。69坼：断裂。70枝撑：桥的支柱。71行旅相攀援：行路的人们相互攀扶。72异县：指奉先县。73十口隔风雪：杜甫一家十口分居两地，为风雪所阻隔。74庶：希望。75贫窭（jù）：贫穷。76仓卒：此指意外的不幸。77名不隶征伐：此句自言名属“士人”，可按国家规定免征赋税和兵役、劳役。杜甫时任右卫率府胄曹参军，享有豁免租税和兵役之权。78平人固骚屑：平民百姓本来就免不了赋役的烦恼。平人：平民，唐人避唐太宗李世民讳，改“民”为“人”。79忧端齐终南：忧虑的情怀像终南山那样沉重。80澒（hòng）洞：广大的样子。81掇：收拾，引申为止息。

【点评】此首及《北征》，当散文读，还是不错的。

前出塞

挽弓当挽强，用箭当用长。
射人先射马，擒贼先擒王。
杀人亦有限，列国自有疆。
苟能制侵陵，岂在多杀伤。

【注释】①亦有限：也应该有个限度。②自有疆：本来应该有个疆界。③制侵陵：制止侵犯，侵略。

【点评】列国自有疆？迂腐。看看谭其骧《中国历史地图集》，看看中国的疆域是如何变化的。

后出塞·其一

男儿生世间，及壮当封侯。
战伐有功业，焉能守旧丘？
召募赴蓟门，军动不可留。
千金买马鞍，百金装刀头。
闾里送我行，亲戚拥道周。
斑白居上列，酒酣进庶羞。
少年别有赠，含笑看吴钩。

【注释】①“战伐”句：“有”字暗含讽意，揭出功业的罪恶本质。“旧丘”犹“故园”，即“老家”。②召募：这时已实行募兵制的“扩骑”。③蓟门：点明出塞的地点。其地在今北京一带，当时属渔阳节度使安禄山管辖。④“千金”句：仿《木兰诗》“东市买骏马，西市买鞍鞯”句法。⑤道周：即道边。⑥别有赠：即下句的“吴钩”。“别”字对上文“庶羞”而言。⑦吴钩：春秋时吴王阖闾所作之刀，后通用为宝刀名。深喜所赠宝刀，暗合自己“封侯”的志愿，所以“含笑”而细玩。

后出塞·其二

朝进东门营，暮上河阳桥。
落日照大旗，马鸣风萧萧。
平沙列万幕，部伍各见招。
中天悬明月，令严夜寂寥。
悲笳数声动，壮士惨不骄。
借问大将谁，恐是霍嫖姚。

【注释】①东门营：洛阳东面门有“上东门”，军营在东门，故曰“东门营”。由洛阳往蓟门，须出东门。河阳桥在河南孟津县，是黄河上的浮桥，晋杜预所造，为通河北的要津。②悲笳：静营之号，军令既严，笳声复悲，故惨不骄。③嫖姚：指西汉嫖姚校尉霍去病。

太子张舍人遗织成褥段

客从西北来，遗我翠织成。
开缄风涛涌，中有掉尾鲸。
逶迤罗水族，琐细不足名。
客云“充君褥，承君终宴荣。
空堂魑魅走，高枕形神清”。
领客珍重意，顾我非公卿。
留之惧不祥，施之混柴荆。
服饰定尊卑，大哉万古程。
今我一贱老，裋褐更无营。
煌煌珠宫物，寝处祸所婴。
叹息当路子，干戈尚纵横。
掌握有权柄，衣马自肥轻。
李鼎死岐阳，实以骄贵盈。
来瑱赐自尽，气豪直阻兵。
皆闻黄金多，坐见悔吝生。
奈何田舍翁，受此厚贶情！
锦鲸卷还客，始觉心和平。
振我粗席尘，愧客茹藜羹。

【注释】①织成褥段：用丝织成的床褥。古人称丝织品曰段，张衡《四愁诗》有“美人赠我锦绣段”句。②“客从”二句：仿《古诗十九首》“客从远方来，遗我一端绮”句。这首诗并不是写给张舍人的，所以称“客”而不称“君”。不直说从长安来，而说从西北来，是不想把话说得太露骨。织成：可作名词用，《后汉书》卷四十《舆服志》载：“衣裳玉佩备章彩，乘舆，刺史、公、侯、九卿以下皆织成、陈留襄邑献之云。”《宋书》卷十八《礼志》载：“诸织成衣帽、锦帐、纯金银器、云母从广一寸以上物者，皆为禁物。”③“开缄”四句：描写褥上的织纹。胡夏客云：“刘禹锡《历阳书事七十韵》‘华茵织斗鲸’，知唐时锦样多织鲸也。”不足名：不足数。④“客云”四句：转述张舍人赠送褥段的话。充：供也。承：奉也。醉后高眠，鬼怪见而惊走，形神交泰，岂非宝物？⑤“领客”句：以下至末是杜甫说明不能接受的道理。客意诚可感，但我愧非公卿，留而不用，既怕惹祸，用嘛，又和我这田舍人家不相称。⑥混：混乱，混淆。⑦万古程：不变的法度。⑧裋（shù）：粗布衣服。⑨褐：贱者所服。⑩更无营：是说裋褐之外，更无所营求。⑪珠宫：犹龙宫。这个褥段一定是宫廷中御用的禁物，故曰珠宫物。封建时代，僭用禁物，是有罪的，所以说“寝处祸所婴”。《说文》载：“婴，绕也。”说明与自己身份不合，是不能接受的第一个理由。⑫当路子：当权的人。阮籍有“如何当路子，磬折忘所归”句。⑬掌握：犹言手中。《论语》载：“乘肥马，衣轻裘。”字字含蓄。是说只要有权，便自然而然一切都有了。⑭“李鼎”句：李鼎之死，史无明文。《唐书》卷十《肃宗纪》载：“上元元年十二月以羽林军大将军李鼎为凤翔尹，兴、凤、陇等州节度使。……二年二月，党项寇宝鸡，入散关，陷凤州，杀刺史萧曳，凤翔李鼎邀击之。……六月，以凤翔尹李鼎为鄯州刺史，陇右节度、营田等使。”李鼎盖有军功，其死，必缘恃功骄贵。岐阳：即凤翔。⑮“来瑱”句：《唐书》卷一百十四《来瑱传》载，瑱慷慨有大志，上元三年（即宝应元年，762）充山南东道节度，裴茙表瑱倔强难制，代宗潜令裴茙图之，瑱擒茙于申口，入朝谢罪。宝应二年（即广德元年，763）正月贬播州县尉。翌日，赐死于鄠县。籍没其家。⑯悔吝：犹悔恨。他们尚且如此，我一个田舍翁，怎敢领此盛情？以上用眼前事实，说明奢侈适足以杀身，是不能接受的第二个理由。⑰“锦鲸”四句：“卷还”与前“开缄”相应，“茹藜羹”与前“终宴荣”相应。茹：食也。藜羹：犹菜汤。对这位太子舍人的厚赐，杜甫是反而白白地赔上了一顿酒饭（杜甫常常赊酒待客，藜羹不过是谦言菜不好而已）。

※ 岑参

与高适薛据登慈恩寺浮图

塔势如涌出，孤高耸天宫。
登临出世界，蹬道盘虚空。
突兀压神州，峥嵘如鬼工。
四角碍白日，七层摩苍穹。
下窥指高鸟，俯听闻惊风。
连山若波涛，奔走似朝东。
青槐夹驰道，宫馆何玲珑。

秋色从西来，苍然满关中。
五陵北原上，万古青蒙蒙。
净理了可悟，胜因夙所宗。
誓将挂冠去，觉道资无穷。

【注释】①高适：唐朝边塞诗人，景县（今河北景县）人。②薛据：荆南人，《唐诗纪事》作河中宝鼎人。开元进士，终水部郎中，晚年终老终南山下别业。③慈恩寺浮图：即今西安市的大雁塔，本唐高宗为太子时纪念其母文德皇后而建，故曰慈恩。浮图：原是梵文佛陀的音译，这里指佛塔。④涌出：形容拔地而起。⑤出世界：高出于人世的境界。世界：人世的境界。⑥磴（dèng）：石级。⑦盘：曲折。⑧七层：塔本六级，后渐毁损，武则天时重建，增为七层。⑨惊风：疾风。⑩驰道：可驾车的大道。⑪宫馆：宫阙。⑫关中：指今陕西中部地区。⑬五陵：指汉代五个帝王的陵墓，即高祖长陵、惠帝安陵、景帝阳陵、武帝茂陵及昭帝平陵。⑭净理：佛家的清净之理。⑮胜因：佛教因果报应中的极好的善因。⑯夙：素来。⑰挂冠：辞官归隐。⑱觉道：佛教达到消除一切欲念和物我相忘的大觉之道。

【点评】同游同咏，岑参写得自有特色，不比老杜的诗差。

早秋与诸子登虢州西亭观眺

亭高出鸟外，客到与云齐。
树点千家小，天围万岭低。
残虹挂陕北，急雨过关西。
酒榼缘青壁，瓜田傍绿溪。
微官何足道，爱客且相携。
唯有乡园处，依依望不迷。

【注释】①诸子：指诗人的各位友人。②虢（guó）州：唐州名，在今河南省灵宝市南。③西亭：虢州城西山上的亭子。④出鸟外：高出飞鸟之外。⑤天围：苍天笼罩。⑥残虹：将要消失的彩虹。⑦陕北：陕州以北。⑧关西：函谷关以西。⑨酒榼（kē）：酒器。⑩微官：小官。⑪爱客：好友。⑫乡园：指长安。

初过陇山途中呈宇文判官

一驿过一驿，驿骑如星流。
平明发咸阳，暮及陇山头。
陇水不可听，呜咽令人愁。
沙尘扑马汗，雾露凝貂裘。
西来谁家子，自道新封侯。
前月发安西，路上无停留。
都护犹未到，来时在西州。
十日过沙碛，终朝风不休。
马走碎石中，四蹄皆血流。
万里奉王事，一身无所求。
也知塞垣苦，岂为妻子谋。
山口月欲出，先照关城楼。
溪流与松风，静夜相飕飗。
别家赖归梦，山塞多离忧。
与子且携手，不愁前路修。

【注释】①宇文判官：安西四镇节度使高仙芝属下判官，名未详。判官：节度使佐吏。②驿骑：乘骡马传送公文的人。这里指乘马赴边的诗人。驿：古时驿道上每隔一段距离设一驿站，为往来官员歇息换马之所。③新封侯：指是时宇文氏新任判官。④安西：指安西节度使治所龟兹镇（今新疆库车）。⑤都护：指高仙芝。唐高宗时于龟兹置安西都护府，设都护一人，总领府事。玄宗时更置安西节度使，治所在安西都护府，节度使例兼安西都护，故称安西节度使为都护。⑥西州：治所在今新疆吐鲁番东南哈拉和卓。⑦沙碛：指沙漠、戈壁。⑧关：陇山下有陇关，又名大震关。⑨飕飗（sōu liú）：象声词，指风雨声。

【点评】“十日过沙碛，终朝风不休。马走碎石中，四蹄皆血流。万里奉王事，一身无所求。也知塞垣苦，岂为妻子谋。”唐诗经典名句，直追曹植《白马篇》。

暮秋山行

疲马卧长坂，夕阳下通津。
山风吹空林，飒飒如有人。
苍旻霁凉雨，石路无飞尘。
千念集暮节，万籁悲萧辰。
鹈鴂昨夜鸣，蕙草色已陈。
况在远行客，自然多苦辛。

【注释】①飒飒：风声。②旻（mín）：天空。此处指秋季的天。③鹈鴂（tí jué）：即杜鹃鸟。

至大梁却寄匡城主人

一从弃鱼钓，十载干明王。
无由谒天阶，却欲归沧浪。
仲秋至东郡，遂见天雨霜。
昨夜梦故山，蕙草色已黄。
平明辞铁丘，薄暮游大梁。
仲秋萧条景，拔剌飞鹅鸧。
四郊阴气闭，万里无晶光。
长风吹白茅，野火烧枯桑。
故人南燕吏，籍籍名更香。
聊以玉壶赠，置之君子堂。

【注释】①大梁：战国魏都，唐时为汴州治所。②却寄：回寄。③匡城主人：即《醉题匡城周少府厅壁》之“周少府”。匡城：唐滑州属县，在今河南长垣西南。④一从：自从。⑤鱼钓：指隐居生涯。⑥十载：自开元二十二年（734）作者“献书阙下”（《感旧赋》序）至天宝元年（742）作此诗时，历时九载，“十载”乃举其成数。⑦干明王：向君王求取功名。干：干逞，求取。明王：即明主，指皇帝。⑧谒天阶：谒见天子。天阶：登天的阶梯，这里指通向皇宫的台阶。⑨沧浪：水名，具体地址说法不一，这里指隐居之地。⑩东郡：隋郡名，唐曰滑州，治所在今河南滑县东。岑此行大抵沿黄河先至滑州，再至匡城，复由匡城至铁丘，再到汴州。⑪雨霜：下霜，“雨”作动词。⑫夜：一作“日”。⑬故山：指作者的少室旧居。⑭蕙草：香草。⑮平明：天亮的时候。⑯铁丘：在今河南濮阳县北。⑰拔剌（là）：象声词。⑱鹁鸧（cāng）：雁的别称。⑲阴气：阴冷的云雾。⑳晶光：光亮。㉑白茅：即茅草，至秋季而变白。㉒野火：一指原野上焚烧枯草所纵的火，一指磷火，即鬼火。㉓枯桑：枯干的桑叶。㉔南燕：唐滑州胙城县（今河南延津东），汉代曰南燕县。胙（zuò）城与匡城紧邻，故此处以南燕代指匡城。㉕籍籍：形容名声甚盛。㉖玉壶：取高洁之意。㉗君子：指周少府。

【点评】“长风吹白茅，野火烧枯桑。”没有千字万字，画面依然壮阔动人。

经火山

火山今始见，突兀蒲昌东。
赤焰烧虏云，炎氛蒸塞空。
不知阴阳炭，何独烧此中？
我来严冬时，山下多炎风。
人马尽汗流，孰知造化工！

【注释】①火山：火焰山，在今新疆吐鲁番盆地北部。王延德《高昌行记》载：“北庭北山（即火焰山），山中常有烟气涌起，而无云雾。至夕火焰若炬火，照见禽鼠皆赤。”②蒲昌：唐代县名，贞观十四年（640）平高昌以其东镇城置，在今新疆鄯善。③虏云：指西北少数民族地区上空的云。④炎氛：热气，暑气。⑤阴阳炭：即指由阴阳二气结合的熔铸万物的原动力。语出西汉贾谊《鹏鸟赋》：“天地为炉兮，造化为之；阴阳为炭兮，万物为铜。”⑥造化：自然界的创造者。亦指自然。《庄子·大宗师》载：“今一以天地为大炉，以造化为大冶，恶乎往而不可哉？”

【点评】诗人里的探险家！

登嘉州凌云寺作

寺出飞鸟外，青峰戴朱楼。
搏壁跻半空，喜得登上头。

殆知宇宙阔，下看三江流。
天晴见峨眉，如向波上浮。
迥旷烟景豁，阴森棕楠稠。
愿割区中缘，永从尘外游。
回风吹虎穴，片雨当龙湫。
僧房云蒙蒙，夏月寒飕飕。
回合俯近郭，寥落见行舟。
胜概无端倪，天宫可淹留。
一官讵足道，欲去令人愁。

【注释】①嘉州：唐郡名。今四川乐山县。②凌云寺：为嘉州名胜，傍山而建，下有凿山而成的弥勒菩萨像。③“青峰”句：写寺之红色阁楼傍山峰而建，远望若戴于其上。④搏：攀缘。⑤跻（jī）：登。⑥三江流：指岷江、青衣江、大渡河。嘉州地处三江会合处。⑦割：弃。⑧区中缘：尘世缘分。⑨回风：旋风。⑩虎穴：与下文“龙湫”均未详其处。⑪回合：回环盘曲。⑫郭：外城，此处指嘉州城。⑬胜概：锦绣山河的美丽风光。⑭端倪：边际。⑮天宫：天上宫殿，此处指凌云寺。⑯淹留：逗留。⑰讵（jù）：岂。

※ 元结

贼退示官吏（并序）

癸卯岁，西原贼入道州，焚烧杀掠，几尽而去。明年，贼又攻永破邵，不犯此州边鄙而退。岂力能制敌与？盖蒙其伤怜而已。诸使何为忍苦征敛，故作诗一篇以示官吏。

昔岁逢太平，山林二十年。
泉源在庭户，洞壑当门前。
井税有常期，日晏犹得眠。
忽然遭世变，数岁亲戎旃。
今来典斯郡，山夷又纷然。

城小贼不屠，人贫伤可怜。
是以陷邻境，此州独见全。
使臣将王命，岂不如贼焉？
今彼征敛者，迫之如火煎。
谁能绝人命，以作时世贤！
思欲委符节，引竿自刺船。
将家就鱼麦，归老江湖边。

【**注释**】①癸卯岁：即唐代宗广德元年（763）。②道州：州名，治今湖南道县。③攻永破邵：攻破永州和邵州。永州和邵州，今均属湖南省。④边鄙：边境。⑤井税：田赋。古代实行井田制，一井九百亩，分为九区，各百亩，如“井”字，中为公田，周为私田，八家分耕，并共耕公田以为赋税，称“井税”。此处借以指唐代的赋税。井：即“井田”。⑥世变：指安史之乱所带来的社会动荡。⑦戎旃（zhān）：战旗，一说为军帐。⑧典：治理、掌管。⑨山夷：古代对聚集山中的武装力量的贬称。⑩见全：被保全。⑪将王命：奉皇上的旨意。⑫委符节：辞官。委：弃。符节：古代朝廷传达命令或征调兵将用的凭证。⑬引竿：拿钓竿，代指隐居。⑭刺船：撑船。⑮将：带着。⑯就：靠近。⑰湖：一作“海”。

※ 皎然

闻钟

古寺寒山上，远钟扬好风。
声余月树动，响尽霜天空。
永夜一禅子，泠然心境中。

【**注释**】①霜天：深秋的天空。②禅子：信佛者，僧侣。

※ 独孤及

观海

北登渤澥岛，回首秦东门。
谁尸造物功，凿此天池源。
澒洞吞百谷，周流无四垠。
廓然混茫际，望见天地根。
白日自中吐，扶桑如可扪。
超遥蓬莱峰，想像金台存。
秦帝昔经此，登临冀飞翻。
扬旌百神会，望日群山奔。
徐福竟何成，羡门徒空言。
唯见石桥足，千年潮水痕。

【注释】①渤澥（xiè）：古代称东海的一部分，即渤海。②尸：执掌，主持。③澒洞：水势汹涌。④廓然：形容空旷寂静的样子。⑤扶桑：日本。⑥金台：神话传说中神仙居处。⑦徐福：字君房，秦朝著名方士，曾担任秦始皇的御医，出生于战国时期的齐国。秦始皇时期，徐福率领三千童男女自山东沿海东渡。

【点评】笔力直追曹操“东临碣石，以观沧海”，但霸气不足。

※ 苏涣

变律·其一

日月东西行，寒暑冬夏易。
阴阳无停机，造化渺莫测。
开目为晨光，闭目为夜色。
一开复一闭，明晦无休息。
居然六合外，旷哉天地德。
天地且不言，世人浪喧喧。

【注释】①六合：上下和四方，泛指天地或宇宙。②喧喧：声音喧闹。

【点评】杜甫称赞过，写得也不赖，三首全选。

变律·其二

毒蜂成一窠，高挂恶木枝。
行人百步外，目断魂亦飞。
长安大道边，挟弹谁家儿。
右手持金丸，引满无所疑。
一中纷下来，势若风雨随。
身如万箭攒，宛转迷所之。
徒有疾恶心，奈何不知几。

【注释】①恶木：指不成材的树木。②魂亦飞：指吓得魂飞魄散。③金丸：金属制成的弹丸。④宛转：这里指身体翻滚挣扎。⑤几：同“机”，机宜，策略。

变律·其三

养蚕为素丝，叶尽蚕不老。
倾筐对空林，此意向谁道。
一女不得织，万夫受其寒。
一夫不得意，四海行路难。
祸亦不在大，福亦不在先。
世路险孟门，吾徒当勉旃。

【注释】①孟门：古山名。在今河南辉县西。春秋时为晋国要隘。②勉旃（zhān）：努力。多于劝勉时用之。旃：文言助词，相当于“之”或“之焉”。

※ 顾况

弃妇词

古人虽弃妇，弃妇有归处。
今日妾辞君，辞君欲何去。
本家零落尽，恸哭来时路。
忆昔未嫁君，闻君甚周旋。
及与同结发，值君适幽燕。
孤魂托飞鸟，两眼如流泉。
流泉咽不燥，万里关山道。
及至见君归，君归妾已老。
物情弃衰歇，新宠方妍好。
拭泪出故房，伤心剧秋草。
妾以憔悴捐，羞将旧物还。
余生欲有寄，谁肯相留连。
空床对虚牖，不觉尘埃厚。
寒水芙蓉花，秋风堕杨柳。
记得初嫁君，小姑始扶床。
今日君弃妾，小姑如妾长。
回头语小姑，莫嫁如兄夫。

【注释】①题注：李白集中亦有之，元人萧士赟谓此篇顾况《弃妇词》也，后人添增数句，窜入太白集中。②幽燕：古称今河北北部及辽宁一带。唐以前属幽州，战国时属燕国，故名。

【点评】后六句蛮有意思："记得初嫁君，小姑始扶床。今日君弃妾，小姑如妾长。回头语小姑，莫嫁如兄夫。"另一诗人刘驾表示不服，也有一首弃妇词："回车在门前，欲上心更悲。路傍见花发，似妾初嫁时。养蚕已成茧，织素犹在机。新人应笑此，何如画蛾眉。"怨而不怒，温柔敦厚之至，可是一般人做不到。

※ 李冶

相思怨

人道海水深，不抵相思半。
海水尚有涯，相思渺无畔。
携琴上高楼，楼虚月华满。
弹着相思曲，弦肠一时断。

【点评】女人为诗不为名，谈情说爱多率性而作，多是速朽的垃圾。但能从众多口水诗中跳出来的，都是很多大诗人也赶不上的精品。

※ 吉中孚

送归中丞使新罗册立吊祭

官称汉独坐，身是鲁诸生。
绝域通王制，穷天向水程。
岛中分万象，日处转双旌。
气积鱼龙窟，涛翻水浪声。
路长经岁去，海尽向山行。
复道殊方礼，人瞻汉使荣。

【注释】①归中丞：即归崇敬。②新罗：朝鲜古国名。唐代宗永泰元年（765）朝鲜半岛上的新罗国景德王卒，惠恭王继位。代宗于大历元年（766）派遣御史中丞归崇敬赴新罗充任吊祭、册立使者。③独坐：牀小者曰独坐，牀：古坐具。此言骄贵无二。④诸生：即儒生，一般指在学之士。诗中意指归崇敬出身太学儒生。⑤王制：礼记篇名，王制者以其记先王班爵授禄祭祀养老之法度。⑥鱼龙：古杂戏，唐时京城长安等地盛行鱼龙漫衍及角觝之戏叫鱼龙杂戏。⑦复道：宫中楼阁相通，上下有道，故曰复道。新罗国是唐朝蕃国，此诗言复道，有上国和蕃国的关系之意。⑧殊方：即异域。

※ 韦应物

初发扬子寄元大校书

凄凄去亲爱，泛泛入烟雾。
归棹洛阳人，残钟广陵树。
今朝此为别，何处还相遇？
世事波上舟，沿洄安得住！

【注释】①扬子：指扬子津，在长江北岸，近瓜州。②元大：未详何人。③校（jiào）书：官名。唐代的校书郎，掌管校书籍。④亲爱：相亲相爱的朋友，指元大。⑤泛泛：行船漂浮。⑥“残钟”句：意谓回望广陵，只听得晓钟的残音传自林间。广陵：江苏扬州的古称。在唐代，由扬州经运河可以直达洛阳。⑦沿洄（huí）：顺流而下为沿，逆流而上为洄，这里指处境的顺逆。⑧安得住：怎能停得住？

长安遇冯著

客从东方来，衣上灞陵雨。
问客何为来，采山因买斧。
冥冥花正开，飏飏燕新乳。
昨别今已春，鬓丝生几缕。

【注释】①冯著：韦应物友人。②灞（bà）陵：即霸上，又作霸陵。在今西安市东。因汉文帝葬在这里，改名灞陵。③客：指冯著。④采山因买斧：意指归隐山林。左思《吴都赋》载：“煮海为盐，采山铸钱。”谓入山采铜以铸钱。“买斧”化用《易经·旅卦》“旅于处，得其资斧，我心不快”，意谓旅居此处作客，但不获平坦之地，尚须用斧斫除荆棘，故心中不快。“采山”句是俏皮话，打趣语，大意是说冯著来长安是为采铜铸钱以谋发财的，但只得到一片荆棘，还得买斧斫除。其寓意即谋仕不遇，心中不快。⑤飏飏（yáng）：鸟轻快飞翔的样子。⑥燕新乳：指小燕初生。⑦昨别：去年分别。

郡斋雨中与诸文士燕集

兵卫森画戟，宴寝凝清香。
海上风雨至，逍遥池阁凉。
烦疴近消散，嘉宾复满堂。
自惭居处崇，未睹斯民康。
理会是非遣，性达形迹忘。
鲜肥属时禁，蔬果幸见尝。
俯饮一杯酒，仰聆金玉章。
神欢体自轻，意欲凌风翔。
吴中盛文史，群彦今汪洋。
方知大藩地，岂曰财赋强。

【注释】①郡斋：指苏州刺史官署中的斋舍。②燕：通“宴”。③画戟：因饰有画彩，称画戟，常用作仪仗。唐刺史常由皇帝赐戟。戟：一种能直刺横击的兵器。④海上：指苏州东边的海面。⑤烦疴（kē）：指因暑热产生的困顿烦躁。疴：本指疾病。⑥居处崇：地位显贵。⑦斯民康：此地的百姓安居乐业。⑧理会：通达事物的道理。⑨达：旷达。⑩形迹：指世俗礼节。⑪时禁：当时正禁食荤腥。⑫幸：希望，这里是谦词。⑬金玉章：文采华美、声韵和谐的好文章。这里指客人们的诗篇。⑭神欢：精神欢悦。⑮吴中：苏州的古称。⑯群彦：群英。⑰汪洋：原意水势浩大。这里指人才济济。⑱大藩：这里指大郡、大州。藩：原指藩王的封地。⑲财赋强：安史之乱后，天下财赋，仰给于东南。苏杭一带是中央财政的重要支撑。

东郊

吏舍跼终年，出郊旷清曙。
杨柳散和风，青山澹吾虑。
依丛适自憩，缘涧还复去。
微雨霭芳原，春鸠鸣何处。
乐幽心屡止，遵事迹犹遽。
终罢斯结庐，慕陶直可庶。

【注释】①踢（jú）：拘束。②旷清曙：在清幽的曙色中得以精神舒畅。③“乐幽”二句：意谓自己颇爱这地方的幽静，想住下来，却又几次终止，因公事在身，形迹上还是显得很匆忙。④“终罢”二句：典出晋陶潜“结庐在人境，而无车马喧”，表面要效仿陶潜辞官归隐。斯：一作“期”。慕陶：指归隐。直：或作真，就。庶：庶几，差不多。

听嘉陵江水声寄深上人

凿崖泄奔湍，古称神禹迹。
夜喧山门店，独宿不安席。
水性自云静，石中本无声。
如何两相激，雷转空山惊？
贻之道门旧，了此物我情。

【注释】①嘉陵江：在今四川省境内，为长江上游支流。②上人：唐时称僧人为“上人”。③神禹迹：传说中夏禹治水留下的遗迹。④道门旧：即深上人。道门：佛门。旧：故旧，朋友。⑤物我情：指客观外物的实情与主观自我的认识。这二句是说，我把个问题呈请佛门旧友深上人，望能给予透彻的解答。

【点评】“如何两相激，雷转空山惊？”潜能需要激发。

送杨氏女

永日方戚戚，出行复悠悠。
女子今有行，大江溯轻舟。
尔辈苦无恃，抚念益慈柔。
幼为长所育，两别泣不休。
对此结中肠，义往难复留。
自小阙内训，事姑贻我忧。
赖兹托令门，任恤庶无尤。
贫俭诚所尚，资从岂待周。
孝恭遵妇道，容止顺其猷。

别离在今晨，见尔当何秋。
居闲始自遣，临感忽难收。
归来视幼女，零泪缘缨流。

【注释】①杨氏女：指女儿嫁给杨姓的人家。②永日：整天。③戚戚：悲伤忧愁。④行：出嫁。⑤悠悠：遥远。⑥溯：逆流而上。⑦尔辈：你们，指两个女儿。⑧无恃：指幼时无母。恃：依靠，小孩对母亲有依赖感，所以代指母亲。⑨幼为长所育：此句下注“幼女为杨氏所抚育”，指小女是姐姐抚育大的。⑩结中肠：心中哀伤之情郁结。⑪义往：指女大出嫁，理应前往夫家。⑫自小阙内训：此句下注“言早无恃”。阙：通“缺”。内训：母亲的训导。⑬事姑：侍奉婆婆。⑭贻：带来。⑮令门：好的人家，或是对其夫家的尊称。这里指女儿的夫家。⑯任恤：信任体恤。任：任从，引申为宽容。⑰庶：希望。⑱尤：过失。⑲尚：崇尚。⑳资从：指嫁妆。㉑待：一作“在”。㉒周：周全，完备。㉓容止：这里是一举一动的意思。㉔猷：规矩礼节。㉕尔：你，指大女儿。㉖当何秋：当在何年。㉗居闲：闲暇时日。㉘自遣：自我排遣。㉙临感：临别感伤。㉚零泪：落泪。㉛缘：通“沿”。㉜缨：帽的带子，系在下巴下。

幽居

贵贱虽异等，出门皆有营。
独无外物牵，遂此幽居情。
微雨夜来过，不知春草生。
青山忽已曙，鸟雀绕舍鸣。
时与道人偶，或随樵者行。
自当安蹇劣，谁谓薄世荣。

【注释】①幽居：隐居，不出仕。②异等：不同等级。《韩非子·八经》：“礼施异等，后姬不疑。”③营：谋求。④外物：身外之物。多指利欲功名之类。⑤遂：称心，如愿。⑥曙：天刚亮的时候。⑦偶：相对。⑧自当：自然应当。⑨蹇（jiǎn）劣：笨拙愚劣的意思。蹇：跛，行动迟缓。劣：一作“拙”。⑩薄世荣：鄙薄世人对富贵荣华的追求。世荣：世俗的荣华富贵。

※ 戎昱

苦哉行

妾家清河边，七叶承貂蝉。
身为最小女，偏得浑家怜。
亲戚不相识，幽闺十五年。
有时最远出，只到中门前。
前年狂胡来，惧死翻生全。
今秋官军至，岂意遭戈鋋。
匈奴为先锋，长鼻黄发拳。
弯弓猎生人，百步牛羊膻。
脱身落虎口，不及归黄泉。
苦哉难重陈，暗哭苍苍天。

【注释】①题注：宝应中过滑州洛阳后同王季友作。②七叶：七世，七代。③戈鋋（chán）：戈与鋋。泛指兵器。

【点评】蔡文姬《悲愤诗》的简化版。元曲有句“兴，百姓苦；亡，百姓苦”，概括得深刻。

※ 卢纶

从军行

二十在边城，军中得勇名。
卷旗收败马，占碛拥残兵。
覆阵乌鸢起，烧山草木明。
塞闲思远猎，师老厌分营。
雪岭无人迹，冰河足雁声。
李陵甘此没，惆怅汉公卿。

【注释】①题注：一作“塞上”。一作李端诗。②碛：不生草木的沙石地。③李陵：字少卿，陇西成纪（今甘肃天水市秦安县）人。西汉名将，飞将军李广长孙，李当户的遗腹子。天汉二年（前99）奉汉武帝之命出征匈奴，率五千步兵与八万匈奴兵战于浚稽山，最后因寡不敌众兵败投降。汉武帝误听信李陵替匈奴练兵的讹传，汉朝夷其三族，母弟妻子皆被诛杀，致使李陵彻底与汉朝断绝关系。后来单于把公主嫁给李陵，做了右校王，掌管坚昆部落。汉武帝死后，汉昭帝即位。汉匈和亲，李陵少时同僚霍光、上官桀当政，派人劝李陵回国，李陵“恐再辱”，拒绝回汉，公元前74年老死匈奴。

※ 李益

长干行

忆妾深闺里，烟尘不曾识。
嫁与长干人，沙头候风色。
五月南风兴，思君下巴陵。
八月西风起，想君发扬子。
去来悲如何，见少别离多。
湘潭几日到，妾梦越风波。
昨夜狂风度，吹折江头树。
淼淼暗无边，行人在何处。
好乘浮云骢，佳期兰渚东。
鸳鸯绿浦上，翡翠锦屏中。
自怜十五余，颜色桃李红。
那作商人妇，愁水复愁风。

【注释】①题注：一作李白诗。②妾：一作“昔”。③沙头：沙岸上。④风色：风向。⑤下：一作“在”。⑥巴陵：今湖南省岳阳市。⑦发：出发。⑧扬子：扬子渡。⑨湘潭：泛指湖南一带。⑩淼淼：形容水势浩大。⑪浮云骢：骏马。西汉文帝有骏马名浮云。⑫兰渚：生有兰草的小洲。⑬“好乘”四句：一作“北客至王公，朱衣满汀中。日没来投宿，数朝不肯东”。翡翠：水鸟名。

【点评】相较李白《长干行》写得还可以，只是女主角的性格没有那么温柔罢了，引得沈德潜之类的道学家另眼相看。顾况《弃妇词》也有类似遭遇。

※ 李端

王敬伯歌

妾本舟中女，闻君江上琴。
君初感妾意，妾亦感君心。
遂出合欢被，同为交颈禽。
传杯唯畏浅，接膝犹嫌远。
侍婢奏箜篌，女郎歌宛转。
宛转怨如何，中庭霜渐多。
霜多叶可惜，昨日非今夕。
徒结万重欢，终成一宵客。
王敬伯，渌水青山从此隔。

【注释】①妾本舟中女：一作“妾本舟中客”。②君初感妾意：一作“君初感妾叹”。③接膝：膝与膝相接，犹促膝，形容坐得很近。④万重：一作“万里”。⑤渌水：绿水。

※ 孟郊

秋怀

秋月颜色冰，老客志气单。
冷露滴梦破，峭风梳骨寒。
席上印病文，肠中转愁盘。
疑虑无所凭，虚听多无端。
梧桐枯峥嵘，声响如哀弹。

【注释】①题注：孟郊老年居住洛阳，在河南尹幕中充当下属僚吏，贫病交加，愁苦不堪。②老客：指诗人自己。③印病文：喻卧病已久。④转愁盘：谓愁思不断。

【点评】郊寒岛瘦，孟郊贾岛入选算是体例备选吧。苏东坡有两首读孟郊的五古，搞笑得可以当下酒菜。

游终南山

南山塞天地，日月石上生。
高峰夜留景，深谷昼未明。
山中人自正，路险心亦平。
长风驱松柏，声拂万壑清。
即此悔读书，朝朝近浮名。

【注释】①终南山：秦岭著名的山峰，在今陕西省西安市南。②南山：指终南山。③塞：充满，充实。④高峰夜留景：《全唐诗》此句下注“太白峰西黄昏后见余日”。

游子吟

慈母手中线，游子身上衣。
临行密密缝，意恐迟迟归。
谁言寸草心，报得三春晖。

【注释】①游子：指诗人自己，以及各个离乡的游子。②临：将要。③意恐：担心。④归：回来，回家。⑤谁言：一作“难将”。⑥寸草：小草。这里比喻子女。⑦心：语义双关，既指草木的茎干，也指子女的心意。⑧报得：报答。⑨三春晖：春天灿烂的阳光，指慈母之恩。三春：旧称农历正月为孟春，二月为仲春，三月为季春，合称三春。晖：阳光。形容母爱如春天温暖，和煦的阳光照耀着子女。

赠别崔纯亮

食荠肠亦苦，强歌声无欢。
出门即有碍，谁谓天地宽？

有碍非遐方，长安大道旁。
小人智虑险，平地生太行。
镜破不改光，兰死不改香。
始知君子心，交久道益彰。
君心与我怀，离别俱回遑。
譬如浸蘖泉，流苦已日长。
忍泣目易衰，忍忧形易伤。
项籍岂不壮，贾生岂不良？
当其失意时，涕泗各沾裳！
古人劝加餐，此餐难自强。
一饭九祝噎，一嗟十断肠。
况是儿女怨，怨气凌彼苍。
彼苍若有知，白日下清霜。
今朝始惊叹，碧落空茫茫。

【注释】①遐方：远方。②回遑：徘徊疑惑。③贾生：贾谊。④古人劝加餐：《古诗十九首》有“努力加餐饭”句。⑤祝噎：祝哽祝噎，古代帝王接养三老、五更，以示仁惠。当进餐时，使人在前后祝祷他们不要哽噎。《后汉书·明帝纪》载：“尊事三老，兄事五更，安车软轮，供绥执授，侯王设酱，公卿馔珍，朕亲袒割，执爵而酳，祝哽在前，祝噎在后。”李贤注：“老人食多哽咽，故置人于前后，祝之，令其不哽噎也。”⑥碧落：天空，青天。

借车

借车载家具，家具少于车。
借者莫弹指，贫穷何足嗟。
百年徒役走，万事尽随花。

【注释】①弹指：表示情绪激越。②徒役：服劳役的人。

劝学

击石乃有火，不击元无烟。
人学始知道，不学非自然。
万事须己运，他得非我贤。
青春须早为，岂能长少年。

【注释】①乃：才。②元：原本、本来。③道：事物的法则、规律。这里指各种知识。④贤：才能。

老恨

无子抄文字，老吟多飘零。
有时吐向床，枕席不解听。
斗蚁甚微细，病闻亦清泠。
小大不自识，自然天性灵。

【注释】①清泠：风神隽秀。

※ 韩愈

调张籍

李杜文章在，光焰万丈长。
不知群儿愚，那用故谤伤。
蚍蜉撼大树，可笑不自量！
伊我生其后，举颈遥相望。
夜梦多见之，昼思反微茫。
徒观斧凿痕，不瞩治水航。
想当施手时，巨刃磨天扬。
垠崖划崩豁，乾坤摆雷硠。

唯此两夫子，家居率荒凉。
帝欲长吟哦，故遣起且僵。
翦翎送笼中，使看百鸟翔。
平生千万篇，金薤垂琳琅。
仙官敕六丁，雷电下取将。
流落人间者，太山一毫芒。
我愿生两翅，捕逐出八荒。
精诚忽交通，百怪入我肠。
刺手拔鲸牙，举瓢酌天浆。
腾身跨汗漫，不着织女襄。
顾语地上友，经营无太忙。
乞君飞霞佩，与我高颉颃。

【注释】①调：调侃，调笑，戏谑。②张籍：字文昌，唐代诗人。历官太常寺太祝、水部员外郎、终国子司业。③文章：此指诗篇。④光焰：一作“光芒”。⑤群儿：指“谤伤”李白杜甫的人。前人认为主要是指元稹、白居易等。⑥蚍蜉：蚁类，常在松树根部营巢。⑦伊：发语词。⑧“徒观”两句：比喻“李杜文章”如同大禹治水疏通江河，后人虽能看到其成就，却无法目睹当时鬼斧神工的开辟情景了。⑨“想当”四句：想像禹治水时劈山凿石、声震天宇的情景。划：劈开。雷硠：山崩之声。⑩“唯此”以下十二句：说天帝想要好诗歌，就派李、杜到人间受苦，还故意折断他们的羽毛，剥夺他们的自由，让他们经受挫折坎坷磨难，从而创作出精金美玉般的绝代诗篇。然后又派天神取走了。现在遗留在人世的只不过“太山一毫芒”而已，尚且如此高不可及。金薤：书。古有薤叶书。又有薤叶形的金片，俗语称金叶子。琳琅：美玉石。此以金玉喻“李杜文章”，并言李杜诗篇播于金石。六丁、雷电：皆传说之天神。⑪八荒：古人以为九州在四海之内，而四海又在八荒之内。⑫“精诚”两句：言忽然悟得“李杜文章”之妙。犹今言灵感忽至。⑬“刺手”四句：比喻李、杜诗的创作境界。汗漫：广漠无边之处。《淮南子·道应训》：卢敖游于北海，遇异人，欲与交友，其人笑曰：“嘻！子中州之民，宁肯而远至于此。……吾与汗漫期于九垓之外，吾不可以久驻。”织女襄：见《诗经·小雅·大东》：“跂彼织女，终日七襄。虽则七襄，不成报章。”郑玄注：“襄，驾也。驾，谓更其肆也。从旦至暮七辰，辰一移，因谓之七襄。”织女：织女星。肆：谓星宿所舍，即星次。此句夸言神游物外，连织女星的车驾都不乘坐了。意谓超越了织女星运行的范围。⑭地上友：指张籍。⑮经营：此谓构思。⑯乞：此谓送给。杜甫《戏简郑广文虔兼呈苏司业源明》："赖有苏司业，时时乞酒钱。"⑰颉颃（xié háng）：鸟上下飞翔。上飞曰颉，下飞曰颃。亦作"颉亢"。语本《诗经·邶风·燕燕》："燕燕于飞，颉之颃之。"

※ 白居易

观刈麦

田家少闲月，五月人倍忙。
夜来南风起，小麦覆陇黄。
妇姑荷箪食，童稚携壶浆，
相随饷田去，丁壮在南冈。
足蒸暑土气，背灼炎天光，
力尽不知热，但惜夏日长。
复有贫妇人，抱子在其旁，
右手秉遗穗，左臂悬敝筐。
听其相顾言，闻者为悲伤。
家田输税尽，拾此充饥肠。
今我何功德，曾不事农桑。
吏禄三百石，岁晏有余粮。
念此私自愧，尽日不能忘。

【注释】①题注：时任盩厔县尉。刈（yì）：割。②陇：同"垄"，这里指农田中种植作物的土埂，这里泛指麦地。③妇姑：媳妇和婆婆，这里泛指妇女。④荷箪食：用竹篮盛的饭。荷：背负，肩担。箪食：装在箪笥里的饭食。《左传·宣公二年》载："而为之箪食与肉，寘诸橐以与之。"⑤"童稚"句：小孩子提着用壶装的汤与水。浆：古代一种略带酸味的饮品，有时也可以指米酒或汤。⑥饷田：给在田里劳动的人送饭。韦庄《纪村事》："数声牛上笛，何处饷田归？"⑦丁壮：青壮年男子。《史记·循吏列传》载："（子产）治郑二十六年而死，丁壮号哭，老人儿啼，曰：‘子产去我死乎！民将安归？’”⑧南冈：地名。⑨“足蒸”二句：双脚受地面热气熏蒸，脊背受炎热的阳光烘烤。⑩秉遗穗：拿着从田里拾取的麦穗。秉：拿着。遗穗：指收获农作物后遗落在田的谷穗。⑪悬：挎着。⑫敝筐：破篮子。⑬输税：缴纳租税。输：送达，引申为缴纳，献纳。《梁书·张充传》载：“半顷之地，足以输税，五亩之宅，树以桑府。”⑭曾不事农桑：一直不从事农业生产。曾：一直，从来。事：从事。农桑：农耕和蚕桑。⑮吏禄三百石（dàn）：当时白居易任周至县尉，一年的薪俸大约是三百石米。石：古代容量单位，十斗为一石。吏禄：官吏的俸禄。《史记·平准书》载：“量吏禄，度官用，以赋于民。”⑯岁晏：一年将尽的时候。晏：晚。

【点评】建议读者对照读一下华兹华斯的《孤独的刈麦女》。读过的再读一遍。温故而知新嘛。感觉华兹华斯的诗超越现实，跨越时空。白的新乐府易时过情迁。

宿紫阁山北村

晨游紫阁峰，暮宿山下村。
村老见余喜，为余开一尊。
举杯未及饮，暴卒来入门。
紫衣挟刀斧，草草十余人。
夺我席上酒，掣我盘中飧。
主人退后立，敛手反如宾。
中庭有奇树，种来三十春。
主人惜不得，持斧断其根。
口称采造家，身属神策军。
“主人慎勿语，中尉正承恩！”

【注释】①紫阁峰：终南山的著名山峰，在今陕西西安南百余里。《陕西通志》卷九引《雍胜略》载：“旭日射之，烂然而紫，其峰上耸，若楼阁然。”②暮宿：傍晚投宿。③开一尊：设酒款待的意思。尊：同“樽”。④暴卒：横暴的士兵。⑤紫衣：指穿三品以上紫色官服的神策军头目。⑥挟：用胳膊夹着。⑦草草：杂乱粗野的样子。⑧掣：抽取。⑨飧（sūn）：晚饭，亦泛指熟食，饭食。⑩敛手：双手交叉，拱于胸前，表示恭敬。⑪奇树：珍奇的树。语本《古诗十九首·庭中有奇树》。⑫采造家：指专管采伐、建筑的官府派出的人员。采造：指专管采伐、建筑的官府。⑬神策军：中唐时期皇帝的禁卫军之一。⑭中尉：神策军的最高长官。⑮承恩：得到皇帝的宠信。

新制布裘

桂布白似雪，吴绵软于云。
布重绵且厚，为裘有余温。
朝拥坐至暮，夜覆眠达晨。
谁知严冬月，支体暖如春。
中夕忽有念，抚裘起逡巡。
丈夫贵兼济，岂独善一身。
安得万里裘，盖裹周四垠。
稳暖皆如我，天下无寒人。

【注释】①布裘：布制的绵衣。②桂布：即唐代桂管（今广西一带）所产木棉织成的布，尚不普遍，十分珍贵。③吴绵：当时吴郡苏州产的丝绵，很有名。④支体：即四肢与身体，意谓全身。支：同“肢”。⑤中夕：半夜。⑥逡（qūn）巡：走来走去，思考忖度的样子。⑦兼济：兼济天下，做利国利民之事。《孟子·尽心上》载：“古之人，得志，泽加于民；不得志，修身见于世。穷则独善其身，达则兼善天下。”⑧安得：如何得到，期望马上得到。⑨万里裘：长达万里的大袍。

轻肥

意气骄满路，鞍马光照尘。
借问何为者，人称是内臣。
朱绂皆大夫，紫绶或将军。
夸赴军中宴，走马去如云。
樽罍溢九酝，水陆罗八珍。
果擘洞庭橘，脍切天池鳞。
食饱心自若，酒酣气益振。
是岁江南旱，衢州人食人！

【注释】①轻肥：语出《论语·雍也》“乘肥马，衣轻裘”，代指达官贵人的奢华生活。②意气骄满路：行走时意气骄傲，好像把道路塞满了。③鞍马：指马匹和马鞍上华贵的金银饰物。④内臣：原指皇上身边的近臣，这里指宦官。⑤朱绂（fú）：古代礼服上的红色蔽膝。后多借指官服。⑥紫绶：紫色丝带。古代高级官员用作印组，或作服饰。⑦军：指左右神策军，皇帝的禁军之一。⑧樽罍（léi）溢九酝：樽罍指陈酒的器皿。九酝：美酒名。⑨水陆罗八珍：水产陆产的各种美食。⑩洞庭橘：洞庭山产的橘子。⑪脍切：将鱼肉切做菜。⑫心自若：心里自在很舒服。⑬衢州：唐代州名，今属浙江。

买花

帝城春欲暮，喧喧车马度。
共道牡丹时，相随买花去。
贵贱无常价，酬直看花数。
灼灼百朵红，戋戋五束素。
上张幄幕庇，旁织巴篱护。
水洒复泥封，移来色如故。
家家习为俗，人人迷不悟。
有一田舍翁，偶来买花处。
低头独长叹，此叹无人喻。
一丛深色花，十户中人赋！

【注释】①帝城：皇帝居住的城市，指长安。②喧喧：喧闹嘈杂的声音。③度：过。④无常价：没有一定的价钱。⑤酬直：指买花付钱。直：通“值”。⑥灼灼：色彩鲜艳的样子。⑦戋戋（jiān）：细小，微少的样子，一说“委积貌”，形容二十五匹帛堆积起来的庞大体积。⑧五束素：五捆白绢，形容白花的姿态。一说指花的价钱。⑨幄幕：篷帐帘幕。一作“帷幄”。⑩织：编。⑪巴：一作“笆”。⑫移来：从市上买来移栽。一作“迁来”。⑬习为俗：长期习惯成为风俗。⑭迷不悟：迷恋于赏花，不知道这是奢侈浪费的事情。⑮田舍翁：农夫。⑯喻：知道，了解。⑰深色花：指红牡丹。⑱中人：即中户，中等人家。唐代按户口征收赋税，分为上中下三等。

重赋

厚地植桑麻，所要济生民。
生民理布帛，所求活一身。
身外充征赋，上以奉君亲。
国家定两税，本意在爱人。
厥初防其淫，明敕内外臣：
税外加一物，皆以枉法论。
奈何岁月久，贪吏得因循。
浚我以求宠，敛索无冬春。
织绢未成匹，缫丝未盈斤。
里胥迫我纳，不许暂逡巡。
岁暮天地闭，阴风生破村。
夜深烟火尽，霰雪白纷纷。
幼者形不蔽，老者体无温。
悲喘与寒气，并入鼻中辛。
昨日输残税，因窥官库门。
缯帛如山积，丝絮如云屯。
号为羡余物，随月献至尊。
夺我身上暖，买尔眼前恩。
进入琼林库，岁久化为尘。

【注释】①厚地：与“高天”相对，大地的意思。②理布帛：将丝麻织成布帛。③身外：身外之物，指满足自身生活需要之外的布帛。④两税：即两税法，唐德宗时宰相杨炎所定。⑤厥初：其初。⑥防其淫：防止滥增税目。⑦枉法：违法，指违反两税法。⑧因循：沿袭，照旧不变的意思。⑨敛索：搜括。⑩无冬春：不分冬春。⑪缫丝：抽茧出丝。⑫逡巡：迟疑，延缓。⑬阴风：冷风。⑭霰：雪珠。⑮形不蔽：指衣不蔽体。⑯悲喘：悲伤地喘息。一作“悲啼”。⑰残税：余税，尚未交清的税。⑱絮：不能织帛的丝，可用以絮衣，俗称丝绵。⑲如：一作“似”。⑳羡余物：盈余的财务。这里指超额征收的赋税。㉑随月：即“月进”，每月进奉一次。一作“随日”。㉒琼林库：泛指皇帝积贮私财的内库。

夜雨

我有所念人，隔在远远乡。
我有所感事，结在深深肠。
乡远去不得，无日不瞻望。
肠深解不得，无夕不思量。
况此残灯夜，独宿在空堂。
秋天殊未晓，风雨正苍苍。
不学头陀法，前心安可忘。

【注释】①瞻望：往远处或高处看，敬仰并寄以希望。②无夕：日日夜夜。③残灯：不好的事。④夜：黑夜，代指前途的黑暗。⑤空堂：空屋。⑥晓：到来，来临。⑦正：此时。⑧苍苍：纷纷。⑨头陀：苦行僧。⑩安：怎么。

【点评】这首诗写得不错，但有点啰嗦，前八句就可以结束了。估计是家里的歌女用来传唱的，往复循环，韵味悠长，词的流行也在此吧。

※ 刘禹锡

插田歌

连州城下，俯接村墟。偶登郡楼，适有所感，遂书其事为俚歌，以俟采诗者。

冈头花草齐，燕子东西飞。
田塍望如线，白水光参差。
农妇白纻裙，农夫绿蓑衣。
齐唱田中歌，嘤伫如竹枝。
但闻怨响音，不辨俚语词。
时时一大笑，此必相嘲嗤。
水平苗漠漠，烟火生墟落。

黄犬往复还，赤鸡鸣且啄。
路旁谁家郎？乌帽衫袖长。
自言上计吏，年初离帝乡。
田夫语计吏：“君家侬定谙。
一来长安罢，眼大不相参。”
计吏笑致辞：“长安真大处。
省门高轲峨，侬入无度数。
昨来补卫士，唯用筒竹布。
君看二三年，我作官人去。”

【注释】①插田：插秧。②连州：地名，治所在今广东连县。③村墟：村落。墟：即虚，集市。柳宗元《柳州峒氓》：“青箬裹盐归峒客，绿荷包饭趁虚人。”岭南集市为“墟”，意即有人的时候拥挤不堪，无人的时候一片空虚。④郡楼：郡城城楼。⑤适：偶然，恰好。⑥俚歌：民间歌谣。⑦俟（sì）：等待。⑧采诗者：采集民谣的官吏。《汉书·艺文志》载：“古有采诗之官，王者所以观风俗，知得失，自（资）考证也。”谓有意仿照民谣，中含讽谕，希望能下情上达，引起皇帝注意。⑨田塍（chéng）：田埂。⑩参差：原指长短不齐的样子。这里形容稻田水光闪烁，明暗不定。⑪白纻（zhù）裙：白麻布做的裙子。纻：麻布。⑫蓑衣：用草或棕毛编织的雨衣。⑬田中歌：一作“郢中歌”。⑭嘤伫（yīng zhù）：细声细气，形容相和的声音。⑮如竹枝：像川东民歌《竹枝词》一样（句中句尾有和声）。⑯怨响音：哀怨的曲调。⑰不辨俚语词：听不懂歌词的内容。⑱嘲嗤：嘲讽、讥笑，开玩笑。⑲漠漠：广漠而沉寂。⑳郎：年轻小伙子。㉑乌帽：官帽，乌纱帽。东晋时为宫官所戴，至唐代普及为官帽。㉒上计吏：也叫上计、计吏，是封建社会地方政府派到中央办理上报州郡年终户口、垦田、收入等事务的小吏。㉓帝乡：帝王所在，即京都长安。㉔侬：我，方言。㉕谙：熟悉。㉖眼大：眼眶子高了，瞧不起人。㉗相参：相互交往。㉘省门：宫廷或官署的门。汉代称宫中为省中，宫门为省闼（tà）。唐代中央政府中有尚书、门下、中书、秘书、殿中、内侍六省，所以官署之门也称省门。㉙轲峨：高大的样子。㉚无度数：无数次。㉛昨来：近来，前些时候。㉜补卫士：填补了皇宫卫士的缺额。㉝筒竹布：筒中布和竹布。筒中布又名黄润，是蜀中所产的一种细布。竹布是岭南名产。左思《蜀都赋》“黄润比筒”。“比筒”就是每筒的意思。筒竹布即是一筒竹布。

酬乐天咏老见示

人谁不顾老，老去有谁怜。
身瘦带频减，发稀冠自偏。
废书缘惜眼，多炙为随年。
经事还谙事，阅人如阅川。
细思皆幸矣，下此便翛然。
莫道桑榆晚，为霞尚满天。

【注释】①乐天：白居易。②顾：念，指考虑。③怜：怜惜，爱惜。④带：腰带。⑤频减：多次缩紧。⑥冠：帽子。⑦废书：丢下书本，指不看书。⑧炙：艾炙，在穴位燃艾灼之。中医的一种治疗方法。⑨随年：适应身老体衰的需要，这里指延长寿命。⑩谙：熟悉。⑪阅人如阅川：意谓阅历人生如同积水成川一样。语出陆机《叹逝赋》："阅水以成川，水滔滔而日度；世阅人而为世，人冉冉而行暮。"阅：经历。⑫幸：幸运，引申为优点。⑬下此：指改变对衰老的忧虑心情。下：攻下，等于说"解决""领悟"。此：指"顾老"，对衰老的忧虑和担心。⑭翛（xiāo）然：自由自在，心情畅快的样子。⑮桑榆：日落时光照桑榆树端，因以指日暮。喻人至晚年。三国魏曹植《赠白马王彪》："年在桑榆间，影响不能追。"⑯霞：晚霞。

※ 柳宗元

南涧中题

秋气集南涧，独游亭午时。
回风一萧瑟，林影久参差。
始至若有得，稍深遂忘疲。
羁禽响幽谷，寒藻舞沦漪。
去国魂已远，怀人泪空垂。
孤生易为感，失路少所宜。
索寞竟何事，徘徊只自知。
谁为后来者，当与此心期。

【注释】①南涧：地处永州之南，即《石涧记》中所指的“石涧”。②亭午：正午，中午。李白《古风》：“大车飞扬尘，亭午暗阡陌。”③萧瑟：秋风吹拂树叶发出的声音。曹操《步出东门行》：“秋风萧瑟，洪波涌起。”④参差：亦作“篸”。古乐器名，相传舜所造。《楚辞·九歌·湘君》有“望夫君兮未来，吹参差兮谁思？”王逸注：“参差，洞箫也。”⑤羁：系住。《淮南子·泛论训》载：“乌鹊之巢可俯而探也，禽兽可羁而从也。”⑥远：一作“游”。⑦孤生：孤独的生涯。⑧索寞：枯寂没有生气，形容消沉的样子。⑨期：约会。《诗经·鄘风·桑中》载：“期我乎桑中。”

【点评】幽深孤峭之作。

韦道安

道安本儒士，颇擅弓剑名。
二十游太行，暮闻号哭声。
疾驱前致问，有叟垂华缨。
言我故刺史，失职还西京。
偶为群盗得，毫缕无余赢。
货财足非吝，二女皆娉婷。
苍黄见驱逐，谁识死与生。
便当此殒命，休复事晨征。
一闻激高义，眦裂肝胆横。
挂弓问所在，趫捷超峥嵘。
见盗寒涧阴，罗列方忿争。
一矢毙酋帅，余党号且惊。
麾令递束缚，纆索相拄撑。
彼姝久褫魄，刃下俟诛刑。
却立不亲授，谕以从父行。
捃收自担肩，转道趋前程。
夜发敲石火，山林如昼明。
父子更抱持，涕血纷交零。

顿首愿归货，纳女称舅甥。
道安奋衣去，义重利固轻。
师婚古所病，合姓非用兵。
朅来事儒术，十载所能逞。
慷慨张徐州，朱邸扬前旌。
投躯获所愿，前马出王城。
辕门立奇士，淮水秋风生。
君侯既即世，麾下相欹倾。
立孤抗王命，钟鼓四野鸣。
横溃非所壅，逆节非所婴。
举头自引刃，顾义谁顾形。
烈士不忘死，所死在忠贞。
咄嗟徇权子，翕习尤趋荣。
我歌非悼死，所悼时世情。

【注释】①道安：尝佐张建封于徐州，及军乱自杀。②儒士：读书人、学者。③华缨：彩色的冠缨。古代仕宦者的冠带。④西京：古都名。西汉都长安，东汉改都洛阳，因称洛阳为东京，长安为西京。⑤苍黄：天地。⑥趫（qiáo）捷：矫健敏捷。⑦褫（chǐ）魄：夺去魂魄。⑧捃（jùn）收：收集。⑨朱邸：汉诸侯王第宅，以朱红漆门，故称朱邸。后泛指贵官府第。⑩欹（qī）倾：歪斜，歪倒。⑪咄嗟：叹息。⑫翕习：威盛貌。

首春逢耕者

南楚春候早，余寒已滋荣。
土膏释原野，白蛰竞所营。
缀景未及郊，穑人先偶耕。
园林幽鸟啭，渚泽新泉清。
农事诚素务，羁囚阻平生。
故池想芜没，遗亩当榛荆。

慕隐既有系，图功遂无成。
聊从田父言，款曲陈此情。
眷然抚耒耜，回首烟云横。

【注释】①首春：诗人来到永州度过的第一个春天。②南楚：即诗人贬谪之地永州。③土膏：泥土的肥力。④蛰：蛰居，即动物冬眠，藏起来不食不动。⑤缀景：成片的景色。缀：装饰，点缀。⑥穑人：农民。⑦偶耕：两人并耕。⑧啭（zhuàn）：鸟婉转地叫。⑨渚：水中的小块陆地，小洲。⑩素务：高尚的事务。⑪羁囚：留在外地的囚犯。羁：羁留，停留。⑫故池：旧居的池塘。⑬芜：丛生的杂草。⑭遗亩：家乡旧日的田园。⑮榛荆：榛：一种落叶乔木。荆：一种落叶灌木。⑯隐：隐居生活。⑰聊：姑且。⑱款曲：衷情。⑲眷然：怀念的样子。⑳耒耜（lěi sì）：古代一种像犁的农具，木把叫“耒”，犁头叫“耜”。

田家三首·其一

蓐食徇所务，驱牛向东阡。
鸡鸣村巷白，夜色归暮田。
札札耒耜声，飞飞来乌鸢。
竭兹筋力事，持用穷岁年。
尽输助徭役，聊就空自眠。
子孙日已长，世世还复然。

【注释】①蓐（rù）食：早晨未起身，在床席上进餐。谓早餐时间很早。②徇：从事，尽全力去做。③所务：所从事的农务。④耒耜：耕地翻土的工具。这里泛指农具。⑤乌鸢：乌鸦和老鹰。这里泛指鸟类。⑥竭：尽。⑦兹：这个。⑧筋力事：指重体力劳动。⑨持用：拿来取用。⑩穷：过完，度过。

田家三首·其二

篱落隔烟火，农谈四邻夕。
庭际秋虫鸣，疏麻方寂历。
蚕丝尽输税，机杼空倚壁。

里胥夜经过，鸡黍事筵席。
各言官长峻，文字多督责。
东乡后租期，车毂陷泥泽。
公门少推恕，鞭朴恣狼藉。
努力慎经营，肌肤真可惜。
迎新在此岁，唯恐踵前迹。

【注释】①篱落：篱笆。②烟火：指人家。这两句是说，篱笆把一家家隔开，傍晚时左邻右舍聚在一起交谈。③庭际：院落边。④虫：一作“蛩”。⑤疏麻：麻名。屈原《九歌·大司命》载：“折疏麻兮瑶华。”王逸注：“疏麻，神麻也。”这里泛指一般的苎麻。⑥方：正。⑦寂历：寂静。⑧尽输税：全部拿去交了税。⑨机杼：指织布机。⑩空倚壁：空空的靠在墙边。⑪里胥：乡村小吏。⑫事：备办。⑬各言长官峻：指来的里胥是一批，他们各自都说官长严厉。峻：严厉。⑭文字：指文书。⑮督责：督促，责备。⑯后租期：延误了交税的期限。⑰毂：车轮中心贯轴的圆木，这里是指代车轮。车毂陷泥泽，是解释“后租期”乃因车轮陷进了泥潭里的缘故。⑱公门：官府。⑲少推恕：很少酌情宽恕。⑳鞭朴：鞭打。㉑恣：肆意，指肆意鞭打。㉒狼藉：纵横散乱的样子。这里形容被打得血肉模糊。㉓可惜：可怜。㉔迎新：迎接新谷登场。唐德宗时开始分秋夏两季征收赋税，规定夏税要在六月交毕，秋税要在十一月交毕。新谷登场也就是交秋税的时候到了。㉕此岁：这个时候。㉖踵前迹：指踏着前人的足迹。这两句是写农民听了里胥的话之后而产生的恐惧心理，是说就要缴纳秋赋了，农民们生怕跟东乡一样，遭到鞭打。

田家三首·其三

古道饶蒺藜，萦回古城曲。
蓼花被堤岸，陂水寒更绿。
是时收获竟，落日多樵牧。
风高榆柳疏，霜重梨枣熟。
行人迷去住，野鸟竞栖宿。
田翁笑相念，昏黑慎原陆。
今年幸少丰，无厌馇与粥。

【注释】①饶：盛多。②曲：角落。③蓼花：一年生草本植物，多生长在水边或湿地。④被：遮盖。⑤绿：一作“渌”，澄清。⑥行人：指诗人自己。⑦念：关心。⑧原陆：高而平的地面。⑨饘（zhān）：煮或吃（稠粥）。

掩役夫张进骸

生死悠悠尔，一气聚散之。
偶来纷喜怒，奄忽已复辞。
为役孰贱辱，为贵非神奇。
一朝纩息定，枯朽无妍蚩。
生平勤皂枥，锉秣不告疲。
既死给槥椟，葬之东山基。
奈何值崩湍，荡析临路垂。
髐然暴百骸，散乱不复支。
从者幸告余，眷之涓然悲。
猫虎获迎祭，犬马有盖帷。
伫立唁尔魂，岂复识此为？
畚锸载埋瘗，沟渎护其危。
我心得所安，不谓尔有知。
掩骼著春令，兹焉值其时。
及物非吾事，聊且顾尔私。

【注释】①役夫：旧时指供使唤的仆人。②骸：即人的尸骨。③悠悠：长久、遥远，还有悠闲之意。这里形容人的生死永别，表现了作者的自然主义生死观。④气：元气，指人体的本原。《论衡·言毒》载：“万物之生，皆禀元气。”元气聚而生，元气散而死。⑤奄忽：指时间非常快速。⑥辞：指辞世，即死亡。⑦纩息：就是用绵丝置于垂死者的鼻孔边，测试其是否绝气。纩（kuàng）：指绵絮。⑧妍蚩（chī）：相貌美丽与相貌丑陋。⑨皂枥：皂：差役，枥：马槽。⑩锉秣（cuò mò）：为牲口铡草料。⑪槥（huì）：粗陋的小棺材。椟：匣子。槥椟：即像匣子一样小的薄皮棺材。⑫崩湍：能冲垮山坡的激流。崩：山倒塌。湍：激流。⑬荡析临路垂：指坟墓被冲垮后，尸骨暴露在路旁。⑭髐（xiāo）：指骷髅。

髐然：白骨森森的样子。⑮眷：回头看。⑯涓：细小的水流，这里指作者的眼泪。⑰猫虎获迎祭：《礼记》载："古之君子，使之必报。迎猫，为其食田鼠也；迎虎，为其食田豕也；迎而祭之也。"⑱犬马有盖帷：《礼记》载："仲尼之畜狗死，使子贡埋之，曰：'吾闻之也，敝帷不弃，为埋马也；敝盖不弃，为埋狗也。'"⑲唁（yàn）：意为吊丧，安慰死者在天之灵。⑳畚（běn）：古代用蒲草编织的盛土工具，后改为竹编。㉑锸（chá）：即铁锹。㉒瘗（yì）：埋葬，此处作名词用，指埋葬品。㉓春令：即孟春之月。著春令：意为正值孟春之月的时候，合乎习俗。㉔及物：指对天下人民的关爱。㉕非吾事：一作"非吾辈"，意为像诗人这样无职无权的人是做不到的。

【点评】与王阳明在贵州倒霉日子里有篇文章《瘗旅文》相仿佛。

饮酒

今夕少愉乐，起坐开清尊。
举觞酹先酒，为我驱忧烦。
须臾心自殊，顿觉天地暄。
连山变幽晦，绿水函晏温。
蔼蔼南郭门，树木一何繁。
清阴可自庇，竟夕闻佳言。
尽醉无复辞，偃卧有芳荪。
彼哉晋楚富，此道未必存。

【注释】①清尊：亦作"清樽"，酒器，借指清酒。②晏温：天气晴暖。③蔼蔼：茂盛貌。④芳荪：香草名。

【点评】《饮酒》《读书》绝类渊明。

读书

幽沉谢世事，俛默窥唐虞。
上下观古今，起伏千万途。

遇欣或自笑，感戚亦以吁。
缥帙各舒散，前后互相逾。
瘴痾扰灵府，日与往昔殊。
临文乍了了，彻卷兀若无。
竟夕谁与言，但与竹素俱。
倦极便倒卧，熟寐乃一苏。
欠伸展肢体，吟咏心自愉。
得意适其适，非愿为世儒。
道尽即闭口，萧散捐囚拘。
巧者为我拙，智者为我愚。
书史足自悦，安用勤与劬。
贵尔六尺躯，勿为名所驱。

【注释】①俛默：低头不语。②唐虞：唐尧与虞舜的并称。亦指尧与舜的时代，古人以为太平盛世。③缥帙：淡青色的书衣。亦指书卷。④灵府：心。⑤竹素：犹竹帛。多指史册、书籍。⑥萧散：犹潇洒。形容举止、神情、风格等自然，不拘束，闲散舒适。⑦六尺：指成年男子之身躯。

雨后晓行独至愚溪北池

宿云散洲渚，晓日明村坞。
高树临清池，风惊夜来雨。
予心适无事，偶此成宾主。

【注释】①愚溪北池：在愚溪钴鉧潭北约六十步。池水清澈，冬夏不涸。池水沿沟流入愚溪。②宿云：昨夜就有的云。③洲渚：水中的小块陆地。《尔雅·释水》载："水中可居者曰洲，小洲曰渚。"这里指水边山地。④明：照明，形容词作动词用。⑤村坞：村庄，多指山村。坞：地势周围高而中央凹的地方。

晨诣超师院读禅经

汲井漱寒齿，清心拂尘服。
闲持贝叶书，步出东斋读。
真源了无取，妄迹世所逐。
遗言冀可冥，缮性何由熟。
道人庭宇静，苔色连深竹。
日出雾露余，青松如膏沐。
澹然离言说，悟悦心自足。

【注释】①诣：到，往。②超师院：指永州龙兴寺净土院。超师：指住持僧重巽。③禅经：佛教经典。④汲：从井里取水。⑤拂：抖动。⑥贝叶书：一作“贝页书”，又叫“贝书”。在贝多树叶上写的佛经，也作佛经之泛称。古印度人多用贝多罗树叶经水沤后代纸，用以写佛经，故名。⑦东斋：指净土院的东斋房。⑧真源：指佛理“真如”之源，即佛家的真意。⑨了：懂得，明白。⑩妄迹：迷信妄诞的事迹。⑪遗言：指佛经所言。⑫冀：希望。⑬冥：暗合。⑭缮性：修养本性。缮：修持。⑮熟：精通而有成。⑯道人：指僧人重巽。⑰膏：润发的油脂。⑱沐：湿润、润译。⑲澹然：亦写作“淡然”，恬静，宁静状。⑳悟悦：悟道的快乐。

※ 元稹

估客乐

估客无住著，有利身即行。
出门求火伴，入户辞父兄。
父兄相教示，求利莫求名。
求名有所避，求利无不营。
火伴相勒缚，卖假莫卖诚。
交关少交假，交假本生轻。
自兹相将去，誓死意不更。
一解市头语，便无乡里情。

鍮石打臂钏，糯米炊项瓔。
归来村中卖，敲作金玉声。
村中田舍娘，贵贱不敢争。
所费百钱本，已得十倍赢。
颜色转光净，饮食亦甘馨。
子本频蕃息，货赂日兼并。
求珠驾沧海，采玉上荆衡。
北买党项马，西擒吐蕃鹦。
炎洲布火浣，蜀地锦织成。
越婢脂肉滑，奚僮眉眼明。
通算衣食费，不计远近程。
经游天下遍，却到长安城。
城中东西市，闻客次第迎。
迎客兼说客，多财为势倾。
客心本明黠，闻语心已惊。
先问十常侍，次求百公卿。
侯家与主第，点缀无不精。
归来始安坐，富与王者勍。
市卒酒肉臭，县胥家舍成。
岂惟绝言语，奔走极使令。
大儿贩材木，巧识梁栋形。
小儿贩盐卤，不入州县征。
一身偃市利，突若截海鲸。
钩距不敢下，下则牙齿横。
生为估客乐，判尔乐一生。
尔又生两子，钱刀何岁平？

【注释】①估客乐：乐府西曲歌名。南朝齐武帝始作此歌，后世多有仿作，又名《贾客乐》。内容为描写商人谋利与享乐的情景。②火伴：北魏时，军中以十人为火，共灶炊食，故称同火者为火伴。后泛指同伴。③臂钏：手镯。④蕃息：滋生，繁衍。⑤党项：古族名。西羌的一支。南北朝时，分布在今青海、甘肃、四川边缘地带，从事畜牧。唐时迁居今甘肃、宁夏、陕北一带。北宋时其族人李元昊称帝，建立以党项族为主的地方政权，史称西夏。⑥炎洲：神话中的南海炎热岛屿。⑦奚僮：未成年的男仆。⑧明黠：聪明而狡黠。⑨十常侍：东汉灵帝时宦官张让、赵忠等十二人，都任中常侍，故称。十：取其成数。⑩公卿：三公九卿的简称。⑪钩距：亦作“钩拒”。古代的一种兵器。⑫钱刀：钱币，金钱。刀：古代一种刀形钱币。

【点评】奇诗！

※ 王建

思远人

妾思常悬悬，君行复绵绵。
征途向何处，碧海与青天。
岁久自有念，谁令长在边。
少年若不归，兰室如黄泉。

【注释】①悬悬：表示惦念貌。②绵绵：安静貌。③兰室：芳香高雅的居室。多指妇女的居室。《文选·张华》：“佳人处遐远，兰室无容光。”李善注：“古诗曰，卢家兰室桂为梁。”

※ 姚合

庄居野行

客行野田间，比屋皆闭户。
借问屋中人，尽去作商贾。
官家不税商，税农服作苦。

居人尽东西，道路侵垅亩。
采玉上山颠，探珠入水府。
边兵索衣食，此物同泥土。
古来一人耕，三人食犹饥。
如今千万家，无一把锄犁。
我仓常空虚，我田生蒺藜。
上天不雨粟，何由活烝黎？

【注释】①比屋：一作“比邻”，相连接的许多人家。②借问：请问。③税商：征税于商人。“税”用作动词。④侵垅亩：一作“侵垄亩”，侵占了庄稼地。⑤山颠：一作“山巅”。⑥水府：神话传说中龙王的住处，这里指水的深处。⑦此物：指上文的珠宝玉器。⑧把：持，拿。⑨蒺藜：长有细刺的野生草本植物。⑩雨粟：落下粟米。“雨”用作动词，落下。⑪烝黎：百姓。

※ 李贺

长歌续短歌

长歌破衣襟，短歌断白发。
秦王不可见，旦夕成内热。
渴饮壶中酒，饥拔陇头粟。
凄凉四月阑，千里一时绿。
夜峰何离离，明月落石底。
裴回沿石寻，照出高峰外。
不得与之游，歌成鬓先改。

【注释】①长歌续短歌：从古乐府《长歌行》《短歌行》化出。②“长歌”二句：互文的修辞手法，长歌短歌，唱破衣襟，吟断白发。③秦王：指唐宪宗。宪宗当时在秦地，所以称为秦王。④旦夕：日日夜夜。⑤内热：内心急躁而炽热。⑥陇头：田间地头。此二句谓极度思念（君王）。⑦“凄凉”二句：因为困顿潦倒，看到初夏万物茂盛，更加自感凄凉。⑧离离：重叠、罗列的样子。⑨明月：比喻唐宪宗。

这两句的意思为夜峰罗列，月光照耀在落石下，不及他处。比喻君恩被群小阻隔。⑩裴回：即“徘徊”，彷徨不进貌。⑪之：代词，指唐宪宗。⑫鬓先改：鬓发已经变白。

【**点评**】酒后诗歌，还是喝高的那种。有李白风味。

※ 许浑

洛阳道中

洛阳多旧迹，一日几堪愁。
风起林花晚，月明陵树秋。
兴亡不可问，自古水东流。

【**注释**】①陵：一作“宫”。

※ 杜牧

题宣州开元寺

南朝谢朓城，东吴最深处。
亡国去如鸿，遗寺藏烟坞。
楼飞九十尺，廊环四百柱。
高高下下中，风绕松桂树。
青苔照朱阁，白鸟两相语。
溪声入僧梦，月色晖粉堵。
阅景无旦夕，凭阑有今古。
留我酒一樽，前山看春雨。

【**注释**】①开元寺：原名永乐寺，建于东晋时代，是名胜之一。原诗下有诗人自注：“寺置于东晋时。”②南朝：东晋以后，建都金陵的宋、齐、梁、陈四个朝代的通称。③谢朓楼：南朝齐的诗人谢朓任宣城太守时，在宣城外陵阳山上所建的一座楼，人称谢朓楼，也称北楼。④东吴：三国时期的吴因地处江东，故称江南一带为东吴。⑤亡国：指东晋与南朝相继灭亡。⑥坞：四面高而中间凹下的地方。⑦溪声：宛溪水流声。宛溪即宣州东溪，源出东南峄山，流绕城东，开元寺即在该溪边。⑧粉堵：粉墙。

※ 李群玉

伤思

八月白露浓，芙蓉抱香死。
红枯金粉堕，寥落寒塘水。
西风团叶下，叠縠参差起。
不见棹歌人，空垂绿房子。

【**注释**】①白露：秋天的露水。②芙蓉：荷花的别名。③叠縠：层迭的轻纱。縠（hú）：有皱纹的纱。④棹歌：行船时所唱之歌。⑤绿房子：莲房。

※ 李商隐

无题

八岁偷照镜，长眉已能画。
十岁去踏青，芙蓉作裙衩。
十二学弹筝，银甲不曾卸。
十四藏六亲，悬知犹未嫁。
十五泣春风，背面秋千下。

【**注释**】①偷：指羞涩，怕人看见。②长眉：古以纤长之眉为美，《古今注》："魏宫人好画长眉。"③踏青：《月令粹编》引《秦中岁时记》载："上巳赐宴曲江，都人士于江头禊饮，践踏青草，谓之踏青履。"④芙蓉：荷花。《离骚》载："集芙蓉以为裳。”⑤裙衩：下端开口的衣裙。⑥筝：乐器，十三弦。⑦银甲：银制假指甲，弹筝用具。⑧六亲：本指最亲密的亲属，这里指男性亲属。⑨悬知：猜想。⑩泣春风：在春风中哭泣。⑪背面：背着人。

【**点评**】起句类《孔雀东南飞》，最后两句忽然一转，境界大变，转得好，接得好。

房中曲

蔷薇泣幽素，翠带花钱小。
娇郎痴若云，抱日西帘晓。
枕是龙宫石，割得秋波色。
玉簟失柔肤，但见蒙罗碧。
忆得前年春，未语含悲辛。
归来已不见，锦瑟长于人。
今日涧底松，明日山头檗。
愁到天池翻，相看不相识。

【**注释**】①房中曲：乐府曲名。《旧唐书·音乐志》载：“平调、清调、瑟调，皆周房中曲之遗声也。”②蔷薇：落叶灌木，亦指这种植物的花。③幽素：幽寂，寂静。④翠带：指蔷薇的绿色枝蔓。⑤花钱：花冠细如钱状。⑥娇郎：诗人自指。⑦龙宫石：这里把妻子用过的枕头比作龙宫宝石，以示遗物之可珍。龙宫：传说中龙王的宫殿。在大海之底，为龙王神力所化。⑧秋波：秋水之波，比喻美女的眼睛或眼神。⑨玉簟（diàn）：竹席的美称。韦应物《马明生遇神女歌》：“石壁千寻启双检，中有玉床铺玉簟。”⑩柔肤：指王氏的玉体。⑪蒙罗碧：罩着碧绿的罗衾。⑫锦瑟：漆有织锦纹的瑟。杜甫《曲江对雨》：“何时诏此金钱会，暂醉佳人锦瑟傍。”仇兆鳌注引《周礼乐器图》：“饰以宝玉者曰宝瑟，绘文如锦者曰锦瑟。”⑬涧底松：涧谷底部的松树。多喻德才高而官位卑的人。晋左思《咏史》诗之二：“郁郁涧底松，离离山上苗。以彼径寸茎，荫此百尺条。世胄蹑高位，英俊沉下僚。地势使之然，由来非一朝。”⑭檗（bò）：即黄蘖，一种落叶乔木，树皮可入药，味苦。常以喻人的心苦。⑮天池：一作“天地”。天地翻：指巨大的变故。

骄儿诗

衮师我骄儿，美秀乃无匹。
文葆未周晬，固已知六七。
四岁知姓名，眼不视梨栗。
交朋颇窥观，谓是丹穴物。
前朝尚器貌，流品方第一。
不然神仙姿，不尔燕鹤骨。
安得此相谓，欲慰衰朽质。
青春妍和月，朋戏浑甥侄。
绕堂复穿林，沸若金鼎溢。
门有长者来，造次请先出。
客前问所须，含意下吐实。
归来学客面，闹败秉爷笏。
或谑张飞胡，或笑邓艾吃。
豪鹰毛崱屴，猛马气佶傈。
截得青筼筜，骑走恣唐突。
忽复学参军，按声唤苍鹘。
又复纱灯旁，稽首礼夜佛。
仰鞭罥蛛网，俯首饮花蜜。
欲争蛱蝶轻，未谢柳絮疾。
阶前逢阿姊，六甲颇输失。
凝走弄香奁，拔脱金屈戌。
抱持多反侧，威怒不可律。
曲躬牵窗网，峪唾拭琴漆。
有时看临书，挺立不动膝。
古锦请裁衣，玉轴亦欲乞。
请爷书春胜，春胜宜春日。
芭蕉斜卷笺，辛夷低过笔。
爷昔好读书，恳苦自著述。

憔悴欲四十，无肉畏蚤虱。
儿慎勿学爷，读书求甲乙。
穰苴司马法，张良黄石术。
便为帝王师，不假更纤悉。
况今西与北，羌戎正狂悖。
诛赦两未成，将养如痼疾。
儿当速长大，探雏入虎窟。
当为万户侯，勿守一经帙！

【注释】①衮（gǔn）师：作者儿子的名字，大约生于会昌六年（846），此时约四岁。②骄儿：宠爱的男孩。③无匹：无比。④文葆：包裹婴儿的绣花小被。葆：同“褓”。⑤周晬（zuì）：周岁。⑥知六七：知道六七的数目。⑦眼不视梨栗：不热心于食物。这里反用陶潜《责子》“雍端年十三，不识六与七。通子垂九龄，但觅梨与栗”之意。⑧窥观：从旁暗自观察。⑨丹穴物：指凤凰。《山海经》载，丹穴山上有凤凰。这里比喻衮师。⑩前朝：指魏晋南北朝。⑪方：比。此言魏晋南北朝人很看重仪表风度。如果衮师生在当时，定会评比为第一流。⑫不然、不尔：类似“要么是……要么是……”⑬燕鹤骨：贵人相。以上六句是客人们的赞美话。以下两句自谦。⑭妍和月：温暖的季节。⑮浑甥侄：辈份乱了。⑯造次：匆忙间不顾礼节。⑰问所须：问他想要什么。⑱“归来”四句：送客后，衮师冲进门来，拿起父亲的笏板，模仿客人的面相。不是嘲笑客人长得像张飞那样黑，就是打趣客人像邓艾一样口吃。⑲崱屴（zè lì）：高耸。⑳佶傈：健壮。㉑筼筜（yún dāng）：竹子。这四句写他有时学雄鹰，有时学骏马，有时折根竹子当马骑。㉒唐突：横冲直撞。㉓参军、苍鹘：唐代参军戏中的主角和配角。㉔稽首：叩拜。㉕罥（juàn）：挂。㉖争：比。㉗谢：让。㉘六甲：一种棋类游戏。这两句说他缠着姐姐玩六甲，但总输。㉙凝走：硬是跑过去。㉚金屈戌：梳妆匣上的铜扣环。㉛“抱持”四句：别人抱他离开，他挣扎反抗。大人发火他也不怕。用力拉住窗子，用唾沫去擦琴上的漆。㉜临书：临摹书法。商隐能书法，字体似《黄庭经》。㉝“古锦”二句：写他喜欢书卷。见到古锦就请求允许他裁剪书衣，看到卷书用的玉轴也要索讨。㉞爷：父亲。此对着儿子自称。㉟春胜：古时在立春这一天，士大夫家里剪彩绸作成小幡，上写“宜春”二字，挂在花枝上，叫作春胜。㊱“芭蕉”二句：斜卷着的笺纸像未展开的芭蕉叶，低低递过来的笔像未开放的辛夷花。辛夷：又名木笔，含苞未放时形似毛笔头。以上八句写衮师喜欢文字书籍。㊲甲乙：唐朝科举制度，录取进士分为甲、乙两第，明经科则分甲乙丙丁四等。㊳穰苴（ráng jū）司马法：穰苴是春秋时齐国的名将，喜欢研究兵法。因他曾任大司马，通称为司马穰苴。齐威王命人整理古代司马兵法，把穰苴兵法也附在其中，称为司马穰苴兵法，简称司马法（《史记·司马穰苴列传》）。㊴张良黄石：《史记·留侯世家》载，张良年轻时曾在下邳桥上遇到一位老人，即黄石公，送他一部《太公兵法》，对他说："你读了这部书，便可以做帝王之师了。"㊵假：依靠，凭借。㊶纤悉：细微，这里指繁琐的儒家经书及其注释。㊷羌戎：指党项、回纥及吐蕃贵族。这四句说西北异族作乱，征讨或安抚都无效果，就像人生了病，久难治愈。㊸雏：此指小老虎。这句暗用汉代名将班超"不入虎穴，焉得虎子"之意，希望衮师长大为国安边。㊹一经帙：经即儒家的经典。帙：书衣。

【点评】"或谑张飞胡，或笑邓艾吃"，唐时已有三国戏剧流传。

※ 皮日休

橡媪叹

秋深橡子熟，散落榛芜冈。
伛偻黄发媪，拾之践晨霜。
移时始盈掬，尽日方满筐。
几曝复几蒸，用作三冬粮。
山前有熟稻，紫穗袭人香。
细获又精舂，粒粒如玉珰。
持之纳于官，私室无仓箱。
如何一石余，只作五斗量！
狡吏不畏刑，贪官不避赃。
农时作私债，农毕归官仓。
自冬及于春，橡实诳饥肠。
吾闻田成子，诈仁犹自王。
吁嗟逢橡媪，不觉泪沾裳。

【注释】①橡媪：拾橡子的老妇人。②橡子：橡树（又名栎树）的果实，苦涩难食。③榛芜冈：草木丛杂的山冈。④伛偻（yǔ lǚ）：驼背弯腰的样子。⑤黄发：指年老。⑥盈掬（jū）：满一捧。掬：一捧。⑦尽日：一整天。⑧曝（pù）：晒。⑨三冬：冬季的三个月。⑩袭人香：指稻香扑鼻。⑪细获：仔细地收割、拣选。⑫精舂（chōng）：精心地用杵臼捣去谷粒的皮壳。⑬玉珰：玉制的耳坠。这里用以比米粒的晶莹洁白。⑭持之：拿它。之：指米。⑮纳于官：交纳给官府。⑯私室：指农民自己家里。⑰无仓箱：犹言颗粒不存。仓箱：装米的器具。⑱石（dàn）：容量单位，十斗为一石。⑲不避赃：犹言公然贪赃。⑳农时：春耕播种时节。㉑作私债：指贪官狡吏把官仓的粮食放私债进行盘剥。㉒诳饥肠：哄哄饥肠辘辘的肚子。诳：哄骗。㉓田成子：即春秋时齐国宰相田常，他为了收买人心，曾以大斗贷出粮食，以小斗收进，故民众歌颂他。后来他的子孙取得了齐国的王位。㉔诈仁：假仁。㉕吁嗟（xū jiē）：感叹声。

【点评】“吾闻田成子，诈仁犹自王。”何王不诈？

※ 于濆

里中女

吾闻池中鱼，不识海水深。
吾闻桑下女，不识华堂阴。
贫窗苦机杼，富家鸣杵砧。
天与双明眸，只教识蒿簪。
徒惜越娃貌，亦蕴韩娥音。
珠玉不到眼，遂无奢侈心。
岂知赵飞燕，满髻钗黄金。

【注释】①里中女：穷乡僻壤的女子。里：野里。②杵砧（zhēn）：捣衣的槌棒与垫石。③蒿簪：野蒿制成的簪子。④越娃：指西施。⑤赵飞燕：汉成帝的皇后和汉哀帝时的皇太后。⑥钗：作动词用。

【点评】起句别有情调。

※ 司马扎

道中早发

野店鸡一声，萧萧客车动。
西峰带晓月，十里犹相送。
繁弦满长道，羸马四蹄重。
遥羡青楼人，锦衾方远梦。
功名不我与，孤剑何所用。
行役难自休，家山忆秋洞。

【注释】①野店：指乡村旅舍。②长道：大道。③家山：故乡。

古边卒思归

有田不得耕，身卧辽阳城。
梦中稻花香，觉后战血腥。
汉武在深殿，唯思廓寰瀛。
中原半烽火，比屋皆点行。
边土无膏腴，闲地何必争。
徒令执耒者，刀下死纵横。

【注释】①边卒：戍边的士卒。②辽阳：一指辽宁省辽阳县，一指辽宁省大凌河或大凌河以东的地方，这里泛指边疆地区。③觉：睡醒。④汉武：汉武帝，此指唐朝皇帝。⑤廓：广阔。作动词用，扩大。⑥寰瀛（huán yíng）：广阔的地域，海内。寰：寰宇，整个大地。瀛：大海。⑦半烽火：大半地区有战火。⑧比屋：家家户户。⑨点行：应征当兵出征。⑩膏腴：肥沃的土地。⑪闲地：指荒废的土地。⑫徒令：白白地驱使。⑬执耒者：指农民。耒：农具耜的柄。⑭死纵横：尸横遍野，伤亡惨重。

※ 刘驾

秋夕

促织灯下吟，灯光冷于水。
乡魂坐中去，倚壁身如死。
求名为骨肉，骨肉万余里。
富贵在何时，离别今如此。
出门长叹息，月白西风起。

【注释】①促织：蟋蟀的别名。

※ 聂夷中

咏田家

二月卖新丝，五月粜新谷。
医得眼前疮，剜却心头肉。
我愿君王心，化作光明烛。
不照绮罗筵，只照逃亡屋。

【注释】①粜（tiào）：出卖谷物。②眼前疮（chuāng）：指眼前的困难，眼前的痛苦。③剜却：挖掉，用刀挖除。④心头肉：身体的关键部位，这里喻指赖以生存的劳动果实。⑤绮罗：贵重的丝织品。这里指穿绫罗绸缎的人。⑥筵：宴席。⑦逃亡屋：贫苦农民无法生活，逃亡在外留下的空屋。

※ 张琰

春词

垂柳鸣黄鹂，关关若求友。
春情不可耐，愁杀闺中妇。

日暮登高楼，谁怜小垂手。

【注释】①关关：鸟类雌雄相和的鸣声，后亦泛指鸟鸣声。《诗·周南·关雎》有“关关雎鸠，在河之洲”句。

【点评】张琰有断句“年年人自老，日日水东流”，不错。

※ 张孜

雪诗

长安大雪天，鸟雀难相觅。
其中豪贵家，捣椒泥四壁。
到处爇红炉，周回下罗幂。
暖手调金丝，蘸甲斟琼液。
醉唱玉尘飞，困融香汗滴。
岂知饥寒人，手脚生皴劈。

【注释】①难相觅：指鸟雀互相难以寻觅。②椒：植物名，其籽实有香味，封建社会，富贵人家常以椒末和泥涂抹墙壁，取其温暖芳香。泥：动词，以泥涂抹。③爇（ruò）：烧。④幂：幂本作“巾”字解，这里与“幕”字相同，诗人可能是为了押韵而用了“幂”字。⑤金丝：泛指乐器。丝：丝弦。金：形容丝弦的贵重。⑥蘸甲：古人饮宴，酒要斟满，举杯喝酒时，指甲能沾到酒，这里的“蘸甲”指斟满酒。⑦醉唱玉尘飞：室内饮宴欲舞，室外大雪飞扬，一说席上歌者吟唱大雪纷飞的景象，亦通。玉尘：指雪。⑧困融：愧倦，懒散。⑨香汗滴：指歌者舞者滴洒香汗。⑩皴（cūn）：皮肤因受冻而开裂。

【点评】记得张恨水有一篇写北平的散文，说窗外大雪纷飞，路有冻馁，窗内火锅鼎沸，暖气相融。类此。

七言古诗

※ 卢照邻

长安古意

长安大道连狭斜，青牛白马七香车。
玉辇纵横过主第，金鞭络绎向侯家。
龙衔宝盖承朝日，凤吐流苏带晚霞。
百尺游丝争绕树，一群娇鸟共啼花。
游蜂戏蝶千门侧，碧树银台万种色。
复道交窗作合欢，双阙连甍垂凤翼。
梁家画阁中天起，汉帝金茎云外直。
楼前相望不相知，陌上相逢讵相识？
借问吹箫向紫烟，曾经学舞度芳年。
得成比目何辞死，愿作鸳鸯不羡仙。
比目鸳鸯真可羡，双去双来君不见？
生憎帐额绣孤鸾，好取门帘帖双燕。
双燕双飞绕画梁，罗帷翠被郁金香。
片片行云着蝉鬓，纤纤初月上鸦黄。
鸦黄粉白车中出，含娇含态情非一。
妖童宝马铁连钱，娼妇盘龙金屈膝。
御史府中乌夜啼，廷尉门前雀欲栖。
隐隐朱城临玉道，遥遥翠幰没金堤。
挟弹飞鹰杜陵北，探丸借客渭桥西。
俱邀侠客芙蓉剑，共宿娼家桃李蹊。
娼家日暮紫罗裙，清歌一啭口氛氲。
北堂夜夜人如月，南陌朝朝骑似云。
南陌北堂连北里，五剧三条控三市。

弱柳青槐拂地垂，佳气红尘暗天起。
汉代金吾千骑来，翡翠屠苏鹦鹉杯。
罗襦宝带为君解，燕歌赵舞为君开。
别有豪华称将相，转日回天不相让。
意气由来排灌夫，专权判不容萧相。
专权意气本豪雄，青虬紫燕坐春风。
自言歌舞长千载，自谓骄奢凌五公。
节物风光不相待，桑田碧海须臾改。
昔时金阶白玉堂，即今惟见青松在。
寂寂寥寥扬子居，年年岁岁一床书。
独有南山桂花发，飞来飞去袭人裾。

【注释】①古意：六朝以来诗歌中常见的标题，表示这是拟古之作。②狭斜：指小巷。③七香车：用多种香木制成的华美小车。④玉辇：本指皇帝所乘的车，这里泛指一般豪门贵族的车。⑤主第：泛称贵族之家。⑥络绎：往来不绝，前后相接。⑦侯家：封建王侯之家。⑧龙衔宝盖：车上张着华美的伞状车盖，支柱上端雕作龙形，如衔车盖于口。宝盖：即华盖。古时车上张有圆形伞盖，用以遮阳避雨。⑨凤吐流苏：车盖上的立凤嘴端挂着流苏。流苏：以五彩羽毛或丝线制成的穗子。⑩游丝：春天虫类所吐的飘扬于空中的丝。⑪千门：指宫门。⑫复道：又称阁道，宫苑中用木材架设在空中的通道。⑬交窗：有花格图案的木窗。⑭合欢：马缨花，又称夜合花。这里指复道、交窗上的合欢花形图案。⑮阙：宫门前的望楼。⑯甍（méng）：屋脊。⑰垂凤翼：双阙上饰有金凤，作垂翅状。《太平御览》卷一七九引《阙中记》载："建章宫圆阙临北道，凤在上，故号曰凤阙也。"⑱梁家：指东汉外戚梁冀家。梁冀为汉顺帝梁皇后兄，以豪奢著名，曾在洛阳大兴土木，建造第宅。⑲金茎：铜柱。汉武帝刘彻于建章宫内立铜柱，高二十丈，上置铜盘，名仙人掌，以承露水。⑳"楼前"二句：写士女如云，难以辨识。讵：同"岂"。㉑吹箫：用春秋时萧史吹箫故事。《列仙传》载，萧史善吹箫，秦穆公以女弄玉妻之，一旦，皆随凤凰飞去。㉒向紫烟：指飞入天空。紫烟：指云气。㉓比目：鱼名。《尔雅·释地》载："东方有比目鱼焉，不比不行，其名谓之鲽。"故古人用比目鱼、鸳鸯鸟比喻男女相伴相爱。㉔生憎：最恨。㉕帐额：帐子前的横幅。㉖孤鸾：象征独居。鸾：传说中凤凰一类的神鸟。㉗好取：愿将。㉘双燕：象征自由幸福的爱情。㉙翠被：翡翠颜色的被子，或指以翡翠鸟羽毛为饰的被子。㉚郁金香：这里指一种名贵的香料，传说产自大秦国（中国古代对罗马帝国的称呼）。这里是指罗帐和被子都用郁金香熏过。㉛行云：形容发型蓬松美丽。㉜蝉鬟：古代妇女的一种发式，类似蝉翼的式样。㉝初月上鸦黄：额上用黄色涂成弯弯的月牙形，是当时女性面部化妆的一种样式。鸦黄：嫩黄色。㉞妖童：泛指浮华轻薄子弟。㉟铁连钱：指马的毛色青而斑驳，有连环的钱状花纹。㊱娼妇：这里指上文所说的"鸦黄粉白"的豪贵之家的歌儿舞女。㊲盘龙：钗名。崔豹《古今注》载："蟠龙钗，梁冀妻所制。"此指金屈膝上的雕纹。㊳屈膝：铰链。用于屏风、窗、门、橱柜等物，这里是指车门上的铰链。㊴"御史"二句：写权贵骄纵恣肆，御史、廷尉都无权约束他们。御史：官名，司弹劾。乌夜啼：与下句"雀欲栖"均暗示执法官门庭冷落。廷尉：官名，掌刑法。㊵朱城：宫城。㊶玉道：指修筑得讲究漂亮的道路。㊷翠幰：妇女车上镶有翡翠的帷幕。㊸金堤：坚固的河堤。㊹挟弹飞鹰：指打猎的场面。㊺杜陵：在长安东南，汉宣帝陵墓所在地。㊻探丸借客：指行侠杀吏、助人报仇等蔑视法律的行为。《汉书·尹赏传》载："长安闾里少年，群辈杀吏，受赇报仇，相与探丸为弹，得赤丸者斫武吏，黑丸者斫文吏，白者主治丧。"《汉书·朱云传》有"借客报仇"。借客：指助人。㊼渭桥：在长安西北，秦始皇时所建，横跨渭水，故名。㊽芙蓉剑：古剑名，春秋时越国所铸。这里泛指宝剑。㊾娼家：妓女。㊿桃李蹊：指娼家的住处。语出《史记·李将军列传》："桃李不言，下自成蹊。"此借用，一则桃李可喻美色，二则暗示这里是吸引游客纷至沓来的地方。蹊：小径。(51)啭：婉转地歌唱。(52)氛氲：香气浓郁。(53)北堂：指娼家。(54)人如月：形容妓女的美貌。(55)南陌：指妓院门外。(56)骑似云：形容骑马的来客云集。(57)北里：即唐代长安平康里，是妓女聚居之处，因在城北，故称北里。(58)"五剧"句：长安街道纵横交错，四通八达，与市场相连接。五剧：交错的路。三条：通达的道路。控：引，连接。三市：许多市场。其中数字均非实指。(59)佳气红尘：指车马杂沓的热闹景象。(60)金吾：即执金吾，汉代禁卫军官衔。唐代设左、右金吾卫，有金吾大将军。此泛指禁军军官。(61)"翡翠"句：写禁军军官在娼家饮酒。翡翠本为碧绿透明的美玉，这里形容美酒的颜色。屠苏：美酒名。鹦鹉杯：即海螺盏，用南洋出产的一种状如鹦鹉的海螺加工制成的酒杯。(62)罗襦：丝绸短衣。(63)燕赵歌舞：战国时燕、赵二国以"多佳人"著称，歌舞最盛。此借指美妙的歌舞。(64)转日回天：极言权势之大，可以左右皇帝的意志。"天"喻皇帝。(65)灌夫：字仲孺，汉武帝时期的一位将军，勇猛任侠，好使酒骂座，交结魏其侯窦婴，与丞相武安侯田蚡不和，终被田蚡陷害，诛族。见《史记·魏其武安侯列传》。(66)萧相：指萧望之，字长倩，汉宣帝朝为御史大夫、太子太傅。汉元帝即位，辅政，官至前将军，他曾自谓“备位将相”。后被排挤，饮鸩自尽。㊼青虬紫燕：均指好马。屈原《九章·涉江》：“驾青虬兮骖白螭。”虬：本指无角龙，这里借指良马。紫燕：骏马名。㊽坐春风：在春风中骑马飞驰，极其得意。㊾凌：超过。㊿五公：张汤、杜周、萧望之、冯奉世、史丹，皆汉代权贵。(71)节物风光：指节令、时序。(72)桑田碧海：即沧海桑田。喻指世事变化很大。《神仙传》卷五，麻姑对王方平说：“已见东海三为桑田。”(73)金阶白玉堂：形容豪华宅第。古乐府《相逢行》载：“黄金为君门，白玉为君堂。”(74)扬子：汉代扬雄，字子云，在长安时仕宦不得意，曾闭门著《太玄》《法言》。见左思《咏史》：“寂寂扬子宅，门无卿相与。寥寥空宇中，所讲在玄虚。”(75)一床书：指以诗书自娱的隐居生活。南北朝庾信《寒园即目》：“隐士一床书。”(76)裾：衣襟。

【点评】 “得成比目何辞死，愿作鸳鸯不羡仙。”卢照邻与骆宾王PK，终以0.01分胜出的得意之句。

※ 李峤

汾阴行

君不见昔日西京全盛时，汾阴后土亲祭祀。
斋宫宿寝设储供，撞钟鸣鼓树羽旂。
汉家五叶才且雄，宾延万灵朝九戎。
柏梁赋诗高宴罢，诏书法驾幸河东。
河东太守亲扫除，奉迎至尊导鸾舆。
五营夹道列容卫，三河纵观空里闾。
回旌驻跸降灵场，焚香奠醑邀百祥。
金鼎发色正焜煌，灵祇炜烨摅景光。
埋玉陈牲礼神毕，举麾上马乘舆出。
彼汾之曲嘉可游，木兰为楫桂为舟。
棹歌微吟彩鹢浮，箫鼓哀鸣白云秋。
欢娱宴洽赐群后，家家复除户牛酒。
声明动天乐无有，千秋万岁南山寿。

自从天子向秦关，玉辇金车不复还。
珠帘羽扇长寂寞，鼎湖龙髯安可攀。
千龄人事一朝空，四海为家此路穷。
豪雄意气今何在，坛场宫馆尽蒿蓬。
路逢故老长叹息，世事回环不可测。
昔时青楼对歌舞，今日黄埃聚荆棘。
山川满目泪沾衣，富贵荣华能几时？
不见只今汾水上，唯有年年秋雁飞。

【注释】①汾阴：地名。在今山西省万荣县境内。因在汾水之南而名。②五叶：五代，五世。③九戎：九夷，古代称东方的九种民族。④法驾：天子车驾的一种。天子的卤簿分大驾、法驾、小驾三种，其仪卫之繁简各有不同。⑤五营：指屯骑、越骑、步兵、长水、射声五校尉所领部队。⑥三河：汉代以河内、河东、河南三郡为三河，即今河南省洛阳市黄河南北一带。⑦驻跸（bì）：帝王出行，途中停留暂住。⑧焜煌（kūn huáng）：明亮，辉煌。⑨灵祇（qí）：天地之神。亦泛指神明。⑩炜烨：亦作"炜晔"。美盛貌。《文选·张协〈七命〉》载："斯人神之所歆羡，观听之所炜烨也。"郭璞注："炜晔，盛貌。"⑪埋玉：祭神的一种仪式。⑫南山寿：典出《诗·小雅·天保》："如南山之寿，不骞不崩。"孔颖达疏："天定其基业长久，且又坚固，如南山之寿。"后用为人祝寿之词。⑬鼎湖：地名。古代传说黄帝在鼎湖乘龙升天。顾况《相和歌辞·短歌行》："轩辕皇帝初得仙，鼎湖一去三千年。"

【点评】末四句令晚年唐玄宗泪奔。

※ 张若虚

春江花月夜

春江潮水连海平，海上明月共潮生。
滟滟随波千万里，何处春江无月明！
江流宛转绕芳甸，月照花林皆似霰。

空里流霜不觉飞，汀上白沙看不见。
江天一色无纤尘，皎皎空中孤月轮。
江畔何人初见月？江月何年初照人？
人生代代无穷已，江月年年望相似。
不知江月待何人，但见长江送流水。
白云一片去悠悠，青枫浦上不胜愁。
谁家今夜扁舟子？何处相思明月楼？
可怜楼上月徘徊，应照离人妆镜台。
玉户帘中卷不去，捣衣砧上拂还来。
此时相望不相闻，愿逐月华流照君。
鸿雁长飞光不度，鱼龙潜跃水成文。
昨夜闲潭梦落花，可怜春半不还家。
江水流春去欲尽，江潭落月复西斜。
斜月沉沉藏海雾，碣石潇湘无限路。
不知乘月几人归，落月摇情满江树。

【注释】①滟滟：波光荡漾的样子。②芳甸：芳草丰茂的原野。甸：郊外之地。③霰（xiàn）：天空中降落的白色不透明的小冰粒。形容月光下春花晶莹洁白。④流霜：飞霜，古人以为霜和雪一样，是从空中落下来的，所以叫流霜。在这里比喻月光皎洁，月色朦胧、流荡，所以不觉得有霜霰飞扬。⑤汀：水边平地，小洲。⑥纤尘：微细的灰尘。⑦月轮：指月亮，因为月圆时像车轮，所以称为月轮。⑧穷已：穷尽。⑨江月年年望相似：另一种版本为“江月年年只相似”。⑩但见：只见、仅见。⑪悠悠：渺茫、深远。⑫青枫浦上：这里泛指游子所在的地方。青枫浦：地名。今湖南浏阳县境内有青枫浦。暗用《楚辞·招魂》“湛湛江水兮上有枫，目极千里兮伤春心”句。浦上：水边。《九歌·河伯》载：“送美人兮南浦。”因而此句隐含离别之意。⑬扁舟子：飘荡江湖的游子。扁舟：小舟。⑭明月楼：月夜下的闺楼。这里指闺中思妇。三国魏曹植《七哀诗》：“明月照高楼，流光正徘徊。上有愁思妇，悲叹有余哀。”⑮月徘徊：指月光偏照闺楼，徘徊不去。⑯离人：此处指思妇。⑰妆镜台：梳妆台。⑱玉户：形容楼阁华丽，以玉石镶嵌。⑲捣衣砧：捣衣石、捶布石。⑳相闻：互通音信。㉑逐：追随。㉒月华：月光。㉓文：同“纹”。㉔闲潭：幽静的水潭。㉕复西斜：此中“斜”应为押韵读作“xiá”。

㉖碣石潇湘：一南一北，暗指路途遥远，相聚无望。潇湘：湘江与潇水。㉗无限路：极言离人相距之远。㉘乘月：趁着月光。㉙摇情：激荡情思，犹言牵情。

【点评】此篇素有“孤篇盖全唐”之誉。闻一多曾盛赞此诗。隋炀帝“暮江平不动，春花满正开。流波将月去，潮水带星来”，对张诗不无影响。

※ 王勃

滕王阁

滕王高阁临江渚，佩玉鸣鸾罢歌舞。
画栋朝飞南浦云，珠帘暮卷西山雨。
闲云潭影日悠悠，物换星移几度秋。
阁中帝子今何在？槛外长江空自流。

【注释】①滕王阁：故址在今江西南昌赣江之滨，江南三大名楼之一。唐高宗上元三年（676），诗人远道去交趾探父，途经洪州（今江西南昌），参与阎都督宴会，即席作《滕王阁序》，序末附这首凝炼、含蓄的诗篇。②江：指赣江。③渚：江中小洲。④佩玉鸣鸾：身上佩戴的玉饰、响铃。⑤画栋：有彩绘的栋梁楼阁。⑥南浦：地名，在南昌市西南。浦：水边或河流入海的地方（多用于地名）。⑦西山：南昌名胜，一名南昌山、厌原山、洪崖山。⑧日悠悠：每日无拘无束地游荡。⑨物换星移：形容时代的变迁、万物的更替。物：四季的景物。⑩帝子：指滕王李元婴。⑪槛：栏杆。

※ 宋之问

明河篇

八月凉风天气清，万里无云河汉明。
昏见南楼清且浅，晓落西山纵复横。
洛阳城阙天中起，长河夜夜千门里。

复道连甍共蔽亏，画堂琼户特相宜。
云母帐前初泛滥，水晶帘外转逶迤。
倬彼昭回如练白，复出东城接南陌。
南陌征人去不归，谁家今夜捣寒衣？
鸳鸯机上疏萤度，乌鹊桥边一雁飞。
雁飞萤度愁难歇，坐见明河渐微没。
已能舒卷任浮云，不惜光辉让流月。
明河可望不可亲，愿得乘槎一问津。
更将织女支机石，还访成都卖卜人。

【注释】①明河：天河，银河。②连甍（méng）：形容房屋连延成片。甍：屋脊。③蔽亏：谓因遮蔽而半隐半现。④乘槎（chá）：亦作“乘楂”。乘坐竹、木筏。⑤支机石：传说为天上织女用以支撑织布机的石头。《太平御览》卷八引南朝宋刘义庆《集林》：“昔有一人寻河源，见妇人浣纱，以问之，曰：‘此天河也。’乃与一石而归。问严君平，云：‘此支机石也。’”一说，其人为汉代张骞，谓骞奉命寻找河源，乘槎经月亮至天河，在月亮见一女织，又见一丈夫牵牛饮河，织女取支机石与骞。⑥成都卖卜：西汉严遵，字君平，卖卜于成都市，每日得到百钱，足以自养，即闭门下帘读书，博览无所不通，依老庄之旨著书十余万言。修身自保，不为苟得，甚受蜀人敬爱。见《汉书·王贡两龚鲍传序》。后用为卖卜、卜卦的典故。

※ 刘希夷

代悲白头翁

洛阳城东桃李花，飞来飞去落谁家？
洛阳女儿好颜色，坐见落花长叹息。
今年花落颜色改，明年花开复谁在？
已见松柏摧为薪，更闻桑田变成海。
古人无复洛城东，今人还对落花风。
年年岁岁花相似，岁岁年年人不同。
寄言全盛红颜子，应怜半死白头翁。

此翁白头真可怜，伊昔红颜美少年。
公子王孙芳树下，清歌妙舞落花前。
光禄池台文锦绣，将军楼阁画神仙。
一朝卧病无相识，三春行乐在谁边？
宛转蛾眉能几时？须臾鹤发乱如丝。
但看古来歌舞地，惟有黄昏鸟雀悲。

【注释】①题注：一作“代白头吟”。一作“白头吟”。白头吟：乐府楚调曲名。②坐见：一作“行逢”。③松柏摧为薪：松柏被砍伐作柴薪。《古诗十九首》：“古墓犁为田，松柏摧为薪。”④桑田变成海：《神仙传》载：“麻姑谓王方平曰：‘已见东海三为桑田。’”⑤“年年”二句：《大唐新语》载，（希夷）尝为《白头翁》咏曰：“今年花落颜色改，明年花开复谁在？”既而自悔曰：“我此诗似谶，与石崇‘白头同所归’何异也。”乃更作一句云：“年年岁岁花相似，岁岁年年人不同。”既而叹曰：“此句复似向谶矣，然死生有命，岂复由此？”乃两存之。诗成未周，为奸所杀，或云宋之问害之。⑥“公子”二句：白头翁年轻时曾和公子王孙在树下花前共赏清歌妙舞。⑦光禄：光禄勋。用东汉马援之子马防的典故。《后汉书·马援传》（附马防传）载，马防在汉章帝时拜光禄勋，生活很奢侈。⑧文锦绣：指以锦绣装饰池台中物。文：又作“开”或“丈”，皆误。⑨将军：指东汉贵戚梁冀，他曾为大将军。《后汉书·梁冀传》载，梁冀大兴土木，建造府宅。⑩宛转蛾眉：本为年轻女子的面部妆容，此代指青春年华。⑪须臾：一会儿。⑫鹤发：白发。⑬古：一作“旧”。

公子行

天津桥下阳春水，天津桥上繁华子。
马声回合青云外，人影动摇绿波里。
绿波荡漾玉为砂，青云离披锦作霞。
可怜杨柳伤心树，可怜桃李断肠花。
此日遨游邀美女，此时歌舞入娼家。
娼家美女郁金香，飞来飞去公子傍。
的的珠帘白日映，娥娥玉颜红粉妆。

花际裴回双蛱蝶，池边顾步两鸳鸯。
倾国倾城汉武帝，为云为雨楚襄王。
古来容光人所羡，况复今日遥相见。
愿作轻罗著细腰，愿为明镜分娇面。
与君相向转相亲，与君双栖共一身。
愿作贞松千岁古，谁论芳槿一朝新。
百年同谢西山日，千秋万古北邙尘。

【注释】①天津桥：古浮桥名。故址在今河南洛阳市西南。②繁华子：容饰华丽的少年。《文选·阮籍〈咏怀〉之十二》载："昔日繁华子，安陵与龙阳。"吕延济注："繁华，喻人美盛，如春华之繁。"南朝梁沈约《三月三日率尔成章》："洛阳繁华子，长安轻薄儿。"③的的：分明貌。④裴回：彷徨。徘徊不进貌。⑤北邙：山名，即邙山。因在洛阳之北，故名。东汉、魏、晋的王侯公卿多葬于此。

※ 郭震

古剑篇

君不见昆吾铁冶飞炎烟，红光紫气俱赫然。
良工锻炼凡几年，铸得宝剑名龙泉。
龙泉颜色如霜雪，良工咨嗟叹奇绝。
琉璃玉匣吐莲花，错镂金环映明月。
正逢天下无风尘，幸得周防君子身。
精光黯黯青蛇色，文章片片绿龟鳞。
非直结交游侠子，亦曾亲近英雄人。
何言中路遭弃捐，零落漂沦古狱边。
虽复尘埋无所用，犹能夜夜气冲天。

【注释】①古剑：指古代著名的龙泉宝剑。②昆吾：传说中的山名。相传山有积石，冶炼成铁，铸出宝剑光如水精，削玉如泥。石为昆吾，剑名昆吾，皆以山得名。③铁冶：即冶铁的工场。④炎：指火光上升。⑤红光：指火光。⑥紫气：即剑气。⑦赫然：光明闪耀的样子。⑧凡：即共，一作“经”。⑨龙泉：龙泉县有水，曾有人就此水淬剑，剑化龙飞去，因此名为龙泉剑（《太平寰宇记》）。⑩咨嗟：即赞叹。⑪错镂：指错彩、镂金。⑫金环：指刀剑上装饰的带金的环。⑬映：一作“生”。⑭风尘：指烽烟，借指战争。⑮幸：庆幸。⑯周防：即周密防卫。周：一作“用”。⑰黯黯：通“暗暗”，指幽暗而不鲜明。⑱文章：指剑上的花纹。⑲直：通“只”。⑳游侠子：指古代那些轻生重义、勇于救人急难的英雄侠士。㉑曾：一作“常”。㉒中路：即中途。㉓弃捐：指抛弃。㉔“零落”句：《晋书·张华传》载，晋张华见天上有紫气，使雷焕察释。雷焕曰：“宝剑之精上彻于天。”张华使雷焕寻剑，雷焕于丰城县狱屋基下掘得一石函，中有双剑，上刻文字，一名龙泉，一名太阿。漂，一作“飘”。㉕尘埋：为尘土埋没。

【点评】咏剑诗，古今中外推为第一。

※ 张说

邺都引

君不见魏武草创争天禄，群雄睚眦相驰逐。
昼携壮士破坚阵，夜接词人赋华屋。
都邑缭绕西山阳，桑榆汗漫漳河曲。
城郭为墟人代改，但见西园明月在。
邺旁高冢多贵臣，蛾眉曼睩共灰尘。
试上铜台歌舞处，惟有秋风愁杀人。

【注释】①邺都：指三国时代魏国的都城，在今河北省临漳县西。②引：诗体名。《邺都引》属新乐府辞。③草创：开始兴办，创建。《汉书·律历志上》载：“汉兴，方纲纪大基，庶事草创，袭秦正朔。”④天禄：天赐的福禄。《书·大禹谟》载：“四海困穷，天禄永终。”后常指帝位。⑤汗漫：广大，漫无边际。《淮南子·俶真训》载：“至德之世，甘暝于溷澖之域而徙倚于汗漫之宇。”⑥铜台：铜雀台的省称。

【点评】文宗作品，还可以。

※ 孟浩然

夜归鹿门歌

山寺钟鸣昼已昏，渔梁渡头争渡喧。
人随沙岸向江村，余亦乘舟归鹿门。
鹿门月照开烟树，忽到庞公栖隐处。
岩扉松径长寂寥，惟有幽人自来去。

【注释】①鹿门：山名，在今襄阳。②渔梁：洲名，在湖北襄阳城外汉水中。《水经注·沔水》载："襄阳城东沔水中有渔梁洲，庞德公所居。"③开烟树：指月光下，原先烟雾缭绕下的树木渐渐显现出来。④庞公：庞德公，东汉襄阳人，隐居鹿门山。荆州刺史刘表请他做官，不久后，携妻登鹿门山采药，一去不回。⑤岩扉：指山岩相对如门。⑥幽人：隐居者，诗人自称。

※ 李颀

古从军行

白日登山望烽火，黄昏饮马傍交河。
行人刁斗风沙暗，公主琵琶幽怨多。
野云万里无城郭，雨雪纷纷连大漠。
胡雁哀鸣夜夜飞，胡儿眼泪双双落。
闻道玉门犹被遮，应将性命逐轻车。
年年战骨埋荒外，空见蒲桃入汉家。

【注释】①烽火：古时边防报警的烟火。《史记·周本纪》载："有寇至，则举烽火。"②饮（yìn）马：给马喂水。③傍：顺着。④交河：古县名，故城在今新疆吐鲁番西面。⑤行人：出征战士。⑥刁斗：古代军中铜制炊具，容量一斗。白天用以煮饭，晚上敲击代替更柝。⑦公主琵琶：汉武帝时以江都王刘建女细君嫁乌孙国王昆莫，恐其途中烦闷，故弹琵琶以娱之。⑧"闻道"二句：汉武帝曾命李广利攻大宛，欲至贰师城取良马，战不利，广利上书请罢兵回国，武帝大怒，发使至玉门关，曰：“军有敢入，斩之！”两句意谓边战还在进行，只得随着将军去拼命。⑨蒲桃：今作“葡萄”。

别梁锽

梁生倜傥心不羁，途穷气盖长安儿。
回头转眄似雕鹗，有志飞鸣人岂知！
虽云四十无禄位，曾与大军掌书记。
抗辞请刃诛部曲，作色论兵犯二帅。
一言不合龙额侯，击剑拂衣从此弃。
朝朝饮酒黄公垆，脱帽露顶争叫呼。
庭中犊鼻昔尝挂，怀里琅玕今在无？
时人见子多落魄，共笑狂歌非远图。
忽然遣跃紫骝马，还是昂藏一丈夫。
洛阳城头晓霜白，层冰峨峨满川泽。
但闻行路吟新诗，不叹举家无担石。
莫言贫贱长可欺，覆篑成山当有时。
莫言富贵长可托，木槿朝看暮还落。
不见古时塞上翁，倚伏由来任天作。
去去沧波勿复陈，五湖三江愁杀人。

【注释】①梁锽：官执戟。唐玄宗天宝中人。②转眄：转动目光。③雕鹗：雕与鹗。猛禽。④部曲：古代军队编制单位。大将军营五部，校尉一人；部有曲，曲有军候一人。《史记·司马相如列传》载：“睨部曲之进退，览将帅之变态。”⑤作色：脸上变色。指神情变严肃或发怒。⑥龙额侯：泛指宠幸之臣。⑦黄公垆：“黄公酒庐”的略称。⑧犊鼻：亦作“犊鼻裈”。短裤；一说围裙，形如犊鼻，故名。后用为贫穷的典故。⑨昂藏：气度轩昂。⑩峨峨：高貌。《文选·〈楚辞·招魂〉》载：“增冰峨峨，飞雪千里些。”吕向注：“峨峨，高皃。”⑪担石：一担一石之粮。比喻微小。汉扬雄《法言·渊骞》载：“吾见担石矣，未见雒阳也。”王勃《上郎都督启》载：“性恶储敛，家无担石。”⑫覆篑：倒一筐土。谓积小成大，积少成多。⑬木槿：落叶灌木或小乔木。夏秋开花，花钟形，有白、红、紫等色，朝开暮落。

送陈章甫

四月南风大麦黄，枣花未落桐阴长。
青山朝别暮还见，嘶马出门思旧乡。
陈侯立身何坦荡，虬须虎眉仍大颡。
腹中贮书一万卷，不肯低头在草莽。
东门酤酒饮我曹，心轻万事皆鸿毛。
醉卧不知白日暮，有时空望孤云高。
长河浪头连天黑，津口停舟渡不得。
郑国游人未及家，洛阳行子空叹息。
闻道故林相识多，罢官昨日今如何。

【**注释**】①陈章甫：江陵（今湖北省江陵县）人。②阴：同“荫”。一作“叶”。③“青山”二句：是说陈章甫因朝夕相见的青山而起思乡之情。一说因为思乡很快就回来了，意即早晨辞别故乡的青山，晚上又见到了。嘶：马鸣。④陈侯：对陈章甫的尊称。⑤虬须：卷曲的胡子。虬：蜷曲。⑥大颡（sǎng）：宽大的脑门。颡：前额。⑦贮：保存。⑧“不肯”句：是说不肯埋没草野，想出仕作一番事业。陈章甫曾应制科及第，但因没有登记户籍，吏部不予录用。经他上书力争，吏部只得请示破例录用，这事受到天下士子赞美，陈章甫也因此名扬天下，但一直仕途不顺。⑨“东门”二句：写陈章甫虽仕实隐，只和作者等人饮酒醉卧，却把万世看得轻如鸿毛。酤酒：买酒。饮：使……喝。曹：辈，侪。皆：一作“如”。鸿毛：大雁的羽毛，比喻极轻之物。⑩津口：渡口。一作“津吏”，即管渡口的官员。⑪郑国游人：指陈章甫，河南在春秋时为郑国故地，陈章甫曾在河南居住，故称。⑫洛阳行子：李颀自称，李颀曾任新乡县尉，地近洛阳。⑬“闻道”二句：听说你在故乡相识很多，你已经罢了官，现在他们会如何看待你呢？故林：故乡。晋陶潜《归园田居》：“羁鸟恋故林。”

【**点评**】七古威武，能令太白束手。

琴歌

主人有酒欢今夕，请奏鸣琴广陵客。
月照城头乌半飞，霜凄万木风入衣。
铜炉华烛烛增辉，初弹渌水后楚妃。
一声已动物皆静，四座无言星欲稀。
清淮奉使千余里，敢告云山从此始。

【注释】①琴歌：听琴有感而歌。歌是诗体名，《文体明辨》载："其放情长言，杂而无方者曰歌。"②主人：东道主。③广陵客：广陵在今江苏扬州，唐淮南道治所。古琴曲有《广陵散》，魏嵇康临刑奏之。"广陵客"指琴师。④乌：乌鸦。⑤半飞：分飞。⑥霜凄万木：夜霜使树林带有凄意。⑦铜炉：铜制熏香炉。⑧华烛：饰有文采的蜡烛。⑨渌水、楚妃：都是古琴曲。渌：清澈。⑩星欲稀：后夜近明时分。⑪清淮：淮水。时李颀即将赴任新乡尉，新乡临近淮水，故称清淮。⑫奉使：奉使命。⑬敢告：敬告。⑭云山：代指归隐。

听董大弹胡笳兼寄语弄房给事

蔡女昔造胡笳声，一弹一十有八拍。
胡人落泪沾边草，汉使断肠对归客。
古戍苍苍烽火寒，大荒沉沉飞雪白。
先拂商弦后角羽，四郊秋叶惊摵摵。
董夫子，通神明，深山窃听来妖精。
言迟更速皆应手，将往复旋如有情。
空山百鸟散还合，万里浮云阴且晴。
嘶酸雏雁失群夜，断绝胡儿恋母声。
川为静其波，鸟亦罢其鸣。
乌孙部落家乡远，逻娑沙尘哀怨生。
幽音变调忽飘洒，长风吹林雨堕瓦。
迸泉飒飒飞木末，野鹿呦呦走堂下。

长安城连东掖垣，凤凰池对青琐门。
高才脱略名与利，日夕望君抱琴至。

【注释】①弄：乐曲。②房给事：姓房名琯，任给事中之职。③蔡女：蔡琰（蔡文姬）。相传蔡琰在匈奴时，感胡笳之音，作琴曲《胡笳十八拍》。④戍：边戍哨所。⑤苍苍：衰老、残破貌。⑥烽火：借代烽火台。⑦荒：边陲、边疆。⑧沉沉：低沉、阴沉貌。⑨摵摵：落叶之声。⑩酸：悲痛、悲伤。⑪乌孙：汉代西域国名。汉武帝钦命刘细君为公主和亲乌孙昆莫。⑫逻娑：唐时吐蕃首府，即今西藏拉萨。唐文成公主、金城公主皆远嫁吐蕃。⑬迸泉：喷涌出的泉水。⑭飒飒：飞舞貌。⑮木末：树梢。⑯呦呦：鹿鸣声。⑰东掖：指门下省。门下省为左掖，在东。⑱凤凰池：本指禁苑中池沼。魏晋南北朝时设中书省于禁苑，掌管机要，接近皇帝，故称中书省为“凤凰池”。唐代宰相称同中书门下平章事，故多以“凤凰池”指宰相职位。⑲青琐门：汉时宫门，这里指唐宫门。⑳高才：指房琯。㉑脱略：轻慢，不在意。

听安万善吹觱篥歌

南山截竹为觱篥，此乐本自龟兹出。
流传汉地曲转奇，凉州胡人为我吹。
傍邻闻者多叹息，远客思乡皆泪垂。
世人解听不解赏，长飙风中自来往。
枯桑老柏寒飕飗，九雏鸣凤乱啾啾。
龙吟虎啸一时发，万籁百泉相与秋。
忽然更作渔阳掺，黄云萧条白日暗。
变调如闻杨柳春，上林繁花照眼新。
岁夜高堂列明烛，美酒一杯声一曲。

【注释】①觱篥（bì lì）：亦作“筚篥”“悲篥”，又名“笳管”。簧管古乐器，似唢呐，以竹为主，上开八孔（前七后一），管口插有芦制的哨子。汉代由西域传入，今已失传。②龟兹（qiū cí）：古西域城国名，在今新疆库车、沙雅一带。③曲转奇：曲调变得更加新奇、精妙。④凉州：在今甘肃一带。⑤傍：靠近、临近，意同“邻”。⑥远客：漂泊在外的旅人。⑦飙（biāo）：暴风，这里用如形容词。

⑧自：用在谓语前，表示事实本来如此，或虽有外因，本身依然如故。可译为“本来，自然”。《史记》载：“桃李不言，下自成蹊。”⑨飕飗（sōu liú）：拟声词，风声。⑩九雏鸣凤：典出古乐府“凤凰鸣啾啾，一母将九雏”，形容琴声细杂清越。⑪万籁：自然界的各种天然音响。⑫百泉：百道流泉之声音。⑬相与：共同、一起。陶渊明《移居二首》：“奇文共欣赏，疑义相与析。”⑭渔阳掺：渔阳一带的民间鼓曲名，这里借代悲壮、凄凉的之声。⑮黄云：日暮之云。李白《乌夜啼》：“黄云城边乌欲栖，归飞哑哑枝上啼。”⑯萧条：寂寥、冷落。⑰杨柳：指古曲名《折杨柳》，曲调轻快热闹。⑱上林：即上林苑，古宫苑名，有两处：一为秦都咸阳时置，故址在今陕西西安市西；一为东汉时置，故址在今河南洛阳市东。⑲新：清新。⑳岁夜：除夕。㉑声：动词，听。

※ 王维

洛阳女儿行

洛阳女儿对门居，才可容颜十五余。
良人玉勒乘骢马，侍女金盘脍鲤鱼。
画阁朱楼尽相望，红桃绿柳垂檐向。
罗帷送上七香车，宝扇迎归九华帐。
狂夫富贵在青春，意气骄奢剧季伦。
自怜碧玉亲教舞，不惜珊瑚持与人。
春窗曙灭九微灯，九微片片飞花琐。
戏罢曾无理曲时，妆成祇是熏香坐。
城中相识尽繁华，日夜经过赵李家。
谁怜越女颜如玉，贫贱江头自浣纱。

【注释】①洛阳女儿：梁武帝萧衍《河中之水歌》有“河中之水向东流，洛旧女儿名莫愁”句。②才可：恰好。③容颜：一作“颜容”。④十五余：十五六岁。梁简文帝《怨歌行》：“十五颇有余。”⑤良人：古代妻对夫的尊称。⑥玉勒：玉饰的马衔。⑦骢马：青白色的马。⑧脍鲤鱼：切细的鲤鱼肉。脍：把鱼、肉切成薄片。⑨罗帷：丝织的帘帐。⑩七香车：旧注以为以七种香木为车。⑪宝扇：

古代贵妇出行时遮蔽之具，用鸟羽编成。⑫九华帐：鲜艳的花罗帐。⑬狂夫：犹拙夫，古代妇女自称其夫的谦辞，李白《捣衣篇》有“狂夫犹戍交河北”。⑭剧：戏弄，意谓可轻视石崇。李白《长干行》有“折花门前剧”句。⑮季伦：晋石崇，字季伦，以生活豪奢著称。后世诗文中每用以喻指富豪。⑯怜：爱怜。⑰碧玉：《乐府诗集》以为刘宋汝南王妾名。这里指洛阳女儿。⑱“不惜”句：《世说新语·侈汰》，王恺以晋武帝所赐二尺珊瑚示石崇，崇以铁如意击之。王恺斥之，崇乃命人搬来三四尺高珊瑚六七枝偿还之。⑲曙：天明。⑳九微灯：汉武帝供王母使用的灯，这里指平常的灯火。㉑片片：指灯花。㉒花琐：指雕花的连环形窗格。㉓曾无：从无。㉔理：温习。㉕熏香：用香料熏衣服。㉖赵李家：汉成帝的皇后赵飞燕、婕妤李平。这里泛指贵戚之家。㉗越女：指春秋时期越国美女西施。越：这里指今浙东。

老将行

少年十五二十时，步行夺得胡马骑。
射杀中山白额虎，肯数邺下黄须儿。
一身转战三千里，一剑曾当百万师。
汉兵奋迅如霹雳，虏骑崩腾畏蒺藜。
卫青不败由天幸，李广无功缘数奇。
自从弃置便衰朽，世事蹉跎成白首。
昔时飞箭无全目，今日垂杨生左肘。
路旁时卖故侯瓜，门前学种先生柳。
苍茫古木连穷巷，寥落寒山对虚牖。
誓令疏勒出飞泉，不似颍川空使酒。
贺兰山下阵如云，羽檄交驰日夕闻。
节使三河募年少，诏书五道出将军。
试拂铁衣如雪色，聊持宝剑动星文。
愿得燕弓射天将，耻令越甲鸣吴军。
莫嫌旧日云中守，犹堪一战取功勋。

【注释】①“步行”句：汉名将李广，为匈奴骑兵所擒，广时已受伤，便即装死。

后于途中见一胡儿骑着良马，便一跃而上，将胡儿推在地下，疾驰而归。见《史记·李将军列传》。夺得：一作“夺取”。②“射杀”句：与上文连贯，应是指李广为右北平太守时，多次射杀山中猛虎事。白额虎（传说为虎中最凶猛一种），则似是用晋名将周处除三害事。南山白额虎是三害之一。见《晋书·周处传》。中山：一作“山中”，一作“阴山”。③肯数：岂可只推。④邺下黄须儿：指曹彰，曹操第二子，须黄色，性刚猛，曾亲征乌丸，颇为曹操爱重，曾持彰须曰：“黄须儿竟大奇也。”这句意谓，岂可只算黄须儿才是英雄。邺下：曹操封魏王时，都邺（今河北临漳县西）。⑤蒺藜：本是有三角刺的植物，这里指铁蒺藜，战地所用障碍物。⑥卫青：汉代名将，汉武帝皇后卫子夫之弟，以征伐匈奴官至大将军。卫青姊子霍去病，也曾远入匈奴境，却未曾受困折，因而被看作“有天幸”。《史记·卫将军骠骑列传》载：“去病所将常选，然亦敢深入，常与壮骑先其大军。军亦有天幸，未尝困绝也。”“天幸”本霍去病事，然古代常卫、霍并称，这里当因卫青而联想霍去病事。⑦“李广”句：李广曾屡立战功，汉武帝却以他年老数奇，暗示卫青不要让李广抵挡匈奴，因而被看成无功，没有封侯。缘：因为。数奇：比喻命运不好。⑧飞箭无全目：见鲍照《拟古诗》：“惊雀无全目。”李善注引《帝王世纪》，吴贺使羿射雀，贺要羿射雀左目，却误中右目。这里只是强调羿能使雀双目不全，于此见其射艺之精。飞箭：一作“飞雀”。⑨垂杨生左肘：《庄子·至乐》载：“支离叔与滑介叔观于冥柏之丘，昆仑之虚，黄帝之所休，俄而柳生其左肘，其意蹶蹶然恶之。”沈德潜以为“柳，疡也，非杨柳之谓”，并以王诗的垂杨“亦误用”。他意思是说，庄子的柳生其左肘的柳本来即疡之意，王维却误解为杨柳之柳，因而有垂云云。高步瀛说：“或谓柳为瘤之借字，盖以人肘无生柳者。然支离、滑介本无其人，生柳寓言亦无不可。”高说似较胜。⑩故侯瓜：召平，本秦东陵侯，秦亡为平民，贫，种瓜长安城东，瓜味甘美。⑪先生柳：晋陶渊明弃官归隐后，因门前有五株杨柳，遂自号“五柳先生”，并写有《五柳先生传》。⑫苍茫：一作“茫茫”。⑬连：一作“迷”。⑭寥：一作“辽”。⑮牖：窗户。⑯“誓令”句：后汉耿恭与匈奴作战，据疏勒城，匈奴于城下绝其涧水，恭于城中穿井，至十五丈犹不得水，他仰叹道：“闻昔贰师将军（李广利）拔佩刀刺山，飞泉涌出，今汉德神明，岂有穷哉。”旋向井祈祷，过了一会，果然得水。事见《后汉书·耿恭传》。⑰疏勒：指汉疏勒城，非疏勒国。疏勒城在今新疆疏勒县。⑱使酒：恃酒逞意气。⑲贺兰山：山名，在今宁夏中部。⑳聊持：且持。㉑星文：指剑上所嵌的七星文。㉒天将：一作“大将”。㉓“耻令”句：意谓以敌人甲兵惊动国君为可耻。《说苑·立节》载，越国甲兵入齐，雍门子狄请齐君让他自杀，因为这是越甲在鸣国君，自己应当以身殉之，遂自刎死。鸣：这里是惊动的意思。吴军：一作“吾君”。㉔云中守：指汉文帝时的云中太守魏尚。㉕取：一作“树”。

桃源行

渔舟逐水爱山春，两岸桃花夹古津。
坐看红树不知远，行尽青溪不见人。
山口潜行始隈隩，山开旷望旋平陆。
遥看一处攒云树，近入千家散花竹。
樵客初传汉姓名，居人未改秦衣服。
居人共住武陵源，还从物外起田园。
月明松下房栊静，日出云中鸡犬喧。
惊闻俗客争来集，竞引还家问都邑。
平明闾巷扫花开，薄暮渔樵乘水入。
初因避地去人间，及至成仙遂不还。
峡里谁知有人事，世中遥望空云山。
不疑灵境难闻见，尘心未尽思乡县。
出洞无论隔山水，辞家终拟长游衍。
自谓经过旧不迷，安知峰壑今来变。
当时只记入山深，青溪几度到云林。
春来遍是桃花水，不辨仙源何处寻。

【注释】①逐水：顺着溪水。②古津：古渡口。③坐：因为。④行尽青溪不见人：一作“行尽青溪忽值人”。见人：遇到路人。⑤隈：山水弯曲的地方。⑥旷望：指视野开阔。⑦旋：不久。⑧攒云树：云树相连。攒：聚集。⑨散花竹：指到处都有花和竹林。⑩樵客：原本指打柴人，这里指渔人。⑪武陵源：指桃花源，相传在今湖南桃源县（晋代属武陵郡）西南。武陵：即今湖南常德。⑫物外：世外。⑬房栊：房屋的窗户。⑭喧：叫声嘈杂。⑮俗客：指误入桃花源的渔人。⑯引：领。⑰都邑：指桃源人原来的家乡。⑱平明：天刚亮。⑲闾巷：街巷。⑳开：指开门。㉑薄暮：傍晚。㉒避地：迁居此地以避祸患。㉓去：离开。㉔灵境：指仙境。㉕尘心：普通人的感情。㉖乡县：家乡。㉗游衍：流连不去。㉘自谓：自以为。㉙

不迷：不再迷路。㉚峰壑：山峰峡谷。㉛云林：云中山林。㉜桃花水：春水，桃花开时河流涨溢。

夷门歌

七雄雄雌犹未分，攻城杀将何纷纷。
秦兵益围邯郸急，魏王不救平原君。
公子为嬴停驷马，执辔愈恭意愈下。
亥为屠肆鼓刀人，嬴乃夷门抱关者。
非但慷慨献良谋，意气兼将身命酬。
向风刎颈送公子，七十老翁何所求。

【**注释**】①夷门：战国时期，魏国都城大梁的东门。这首诗中所歌颂的侯嬴是夷门的守门官，故名为《夷门歌》。②七雄：战国时期七个主要的诸侯国齐、楚、秦、燕、赵、魏、韩合称“战国七雄”。③雄雌：即胜负。④纷纷：纷乱。⑤“秦兵”二句：秦军在长平之战大破赵军后，乘胜包围邯郸。平原君夫妇多次写信向魏国及信陵君求救。魏王畏惧秦国，虽命晋鄙领兵十万驻扎于邺，但是仅仅观望，不敢出兵相救。信陵君屡次劝谏魏王，魏王均不听。邯郸：战国时赵国都城，即今河北邯郸市。魏王：指魏安釐王。⑥平原君：即赵胜，战国时赵惠文王之弟，也是信陵君的姐夫。任赵相，礼贤下士，门客众多，与魏国信陵君、楚国春申君、齐国孟尝君齐名，并称为“四公子”。⑦公子：即信陵君，名魏无忌，战国时魏安釐王异母弟，门下有食客三千。⑧嬴（yíng）：即侯嬴，魏国的隐士，当时是魏国都城大梁监门小吏。信陵君慕其名，亲自执辔御车，迎为上客，其为信陵君献计窃虎符，夺兵救赵。为守秘，自刎以报信陵君。⑨驷（sì）马：四匹马拉的车子。⑩执辔（pèi）：驾车。辔：驾驭牲口的嚼子和缰绳。⑪亥：朱亥，战国魏人，有勇力，与侯嬴相善，隐于市，为屠户。后助信陵君救赵。⑫屠肆（sì）：屠宰铺。肆：旧时指铺子，商店。⑬鼓刀：操刀。鼓：挥舞。⑭抱关者：守门小吏。⑮“非但”二句：写二人帮助公子窃符救赵的豪侠仗义之举。信陵君于魏王宠姬如姬有恩，侯嬴于是为信陵君献计，请如姬帮忙从魏王卧室中偷出兵符，准备夺晋鄙之军救赵却秦。如姬果然窃得兵符。公子行前，侯嬴又说：“将在外，主令有所不受。公子即使拿了兵符，但是晋鄙不授公子兵，而向王请示，事情就危险了。”于是让他的朋友大力士朱亥和公子一起去，准备在晋鄙不听时击杀他。侯嬴又对公子说："我年老了，不能跟随公子。等公子到达晋鄙军时，我将自刎以谢公子。"公子至邺，假称魏王派自己来代替晋鄙。晋鄙果然怀疑，朱亥遂以大铁锤击杀晋鄙。公子统帅晋鄙军，进击秦军，秦军解邯郸之围而去。⑯"向风"二句：写侯嬴果然自刎，赞美他的仗义轻生，慷慨任侠。《晋书·段灼传》载："七十老翁，复何所求哉。"

※ 李白

行行且游猎篇

边城儿，生年不读一字书，但知游猎夸轻趫。
胡马秋肥宜白草，骑来蹑影何矜骄。
金鞭拂雪挥鸣鞘，半酣呼鹰出远郊。
弓弯满月不虚发，双鸧迸落连飞髇。
海边观者皆辟易，猛气英风振沙碛。
儒生不及游侠人，白首下帷复何益！

【注释】①行行且游猎篇：乐府旧题。《乐府解题》载："梁刘孝威《游猎篇》云之鲧将射所，上林娱猎场。倍言游猎之事。亦谓之'行行且游猎篇'。"②生年：平生。③但：只，仅。④夸：夸耀。⑤轻趫（qiáo）：轻捷。⑥白草：牛马喜欢吃的一种牧草，熟时呈白色。⑦蹑影：追踪日影。这里形容快速。⑧矜骄：骄傲。这里指扬扬自得的样子。⑨鞘（shāo）：鞭鞘。⑩半酣：半醉的意思。⑪呼鹰：用驯服了的鹰猎取野物，意指打猎。⑫弓弯满月：把弓拉开像圆月的形状。⑬鸧：鸧鸹，即灰鹤。⑭髇（xiāo）：骨制的响箭，即鸣镝。⑮海：瀚海，即沙漠。⑯辟易：倒退，这里指观者惊奇，不由自主地后退。⑰沙碛：沙漠。⑱游侠人：这里指边城儿。⑲下帷：放下帷幕。

南陵别儿童入京

白酒新熟山中归，黄鸡啄黍秋正肥。
呼童烹鸡酌白酒，儿女嬉笑牵人衣。
高歌取醉欲自慰，起舞落日争光辉。

游说万乘苦不早，著鞭跨马涉远道。
会稽愚妇轻买臣，余亦辞家西入秦。
仰天大笑出门去，我辈岂是蓬蒿人。

【注释】①南陵：一说在东鲁，曲阜县南有陵城村，人称南陵。一说在今安徽省南陵县。②白酒：古代酒分清酒、白酒两种。见《礼记·内则》。《太平御览》卷八四四引三国魏鱼豢《魏略》载："太祖时禁酒，而人窃饮之。故难言酒，以白酒为贤人，清酒为圣人。"③嬉笑：欢笑，戏乐。《魏书·崔光传》载："远存瞩眺，周见山河，因其所眄，增发嬉笑。"④起舞落日争光辉：指人逢喜事光彩焕发，与日光相辉映。⑤游说：战国时，有才之人以口辩舌战打动诸侯，获取官位，称为游说。⑥万乘（shèng）：君主。周朝制度，天子地方千里，车万乘。后来称皇帝为万乘。⑦苦不早：意思是恨不能早些年头见到皇帝。⑧会稽愚妇轻买臣：用朱买臣典故。买臣：即朱买臣，西汉会稽郡吴（今江苏省苏州市境内）人。《汉书·朱买臣传》载："朱买臣，会稽郡吴人，家贫，好读书，不治产业。常刈薪樵，卖以给食，担束薪行且诵读。其妻亦负担相随，数止买臣毋歌讴道中，买臣愈益疾歌，妻羞之求去。买臣笑曰：'我年五十当富贵，今已四十余矣。汝苦日久，待我富贵报汝功。'妻恚怒曰：'如公等，终饿死沟中耳，何能富贵？'买臣不能留，即听去。后买臣为会稽太守，入吴界见其故妻、妻夫治道。买臣驻车，呼令后车载其夫妻到太守舍，置园中，给食之。居一月，妻自尽死。"⑨西入秦：即从南陵动身西行到长安去。秦：指唐时首都长安，春秋战国时为秦地。⑩蓬蒿人：草野之人，也就是没有当官的人。蓬蒿都是草本植物，这里借指草野民间。

江上吟

木兰之枻沙棠舟，玉箫金管坐两头。
美酒樽中置千斛，载妓随波任去留。
仙人有待乘黄鹤，海客无心随白鸥。
屈平辞赋悬日月，楚王台榭空山丘。
兴酣落笔摇五岳，诗成笑傲凌沧洲。
功名富贵若长在，汉水亦应西北流。

【注释】①江上吟：李白自创之歌行体。江：指汉江。此诗宋本、王本题下俱注云，一作“江上游”。②木兰：即辛夷，香木名。③枻（yì）：同“楫”，舟旁划水的工具，即船桨。《九歌·湘君》有“桂棹兮兰枻”句。④沙棠：木名。南朝梁任昉《述异记》载：“汉成帝与赵飞燕游太液池，以沙棠木为舟。其木出昆仑山，人食其实，入水不溺。”木兰枻、沙棠舟：形容船和桨的名贵。⑤玉箫金管：用金玉装饰的箫笛。此处指吹箫笛等乐器的歌妓。⑥樽：盛酒的器具。⑦置：盛放。⑧斛：古时十斗为一斛。千斛：形容船中置酒极多。⑨妓：歌舞的女子。⑩乘黄鹤：用黄鹤楼的神话传说。黄鹤楼故址在今湖北省武汉市武昌西黄鹤山上，下临江汉。旧传仙人子安曾驾黄鹤过此，因而得名。一说是费祎乘黄鹤登仙，曾在此休息，故名。⑪海客：海边的人。《列子·黄帝篇》载：“海上之人有好沤鸟者，每旦之海上，沤鸟之至者百住而不止。其父曰：‘吾闻沤鸟皆从汝游，汝取来，吾玩之。’明日之海上，沤鸟舞而不下也。”⑫屈平：屈原名平，战国末期楚国大诗人，著有《离骚》《天问》等。《史记·屈原贾生列传》中评价《离骚》：“濯淖污泥之中，蝉蜕于浊秽，以浮游尘埃之外，不获世之滋垢，皭然泥而不滓者也。推此志也，虽与日月争光可也。”⑬榭：台上建有房屋叫榭。台榭：泛指亭台楼阁。楚灵王有章华台，楚庄王有钓台，均以豪奢著名。⑭兴酣：诗兴浓烈。⑮五岳：东岳泰山，西岳华山，南岳衡山，北岳恒山，中岳嵩山。此处泛指山岳。⑯凌：凌驾，高出。⑰沧洲：江海。⑱汉水：发源于陕西省宁强县，东南流经湖北襄阳，至汉口汇入长江。汉水向西北倒流，比喻不可能的事情。

司马将军歌

狂风吹古月，窃弄章华台。
北落明星动光彩，南征猛将如云雷。
手中电曳倚天剑，直斩长鲸海水开。
我见楼船壮心目，颇似龙骧下三蜀。
扬兵习战张虎旗，江中白浪如银屋。
身后玉帐临河魁，紫髯若戟冠崔嵬。
细柳开营揖天子，始知灞上为婴孩。
羌笛横吹阿亸回，向月楼中吹落梅。
将军自起舞长剑，壮士呼声动九垓。
功成献凯见明主，丹青画像麒麟台。

【注释】①题注：代陇上健儿陈安。②古月：指胡人。③章华台：古台名，有二。一为春秋楚灵王造，在今湖北监利县西北。《左传·昭公七年》载，楚子成章华之台，即此。二为春秋齐景公造。此处代指胡人所侵犯的中原之地。④北落明星：意谓国家兴兵抵御侵犯中原的胡人。《晋书·天文志》载，北落师门一星，在羽林西南。北者：宿在北方也；落：天之藩落也；师：众也；师门：犹军门也。长安城北门曰北落门，以像此也。主非常以候兵。⑤"我见"二句：意谓这次军事行动中的主将率领楼船气势宏伟，一往无前，就像晋朝益州刺史王濬统领楼船进攻东吴一样。《晋书·王濬列传》载，武帝谋伐吴，诏濬修舟舰。濬乃作大船连舫，方百二十步，受二千余人。以木为城，起楼橹，开四出门，其上皆得驰马来往。又画鹢首怪兽于船首，以惧江神。舟楫之盛，自古未有。寻以谣言（歌谣谚语）拜濬为龙襄将军，监益州诸军事。太康元年，濬自发蜀，兵不血刃，攻无坚城，夏口、武昌，无相支抗。三蜀：指蜀郡、广汉郡、犍（qián）为。左思《蜀都赋》载："三蜀之豪，时来时往。"⑥虎旗：绘有虎形的旗帜。古代军中所用。《释名·释兵》载，熊虎为旗，军将所建，像其猛如熊虎也。⑦河魁：主将设置军帐的地方。⑧"细柳"二句：谓军容威严。《史记·绛侯周勃世家》载，文帝之后六年，匈奴大入边。乃以宗正刘礼为将军，军霸上；祝兹侯徐厉为将军，军棘门；以河内守亚夫为将军，军细柳，以备胡。上自劳军。至霸上及棘门，将以下骑送迎。已而至细柳军，军士吏被甲，锐兵刃，彀（gòu）弓弩，持满。天子先驱至，不得入。先驱曰："天子且至！"军门都尉曰："将军曰：'军中闻将军令，不闻天子之诏。'"居无何，上至，又不得入。于是上乃使使持节诏将军："吾欲入劳军。"亚夫乃传言开壁门。壁门吏士谓从属车骑曰："将军曰：'军中不得驱驰。'"于是天子乃按辔徐行。至营，将军亚夫持兵揖曰："介胄之士不拜，请以军礼见。"天子为动，改容轼车（俯身凭轼，表示敬意）。使人诚谢："皇帝敬劳将军。"成礼而去。既出军门，群臣皆惊。文帝曰："嗟乎，此真将军矣！曩者霸上、棘门军，若儿戏耳，其将固可袭而虏也。至于亚夫，可得而犯耶！"⑨阿亸（duǒ）回：番曲名。⑩落梅：即《落梅花》，又名《梅花落》，羌族乐曲名。⑪九垓：天空极高远处，犹言九重天。垓（gāi）：层，级。《文选·司马相如〈封禅文〉》载，上畅九垓，下泝八埏。李善注：垓，重也。⑫"丹青"句：谓战胜立功，受到朝廷褒奖。丹青：绘画用的颜料。麒麟台：即麒麟阁，汉阁名。《汉书·苏武传》载，甘露三年，单于入朝。上（宣帝）思股肱（辅佐君主之大臣）之美，乃图画其人于麒麟阁，法其形貌，署其官爵姓名。

庐山谣寄卢侍御虚舟

我本楚狂人，凤歌笑孔丘。
手持绿玉杖，朝别黄鹤楼。
五岳寻仙不辞远，一生好入名山游。
庐山秀出南斗傍，屏风九叠云锦张，
影落明湖青黛光。
金阙前开二峰长，银河倒挂三石梁。
香炉瀑布遥相望，回崖沓嶂凌苍苍。
翠影红霞映朝日，鸟飞不到吴天长。
登高壮观天地间，大江茫茫去不还。
黄云万里动风色，白波九道流雪山。
好为庐山谣，兴因庐山发。
闲窥石镜清我心，谢公行处苍苔没。
早服还丹无世情，琴心三叠道初成。
遥见仙人彩云里，手把芙蓉朝玉京。
先期汗漫九垓上，愿接卢敖游太清。

【注释】①谣：不合乐的歌，一种诗体。②卢侍御虚舟：卢虚舟，字幼真，范阳（今北京大兴县）人，唐肃宗时曾任殿中侍御史，相传“操持有清廉之誉”（见清王琦注引李华《三贤论》），曾与李白同游庐山。③楚狂人：春秋时楚人陆通，字接舆，因不满楚昭王的政治，佯狂不仕，时人谓之“楚狂”。④凤歌笑孔丘：孔子适楚，陆通游其门而歌：“凤兮凤兮，何德之衰……”劝孔不要做官，以免惹祸。这里李白以陆通自比，表现对政治的不满，而要像楚狂那样游览名山过隐居的生活。⑤绿玉杖：镶有绿玉的杖，传为仙人所用。⑥五岳：此处泛指中国名山。⑦南斗：星宿名，二十八宿中的斗宿。古天文学家认为浔阳属南斗分野（古时以地上某些地区与天某些星宿相应叫分野）。这里指秀丽的庐山之高，突兀而出。⑧屏风九叠：指庐山五老峰东的九叠屏，因山九叠如屏而得名。⑨“影落”句：指庐山倒映在明澈的鄱阳湖中。青黛：青黑色。⑩金阙（què）：阙为皇宫门外的左右望楼，金阙指黄金的门楼。这里借指庐山的石门——庐山西南有铁船峰和天池山，二山对峙，形如石门。⑪银河：指瀑布。⑫三石梁：一说在五老峰西，一说在简寂观侧，一说在开先寺（秀峰寺）旁，一说在紫霄峰上。近有人考证，五老峰西之说不谬。⑬香炉：南香炉峰。⑭瀑布：黄岩瀑布。⑮回崖沓（tà）嶂：曲折的山崖，重叠的山峰。⑯凌：高出。⑰苍苍：青色的天空。⑱“鸟飞”句：指连鸟也难以飞越高峻的庐山和它辽阔的天空。吴天：九江春秋时属吴国。⑲大江：长江。⑳黄云：昏暗的云色。㉑白波九道：九道河流。古谓长江流至浔阳分为九条支流。李白在此沿用旧说，并非实见九道河流。㉒雪山：白色的浪花。形容白波汹涌，堆叠如山。㉓石镜：古代关于石镜有多种说法，诗中的石镜应指庐山东面的“石镜”。传说在庐山东面有一圆石悬岩，平滑如镜，可照人影。㉔清我心：清涤心中的污浊。㉕谢公：南朝宋谢灵运。谢灵运曾进彭蠡湖口，登庐山，有“攀崖照石镜”句（《谢康乐集·入彭蠡湖口》）。㉖服：服食。㉗还丹：道家炼丹，将丹烧成水银，积久又还成丹，故谓“还丹”。㉘琴心三叠：道家修炼术语，一种心神宁静的境界。㉙玉京：传说元始天尊居处。道教称元始天尊在天中心之上，名玉京山。㉚先期：预先约好。㉛汗漫：无边无际，意谓不可知，这里比喻神仙。一说为造物者。㉜九垓（gāi）：九天之外。㉝卢敖：战国时燕国人。《淮南子·道应训》载，卢敖游北海，遇见一怪仙迎风而舞，想同他做朋友而同游，怪仙笑道：“吾与汗漫期于九垓之外，吾不可以久驻。”遂纵身跳入云中。㉞太清：最高的天空。

金陵酒肆留别

风吹柳花满店香，吴姬压酒唤客尝。
金陵子弟来相送，欲行不行各尽觞。
请君试问东流水，别意与之谁短长？

【注释】①金陵：今江苏省南京市。②酒肆：酒店。③留别：临别留诗给送行者。④风吹：一作“白门”。⑤吴姬：吴地的青年女子，这里指酒店中的侍女。⑥压酒：压糟取酒。古时新酒酿熟，临饮时方压糟取用。⑦唤：一作“劝”，一作“使”。⑧子弟：指李白的朋友。⑨欲行：将要走的人，指诗人自己。⑩不行：不走的人，即送行的人，指金陵子弟。⑪尽觞（shāng）：喝尽杯中的酒。觞：酒杯。⑫试问：一作“问取”。

宣州谢朓楼饯别校书叔云

弃我去者，昨日之日不可留；
乱我心者，今日之日多烦忧。
长风万里送秋雁，对此可以酣高楼。
蓬莱文章建安骨，中间小谢又清发。
俱怀逸兴壮思飞，欲上青天揽明月。
抽刀断水水更流，举杯消愁愁更愁。
人生在世不称意，明朝散发弄扁舟。

【注释】①宣州：今安徽宣城一带。②谢朓（tiǎo）楼：又名北楼、谢公楼，在陵阳山上，是南齐诗人谢朓任宣城太守时所建，并改名为叠嶂楼。李白曾多次登临，并且写过一首《秋登宣城谢朓北楼》。③饯别：以酒食送行。④校（jiào）书：官名，即秘书省校书郎，掌管朝廷的图书整理工作。⑤叔云：李白的叔叔李云。⑥长风：远风，大风。⑦此：指上句的长风秋雁的景色。⑧酣高楼：畅饮于高楼。⑨蓬莱：此指东汉时藏书之东观。《后汉书》卷二三《窦融列传》（附窦章传）载："是时学者称东观为老氏藏室，道家蓬莱山。"李贤注："言东观经籍多也。蓬莱，海中神山，为仙府，幽经秘籍并皆在也。"⑩建安骨：汉末建安年间，"三曹"和"七子"等作家所作之诗风骨遒上，后人称之为"建安风骨"。⑪小谢：指谢朓，字玄晖，南朝齐诗人。后人将他和谢灵运并称为大谢、小谢。这里用以自喻。⑫清发（fā）：指清新秀发的诗风。发：诗文俊逸。⑬俱怀：两人都怀有。⑭逸兴（xìng）：飘逸豪放的兴致，多指山水游兴，超远的意兴。王勃《滕王阁序》有"遥襟甫畅，逸兴遄飞"句。李白《送贺宾客归越》："镜湖流水漾清波，狂客归舟逸兴多。"⑮壮思飞：卢思道《卢记室诔》："丽词泉涌，壮思云飞。"壮思：雄心壮志，豪壮的意思。⑯揽：摘取。⑰消：一作"销"。⑱称（chèn）意：称心如意。⑲明朝：明天。⑳散发：不束冠，意谓不做官。这里是形容狂放不羁。古人束发戴冠，散发表示闲适自在。㉑弄扁（piān）舟：乘小舟归隐江湖。扁舟：小舟，小船。春秋末年，范蠡辞别越王勾践，"乘扁舟浮于江湖"（《史记·货殖列传》）。

乌夜啼

黄云城边乌欲栖，归飞哑哑枝上啼。
机中织锦秦川女，碧纱如烟隔窗语。
停梭怅然忆远人，独宿孤房泪如雨。

【注释】①乌夜啼：乐府旧题，多写男女离别相思之苦。②边：一作“南”。③乌：乌鸦。④欲：敦煌残卷本作“夜”。⑤哑哑：乌鸦啼叫声。⑥机中织锦：一作“闺中织妇”。⑦秦川女：指晋朝苏蕙。《晋书·列女传》载，窦滔妻苏氏，始平人，名蕙，字若兰，善属文。窦滔原本是秦川刺史，后被苻坚徙流沙。苏蕙把思念织成回文璇玑图，题诗二百余，计八百余言，纵横反复皆成章句。泛指织锦女子。秦川：古地名，泛指今陕西、甘肃秦岭以北平原地带，因春秋战国时期地属秦国而得名。⑧碧纱如烟：指黄昏碧绿的窗纱朦胧如烟。⑨“停梭”句：一作“停梭向人问故夫”，一作“停梭问人忆故夫”。梭：织布用的织梭。其状如船，两头有尖。怅然：恍然若失的样子。一作“怅望”。远人：指远在外边的丈夫。⑩独宿孤房：一作“独宿空堂”，一作“欲说辽西”，一作“知在流沙”，一作“知在关西”。

乌栖曲

姑苏台上乌栖时，吴王宫里醉西施。
吴歌楚舞欢未毕，青山欲衔半边日。
银箭金壶漏水多，起看秋月坠江波。
东方渐高奈乐何！

【注释】①乌栖曲：乐府《清商曲辞》西曲歌调名。②姑苏台：在吴县西三十里姑苏山上，为吴王夫差所筑，上建春宵宫，为长夜之饮。又作天池，池中造青龙舟，盛陈音乐，日与西施为水嬉（《述异记》）。③乌栖时：乌鸦停宿的时候，指黄昏。④吴王：即吴王夫差。夫差败越国，纳越国美女西施，为筑姑苏台。⑤吴歌楚舞：吴楚两国的歌舞。⑥青山欲衔半边日：太阳将落山。⑦银箭金壶：指刻漏，为古代计时工具。其制，用铜壶盛水，水下漏。水中置刻有度数箭一枝，视水面下降情况确定时履。⑧秋月坠江波：黎明时的景象。⑨东方渐高：东方的太阳渐渐升起。

对酒

蒲萄酒，金叵罗，吴姬十五细马驮。
青黛画眉红锦靴，道字不正娇唱歌。
玳瑁筵中怀里醉，芙蓉帐底奈君何！

【注释】①蒲萄：葡萄。②金叵罗：金制酒器。③吴姬：吴地的美女。④玳瑁筵：谓豪华、珍贵的宴席。⑤芙蓉帐：用芙蓉花染缯制成的帐子。泛指华丽的帐子。

示金陵子

金陵城东谁家子，窃听琴声碧窗里。
落花一片天上来，随人直度西江水。
楚歌吴语娇不成，似能未能最有情。
谢公正要东山妓，携手林泉处处行。

【注释】①金陵子：金陵妓。②西江：西来的江水。《庄子·外物》载："我且南游吴越之王，激西江之水而迎子。"后人因此泛称吴越之地的江水为西江。③要：同"邀"。④东山妓：东晋名士谢安每游东山，常以妓女相随。

荆州歌

白帝城边足风波，瞿塘五月谁敢过？
荆州麦熟茧成蛾，缲丝忆君头绪多，
拨谷飞鸣奈妾何！

【注释】①荆州歌：古题乐府杂曲歌辞。《乐府诗集》卷七十二列于《杂曲歌辞》，又名"荆州乐""江陵乐"。郭茂倩题解，《荆州乐》盖出于《清商曲·江陵乐》，荆州即江陵也。有纪南城，在江陵县东。梁建文帝《荆州歌》云"纪城南里望朝云，雉飞麦熟妾思君"是也。②白帝城：古城名。在今重庆市奉节县东白帝山上。东汉初公孙述筑城，述自号白帝，故以"白帝"为名。③足：充足，引申为满是，都是。④瞿（qú）塘：即瞿塘峡，也称"夔峡"，长江三峡之一。西起重庆市奉节县白帝城，东至巫山县大宁河口。两岸悬崖峭壁，江面最窄处仅百余米。《水经注·江水》载："峡中有瞿塘、黄龙二滩，夏水回复，沿溯所忌。"⑤缫（sāo）丝：即缫丝，煮茧抽丝，制丝时把丝从蚕茧中抽出，合并成丝。在南朝乐府中"丝""思"为双关语。⑥头绪多：即思绪多。⑦"拨谷"句：写思妇默念：拨谷鸟已鸣，春天将尽，不见夫回，使人无可奈何。拨谷：即布谷鸟，因其叫声如"布谷"。布谷鸟叫，表明农忙季节已到。

采莲曲

若耶溪边采莲女，笑隔荷花共人语。
日照新妆水底明，风飘香袂空中举。
岸上谁家游冶郎，三三五五映垂杨。
紫骝嘶入落花去，见此踟蹰空断肠。

【注释】①采莲曲：属乐府清商曲辞。起于梁武帝萧衍父子，后人多拟之。②若耶溪：在今浙江绍兴市南。③袂：衣袖。一作"袖"。④游冶郎：出游寻乐的青年男子。⑤紫骝：毛色枣红的良马。⑥踟蹰：徘徊。

行路难·其一

金樽清酒斗十千，玉盘珍羞直万钱。
停杯投箸不能食，拔剑四顾心茫然。
欲渡黄河冰塞川，将登太行雪满山。
闲来垂钓碧溪上，忽复乘舟梦日边。
行路难！行路难！多歧路，今安在？
长风破浪会有时，直挂云帆济沧海。

【注释】①樽（zūn）：古代盛酒的器具，以金为饰。②清酒：清醇的美酒。③斗十千：一斗值十千钱（即万钱），形容酒美价高。④珍羞：珍贵的菜肴。羞：同"馐"，美味的食物。⑤直：通"值"，价值。⑥箸（zhù）：筷子。⑦"闲来"二句：表示诗人自己对从政仍有所期待。这两句暗用典故。姜太公吕尚曾在渭水的磻溪上钓鱼，得遇周文王，助周灭商；伊尹曾梦见自己乘船从日月旁边经过，后被商汤聘请，助商灭夏。碧：一作"坐"。⑧"多歧路"二句：岔道这么多，如今身在何处？岐：一作“歧”。安：哪里。⑨长风破浪：比喻实现政治理想。《宋书·宗悫传》载，宗悫少年时，叔父宗炳问他的志向，他说：“愿乘长风破万里浪。”⑩云帆：高高的船帆。船在海里航行，因天水相连，船帆好像出没在云雾之中。

行路难·其二

大道如青天，我独不得出。
羞逐长安社中儿，赤鸡白狗赌梨栗。
弹剑作歌奏苦声，曳裾王门不称情。
淮阴市井笑韩信，汉朝公卿忌贾生。
君不见昔时燕家重郭隗，拥篲折节无嫌猜。
剧辛乐毅感恩分，输肝剖胆效英才。
昭王白骨萦蔓草，谁人更扫黄金台？
行路难，归去来！

【注释】①社：古二十五家为一社。②白狗：一作“白雉”。③弹剑：战国时齐公子孟尝君门下食客冯谖曾屡次弹剑作歌怨己不如意。④贾生：汉初洛阳贾谊。⑤“君不见”四句：《战国策》载，昭王曰：“寡人将谁朝而可？”郭隗先生曰：“臣闻古之君人，有以千金求千里马者，三年不能得。涓人言于君曰：‘请求之。’君遣之。三月得千里马，马已死，买其首五百金，反以报君。君大怒曰：‘所求者生马，安事死马而捐五百金？’涓人对曰：‘死马且买之五百金，况生马乎？天下必以王为能市马，马今至矣。’于是不能期年，千里之马至者三。今王诚欲致士，先从隗始；隗且见事，况贤于隗者乎？岂远千里哉？”于是昭王为隗筑宫而师之。乐毅自魏往，邹衍自齐往，剧辛自赵往，士争凑燕。拥篲：燕昭王亲自扫路，恐灰尘飞扬，用衣袖挡帚以礼迎贤士邹衍。折节：一作“折腰”。⑥黄金台：招贤之所。即“（昭王为隗）筑宫”。一说“黄金台，易水东南十八里，燕昭王置千金于台上，以延天下之士”。⑦归去来：指隐居。语出东晋陶渊明《归去来辞》。

行路难·其三

有耳莫洗颍川水，有口莫食首阳蕨。
含光混世贵无名，何用孤高比云月？
吾观自古贤达人，功成不退皆殒身。
子胥既弃吴江上，屈原终投湘水滨。
陆机雄才岂自保？李斯税驾苦不早。
华亭鹤唳讵可闻？上蔡苍鹰何足道？
君不见吴中张翰称达生，秋风忽忆江东行。
且乐生前一杯酒，何须身后千载名？

【注释】①“有口”句：反用伯夷、叔齐典故。《史记·伯夷列传》载：“武王已平殷乱，天下宗周，而伯夷、叔齐耻之，义不食周粟，隐于首阳山，采薇而食之……遂饿死于首阳山。”《索引》载：“薇，蕨也。”薇、蕨本二草，前人误以为一。②“含光”句：言不露锋芒，随世俯仰之意。贵无名：以无名为贵。③云月：一作“明月”。④子胥：伍子胥，春秋末期吴国大夫。《吴越春秋》卷五《夫差内传》载：“吴王闻子胥之怨恨也，乃使人赐属镂之剑，子胥……遂伏剑而死。吴王乃取子胥尸，盛以鸱夷之器，投之于江中。”又见《国语·吴语》。⑤陆机：西晋文学家。《晋书·陆机传》载，陆机因宦人诬陷而被杀害于军中，临终叹曰：“华亭鹤唳，岂可复闻乎？”⑥李斯：秦国统一六国的大功臣，任秦朝丞相，后被杀。《史记·李斯列传》载，李斯喟然叹曰：“……斯乃上蔡布衣……今人臣之位，无居臣上者，可谓富贵极矣。物极则衰，吾未知所税驾？”《索引》载：“税驾，犹解驾，言休息也。”⑦“华亭”二句：用李斯典故。《史记·李斯列传》载：“二世二年七月，具斯五刑，论腰斩咸阳市。斯出狱，与其中子俱执，顾谓其中子曰：‘吾欲与若复牵黄犬俱出上蔡东门逐狡兔，岂可得乎！’”《太平御览》卷九二六载，《史记》曰：“李斯临刑，思牵黄犬、臂苍鹰，出上蔡门，不可得矣。”⑧“秋风”句：用张翰典故。《晋书·张翰传》载：“张翰，字季鹰，吴郡吴人也。……为大司马东曹掾。……因见秋风起，乃思吴中菰菜、莼羹、鲈鱼脍，曰：‘人生贵得适志，何能羁宦数千里，以要名爵乎？’遂命驾而归。……或谓之曰：‘卿乃纵适一时，独不为身后名邪？’答曰：‘使我有身后名，不如即时一杯酒。’时人贵其旷达。”

扶风豪士歌

洛阳三月飞胡沙，洛阳城中人怨嗟。
天津流水波赤血，白骨相撑如乱麻。
我亦东奔向吴国，浮云四塞道路赊。
东方日出啼早鸦，城门人开扫落花。
梧桐杨柳拂金井，来醉扶风豪士家。
扶风豪士天下奇，意气相倾山可移。
作人不倚将军势，饮酒岂顾尚书期。
雕盘绮食会众客，吴歌赵舞香风吹。
原尝春陵六国时，开心写意君所知。
堂中各有三千士，明日报恩知是谁？
抚长剑，一扬眉，清水白石何离离。
脱吾帽，向君笑；饮君酒，为君吟。
张良未逐赤松去，桥边黄石知我心。

【注释】①胡沙：胡尘，指安禄山叛军。飞胡沙：指洛阳陷入安禄山叛军之手。②天津：桥名。天津桥。隋大业元年初造此桥，以架洛水，田入缆维舟，皆以铁锁钩连之。南北夹路，对起四楼，其楼为日月表胜之象。然洛水溢，浮桥坏，贞观十四年更令石工累方石为脚。《尔雅》载“箕、斗之？为天汉之津”，故取名焉。故治在今洛阳西南洛水上。③波赤血：流水为血色染红，谓胡兵杀人之多。④“白骨”句：尸首遍地之意。天宝十四载（755）十二月，安禄山攻陷洛阳，杀人如麻，骸骨成堆。⑤道路赊：道路长远。赊：远。⑥金井：井口有金属之饰者。⑦“作人”句：作人：为人。辛延年《羽林郎》：“昔有霍家奴，姓冯名子都。依倚将军势，调笑酒家胡。”此句反其意而用之，谓扶风豪士为人不依仗权势。⑧原尝春陵：指战国时四公子，赵国的平原君、齐国的孟尝君、楚国的春申君、魏国的信陵君。⑨“抚长剑”二句：咏自己才能非同一般。《孟子·梁惠王下》：“夫抚剑疾视曰，彼恶敢当我哉？”⑩“张良”二句：《史记·留侯世家》载，张良怀抱着向强秦复仇的志向，在沂水桥上遇见黄石公，接受《太公兵法》一编。后来，他辅佐汉高祖刘邦，立下了不朽之功。天下大定后，他不贪恋富贵，自请引退，跟着赤松子去学仙。这里作者以张良自比，暗示自己的才智和抱负。

襄阳歌

洛日欲没岘山西，倒著接䍦花下迷。
襄阳小儿齐拍手，拦街争唱白铜鞮。
旁人借问笑何事，笑杀山翁醉似泥。
鸬鹚杓，鹦鹉杯。
百年三万六千日，一日须倾三百杯。
遥看汉水鸭头绿，恰似葡萄初酦醅。
此江若变作春酒，垒曲便筑糟丘台。
千金骏马换小妾，笑坐雕鞍歌落梅。
车旁侧挂一壶酒，凤笙龙管行相催。
咸阳市中叹黄犬，何如月下倾金罍？
君不见晋朝羊公一片石，龟头剥落生莓苔。
泪亦不能为之堕，心亦不能为之哀。
清风朗月不用一钱买，玉山自倒非人推。
舒州杓，力士铛，李白与尔同死生。
襄王云雨今安在？江水东流猿夜声。

【注释】①襄阳歌：为李白创辞，属杂歌谣辞。襄阳：唐县名，今属湖北。②岘山：一名岘首山，在今湖北襄樊市南。③倒著接䍦（lí）：用山简事。山简：西晋时期名士，山涛第五子。接䍦：白帽。④山翁：即山简。一作山公。⑤鸬鹚杓（sháo）：形如鸬鹚颈的长柄酒杓。⑥鹦鹉杯：用鹦鹉螺制成的酒杯。⑦鸭头绿：当时染色业的术语，指一种像鸭头上的绿毛一般的颜色。⑧酦醅：重酿而没有滤过的酒。⑨垒：堆积。⑩糟丘台：酒糟堆成的山丘高台。纣王沉湎于酒，以糟为丘。见《论衡·语增》。⑪“千金”句：《独异志》载：“后魏曹彰性倜傥，偶逢骏马爱之，其主所惜也。彰曰：‘予有美妾可换，惟君所选。’马主因指一妓，彰遂换之。”小：一作少。⑫笑：一作“醉”。⑬落梅：即《梅花落》，乐府横吹曲名。⑭凤笙：笙形似凤，古人常称为凤笙。⑮龙管：指笛，相传笛声如龙鸣，故称笛为龙管。⑯“咸阳”句：用秦相李斯被杀事。⑰罍：酒器。⑱羊公：指羊祜。⑲一片石：指堕泪碑。⑳龟：古时碑石下的石刻动物，形状似龟。㉑头：一作“龙”。㉒“心亦”句：《全唐诗》载：“一本此下有‘谁能忧彼身后事。金凫银鸭葬死灰’二句。”㉓

朗：一作“明”。㉔舒州杓：舒州（今安徽潜山县一带）出产的杓。唐时舒州以产酒器著名。㉕力士铛（chēng）：一种温酒的器具，唐代豫章（今江西南昌一带）所产。

梁园吟

我浮黄河去京阙，挂席欲进波连山。
天长水阔厌远涉，访古始及平台间。
平台为客忧思多，对酒遂作梁园歌。
却忆蓬池阮公咏，因吟“渌水扬洪波”。
洪波浩荡迷旧国，路远西归安可得！
人生达命岂暇愁，且饮美酒登高楼。
平头奴子摇大扇，五月不热疑清秋。
玉盘杨梅为君设，吴盐如花皎白雪。
持盐把酒但饮之，莫学夷齐事高洁。
昔人豪贵信陵君，今人耕种信陵坟。
荒城虚照碧山月，古木尽入苍梧云。
梁王宫阙今安在？枚马先归不相待。
舞影歌声散绿池，空余汴水东流海。
沉吟此事泪满衣，黄金买醉未能归。
连呼五白行六博，分曹赌酒酣驰晖。
歌且谣，意方远。
东山高卧时起来，欲济苍生未应晚。

【注释】①挂席：即挂帆、扬帆之义。②波连山：波浪如连绵的山峰。③平台：相传为春秋时期宋皇国父所筑，故址在今河南商丘东北。④对酒：一作“醉来”。⑤蓬池：其遗址在河南尉氏县东南。⑥阮公：指三国魏诗人阮籍。⑦旧国：旧都。指西汉梁国，一说指长安。⑧西归：萧士赟注：“唐都长安在西，白远离京国，故发‘西归安可得’之叹也。”⑨达命：通达知命。⑩暇：空闲工夫，一作“假”。⑪平头奴子：戴平头巾的奴仆。平头：头巾名，一种庶人所戴的帽巾。⑫吴盐：吴地所产之盐质地洁白如雪。⑬夷齐：殷末孤竹君两个儿子伯夷和叔齐的并称。

⑭信陵君：魏公子魏无忌，封为信陵君。仁而下士，当时诸侯以公子贤，多门客，不敢加兵谋魏十余年。曾窃虎符而救赵，为战国四公子之一。事见《史记·信陵君列传》。⑮苍梧：山名，即九嶷山，在今湖南宁远县南。⑯"梁王"句：阮籍《咏怀》："梁王安在哉。"此化用其句。梁王：指梁孝王刘武。⑰枚马：指汉代辞赋家枚乘和司马相如。⑱汴水：古水名，流经开封、商丘等地。⑲未能：一作"莫言"。⑳五白、六博：皆为古代博戏。㉑分曹：分对。两人一对为曹。㉒"东山"二句：《世说新语·排调》载："谢公在东山，朝命屡降而不动，后出为桓宣武司马，将发新亭，朝士咸出瞻送。高灵时为中丞，亦往相祖。先时多少饮酒，因倚而醉，戏曰：'卿屡违朝旨，高卧东山，诸人每相与言，安石不肯出，将如苍生何！今亦苍生将如卿何！'"

当涂赵炎少府粉图山水歌

峨眉高出西极天，罗浮直与南溟连。
名公绎思挥彩笔，驱山走海置眼前。
满堂空翠如可扫，赤城霞气苍梧烟。
洞庭潇湘意渺绵，三江七泽情洄沿。
惊涛汹涌向何处，孤舟一去迷归年。
征帆不动亦不旋，飘如随风落天边。
心摇目断兴难尽，几时可到三山巅。
西峰峥嵘喷流泉，横石蹙水波潺湲。
东崖合沓蔽轻雾，深林杂树空芊绵。
此中冥昧失昼夜，隐几寂听无鸣蝉。
长松之下列羽客，对坐不语南昌仙。
南昌仙人赵夫子，妙年历落青云士。
讼庭无事罗众宾，杳然如在丹青里。
五色粉图安足珍，真仙可以全吾身。
若待功成拂衣去，武陵桃花笑杀人。

【**注释**】①题注：赵炎：李白友人。少府：县尉之别称。粉图：即在粉墙上所绘之图。②"峨眉"句：峨眉：山名。也作峨嵋。在四川峨眉县西南。有山峰相对如蛾眉，故名。西极：西方极远之处。屈原《离骚》有“朝发轫于天津兮，夕余至乎西极”句。此句言画中之山像峨眉山那样雄伟高峻。③“罗浮”句：罗浮：山名。在广东增城、博罗、河源等县间。长达二百余里，峰峦四百余座，为粤中名山。南溟：即南海。此句言画中之山如罗浮山那样横亘至海。④“名公”句：名公：指著名的画家。公：一作“工”。绎思：推究思考。绎：蚕抽丝。此句言画家作画时，精心构思。⑤“驱山”句：这里用的是拟人手法，把画山画水，说成把山驱赶到画面中，让海水走入画面中。走：这里是使动用法，即使山走。⑥“赤城”句：赤城：山名，在浙江天台县。苍梧：山名，即湖南宁远境内的九嶷山。此句言画中山岳云蒸霞蔚，烟雾缭绕。⑦“洞庭”句：洞庭：即洞庭湖。潇湘：指湖南湘江。缈绵：悠远隐约。此句言画中江、湖望去悠远隐约。⑧“三江”句：三江七泽：概指江河湖泽。洄沿：谓水流上下回旋。逆流而上曰洄，顺流而下曰沿。全句意谓画面中的水流上下回旋。⑨迷：丧失。⑩“征帆”句：言画面中的舟船停滞不前，好像失去回家的时间。⑪心摇目断：谓因欣赏画面而心情激动，因凝神而看不见画面。⑫三山：说中的海上仙山，蓬莱、瀛洲、方丈。⑬“横石”句：为乱石横卧，流水急促，波浪起伏。⑭合沓：重叠。⑮芊绵：草木茂密繁盛。⑯冥昧：本指宇宙形成前的混沌状态，这里指阴暗。⑰隐几：伏在几案上。⑱羽客：指神仙或方士。⑲南昌仙：西汉时南昌尉梅福。《水经注》载，汉成帝时，九江梅福为南昌尉，后舍妻子去九江，传云得仙。这里借以美称画主人当涂尉赵炎。⑳“妙年”句：妙年：青春年少。年：一作“龄”。历落：洒脱不拘。青云士：本喻指位高名显的人，这里称誉赵炎仕途顺畅。㉑杳然：昏暗，深远。㉒“若待”二句：谓赵炎如果在仕途上功成名遂后再去隐居，那就失去隐逸的意义。武陵桃花：指陶渊明所描绘的桃花源境界。诗文中借指隐居之处。

【点评】此诗可与苏轼名篇《书王定国所藏烟江叠嶂图》对照阅读，苏轼应该算是有继承，也有创新。

江夏赠韦南陵冰

胡骄马惊沙尘起，胡雏饮马天津水。
君为张掖近酒泉，我窜三巴九千里。
天地再新法令宽，夜郎迁客带霜寒。
西忆故人不可见，东风吹梦到长安。
宁期此地忽相遇，惊喜茫如堕烟雾。

玉箫金管喧四筵，苦心不得申一句。
昨日绣衣倾绿樽，病如桃李竟何言？
昔骑天子大宛马，今乘款段诸侯门。
赖遇南平豁方寸，复兼夫子持清论。
有似山开万里云，四望青天解人闷。
人闷还心闷，苦辛长苦辛。
愁来饮酒二千石，寒灰重暖生阳春。
山公醉后能骑马，别是风流贤主人。
头陀云月多僧气，山水何曾称人意？
不然鸣笳按鼓戏沧流，呼取江南女儿歌棹讴。
我且为君槌碎黄鹤楼，君亦为吾倒却鹦鹉洲。
赤壁争雄如梦里，且须歌舞宽离忧。

【注释】①江夏：唐天宝元年（742）改鄂州为江夏郡，即今武汉市武昌。②韦南陵冰：即南陵县令韦冰，李白在长安结识的友人。③南陵：今安徽省南陵县。④胡骄：《汉书·匈奴传》载，匈奴单于自称：“南有大汉，北有强胡。胡者，天之骄子也”。此指安史叛军。⑤胡雏：年幼的胡人。《晋书·石勒载记》载：“石勒……上党武乡羯人也。……年十四，随邑人行贩洛阳，倚啸上东门。王衍见而异之，顾谓左右曰：‘向者胡雏，吾观其声视有奇志，恐将为天下之患。’”这里亦指安史之兵。⑥天津：河南洛阳西南洛水上有天津桥。⑦张掖（yè）、酒泉：皆唐郡，在今甘肃张掖市、酒泉市一带。瞿蜕园等《李白集校注》载：“韦冰盖先曾官于张掖，旋至长安，今赴官南陵也。”⑧三巴：古地名。巴郡、巴东、巴西的合称。相当今四川嘉陵江和綦江流域以东的大部地区。⑨天地再新：指两京收复后形势重新好转。⑩法令宽：指乾元二年（759）的大赦。⑪迁客：指自己。⑫带霜寒：比喻心有余悸。⑬故人：指韦冰。⑭宁期：哪里料到，没想到。⑮一句：一作“长句”。唐代以七言古诗为长句。⑯绣衣：指御史台的官员。因其常出使幕府，故有时亦以绣衣称幕僚。⑰病如桃李：病得像不讲话的桃李。借《史记·李将军列传》“桃李不言”的典故。这两句意为：昨天曾与节度使的幕僚们在一起饮宴，但心里抑郁，像无言的桃李，没处诉说。⑱大宛（yuān）马：古代西域大宛国所产的名马。⑲款段：行走缓慢的马。此指劣马。⑳诸侯：此指地方长官。㉑南平：指李白的族弟南平太守李之遥。㉒豁方寸：开心。㉓夫子：对韦冰的尊称。㉔清论：

清高脱俗的言论。㉕二千石：中国古代计算酒的容量用升、斗、石等单位。二千石是夸张的说法。㉖山公：指晋人山简。《世说新语·任诞》载，他常喝酒喝得烂醉如泥，“复能乘骏马，倒着白接䍦。”㉗贤主人：指韦冰。此句以山简喻韦冰。㉘头陀：僧寺名，故址约在今湖北武昌县东南。㉙笳：古代一种乐器。㉚挝鼓：击鼓。㉛戏沧流：到江中游玩。㉜歌棹（zhào）讴（ōu）：以船桨打着拍子唱歌。

答王十二寒夜独酌有怀

昨夜吴中雪，子猷佳兴发。
万里浮云卷碧山，青天中道流孤月。
孤月沧浪河汉清，北斗错落长庚明。
怀余对酒夜霜白，玉床金井冰峥嵘。
人生飘忽百年内，且须酣畅万古情。
君不能狸膏金距学斗鸡，坐令鼻息吹虹霓。
君不能学哥舒，横行青海夜带刀，西屠石堡取紫袍。
吟诗作赋北窗里，万言不直一杯水。
世人闻此皆掉头，有如东风射马耳。
鱼目亦笑我，谓与明月同。
骅骝拳跼不能食，蹇驴得志鸣春风。
折杨黄华合流俗，晋君听琴枉清角。
巴人谁肯和阳春，楚地由来贱奇璞。
黄金散尽交不成，白首为儒身被轻。
一谈一笑失颜色，苍蝇贝锦喧谤声。
曾参岂是杀人者？谗言三及慈母惊。
与君论心握君手，荣辱于余亦何有？
孔圣犹闻伤凤麟，董龙更是何鸡狗！
一生傲岸苦不谐，恩疏媒劳志多乖。
严陵高揖汉天子，何必长剑拄颐事玉阶。
达亦不足贵，穷亦不足悲。
韩信羞将绛灌比，祢衡耻逐屠沽儿。

君不见李北海，英风豪气今何在！
君不见裴尚书，土坟三尺蒿棘居！
少年早欲五湖去，见此弥将钟鼎疏。

【注释】①王十二：生平不详。王曾赠李白《寒夜独酌有怀》诗一首，李白以此作答。②子猷：即王子猷。《世说新语·任诞》载："王子猷居山阴，夜大雪，眠觉，开室命酌酒，四望皎然，因起彷徨，咏左思《招隐》诗，忽忆戴安道。时戴在剡，即便夜乘小船就之。经宿方至，造门不前而返。人问其故，王曰：'吾本乘兴而行，兴尽而返，何必见戴？'"此以子猷拟王十二。③中道：中间。④流孤月：月亮在空中运行。⑤沧浪：王琦注："沧浪，犹沧凉，寒冷之意。"这里有清凉的意思。⑥河汉：银河。⑦长庚：星名，即太白金星。见《诗经·小雅·大东》："东有启明，西有长庚。"古时把黄昏时分出现于西方的金星称为长庚星。⑧玉床：此指井上的装饰华丽的栏杆。⑨狸膏：用狐狸肉炼成的油脂，斗鸡时涂在鸡头上，对方的鸡闻到气味就畏惧后退。⑩金距：套在鸡爪上的金属品，使鸡爪更锋利。⑪"坐令"句：王琦注："玄宗好斗鸡，时以斗鸡供奉者，若王准、贾昌之流，皆赫奕可畏。"李白《古风·大车扬飞尘》有"路逢斗鸡者，冠盖何辉赫，鼻息干虹霓"句。⑫哥舒：即哥舒翰，唐朝大将，突厥族哥舒部人。曾任陇右、河西节度使。《太平广记》卷四九五《杂录》载："天宝中，哥舒翰为安西节度使，控地数千里，甚着威令，故西鄙人歌之曰：'北斗七星高，哥舒夜带刀。吐蕃总杀尽，更筑两重濠。'"⑬西屠石堡：指天宝八载哥舒翰率大军强攻吐蕃的石堡城。《旧唐书·哥舒翰传》载："吐蕃保石堡城，路远而险，久不拔。八载，以朔方、河东群牧十万众委翰总统攻石堡城。翰使麾下将高秀岩、张守瑜进攻，不旬日而拔之。上录其功，拜特进、鸿胪员外卿，与一子五品官，赐物千匹，庄宅各一所，加摄御史大夫。"⑭紫袍：唐朝三品以上大官所穿的服装。⑮不直：不值得。直：通"值"。⑯明月：一种名贵的珍珠。《文选》卷二九张协《杂诗十首》之五"鱼目笑明月"。张铣注："鱼目，鱼之目精白者也。明月，宝珠也。"此以鱼目混为明月珠而喻朝廷小人当道。⑰骅骝（huá liú）：骏马，此喻贤才。⑱蹇（jiǎn）驴：跛足之驴，此喻奸佞。⑲折扬黄华：古代俗曲。黄华又作皇华、黄花。《庄子·天地》载："大声不入于里耳，《折杨》《皇华》则嗑然而笑。"成玄英疏："《折杨》《皇华》，盖古之俗中小曲也，玩狎鄙野，故嗑然动容。"⑳清角：曲调名。传说这个曲调有德之君才能听，否则会引起灾祸。《韩非子·十过》载，春秋时晋平公强迫师旷替他演奏《清角》，结果晋国大旱三年，平公也得了病。㉑巴人：即《下里巴人》，古代一种比较通俗的曲调。㉒阳春：即《阳春白雪》，古代一种比较高雅的曲调。㉓奇璞（pú）：珍奇的美玉。“璞”是内藏美玉的石头。《韩非子·和氏》载：“楚人和氏得玉璞楚山中，奉而献之厉王。厉王使玉人相之。玉人曰：‘石也。’王以和为诳而刖其左足。及厉王薨，武王即位，和又奉其璞而献之武王。武王使玉人相之，又曰：‘石也。’王又以和为诳而刖其右足。武王薨，文王即位。和乃抱其璞而哭于楚山之下，三日三夜，泪尽而继之以血。王闻之，使人问其故曰：‘天下之刖者多矣，子奚哭之悲也？’和曰：‘吾非悲刖也，悲夫宝玉而题之以石，贞士而名之以诳，此吾所以悲也。’王乃使玉人理其璞，而得宝焉。遂名曰和氏之璧。”㉔苍蝇：比喻进谗言的人。《诗·小雅·青蝇》载：“营营青蝇，止于樊，岂弟君子，无信谗言。”㉕贝锦：有花纹的贝壳，这里比喻谗言。《诗经·小雅·巷伯》载：“萋兮斐兮，成是贝锦。彼谮人者，亦已太甚。”这两句意为谈笑之间稍有不慎，就会被进谗的人作为罪过进行诽谤。㉖曾参：春秋时鲁国人，孔子的门徒。《战国策·秦策二》载：“曾子处费，费人有与曾子同名姓者而杀人。人告曾子母曰：‘曾参杀人。’曾子之母曰：‘吾子不杀人。’织自若。有顷焉，一人又曰：‘曾参杀人。’其母尚织自若也。顷之，一人又告之曰：‘曾参杀人。’其母惧，投杼，逾墙而走。”㉗伤凤麟：《论语·子罕》载：“子曰：‘凤鸟不至，河不出图，吾已矣夫！’”《史记·孔子世家》载：“鲁哀公十四年春，叔孙氏车子鉏商获兽，以为不祥。仲尼视之曰：‘麟也。’叹之曰：‘河不出图，雒不出书，吾已矣夫！’颜渊死，孔子曰：‘天丧予！’及西狩见麟，曰：‘吾道穷矣。’”㉘董龙：《资治通鉴》载：“秦司空王堕性刚毅。右仆射董荣，侍中强国皆以佞幸进，堕疾之如仇。每朝见，荣未尝与之言。或谓堕曰：‘董君贵幸如此，公宜小降意接之。’堕曰：‘董龙是何鸡狗？而今国士与之言乎！’”胡三省注：“龙，董荣小字。”㉙不谐：不能随俗。㉚恩疏：这里指君恩疏远。㉛媒劳：指引荐的人徒费苦心。㉜乖：事与愿违。㉝严陵：即东汉隐士严光，字子陵，曾与光武帝刘秀同学。刘秀做皇帝后，严光隐居。帝亲访之，严终不受命（见《后汉书》卷八三《逸民传》）。㉞长剑拄颐：长剑顶到面颊。形容剑长。《战国策·齐策六》载：“大冠若箕，修剑拄颐。”㉟事玉阶：在皇宫的玉阶下侍候皇帝。㊱韩信：汉初大将，淮阴人。楚汉战争期间，曾被封为齐王。汉王朝建立后，改封楚王，后降为淮阴侯。《史记·淮阴侯列传》载，韩信降为淮阴侯后，常称病不朝，羞与绛侯周勃、颍阴侯灌婴等并列。㊲祢衡：汉末辞赋家。《后汉书·祢衡传》载：“祢衡……少有才辩，而气尚刚毅，矫时慢物……是时许都新建，贤士大夫四方来集。或问衡曰：‘盍从陈长文、司马伯达乎？’对曰：‘吾焉能从屠沽儿耶！’”㊳李北海：即李邕。㊴裴尚书：即裴敦复，唐玄宗时任刑部尚书。李、裴皆当时才俊之士，同时被李林甫杀害。㊵五湖：太湖及其周围的四个湖。五湖去：借春秋时越国大夫范蠡功成身退、隐居五湖的故事，说明自己自少年时代就有隐居之志。㊶弥：更加。㊷钟鼎：鸣钟列鼎而食，形容贵族人家的排场。这里代指富贵。

【点评】此诗在太白著名诗篇中属于非著名的，原因可能是不带仙气，通篇是凡人的牢骚语，但感觉更真实。个人很喜欢的一首诗。

上李邕

大鹏一日同风起，扶摇直上九万里。
假令风歇时下来，犹能簸却沧溟水。
时人见我恒殊调，闻余大言皆冷笑。
宣父犹能畏后生，丈夫未可轻年少。

【注释】①上：呈上。②李邕，字泰和，广陵江都（今江苏江都）人，唐代书法家、文学家。③摇：由下而上的大旋风。④假令：假使，即使。⑤簸却：激起。⑥沧溟：大海。⑦恒：常常。⑧殊调：不同流俗的言行。⑨余：我。⑩大言：言谈自命不凡。⑪宣父：即孔子，唐太宗贞观十一年（637）诏尊孔子为宣父。宣父：一作“宣公”。⑫丈夫：古代男子的通称，此指李邕。

猛虎行

朝作猛虎行，暮作猛虎吟。
肠断非关陇头水，泪下不为雍门琴。
旌旗缤纷两河道，战鼓惊山欲倾倒。
秦人半作燕地囚，胡马翻衔洛阳草。
一输一失关下兵，朝降夕叛幽蓟城。
巨鳌未斩海水动，鱼龙奔走安得宁？
颇似楚汉时，翻覆无定止。
朝过博浪沙，暮入淮阴市。
张良未遇韩信贫，刘项存亡在两臣。
暂到下邳受兵略，来投漂母作主人。

贤哲栖栖古如此，今时亦弃青云士。
有策不敢犯龙鳞，窜身南国避胡尘。
宝书玉剑挂高阁，金鞍骏马散故人。
昨日方为宣城客，掣铃交通二千石。
有时六博快壮心，绕床三匝呼一掷。
楚人每道张旭奇，心藏风云世莫知。
三吴邦伯皆顾盼，四海雄侠两追随。
萧曹曾作沛中吏，攀龙附凤当有时。
溧阳酒楼三月春，杨花茫茫愁杀人。
胡雏绿眼吹玉笛，吴歌白纻飞梁尘。
丈夫相见且为乐，槌牛挝鼓会众宾。
我从此去钓东海，得鱼笑寄情相亲。

【注释】①猛虎行：乐府旧题。《乐府诗集》卷三十一列入《相和歌辞·平调曲》。古辞云：“饥不从猛虎食，暮不从野雀栖。野雀安无巢，游子为谁骄。”晋人陆机、谢惠连都赋有《猛虎行》诗，都表现行役苦辛，志士不因艰险改节。②“朝作”二句：一作“行亦猛虎吟，坐亦猛虎吟”。猛虎：多喻恶人，此喻安禄山叛军。③陇头水：古乐府别离之曲《陇头歌辞》：“陇头流水，鸣声呜咽。遥望秦川，心肝断绝。”④雍门琴：战国时鼓琴名家雍门子周所鼓之琴。⑤两河道：谓唐之河北道和河南道，即现在的河南省、山东省、河北省和辽宁省部分地区。此二道于天宝十四载（755）十一月已先后被安禄山叛军所攻陷。⑥秦人：指秦地（今陕西一带）的官军和百姓。⑦幽蓟：幽州和蓟州。在今北京市和河北一带。⑧巨鳌：此指安禄山。⑨博浪沙：在今河南省原阳县东南。⑩漂母：漂洗衣絮的老妇人。此用《史记》韩信典故。⑪栖栖：急迫不安貌。⑫胡尘：指安史之乱战尘。⑬二千石：指太守、刺史类的官员。汉代郡守俸禄为二千石，故以二千石称郡守。⑭六博：古代的一种博戏。共有十二棋，六黑六白。⑮两追随：一作“皆相推”，一作“皆追随”。⑯攀龙附凤：此指君臣际遇。⑰溧阳：即今江苏省溧阳县。⑱白纻（zhù）：即《白纻歌》，乐府曲名。为吴地歌舞曲。纻：同“纻”，苎麻。《说文》载，纻，麻属，细者为絟，粗者为纻。⑲槌牛：此处谓宰牛。⑳情相亲：谓知己。

将进酒

君不见黄河之水天上来，奔流到海不复回。
君不见高堂明镜悲白发，朝如青丝暮成雪。
人生得意须尽欢，莫使金樽空对月。
天生吾徒有俊才，千金散尽还复来。
烹羊宰牛且为乐，会须一饮三百杯。
岑夫子，丹丘生，将进酒，杯莫停。
与君歌一曲，请君为我倾耳听。
钟鼓馔玉不足贵，但愿长醉不复醒。
古来圣贤皆寂寞，惟有饮者留其名。
陈王昔时宴平乐，斗酒十千恣欢谑。
主人何为言少钱，径须沽取对君酌。
五花马，千金裘，
呼儿将出换美酒，与尔同销万古愁。

【注释】①将（qiāng）进酒：请饮酒。乐府古题，原是汉乐府短箫铙歌的曲调。《乐府诗集》卷十六引《古今乐录》载："汉鼓吹铙歌十八曲，九曰《将进酒》。"《敦煌诗集残卷》三个手抄本此诗均题作"惜罇空"。《文苑英华》卷三三六题作"惜空罇酒"。将：请。②君不见：乐府诗常用作提醒人语。③天上来：黄河发源于青海，因那里地势极高，故称。④高堂：房屋的正室厅堂。一说指父母，不合诗意。一作"床头"。⑤青丝：喻柔软的黑发。一作"青云"。⑥成雪：一作"如雪"。⑦得意：适意高兴的时候。⑧会须：正应当。⑨岑夫子：岑勋。⑩丹丘生：元丹丘。此二人均为李白的好友。⑪杯莫停：一作"君莫停"。⑫与君：给你们，为你们。君：指岑、元二人。⑬倾耳听：一作"侧耳听"。⑭钟鼓：富贵人家宴会中奏乐使用的乐器。⑮馔（zhuàn）玉：形容食物如玉一样精美。⑯不复醒：也有版本为"不用醒"或"不愿醒"。⑰陈王：指陈思王曹植。⑱平乐（lè）：观名。在洛阳西门外，为汉代富豪显贵的娱乐场所。⑲恣：纵情任意。⑳谑（xuè）：戏。㉑言少钱：一作"言钱少"。㉒径须：干脆，只管。㉓沽：通"酤"，买。㉔五花马：指名贵的马。一说毛色作五花纹，一说颈上长毛修剪成五瓣。

【点评】据敦煌卷，"天生我材必有用"恢复为"天生吾徒有俊才"。喜欢"天生我材必有用"也不犯法，喜欢就好。

把酒问月

青天有月来几时？我今停杯一问之。
人攀明月不可得，月行却与人相随。
皎如飞镜临丹阙，绿烟灭尽清辉发。
但见宵从海上来，宁知晓向云间没。
白兔捣药秋复春，嫦娥孤栖与谁邻？
今人不见古时月，今月曾经照古人。
古人今人若流水，共看明月皆如此。
唯愿当歌对酒时，月光长照金樽里。

【注释】①题下作者自注：故人贾淳令予问之。②丹阙：朱红色的宫殿。③绿烟：指遮蔽月光的浓重的云雾。④但见：只看到。⑤宁知：怎知。⑥没（mò）：隐没。⑦白兔捣药：神话传说月中有白兔捣仙药。见西晋傅玄《拟天问》："月中何有，白兔捣药。"⑧嫦娥：神话中的月中女神。传说她原是后羿的妻子，偷吃了羿的仙药，成为仙人，奔入月中。见《淮南子·览冥训》。⑨当歌对酒时：在唱歌饮酒的时候。曹操《短歌行》："对酒当歌，人生几何？"⑩金樽：精美的酒具。

【点评】苏轼代表作《水调歌头·中秋》"明月几时有，把酒问青天，不知天上宫阙，今夕是何年"，青出于蓝而胜于蓝。

酬中都小吏携斗酒双鱼于逆旅见赠

鲁酒若琥珀，汶鱼紫锦鳞。
山东豪吏有俊气，手携此物赠远人。
意气相倾两相顾，斗酒双鱼表情素。
双鳃呀呷鳍鬣张，拨刺银盘欲飞去。
呼儿拂几霜刃挥，红肌花落白雪霏。
为君下箸一餐饱，醉著金鞍上马归。

【注释】①中都：唐代郡名，治所即今山东汶上县。开元九年（721），唐改蒲州（今山西永济蒲州）为河中府，建号"中都"。②鲁酒：鲁地的酒。③汶鱼：一种产于汶水的河鱼，肉白，味美。汶河流域所产的赤鳞鱼，古时用作贡品献给帝王。据《元和郡县志》，汶水北离中都县二十四里。④豪吏：有豪气的官吏，这里称美中都小吏。⑤远人：远来的客人，指李白自己。⑥呀呷：吞吐开合貌，形容鱼的两腮翕动。⑦鳍（qí）鬣（liè）：鱼的背鳍为鳍，胸鳍为鬣。⑧拨剌：鱼掉尾声。⑨几：桌案。⑩霜刃：闪亮的利刃。⑪白雪：《文选》卷三十五张协《七命》载："尔乃命支离，飞霜锷，红肌绮散，素肤雪落。"李白诗意本于此，谓剖开的鱼红者如花，白者如雪。⑫箸：筷子。⑬著：登。

赠裴十四

朝见裴叔则，朗如行玉山。
黄河落天走东海，万里写入胸怀间。
身骑白鼋不敢度，金高南山买君顾。
徘徊六合无相知，飘若浮云且西去！

【注释】①裴十四：当是裴政，为李白好友，"竹溪六逸"之一。②"朝见"二句：裴叔则：即晋朝的裴楷，尝任中书令，人称裴令公，仪容儁伟。《世说新语·容止》载："裴令公有俊容仪，脱冠冕，粗头乱服皆好。时人以为玉人。见者曰：'见裴叔则如玉山上行，光映照人。'"此以裴叔则喻裴十四。③"黄河"二句：以黄河入海喻裴十四胸怀的阔大。④"身骑"句：《楚辞·九歌·河伯》载："乘白鼋兮逐文鱼，与女游兮河之渚。"此谓裴十四之才学心胸之深广，己不敢轻易测度。⑤"金高"句：《列女传·节义传》载："郑子瞀者，楚成王之夫人也。初，成王登台，子瞀不顾。王曰：'顾，吾又与女千金，而封若父兄。'子瞀遂不顾。子瞀曰：'不顾，告以夫人之尊，示以封爵之重而后顾，则是妾贪贵乐利以忘义理也。'"此句谓须千金才可买裴十四之一顾，可见李白对友人裴十四推许之重。⑥六合：上下四方谓之六合。

西岳云台歌送丹丘子

西岳峥嵘何壮哉！黄河如丝天际来。
黄河万里触山动，盘涡毂转秦地雷。

荣光休气纷五彩，千年一清圣人在。
巨灵咆哮擘两山，洪波喷箭射东海。
三峰却立如欲摧，翠崖丹谷高掌开。
白帝金精运元气，石作莲花云作台。
云台阁道连窈冥，中有不死丹丘生。
明星玉女备洒扫，麻姑搔背指爪轻。
我皇手把天地户，丹丘谈天与天语。
九重出入生光辉，东求蓬莱复西归。
玉浆倘惠故人饮，骑二茅龙上天飞。

【注释】①题注：西岳：即华山，亦名太华山。在今陕西华阴南，黄河在其北二十里，在山上望中可见。《尔雅·释山》载："华山为西岳。"云台：华山北峰，此峰上冠景云，下通地脉，形如楼台，上耸入云。丹丘子：即元丹丘，又称丹丘生、元丹子，李白于安陆时所结识的一位道友，于颜阳、嵩山、石门山等处都有别业，曾为胡紫阳弟子，与玉真公主关系密切，并与玉真公主一道向唐玄宗推荐召李白入京。②峥嵘：高峻貌。③黄河如丝：《华山记》载，从华山的落雁峰"俯眺三秦，旷莽无际。黄河如一缕水，缭绕岳下"。④盘涡毂（gǔ）转：车轮中间车轴贯入处的圆木。这里形容水波急流，盘旋如轮转。《文选》郭璞《江赋》载："盘涡毂转，凌涛山颓。"李善注："涡，水旋流也。"张铣注："盘涡，言水深风壮，流急相冲，盘旋作深涡，如毂之转。"⑤荣光休气：形容河水在阳光下所呈现的光彩，仿佛一片祥瑞的气象。王琦注引《尚书中候》："尧即政七十载，修坛河、洛。荣光出河，休气四塞。"郑玄注："荣光，五色，从河水中出。休，美也。"⑥千年一清：黄河多挟泥沙而下，少有清时，古代以河清为祥瑞的象征，也以河清称颂清明的治世。晋王嘉《拾遗记》载："黄河千年一清，至圣之君以为大瑞。"⑦圣人：指当时的皇帝唐玄宗。⑧"巨灵"二句：《水经注·河水》引古语："华岳本一山，当河，河水过而曲行。河神巨灵，手荡脚踏，开而为两，今掌足之迹，仍存华岩。"擘（bò）：剖开。箭：一作"流"。⑨三峰：指东峰朝阳峰、南峰落雁峰、西峰莲花峰。⑩高掌：即仙人掌，华山山峰名。王琦注，山之东北为仙人掌，即所谓巨灵掌也。⑪白帝：神话中的五天帝之一，是西方之神。华山是西岳，故属白帝。道家以西方属金，故称白帝为西方之金精。⑫元气：中国古代思想家认为形成世界最元始的东西是元气，无形状可言，天地万物都由元气而生。⑬“石作”句：慎蒙《名山诸胜一览记》载：“李白诗‘石作莲花云作台’，今观山形，外罗诸山如莲瓣，中间三峰特出如莲心，其下如云台峰，自远望之，宛如青色莲花，开于云台之上也。”⑭阁道：即栈道。山路险阻，凿石架木以通行的道路。⑮连窈冥：一作“人不到”。窈冥：高深不可测之处。⑯明星玉女：仙女名，据说她们住在华山上，服玉浆，白日升天。⑰麻姑：神话中的人物，传说为建昌人，东汉桓帝时应王方平之邀，降于蔡经家，年约十八九岁，能掷米成珠。自言曾见东海三次变为桑田。⑱我皇：指天帝。⑲把：把持、主宰。⑳天地户：天地之门户。《汉武帝内传》载，王母命侍女法安婴歌《元灵之曲》，曰：“天地虽寥廓，我把天地户。”㉑谈天：即言天地之道也。战国时齐人邹衍喜欢谈论宇宙之事，人称他是“谈天衍”。㉒与天语：与皇帝谈话。此处之“天”字，指天子、皇帝。㉓九重：天的极高处。一说天子之门九重，此指天子居处，即皇宫。㉔光辉：荣耀。㉕东求蓬莱：即求仙也。蓬莱：东海中有蓬莱仙岛。㉖西归：西入长安。㉗玉浆：仙人所饮之浆。㉘惠：赠也。㉙故人：李白自指。㉚茅龙：据《列仙传》，仙人使卜师呼子先与酒家妪骑二茅狗，变成飞龙，升天成仙。

寄远·其八

忆昨东园桃李红碧枝，与君此时初别离。
金瓶落井无消息，令人行叹复坐思。
坐思行叹成楚越，春风玉颜畏销歇。
碧窗纷纷下落花，青楼寂寂空明月。
两不见，但相思，
空留锦字表心素，至今缄愁不忍窥。

【注释】①金瓶落井：犹言石沉大海。语本南朝齐宝月《估客乐》之二：“莫作瓶落井，一去无消息。”②楚越：楚国和越国。喻相距遥远。③锦字：喻华美的文辞。④心素：心意，心愿。

草书歌行

少年上人号怀素，草书天下称独步。
墨池飞出北溟鱼，笔锋杀尽中山兔。

八月九月天气凉，酒徒词客满高堂。
笺麻素绢排数箱，宣州石砚墨色光。
吾师醉后倚绳床，须臾扫尽数千张。
飘风骤雨惊飒飒，落花飞雪何茫茫！
起来向壁不停手，一行数字大如斗。
恍恍如闻神鬼惊，时时只见龙蛇走。
左盘右蹙如惊电，状同楚汉相攻战。
湖南七郡凡几家，家家屏障书题遍。
王逸少，张伯英，古来几许浪得名。
张颠老死不足数，我师此义不师古。
古来万事贵天生，何必要公孙大娘浑脱舞。

【注释】①怀素：字藏真，本姓钱，生于零陵。七岁为僧，自幼爱好书法，因无钱买纸，在寺旁种芭蕉树，用蕉叶代纸。秃笔成堆，埋于山下，称“笔冢”。旁有小池，常洗砚水变黑，名“墨池”。好饮酒，醉后每遇寺壁、衣带、器皿皆用来写字。以草书闻名于世，与张旭并称“颠张醉素”。②墨池：《法书要录》载：“弘农张芝善草书，改临学书，池水尽墨。”《太平寰宇记》载：“墨池，王右军洗砚池也。”《方舆胜览》载：“绍兴府成珠寺本王羲之故宅，门外有二池，曰墨池、鹅池。”③中山兔：《元和郡县志》载，中山在宣州水县东南十五里，出兔毫，为笔精妙。④笺麻：唐代的纸。以五色染成，或用研光，或用金银泥画花样来做成笺纸，纸以麻来作为材料，称为麻纸。⑤素绢：丝织品的名称。在丝织品中，中等至下等者被称之为绢，绢中精白的织品被称之为素。⑥绳床：原称胡床，又称交床。一种可以折叠的轻便坐具。胡床是东汉时从域外传入中原一带的，《风俗通》中便有“灵帝好胡床”的记载。这种坐具的最大特点是可以交叉折叠。交椅就是在绳床的基础上发展起来的。⑦恍恍（huǎng）：隐隐约约，看不清楚的样子。⑧七郡：湖南七郡指长沙郡、衡阳郡、桂阳郡、零陵郡、连山郡、江华郡、邵阳郡，此七郡皆在洞庭湖之南，所以说“湖南”。⑨王逸少：王羲之，字逸少，琅琊临沂（今属山东）人，东晋书法家。出身贵族，官至右军将军、会稽内史，世称王右军。其书法俊逸遒劲，独创圆转流利的风格，擅长隶、草、正、行各体，被奉为“书圣”。⑩张伯英：张芝，字伯英，弘农（今河南灵宝县）人，善草书。他继承传统，精于草书技巧。凡是家中衣帛，他必定拿来练习书法。临池学习书法，池水全被染成墨色。韦仲将称他为草圣。⑪张颠：张旭。《旧唐书》载，吴郡张旭善写草书而且喜欢喝酒，每次醉后号呼狂走，索要毛笔挥洒写字，变化无穷，如有神功。时人称为“张颠”。⑫浑脱舞：唐代舞名。长孙无忌以乌羊皮为浑脱毡帽，大家仿效，叫做赵公浑脱，后来演变为舞蹈。浑脱：指以全羊皮制成的物品。杜甫《观公孙大娘弟子舞剑器行并序》：“昔者吴人张旭，善草书书帖，数常于邺县见公孙大娘舞西河剑器，自此草书长进，豪荡感激，即公孙可知矣。”《乐府杂录》载：“开元中有公孙大娘善舞剑器，僧怀素见之，草书遂长。盖准其顿挫之势也。”

【点评】此篇苏轼断为伪作，就算是伪作，也还不错。

携妓登梁王栖霞山孟氏桃园中

碧草已满地，柳与梅争春。
谢公自有东山妓，金屏笑坐如花人。
今日非昨日，明日还复来。
白发对绿酒，强歌心已摧。
君不见梁王池上月，昔照梁王樽酒中。
梁王已去明月在，黄鹂愁醉啼春风。
分明感激眼前事，莫惜醉卧桃园东。

【注释】①梁王：指汉梁孝王刘武。南朝宋谢惠连《雪赋》：“岁将暮，时既昏，寒风积，愁云繁，梁王不悦，游于兔园。乃置旨酒，命宾友，召邹生，延枚叟。相如末至，居客之右。”②谢公：指晋谢安。③东山妓：指晋谢安在东山居住时所畜养的能歌善舞的女艺人。

临终歌

大鹏飞兮振八裔，中天摧兮力不济。
馀风激兮万世，游扶桑兮挂左袂。
后人得之传此，仲尼亡兮谁为出涕！

【注释】①裔（yì）：边，边远的地方。②中天：半空。③摧：摧折。④馀风：遗风。馀：通“余”。⑤扶桑：神话传说中的大树，这里指皇帝。⑥挂：喻腐朽势力阻挠。⑦左袂：左衽。汉族传统习俗，死者之服用左衽，示“不复解”也。此句指诗人幻想自己与大鹏合为一体，挂于扶桑枝上而死。⑧得：知大鹏夭折半空。⑨仲尼：鲁国有人抓到一条麒麟，孔子认为麒麟出非其时，世道将乱，大哭。

※ 高适

封丘作

我本渔樵孟诸野，一生自是悠悠者。
乍可狂歌草泽中，宁堪作吏风尘下？
只言小邑无所为，公门百事皆有期。
拜迎长官心欲碎，鞭挞黎庶令人悲。
归来向家问妻子，举家尽笑今如此。
生事应须南亩田，世情尽付东流水。
梦想旧山安在哉，为衔君命且迟回。
乃知梅福徒为尔，转忆陶潜归去来。

【注释】①渔樵：打渔砍柴。②孟诸：古大泽名，在今河南商丘东北。③小邑：小城。④公门：国家机关。⑤期：期限。⑥碎：一作“破”。⑦黎庶：黎民百姓。⑧归：一作“悲”。⑨妻子：妻子与儿女。⑩生事：生计。⑪南亩田：泛指田地。⑫旧山：家山，故乡。⑬衔：奉。⑭且：一作“日”。⑮迟回：徘徊。⑯梅福：西汉末隐者。曾任南昌县尉，数次上书言事。后弃家隐遁，传说后来修道成仙而去。⑰归去来：指陶渊明《归去来辞》。

【点评】“拜迎长官心欲碎，鞭挞黎庶令人悲。”一入红尘有是非，奈何？管理一群机器人估计就不会有这样的情绪吧？

燕歌行（并序）

开元二十六年，客有从御史大夫张公出塞而还者，作《燕歌行》以示适。感征戍之事，因而和焉。

汉家烟尘在东北，汉将辞家破残贼。
男儿本自重横行，天子非常赐颜色。
摐金伐鼓下榆关，旌旗逶迤碣石间。
校尉羽书飞瀚海，单于猎火照狼山。
山川萧条极边土，胡骑凭陵杂风雨。
战士军前半死生，美人帐下犹歌舞。
大漠穷秋塞草腓，孤城落日斗兵稀。
身当恩遇恒轻敌，力尽关山未解围。
铁衣远戍辛勤久，玉箸应啼别离后。
少妇城南欲断肠，征人蓟北空回首。
边庭飘飖那可度，绝域苍茫更何有？
杀气三时作阵云，寒声一夜传刁斗。
相看白刃血纷纷，死节从来岂顾勋。
君不见沙场征战苦，至今犹忆李将军。

【注释】①燕歌行：乐府《相和歌辞·平调曲》旧题，前人曹丕、萧绎、庾信所作，多为思妇怀念征夫之意。②御史大夫张公：此指幽州节度使张守珪。开元二十三年（735）张因与契丹作战有功，拜辅国大将军兼御史大夫。遂恃功骄纵，不恤士卒，开元二十六年（738），其部将败于契丹，张却隐瞒败绩，虚报战功，并贿赂奉命前去调查的牛仙童。高适从“客”处得悉实情，乃作此诗以“感征戍之事”。③“汉家”四句：开元十八年（730）五月，契丹及奚族叛唐，此后唐与契、奚之间战事不断。汉将：指张守珪将领。非常赐颜色：即破格赐予荣耀。④摐金伐鼓：军中鸣金击鼓。⑤榆关：山海关。⑥逶迤：连绵不断。⑦碣石：山名，在今河北昌黎县北。此借指东北沿海一带。⑧校尉：就是现在说的指挥官或教官。校（jiào）：练兵场，也就是校场。练兵校正动作和队形，以提高训练质量提高士兵素质。⑨羽书：

插有羽毛的紧急军事文书。⑩瀚海：大沙漠。⑪猎火：狩猎时所举之火。⑫狼山：阴山山脉西段，在今内蒙古自治区中部。此外借瀚海、狼山泛指当时战场。⑬凭陵：逼压。⑭穷秋：深秋。⑮腓（一作衰）：变黄。隋虞世基《陇头吟》“穷秋塞草腓，塞外胡尘飞”。⑯“身当”二句：一写主帅受皇恩而轻敌，一写战士拼死苦战也未能冲破敌人的包围。⑰铁衣：借指将士。《木兰辞》有“寒光照铁衣”句。⑱玉箸：白色的筷子，比喻思妇的泪水如注。⑲城南：长安城南，当时是百姓居住区。⑳蓟北：唐蓟州治所在渔阳（今天津蓟县）。此泛指东北战场。㉑边风飘飖：一作边庭飘飘，形容边塞战场动荡不宁。㉒绝域：更遥远的边陲。㉓更何有：更加荒凉不毛。㉔三时：早、午、晚。㉕阵云：战云。㉖刁斗：军中夜里巡更敲击报时用的铜器。㉗死节：为节义而死，此指为国捐躯。㉘李将军：指汉将军李广，能征善战，在战场上常身先士卒，又体恤将士，被后世视为好将军的典范。见《史记·李将军传》。

【点评】边塞诗的招牌篇目。朗诵这首古诗，我常会想起西汉的李陵、东汉的耿恭，孤忠报国，喋血沙场。有人能写成小说、拍成电影一定是史诗级大作。

人日寄杜二拾遗

人日题诗寄草堂，遥怜故人思故乡。
柳条弄色不忍见，梅花满枝空断肠。
身在远藩无所预，心怀百忧复千虑。
今年人日空相忆，明年人日知何处。
一卧东山三十春，岂知书剑老风尘。
龙钟还忝二千石，愧尔东西南北人。

【注释】①人日：旧俗以农历正月初七为人日。《太平御览》卷九七六引南朝梁宗懔《荆楚岁时记》载：“正月七日为人日。以七种菜为羹，剪彩为人或镂金箔为人，以贴屏风，亦戴之头鬓。又造华胜以相遗，登高赋诗。”②杜二拾遗：即诗人杜甫。③草堂：茅草盖的堂屋。旧时文人常以“草堂”名其所居，以标风操之高雅。此处指杜甫的成都草堂。④弄色：显现美色。⑤空：一作“堪”。⑥断肠：形容极度思念或悲痛。三国魏曹丕《燕歌行》：“念君客游思断肠，慊慊思归恋故乡。”⑦远藩（fān）：一作“南蕃”。指南方的遥远地区。⑧预：参与。此处是参与朝政之意。⑨百忧复千虑：极言忧虑之多。⑩人日：一作“此日”。⑪东山：

东晋谢安曾高卧东山(今浙江省上虞市西南),不愿出来做官,这里诗人以谢安自比。⑫三十春:高适二十岁时到长安谋出路,四十九岁中第授官,恰好三十年。⑬书剑:古代士人随身携带之物,喻文武。《史记》载:“项籍少时,学书不成,去,学剑又不成。”⑭风尘:宦途,官场。晋葛洪《抱朴子·交际》载:“驰骋风尘者,不懋建德业,务本求己。”⑮忝(tiǎn):有愧于,常用作谦辞。⑯二千石(dàn):汉制,郡守俸禄为二千石,即月俸百二十斛。世因称郡守为“二千石”。⑰东西南北人:指四方奔走。孔子语:“今丘也,东南西北之人也。”孔子:名丘。

送杨山人归嵩阳

不到嵩阳动十年,旧时心事已徒然。
一二故人不复见,三十六峰犹眼前。
夷门二月柳条色,流莺数声泪沾臆。
凿井耕田不我招,知君以此忘帝力。
山人好去嵩阳路,惟余眷眷长相忆。

【注释】①嵩阳:寺观名。在河南省登封太室山下。北魏太和年间建,初名嵩阳寺。唐改名嵩阳观。②三十六峰:在河南省登封少室山,上有三十六峰。③夷门:战国魏都城的东门。故址在今河南开封城内东北隅。因在夷山之上,故名。④帝力:帝王的作用或恩德。

※ 张谓

湖上对酒行

夜坐不厌湖上月,昼行不厌湖上山。
眼前一尊又长满,心中万事如等闲。
主人有黍百余石,浊醪数斗应不惜。
即今相对不尽欢,别后相思复何益。
茱萸湾头归路赊,愿君且宿黄公家。
风光若此人不醉,参差辜负东园花。

【注释】①浊醪（láo）：浊酒。②黄公：泛指卖酒者。③东园：泛指园圃。

邵陵作

尝闻虞帝苦忧人，只为苍生不为身。
已道一朝辞北阙，何须五月更南巡。
昔时文武皆销铄，今日精灵常寂寞。
斑竹年来笋自生，白蘋春尽花空落。
遥望零陵见旧丘，苍梧云起至今愁。
惟馀帝子千行泪，添作潇湘万里流。

【注释】①邵陵：晋避司马昭讳，改原吴昭陵郡置，治邵陵（今湖南邵阳）。隋废。②北阙：古代宫殿北面的门楼，是臣子等候朝见或上书奏事之处。③零陵：古地名。在今湖南宁远东南。相传舜帝葬于此。④旧丘：故乡，故居。

※ 杜甫

饮中八仙歌

知章骑马似乘船，眼花落井水底眠。
汝阳三斗始朝天，道逢麴车口流涎，
恨不移封向酒泉。
左相日兴费万钱，饮如长鲸吸百川，
衔杯乐圣称避贤。
宗之潇洒美少年，举觞白眼望青天，
皎如玉树临风前。
苏晋长斋绣佛前，醉中往往爱逃禅。
李白斗酒诗百篇，长安市上酒家眠，
天子呼来不上船，自称臣是酒中仙。
张旭三杯草圣传，脱帽露顶王公前，

挥毫落纸如云烟。
焦遂五斗方卓然，高谈雄辩惊四筵。

【注释】①知章：贺知章，越州永兴（今浙江萧山）人，官至秘书监。性旷放纵诞，自号“四明狂客”，又称“秘书外监”。他在长安一见李白，便称他为“谪仙人”，解所佩金龟换酒痛饮。这两句写贺知章醉后骑马，摇摇晃晃，像乘船一样，醉眼昏花地掉到井里头，就在井底睡着了。②汝阳：汝阳王李琎，唐玄宗的侄子。③朝天：朝见天子。此谓李痛饮后才入朝。④麹车：酒车。⑤移封：改换封地。⑥酒泉：郡名，在今甘肃酒泉县。传说郡城下有泉，味如酒。故名酒泉。⑦左相：指左丞相李适之，天宝元年（742）八月为左丞相，天宝五年（746）四月，为李林甫排挤罢相。⑧长鲸：鲸鱼。古人以为鲸鱼能吸百川之水，故用来形容李适之的酒量之大。⑨衔杯：贪酒。⑩圣：酒的代称。《三国志·魏志·徐邈传》载，尚书郎徐邈酒醉，校事赵达来问事，邈言“中圣人”。达复告曹操，操怒，鲜于辅解释说：“平日醉客，谓酒清者为圣人，酒浊者为贤人。”李适之罢相后，尝作诗云：“避贤初罢相，乐圣且衔杯。为问门前客，今朝几个来？”此化用李之诗句，说他虽罢相，仍豪饮如常。⑪宗之：崔宗之，吏部尚书崔日用之子，袭父封为齐国公，官至侍御史，也是李白的朋友。⑫觞：大酒杯。⑬白眼：晋阮籍能作青白眼，青眼看朋友，白眼视俗人。⑭玉树临风：崔宗之风姿秀美，故以玉树为喻。⑮苏晋：开元进士，曾为户部和吏部侍郎，⑯长斋：长期斋戒。⑰绣佛：画的佛像。⑱逃禅：这里指不守佛门戒律。佛教戒饮酒。苏晋长斋信佛，却嗜酒，故曰“逃禅”。⑲李白：以豪饮闻名，而且文思敏捷，常以酒助诗兴。《新唐书·李白传》载，李白应诏至长安，唐玄宗在金銮殿召见他，并赐食，亲为调羹，诏为供奉翰林。有一次，玄宗在沉香亭召他写配乐的诗，他却在长安酒肆喝得大醉。《明道杂记》载：“船，衣领也。蜀人以衣领为船。谓李白不整衣而见天子也。”⑳张旭：吴人，唐代著名书法家，善草书，时人称为“草圣”。㉑脱帽露顶：写张旭狂放不羁的醉态。据说张旭每当大醉，常呼叫奔走，索笔挥洒，甚至以头濡墨而书。醒后自视手迹，以为神异，不可复得。世称“张颠”。㉒焦遂：布衣之士，平民，以嗜酒闻名，事迹不详。㉓卓然：神采焕发的样子。袁郊在《甘泽谣》中称焦遂为布衣。

丹青引赠曹将军霸

将军魏武之子孙，于今为庶为清门。
英雄割据虽已矣，文采风流犹尚存。
学书初学卫夫人，但恨无过王右军。
丹青不知老将至，富贵于我如浮云。
开元之中常引见，承恩数上南薰殿。
凌烟功臣少颜色，将军下笔开生面。
良相头上进贤冠，将士腰间大羽箭。
褒公鄂公毛发动，英姿飒爽来酣战。
先帝天马五花骢，画工如山貌不同。
是日牵来赤墀下，迥立阊阖生长风。
诏谓将军拂绢素，意匠惨澹经营中。
斯须九重真龙出，一洗万古凡马空。
玉花却在御榻上，榻上庭前屹相向。
至尊含笑催赐金，圉人太仆皆惆怅。
弟子韩干早入室，亦能画马穷殊相。
干惟画肉不画骨，忍使骅骝气凋丧。
将军画善盖有神，必逢佳士亦写真。
即今漂泊干戈际，屡貌寻常行路人。
途穷反遭俗眼白，世上未有如公贫。
但看古来盛名下，终日坎壈缠其身。

【注释】①丹青：指绘画。②曹将军霸：指曹霸，唐代名画家，以画人物及马著称，颇得唐高宗的宠幸，官至左武卫将军，故称他曹将军。③魏武：指魏武帝曹操。④庶：即庶人、平民。⑤清门：即寒门，清贫之家。唐玄宗末年，曹霸因得罪朝廷，被削职免官。⑥虽：一作“皆”。⑦犹：一作“今”。⑧卫夫人：即卫铄，字茂猗。晋代有名的女书法家，擅长隶书及正书。⑨无：一作“未”。⑩王右军：即晋代书法家王羲之，官至右军将军。⑪“丹青”二句：这两句是说曹霸一生精诚研求画艺甚至到了忘老的程度，同时他还看轻利禄富贵，具有高尚的情操。⑫开元：

唐玄宗的年号。⑬中：一作“年”。⑭引见：皇帝召见臣属。⑮承恩：获得皇帝的恩宠。⑯南薰殿：唐代宫殿名。⑰凌烟：即凌烟阁，唐太宗为了褒奖文武开国功臣，于贞观十七年（643）命阎立本等在凌烟阁画二十四功臣图。⑱少颜色：指功臣图像因年久而褪色。⑲开生面：展现新面目。⑳进贤冠：古代成名、文儒者的服饰。㉑大羽箭：大杆长箭。㉒褒公：即段志玄，封褒国公。㉓鄂公：即尉迟恭，封鄂国公。二人均系唐代开国名将，同为功臣图中的人物。㉔爽：一作“飒”。㉕来：一作“犹”。㉖先帝：指唐玄宗，死于宝应元年（762）。㉗天：一作“御”。㉘五花骢：唐玄宗所骑的骏马名。骢：青白色的马。㉙山：众多的意思。㉚貌不同：画得不一样，即画得不像。貌：在这里作动词用。㉛赤墀（chí）：也叫丹墀。宫殿前的台阶。㉜迥：高。一作“夐”。㉝阊阖（chāng hé）：宫门。㉞诏：皇帝的命令。㉟意匠：指画家的立意和构思。意：一作“法”。㊱惨澹：费心良苦。㊲经营：即绘画的经营位置，结构安排。这句是说曹霸在画马前经过审慎的酝酿，胸有全局而后落笔作画。㊳九重：代指皇宫，因天子有九重门。㊴真龙：古人称马高八尺为龙，这里比喻所画的玉花骢。㊵圉（yǔ）人：管理御马的官吏。㊶太仆：管理皇帝车马的官吏。㊷韩干：唐代名画家。善画人物，更擅长鞍马。他初师曹霸，注重写生，后来自成一家。㊸穷殊相：极尽各种不同的形姿变化。相：一作“状”。㊹画：一作“盖”。㊺善：一作“妙”。㊻盖有神：大概有神明之助，极言曹霸画艺高超。㊼必：一作“偶”。㊽写真：指画肖像。这两句是说韩干画马仅得形似，不能传神。㊾干戈：战争，指安史之乱。㊿貌：即写真。51“世上”句：一作“他富至今我徒贫”。52坎壈（lǎn）：穷困，困顿。

戏题王宰画山水图歌

十日画一水，五日画一石。
能事不受相促迫，王宰始肯留真迹。
壮哉昆仑方壶图，挂君高堂之素壁。
巴陵洞庭日本东，赤岸水与银河通，中有云气随飞龙。
舟人渔子入浦溆，山木尽亚洪涛风。
尤工远势古莫比，咫尺应须论万里。
焉得并州快剪刀，剪取吴淞半江水。

【注释】①王宰：唐代画家，四川人，善画山水树石。②能事：十分擅长的事情。③昆仑：传说中西方神山。④方壶：神话中东海仙山。这里泛指高山，并非实指。⑤巴陵：郡名。唐天宝、至德年间改岳州为巴陵郡，治所在今湖南省岳阳市，地处洞庭湖东。⑥日本东：日本东面的海域。⑦赤岸：地名。这里并非实指，而是泛指江湖的岸。赤：一作“南”。⑧浦溆：岸边。⑨亚：通“压”，俯偃低垂。⑩远势：指绘画中的平远、深远、高远的构图背景。⑪论：一作“行”，一作“千”。⑫并州：地名。唐朝时期的河东道，即今山西太原，当地制造的剪刀非常有名，有所谓“并州剪”。

古柏行

孔明庙前有老柏，柯如青铜根如石。
霜皮溜雨四十围，黛色参天二千尺。
君臣已与时际会，树木犹为人爱惜。
云来气接巫峡长，月出塞通雪山白。
忆昨路绕锦亭东，先主武侯同閟宫。
崔嵬枝干郊原古，窈窕丹青户牖空。
落落盘踞虽得地，冥冥孤高多烈风。
扶持自是神明力，正直原因造化功。
大厦如倾要梁栋，万牛回首丘山重。
不露文章世已惊，未辞翦伐谁能送？
苦心岂免容蝼蚁，香叶终经宿鸾凤。
志士幽人莫怨嗟：古来材大难为用。

【注释】①“孔明”二句：成都的武侯祠附在先主庙中，夔州的孔明庙则和先主庙分开，这是夔州的孔明庙。这句写柏之古老。柯：枝柯。②霜皮：一作“苍皮”，形容皮色的苍白。③溜雨：形容皮的光滑。④四十围：四十人合抱。此二句写柏之高大。⑤际会：犹遇合。⑥锦亭：成都锦江亭。⑦先主：指刘备。⑧閟宫：即祠庙。⑨郊原古：有古致。⑩窈窕：深邃貌。⑪户牖空：虚无人。⑫落落：独立不苟合。⑬冥冥：高空的颜色。⑭不露文章：指古柏没有花叶之美。⑮“苦心”二句：柏心味苦，故曰苦心。柏叶有香气，故曰香叶。这两句含有身世之感。

醉时歌

诸公衮衮登台省，广文先生官独冷。
甲第纷纷厌梁肉，广文先生饭不足。
先生有道出羲皇，先生有才过屈宋。
德尊一代常坎坷，名垂万古知何用！
杜陵野客人更嗤，被褐短窄鬓如丝。
日籴太仓五升米，时赴郑老同襟期。
得钱即相觅，沽酒不复疑。
忘形到尔汝，痛饮真吾师。
清夜沉沉动春酌，灯前细雨檐花落。
但觉高歌有鬼神，焉知饿死填沟壑？
相如逸才亲涤器，子云识字终投阁。
先生早赋归去来，石田茅屋荒苍苔。
儒术于我何有哉，孔丘盗跖俱尘埃。
不须闻此意惨怆，生前相遇且衔杯！

【注释】①题注：赠广文馆博士郑虔。②衮衮：众多。③台省：台是御史台，省是中书省、尚书省和门下省。都是当时中央枢要机构。④广文先生：指郑虔。因郑虔是广文馆博士。⑤冷：清冷，冷落。⑥甲第：汉代达官贵人住宅有甲乙次第，所以说“甲第”。⑦厌：饱足。⑧出：超出。⑨羲皇：指伏羲氏，是传说中我国古代理想的圣君。⑩屈宋：屈原和宋玉。⑪杜陵野客：杜甫自称。杜甫祖籍长安杜陵，他在长安时又曾在杜陵东南的少陵附近住过，所以自称“杜陵野客”，又称“少陵野老”。⑫嗤：讥笑。⑬褐：粗布衣，古时穷人穿的衣服。⑭日籴：天天买粮，所以没有隔夜之粮。⑮太仓：京师所设皇家粮仓。当时因长期下雨，米价很贵，于是发放太仓米十万石减价济贫，杜甫也以此为生。⑯时赴：经常去。⑰郑老：郑虔比杜甫大二十一岁，所以称他“郑老”。⑱同襟期：意即彼此的襟怀和性情相同。⑲相觅：互相寻找。⑳不复疑：得钱就买酒，不考虑其他生活问题。㉑忘形到尔汝：酒酣而兴奋得不分大小，称名道姓，毫无客套。㉒檐花：檐前落下的雨水在灯光映射下闪烁如花。㉓有鬼神：似有鬼神相助，即“诗成若有神”“诗应有神助”的意思。㉔填沟壑：指死于贫困，弃尸沟壑。㉕相如：司马相如，西汉著名辞赋家。㉖逸才：

出众的才能。㉗亲涤器：司马相如和妻子卓文君在成都开了一间小酒店，卓文君当炉，司马相如亲自洗涤食器。㉘子云：扬雄的字。㉙投阁：王莽时，扬雄校书天禄阁，因别人牵连得罪，使者来收捕时，扬雄仓皇跳楼自杀，幸而没有摔死。㉚归去来：东晋陶渊明辞彭泽令归家时，曾赋《归去来辞》。㉛孔丘：孔子。㉜盗跖：春秋时人，姓柳下，名跖，以盗为生，因而被称为“盗跖”。这句是诗人聊作自慰的解嘲之语，说无论是圣贤还是不肖之徒，最后都难免化为尘埃。

【**点评**】“儒术于我何有哉，孔丘盗跖俱尘埃。”漂在长安的老杜已经困顿十年啦，终于发出了豪猪派诗人的声音。

寄韩谏议注

今我不乐思岳阳，身欲奋飞病在床。
美人娟娟隔秋水，濯足洞庭望八荒。
鸿飞冥冥日月白，青枫叶赤天雨霜。
玉京群帝集北斗，或骑麒麟翳凤凰。
芙蓉旌旗烟雾落，影动倒景摇潇湘。
星宫之君醉琼浆，羽人稀少不在旁。
似闻昨者赤松子，恐是汉代韩张良。
昔随刘氏定长安，帷幄未改神惨伤。
国家成败吾岂敢，色难腥腐餐枫香。
周南留滞古所惜，南极老人应寿昌。
美人胡为隔秋水，焉得置之贡玉堂。

【**注释**】①题注：韩注，生平不详，由此诗看当为楚人。谏议是其曾任官职，唐门下省属官有谏议大夫，正五品上，掌侍从赞相，规谏讽谕。②岳阳：今湖南岳阳，当是韩注所在地。③奋飞：插翅飞去。④美人：指所思慕之人，男女都可用，用于男性则指其才德美。《离骚》：“惟草木之零落兮，恐美人之迟暮。”⑤娟娟：秀美状。⑥濯足洞庭：《楚辞·渔父》引古歌：“沧浪之水清兮，可以濯我缨；沧浪之水浊兮，可以濯吾足。”据《楚辞》旧注，沧浪水近在楚都。当与洞庭同一水系。⑦八荒：四方四隅称八荒。⑧鸿飞冥冥：指韩已遁世。冥冥：远空。⑨玉京：玉京山，道家仙山，元始天尊居处。⑩群帝：此指群仙。⑪北斗：北斗是人君之象，号令之主（《晋书·天文志》）。⑫“或骑”句：《集仙录》载，群仙毕集，位高者乘鸾，次乘麒麟，次乘龙。翳：语助词。⑬倒景：即“倒影”。⑭摇潇湘：指倒影在潇湘水中荡漾。潇、湘是二水，于湖南零陵汇合。⑮星宫之君：承“集北斗”，当指北斗星君，借指皇帝。⑯羽人：飞仙，借指远贬之人。两句谓君上昏醉，贤人远去。⑰“似闻”二句：张良字子房，韩国旧贵族，后为刘邦谋臣，刘邦得天下，张良说：“愿去人间事，从赤松子游耳。”（《汉书·张良传》）后道教附会张良真随赤松子仙去。赤松子是神农时雨师。⑱“昔随”二句：《汉书·高祖纪》载，刘邦言：“运筹帷幄之中，决胜千里之外，吾不如子房功。”此借用言韩注有功于朝廷，旧迹未改，而人事已非，不由黯然神伤。定长安：建都长安。帷幄：军幕。⑲“国家”二句：前句化用诸葛亮《出师表》：“至于成败利钝，非臣之明所能逆睹也。”吾：是以韩的口气说话。后句化用《庄子·秋水》寓言，说鹓雏（鸾凤之属）非梧桐不止，非练实不食，非醴泉不饮。有鸱鸮（猫头鹰）得一腐鼠，见鹓雏飞过，怕来夺食，就“吓”声以驱赶鹓雏。不知鹓雏根本无意于此。鸱鸮喻宵小之徒，鹓雏言避世贤者。鲍照《升天行》：“何时与尔曹，逐腐共吞腥。”鲍诗是愤激反语，这里正说。色难：面有难色，不愿之意。枫香：《尔雅注》说枫似白杨有脂而香，称枫香。道家常以枫香和药，餐枫香喻持操隐居。⑳“周南”句：《史记·太史公自序》载：“是岁天子始建汉家之封，而太史公留滞周南，不得与从事。”㉑南极老人：《晋书·天文志》载，南极星，又名老人星，见则天下治平，主掌寿昌。㉒胡为：何为，为什么。㉓贡：献，这里是荐举之意。㉔玉堂：汉未央宫有玉堂。这里指朝廷。

观公孙大娘弟子舞剑器行（并序）

大历二年十月十九日，夔府别驾元持宅，见临颍李十二娘舞剑器，壮其蔚跂，问其所师，曰：“余公孙大娘弟子也。”开元三载，余尚童稚，记于郾城观公孙氏，舞剑器浑脱，浏漓顿挫，独出冠时，自高头宜春梨园二伎坊内人洎外供奉，晓是舞者，圣文神武皇帝初，公孙一人而已。玉貌锦衣，况余白首，今兹弟子，亦非盛颜。既辨其由来，知波澜莫二，抚事慷慨，聊为《剑器行》。昔者吴人张旭，善草书帖，数常于邺县见公孙大娘舞西河剑器，自此草书长进，豪荡感激，即公孙可知矣。

昔有佳人公孙氏，一舞剑器动四方。
观者如山色沮丧，天地为之久低昂。

霍如羿射九日落，矫如群帝骖龙翔。
来如雷霆收震怒，罢如江海凝清光。
绛唇珠袖两寂寞，晚有弟子传芬芳。
临颍美人在白帝，妙舞此曲神扬扬。
与余问答既有以，感时抚事增惋伤。
先帝侍女八千人，公孙剑器初第一。
五十年间似反掌，风尘倾动昏王室。
梨园弟子散如烟，女乐余姿映寒日。
金粟堆前木已拱，瞿唐石城草萧瑟。
玳筵急管曲复终，乐极哀来月东出。
老夫不知其所往，足茧荒山转愁疾。

【注释】①公孙大娘：唐玄宗时的舞蹈家。②弟子：指李十二娘。③剑器：指唐代流行的武舞，舞者为戎装女子。④大历二年：公元 767 年。⑤开元三载：公元 717 年。⑥剑器浑脱：《浑脱》是唐代流行的一种武舞，把《剑器》和《浑脱》综合起来，成为一种新的舞蹈。⑦骖（cān）：古代驾在车前两侧的马。⑧倾动：一作“澒（hòng）洞”。⑨瞿（qú）唐：即瞿塘峡。⑩玳（dài）筵：玳瑁筵。

茅屋为秋风所破歌

八月秋高风怒号，卷我屋上三重茅。
茅飞渡江洒江郊，高者挂罥长林梢，
下者飘转沉塘坳。
南村群童欺我老无力，忍能对面为盗贼。
公然抱茅入竹去，唇焦口燥呼不得，
归来倚杖自叹息。
俄顷风定云墨色，秋天漠漠向昏黑。
布衾多年冷似铁，娇儿恶卧踏里裂。
床头屋漏无干处，雨脚如麻未断绝。
自经丧乱少睡眠，长夜沾湿何由彻！

安得广厦千万间，大庇天下寒士俱欢颜，

风雨不动安如山。

呜呼！何时眼前突兀见此屋，吾庐独破受冻死亦足！

【注释】①秋高：秋深。②怒号（háo）：大声吼叫。③三重茅：几层茅草。三：泛指多。④挂罥（juàn）：挂着，挂住。罥：挂。⑤长：高。⑥塘坳（ào）：低洼积水的地方（即池塘）。塘：一作”堂“。坳：水边低地。⑦忍能对面为盗贼：竟忍心这样当面做“贼”。忍能：忍心如此。对面：当面。为：做。⑧入竹去：进入竹林。⑨呼不得：喝止不住。⑩俄顷：不久，一会儿，顷刻之间。⑪秋天漠漠向昏黑（hè）：指秋季的天空阴沉迷蒙，渐渐黑了下来。⑫布衾：布质的被子。衾：被子。⑬娇儿恶卧踏里裂：孩子睡相不好，把被里都蹬坏了。恶卧：睡相不好。裂：使动用法，使……裂。⑭床头屋漏无干处：意思是，整个房子都没有干的地方了。屋漏：据《辞源》，指房子西北角，古人在此开天窗，阳光便从此处照射进来。“床头屋漏”泛指整个屋子。⑮雨脚如麻：形容雨点不间断，像下垂的麻线一样密集。雨脚：雨点。⑯丧乱：战乱，指安史之乱。⑰沾湿：潮湿不干。⑱何由彻：如何才能挨到天亮。彻：彻晓。⑲安得：如何能得到。⑳广厦：宽敞的大屋。㉑大庇：全部遮盖、掩护起来。庇：遮盖，掩护。㉒寒士：“士”原指士人，即文化人，但此处是泛指贫寒的士人们。㉓俱：都。㉔欢颜：喜笑颜开。㉕呜呼：书面感叹词，表示叹息，相当于“唉”。㉖突兀：高耸的样子，这里用来形容广厦。㉗见：通“现”，出现。㉘庐：茅屋。㉙亦：一作“意”。㉚足：值得。

兵车行

车辚辚，马萧萧，行人弓箭各在腰。

耶娘妻子走相送，尘埃不见咸阳桥。

牵衣顿足拦道哭，哭声直上干云霄。

道旁过者问行人，行人但云点行频。

或从十五北防河，便至四十西营田。

去时里正与裹头，归来头白还戍边。

边庭流血成海水，武皇开边意未已。

君不闻，汉家山东二百州，千村万落生荆杞。

纵有健妇把锄犁，禾生陇亩无东西。

况复秦兵耐苦战，被驱不异犬与鸡。
长者虽有问，役夫敢申恨？
且如今年冬，未休关西卒。
县官急索租，租税从何出？
信知生男恶，反是生女好。
生女犹得嫁比邻，生男埋没随百草。
君不见，青海头，古来白骨无人收。
新鬼烦冤旧鬼哭，天阴雨湿声啾啾。

【注释】①行：本是乐府歌曲中的一种体裁。兵车行：是杜甫自创的乐府新题。②辚（lín）辚：车行走时的声音。③萧萧：马蹄声。④行人：从军出征的人。⑤耶娘妻子：父亲、母亲、妻子、儿女的并称。从军的人既有十几岁的少年，也有四十多岁的成年人，所以送行的人有出征者的父母，也有妻子和孩子。耶：同“爷”，父亲。⑥咸阳桥：又叫便桥，汉武帝时建，唐代称咸阳桥，后来称渭桥，在咸阳城西渭水上，是长安西行必经的大桥。⑦干（gān）：冲。⑧过者：路过的人。这里指诗人自己。⑨点行频：点名征兵频繁。点行：按户籍名册强征服役。⑩或从十五北防河：有的人从十五岁就从军到西北区防河。唐玄宗时，吐蕃常于秋季入侵，抢掠百姓的收获。为抵御侵扰，唐王朝每年征调大批兵力驻扎河西（今甘肃河西走廊）一带，叫“防秋”或“防河”。⑪营田：即屯田。戍守边疆的士卒，不打仗时须种地以自给，称为营田。⑫里正与裹头：里正：唐制凡百户为一里，置里正一人管理。与裹头：给他裹头巾。新兵入伍时须着装整，因年纪小，自己还裹不好头巾，所以里正帮他裹头。⑬戍边：守卫边疆。⑭边庭流血成海水：边庭：即边疆。流血成海水，形容战死者之多。⑮武皇开边意未已：武皇扩张领土的意图仍没有停止。武皇：汉武帝，这里借指唐玄宗。唐诗中借武皇代指玄宗。开边：用武力扩张领土。⑯汉家山东二百州：汉朝秦地以东的二百个州。汉家：汉朝，这里借指唐朝。山东：古代秦居西方，秦地以东（或函谷关以东）统称“山东”。唐代函谷关以东共217州，这里说“二百州”是举其整数。⑰千村万落生荆杞：成千上万的村落灌木丛生。这里形容村落的荒芜。荆杞：荆棘和枸杞，泛指野生灌木。⑱禾生陇亩无东西：庄稼长在田地里不成行列。陇亩：田地。陇：同“垄”。无东西：不成行列。⑲况复秦兵耐苦战：更何况关中兵能经受艰苦的战斗。况复：更何况。秦兵：关中兵，即这次出征的士兵。⑳长者：对老年人的尊称。这里是说话者对杜甫的称呼。㉑役夫敢申恨：

我怎么敢申诉怨恨呢？役夫：应政府兵役的人，这里是说话者的自称之词。敢：副词，用于反问，这里是“岂敢”的意思。申恨：诉说怨恨。㉒关西卒：函谷关以西的士兵，即秦兵。㉓县官：这里指官府。㉔信知：确实知道。㉕犹得嫁比邻：还能够嫁给同乡。得：能够。比邻：同乡。㉖青海头：指今青海省青海湖边。唐和吐蕃的战争，经常在青海湖附近进行。㉗烦冤：不满、愤懑。㉘啾啾：象声词，形容凄厉的叫声。

丽人行

三月三日天气新，长安水边多丽人。
态浓意远淑且真，肌理细腻骨肉匀。
绣罗衣裳照暮春，蹙金孔雀银麒麟。
头上何所有？翠微㔩叶垂鬓唇。
背后何所见？珠压腰衱稳称身。
就中云幕椒房亲，赐名大国虢与秦。
紫驼之峰出翠釜，水精之盘行素鳞。
犀筯厌饫久未下，鸾刀缕切空纷纶。
黄门飞鞚不动尘，御厨络绎送八珍。
箫鼓哀吟感鬼神，宾从杂遝实要津。
后来鞍马何逡巡，当轩下马入锦茵。
杨花雪落覆白蘋，青鸟飞去衔红巾。
炙手可热势绝伦，慎莫近前丞相嗔！

【注释】①三月三日：为上巳日，唐代长安士女多于此日到城南曲江游玩踏青。②态浓：姿态浓艳。③意远：神气高远。④淑且真：淑美而不做作。⑤肌理细腻：皮肤细嫩光滑。⑥骨肉匀：身材匀称适中。⑦“绣罗”二句：用金银线镶绣着孔雀和麒麟的华丽衣裳与暮春的美丽景色相映生辉。⑧翠微：薄薄的翡翠片。微：一作“为”。⑨㔩（è）叶：一种首饰。⑩珠压：谓珠按其上，使不让风吹起，故下云“稳称身”。⑪腰衱（jié）：裙带。⑫就中：其中。⑬云幕：指宫殿中的云状帷幕。⑭椒房：汉代皇后居室，以椒和泥涂壁。后世因称皇后为椒房，皇后家属为椒房亲。⑮“赐名”句：指天宝七载（748）唐玄宗赐封杨贵妃的大姐为韩国夫人，三姐为虢国夫人，八姐为秦国夫人。⑯紫驼之峰：即驼峰，是一种珍贵的食品。唐贵族食品中有“驼峰炙”。⑰釜：古代的一种锅。翠釜：形容锅的色泽。⑱水精：即水晶。⑲行：传送。⑳素鳞：指白鳞鱼。㉑犀筯（zhù）：犀牛角作的筷子。㉒厌饫（yù）：吃饱，吃腻。㉓鸾刀：带鸾铃的刀。㉔缕切：细切。㉕空纷纶：厨师们白白忙乱一番。贵人们吃不下。㉖黄门：宦官。㉗飞鞚（kòng）：即飞马。㉘八珍：形容珍美食品之多。㉙宾从：宾客随从。㉚杂遝（tà）：众多杂乱。㉛要津：本指重要渡口，这里喻指杨国忠兄妹的家门，所谓“虢国门前闹如市”。㉜后来鞍马：指杨国忠，却故意不在这里明说。㉝逡（qūn）巡：原意为欲进不进，这里是顾盼自得的意思。㉞“杨花”句：是隐语，以曲江暮春的自然景色来影射杨国忠与其从妹虢国夫人（嫁裴氏）的暧昧关系，又引北魏胡太后和杨白花私通事，因太后曾作“杨花飘荡落南家”“愿衔杨花入窠里”诗句。后人有“杨花入水化为浮萍”之说，萍之大者为蘋。杨花、萍和蘋虽为三物，实出一体，故以杨花覆蘋影射兄妹苟且乱伦。史载“虢国素与国忠乱，颇为人知，不耻也。每入谒，并驱道中，从监、侍姆百余骑，炬密如昼，靓妆盈里，不施帏障，时人谓为雄狐”。㉟青鸟：神话中鸟名，西王母使者。相传西王母将见汉武帝时，先有青鸟飞集殿前，后常被用作男女之间的信使。㊱“炙手”二句：言杨氏权倾朝野，气焰灼人，无人能比。丞相：指杨国忠，天宝十一载（752）十一月为右丞相。嗔：发怒。

哀江头

少陵野老吞声哭，春日潜行曲江曲。
江头宫殿锁千门，细柳新蒲为谁绿？
忆昔霓旌下南苑，苑中万物生颜色。
昭阳殿里第一人，同辇随君侍君侧。
辇前才人带弓箭，白马嚼啮黄金勒。
翻身向天仰射云，一笑正坠双飞翼。
明眸皓齿今何在？血污游魂归不得。
清渭东流剑阁深，去住彼此无消息。
人生有情泪沾臆，江水江花岂终极！
黄昏胡骑尘满城，欲往城南望城北。

【注释】①吞声哭：哭时不敢出声。②潜行：因在叛军管辖之下，只好偷偷地走到这里。③曲江曲：曲江的隐曲角落之处。④“江头”句：写曲江边宫门紧闭，游人绝迹。《旧唐书·文宗纪》载：“上（文宗）好为诗，每诵杜甫《曲江行》（即此篇）……乃知天宝以前，曲江四岸皆有行宫台殿、百司廨署。”王嗣奭《杜臆》卷二：“曲江，帝与妃游幸之所，故有宫殿。”⑤为谁绿：意思是国家破亡，连草木都失去了故主。⑥霓旌：云霓般的彩旗，指天子之旗。《文选》司马相如《上林赋》载：“拖蜺（同‘霓’）旌。”李善注引张揖曰：“析羽毛，染以五采，缀以缕为旌，有似虹蜺之气也。”⑦南苑：指曲江东南的芙蓉苑。因在曲江之南，故称。⑧生颜色：万物生辉。⑨昭阳殿：汉代宫殿名。汉成帝皇后赵飞燕之妹为昭仪，居住于此。唐人多以赵飞燕比杨贵妃。⑩第一人：最得宠的人。⑪辇：皇帝乘坐的车子。古代君臣不同辇，此句指杨贵妃的受宠超出常规。⑫才人：宫中的女官。⑬嚼啮：咬。⑭黄金勒：用黄金做的衔勒。⑮仰射云：仰射云间飞鸟。⑯一笑：杨贵妃因才人射中飞鸟而笑。⑰正坠双飞翼：或亦暗寓唐玄宗和杨贵妃的马嵬驿之变。⑱“明眸”二句：写安史之乱起，玄宗从长安奔蜀，路经马嵬驿，禁卫军逼迫玄宗缢杀杨贵妃。《旧唐书·杨贵妃传》载：“及潼关失守，从幸至马嵬，禁军大将陈玄礼密启太子，诛国忠父子。既而四军不散，玄宗遣力士宣问，对曰：‘贼本尚在。’盖指贵妃也。力士复奏，帝不获已，与妃诀，遂缢死于佛室。时年三十八，瘗于驿西道侧。”⑲血污游魂：指杨贵妃缢死马嵬驿。⑳“清渭”二句：仇兆鳌注：“马嵬驿，在京兆府兴平县（今属陕西省），渭水自陇西而来，经过兴平。盖杨妃藁葬渭滨，上皇（玄宗）巡行剑阁，市区住西东，两无消息也。”见《杜少陵集详注》卷四。清渭：即渭水。剑阁：即大剑山，在今四川省剑阁县的北面，是由长安入蜀必经之道。《太平御览》卷一六七引《水经注》：“益昌有小剑城，去大剑城三十里，连山绝险，飞阁通衢，故谓之剑阁也。”去住彼此：指唐玄宗、杨贵妃。㉑“人生”二句：意谓江水江花年年依旧，而人生有情，则不免感怀今昔而生悲。以无情衬托有情，越见此情难以排遣。终极：犹穷尽。㉒胡骑：指叛军的骑兵。㉓“欲往”句：写极度悲哀中的迷惘心情。原注“甫家住城南”。望城北：走向城北。北方口语，说向为望。望：一作“忘”。城北：一作“南北”。

洗兵马

中兴诸将收山东，捷书夜报清昼同。
河广传闻一苇过，胡危命在破竹中。

祗残邺城不日得，独任朔方无限功。
京师皆骑汗血马，回纥喂肉葡萄宫。
已喜皇威清海岱，常思仙仗过崆峒。
三年笛里关山月，万国兵前草木风。
成王功大心转小，郭相谋深古来少。
司徒清鉴悬明镜，尚书气与秋天杳。
二三豪俊为时出，整顿乾坤济时了。
东走无复忆鲈鱼，南飞觉有安巢鸟。
青春复随冠冕入，紫禁正耐烟花绕。
鹤禁通宵凤辇备，鸡鸣问寝龙楼晓。
攀龙附凤势莫当，天下尽化为侯王。
汝等岂知蒙帝力，时来不得夸身强。
关中既留萧丞相，幕下复用张子房。
张公一生江海客，身长九尺须眉苍。
征起适遇风云会，扶颠始知筹策良。
青袍白马更何有，后汉今周喜再昌。
寸地尺天皆入贡，奇祥异瑞争来送。
不知何国致白环，复道诸山得银瓮。
隐士休歌紫芝曲，词人解撰河清颂。
田家望望惜雨干，布谷处处催春种。
淇上健儿归莫懒，城南思妇愁多梦。
安得壮士挽天河，净洗甲兵长不用。

【注释】①诸将：指王李俶、郭子仪等将士。②山东：此指河北一带，华山以东地区。③清昼同：昼夜频传，见得捷报完全可信。④河：指黄河。⑤一苇过：一芦苇可航，形容官军渡河极易。⑥胡：指叛将史思明等。⑦命在破竹中：指叛军之破灭已近在眼前。⑧祗残：只剩。⑨邺城：相州，今河南安阳。⑩独任：只任用。⑪朔方：指节度使郭子仪的朔方军士。⑫汗血马：一种产于边地的宝马。⑬喂肉：此处二字描状生动，客观铺陈而又略寓讽刺朝廷借用回纥兵之意。⑭葡萄宫：汉代上林苑，代指唐宣政殿。⑮清海岱：就是清除了山东一带的叛军。⑯

仙仗：皇帝的仪仗。⑰崆峒：山名，在今甘肃平凉西。⑱笛里关山月：笛声里奏着关山月的益调。关山月为汉乐府横吹曲名，为军乐、战歌。⑲万国：即万方。⑳草木风：这里有草木皆兵之意。提醒肃宗不要忘记苦战的将士，想到人民所受的苦难。㉑成王：指太子李俶，收复两京的主帅。㉒心转小：转而变得小心谨慎。㉓郭相：郭子仪。㉔司徒：指检校司徒李光弼。㉕清鉴：识见明察。李光弼治军严，曾预料史思明诈降，终久必反，故说他清鉴悬明镜。㉖尚书：指兵部尚书王思礼。㉗气：气度。㉘秋天杳：形容如秋空般明朗高远。㉙二三豪俊：指李椒、郭子仪、李光弼等。㉚为时出：应运而生。㉛济时：救济时危。㉜了：完毕。㉝冠冕：指上朝的群臣。㉞入：指进入皇宫。㉟正耐：正相称。㊱烟花：指朝贺时点燃的香烟。㊲鹤禁：太子所居之处。㊳凤辇：天子之车。㊴问寝：问候起居。㊵龙楼：皇帝住处，此处指唐玄宗的住地。㊶攀龙附凤：这里指攀附肃宗和张淑妃的李辅国等。靠其有拥戴肃宗之功，回京后气焰极高。㊷化为侯王：形容肃宗封官之滥。当时肃宗大肆加封跟从玄宗入蜀和跟肃宗在灵武的扈从之臣。㊸汝等：斥骂的称呼，指李辅国辈。㊹蒙帝力：仰仗天子的力量。㊺时：时运。㊻夸身强：夸耀自己有什么大本事。㊼萧丞相：汉代萧何，此指房琯。㊽张子房：汉代张良，此指张镐。㊾征起：被征召而起来做官。㊿风云会：风云际会。动乱时明君与贤臣的遇合。51扶颠：扶持国家的颠危。张镐曾预料史思明的诈降。两京收复，张镐出力颇多。52青袍白马：把安史之乱喻梁武帝时的侯景之乱。侯景作乱，部下皆骑白马，穿青衣。53更何有：是说不难平定。54后汉今周：用周、汉中兴之主汉光武帝和周宣王比拟唐肃宗。55再昌：中兴。56寸地尺天：指全国各地。57白环：传说中西王母朝虞舜时献的宝物。58银瓮：《孝经援神契》载，神灵滋液有银瓮，不汲自满，传说王者刑罚得当，则银瓮出。59紫芝曲：秦末号称“四皓”的四隐士所作。60解：懂得。61河清颂：即宋文帝元嘉时鲍照所作《河清颂》。62望望：望了又望。当时正遇春旱，农民盼雨。两句表现了作者忧民之心。63淇：淇水，在邺城附近。淇上健儿：指围攻邺城的士卒。64城南思妇：泛指将士的妻子。65天河：即银河。66洗甲兵：传说武王伐纣，遇大雨，武王曰，此天洗甲兵。

曲江三章·其三

自断此生休问天，杜曲幸有桑麻田，

故将移往南山边。

短衣匹马随李广，看射猛虎终残年。

【注释】①自断：自己判断。②休问天：不必问人。③杜曲：地名。亦称下杜，在长安城南，是杜甫的祖籍。杜甫困居长安时，尝家于此。④桑麻田：即唐之永业田。《新唐书·食货志一》载："授田之制，丁及男年十八以上者，人一顷，其八十亩为口分，二十亩为永业。""永业之田，树以榆、枣、桑及所宜之木，皆有数。"规定植桑五十株，产麻地另给男夫麻四十亩，故称"桑麻田"。⑤南山：指终南诸山。杜曲在终南山麓，所以称"南山边"。⑥李广：西汉名将，善骑射。⑦残年：犹余生。

百忧集行

忆年十五心尚孩，健如黄犊走复来。
庭前八月梨枣熟，一日上树能千回。
即今倏忽已五十，坐卧只多少行立。
强将笑语供主人，悲见生涯百忧集。
入门依旧四壁空，老妻睹我颜色同。
痴儿不知父子礼，叫怒索饭啼门东。

【注释】①心尚孩：心智还未成熟，还像一个小孩子。杜甫十四五岁时已被当时文豪比作班固、扬雄，原来他那时还是这样天真。②犊：小牛。③少行立：走和站的时候少，是说身体衰了。④强：读上声。⑤主人：泛指所有曾向之求援的人。⑥"老妻"句：老妻看见我这样愁眉不展也面有忧色。⑦"痴儿"二句：古时庖厨之门在东。写小儿的稚气，也写出杜甫的慈祥和悲哀。他自己早说过："所愧为人父，无食致夭折。"（《自京赴奉先县咏怀五百字》）

白丝行

缫丝须长不须白，越罗蜀锦金粟尺。
象床玉手乱殷红，万草千花动凝碧。
已悲素质随时染，裂下鸣机色相射。
美人细意熨贴平，裁缝灭尽针线迹。
春天衣著为君舞，蛱蝶飞来黄鹂语。
落絮游丝亦有情，随风照日宜轻举。

香汗轻尘污颜色，开新合故置何许。
君不见才士汲引难，恐惧弃捐忍羁旅。

【注释】①缫丝：抽茧出丝。②越罗：越地所产的丝织品，以轻柔精致著称。③蜀锦：原指四川生产的彩锦。后亦为织法似蜀的各地所产之锦的通称。多用染色熟丝织成，色彩鲜艳，质地坚韧。④金粟尺：即钿尺，尺上的星点用金粟嵌成，富贵家之物。⑤殷：赤黑色。⑥凝碧：浓绿。⑦汲引：引荐，提拔。⑧羁：寄也。旅：客也。白丝素质，随时染裂，有香汗清尘之污，有开新合故之置，所以深思汲引之难，恐惧弃捐而忍于羁旅也。

岁晏行

岁云暮矣多北风，潇湘洞庭白雪中。
渔父天寒网罟冻，莫徭射雁鸣桑弓。
去年米贵阙军食，今年米贱大伤农。
高马达官厌酒肉，此辈杼轴茅茨空。
楚人重鱼不重鸟，汝休枉杀南飞鸿。
况闻处处鬻男女，割慈忍爱还租庸。
往日用钱捉私铸，今许铅锡和青铜。
刻泥为之最易得，好恶不合长相蒙。
万国城头吹画角，此曲哀怨何时终？

【注释】①岁云暮：年末，指诗题所言的岁晏。②莫徭：湖南的一个少数民族。《隋书·地理志》载："莫徭善于射猎，因其先祖有功，常免征役。"刘禹锡有《连州腊日观莫徭猎西山》诗。③鸣：弓开有声。④桑弓：桑木作的弓。⑤阙军食：《唐书·代宗纪》载，大历二年（767）十月，朝廷令百官、京城士庶出钱助军，减京官职田三分之一，以补给军粮。⑥高马：指高头大马。⑦达官：指显达之官。⑧厌：同"餍"，饱食。《孟子》载："良人出，则必餍酒肉而后反。"⑨此辈：即上渔民、莫徭的猎人们。⑩杼柚：织布机。⑪茅茨：草房。⑫楚人：今湖南等地春秋战国时属楚，这里指湖南一带的人。⑬汝：指莫徭。⑭鸿：大雁，这里代指飞禽。⑮鬻（yù）：出卖。⑯男女：即儿女。⑰割慈忍爱：指出卖儿女。⑱还：

交纳。⑲租庸：唐时赋税制度有租、庸、调三种，租是交纳粮食，调是交纳绢绫麻，庸是服役。这里代指一切赋税。⑳私铸：即私家铸钱。㉑刻泥：用胶泥刻制铁模。㉒好恶：好钱和恶钱，即官钱和私钱。㉓不合：不应当。㉔万国：普天之下。㉕此曲：指画角之声，也指诗人所作的这首诗。

缚鸡行

小奴缚鸡向市卖，鸡被缚急相喧争。
家中厌鸡食虫蚁，不知鸡卖还遭烹。
虫鸡于人何厚薄，我斥奴人解其缚。
鸡虫得失无了时，注目寒江倚山阁。

【注释】①喧争：吵闹争夺。②食虫蚁：指鸡飞走树间啄食虫蚁。③斥：斥责。④得失：指用心于物。⑤无了时：没有结束的时候。⑥山阁：建在山中的亭阁。

贫交行

翻手作云覆手雨，纷纷轻薄何须数。
君不见管鲍贫时交，此道今人弃如土。

【注释】①贫交行：描写贫贱之交的诗歌。古歌云："采葵莫伤根，伤根葵不生。结交莫羞贫，羞贫友不成。"②"翻手"句：喻人反复无常。覆：颠倒。③轻薄：轻佻浮薄，不敦厚。④管鲍：指管仲和鲍叔牙。管仲早年与鲍叔牙相处很好，管仲贫困，也欺骗过鲍叔牙，但鲍叔牙始终善待管仲。现在人们常用"管鲍"来比喻情谊深厚的朋友。

忆昔

忆昔开元全盛日，小邑犹藏万家室。
稻米流脂粟米白，公私仓廪俱丰实。
九州道路无豺虎，远行不劳吉日出。
齐纨鲁缟车班班，男耕女桑不相失。
宫中圣人奏云门，天下朋友皆胶漆。

百余年间未灾变，叔孙礼乐萧何律。
岂闻一绢直万钱，有田种谷今流血。
洛阳宫殿烧焚尽，宗庙新除狐兔穴。
伤心不忍问耆旧，复恐初从乱离说。
小臣鲁钝无所能，朝廷记识蒙禄秩。
周宣中兴望我皇，洒泪江汉身衰疾。

【注释】①开元：唐玄宗年号。开元盛世是中国历史上最有名的治世之一。“开元间承平日久，四郊无虞，居人满野，桑麻如织，鸡犬之音相闻。时开远门外西行，亘地万余里，路不拾遗，行者不赍粮，丁壮之人不识兵器。”②小邑：小城。③藏：居住。④万家室：言户口繁多。《资治通鉴》唐玄宗开元二十八年，“天下县千五百七十三，户八百四十一万二千八百七十一，口四千八百一十四万三千六百九”。⑤“稻米”二句：写全盛时农业丰收，粮食储备充足。流脂：形容稻米颗粒饱满滑润。仓廪：储藏米谷的仓库。⑥“九州”二句：写全盛时社会秩序安定，天下太平。豺虎：比喻寇盗。路无豺虎：旅途平安，出门自然不必选什么好日子，指随时可出行。《资治通鉴》开元二十八年，“海内富安，行者虽万里不持寸兵”。⑦“齐纨”二句：写全盛时手工业和商业的发达。齐纨鲁缟：山东一带生产的精美丝织品。车班班：商贾的车辆络绎不绝。班班：形容繁密众多，言商贾不绝于道。桑：作动词用，指养蚕织布。不相失：各安其业，各得其所。《通典·食货七》载，开元十三年，“米斗至十三文，青、齐谷斗至五文。自后天下无贵物。两京米斗不至二十文，面三十二文，绢一匹二百一十文。东至宋汴，西至岐州，夹路列店肆待客，酒馔丰溢。每店皆有驴赁客乘，倏忽数十里，谓之驿驴。南诣荆、襄，北至太原、范阳，西至蜀川、凉府，皆有店肆以供商旅。远适数千里，不恃寸刃。”⑧圣人：指天子。⑨奏云门：演奏《云门》乐曲。云门：祭祀天地的乐曲。⑩“天下”句：是说社会风气良好，人们互相友善，关系融洽。胶漆：比喻友情极深，亲密无间。⑪百余年间：指从唐王朝开国（618）到开元末年（741），有一百多年。⑫未灾变：没有发生过大的灾祸。⑬“叔孙”句：西汉初年，高祖命叔孙通制定礼乐，萧何制定律令。这是用汉初的盛世比喻开元时代的政治情况。⑭“岂闻”二句：开始由忆昔转为说今，写安史乱后的情况：以前物价不高，生活安定，如今却是田园荒芜，物价昂贵。一绢：一匹绢。直：同“值”。⑮“洛阳”句：用东汉末董卓烧洛阳宫殿事喻指两京破坏之严重。广德元年（763）十月吐蕃陷长安。盘踞了半月，代宗于十二月复还长安，诗作于代宗还京不久之后，所以说“新除”。

⑯宗庙：指皇家祖庙。⑰狐兔：指吐蕃。颜之推《古意二首》："狐兔穴宗庙。"杜诗本此。⑱"伤心"二句：写不堪回首的心情。耆旧们都经历过开元盛世和安史之乱，不忍问，是因为怕他们又从安禄山陷京说起，惹得彼此伤起心来。耆旧：年高望重的人。乱离：指天宝末年安史之乱。⑲小臣：杜甫自谓。⑳鲁钝：粗率，迟钝。㉑记识：记得，记住。㉒禄秩：俸禄。蒙禄秩：指召补京兆功曹，不赴。㉓周宣：周宣王，厉王之子，即位后，整理乱政，励精图治，恢复周代初期的政治，使周朝中兴。㉔我皇：指代宗。㉕洒泪：极言自己盼望中兴之迫切。㉖江汉：指长江和嘉陵江。也指长江、嘉陵江流经的巴蜀地区。因为嘉陵江上源为西汉水，故亦称汉水。

※ 岑参

走马川行奉送封大夫出师西征

君不见走马川，雪海边，平沙莽莽黄入天。
轮台九月风夜吼，一川碎石大如斗，随风满地石乱走。
匈奴草黄马正肥，金山西见烟尘飞，汉家大将西出师。
将军金甲夜不脱，半夜军行戈相拨，风头如刀面如割。
马毛带雪汗气蒸，五花连钱旋作冰，幕中草檄砚水凝。
虏骑闻之应胆慑，料知短兵不敢接，车师西门伫献捷。

【注释】①走马川：即车尔成河，又名左未河，在今新疆境内。②行：诗歌的一种体裁。③封大夫：即封常清，唐朝将领，蒲州猗氏人，以军功擢安西副大都护、安西四镇节度副大使、知节度事，后又升任北庭都护，持节安西节度使。④西征：一般认为是出征播仙。⑤雪海：在天山主峰与伊塞克湖之间。⑥轮台：地名，在今新疆米泉境内。⑦匈奴：泛指西域游牧民族。⑧金山：指今新疆乌鲁木齐东面的博格多山。⑨汉家：唐代诗人多以汉代唐。⑩戈相拨：兵器互相撞击。⑪五花连钱：指马斑驳的毛色。⑫草檄（xí）：起草讨伐敌军的文告。⑬短兵：指刀剑一类武器。⑭车师：为唐北庭都护府治所庭州，今新疆乌鲁木齐东北。一作"军师"。⑮伫：久立，此处作等待解。⑯献捷：献上贺捷诗章。

轮台歌奉送封大夫出师西征

轮台城头夜吹角，轮台城北旄头落。
羽书昨夜过渠黎，单于已在金山西。
戍楼西望烟尘黑，汉军屯在轮台北。
上将拥旄西出征，平明吹笛大军行。
四边伐鼓雪海涌，三军大呼阴山动。
虏塞兵气连云屯，战场白骨缠草根。
剑河风急云片阔，沙口石冻马蹄脱。
亚相勤王甘苦辛，誓将报主静边尘。
古来青史谁不见，今见功名胜古人。

【注释】①西征：此次西征事迹未见史书记载。②角：军中乐器，吹奏以报时，类似今日的军号。③旄（máo）头：星名，二十八宿中的昴星。古人认为它主胡人兴衰。旄头落：为胡人失败之兆。④羽书：即羽檄，军中的紧急文书，上插羽毛，以表示加急。⑤渠黎：汉代西域国名，在今新疆轮台东南。⑥单（chán）于：汉代匈奴君长的称号，此指西域游牧民族首领。⑦金山：指乌鲁木齐东面的博格多山，一说指阿尔泰山。⑧戍楼：军队驻防的城楼。⑨上将：即大将，指封常清。⑩旄：节旄，军权之象征。古代出征的大将或出使的使臣，都以节旄用以标明身份的信物，为君王所赐。节旄用金属或竹子做成，而以牦牛尾装饰在端部，称旄。⑪平明：一作“小胡”。⑫伐鼓：一作“戍鼓”。⑬雪海：西域湖泊名，在天山主峰与伊塞克湖之间。⑭三军：泛指全军。⑮阴山：在今内蒙古自治区中部。⑯虏塞：敌国的军事要塞。⑰兵气：战斗的气氛。⑱剑河：地名，在今新疆境内。一说即今俄罗斯境内的叶尼赛河上游。⑲沙口：一作“河口”，地理位置待考。⑳亚相：指御史大夫封常清。在汉代御史大夫位置仅次于宰相，故称亚相。㉑勤王：勤劳王事，为国效力。㉒静边尘：犹言平定边患。㉓青史：史籍。古代以竹简记事，色泽作青色，故称青史。

白雪歌送武判官归京

北风卷地白草折，胡天八月即飞雪。
忽如一夜春风来，千树万树梨花开。

散入珠帘湿罗幕，狐裘不暖锦衾薄。
将军角弓不得控，都护铁衣冷难著。
瀚海阑干百丈冰，愁云惨淡万里凝。
中军置酒饮归客，胡琴琵琶与羌笛。
纷纷暮雪下辕门，风掣红旗冻不翻。
轮台东门送君去，去时雪满天山路。
山回路转不见君，雪上空留马行处。

【注释】①武判官：名不详，当是封常清幕府中的判官。判官：官职名。唐代节度使等朝廷派出的持节大使，可委任幕僚协助判处公事，称判官，是节度使、观察使一类的僚属。②白草：西北的一种牧草，晒干后变白。③胡天：指塞北的天空。胡：古代汉民族对北方各民族的通称。④梨花：春天开放，花作白色。这里比喻雪花积在树枝上，像梨花开了一样。⑤珠帘：用珍珠串成或饰有珍珠的帘子。形容帘子的华美。⑥罗幕：用丝织品做成的帐幕。形容帐幕的华美。这句说雪花飞进珠帘，沾湿罗幕。"珠帘""罗幕"都属于美化的说法。⑦狐裘：狐皮袍子。⑧锦衾：锦缎做的被子。⑨角弓：两端用兽角装饰的硬弓，一作"雕弓"。⑩控：拉开。⑪都护：镇守边镇的长官此为泛指，与上文的"将军"是互文。⑫铁衣：铠甲。⑬难著：一作"犹著"。⑭瀚海：沙漠。这句说大沙漠里到处都结着很厚的冰。⑮阑干：纵横交错的样子。⑯百丈：一作"百尺"，一作"千尺"。⑰惨淡：昏暗无光。⑱中军：称主将或指挥部。古时分兵为中、左、右三军，中军为主帅的营帐。⑲饮归客：宴饮归京的人，指武判官。饮：动词，宴饮。⑳胡琴琵琶与羌笛：胡琴等都是当时西域地区兄弟民族的乐器。这句说在饮酒时奏起了乐曲。羌笛：羌族的管乐器。㉑辕门：军营的门。古代军队扎营，用车环围，出入处以两车车辕相向竖立，状如门。这里指帅衙署的外门。㉒风掣：红旗因雪而冻结，风都吹不动了。一说旗被风往一个方向吹，给人以冻住之感。掣：拉，扯。㉓轮台：唐轮台在今新疆维吾尔自治区米泉县境内，与汉轮台不是同一地方。㉔天山：一名祁连山，横亘新疆东西，长六千余里。㉕满：铺满。形容词活用为动词。㉖山回路转：山势回环，道路盘旋曲折。

热海行送崔侍御还京

侧闻阴山胡儿语，西头热海水如煮。
海上众鸟不敢飞，中有鲤鱼长且肥。
岸旁青草长不歇，空中白雪遥旋灭。
蒸沙烁石燃虏云，沸浪炎波煎汉月。
阴火潜烧天地炉，何事偏烘西一隅？
势吞月窟侵太白，气连赤坂通单于。
送君一醉天山郭，正见夕阳海边落。
柏台霜威寒逼人，热海炎气为之薄。

【注释】①热海：伊塞克湖，又名大清池、咸海，今属吉尔吉斯斯坦，唐时属安西节度使领辖。②崔侍御：未详。侍御：指监察御史。③侧闻：表示有所闻的谦辞，等于说“从旁听说”。④阴山：指西北边地的群山。⑤胡儿：指西北边地少数民族子弟。⑥西头：西方的尽头。⑦水如煮：湖水像烧开了一样。⑧遥旋灭：远远地很快消失。⑨烁：熔化金属。⑩虏云：指西北少数民族地区上空的云。⑪汉月：汉时明月，说明月的永恒。⑫阴火：指地下的火。⑬潜烧：暗中燃烧。⑭天地炉：喻天地宇宙。语出西汉贾谊《鵩鸟赋》：“天地为炉兮，造化为之；阴阳为炭兮，万物为铜。”⑮隅（yú）：角落。⑯吞：弥漫，笼罩。⑰月窟（kū）：月生之地，指极西之地。⑱太白：即金星。古时认为太白是西方之星，也是西方之神。⑲赤坂：山名，在新疆吐鲁番境内。⑳单于：指单于都护府所在地区，今内蒙古大沙漠一带。㉑天山郭：天山脚下的城郭。㉒柏台：御史台的别称。汉时御史府列柏树，后世因称御史台为柏台、柏府或柏署。因御史纠察非法，威严如肃杀秋霜所以御史台又有霜台之称。

【点评】“海上众鸟不敢飞，中有鲤鱼长且肥。”想想都觉得奇幻无比。

火山云歌送别

火山突兀赤亭口，火山五月火云厚。
火云满山凝未开，飞鸟千里不敢来。
平明乍逐胡风断，薄暮浑随塞雨回。

缭绕斜吞铁关树，氛氲半掩交河戍。
迢迢征路火山东，山上孤云随马去。

【注释】①火山：指火焰山，在今新疆，横亘于吐鲁番盆地的北部，西起吐鲁番，东至鄯善县境内，全长160公里，火焰山主要为红砂岩构成，在夏季炎热的阳光照耀下，红色砂岩熠发光，犹如阵阵烈焰升腾，故名火焰山。②突兀：高耸的样子。③赤亭：即今火焰山的胜金口，在今鄯善县七克台镇境内，为鄯善到吐鲁番的交通要道。④火云：炽热的赤色云。⑤乍：突然。⑥逐：随着。⑦胡风：西域边地的风。⑧薄暮：接近天黑时。⑨浑：还是。⑩缭绕：回环旋转的样子。⑪铁关：铁门关，故址在新疆境内。⑫氛氲：浓厚茂盛的样子。⑬交河：地名，在今新疆境内。⑭戍：戍楼。

凉州馆中与诸判官夜集

弯弯月出挂城头，城头月出照凉州。
凉州七里十万家，胡人半解弹琵琶。
琵琶一曲肠堪断，风萧萧兮夜漫漫。
河西幕中多故人，故人别来三五春。
花门楼前见秋草，岂能贫贱相看老。
一生大笑能几回，斗酒相逢须醉倒。

【注释】①凉州：唐朝河西节度府所在地，治所在今甘肃武威。②馆：客舍。③萧萧：象声词。此处形容风声。④漫漫：形容黑夜漫长。⑤河西：汉唐时指今甘肃、青海两省黄河以西，即河西走廊与湟水流域。此处指河西节度使，治所在凉州。⑥故人：旧交，老友。⑦花门楼：这里即指凉州馆舍的楼房。⑧斗酒相逢：即相逢斗酒。斗酒：比酒量。

胡笳歌送颜真卿使赴河陇

君不闻胡笳声最悲？紫髯绿眼胡人吹。
吹之一曲犹未了，愁杀楼兰征戍儿。
凉秋八月萧关道，北风吹断天山草。

昆仑山南月欲斜，胡人向月吹胡笳。
胡笳怨兮将送君，秦山遥望陇山云。
边城夜夜多愁梦，向月胡笳谁喜闻？

【注释】①胡笳：古代管乐器，开始卷芦叶吹之以作乐，后来以木为管，饰以桦皮，为三孔，两端加角，从汉代起流行于塞北和西域一带。②颜真卿：唐代著名书法家，字清臣，官至吏部尚书、太子太师，封鲁郡公，人称颜鲁公。③紫髯：绛紫色胡须。④绿：一作“碧”。⑤楼兰：汉时西域国名，在今新疆若羌东北。⑥萧关：汉代关中四关之一，是关中到塞北的交通要塞，在今宁夏固原东南。⑦天山：唐代称伊州（今新疆哈密）、西州（今新疆达克阿奴斯城）以北一带山脉为天山。⑧昆仑山：指今甘肃酒泉南的祁连山主峰。⑨秦山：即终南山，又名秦岭。⑩陇山：又名陇底、陇阪，在今陕西陇县西。

※ 元结

石鱼湖上醉歌（并序）

漫叟以公田米酿酒，因休暇，载酒于湖上，时取一醉。欢醉中，据湖岸，引臂向鱼取酒，使舫载之，偏饮坐者。意疑倚巴丘酌于君山之上，诸子环洞庭而坐，酒舫泛泛然触波涛而往来者。乃作歌以长之。

石鱼湖，似洞庭，夏水欲满君山青。
山为樽，水为沼，酒徒历历坐洲岛。
长风连日作大浪，不能废人运酒舫。
我持长瓢坐巴丘，酌饮四坐以散愁。

【注释】①漫叟：元结自号。元结《漫歌八曲》序：“壬寅中，漫叟得免职事，漫家樊上，修耕钓以自资，作《漫歌八曲》。”②休暇：休假。③引臂：伸臂，举臂。白居易《三游洞序》：“初见石如叠如削，其怪者，如引臂，如垂幢。”④“意疑”三句：写作者对石鱼湖饮酒的感受，意思是，这时我简直以为我身倚巴丘而举杯饮酒却在君山上边。又好像我的客人们都围绕洞庭湖坐着，载酒的船漂漂荡荡地冲开波涛，一来一往。巴丘：山名，在湖南岳阳洞庭湖边。君山：山名，在洞庭湖中。洞庭：湖名，古代时是中国最大的淡水湖。泛泛：也作凡凡或汜汜，漂荡的样子。《诗经·邶风·二子乘舟》："二子乘舟，凡凡其逝。"《楚辞·卜居》："宁昂昂若千里之驹乎？将汜汜若水中之凫，与波上下，偷以全吾躯乎？"⑤长：放声歌唱。《礼记·乐记》载："歌之为言也，长言之也。"长言之，引其声也。这里是放声高歌的意思。⑥历历：分明可数，清晰貌。《古诗十九首·明月皎夜光》："玉衡指孟冬，众星何历历。"⑦洲岛：水中陆地。南朝宋谢灵运《入彭蠡湖口》："洲岛骤回合，圻岸屡崩奔。"⑧废：阻挡，阻止。⑨酒舫：供客人饮酒游乐的船。⑩长瓢：饮酒器。⑪酌饮：挹取流质食物而饮。此指饮酒。⑫四坐：指四周座位上的人。

※ 韩翃

寄柳氏

章台柳，章台柳，往日依依今在否？
纵使长条似旧垂，也应攀折他人手。

【注释】①题注：唐人许尧佐《柳氏传》和孟棨《本事诗》载，韩翃少负才名，孤贞静默，所与游者皆当时名士。一富家李生，负气爱才，因看重韩翃，遂将家中一歌姬柳氏赠与韩翃。安史之乱爆发，长安、洛阳两京陷落，士女奔骇。柳氏以色艳独居，恐不免，便落发为尼。不久，柳氏为蕃将沙咤利所劫，宠之专房。时韩翃为缁青节度使侯希逸府中书记。京师收复后，韩翃派人到长安寻柳氏，并准备了一白口袋，袋装沙金，袋上题此诗。柳氏收到这个口袋后，捧诗呜咽，作《答韩翃》："杨柳枝，芳菲节。可恨年年赠离别。一叶随风忽报秋，纵使君来岂堪折。"②章台：汉长安中街名，在陕西长安故城西南，繁华之地，后借指妓院。《古今诗话》载："汉张敞为京兆尹，走马章台街。街有柳，终唐世曰章台柳。"③依依：柔软貌。

【点评】诗歌有来有往，有味道。南宋陆游、唐婉唱和的《钗头凤》更是这类题材的代表。

※ 顾况

行路难

君不见担雪塞井空用力，炊砂作饭岂堪食。
一生肝胆向人尽，相识不如不相识。
冬青树上挂凌霄，岁晏花凋树不凋。
凡物各自有根本，种禾终不生豆苗。
行路难，行路难，何处是平道。
中心无事当富贵，今日看君颜色好。

【注释】①担雪塞井：比喻白费力气，于事无补。

【点评】相较李白三首《行路难》更有古诗风味。

※ 戴叔伦

女耕田行

乳燕入巢笋成竹，谁家二女种新谷。
无人无牛不及犁，持刀斫地翻作泥。
自言家贫母年老，长兄从军未娶嫂。
去年灾疫牛囤空，截绢买刀都市中。
头巾掩面畏人识，以刀代牛谁与同？
姊妹相携心正苦，不见路人唯见土。
疏通畦垄防乱苗，整顿沟塍待时雨。
日正南冈下饷归，可怜朝雉扰惊飞。
东邻西舍花发尽，共惜余芳泪满衣。

【注释】①乳燕：新生的小燕。一说哺育期的母燕。②无人：指无男劳力。③不及犁：来不及犁。④斫（zhuó）：砍。⑤泥：慢、滞。《论语·子张》中有“致远恐泥”。⑥牛囤：牛栏。⑦空：指牛已因灾疫死去。⑧截绢：割下一段绢。《新唐书·食货志》载，唐代市井交易，绢可以“与钱兼用”。⑨畏人识：古代男耕女织，未嫁女子耕田被认为是可耻的事，故以头巾掩面，怕人认出。⑩谁与同：指无人分担她们的艰苦。⑪相携：相依赖。⑫不见路人唯见土：是说她们不敢看人，只埋头翻地。⑬畦（qí）：田间划分的小区。⑭垄：田间高地。⑮沟塍（chéng）：田沟、田埂。⑯下饷归：休息回家吃饭。⑰可怜：可爱。⑱朝（zhāo）雉：指正在求偶的野鸡。《诗经·小雅·小弁》有“雉之朝雊，尚求其雌”句。崔豹《古今注·音乐》载：“《雉朝飞》者，犊牧子所作也。齐处士，愍、宣时人，年五十，无妻。出薪于野，见雉雄雌相随而飞，意动心悲。乃作朝飞之操，将以自伤焉。”《雉朝飞》云：“雉朝飞兮鸣相和，雌雄群游于山阿，我独何命兮未有家？时将暮兮可奈何！嗟嗟暮兮可奈何！”这里暗用典故，寓托两姊妹苦于耕作而不能出嫁。⑲花发尽：指姑娘们都出嫁了。⑳惜：痛惜。㉑余芳：剩余的花、残花。指姊妹俩。

【点评】“头巾掩面畏人识，以刀代牛谁与同。”印象深刻。

※ 卢纶

腊日观咸宁王部曲娑勒擒豹歌

山头曈曈日将出，山下猎围照初日。
前林有兽未识名，将军促骑无人声。
潜形踠伏草不动，双雕旋转群鸦鸣。
阴方质子才三十，译语受词蕃语揖。
舍鞍解甲疾如风，人忽虎蹲兽人立。
欻然扼颡批其颐，爪牙委地涎淋漓。
既苏复吼拗仍怒，果叶英谋生致之。
拖自深丛目如电，万夫失容千马战。
传呼贺拜声相连，杀气腾凌阴满川。
始知缚虎如缚鼠，败冠降羌在眼前。
祝尔嘉词尔无苦，献尔将随犀象舞。

苑中流水禁中山，期尔攫搏开天颜。
非熊之兆庆无极，愿纪雄名传百蛮。

【注释】①曈曈：日初出渐明貌。②阴方：泛指阴山一带少数民族地区。③质子：古代派往别处或别国去作抵押的人质。多为王子或世子。④非熊：《六韬·文师》载，文王将往渭水边打猎，行前占卜，卜辞曰："田于渭阳，将大得焉，非龙非螭，非虎非罴（pí），兆得公侯。天遣汝师以之佐昌。"后果见太公坐渭水边垂钓，与之语而大悦，遂同车而归，拜为师。古熊罴连称，后遂以"非熊"为姜太公代称。⑤百蛮：古代南方少数民族的总称。后也泛称其他少数民族。

【点评】此篇有《项羽本纪》之风，一篇足可笑傲诗坛。

※ 李端

胡腾儿

胡腾身是凉州儿，肌肤如玉鼻如锥。
桐布轻衫前后卷，葡萄长带一边垂。
帐前跪作本音语，拾襟搅袖为君舞。
安西旧牧收泪看，洛下词人抄曲与。
扬眉动目踏花毡，红汗交流珠帽偏。
醉却东倾又西倒，双靴柔弱满灯前。
环行急蹴皆应节，反手叉腰如却月。
丝桐忽奏一曲终，呜呜画角城头发。
胡腾儿，胡腾儿，家乡路断知不知？

【注释】①胡腾：中国西北地区的一种舞蹈。胡腾儿（ní）：指的是西北少数民族一位善于歌舞的青年艺人。②桐布：即桐华布，梧桐花细毛织成的布。③葡萄长带：是说长带上的葡萄图案。④音语：言语。汉班固《白虎通·情性》："耳能遍内外，通音语。"⑤拾：一作"拈"。⑥搅：一作"摆"。⑦安西：指安西都护府。⑧牧：官名，州长。⑨洛下：指洛阳城。南朝梁刘令娴《祭夫徐悱文》：

“调逸许中，声高洛下。”⑩与：赠与。⑪花毡：西域少数民族的一种工艺品，把彩色的布剪成图案，用羊毛线缝制在白色的毡子上。⑫红汗：舞者面施胭脂，流汗则与之俱下，其色红，故曰红汗。⑬柔弱：指舞步轻柔。⑭蹴（cù）：踏，踩，踢。⑮应节：符合音乐节拍。⑯却月：半圆的月亮。《南史·侯景传》载：“城内作迂城，形如却月以捍之。”⑰丝桐：指琴。古人削桐为琴，练丝为弦，故称。⑱画角：古管乐器。传自西羌。形如竹筒，本细末大，以竹木或皮革等制成，因表面有彩绘，故称。⑲发：响起。

※ 李益

登夏州城观送行人赋得六州胡儿歌

六州胡儿六蕃语，十岁骑羊逐沙鼠。
沙头牧马孤雁飞，汉军游骑貂锦衣。
云中征戍三千里，今日征行何岁归？
无定河边数株柳，共送行人一杯酒。
胡儿起作和蕃歌，齐唱呜呜尽垂手。
心知旧国西州远，西向胡天望乡久。
回身忽作异方声，一声回尽征人首。
蕃音虏曲一难分，似说边情向塞云。
故国关山无限路，风沙满眼堪断魂。
不见天边青作冢，古来愁杀汉昭君。

【注释】①六蕃：唐时对北方少数民族的总称。②沙鼠：哺乳动物，体细长，毛灰色，鼻尖淡红色，上下唇和眼圈白色，眼大而突出，吃植物的茎叶，也叫黄鼠。

※ 杨巨源

杨花落

北斗南回春物老，红英落尽绿尚早。
韶风澹荡无所依，偏惜垂杨作春好。
此时可怜杨柳花，萦盈艳曳满人家。
人家女儿出罗幕，静扫玉庭待花落。
宝环纤手捧更飞，翠羽轻裾承不著。
历历瑶琴舞态陈，菲红拂黛怜玉人。
东园桃李芳已歇，独有杨花娇暮春。

【注释】①韶风：和风。②澹荡：犹骀荡。谓使人和畅。多形容春天的景物。

【点评】“宝环纤手捧更飞”，总有种感觉是“宝钗纤手捧更飞”。

※ 张籍

牧童词

远牧牛，绕村四面禾黍稠。
陂中饥乌啄牛背，令我不得戏垄头。
半陂草多牛散行，白犊时向芦中鸣。
隔堤吹叶应同伴，还鼓长鞭三四声。
牛群食草莫相触，官家截尔头上角。

【注释】①稠：密。此句是说村子四面禾黍稠密，不能放牧，只能去远处。②陂（bēi）：塘岸或河岸。③乌：乌鸦。④垄头：原指田埂，此指高岸。⑤白犊时向芦中鸣：小白牛时常向芦苇丛中鸣叫。⑥吹叶：吹苇叶发声。⑦应：响应，回应。⑧鼓长鞭：甩动长鞭以发出响声。⑨截尔头上角：北魏时，拓拔晖出任万州刺史，在路上需角脂润滑车轮，便派人去生截牛角，吓得百姓不敢牧牛。这里是牧童吓唬牛。

征妇怨

九月匈奴杀边将，汉军全没辽水上。
万里无人收白骨，家家城下招魂葬。
妇人依倚子与夫，同居贫贱心亦舒。
夫死战场子在腹，妾身虽存如昼烛。

【注释】①没：覆没、被消灭。②招魂葬：民间为死于他乡的亲人举行的招魂仪式。用死者生前的衣冠代替死者入葬。③依倚：依赖、依靠。④同居：与丈夫、儿子共同生活在一起。⑤昼烛：白天的蜡烛，意为黯淡无光，没用处。

※ 王建

水夫谣

苦哉生长当驿边，官家使我牵驿船。
辛苦日多乐日少，水宿沙行如海鸟。
逆风上水万斛重，前驿迢迢后淼淼。
半夜缘堤雪和雨，受他驱遣还复去。
夜寒衣湿披短蓑，臆穿足裂忍痛何！
到明辛苦无处说，齐声腾踏牵船歌。
一间茅屋何所值，父母之乡去不得。
我愿此水作平田，长使水夫不怨天。

【注释】①水夫：纤夫，内河中的船遇到浅水，往往难以前进，需要有人用纤绳拉着前进，以拉船为生的人就是纤夫。②驿边：驿站附近。驿：古代政府中的交通站。古代官府传递公文，陆路用马，水路用船，沿途设中间站叫驿站。水驿附近的百姓，按时都要被官府差遣去服役拉纤，生活极为艰苦。③使：命令。④牵驿船：给驿站的官船拉纤。⑤水宿沙行：夜里睡在船上，白天在沙滩上拉纤。⑥逆风上水：顶着风逆水而上。⑦万斛（hú）重：形容船非常非常重。斛：容量单位，古时十斗为一斛。⑧迢迢：形容水路的遥远。⑨淼淼：渺茫无边的样子。

⑩缘堤：沿堤。⑪他：指官家，官府。⑫驱遣：驱使派遣。⑬还复去：回来了又要去。⑭蓑：一种简陋的防雨用具，用草或棕制成。⑮臆穿：指胸口被纤绳磨破。臆：胸。穿：破。⑯足裂：双脚被冻裂。⑰忍痛何：这种疼痛怎么能够忍受呢？⑱腾踏：形容许多人齐步走时的样子。⑲歌：高声唱歌，指劳动时为了协调动作高声唱起劳动号子。⑳何所值：值什么钱？㉑父母之乡：家乡。㉒去：离开。

【点评】唐时纤夫如果能“穿越”到现代，听听《纤夫的爱》，一定会大摇其头的。

秋千词

长长丝绳紫复碧，袅袅横枝高百尺。
少年儿女重秋千，盘巾结带分两边。
身轻裙薄易生力，双手向空如鸟翼。
下来立定重系衣，复畏斜风高不得。
傍人送上那足贵，终赌鸣珰斗自起。
回回若与高树齐，头上宝钗从堕地。
眼前争胜难为休，足踏平地看始愁。

【注释】①丝绳：丝编之绳。汉辛延年《羽林郎》：“就我求清酒，丝绳提玉壶。”白居易《井底引银瓶》：“井底引银瓶，银瓶欲上丝绳绝。”②袅袅：摇曳貌，飘动貌。③鸣珰：指首饰。金玉所制，晃击有声，故称。

织锦曲

大女身为织锦户，名在县家供进簿。
长头起样呈作官，闻道官家中苦难。
回花侧叶与人别，唯恐秋天丝线干。
红缕葳蕤紫茸软，蝶飞参差花宛转。
一梭声尽重一梭，玉腕不停罗袖卷。
窗中夜久睡髻偏，横钗欲堕垂著肩。
合衣卧时参没后，停灯起在鸡鸣前。

一匹千金亦不卖，限日未成宫里怪。
锦江水涸贡转多，宫中尽著单丝罗。
莫言山积无尽日，百丈高楼一曲歌。

【注释】①织锦户：古称以织锦为业的人家。②簿：指织锦工的名册，附注工技特长。③长头：以有技巧的长上工为工头，叫长头。④起样：指织出花样。⑤作官：作坊中的官吏。⑥官家：公家，官府。⑦中苦难：织工所呈送的花样，很难被采用。⑧回花侧叶：指锦上广织的花与叶的连续图案。⑨紫茸：指细软的绒毛。⑩参差：高低长短不一致。⑪宛转：弯弯曲曲，这里是描绘花瓣曲折之形态美。⑫一匹：古代以四丈为一匹。亦指整卷的布帛，长度不一。⑬宫里：一作“官里”。⑭锦江：河名，又叫府河，在今四川省，流经成都。⑮丝罗：丝织物名。质地轻软，经纬组织呈椒眼纹，透气透光性能较好。⑯山积：堆积如山。⑰百丈：一作“百尺”。

※ 韩愈

山石

山石荦确行径微，黄昏到寺蝙蝠飞。
升堂坐阶新雨足，芭蕉叶大栀子肥。
僧言古壁佛画好，以火来照所见稀。
铺床拂席置羹饭，疏粝亦足饱我饥。
夜深静卧百虫绝，清月出岭光入扉。
天明独去无道路，出入高下穷烟霏。
山红涧碧纷烂漫，时见松枥皆十围。
当流赤足踏涧石，水声激激风吹衣。
人生如此自可乐，岂必局束为人鞿？
嗟哉吾党二三子，安得至老不更归。

【注释】①题注：这是取诗的首句开头二字为题，乃旧诗标题的常见用法，它与诗的内容无关。②荦（luò）确：指山石险峻不平的样子。③行径：行下次的路径。④微：狭窄。⑤升堂：进入寺中厅堂。⑥阶：厅堂前的台阶。⑦新雨：刚下过的雨。⑧稀：依稀，模糊，看不清楚。一作“稀少”解。所见稀：即少见的好画。这两句说，和尚告诉我说，古壁上面的佛像很好，并拿来灯火观看，尚能依稀可见。⑨置：供。⑩羹（gēng）：菜汤。这里是泛指菜蔬。⑪疏粝（lì）：糙米饭。这里是指简单的饭食。⑫饱我饥：给我充饥。⑬百虫绝：一切虫鸣声都没有了。⑭清月：清朗的月光。⑮出岭：指清月从山岭那边升上来。夜深月出，说明这是下弦月。月光穿过门户，照进室内。⑯出入高下：指进进出出于高高低低的山谷径路的意思。⑰霏：氛雾。穷烟霏：空尽云雾，即走遍了云遮雾绕的山径。⑱山红涧碧：即山花红艳、涧水清碧。⑲纷：繁盛。⑳烂漫：光彩四射的样子。㉑枥（lì）：同“栎”，落叶乔木。㉒十围：形容树干非常粗大。两手合抱一周称一围。㉓当流：对着流水。㉔赤足踏涧石：是说对着流水就打起赤脚，踏着涧中石头淌水而过。㉕局束：拘束，不自由的意思。㉖鞿（jī）：马缰绳。这里作动词用，比喻受人牵制、束缚。㉗吾党二三子：指和自己志趣相合的几个朋友。

【点评】正如标题，硬语盘空。韩愈要的就是这个劲儿：你不喜欢我喜欢。但有的诗还真让人喜欢不起来，比如《石鼓歌》，又如《嗟哉董生行》，再如《落齿》。

谒衡岳庙遂宿岳寺题门楼

五岳祭秩皆三公，四方环镇嵩当中。
火维地荒足妖怪，天假神柄专其雄。
喷云泄雾藏半腹，虽有绝顶谁能穷？
我来正逢秋雨节，阴气晦昧无清风。
潜心默祷若有应，岂非正直能感通！
须臾静扫众峰出，仰见突兀撑青空。
紫盖连延接天柱，石廪腾掷堆祝融。
森然魄动下马拜，松柏一径趋灵宫。
粉墙丹柱动光彩，鬼物图画填青红。
升阶伛偻荐脯酒，欲以菲薄明其衷。
庙令老人识神意，睢盱侦伺能鞠躬。
手持杯珓导我掷，云此最吉余难同。

窜逐蛮荒幸不死，衣食才足甘长终。
侯王将相望久绝，神纵欲福难为功。
夜投佛寺上高阁，星月掩映云曈昽。
猿鸣钟动不知曙，杲杲寒日生于东。

【注释】①谒：拜见。②衡岳：南岳衡山，在今湖南。③祭秩：祭祀仪礼的等级次序。④皆：一作“比”。⑤三公：周朝的太师、太傅、太保称三公，以示尊崇，后来用作朝廷最高官位的通称。⑥“四方”句：是说东、西、南、北四岳各镇中国一方，环绕着中央的中岳嵩山。⑦火维：古代五行学说以木、火、水、金、土分属五方，南方属火，故火维属南方。维：隅落。⑧假：授予。⑨柄：权力。⑩穷：穷尽，这里用作动词。⑪秋雨节：韩愈登衡山，正是南方秋雨季节。⑫晦昧：阴暗无光。⑬清：一作“晴”。⑭“潜心”句：暗自在心里默默祈祷天气转晴，居然有所应验。⑮静扫：形容清风吹来，驱散阴云。⑯众峰：衡山有七十二峰。⑰突兀：高峰耸立的样子。⑱青：一作“晴”。⑲“紫盖”二句：衡山有五大高峰，即紫盖峰、天柱峰、石廪峰、祝融峰、芙蓉峰，这里举其四峰，写衡山高峰的雄伟。腾掷：形容山势起伏。⑳森然：敬畏的样子。㉑魄动：心惊的意思。㉒拜：拜谢神灵应验。㉓松柏一径：一路两旁，都是松柏。㉔趋：朝向。㉕灵宫：指衡岳庙。㉖丹柱：红色的柱子。㉗动光彩：光彩闪耀。㉘“鬼物”句：墙上和柱子上画满了彩色的鬼怪图形。㉙“升阶”二句：伛偻（yǔ lǚ）：驼背，这里形容弯腰鞠躬，以示恭敬。荐：进献。脯（fǔ）：肉干。脯酒：祭神的供品。菲薄：微薄的祭品。明其衷：出自内心的诚意。㉚庙令：官职名。唐代五岳诸庙各设庙令一人，掌握祭神及祠庙事务。㉛识神意：懂得神的意旨。㉜睢盱（suī xū）：抬起头来，睁大眼睛看。㉝侦伺：形容注意察言观色。㉞“手持”二句：是指庙令教韩愈占卜，并断定占到了最吉利的兆头。杯珓（jiào）：古时的一种卜具。余难同：其他的卦象都不能相比。㉟窜逐蛮荒：流放到南方边荒地区。㊱甘长终：甘愿如此度过余生。㊲“侯王”二句：意思是说，封侯拜相，这种追求功名富贵的愿望久已断绝，即使神灵要赐给我这样的福禄，也不行了。纵：即使。难为功：很难做成功。㊳高阁：即诗题中的“门楼”。㊴曈昽：月光隐约的样子。㊵“猿鸣”句：猿鸣钟响，不知不觉天已亮了。钟动：古代寺庙打钟报时，以便作息。㊶杲杲（gǎo）：形容日光明亮。

短灯檠歌

长檠八尺空自长，短檠二尺便且光。
黄帘绿幕朱户闭，风露气入秋堂凉。
裁衣寄远泪眼暗，搔头频挑移近床。
太学儒生东鲁客，二十辞家来射策。
夜书细字缀语言，两目眵昏头雪白。
此时提携当案前，看书到晓那能眠。
一朝富贵还自恣，长檠高张照珠翠。
吁嗟世事无不然，墙角君看短檠弃。

【注释】①短檠：矮灯架，借指小灯。②射策：汉代考试取士方法之一，泛指应试。

【点评】喜新厌旧乃人性。

雉带箭

原头火烧静兀兀，野雉畏鹰出复没。
将军欲以巧伏人，盘马弯弓惜不发。
地形渐窄观者多，雉惊弓满劲箭加。
冲人决起百余尺，红翎白镞随倾斜。
将军仰笑军吏贺，五色离披马前堕。

【注释】①盘马：骑马盘旋不进。②“地形”二句：描绘狩猎的过程，用曹植《七启》“人稠网密，地逼势胁”句意。③翎：箭羽。④镞（zú）：箭头。⑤五色：雉的羽毛。

八月十五夜赠张功曹

纤云四卷天无河，清风吹空月舒波。
沙平水息声影绝，一杯相属君当歌。

君歌声酸辞且苦，不能听终泪如雨。
洞庭连天九疑高，蛟龙出没猩鼯号。
十生九死到官所，幽居默默如藏逃。
下床畏蛇食畏药，海气湿蛰熏腥臊。
昨者州前槌大鼓，嗣皇继圣登夔皋。
赦书一日行万里，罪从大辟皆除死。
迁者追回流者还，涤瑕荡垢清朝班。
州家申名使家抑，坎轲只得移荆蛮。
判司卑官不堪说，未免捶楚尘埃间。
同时辈流多上道，天路幽险难追攀。
君歌且休听我歌，我歌今与君殊科。
一年明月今宵多，人生由命非由他。
有酒不饮奈明何？

【注释】①纤云：微云。②河：银河。③月舒波：月光四射。④属（zhǔ）：劝酒。⑤洞庭：洞庭湖。⑥九疑：又名苍梧山，在今湖南宁远县境。⑦猩：猩猩。⑧鼯（wú）：鼠类的一种。⑨如藏逃：有如躲藏的逃犯。⑩药：指蛊毒。南方人喜将多种毒虫放在一起饲养，使之互相吞噬，最后剩下的毒虫叫做蛊，制成药后可杀人。⑪海气：卑湿的空气。⑫蛰：潜伏。⑬嗣皇：接着做皇帝的人，指宪忠。⑭登：进用。⑮夔皋：夔和皋陶，传说是舜的两位贤臣。⑯赦书：皇帝发布的大赦令。⑰大辟：死刑。⑱除死：免去死刑。⑲迁者：贬谪的官吏。⑳流者：流放在外的人。㉑瑕：玉石的杂质。㉒班：臣子上朝时排的行列。㉓州家：刺史。㉔申名：上报名字。㉕使家：观察使。㉖抑：压制。㉗坎轲：这里指命运不好。㉘荆蛮：今湖北江陵。㉙判司：唐时对州郡诸曹参军的总称。㉚捶楚：棒杖一类的刑具。㉛上道：上路回京。㉜天路：指进身于朝廷的道路。㉝幽险：幽昧险碍。㉞殊科：不一样，不同类。

赠郑兵曹

尊酒相逢十载前，君为壮夫我少年。
尊酒相逢十载后，我为壮夫君白首。
我材与世不相当，戢鳞委翅无复望。

当今贤俊皆周行，君何为乎亦遑遑。
杯行到君莫停手，破除万事无过酒。

【注释】①兵曹：古代管兵事等的官员。②戢鳞（jí）：敛鳞不游，喻蓄志待时。

李花赠张十一署

江陵城西二月尾，花不见桃惟见李。
风揉雨练雪羞比，波涛翻空杳无涘。
君知此处花何似？
白花倒烛天夜明，群鸡惊鸣官吏起。
金乌海底初飞来，朱辉散射青霞开。
迷魂乱眼看不得，照耀万树繁如堆。
念昔少年著游燕，对花岂省曾辞杯。
自从流落忧感集，欲去未到先思回。
只今四十已如此，后日更老谁论哉。
力携一尊独就醉，不忍虚掷委黄埃。

【注释】①金乌：古代神话传说太阳中有三足乌，因用为太阳的代称。汉刘桢《清虑赋》载：“玉树翠叶，上栖金乌。”②游燕：同“游宴”，游乐。

【点评】韩愈写李花写出了精神，他人莫比。

※ 白居易

长恨歌

汉皇重色思倾国，御宇多年求不得。
杨家有女初长成，养在深闺人未识。
天生丽质难自弃，一朝选在君王侧。
回眸一笑百媚生，六宫粉黛无颜色。

春寒赐浴华清池，温泉水滑洗凝脂。
侍儿扶起娇无力，始是新承恩泽时。
云鬓花颜金步摇，芙蓉帐暖度春宵。
春宵苦短日高起，从此君王不早朝。
承欢侍宴无闲暇，春从春游夜专夜。
后宫佳丽三千人，三千宠爱在一身。
金屋妆成娇侍夜，玉楼宴罢醉和春。
姊妹弟兄皆列土，可怜光彩生门户。
遂令天下父母心，不重生男重生女。
骊宫高处入青云，仙乐风飘处处闻。
缓歌慢舞凝丝竹，尽日君王看不足。
渔阳鼙鼓动地来，惊破霓裳羽衣曲。
九重城阙烟尘生，千乘万骑西南行。
翠华摇摇行复止，西出都门百余里。
六军不发无奈何，宛转蛾眉马前死。
花钿委地无人收，翠翘金雀玉搔头。
君王掩面救不得，回看血泪相和流。
黄埃散漫风萧索，云栈萦纡登剑阁。
峨嵋山下少人行，旌旗无光日色薄。
蜀江水碧蜀山青，圣主朝朝暮暮情。
行宫见月伤心色，夜雨闻猿肠断声。
天旋地转回龙驭，到此踌躇不能去。
马嵬坡下泥土中，不见玉颜空死处。
君臣相顾尽沾衣，东望都门信马归。
归来池苑皆依旧，太液芙蓉未央柳。
芙蓉如面柳如眉，对此如何不泪垂？
春风桃李花开日，秋雨梧桐叶落时。
西宫南内多秋草，落叶满阶红不扫。
梨园弟子白发新，椒房阿监青娥老。

夕殿萤飞思悄然，孤灯挑尽未成眠。
迟迟钟鼓初长夜，耿耿星河欲曙天。
鸳鸯瓦冷霜华重，翡翠衾寒谁与共？
悠悠生死别经年，魂魄不曾来入梦。
临邛道士鸿都客，能以精诚致魂魄。
为感君王辗转思，遂教方士殷勤觅。
排空驭气奔如电，升天入地求之遍。
上穷碧落下黄泉，两处茫茫皆不见。
忽闻海上有仙山，山在虚无缥缈间。
楼阁玲珑五云起，其中绰约多仙子。
中有一人字太真，雪肤花貌参差是。
金阙西厢叩玉扃，转教小玉报双成。
闻道汉家天子使，九华帐里梦魂惊。
揽衣推枕起徘徊，珠箔银屏迤逦开。
云鬓半偏新睡觉，花冠不整下堂来。
风吹仙袂飘飖举，犹似霓裳羽衣舞。
玉容寂寞泪阑干，梨花一枝春带雨。
含情凝睇谢君王，一别音容两渺茫。
昭阳殿里恩爱绝，蓬莱宫中日月长。
回头下望人寰处，不见长安见尘雾。
惟将旧物表深情，钿合金钗寄将去。
钗留一股合一扇，钗擘黄金合分钿。
但教心似金钿坚，天上人间会相见。
临别殷勤重寄词，词中有誓两心知。
七月七日长生殿，夜半无人私语时。
在天愿作比翼鸟，在地愿为连理枝。
天长地久有时尽，此恨绵绵无绝期。

【**注释**】①汉皇：原指汉武帝刘彻。此处借指唐玄宗李隆基。唐人文学创作常以汉称唐。②重色：爱好女色。③倾国：绝色女子。汉代李延年："北方有佳人，绝世而独立。一顾倾人城，再顾倾人国。宁不知倾国与倾城，佳人难再得。"④御宇：驾御宇内，即统治天下。汉贾谊《过秦论》："振长策而御宇内。"⑤杨家有女：蜀州司户杨玄琰，有女杨玉环，自幼由叔父杨玄珪抚养，十七岁（开元二十三年）被册封为玄宗之子寿王李瑁之妃。二十七岁被玄宗册封为贵妃。白居易此谓"养在深闺人未识"，是作者有意为帝王避讳的说法。⑥丽质：美丽的姿质。⑦六宫粉黛：指宫中所有嫔妃。古代皇帝设六宫，正寝（日常处理政务之地）一，燕寝（休息之地）五，合称六宫。粉黛：本为女性化妆用品，粉以抹脸，黛以描眉。此代指六宫中的女性。⑧无颜色：意谓相形之下，都失去了美好的姿容。⑨华清池：即华清池温泉，在今西安市临潼区南的骊山下。唐贞观十八年（644）建汤泉宫，咸亨二年（671）改名温泉宫，天宝六载（747）扩建后改名华清宫。唐玄宗每年冬、春季都到此居住。⑩凝脂：形容皮肤白嫩滋润，犹如凝固的脂肪。《诗经·卫风·硕人》有"肤如凝脂"句。⑪侍儿：宫女。⑫新承恩泽：刚得到皇帝的宠幸。⑬云鬓：《木兰诗》有"当窗理云鬓，对镜贴花黄"句，形容女子鬓发盛美如云。⑭金步摇：一种金首饰，用金银丝盘成花之形状，上面缀着垂珠之类，插于发鬓，走路时摇曳生姿。⑮芙蓉帐：绣着莲花的帐子。形容帐之精美。萧纲《戏作谢惠连体十三韵》："珠绳翡翠帷，绮幕芙蓉帐。"⑯春宵：新婚之夜。⑰佳丽三千：《后汉书·皇后纪》，自武元之后，世增淫费，乃至掖庭三千。言后宫女子之多。《旧唐书·宦官传》载，开元、天宝年间，长安大内、大明、兴庆三宫，皇子十宅院，皇孙百孙院，东都大内、上阳两宫，大率宫女四万人。⑱金屋：武帝幼时，他姑妈将他抱在膝上，问他要不要她的女儿阿娇作妻子。他笑答："若得阿娇，当以金屋藏之。"⑲列土：分封土地。《旧唐书·后妃传》载，杨贵妃有姊三人，玄宗并封国夫人之号。长曰大姨，封韩国。三姨，封虢国。八姨，封秦国。妃父玄琰，累赠太尉、齐国公。母封凉国夫人。叔玄珪，光禄卿。再从兄铦，鸿胪卿。锜，侍御史，尚武惠妃女太华公主。从祖兄国忠，为右丞相。⑳可怜：可爱，值得羡慕。㉑不重生男重生女：当时民谣有"生女勿悲酸，生男勿喜欢""男不封侯女作妃，看女却为门上楣"等。㉒骊宫：骊山华清宫。骊山在今陕西临潼。㉓凝丝竹：指弦乐器和管乐器伴奏出舒缓的旋律。㉔渔阳：郡名，辖今北京市平谷县和天津市的蓟县等地，当时属于平卢、范阳、河东三镇节度史安禄山的辖区。天宝十四载（755）冬，安禄山在范阳起兵叛乱。㉕鼙鼓：古代骑兵用的小鼓，此借指战争。㉖霓（ní）裳羽衣曲：舞曲名，据说为唐开元年间西凉节度使杨敬述所献，经唐玄宗润色并制作歌词，改用此名。乐曲着意表现虚无缥缈的仙境和仙女形象。㉗九重城阙：九重门的京城，此指长安。阙：意为古代宫殿门前两边的楼，泛指宫殿或帝王的住所。《楚辞·九辩》："君之门以九重。"㉘烟尘生：指发生战事。㉙千乘万骑西南行：天宝十五载（756）六月，安禄山破潼关，逼近长安。玄宗带领杨贵妃等出延秋门向西南方向逃走。当时随行护卫并不多，"千乘万骑"是夸大之词。乘：一人一骑为一乘。㉚"翠华"两句：李隆基西奔至距长安百余里的马嵬驿（今陕西兴平），扈从禁卫军发难，不再前行，请诛杨国忠、杨玉环兄妹以平民怨。玄宗为保自身，只得照办。翠华：用翠鸟羽毛装饰的旗帜，皇帝仪仗队用。司马相如《上林赋》："建翠华之旗，树灵鼍之鼓。"百余里：指到了距长安一百多里的马嵬坡。㉛六军：指天子军队。《周礼·夏官·司马》载："王六军。"㉜宛转：形容美人临死前哀怨缠绵的样子。㉝蛾眉：古代美女的代称，此指杨贵妃。《诗经·卫风·硕人》有"螓首蛾眉"句。㉞花钿：用金翠珠宝等制成的花朵形首饰。㉟委地：丢弃在地上。㊱翠翘：首饰，形如翡翠鸟尾。㊲金雀：金雀钗，钗形似凤（古称朱雀）。㊳玉搔头：玉簪。《西京杂记》卷二，武帝过李夫人，就取玉簪搔头。自此后宫人搔头皆用玉。㊴云栈：高入云霄的栈道。㊵萦纡（yíng yū）：萦回盘绕。㊶剑阁：又称剑门关，在今四川剑阁县北，是由秦入蜀的要道。此地群山如剑，峭壁中断处，两山对峙如门。诸葛亮相蜀时，凿石驾凌空栈道以通行。㊷峨嵋山：在今四川峨眉山市。玄宗奔蜀途中，并未经过峨嵋山，这里泛指蜀中高山。㊸行宫：皇帝离京出行在外的临时住所。㊹夜雨闻猿肠断声：一作"夜雨闻铃肠断声"。此本从敦煌经卷。㊺天旋地转：指时局好转。肃宗至德二年（757），郭子仪军收复长安。㊻回龙驭：皇帝的车驾归来。㊼不见玉颜空死处：《旧唐书·后妃传》载，玄宗自蜀还，令中使祭奠杨贵妃，密令改葬于他所。初瘗时，以紫褥裹之，肌肤已坏，而香囊仍在，内官以献，上皇视之凄惋，乃令图其形于别殿，朝夕视焉。㊽信马：意思是无心鞭马，任马前进。㊾太液：汉宫中有太液池。㊿未央：汉有未央宫。此皆借指唐长安皇宫。(51)西宫南内：皇宫之内称为大内。西宫即西内太极宫，南内为兴庆宫。玄宗返京后，初居南内。上元元年（760），权宦李辅国假借肃宗名义，胁迫玄宗迁往西内，并流贬玄宗亲信高力士、陈玄礼等人。(52)梨园弟子：指玄宗当年训练的乐工舞女。梨园：《新唐书·礼乐志》载，唐玄宗时宫中教习音乐的机构，曾选"坐部伎"三百人教练歌舞，随时应诏表演，号称"皇帝梨园弟子"。(53)阿监：宫中的侍从女官。(54)青娥：年轻的宫女。《新唐书·百官志》载，内官宫正有阿监、副监，视七品。(55)孤灯挑尽：古时用油灯照明，为使灯火明亮，过一会儿就要把浸在油中的灯草往前挑一点。挑尽：说明夜已深。唐时宫廷夜间燃烛而不点油灯，此处旨在形容玄宗晚年生活环境的凄苦。(56)迟迟：迟缓。报更钟鼓声起止原有定时，这里用以形容玄宗长夜难眠时的心情。(57)耿耿：微明的样子。(58)欲曙天：长夜将晓之时。(59)鸳鸯瓦：屋顶上俯仰相对合在一起的瓦。《三国志·魏书·方技传》载，文帝梦殿屋两瓦堕地，化为双鸳鸯。房瓦一俯一仰相合，称阴阳瓦，亦称鸳鸯瓦。⑹霜华：霜花。⑥翡翠衾：布面绣有翡翠鸟的被子。《楚辞·招魂》载，翡翠珠被，烂齐光些。言其珍贵。㊷谁与共：与谁共。㊸临邛道士鸿都客：意谓有个从临邛来长安的道士。临邛：今四川邛崃县。鸿都：东汉都城洛阳的宫门名，这里借指长安。《后汉书·灵帝纪》载，光和元年二月，始置鸿都门学士。㊹致魂魄：招来杨贵妃的亡魂。㊺方士：有法术的人。这里指道士。㊻殷勤：尽力。㊼排空驭气：即腾云驾雾。㊽穷：穷尽，找遍。㊾碧落：即天空。㊿黄泉：指地下。⑺海上有仙山：《史记·封禅书》载，自威、宣、燕昭使人入海求蓬莱、方丈、瀛洲，此三神山者，其传在渤海中。⑺玲珑：华美精巧。⑺五云：五彩云霞。⑺绰约：体态轻盈柔美。《庄子·逍遥游》："藐姑射之山，有神人居焉，肌肤若冰雪，绰约如处子。"⑺参差：仿佛，差不多。⑺金阙：《大洞玉经》载，上清宫门中有两阙，左金阙、右玉阙。⑺西厢：《尔雅·释宫》载，室有东西厢曰庙。西厢在右。⑺玉扃：玉门。即玉阙之变文。⑺转教小玉报双成：意谓仙府庭院重重，须经辗转通报。小玉：吴王夫差女。双成：传说中西王母的侍女。这里皆借指杨贵妃在仙山的侍女。⑻九华帐：绣饰华美的帐子。九华：重重花饰的图案。言帐之精美。《宋书·后妃传》载，自汉氏昭阳之轮奂，魏室九华之照耀。⑻珠箔：珠帘。⑻银屏：饰银的屏风。⑻逦迤：接连不断地。⑻新睡觉：刚睡醒。觉：醒。⑻袂：衣袖。⑻玉容寂寞：此指神色黯淡凄楚。⑻阑干：纵横交错的样子。这里形容泪痕满面。⑻凝睇：凝视。⑻昭阳殿：汉成帝宠妃赵飞燕的寝宫。此借指杨贵妃住过的宫殿。⑼蓬莱宫：传说中的海上仙山。这里指贵妃在仙山的居所。⑼人寰（huán）：人间。⑼旧物：指生前与玄宗定情的信物。⑼寄将去：托道士带回。⑼"钗留"二句：把金钗、钿盒分成两半，自留一半。擘：分开。合分钿：将钿盒上的图案分成两部分。⑼重寄词：贵妃在告别时重又托他捎话。⑼两心知：只有玄宗、贵妃二人心里明白。⑼长生殿：在骊山华清宫内，天宝元年（742）造。"七月"以下六句为作者虚拟之词。陈寅恪《元白诗笺证稿·长恨歌》："长生殿七夕私誓之为后来增饰之物语，并非当时真确之事实。""玄宗临幸温汤必在冬季、春初寒冷之时节。今详检两唐书玄宗记无一次于夏日炎暑时幸骊山。"此处长生殿，亦非华清宫之长生殿，而是长安皇宫寝殿之习称。⑼比翼鸟：传说中的鸟名，据说只有一目一翼，雌雄并在一起才能飞。⑼连理枝：两株树木树干相抱。古人常用此二物比喻情侣相爱、永不分离。⑽恨：遗憾。⑽绵绵：连绵不断。

【点评】伤风败俗的乱伦丑剧，居然被渲染成活色生香的传奇，白居易功莫大焉！据说托尔斯泰写《安娜·卡列尼娜》也出现了这样的情况，把持不住。

琵琶行（并序）

元和十年，予左迁九江郡司马。明年秋，送客湓浦口，闻舟中夜弹琵琶者，听其音，铮铮然有京都声。问其人，本长安倡女，尝学琵琶于穆、曹二善才，年长色衰，委身为贾人妇。遂命酒，使快弹数曲。曲罢悯然，自叙少小时欢乐事，今漂沦憔悴，转徙于江湖间。予出官二年，恬然自安，感斯人言，是夕始觉有迁谪意。因为长句，歌以赠之，凡六百一十六言，命曰《琵琶行》。

浔阳江头夜送客，枫叶荻花秋瑟瑟。
主人下马客在船，举酒欲饮无管弦。
醉不成欢惨将别，别时茫茫江浸月。
忽闻水上琵琶声，主人忘归客不发。
寻声暗问弹者谁？琵琶声停欲语迟。
移船相近邀相见，添酒回灯重开宴。
千呼万唤始出来，犹抱琵琶半遮面。
转轴拨弦三两声，未成曲调先有情。
弦弦掩抑声声思，似诉平生不得志。
低眉信手续续弹，说尽心中无限事。
轻拢慢捻抹复挑，初为霓裳后六幺。
大弦嘈嘈如急雨，小弦切切如私语。
嘈嘈切切错杂弹，大珠小珠落玉盘。
间关莺语花底滑，幽咽泉流冰下难。
冰泉冷涩弦凝绝，凝绝不通声暂歇。
别有幽愁暗恨生，此时无声胜有声。
银瓶乍破水浆迸，铁骑突出刀枪鸣。
曲终收拨当心画，四弦一声如裂帛。
东船西舫悄无言，唯见江心秋月白。
沉吟放拨插弦中，整顿衣裳起敛容。
自言本是京城女，家在虾蟆陵下住。

十三学得琵琶成，名属教坊第一部。
曲罢曾教善才服，妆成每被秋娘妒。
五陵年少争缠头，一曲红绡不知数。
钿头银篦击节碎，血色罗裙翻酒污。
今年欢笑复明年，秋月春风等闲度。
弟走从军阿姨死，暮去朝来颜色故。
门前冷落鞍马稀，老大嫁作商人妇。
商人重利轻别离，前月浮梁买茶去。
去来江口守空船，绕船月明江水寒。
夜深忽梦少年事，梦啼妆泪红阑干。
我闻琵琶已叹息，又闻此语重唧唧。
同是天涯沦落人，相逢何必曾相识！
我从去年辞帝京，谪居卧病浔阳城。
浔阳地僻无音乐，终岁不闻丝竹声。
住近湓江地低湿，黄芦苦竹绕宅生。
其间旦暮闻何物？杜鹃啼血猿哀鸣。
春江花朝秋月夜，往往取酒还独倾。
岂无山歌与村笛？呕哑嘲哳难为听。
今夜闻君琵琶语，如听仙乐耳暂明。
莫辞更坐弹一曲，为君翻作琵琶行。
感我此言良久立，却坐促弦弦转急。
凄凄不似向前声，满座重闻皆掩泣。
座中泣下谁最多？江州司马青衫湿。

【注释】①左迁：贬官，降职。与下文所言“迁谪”同义。古人尊右卑左，故称降职为左迁。②湓浦口：在江西省九江市西。③铮铮：形容金属、玉器等相击声。④京都声：指唐代京城流行的乐曲声调。⑤倡女：歌女。倡：古时歌舞艺人。⑥善才：当时对琵琶师或曲师的通称。是“能手”的意思。⑦委身：托身，这里指嫁的意思。⑧为：做。⑨贾（gǔ）人：商人。⑩命酒：叫（手下人）摆酒。⑪快：畅快。⑫漂沦：漂泊沦落。⑬出官：（京官）外调。⑭恬然：淡泊宁静的样子。

⑮迁谪（zhé）：贬官降职或流放。⑯为：创作。⑰长句：指七言诗。⑱歌：作歌，动词。⑲凡：总共。⑳言：字。㉑命：命名，题名。㉒浔阳江：长江流经江西省九江市北的一段。九江古称浔阳，故称。㉓荻（dí）花：多年生草本植物，生在水边，叶子长形，似芦苇，秋天开紫花。㉔瑟瑟：形容枫树、芦荻被秋风吹动的声音。㉕主人：诗人自指。㉖回灯：重新拨亮灯光。回：再。一说移灯。㉗掩抑：掩蔽，遏抑。㉘思：悲伤的情思。㉙信手：随手。㉚续续弹：连续弹奏。㉛拢：左手手指按弦向里（琵琶的中部）推。㉜捻：揉弦的动作。㉝抹：顺手下拨的动作。㉞挑：反手回拨的动作。㉟霓裳：即《霓裳羽衣曲》，本为西域乐舞，唐开元年间西凉节度使杨敬述依曲创声后流入中原。㊱六幺：大曲名，又叫《乐世》《绿腰》《录要》，为歌舞曲。㊲大弦：琵琶上最粗的弦。㊳嘈嘈：声音沉重抑扬。㊴小弦：琵琶上最细的弦。㊵切切：形容声音急切细碎。㊶间关：象声词，这里形容"莺语"声（鸟鸣婉转）。㊷幽咽：遏塞不畅状。㊸冰下难：泉流冰下阻塞难通，形容乐声由流畅变为冷涩。难：与滑相对，有涩之意。㊹凝绝：凝滞。㊺暗恨：内心的怨恨。㊻迸：溅射。㊼曲终：乐曲结束。㊽当心画：用拨子在琵琶的中部划过四弦，是一曲结束时经常用到的右手手法。㊾帛：古时对丝织品的总称。㊿舫：船。51敛容：收敛（深思时悲愤深怨的）面部表情。52虾（há）蟆陵："虾"通"蛤"。在长安城东南，曲江附近，是当时有名的游乐地区。53教坊：唐代管理宫廷乐队的官署。54第一部：如同说第一团、第一队。55秋娘：唐时歌舞妓常用的名字。泛指当时貌美艺高的歌伎。56五陵：在长安城外，指长陵、安陵、阳陵、茂陵、平陵五个汉代皇帝的陵墓，是当时富豪居住的地方。57缠头：用锦帛之类的财物送给歌舞妓女。指古代赏给歌舞女子的财礼，唐代用帛，后代用其他财物。58绡：精细轻美的丝织品。红绡：一种生丝织物。59钿（diàn）头：两头装着花钿的发篦。60银篦（bì）：一说"云篦"，用金翠珠宝装点的首饰。61击节：打拍子。歌舞时打拍子原本用木制或竹制的板。62等闲：随随便便，不重视。63颜色故：容貌衰老。64浮梁：古县名，唐属饶州。在今江西省景德镇市，盛产茶叶。65去来：离别后。来：语气词。66梦啼妆泪：梦中啼哭，匀过脂粉的脸上带着泪痕。67红阑干：泪水融和脂粉流淌满面的样子。68重：重新，重又之意。69唧唧：叹声。70呕哑嘲哳（zhāo zhā）：呕哑：拟声词，形容单调的乐声。嘲，形容声音繁杂。71琵琶语：琵琶声，琵琶所弹奏的乐曲。72暂：突然，一下子。73却坐：退回到原处。74促弦：把弦拧得更紧。75向前声：刚才奏过的单调。76掩泣：掩面哭泣。77青衫：唐朝八品、九品文官的服色。白居易当时的官阶是将侍郎，从九品，所以服青衫。

【**点评**】“岂无山歌与村笛？呕哑嘲哳难为听。”刘禹锡不这么看，西部歌王王洛宾也不这么看。

井底引银瓶

井底引银瓶，银瓶欲上丝绳绝。
石上磨玉簪，玉簪欲成中央折。
瓶沉簪折知奈何？似妾今朝与君别。
忆昔在家为女时，人言举动有殊姿。
婵娟两鬓秋蝉翼，宛转双蛾远山色。
笑随戏伴后园中，此时与君未相识。
妾弄青梅凭短墙，君骑白马傍垂杨。
墙头马上遥相顾，一见知君即断肠。
知君断肠共君语，君指南山松柏树。
感君松柏化为心，暗合双鬟逐君去。
到君家舍五六年，君家大人频有言。
聘则为妻奔是妾，不堪主祀奉蘋蘩。
终知君家不可住，其奈出门无去处。
岂无父母在高堂？亦有亲情满故乡。
潜来更不通消息，今日悲羞归不得。
为君一日恩，误妾百年身。
寄言痴小人家女，慎勿将身轻许人！

【**注释**】①引：拉起，提起。②银瓶：珍贵器具。喻美好的少女。③殊：美好。④娟：美好。⑤宛转：轻细弯曲状。⑥远山色：形容女子眉黛如远山的颜色。⑦蛾：代指蝉翼。⑧语（yù）：告诉、倾诉。⑨合双鬟：古少女发式为双鬟，结婚后即合二为一。⑩大人：指男方父母。⑪聘则为妻：指经过正式行聘手续的女子才能为正妻，正妻可以主祭。⑫奔：私奔。⑬妾：偏室。⑭不谌主祀：不能作为主祭人。⑮蘋（píng）蘩（fán）：两种可供食用的水草，古代常用于祭祀。⑯高堂：指父母。⑰潜来：偷偷来，私奔。⑱痴小：指痴情而年少的少女。

【点评】为了种种说不清道不明的需要，今人做选本好做剪裁。我也试着剪裁一下：“忆昔在家为女时，人言举动有殊姿。婵娟两鬓秋蝉翼，宛转双蛾远山色。笑随戏伴后园中，此时与君未相识。妾弄青梅凭短墙，君骑白马傍垂杨。墙头马上遥相顾，一见知君即断肠。知君断肠共君语，君指南山松柏树。感君松柏化为心，暗合双鬟逐君去。”哇，一首清新脱俗的爱情诗，一首自由恋爱、双宿双飞的美好恋歌。白居易泉下有知，估计会气得翻白眼。

卖炭翁

卖炭翁，伐薪烧炭南山中。
满面尘灰烟火色，两鬓苍苍十指黑。
卖炭得钱何所营？身上衣裳口中食。
可怜身上衣正单，心忧炭贱愿天寒。
夜来城外一尺雪，晓驾炭车辗冰辙。
牛困人饥日已高，市南门外泥中歇。
翩翩两骑来是谁？黄衣使者白衫儿。
手把文书口称敕，回车叱牛牵向北。
一车炭，千余斤，宫使驱将惜不得。
半匹红绡一丈绫，系向牛头充炭直。

【注释】①题注：苦宫市也。宫市：指唐代皇宫里需要物品，就到市场上去拿，随便给点钱，实际上是公开掠夺。唐德宗时用太监专管其事。②伐：砍伐。③薪：柴。④南山：城南之山。⑤烟火色：烟熏色的脸。此处突出卖炭翁的辛劳。⑥苍苍：灰白色，形容鬓发花白。⑦得：得到。⑧何所营：做什么用。营：经营，这里指需求。⑨可怜：使人怜悯。⑩愿：希望。⑪晓：天亮。⑫辗（niǎn）：同“碾”，压。⑬辙：车轮滚过地面辗出的痕迹。⑭困：困倦，疲乏。⑮市：长安有贸易专区，称市，市周围有墙有门。⑯翩翩：轻快洒脱的情状。这里形容得意忘形的样子。⑰骑（jì）：骑马的人。⑱黄衣使者白衫儿：黄衣使者：指皇宫内的太监。白衫儿：指太监手下的爪牙。⑲把：拿。⑳称：说。㉑敕（chì）：皇帝的命令或诏书。㉒回：调转。㉓叱：喝斥。㉔牵向北：指牵向宫中。㉕千余斤：不是实指，形容很多。㉖驱：赶着走。㉗将：语助词。㉘惜不得：舍不得。得：能够。惜：舍。㉙半匹红绡一丈绫：唐代商务交易，绢帛等丝织品可以代货币使用。当时钱贵绢贱，半匹绡和一丈绫，与一车炭的价值相差很远。这是官方用贱价强夺民财。㉚系（jì）：绑扎。这里是挂的意思。㉛直：通“值”，指价格。

上阳白发人

上阳人，上阳人，红颜暗老白发新。
绿衣监使守宫门，一闭上阳多少春。
玄宗末岁初选入，入时十六今六十。
同时采择百余人，零落年深残此身。
忆昔吞悲别亲族，扶入车中不教哭。
皆云入内便承恩，脸似芙蓉胸似玉。
未容君王得见面，已被杨妃遥侧目。
妒令潜配上阳宫，一生遂向空房宿。
宿空房，秋夜长，夜长无寐天不明。
耿耿残灯背壁影，萧萧暗雨打窗声。
春日迟，日迟独坐天难暮。
宫莺百啭愁厌闻，梁燕双栖老休妒。
莺归燕去长悄然，春往秋来不记年。
唯向深宫望明月，东西四五百回圆。
今日宫中年最老，大家遥赐尚书号。
小头鞵履窄衣裳，青黛点眉眉细长。
外人不见见应笑，天宝末年时世妆。
上阳人，苦最多。
少亦苦，老亦苦，少苦老苦两如何！
君不见昔时吕向美人赋，又不见今日上阳白发歌！

【注释】①上阳：即上阳宫，在唐东都洛阳皇宫内苑的东面。②白发人：诗中所描绘的那位老年宫女。③绿衣监使：太监。唐制中太监着深绿或淡绿衣。④承恩：蒙受恩泽。⑤杨妃：杨贵妃。⑥遥侧目：远远地用斜眼看，表嫉妒。⑦耿耿：微微的光明。⑧萧萧：风声。⑨啭：鸣叫。⑩尚书：官职名。⑪鞵（xié）履（lǚ）：

都是指鞋。⑫美人赋：作者自注为："天宝末，有密采艳色者，当时号花鸟使，吕向献《美人赋》以讽之。"

新丰折臂翁

新丰老翁八十八，头鬓眉须皆似雪。
玄孙扶向店前行，左臂凭肩右臂折。
问翁臂折来几年，兼问致折何因缘。
翁云贯属新丰县，生逢圣代无征战。
惯听梨园歌管声，不识旗枪与弓箭。
无何天宝大征兵，户有三丁点一丁。
点得驱将何处去，五月万里云南行。
闻道云南有泸水，椒花落时瘴烟起。
大军徒涉水如汤，未过十人二三死。
村南村北哭声哀，儿别爷娘夫别妻。
皆云前后征蛮者，千万人行无一回。
是时翁年二十四，兵部牒中有名字。
夜深不敢使人知，偷将大石捶折臂。
张弓簸旗俱不堪，从兹始免征云南。
骨碎筋伤非不苦，且图拣退归乡土。
此臂折来六十年，一肢虽废一身全。
至今风雨阴寒夜，直到天明痛不眠。
痛不眠，终不悔，且喜老身今独在。
不然当时泸水头，身死魂孤骨不收。
应作云南望乡鬼，万人冢上哭呦呦。
老人言，君听取。
君不闻开元宰相宋开府，不赏边功防黩武。
又不闻天宝宰相杨国忠，欲求恩幸立边功。
边功未立生人怨，请问新丰折臂翁。

【注释】①新丰：县名。故城在今陕西临潼东北。②玄孙：孙子的孙子。③左臂凭肩：左臂扶在玄孙肩上。④来：以来。⑤致：招致。⑥因缘：缘故。⑦圣代：圣明时代。折臂翁大概生于开元中期，并在开元后期度过青少年阶段。开元时期，社会比较安定，经济繁荣，故称“圣代”。⑧梨园：玄宗时宫廷中教习歌舞的机构。新丰是骊山华清宫所在地，所以老翁能听到宫中飘出的音乐。⑨无何：无几何时，不久。⑩云南：此处指南诏。⑪泸水：今雅砻江下游及金沙江会合雅砻江以后的一段江流。⑫瘴烟：即瘴气，中国南部和西南部地区山林间因湿热蒸发而产生的一种能致人疾病的气体。⑬徒涉：涉水过河。⑭汤：滚开的水。⑮兵部：唐尚书省六部之一，主管中央及地方武官的选用、考查，以及有关兵籍、军械、军令等事宜。⑯牒：文书。此处指征兵的名册。⑰将：介词，以，用。⑱捶（chuí）：通“扫”，捶：敲击。⑲簸（bǒ）：摇动。⑳且图：苟且图得。㉑此臂折来：一作“臂折以来”。㉒万人冢：作者自注，云南有万人冢，在鲜于仲通。李宓军队覆没的地方。按万人冢在南诏都城太和（今云南省大理）现在尚存。㉓呦呦（yōu）：形容鬼哭的声音。㉔宋开府：指宋璟，开元时贤相，后改授开府仪同三司。㉕杨国忠：天宝十一载（752）拜相。

【点评】民国时候，流传四川一些农夫剁掉了食指头，因怕被拉去当壮丁，看来还真不是玩笑。

红线毯

红线毯，择茧缫丝清水煮，拣丝练线红蓝染；
染为红线红于蓝，织作披香殿上毯。
披香殿广十丈余，红线织成可殿铺；
彩丝茸茸香拂拂，线软花虚不胜物；
美人踏上歌舞来，罗袜绣鞋随步没。
太原毯涩毳缕硬，蜀都褥薄锦花冷；
不如此毯温且柔，年年十月来宣州。
宣州太守加样织，自谓为臣能竭力；
百夫同担进宫中，线厚丝多卷不得。
宣州太守知不知？一丈毯，千两丝！
地不知寒人要暖，少夺人衣作地衣！

【注释】①红线毯：是一种丝织地毯。是宣州（今安徽省宣城市）所管织造户织贡的。《新唐书·地理志》载，宣州土贡中有“丝头红毯”之目，即此篇所谓“年年十月来宣州”的“红线毯”。②缫丝：将蚕茧抽为丝缕。③红蓝：即红蓝花，叶箭镞形，有锯齿状，夏季开放红黄色花，可以制胭脂和红色颜料。胡震亨《唐音癸签》卷二十“诂笺”：“此则红花也，本非蓝，以其叶似蓝，因名为红蓝。”④披香殿：汉代殿名，汉成帝的皇后赵飞燕曾在此歌舞。这里泛指宫廷里歌舞的处所。⑤地衣：地毯。

李白墓

采石江边李白坟，绕田无限草连云。
可怜荒垄穷泉骨，曾有惊天动地文。
但是诗人多薄命，就中沦落不过君。

【注释】①李白墓：唐代大诗人李白死于当涂（今属安徽），初葬龙山，元和十二年（817）正月迁葬青山。今安徽马鞍山南采石山下采石镇犹存墓址。过往诗人到此多有吟咏。②采石：即采石矶，原名牛渚矶，在安徽省马鞍山市长江东岸，为牛渚山北部突出江中而成，江面较狭，地势险要，自古为大江南北重要津渡，也是江防重镇。相传为李白醉酒捉月溺死之处。有太白楼、捉月亭等古迹。

※ 刘禹锡

泰娘歌

泰娘家本阊门西，门前绿水环金堤。
有时妆成好天气，走上皋桥折花戏。
风流太守韦尚书，路傍忽见停隼旟。
斗量明珠鸟传意，绀幰迎入专城居。
长鬟如云衣似雾，锦茵罗荐承轻步。
舞学惊鸿水榭春，歌传上客兰堂暮。
从郎西入帝城中，贵游簪组香帘栊。
低鬟缓视抱明月，纤指破拨生胡风。

繁华一旦有消歇，题剑无光履声绝。
洛阳旧宅生草莱，杜陵萧萧松柏哀。
妆奁虫网厚如茧，博山炉侧倾寒灰。
蕲州刺史张公子，白马新到铜驼里。
自言买笑掷黄金，月堕云中从此始。
安知鵩鸟座隅飞，寂寞旅魂招不归。
秦嘉镜有前时结，韩寿香销故箧衣。
山城少人江水碧，断雁哀猿风雨夕。
朱弦已绝为知音，云鬓未秋私自惜。
举目风烟非旧时，梦寻归路多参差。
如何将此千行泪，更洒湘江斑竹枝。

【注释】①隼旟（sǔn yú）：画有隼鸟的旗帜。古代为州郡长官所建。语本《周礼·春官·司常》："鸟隼为旟，龟蛇为旐……州里建旟，县鄙建旐。"②绀幰（gàn xiǎn）：天青色车幔。《隋书·礼仪志五》载："犊车……五品已上，绀幰碧里，皆白铜装。"③簪组：冠簪和冠带。④题剑：泛指主仆、上下之间的特殊知遇。⑤博山炉：古香炉名。因炉盖上的造型似传闻中的海中名山博山而得名。后作为名贵香炉的代称。⑥鵩（fú）鸟：猫头鹰一类的鸟。旧传为不祥之鸟。⑦秦嘉：东汉诗人。《玉台新咏》有秦嘉《赠妇诗》三首，其妻徐淑答诗一首，叙夫妇惜别互矢忠诚之情，为历代所传诵。⑧韩寿香：晋贾充之女午与韩寿私通，并把皇帝赐其父之外域异香赠与韩寿。见南朝宋刘义庆《世说新语·惑溺》。后因以"韩寿香"指异香或男女定情之物。

【点评】"举目风烟非旧时，梦寻归路多参差。如何将此千行泪，更洒湘江斑竹枝。"深有感触。

※ 柳宗元

渔翁

渔翁夜傍西岩宿，晓汲清湘燃楚竹。
烟销日出不见人，欸乃一声山水绿。
回看天际下中流，岩上无心云相逐。

【注释】①傍：靠近。②西岩：当指永州境内的西山，可参作者《始得西山宴游记》。③汲：取水。④湘：湘江之水。⑤楚：西山古属楚地。⑥销：消散。亦可作"消"。⑦欸乃：象声词，一说指桨声，一说是人长呼之声。唐时湘中棹歌有《欸乃曲》。⑧下中流：由中流而下。⑨无心：晋陶渊明《归去来辞》："云无心而出岫。"一般是表示庄子所说的那种物我两忘的心灵境界。苏轼《书柳子厚〈渔翁〉诗》云："诗以奇趣为宗，反常合道为趣。熟味此诗有奇趣。然其尾两句，虽不必亦可。"严羽《沧浪诗话》从此说："东坡删去后二句，使子厚复生，亦必心服。"刘辰翁认为："此诗气泽不类晚唐，下正在后两句。"自此关于此诗后两句当去当存，一直有两种意见。

【点评】关于末两句要还是不要，成为诗坛一大公案。我的意见是古诗就要，以便传唱。不要末两句，就是七绝。以要为佳。

笼鹰词

凄风淅沥飞严霜，苍鹰上击翻曙光。
云披雾裂虹霓断，霹雳掣电捎平冈。
砉然劲翮剪荆棘，下攫狐兔腾苍茫。
爪毛吻血百鸟逝，独立四顾时激昂。
炎风溽暑忽然至，羽翼脱落自摧藏。
草中狸鼠足为患，一夕十顾惊且伤。
但愿清商复为假，拔去万累云间翔。

【注释】①凄风：指秋风。②淅沥：风声。③严霜：寒霜。④翻：飞翔。⑤曙光：黎明的阳光。唐太宗《除夜》："对此欢终宴，倾壶待曙光。"⑥披：分开。⑦裂：

冲破。⑧虹霓：彩虹。⑨霹雳：响雷，震雷。汉枚乘《七发》："其根半死半生，冬则烈风漂霰、飞雪之所激也，夏则霄霆、霹雳之所感也。"⑩掣电：闪电。⑪捎：掠过。⑫砉（huā）然：象声词。这里指鹰俯冲时发出的响声。⑬劲翮（hé）：强劲有力的翅膀。⑭攫：抓取。⑮苍茫：指天空。⑯爪毛：爪上带着毛。⑰吻血：嘴上沾着血。⑱百鸟逝：各种鸟都逃避躲藏起来。⑲独立：单独站立。《论语·季氏》载："尝独立，鲤趋而过庭。"⑳激昂：心情振奋，气概昂扬。㉑炎风溽（rù）暑：盛夏又湿又热的气候。㉒摧藏：摧伤，挫伤。汉王昭君《怨诗》："离宫绝旷，身体摧藏。"㉓为患：形成危险、灾祸。㉔一夕十顾：一夜之间多次张望。㉕清商：清秋。㉖假：凭借。㉗拔去：摆脱。㉘万累：各种束缚。一作"万里"。㉙云间：指天上。南朝梁刘孝威《斗鸡篇》载："愿赐淮南药，一使云间翔。"

行路难

君不见夸父逐日窥虞渊，跳踉北海超昆仑。
披霄决汉出沆漭，瞥裂左右遗星辰。
须臾力尽道渴死，狐鼠蜂蚁争噬吞。
北方竫人长九寸，开口抵掌更笑喧。
啾啾饮食滴与粒，生死亦足终天年。
睢盱大志小成遂，坐使儿女相悲怜。

【注释】①行路难：乐府《杂曲歌辞》篇名，原为民间歌谣，后经文人拟作，采入乐府。《乐府解题》载："《行路难》，备言世路艰难及离别悲伤之意，多以君不见为首。"②夸父：古代神话中的英雄人物。他立志要和太阳竞走。《山海经·海外北经》载："夸父与日逐走，入日；渴欲得饮，饮于河渭。河渭不足，北饮大泽。未至，道渴而死。弃其杖，化为邓林。"③虞渊：即"隅谷"，神话传说中的日入之处。《淮南子·天文》载："日入于虞渊之汜，曙于蒙谷之浦。"④跳踉（liàng）：腾跃跳动。⑤超：跨越，越过。⑥昆仑：神话中的西方大山。⑦披霄：劈开云霄。⑧决汉：冲破银河。汉：银汉。⑨沆漭（hàng mǎng）：浩渺，指自然元气，即水气茫茫的样子。⑩瞥裂：迅疾貌。⑪遗：留下，丢下。⑫噬：咬。⑬竫（jìng）人：古代传说中的小人国名。《山海经·大荒东经》载："有小人国名靖人。"竫，同"靖"。《列子》载："东北极有人，名竫人，长九寸。"⑭抵（zhǐ）掌：拍手、鼓掌。⑮啾啾：虫、鸟的细碎的鸣叫声，这里指矮人吃食时所发出的细碎的声响。⑯饮食滴与粒：意即是食量很少，只须几滴水、几粒米便可。⑰终天年：平安自得地度过一生。天年：自然寿命。⑱睢盱（suī xū）：张目仰视，这儿指睁目悲愤激昂的样子。⑲小：通“少”。⑳成遂：成功。㉑坐使：致使。

闻黄鹂

倦闻子规朝暮声，不意忽有黄鹂鸣。
一声梦断楚江曲，满眼故园春意生。
目极千里无山河，麦芒际天摇青波。
王畿优本少赋役，务闲酒熟饶经过。
此时晴烟最深处，舍南巷北遥相语。
翻日迥度昆明飞，凌风斜看细柳翥。
我今误落千万山，身同伧人不思还。
乡禽何事亦来此，令我生心忆桑梓。
闭声回翅归务速，西林紫椹行当熟。

【注释】①黄鹂：即黄莺，亦名仓庚、搏黍、黄鸟，羽毛黄色，从眼边到头后部有黑色斑纹，鸣声悦耳。②子规：杜鹃，又名布谷、杜宇、鹈鴂，初夏时啼声昼夜不断，其声凄楚。③一声梦断：言黄鹂的一声鸣叫把梦惊醒。④楚江曲：指永州湘江之滨。⑤故园：指长安。⑥春意生：春天欣欣向荣的景象。⑦无山河：谓秦中平原没有高山大河。⑧际天：连天，一望无际。⑨青波：指麦浪。⑩王畿（jī）：京郊，古称靠近京城的周围。⑪优本：优待农民。⑫务闲：指农忙过后稍稍清闲的时候。⑬饶经过：颇有情谊的频繁来往。⑭晴烟：指炊烟，有人家居住的地方。⑮昆明：昆明池，在长安西南。《汉书·武帝纪》载，武帝为习水战，于长安西南凿昆明池，周围四十里。⑯细柳：地名，即细柳聚，又称柳市，在昆明池之南。汉文帝时，周亚夫曾屯兵于此，以备匈奴。⑰翥（zhǔ）：飞举。⑱伧（cáng）：韩醇注：“楚人别种。”⑲不思还：不想还乡。⑳乡禽：指在家乡常能见到的子规、黄鹂。㉑生心：产生思念之心。㉒桑梓：家乡。《诗经·小弁》：“维桑与梓，必恭敬止。”桑梓，二木，古者五亩之宅，树之墙下，以遗子孙，给蚕食，具器用。后以桑梓为家乡的代称。㉓闭声：停止鸣叫。㉔回翅：张开翅膀往回飞。㉕务速：一定要快。㉖西林：柳宗元在长安城西有祖遗田产，有果树数百株，西林指此。㉗椹（shèn）：同“葚”，桑树结的果实，成熟后色紫，故曰紫葚。㉘行：即将。

※ 元稹

连昌宫词

连昌宫中满宫竹，岁久无人森似束。
又有墙头千叶桃，风动落花红蔌蔌。
宫边老翁为余泣，小年进食曾因入。
上皇正在望仙楼，太真同凭阑干立。
楼上楼前尽珠翠，炫转荧煌照天地。
归来如梦复如痴，何暇备言宫里事。
初过寒食一百六，店舍无烟宫树绿。
夜半月高弦索鸣，贺老琵琶压场屋。
力士传呼觅念奴，念奴潜伴诸郎宿。
须臾觅得又连催，特敕街中许燃烛。
春娇满眼睡红绡，掠削云鬟旋装束。
飞上九天歌一声，二十五郎吹管逐。
逡巡大遍凉州彻，色色龟兹轰录续。
李谟擫笛傍宫墙，偷得新翻数般曲。
平明大驾发行宫，万人歌舞涂路中。
百官队仗避岐薛，杨氏诸姨车斗风。
明年十月东都破，御路犹存禄山过。
驱令供顿不敢藏，万姓无声泪潜堕。
两京定后六七年，却寻家舍行宫前。
庄园烧尽有枯井，行宫门闭树宛然。
尔后相传六皇帝，不到离宫门久闭。
往来年少说长安，玄武楼成花萼废。
去年敕使因斫竹，偶值门开暂相逐。
荆榛栉比塞池塘，狐兔骄痴缘树木。
舞榭攲倾基尚在，文窗窈窕纱犹绿。
尘埋粉壁旧花钿，乌啄风筝碎珠玉。

上皇偏爱临砌花，依然御榻临阶斜。
蛇出燕巢盘斗栱，菌生香案正当衙。
寝殿相连端正楼，太真梳洗楼上头。
晨光未出帘影黑，至今反挂珊瑚钩。
指似傍人因恸哭，却出宫门泪相续。
自从此后还闭门，夜夜狐狸上门屋。
我闻此语心骨悲，太平谁致乱者谁。
翁言野父何分别，耳闻眼见为君说。
姚崇宋璟作相公，劝谏上皇言语切。
燮理阴阳禾黍丰，调和中外无兵戎。
长官清平太守好，拣选皆言由相公。
开元之末姚宋死，朝廷渐渐由妃子。
禄山宫里养作儿，虢国门前闹如市。
弄权宰相不记名，依稀忆得杨与李。
庙谟颠倒四海摇，五十年来作疮痏。
今皇神圣丞相明，诏书才下吴蜀平。
官军又取淮西贼，此贼亦除天下宁。
年年耕种宫前道，今年不遣子孙耕。
老翁此意深望幸，努力庙谋休用兵。

【注释】①连昌宫：唐代皇帝行宫之一，唐高宗显庆三年（658）建，故址在河南府寿安县（今河南宜阳）西九里。②森似束：指竹子丛密，如同扎成一束束的。森：森森然，密貌。③千叶桃：碧桃。④簌簌：花纷纷落下貌。⑤小年：年少时。⑥“上皇”二句：上皇、太真：指唐玄宗与杨贵妃。望仙楼：本在华清宫，此是作者的想象。⑦炫转荧煌：光彩闪烁。⑧备言：说尽。⑨贺老：指玄宗时以善弹琵琶闻名的一个艺人，名贺怀智。⑩压场屋：即今“压场”意。唐人称戏场为场屋。⑪“力士”二句：力士：高力士，唐玄宗宠幸的宦官。念奴：作者自注：“念奴，天宝中名娼。善歌。每岁楼下杯酺宴，累日之后，万众喧隘，严安之、韦黄裳辈辟易不能禁，众乐之罢奏。明皇遣高力士呼于楼上：欲遣念奴唱歌，分二十五郎吹小管逐，看人能听否？未尝不悄然奉诏。其为当时所重如此。然而玄宗不欲夺侠游之盛，未尝置在宫禁，或岁幸汤泉，时巡东洛，有司遣从行而已。诸郎：侍卫或其他艺人。”⑫特赦：因禁火，故特许燃烛。⑬掠削：稍稍理一下。⑭旋装束：马上就装束停当。⑮九天：宫中。⑯二十五郎：邠王善吹笛，排行二十五。⑰吹管逐：即吹管伴奏意。⑱逡巡：指节拍舒缓貌。⑲大遍：相当于“一整套（曲子）”的意思。⑳凉州：曲调名。㉑彻：完了，终了。㉒色色龟（qiū）兹：各种龟兹乐曲。㉓轰录续：陆续演奏。㉔“李谟”句：作者自注：“玄宗尝于上阳宫夜后按新翻一曲，属明夕正月十五日潜游灯下，忽闻酒楼上有笛奏前夕新曲，大骇之。明日，密遣捕捉笛者诘验之。自云：‘其夕窃于天津桥玩月，闻宫中度曲，遂于桥柱上插谱记之。臣即长安少年善笛者李暮也。’玄宗异而遣之。”擫笛，按笛。㉕大驾：皇帝的车驾。㉖队仗：仪仗队。㉗岐薛：指玄宗弟岐王李范，薛王李业。（两人皆死于开元年间，这是诗人的误记。）㉘杨氏诸姨：指杨贵妃的三姐姐。为玄宗封为韩国、虢国、秦国三夫人。㉙斗风：形容车行快。㉚东都破：指安禄山占洛阳。安于天宝十四载（755）十二月占洛阳，此是约言之。㉛过：指安禄山叛军沿途的所造成的破坏。㉜供顿：即供应。㉝两京：指西京长安与东都洛阳。㉞门：一作闼，指门中小门。㉟六：应作“五”。㊱玄武楼：唐德宗时建。㊲花萼：即花萼楼，玄宗时建。㊳斫：砍。㊴栉比：像梳齿一样紧挨在一起。㊵文窗：雕有花纹的窗子。㊶窈窕：深貌。㊷花钿：金属花片，妇女饰物。㊸风筝：此指一种檐鸣器。㊹衙：正门。㊺指似：同指示。㊻姚崇宋璟：皆开元年间贤相。㊼燮理：调和。㊽阴阳：代指社会秩序。㊾杨与李：指杨国忠、李林甫。㊿庙谟：朝廷大计。51疮痏（wěi）：疮疤。52吴蜀平：指平江南的李奇与蜀中的刘辟。53深望幸：深深希望皇帝临幸东都。

【**点评**】诗不错，态度比白居易端正。

西凉伎

吾闻昔日西凉州，人烟扑地桑柘稠。
葡萄酒熟恣行乐，红艳青旗朱粉楼。
楼下当垆称卓女，楼头伴客名莫愁。
乡人不识离别苦，更卒多为沉滞游。
哥舒开府设高宴，八珍九酝当前头。
前头百戏竞撩乱，丸剑跳踯霜雪浮。

师子摇光毛彩竖，胡腾醉舞筋骨柔。
大宛来献赤汗马，赞普亦奉翠茸裘。
一朝燕贼乱中国，河湟没尽空遗丘。
开远门前万里堠，今来蹙到行原州。
去京五百而近何其逼，天子县内半没为荒陬，西凉之道尔阻修。
连城边将但高会，每听此曲能不羞？

【注释】①西凉伎：乐曲名。《隋书·音乐志》载："及大业中，炀帝乃定清乐、西凉……以为九部。西凉者，起苻氏之末，吕光、沮渠蒙逊等据有凉州，变龟兹声为之，号为秦汉伎。魏太武既平河西得之，谓之西凉伎，至魏周之际，遂谓之国伎。"西凉州，古代地名，在今甘肃武威一带。②扑地：遍地都是。③桑柘：皆为树木名，其叶均为养蚕的饲料。④青旗：古代酒家均悬挂青旗以为志。⑤当垆称卓女：用卓文君当垆卖酒典故写酒楼中卖酒女。当垆：指卖酒。垆：酒店安放酒瓮的土台，也借指酒店。卓女：用卓文君当垆典。卓文君，西汉临邛（今四川省邛崃）人，善鼓琴。丧夫后家居，与司马相如相恋，一同逃往成都。不久同返临邛，自己当垆卖酒。这里泛指酒家妇女。⑥莫愁：古代洛阳女子。南朝《乐府歌辞》载："莫愁十三能织绮。十四采桑南陌头。十五嫁为卢家妇，十六生儿字阿侯。"这里泛指助酒承欢的歌伎。⑦更卒：即"卒更"，守边士兵。《汉书·昭帝纪》载，三年以前逋更赋未入者皆勿收。⑧沉滞：逗留。⑨哥舒：指哥舒翰。曾因战功封西平郡王。安史乱时出为元帅守潼关，因出战不利被迫降敌，最后被杀。⑩开府：开建府署，制官属。古代刺史，多以将军开府统帅军事，故称外省督抚为开府。⑪高宴：盛大的宴会。⑫八珍九酝：指美食名酒。八珍：八样珍贵食品。《西京杂记》载："以正月旦作酒，八月成，名曰酎，一曰九酝。"⑬百戏：歌舞、杂伎，又叫散乐。《唐书·音乐志》载："散乐者，非部伍之声，俳优歌舞之奏，秦汉以来，又有杂伎，其变不一，名为百戏，亦谓之散乐。"⑭丸剑跳踯：指剑舞。⑮霜雪浮：形容舞剑时发出的闪光。⑯师子：指流行凉州地区的狮子舞。师，通"狮"。⑰光：通"晃"。⑱胡腾：指胡腾舞。⑲筋骨柔：形容舞姿柔软。⑳大宛：汉代西域国名，在今中亚费尔干纳盆地。㉑赤汗马：即大宛汗血马。㉒赞普：吐蕃君长的称号。《新唐书·吐蕃传》载："其俗谓强雄曰赞，丈夫曰普，故号君长赞普。"㉓翠茸裘：用细柔的羽毛编织的裘。㉔燕贼：指安禄山。安禄山攻陷长安后，自称雄武皇帝，改国号为燕。㉕河湟：指黄河和湟水。唐代惯以河、湟指甘肃、青海一带。㉖没尽：安史乱后，吐蕃乘机占领河西、陇右一带。㉗开远门：长安城最北边的西城门。㉘堠(hòu)：古代用来标识路程的土堆。五里一单堠，十里一双堠。一说指用来瞭望敌情的土堡。㉙蹙（cù）：迫近。㉚原州：古代州名，在今宁夏固原一带。㉛天子县内：皇帝管辖的京畿地区。㉜荒陬（zōu）：荒凉的边隅。陬：角落。㉝连城：唐置连城县，在广西岑溪县东南。从此诗内容看，疑非此地。或即连州，故址在今四川筠连县境。㉞高会：盛大的宴会。㉟每听：一作“每说”。

※ 卢仝

走笔谢孟谏议寄新茶

日高丈五睡正浓，军将打门惊周公。
口云谏议送书信，白绢斜封三道印。
开缄宛见谏议面，手阅月团三百片。
闻道新年入山里，蛰虫惊动春风起。
天子须尝阳羡茶，百草不敢先开花。
仁风暗结珠琲瓃，先春抽出黄金芽。
摘鲜焙芳旋封裹，至精至好且不奢。
至尊之馀合王公，何事便到山人家。
柴门反关无俗客，纱帽笼头自煎吃。
碧云引风吹不断，白花浮光凝碗面。
一碗喉吻润，两碗破孤闷。
三碗搜枯肠，唯有文字五千卷。
四碗发轻汗，平生不平事，尽向毛孔散。
五碗肌骨清，六碗通仙灵。
七碗吃不得也，唯觉两腋习习清风生。
蓬莱山，在何处？
玉川子，乘此清风欲归去。
山上群仙司下土，地位清高隔风雨。
安得知百万亿苍生命，堕在巅崖受辛苦！
便为谏议问苍生，到头还得苏息否？

【注释】①走笔：谓挥毫疾书。②孟谏议：即孟简，生平不详。谏议：朝廷言官名。③打门：叩门。④周公：指睡梦。《论语·述而》载：“子曰：甚矣吾衰也，久矣，吾不复梦周公！”后代即把梦周公作为睡梦的代称。⑤“白绢”句：言军将带来一包白绢密封并加了三道泥印的新茶。⑥开缄：打开信。⑦宛见：如见。⑧月团：指茶饼。茶饼为圆状，故称。⑨“闻道”二句：言采茶人的辛苦。蛰虫：蛰伏之虫，如冬眠的蛇之类。⑩阳羡：地名，古属今江苏常州。北宋沈括《梦溪笔谈》载：“古人论茶，唯言阳羡、顾渚、天柱、蒙顶之类。”《茶事拾遗》载：“（张芸叟）云，有唐茶品，以阳羡为上。”⑪“仁风”二句：意谓天子的“仁德”之风，使茶树先萌珠芽，抢在春天之前就抽出了金色的嫩蕊。琲瓃（léi）：珠玉，喻茶之嫩芽。⑫“至尊”二句：意谓这样的珍品茶，本应是天子王公大人享受的，现在竟到了我这样的山野人家来了。⑬纱帽笼头：纱帽于隋唐以前为贵胄官吏所用，隋唐时则为一般士大夫的普通服饰。有时亦指普通人的纱巾之类。葛长庚《茶歌》：“文正范公对茶笑，纱帽笼头煎石铫。”明文徵明《煎茶》：“山人纱帽笼头处，禅榻风花绕鬓飞。”⑭碧云：指茶的色泽。⑮风，指煎茶时的滚沸声。⑯白花：指煎茶时浮起的泡沫。⑰吻：唇。⑱蓬莱山：神话传说中的仙山。⑲司：统率。⑳苏息：困乏后得到休息。

【点评】论茶道不提此诗，如同伪球迷。

有所思

当时我醉美人家，美人颜色娇如花。
今日美人弃我去，青楼珠箔天之涯。
天涯娟娟姮娥月，三五二八盈又缺。
翠眉蝉鬓生别离，一望不见心断绝。
心断绝，几千里？
梦中醉卧巫山云，觉来泪滴湘江水。
湘江两岸花木深，美人不见愁人心。
含愁更奏绿绮琴，调高弦绝无知音。
美人兮美人，不知为暮雨兮为朝云。
相思一夜梅花发，忽到窗前疑是君。

【注释】①有所思：汉乐府《铙歌》名，以首句“有所思”为名。写一女子欲与情郎决绝时的犹豫之情；一说当与《上邪》合为一篇，系男女问答之词，后人以此为题赋诗，多写男女情爱事。②青楼：豪华精致的楼房，常指美人的居所。③珠箔：即珠帘子。④姮娥：即“嫦娥”。⑤翠眉蝉鬓：均指美人。翠眉：用深绿色的螺黛画眉。蝉鬓：古代妇女的一种发式，望之缥缈如蝉翼，故云。

【点评】一场春梦。

赠徐希仁石砚别

灵山一片不灵石，手斫成器心所惜。
凤鸟不至池不成，蛟龙干蟠水空滴。
青松火炼翠烟凝，寒竹风摇远天碧。
今日赠君离别心，此中至浅造化深。
用之可以过珪璧，弃置还为一片石。

【注释】①凤鸟：凤凰。传说中的瑞鸟。②珪璧：古代祭祀朝聘等所用的玉器。

示添丁

春风苦不仁，呼逐马蹄行人家。
惭愧瘴气却怜我，入我憔悴骨中为生涯。
数日不食强强行，何忍索我抱看满树花。
不知四体正困惫，泥人啼哭声呀呀。
忽来案上翻墨汁，涂抹诗书如老鸦。
父怜母惜掴不得，却生痴笑令人嗟。
宿舂连晓不成米，日高始进一碗茶。
气力龙钟头欲白，凭仗添丁莫恼爷。

【注释】①宿舂：指隔夜舂米备粮。《庄子·逍遥游》：“适莽苍者，三餐而反，腹犹果然；适百里者，宿舂粮；适千里者，三月聚粮。”

※ 李贺

高轩过

华裾织翠青如葱，金环压辔摇玲珑。
马蹄隐耳声隆隆，入门下马气如虹。
云是东京才子，文章巨公。
二十八宿罗心胸，九精照耀贯当中。
殿前作赋声摩空，笔补造化天无功。
庞眉书客感秋蓬，谁知死草生华风。
我今垂翅附冥鸿，他日不羞蛇作龙。

【注释】①题注：韩员外愈、皇甫侍御湜见过，因而命作。高轩：高大华贵的车轩。过：拜访。高轩过：就是高车相访的意思。②华裾：官服。③织翠：翠绿色官服，韩愈时任国子博士分司东都洛阳，当着此色官服。④青如葱：青色官服，皇甫湜时任陆浑尉，当着此色官服。⑤玲：一作“冬”。⑥隐耳：声音多而盈耳。一作“隐隐”。⑦巨公：有巨大成就的人。一本无“巨”字。⑧二十八宿：东“苍龙”、北“玄武”、西“白虎”、南“朱雀”各七宿合称。⑨九精照耀：一作“元精耿耿”。九精：九星之精，即天之精气。⑩笔补造化：以诗文弥补造化的不足。⑪庞眉书客：作者自称。庞眉：眉毛黑白杂色，形容老貌。⑫华风：犹光风。天日清明时的和风。⑬冥鸿：空中鸿雁。⑭蛇作龙：喻咸鱼翻身，仕途转起。

将进酒

琉璃钟，琥珀浓，小槽酒滴真珠红。
烹龙炮凤玉脂泣，罗帏绣幕围香风。
吹龙笛，击鼍鼓；皓齿歌，细腰舞。
况是青春日将暮，桃花乱落如红雨。
劝君终日酩酊醉，酒不到刘伶坟上土！

【注释】①将进酒：原是汉乐府短萧铙歌的曲调，这里意为“劝酒歌”。②钟：盛酒的器皿。③琥珀：色黄净，喻指美酒。④槽酒：酿酒的器皿。⑤真珠：喻酒色的柔润莹洁。真珠红：名贵的红酒。⑥玉脂泣：比喻油脂在烹煮时发出的声音。⑦罗帏：一作“罗屏”。⑧龙笛：长笛。⑨鼍（tuó）鼓：用鼍皮制作的鼓。鼍：扬子鳄。⑩酩酊：大醉。⑪刘伶：晋人，“竹林七贤”之一，以嗜酒著称，著有《酒德颂》。

【点评】此篇与李白《将进酒》同为珍品，一个是大家闺秀，一个是小家碧玉。唐朝杨氏有断句“遥想当年无遮会，纷纷散落雨花天”，差可比拟“桃花乱落如红雨”。

雁门太守行

黑云压城城欲摧，甲光向日金鳞开。
角声满天秋色里，塞上燕脂凝夜紫。
半卷红旗临易水，霜重鼓寒声不起。
报君黄金台上意，提携玉龙为君死！

【注释】①雁门太守行：古乐府曲调名。雁门：郡名。古雁门郡大约在今山西省西北部，是唐王朝与北方突厥部族的边境地带。②黑云：此形容战争烟尘铺天盖地，弥漫在边城附近，气氛十分紧张。③摧：毁。④甲光：指铠甲迎着太阳发出的闪光。这句形容敌军兵临城下的紧张气氛和危急形势。⑤向日：迎着太阳。亦有版本写作“向月”。⑥金鳞开：（铠甲）像金色的鱼鳞一样闪闪发光。⑦角：古代军中一种吹奏乐器，多用兽角制成，也是古代军中的号角。⑧塞上燕脂凝夜紫：燕脂：即胭脂，这里指暮色中塞上泥土犹如胭脂凝成。凝夜紫：在暮色中呈现出暗紫色。凝：凝聚。“燕脂”“夜紫”暗指战场血迹。⑨临：逼近，到，临近。⑩易水：河名，大清河上源支流，源出今河北省易县，向东南流入大清河。易水距塞上尚远，此借荆轲故事以言悲壮之意。战国时荆轲前往刺秦王，燕太子丹及众人送至易水边，荆轲慷慨而歌：“风萧萧兮易水寒，壮士一去兮不复还！”⑪霜重鼓寒：天寒霜降，战鼓声沉闷而不响亮。此句一作“霜重鼓声寒不起”。⑫不起：是说鼓声低沉不扬。⑬报：报答。⑭黄金台：故址在今河北省易县东南，相传战国燕昭工所筑。《战国策·燕策》载，燕昭王求士，筑高台，置黄金于其上，广招天下人才。⑮意：信任，重用。⑯玉龙：宝剑的代称。⑰君：君王。

【点评】与王之涣“黄沙直上白云间，一片孤城万仞山”可对照阅读。一个是黄沙摧城，一个是黑云压城。

金铜仙人辞汉歌（并序）

魏明帝青龙元年八月，诏宫官牵车西取汉孝武捧露盘仙人，欲立致前殿。宫官既拆盘，仙人临载，乃潸然泪下。唐诸王孙李长吉遂作《金铜仙人辞汉歌》。

茂陵刘郎秋风客，夜闻马嘶晓无迹。
画栏桂树悬秋香，三十六宫土花碧。
魏官牵车指千里，东关酸风射眸子。
空将汉月出宫门，忆君清泪如铅水。
衰兰送客咸阳道，天若有情天亦老。
携盘独出月荒凉，渭城已远波声小。

【注释】①魏明帝：名曹叡，曹操之孙。②青龙元年：旧本又作九年，然魏青龙无九年，显误。元年亦与史不符，据《三国志·魏书·明帝纪》，魏青龙五年（237）旧历三月改元为景初元年，徙长安铜人承露盘即在这一年。③宫官：指宦官。④牵车：这里是驾驶的意思。⑤捧露盘仙人：王琦注引《三辅黄图》："神明台，武帝造，上有承露盘，有铜仙人舒掌捧铜盘玉杯以承云表之露，以露和玉屑服之，以求仙道。"⑥潸然泪下：《三国志·魏书·明帝纪》裴松之注引《汉晋春秋》："帝徙盘，盘折，声闻数十里，金狄（即铜人）或泣，因留于霸城。"⑦唐诸王孙：李贺是唐宗室之后，故称"唐诸王孙"。⑧李长吉：即李贺，字长吉。⑨刘郎：指汉武帝。⑩秋风客：犹言悲秋之人。汉武帝曾作《秋风辞》，有"欢乐极兮哀情多，少壮几时兮奈老何"句。⑪夜闻马嘶：传说汉武帝的魂魄出入汉宫，有人曾在夜中听到他坐骑的嘶鸣。⑫桂树悬秋香：八月景象。秋香：指桂花的芳香。⑬三十六宫：张衡《西京赋》："离宫别馆三十六所。"⑭土花：苔藓。⑮千里：言长安汉宫到洛阳魏宫路途之远。⑯东关：车出长安东门，故云东关。⑰酸风：令人心酸落泪之风。⑱将：与，伴随。⑲汉月：汉朝时的明月。⑳君：指汉家君主，特指汉武帝刘彻。㉑铅水：比喻铜人所落的眼泪，含有心情沉重的意思。㉒衰兰送客：秋兰已老，故称衰兰。客指铜人。㉓咸阳：秦都城名，汉改为渭城县，离长安不远，故代指长安。咸阳道指长安城外的道路。㉔天若有情天亦老：意为面对如此兴亡盛衰的变化，天如果有人的情感，也会因为常常伤感而衰老。㉕独出：一说应作"独去"。㉖渭城：秦都咸阳，代指长安。㉗波声：指渭水的波涛声。渭城在渭水北岸。

【点评】香可悬，风味酸，泪如铅，情可老。李贺的码字魔幻力，李白、李商隐也要甘拜下风。

梦天

老兔寒蟾泣天色，云楼半开壁斜白。
玉轮轧露湿团光，鸾佩相逢桂香陌。
黄尘清水三山下，更变千年如走马。
遥望齐州九点烟，一泓海水杯中泻。

【注释】①梦天：梦游天上。②老兔寒蟾：神话传说中住在月宫里的动物。屈原《天问》中曾提到月中有兔。《淮南子·览冥训》中有后羿的妻子姮娥偷吃神药，飞入月宫变成蟾的故事。汉乐府《董逃行》中的“白兔捣药长跪虾蟆丸”，说的就是月中的白兔和蟾蜍。此句是说在一个幽冷的月夜，阴云四合，空中飘洒下阵阵寒雨，就像兔和蟾在哭泣。③“云楼”句：忽然云层变幻，月亮的清白色的光斜穿过云隙，把云层映照得像海市蜃楼一样。④“玉轮”句：月亮带着光晕，像被露水打湿了似的。⑤鸾佩：雕刻着鸾凤的玉佩，此代指仙女。⑥桂香陌：《酉阳杂俎》卷一：“旧言月中有桂，有蟾蜍，故异书言月桂高五百丈，下有一人常斫之，树创随合。”此句是诗人想象自己在月宫中桂花飘香的路上遇到了仙女。⑦三山：指海上的三座神山蓬莱、方丈、瀛洲。这里却指东海上的三座山。⑧走马：跑马。⑨齐州：中州，即中国。《尚书·禹贡》称中国有九州。这两句说在月宫俯瞰中国，九州小得就像九个模糊的小点，而大海小得就像一杯水。⑩泓：量词，指清水一道或一片。

【点评】泣天色是一种什么色？用词逻辑如“可爱红”。

李凭箜篌引

吴丝蜀桐张高秋，空白凝云颓不流。
江娥啼竹素女愁，李凭中国弹箜篌。
昆山玉碎凤凰叫，芙蓉泣露香兰笑。
十二门前融冷光，二十三丝动紫皇。

女娲炼石补天处，石破天惊逗秋雨。
梦入坤山教神妪，老鱼跳波瘦蛟舞。
吴质不眠倚桂树，露脚斜飞湿寒兔。

【注释】①李凭：当时的梨园艺人，善弹奏箜篌。杨巨源《听李凭弹箜篌》：“听奏繁弦玉殿清，风传曲度禁林明。君王听乐梨园暖，翻到《云门》第几声？花咽娇莺玉漱泉，名高半在御筵前。汉王欲助人间乐，从遣新声坠九天。”②箜篌引：乐府旧题，属《相和歌·瑟调曲》。箜篌：古代弦乐器。又名空侯、坎侯。形状有多种。据诗中“二十三丝”，可知李凭弹的是竖箜篌。引：一种古代诗歌体裁，篇幅较长，音节、格律一般比较自由，形式有五言、七言、杂言。③吴丝蜀桐：吴地之丝，蜀地之桐。此指制作箜篌的材料。④张：调好弦，准备调奏。⑤高秋：指弹奏时间。这句说在深秋天气弹奏起箜篌。⑥空白：一作“空山”。《列子·汤问》有“秦青抚节悲歌，响遏行云”句。此句言山中的行云因听到李凭弹奏的箜篌声而凝定不动了。⑦江娥：一作“湘娥”。《述异记》云：“舜南巡，葬于苍梧，尧二女娥皇、女英泪下沾竹，文悉为之斑。”⑧素女：传说中的神女。《汉书·郊祀志上》载：“秦帝使素女鼓五十弦瑟，帝禁不止，故破其瑟为二十五弦。”这句说乐声使江娥、素女都感动了。⑨中国：即国之中央，意谓在京城。⑩昆山玉碎凤凰叫：昆仑玉碎：形容乐音清脆。昆山：即昆仑山。凤凰叫：形容乐音和缓。⑪芙蓉泣露香兰笑：形容乐声时而低回，时而轻快。⑫十二门：长安城东西南北每一面各三门，共十二门，故言。这句是说清冷的乐声使人觉得长安城沉浸在寒光之中。⑬二十三丝：《通典》卷一百四十四：“竖箜篌，胡乐也，汉灵帝好之，体曲而长，二十三弦。竖抱于怀中，用两手齐奏，俗谓之擘箜篌。”⑭紫皇：道教称天上最尊的神。这里用来指皇帝。⑮女娲：中华上古之神，人首蛇身，为伏羲之妹，风姓。《淮南子·览冥训》《列子·汤问》载有女娲炼五色石补天故事。⑯石破天惊逗秋雨：补天的五色石（被乐音）震破，引来了一场秋雨。逗：引。⑰坤山：一作“神山”。⑱神妪：《搜神记》卷四：“永嘉中，有神现兖州，自称樊道基。有妪号成夫人。夫人好音乐，能弹箜篌，闻人弦歌，辄便起舞。”⑲老鱼跳波：鱼随着乐声跳跃。《列子·汤问》：“瓠巴鼓琴而鸟舞鱼跃。”⑳吴质：吴刚。《酉阳杂俎》卷一：“旧言月中有桂，有蟾蜍。故异书言月桂高五百丈，下有一人常斫之，树创随合。人姓吴名刚，西河人，学仙有过，谪令伐树。”㉑露脚：露珠下滴的形象说法。㉒寒兔：指秋月，传说月中有玉兔，故称。

【点评】神人兽树花交织，比李颀、白居易、韩愈来得更野。

浩歌

南风吹山作平地，帝遣天吴移海水。
王母桃花千遍红，彭祖巫咸几回死？
青毛骢马参差钱，娇春杨柳含缃烟。
筝人劝我金屈卮，神血未凝身问谁？
不须浪饮丁都护，世上英雄本无主。
买丝绣作平原君，有酒唯浇赵州土。
漏催水咽玉蟾蜍，卫娘发薄不胜梳。
羞见秋眉换新绿，二十男儿那刺促？

【注释】①浩歌：大声唱歌。《楚辞·九歌·少司命》："望美人兮未来，临风怳兮浩歌。"②帝：指宇宙的主宰。③天吴：水神。《山海经·海外东经》："朝阳之谷，神曰天吴，是为水伯。在虹虹北两水间。其为兽也，八首人面，八足八尾，皆青黄。"④王母：传说中的西王母，传说她栽的仙桃树三千年结一次果实。⑤彭祖：传说他叫籛铿，是颛顼的玄孙，生于夏代，尧封他在彭地，到殷末时已有七百六十七岁（一说八百余岁），殷王以为大夫，托病不问政事（《神仙传》《列仙传》）。《庄子·逍遥游》："彭祖乃今以久特闻，众人匹之，不亦悲乎？"《齐物论》载："莫寿于殇子，而彭祖为夭。"屈原《天问》："彭铿斟雉，帝何飨，受寿永多，夫何久长？"⑥巫咸：一作巫戊，商王太戊的大臣。相传他发明鼓，发明用筮占卜，又会占星，是神仙人物。⑦青毛骢（cōng）马：名马。⑧参差钱：马身上的斑纹参差不齐。⑨含缃烟：形容杨柳嫩黄。缃（xiāng）：浅黄色的绢。一作"细"。⑩筝人：弹筝的女子。⑪屈卮（zhī）：一种有把的酒盏。⑫"神血"句：酒醉时飘飘然，似乎形神分离了，不知自己是谁。神血未凝：即精神和血肉不能长期凝聚，它是生命短促的委婉说法。身问谁：是"身向谁"的意思。⑬丁都护：刘宋高祖时的勇士丁旿，官都护。又乐府歌有《丁都护》之曲。王琦注："唐时边州设都护府……丁都护当是丁姓而曾为都护府之官属，或是武官而加衔都护者，与长吉同会，纵饮慷慨，有不遇知己之叹。故以其官称之，告之以不须浪饮，世上英雄本来难遇其主。"⑭平原君：赵胜，战国时赵国贵族，惠文王之弟，善养士，门下有食客数千人，任赵相。赵孝成王七年（前259），秦军围赵都邯郸，平原君指挥抗秦，坚守三年，后楚、魏联合，击败秦军。⑮漏：古代的计时器。⑯玉蟾蜍：滴漏上面玉制的装饰。可能诗人写的这种漏壶就是蟾蜍形状的，水从其口中滴出。李贺另有《李夫人》诗："玉蟾滴水鸡人唱。"⑰卫娘：原指卫后，即汉武帝的皇后卫子夫。传说她发多而美，深得汉武帝的宠爱。《汉武故事》载："上见其美发，悦之。"这里的"卫娘"代指妙龄女子，或即侑酒歌女。⑱发薄不胜梳：言卫娘年老色衰，头发稀疏了。⑲秋眉：稀疏变黄的眉毛。⑳换新绿：画眉。唐人用青黑的黛色画眉，因与浓绿色相近，故唐人诗中常称黛色为绿色。李贺《贝宫夫人》："长眉凝绿几千年。"《房中思》："新桂如蛾眉，秋风吹小绿。"㉑刺促：烦恼。

【点评】读李贺的诗让人脑洞大开无极限。

开愁歌

秋风吹地百草干，华容碧影生晚寒。
我当二十不得意，一心愁谢如枯兰。
衣如飞鹑马如狗，临歧击剑生铜吼。
旗亭下马解秋衣，请贳宜阳一壶酒。
壶中唤天云不开，白昼万里闲凄迷。
主人劝我养心骨，莫受俗物相填豗。

【注释】①飞鹑(chún)：形容衣衫褴褛。②马如狗：形容马极瘦小。《后汉书》载："车如鸡栖马如狗。"③临歧：面临岔路。④旗亭：此指酒肆。⑤贳（shì）：赊欠。⑥宜阳：地名，即福昌县，在今河南省。⑦填豗（huī）：就是填塞心胸的意思。豗：相击。

【点评】"衣如飞鹑马如狗，临歧击剑生铜吼。"吼声如铜，重金属摇滚算个啥。

秋来

桐风惊心壮士苦，衰灯络纬啼寒素。
谁看青简一编书，不遣花虫粉空蠹。

思牵今夜肠应直，雨冷香魂吊书客。
秋坟鬼唱鲍家诗，恨血千年土中碧。

【注释】①桐风：指吹过梧桐叶的秋风。②壮士：诗人自称。③衰灯：暗淡的灯光。④络纬：虫名，俗称纺织娘，因秋天季节转凉而哀鸣，其声似纺线。⑤青简：青竹简。⑥一编书：指诗人的一部诗集。竹简书久无人读，蠹虫就在其中生长。⑦不遣：不让。⑧花虫：蛀蚀器物、书籍的虫子。⑨蠹（dù）：蛀蚀。⑩香魂吊书客：指前代诗人的魂魄来慰问诗人。书客：诗人自指。⑪鲍家诗：指南朝宋鲍照的诗。鲍照曾写过《行路难》组诗，抒发怀才不遇之情。⑫“恨血”句：《庄子》：“苌弘死于蜀，藏其血，三年化为碧。”

【点评】集中体现李贺诗风的一首小诗。

天上谣

天河夜转漂回星，银浦流云学水声。
玉宫桂树花未落，仙妾采香垂佩缨。
秦妃卷帘北窗晓，窗前植桐青凤小。
王子吹笙鹅管长，呼龙耕烟种瑶草。
粉霞红绶藕丝裙，青洲步拾兰苕春。
东指羲和能走马，海尘新生石山下。

【注释】①回星：运转的星星。②银浦：天河。③学水声：诗人由天河引起联想，说行云像发出声音的流水一样。④仙妾：仙女。⑤缨：系玉佩的丝带。⑥秦妃：指秦穆公的女儿弄玉，借指仙女。《列仙传》载，弄玉嫁给仙人萧史，随凤升天。⑦植：倚。⑧青凤小：小青凤，因为押韵所以倒置。⑨王子：王子乔。周灵王太子，名晋，传说擅长吹笙，这里指仙子。⑩鹅管：行状像鹅毛的笙管。⑪耕烟：在云烟中耕耘。⑫瑶草：灵芝一类的仙草。⑬粉霞：粉红色的衣衫。⑭绶：丝带。⑮藕丝裙：纯白色的裙子。藕丝：纯白色。⑯青洲：南海中草木茂密的仙洲。⑰步拾：边走边采集。⑱兰苕：兰草的茎。泛指香花香草。⑲羲和：神话中给太阳驾车的神。⑳海尘：海地扬起的尘土。

【点评】百宝囊中五色炫目。

送沈亚之歌（并序）

文人沈亚之，元和七年以书不中第，返归于吴江。吾悲其行，无钱酒以劳，又感沈之勤请，乃歌一解以送之。

吴兴才人怨春风，桃花满陌千里红。
紫丝竹断骢马小，家住钱塘东复东。
白藤交穿织书笈，短策齐裁如梵夹。
雄光宝矿献春卿，烟底蓦波乘一叶。
春卿拾才白日下，掷置黄金解龙马。
携笈归江重入门，劳劳谁是怜君者。
吾闻壮夫重心骨，古人三走无摧捽。
请君待旦事长鞭，他日还辕及秋律。

【注释】①沈亚之：字下贤，吴兴人。元和十年（815）进士。以文辞得名，尝游韩愈门，为当时名辈所称许。著有《沈下贤集》。②元和：唐宪宗年号。③以书不中第：因为文章没有考取功名。④勤请：再三请求。⑤一解：乐府歌词一章称为一解。这里指的是一首诗。⑥吴兴才人：这里指沈亚之。⑦桃花满陌：落红铺满田间的路。⑧紫丝竹：马鞭。⑨骢马：青白色马。⑩书笈：书箱。⑪梵夹：佛经。⑫宝矿：金银宝石。⑬一叶：小船。⑭拾才：选取人才。⑮掷置：抛弃。⑯解龙马：放走骢马。《周礼》有“马八尺以上为龙”句。⑰重心骨：以有志向有骨气为重。⑱古人三走：《史记·管晏列传》载：管仲三次为官，三次罢免；三次打仗，三次失败。后来辅助齐桓公成为一代名相。用典故鼓励沈亚之不要灰心。⑲摧捽：挫折。⑳事长鞭：执鞭打马。事：使用。㉑还辕：再来。辕：车。㉒秋律：秋天。

【点评】雄光宝矿献后人！说的是李贺诗。

官街鼓

晓声隆隆催转日，暮声隆隆呼月出。
汉城黄柳映新帘，柏陵飞燕埋香骨。
磓碎千年日长白，孝武秦皇听不得。
从君翠发芦花色，独共南山守中国。
几回天上葬神仙，漏声相将无断绝。

【注释】①官街鼓：长安城大街上的鼓声，用以报时和戒夜。《旧唐书》载："日暮，鼓八百声而门闭。五更二点，鼓自内发，诸街鼓承振，坊市门皆启。鼓三千挝，辨色而止。"《马周传》载："先是京城诸街，每至晨暮，遣人传呼以警众。周遂奏诸街置鼓，每击以警众，令罢传呼，时人便之。"②隆隆：指鼓声。③转日：指太阳升起。④月出：指月亮上升。⑤汉城：西汉建都长安，故称长安为"汉城"。⑥黄柳：刚发嫩芽的春柳。这句暗示改朝换代，新帝登基，什物更换。⑦柏陵：指帝王陵墓。帝王陵地常植松柏，故称。⑧飞燕：汉成帝皇后赵飞燕。⑨香骨：指赵氏的尸骨。⑩磓（duī）：敲击，这里是消磨之意。⑪日长白：指无尽的白昼。⑫孝武秦皇：分别为汉武帝刘彻和秦始皇嬴政。二人都是著名的信神仙求长生的帝王。⑬从：伴随。⑭翠发：黑发，指年轻。⑮芦花色：像芦花般的白发，指年老。⑯中国：指京都长安。⑰天上葬神仙：意指求仙者的虚妄。⑱漏：漏壶，古代的计时器。⑲相将：相与，相伴，相随。

美人梳头歌

西施晓梦绡帐寒，香鬟堕髻半沉檀。
辘轳咿哑转鸣玉，惊起芙蓉睡新足。
双鸾开镜秋水光，解鬟临镜立象床。
一编香丝云撒地，玉钗落处无声腻。
纡手却盘老鸦色，翠滑宝钗簪不得。
春风烂漫恼娇慵，十八鬟多无气力。
妆成鬖髿欹不斜，云裾数步踏雁沙。
背人不语向何处？下阶自折樱桃花。

【注释】①西施：春秋时越国美女，这里代指所写美女。②绡帐：丝织的床帐。晋王嘉《拾遗记·蜀》："先主甘后……至十八，玉质柔肌，态媚容冶。先主召入绡帐中，于户外望者如月下聚雪。"③香鬟（huán）：古代妇女的环形发髻。④堕髻：堕马髻的省称，为一种发式。《后汉书·梁冀传》载，冀妻孙寿"色美而善为妖态，作愁眉、啼妆、堕马髻、折腰步、龋齿笑"。李贤注引《风俗通》："堕马髻者，侧在一边。"⑤沉檀：指用沉檀木做的枕头。⑥辘轳：井上汲水木。南朝宋刘义庆《世说新语·排调》："井上辘轳卧婴儿。"⑦咿哑：形容物体转动或摇动声，这里是指辘轳转动的声音，其声如玉之鸣。⑧芙蓉：借指美人。《西京杂记》卷二："文君姣好，眉色如望远山，脸际常若芙蓉。"后因以"芙蓉"喻指美女。⑨双鸾：指镜盖上所绣的鸾鸟。⑩秋水光：形容明镜的光芒像秋水一样明净。⑪香丝：指发丝。⑫玉钗：玉制的钗。由两股合成，燕形。汉司马相如《美人赋》："玉钗挂臣冠，罗袖拂臣衣。"或作"玉梳"。⑬老鸦色：形容头发乌黑。⑭烂漫：形容光彩四射。汉王延寿《鲁灵光殿赋》："丹彩之饰，徒何为乎，浩浩汗汗，流离烂漫。"⑮娇慵：柔弱倦怠貌。⑯鬟多无气力：发长髻高好像力不能胜。⑰鬌鬌（wǒ tuǒ）：形容发髻美好。⑱欹（qī）：倾斜之意。欹不斜：指发髻似斜非斜。⑲云裾（jū）：轻柔飘动如云的衣襟。

【点评】工笔画。

秦王饮酒

秦王骑虎游八极，剑光照空天自碧。
羲和敲日玻璃声，劫灰飞尽古今平。
龙头泻酒邀酒星，金槽琵琶夜枨枨。
洞庭雨脚来吹笙，酒酣喝月使倒行。
银云栉栉瑶殿明，宫门掌事报一更。
花楼玉凤声娇狞，海绡红文香浅清，
黄鹅跌舞千年觥。
仙人烛树蜡烟轻，清琴醉眼泪泓泓。

【注释】①"秦王"二句：写秦王威慑八方，他的剑光把天空都映照成碧色。秦王：一说指唐德宗李适（kuò），他做太子时被封为雍王，雍州属秦地，故又称秦王，曾以天下兵马元帅的身份平定史朝义，又以关内元帅之职出镇咸阳，防御吐蕃。一说指秦始皇，但篇中并未涉及秦代故事。一说指唐太宗李世民，他做皇帝前是秦王。②羲和：传说中为太阳驾车的神。《淮南子·天文训》载："爰止羲和，爰息六螭。"注曰："日乘车，驾以六龙，羲和御之。"③敲日：说他敲打着太阳，命令太阳快走。因太阳明亮，所以诗人想象中的敲日之声就如敲玻璃的声音。④劫灰：劫是佛经中的历时性概念，指宇宙间包括毁灭和再生的漫长的周期。劫分大、中、小三种。每一大劫中包含四期，其中第三期叫做坏劫，坏劫期间，有水、风、火三大灾。劫灰飞尽时，古无遗迹，这样一来无古无今，所以称之为"古今平"。王琦认为这里是借指"自朱泚、李怀光平后，天下略得安息"。⑤龙头：铜铸的龙形酒器。《北堂书钞》载，唐太极宫正殿前有铜龙，长二丈。又有铜樽，容积四十斛。大宴群臣时，将酒从龙腹装进，由龙口倒入樽中。⑥酒星：一名酒旗星，主管宴饮。⑦金槽：镶金的琵琶弦码。⑧枨枨：琵琶声。⑨雨脚：密集的雨点。这句说笙的乐音像密雨落在洞庭湖上的声音一样。⑩银云：月光照耀下的薄薄的白云朵。⑪栉栉：云朵层层排列的样子。⑫瑶殿：瑶是玉石。这里称宫殿为瑶殿，是夸张它的美丽豪华。⑬宫门掌事：看守宫门的官员。⑭一更：一作"六更"。⑮花楼玉凤：指歌女。⑯娇狞：形容歌声娇柔而有穿透力。狞字大约是当时的一种赞语，含有不同寻常之类的意思。⑰海绡：鲛绡纱，出于南海，海中鲛人所织(《述异记》)。⑱红文：海绡上绣的红色花纹。⑲香浅清：清香幽淡的气息。⑳黄娥跌舞：可能是一种舞蹈。㉑千年觥：举杯祝寿千岁。㉒仙人烛树：雕刻着神仙的烛台上插有多枝蜡烛，形状似树。㉓清琴：即青琴，传说中的神女。这里指宫女。㉔泪泓泓：眼泪汪汪，泪眼盈盈。

致酒行

零落栖迟一杯酒，主人奉觞客长寿。
主父西游困不归，家人折断门前柳。
吾闻马周昔作新丰客，天荒地老无人识。
空将笺上两行书，直犯龙颜请恩泽。
我有迷魂招不得，雄鸡一声天下白。
少年心事当拿云，谁念幽寒坐呜呃。

【注释】①致酒：劝酒。②行：乐府诗的一种体裁。③零落：漂泊落魄。④栖迟：

漂泊失意。⑤奉觞（shāng）：捧觞，举杯敬酒。⑥客长寿：敬酒时的祝词，祝身体健康之意。⑦主父：《汉书》载，汉武帝的时候，“主父偃西入关见卫将军，卫将军数言上，上不省。资用乏，留久，诸侯宾客多厌之。”后来，主父偃的上书终于被采纳，当上了郎中。⑧马周：《旧唐书》载：“马周西游长安，宿于新丰逆旅，主人唯供诸商贩而不顾待周。遂命酒一斗八升，悠然独酌。主人深异之。至京师，舍于中郎将常何之家。贞观五年（631），太宗令百僚上书言得失，何以武吏不涉经学，周乃为何陈便宜二十余事，令奏之，事皆合旨。太宗怪其能，问何，对曰：‘此非臣所能，家客马周具草也。’太宗即日招之，未至间，遣使催促者数四。及谒见，与语甚悦，令直门下省。六年授监察御史。”⑨龙颜：皇上。⑩恩泽：垂青。⑪迷魂：这里指执迷不悟。宋玉曾作《招魂》，以招屈原之魂。⑫拿云：高举入云。⑬呜呃：悲叹。

【点评】同类题材，毛润之有七古“送纵宇一郎东行”，高端大气上档次，是李贺这个病王孙比不了的。

※ 施肩吾

古别离

古人谩歌西飞燕，十年不见狂夫面。
三更风作切梦刀，万转愁成系肠线。
所嗟不及牛女星，一年一度得相见。

【注释】①谩歌：随意地歌唱。谩：通“漫”。

【点评】　“三更风作切梦刀，万转愁成系肠线。”有李贺的想象力，惜乎只有一首。

※ 温庭筠

达摩支曲

捣麝成尘香不灭，拗莲作寸丝难绝。
红泪文姬洛水春，白头苏武天山雪。
君不见无愁高纬花漫漫，漳浦宴余清露寒。
一旦臣僚共囚虏，欲吹羌管先汍澜。
旧臣头鬓霜华早，可惜雄心醉中老。
万古春归梦不归，邺城风雨连天草。

【注释】①达摩支曲：乐府舞曲名。摩：一作“磨”。又名《泛兰丛》。②麝（shè）：麝香，麝腹部香腺分泌物，此物香味浓烈，为上等香料。③拗（ào）：折断。④莲：莲藕。⑤丝：莲藕之丝，与“思”谐音。⑥红泪：血红的眼泪。⑦文姬：汉末女作家蔡琰的字。蔡琰是蔡邕的女儿，初嫁卫氏，夫亡无子，归宁于家。兵乱中被掠入关，后辗转入南匈奴，身陷匈奴十二年，生二子，后被曹操遣使以重币赎回，嫁同郡董祀。⑧洛水春：指蔡文姬终于回到故国及后期的生活。洛水：水名，在今河南省，蔡文姬及董祀是陈留郡人，离洛水不远，所以诗人用“洛水春”指代他们的生活。⑨苏武：西汉杜陵人，字子卿，汉武帝天汉元年（前100），他奉命出使匈奴，被匈奴扣留，匈奴单于迫其投降，苏武不屈，被幽，后徙北海（今俄罗斯贝加尔湖）边荒无人烟处牧羊。苏武备尝艰辛，但他对祖国的忠诚始终不变。昭帝时，得知苏武下落后，派使者将苏武要回。苏武在天汉元年出使，至始元六年（前81）回到长安，前后共十九年。回来时，苏武须发皆白，所以这里说“白头苏武”。⑩天山雪：说苏武心向汉朝，终不屈节，心洁如天山的霜雪。⑪无愁高纬：高纬：北齐后主，一位荒淫的亡国之君，曾经自作“无愁”之曲，自己弹着琵琶歌唱，时人称之为“无愁天子”。后被北周俘虏，送至长安，封温国公，又其后被诬以谋反的罪名，处死。⑫花漫漫：指其奢侈无度的生活。⑬漳浦：漳水之滨，此处指漳水之滨的邺城。邺城是北齐后主高纬的都城，他曾经在这里寻欢作乐。漳：漳水，源出山西，流经邺城（今河北省临漳县）。浦：水边。⑭“一旦”句：高纬被俘时，他的儿子幼主高恒及从臣韩长鸾等同时被俘，后来都被处死。⑮汍（wán）澜：流泪的样子。⑯旧臣：指高纬的祖、父两代遗留下来的老臣。⑰霜华早：指由于忧愤而过早地白了头发。华：一作“雪”。⑱梦：指高纬奢侈无度的生活。

春晓曲

家临长信往来道，乳燕双双拂烟草。
油壁车轻金犊肥，流苏帐晓春鸡早。
笼中娇鸟暖犹睡，帘外落花闲不扫。
衰桃一树近前池，似惜红颜镜中老。

【注释】①金犊：牛犊的美称。②流苏：用彩色羽毛或丝线等制成的穗状垂饰物。常饰于车马、帷帐等物上。

春江花月夜词

玉树歌阑海云黑，花庭忽作青芜国。
秦淮有水水无情，还向金陵漾春色。
杨家二世安九重，不御华芝嫌六龙。
百幅锦帆风力满，连天展尽金芙蓉。
珠翠丁星复明灭，龙头劈浪哀笳发。
千里涵空澄水魂，万枝破鼻飘香雪。
漏转霞高沧海西，颇黎枕上闻天鸡。
鸾弦代雁曲如语，一醉昏昏天下迷。
四方倾动烟尘起，犹在浓香梦魂裹。
后主荒宫有晓莺，飞来只隔西江水。

【注释】①春江花月夜词：此题为乐府曲名，诗内容与题目无关。②玉树：即南北朝时陈后主所作的《玉树后庭花》，其内容大概是歌咏张贵妃、孔贵嫔美色的，被后世认为是亡国之音。③歌阑：歌残、歌尽。④海云黑：天海边乌云密布，预示国家将亡。⑤“花庭”句：谓原本花团锦簇的宫廷转眼变成了荒草丛生的废墟。⑥杨家二世：指隋朝第二任皇帝隋炀帝。⑦安九重：安居于九重深宫之内，喻指安于帝位。⑧御：乘。⑨华芝：即华盖，原指皇帝所乘之车的车盖，借指皇帝所乘之车。⑩六龙：即六马，古代八尺以上的马称为龙。皇帝所乘之车由六马所驾。隋炀帝游江都，不乘车马而乘船，此句即此意。⑪金芙蓉：疑为接上句锦帆而言，谓锦帆上所绣的金色芙蓉花，大概喻其龙船华美之意。⑫丁星：闪烁貌。⑬哀笳（jiā）

发：笳即胡笳，中国古代北方民族的一种吹奏乐器，似笛，音色哀凉。隋炀帝曾命乐工作《泛龙舟》等曲，其声亦哀怨。⑭涵空：水映天空。⑮澄：平静。一作“照”。⑯水魂：水中精怪。此句谓隋炀帝龙舟所行之处，水静天晴，连精怪们都畏惧其威严而不敢兴风作浪。⑰“万枝”句：扬州有琼树，开百花。飘：一作“团”。此句谓千万株琼树开花如一团团香雪，而其香气浓郁，又迎面扑鼻。⑱漏：古代一种滴水定时器。⑲转：指时间推移。⑳霞高：晚霞升起。㉑沧海西：日落于大海之西。㉒颇黎：即玻璃，古代一种玉名，又名水玉。㉓鸾弦代雁：泛指弦乐器。㉔倾动：指天下震动，国家不安宁。倾：一作“澒”。㉕烟：一作“风”。㉖“后主”二句：后主，即陈后主。陈被隋灭，陈国都城金陵与隋炀帝江都皇宫只隔一条西江。末二句谓从陈后主荒宫之晓莺仅需飞过一条西江水就能到隋炀帝的江都皇宫，喻示隋炀帝荒淫无道，距离亡国也不甚远。

【点评】文辞华美，还有一点讽刺的意思吗？

※ 李商隐

赠荷花

世间花叶不相伦，花入金盆叶作尘。
惟有绿荷红菡萏，卷舒开合任天真。
此花此叶长相映，翠减红衰愁杀人！

【注释】①不相伦：不相比较。意谓世人皆重花而轻叶。伦：同等，同类。②金盆：铜制的盆。供注水盥洗之用。③菡萏（hàn dàn）：未开的荷花。④天真：天然本性、不加雕饰的本来样子。⑤翠减红衰：翠者为叶，红者为花，言花叶凋零。翠：荷叶。红：荷花。⑥愁杀（shà）人：令人愁苦至极。

【点评】佳句常在口的一首唐诗。

韩碑

元和天子神武姿，彼何人哉轩与羲。
誓将上雪列圣耻，坐法宫中朝四夷。

淮西有贼五十载，封狼生貙貙生罴。
不据山河据平地，长戈利矛日可麾。
帝得圣相相曰度，贼斫不死神扶持。
腰悬相印作都统，阴风惨澹天王旗。
愬武古通作牙爪，仪曹外郎载笔随。
行军司马智且勇，十四万众犹虎貔。
入蔡缚贼献太庙，功无与让恩不訾。
帝曰汝度功第一，汝从事愈宜为辞。
愈拜稽首蹈且舞，金石刻画臣能为。
古者世称大手笔，此事不系于职司。
当仁自古有不让，言讫屡颔天子颐。
公退斋戒坐小阁，濡染大笔何淋漓。
点窜尧典舜典字，涂改清庙生民诗。
文成破体书在纸，清晨再拜铺丹墀。
表曰臣愈昧死上，咏神圣功书之碑。
碑高三丈字如斗，负以灵鳌蟠以螭。
句奇语重喻者少，谗之天子言其私。
长绳百尺拽碑倒，粗砂大石相磨治。
公之斯文若元气，先时已入人肝脾。
汤盘孔鼎有述作，今无其器存其辞。
呜呼圣王及圣相，相与烜赫流淳熙。
公之斯文不示后，曷与三五相攀追。
愿书万本诵万遍，口角流沫右手胝。
传之七十有二代，以为封禅玉检明堂基。

【注释】①元和：唐宪宗年号。②轩、羲：轩辕、伏羲氏，代表三皇五帝。③列圣：前几位皇帝。④法宫：君王主事的正殿。⑤淮西有贼：指盘踞蔡州的藩镇势力。⑥封狼：大狼。⑦貙（chū）、罴（pí）：野兽，喻指叛将。⑧日可麾：用鲁阳公与韩人相争援戈挥日的典故。此喻反叛作乱。麾：通“挥”。⑨度：即裴度。⑩都统：招讨藩镇的军事统帅。⑪天王旗：皇帝仪仗的旗帜。⑫愬（sù）武古通：愬：李愬；

武：韩公武；古：李道古；通：李文通，四人皆裴度手下大将。⑬仪曹外郎：礼部员外郎李宗闵。⑭行军司马：指韩愈。⑮虎貔（pí）：猛兽。喻勇猛善战。⑯蔡：蔡州。⑰贼：指叛将吴元济。⑱无与让：即无人可及。⑲不訾（zī）：即"不赀"，不可估量。⑳从事：州郡官自举的僚属。㉑愈：韩愈。㉒为辞：指撰《平淮西碑》。㉓金石刻画：指为钟鼎石碑撰写铭文。㉔大手笔：指撰写国家重要文告的名家。㉕职司：指掌管文笔的翰林院。㉖屡颔天子颐：使皇帝多次点头称赞。颐：指面颊。㉗公：指韩愈。㉘点窜：同涂改为运用的意思。㉙尧典、舜典：《尚书》中篇名。㉚清庙、生民：《诗经》中篇名。㉛破体：指文能改变旧体，另一说为行书的一种。㉜丹墀（chí）：宫中红色台阶。㉝圣功：指平定淮西的战功。㉞灵鳌：驮负石碑的，形似大龟。㉟蟠（pán）以螭（chī）：碑上所刻盘绕的龙类饰纹。㊱喻：领悟，理解。㊲磨治：指磨去碑上的刻文。㊳斯文：此文。㊴汤盘：《礼记·大学》："汤之盘铭曰：'苟日新，日日新，又日新。'"孔颖达疏："汤之盘铭者，汤沐浴之盘而刻铭为戒。必于沐浴之者，戒之甚也。"后以"汤盘"为自警之典。㊵孔鼎：正考父庙之鼎。正考父系孔子先祖。此以汤盘、孔鼎喻韩碑。㊶淳熙：鲜明的光泽。㊷胝（zhī）：因磨擦而生厚皮，俗称老茧。㊸明堂基：明堂的基石。

【点评】类杜甫诗。

七月二十八日夜与王郑二秀才听雨后梦作

初梦龙宫宝焰然，瑞霞明丽满晴天。
旋成醉倚蓬莱树，有个仙人拍我肩。
少顷远闻吹细管，闻声不见隔飞烟。
逡巡又过潇湘雨，雨打湘灵五十弦。
瞥见冯夷殊怅望，鲛绡休卖海为田。
亦逢毛女无憀极，龙伯擎将华岳莲。
恍惚无倪明又暗，低迷不已断还连。
觉来正是平阶雨，独背寒灯枕手眠。

【注释】①秀才：指未登科第的文士。②宝焰：珠宝光华如火焰。③然：通"燃"。④细管：指笙。管：一作"笛"。⑤逡巡：顷刻。⑥湘灵：湘水之神。⑦五十弦：指瑟。《楚辞·远游》："使湘灵鼓瑟兮。"⑧冯夷：河伯。《庄子·大宗师》："冯夷得之，以游大川。”《释文》载：“司马彪云，《清泠传》曰，华阴潼乡堤首人也。服八石，得水仙，是为河伯。” ⑨鲛绡：传说海中鲛人所织的丝织品。⑩海为田：用沧海桑田事。⑪毛女：《列仙传》载：“毛女者，字玉姜，在华阴山中。猎师世世见之，形体生毛。自言秦始皇宫人也。秦亡入山，道士教食松叶，遂不饥寒。”⑫无憀（liáo）：处于困境，无以为生，无所依赖。⑬龙伯：《博物志·异人》载：“《河图玉版》云，龙伯国人，长三十丈，生万八千岁死。”⑭擎将：举起。⑮华岳莲：指华山莲花峰。⑯独：一作“未”。

※ 韦庄

秦妇吟

中和癸卯春三月，洛阳城外花如雪。
东西南北路人绝，绿杨悄悄香尘灭。
路旁忽见如花人，独向绿杨阴下歇。
凤侧鸾欹鬓脚斜，红攒黛敛眉心折。
借问女郎何处来，含嚬欲语声先咽。
回头敛袂谢行人，丧乱漂沦何堪说。
三年陷贼留秦地，依稀记得秦中事。
君能为妾解金鞍，妾亦与君停玉趾。
前年庚子腊月五，正闭金笼教鹦鹉。
斜开鸾镜懒梳头，闲凭雕栏慵不语。
忽看门外起红尘，已中街中擂金鼓。
居人走出半仓皇，朝士归来尚疑误。
是时西面官军入，拟向潼关为警急。
皆言博野自相持，尽道贼军来未及。
须臾主父乘奔至，下马入门痴似醉。
适逢紫盖去蒙尘，已见白旗来匝地。
扶羸携幼竞相呼，上屋缘墙不知次。
南邻走入北邻藏，东邻走向西邻避。

北邻诸妇咸相凑，户外崩腾如走兽。
轰轰辊辊乾坤动，万马雷声从地涌。
火迸金星上九天，十二官街烟烘焰。
日轮西下寒光白，上帝无言空脉脉。
阴云晕气若重围，宦者流星如血色。
紫气渐随帝座移，妖光暗射台星拆。
家家流血如泉沸，处处冤声声动地。
舞伎歌姬尽暗捐，婴儿稚女皆生弃。
东邻有女眉新画，倾国倾城不知价。
长戈拥得上戎车，回首香闺泪盈把。
旋抽金线学缝旗，才上雕鞍教走马。
有时马上见良人，不敢回眸空泪下。
西邻有女真仙子，一寸横波剪秋水。
妆成只对镜中春，年幼不知门外事。
一夫跳跃上金阶，斜袒半肩欲相耻。
牵衣不肯出朱门，红粉香脂刀下死。
南邻有女不记姓，昨日良媒新纳聘。
琉璃阶上不闻行，翡翠帘间空见影。
忽看庭际刀刃鸣，身首支离在俄顷。
仰天掩面哭一声，女弟女兄同入井。
北邻少妇行相促，旋拆云鬟拭眉绿。
已闻击托坏高门，不觉攀缘上重屋。
须臾四面火光来，欲下回梯梯又摧。
烟中大叫犹求救，梁上悬尸已作灰。
妾身幸得全刀锯，不敢踟躇久回顾。
旋梳蝉鬓逐军行，强展蛾眉出门去。
旧里从兹不得归，六亲自此无寻处。
一从陷贼经三载，终日惊忧心胆碎。
夜卧千重剑戟围，朝餐一味人肝脍。

鸳帏纵入岂成欢，宝货虽多非所爱。
蓬头垢面眉犹赤，几转横波看不得。
衣裳颠倒语言异，面上夸功雕作字。
柏台多半是狐精，兰省诸郎皆鼠魅。
还将短发戴华簪，不脱朝衣缠绣被。
翻持象笏作三公，倒佩金鱼为两史。
朝闻奏对入朝堂，暮见喧呼来酒市。
一朝五鼓人惊起，叫啸喧争如窃议。
夜来探马入皇城，昨日官军收赤水。
赤水去城一百里，朝若来兮暮应至。
凶徒马上暗吞声，女伴闺中潜生喜。
皆言冤愤此时销，必谓妖徒今日死。
逡巡走马传声急，又道官军全阵入。
大彭小彭相顾忧，二郎四郎抱鞍泣。
沉沉数日无消息，必谓军前已衔璧。
簸旗掉剑却来归，又道官军悉败绩。
四面从兹多厄束，一斗黄金一斗粟。
尚让厨中食木皮，黄巢机上刲人肉。
东南断绝无粮道，沟壑渐平人渐少。
六军门外倚僵尸，七架营中填饿殍。
长安寂寂今何有，废市荒街麦苗秀。
采樵砍尽杏园花，修寨诛残御沟柳。
华轩绣毂皆销散，甲第朱门无一半。
含元殿上狐兔行，花萼楼前荆棘满。
昔时繁盛皆埋没，举目凄凉无故物。
内库烧为锦绣灰，天街踏尽公卿骨。
来时晓出城东陌，城外风烟如塞色。
路旁时见游奕军，坡下寂无迎送客。
霸陵东望人烟绝，树锁骊山金翠灭。

大道俱成棘子林，行人夜宿墙匡月。
明朝晓至三峰路，百万人家无一户。
破落田园但有蒿，摧残竹树皆无主。
路旁试问金天神，金天无语愁于人。
庙前古柏有残枿，殿上金炉生暗尘。
一从狂寇陷中国，天地晦冥风雨黑。
案前神水咒不成，壁上阴兵驱不得。
间日徒歆奠飨恩，危时不助神通力。
我今愧恧拙为神，且向山中深避匿。
寰中箫管不曾闻，筵上牺牲无处觅。
旋教魔鬼傍乡村，诛剥生灵过朝夕。
妾闻此语愁更愁，天遣时灾非自由。
神在山中犹避难，何须责望东诸侯。
前年又出杨震关，举头云际见荆山。
如从地府到人间，顿觉时清天地闲。
陕州主帅忠且贞，不动干戈惟守城。
蒲津主帅能戢兵，千里晏然无戈声。
朝携宝货无人问，暮插金钗惟独行。
明朝又过新安东，路上乞浆逢一翁。
苍苍面带苔藓色，隐隐身藏蓬荻中。
问翁本是何乡曲，底事寒天霜露宿。
老翁暂起欲陈辞，却坐支颐仰天哭。
乡园本贯东畿县，岁岁耕桑临近甸。
岁种良田二百廛，年输户税三千万。
小姑惯织褐絁袍，中妇能炊红黍饭。
千间仓兮万丝箱，黄巢过后犹残半。
自从洛下屯师旅，日夜巡兵入村坞。
匣中秋水拔青蛇，旗下高风吹白虎。
入门下马若旋风，罄室倾囊如卷土。

家财既尽骨肉离，今日垂年一身苦。
一身苦兮何足嗟，山中更有千万家。
朝饥山草寻蓬子，夜宿霜中卧荻花。
妾闻此老伤心语，竟日阑干泪如雨。
出门惟见乱枭鸣，更欲东奔何处所。
仍闻汴路舟车绝，又道彭门自相杀。
野宿徒销战士魂，河津半是冤人血。
适闻有客金陵至，见说江南风景异。
自从大寇犯中原，戎马不曾生四鄙。
诛锄窃盗若神功，惠爱生灵如赤子。
城濠固护教金汤，赋税如云送军垒。
奈何四海尽滔滔，湛然一境平如砥。
避难徒为阙下人，怀安却羡江南鬼。
愿君举棹东复东，咏此长歌献相公。

【注释】①含嚬（pín）：谓皱眉。形容哀愁。②辊辊（gǔn）：犹混混。形容苟且混世。③烘烔（tóng）：火盛貌。④盈把：即满手。⑤相耻：耻即辱，加以侮辱。⑥眉绿：画眉毛的青黛色。⑦击托：即敲打。托：同拓，有打击之义。⑧全刀锯：从刀锯之下保全了生命。⑨眉犹赤：西汉末，樊崇起兵反王莽，兵皆画眉作红色，当对称“赤眉贼”。⑩柏台：御史台，御史大夫的公署。⑪兰省：秘书省，又称兰台、兰省。有校书郎等郎官。⑫象笏：象牙做的朝板。⑬三公：大司马、大司徒、大司空。⑭金鱼：三品以上官员佩带金鱼。⑮两史：柏台、兰省，合称两史。谓御史大夫与御史中丞。⑯大彭：时溥。⑰小彭：秦彦。二人都是彭城（今徐州）人。⑱二郎四郎：二郎即黄巢。因为他排行第二。四郎是他的弟弟黄揆。⑲衔璧：帝王兵败投降，向胜利者衔璧请罪。⑳尚让：是黄巢的宰相。㉑六军：左右羽林军，左右龙武军，左右神策军，称为六军，都是保卫京师的禁军。㉒七架：未详。《长安志》有七架亭，在禁苑中，去宫城十三里。恐怕不是此诗所云七架营。㉓内库：内藏库，唐太宗在禁城内置库，后世皇帝以为私有库藏。㉔天街：禁城内的街道。㉕三峰路：即去华山的大路。三峰：即华山。㉖金天神：华山之神。㉗寰中：此寰字不可解，英人嘉尔斯引《正字通》解作“宫周垣也”，即殿庭的围墙。然则“寰中”就是“庙内”。㉘底事：何事，为什么，疑问语。㉙却坐：

退坐。㉚东畿：畿是京都四周的地区。怀、郑、汝、陕四州为东畿，设东畿观察使。㉛垂年：各个写本均同，但不可解，大约是垂老之意。㉜阑干：纵横。㉝汴路：到开封去的路。㉞彭门：即彭城（徐州）。㉟见说："见"字作"被"字解。见说：即被告知。㊱四鄙：四郊。㊲金汤：比喻坚固的城池。

【点评】秦妇吟秀才的大作，全赖从敦煌曲子经卷保存下来，得以重见天日，再长也得选。

※ 程长文

狱中书情上使君

妾家本在鄱阳曲，一片贞心比孤竹。
当年二八盛容仪，红笺草隶恰如飞。
尽日闲窗刺绣坐，有时极浦采莲归。
谁道居贫守都邑，幽居寂寞无人入。
海燕朝归枕席寒，山花夜落阶墀湿。
强暴之男何所为，手持白刃向帘帏。
一命任从刀下死，千金岂受暗中欺？
我心匪石情难转，志夺秋霜意不移。
血溅罗衣终不恨，创黏锦袖亦何辞。
县僚曾未知情绪，即便教人絷囹圄。
朱唇滴沥独衔冤，玉筋阑干叹非所！
十月寒更堪思人，一闻击柝一伤神！
高髻不梳云已散，蛾眉罢扫月仍新。
三尺严章难可越，百年心事向谁说？
但看洗雪出圜扉，始信白圭无玷缺。

【注释】①题注：长文为强暴所诬系狱，献诗雪冤。②鄱阳曲：指鄱阳某地僻静的地方。③极浦：遥远的水滨。④海燕：燕子的别称，古人认为燕子生在南方，从海上飞来。⑤玉筋：指眼泪。⑥柝：巡夜所敲的木梆。⑦圜扉：监狱的门扇，此指走出狱门。⑧白圭：古代白玉制的礼器。《诗·大雅·抑》："白圭之玷，尚可磨也。"

※ 刘瑶

暗别离

槐花结子桐叶焦，单飞越鸟啼青霄。
翠轩辗云轻遥遥，燕脂泪迸红线条。
瑶草歇芳心耿耿，玉佩无声画屏冷。
朱弦暗断不见人，风动花枝月中影。
青鸾脉脉西飞去，海阔天高不知处。

【注释】①燕脂：即胭脂。一种红色的颜料。②青鸾：古代传说中凤凰一类的神鸟。赤色多者为凤，青色多者为鸾。多为神仙坐骑。

【点评】"滴不尽相思血泪抛红豆"，贾宝玉从这首诗里抄的？

※ 鲍君徽

惜花吟

枝上花，花下人，可怜颜色俱青春。
昨日看花花灼灼，今朝看花花欲落。
不如尽此花下欢，莫待春风总吹却。
莺歌蝶舞韶光长，红炉煮茗松花香。
妆成罢吟恣游后，独把芳枝归洞房。

【注释】①恣游：纵情游荡。

【点评】"红炉煮茗松花香"，似史湘云大雪天烤鹿肉那一幕。

六言古诗

※ 王维

田园乐

桃红复含宿雨，柳绿更带春烟。
花落家童未扫，莺啼山客犹眠。

【注释】①宿（xiǔ）雨：夜雨，头天晚上的雨。宿：夜晚。②春烟：春天里因气候变暖而产生的烟霭。③家童：家中的仆人。④莺：一作“鸟”。⑤山客：隐居山庄的人，这里指作者本人。⑥犹眠：还在睡觉。

※ 李白

冬景

冻笔新诗懒写，寒炉美酒时温。
醉看墨花月白，恍疑雪落前村。

【注释】①此诗不见于《全唐诗》。

※ 刘长卿

苕溪酬梁耿别后见寄

清川永路何极，落日孤舟解携。
鸟向平芜远近，人随流水东西。
白云千里万里，明月前溪后溪。
惆怅长沙谪去，江潭芳草萋萋。

【注释】①苕（tiáo）溪：水名。一名苕水。由浙江天目山的南北两麓发源，至小梅、大浅两湖口入太湖。②酬：赠答。③梁耿：刘长卿的朋友，中唐书法家。④永路：长路，远路。⑤解携：犹言分手。解：原作“自”，据《全唐诗》改。⑥平芜：杂草繁茂的田野。⑦前溪：在湖州乌程县境。⑧长沙谪去：用贾谊事，贾谊遭权贵谗毁，被汉文帝贬为长沙王太傅，见《史记·屈原贾生列传》。谪：被贬职。⑨芳草：香草，也比喻思念他人。⑩萋萋：原作“凄凄”，据《唐诗品汇》《全唐诗》改。草长得茂盛的样子。

寻张逸人山居

危石才通鸟道，空山更有人家。
桃源定在深处，涧水浮来落花。

【注释】①鸟道：险峻狭窄的山路。

※ 卢纶

送万巨

把酒留君听琴，难堪岁暮离心。
霜叶无风自落，秋云不雨空阴。
人愁荒村路细，马怯寒溪水深。
望断青山独立，更知何处相寻。

【注释】①把酒：手执酒杯。谓饮酒。②空阴：清凉。

※ 李冶

八至

至近至远东西，至深至浅清溪。
至高至明日月，至亲至疏夫妻。

【注释】①至：最。此以诗中有八个“至”字为题。②东西：指东、西两个方向。③疏：生疏，关系远，不亲近。

※ 顾况

过山农家

板桥人渡泉声，茅檐日午鸡鸣。
莫嗔焙茶烟暗，却喜晒谷天晴。

【注释】①题注：一作“山家”。一作张继诗。②过：拜访，访问。③嗔：嫌怨。④焙茶：用微火烘烤茶叶，使返潮的茶叶去掉水分。焙：用微火烘。

归山作

心事数茎白发，生涯一片青山。
空林有雪相待，古道无人独还。

【注释】①题注：一作“归山”。一作张继诗。

※ 王建

杂曲歌辞·江南三台四首之一

扬州桥边小妇，长干市里商人。
三年不得消息，各自拜鬼求神。

【注释】①小妇：年轻妇女。杜甫《草阁》：“泛舟惭小妇，飘泊损红颜。”刘长卿《疲兵篇》：“小妇十年啼夜织，行人九月忆寒衣。”清郑燮《姑恶》：“小妇年十二，辞家事翁姑。”②拜鬼求神：向鬼神叩拜祈祷，求其保佑。

※ 李中

客中春思

又听黄鸟绵蛮，目断家乡未还。
春水引将客梦，悠悠绕遍关山。

【注释】①绵蛮：小鸟的模样。蛮蛮：山海经中的一种鸟。绵：形容鸟的羽毛细密。《诗经》：“绵蛮黄鸟，止于丘阿。”

※ 杜牧

山行

家住白云山北，路迷碧水桥东。
短发潇潇暮雨，长襟落落秋风。

【注释】①落落：犹磊落。

杂言古诗

※ 骆宾王

帝京篇

山河千里国，城阙九重门。
不睹皇居壮，安知天子尊。
皇居帝里崤函谷，鹑野龙山侯甸服。
五纬连影集星躔，八水分流横地轴。
秦塞重关一百二，汉家离宫三十六。
桂殿嵚岑对玉楼，椒房窈窕连金屋。
三条九陌丽城隈，万户千门平旦开。
复道斜通鳷鹊观，交衢直指凤凰台。
剑履南宫入，簪缨北阙来。
声名冠寰宇，文物象昭回。
钩陈肃兰戺，璧沼浮槐市。
铜羽应风回，金茎承露起。
校文天禄阁，习战昆明水。
朱邸抗平台，黄扉通戚里。
平台戚里带崇墉，炊金馔玉待鸣钟。
小堂绮帐三千户，大道青楼十二重。
宝盖雕鞍金络马，兰窗绣柱玉盘龙。
绣柱璇题粉壁映，锵金鸣玉王侯盛。
王侯贵人多近臣，朝游北里暮南邻。
陆贾分金将宴喜，陈遵投辖正留宾。
赵李经过密，萧朱交结亲。
丹凤朱城白日暮，青牛绀幰红尘度。
侠客珠弹垂杨道，倡妇银钩采桑路。

倡家桃李自芳菲，京华游侠盛轻肥。
延年女弟双凤入，罗敷使君千骑归。
同心结缕带，连理织成衣。
春朝桂尊尊百味，秋夜兰灯灯九微。
翠幌珠帘不独映，清歌宝瑟自相依。
且论三万六千是，宁知四十九年非。
古来荣利若浮云，人生倚伏信难分。
始见田窦相移夺，俄闻卫霍有功勋。
未厌金陵气，先开石椁文。
朱门无复张公子，灞亭谁畏李将军。
相顾百龄皆有待，居然万化咸应改。
桂枝芳气已销亡，柏梁高宴今何在。
春去春来苦自驰，争名争利徒尔为。
久留郎署终难遇，空扫相门谁见知。
当时一旦擅豪华，自言千载长骄奢。
倏忽抟风生羽翼，须臾失浪委泥沙。
黄雀徒巢桂，青门遂种瓜。
黄金销铄素丝变，一贵一贱交情见。
红颜宿昔白头新，脱粟布衣轻故人。
故人有湮沦，新知无意气。
灰死韩安国，罗伤翟廷尉。
已矣哉，归去来。
马卿辞蜀多文藻，扬雄仕汉乏良媒。
三冬自矜诚足用，十年不调几邅回。
汲黯薪逾积，孙弘阁未开。
谁惜长沙傅，独负洛阳才。

【注释】①崤函：崤山和函谷。自古为险要的关隘。②鹑野：指秦地。③侯甸：侯服与甸服。古代王畿外围千里以内的区域。④五纬：金、木、水、火、土五星。

⑤星躔（chán）：日月星辰运行的度次。⑥八水：八川。《初学记》卷六引晋戴祚《西征记》载："关内八水，一泾，二渭，三灞，四浐，五涝，六潏，七沣，八滈。"亦用来借指关中地区。⑦离宫：正宫之外供帝王出巡时居住的宫室。⑧三十六：约计之词，极言其多。《文选·班固〈西都赋〉》载："离宫别馆，三十六所。"⑨桂殿：指后妃所住的深宫。⑩玉楼：华丽的楼。⑪椒房：后妃居住的宫殿。⑫窈窕：深远貌。⑬金屋：华美之屋。⑭九陌：泛指帝都的纵横大道。⑮城隈（wēi）：城角，城内偏僻处。⑯平旦：清晨。⑰复道：楼阁或悬崖间有上下两重通道。⑱鳷（zhī）鹊：传说中的异鸟名。鳷鹊观：南朝楼阁名。在江苏南京。南朝梁吴均《与柳恽相赠答》诗之一："日映昆明水，春生鳷鹊楼。"李白《永王东巡歌》之四："春风试暖昭阳殿，明月还过鳷鹊楼。"王琦注："吴均诗，春生鳷鹊楼。是皆谓金陵之昭阳殿，鳷鹊楼也。旧注以为在长安者，非是。"⑲交衢：指道路交错要冲之处。⑳凤凰台：帝王宫中的池台楼阁及宫殿名。《三辅黄图·未央宫》载："武帝时，后宫八区，有昭阳、飞翔、增城、合欢、兰林、披香、凤凰、鸳鸯等殿。"㉑剑履：经帝王特许，重臣上朝时可不解剑，不脱履，以示殊荣。《后汉书·董卓传》载："寻进卓为相国，入朝不趋，剑履上殿。"㉒簪缨：古代官吏的冠饰。比喻显贵。南朝梁萧统《锦带书十二月启·姑洗三月》载："龙门退水，望冠冕以何年？鷁路颓风，想簪缨于几载？"㉓昭回：谓星辰光耀回转。《诗·大雅·云汉》载："倬彼云汉，昭回于天。"朱熹集传："昭，光也。回，转也。言其光随天而转也。"㉔钩陈：一种用于防卫的仪仗。《北史·艺术传下·何稠》载："帝复令稠造戎车万乘，钩陈八百连。"㉕兰戺（shì）：台阶的美称。㉖槐市：汉代长安读书人聚会、贸易之市。因其地多槐而得名。后借指学宫，学舍。㉗铜羽：即铜乌，铜制的乌形测风仪器。亦称相风乌。《三辅黄图·台榭》载："长安宫南有灵台，高十五仞……有相风铜乌，遇风乃动。"㉘天禄阁：汉宫中藏书阁名。汉高祖时创建，在未央宫内。《三辅黄图·未央宫》载："天禄阁，藏典籍之所。《汉宫殿疏》云：'天禄麒麟阁，萧何造，以藏秘书，处贤才也。'"成帝、哀帝及王莽时，刘向、刘歆、扬雄等曾先后校书于此。㉙朱邸：汉诸侯王第宅，以朱红漆门，故称朱邸。后泛指贵官府第。㉚黄扉：古代丞相、三公、给事中等高官办事的地方，以黄色涂门上，故称。㉛戚里：帝王外戚聚居的地方。㉜崇墉（yōng）：高墙，高城。㉝馔玉：珍美如玉的食品。《文选·左思〈吴都赋〉》载："矜其宴居，则珠服玉馔。"李周翰注："玉馔，言珍美而比于玉。"㉞锵金鸣玉：金玉相撞而发声。比喻音节响亮，诗句优美。㉟陆贾分金：《史记·郦生陆贾列传》载，孝惠帝时，吕太后用事，欲王诸吕，陆生自度不能争之，乃病免家居。出所使越得橐中装卖千金，分其子，子二百金，令为生产。后因以"陆贾分金"谓休官后平分家产与

子孙以为生计。㊱陈遵投辖：《汉书·游侠传·陈遵》载："遵耆酒，每大饮，宾客满堂，辄关门，取客车辖投井中，虽有急，终不得去。"后遂用"陈遵投辖"为好客留宾的典故。㊲赵李：汉成帝皇后赵飞燕及汉武帝李夫人的并称。二人都以能歌善舞受到天子宠爱。北周庾信《和春日晚景宴昆明池》："春余足光景，赵李旧经过。"㊳萧朱：指萧育和朱博。西汉时人，两人始为好友，后有隙，终成仇人。㊴青牛：黑毛的牛。㊵绀幰（gàn xiǎn）：天青色车幔。亦指张绀幰的车驾。㊶轻肥："轻裘肥马"的略语。㊷延年：指西汉协律都尉李延年。㊸桂尊：桂樽，对酒器的美称。㊹兰灯：精致的灯具。㊺田窦：西汉武安侯田蚡和魏其侯窦婴的并称。两人均为皇戚，每相争雄。事见《史记·魏其武安侯列传》。晋曹摅《感旧诗》："廉蔺门易轨，田窦相夺移。"㊻卫霍：西汉名将卫青和霍去病，皆以武功著称，后世并称"卫霍"。㊼抟风：《庄子·逍遥游》有"抟扶摇而上者九万里"句。后因称乘风捷上为"抟风"。㊽青门：汉长安城东南门。本名霸城门，因其门色青，故俗呼为"青门"或"青城门"。《三辅黄图·都城十二门》载："长安城东，出南头第一门曰霸城门。民见门色青，名曰青城门，或曰青门。门外旧出佳瓜，广陵人召平为秦东陵侯，秦破，为布衣，种瓜青门外。"三国魏阮籍《咏怀》之六："昔闻东陵瓜，近在青门外。"㊾孙弘：即公孙弘。字季，西汉菑川人。少时为狱吏，年四十余始治《春秋公羊传》，以熟悉文法吏治，被武帝任为丞相，封平津侯。㊿长沙傅：指西汉贾谊。洛阳贾谊年少敢言，朝廷公卿如绛灌之属尽害之，终遭贬谪为长沙王太傅。后用"洛阳才"比喻遭贬谪、流放之才人。

【点评】骆宾王与卢照邻的两首长诗放在一起读。很多选家多选卢诗，不选骆诗。久而久之很多人就道听途说了。仔细读过，除了缺女人，哪点不比卢诗强？如果是诗中有女人很重要，另当别论。

※ 陈子昂

登幽州台歌

前不见古人，后不见来者。
念天地之悠悠，独怆然而涕下！

【注释】①幽州台：即黄金台，又称蓟北楼，故址在今北京市大兴，是燕昭王为招纳天下贤士而建。幽州，古十二州之一，今北京市。②怆（chuàng）然：悲伤凄恻的样子。③涕：古时指眼泪。

【点评】少男少女多从电视剧《还珠格格》里知道此诗，子昂泉下有知，一定会再次“独怆然而涕下”。

※ 李白

远别离

远别离，古有皇英之二女，
乃在洞庭之南，潇湘之浦。
海水直下万里深，谁人不言此离苦？
日惨惨兮云冥冥，猩猩啼烟兮鬼啸雨。
我纵言之将何补？
皇穹窃恐不照余之忠诚，雷凭凭兮欲吼怒。
尧舜当之亦禅禹。
君失臣兮龙为鱼，权归臣兮鼠变虎。
或云：尧幽囚，舜野死。
九疑联绵皆相似，重瞳孤坟竟何是？
帝子泣兮绿云间，随风波兮去无还。
恸哭兮远望，见苍梧之深山。
苍梧山崩湘水绝，竹上之泪乃可灭。

【注释】①远别离：乐府“别离”十九曲之一，多写悲伤离别之事。②皇英：指娥皇、女英，相传是尧的女儿，舜的妃子。③潇湘：湘水中游与潇水合流处。这里作湘江的别称。④“海水”句：谁人不说这次分离的痛苦，像海水那样深不见底。⑤“日惨”二句意为日光暗淡，乌云密布；猩猩在烟云中悲鸣，鬼怪在阴雨中长啸。喻当时政治黑暗。惨惨：暗淡无光。冥：阴晦的样子。⑥纵：即使。⑦补：益处。⑧皇穹：天。这里喻指唐玄宗。⑨窃恐：私下以为。⑩照：明察。⑪雷凭凭：形容雷声响又接连不断。凭凭：盛大的意思。这两句意为我即使向唐玄宗进谏，又有什么补益？恐怕他不会了解我的忠诚，雷公也将为我大鸣不平。⑫禅：禅让，以帝位让人。这句是“尧当之亦禅舜，舜当之亦禅禹”的意思。⑬“君失臣”二句：帝王失掉了贤臣，犹如龙变成鱼；奸臣窃取了大权，就像老鼠变成猛虎。⑭“或云”句：或云：有人说。幽囚：囚禁。尧幽囚：传说尧因德衰，曾被舜关押，父子不得相见。舜野死：传说舜巡视时死在苍梧。这两句借古代传说，暗示当时权柄下移，藩镇割据，唐王朝有覆灭的危险。⑮“九疑”二句：九疑：即苍梧山，在今湖南宁远县南。因九个山峰联绵相似，不易辨别，故又称九嶷山。相传舜死后葬于此地。重瞳：指舜。相传舜的两眼各有两个瞳仁。这两句意为，九嶷山的峰峦联绵相似，舜的坟墓究竟在哪儿呢？⑯帝子：指娥皇、女英。传说舜死后，二妃相与恸哭，泪下沾竹，竹上呈现斑纹。这两句意为两妃哭泣于翠竹之间，自投于湘江，随波一去不返。⑰“恸哭”四句：意为两妃远望着苍梧山，大声痛哭，泪水不断洒落在湘竹上。除非苍梧山崩裂，湘水断流，竹上的泪痕才会消灭。

【注释】李白的七古选得比较多，没办法，都是唐诗精品，如何割爱？

独漉篇

独漉水中泥，水浊不见月。
不见月尚可，水深行人没。
越鸟从南来，胡鹰亦北渡。
我欲弯弓向天射，惜其中道失归路。
落叶别树，飘零随风。
客无所托，悲与此同。
罗帏舒卷，似有人开。
明月直入，无心可猜。
雄剑挂壁，时时龙鸣。
不断犀象，绣涩苔生。
国耻未雪，何由成名。
神鹰梦泽，不顾鸱鸢。
为君一击，鹏抟九天。

【注释】①“独漉”四句：有《独漉篇》古词：“独漉独漉，水深泥浊。泥浊尚可，水深杀我。”李诗拟之，喻安禄山统治下的人民，生活在水深火热之中。漉：使水干涸之意。独漉：亦为地名。此乃双关语也。②“越鸟”四句：陈沆《诗比兴笺》载：“越鸟四句言（李）希言（肃宗部将）等自南来，而璘兵亦欲北渡，中道相逢，本非仇敌，纵弯弓射杀之，亦止自伤其类，无济于我。”③“落叶”四句：言自己无所依托，飘零之苦。④“罗帏”四句：以明月之磊落光明，以自喻心迹也。帏：帐子。舒卷：屈伸开合，形容帷帘掀动的样子。⑤“雄剑”二句：以雄剑挂壁闲置，以喻己之不为所用也。《太平御览》载：“颛顼高阳氏有画影腾空剑。若四方有兵，此剑飞赴，指其方则克，未用时在匣中，常如龙虎啸吟。”⑥断犀象：言剑之利也。《文选》载曹植《七启》：“步光之剑，华藻繁缛，陆断犀象，未足称隽。”李周翰注：“言剑之利也，犀象之兽，其皮坚。”⑦国耻：指安禄山之乱。⑧“神鹰”四句：《太平广记》卷四六〇引《幽明录》：“楚文王好猎，有人献一鹰，王见其殊常，故为猎于云梦之泽。毛群羽族，争噬共搏，此鹰瞪目，远瞻云际。俄有一物，鲜白不辨，共鹰竦翮而升，矗若飞电。须臾羽堕如雪，血洒如雨。良久有一大鸟堕地而死。度其两翅广数十里，喙边有黄。众莫能知。时有博物君子曰：‘此大鹏雏也。’文王乃厚赏之。”梦泽，古泽薮名，亦与云泽合称云梦泽。鸱（chī）鸢：指凡鸟。

战城南

去年战，桑干源，今年战，葱河道。
洗兵条支海上波，放马天山雪中草。
万里长征战，三军尽衰老。
匈奴以杀戮为耕作，古来唯见白骨黄沙田。
秦家筑城避胡处，汉家还有烽火燃。
烽火燃不息，征战无已时。
野战格斗死，败马号鸣向天悲。
乌鸢啄人肠，衔飞上挂枯树枝。
士卒涂草莽，将军空尔为。
乃知兵者是凶器，圣人不得已而用之。

【注释】①战城南：乐府古题。《乐府诗集》中列入《鼓吹曲辞》中，“汉铙歌十八曲”之一。②桑干源：即桑干河，为今永定河之上游。在今河北省西北部和山西省北部，源出山西管涔山。唐时此地常与奚、契丹发生战事。③葱河道：葱河即葱岭河。今有南北两河。南名叶尔羌河，北名喀什噶尔河。俱在新疆西南部。发源于帕米尔高原，为塔里木河支流。④洗兵：指战斗结束后，洗兵器。⑤条支：汉西域古国名。在今伊拉克底格里斯河、幼发拉底河之间。此泛指西域。⑥天山：又名白山。春夏有雪，出好木及金铁，匈奴谓之天山。过之皆下马拜。在今新疆境内北部。⑦“匈奴”句：谓匈奴以杀掠为其职业。⑧秦家筑城：指秦始皇筑长城以防匈奴。⑨避：一作“备”。⑩汉家烽火：《后汉书·光武帝纪》载：“骠骑大将军杜茂将众郡施刑屯北边，筑亭候，修烽燧。”李贤注：“边方告警，作高土台，台上作桔槔，桔槔头上有笼。中置薪草，有寇即举火燃之以相告，曰烽。又多积薪，寇至即燔之以望其烟，曰燧。昼则燔燧，夜乃举烽。”⑪上挂枯树枝：一作“衔飞上枯枝”。⑫空尔为：即一无所获。

【点评】“匈奴以杀戮为耕作，古来唯见白骨黄沙田。”千载惊心。

日出入行

日出东方隈，似从地底来。
历天又复入西海，六龙所舍安在哉？
其始与终古不息，人非元气，安得与之久徘徊？
草不谢荣于春风，木不怨落于秋天。
谁挥鞭策驱四运？万物兴歇皆自然。
羲和！羲和！汝奚汩没于荒淫之波？
鲁阳何德，驻景挥戈？
逆道违天，矫诬实多。
吾将囊括大块，浩然与溟涬同科！

【注释】①日出入行：乐府旧题。《乐府诗集》卷二十八列于《相和歌辞·相和曲》，又在卷一《郊庙歌辞》中有汉之《日出入》古辞。②隈：山的曲处。③元气：中国古代哲学家常用术语，指天地未分前的混沌之气，被认为是最原始、最本质的因素。④“安得”句：人怎能与日出日落一样的长久呢？之：指前文所说的日出日落。⑤四运：即春夏秋冬四时。⑥汩没：隐没。⑦荒淫之波：指大海。荒淫：浩瀚无际貌。⑧羲和：传说中为日神驾车的人。⑨鲁阳：《淮南子·冥览训》载，鲁阳公与韩酣战，时已黄昏，鲁援戈一挥，太阳退三舍（一舍三十里）。⑩大块：自然天地也。《庄子·齐物论》载：“夫大块噫气，其名为风。”成玄英疏：“大块者，造物之名，自然之称也。”⑪溟涬：谓元气也。

【点评】前文白居易《观刈麦》的点评中提到，白居易诗不如英国诗人华兹华斯的诗。但李白这一首又明显高出雪莱《西风颂》一截。

北风行

烛龙栖寒门，光曜犹旦开。
日月照之何不及此？惟有北风号怒天上来。
燕山雪花大如席，片片吹落轩辕台。
幽州思妇十二月，停歌罢笑双蛾摧。
倚门望行人，念君长城苦寒良可哀。
别时提剑救边去，遗此虎文金鞞靫。
中有一双白羽箭，蜘蛛结网生尘埃。
箭空在，人今战死不复回。
不忍见此物，焚之已成灰。
黄河捧土尚可塞，北风雨雪恨难裁。

【注释】①北风行：乐府杂曲歌词的曲名，内容多写北风雨雪、行人不归的伤感之情。②烛龙：中国古代神话传说中的龙。人面龙身而无足，居住在不见太阳的极北寒门，睁眼为昼，闭眼为夜。③此：指幽州，治所在今北京大兴县。这里指当时安禄山统治北方，一片黑暗。④燕山：山名，在河北平原的北侧。轩辕台：纪念黄帝的建筑物，故址在今河北怀来县乔山上。这两句用夸张的语气描写北方大雪纷飞、气候严寒的景象。⑤双蛾：女子的双眉。双蛾摧：双眉紧锁，形容悲伤、愁闷的样子。⑥长城：古诗中常借以泛指北方前线。⑦良：实在。⑧鞞靫（bǐng chá）：应为鞴（bù）靫。指盛箭器。鞴，通“步”。虎文鞴靫，绘有虎纹图案的箭袋。⑨“焚之”句：语出古乐府《有所思》：“摧烧之，当风扬其灰。”⑩“黄河”句：《后汉书·朱冯虞郑周列传》载：“此犹河滨之人，捧土以塞孟津，多见其不知量也。”此反其意而用之。⑪北风雨雪：用《诗经·国风·邶风·北风》“北风其凉，雨雪其雱”意，原意是指国家的危机将至而气象愁惨，这里借以衬托思妇悲惨的遭遇和凄凉的心情。裁：消除。

鞠歌行

玉不自言如桃李，鱼目笑之卞和耻。
楚国青蝇何太多，连城白璧遭谗毁。
荆山长号泣血人，忠臣死为刖足鬼。
听曲知甯戚，夷吾因小妻。
秦穆五羊皮，买死百里奚。
洗拂青云上，当时贱如泥。
朝歌鼓刀叟，虎变磻溪中。
一举钓六合，遂荒营丘东。
平生渭水曲，谁识此老翁。
奈何今之人，双目送飞鸿。

【注释】①鞠歌行：又称《鞠歌》。古乐府平调曲名。古辞亡，后人有拟作。②青蝇：喻指谗佞。③荆山：山名。在今湖北省南漳县西部。漳水发源于此。山有抱玉岩，传为楚人卞和得璞处。④刖（yuè）足：断足。古代肉刑之一。⑤甯戚：春秋卫人，齐大夫。⑥五羊皮：五张公羊的皮。《孟子·万章上》载："百里奚自鬻于秦养牲者五羊之皮，食牛以要秦穆公。"《史记·秦本纪》载："（秦缪公）闻百里奚贤，欲重赎之，恐楚人不与，乃使人谓楚曰：'吾媵臣百里奚在焉，请以五羖羊皮赎之。'楚人遂与之。"两说有所不同。后因以"五羖皮"比喻出身低贱之士或微贱之物。⑦营丘：古邑名。在今山东省淄博市临淄北，以营丘山而得名。周武王封吕尚于齐，建都于此。后改名临淄。

幽涧泉

拂彼白石，弹吾素琴。
幽涧愀兮流泉深。
善手明徽，高张清心。
寂历似千古松，飕飗兮万寻。
中见愁猿吊影而危处兮，叫秋木而长吟。

客有哀时失职而听者，泪淋浪以沾襟。

乃缉商缀羽，潺湲成音。

吾但写声发情于妙指，殊不知此曲之古今。

幽涧泉，鸣深林。

【注释】①幽涧泉：《乐府古题要解》未收此题。《乐府诗集》收入琴曲歌词中。②素琴：不加装饰的琴。③“幽涧”句：谓涧谷幽静，流泉水深，使人容色变得严肃。愀（qiǎo），忧惧的样子。④“善手”句：谓琴师用手将琴弦上紧，使音调高亢明亮。善手：能手、高手。徽：这里指琴上系弦绳。明徽：指用螺蚌或金玉水晶装饰的琴徽。高张清：把琴弦拧紧，使琴音高亢清亮。张：拉紧弦。⑤“寂历”句：谓琴师的心绪空旷如太古之人。寂历：空旷。⑥“飕飗”句：大片松林发出飕飗之声。寻：古长度单位。一寻为八尺。⑦“中见”句：谓从中看到，站在高耸的岩石上的秋木之上的猿猴，对影孤立而哀鸣。吊：悲伤怜惜。⑧哀时失职：谓因失去职业而哀悼时势。⑨淋浪：水不断流下的样子。⑩缉商缀羽：谓协调五音。商和羽分别为古代五音之一。这里以商、羽二音代指五音（宫、商、角、徵、羽）。缉：协调、和合。缀：系结、连接。这里是互文，即缉缀五音，使得协调和合。⑪潺湲成音：连同上句谓琴师通过对五音的协调，弹奏出如同流水般的乐声。⑫“吾但”句：意谓我只用琴声抒发独特的思想感情。但：只。写：宣泄。妙指：非同一般的意志。⑬“殊不知”句：谓别人很难理解这首琴曲的古今之情。

白头吟

锦水东北流，波荡双鸳鸯。

雄巢汉宫树，雌弄秦草芳。

宁同万死碎绮翼，不忍云间两分张。

此时阿娇正娇妒，独坐长门愁日暮。

但愿君恩顾妾深，岂惜黄金买词赋。

相如作赋得黄金，丈夫好新多异心。

一朝将聘茂陵女，文君因赠白头吟。

东流不作西归水，落花辞条羞故林。

兔丝固无情，随风任倾倒。

谁使女萝枝，而来强萦抱。

两草犹一心，人心不如草。
莫卷龙须席，从他生网丝。
且留琥珀枕，或有梦来时。
覆水再收岂满杯，弃妾已去难重回。
古来得意不相负，只今惟见青陵台。

【注释】①白头吟：乐府旧题。《乐府诗集》卷四十一列于《相和歌辞·楚调曲》。《西京杂记》载，司马相如将聘茂陵人女为妾。卓文君作白头吟以自绝，相如乃止。②锦水：即锦江，在蜀地，当地习称府河。蜀人以此水濯锦鲜明，故谓锦江。③鸳鸯：《古今注》载，鸳鸯，水鸟，凫类也。雌雄未尝相离，人得其一，则一思而至死。故曰匹鸟。④“雄巢”二句：汉宫树、秦草，均指长安风物。此咏长安之事也。⑤绮翼：有文采的翅膀。⑥分张：分飞，分离。⑦阿娇：汉武帝陈皇后名。⑧长门：长门宫，汉宫名。陈皇后失宠后居于此。⑨买词赋：陈皇后失宠，被打入长门宫。后以千金所购司马相如《长门赋》而重新得宠。一作“将买赋”。⑩相如：即司马相如。⑪丈夫：男子。指成年男子。《谷梁传·文公十二年》载：“男子二十而冠，冠而列丈夫。”⑫异心：二心。⑬茂陵：古县名。《汉书·地理志上》载，治在今陕西省兴平东北。汉初为茂乡，属槐里县。武帝筑茂陵，置为县，属右扶风。⑭文君：指卓文君。《史记·司马相如列传》载，汉临邛富翁卓王孙之女，貌美，有才学。司马相如饮于卓氏，文君新寡，相如以琴曲挑之，文君遂夜奔相如。⑮赠：一作“赋”。⑯东流：东去的流水。亦比喻事物消逝，不可复返。⑰西归：向西归还，归向西方。⑱辞条：离开树枝。《南齐书·王俭传》载：“秋叶辞条，不假风飙之力；太阳跻景，无俟萤爝之晖。”⑲故林：从前栖息的树林。南朝宋谢灵运《晚出西射堂》载：“羁雌恋旧侣，迷鸟怀故林。”⑳兔丝：植物名。即菟丝子。㉑固：一作“本”。㉒女萝：亦作“女罗”。植物名，即松萝。多附生在松树上，成丝状下垂。㉓萦抱：环抱。㉔龙须席：用龙须草编织成的席子。㉕琥珀枕：一种用琥珀做成的枕头。《西京杂记》载，赵飞燕女弟遗飞燕琥珀枕。《广雅》载，琥珀，珠也。生地中，其上及旁不生草。浅者四五尺，深者八九尺。大如斛，削去皮成琥珀。初时如桃胶，凝坚乃成，其方人以为枕。出博南县。㉖覆水：已倒出的水。喻事已成定局。㉗弃妾：被弃之妾。南朝宋鲍照《山行见孤桐》：“弃妾望掩泪，逐臣对抚心。”㉘青陵台：《太平寰宇记》载，河南道济州郓城县有青陵台。《郡国志》载，宋王纳韩凭之妻，使凭运土筑青陵台，至今台迹依约。后因以“青陵台”为咏爱情坚贞之典。

梦游天姥吟留别

海客谈瀛洲，烟涛微茫信难求。
越人语天姥，云霞明灭或可睹。
天姥连天向天横，势拔五岳掩赤城。
天台一万八千丈，对此欲倒东南倾。
我欲因之梦吴越，一夜飞度镜湖月。
湖月照我影，送我至剡溪。
谢公宿处今尚在，渌水荡漾清猿啼。
脚著谢公屐，身登青云梯。
半壁见海日，空中闻天鸡。
千岩万转路不定，迷花倚石忽已暝。
熊咆龙吟殷岩泉，栗深林兮惊层巅。
云青青兮欲雨，水澹澹兮生烟。
列缺霹雳，丘峦崩摧。
洞天石扉，訇然中开。
青冥浩荡不见底，日月照耀金银台。
霓为衣兮风为马，云之君兮纷纷而来下。
虎鼓瑟兮鸾回车，仙之人兮列如麻。
忽魂悸以魄动，恍惊起而长嗟。
惟觉时之枕席，失向来之烟霞。
世间行乐亦如此，古来万事东流水。
别君去兮何时还？且放白鹿青崖间，须行即骑访名山。
安能摧眉折腰事权贵，使我不得开心颜！

【注释】①天姥山：在浙江新昌东面。传说登山的人能听到仙人天姥唱歌的声音，山因此得名。②瀛洲：古代传说中的东海三座仙山之一（另两座叫蓬莱和方丈）。③烟涛：波涛渺茫，远看像烟雾笼罩的样子。④微茫：景象模糊不清。⑤信：确实，实在。⑥越人：指浙江一带的人。⑦明灭：忽明忽暗。⑧向天横：直插天空。横：直插。⑨“势拔”句：山势高过五岳，遮掩了赤城。拔：超出。赤城：和下文的“天台（tāi）”都是山名，在今浙江天台北部。⑩一万八千丈：

一作“四万八千丈”。⑪“对此”句：对着天姥这座山，天台山就好像要倒向它的东南一样。意思是天台山和天姥山相比，显得低多了。⑫因：依据。⑬之：指代前边越人的话。⑭镜湖：又名鉴湖，在浙江绍兴南面。⑮剡（shàn）溪：水名，在浙江嵊（shèng）州南面。⑯谢公：指南朝诗人谢灵运。谢灵运喜欢游山。游天姥山时，他曾在剡溪这个地方住宿。⑰渌（lù）：清。⑱清：这里是凄清的意思。⑲谢公屐（jī）：谢灵运穿的那种木屐。《南史·谢灵运传》载，谢灵运游山，必到幽深高峻的地方。他备有一种特制的木屐，屐底装有活动的齿，上山时去掉前齿，下山时去掉后齿。木屐：以木板作底，上面有带子，形状像拖鞋。⑳青云梯：指直上云霄的山路。㉑半壁见海日：上到半山腰就看到从海上升起的太阳。㉒天鸡：古代传说，东南有桃都山，山上有棵大树叫桃都，树枝绵延三千里，树上栖有天鸡，每当太阳初升，照到这棵树上，天鸡就叫起来，天下的鸡也都跟着它叫。㉓“迷花”句：迷恋着花，依靠着石，不觉天色已经很晚了。暝（míng）：日落，天黑。㉔“熊咆”句：熊在怒吼，龙在长鸣，岩中的泉水在震响。“殷岩泉”即“岩泉殷”。殷：这里用作动词，震响。㉕“栗深林”句：使深林战栗，使层巅震惊。栗、惊：使动用法。㉖青青：黑沉沉的。㉗澹澹：波浪起伏的样子。㉘列缺：指闪电。㉙洞天石扉，訇（hōng）然中开：仙府的石门，訇的一声从中间打开。洞天：仙人居住的洞府。扉：门扇。訇然：形容声音很大。㉚青冥浩荡：青冥：指天空。浩荡：广阔远大的样子。㉛金银台：金银铸成的宫阙，指神仙居住的地方。㉜云之君：云里的神仙。㉝鸾回车：鸾鸟驾着车。鸾：传说中的如凤凰一类的神鸟。回：旋转，运转。㉞恍：恍然，猛然。㉟觉时：醒时。㊱失向来之烟霞：刚才梦中所见的烟雾云霞消失了。向来：原来。烟霞：指前面所写的仙境。㊲东流水：像东流的水一样一去不复返。㊳“且放”二句：暂且把白鹿放在青青的山崖间，等到要走的时候就骑上它去访问名山。白鹿：传说神仙或隐士多骑白鹿。须：等待。㊴摧眉折腰：低头弯腰。摧眉：即低眉。

蜀道难

噫吁嚱，危乎高哉！蜀道之难，难于上青天！
蚕丛及鱼凫，开国何茫然！
尔来四万八千岁，不与秦塞通人烟。
西当太白有鸟道，可以横绝峨眉巅。
地崩山摧壮士死，然后天梯石栈相钩连。
上有六龙回日之高标，下有冲波逆折之回川。
黄鹤之飞尚不得过，猿猱欲度愁攀援。

青泥何盘盘，百步九折萦岩峦。
扪参历井仰胁息，以手抚膺坐长叹。
问君西游何时还？畏途巉岩不可攀。
但见悲鸟号古木，雄飞雌从绕林间。
又闻子规啼夜月，愁空山。
蜀道之难，难于上青天，使人听此凋朱颜。
连峰去天不盈尺，枯松倒挂倚绝壁。
飞湍瀑流争喧豗，砯崖转石万壑雷。
其险也如此，嗟尔远道之人胡为乎来哉！
剑阁峥嵘而崔嵬，一夫当关，万夫莫开。
所守或匪亲，化为狼与豺。
朝避猛虎，夕避长蛇；磨牙吮血，杀人如麻。
锦城虽云乐，不如早还家。
蜀道之难，难于上青天，侧身西望长咨嗟！

【注释】①蜀道难：南朝乐府旧题，属《相和歌·瑟调曲》。②噫（yī）吁（xū）嚱（xī）：惊叹声，蜀方言，表示惊讶的声音。宋庠《宋景文公笔记》卷上载："蜀人见物惊异，辄曰'噫吁嚱'。"③蚕丛、鱼凫（fú）：传说中古蜀国两位国王的名字，难以考证。西汉扬雄《蜀本王纪》："蜀王之先，名蚕丛、柏濩、鱼凫；蒲泽、开明。……从开明上至蚕丛，积三万四千岁。"④何茫然：指古史传说悠远难详。⑤尔来：从那时以来。⑥四万八千岁：极言时间之漫长，夸张而大约言之。⑦秦塞（sài）：秦的关塞，指秦地。秦地四周有山川险阻，故称"四塞之地"。⑧通人烟：人员往来。⑨西当：在西边的。当：在。⑩太白：太白山，又名太乙山，在长安西（今陕西眉县、太白县一带）。⑪鸟道：指连绵高山间的低缺处，只有鸟能飞过，人迹所不能至。⑫横绝：横越。⑬峨眉巅：峨眉顶峰。⑭地崩山摧壮士死：《华阳国志·蜀志》载，相传秦惠王想征服蜀国，知道蜀王好色，答应送给他五个美女。蜀王派五位壮士去接人。回到梓潼（今四川剑阁之南）的时候，看见一条大蛇进入穴中，一位壮士抓住了它的尾巴，其余四人也来相助，用力往外拽。不多时，山崩地裂，壮士和美女都被压死。山分为五岭，入蜀之路遂通。这便是有名的"五丁开山"的故事。摧：倒塌。⑮天梯：非常陡峭的山路。⑯石栈（zhàn）：栈道。⑰六龙回日：《淮南子》注："日乘车，驾以六龙。羲和御之。日至此面而薄于虞渊，羲和至此而回六螭。”意思就是传说中的羲和驾驶着六龙之车（即太阳）到此处便迫近虞渊（传说中的日落处）。⑱高标：指蜀山中可作一方之标识的最高峰。⑲冲波：水流冲击腾起的波浪，这里指激流。⑳逆折：水流回旋。㉑回川：有漩涡的河流。㉒黄鹤：即黄鹄（hú），善飞的大鸟。㉓尚：尚且。㉔得：能。㉕猿猱（náo）：蜀山中最善攀援的猴类。㉖青泥：青泥岭，在今甘肃徽县南，陕西略阳北。《元和郡县志》卷二十二载：“青泥岭，在县西北五十三里，接溪山东，即今通路也。悬崖万仞，山多云雨，行者屡逢泥淖，故号青泥岭。”㉗盘盘：曲折回旋的样子。㉘百步九折：百步之内拐九道弯。㉙萦：盘绕。㉚岩峦：山峰。㉛扪（mén）参（shēn）历井：参、井是二星宿名。古人把天上的星宿分别指配于地上的州国，叫作“分野”，以便通过观察天象来占卜地上所配州国的吉凶。参星为蜀之分野，井星为秦之分野。扪：用手摸。历：经过。㉜胁息：屏气不敢呼吸。㉝膺（yīng）：胸。㉞坐：徒，空。㉟君：入蜀的友人。㊱畏途：可怕的路途。㊲巉（chán）岩：险恶陡峭的山壁。㊳但见：只听见。㊴号（háo）古木：在古树木中大声啼鸣。㊵从：跟随。㊶“又闻”二句：一本断为“又闻子规啼，夜月愁空山”。子规：即杜鹃鸟，蜀地最多，鸣声悲哀，若云“不如归去”。《蜀记》载：“昔有人姓杜名宇，王蜀，号曰望帝。宇死，俗说杜宇化为子规。子规，鸟名也。蜀人闻子规鸣，皆曰望帝也。”㊷凋朱颜：红颜带忧色，如花凋谢。凋：使动用法，使……凋谢，这里指脸色由红润变成铁青。㊸去：距离。㊹盈：满。㊺飞湍（tuān）：飞奔而下的急流。㊻喧豗（huī）：喧闹声，这里指急流和瀑布发出的巨大响声。㊼砯（pīng）崖：水撞石之声。砯：水冲击石壁发出的响声，这里作动词用，冲击的意思。㊽转：使滚动。㊾壑：山谷。㊿嗟（jiē）：感叹声。51胡为：为什么。52来：指入蜀。53剑阁：又名剑门关，在四川剑阁县北，是大、小剑山之间的一条栈道，长约三十余里。54峥嵘、崔嵬：都是形容山势高大雄峻的样子。55“一夫”二句：见《文选》卷四左思《蜀都赋》“一人守隘，万夫莫向”。《文选》卷五十六张载《剑阁铭》载：“一人荷戟，万夫趑趄。形胜之地，匪亲勿居。”一夫：一人。当关：守关。莫开：不能打开。56所守：指把守关口的人。57或匪（fěi）亲：倘若不是可信赖的人。匪：同“非”。58锦城：成都古代以产棉闻名，朝廷曾经设官于此，专收棉织品，故称锦城或锦官城。《元和郡县志》卷三十一剑南道成都府成都县：“锦城在县南十里，故锦官城也。”今四川成都市。59咨嗟：叹息。

【点评】李白七言古诗，天道循环，四季胜景，治乱兴废，悲欢离合，豪侠游仙，美酒佳人，名篇佳句，应有尽有。

长相思·其一

长相思，在长安。
络纬秋啼金井阑，微霜凄凄簟色寒。
孤灯不明思欲绝，卷帷望月空长叹。
美人如花隔云端。
上有青冥之高天，下有渌水之波澜。
天长路远魂飞苦，梦魂不到关山难。
长相思，摧心肝。

【注释】①长相思：属乐府《杂曲歌辞》，常以“长相思”三字开头和结尾。②络纬：昆虫名，又名莎鸡，俗称纺织娘。③金井阑：精美的井栏。④簟：供坐卧用的竹席。⑤渌：清澈。⑥关山难：关山难渡。

长相思·其二

日色欲尽花含烟，月明欲素愁不眠。
赵瑟初停凤凰柱，蜀琴欲奏鸳鸯弦。
此曲有意无人传，愿随春风寄燕然。
忆君迢迢隔青天。
昔时横波目，今作流泪泉。
不信妾肠断，归来看取明镜前。

【注释】①欲素：一作“如素”。素：洁白的绢。②赵瑟：弦乐器，相传古代赵国人善奏瑟。③蜀琴：弦乐器，古人诗中以蜀琴喻佳琴。④燕然：山名，即杭爱山，在今蒙古人民共和国境内。此处泛指塞北。⑤横波：指眼波流盼生辉的样子。

白云歌送刘十六归山

楚山秦山皆白云，白云处处长随君。
长随君，君入楚山里，云亦随君渡湘水。
湘水上，女萝衣，白云堪卧君早归。

【注释】①题注：古人以为云触山石而生，白云自由不羁，高举脱俗，洁白无瑕，向来和隐者联系在一起。南朝陶弘景隐于句曲山，齐高帝萧道成有诏问他：“山中何所有？”他作诗答曰：“山中何所有？岭上多白云。只可自怡悦，不堪持赠君。”此诗题为“白云歌”，紧扣“白云”二字，重沓歌咏，声韵流转，情怀摇漾，含意深厚。《唐宋诗醇》载，吐语如转丸珠，又如白云卷舒，清风与画家逸品。一作“白云歌送友人”：“楚山秦山皆白云，白云处处长随君。君今还入楚山里，云亦随君渡湘水。水上女萝衣白云，早卧早行君早起。”刘十六：李白友人，名字不详。“十六”是其在家族中兄弟间排列长幼的次序数，唐时常用这种次序数来称呼人。②楚山：这里指今湖南地区，湖南古属楚疆。③秦山：这里指唐都长安，古属秦地。④湘水：湘江。流经今湖南境内，北入长江。⑤女萝衣：屈原《九歌·山鬼》中的山中女神。《楚辞·九歌·山鬼》：“若有人兮山之阿，被薜荔兮带女萝。”王逸注：“女萝，菟丝也。”朱熹曰：“言被服之芳者，自明其志行之洁也。”

杨叛儿

君歌杨叛儿，妾劝新丰酒。
何许最关人？乌啼白门柳。
乌啼隐杨花，君醉留妾家。
博山炉中沉香火，双烟一气凌紫霞。

【注释】①杨叛儿：一作“阳叛儿”，原为南北朝时的童谣，后来成为乐府诗题。《乐府诗集》卷四十九列为《清商曲辞》。②君歌：一作“君家”。③新丰酒：原指长安新丰镇（今陕西临潼东北）所产之酒。此指江南之新丰酒。宋陆游《入蜀记》载：“六月十六日，早发云阳，过新丰小憩。李太白诗云：‘南国新丰酒，东山小妓歌。’”④何许：何处，哪里。⑤关人：牵动人的情思。⑥白门：刘宋都城建康（今南京）城门。《资治通鉴》卷一四四载，茹法珍曰：“须来至白门前，当一决。”胡三省注：“白门，建康城西门也。西方色白，故以为称。”⑦隐：隐没，这里指乌鸦栖息在杨花丛中。⑧博山炉：古香炉名，在香炉表面雕有重叠山形的装饰，香炉像海中的博山，下有盘，贮汤，使润气蒸香，以像海之回环。⑨沉香：又名沉水香，一种可燃的名贵香料。⑩双烟一气：两股烟袅在一起，喻男女两情之合好如一也。⑪紫霞：指天空云霞。

万愤词投魏郎中

海水浡潏，人罹鲸鲵。

蓊胡沙而四塞，始滔天于燕齐。

何六龙之浩荡，迁白日于秦西。

九土星分，嗷嗷凄凄。

南冠君子，呼天而啼。

恋高堂而掩泣，泪血地而成泥。

狱户春而不草，独幽怨而沈迷。

兄九江兮弟三峡，悲羽化之难齐。

穆陵关北愁爱子，豫章天南隔老妻。

一门骨肉散百草，遇难不复相提携。

树榛拔桂，囚鸾宠鸡。

舜昔授禹，伯成耕犁。

德自此衰，吾将安栖。

好我者恤我，不好我者何忍临危而相挤。

子胥鸱夷，彭越醢醢。

自古豪烈，胡为此繄？

苍苍之天，高乎视低。

如其听卑，脱我牢狴。

傥辨美玉，君收白珪。

【**注释**】①浡（bō）潏（juè）：大水沸涌的形状，用以描写社会动乱。木华《海赋》载："天纲浡潏。"李善注："浡潏，沸涌貌。"《桓子新论》载："夏禹之时，洪水浡潏。"②罹：遭受，遭遇。③鲸、鲵：都是海中的大鱼，比喻恶残不义之徒。这是指发动叛乱的安禄山叛军。④蓊（wěng）：聚集。李善《文选注》："蓊，聚也。"⑤燕齐：今河北、山东一带。禄山自范阳起逆，遂据燕地，燕与齐接壤，故兼言之曰"始滔天于燕齐"也。⑥六龙：古代天子车驾为六马。马高八尺曰龙，故六龙指皇帝车驾。《淮南子注》载：言日乘车驾以六龙，以喻明皇幸蜀也。⑦白日：古人以帝王为日象。此指唐玄宗。⑧九土星分：九土：九州之土。星分：指山河破碎。左思《蜀都赋》："九土星分，万国错峙。"《淮南子》载："何谓九州？东南神州曰农土，正南次州曰沃土，西南戎州曰滔土，正西弇州曰并土，正中冀州曰白土，西北台州曰肥土，正北济州曰成土，东北薄州曰隐土，正东阳州曰伸土。”⑨嗷嗷：本为雁哀鸣声，诗中喻百姓哀愁声。⑩南冠君子：春秋时楚人钟仪被晋国俘虏后仍戴着楚国的帽子。《左传》载，晋侯观于军府，见钟仪，问之曰：“南冠而絷者，谁也？”有司对曰：“郑人所献楚囚也。”使税之，召而吊之，再拜稽首。问其族，对曰：“伶人也。”使与之琴，操南音。公语范文子，文子曰：“楚囚，君子也。”⑪高堂：指父母。萧士赟曰，高堂，喻朝廷也。世之称父母多曰高堂，太白诗中绝无思亲之句，疑其迁化久矣。《汉书·贾谊传》载：“人主之尊譬如堂，群臣如陛，众庶如地，故陛九级上，廉远地，则堂高。陛亡级，廉近地，则堂卑。高者难攀，卑者易陵，理势然也。”萧氏以高堂为喻朝廷，其说近是。⑫九江：郡名。唐称浔阳，隋称九江。治所在今江西九江。《文献通考》载，九江，在江州之西北。⑬三峡：巫峡、西陵峡、瞿塘峡并称三峡。《四川通志》载，上自夔州，下至归州、夷陵州，凡七百里中皆三峡之地。⑭羽化：长翅膀，指成仙。此句盖谓弟兄天各一方，欲如飞仙之轻举远逝而相聚会，不能得也。⑮穆陵：在今山东沂水县北。《唐书·地理志》载，沂州沂水县北有穆陵关。《山东通志》载，穆陵关，在沂水县北一百二十里，古齐关也。《一统志》载，穆陵关，在青州大岘山上。《左传》载，齐桓公曰：“赐我先君履，南至于穆陵。”即此。《元和郡县志》载，穆陵关，在黄州麻城县西八十八里。是穆陵关有二处，而太白所称者，则齐地之穆陵关也。盖是时伯禽尚在东鲁未归耳。⑯豫章：郡名，唐时属江南西道，又谓之洪州，在浔阳郡之南。治所在今江西南昌。疑太白卧庐山时，家室寓此，《流夜郎寄内》诗曰“南来不得豫章书”，可见。⑰伯成：即伯成子高，尧时诸侯。《庄子》载，尧治天下，伯成子高立为诸侯。尧授舜，舜授禹，伯成子高辞为诸侯而耕。禹往见之，则耕在野。禹趋就下风，立而问焉，曰：“昔尧治天下，吾子立为诸侯，尧授舜，舜授予，吾子辞为诸侯而耕，敢问其故何也？”子高曰：“昔尧治天下，不赏而民劝，不罚而民畏。今子赏罚而民且不仁，德自此衰，刑自此立，后世之乱自此始矣。夫子阖行耶？无落吾事。”俋俋乎耕而不顾。⑱鸱（chī）夷：皮袋子。伍子胥屡谏吴王，被装进鸱夷投于江中，见《史记·伍子胥列传》。⑲彭越：汉初大将。⑳醢醯（hǎi xī）：肉酱。《史记》载，汉诛梁王彭越，醢之，盛其醢，遍赐诸侯。㉑繄（yì）：语气助词。《广韵》载：“繄，辞也。”《韵会》载：“繄，语助也。”㉒牢狴（bì）：牢狱。《初学记》载，狴牢者，亦狱别名。《家语》载，孔子为鲁司寇，有父子讼者，夫子同狴执之。王肃注，狴，狱牢也。㉓白珪：即白圭。《诗经·小雅》载：“白圭之玷，尚可磨也。”

【点评】“好我者恤我，不好我者何忍临危而相挤。”指谁，高适？

三五七言

秋风清，秋月明。
落叶聚还散，寒鸦栖复惊。
相思相见知何日？此时此夜难为情。

【注释】①题注：一作“三五七言体”。一作高迈诗。此本从《全唐诗》。《李杜诗通》载：“其体始郑世翼，白仿之。”《李太白全集》载：“杨齐贤云，古无此体，自太白始。《沧浪诗话》以此为隋郑世翼之诗，《臞仙诗谱》以此篇为无名氏作，俱误。”《唐宋诗醇》载：“哀音促节，凄若繁弦。”后人附会缀：“入我相思门，知我相思苦，长相思兮长相忆，短相思兮无穷极，早知如此绊人心，何如当初莫相识。”②寒鸦：《本草纲目》载：“慈乌，北人谓之寒鸦，以冬日尤盛。”寒鸦：一作“寒乌”。③难为情：谓感情上受不了。

※ 李益

野田行

日没出古城，野田何茫茫。
寒狐啸青冢，鬼火烧白杨。
昔人未为泉下客，行到此中曾断肠。

【注释】①题注：一作于鹄诗。②野田：犹田野。③泉下：黄泉之下，指人死后埋葬之处。

【点评】没有袁郊《甘泽谣》来得飘逸。

※ 李颀

古意

男儿事长征，少小幽燕客。
赌胜马蹄下，由来轻七尺。
杀人莫敢前，须如猬毛磔。
黄云陇底白雪飞，未得报恩不能归。
辽东小妇年十五，惯弹琵琶解歌舞。
今为羌笛出塞声，使我三军泪如雨。

【注释】①古意：拟古诗，托古喻今之作。②事长征：从军远征。③幽燕：今河北、辽宁一带。古代幽燕地区游侠之风盛行。④赌胜：较量胜负。⑤马蹄下：即驰骋疆场之意。⑥“由来”句：好男儿向来就轻视性命。七尺：七尺之躯。古时尺短，七尺相当于一般成人的高度。⑦“杀人”句：杀人而对方不敢上前交手，即所向无敌之意。⑧“须如”句：胡须好像刺猬的毛一样纷纷张开，形容威武凶猛。磔（zhé）：纷张。⑨黄云：指战场上升腾飞扬的尘土。⑩陇：泛指山地。⑪小妇：少妇。⑫解歌舞：擅长歌舞。解：懂得、通晓。⑬羌笛：古代的管乐器。长二尺四寸，三孔或四孔。因出于羌中，故名。⑭塞：边塞。⑮三军：指骑马打仗的前、中、后三军。

【点评】有人评此诗“奔腾顿挫而又飘逸含蓄”，评价很高啊，连李白符合这种评价的好诗也没几首。

※ 李康成

采莲曲

采莲去，月没春江曙。
翠钿红袖水中央，青荷莲子杂衣香，
云起风生归路长。
归路长，那得久。
各回船，两摇手。

【注释】①翠钿：用翠玉制成的首饰。

【点评】这首《采莲曲》与张志和《渔歌子》才是本色的长短句。

※ 韩愈

条山苍

条山苍，河水黄。
浪波沄沄去，松柏在高冈。

【注释】①条山：即中条山，在今山西省西南部，黄河北岸，唐朝名山，许多诗人都在此题诗。②苍：深绿色。③河水：黄河之水。④沄沄（yún）：形容波浪滔滔。⑤松柏：用“岁寒然后知松柏之后凋”原意。⑥高冈：山冈，指中条山。首句已见“山”字，不应复出，故用“高”。

【点评】古色古香，很有味道。类《敕勒川》。

听颖师弹琴

昵昵儿女语，恩怨相尔汝。
划然变轩昂，勇士赴敌场。
浮云柳絮无根蒂，天地阔远随飞扬。
喧啾百鸟群，忽见孤凤皇。
跻攀分寸不可上，失势一落千丈强。
嗟余有两耳，未省听丝篁。
自闻颖师弹，起坐在一旁。
推手遽止之，湿衣泪滂滂。
颖乎尔诚能，无以冰炭置我肠！

【注释】①颖师：当时一位善于弹琴的和尚，他曾向几位诗人请求作诗表扬。李贺《听颖师弹琴歌》有“竺僧前立当吾门，梵宫真相眉棱尊”句。②昵昵：亲热的样子。一作“妮妮”。③尔汝：至友之间不讲客套，以你我相称。这里表示亲近。《世说新语·排调》：“晋武帝问孙皓，闻南人好作尔汝歌，颇能为不？”《尔汝歌》是古代江南一带民间流行的情歌，歌词每句用尔或汝相称，以示彼此亲昵。④划然：忽地一下。⑤轩昂：形容音乐高亢雄壮。宋魏庆之《诗人玉屑·陵阳论晚唐诗律卑浅》：“唐末人诗，虽格致卑浅，然谓其非诗则不可。今人作诗，虽句语轩昂，但可远听，其理略不可究。”⑥“浮云”二句：形容音乐飘逸悠扬。⑦“喧啾”四句：形容音乐既有百鸟喧哗般的丰富热闹，又有主题乐调的鲜明嘹亮，高低抑扬，起伏变化。喧啾：喧闹嘈杂。凤皇：即“凤凰”。跻（jī）攀：犹攀登。杜甫《白水县崔少府十九翁高斋三十韵》：“清晨陪跻攀，傲睨俯峭壁。”⑧未省（xǐng）：不懂得。⑨丝篁：弹拨乐器，此指琴。⑩起坐：忽起忽坐，激动不已的样子。⑪旁：一作“床”。⑫推手：伸手。⑬遽：急忙。⑭滂滂：热泪滂沱的样子。《晏子春秋·谏上十七》载：“景公游于牛山，北临其国城而流涕曰：‘若何滂滂去此而死乎！’”⑮诚能：指确实有才能的人。《荀子·王霸》载：“人主胡不广焉，无恤亲疏，无偏贵贱，唯诚能之求？”⑯冰炭置我肠：形容自己完全被琴声所左右，一会儿满心愉悦，一会儿心情沮丧。犹如说水火，两者不能相容。《庄子·人间世》载：“事若成，则必有阴阳之患。”郭象注：“人患虽去，然喜惧战于胸中，固已结冰炭于五藏矣。”此言自己被音乐所感动，情绪随着乐声而激动变化。

利剑

利剑光耿耿，佩之使我无邪心。
故人念我寡徒侣，持用赠我比知音。
我心如冰剑如雪，不能刺谗夫，使我心腐剑锋折。
决云中断开青天，噫！剑与我俱变化归黄泉。

【注释】①耿耿：形容利剑寒光闪烁。宋玉《大言赋》：“长剑耿耿倚天处。”②寡徒侣：少同伴。③比知音：言剑好比是自己的知音。④心如冰：言心如冰一样清莹素洁。⑤剑如雪：言剑光如同雪一样闪亮。曹丕《大墙上蒿行》形容宝剑“自如积雪，利若秋霜”。⑥谗夫：说别人坏话、中伤别人的人。⑦心腐：同“腐心”，痛心。这里形容内心极度愤恨。《史记·刺客列传》：“此臣之日夜切齿腐心也。”司马贞《索引》：“腐，亦烂也，犹今人事不可忍云‘腐烂’然，皆奋怒之意。”⑧决云：冲破云层。《庄子·说剑》：“上诀浮云，下绝地纪。”⑨噫：叹词。⑩黄泉：地下深处。也指葬身之处。

【点评】以文为诗，变出了新意，不错。

※ 白居易

花非花

花非花，雾非雾。夜半来，天明去。
来如春梦不多时，去似朝云无觅处。

【注释】①花非花：词牌名称，由白居易自度成曲。②朝云：此借用楚襄王梦巫山神女之典故。宋玉《高唐赋》序："妾在巫山之阳，高丘之阻，旦为朝云，暮为行雨，朝朝暮暮，阳台之下。"

太行路

太行之路能摧车，若比人心是坦途。
巫峡之水能覆舟，若比人心是安流。
人心好恶苦不常，好生毛羽恶生疮。
与君结发未五载，岂期牛女为参商。
古称色衰相弃背，当时美人犹怨悔。
何况如今鸾镜中，妾颜未改君心改。
为君熏衣裳，君闻兰麝不馨香。
为君盛容饰，君看金翠无颜色。
行路难，难重陈。
人生莫作妇人身，百年苦乐由他人。
行路难，难于山，险于水。
不独人间夫与妻，近代君臣亦如此。
君不见左纳言，右纳史，朝承恩，暮赐死。
行路难，不在水，不在山，只在人情反覆间。

【注释】①题注：借夫妇以讽君臣之不终也。太行山又名五行山、王母山、女娲山。

中国东部地区的重要山脉和地理分界线。太行山北高南低，大部分海拔在1200米以上。山西高原的河流经太行山流入华北平原，流曲深澈，峡谷毗连，多瀑布湍流。②人心：一作“君心”。③参商：参星和商星。参星在西，商星在东，此出彼没，永不相见。④重陈：再陈说，重复叙述。⑤纳言、纳史：官名。⑥反覆：反复，变化无常。

【点评】白诗一大特点就是啰嗦，本诗也可试着裁剪一番：“太行之路能摧车，若比人心是坦途。巫峡之水能覆舟，若比人心是安流。与君结发未五载，岂期牛女为参商。何况如今鸾镜中，妾颜未改君心改。为君熏衣裳，君闻兰麝不馨香。为君盛容饰，君看金翠无颜色。行路难，难重陈。人生莫作妇人身，百年苦乐由他人。行路难，不在水，不在山，只在人情反覆间。”

※ 元稹

忆远曲

忆远曲，郎身不远郎心远。
沙随郎饭俱在匙，郎意看沙那比饭。
水中书字无字痕，君心暗画谁会君？
况妾事姑姑进止，身去门前同万里。
一家尽是郎腹心，妾似生来无两耳。
妾身何足言，听妾私劝君。
君今夜夜醉何处，姑来伴妾自闭门。
嫁夫恨不早，养儿将备老。
妾自嫁郎身骨立，老姑为郎求娶妾。
妾不忍见姑郎忍见，为郎忍耐看姑面。

【注释】①水中书字无字痕：书：一作“画”。《载酒园诗话又编》载，微之自是一种轻艳之才，所作排律动数十韵，正是夸多斗靡。虽有秀句，补缀牵凑者亦多，亦为大雅所薄。集中惟乐府诗多佳，如《忆远曲》：“水中书字无字痕，君心暗画谁会君？”《小胡笳引》曰：“流宫变征渐幽咽，别鹤欲飞弦欲绝。秋霜满树叶辞风，寒雏坠地乌啼血。”皆工于刻画也。

※ 李贺

苏小小墓

幽兰露，如啼眼。
无物结同心，烟花不堪剪。
草如茵，松如盖。
风为裳，水为佩。
油壁车，夕相待。
冷翠烛，劳光彩。
西陵下，风吹雨。

【注释】①苏小小：《乐府广题》载："苏小小，钱塘名倡也，盖南齐时人。"《方舆胜览》："苏小小墓在嘉兴县西南六十步，乃晋之歌妓。今有片石在通判厅，题曰苏小小墓。"②幽兰露：兰花上凝结着露珠。③结同心：用花草或别的东西打成连环回文样式的结子，表示爱情坚贞如一。④烟花：指墓地中艳丽的花。⑤茵：垫子。⑥盖：车盖，即车上遮阳防雨的伞盖。⑦佩：身上佩带的玉饰。⑧油壁车：妇人所乘的车，车身为油漆为饰。"⑨夕：一作"久"。⑩冷翠烛：磷火，俗称鬼火，有光无焰，所以说"冷翠烛"。⑪劳：不辞劳苦的意思。⑫西陵：今杭州西泠桥一带。⑬风吹雨：一作"风雨吹"。

苦昼短

飞光飞光，劝尔一杯酒。
吾不识青天高，黄地厚。
唯见月寒日暖，来煎人寿。
食熊则肥，食蛙则瘦。
神君何在？太一安有？
天东有若木，下置衔烛龙。
吾将斩龙足，嚼龙肉，使之朝不得回，夜不得伏。
自然老者不死，少者不哭。
何为服黄金、吞白玉？

谁似任公子，云中骑碧驴？
刘彻茂陵多滞骨，嬴政梓棺费鲍鱼。

【注释】①光：飞逝的光阴。南朝梁沈约《宿东园》："飞光忽我遒，岂止岁云暮。"②"劝尔"句：语出《世说新语·雅量》："晋代孝武帝司马曜时，天上出现长星（即彗星），司马曜有一次举杯对长星说：'劝尔一杯酒，自古哪有万岁天子？'"③青天、黄地：语出《易·坤》："夫玄黄者，天地之杂色也，天玄而地黄。"④煎人寿：消损人的寿命。煎：煎熬，消磨。⑤"食熊"句：古人以熊掌和熊白（熊背上的脂肪）为珍肴，富贵者才能食之。⑥蛙：代指贫穷者吃的粗劣食品。⑦神君：汉时有长陵女子，死后被奉为神，称神君。汉武帝病时曾向她乞求长生。（史记·封禅书》）⑧太一：天帝的别名，是天神中的尊贵者。宋玉《高唐赋》："醮诸神，礼太一。"⑨安：哪里。⑩若木：古代神话传说中的树名，东方日出之地有神木名扶桑，西方日落处有若木。屈原《离骚》："折若木以拂日兮。"王逸注："若木在昆仑西极，其华照下地。"⑪衔烛龙：传说中的神龙，住在天之西北，衔烛而游，能照亮幽冥无日之国。屈原《天问》："日安不到？烛龙何照？"王逸注："天之西北有幽冥无日之国，有龙衔烛而照之。"这里借指为太阳驾车之六龙。⑫不得：不能。⑬回：巡回。⑭服黄金、吞白玉：道教认为服食金玉可以长寿。《抱朴子·内篇·仙药》："《玉经》曰：服金者寿如金，服玉者寿如玉。"⑮似：一作"是"。⑯任公子：传说中骑驴升天的仙人，其事迹无考。⑰碧：一作"白"。⑱刘彻：汉武帝，信神仙，求长生，死后葬处名茂陵。《汉武帝内传》载："王母云：刘彻好道，然神慢形秽，骨无津液，恐非仙才也。"⑲滞骨：残遗的白骨。⑳嬴政：秦始皇。《史记·秦始皇本纪》载："始皇崩于沙丘平台。丞相斯为上崩在外，恐诸公子及天下有变，乃秘之，不发丧。棺载辒凉车中，……会暑，上辒车臭。乃诏从官，令车载一石鲍鱼，以乱其臭。"㉑梓棺：古制天子的棺材用梓木做成，故名。㉒鲍鱼：盐渍鱼，其味腥臭。

【点评】刘彻、嬴政的名字随便叫，在古代中国那可是需要勇气的。"食熊则肥，食蛙则瘦"，名句，大大的名句。简单得不能再简单，如同苹果下落，百川归海，李贺发现了，牛顿发现了，就是大牛。同理，卢纶"霜叶无风自落，秋云不雨空阴。人愁荒村路细，马怯寒溪水深"也是名句。

大堤曲

妾家住横塘，红纱满桂香。
青云教绾头上髻，明月与作耳边珰。
莲风起，江畔春；大堤上，留北人。
郎食鲤鱼尾，妾食猩猩唇。
莫指襄阳道，绿浦归帆少。
今日菖蒲花，明朝枫树老。

【注释】①大堤：襄阳（今湖北襄樊）府城外的堤塘，东临汉水。②妾：古时女子的谦称。③横塘：地名，靠近大堤。一说横塘是指建业淮水（今南京秦淮河）南岸的一个堤塘。④红纱：红纱衣。⑤青云：喻黑发，髻如青云。⑥绾（wǎn）：把头发盘绕起来打成结。⑦明月：即“明月之珠”的省称。⑧珰（dāng）：耳饰。穿耳施珠为珰，即今之耳环。⑨莲风：此指春风。⑩北人：意欲北归之人，指诗中少女的情人。⑪鲤鱼尾、猩猩唇：皆美味，喻指幸福欢乐的生活。《吕氏春秋》载：“肉之美者，猩猩之唇。”⑫襄阳道：北归水道必经之路。⑬浦：水边或河流入海的地区。绿浦：这里指水上。⑭菖蒲（chāng pú）：植物名。多年生水生草本，有香气。叶狭长，似剑形。肉穗花序圆柱形，生在茎端，初夏开花，淡黄色。全草为提取芳香油、淀粉和纤维的原料。根茎亦可入药。民间在端午节常用来和艾叶扎束，挂在门前。⑮枫树老：枫树变老，形状丑怪。这里表示年老时期。

※ 张籍

节妇吟

君知妾有夫，赠妾双明珠。
感君缠绵意，系在红罗襦。
妾家高楼连苑起，良人执戟明光里。
知君用心如日月，事夫誓拟同生死。
还君明珠双泪垂，何不相逢未嫁时。

【注释】①题注：寄东平李司空师道。李师道是当时藩镇之一的平卢淄青节度使，又冠以检校司空、同中书门下平章事的头衔。中唐以后，藩镇割据用各种手段勾结、拉拢文人和中央官吏。一些不得意的文人和官吏往往依附，韩愈曾作《送董邵南序》婉转地劝阻。张籍是韩门大弟子，主张统一、反对藩镇分裂。此诗便是婉拒李师道，通篇比兴，从汉乐府《陌上桑》《羽林郎》脱胎而来，但更委婉含蓄。②妾：古代妇女对自己的谦称，这里是诗人的自喻。③缠绵：情意深厚。④罗：一类丝织品，质薄、手感滑爽而透气。⑤襦：短衣、短袄。⑥高楼连苑起：耸立的高楼连接着园林。苑：帝王及贵族游玩和打猎的风景园林。起：矗立。⑦良人：旧时女人对丈夫的称呼。⑧执戟：指守卫宫殿的门户。戟：一种古代的兵器。⑨明光：本汉代宫殿名，这里指皇帝的宫殿。⑩用心：动机目的。⑪如日月：光明磊落的意思。⑫事：服事、侍奉。⑬拟：打算。

【点评】中国人的含蓄，老外是不懂的。

※ 卢仝

萧宅二三子赠答诗二十首·虾蟆请客

凡有水竹处，我曹长先行。
愿君借我一勺水，与君昼夜歌德声。

【点评】让人想起胡适的新诗《乌鸦》。

小妇吟

小妇欲入门，隈门匀红妆。
大妇出门迎，正顿罗衣裳。
门边两相见，笑乐不可当。
夫子于傍聊断肠，小妇哆上高堂。
开玉匣，取琴张。陈金罍，酌满觞。
愿言两相乐，永与同心事我郎。
夫子于傍剩欲狂。

珠帘风度百花香，翠帐云屏白玉床。
啼鸟休啼花莫笑，女英新喜得娥皇。

【注释】①金罍（léi）：饰金的大型酒器。

【点评】皇帝爱长子，百姓爱幺儿。

※ 贯休

山中作

山为水精宫，藉花无尘埃。
吟狂岳似动，笔落天琼瑰。
伊余自乐道，不论才不才。
有时鬼笑两三声，疑是大谢小谢李白来。

【注释】①水精宫：亦作“水晶宫”。以水晶装饰的宫殿。南朝梁任昉《述异记》载：“阖闾构水精宫，尤极珍怪，皆出之水府。”②琼瑰：次于玉的美石。喻美好的诗文。③大谢：南北朝时期诗人谢灵运。④小谢：南朝齐谢朓，与谢灵运同族。

【点评】幻听。

※ 吉中孚妻张氏

拜新月

拜新月，拜月出堂前。
暗魄深笼桂，虚弓未引弦。
拜新月，拜月妆楼上。
鸾镜未安台，蛾眉已相向。
拜新月，拜月不胜情，庭前风露清。

月临人自老，望月更长生。
东家阿母亦拜月，一拜一悲声断绝。
昔年拜月逞容仪，如今拜月双泪垂。
回看众女拜新月，却忆红闺年少时。

【注释】①鸾镜：妆镜。

【点评】世传吉中孚仪表非凡，器宇轩昂，仙风道骨，被誉为“才子神骨清，虚疏眉眼明；貌应同卫玠，鬓且异潘生。”真是女才郎貌，神仙伴侣。

※ 刘叉

冰柱

师干久不息，农为兵兮民重嗟。
骚然县宇，土崩水溃，畹中无熟谷，垄上无桑麻。
王春判序，百卉茁甲含葩。
有客避兵奔游僻，跛履险阨至三巴。
貂裘蒙茸已敝缕，鬓发蓬舥，雀惊鼠伏，宁遑安处，
独卧旅舍无好梦，更堪走风沙！
天人一夜剪瑛琭，诘旦都成六出花。
南亩未盈尺，纤片乱舞空纷挐。
旋落旋逐朝暾化，檐间冰柱若削出交加。
或低或昂，小大莹洁，随势无等差。
始疑玉龙下界来人世，齐向茅檐布爪牙。
又疑汉高帝，西方来斩蛇。
人不识，谁为当风杖莫邪。
铿锵冰有韵，的皪玉无瑕。
不为四时雨，徒于道路成泥柤。
不为九江浪，徒为汩没天之涯。

不为双井水，满瓯泛泛烹春茶。
不为中山浆，清新馥鼻盈百车。
不为池与沼，养鱼种芰成霪霪；
不为醴泉与甘露，使名异瑞世俗夸。
特禀朝沕气，洁然自许靡间其迩遐。
森然气结一千里，滴沥声沉十万家。
明也虽小，暗之大不可遮。
勿被曲瓦，直下不能抑群邪。
奈何时逼，不得时在我梦中，倏然漂去无余。
自是成毁任天理，天于此物岂宜有忒赊。
反令井蛙壁虫变容易，背人缩首竞呀呀。
我愿天子回造化，藏之韫椟玩之生光华。

【注释】①师干（gàn）：本指军队的防御力量，后用以指军队。《诗·小雅·采芑》："其车三千，师干之试。"师：众。干：捍。②王春：指阴历新春。③险阨（è）：险要阻塞。亦指险要阻塞之地。④瑛琭：美玉，亦以喻晶莹如玉之物。⑤诘旦：平明，清晨。⑥的皪（lì）：光亮、鲜明貌。汉司马相如《上林赋》："明月珠子，的皪江靡。"晋左思《魏都赋》："丹藕凌波而的皪，绿芰泛涛而浸潭。"⑦韫椟：藏在柜子里；珍藏，收藏。《论语·子罕》："有美玉于斯，韫椟而藏诸？求善贾而沽诸？"

【点评】唐朝近体律诗吸收文赋对仗特点而成型，而在律诗中铺排，叫啥？诗之赋。写得不赖，但终非正途。

雪车

腊令凝绨三十日，缤纷密雪一复一。
孰云润泽在枯荄，阛阓饿民冻欲死。
死中犹被豺狼食，官车初还城垒未完备。
人家千里无烟火，鸡犬何太怨。
天下恤吾氓，如何连夜瑶花乱。

皎洁既同君子节，沾濡多著小人面。
寒锁侯门见客稀，色迷塞路行商断。
小小细细如尘间，轻轻缓缓成朴簌。
官家不知民馁寒，尽驱牛车盈道载屑玉。
载载欲何之，秘藏深宫以御炎酷。
徒能自卫九重间，岂信车辙血，点点尽是农夫哭。
刀兵残丧后，满野谁为载白骨。
远戍久乏粮，太仓谁为运红粟。
戎夫尚逆命，扁箱鹿角谁为敌。
士夫困征讨，买花载酒谁为适。
天子端然少旁求，股肱耳目皆奸慝。
依违用事佞上方，犹驱饿民运造化防暑厄。
吾闻躬耕南亩舜之圣，为民吞蝗唐之德。
未闻孽苦苍生，相群相党上下为蝥贼。
庙堂食禄不自惭，我为斯民叹息还叹息。

【注释】①枯荄（gāi）：干枯的草根。②阛阓（huán huì）：街市，街道。指民间。③奸慝（tè）：指奸恶的人。④南亩：谓农田。南坡向阳，利于农作物生长，古人田土多向南开辟，故称。⑤蝥贼：喻危害人民或国家的人。

【点评】诗中杂文，犹如匕首。

※ 张南史

竹

竹，竹。
披山，连谷。
出东南，殊草木。
叶细枝劲，霜停露宿。

成林处处云，抽笋年年玉。
天风乍起争韵，池水相涵更绿。
却寻庾信小园中，闲对数竿心自足。

【注释】①庾信小园：北周庾信《庾子山集》卷一《小园赋》：“余有数亩敝庐，寂寞人外，聊以拟伏腊，聊以避风霜。”

联句

咏棋

（张说）方如棋局，圆如棋子。动如棋生，静如棋死。
（李泌）方如行义，圆如用智。动如呈才，静如遂意。

【注释】①有一次唐玄宗和宰相张说下围棋，正好李泌入宫进见。唐玄宗要张说试一试李泌的才学。张说就借“下棋”一事出题，要李泌作诗《咏方圆动静》，并且自己先作一首：“方如棋局，圆如棋子。动如棋生，静如棋死。”李泌略加思索，随即也作一首：“方如行义，圆如用智。动如呈才，静如遂意。”

山火诗

（县令）野火烧山后，人归火不归。
（李白）焰随红日去，烟逐暮云飞。

【注释】①一天，李白见县令赋诗，诗题是《山火》：“野火烧山后，人归火不归。”李白续：“焰随红日去，烟逐暮云飞。”

赋溺江者

（县令）二八谁家女，漂来倚岸芦。
鸟窥眉上翠，鱼弄口旁珠。
（李白）绿鬓随波散，红颜逐浪无。
因何逢伍相，应是想秋胡。

【注释】①李白随县令外出，见江水泛滥，一女溺死江边。县令赋诗：“二八谁家女，漂来倚岸芦。鸟窥眉上翠，鱼弄口旁珠。”李白续：“绿鬓随波散，红颜逐浪无。因何逢伍相，应是想秋胡。”

过海联句

（高丽使）水鸟浮还没，山云断复连。

（贾岛）棹穿波底月，船压水中天。

【注释】①高丽使过海，有诗云："水鸟浮还没，山云断复连。"贾岛诈为艄人，联下句云："棹穿波底月，船压水中天。"丽使嘉叹久之，自此不复言诗。

断句

※ 崔信明

枫落吴江冷

【注释】①吴江：吴淞江。《新唐书·文艺传·崔信明》："（信明）尝矜其文，谓过李百药。扬州录事参军郑世翼者，亦骜倨，数恍轻忤物。遇信明江中，谓曰：'闻公有"枫落吴江冷"，愿见其余。'信明欣然，多出众篇，世翼览未终曰：'所见不逮所闻。'"

※ 徐月英

枕前泪与阶前雨，隔个窗儿滴到明

【注释】①徐月英：唐江淮名娼，生卒年不详，工于诗，有诗集传于当时，今佚，现仅存七言绝句两首、断句"枕前泪与阶前雨，隔个窗儿滴到明"，后被宋代女词人聂胜琼借去，凑成了一首《鹧鸪天》："玉惨花愁出凤城，莲花楼下柳青青。尊前一唱阳关曲，别个人人第五程。寻好梦，梦难成。有谁知我此时情，枕前泪共阶前雨，隔个窗儿滴到明。"

※ 江为

竹影横斜水清浅，桂香浮动月黄昏

【注释】①宋林逋《山园小梅》挪用，"众芳摇落独暄妍，占尽风情向小园。疏影横斜水清浅，暗香浮动月黄昏。霜禽欲下先偷眼，粉蝶如知合断魂。幸有微吟可相狎，不须檀板共金樽。"

附录

唐代诗人生平

虞世南（558—638），字伯施，越州余姚人。善书法，与欧阳询、褚遂良、薛稷合称“初唐四大家”。太宗时为弘文馆学士，与房玄龄共掌文翰。迁秘书监，封永兴县子，人称虞永兴。唐太宗称他德行、忠直、博学、文词、书翰为五绝。曾劝太宗勿为宫体诗，而其诗除《咏蝉》等少量有兴寄、边塞诗较刚健外，其余多为应制、奉和、侍宴之作，文辞典丽。

庾抱（？—618），润州江宁（今江苏南京）人，祖籍颍川（今河南许昌）。隋开皇中，为延州参军。后调入吏部任职，转元德太子学士。唐高祖起兵，隐太子李建成引为陇西公府记室，文檄皆出其手。寻转太子舍人，未几卒。

孔绍安（577？—622），越州山阴（今浙江绍兴）人。孔奂次子，孔子三十二代孙。少诵古文数十万言，外兄虞世南异之。少以文词知名。入隋，与词人孙万寿为忘年之好，时称“孙孔”。大业末，官监察御史。归唐，拜内史舍人。武德四年，官中书舍人，受诏撰《梁史》，未成而卒。

魏徵（580—643），字玄成。著名政治家、思想家、文学家和史学家，辅佐唐太宗共同创建“贞观之治”的大业，被后人称为“一代名相”。敢于直谏，史称诤臣。曾主持《隋书》《群书治要》编撰，《隋书》总序及《梁书》《陈书》《齐书》总论，皆出其手，时称良史。其诗多为郊庙乐章及奉和应制之作，唯《述怀》一篇，气势雄浑，骨力遒劲，在唐初诗中独放异彩。

王绩（589？—644），字无功，古绛州龙门县人。自号“东皋子”。性简傲，嗜酒，能饮五斗，作品《五斗先生传》《醉乡记》为古文名篇，其诗近而不浅，质而不俗，真率疏放，有旷怀高致，直追魏晋高风。律体滥觞于六朝，而成型于隋唐之际，尤功实为先声。

崔信明，生卒年不详，青州益都人。隋炀帝大业中为尧城令。窦建德招之，拒而去隐太行山。唐太宗贞观六年诏拜兴势丞。官终秦川令。

王梵志，约唐初数十年间在世，卫州黎阳（今河南浚县）人。家境初时颇殷富，幼时多读诗书，成年后家业败落，晚况颇萧条。曾有妻室儿女，中年后皈信佛教。享年可能达七、八十岁。其诗劝诫世人，多用村言俚语，唐时民间流传颇广。寒山、拾得、庞蕴等人所作诗偈，皆承其绪余而有所发展。王维、皎然、白居易等诗人亦曾受其影响。

长孙无忌（594—659），字辅机，河南洛阳人，唐初宰相，贞观名臣。隋朝右骁卫将军长孙晟之子，母亲高氏为汉族（北齐乐安王高劢之女），文德皇后同母兄。与唐太宗是布衣之交，后结为姻亲。参与策划玄武门事变，主持修订《唐律疏议》，反对高宗立武则天为皇后。659 年被诬陷，流放黔州，自缢而死。上元年间平反。

李世民（598—649），高祖李渊次子。隋末天下大乱，劝其父起兵太原，亲临戎阵，屡建奇功。武德初，封秦王，九年，即帝位，是为唐太宗。在位二十四年间，励精图治，知人善任，去奢轻赋，宽刑严武，海内升平，威及域外，史称“贞观之治”。理政之余，兼好艺文。先后开设文学馆、弘文馆，招延文学之士，讨论典籍，编纂类书，与之吟咏唱和。其诗述志抒怀，雄浑刚健，在唐诗发展中有开创之功。

马周（601—648），字宾王。清河茌平（今山东茌平县茌平镇）人，唐太宗时期宰相。多次向太宗谏言，为贞观年间的政治改良乃至“贞观之治”的形成和延续发挥了积极的作用。作品有《上太宗疏》《陈时政疏》《请劝赏疏》《谏公主昼婚疏》《请简择县令疏》《凌朝浮江旅思》等。

上官仪（608—665），字游韶，陕州陕县（今河南陕县）人。开创“绮错婉媚”诗风。662 年拜相，授为西台侍郎、同东西台三品。为唐高宗起草废后诏书，得罪武则天，被诬谋反处死。后上官婉儿受中宗宠信，追赠中书令、秦州都督，追封楚国公。

骆宾王（619—684后），字观光，汉族，婺州义乌（今浙江金华义乌）人，与王勃、杨炯、卢照邻合称“初唐四杰”。武则天光宅元年，为起兵扬州反武则天的徐敬业作《为徐敬业讨武曌檄》，敬业败，不知所终。

武则天（623—705），本名珝，称帝后改名曌（zhào），祖籍并州文水（今山西文水县东）人。十四岁入宫为唐太宗才人，赐号“武媚”。唐高宗时封昭仪，后为皇后，与高宗并称“二圣”。高宗驾崩后，作为唐中宗、唐睿宗的皇太后临朝称制。690年改唐为周，自立为帝，定都洛阳，建立武周。神龙元年唐中宗复辟，迫其退位。逝后以皇后身份入葬乾陵。

李福业，生卒年、籍贯均不详。高宗调露二年（680）登进士第。后为侍御史。因与五王谋诛张易之、张昌宗，流放番禺。后亡匿吉州参军敬元礼家，获刑。存诗一首。

东方虬，武则天时为左史。尝云百年后可与西门豹作对。陈子昂《寄东方左史修竹篇书》，称其《孤桐篇》骨气端翔，音韵顿挫，不图正始之音，复睹于兹。今失传。存诗四首。

卢照邻（634—673后），字升之，自号幽忧子，幽州范阳（治今河北省涿州）人，与王勃、杨炯、骆宾王以文词齐名，世称“王杨卢骆”，号为“初唐四杰”。

惠能（638—713），被尊为禅宗六祖，得五祖弘忍传授衣钵，继承东山法脉并建立南宗，弘扬“直指人心，见性成佛”。弘化于岭南，对边区以及海外文化，也具有一定的启迪和影响。

韦承庆（640—706），字延休。武后朝宰相韦思谦子。擢进士第，官太子司议郎。高宗永隆元年，太子李贤废，承庆亦出为乌程令。后累迁凤阁舍人，掌天官选。历沂、豫、虢三州刺史。长安中，拜凤阁侍郎，同凤阁鸾台平章事。神龙元年，以附张易之流岭表。岁余，以秘书员外少监召，迁黄门侍郎，未拜，卒。

李峤（645？—714？），字巨山，赵州赞皇（今河北赞皇）人，武后、中宗年间，三次被拜相，官至中书令，阶至特进，爵至赵国公。与苏味道并称“苏李”，又与苏味道、杜审言、崔融合称“文章四友”。

乔知之（？—697），同州冯翊（今陕西大荔）人。武后垂拱元年（685）曾随左豹韬卫将军北征同罗、仆固。万岁通天元年（696）随建安王武攸宜击契丹。与陈子昂友情甚笃，与王无竞、沈佺期、李峤等初唐诗人亦有唱酬。早年曾隐居，北征时年近半百，殆长陈子昂十余岁。有宠婢为武承嗣所夺，知之作《绿珠篇》以寄情。婢见之感愤自杀。承嗣大怒，遂下狱死。

杜审言（648？—708？），字必简，祖籍襄阳（今属湖北），迁居河南巩县，杜甫的祖父。高宗咸亨进士，曾任隰城尉、洛阳丞等小官，累官修文馆直学士，与李峤、崔融、苏味道并称“文章四友”，是唐代“近体诗”的奠基人之一，作品多朴素自然。

苏味道（648—705），赵州栾城人，武则天当政时官至同凤阁鸾台平章事，跻身相位。强权当政，为避免得罪各方，处事模棱两可，故有“苏模棱”之称。与杜审言、崔融、李峤并称为“文章四友”，与李峤并称“苏李”。宋代“三苏”为其后裔。

郭利贞，生卒年、籍贯均不详。中宗神龙中，为吏部员外郎，赋上元灯会诗，与苏味道、崔液之作并为绝唱。

王勃（650—676），字子安，汉族。古绛州龙门（今山西河津）人，与杨炯、卢照邻、骆宾王并称为“初唐四杰”，六岁能文。后因《斗鸡檄》被赶出沛王府。私杀官奴二次被贬。王勃探望其父，途经南昌滕王阁，即兴写出千古名篇《滕王阁赋》。自交趾探望父亲返回时，溺海惊悸而死。

刘允济（？—711？），字伯华，河南巩（今巩县）人。博学善诗文，与王勃齐名。

举进士，补下邽尉，累迁著作郎。武周天授中，为来俊臣所构下狱。后赦免，复为著作佐郎，兼修国史，迁凤阁舍人。与张易之亲近，左授青州长史。官终修文馆学士。

杨炯（650—693后），华州华阴（今陕西华阴市）人，与王勃、卢照邻、骆宾王并称“初唐四杰”。尝言“愧在卢前，耻居王后”。反对宫体诗风，主张“骨气”“刚健”的文风。在诗歌发展史上起到承前启后的作用。

刘希夷（651—？），字庭芝，汝州（今河南省汝州市）人。《旧唐书》本传谓：“时又有汝州人刘希夷，善为从军闺情之诗，词调哀苦，为时所重，志行不修，为奸人所杀。”今存诗中确以从军、闺情之作为多，《旧传》之评不为无据。《大唐新语》卷八又谓：“后孙翌撰《正声集》，以希夷为集中之最，由是稍为时人所称。”卒年不可考，观其《故园置酒》诗“酒熟人须饮，春还鬓已秋”等语，似其享年在中寿以上。

李贤（653—684），章怀太子，字明允，曾名德。高宗第六子，上元二年（675），立为皇太子，监国。留心政要，专精坟典，尝召集学者张大安等注范晔《后汉书》。武则天忌之，调露二年（680），废为庶人，幽于巴州。睿宗文明元年（684），则天临朝，逼令自杀，年三十二。后睿宗复即位，追赠皇太子，谥曰章怀。后世习称章怀太子。

崔融（653—706），字安成，齐州全节（今济南市章丘市）人。为文华美，当时无出其上者。凡朝廷大手笔，多由皇帝手敕，付其完成。其《洛出宝图颂》《则天哀册文》尤见功力。作《则天哀册文》时，苦思过甚，发病而卒。与李峤、杜审言、苏味道合称“文章四友”。

郭震（656—713），字元振，以字行，魏州贵乡（今河北省邯郸市大名县）人，唐朝名将、宰相。年少任侠乱法，进士出身，授通泉县尉，后因《宝剑篇》得武则天赏识，被任命为右武卫铠曹参军，又进献离间计，使得吐蕃发生内乱。担任凉州都督期间，加强边防，拓展疆域，大兴屯田，使凉州地区得以安定、发展。后辅助唐玄宗诛杀太平公主，兼任御史大夫，进封代国公。后因军容不整之罪，被流放新州，在赴任饶州司马途中，抑郁病逝。

沈佺期（656—715），字云卿，相州内黄人，上元进士，官至太子少詹事。诗与宋之问齐名，合称“沈宋”，于律体定型，其功尤伟，时称“苏（味道）李（峤）居前，沈宋比肩”，为王维前唐代七律创作成就最著者。其所作，虽多奉和应制，而每能心与境会，自铸秀句。

宋之问（656—713），字延清，宋令文子。善文辞，与沈佺期齐名，号“沈宋”。从武则天游龙门，赋诗冠诸臣。历转洺州参军、左奉宸内供奉，媚附张易之兄弟。中宗神龙时，贬泷州参军。景龙中，累迁考功员外郎、修文馆学士，及典举，引拔后进，多知名者。坐贪赃受贿，贬越州长史。睿宗立，流钦州，玄宗先天中赐死。工五律，律诗之格至沈、宋始备。

贺知章（659—744），字季真，越州永兴（今浙江杭州萧山区）人。玄宗开元十年（722），因张说荐，入丽正殿修书。十三年，迁礼部侍郎，后为太子宾客、秘书监。为人旷达不羁，不拘礼法。善谈笑，时人誉为“清淡风流”。晚年尤放诞，自号“四明狂客”，八十六岁告老还乡，旋逝。与张若虚、张旭、包融并称“吴中四士”。好酒，与李白、李适之等并称“饮中八仙”。

张若虚（660？—720？），扬州人。曾任兖州兵曹。中宗神龙中与贺知章、万齐融、邢巨、包融等诗人，以“文词俊秀”而显名长安。又与贺知章、包融、张旭友情甚笃，俱以诗作有名当时，号“吴中四士”。存诗二首，闻一多称赞《春江花月夜》孤篇横绝，千古绝唱。

陈子昂（661—702），字伯玉，梓州射洪（今四川省遂宁市射洪县）人，出身豪族，少任侠，成年后始发愤攻读。曾任右拾遗，后世称“陈拾遗”。论诗标举“风骨”“兴寄”，反对柔靡之风，为唐诗革新先驱。

上官婉儿（664—710），陕州陕县人。上官仪孙女。仪被杀，随母郑氏配入内庭，年十四，即为武则天掌诏命。中宗时立为昭容。与武三思等相结，颇擅权势。宫中每赐宴赋诗，辄命婉儿品评等第。临淄王李隆基起兵诛韦后，婉儿同时被杀。

诗多应制之作。

张说（667—731），字道济，一字说之，河南洛阳人，历任太子校书、左补阙、右史、内供奉、凤阁舍人，拜相后，因不肯党附太平公主，被贬为尚书左丞，后拜中书令，封燕国公。三次为相，执掌文坛三十年，为开元前期一代文宗，与许国公苏颋并称“燕许大手笔”。

王湾（？—750），河南洛阳人。先天元年（712）登进士第。开元初，官荥阳主簿。玄宗命马怀素等校正群书，王湾亦预其事。十一年，湾与殷践猷等重修成《群书四部录》二百卷。后官洛阳尉。湾词翰早著，为天下所称。《次北固山下》“海日生残夜，江春入旧年”之句，张说题于政事堂，令为楷式。《全唐诗》存诗十首。

苏颋（670—727），字廷硕，京兆武功（今陕西武功）人，尚书左仆射苏瑰之子。历任乌程尉、左司御率府胄曹参军、监察御史、给事中、中书舍人、太常少卿、工部侍郎、中书侍郎，袭爵许国公，后与宋璟一同拜相，担任紫微侍郎、同平章事。与燕国公张说齐名，并称“燕许大手笔”。

张旭（675—750？），字伯高，今江苏苏州人。曾官常熟县尉、金吾长史。善草书，性好酒，世称张颠，也是“饮中八仙”之一。其草书当时与李白诗歌、裴旻剑舞并称“三绝”，诗亦别具一格，以七绝见长。

张九龄（678—740），字子寿，韶州（今韶关市）人，唐中宗景龙初年进士。玄宗时历官中书侍郎、同中书门下平章事、中书令，唐代有名的贤相。

王翰（687？—735后），字子羽。晋阳（今山西太原）人。任过仙州别驾，后贬道州司马。任侠使酒，恃才不羁。诗多古体，苍凉奔放。

王之涣（688—742），字季陵，祖籍晋阳，其高祖迁今山西绛县。豪放不羁，常击剑悲歌，其诗多被当时乐工制曲歌唱，名动一时，常与高适、王昌龄等相唱和，以善于描写边塞风光著称。

孟浩然（689—740），襄阳人。隐鹿门山，四十游京师，诸名士间尝集秘省联句，浩然曰："微云淡河汉，疏雨滴梧桐。"众钦服。张九龄、王维极称道之。盛唐主要的山水田园诗人，与王维合称"王孟"。

李颀（690—751），少年时曾寓居河南登封。开元二十三年进士，做过新乡县尉，诗以写边塞题材为主，风格豪放，慷慨悲凉，七言歌行尤具特色。

万楚，生卒年、籍贯均不详。曾居盱眙（今属江苏）。玄宗开元中进士及第，久不得用。后退居颍水之滨。与李颀友善。清沈德潜谓其《骢马》诗"几可追步老杜"。

王昌龄（690—756），字少伯，太原人。开元十五年进士，授汜水尉。又中宏辞，迁校书郎。后贬龙标尉，时称"诗家夫子王江宁"，盖尝为江宁令。与文士王之涣、辛渐交友至深。安史之乱时，在还江宁途中被亳州刺史闾丘晓杀害。诗以写宫怨、边塞、送别为佳，尤长于七绝，有"七绝圣手"之称。

綦毋潜（692—749？），字孝通，今湖北江陵人，一说江西南康人。开元十四年（726）进士，由宜寿尉入为集贤院待制，迁右拾遗，终著作郎。与李端同时。与李颀、王维、张九龄、储光羲、孟浩然、卢象、高适、韦应物过从甚密，诗风接近王维。诗多写山林隐逸生活和方外之情，清秀俊丽。安史之乱后归隐，游江淮一代，后不知所终。

寒山，生卒年不详，字、号均不详，长安（今陕西西安）人。出身官宦人家，多次投考不第，后出家，三十岁后隐居于浙东天台山，享年百余岁。严振非《寒山子身世考》中更以《北史》《隋书》等大量史料与寒山诗相印证，指出寒山乃隋皇室后裔杨瓒之子杨温，因遭皇室内的妒忌与排挤及佛教思想影响而遁入空门，隐于天台山寒岩。

刘眘虚，生卒年不详。姿容秀拔。九岁属文，上书，召见，拜童子郎。开元二十一年进士，调洛阳尉，迁夏县令。性高古，脱略势利，啸傲风尘。交游多山僧道侣。后隐居庐山，早逝。和王昌龄、孟浩然交谊甚深，其诗题材、体制及意境也与孟近似，清微淡远之中，有幽深拗峭之趣，又自辟蹊径。《阙题》"道由白云尽”最能代表这种风格。

李适之（694—747），原名昌，祖籍陇西成纪，唐朝宗室、宰相，唐太宗李世民曾孙，恒山王李承乾之孙。天宝元年拜相，担任左相，封清和县公。与李林甫争权，但不敌落败，罢为太子少保，后贬宜春太守。天宝六年（747），闻韦坚被杀，畏惧自尽。

孙逖（696—761），潞州涉县（今河北涉县）人。自幼能文，才思敏捷。张说见其进士策，拍案心醉，命儿子张均、张垍拜访求教，玄宗皇帝也召见奖掖。与颜真卿、李华、萧颖士同时，称海内名士。曾任刑部侍郎、太子左庶子、少詹事等职。

陶岘，生卒年不详。开元中居昆山。陶渊明后裔。浪迹江湖三十年，自号麋鹿野人，常慕谢灵运之为人，言终当乐死山水。制三舟，一舟自载，一置宾客，一贮饮食，与客孟彦深、孟云卿、焦遂共游。吴越之士号为“水仙”。

徐安贞(698—784)，初名楚璧，字子珍，信安龙丘(今浙江龙游)人。唐朝进士，检校工部尚书、中书侍郎（中书令缺，同宰相职）。尤善五言诗。卒后葬于平江县三墩乡徐家坊，墓今犹存。

殷遥，生卒年不详，约开元二十三年（735）前后在世。丹阳郡句容人（今江苏句容人）。天宝间，仕为忠王府仓曹参军。与王维结交，同慕禅寂。家贫，死不能葬，一女才十岁，仅知哀号。怜之者赗赠埋骨石楼山中。工诗，词彩不群，而多警句，杜甫尝称许之。有诗集传于世。

丁仙芝，生卒年不详，字元祯，曲阿（今江苏丹阳市）人，初，举进士不第，与储光羲同为太学诸生。开元十三年登进士第，仕途颇波折，至十八年仍未授官，后亦仕至主簿、余杭县尉等职。殷璠集仙芝及包融、储光羲等润州籍诗人十八人诗，编为《丹阳集》，已佚。诗仅存十四首。

郑锡，生卒年不详。代宗宝应二年（763）登进士第。宝历间，为礼部员外。

诗风朴实，擅长五律，《全唐诗》存诗十首。曾与诗人李端、李嘉祐、司空曙等交往唱酬。有传世名句“河清海晏，时和岁丰”，出自其《日中有王子赋》。

开元宫人，活动于开元年间，姓名不详，曾于制军袍时题诗于袍中，为士兵得之。主帅奏于朝廷，玄宗怜之，嫁之与得袍士兵。

张敬忠，生卒年不详。京兆人。中宗时任监察御史。神龙三年（707），入朔方军总管张仁愿幕，分判军事。约睿宗时，为司勋郎中，迁兵部侍郎。玄宗开元七年（719），拜平卢节度使。后历任河西节度使、益州大都督府长史、剑南节度使、河南尹、太常卿等职。《全唐诗》存其诗二首。

西鄙人，唐朝西北边地之人，特指《哥舒歌》的作者。生平姓名不详，开元天宝年间在世。

祖咏（699—746？），洛阳人，开元十二年进士。曾因张说推荐，任过短时期的驾部员外郎。后迁居汝水以北，以渔樵自终。与王维、王翰、卢象、储光羲、王翰、丘为等友善。作诗最重经营意境，名篇《终南望余雪》仅二韵即意尽而止。

丘为（702—797），苏州嘉兴（今属浙江）人，天宝年间进士，历官太子右庶子，与王维、刘长卿等友善，活到95岁，相传是唐代享寿最高的一位诗人。

沈如筠，约生活于武后至玄宗开元时，润州句容（今属江苏）人。善诗能文，又著有志怪小说。曾任横阳主簿。与孙处玄等十八人相唱和，其诗汇编成《丹阳集》。有《正声集》，诗三百首，已佚。与著名道士司马承祯友善，有《寄天台司马道士》诗。

孙处玄，生卒年不详。江宁（今江苏南京）人，一说润州（今江苏镇江）人。武则天长安中征为左拾遗。善属文，尝恨天下无书以广新闻。中宗神龙初，桓彦范等用事，处玄论时事不合，乃去官归里。玄宗开元初，荐不起。后以病卒。

武平一，并州文水人，名甄，以字行。武则天族孙，颍川郡王武载德子。通《春秋》，工文辞。武后时畏祸隐嵩山，屡诏不应。中宗时为起居舍人，兼修文馆直学士。时韦后乱政，外戚炽盛，平一自请裁抑母党，帝慰勉不许。迁考功员外郎。玄宗立，贬苏州参军，徙金坛令。开元末卒。

崔国辅，生卒年不详，吴郡（今苏州）人，一说山阴（今浙江绍兴）人。开元十四年（726）登进士第，历官山阴尉、许昌令、集贤院直学士、礼部员外郎等职。天宝十一载（752），因受王鉷案牵连被贬为竟陵司马。与陆鸿渐交往，品茶评水，传为佳话。以五绝著称，深得南朝乐府民歌遗意。

朱斌，无名处士，只留下了一首《登鹳雀楼》诗："白日依山尽，黄河入海流。欲穷千里目，更上一层楼。"被国子进士芮挺章收入《国秀集》。

王维（701—761），字摩诘，原籍祁（今山西祁县），其父迁居于蒲州（今山西永济西），遂为河东人。开元进士。任过大乐丞、右拾遗等官，安禄山叛乱时，曾被迫出任伪职。其诗、画成就很高，苏东坡赞他"诗中有画，画中有诗"，以山水诗成就为最，与孟浩然合称"王孟"，晚年无心仕途，专诚奉佛，后世称其为"诗佛"。

李白（701—762），字太白，号青莲居士。祖籍陇西成纪。十岁通诗书，被称为"天才英特"。喜纵横术，击剑任侠，轻财重施。青年时离蜀漫游，天宝元年（742）奉诏入京，贺知章誉为"谪仙人"，供奉翰林，因称"李翰林"。因得罪权贵，三载（744）赐金还山。天宝三载在洛阳结识杜甫，二人并称"李杜"。安史之乱时为永王李璘府僚。永王兵败，坐流夜郎，中途遇赦东还，依族人当涂令李阳冰，不久病卒。其诗想象丰富，构思奇特，气势雄浑瑰丽，风格豪迈潇洒，是盛唐浪漫主义诗歌的代表人物。

高适（702？—765），字达夫。少潦倒落拓，四十岁后举有道科中第，授封丘县尉，不久即辞去，后来在河西节度使哥舒翰幕中掌书记，接触了大漠神奇风光和戍边士卒的艰苦生活。其诗直抒胸臆，不尚雕饰，以七言歌行最富特色，大多写边塞生活，与岑参齐名，并称"高岑"。

崔颢（704？—754），汴州（今河南开封）人。《旧唐书·文苑传》云："开元、天宝间，文士知名者，汴州崔颢，京兆王昌龄、高适，襄阳孟浩然。”诗名颇大。其《黄鹤楼》诗，严羽誉为唐人七言律诗第一，传说曾使李白折服。开元十一年进士，官司勋员外郎。早期诗流于浮艳，后历边塞，诗风变为雄浑。《旧唐书》本传称其“有俊才，无士行，好蒱搏饮酒。及游京师，娶妻择有貌者，稍不惬意，即去之，前后数四”。

孟云卿（705—781），字升之，山东平昌（今山东商河西北）人。天宝年间赴长安应试未第，三十岁后始举进士。肃宗时为校书郎。其诗以朴实无华语言反映社会现实，为杜甫、元结所推重。与杜甫友谊笃厚。

储光羲（706—763），润州延陵人，祖籍兖州。田园山水诗派代表诗人之一。开元十四年（726）举进士，授冯翊县尉，转汜水、安宣、下邽等地县尉。因仕途失意，遂隐居终南山。后复出任太祝，世称储太祝，官至监察御史。安史之乱中，叛军攻陷长安，被俘，迫受伪职。乱平，自归朝廷请罪，被系下狱，有《狱中贻姚张薛李郑柳诸公》诗，后贬谪岭南。江南储氏多为光羲公后裔，尊称为“江南储氏之祖”。

常建（708—765），籍贯不详，开元十五年（727）与王昌龄同榜进士，只做过盱眙尉。诗以写山水田园为主，选语精妙，境界超远。

张潮，生卒年不详。江苏丹阳人，诗委曲怨切，颇多悲凉。《全唐诗》存诗五首。《唐诗纪事》《全唐诗》说他是大历（766—779）中处士。《闻一多全集·唐诗大系》将他排列在张巡前，常建后。

崔曙（？—739），一作署，宋州宋城县（今河南商丘）人，自幼失去双亲，备尝人世艰苦。开元二十六年（738）获得进士第一名，又在殿试中作《奉试明堂火珠》诗。玄宗大为赞赏，取为状元，官授河内县县尉。第二年病故，死后留下一女，名“星星”，世人皆以为“曙后一星孤”是谶语。

颜真卿（709—785），字清臣，小名羡门子，别号应方，京兆万年人，祖籍琅玡临沂。秘书监颜师古五世从孙、司徒颜杲卿从弟。因得罪权臣杨国忠，被贬为平原太守，世称“颜平原”。书法精妙，擅长行、楷。初学褚遂良，后师从张旭，得其笔法。其正楷端庄雄伟，行书气势遒劲，创“颜体”楷书，对后世影响很大。与赵孟頫、柳公权、欧阳询并称为“楷书四大家”。又与柳公权并称“颜柳”，被称为“颜筋柳骨”。

刘长卿（709—790），字文房，河间（今属河北）人。曾任长洲县尉，因事下狱两遭贬谪，移睦州司马，官终随州刺史，世称刘随州。尝谓“今人称前有沈、宋、王、杜，后有钱、郎、刘、李。李嘉祐、郎士元何得与余并驱”，每题诗不言姓，但书“长卿”，以天下无不知其名者云。年辈与杜甫相若，与钱起并称“钱刘”。长于五言，自称“五言长城”。时人许之。诗中多身世之叹，于国计民瘼，亦时有涉及。其诗词旨朗隽，情韵相生。

张继，生卒年不详，字懿孙，汉族，襄州人。与刘长卿为同时代人。与皇甫冉有髫年之故。大历中，以检校祠部员外郎为洪州（今江西南昌市）盐铁判官。其诗爽朗激越，不事雕琢，比兴幽深，事理双切，对后世颇有影响。

李康成，生卒年、籍贯均不详，与刘长卿为友。自睦州赴江东时，长卿为诗送之。编选《玉台后集》十卷，以续南朝梁徐陵《玉台新咏》，收录梁陈至玄宗天宝间209人诗作670首，载己诗8首，已佚。《全唐诗》存诗4首，残句二。

缪氏子，开元时人，7岁以神童召试，作《赋新月》，获玄宗赞赏。

常理，玄宗天宝以前人。生平不详。其诗曾收入李康成《玉台后集》。事迹据《初唐诗纪》卷五九。《全唐诗》存诗2首。

张巡（709—757），河南南阳人，一说蒲州（今山西永济西）人。开元二十四年（736）进士及第。天宝中，由太子通事舍人出为清河令，有治绩，秩满调真源（今河南鹿邑）令。安禄山反，巡与许远合力守睢阳（今河南商丘）。肃宗至德二载（757），因功授金吾将军、主客郎中、河南节度副使，又拜御史中丞，世称“张中丞”。睢阳城破，被执遇害，赠扬州大都督。

钱起（710？—？），字仲文，汉族，吴兴（今浙江湖州市）人。天宝十年（751）进士，外甥为怀素，曾孙为钱珝。初为秘书省校书郎、蓝田县尉，任司勋员外郎、司封郎中。终考功郎中，世称钱考功。大历十才子之首。与郎士元齐名，并称“钱郎”，时称“前有沈宋，后有钱郎”。

张谓（？—778？），字正言，河内（今河南沁阳）人。排行十四。玄宗天宝二载（743）进士及第。约十三、四载，入安西节度副大使封常清幕，参与谋划有功。肃宗乾元元年（758）为尚书郎，出使夏口，与故友李白相遇。代宗永泰初，在淮南田神功幕中任军职。大历二、三年任潭州刺史，与诗人元结有交往，后入朝为太子左庶子，六年（771）冬，任礼部侍郎，典七、八、九年贡举，时人称其能“妙选彦才”。工诗，“格度严密，语致精深，多击节之音”。

杜甫（712—770），排行二，字子美，河南巩县人，祖籍襄阳，自称“杜陵布衣”，又称“少陵野老”，世称“杜少陵”。杜审言之孙。初举进士不第，遂事漫游。后居困长安近十年，以献《三大礼赋》，待制集贤院。安禄山乱起，甫走凤翔上谒肃宗，拜左拾遗。世称“杜拾遗”。从还京师，寻出为华州司功参军。弃官客秦州、同谷，移家成都，营草堂于浣花溪，世称浣花草堂。后依节度使严武，武表为检校工部员外郎，故世称“杜工部”。代宗大历中，携家出蜀，客居耒阳，一夕病卒于湘江舟中。与李白并称“李杜”。后人称其为“诗圣”，称其诗为“诗史”。

李华（715—766），字遐叔，赵郡赞皇（今河北赞皇县）人，官监察御使、右补阙。安禄山陷长安时，被迫任凤阁舍人。安史之乱平定后，贬为杭州司户参军。与萧颖士齐名，世称“萧李”。与萧颖士、颜真卿等共倡古义，开韩、柳古文运动之先河。其文《吊古战场文》为古文名篇。

元结（715—772），字次山，自号漫叟、聱叟。鲁山（今属河南）人。中唐古文运动与新乐府运动之先导者。先世本鲜卑拓拔氏，北魏孝文帝时改姓元，自称“元子”。十七岁始从学于兄元德秀。天宝十二载（753）登进士第。安史乱起，举家南奔，避难于猗玗洞（今湖北大冶）。乾元二年（759），苏源明荐为右金吾兵曹参军、山南东道节度参谋，抗击史思明。迁水部员外郎、荆南节度判官。代宗初，召为著作郎，后出守道州，招抚流亡，颇有政声。反对当世“拘限声病，喜尚形似”

之风，编录沈千运等七人诗二十四首为《箧中集》，今存。所著《元子》《文编》等已散佚。

苏涣，生卒年不详，约766年前后在世，少为盗，善用白弩，巴蜀商人苦之，称之“白跖”。后自知非，折节读书。广德二年（764）为进士，累迁侍御史。湖南崔瓘辟为从事。瓘遇害，走交、广，扇动哥舒晃跋扈，如蛟龙见血，不久兵败伏诛。其诗质朴刚劲，不尚藻绘，充满愤世嫉恶之情。尝为《变律》诗十九首，上广州节度使李勉，勉厚待之。杜甫有与赠答之诗，赞其诗“殷殷留金石声”，称其“才力素壮，辞句动人”，今存诗四首。

裴迪（716—？），排行十，关中（今属陕西）人。官蜀州刺史及尚书省郎。天宝年间，与王维同隐辋川（今陕西蓝田县南）。日与王维、崔兴宗游览赋诗，琴酒自乐。与王维倡和之诗收于《辋川集》中。天宝末入蜀，与杜甫友善。

皇甫冉（717？—770？），字茂政，润州丹阳人，祖籍甘肃泾州，十岁能属文，张九龄一见，叹以清才。天宝十五年（756）登进士第。历官无锡尉、左金吾兵曹、左拾遗、右补阙等职。与刘长卿、严维、刘方平相善，有唱酬。

皇甫曾（？—785），字孝常，润州丹阳人，皇甫冉之弟。天工诗，出王维之门，曾在湖州与颜真卿、皎然等人唱和。与兄名望相亚，高仲武称其诗“体制清洁，华不胜文”（《中兴间气集》卷下），时人以比张载、张协、景阳、孟阳。历官侍御史。后坐事贬舒州司马，移阳翟令。

郭郧，生卒年不详。代宗大历间江南诗人，与李纾、皇甫冉过从唱酬。事迹散见李绅《建元寺》诗序、《唐诗纪事》卷三一。其《寒食寄李补阙》诗大历中传为绝唱。《全唐诗》存诗一首。

于良史，生卒年、籍贯皆不详，天宝十五年（756）前后在世。约天宝末入仕，肃宗至德年间曾任侍御史。德宗贞元年间，徐州节度使张建封辟为从事。诗甚清雅，今仅存七首，皆佳作，有名句“掬水月在手，弄花香满衣”。

刘蕃，生卒年不详。天宝六载(747)登进士第。代宗广德元年至大历五年(763—770)间在浙东节度幕，与鲍防、严维等数十人联唱，结集为《大历年浙东联唱集》。

严维，生卒年不详，约756年前后在世。字正文，越州(今绍兴)人。初隐居桐庐，与刘长卿友善。肃宗至德二年（757），以“词藻宏丽”进士及第。心恋家山，无意仕进，以家贫至老，不能远离，授诸暨尉。时已四十余。终右补阙。与钱起、崔峒、皇甫冉、丘为、岑参、韩翃、李端有交往。《酬刘员外见寄》中“柳塘春水漫，花坞夕阳迟”向称名句。

李冶（？—784），字季兰（《太平广记》中作“秀兰”），乌程（今浙江吴兴）人，六岁时作《蔷薇诗》“经时未架却，心绪乱纵横”。其父见曰：“此女聪黠非常，恐为失行妇人。”后为女道士，美姿容，神情萧散。专心翰墨，善弹琴，尤工格律。时往来剡中，与山人陆羽、上人皎然意甚相得。晚年被召入宫中，因曾上诗叛将朱泚，被唐德宗下令乱棒扑杀。与薛涛、鱼玄机、刘采春并称“唐代四大女诗人”。

岑参（717—770），湖北荆州人，郡望南阳（今属河南）。生于没落世家，天宝三年（744）进士，曾两次出塞，来往于安西（今新疆库车）、北庭（今新疆吉木萨尔）间，任节度府掌书记、节度判官。肃宗时历任右补阙、起居舍人、虢州长史等职。后任嘉州（今四川乐山）刺史，世称“岑嘉州”。其诗雄奇豪纵，尤善写边地风貌与戎马生涯，颇具奇情壮采，元辛文房称“诗格尤高，唐兴罕见此作”。与高适并称“高岑”。

贾至（718—772），字幼隣，洛阳人，贾曾之子。安禄山乱，从唐玄宗幸蜀，知制诰，帝传位肃宗，遣为传位册文，迁中书舍人。乾元二年（759），唐军伐安史乱军，败于相州，贾至弃城走，贬岳州司马。代宗即位，复中书舍人，迁尚书左丞。大历初，迁兵部侍郎，迁京兆尹，终右散骑常侍。曾与李白、杜甫、王维等人唱和。

杨玉环（719—756），号太真，父杨玄琰为蜀州司户。姿质丰艳，善歌舞，通音律。先为寿王妃，后被玄宗封为贵妃。安禄山发动叛乱，随玄宗流亡蜀中，死于马嵬驿。

冷朝阳，江宁（今南京）人。代宗大历四年（769）登进士第，不待授官，即归江宁省亲，当时钱起、李嘉祐、韩翃、李端等大会饯行，赋诗送别，为一时盛事。官至监察御史。工于五律，以写景见长。

冷朝光，玄宗天宝前在世。《金陵诗征》卷二以为或系冷朝阳之兄弟，可备一说。

韩翃，生卒年不详。字君平，南阳人，天宝十三载（754）登进士第。代宗初，入侯希逸淄青幕为从事。希逸被逐，闲居十年。及李勉在宣武，复辟之。德宗时，制诰阙人，终中书舍人。大历十才子之一。其爱姬柳氏乱离中曾被番奖沙吒利所夺，因作《章台柳》词赠姬，姬和《杨柳枝》，附韩诗集中。

秦系（720？—800？），字公绪，越州会稽（今浙江绍兴）人。天宝末举进士不第，避乱剡溪，自称东海钓客。大历五年（770），薛嵩辟为右卫率府仓曹参军，辞不就。大历末，因与妻谢氏离异获谤，迁居泉州南安，结庐九日山，穴石为砚，注《老子》，弥年不出。刺史薛播往见之，岁时致牛酒。建中末，返会稽。贞元年间，徐州节度使张建封荐，就加校书郎。晚年隐居茅山，年八十余。与刘长卿、韦应物、戴叔伦、皎然等友善，唱和甚多。

皎然（720—796后），字清昼，湖州（今浙江吴兴）人。俗姓谢，自称谢灵运十世孙，实为谢安十二世孙。天宝三载（744）前后出家于润州江宁县长干寺，七载登戒于常州福业寺。天宝后期曾漫游各地名山，安史之乱后定居湖州。与颜真卿、刘长卿、李季兰、陆羽、朱巨川、灵澈、皇甫曾、刘禹锡、孟郊、陆长源、韦应物等人唱酬。一时名公，俱相友善，题云“昼上人”是也。

司空曙（720？—790？），字文明，一作文初，广平（属今河北）人。卢纶表兄。曾举进士，为剑南节度使幕府，官水部郎中，大历十才子之一，诗多写自然景色和乡情旅思，长于五律。与卢纶、独孤及、钱起等有唱和。

王韫秀（724？—777），祖籍祁县，后移居华州郑县（今陕西华县）。河西节度使王忠嗣女，元载妻。劝元载游学，载至京师陈时务，深符帝旨，为肃宗、代宗两朝宰相，贵盛无比。后载以贪吝被诛，令韫秀入宫，叹曰：“二十年太原节度使女，十六年宰相妻，死亦幸矣！”坚不从命，笞毙。

独孤及（725—777），字至之，洛阳人。天宝中，客游梁、宋，与高适、贾至、陈兼为友。天宝十三载（754）应道举，对策高第，授华阴尉。安史乱起，南奔。代宗征为左拾遗，历太常博士、礼吏部员外郎。大历中，出为濠、舒二州刺史，治绩加检校司封郎中，赐金紫。九年，徙常州刺史，卒。与李华、萧颖士齐名，提倡古文，奖掖后进，梁肃、朱巨川、崔元翰等皆出其门，天下谓之文伯。有《毘陵集》二十卷，今存。《全唐诗》编诗二卷。

卢僎（？—773？），字守成，范阳涿县人，吏部尚书卢从愿之从父。开元六年（718），自闻喜尉入为集贤殿学士，出为襄阳令。开元末年，历任祠部、司勋员外郎，终吏部员外郎。工诗，今存十四首。

梁锽，生卒年不详，玄宗天宝中人。排行七，豪放倜傥，半生落魄，年四十尚未入仕。天宝初，曾官执戟。又曾从军掌书记，因与主帅不相得，拂衣归。与李颀、岑参、钱起友善。唐玄宗退居西内时，常吟其《咏木老人》诗以遣愁。

金昌绪，生卒年不详，约于玄宗时在世，余杭（今属浙江）人。今仅存诗《春怨》一首，广为流传。

刘方平，生卒年不详，约758年前后在世，今河南洛阳人。匈奴族裔，开国元勋邢国公刘政会之后。美容仪，才品茂异。善丹青，以山水树石知名。天宝前期曾应进士试，又欲从军，均未如意，从此隐居颍水、汝河之滨，终生未仕。与皇甫冉、元德秀、李颀、严武友善，为萧颖士赏识。工诗，善画山水。其诗多咏物写景，尤擅绝句。

朱放（？—787？），字长通，襄阳人。风度清越，神情萧散。初居汉水滨，后以避岁馑迁隐剡溪、镜湖间。与刘长卿、皇甫冉、皇甫曾、顾况、李冶及灵一、皎然等友善。顾况称其“能以烟霞风景，补缀藻绣，符于自然”。大历中，辟为江西节度参谋。贞元二年（786）诏举“韬晦奇才”，拜左拾遗，不就。后卒于广陵之舟中。

严武（726—765），字季鹰，华州华阴（今陕西华阴）人。中书侍郎严挺之之子。以荫调太原府参军，累迁殿中侍御史。肃宗至德中，拜京兆少尹。后迁成都尹、剑南节度使。广德二年（764），破吐蕃七万众，加检校吏部尚书，封郑国公。在蜀累年，肆志逞欲，恣行猛政，威震一方，吐蕃不敢犯境。与杜甫交谊颇厚，甫流寓成都，得其照拂。与岑参、羊士谔等人友善。

郎士元（727—780），字君胄，中山（今河北定县）人。天宝十五载（756）登进士第。安史之乱中，避难江南。宝应元年（762）补渭南尉，历任拾遗、补阙、校书等职，官至郢州刺史。与钱起齐名，世称“钱郎”，时有“前有沈宋，后有钱郎”之说。

崔峒（？—790？），今保定定州市人。登进士第，大历中曾任拾遗、补阙等职。大历十才子之一，与韦应物、戴叔伦、严维、皇甫冉、司空曙等酬唱。词彩炳然，意思方雅，时人称其句为“披沙拣金，往往见宝”。

顾况（727？—820？），字逋翁。苏州海盐（今属浙江）人。与元结同时而略晚，与李泌、柳浑友善，官至著作郎，因作《海鸥咏》嘲诮权贵，被贬为饶州司户参军。后携家隐居润州延陵茅山，号华阳山人，卒年九十余。视诗歌为“理乱之所经，王化之所兴”，反对徒求文采之丽。所作《上古之什补亡训传十三章》，开白居易新乐府“首句标其目”的先声。

李嘉佑（728—781？），字从一。赵州（今河北赵县）人。工诗，婉丽有齐、梁风，人拟为吴均、何逊之敌。与严维、刘长卿、冷朝阳诸人友善。天宝七年（748）擢进士第，授秘书正字。以罪谪南荒。未几，有诏量移为鄱阳宰，调江阴令，台州刺史，卒于任上。

戴叔伦（732—789），字幼公，金坛（今属江苏）人，年轻时师事萧颖士，曾任抚州刺史、容管经略使。晚年上表自请为道士。与处士张众甫、朱放素厚。司空图记戴叔伦语云：“诗人之词，如蓝田日暖，良玉生烟。”

陈羽（733？—？），江苏苏州人。早年曾在镜湖、若耶溪漫游，与诗僧灵一唱和。贞元八年（792）二人登进士第，与韩愈、王涯等共为龙虎榜。后仕历东宫卫佐。

与韩愈、戴叔伦、杨衡等交往唱酬。辛文房评其诗云："写难状之景，了了目前；含不尽之意，皎皎言外。"

韦应物（737—795后数年），京兆长安（今陕西西安）人，天宝末年曾在宫廷担任过玄宗的侍卫官，早年为人任侠，狂放不羁，后来发奋读书考中进士。因做过苏州刺史，世称"韦苏州"。诗风恬淡高远，以善于写景和描写隐逸生活著称。

张南史，生卒年不详，字季直，幽州人。善弈棋。安史乱起，避难居婺州，后寓居杨子。曾再被征召，因病，未赴任，卒，窦常、李端有诗悼之。与刘长卿、钱起、皇甫冉、耿炜、灵一、朱放等交往唱酬，与李纾尤善。

李端（737—784），字正已，赵州（今河北赵县）人，李嘉佑从侄。少居庐山，师事诗僧皎然。大历五年（770）进士。曾任秘书省校书郎、杭州司马。大历十才子之一。其诗多为应酬之作，多表现消极避世思想，个别作品对社会现实亦有所反映，一些写闺情的诗也清婉可诵，其风格与司空曙相似。

窦叔向（？—779？），字遗直，排行十九，京兆金城（今陕西兴平）人，郡望扶风平陵（今陕西咸阳西北）。代宗大历初登进士第，历官国子博士、转运判官、江阴令。十二年（777）征为左拾遗，后贬溧水令，未几卒。五子常、牟、群、庠、巩亦皆有诗名。

朱湾，约766年前后在世，字巨川，号沧洲子，西蜀人。大历年间进士。逍遥云山琴酒之间，放浪形骸绳检之外。郡国交征，不应。工诗，格体幽远，兴用弘深，写意因词，穷理尽性，尤精咏物，必含比兴。李勉镇永平，嘉其风操，厚币邀至，署为府中从事。日相谈宴，分逾骨肉。久之，尝谒湖州崔使君，不得志，以书作别，尽吐牢骚。遂归会稽山阴别业。

吉中孚（740？—798？），鄱阳人，初为道士，后还俗。至长安，谒宰相元载，拜为校书郎。贞元初，知制诰，与陆贽、韦执谊、吴通元等同视草，官至中书舍人。大历十才子之一。工诗歌，与卢纶、李端、钱起和司空曙友善。妻张氏，亦工诗。

吉中孚妻张氏，生卒不详，工于诗，尤善歌行，诗名甚著。《诗薮外编》称她“可参张籍、王建间”，《唐音癸签》赞誉其诗为“尤彤管之铮铮者”。《全唐诗补编》存其诗一首。

刘言史（742—812），赵州邯郸人。喜收藏书籍，藏书万余卷。王武俊任成德军节度使时，颇好文学，为之请官，诏授枣强令，世称“刘枣强”。但他并未就任。与孟郊友善，与李翱亦有交往。和李贺同时，诗歌风格亦近似。

戎昱（744—800），荆州（今湖北江陵）人，郡望扶风（今属陕西）。少年举进士落第，游名都山川，后中进士。晚年在湖南零陵任职，流寓桂州而终。

灵澈（746—816），本姓杨氏，字源澄，越州会稽（今绍兴）人。幼年出家，住越州云门寺。初从严维学诗，后抵吴兴，与皎然常相唱和。784 年皎然致书文坛盟主包佶、李纾，盛称其诗。灵澈旋入长安，名振辇下。贞元末因僧徒所疾，被诬获罪，徙居汀州。宪宗元和初遇赦归越。住庐山东林寺，东归湖州，终于宣州开元寺。与刘长卿、权德舆、柳宗元、皇甫曾、刘禹锡、吕温等交往甚密，享誉诗坛。

卢殷（746—810），范阳（今河北涿州）人。官至登封尉，以病去官，贫病而卒。将死作诗与韩愈，请具棺为葬。孟郊称其“吟哦无滓韵，言语多古肠”（《吊卢殷》）。有诗千余首，多佚。

卢纶（748—799），字允言，范阳人，天宝末至代宗大历初，屡举进士不第。安史乱起，避地江西鄱阳，与吉中孚为友。经宰相王缙、元载举荐，授阌乡尉，迁集贤院学士、秘书省校书郎，后出为陕府户曹参军、河南密县令。朱泚叛乱平，随浑瑊镇河中，官至检校户部郎中。大历十才子之一。

柳中庸（？—775？），名淡，字中庸，蒲州虞乡（今山西永济）人，柳宗元族人。大历年间进士，曾官鸿府户曹，未就。萧颖士以女妻之。与弟中行并有文名。与卢纶、李端、陆羽、皎然等交厚。

李益（748—829），字君虞，祖籍凉州姑臧（今甘肃武威市凉州区），后迁河南郑州。大历四年（769）登进士第。元和中历秘书少监、集贤学士、散骑常侍等。文宗太和元年，以礼部尚书致仕。诗名早著，与李贺齐名，乐工争求之。有同姓名者，为太子庶子，皆在朝，人恐莫辨，谓君虞为“文章李益”，庶子为“门户李益”云。

孟郊（751—814），字东野，湖州武康（今浙江德清县）人，少隐居嵩山。曾参加僧皎然组织之“诗会”。韩愈一见为忘形交，与唱和于诗酒间。贞元十二年（796）举进士，时年五十矣。授溧阳尉。因终日吟诗，多废吏事，令白府，以假尉代之，分其半俸，竟辞官归。拙于生事，一贫彻骨。与贾岛齐名，有“郊寒岛瘦”之说。与张籍、李翱、卢仝等友善。韩愈称之为“刃迎缕解，钩章棘句，掐擢胃肾。神施鬼设，间见层出”“横空盘硬语，妥贴力排奡”。

杨巨源（755—832？），字景山，河中（今山西永济）人。贞元五年（789）登进士第，授校书郎。自秘书郎迁太常博士，再迁虞部员外郎。出为凤翔少尹，复召为国子司业。长庆四年（824），年七十致仕返乡，执政奏以为河中少尹，不绝其禄。一生吟咏不辍，年老头摇，人言吟咏所致。以诗闻于元和、长庆间，为韩愈、张籍、元稹、白居易等知重，与令狐楚、李逢吉、刘禹锡等人交善。

武元衡（758—815），字伯苍。缑氏（今河南偃师东南）人。武则天曾侄孙。建中四年（783）登进士第。历监察御史、华原县令、比部员外郎、右司郎中、御史中丞。元年三年（807）拜门下侍郎、平章事，旋出为西川节度使。因力主削藩，遭藩镇忌恨，为淄青藩帅李师道遣刺客杀害。工五言诗，好事者传之，被于丝竹。议者谓“工诗而宦达者唯高适，达宦而诗工者唯元衡”。

权德舆（761—818），字载之，天水略阳（今甘肃秦安东北）人，后徙润州丹徒（今江苏镇江）。少有才气，未冠时即以文章称，杜佑、裴胄交辟之。德宗闻其材，召为太常博士，改左补阙，兼制诰，进中书舍人，历礼部侍郎，三次知贡举，位历卿相，故时人尊为宗匠。达官名人碑志集序，多出其手。工古调，乐府极多情致。

王涯（763？—835？），字广津，山西太原人。贞元八年（792）擢进士，又举宏辞。再调蓝田尉。久之，以左拾遗为翰林学士，进起居舍人。元和时，累官中书侍郎、同中书门下平章事。穆宗立，出为剑南、东川节度使。文宗时，以吏部尚书代王播总盐铁，为政刻急，始变法，益其税以济用度，民生益困。“甘露之变”时被禁军腰斩。

王建（766—？），字仲初，颍川（今河南许昌）人，出身寒微，一度从军，四十六岁始入仕，曾任昭应县丞、太常寺丞等职。后出为陕州司马，世称“王司马”。约六十四岁为光州刺史。与张籍友善，乐府与张齐名，世称“张王乐府”。与李益、韩愈、白居易、刘禹锡、姚合、贾岛、孟郊、杨巨源等有交往。

法振（766—804），中唐江南诗僧，以诗名闻于大历贞元间，性好山水，长于五言诗。与王昌龄、皇甫冉、韩翃、李益等为友。

令狐楚（766—837），字壳士，自号白云孺子。宜州华原（今陕西铜川市耀州区）人，先世居敦煌（今属甘肃）。官至宰相。常与白居易、元稹、刘禹锡唱和。曾向朝廷奏进张祜诗卷，又向李商隐传授骈文。才思俊丽，尤善四六骈文。其诗“宏毅阔远”，尤长于绝句。

于鹄（？—814？），代宗大历、德宗建中间久居长安，应举未第。退隐汉阳山中。贞元中历佐山南东道、荆南节度幕。与张籍交善。

张籍（766—830），字文昌，和州乌江（今安徽和县乌江镇）人。宪宗元和元年（806），补太常寺太祝，十年不得升迁，家贫，有眼疾，孟郊嘲为“穷瞎张太祝”。后累迁水部员外郎、国子司业，世称“张水部”“张司业”。为韩门大弟子。其乐府诗与王建齐名，并称“张王乐府”。与元稹、刘禹锡、姚合、贾岛、白居易、孟郊、于鹄交善。朱庆馀、项斯等人亦得其推挽。

韩愈（768—824），字退之。河南河阳（今河南省孟州市）人，郡望昌黎，世称“韩昌黎”“昌黎先生”。历迁国子博士、中书舍人、刑部侍郎。帝遣使迎佛骨入禁，愈上表极谏，贬潮州刺史，改袁州。召拜国子祭酒，转兵部侍郎，后以吏部侍郎为京兆尹。卒谥文，世又称“韩文公”“韩吏部”。唐代古文运动的倡导者，被后人尊为“唐宋八大家”之首，与柳宗元并称“韩柳”，有“文章巨公”“百代文宗”之名。

张仲素（769—819），字绘之，符离（今安徽宿州）人，郡望河间鄚县（今河北任丘）。历司勋员外郎、礼部郎中、翰林学士、中书舍人。曾受诏为卢纶编遗集。其《燕子楼》诗咏关盼盼事，白居易爱其“词甚婉丽”，作和诗三首。元和中与令狐楚、王涯同在朝，诗歌唱和，编为《三舍人集》。

沈传师（769—827），字子言，吴县（今江苏苏州）人，书法家。唐德宗贞元末举进士，历太子校书郎、翰林学士、中书舍人、湖南观察使。宝历元年（825）入拜尚书右丞、吏部侍郎。工书，楷隶行草，有名于时。

薛涛（770—832），长安人，字洪度。幼随父入蜀，后入乐籍。武元衡入相，奏授校书郎。蜀人呼妓为校书，自涛始。晚年居成都浣花溪，工为小诗，惜成都笺幅大，遂皆制狭之，名“薛涛笺”。与元稹、白居易、刘禹锡、杜牧、段文昌、李德裕、王建等人有唱和。与鱼玄机、李冶、刘采春并称唐代四大女诗人，与卓文君、花蕊夫人、黄娥并称蜀中四大才女，流传至今诗作有九十余首，收于《锦江集》。

窦巩（772？—831？），字友封，元和二年（807）登进士第，多次征召为幕府，拜寺御史，转司勋员外刑部郎中。元稹观察浙东，上奏朝廷让他担任副使。又随元稹镇武昌，归京师卒。口讷不善言，世称“嗫嚅翁”。

吕温（772—811），字和叔，一字化光，河中（今山西永济）人。初从陆贽治《春秋》，从梁肃学文章。贞元十四年（798）登进士第。与王叔文厚善，迁左拾遗。二十年（804），以侍御史为入蕃副使，在吐蕃滞留经年。因与宰相李吉甫有隙，贬道州刺史，后徙衡州，甚有政声，世称“吕衡州”。与元稹、刘禹锡、柳宗元、李景俭友善。

崔护（772—846），字殷功，今河北定州人。贞元十二年（796）进士及第。太和三年（829）为京兆尹，同年为御史大夫、广南节度使。传清明独游都城南，至一村居求饮，有女子启扉奉以水，独倚小桃斜柯伫立，意属甚厚。及来岁清明再往寻之，门庭如故而户扃锁矣。因题诗于其左扉云：“去年今日此门中，人面桃花相映红。人面不知何处去，桃花依旧笑春风。”

皇甫松，字子奇，自号檀栾子，睦州新安（今浙江淳安）人。工部侍郎皇甫湜之子，宰相牛僧孺之外甥。举进士不第，终身布衣。

崔郊，生卒年不详。德宗贞元十五年（799）前后寓居襄州（今湖北襄樊）。宪宗元和年间秀才。

裴潾（？—838），河东闻喜（今山西闻喜县）人，以门荫入仕，一生历唐宪宗、穆宗、敬宗、文宗四朝，史称“以道义自处，事上尽心，尤嫉朋党，故不为权幸所知”。善隶书，为时推重。《白牡丹》诗为文宗所赏，遍传六宫。

李涉，约806年前后在世，自号清溪子，洛阳人。早岁客梁园，逢兵乱，避地南方，曾与弟渤偕隐庐山白鹿洞。后出山作幕僚。宪宗时，曾任太子通事舍人。后贬为峡州（今湖北宜昌）司仓参军。在峡中蹭蹬十年，遇赦放还，复归洛阳，隐于少室。文宗大和中，任国子博士，世称“李博士”。

李翱（772—841），字习之，陇西成纪（今甘肃秦安东）人。西凉王李暠的后代。贞元年间进士，曾历任国子博士、史馆修撰、考功员外郎、礼部郎中、中书舍人、桂州刺史、山南东道节度使等职。曾从韩愈学古文，协助韩愈推进古文运动，两人关系在师友之间。一生崇儒排佛，认为孔子是“圣人之大者也”，主张人们的言行都应以儒家的“中道”为标准。

包何，生卒年不详，约天宝末前后在世。字幼嗣，润州延陵（今江苏省丹阳市）人，包融之子。天宝七年（748）登进士。曾师事孟浩然，授格法。与李嘉佑相友善。大历中，仕至起居舍人。与弟佶俱以诗名，时称“二包”。

包佶（727？—792），字幼正，润州延陵人，天宝六年（747）进士，累官至谏议大夫，因交好元载贬谪岭南，后刘晏举荐其为汴东两税使，刘晏被罢官后，任诸道盐铁轻货钱物使，迁刑部侍郎，改任秘书监，封丹阳郡公。与刘长卿、窦叔向等交好。父包融，兄包何。与包何俱以诗扬名，时称“二包”。

鲍君徽，生卒年不详。德宗贞元中寡居，有文名。召入宫，预宫廷唱和。百余日后以母老乞归养。

刘商，生卒年不详。字子夏，江苏徐州人，大历年间进士。官虞部员外郎。后出为汴州观察判观察判官。去官为道士，隐常州义兴山中，炼药求仙。性好山水，妙极丹青。擅乐府，所著《胡笳十八拍》，拟蔡琰《胡笳曲》，脍炙当时。

李绅（772—846），字公垂。祖籍亳州谯县（今安徽省亳州市谯城区）。工诗，时号“短李”。历任中书侍郎、尚书右仆射、淮南节度使等职。新乐府运动的倡导者。与元稹、白居易交游甚密，与李德裕、元稹并称“三俊”。

白居易（772—846），字乐天，下邽（今陕西渭南）人，郡望太原。弱冠名未振，观光上国，谒顾况。贞元十五年（799）进士。元和时曾任翰林学士、左赞善大夫。宰相武元衡遇刺身亡，上疏请亟捕凶手，以越职言事，贬江州司马。晚年好佛，吟咏自适，自号香山居士，又号醉吟先生。在当时已享“童子解吟《长恨》曲，胡儿能唱《琵琶》篇”之盛誉（唐宣宗吊白居易诗），用语流便，老妪能解。倡导“新乐府”运动。与元稹齐名，世号“元白”。晚年与刘禹锡唱和，又称“刘白”。

刘禹锡（772—842），字梦得，洛阳人，自言祖籍中山（今河北定县）。贞元九年（793）进士，登博学宏词科，授监察御史，因参加王叔文变法，反对宦官和藩镇割据势力，失败后被贬为朗州司马。后因《玄都观看花君子》诗，语讥忿，当路不喜，又谪守播州。乃易连州，又徙夔州。后由和州刺史入为主客郎中。至京后，因裴度力荐，任太子宾客，加检校礼部尚书，世称“刘宾客”。与柳宗元交好，人称“刘柳”，又与白居易常相唱和，又并称“刘白”。

柳宗元（773—819），字子厚，河东（今山西运城）人，世称柳河东。德宗贞元九年（793）进士，又举博学宏词科。官礼部员外郎，因参与变革的王叔文集团，被贬为永州司马，后迁柳州刺史，人称“柳柳州”。与刘禹锡交厚，且出处进退略同，世称“刘柳”。又与韩愈同为古文运动倡导者，世称“韩柳”。唐宋八大家之一。

段文昌（773—835），字墨卿，一字景初，西河（今山西汾阳）人，唐朝宰相，右卫大将军段志玄玄孙。早年曾入韦皋幕府，后历任灵池县尉、登封县尉、集贤校理、监察御史、补阙、祠部员外郎、翰林学士、祠部郎中。唐穆宗继位后，段文昌拜相，任中书侍郎、同平章事，后以使相出镇，担任西川节度使。后历任刑部尚书、兵部尚书、淮南节度使、荆南节度使，封邹平郡公。太和九年（835）在西川节度使任上去世，追赠太尉。

牛僧孺（779—848），字思黯，安定鹑觚人，官至宰相，牛李党争首领。好文学，著有传奇集《玄怪录》十卷，现仅存辑本一卷。与白居易友善，好收藏奇石。

姚合（779—859 后），陕州（今河南陕县）人，祖籍吴兴（今浙江省湖州市）。元和十一年（816）进士，授武功主簿。历任监察御史，金杭二州刺史、刑部郎中、给事中等职，终秘书少监。世称“姚武功”，其诗派称“武功体”。交游甚广，与刘禹锡、李绅、张籍、王建、杨巨源、马戴、李群玉等都有往来唱酬。与贾岛友善，诗亦相近，然较贾岛略为平浅。世称“姚贾”。曾选王维、祖咏、钱起等人诗百首，为《极玄集》。

元稹（779—831），字微之，河南洛阳人，少有才名，与白居易同科及第，并结为终生诗友，二人共同倡导新乐府运动，世称“元白”，诗作号“元和体”。宪宗元和初拜左拾遗。为执政者所忌，出为河南尉，历中书舍人、翰林承旨学士，进同中书门下平章事。因裴度弹劾而出为越州刺史、浙东观察使。文宗大和中，终武昌军节度使。其艳体诗与悼亡诗最具特色。前者大多是追念少时情人之作，后者则为悼念亡妻韦丛而作。著有传奇《莺莺传》。

贾岛（779—843），字阆仙，河北省涿州人。初为僧，名无本。尝于京师骑驴苦吟，炼“推”“敲”二字未定，引手作势，不觉冲京兆尹韩愈。后受教于韩愈，还俗参加科举，终生未第。文宗开成年间坐飞谤责授遂州长江（今四川蓬溪西）主簿，世称“贾长江”。三年秩满，迁普州司仓参军，武宗会昌三年（843）卒于任所。与孟郊齐名，并称“郊寒岛瘦”。

殷尧藩（780—855），浙江嘉兴人。唐元和九年（814 年）进士，历任永乐县令、福州从事，曾随李翱作过潭州幕府的幕僚，后官至侍御史，有政绩。和沈亚之、姚合、雍陶、许浑、马戴是诗友，跟白居易、李绅、刘禹锡等有往来。曾拜访韦应物，两人投契莫逆。性好山水，曾说“一日不见山水，便觉胸次尘土堆积，急须以酒浇之”。

施肩吾（780—861），字希圣，号东斋。杭州人。早年读书分水五云山、龙门等地。元和二年（807）举进士，然淡于名利，不待授官即东归。筑室隐居，潜心修道炼丹，世称华阳真人。晚年率族人渡海避乱，至澎湖列岛定居，为大陆人开发澎潮之先驱。与白居易相友善。

胡令能（785—826），河南郑州中牟县人，隐居圃田（河南省郑州市中牟莆田）。家贫，年轻时以修补锅碗盆缸为生，人称“胡钉铰”。传说诗人梦人剖其腹，以一卷书内之，遂能吟咏。他的诗语言浅显而构思精巧，生活情趣很浓，现仅存七绝诗四首。

李德裕（787—849），字文饶，赵郡赞皇（今河北赞皇）人，唐代政治家、文学家，牛李党争中李党领袖，中书侍郎李吉甫次子。一度入朝为相，但因党争倾轧，多次被排挤出京。历代对他都评价甚高。李商隐将其誉为“万古良相”，近代梁启超将他与管仲、商鞅、诸葛亮、王安石、张居正并列，称他是中国六大政治家之一。

李廓，约公元 831 年前后在世，字号不详，陇西成纪人，吏部侍郎同平章事李程之子。少有志功业，而困于场屋。元和十三年（881）登进士第，调司经局正字，出为鄠县令。累官刑部侍郎、颍州刺史。与贾岛、姚合、无可、雍陶交游唱和。

张祜（792—854），字承吉，清河（今邢台市清河县）人，家世显赫，世称张公子。布衣终身，称处士。早年寓居姑苏。元和、长庆中，漫游大河南北及江南各地。尝以诗投谒节帅李愿、李愬、田弘正、韩愈、裴度等，求汲引。长庆末，赴杭州取解，受抑。大和年间，令狐楚表荐之，至京献诗三百首。为元稹排挤，寂寞而归。大中中，卒于丹阳隐居，以宫词著名。白居易、皮日休、陆龟蒙等均极钦重。

崔涯，字若济，号笔山，吴楚狂士，与张祜齐名。每题诗于倡肆，无不诵之于衢路。

誉之则车马继来，毁之则杯盘失措。由是往往传于人口曰："崔张真侠士也。"

李贺（790—816），字长吉，河南福昌（今河南洛阳宜阳县）人，家居福昌昌谷，世称李昌谷，是唐宗室郑王李亮后裔。七岁能辞章，名动京邑。韩愈、皇甫湜览其作，奇之而未信。元和年间，往来于洛阳、长安间，应试求仕。曾以歌诗谒韩愈，愈劝贺举进士，与贺争名者以贺举进士犯父讳为由，加以毁阻，愈为作《讳辩》。李贺有"诗鬼"之称，与"诗圣"杜甫、"诗仙"李白、"诗佛"王维齐名。与李白、李商隐称为唐代三李。

吉师老，中晚唐间在世。生平不详。其《看蜀女转昭君变》一首，描写唐时讲唱变文之情形十分细致，为研究唐代变文者所重视。

陆畅，约公元820年前后在世，字达夫，吴郡吴县（今苏州）人。初居蜀，尝为蜀道易一诗以美韦皋。元和元年（806）登进士第。为皇太子僚属。云安公主出降，畅为傧相，才思敏捷，应答如流。因吴语为宋若华所嘲，作《嘲陆畅》一诗。后官凤翔少尹。《全唐诗》录其诗一卷。

杨凌，中唐人，与其兄杨凭、杨凝并称"三杨"，因官至大理评事，又称"杨评事"，著有《杨评事文集》。柳宗元为其书作《杨评事文集后序》。

杨敬之，约820年前后在世，字茂孝，祖籍虢州弘农（今河南灵宝）人，安史之乱中移家吴（今苏州）。杨凌之子。尝为《华山赋》以示韩愈，愈称许之。李德裕对之尤为咨赏。韩愈、刘禹锡、柳宗元等比之为当代贾、马。李贺、项斯、濮阳愿皆为其忘年之交。

许浑（791—858），字用晦（一作仲晦），润州丹阳人。一生不作古诗，晚年归润州丁卯桥村舍闲居，自编诗集，曰《丁卯集》。其诗皆近体，五七律尤多，句法圆熟工稳，声调平仄自成一格，即所谓"丁卯体"。后人因称"许丁卯"。

章孝标，生卒年不详，字道正。宪宗元和十三年（818）下第。次年复知贡举，擢章孝标及第。授校书郎。穆宗长庆中辞归杭州。文宗太和中以大理评事充山南东道节度使从事。后入朝为秘书省正字。与白居易、元稹、李绅、杨巨源、无可、朱庆馀等唱和。

陈标，生卒年未详。长庆二年（822）登进士第。官终侍御史。

裴淑，元稹继妻。约生活于唐顺宗永贞至文宗太和（805—835）年间。字柔之，河东闻喜（今属山西）人。出身士族，有才思，工于诗。

李宣远，生卒年不详。澧州慈利县人，贞元间登进士第。《唐才子传》云是李宣古之弟，疑误。

无可，长安人，俗姓贾，范阳人。贾岛从弟。初，贾岛弃俗时，同居青龙寺。曾游吴越、岭南、江西等地。会昌中，居华山树谷，自称树谷僧。工诗，多五言，律调谨严，意在言外，诗名与岛齐。与张籍、马戴、姚合、朱庆馀、贾岛、章孝标、顾非熊、段成式、雍陶等多有酬唱。

顾非熊（795—854？），字不详，姑苏人，顾况之子。少俊悟，一览成诵。性滑稽，好凌轹。困举场三十年。武宗久闻其诗名，会昌五年（845）放榜，仍无其名，怪之。乃勑有司进所试文章，追榜放令及第。大中间，为盱眙尉，不乐奉迎，更厌鞭挞，乃弃官隐茅山。不知所终。与姚合、贾岛、王建、朱庆馀、项斯、雍陶、马戴等交游唱和。

卢仝（795？—835），祖籍范阳，早年隐少室山，后迁居洛阳。仝家贫，时韩愈为河南令，厚遇之。仝尝作《月蚀诗》以刺时政，为愈所称。好饮茶，为《茶歌》，句多奇警。甘露之变时，因留宿宰相王涯家，被误杀。自号玉川子，被尊称为“茶仙”。性格“高古介僻，所见不凡近”，狷介类孟郊，雄豪之气近韩愈。韩孟诗派重要人物。与韩愈、孟郊、贾岛、马异有交往。

徐凝，生卒年不详。睦州（今浙江建德）人。与施肩吾友善。宪宗元和年间有诗名，方干曾从之学诗。穆宗长庆中，赴杭州取解，得刺史白居易赏识。后游于长安，归江南，以布衣终身。与韩愈有交往。

朱庆馀，生卒年不详，名可久，以字行，越州（今浙江绍兴）人。长庆中，入京应试，谒水部员外郎张籍，籍爱其诗作，置之怀袖而推赞之，由是知名。宝历二年（826）登进士第。授秘书省校书郎，迁协律郎。尝西游洞庭，北历边塞。与贾岛、姚合、无可、顾非熊、李馀、章孝标、白居易、王建、令狐楚、蒋防等交游唱酬。

马戴（？—869？），字虞臣，曲阳（今江苏东海西南）人。困于场屋垂三十年，客游所至，南极潇湘，北抵幽燕，西至汧陇，而以留滞长安及关中一带为久。武宗会昌四年（844）登进士第。宣宗大中初，掌书记于太原幕府，以直言获罪，贬为龙阳（今湖南汉寿）尉，得赦还京。懿宗咸通末，终太学博士。曾与姚合、贾岛、殷尧藩、顾非熊等唱和。

李敬方（796？—855？），字中虔，并州文水人。穆宗长庆三年（823）登进士第。文宗太和中为金部员外郎，历户部、度支二郎中，迁谏议大夫。开成五年（840）官长安令。武宗会昌末（846）坐事贬台州司马。宣宗大中初迁明州刺史。四年（850）转歙州刺史。

温庭筠（801—866），名岐，字飞卿。太原祁人。少负才华，尤长于诗赋，然生性傲岸，好讥讽权贵，得罪宰相令狐绹，因此累举不第，仅任方城尉、隋县尉、国子监助教等微职。与李商隐并称“温李”。花间派词人，与韦庄并称“温韦”。才情敏捷，每入试，八叉手而成八韵，人号“温八叉”。《商山早行》“鸡声茅店月，人迹板桥霜”向称名句。

项斯（802？—847？），字子迁，台州临海（今浙江临海）人。早年隐居杭州径山朝阳峰，后入幕于州郡。先受知于诗人张籍，又为国子祭酒杨敬之所赏识。大和中，曾至金州，谒刺史姚合。会昌四年（844）登进士第，授润州丹阳县尉。

杜牧（803—852），字牧之，京兆万年人。宰相杜佑之孙，杜从郁之子。大和二年（828）登进士第，授弘文馆校书郎。沈传师表为江西团练府巡官。又为牛僧孺淮南节度府掌书记。武宗会昌二年（842）出为黄州刺史，后迁池州、睦州。宣宗大中二年（848）擢司勋员外郎、史馆修撰，后转吏部员外郎。四年（850）出为湖州刺史。终官中书舍人。开元中曾称中书省为紫微省，称中书舍人为紫微舍人，故又称“杜紫微”。牧美容姿，好歌舞，风情颇张，不能自遏。尤擅七言近体，清丽俊爽。世人为区别于杜甫，又称之为“小杜”。与李商隐并称“小李杜”。

李远（？—860？），字求古，一作承古，夔州云安（今重庆云阳）人。大和五年（831年）进士及第。宰相令狐绹荐为杭州刺史。与杜牧、许浑、李商隐、温庭筠等交游。与许浑齐名，时号“浑诗远赋”。

陈陶（803？—879？），字嵩伯。初举进士，不第。大中中，隐于洪州西山，与蔡京、贯休往还，令山童卖柑为山赀，日以读书种兰吟诗饮酒为事。其事迹与南唐另一陈陶相混，宋以后多将二人混为一人。

袁郊，生卒年不详。字之仪，蔡州朗山（今河南确山）人，宰相袁滋之子。咸通中，官祠部郎中，又曾为虢州刺史。昭宗时为翰林学士。与温庭筠友善。作有传奇小说《甘泽谣》一卷，其中《红线》一篇最为著名。

张为，生卒年不详。闽人，尝举进士不第。宣宗大中年间游历至长沙，以诗酒自得，不复汲汲于名场。后南入钓台山访道，不知所终。工诗，善品评，著有《诗人主客图》。其书今存，乃清人辑录。

崔橹，“橹”一作“鲁”，生卒年不详，荆南（今湖北江陵）人。宣宗大中中，登进士第，或云僖宗广明间进士。仕至棣州司马。慕杜牧为诗，才情清丽。

于濆，字子漪，邢州尧山人，后游历至京兆（今陕西西安）。会昌末应进士举，唐懿宗咸通二年（861）方得进士及第（一说会昌中乡贡进士），终泗州判官。善以古风体为诗，一反“拘束声律而入轻浮”的唐代声律诗之风。曾“作古风三十篇，以矫弊俗”，自号“逸诗”。存诗仅四十五首。

陈去疾，生卒年不详，字文医，侯官（今福建福州西北）人。元和十四年（819）登进士第。开成中，官江州司户参军。会昌中，自前蔡州司马权知州事，为义武军节度判官。终邕管观察副使。《全唐诗》存诗十四首。

薛逢（806—873 后），字陶臣，蒲州河东（今山西永济市）人，会昌元年（841）进士第三人。历侍御史、尚书郎。官终秘书监。因恃才傲物，议论激切，屡忤权贵，故仕途颇不得意。

赵嘏（806—852？），字承佑，楚州山阳（今江苏省淮安市淮安区）人。宣宗大中六年（852）左右，入仕为渭南（今陕西渭南）尉，世称赵渭南。

李忱（810—859），唐朝第十六位皇帝（除武则天和殇帝李重茂外），846—859 年在位，勤于政事，喜读《贞观政要》。在位期间，整顿吏治，并限制皇亲和宦官，将死于甘露之变中除郑注、李训之外的百官全部昭雪。对外关系上，击败吐蕃、收复河湟，安定塞北、平定安南。尤其是收复河湟，这是安史之乱后，唐对吐蕃的重大军事胜利之一。历史上把这一时期称之为“大中之治”。859 年因服长生药逝世，享年五十岁，谥号圣武献文孝皇帝，庙号宣宗。工诗，《全唐诗》录有其诗六首。

李群玉（811？—861？），字文山，澧州人。性旷逸，不乐仕进。好吹笙，美翰墨。如王谢子弟，别有一种风流。亲友强之赴举，一上即止。后徒步进京献诗三百首，宣宗称其“所进诗歌，异常高雅”，授弘文馆校书郎。三年后辞官回归故里，死后追赐进士及第。与杜牧、姚合、方干、段成式等交往酬唱。

李商隐（813—858），字义山，号玉溪生，又号樊南生，祖籍怀州河内（今河南焦作沁阳），出生于郑州荥阳（今河南郑州荥阳市）。令狐楚奇其才，使游门下，授以文法，遇之甚厚。登进士第，任秘书省校书郎、弘农尉等职，娶李党王茂元女，卷入“牛李党争”，虽始终与党争无关，仍为令狐楚之子令狐绹所恶。后令狐绹为相，商隐长期被排挤。一生困顿不得志。为文瑰迈奇古，辞难事隐。俪偶长短，而繁缛过之。和杜牧并称“小李杜”，与温庭筠并称“温李”。

曹邺（816—875），字业之，一作邺之。桂林阳朔人，宣宗大中四年（850）擢进士第。曾为天平节度使掌书记。懿宗咸通中迁太常博士，历祠部、吏部郎中，洋州刺史。与刘驾交厚，时称“曹刘”，有集。与李频、李洞、张蠙、郑谷等为诗友。

薛能（817—882 后），字太拙，汾州（今山西汾阳）人。武宗会昌六年（846）登进士第，宣宗大中八年（854）书判入等。屡佐使幕，后为剑南西川节度副使摄嘉州刺史、京兆尹、感化军节度使、徐州刺史、工部尚书、许州忠武军节度使，军乱被逐，不知所终。癖于诗，日赋一章为课。自负诗才，夸矜己作，甚或傲视李、杜、白氏。

方干（？—885？），字雄飞。屡应举不第，遂隐居鉴湖，终生不仕。曾学诗于徐凝，与喻凫、李频等诗人交厚。与段成式、吕述、于兴宗、李群玉等交游唱和。

李频（818—876），字德新，寿昌长汀源（今浙江建德李家镇）人，与方干为师友。开成中，姚合以诗名，李频走千里从姚合学诗。姚合爱其标格，以女妻之。初为南陵主簿，再迁武功令。以治绩擢侍御史，累迁都官员外郎，表请建州刺史，以礼治下。未几卒官下，榇随家归，父老相与扶柩哀悼，葬永乐州，为立庙于梨山，岁时祭祠。工于雕琢，自言“只将五字句，用破一生心”。

雍陶，约 834 年前后在世，字国钧，成都人，少贫。大和八年（834）登进士第。曾以侍御佐兖海幕。大中中，授国子毛诗博士。出刺简州，世称雍简州。工于词赋，长于律绝，自比谢脁、柳恽。与白居易、张籍、王建、李廓、姚合、殷尧藩、贾岛、无可、徐凝、章孝标、刘得仁交厚。

来鹄（？—883），洪州豫章人。家于徐孺子亭边，以林园自适。师韩、柳文，大中、咸通间颇著才名。因家贫不达，为诗多存讥讽，为权臣所忌，屡试进士，皆不第。僖宗乾符间，福建观察使韦岫爱其才，欲纳为婿，不果。广明元年（880），避地荆襄。后东归。中和间，客死扬州。有诗一卷。

黄巢（820—884），曹州冤句（今山东菏泽西南）人，出身盐商家庭，曾应进士举，不第。乾符二年（875），率众参加王仙芝义军。仙芝战死，被推为义军首领，称“冲天大将军”，年号王霸。广明元年（880），攻入长安，即帝位，国号大齐，年号金统。中和四年（884），兵败自杀于泰山狼虎谷。《全唐诗》存诗三首，其中《自题像》一首乃后人伪托。

高骈（821—887），字千里，幽州人。生于禁军世家。祖籍渤海蓨县（今河北景县），先世为山东名门“渤海高氏”。累官神策军都虞侯、秦州刺史、安南都护、天平军节度观察使、剑南西川节度观察使、荆南节度观察使等职。僖宗乾符四年（877），进封燕国公。六年，进为扬州大都督府长史、兵马都统，又擢检校太尉，同平章事，负责全面指挥镇压黄巢军。而高拥军自保，致使两京失守，僖宗西狩。后兵权被削，为部将毕师铎囚杀。

许棠（822—883后），字文化，宣州泾县（今安徽泾县）人。久困场屋，历二十余举犹未第。尝与张乔共隐匡庐。又曾赴太原幕谒马戴，一见如故，留连累月。懿宗咸通十二年（871）登进士第，时已五十岁。又曾为江宁丞。后辞官，潦倒以终。工诗，以洞庭诗著名，时号“许洞庭”。与李频等友善。与张乔、郑谷等合称“咸通十哲”。

刘驾（823—871前），字司南，自云“故山彭蠡上”，今江西北部人。与曹邺为诗友，俱以工于五古著称，时称“曹刘”。初举进士不第，屏居长安。大中六年（852）登进士第，官终国子博士。与曹邺、薛能、李频等交游唱和。能诗，尤工古调，多比兴含蓄，为时所宗。

刘采春，女，淮甸即今江苏省淮安、淮阴一带人，一作越州即今浙江省绍兴市人，是伶工周季崇的妻子。她擅长参军戏，又会唱歌，深受元稹的赏识，说她“言辞雅措风流足，举止低回秀媚多”。

雍裕之，生卒年均不详，约唐宪宗元和中前后在世。蜀人。有诗名。工乐府，极有情致。贞元后，数举进士不第，飘零四方。著有诗集一卷。

畅当，生卒年不详，河东（今山西永济）人。初以子弟被召从军，后登大历七年（772）进士第。贞元初，为太常博士，终果州刺史。与弟诸皆有诗名。与韦应物、李端、卢纶、司空曙、耿湋等唱酬。计有功称其诗“平淡多佳句”。

裴夷直，生卒年不详。字礼卿，吴（今苏州）人，郡望河东（今山西永济）。宪宗元和十年（815）登进士第，任右拾遗。文宗时，为左司、史部两员外郎，迁中书舍人。武宗时，出为杭州刺史，再贬为驩州司户参军。宣宗初，移江州刺史，复入为兵部郎中。大中十年（856）授苏州刺史，次年转华州刺史、潼关防御、镇国军等使。官终散骑常侍。

刘叉，生卒年、字号、籍贯等均不详。活动于元和年代。以“任气”著称，喜评论时人。韩愈接待天下士人，他慕名前往，赋《冰柱》《雪车》，名声在卢仝、孟郊之上。后因不满韩愈为人写墓志铭，取走韩愈写墓志铭所得的酬金而去，回归齐鲁，不知所终。

曹松（828—903），字梦徵。舒州（今安徽潜山）人。早年曾避乱栖居洪都西山，后依建州刺史李频。李死后，流落江湖，无所遇合。昭宗光化中始登进士第，同榜五人，年皆七十余，时号五老榜。授校书郎。与贯休、方干唱和。

罗邺（831？—896？），苏州人，或谓余杭人，不确。出身于豪富盐铁小吏之家，屡举进士不中。早年曾出塞，后入幕于池州、江西、东川等州郡，晚年归吴县闲居。昭宗光化中以韦庄奏，追赐进士及第，赠官补阙。时宗人罗隐、罗虬俱以声格著称，号“三罗”。与方干、贯休等友善，诗风亦相类。

贯休（832—912），字德隐。婺州兰溪（今属浙江）人。俗姓姜，乾宁初，谒浙东钱镠。后入蜀，王建礼遇，赐号“禅月大师”。工草书，时人比之阎立本、怀素。善绘水墨罗汉，笔法坚劲夸张，世称“梵相”。有诗名，人呼得得来和尚。与陈陶、方干、许棠、李频、张为、曹松、吴融、罗隐、罗邺、韦庄、齐己等皆有唱酬。

罗隐（833—909），字昭谏，新城（今浙江省杭州市富阳区新登镇）人。本名横，以十举进士不第，遂改名隐。黄巢起义后，避乱隐居九华山，55岁时归乡依吴越王钱镠，历任钱塘令、司勋郎中、给事中等职。与杜荀鹤、陆龟蒙、吴融、郑谷等以诗往还。与宗人罗邺、罗虬齐名，时号“三罗”。“今朝有酒今朝醉”“为谁辛苦为谁甜”等，至今传为口语。

曹唐，生卒年不详，字尧宾。桂州（今广西桂林）人。与罗隐同时。初为道士。

返俗后，屡举进士不中，或云大和中进士。后为邵州、容管等使府从事。所作《游仙诗》，意境绚丽，颇为世传诵。尝会罗隐，各论近作。隐曰："闻兄《游仙》之制甚佳，但中联云：'洞里有天春寂寂，人间无路月茫茫'，乃是鬼耳。"唐笑曰："足下《牡丹》诗一联，乃咏女子障，'若教解语应倾国，任是无情也动人。'"与杜牧、李远等友善。

韦庄（836—910），字端己。长安杜陵（今陕西省西安市附近）人。韦应物四世孙。五代时前蜀宰相。黄巢攻陷长安，庄作长诗《秦妇吟》，人称"秦妇吟秀才"。在成都曾居杜子美草堂故址，故名其集曰《浣花集》。光化二年（899）除左补阙，曾奏请李贺、贾岛、温庭筠、陆龟蒙等十人追赠进士及第或赠官。词与温庭筠齐名，世称"温韦"。

章碣（836—905），睦州桐庐人，一说杭州钱塘人。章孝标之子。僖宗乾符进士。后流落不知所终。工诗。尝创变体诗，单句押仄韵，双句押平韵，时人效之。与罗隐、方干友善。方干《赠进士章碣》诗称"织锦虽云用旧机，抽梭起样更新奇"，当指此种风行一时之创格变体而言。

司空图（837—908），字表圣，自号知非子，又号耐辱居士。懿宗咸通十年（869）登进士第。卢携知政事，召为礼部员外郎。僖宗次凤翔，召图知制诏，寻拜中书舍人。昭宗龙纪初，复召拜舍人，以疾辞。乾宁中，又以户部侍郎征，数日乞还。隐中条山王官谷，作文以伸志。晚年为文，尤事放达。后梁代唐，闻哀帝被杀，绝食而卒。有《二十四诗品》及诗集、文集。

聂夷中（837—884？），字坦之，其籍贯有河东（今山西永济西）人，河南（河南洛阳）人两种历史记载。出身贫寒。懿宗咸通十二年（871）登进士第，后补华阴县尉。诗多五言，大率为关心民生与讽谕时世之作。名作有《咏田家》等。胡震亨谓当时"以五言古诗鸣者，曹邺、刘驾、聂夷中、于濆、邵谒、苏拯数家，其源似并出孟东野。洗剥到极净极真，不觉成此一体。""夷中语尤关教化"。

皮日休（约838—约883），字袭美，一字逸少，复州竟陵（今湖北天门）人。曾居鹿门山，道号鹿门子，又号间气布衣、醉吟先生、醉士等。历任苏州军事判官、著作佐郎、太常博士、毗陵副使。后参加黄巢起义，或言“陷巢贼中”，任翰林学士，不知所终。与陆龟蒙交拟金兰，日相赠和，世称“皮陆”。

胡曾（约 840—？），字秋田，邵阳（今属湖南）人。举进士，不第。咸通末，入钊南西川节度使路岩幕。乾符中，复佐高骈西川幕。又尝为汉南从事。上交不谄，下交不渎，奇士也。尝为汉南节度从事。曾作《咏史诗》一百五十余首，均为七绝，传诵甚广。

鱼玄机（约 844—约 871），字幼微，一字蕙兰，长安人。姿质出众，聪敏过人。15 岁被补阙李亿纳为妾，李妻不容，出家为女道士。有怨李诗云：“易求无价宝，难得有心郎。”与李郢同巷，居止接近，诗简往返。复与温庭筠交游。后因戕杀侍婢绿翘，为京兆尹温璋处死。

陆龟蒙（？—881），字鲁望，长洲（今苏州）人。曾任湖州、苏州刺史幕僚。后隐居著书。嗜饮茶，置小园顾渚山下，岁人茶租，薄为瓯蚁之费。不喜与流俗交，虽造门亦罕纳。不乘马，每寒暑得中，体无事时，放扁舟，挂蓬席，赍束书、茶灶、笔床、钓具，鼓棹鸣榔，太湖三万六千倾，水天一色，直入空明。自称“江湖散人”，又号“天随子”“甫里先生”。与皮日休并称“皮陆”。

周繇，生卒年不详，字为宪，池州青阳（今安徽青阳）人。873 年登进士第，授校书，调福昌尉、建德令。家贫，好苦吟，俯有思，仰有咏，深造阃域，时号“诗禅”。与许棠、张乔齐名，合称“咸通十哲”。

韩偓（约 842—约 915），乳名冬郎，字致光，号致尧，晚年又号玉山樵人。陕西万年县（今樊川）人。自幼聪明好学，10 岁时曾即席赋诗送其姨夫李商隐，令满座皆惊，李商隐称“雏凤清于老凤声”。历任左拾遗、左谏议大夫、度支副使、翰林学士。其诗多写艳情，称为“香奁体”。

杜荀鹤（约 846—约 904），字彦之，自号九华山人。池州石埭（今安徽省石台县）人。出身寒微，中年始中进士，未授官，返乡闲居。自云“诗旨未能忘救物”（《自叙》），于唐末乱离之中，上承元、白一派，以短小精悍之律绝、浅近通俗之语言，白描之手法，反映民生疾苦，抨击黑暗现实，自成一家，后人称为“杜荀鹤体”。

张泌，生卒年约与韩偓相当，字子澄。安徽淮南人。花间派的代表人物之一。其词用字工炼，章法巧妙，描绘细腻，用语流便。

卢汝弼（？—921），字子谐，一作字子诣，范阳人。卢纶之孙。少勤学，笃志科举，文采秀丽，为时所称。景福中，登进士第，仕至祠部员外郎、知制诰。从昭宗迁洛。时柳灿党附朱温，诬陷士族，汝弼惧祸退居，客游上党。太原李克用奏为节度副使，累奏户部侍郎。克用子存勖嗣为晋王，承制封拜皆出汝弼之手。《全唐诗》存诗八首。

薛莹，晚唐诗人。著有《洞庭诗集》，《全唐诗》收其诗十首，其他的就只有残句了。诗风充满伤感，所作多表现隐逸生活。

唐备，生平事迹均不详，约唐昭宗天复初在世。龙纪元年（889）进士。工古诗，极多讽刺，如对花云：“花开蝶满枝，花谢蝶来稀。惟有旧巢燕，主人贫亦归。”可见一斑。

太上隐者，生平不详。隐士，居终南山，自称太上隐者。一作宋人。《池阳集》载滕宗谅《寄隐者诗》，序云：历山有叟，无姓名，为歌篇。近有人传《山居书事》诗云云。

崔道融，生卒年不详，自号东瓯散人。荆州江陵（今湖北江陵县）人。乾宁二年（895）前后，任永嘉（今浙江省温州市）县令，早年曾游历陕西、湖北、河南、江西、浙江、福建等地。后入朝为右补阙，不久因避战乱入闽。与司空图、方干为诗友。

盛小丛（847？—860？），大中年间浙江绍兴一名妓女。李讷为浙东廉使，某夜登上城楼，听见歌声激切，于是召她前来，方知名姓。当时侍御崔元范在府幕，打算赴朝廷，李讷为之饯行，在座各赋诗相赠，小丛即写下《突厥三台》一诗。

崔涂（？—约 887），字礼山，江南（今浙江桐庐、建德一带）人。唐僖宗光启四年（888）进士，穷年羁旅，游踪遍巴蜀、吴楚、河南、秦陇等地，多离怨之作，写景状怀，往往陶宣肺腑，意味俱远。张籍嫡派弟子。善音律，尤善长笛。最有名的一首诗是《除夜有怀》。

周朴（？—878），字见素，一作太朴，福州长乐人。唐末避居福州，寄食乌石山僧寺。为人高傲纵逸，淡于名利，喜交山僧钓叟。福建观察使杨发、李诲先后欲召置幕中，均避而不往。唐乾符五年（878），黄巢邀其入伍，不从，被杀。与贯休、方干、李频为诗友。

郑谷（约 851—约 910），字守愚，袁州宜春人。郑史子。幼颖异，七岁能诗，见赏于马戴。僖宗光启中擢进士第。昭宗乾宁中为都官郎中，人称“郑都官”。尝赋鹧鸪警绝，又称“郑鹧鸪”。僧齐己携《早梅》诗谒谷，曰：“前村深雪里，昨夜数枝开。”谷曰：“数枝非早也，未若一枝佳。”己以为“一字师”。与张乔、许棠、周繇、温宪等交游，称“咸通十哲”。

李昌符，生卒年不详，字若梦，陇西成纪（今甘肃秦安）人。淮南王李神通裔孙。应进士举，久不第，因出一奇，作《婢仆诗》五十首，行卷公卿间，遂于咸通四年（863）登进士第。累官至膳部员外郎、郎中。与郑谷、李洞友善。工诗，与张乔、许棠等合称“咸通十哲”。

王驾（851—？），字大用，自号守素先生，河中（今山西永济）人。大顺元年（890）登进士第，仕至礼部员外郎。后弃官归隐。与郑谷、司空图友善，诗风亦相近。其绝句构思巧妙，自然流畅。司空图《与王驾评诗书》赞曰：“今王生者，寓居其间，浸渍益久，五言所得，长于思与境偕，乃诗家之所尚者。”

陈玉兰，生卒年不详，王驾妻。有《寄夫》诗广为传颂。

于武陵，生卒年不详，名邺，以字行。杜曲（今陕西长安县南）人。宣宗大中时，举进士不第，往来商、洛、巴、蜀间。不慕荣贵，卖卜于市，隐居自适。与山僧、道士、隐者交往。后至潇湘，爱其风景，欲卜居而不成，遂归老嵩阳别墅。

生平事迹散见《唐诗纪事》卷五八及卷六三、《郡斋读书志》卷四中、《唐才子传》卷八。武陵工诗，尤长五律。

卢延让，生卒年不详，字子善，范阳人。昭宗光化三年（900）登进士第，为朗陵雷满所辟。满败，入蜀。王建称帝，授水部员外郎，累迁给事中，工、刑二部侍郎。诗师薛能，以苦吟著称，自云“吟安一个字，捻断数茎须”（《苦吟》）。多用寻常语入诗，但务出新意，自成一体，吴融称其诗“去人远绝，自无蹈袭”。

王涣（859—901），字群吉，族望太原。大顺二年（891）登进士第。授校书郎，历长安尉、拾遗、补阙、起居郎、司勋考功员外郎等。尝为《惆怅诗》10余首，悉为古之佳人才子深怀感怨者。辛文房称“哀伤媚妩”“皆绝唱，脍炙士林”。

齐己（863—937），俗姓胡，名得生，湖南长沙人。幼孤，7岁至大沩山寺牧牛。性颖悟，往往取竹枝画牛背为小诗，颇为僧人称赏，遂剃度为僧。居道林寺约10年，自号“衡岳沙弥”。后又徙居庐山东林寺。后梁龙德元年（921），于入蜀途中为南平王高从诲遮留于江陵，命作僧正，遂居龙兴寺。性好放逸，爱乐山水，懒谒王侯。乃作《渚宫莫问诗》以寄意。工诗，多才艺，能琴棋，擅书法，颇有诗名。与贯休、孙光宪、曹松、沈彬、方干等人唱和。所作《早梅》诗有“前村深雪里，昨夜数枝开”之句，郑谷改“数枝开”为“一枝开”。己深为钦服，称谷为“一字师”。

郑遨（866—939），字云叟，滑州白马（今河南滑县）人。避后唐明宗祖讳而以字行。唐末应进士试，两举不第，遂入少室山为道士。梁初李振劝其出仕，不诺。后居华山，与道士李道殷、罗隐之为友，世目为三高士。后唐明宗天成中召拜左拾遗，不赴。后晋高祖天福四年（939）以谏议大夫召，辞疾不起。赐号逍遥先生。好酒能诗，善弈棋长啸。尝为《酒咏诗》千三百言，传布甚广。

钱珝，生卒年不详，字瑞文，吴兴（今浙江湖州）人，钱起之孙。广明元年（880）登第。先后任京兆府参军、蓝田县尉、集贤校理、章陵令等职。昭宗乾宁二年（895）以宰相王溥荐，知制诰，进中书舍人。后贬为抚州（今属江西）司马。五绝精炼秀朗，《江行无题》百首，尤为世所称诵。

宋雍，一作宋邕。生卒年、籍贯均不详，代宗、德宗时人。能诗，初无声誉，双目失明后，诗名始彰。

汪遵，生卒年不详。宣州泾县（今属安徽）人。幼为县小吏，家贫无书，每借书于人，必昼夜苦读强记，以此工诗，而深自晦密。后辞吏役赴京应进士试，于灞、浐间遇友人许棠。棠颇轻之，怒其赴试而辱之。后遵于懿宗咸通七年（866）登进士第，而棠5年后始登第。

朱绛，生平不详。《全唐诗》存诗一首，出自顾陶《唐诗类选》（见《唐诗纪事》卷二八）。《唐诗类选》书成于宣宗大中十年（856），则朱绛当为宣宗以前人。

葛鸦儿，生卒年、籍贯均不详。韦庄《又玄集》选录其诗一首，称“女郎葛鸦儿”。《全唐诗》存诗三首。

颜仁郁，生卒年不详。字文杰，泉州（今属福建）人。五代时仕闽为归德场长，有政绩。生平见《十国春秋》本传。仁郁工诗，有诗百篇，号“颜长官诗”。其《农家》诗“夜半呼儿趁晓耕，羸牛无力渐艰行。时人未识农家苦，敢道田中谷自生”，颇能体恤农家艰辛。据传其诗“宛转回曲，历尽人情，邑人途歌巷唱之”。

吴融，生卒年不详，字子华，越州山阴（今浙江绍兴）人。力学富文词。举进士，二十年不第，然才名甚著。曾隐茅山，又徙居苏州长洲，时年将四十。龙纪元年(889)，登进士第。韦昭度讨蜀，表为掌书记，累迁侍御史。景福中，入朝为补阙、员外郎。乾宁二年，谪官江陵，与贯休酬唱。次年召入翰林，以礼部郎中充学士，迁中书舍人、兵部侍郎。天复元年，朱全忠犯阙，昭宗奔凤翔，融扈从不及，客阌乡。后复召还翰林，迁承旨学士，诗多为纪游题咏、送别酬和之作。辛文房称其诗“靡丽有余而雅重不足”。《唐英歌诗提要》称“融诗音节谐雅，犹有中唐之遗风”。

李洞，生卒年不详，字才江，京兆人，诸王孙也。慕贾岛为诗，铸其像，事之如神。时人但诮其僻涩，而不能贵其奇峭，唯吴融称之。“药杵声中捣残梦，茶铛影里煮孤灯”为人所盛称。昭宗时不第，游蜀卒。郑谷有诗哭之。

高蟾，生卒年不详，渤海（今河北沧县）人。出身寒素，寒举不第。乾符三年（876），登进士第。乾宁中，累官至御史中丞。“天上碧桃和露种，日边红杏倚云栽”向称名句。与郑谷、贯休友善。郑谷酬赠称“高先辈”。

刘皂，约唐德宗贞元年间在世，咸阳（今陕西咸阳市）人，身世已不可考。生活于中晚唐时代。代表作是《渡桑干》（即《旅次朔方》）《全唐诗》录存其诗五首。

韩琮，生卒年、籍贯均不详，字成封。长庆四年（824）登进士第。开成中，入泾原节度使王茂元幕。茂元移镇陈许，又辟为节度判官。大中中，官司封员外郎，户部郎中。八年，在中书舍人任，出为湖南观察使。十二年，军乱，为都将石载顺等所逐。咸通中，仕至右散骑常侍。

李约，生卒年不详，字存博，宋州宋城人，居于洛阳。李勉之子。贞元末，以大理评事为润州李锜从事，见锜贫猾无状，与从事裴度、卢坦等相继引去。后入朝为谏官。元和四年，官起居舍人，迁兵部员外郎。后弃官终隐。少好图书，耽奇嗜古，曾于润州得梁萧子云壁书飞白“萧”字，载以归洛，因名其室曰“萧斋”。嗜茶，与陆羽、张又新论水品特详。曾授客煎茶法，曰：“茶须缓火炙，活火煎，当使汤无妄沸。始则鱼目散布，微微有声；中则四畔泉涌，累累然；终则腾波鼓浪，水气全消。此老汤之法，固须活水，香味俱真矣。”

李建勋（约872—952），字致尧，广陵（今江苏扬州）人。初为升州巡官，后任李昪金陵副使。南唐建国，拜中书侍郎、同平章事。升元五年（941）罢相，未几复入相。中主立，出为昭武军节度使，后召拜司空。以司徒致仕，赐号钟山公。诗多七律，颇多题咏纪游之作。辛文房称“琢炼颇工，调既平妥，终少惊人之句”。

王贞白（875—958），字有道，号灵溪，信州永丰（今江西省上饶市广丰区）人。早年在江西庐山五老峰下的白鹿洞读书，有“读书不觉已春深，一寸光阴一寸金”句。895年登进士，七年后授职校书郎，天复时昭宗被宦官劫持往凤翔，退居著书。曾以“此波涵帝泽，无处濯尘缨”示贯休，休改“波”为“中”字，叹服，结为至交。与罗隐、方干、郑谷唱和。

张乔，生卒年不详，池州（今安徽贵池）人。十年不窥园以苦学。咸通中，应进士举。时京兆府试《月中桂》诗，乔诗擅场。与许棠、郑谷、喻坦之等齐名，合称“咸通十哲”。曾漫游吴越、荆襄、河洛、关中等地。黄巢兵起，罢举，归隐九华山。

子兰，生卒年、籍贯均不详。与张乔同时，曾以文章供奉内廷。僖宗时在长安。能诗，有《僧子兰诗》一卷。《全唐诗》存诗一卷。

张窈窕，生卒年、籍贯均不详。女诗人。身经乱离飘泊他乡，寓居成都，典衣度日。工诗，诗思清苦，所作颇为时人所推重。

王福娘，字宜之，解梁（今山西运城西南）人。少与乐人邻，学诵歌诗。总角时被骗至长安，入北里前曲为乐妓。僖宗乾符间，与孙棨酬唱颇频。后为宣阳采缬铺张言纳为妾。

赵虚舟，女诗人。生平不详。《全唐诗》存诗一首，出《吟窗杂录》卷三一。

裴羽仙，生卒年不详，唐朝裴悦之妻。悦征匈奴不归。乃有《寄夫征衣》诗，后闻轻进被擒，音信断绝，又作《哭夫》二首。故其诗多边塞征戍之事，风格悲壮沉郁。

周濆，生平不详。《直斋书录解题》卷一九著录其集一卷，已佚。《粤诗搜逸》卷一谓是五代末至宋初昭州（今广西平乐）人周渭之弟，未详所据。《全唐诗》存诗四首。另《永乐大典》卷二八〇九存诗一首，《全唐诗续拾》据之收入。

林宽，生卒年不详，侯官（今福建闽侯）人。与许棠、李频同时。曾入太学，又曾游边塞，尝赋诗自言“无端游绝塞，归鬓已苍然。戎羯围中过，风沙马上眠”。乾符中在长安，有送李频赴建州及送郑畋、卢携罢相分司等诗，后不知所终。《苦雨》颇受韩愈险奥诗风影响。

李郢，生卒年不详，字楚望，长安人。曾居杭州。开成中，在京，上诗裴度。

大中四年，在湖州，与杜牧唱和。十年（856），登进士第，为藩镇从事。咸通中，屡官侍御史、员外郎，卒，卢延让有诗哭之。与李商隐、温庭筠、方干、鱼玄机等均有唱酬。与清塞、贾岛最相善。时塞还俗，闻岛寻卒，郢重来钱塘，俱绝音响，感而赋诗曰："却到城中事事伤，惠休还俗贾生亡。谁人收得文章箧，独我重经苔鲜房。一命未沾为逐客，万缘初尽别空王。萧萧竹坞残阳在，叶覆闲阶雪拥墙。"

张蠙，生卒年不详，字象文，清河（今属河北）人。咸通中，屡举进士不第，与许裳、张乔等合称"咸通十哲"。乾宁二年（895），登进士第，授校书郎。历栎阳尉、犀浦令。王建称帝，拜膳部员外郎，为金堂令。后主王衍游大慈寺，见蠙壁间题诗，甚爱赏之，欲召掌制诰，为宦官朱光嗣所阻。

周昙，生卒年、籍贯均不详。曾任国子直讲。著有《咏史诗》八卷，今存影宋抄本《经进周昙咏史诗》三卷。《全唐诗》将其编为二卷，共一百九十五首，这种形式与规模的组诗在中国文学史上颇为罕见。

李九龄，生卒年不详。洛阳人。由唐末入宋，登宋太祖乾德二年（964）（一作五年）进士第三人。曾任蓬州（今四川仪陇）某县令。开宝六年（九七三）与卢多逊、扈蒙等同修《五代史》。

孟宾于，字国仪，连州（今广东连县）人。幼擅诗名，吟味忘倦。后唐长兴末赴举，和凝等咸推荐之，游举场十年。晋天福九年（944），符蒙知举，宾于献诗，大得称赏，遂登第。初仕楚，为零陵从事。楚亡，归南唐。建隆二年（961），官丰城令。又官淦阳令，因赃贿系狱，后主释之，后起为水部员外郎，致仕，居吉州新淦玉笥山，自号群玉峰叟。南唐亡，归老连州，卒年八十三。

花蕊夫人（约883—926），姓徐。父耕，为唐眉州刺史，二女皆国色。长女为前蜀王建贤妃，称大徐妃，次女为王建淑妃，称小徐妃，宫中号花蕊夫人。王衍继位，尊为皇太妃。蜀亡，随王衍降唐，被杀。又，后蜀孟昶妃费氏（一说姓徐），亦号花蕊夫人，青城（今四川都江堰西）人，昶降宋后，宋太祖召入宫中，有宠。《全唐诗》中小徐妃存诗八首。另世传花蕊夫人《宫词》百首，《全唐诗》归入后蜀孟昶妃名下，浦江清考定为王建小徐妃所作，内中且羼入诗人王建等人作品。

乾康，五代时僧。永州零陵人。后梁时，往长沙谒诗僧齐己于道林寺，其诗甚为齐己所称。宋太祖乾德中，左补阙王伸出知永州。乾康时已耆年，仍献诗求见。伸见其老丑，命赋雪诗。诗成，伸待以殊礼。

吕岩，字洞宾，号纯阳子，自称回道士，世称回仙，河东蒲州河中府（今山西芮城永乐镇）人。唐德宗时湖南观察使吕渭孙，海州刺史吕让子。懿宗咸通间应进士试，不第，遂入华山，遇隐士钟离权及苦竹真人，遂得成仙。事迹不见宋初以前之著作，唐代是否有其人，尚难论定。南宋后，其传说越演越繁，道教全真道尊其为“纯阳演政警化孚佑帝君”，习称为纯阳祖师或吕祖、吕帝，遂有各种专书记其灵迹，并依托其名大量伪造诗文。《全唐诗》存诗四卷，凡二百五十余首，另录词三十阕，来源主要有二，一为《金丹诗诀》《纯阳真人浑成集》一类伪书，二为宋元人诗话、笔记中记其化世之作，所涉人事皆在宋代。此类诗皆为北宋以降历代道士所依托。又散见于《道藏》、方志中之诗，尚有千余首，亦均出依托。

徐安期，生平无考。《全唐诗》录其《催妆》诗一首，《搜玉小集》作徐璧诗。

滕传胤，大历中，有郎子神降桐庐女子王法智，自言姓滕名传胤，京兆万年人。县令郑锋者，好奇之士，尝呼法智至舍，令屈滕。久之，方至，其辨对言语，深有士风，每与词人谈经诵诗，欢言终日。

崔萱，字伯容。女诗人。生平无考。《全唐诗》存诗三首、断句二，其中《古意》一首出《文苑英华》卷二〇五，其余皆出《吟窗杂录》卷三〇。

葛氏女，名无考，曾与潘雍以诗赠答，《全唐诗》存诗一首。

刘媛，生平不详。

程长文，生卒年不详，鄱阳（今江西省鄱阳县）人。因丈夫离家求取功名，有歹徒强暴不成而遭诬陷下狱。在狱中日夜写诗鸣冤，终被昭雪出狱。今存诗三首。

李舜弦，生卒年不详，先世为波斯人。父祖时随僖宗入蜀，居梓州（今四川三台）。词人李珣之妹。为前蜀后主王衍昭仪。咸康元年（925）随王衍游青城山，有诗纪游。次年四月，王衍及其家人降唐后被杀，或同时遇害。

薛媛，生卒年不详。濠梁（今安徽凤阳）人，南楚材之妻。楚材游陈，有颖牧欲以女妻之，楚材许诺，乃托辞而不返。薛媛知其情，乃对镜绘己小像，并为写真诗寄楚材，楚材乃大惭，遂归偕老。

常非月，唐肃宗宫人。玄宗天宝初官西河尉。事迹略见《国秀集》目录。芮挺章选诗一首入《国秀集》。《全唐诗》存诗一首。

刘得仁，生卒年、籍贯均不详。公主子。穆宗长庆时以诗名。其兄弟以贵戚故皆为显贵，而得仁独苦为文，文宗开成后，出入举场20年，无所成。曾赋诗自伤云："外族帝王是，中朝亲故稀。翻令浮议者，不许九霄飞"。卒后，韦庄、僧栖白等竞相赋诗哀吊。五律尤工，与姚合、无可、段成式、厉玄、雍陶、顾非熊等交往酬和。

熊皎，九华山人。唐清泰二年（935）进士。刘景岩节度延安，辟为従事。晋天福中，说景岩归朝，以功擢右谏议，竟坐累黜为上津令。工古律诗，语意俱妙。尝赋《早梅》云："一夜开欲尽，百花犹未知。"甚传赏士林，且知其心遇。

处默，生于唐文宗时期前后，婺州金华（今浙江金华）人。幼出家于兰溪某寺，与安国寺僧贯休为邻，常作诗酬答。曾游历杭州、润州等处，与若虚同居庐山，又入九华山居住。后入长安，住慈恩寺。与罗隐、郑谷等为诗友。约卒于唐末梁初，裴说有诗哭之。

翁宏，生卒年不详，字大举，桂岭（今广西贺州市桂岭镇）人。不仕。入宋，寓居昭、贺间。与王元、廖融等交游唱和。《宫词》（一作《春残》）"落花人独立，微雨燕双飞"等最为当时所称。所作诗今存三首。

栖蟾，唐末至五代初诗僧。俗姓胡，一说姓顾。曾住庐山屏风岩及南岳衡山。

历游各地，曾至润州、洪州、巴江、南中等地。亦曾游边地。与齐己、虚中、玄泰、沈彬、道士聂师道等为友。

崔仲容，女诗人。生平无考。《全唐诗》存诗三首、断句八，其中三首诗出《又玄集》卷下、《才调集》卷一〇，残句皆出《吟窗杂录》卷三〇。事迹见《又玄集》卷下。

常浩，生卒年不详，唐代妓女，今存诗《赠卢夫人》《寄远》两首。

任蕃，约844年前后在世，蕃或作翻，字不详，江东人。举进士不第，常游会稽苕、霅间。为诗重声调，且不厌改。尝题诗天台巾子峰寺壁，有“前峰月照一江水”之句。既去，已行百余里，忽欲改作“半江水”，回至题诗处，他人已为改之矣。后有人题其后：“任蕃题后无人继，寂寞空山二百年。”才名可见。

焦郁，元和（806—820）间人。诗三首。

海印，生卒年不详。成都慈光寺尼，才思清逸，不让名流。今存《舟夜一章》。

杨乘，同州冯翊（今陕西大荔）人。祖遗直，客于苏州，父杨发遂家于苏州。有俊才，宣宗大中元年（847）登进士第，官终殿中侍御史。

秦韬玉，生卒年不详，字中明，京兆人，父为左军军将。少有词藻，工歌吟，却累举不第，后谄附当时有权势的宦官田令孜，充当幕僚，官丞郎，判盐铁。黄巢起义军攻占长安后，从僖宗入蜀，中和二年（882）特赐进士及第，编入春榜。田令孜又擢其为工部侍郎、神策军判官。时人戏为“巧宦”，后不知所终。

崔珏，字梦之。尝寄家荆州，登大中进士第，由幕府拜秘书郎，为淇县令，有惠政，官至侍御。

姚岩杰，生卒年不详。陕州硖石（今河南省三门峡市）人。姚崇裔孙。少聪悟，20岁博通经典，人称“象溪先生”。喜司马迁、班固文，时人称为大儒。性倨傲，不乐仕进，诗酒自乐。僖宗乾符中，至鄱阳，为颜标撰文千余言，颜欲删去一二字，姚即大怒，至磨去碑文。又曾自婺源应邀至歙州。刺史卢肇待之如公卿，而姚日肆傲睨。曾隐居于庐山。昭宗中和末，江西乱，姚寓于旅舍，后不知所终。留诗仅一首即《报颜标》。

李山甫，生卒年、籍贯均不详。懿宗咸通中累举进士不第。僖宗时，流寓河朔间。光启时，依魏博节度使乐彦祯为判官，时嗣襄王李煴乱，彦祯使山甫往见镇州王镕，欲合幽、邢、沧诸镇同盟拒煴，卒未成。山甫以仕途不得意，且怨朝中大臣，遂怂恿彦祯子从训伏兵劫杀宰相王铎。后落拓不知所终。落魄有不羁才，能为青白眼。文笔雄健，名著一方。

张孜，京兆（今陕西西安）人，懿宗、僖宗时处士。孜嗜酒如狂，好诗成癖。初作诗多不善，积 20 余年未成卷轴。与李山甫友善，然山甫常轻之。后其诗多伤时之作，稍为时人所称。僖宗幸蜀，朝廷卖官鬻爵，贿赂公行，孜赋诗“著牙卖朱紫，断钱赊举选”，为当时宰相所嫉。僖宗还京后，遣人追捕之，孜遂易姓越淮而遁。

刘威，生卒年、籍贯均不详。武宗会昌时人，终生不得志，漂泊南北。曾远至塞上，后穷老而终。其诗皆为近体，内容以羁旅失意、感怀叹逝为主，感伤情调颇浓。

唐彦谦（？—893），字茂业，自号鹿门先生，并州晋阳（今山西太原）人。才高负气。应进士举，十余年不第（一说咸通末登进士第，疑误）。博学多才，少时诗学温庭筠、李商隐，颇纤丽。后尚杜甫，诗风乃变为淳雅。尤擅七言，文词壮丽。用事精密，对偶工切，颇得宋代西昆诗人杨亿、刘筠之称赏。

谭用之，约 932 年前后在世，字藏用，五代人，入宋。工诗而官不达，游踪遍关中、河洛、潇湘等地。尤擅七律，长于写景。

沈彬（约 864—957），字子文，高安人。唐末，应进士举不第，浪迹衡湘，与诗僧齐己、虚中游。又曾入蜀，与韦庄、贯休、杜光庭唱和。后入吴，与孙鲂、李建勋结为诗社。李昪表为秘书郎，历员外郎，以吏部郎中致仕。南唐中主南迁洪州，彬尚在。

刘兼，生卒年不详。长安人。由五代入宋，宋初曾任荣州刺史。曾预修《旧五代史》。能诗，擅长七律。其诗多写景咏怀之作，诗风清丽。

若虚，五代时诗僧。隐于庐山，数年持经，不出石室。南唐国主累次征召，皆不赴。曾北游多年。后汉隐帝乾祐中卒。

昙域，生卒年不详。唐末至五代前期诗僧。扬州（今属江苏）人。约生于懿宗时。中年后居蜀，以诗僧贯休为师。贯休卒后，于前蜀后主乾德五年（923）编集其遗作为《禅月集》30卷。又与齐己相知，有诗什来往，然未及晤面。工书，尤长篆书，颇得李阳冰笔意，为时所称。曾重集许慎《说文》行于蜀。《全唐诗》存诗三首，诗风与贯休相近。

道南，有《道南集》行世，惜该集早已散佚，幸而赖于《古志书》录入，得以仅存《题玉案山房》之中。后人评价其诗风“清新淡雅”，如：（无题一）美人高隐乐从容，宅近滇南第一峰。喧枕泉声常似雨，傍檐云气或如龙。长馋破雪寻黄菊，曲几看山荫碧松。此趣料应知者寡，抱琴何日逐游踪。《云南通志、人物志》有传。

楚儿，字润娘，长安北里妓。性辩慧，能诗，为三曲之尤。僖宗乾符间，万年捕贼官郭锻纳为妾。因与旧识者过往，屡为郭锻笞辱，终不屈。曾因遇补衮郑昌图而被笞，次日郑往视，二人复作诗酬答。

黄崇嘏（约883—924），五代时前蜀女子。临邛（今四川邛崃）人。黄使君之女。幼孤，30余岁尚未嫁人。善琴棋书画，工诗文，常著男装游历。昭宗龙纪、大顺间，因失火事下狱，乃献诗邛南留司周庠以自陈。周览诗后召见，喜其应对详敏，遂荐其摄司户参军。在任近1年，案牍明丽。周庠重其才，美其风采，欲以女妻之，始贡诗自陈为女身。旋乞罢职，归临邛旧隐。后不知所终。黄梅戏《女驸马》据其真实故事改编。民间誉其为“女状元”。

韩溉，江南人。《宋史·艺文志七》收其诗集1卷，已佚。《全唐诗》存诗七首、断句二。其中四首，他书或引作韩喜诗。韩溉、韩喜是否一人，尚难确定。参见韩喜。

司马扎，生卒年、籍贯均不详。宣宗大中时人，与储嗣宗同时。侨居茂陵（今陕西兴平东北）。应举不第，终生落拓，奔走四方，备极艰辛。其诗颇能体察民生疾苦，有讽谕之旨。诗风古朴，无晚唐浮艳习气，实为当时之佼佼者。

张琰，女诗人。生平无考。《全唐诗》存诗三首、断句四。

刘瑶，生平无考。女诗人。《全唐诗》存诗三首。

徐月英，生卒年不详，五代吴、南唐之际江淮名妓，与徐温诸子游。有徐公子者，宠一营妓，死而焚之。月英送葬，谓徐曰："此娘平生风流，殇犹带焰。"

李中（920—974），字有中，江西九江人。为新涂、淦阳、吉水三县令，仕终水部郎中。自谓"诗魔"，与沈彬、孟宾于、左偃、刘钧、韩熙载、张洎、徐铉友善，与僧人道侣谈诗论句。孟宾于赏其工吟，绝似方干、贾岛。有《碧云集》。

江为，约950年前后在世，字以善，五代时建州人，其先宋州考城人，文蔚之子，避乱家建阳。游庐山，师陈贶为诗，居二十年。南唐后主南迁，见其题白鹿寺诗，曰："此人大是富贵家。"一说李璟见其题白鹿寺"吟登萧寺旃檀阁，醉倚王家玳瑁筵"称善。自谓可俯拾青紫。累试不第。怏怏不得志，欲束书亡越，为同谋者告发，因伏罪。一说会福州乱，有故人欲投南唐，间道谒为，为代草降书，其人被获，为受株连，亦被捕杀。

鸣　谢

《大美中文课之唐诗千八百首》的出版得到以下博文书友会合伙人的大力支持，在此一并表示感谢。（排名不分先后）

北京超然之家家具建材有限公司董事长、脑立方北京海淀分中心总经理陈超再

北京龙方圆文化发展有限公司董事长、北京大学总裁培训班国学项目负责人焦宏亮

广州奔兆生物科技有限公司执行董事、仁和小绿瓶总裁倪晓丽

中国天津尚赫保健用品有限公司（北京分公司）总经理易滢

博文社群裂变合伙人刘凡

山西海沙企业管理咨询有限公司总经理高文汇

沈阳中街国珍健康生活馆馆长史学军

紫禁城医药集团赵光耀

北师大二附中国际部杜丽华

北京益言文化传媒有限公司总经理杜仲钰

博文社群裂变合伙人于淑伟

159 素食全餐代理商孙霞

北京耐威联合文化发展有限公司总经理陈瑜

瑞美国际医疗美容总经理、中韩纹绣技术交流特邀纹绣老师、中国国际健康纹绣委员会评委、中国知名十大纹绣导师、亚太地区纹绣培训导师、首席改运眉专家张熙桐

长春市宝图腾自控系统有限公司经理李天春

博文社群裂变合伙人王文芳

鹰眼创世北京网络科技有限公司发起人王森

吉林省长源木业有限公司总经理、鸿顺建筑租赁公司总经理、长春市万汇实业有限公司总经理王文春

康乐多幼儿园园长、威希科美高科技美容体验馆盘锦发起人、康乐多卓越父母家长学校校长杨文霞

中信建投证券股份有限公司北京虎坊路证券营业部总经理刘洁华

吉林省恩祺商贸有限公司总经理张凯祺

中国小飞机俱乐部陈思宇

北京林楠投资有限公司投融部经理涂祖胜

牛氏九易公司文艺部长耿丞婧琳

北京易宏置地房地产经纪有限公司向来

北京华融盛贸国际科技有限公司创始股东 CEO 郝月

姆米又国际控股集团联合创始人、北京盛仁蓬勃公共关系有限公司总经理、企业绩效管理高级培训师、多家美妆企业联席顾问、国际美博会特邀嘉宾、彩妆代言人桓慧芳

中国古诗词文化传承者、创新者，中国书画艺术爱好者、资深经纪人，古根博格家族核心成员，北京古根王酒业有限公司股东明易桉榶

人类少食健康工程“发起人”“123 生命工程”俱乐部创始人，北京大管家健康科技发展有限公司创办人盛紫玟

全融理财师、家庭教育指导师、国家二级心理咨询师、皮纹分析咨询师、北京鼎硕炜业投资管理有限公司、高级投资理财顾问、北京天下安道教育科技有限公司副总经理钟永恒

奥森书友会

2017 年 12 月